HET
KERKHOF
DER
VERGETEN
BOEKEN

Dit boek behoort tot een cyclus van romans die in het literaire universum van het Kerkhof der Vergeten Boeken met elkaar vervlochten zijn. Door personages en verhaallijnen die narratieve en thematische bruggen slaan zijn de romans met elkaar verbonden, maar elk deel biedt een afgesloten, van de andere onafhankelijk verhaal.

De romans kunnen in willekeurige volgorde gelezen worden, of elk apart, zodat de lezer toegang vindt tot het labyrint van verhalen en het kan onderzoeken langs diverse wegen; met elkaar verknoopt voeren ze naar het hart van de vertelling.

Elke roman is een werk van de verbeelding. Dat geldt ook voor de vier delen over het Kerkhof der Vergeten Boeken, ofschoon geïnspireerd op het Barcelona van de twintigste eeuw. Hier en daar wordt de verschijningsvorm van het schouwtoneel, of de chronologie, aangepast aan de narratieve logica.

Het labyrint der geesten

Van dezelfde auteur

De schaduw van de wind
Het spel van de engel
De gevangene van de hemel
De nevelprins
Het middernachtspaleis
Septemberlichten
Marina

Carlos Ruiz Zafón

Het labyrint der geesten

Vertaald door Nelleke Geel

SIGNATUUR
2017

Oorspronkelijke titel: El Laberinto de los Espíritus
Vertaald uit het Spaans door Nelleke Geel

Omslagontwerp: Planeta Arte & Diseño
Bewerking Nederlands omslag: Wil Immink Design
Omslagbeeld: © Gabriel Casas. Boekendag, Barcelona 1932. Arxiu Nacional de Catalunya. © Joan Tomás. Straatlamp van de Calle Ferran, Barcelona
Schutbladen: illustratie geïnspireerd op de Barcelona Tile Designs, van The Pepin Press
Foto auteur: © David Ramos
Typografie: Pre Press Media Groep, Zeist
Druk- en bindwerk: Koninklijke Wöhrmann, Zutphen

Fotoverantwoording:
Dies Irae: Aanblik van Barcelona vanuit de lucht, 17 maart 1938, Archivio Storico dell'Aeronautica Militare Italiana
Kyrie: Tegenlichtopname van de trottoirs van de Gran Vía in Madrid, 1953 © Fons Fotogràfic F. Català-Roca – Arxiu Històric del Col•legi d'Arquitectes de Catalunya
De stad van de spiegels: 'Boekendag, 1932', Barcelona © Gabriel Casas I Galobardes. Fons Gabriel Casas de l'Arxiu Nacional de Catalunya
De vergetenen: Tramlijn 12 (op de kruising van de Avenida Diagonal en de Avenida Sarrià), 1932-1934, Barcelona © Gabriel Casas I Galobardes. Fons Gabriel Casas de l'Arxiu Nacional de Catalunya © Núria de Casas – ANC
Agnus Dei: Tegenlichtopname op station Atocha, Madrid 1953 © Fons Fotogràfic F. Català-Roca – Arxiu Històric del Col•legi d'Arquitectes de Catalunya
Libera me: De elegantie van de Gran Vía in Madrid, 1973 © Fons Fotogràfic F. Català-Roca – Arxiu Històric del Col•legi d'Arquitectes de Catalunya
23-4-1960: De Calle del Bisbe. Barcelona, 1973 © Fons Fotogràfic F. Català-Roca – Arxiu Històric del Col•legi d'Arquitectes de Catalunya
Laatste pagina: Trap van de Sagrada Familia. Barcelona © Fons Fotogràfic F. Català-Roca – Arxiu Històric del Col•legi d'Arquitectes de Catalunya

ISBN 978 90 5672 581 5
NUR 302

Eerste druk, november 2017

HET BOEK VAN DANIEL

1

Die nacht droomde ik dat ik terugkeerde naar het Kerkhof der Vergeten Boeken. Ik was weer tien jaar oud en werd wakker in mijn oude slaapkamer, in het bewustzijn dat de herinnering aan het gezicht van mijn moeder me was ontglipt. En zoals je in een droom alles weet, zo wist ik dat de schuld bij mij lag, omdat ik het niet had verdiend het me te herinneren en omdat ik niet in staat was geweest haar recht te doen.

Kort daarna kwam mijn vader binnen, gealarmeerd door mijn angstschreeuw. In mijn droom was hij nog jong, was hij het die op alle vragen van de wereld een antwoord had. Troostend omhelsde hij me. Daarna, toen het eerste licht een Barcelona gehuld in nevelen schilderde, wilden we de straat op lopen, maar om een voor mij onduidelijke reden vergezelde mijn vader me slechts tot de voordeur. Daar liet hij mijn hand los, als om me te kennen te geven dat dit een reis was die ik alleen moest maken.

Ik begon te lopen, maar ik herinner me dat mijn kleding, mijn schoenen en zelfs mijn huid me zwaar wogen. Elke stap die ik zette kostte meer inspanning dan de vorige. Toen ik bij de Ramblas aankwam, zag ik dat de stad in een moment van oneindigheid was blijven hangen. De mensen stonden er bevroren als de figuren op een oude foto. De vleugelslag van een opvliegende duif was niet meer dan een wazige schets. Flarden pollen hingen onbeweeglijk als gepulveriseerd licht in de lucht. Het water in de Canaletas-fontein glinsterde in de leegte als een ketting van glazen tranen.

Traag, alsof ik probeerde te lopen onder water, slaagde ik erin binnen te dringen in die bezwering van een in de tijd gestold Barcelona, tot ik de ingang naar het Kerkhof der Vergeten Boeken bereikte. Daar bleef ik uitgeput staan. Ik begreep niet wat voor onzichtbare last ik meetorste, waaronder ik me amper bewegen kon. Ik greep de zware deurklopper en liet hem tegen de poort vallen, maar niemand kwam opendoen. Telkens weer hamerde ik met mijn vuisten op de grote houten poort, maar de bewaker negeerde mijn dringende smeekbedes. Krachteloos zakte ik ten slotte op mijn knieën. Pas toen, toen ik de beheksing bekeek die ik meegesleept had, overviel me de gruwelijke zekerheid dat de stad en mijn lot voor altijd in deze nachtmerrie bevroren zouden blijven en dat ik me nooit meer het gezicht van mijn moeder voor de geest zou kunnen halen.

Toen ik alle hoop al wilde laten varen, ontdekte ik het. Het stuk metaal zat weggestopt in de binnenzak van mijn schooljasje met daarop de in blauw geborduurde initialen. Een sleutel. Ik vroeg me af hoe lang ik die al bij me droeg zonder het te weten. Hij was roestig en woog bijna net zo zwaar als mijn geweten. Met veel moeite wist ik hem met twee handen op te tillen tot in het slot, hem draaien kostte me mijn laatste krachten. Toen ik al dacht dat het me nooit zou lukken, gaf het slot mee en gleed de poort naar binnen open.

Een kronkelige galerij voerde naar het oude paleis, een spoor van brandende kaarsen markeerde de weg. Ik dook onder in dat flakkerende duister en hoorde hoe de deur zich achter mij weer vergrendelde. Toen herkende ik de gang waarin ik was beland, met fresco's van engelen en fabelwezens, die naar me loerden vanuit de schaduw en gelijktijdig naar mij toe leken te bewegen. Ik liep de gang door tot een arcade, waarachter een enorm gewelf opdoemde, en daar bleef ik staan. Voor me verhief zich het grote labyrint als een oneindige luchtspiegeling. Een werveling van trappen, tunnels, bruggen en bogen vervlocht zich tot een eeuwige, met alle boeken van de wereld gebouwde stad en steeg omhoog naar een reusachtige glazen koepel.

Daar, aan de voet van die constructie, wachtte mijn moeder. Ze lag in een open doodskist, de handen over de borst gekruist, haar huid zo bleek als het witte gewaad dat haar lichaam omhulde. Haar lippen waren als verzegeld, de ogen gesloten. Levenloos lag ze daar, in de afwezige rust van dode dingen en verloren zielen. Ik stak mijn hand uit om haar gezicht te strelen. Koud als marmer was haar huid. Plots opende ze haar ogen, en haar door herinneringen betoverde blik boorde zich in mijn ogen. Toen ze haar donkere lippen opende en sprak, klonk haar stem zo donderend dat ze op me af raasde als een vrachttrein, me van de vloer rukte en in een eindeloze val in de lucht liet zweven, terwijl de echo van haar woorden de wereld tot smelten bracht.

Je moet de waarheid vertellen, Daniel.

Met een schok werd ik wakker in de schemering van de slaapkamer, badend in het koude zweet, en ik zag Bea naast me liggen. Ze omarmde me en streelde mijn gezicht.

'Al weer?' fluisterde ze.

Ik knikte en haalde diep adem.

'Je was aan het praten, in je droom.'

'Wat heb ik gezegd?'

'Het was onverstaanbaar,' loog ze.

Ik keek haar aan en ze glimlachte naar me, medelijdend, leek het mij, maar misschien alleen maar geduldig.

'Slaap nog een beetje, de wekker gaat pas over anderhalf uur en vandaag is het dinsdag.'

Dinsdag betekende dat het mijn beurt was om Julián naar school te brengen. Ik sloot mijn ogen en deed alsof ik in slaap viel. Toen ik ze een paar minuten later weer opendeed, zag ik dat Bea me observeerde.

'Wat is er?' vroeg ik.

Bea boog zich over me heen en kuste me teder op de lippen. Ze smaakte naar kaneel.

'Ik heb ook geen slaap,' zei ze zachtjes.

Zonder haast begon ik haar uit te kleden. Ik stond op het punt de lakens weg te trekken en op de grond te gooien, toen ik voor de slaapkamerdeur zacht getrippel hoorde. Bea hield de opmars van mijn linkerhand tussen haar dijen tegen en richtte zich op, steunend op haar ellebogen.

'Wat is er, liefje?'

De kleine Julián keek ons vanuit de deuropening aan met een vleug van schaamte en ongerustheid.

'Er is iemand in mijn kamer,' prevelde hij.

Bea zuchtte en stak haar armen naar hem uit. Haastig vluchtte Julián in de omhelzing van zijn moeder, en ik moest elke hoop op 'in zonde ontvangen' laten varen.

'De scharlaken prins?' vroeg Bea.

Julián knikte gekweld.

'Papa gaat nu naar jouw kamer en trapt hem eruit, zodat hij nooit meer terugkomt.'

Onze zoon wierp me een vertwijfelde blik toe. Waartoe dient een vader anders dan voor zulke heroïsche missies? Ik glimlachte knipogend naar hem.

'Ik trap hem eruit,' herhaalde ik, en ik zette mijn meest woeste gezicht op.

Julián liet een zweem van een glimlachje zien. Ik sprong uit bed en beende door de gang naar zijn kamer. Die deed me zo denken aan die waarin ik een paar verdiepingen lager had gewoond op zijn leeftijd, dat ik me eventjes afvroeg of ik nog steeds in mijn droom gevangenzat. Ik ging op de bedrand zitten en knipte het nachtlampje aan. Julián leefde te midden van speelgoed – waaronder een paar erfstukken van mij – maar vooral van boeken. Meteen vond ik de verdachte, die zich onder het matras had verstopt. Ik nam het zwarte ingebonden boekje ter hand en sloeg het open op de eerste bladzijde.

Het labyrint der geesten VII

Ariadna en de scharlaken prins

Tekst en illustraties door Victor Mataix

Ik wist domweg niet meer waar ik die boeken nog kon verbergen. Hoezeer ik mijn hersens ook pijnigde om nieuwe verstopplekken te vinden, mijn zoon spoorde ze onverbiddelijk op. Snel bladerde ik het boek door, en weer bestormden de herinneringen me.

Terug in de slaapkamer, nadat ik het boek nogmaals verbannen had, hoog boven in de keukenkast – waar de kleine het vroeg of laat zou vinden, dat wist ik heel goed – vond ik Julián in de armen van zijn moeder. Beiden waren in slaap gevallen. Vanaf de drempel bleef ik naar ze staan kijken. Ik luisterde naar hun diepe ademhaling en vroeg me af wat de grootste geluksvogel van de wereld had gedaan om zijn geluk te verdienen. Ik zag ze slapen, in elkaar verstrengeld, en onwillekeurig herinnerde ik me de angst die ik had gevoeld bij de eerste keer dat ik ze in die omarming zag.

2

Ik heb het nooit aan iemand verteld, maar de nacht dat mijn zoon Julián werd geboren en ik hem voor het eerst in de armen van zijn moeder zag, nog helemaal in die gezegende rust van hen die nog niet weten waar ze terecht zijn gekomen, voelde ik het verlangen er als een haas vandoor te gaan, steeds verder, tot het einde van de wereld. Destijds was ik zelf amper droog achter de oren en de wereld was beslist een paar maten te groot voor me, maar hoeveel verontschuldigingen ik ook bedenk, nog steeds voel ik de bittere smaak van schaamte wanneer ik aan deze opwelling van lafheid terugdenk, die ik zelfs na al die jaren niet durfde op te biechten aan degene aan wie ik dat het meest verschuldigd was.

De herinneringen die een mens in zwijgen begraaft, zijn de herinneringen die hem altijd blijven achtervolgen. De mijne is die van een ruimte met oneindig hoge plafonds en een zweem okergeel licht uit een lamp in de hoogte dat de omtrek van een bed deed vermoeden, waarin een pas zeventien jaar oud meisje lag met een baby in haar armen. Toen Bea, half in slaap, opkeek en naar me glimlachte, vulden mijn ogen zich met tranen. Ik knielde naast het bed en begroef mijn gezicht in haar schoot. Ik voelde dat ze mijn hand pakte en er met een laatste restje kracht in kneep.

'Niet bang zijn,' prevelde ze.

Maar ik was wel bang en een ogenblik lang, waarvoor ik mij tot op de dag van vandaag schaam, wilde ik overal zijn behalve in die kamer en in mijn huid. Fermín was in de deuropening getuige geweest van de scène, en zoals te doen gebruikelijk moest hij mijn gedachten gelezen hebben voor ik ze kon formuleren. Nog voor ik mijn mond kon opendoen, pakte hij me bij de arm, Bea en het kind achterlatend in het goede gezelschap van zijn verloofde Bernarda en leidde me naar de gang, een lange galerij die verdween in het halfduister.

'Leeft u nog, Daniel?' vroeg hij.

Ik knikte wazig, terwijl ik probeerde mijn adem terug te krijgen die ik onderweg was kwijtgeraakt.

'Let u goed op nu: de volgende keer dat u daar naar binnen gaat, doet u dat dan alstublieft met iets meer flinkheid. Gelukkig is mevrouw Bea nog half versuft en heeft ze van de helft van uw optreden vermoedelijk niks meegekregen. Welnu, als u mij deze suggestie toestaat, denk ik dat een luchtje scheppen ons goed zal doen, om bij te komen van de schrik en om daarna de tweede gelegenheid met wat meer brille aan te pakken.'

Zonder een antwoord af te wachten pakte Fermín opnieuw mijn arm en voerde me naar een tussen Barcelona en de hemel zwevend balkon. Een bijtend koude bries streelde mijn gezicht.

'Sluit uw ogen en haal drie keer diep adem. Zonder haast, alsof uw longen tot op uw schoenen reiken,' adviseerde Fermín. 'Dat is een truc die me is uitgelegd door een hoogst geraffineerde Tibetaanse monnik, die ik leerde kennen in mijn tijd als receptionist en boekhouder bij een klein havenbordeel. Een uitgekookt ventje...'

Ik haalde driemaal diep adem zoals bevolen en als toegift meteen nog drie keer. Ik zoog de door Fermín en zijn Tibetaanse monnik beloofde weldadige werking van zuivere lucht in me op. Een beetje duizelig werd ik er wel van, maar Fermín ondersteunde me.

'Nu niet helemaal in uzelf verzinken, dat hoeft nu ook weer niet. Komt u weer een beetje tot uzelf; de situatie vereist kalmte, maar geen vervoering.'

Ik deed mijn ogen open en mijn blik viel op de verlaten straten en de slapende stad aan mijn voeten. Het was rond drie uur 's ochtends en het Hospital de San Pablo lag er in een zwarte lethargie bij, zijn citadel van koepels, torens en bogen vormde arabesken in de nevel die neerdaalde vanaf de Monte Carmelo. Zwijgend staarde ik naar dat onverschillige Barcelona dat enkel te zien is vanuit ziekenhuizen, zo ver van de angsten en verwachtingen van de waarnemer, en ik liet de kou langzaam tot me doordringen tot mijn geest weer helder was.

'U zult wel denken dat ik een lafaard ben,' zei ik.

Fermín doorstond mijn blik en haalde zijn schouders op.

'Maakt u er geen drama van. Ik denk eerlijk gezegd dat u een lage bloeddruk hebt en een hoog beklemmingsniveau, wat uiteindelijk leidt tot hetzelfde, hetgeen u echter niet vrijstelt van verantwoordelijkheid en spot. Gelukkig heb ik de oplossing bij me.'

Hij knoopte zijn jas open, een bodemloze bazaar van wonderdingen, die dienstdeed als mobiele kruidenwinkel, rariteitenkabinet en opslagplaats van apparaten en relikwieën die hij van duizend-en-een rommelmarktjes en tweederangsveilingen had gered.

'Ik begrijp niet hoe u zoveel rommel bij zich kunt hebben, Fermín.'

'Gevorderde fysica. Aangezien mijn schrale anatomie hoofdzakelijk uit spier- en kraakbeenvezel bestaat, versterkt dit kleine arsenaal mijn zwaartekrachtveld en betekent zo een solide verankering bij wind en getijden. En denkt u maar niet dat u me zo makkelijk van de wijs brengt met uw afleidingsmanoeuvres; we zijn hier niet naartoe gegaan om voetbalplaatjes te ruilen of mooie praatjes te debiteren.'

Met deze waarschuwing haalde Fermín uit een van de talloze zakken een platte, blikken flacon, en hij draaide de dop eraf. Hij snoof eraan alsof het paradijselijke geuren betrof en grijnsde tevreden. Toen reikte hij me met een plechtige blik de flacon aan en knikte.

'Drink nu of heb voor altijd spijt.'

Met tegenzin pakte ik de zakflacon aan.

'Wat is dit? Het ruikt naar dynamiet...'

'Onzin. Het is enkel een cocktail uitgedokterd om doden in het leven terug te roepen, evenals laffe melkmuiltjes die de door het lot opgelegde verantwoordelijkheden schuwen. Het is een meesterlijke formule van eigen makelij, vervaardigd op basis van eau de vie en Anís del Mono, geklutst met een goedkope cognac die ik bij de eenogige zigeuner van de drankkiosk haal, het geheel afgemaakt met een paar druppels *ratafía* en kruidenbitter van Montserrat om er het onmiskenbare bouquet van het Catalaanse aangeslibde land aan mee te geven.'

'Mijn god!'

'Kom kom, hier toont zich wie de dappere is en wie onder de maat blijft. In één keer, alsof u een bij een bruidsbanket geïnfiltreerde legioensoldaat bent.'

Ik gehoorzaamde en slikte het helse goedje door, dat naar gesuikerde benzine smaakte. De drank zette mijn ingewanden in brand en nog voor ik mijn gezond verstand weer terug had, gaf Fermín me met een handgebaar te verstaan de operatie te herhalen. Ondanks mijn protesten en de aardbeving in mijn innerlijke regionen werkte ik ook de tweede dosis weg, dankbaar voor de verdoving en de opklaring van mijn humeur die het mengsel me schonk.

'En?' vroeg Fermín. 'Beter, nietwaar? Dit is het twaalfuurtje van de kampioenen.'

Ik knikte overtuigd terwijl ik snuivend mijn boordknoopjes losmaakte. Fermín maakte van de gelegenheid gebruik om zelf een slok van het mengsel te nemen en borg de flacon vervolgens weer op in zijn jas.

'Er gaat niets boven de chemie om de lyriek te temmen. Maar laat het u vooral niet op ideeën brengen, want met sterkedrank is het als met rattengif of goedertierenheid: hoe vaker je het gebruikt, hoe geringer het effect.'

'Maakt u zich geen zorgen.'

Fermín wees op de twee Cubaanse sigaren die uit een andere jaszak staken, schudde echter tegelijkertijd met een knipoog het hoofd.

'Deze twee als laatste redmiddel uit de humidor van de als mijn toekomstige schoonvader optredende don Gustavo Barceló ontvreemde Cohiba's had ik eigenlijk voor vandaag gereserveerd, maar ik denk dat we ze voor een andere dag moeten bewaren, want ik zie dat u niet helemaal in vorm bent, en om van het kind nu op zijn eerste dag een halve wees te maken...'

Vol genegenheid klopte Fermín me op de rug, en hij liet een paar seconden voorbijgaan zodat de elementen van zijn cocktail zich in mijn bloed konden verspreiden en een wolk alcoholische gelatenheid het gevoel van doffe paniek dat me in zijn greep had, kon versluieren. Zodra Fermín de glazigheid in mijn blik en de verwijde pupillen opmerkte die voorafgingen aan de algehele afstomping van de zintuigen, begon hij vol verve aan de verhandeling waar hij ongetwijfeld de hele nacht al op aan het broeden was.

'Vriend Daniel, God – of wie in zijn afwezigheid dat ambt ook moge bekleden – heeft gewild dat het veel gemakkelijker is om vader te worden en een schepsel op de wereld te zetten dan een rijbewijs te halen. Deze noodlottige omstandigheid vertaalt zich in een buitensporige hoeveelheid ploerten, vlegels en leperds die zich als gekwalificeerd beschouwen om zich voort te planten en voor altijd, met de medaille van het vaderschap op de borst, die arme wezens die ze met hun schaamdelen blijven verwekken in het ongeluk te storten. Daarom moet ik met de autoriteit die me is toevertrouwd omdat ook ik mijn geliefde Bernarda zal bezwangeren zodra de geslachtsklieren en het heilige huwelijk dat ze van mij als conditio sine qua non eist het toestaan – en ik u op deze grote reis van vaderlijke verantwoordelijkheid zal volgen – moet ik dus bevestigen, en ik bevestig het ook, dat u, Daniel Sempere Gispert, melkmuil in staat van ontluikende volwassenheid, ondanks het schrale geloof dat u op dit moment in uzelf hebt en in uw levensvatbaarheid als pater familias, een voorbeeldige vader bent en zult zijn, zij het een wat onhandige beginneling.'

Halverwege de voordracht begreep ik er al geen woord meer van, hetzij vanwege de werking van zijn explosieve recept, hetzij vanwege het grammaticale vuurwerk dat mijn goede vriend had aangestoken.

'Fermín, ik weet niet precies wat u bedoelt.'

Hij zuchtte.

'Ik wilde zeggen dat ik natuurlijk weet dat u momenteel de controle over uw kringspier dreigt te verliezen en dat dit u allemaal te veel is, Daniel, maar zoals uw heilige vrouw gemalin u te verstaan heeft gegeven: u moet niet bang zijn. Kinderen, in elk geval de hare, komen op de wereld met een flinke dosis optimisme, en wanneer men een greintje fatsoen en decorum in zijn ziel heeft en wat hersens in zijn bovenkamer, zijn er middelen en manieren te vinden om hun leven niet te verruïneren en een vader te zijn voor wie ze zich nooit hoeven te schamen.'

Ik wierp een steelse blik op dat mannetje dat zijn leven voor me zou hebben gegeven en altijd een woord had, of tienduizend, om alle moeilijkheden en mijn af en toe opduikende hang naar existentiële weekheid uit de weg te ruimen.

'Ik hoop dat het zo eenvoudig is als u het schildert, Fermín.'

'Niets van wat de moeite waard is in deze wereld is gemakkelijk, Daniel. Toen ik jong was dacht ik dat het voldoende was om drie dingen goed te beheersen om door de wereld te trekken. Eén: de veters van mijn schoenen strikken. Twee: een vrouw consciëntieus uitkleden. En drie: lezen, om elke dag van een paar met klaarheid en vaardigheid gecomponeerde bladzijden te genieten. Ik dacht: een man die stevig in zijn schoenen staat, teder kan zijn en leert te luisteren naar de muziek van woorden, leeft méér en vooral béter. Maar de jaren hebben me geleerd dat dat niet volstaat en dat het leven ons af en toe de kans biedt om te streven naar iets hogers dan een tweebenig dier te zijn dat eet, zijn behoefte doet en tijdelijk ruimte inneemt op de planeet. En vandaag heeft het lot u in zijn oneindige onbewustheid deze kans willen bieden.'

Ik knikte met weinig overtuiging.

'En als ik er niet tegen opgewassen ben?'

'Daniel, als we in íéts op elkaar lijken, dan is het wel dat u en ik gezegend zijn met het geluk een vrouw te hebben gevonden die we niet verdienen. Het is zonneklaar dat zíj op deze reis de toon aangeven en wij simpelweg moeten proberen niet tekort te schieten. Wat zegt u me daarvan?'

'Dat ik het geweldig zou vinden om het voetstoots van u aan te nemen, maar het kost me moeite.'

Fermín schudde langzaam zijn hoofd, als om het allemaal een beetje te bagatelliseren.

'Weest u niet bevreesd. Dat is het geestrijke brouwsel waarmee ik u heb laten vollopen en dat nu uw geringe terzakekundigheid voor mijn fijnzinnige retoriek nog verder benevelt. Maar zoals u weet heb ik er in deze strijd meer kilometers op zitten dan u en over het algemeen heb ik vaker gelijk dan een wagen vol heiligen.'

'Dat zal ik niet ontkennen.'

'En daar doet u goed aan, want u zou verliezen bij de eerste aanval. Hebt u vertrouwen in mij?'

'Natuurlijk, Fermín. Met u naar het einde van de wereld, dat weet u toch.'

'Luistert u dan naar mij en vertrouw ook op uzelf, zoals ik doe.'

Ik keek hem aan en knikte langzaam.

'Hebt u uw gezond verstand weer terug?' vroeg hij.

'Ik geloof het wel.'

'Goed dan, breng dan die droevige figuur op orde, verzeker u ervan dat uw testiculaire massa aan de goede kant hangt en keer terug naar de kamer om mevrouw Bea en het spruitje te omhelzen als de man die ze net van u gemaakt hebben. Want twijfelt u er niet aan dat de jongen die ik jaren geleden heb mogen ontmoeten onder de bogen van het Plaza Real en die me zo vaak de schrik van mijn leven heeft bezorgd, in de prelude van dit avontuur moet achterblijven. Wij hebben nog veel geschiedenis te schrijven, Daniel, en wat ons te wachten staat is geen kinderspel. Staat u aan mijn zijde? Tot aan het einde van de wereld, dat misschien direct om de hoek ligt?'

Ik kon niet anders dan hem omarmen.

'Wat zou ik zonder u moeten beginnen, Fermín?'

'U vaak vergissen. En nu we op dit spoor van voorzichtigheid zitten, houdt u er rekening mee dat de meest voorkomende neveneffecten van het innemen van dat brouwsel de tijdelijke verslapping van de zedigheid en een zekere uitbundigheid van de gevoelsspier zijn. Wanneer mevrouw Bea u dadelijk ziet binnenkomen in haar kamer, kijkt u haar dan diep in de ogen, zodat zij weet dat u werkelijk van haar houdt.'

'Dat weet ze al.'

Geduldig schudde hij zijn hoofd.

'Luistert u naar mij. U hoeft het niet per se uit te spreken wanneer u zich geneert, wij mannen zijn zo, en het testosteron bevordert niet noodzakelijkerwijs het woord. Maar ze moet het voelen. Zulke zaken moeten niet zozeer uitgesproken als wel getoond worden. En niet af en toe, maar elke dag.'

'Ik zal het proberen.'

'Doet u vooral iets meer dan proberen, Daniel.'

En zo, door Fermín beroofd van het eeuwige, fragiele toevluchtsoord van mijn adolescentie, wandelde ik weer terug naar de kamer waar mijn lot op me wachtte.

Vele jaren later zou ik me die nachtelijke uren weer herinneren, toen ik, weggekropen in de achterkamer van de boekhandel aan de Calle Santa Ana, nogmaals de strijd met het blanco vel papier aanbond en niet wist waar ik moest beginnen om voor mezelf de ware geschiedenis van mijn familie op te helderen – een onderneming waarmee ik het al maanden of jaren aan de stok had, zonder ook maar één bruikbare zin tot stand te hebben gebracht.

Fermín had, gebruikmakend van een opwelling van slapeloosheid, besloten me een ochtendlijk bezoek te brengen. Toen hij me zag lijden voor een maagdelijk wit blad, gewapend met een vulpen die lekte als een tweedehandsauto, ging hij naast me zitten en overzag de zee van verfrommelde blaadjes aan mijn voeten.

'Niet om u te beledigen, Daniel, maar hebt u enig idee wat u aan het doen bent?'

'Nee,' gaf ik toe. 'Misschien wordt alles anders als ik het met een schrijfmachine probeer. Volgens de advertenties is de Underwood de keuze van de beroeps.'

Fermín overwoog de publicitaire belofte, maar schudde uiteindelijk heftig zijn hoofd.

'Tussen tikken en schrijven liggen lichtjaren.'

'Dank voor de aanmoediging. En wat doet u hier eigenlijk op dit uur?'

Fermín wreef over zijn buik.

'De inname van een compleet, gebakken speenvarken doet mijn maag opspelen.'

'Wilt u wat zuiveringszout?'

'Beter van niet, dat geeft me nachtelijke stijfheid, met permissie, en dan doe ik helemaal geen oog meer dicht.'

Ik legde de vulpen weg en daarmee mijn zoveelste poging om een fatsoenlijke zin te formuleren. Ik zocht de blik van mijn goede vriend.

'Alles in orde hier, Daniel? Afgezien van uw vruchteloze aanval op het kasteel van de vertelkunst, bedoel ik...'

Ik haalde mijn schouders op. Zoals altijd was Fermín verschenen op een door de voorzienigheid beschikt moment en deed hij zijn rol van *schelmus ex machina* eer aan.

'Ik weet niet zo goed hoe ik u iets moet vragen wat al een tijd door mijn hoofd spookt,' waagde ik.

Hij hield een hand voor zijn mond en liet een korte maar innige boer.

'Als het te maken heeft met trucjes voor de echtelijke sponde, vraag zonder gêne. Ik herinner u eraan dat ik op dat terrein een soort gediplomeerd arts ben.'

'Nee, het is geen bedthema.'

'Spijtig, ik heb verse informatie over een paar nieuwe trucjes die...'

'Fermín,' onderbrak ik hem, 'denkt u dat ik het leven heb geleefd dat ik moest leven, dat ik ertegen opgewassen was?'

Fermín was met stomheid geslagen. Zuchtend sloeg hij zijn ogen neer.

'U gaat me toch niet vertellen dat deze fase van gestrande Balzac eigenlijk daarover gaat? Spirituele zoektocht en zulke zaken meer…'

'Schrijft een mens niet om zichzelf en de wereld beter te begrijpen?'

'Niet als hij weet wat hij doet, iets wat u…'

'U bent een waardeloze biechtvader, Fermín. Helpt u me een beetje.'

'Ik dacht dat u romanschrijver wilde worden, geen femelaar.'

'Vertelt u mij de waarheid. U kent mij sinds ik een jongen ben. Heb ik u teleurgesteld? Ben ik de Daniel geweest die u verwachtte? Die mijn moeder zich gewenst zou hebben? Vertelt u me de waarheid.'

Fermín rolde met zijn ogen.

'De waarheid, dat is de onzin die mensen verkondigen wanneer ze menen iets te weten, Daniel. Ik weet net zoveel van de waarheid als van de maat brassière van die geweldige vrouw met puntige naam en boezem die we laatst zagen in de Capitol-bioscoop.'

'Kim Novak.'

'Moge God en de wet van de zwaartekracht haar ziel hebben. En nee, u hebt me niet teleurgesteld, Daniel. Nooit. U bent een goed mens en een goede vriend. En als u mijn mening wilt weten, ja, ik geloof dat wijlen uw moeder Isabella trots op u zou zijn geweest en u een goede zoon zou hebben gevonden.'

'Maar geen goeie romanschrijver,' zei ik glimlachend.

'Kijkt u eens hier, Daniel, u hebt van een romanschrijver zoveel als ik van een dominicaner monnik. En dat weet u. Er is geen vulpen of Underwood onder de zon die daar iets aan verandert.'

Ik zuchtte en verzonk in lang stilzwijgen. Fermín bekeek me peinzend.

'Weet u, Daniel? Wat ik werkelijk denk is dat ik, na alles wat u en ik hebben meegemaakt, nog steeds die arme stumper ben die u in de goot gevonden hebt en uit naastenliefde hebt meegenomen naar huis, en dat u nog steeds dat hulpeloze ventje bent dat verloren rondliep in de wereld, struikelend over het ene mysterie na het andere, denkend dat u, als door een wonder, het gezicht van uw moeder en de herinnering aan de waarheid die de wereld u had ontstolen, zou terugkrijgen als u ze oploste.'

Ik overwoog zijn woorden, die feilloos doel hadden getroffen.

'Zou het zo erg zijn als het zo was?'

'Het zou veel erger kunnen zijn. U zou romanschrijver kunnen zijn, net als uw vriend Carax.'

'Misschien moet ik hem vinden en hém overhalen dit verhaal te schrijven. Onze geschiedenis.'

'Dat zegt uw zoon Julián af en toe.'

Ik keek Fermín argwanend aan.

'Julián zegt wát? Wat weet hij van Carax? Hebt u met mijn zoon gesproken over Carax?'

Fermín trok zijn officiële hoofd van geslacht lammetje.

'Ik?'

'Wat hebt u hem verteld?'

Fermín snoof om een en ander te bagatelliseren.

'Kleinigheidjes. Hooguit wat volstrekt onschuldige voetnoten. Het punt is dat de jongen een nieuwsgierige aanleg heeft en intelligent is, dus ja, hij pikt alles op en telt één en één bij elkaar op. Het is niet mijn schuld dat het kind gewiekst is. Dat heeft hij evident niet van u.'

'Heilige Moeder Gods... En weet Bea al dat u met hem over Carax hebt zitten praten?'

'Met uw huwelijksleven bemoei ik me niet. Maar ik betwijfel of er veel is wat mevrouw Bea niet weet of vermoedt.'

'Ik verbied u uitdrukkelijk om met mijn zoon over Carax te praten, Fermín.'

Hij legde zijn hand op zijn borst en knikte plechtig.

'Mijn lippen zijn verzegeld. Moge de zwartste schande op me neerdalen als ik op een moment van beneveling aldus deze plechtige zwijgplicht breek.'

'En nu we het er toch over hebben, noemt u ook Kim Novak niet, ik ken u.'

'Op dat punt ben ik onschuldig als het lammetje dat de zonde van de wereld wegneemt, want dat onderwerp snijdt de jongen zelf aan, die bepaald niet op zijn achterhoofdje is gevallen.'

'U bent onmogelijk.'

'Ik accepteer onbaatzuchtig uw onterechte schimpscheuten, omdat ik weet dat ze voortkomen uit frustratie over uw eigen magere vernuft. Heeft Uwe Excellentie nog een naam toe te voegen aan de zwarte lijst van zij die niet genoemd mogen worden, afgezien van Carax? Bakoenin? Estrellita Castro?'

'Waarom gaat u niet slapen en laat u mij met rust, Fermín?'

'En u hier alleen laten, oog in oog met het gevaar? Komt niets van in, er is minstens één verstandige volwassene nodig onder de aanwezigen.'

Hij taxeerde gefascineerd de vulpen en de stapel witte vellen papier op het bureau, alsof het een arsenaal chirurgische instrumenten betrof.

'Hebt u al bedacht hoe u deze onderneming gaat aanvangen?'

'Nee. Daar was ik mee bezig toen u kwam en allerhande flauwekul begon te debiteren.'

'Onzin. Zonder mij schrijft u nog geen boodschappenlijstje.'

Eindelijk was hij overtuigd, hij stroopte de mouwen op in het zicht van de reusachtige opgave die ons te wachten stond, plantte zich op een stoel naast me en keek me zo intens in de ogen als alleen mensen doen die nauwelijks woorden nodig hebben om elkaar te begrijpen.

'Over lijsten gesproken: ziet u, van de romanproductie begrijp ik minder dan van de fabricage en het gebruik van de boetegordel, maar ik zou zeggen dat je voor je begint te vertellen, eerst een lijst moet aanleggen van wat je wílt vertellen. Een inventaris, als het ware.'

'Een routebeschrijving?' suggereerde ik.

'Een routebeschrijving maak je als je niet weet waar je naartoe gaat en je jezelf en nog een paar domkoppen ervan probeert te overtuigen dat je gericht op weg bent.'

'Zo'n slecht idee is dat helemaal niet,' hield ik vol.

'Jezelf voor de gek houden is het geheim van elke onmogelijke onderneming.'

'Ziet u? We vormen een onverslaanbaar koppel. U schrijft en ik denk.'

‘Begint u dan maar hardop te denken.’

‘Zit er voldoende inkt in dat ding voor de heen- en terugreis naar de hel?’

‘Voldoende om te beginnen met lopen.’

‘Nu moeten we enkel nog beslissen waar we met het maken van de lijst moeten beginnen.’

‘Wat denkt u ervan als we de geschiedenis beginnen met hoe u haar hebt leren kennen?’

‘Wie?’

‘Wie denkt u, Fermín? Onze Alicia in het Barcelona der Wonderen.’

Een schaduw gleed over zijn gezicht.

‘Dat verhaal heb ik geloof ik nooit aan iemand verteld, Daniel. Zelfs niet aan u.’

‘Door welke deur kan men beter het labyrint betreden?’

‘Een mens zou moeten kunnen sterven met medeneming van een enkel geheim,’ wierp Fermín tegen.

‘Te veel geheimen brengen een man voortijdig naar het graf.’

Verrast trok Fermín zijn wenkbrauwen op.

‘Wie heeft dat gezegd? Socrates? Ik?’

‘Nee. Bij wijze van uitzondering Daniel Sempere Gispert, de *homo naivus naivi*, slechts enkele seconden geleden.’

Fermín glimlachte tevreden, peuterde een Sugus-snoepje met citroensmaak uit een papiertje en stak het in zijn mond.

‘Het heeft u jaren gekost, maar u begint van de meester te leren, schavuit. Wilt u er eentje?’

Ik pakte het Sugus-snoepje aan, omdat ik wist dat het van alle bezittingen van mijn vriend Fermín het waardevolste deeltje was en hij me eerde door zijn schat met me te delen.

‘Hebt u deze banale zinsnede weleens gehoord, dat in liefde en oorlog alles geoorloofd is, Daniel?’

‘Weleens. Normaal gesproken uit de mond van hen die meer voor de oorlog dan voor de liefde zijn.’

‘Zo is het, want in de grond van de zaak is het een vuile leugen.’

‘Is dit dan een verhaal van liefde of van oorlog?’

Fermín haalde zijn schouders op.

‘Wat is het verschil?’

En zo begon Fermín, in de geborgenheid van de nacht, een paar Sugus-snoepjes en de betovering van de herinneringen die dreigden te verdwijnen in de mist van de tijd, de draden te spinnen waaruit het weefsel van begin en einde van onze geschiedenis zou moeten ontstaan…

Fragment uit
Het labyrint der geesten
(*Het Kerkhof der Vergeten Boeken*, deel IV)
van Julián Carax.
Éditions de la Lumière, Parijs, 1992.
Uitgegeven door Émile de Rosiers Castellaine

DIES IRAE

Barcelona

maart 1938

1

Hij werd gewekt door het klotsen van de golven. Toen de verstekeling zijn ogen opende, keek hij in een duisternis die verdween in de oneindigheid. Het geschommel van het schip, de stank van salpeter en het slaan van het water tegen de romp herinnerden hem eraan dat hij zich niet aan land bevond. Hij schoof de zakken opzij die hem tot bed hadden gediend, kwam langzaam overeind en probeerde de lijn van pilaren en bogen te doorgronden die het scheepsruim van het vaartuig vormden. Het kwam hem voor als een droom, een gezonken kathedraal, gevuld met uit talrijke musea en paleizen geroofde buit. Tussen een partij sculpturen en schilderijen tekenden zich de omtrekken af van talrijke, met half doorschijnende doeken bedekte luxeauto's. Naast een reusachtige staande klok met klokkenspel was een kooi te zien, van waaruit een papegaai met een prachtige verentooi hem streng inspecteerde en duidelijk vraagtekens plaatste bij zijn status van verstekeling. Iets verderop ontwaarde hij een replica van de *David* van Michelangelo, die door een grapjas was getooid met de driesteek van de Guardia Civil. Daarachter een spookachtig leger van etalagepoppen, die alle gehuld waren in ouderwetse kledij en bevroren leken te zijn in een eeuwige Weense wals. Aan één kant leunde een stapel ingelijste plakkaten tegen een luxe begrafeniskoets met beglaasde wanden, inclusief doodskist. Een van de plakkaten, nog uit vooroorlogse tijden, kondigde een *corrida* aan in Las Arenas. Op de lijst van stierenvechters te paard stond de naam van een zekere Fermín Romero de Torres. De ogen van de verstekeling streken liefdevol over de letters en hij vormde, toen nog bekend onder een andere naam, die hij in de as van deze oorlog spoedig zou moeten achterlaten, met zijn lippen geluidloos de woorden:

FERMÍN
ROMERO DE TORRES

Een goede naam, dacht hij. Muzikaal. Als uit een opera. Opgewassen tegen het epische, door het leven verscheurde bestaan van de eeuwige verstekeling. Fermín Romero de Torres, of het schriele mannetje dat vastzat aan een Neus met een hoofdletter en dat op een niet al te ver in de toekomst liggende dag die naam zou aannemen, had zich de afgelopen dagen schuilgehouden in de buik van het vrachtschip, dat een paar nachten eerder uit Valencia was vertrokken. Wonder boven wonder had hij ongezien aan boord kunnen gaan, verstopt in een grote kist vol oude geweren, die afgeschermd stond tussen allerhande andere goederen. Een deel van de geweren zat in dichtgeknoopte zakken om ze te beschermen tegen het vocht, maar de meeste waren onverpakt op elkaar gestapeld, zodat hij de indruk had dat ze eerder zouden exploderen in het gezicht van een onfortuinlijke militieman – of dat van hem, als hij op de verkeerde plek leunde – dan dat ze de vijand ten val zouden brengen.

Om zijn benen te strekken en om de stijfheid te bestrijden die veroorzaakt werd door de kou en het vocht dat door de wanden van de romp sijpelde, waagde Fermín zich elk halfuur in de wirwar van kisten en voorraden, op zoek naar iets eetbaars of, bij gebrek daaraan, iets om de tijd mee te doden. Op een van zijn uitstapjes had hij vriendschap gesloten met een muisje, een veteraan in dit avontuurlijke vak, dat hem na aanvankelijk wantrouwen schuw naderde en in de warmte van zijn schoot met hem een paar bittere kaaskorstjes deelde die Fermín had gevonden in een van de kisten met levensmiddelen. De kaas – of wat die sponzig-vettige substantie ook mocht zijn – smaakte naar zeep en bevatte, voor zover het gastronomisch inzicht van Fermín reikte, geen aanwijzingen dat een koe of een andere herkauwer de hand of de uier had gehad in de productie ervan. Maar het was des wijzen om te erkennen dat over smaak niet te twisten viel, en als dat wel zo was, ontregelde de armoede van die dagen de uitdrukking met veel aplomb, zodat beide het feestmaal genoten met het enthousiasme dat enkel mogelijk is in maanden van chronische honger.

'Beste vriend knaagdier, een van de voordelen van oorlogsgeharrewar is dat tinnef ons van de ene op de andere dag een godenspijs lijkt en dat zelfs de spreekwoordelijke drol op een stokje een sensationeel bouquet als van een Parijse *boulangerie* begint te verspreiden. Deze semimilitaire kost van soep op basis van afvalwater en met zaagsel vermengde broodkruimels hardt de geest en bevordert de fijngevoeligheid van het verhemelte tot op het niveau dat we op een dag merken dat zelfs de kurklaag op de wanden naar zwoerdjes van een Iberisch varkentje kan smaken wanneer het geluk ons niet toelacht.'

Het muisje luisterde geduldig naar Fermín. Soms viel het verzadigd in slaap aan zijn voeten. Fermín bekeek het en voelde intuïtief aan dat ze het goed met elkaar konden vinden, omdat ze eigenlijk op elkaar leken.

'U en ik zijn aan elkaar gewaagd, *compadre*, wij lijden stoïcijns onder de plaag van de rechtop lopende aap en schrapen bij elkaar wat we maar kunnen om hem te overleven. Indien God het wil, sterven op een niet al te verre dag in de toekomst de primaten in één klap uit en bekijken ze dan, samen met de diplodocus, de mammoet en de reuzenpinguïn, de radijsjes van onderen, zodat u allen, nijvere, vredelievende wezens die zich tevredenstellen met eten, copuleren en slapen, de aarde erven of haar op zijn minst delen met de kakkerlak en een enkele andere schildvleugelige.'

Als het muisje een andere mening was toegedaan, dan liet het dat niet merken. Het wilde slechts een hartelijk, oprecht samenleven, een entente tussen heren. Overdag hoorden ze de echo van voetstappen en stemmen van de matrozen weerkaatsen in het onderruim. Bij de zeldzame gelegenheden dat een bemanningslid het waagde af te dalen – bijna altijd om iets te stelen – verstopte Fermín zich weer in de kist met geweren en deed een tukje, gewiegd door de zee en de geur van buskruit. Op zijn tweede dag aan boord, terwijl hij de wonderbazaar afstruinde die in de buik van deze leviathan verborgen zat, vond hij, moderne Jonas en parttimegeleerde van de Heilige Schrift, een kist vol prachtig ingebonden bijbels. De vondst leek hem op zijn minst vermetel en pittoresk, maar bij gebrek aan een ander literair menu leende hij een exemplaar en met behulp van een eveneens uit de scheepslading gegapte kaars las hij zichzelf en zijn reisgenoot hardop een keur aan fragmenten voor uit het Oude Testament, dat hem altijd veel onderhoudender en bloeddorstiger had geleken dan het Nieuwe.

'Let op, maestro, nu komt een onbeschrijflijke parabel van diepzinnige symboliek, gekruid met voldoende incest en verminkingen om zelfs de gebroeders Grimm versneld van onderbroek te laten wisselen.'

Zo vergleden de uren en de dagen van het asiel op zee, totdat op de vroege ochtend van 17 maart 1938 Fermín zijn ogen opende en ontdekte dat zijn vriend het knaagdier was vertrokken. Misschien was het de passage geweest uit het Bijbelboek Openbaringen van Johannes de vorige avond die hem had afgeschrikt, of misschien het voorgevoel dat de reis ten einde liep en het raadzaam was zich onzichtbaar te maken.

Fermín, verstijfd door andermaal een nacht kou die tot diep in de botten doordrong, wankelde naar het uitkijkpunt dat een van de patrijspoorten hem bood, waar een zweem van een scharlakenrode ochtend doorheen kwam. Het ronde raampje zat amper een paar handbreedtes boven de waterlijn en Fermín kon de zon boven een wijnkleurige zee zien opgaan. De kisten met munitie en een kluit met touw aan elkaar geknoopte roestige fietsen ontwijkend, liep hij dwars door het laadruim naar de andere kant om daar een kijkje te nemen. De nevelige straal uit de havenvuurtoren veegde over de scheepsromp en projecteerde een seconde een bundel lichtnaalden door alle patrijspoorten. Wat verderop doemde de stad Barcelona op, een zinsbegoocheling van nevel die zich tussen uitkijkposten, koepels en torens slingerde. Fermín glimlachte breed voor zich uit en vergat even de kou en de kneuzingen die hij tijdens de schermutselingen en ongelukkige ontmoetingen in zijn laatste doorreishaven had opgelopen.

'Lucía...' prevelde hij, en hij haalde zich haar gezicht voor de geest. Die herinnering had hem op de hachelijkste momenten in leven gehouden.

Uit de binnenzak van zijn jasje pakte hij de envelop die hij daar sinds zijn vertrek uit Valencia had bewaard en zuchtte. De droom vervluchtigde acuut. Het schip was al veel dichter bij de haven dan hij had aangenomen. Iedere zichzelf respecterende verstekeling weet dat de moeilijkheid niet zit in het aan boord glippen, maar in het de oversteek ongedeerd doorstaan en het schip ongezien verlaten. Als hij de hoop had om op eigen kracht vaste grond onder de voeten te krijgen, met alle botten in zijn lijf nog op hun plek, dan werd het de hoogste tijd een vluchtstrategie uit te knobbelen. Terwijl hij luisterde hoe de voetstappen en de activiteiten van de bemanning aan dek verdubbelden, voelde Fermín dat het vaartuig begon bij te draaien en dat de motoren hun gang vertraagden bij de haveningang. Hij borg de brief weer op en wiste haastig de sporen van zijn aanwezigheid uit, verstopte de stompjes kaars, de zakken die hem tot bed hadden gediend, de bijbel van zijn contemplatieve lectuur en de kruimels van de surrogaatkaas en muffe kaakjes. Vervolgens sloot hij zo goed en zo kwaad als het ging de kisten die hij had geopend, op zoek naar voedsel, door de spijkers erin terug te slaan met de afgetrapte hak van zijn uitgebluste laarzen. Kijkend naar zijn karige schoeisel beloofde hij zichzelf dat zijn volgende doel, zodra hij aan wal was en zijn belofte had ingelost, de aanschaf van een stel schoenen zou zijn dat níét uit een lijkenhuis leek te komen. Terwijl de verstekeling rondbuffelde in het scheepsruim, kon hij door de patrijspoorten zien hoe het schip de wateren van Barcelona's haven binnenvoer. Nog een keer drukte hij zijn neus tegen het glas, en het liep hem koud over de rug toen hij boven op de heuvel de contouren ontwaarde van het kasteel annex militaire gevangenis Montjuïc, dat als een roofvogel boven de stad dreigde.

'Als je niet oplet, eindig je daar...' fluisterde hij tegen zichzelf.

In de verte tekende zich de naald af van het monument van Christoffel Columbus, de wijsvinger zoals altijd priemend in de verkeerde richting, als waren de Balearen het Amerikaanse continent. Achter de gedesoriënteerde ontdekkingsreiziger openden zich de Ramblas, die zacht glooiend omhoogliepen naar het hart van de oude stad, waar Lucía wachtte. Een ogenblik stelde hij zich haar voor, geurend tussen de lakens. Schuld en schaamte veegden dat beeld weer uit zijn gedachten. Hij had zijn belofte verbroken.

'Ellendeling,' prevelde hij.

Dertien maanden en zeven dagen waren voorbijgegaan sinds hij haar voor het laatst had gezien – dertien maanden die wogen als dertien jaar. Het laatste beeld dat hij nog opving voor hij naar zijn schuilplaats terugkeerde, was dat van de Virgen de la Merced, beschermheilige van de stad, boven op de koepel van haar basiliek tegenover de haven en in eeuwigdurende gereedheid weg te vliegen over de daken van Barcelona. In haar handen legde hij zijn ziel en droevige figuur; weliswaar had hij geen voet meer in een kerk gezet sinds hij als negenjarige de kapel van zijn geboortedorp had verward met de gemeentebibliotheek, maar nu bezwoer Fermín wie er maar kon of wilde luisteren dat als de maagd (of welke andere gedelegeerde dan ook met gezag in de hemelse materie) voor hem intervenieerde en hem hielp om behouden aan te komen zonder zware tegenslag of onvermijdelijk dodelijk letsel, hij zijn leven naar spirituele contemplatie zou heroriënteren en een trouwe klant zou worden van de misboekindustrie. Na die belofte sloeg hij twee keer een kruisteken en verdween ijlings weer in de kist met geweren, waar hij op het bed van wapens lag als een dode in zijn grafkist. Vlak voor hij het deksel sloot, zag hij toevallig zijn makker de muis, die hem bekeek vanuit de hoogte van een tot de scheepszoldering reikende stapel harpoenen.

'Bonne chance, mon ami,' zei hij zachtjes.

Een seconde later dompelde hij zich onder in de naar buskruit ruikende duisternis, het koude metaal van de wapens tegen zijn huid. De teerling van het lot was al onverbiddelijk geworpen.

2

Na een tijdje merkte Fermín dat het geluid van de motoren wegstierf en het vaartuig zich wiegde in de tamme wateren van de haven. Volgens zijn inschatting was het te vroeg om de pier al bereikt te hebben. Na twee of drie tussenstops tijdens de oversteek hadden zijn oren het protocol en de kakofonie van een aanlegmanoeuvre leren duiden, van het rollen van de ankerkabels en het gekletter van de kettingen tot het gekraak van het geraamte onder de druk van de romp als het schip tegen de kade botste. Behalve een ongebruikelijke onrust van voetstappen en stemmen aan dek kon hij geen van de signalen herkennen. Om de een of andere reden had de kapitein blijkbaar besloten om het vaartuig voortijdig te stoppen, en Fermín, die in de twee voorafgaande oorlogsjaren had geleerd dat het onverwachte vaak hand in hand gaat met het betreurenswaardige, klemde zijn kaken op elkaar en sloeg opnieuw een kruis.

'Allerliefste Maagd, ik doe afstand van mijn ontembare agnosticisme en de kwaadaardige suggesties van de moderne fysica,' murmelde hij in zijn doodskistachtige schuilplaats, die hij deelde met derdehandsgeweren.

Zijn smeekbede werd vlot beantwoord. Fermín hoorde iets naderen wat een andere, kleinere boot leek te zijn, die de romp van het schip even schampte. Kort daarop dreunden zware, bijna krijgshaftige voetstappen op het dek die de bemanning in opschudding brachten. Fermín schrok. Ze waren geënterd.

3

Dertig jaar op zee en altijd is het ergste gebeurd bij het aankomen, dacht kapitein Arráez, terwijl hij vanaf de brug naar de groep mannen keek die net langs de touwladder aan bakboordzijde omhoog was geklommen. Ze zwaaiden vervaarlijk met geweren, de bemanning opzijduwend, zodat de weg vrij was voor de man in wie de kapitein hun leider vermoedde. Arráez was een van die zeelieden wier gelaat en haar door zout en salpeter waren geflambeerd en wier vloeibare blik altijd als door een tranensluier werd vertroebeld. Als jongeling had hij geloofd dat een mens aanmonsterde om avonturen te beleven, maar de jaren hadden hem geleerd dat het avontuur altijd op hem wachtte in de haven, en wel op geniepige wijze. Op zee was er niets wat hem angst aanjoeg; aan land echter, en zeker in die dagen, werd hij door misselijkheid overvallen.

'Bermejo, pak de radio en waarschuw de haven dat we voorlopig aangehouden zijn en dat we met enige vertraging arriveren.'

Bermejo, zijn eerste stuurman, verbleekte naast hem en viel ten prooi aan het beven dat hij in de laatste maanden van bombardementen en gevechten had ontwikkeld. Als oud-bootsman van pleziervaarten op de Guadalquivir had de arme Bermejo niet de dikke huid die voor dit werk nodig was.

'Wie kan ik zeggen dat ons aanhoudt, kapitein?'

Arráez liet zijn blik rusten op de man die net zijn dek had betreden. Gehuld in een zwarte regenjas en uitgerust met handschoenen en een breedgerande hoed leek hij als enige onbewapend te zijn. Arráez keek toe hoe hij langzaam over het dek liep. Zijn houding verraadde een perfect ingestudeerde bedaardheid en onverschilligheid. Hoewel zijn ogen schuilgingen achter donkere brillenglazen, was te zien dat ze over de gezichten van de bemanning gleden, waarbij het zijne elke expressie ontbeerde. Ten slotte bleef hij midden op het dek staan, keek op naar de brug, nam ter begroeting zijn hoed af en liet een reptielachtige grijns zien.

'Fumero,' mompelde de kapitein.

Bermejo, die tien centimeter leek te zijn gekrompen sinds deze man over het dek was geglibberd, keek hem aan, wit als een vaatdoek.

'Wie?' wist hij uit te brengen.

'Politieke politie, de Brigada Social. Ga benedendeks en zeg tegen de mannen dat niemand iets doms doet. En geef daarna per radio de melding door aan de haven, zoals ik heb gezegd.'

Bermejo knikte, maar maakte geen aanstalten om in beweging te komen. Arráez keek hem scherp aan.

'Bermejo. U moet naar beneden. En probeert u alstublieft niet in uw broek te plassen, in hemelsnaam.'

'Jawel, kapitein.'

Arráez bleef nog even alleen op de brug staan. Het was een heldere dag, met een glasheldere hemel waarlangs wat wolken trokken als penseelstreken, die iedere aquarellist verrukt zouden hebben. Kort overwoog hij zijn revolver te halen, die hij achter slot en grendel bewaarde in de kast van zijn kajuit, maar de gedachte was zo naïef dat een bitter glimlachje zich aftekende om zijn lippen. Hij haalde diep adem, knoopte zijn versleten jasje netjes dicht en daalde vanaf de brug de trap af naar het dek, waar een oude bekende op hem wachtte met een sigaret tussen zijn vingers.

4

'Kapitein Arráez, welkom in Barcelona.'

'Dank u, eerste luitenant.'

Fumero glimlachte.

'Nu commandant.'

Arráez knikte en doorstond de blik van die twee donkere brillenglazen, waarachter slecht was te zien in welke richting Fumero's scherpe ogen keken.

'Proficiat.'

Fumero bood hem een sigaret aan.

'Nee, dank u.'

'Kwaliteitswaar. Blonde, Amerikaanse tabak.'

Arráez accepteerde de sigaret en stak hem in zijn zak.

'Wenst u de papieren en vergunningen te inspecteren, commandant? Alles is *à jour*, met de juiste vergunningen en stempels van de regering van de Generalitat...'

Fumero haalde zijn schouders op, blies onverschillig een rookwolk uit en keek met een scheve grijns naar de gloeiende punt van zijn sigaret.

'Ik ben ervan overtuigd dat uw papieren in orde zijn. Vertelt u eens, wat voor lading hebt u aan boord?'

'Voorraden. Medicamenten, wapens, munitie. En diverse partijen geconfisqueerd privébezit voor de veiling. De inventaris met het regeringsstempel van het douanekantoor in Valencia ligt klaar ter inzage.'

'Ik had niet anders van u verwacht, kapitein. Maar dat is iets tussen u en de haven- en douane-autoriteiten. Ik ben een simpele dienaar van het volk.'

Arráez knikte kalm en herinnerde zichzelf er voortdurend aan dat hij onder geen beding zijn ogen moest afwenden van die twee donkere, ondoorzichtige glazen.

'Als de commandant zo goed wil zijn mij te vertellen wat hij zoekt, met alle plezier...'

Fumero gebaarde hem te volgen, en onder de verwachtingsvolle blik van de bemanning slenterden beiden over het dek. Na een paar minuten bleef Fumero staan, nam nog een laatste trek van zijn sigaret en wierp de peuk overboord. Hij leunde tegen de reling en bekeek Barcelona alsof hij de stad nooit eerder had gezien.

'Ruikt u het, kapitein?'

Arráez wachtte een moment voor hij antwoord gaf.

'Ik weet niet precies waar u op doelt, commandant.'

Fumero klopte hem vriendelijk op de arm.

'Haal diep adem. Zonder haast. En u zult zien dat u het merkt.'

Arráez wisselde een blik met Bermejo. Verward keken de bemanningsleden elkaar aan. Fumero draaide zich om en sommeerde hen met een handbeweging in te ademen.

‘Nee? Niemand?’

De kapitein probeerde een glimlach te forceren, maar die bereikte zijn lippen niet.

‘Ik ruik het anders wel,’ zei Fumero. ‘Vertelt u me nu niet dat u het niet hebt gemerkt.’

Arráez knikte vaag.

‘Natuurlijk wel,’ drong Fumero aan. ‘Natuurlijk ruikt u het wel. Net als ik en net als iedereen hier. De stank van rat. Van die walgelijke rat die u aan boord verstopt.’

Verbaasd fronste Arráez zijn wenkbrauwen.

‘Ik kan u verzekeren…’

Fumero legde hem met een handgebaar het zwijgen op.

‘Wanneer een rat naar binnen glipt, is er geen enkele manier om er weer van af te komen. Je geeft hem gif en hij eet het. Je zet rattenvallen en hij kakt erin. Niets is zo moeilijk te elimineren als een rat. Omdat hij laf is. Omdat hij zich verbergt. Omdat hij denkt dat hij slimmer is dan jij.’

Fumero nam de tijd om te genieten van zijn eigen woorden.

‘En weet u wat de enige manier is om met een rat af te rekenen, kapitein? Hoe reken je echt eens en voor altijd af met een rat?’

Arráez schudde zijn hoofd. ‘Ik weet het niet, commandant.’

Fumero grijnsde en ontblootte zijn tanden.

‘Natuurlijk niet. Omdat u een man van de zee bent en het niet hoeft te weten. Dat is mijn werk. Dat is de reden dat de Revolutie me op de wereld heeft gezet. Observeer, kapitein. Observeer en leer.’

Voor Arráez iets kon zeggen, liep Fumero weg, in de richting van de boeg, gevolgd door zijn mannen. De kapitein zag toen dat hij zich had vergist: Fumero was wel degelijk gewapend. Hij speelde met een glanzende revolver, een verzamelaarsstuk. Hij stak het dek over en duwde zonder plichtplegingen ieder bemanningslid opzij dat hij op zijn weg vond; de ingang naar de hutten negeerde hij. Hij wist waar hij naartoe wilde. Op zijn teken stelden zijn mensen zich op rondom het dekluik dat het ruim afsloot en ze wachtten op verdere aanwijzingen. Fumero boog zich over de metalen plaat en klopte er zachtjes op met zijn knokkels, alsof hij voor de deur van een oude vriend stond.

‘Verrassing,’ zong hij.

Toen zijn mannen het luik praktisch uit zijn hengsels rukten en de ingewanden van het schip blootgesteld werden aan het daglicht, keerde Arráez terug naar de brug en verborg zich daar. Hij had in de afgelopen twee oorlogsjaren voldoende gezien en geleerd. Het laatste wat hij nog zag, was hoe Fumero zich als een kat de lippen aflikte, een seconde voor hij met de revolver in de hand in de buik van het schip verdween.

5

Na al die dagen dat hij opgesloten in het ruim dezelfde bedompte lucht had ingeademd, voelde Fermín hoe de geur van een frisse bries die door het open luik binnendrong, ook door de kieren van zijn wapenkist naar binnen sijpelde. Hij boog zijn hoofd licht naar één kant en zag door de spleet die overbleef tussen het deksel en de zijwand een waaier van stoffige lichtbundels door het ruim vegen. Lantaarns. Het witte, melkachtige licht streek langs de contouren van de lading en beproefde de doorzichtigheid van de doeken die automobielen en kunstwerken bedekten. Het geluid van de voetstappen en de metalige echo die weerklonk in het ruim kwamen langzaam dichterbij. Fermín klemde zijn kaken op elkaar en liep mentaal alle stappen na die hij had genomen voor hij naar zijn schuilplaats was teruggekeerd. De zakken, de kaarsen, de etensresten of de voetafdrukken die hij misschien had achtergelaten in de gang van de lading. Hij meende niks vergeten te hebben. Ze zouden hem daar nooit vinden, zei hij bij zichzelf. Nooit.

Toen hoorde hij die zure, bekende stem zijn naam uitspreken alsof hij een melodie neuriede en zijn knieën werden slap als pudding.

Fumero.

De stem en de voetstappen klonken heel dichtbij. Fermín sloot zijn ogen zoals een kind dat schrikt van een vreemd geluid in de duisternis van zijn kamer. Niet omdat hij denkt dat dat hem zal beschermen, maar omdat hij niet de gestalte wil zien die naast zijn bed staat en zich over hem heen buigt. Op dat moment hoorde hij de langzame voetstappen op een paar centimeter bij hem vandaan. De gehandschoende vingers streken over het deksel van de kist alsof er een slang overheen gleed. Fumero floot een melodie. Fermín hield zijn adem in en zijn ogen gesloten. Koud zweet rolde in grote druppels van zijn voorhoofd en hij moest hard zijn vuisten ballen om het beven van zijn handen tegen te gaan. Hij durfde geen spier te bewegen, vrezend dat de aanraking van zijn lichaam met de zakken waar een deel van de geweren in zat, een geluid kon maken, hoe gering ook.

Misschien had hij zich vergist. Misschien zouden ze hem inderdaad vinden. Misschien was er in de hele wereld geen hoekje te vinden waar hij zich kon verstoppen en nog een dag kon leven om het na te vertellen. Misschien was deze dag uiteindelijk net zo goed als elke andere om het toneel te verlaten. En als het dan zover was, stond niets hem in de weg die kist open te schoppen en de uitdaging aan te nemen door te zwaaien met een van de wapens waarop hij lag. Beter om in twee seconden doorzeefd met kogels te sterven dan door de hand van Fumero en zijn speelgoed na twee weken aan het plafond van een kerker in het Montjuïc-kasteel te hebben gehangen.

Hij betastte omzichtig de omtrek van een van de geweren, op zoek naar de loop, en greep het stilletjes maar met kracht vast. Het was tot dan toe nog niet in hem opgekomen dat het ding waarschijnlijk niet was geladen. Wat maakte het uit, dacht hij. Met zijn trefzekerheid zou hij vermoedelijk alleen maar een halve voet aan gort schieten of het oog van Columbus' standbeeld. Hij grijnsde bij de gedachte en klemde het wapen tegen zijn borst, zoekend naar de haan. Nog nooit had hij een wapen afgevuurd, maar hij zei bij zichzelf dat hij altijd kon vertrouwen op beginnersgeluk en dat de poging de moeite waard was. Hij spande de haan en maakte zich klaar om het hoofd van don Francisco Javier Fumero richting paradijs of hel te schieten.

Een ogenblik later echter verwijderden de voetstappen zich en namen Fermíns moment van glorie met zich mee, hem in herinnering brengend dat de grote minnaars, praktiserend of slechts geroepen, niet als helden van het laatste moment geboren waren. Hij stond zichzelf toe diep adem te halen en hield zijn handen op zijn borst. Zijn kleren kleefden aan zijn lichaam als een tweede huid. Fumero en zijn beulsknechten liepen weg. Fermín stelde zich voor hoe hun gestaltes oplosten in de schaduw van het laadruim en hij glimlachte opgelucht. Misschien was hij echt niet verraden. Misschien was dit gewoon een routinecontrole.

Precies op dat moment stonden de voetstappen stil. Een dodelijke stilte viel en heel even kon Fermín alleen het bonken van zijn eigen hart horen. Toen bereikte in een amper waarneembaar zuchtje het heel zachte getrippel van iets kleins en lichts wat op een paar centimeter van zijn gezicht over het deksel van de kist liep, zijn gehoor. Hij herkende het aan de zwakke, zoetzure geur. Zijn reisgezel, het muisje, snuffelde tussen de kieren van de planken, bespeurde waarschijnlijk de geur van zijn vriend. Fermín wilde juist zachtjes sissen om het weg te jagen, toen een oorverdovend lawaai het laadruim vulde.

De kogel, van een groot kaliber, vermorzelde het beestje ter plekke en boorde een keurig inslaggat in het deksel van de kist, op luttele centimeters van Fermíns gezicht. Bloeddruppels sijpelden door de kieren en drupten op zijn lippen. Toen voelde Fermín een kriebel in zijn rechterbeen en langs zijn lichaam turend kon hij vaststellen dat het projectiel in zijn baan bijna zijn been had geraakt, een brandgat makend in zijn broekspijp voor het een tweede gat sloeg in het hout. Een straal nevelig licht die de baan van de kogel volgde, doorboorde het duister van zijn schuilplaats. Fermín hoorde de voetstappen terugkeren en naast zijn schuilplaats halt houden. Fumero knielde bij de kist en Fermín zag de glinstering van zijn ogen in de kleine kier tussen deksel en kist.

'Zoals altijd maak je vrienden van laag allooi, is het niet? Je had het geschreeuw van je collega Amancio moeten horen toen hij ons vertelde waar we je konden vinden. Een paar kabeltjes op zijn kloten en jullie helden zingen als distelvinken.'

Blootgesteld aan die blik en alles wat hij daarvan wist, voelde Fermín dat als hij niet dat beetje moed er al uit had gezweet dat hem restte in de gevangenschap van die kist vol geweren, hij van paniek in zijn broek had geplast.

'Je stinkt erger dan je vriend de rat,' siste Fumero. 'Ik geloof dat je een bad nodig hebt.'

Hij hoorde voetstappen en de herrie van mannen die kisten verschoven en dingen omgooiden in het laadruim. Ondertussen bewoog Fumero geen millimeter van zijn plek. Zijn ogen probeerden, geduldig als die van een slang bij de ingang van een nest, in de duisternis van de kist iets te herkennen. Na een tijdje hoorde Fermín stevig gehamer op het deksel. Aanvankelijk dacht hij dat ze de kist met hun vuisten wilden openbreken. Toen hij echter de spijkerpunten door de rand zag steken, begreep hij dat ze bezig waren alle randen te vernagelen. In een seconde verdwenen de schaarse millimeters opening tussen deksel en kist. Ze hadden hem in zijn eigen schuilplaats begraven.

Fermín merkte dat de kist langzaam naar voren werd geschoven en op Fumero's bevel daalden meerdere bemanningsleden af naar het ruim. De rest kon hij zich wel voorstellen. Een dozijn mannen tilde de kist op met hefbomen en sloeg er spanbanden omheen. Hij hoorde het geratel van kettingen en voelde de plotselinge ruk van de hijskraan de hoogte in.

6

Arráez en zijn bemanning keken toe hoe de grote kist schommelde in de wind, zes meter boven het dek bungelend. Met een tevreden grijns zette Fumero zijn donkere bril weer op terwijl hij uit het ruim tevoorschijn kwam. Hij keek omhoog naar de commandobrug en imiteerde spottend een militair saluut.

'Met uw toestemming, kapitein, gaan we nu over op het verdelgen van de rat die u aan boord had, en wel op de enige werkelijk effectieve manier.'

Fumero gaf de kraandrijver de opdracht de kist te laten zakken tot op ooghoogte.

'Een laatste wil of enkele woorden van berouw?'

De bemanning keek met stomheid geslagen naar de kist. Het enige wat uit het binnenste leek te komen was een zacht gejank dat deed denken aan een klein, angstig dier.

'Kom kom, niet huilen, zo erg is het niet,' zei Fumero. 'Bovendien laat ik je niet alleen achter. Je zult zien dat een hele hoop van je vrienden reikhalzend naar je uitkijken…'

De kist ging weer de lucht in en de kraan draaide langzaam overboord. Toen hij zo'n tien meter boven het wateroppervlak hing, keerde Fumero zich nog eenmaal om naar de brug. Arráez keek naar hem met een glazige blik en bromde iets in zijn baard.

Godvergeten klootzak, kon Fumero ontcijferen. Toen knikte hij en de kist met tweehonderd kilo geweren en iets meer dan vijftig kilo Fermín Romero de Torres erin stortte in het ijzige, donkere water van Barcelona.

7

De val de diepte in gaf hem amper tijd om zich tegen de wanden van de kist af te zetten. Bij de aanraking met het water knalde de stapel geweren krachtig tegen het kistdeksel. Een paar seconden bleef hij als een boei op het wateroppervlak drijven. Fermín worstelde om zich te bevrijden van de tientallen geweren waaronder hij begraven lag. Een intense lucht van salpeter en diesel drong in zijn neus. Toen hoorde hij het geluid van water dat naar binnen borrelde door het kogelgat dat Fumero had gemaakt. Meteen voelde hij ook het koude contact met het water dat over de bodem van de kist vloeide. Paniek overspoelde hem en hij probeerde in elkaar te duiken om bij het gat in het onderste stuk van de kist te komen. Daarbij gleden de wapens met hun hele gewicht naar één kant en de kist helde over. Fermín viel voorover op de geweren. In totale duisternis betastte hij de stapel geweren onder zijn handen en begon ze opzij te duwen, zoekend naar het gat waar het water door naar binnen kwam. Zodra het hem was gelukt een dozijn wapens achter zich te schuiven, vielen ze weer over hem heen en drukten hem naar de bodem van de kist, die maar bleef hellen. Het water bedekte zijn voeten en vloeide tussen zijn tenen. Het kwam al bijna tot zijn knieën toen hij eindelijk het gat had gevonden en het met beide handen dichthield, zo goed en zo kwaad als het ging. Toen hoorde hij schoten vanaf het scheepsdek en de inslag in de kist. Achter hem openden zich drie nieuwe gaten en een groenig licht filterde naar binnen, zodat hij kon zien dat het water nu met kracht naar binnen stroomde. In luttele seconden reikte het tot zijn middel. Hij schreeuwde het uit van angst en woede, probeerde een van de gaten met zijn andere hand te bereiken, maar een plotselinge schok wierp hem naar achteren. Het lawaai in de kist deed hem sidderen, alsof een beest hem verslond. Het water steeg al tot zijn borst, de kou sneed hem de adem af. Het werd weer donker en hij begreep dat de kist onherroepelijk aan het zinken was. Zijn rechterhand kon de druk van het water niet langer weerstaan. Het ijskoude water spoelde de tranen van zijn gezicht. Hij probeerde nog een laatste ademteug te vangen.

De stroming zoog de zware houten kist mee en sleurde hem onverbiddelijk naar de bodem. Boven in de kist was nog een strook lucht van een handbreedte en Fermín worstelde vertwijfeld om daar te komen en nog een hap zuurstof te vangen. Kort daarop daalde de kist neer op de bodem van de haven en bleef naar één kant overhangend steken in de modder. Fermín beukte en schopte tegen het deksel, maar het hout, stevig vastgenageld, gaf geen krimp. De laatste kubieke centimeters lucht ontsnapten door de kieren. Deze ijzige, ondoordringbare duisternis nodigde hem uit zich over te geven, maar zijn longen brandden en hij dacht dat zijn hoofd zou exploderen onder de druk van het gebrek aan zuurstof. In blinde paniek, omdat hij zeker wist dat hij nog maar een paar seconden te leven had, greep hij een van de geweren en beukte met de kolf ervan op de rand van het deksel. Bij de vierde dreun viel het wapen in zijn handen uit elkaar. Hij tastte rond in het donker en zijn vingers raakten een van de zakken waarin een geweer vrij ronddreef dankzij een erin gevangen luchtbel. Fermín pakte de zak met beide handen en begon met zijn laatste krachten weer op het deksel in te beuken, smekend om het wonder dat niet plaatsvond.

De patroon produceerde een doffe trilling toen die in de zak ontplofte. Het schot, van zo dichtbij, maakte een gat van een handbreedte in het hout. Een zweem licht drong naar binnen. Fermíns handen reageerden sneller dan zijn brein. Hij richtte het geweer op hetzelfde punt en haalde telkens opnieuw de trekker over. Het water had de zak al vol laten lopen, zodat geen van de patronen nog kon exploderen. Fermín greep een ander geweer en haalde door de zak heen de trekker over. De eerste twee schoten sorteerden geen effect, maar bij het derde voelde hij de terugslag en zag hij dat het gat in het hout groter werd. Hij schoot door tot het gat groot genoeg was om zijn schriele, gehavende lijf erdoorheen te laten glippen. De versplinterde randen van de kist beten in zijn vel, maar de belofte van die spookachtige helderheid en de laag dansend licht aan de oppervlakte zouden hem zelfs in staat gesteld hebben een veld met messen over te steken.

Het troebele havenwater brandde in zijn ogen, maar toch hield hij ze open. Een onderwaterwoud van licht en schaduw wiegde in het groenige donker. Een tapijt van afval, skeletten van gezonken sloepen en eeuwen modder ontrolde zich aan zijn voeten. Hij keek omhoog naar de zuilen nevelig licht. De romp van het vrachtschip sneed een groot zwart gat in het oppervlak. Hij schatte de diepte in dat deel van de haven op minstens vijftien meter, misschien meer. Als hij aan de andere kant van de romp aan de oppervlakte kon komen, zou wellicht niemand zijn aanwezigheid opmerken. Hij zette zich af tegen de kist en begon te zwemmen. Toen pas, terwijl hij het wateroppervlak tegemoet zwom, namen zijn ogen kort het spookachtige beeld waar dat zich onder water verborg. Hij besefte dat wat hij voor algen en achtergebleven visnetten had aangezien, lijken waren, die deinden in het halfdonker. Tientallen geboeide lijken, de benen bij elkaar gebonden en aan stenen of cementblokken geketend, vormden een onderwaterkerkhof. De alen die tussen hun ledematen door kronkelden, hadden hun gezichten stukje bij beetje ontdaan van vlees en hun haren golfden in de stroming. Fermín herkende de contouren van mannen, vrouwen en kinderen. Aan zijn voeten lagen half in de modder begraven koffers en bundels. Sommige kadavers verkeerden in een dusdanige staat van ontbinding dat tussen de flarden kleding amper botten te zien waren. De doden vormden een eindeloze, in de duisternis verdwijnende galerij. Fermín sloot zijn ogen en keerde een seconde later in het leven terug, om vast te stellen dat de simpele handeling van ademhalen de wonderbaarlijkste ervaring van zijn hele leven was.

8

Als een zeepok bleef Fermín een poosje aan de romp van het schip kleven terwijl hij op adem probeerde te komen. Op zo'n twintig meter afstand dobberde een reusachtig lichtbaken. Het leek een soort vuurtorentje, een cilinder, bestaande uit een ronde basis met een kleine cabine en daarop een lantaarn als kroon. Het was wit met rode strepen en dobberde zachtjes als een metalen eilandje op drift. Als het hem lukte om daar te komen, kon hij zich erin verschuilen en het juiste moment afwachten om ongezien de wal te bereiken. Niemand leek zijn aanwezigheid te hebben opgemerkt, maar hij wilde het lot niet tarten. Hij haalde zo diep adem als zijn gehavende longen toelieten, dook weer onder en begon met ongelijke slagen te zwemmen. Hij vermeed het daarbij naar beneden te kijken en maakte zichzelf wijs dat zijn geest het slachtoffer was geweest van een delirium en dat die macabere tuin vol op de stroming deinende lichamen niets anders was dan een stel visnetten verstrikt in de rommel. Op een paar meter van het baken kwam hij boven, en hij zwom ijlings naar de andere kant om niet gezien te worden. Hij tuurde naar het dek van het schip en zei bij zichzelf dat hij voor het moment veilig was en dat iedereen aan boord, Fumero incluis, hem beslist al dood waande. Hij klom net op het platformpje, toen hij op de commandobrug een gestalte zag die hem onbeweeglijk gadesloeg. Kort doorstond hij diens blik. Hij kon de man niet identificeren, maar op basis van de kleding vermoedde hij dat het de scheepskapitein was. Haastig hees hij zich in de piepkleine cabine en hij kroop in elkaar, rillend van de kou en in de vaste veronderstelling dat ze hem over luttele seconden zouden komen halen. Het was beter geweest te verdrinken in die kist. Nu zou Fumero hem meenemen naar een van zijn cellen en alle tijd van de wereld nemen.

Een eeuwigheid wachtte hij op dat moment, maar toen hoorde hij de motoren van het schip aanslaan en de scheepshoorn bulderen. Angstvallig keek hij door het raampje van de cabine en hij zag het schip wegvaren naar de pier. Uitgeput ging hij liggen en liet zich omhelzen door de lauwe zon die door het raampje naar binnen scheen. Misschien had de maagd van de goddelozen zich toch over hem ontfermd.

9

Hij bleef op zijn minuscule eilandje tot de schemering de hemel kleurde en de havenvuurtorens een knipperlichtend net uitspreidden over het water. Hij tuurde naar de kades en kwam tot de slotsom dat hij het beste naar de wirwar van boten tegenover de visafslag kon zwemmen en langs een meertouw of een takel op de achtersteven van een schip aan wal kon klauteren.

Toen zag hij in de nevel over de binnenhaven een langzaam naderende roeiboot met twee mannen aan boord. Een van hen roeide en de ander, een lantaarn in de hand, tuurde ingespannen in de duisternis. Fermín schrok. Hij had in het water kunnen duiken en kunnen bidden dat de beschutting van de toenemende duisternis hem zou verbergen, om zo nogmaals te kunnen ontkomen, maar hij was aan het eind van zijn Latijn en hij had geen greintje strijdlust meer in zijn lijf. Hij kwam uit zijn schuilplaats en stak zijn handen omhoog, zijn gezicht naar het bootje.

'Doe uw armen omlaag,' zei degene met de lantaarn.

Fermín kneep zijn ogen tot spleetjes. De man voor in de boot was dezelfde die hem uren eerder vanaf de commandobrug had geobserveerd. Fermín keek hem recht aan en knikte. Hij pakte de toegestoken hand en stapte aan boord. De man aan de riemen reikte hem een deken aan en Fermín wikkelde zich erin.

'Ik ben kapitein Arráez en dit is mijn eerste stuurman, Bermejo.'

Fermín probeerde iets te stamelen, maar Arráez onderbrak hem.

'Vertel ons uw naam maar niet, dat is niet onze zaak.'

De kapitein schonk een kop warme wijn voor hem in uit een thermosfles. Fermín greep de messing beker met beide handen vast en dronk hem tot de laatste druppel leeg. Drie keer vulde Arráez de beker bij. Fermín voelde de warmte terugkeren in zijn binnenste.

'Voelt u zich beter?' informeerde de kapitein.

Fermín knikte.

'Ik zal u niet vragen wat u op mijn schip te zoeken had, noch wat er speelt tussen u en dat gespuis van een Fumero, maar u kunt maar beter uitkijken.'

'Dat probeer ik, gelooft u mij. Het is het lot dat niet meehelpt.'

Arráez overhandigde hem een zak. Fermín wierp er een blik in en zag droge kleren, aan alle kanten minstens zes maten te groot voor hem, en wat geld.

'Waarom doet u dit, kapitein? Ik ben niets meer dan een verstekeling die u in een bijzonder lastig parket heeft gebracht.'

'Omdat ik er toevallig zin in had,' antwoordde Arráez, wat Bermejo bekrachtigde.

‘Ik weet niet hoe ik u beiden…’

‘Voor mij is het voldoende als u niet opnieuw als verstekeling op mijn schip glipt. Kom, kleedt u zich om.’

Arráez en Bermejo keken toe terwijl hij zich ontdeed van zijn kletsnatte vodden en hielpen hem vervolgens in zijn nieuwe feestkleding, een oud matrozenpak. Voor hij zich voor altijd van het tot op de draad versleten jasje ontdeed, haalde hij uit de binnenzak de brief die hij weken had bewaakt met zijn leven. Het zeewater had de inkt uitgeveegd en de envelop was gereduceerd tot een stuk nat papier dat uit elkaar viel tussen zijn vingers. Fermín deed zijn ogen dicht en begon te huilen. Opgelaten keken Arráez en Bermejo elkaar aan. De kapitein legde zijn hand op Fermíns schouder.

‘Kalmeert u nu toch, man, het ergste is voorbij.’

Fermín schudde zijn hoofd.

‘Dat is het niet, dat is het niet.’

Heel traag kleedde hij zich verder aan, en hij borg de briefrestjes op in zijn nieuwe jasje. Toen hij zag dat zijn twee weldoeners hem geconsterneerd bekeken, droogde hij zijn tranen en glimlachte.

‘Neemt u mij niet kwalijk.’

‘U bent vel over been,’ merkte Bermejo op.

‘Dat ligt aan deze tijdelijke oorlogszuchtige dwaling,’ verontschuldigde Fermín zich, proberend een montere toon aan te slaan. ‘Maar nu mijn geluk verandert, voorvoel ik een toekomst van overvloedig eten en een contemplatief leven waarin ik mezelf ga vetmesten op basis van spek terwijl ik het neusje van de zalm van de poëzie uit de Gouden Eeuw herlees. In luttele dagen zal ik er dankzij bloedworst en kaneelkoekjes uitzien als een ton. U gelooft het misschien niet, maar als de gelegenheid zich voordoet, kom ik sneller aan dan een sopraan.’

‘Als u het zegt. Hebt u een plek om naartoe te gaan?’ vroeg Arráez.

Fermín, trots op zijn nieuwe pak van een matroos zonder schip en met een klotsende buik vol lauwe wijn, knikte ijverig.

‘Wacht er een vrouw op u?’ vroeg de zeeman.

Fermín glimlachte triest.

‘Ze wacht, maar niet op mij,’ antwoordde hij.

‘Hmm. Was de brief voor haar?’

Fermín knikte.

‘En daarom hebt u uw leven gewaagd en bent u teruggekeerd naar Barcelona? Om een brief te overhandigen?’

Fermín haalde zijn schouders op.

‘Ze is het waard. En ik heb het een goede vriend beloofd.’

‘Dood?’

Fermín sloeg zijn ogen neer.

‘Soms zijn er berichten die je beter voor je kunt houden,’ waagde Arráez te zeggen.

‘Beloofd is beloofd.’

‘Hoe lang hebt u haar niet meer gezien?’

‘Iets langer dan een jaar.’

De kapitein keek hem lange tijd aan.

‘Een jaar is veel in deze tijden. De mensen vergeten snel. Het is als een virus, maar het helpt om te overleven.’

‘Dan hoop ik het snel te krijgen, dat zou me verduld goed uitkomen,’ zei Fermín.

10

Het was al bijna nacht toen de boot hem afzette aan de voet van de brede trap van de Atarazanas-pier. Fermín dook onder in de mist van de haven, één silhouet meer tussen de stuwers en matrozen die in de richting van de Barrio Chino liepen. Toen hij zich tussen hen mengde, kon Fermín uit hun op halfluide toon gevoerde gesprekken afleiden dat de stad de vorige dag een bezoekje van de luchtmacht had gehad, de zoveelste keer al dat jaar, en dat er die nacht nieuwe bombardementen werden verwacht. De angst in de stemmen en blikken van de mannen was letterlijk te ruiken, maar na die hondsberoerde dag te hebben overleefd, was Fermín er rotsvast van overtuigd dat wat die nacht hem ook zou brengen, het niet erger kon zijn. De voorzienigheid wilde dat een nukkige, bebrilde scharrelaar die al de aftocht blies en een karretje met snoepgoed voortduwde, zijn weg kruiste. Fermín hield hem tegen en inspecteerde het vrachtje met opperste aandacht.

‘Ik heb gekonfijte vruchten zoals voor de oorlog,’ bood de handelaar aan. ‘Wilt uw heerschap proeven?’

‘Mijn koninkrijk voor een Sugus-snoepje,’ gaf Fermín aan.

‘Ik heb hier nog een zakje met aardbeiensmaak.’

Fermín kreeg ogen als schoteltjes en slechts bij het noemen van die lekkernij liep het water hem al in de mond. Dankzij de fondsen van kapitein Arráez kon hij zich het hele zakje veroorloven, dat hij openmaakte met de gretigheid van een terdoodveroordeelde.

Het nevelige licht van de straatlantaarns aan de Ramblas had voor hem – net als zuigen op een Sugus-snoepje – altijd tot de dingen behoord waarvoor het loonde nog een dag langer te leven. Die avond echter, toen hij de centrale voetgangersstrook van de Ramblas op liep, zag hij een brigade nachtwakers die van lantaarn naar lantaarn ging, trap in de hand, en de lichten doofde die zich nog spiegelden op het plaveisel. Hij liep naar een van hen toe en sloeg diens activiteiten gade. Toen de nachtwaker de trap afdaalde en Fermín opmerkte, stopte hij en wierp een wantrouwige blik op hem.

'Goedenavond, chef,' begon Fermín op vriendelijke toon. 'Word alstublieft niet boos als ik u vraag waarom u de stad in duisternis hult.'

De nachtwaker wees slechts met een wijsvinger naar de hemel, pakte zijn trap en liep naar de volgende lantaarn. Fermín bleef een ogenblik staan, verzonken in het vreemde schouwspel van de Ramblas die langzaam in de duisternis werden ondergedompeld. Om hem heen begonnen cafés en winkels hun deuren te sluiten en de gevels gleden langzaam het zwakke maanlicht in. Hij hervatte enigszins bezorgd zijn weg, en al spoedig zag hij een soort nachtelijke processie. Een flinke groep mensen met bundels en dekens liep naar de ingang van de metro. Sommigen hielden een brandende kaars of een olielamp vast, anderen liepen in het halfdonker. Toen hij langs de metrotrap liep, kruiste Fermíns blik die van een jongetje dat niet ouder kon zijn dan vijf. Hij klampte zich vast aan de hand van zijn moeder of grootmoeder – in het schaarse licht leken al die zielen prematuur oud geworden. Fermín wilde naar hem knipogen, maar het kind staarde naar de hemel. Hij tuurde naar het web van zwarte wolken dat boven de horizon samentrok alsof hij in het binnenste iets verborgens kon ontwaren. Fermín volgde zijn blik en voelde een koude wind in zijn gezicht, die door de stad begon te vegen en naar fosfor en verbrand hout rook. Net voor zijn moeder hem met zich meetrok, de trap af naar de metrotunnels, wierp het kind een blik op Fermín die hem het bloed in de aderen deed stollen. Die vijf jaar oude ogen weerspiegelden de blinde angst en vertwijfeling van een grijsaard. Fermín wendde zijn blik af en liep verder; hij passeerde iemand van de gemeentepolitie die de metro-ingang bewaakte en met zijn vinger op hem wees.

'Als u nu nog wilt... Daarna vindt u geen plek meer en de schuilkelders zitten vol.'

Fermín knikte, maar versnelde zijn pas. Zo drong hij steeds verder door in een spookachtig Barcelona, waarvan de contouren in het flakkerende licht van olielampen en kaarsen op balkons en in portieken maar net zichtbaar waren. Toen hij eindelijk bij de Rambla de Santa Mónica kwam, kon hij in de verte de boog zien van een somber, smal portiek. Hij zuchtte bekommerd en zette koers naar zijn ontmoeting met Lucía.

11

Terwijl hij langzaam de smalle trap op liep, voelde hij dat bij elke traptrede zijn vastberadenheid en moed meer aan het wankelen raakten om Lucía dadelijk onder ogen te komen en haar te moeten vertellen dat de man van wie ze hield – de vader van haar dochter, het gelaat dat ze sinds meer dan een jaar hoopte terug te zien – in een gevangeniscel in Sevilla was gestorven. Toen hij op de overloop van de derde verdieping aankwam, stond Fermín stil voor de deur zonder te durven kloppen. Hij ging op de traptreden zitten en begroef zijn gezicht in zijn handen. Hij herinnerde zich nog de exacte woorden die hij daar dertien maanden eerder had uitgesproken, toen Lucía zijn handen had gepakt, hem in de ogen had gekeken en had gezegd: 'Als je van me houdt, zorg er dan voor dat hem niets overkomt en breng hem terug.' Hij haalde de restjes envelop uit zijn zak en bekeek ze in het spaarzame licht. Toen verfrommelde hij ze en wierp ze het donker in. Hij was weer opgestaan en wilde net de trap af vluchten, toen hij achter zich de woningdeur hoorde opengaan. Daarop bleef hij staan.

Een meisje van zeven of acht jaar stond op de drempel en keek naar hem. Ze had een boek in haar handen en hield één vinger tussen de pagina's bij wijze van boekenlegger. Fermín glimlachte en stak zijn hand op.

'Hallo, Alicia,' zei hij. 'Ken je me nog?'

Het meisje keek hem een tikje achterdochtig aan en leek na te denken.

'Wat ben je aan het lezen?'

'*Alice in Wonderland*.'

'Ga weg! Mag ik eens kijken?'

Ze liet hem het boek zien, maar hij mocht het niet aanraken.

'Een van mijn lievelingsboeken.' Haar wantrouwen was nog niet helemaal overwonnen.

'En een van de mijne,' antwoordde hij. 'Alles wat te maken heeft met in gaten vallen en mafkezen en wiskundige problemen tegenkomen... Alsof het autobiografisch is.'

Het meisje beet zich op de lippen om haar lachen in te houden.

'Ja, maar dit schreven ze voor mij,' zei ze schelms.

'Natuurlijk. Is je moeder thuis?'

Ze gaf geen antwoord, maar duwde de deur een stukje verder open. Fermín deed een stap naar voren. Het meisje draaide zich om en ging naar binnen zonder een woord te zeggen. Op de drempel bleef hij staan. In de woning was het donker en het geflakker van een olielamp aan het einde van de smalle gang was maar net te zien.

'Lucía?' riep Fermín.

Zijn stem verdween in de duisternis. Hij klopte op de deur en wachtte.

'Lucía? Ik ben het...' riep hij opnieuw.

Toen hij na een paar seconden geen antwoord kreeg, stapte hij de woning in en liep langzaam de gang door. De deuren aan weerszijden waren gesloten. Aan het einde aangekomen stond hij in een ruimte die dienstdeed als eetkamer. De olielamp stond op tafel en verspreidde een zwak geel licht. Voor het raam zat met de rug naar hem toe een oude vrouw op een stoel. Fermín bleef staan. Pas toen herkende hij haar.

'Doña Leonor...'

De vrouw die hem bejaard had geleken, kon niet ouder zijn dan vijfenveertig. Haar gezicht was vaal en gerimpeld van verbittering, de ogen glazig, moe van het haten en het eenzame huilen. Leonor keek hem zonder iets te zeggen aan. Fermín nam een stoel en ging naast haar zitten. Hij pakte haar hand en glimlachte zwakjes.

'Ze had met jou moeten trouwen,' mompelde ze. 'Je bent weliswaar lelijk, maar je hebt tenminste een hoofd op je schouders.'

'Waar is Lucía, doña Leonor?'

De vrouw wendde haar blik af.

'Ze hebben haar meegenomen, zo'n twee maanden geleden.'

'Waarheen?'

Leonor antwoordde niet.

'Wie waren het?'

'Die man...'

'Fumero?'

'Ze vroegen niet eens naar Ernesto. Ze zochten háár.'

Fermín omhelsde haar, maar Leonor bleef onbeweeglijk zitten.

'Ik zal haar vinden, doña Leonor. Ik zal haar vinden en thuisbrengen.'

De vrouw schudde haar hoofd.

'Hij is dood, hè? Mijn zoon?'

Fermín zweeg. Toen zei hij: 'Ik weet het niet, doña Leonor.'

Ze keek hem woedend aan en gaf hem een oorvijg.

'Ga weg.'

'Doña Leonor...'

'Ga weg,' kermde ze.

Fermín stond op en deed een paar stappen naar achteren. De kleine Alicia keek toe vanuit de gang. Hij glimlachte, en ze liep langzaam naar hem toe. Ze pakte zijn hand stevig vast en hij knielde bij haar neer. Hij wilde zeggen dat hij een vriend was geweest van haar moeder, of wat dan ook, om die uitdrukking van verlatenheid weg te vagen die haar gezicht behekste, maar precies op dat moment, terwijl Leonor haar tranen smoorde in haar handen, was in de verte lawaai te horen dat uit de hemel regende. Toen hij opkeek naar het raam, zag hij dat de ruit begon te trillen.

12

Fermín liep naar het raam en schoof de vitrage opzij. Hij keek omhoog naar het strookje hemel dat tussen de dakterrassen van het smalle straatje gevangenzat. Intussen was het geluid aangezwollen en het klonk al veel dichterbij. Zijn eerste gedachte was dat het een storm was die vanaf zee kwam opzetten en hij stelde zich voor hoe zwarte wolken over de haven walsten en op hun weg zeilen en masten in stukken rukten. Maar hij had nog nooit een storm gehoord die als metaal en vuur klonk. De nevel trok in flarden op en toen zag hij ze. Als grote stalen insecten dook het eskader op uit de duisternis. Hij schrok en draaide zich om naar Leonor en Alicia, die er bevend als een rietje bij stond met het boek nog in haar handen.

'Ik denk dat het beter is om hier te verdwijnen,' mompelde Fermín.

Leonor schudde haar hoofd.

'Ze vliegen voorbij,' zei ze amper hoorbaar. 'Net als gisteravond.'

Fermín tuurde weer naar de hemel en zag een groep van zes of zeven vliegtuigen die zich losmaakte van het eskader. Hij deed het raam open en toen hij zijn hoofd naar buiten stak, leek het hem dat het motorengeraas koers zette naar de Ramblas. Opeens was een schril gefluit hoorbaar, als een boor die zich een weg baant vanuit de hemel. Alicia hield haar handen over haar oren en zocht ijlings haar toevlucht onder de tafel. Leonor strekte haar armen uit om haar tegen te houden, maar iets stopte haar. Het gefluit werd zo schril dat het uit de muren leek te komen. Fermín dacht dat zijn trommelvliezen zouden scheuren.

Precies op dat moment werd het stil.

Hij voelde een plotselinge inslag die het gebouw op zijn grondvesten deed schudden, alsof er net een trein uit de wolken was gestort, die door het dak en alle verdiepingen heen suisde als door sigarettenpapier. Leonors lippen vormden woorden, maar hij kon ze niet horen. Verstard door een muur van compact geluid die de tijd deed stilstaan, zag Fermín hoe in een fractie van een seconde de wand achter Leonor in een witte wolk instortte en een haag van vuur haar stoel omsingelde en haar opslokte. De zuigende werking van de explosie sleurde de helft van de meubels in de lucht, waar ze eveneens in vlammen opgingen. Een golf hete lucht die pijn deed als brandende benzine slingerde hem met zo'n kracht tegen het venster dat hij door het glas brak en tegen de metalen balkonspijlen klapte. De overjas van kapitein Arráez rookte en schroeide zijn huid. Toen hij wilde opspringen om hem uit te trekken, voelde hij hoe de vloer beefde onder zijn voeten. Meteen daarna zakte het midden van het gebouw in elkaar in een stofhoos van vuurgloed en puin.

Fermín krabbelde overeind en trok haastig de smeulende jas uit. In de woonkamer zag hij een zwarte, bijtende rook over de muren strijken die niet waren ingestort. De explosie had het hart van het gebouw verpulverd, zodat de gevel en de voorste rij kamers nog net overeind stonden en een krater omzoomden, aan de rand waarvan de overblijfselen van de trap omhoogstaken. Achter de voormalige gang waar hij door naar binnen was gelopen, was niets meer.

'Klootzakken,' zei hij hoestend.

Door het gekraak en gepiep in zijn oren kon hij zijn eigen stem niet horen, maar op zijn huid voelde hij de golf van een nieuwe explosie niet ver hiervandaan. Een zure wind die stonk naar zwavel, elektriciteit en verschroeid vlees waaide door de straten en hij kon de gloed van de vlammen zien die de hemel van Barcelona lardeerden.

13

Een gruwelijke pijn beet in zijn spieren. Hij wankelde de woonkamer in. De explosie had Alicia tegen de muur geslingerd. Ze zat, overdekt met stof en as, tussen een omgevallen fauteuil en de hoek van de kamer. Fermín knielde voor haar neer en greep haar onder haar oksels vast. Bij het voelen van zijn aanraking opende Alicia haar ogen. Ze waren rood, met verwijde pupillen. Fermín zag er zijn gehavende gestalte in weerspiegeld.

'Waar is oma?' murmelde het meisje.

'Oma moest weg. Je gaat met mij mee. Jij en ik. We gaan hier weg.'

Alicia knikte. Fermín tilde haar in zijn armen en tastte over haar kleren, zoekend naar wonden of breuken.

'Doet het ergens pijn?'

Ze bracht een hand naar haar hoofd.

'Dat gaat weer over,' beloofde Fermín. 'Ben je zover?'

'Mijn boek...'

Fermín zocht tussen het puin naar het boek en vond het half verschroeid maar nog redelijk intact. Hij gaf het haar en Alicia greep het vast alsof het een talisman was.

'Niet verliezen, hoor. Je moet me vertellen hoe het afloopt.'

Met het meisje in zijn armen stond hij op. Of Alicia woog meer dan hij had verwacht of hij had nog minder kracht over dan hij had gehoopt te kunnen opbrengen om daar weg te komen.

'Hou je goed vast.'

Hij draaide zich om en liep langs het enorme gat dat de explosie had achtergelaten over het midden van de tegels in de nu tot een overhangende massa gereduceerde gang tot hij bij de trap was. Hier kon hij zien dat de bom tot in de kelder van het gebouw was doorgedrongen en een vuur had doen opvlammen dat over de eerste verdiepingen heen golfde. Trede voor trede naderden de vlammen hen. Hij greep Alicia goed vast en stormde de trap op, in de hoop het platte dak te kunnen bereiken, om vandaar op het dak van het belendende pand te kunnen springen en het op die manier wellicht te kunnen navertellen.

14

De deur naar het platte dak bestond uit solide eikenhout, maar de explosie had hem uit zijn scharnieren gerukt en Fermín kon hem met één schop wegtrappen. Eenmaal op het dak zette hij Alicia op de grond en liet zich tegen de gevelrand vallen om weer op adem te komen. Hij haalde diep adem. Het rook naar verbrande fosfor. Een paar seconden waren ze allebei stil – ze vertrouwden hun ogen niet toen ze het panorama voor zich zagen.

Barcelona was een deken van duisternis, doorzeefd met vuurzuilen en zwarte rookpluimen die als tentakels naar de hemel kronkelden. Een paar straten verderop tekenden de Ramblas zich af als een vloed van vlammen en rookwolken, die oprukte in de richting van het centrum. Fermín pakte Alicia's hand en trok haar verder.

'Kom, hier kunnen we niet blijven.'

Al na een paar passen overspoelde een nieuw geraas de lucht en schudde het gebouw onder hun voeten. Fermín keek achterom en zag een felle gloed oplichten vlak bij het Plaza de Cataluña. In een fractie van een seconde schoot de rossige bliksem over de daken van de stad. De lichtstorm doofde in een asregen, waaruit opnieuw het gebrul van de vliegtuigen opsteeg. Het eskader vloog heel laag en doorkruiste de dichte rookwerveling die zich over de stad uitbreidde. Op de bolle rompen lichtte de weerspiegeling van de vlammen op. Fermín keek ze na en zag hoe het bij bosjes bommen regende op de daken van El Raval. Op zo'n vijftig meter van hun dak verwijderd ontplofte een huizenrij voor hun ogen alsof de lont van een sliert rotjes was aangestoken. De drukgolf verpulverde honderden vensters in een regen van glas en maakte alles wat hij op de belendende terrassen vond met de bodem gelijk. Een duiventil op een aanpalend gebouw stortte over de kroonlijst en wierp op zijn weg een watertank om, die de diepte in duikelde en met oorverdovend lawaai uit elkaar spatte op het plaveisel. Fermín hoorde de paniekkreten op straat.

Ze stonden daar als verlamd, niet in staat nog een stap te zetten, en bleven zo staan, de blik gebiologeerd gericht op de zwerm vliegtuigen die de stad bleef bestoken. Fermín zag dat het havenbassin bezaaid was met half gezonken schepen. Grote vlekken brandende diesel breidden zich langzaam uit over het water en slokten iedereen op die zich in het water had gestort en nu wanhopig voor zijn leven zwom. De loodsen en hangars op de kades brandden woest. Een kettingexplosie van brandstoftanks wierp een rij grote hijskranen om. Een voor een stortten de enorme metalen geraamtes op de vrachtschepen en vissersboten die voor anker lagen bij de kade en begroeven ze in het water. In de verte, in de zwavel- en dieselmist, maakten de vliegtuigen een wijde bocht op zee om zich voor te bereiden op een nieuwe aanval. Fermín sloot zijn ogen en liet de vuile, gloeiende wind het zweet op zijn lichaam drogen. *Hier ben ik, ellendelingen. We zullen zien of jullie eindelijk eens raak schieten.*

15

Toen hij dacht dat hij alleen nog maar het lawaai van de opnieuw naderende vliegtuigen hoorde, drong de stem van het meisje naast hem zijn oor binnen. Hij opende zijn ogen en zag daar Alicia staan. De kleine probeerde hem uit alle macht mee te trekken en gilde het uit met overslaande paniekstem. Fermín draaide zich om. Wat nog van het gebouw overeind stond, zakte in de vlammen langzaam in elkaar als een zandkasteel in de vloed. Ze renden naar het andere eind van het platte dak en vanaf daar lukte het hun om over de muur te springen op het dak van het belendende pand. Fermín landde rollend en voelde een acute pijnscheut in zijn linkerbeen. Alicia bleef aan hem sjorren en hielp hem op te staan. Hij betastte zijn dij en voelde het lauwwarme bloed tussen zijn vingers door vloeien. De glans van de vlammen verlichtte de muur waar ze overheen waren gesprongen en onthulde een met glasscherven bezaaide rand. Misselijkheid vertroebelde zijn blik, maar hij haalde diep adem en bleef niet staan. Alicia trok hem steeds verder. Het been achter zich aan slepend, dat een donker glanzend spoor over de tegels trok, volgde Fermín haar over het dak tot de muur die het scheidde van de woning die uitkwam op de Calle del Arco del Teatro. Zo goed en zo kwaad als het ging klom hij op een stel kisten die tegen de muur stonden opgestapeld en keek hij uit over het belendende pand. Daar verhief zich een omineus, oud paleis met grote, verzegelde ramen en een monumentale façade, dat eruitzag alsof het decennialang op de bodem van een stuwmeer had gestaan. Het gebouw werd bekroond door een grote koepel van ondoorzichtig glas, die eruitzag als een lantaarn en waar nog weer een bliksemafleider boven uitstak, aan de punt waarvan een drakenfiguurtje tolde in de wind.

De wond aan zijn been klopte met een doffe pijn en hij moest zich aan de kroonlijst vasthouden om niet in elkaar te zakken. Hij voelde het bloed in zijn schoen en een nieuwe scheut misselijkheid golfde door hem heen. Het was hem duidelijk dat hij elk moment het bewustzijn kon verliezen. Alicia keek ontzet naar hem. Fermín probeerde een lachje.

'Het is niets,' zei hij. 'Een schram.'

In de verte had het eskader zijn lus over zee beëindigd, het liet de golfbreker van de haven alweer achter zich en zette op volle snelheid koers naar de stad. Fermín strekte zijn hand uit naar Alicia.

'Hou je vast.'

Ze schudde langzaam haar hoofd.

'Hier zijn we niet veilig. We moeten over het dak van het buurhuis en dan een manier vinden om beneden op straat te komen en van daaruit naar de metro,' zei Fermín met weinig overtuiging.

'Nee,' prevelde ze.

'Geef me je hand, Alicia.'

Het meisje aarzelde, maar gaf uiteindelijk toe. Fermín pakte haar hand, trok krachtig en hielp haar zo op de bovenste kist. Eenmaal daar tilde hij haar op de rand van de muur.

'Spring,' zei hij.

Alicia drukte het boek tegen haar borst en schudde haar hoofd. Fermín hoorde het geratel van de mitrailleurs die de daken achter hen doorzeefden en gaf het meisje een duwtje. Toen ze aan de andere kant van de muur landde, draaide ze zich om en wilde Fermín de hand reiken, maar die klampte zich nog steeds vast aan de kroonlijst aan zijn kant van de muur. Hij was lijkbleek en hield zijn oogleden gesloten, alsof hij amper bij bewustzijn kon blijven.

'Ren,' bracht hij met zijn laatste adem uit. 'Ren voor je leven.'

Fermín zakte op zijn knieën en viel voorover. Hij hoorde het lawaai van de vliegtuigen vlak boven hen passeren en voor hij zijn ogen sloot, zag hij hoe een nieuwe tros bommen uit de hemel viel.

16

Alicia rende vertwijfeld over het dak naar de grote glazen koepel. Ze zou nooit weten waar de bom ontplofte, of dat gebeurde bij het raken van een van de twee gevels of in de lucht. Het enige wat ze waarnam, was de brute stoot van een muur van gecomprimeerde lucht in haar rug, een oorverdovende storm die haar omhooggooide en naar voren wierp. Een golf van gloeiende stukken metaal scheerde rakelings langs haar. Op dat ogenblik voelde ze hoe met kracht een vuistgroot object in haar heup drong. Door die treffer draaide ze in de lucht en werd ruggelings tegen de glazen koepel aan gesmakt. Ze doorboorde een gordijn versplinterend glas en duikelde de diepte in. Het boek gleed uit haar handen.

Gedurende een halve eeuwigheid maakte ze een duikvlucht door het schemerdonker, tot een opgespannen zeildoek haar val brak. Onder haar gewicht vouwde de stof zich samen en ze bleef op een soort houten platform op haar rug liggen. Hoog boven zich kon ze het gat zien dat haar lichaam in de glaskoepel had geslagen. Ze probeerde naar een kant te leunen, maar ontdekte dat haar rechterbeen gevoelloos was en ze haar lichaam vanaf haar middel naar beneden amper kon bewegen. Ze keek naar de andere kant en zag dat het boek, dat ze al verloren had gewaand, aan de rand van het platform terecht was gekomen.

Op haar ellebogen steunend kroop ze dichterbij en ze raakte met een vingertop de rug van het boek al aan. Een nieuwe explosie deed het gebouw schudden en het boek viel in de diepte. Alicia keek over de rand en zag het de afgrond in fladderen. De weerkaatsing van de vlammen tegen de wolken wierp lichtbundels naar beneden die zich over het donker uitstortten. Ongelovig kneep Alicia haar ogen tot spleetjes. Als die aanblik haar niet bedroog, was het boek boven op een reusachtige spiraal geland die zich om een oneindig labyrint van gangen, passages, bogen en galerijen wond, dat aan een grote kathedraal deed denken. Maar in tegenstelling tot de kathedralen die ze kende, bestond deze niet uit stenen.

Ze bestond uit boeken.

Het door de koepel binnenvallende licht onthulde voor haar ogen met elkaar verknoopte trappen en bruggen, geflankeerd door duizenden en duizenden op elkaar gestapelde boeken. Beneden in de afgrond kon ze een lichtcirkel zien die langzaam vooruitkwam. Opeens bleef het licht op dezelfde plek hangen en toen ze beter keek zag Alicia een man met grijs haar en een lantaarn die naar haar opkeek. Een hevige pijnscheut sneed als een mes door haar heup en haar blik vertroebelde. Meteen daarop sloot ze haar ogen en verloor elke notie van tijd.

Ze werd wakker toen iemand haar voorzichtig optilde. Ze deed haar ogen half open en zag dat ze afdaalden door een eindeloos lange gang die zich naar alle kanten vertakte tot tientallen galerijen die uit muren en nog meer muren van boeken bestonden. De man met het schaarse haar en het roofvogelgezicht die ze aan de voet van het labyrint had gezien, hield haar in zijn armen. Beneden aangekomen droeg hij haar door een groot gewelf naar een hoek en legde haar op een brits.

'Hoe heet je?' vroeg hij.

'Alicia,' stamelde ze.

'Ik ben Isaac.'

De man onderzocht vervolgens met een ernstig gezicht de kloppende wond aan haar heup. Hij dekte haar toe met een deken en ondersteunde haar hoofd zodat hij een glas water aan haar lippen kon houden, dat ze gulzig leegdronk. De handen van de bewaker vlijden haar hoofd daarna op het kussen. Isaac glimlachte naar haar, maar zijn ogen verraadden ontsteltenis. Wat zich achter hem verhief, leek haar een uit alle bibliotheken van de wereld gehouwen basiliek, waaruit het labyrint omhoogliep dat ze vanuit de hoogte had gezien. Isaac ging in een stoel naast haar zitten en pakte haar hand.

'Rust nu maar uit.'

Hij doofde de lantaarn en beiden werden in een blauwig halfduister gedompeld, doorsneden door erboven oplichtende vuurstralen. De onmogelijke geometrie van het boekenlabyrint verdween in de onmetelijkheid en Alicia dacht dat het allemaal maar een droom was, dat de bom was geëxplodeerd in oma's eetkamer en dat zij en haar vriend dat brandende gebouw nooit hadden verlaten.

Isaac bekeek haar treurig. Het geluid van de bommen, de sirenes en de dood dat over Barcelona trok, drong door de muren naar binnen. Vlakbij was een explosie te horen, die de muren en de grond onder hun voeten deed schudden en die stofwolken opwierp. Alicia kromp op haar bed in elkaar. De bewaker stak een kaars aan en zette die op een kastje naast haar bed. Langzaam tekende het schijnsel van de vlam de omtrek van die wonderbaarlijke constructie die zich midden in het gewelf verhief. Isaac zag dat dat beeld zich in Alicia's blik vastzette vlak voor ze het bewustzijn verloor.

'Alicia,' zei hij ten slotte. 'Welkom in het Kerkhof der Vergeten Boeken.'

17

Fermín opende zijn ogen in een immense hoeveelheid hemels wit. Een geüniformeerde engel verbond zijn dijbeen en een lange rij brancards verdween in een oneindige lijn.

'Is dit het vagevuur?' vroeg hij.

De verpleegster keek op en keek hem vanuit een ooghoek aan. Ze kon niet ouder zijn dan achttien, en het eerste wat Fermín dacht was dat ze er voor een engel op de goddelijke loonlijst behoorlijk veel beter uitzag dan kon worden aangenomen op grond van de bidprentjes die altijd bij doopplechtigheden en communies werden uitgedeeld. Het opkomen van onkuise gedachten kon enkel twee dingen betekenen: verbetering van de fysieke tonus of nakende eeuwige verdoemenis.

'Ik wil op voorhand zeggen dat ik van mijn schofterige goddeloosheid afval en de testamenten naar de letter onderschrijf, het Nieuwe en het Oude, in de volgorde die Uwe Engelachtige Genade het geschiktst dunkt.'

Toen ze zag dat de patiënt weer bij bewustzijn was en met zijn spraakvermogen overduidelijk intact, gaf de zuster een teken, waarop een arts die eruitzag alsof hij een week niet had geslapen bij de brancard kwam staan. De arts tilde zijn oogleden op en onderzocht zijn ogen.

'Ben ik dood?' prevelde Fermín.

'U moet niet overdrijven. U bent een tikkeltje gebutst, maar over het algemeen behoorlijk levend.'

'Dus dan is dit niet het vagevuur?'

'Dat zou u wel willen. We zijn in het Hospital Clínico. Oftewel, in de hel.'

Terwijl de arts zijn wonden onderzocht, dacht Fermín na over de draai die de gebeurtenissen hadden genomen en probeerde zich te herinneren hoe hij hier terecht was gekomen.

'Hoe voelt u zich?' vroeg de dokter.

'Een beetje bezorgd, als ik eerlijk ben. Ik heb gedroomd dat Jezus Christus me bezocht en dat we een lang, diepzinnig gesprek voerden.'

'Waarover?'

'Vooral over voetbal.'

'Dat komt door de pijnstiller die we u hebben gegeven.'

Fermín knikte opgelucht.

'Dat dacht ik al toen de Heer aangaf dat hij voor Atlético Madrid was.'

De arts glimlachte lichtjes en gaf de verpleegster fluisterend wat instructies.

'Hoe lang ben ik al hier?'

'Ongeveer acht uur.'

'En het kind?'

'Het kindeke Jezus?'

'Nee. Het meisje dat bij me was.'

De verpleegster en de arts wisselden een blik van verstandhouding.

'Het spijt me, maar er was geen meisje bij u. Voor zover ik weet, hebben ze u als door een wonder op een plat dak in El Raval gevonden, waar u bijna was doodgebloed.'

'En met mij hebben ze niet een meisje hier gebracht?'

De arts boog zijn hoofd.

'Niet levend.'

Fermín maakte aanstalten om overeind te komen. De arts en de verpleegster drukten hem terug op de brancard.

'Dokter, ik moet hier weg. Er is daar buiten een hulpeloos kind dat mij nodig heeft...'

De arts knikte naar de zuster, die snel een flesje pakte van het medicijn-en-verbandwagentje waarmee ze tussen de brancards haar ronde maakte, en begon een injectie voor te bereiden. Fermín schudde zijn hoofd, maar de arts hield hem stevig vast.

'Ik ben bang dat ik u nog niet kan laten gaan. Ik vraag een beetje van uw geduld. We willen ons geen zorgen over u hoeven maken.'

'Maakt u zich geen zorgen, ik heb meer levens dan een kat.'

'En minder schaamte dan een minister, de reden dat ik u tevens verzoek op te houden met de verpleegsters in hun billen te knijpen als ze uw verband verwisselen, begrijpt u wel?'

Fermín voelde de prik van de naald in zijn rechterschouder en de kou die zich verspreidde door zijn aderen.

'Kunt u het nog eens navragen, dokter? Ze heet Alicia.'

De dokter verslapte zijn greep en liet hem op de brancard zakken. Fermíns spieren veranderden in gelatine, zijn pupillen verwijdden zich, zodat de wereld een aquarel werd die in water vervloeide. De verre stem van de arts vervaagde tijdens zijn afdaling. Hij voelde dat hij door wattenwolken viel en het wit van de gang verkruimelde tot een fijn lichtstof, dat in de vloeibare balsem vervluchtigde die het paradijs van de chemie beloofde.

18

Tegen de avond ontsloegen ze hem, omdat het ziekenhuis hopeloos overvol was en iedereen die niet stervende was als gezond gold. Gewapend met een houten kruk en een stel schone kleren, in bruikleen van een overledene, lukte het Fermín om bij de poorten van het Hospital Clínico in een tram te klauteren, die hem terugbracht naar de straten van El Raval. Daar bezocht hij alle cafés, kruideniers en andere winkels die nog open waren en vroeg luidkeels of iemand een meisje had gezien dat Alicia heette. Toen de mensen dat schrale, uitgemergelde mannetje zagen, antwoordden ze ontkennend, in het geloof dat die arme stumper, zoals zovelen, vergeefs zocht naar zijn dode dochter – een van de ongeveer negenhonderd lichamen, waaronder zo'n honderd kinderen, die op deze 18e maart 1938 geborgen zouden worden.

Toen het avond werd, doorkruiste Fermín van boven naar beneden de Ramblas. De bommen hadden trams uit hun rails laten lopen, die er nog steeds narokend stonden, met hun dode passagiers nog aan boord. Cafés die eerder vol klanten hadden gezeten, waren nu spookachtige spelonken met levenloze lichamen. De trottoirs waren met bloed bevlekt, en terwijl men probeerde de gewonden weg te halen, de doden te bedekken of simpelweg nergens heen te vluchten, kon niemand zich herinneren een meisje te hebben gezien zoals hij het beschreef.

Ondanks alles verloor Fermín niet eenmaal de hoop, zelfs niet toen hij een rij levenloze kleine lichamen zag liggen op het trottoir voor het Liceo-theater. Geen van de kinderen leek ouder dan acht of negen. Fermín knielde neer. Naast hem streelde een vrouw de voeten van een jongetje met een vuistgroot gat in de borst.

'Hij is dood,' zei ze. 'Ze zijn allemaal dood.'

De hele nacht lang, terwijl de stad puinruimde en de ruïnes van tientallen gebouwen ophielden met branden, ging Fermín in de straten van El Raval van deur tot deur en vroeg naar Alicia.

Toen ten slotte de ochtend aanbrak werd hem duidelijk dat hij geen stap meer kon zetten en liet hij zich op de traptreden van de Bethlehemkerk vallen. Al vrij snel kwam een politieman naast hem zitten, het gezicht bedekt met roet en het uniform met bloed. Toen hij Fermín vroeg waarom hij huilde, klampte Fermín zich aan hem vast en zei dat hij wilde sterven, omdat het lot het leven van een meisje in zijn handen had gelegd en hij haar had verraden en haar niet had kunnen beschermen. Als God of de duivel ook maar een greintje fatsoen in het lijf over zou hebben, zei hij, dan zou die klotewereld morgen of overmorgen voor altijd ten onder gaan, omdat ze het niet verdiende voort te bestaan.

De politieman, die vele uren zonder pauze lijken tussen het puin had weggehaald, waaronder dat van zijn vrouw en zesjarige zoontje, luisterde kalm naar hem.

'Vriend,' zei hij uiteindelijk. 'Niet de hoop opgeven. Als ik iets heb geleerd op deze miserabele wereld, dan is het dat het lot altijd om de hoek op de loer ligt. Als een tasjesdief, of een hoer of loterijverkoper, zijn drie meest afgezaagde incarnaties. En als u op een dag besluit het te zoeken – want aan huisbezoeken doet het lot niet – dan zult u zien dat het u een tweede kans zal geven.'

BAL MASQUÉ

Madrid

1959

De weledelgeboren heer

Don Mauricio Valls y Echevarría

en

Doña Elena Sarmiento de Fontalva

hebben het genoegen u uit te nodigen voor het

<u>bal masqué</u>

dat zal plaatshebben in het

paleis Villa Mercedes

in Somosaguas
op 24 november 1959
vanaf 7 uur in de avond

Gaarne voor 1 november uw aanwezigheid bevestigen bij de
protocollaire dienst van het
ministerie van Nationale Vorming.

1

De kamer was permanent in het halfduister gehuld. Al jaren waren de overgordijnen dicht, en ze waren zo gemaakt dat nog niet het kleinste spoortje licht kon binnendringen. De enige lichtbron die het tegen de duisternis waagde op te nemen, was een koperen wandlamp. In de krachteloze, okerkleurige stralenkrans waren de omtrekken te zien van een sponde met een baldakijn waaraan een transparante sluier hing. Erachter was haar gestalte te raden, roerloos.

Het lijkt wel een begrafeniskoets, dacht hij. Mauricio Valls observeerde het silhouet van zijn echtgenote Elena. Sinds een decennium was dit bed de gevangenis waarin ze haar dagen sleet, bewegingloos, nadat het onmogelijk was geworden haar nog in een rolstoel te zetten. Met de jaren had de ziekte die haar lichaam verteerde het skelet van doña Elena vervormd tot een onontwarbare kluwen ledematen in voortdurende doodsstrijd. Een mahoniehouten kruis waakte over haar vanaf het hoofdeinde van het bed, maar de hemel, in zijn oneindige wreedheid, verleende haar niet de zegen van de dood. Het is mijn schuld, dacht Valls. Ze doet het om mij te straffen.

Door de weerklank van de orkestakkoorden en de stemmen van de meer dan duizend gasten beneden in de tuin heen hoorde hij haar moeizame ademhaling. De nachtzuster stond op uit de stoel naast het bed en liep zachtjes naar Valls toe. Hij herinnerde zich haar naam niet. De verpleegsters die waakten over zijn echtgenote bleven nooit langer dan twee of drie maanden, hoe hoog het salaris ook was dat hun geboden werd. Hij kon het hun niet kwalijk nemen.

'Slaapt ze?' vroeg Valls.

Ze schudde haar hoofd.

'Nee, meneer de minister, maar de arts heeft haar al de injectie voor de nacht toegediend. Ze had een onrustige middag. Nu gaat het beter met haar.'

'Laat ons alleen,' beval Valls.

De zuster knikte en sloot bij het verlaten van de kamer de deur achter zich. Valls liep naar het bed. Hij schoof het dunne gordijn opzij en ging op de rand van het bed zitten. Even sloot hij zijn ogen en luisterde naar haar haperende ademhaling terwijl de zurige stank die haar lichaam uitwasemde hem omhulde. Hij hoorde het geluid van haar nagels die over het laken krasten. Toen hij zich naar haar toe draaide met de valse glimlach op zijn lippen en de serene uitdrukking van kalmte en genegenheid bevroren op zijn gelaat zag hij dat zijn echtgenote hem met vuurspuwende ogen aankeek. De ziekte waarvoor de duurste artsen van Europa geen naam hadden noch een remedie, had haar handen misvormd tot knoesten van ruwe huid die hem aan de klauwen van een reptiel of een roofvogel deden denken. Valls pakte wat ooit haar rechterhand was geweest en trotseerde die verzengende blik vol woede en pijn. Misschien wel van haat, wenste hij zich. Het idee dat dit wezen nog een flinter genegenheid jegens hem of de wereld koesterde, leek hem te wreed.

'Goedenavond, mijn liefste.'

Elena had iets langer dan twee jaar geleden de functie van haar stembanden zo goed als verloren en een woord vormen kostte haar enorme inspanning. Desondanks beantwoordde ze zijn groet met een keelklank die ze leek te halen uit het diepst van haar misvormde lichaam onder de lakens.

'Ze hebben me verteld dat je een slechte dag hebt gehad,' ging hij voort. 'Het medicijn zal spoedig effect hebben en dan kun je slapen.'

Valls liet zijn glimlach niet verflauwen en liet haar hand niet los, hoewel ze weerzin en vrees in hem opwekte. Deze scène herhaalde zich elke dag. Hij praatte enkele minuten met zachte stem en hield daarbij haar hand vast, en zij keek naar hem met die brandende blik die pas milder werd als de morfine de pijn en de woede in slaap wiegde, waarna hij die kamer achter in de gang op de derde verdieping weer kon verlaten, om er tot de volgende avond niet meer terug te keren.

'De hele wereld is er. Mercedes heeft voor het eerst haar lange jurk aan en mij werd verteld dat ze met de zoon van de Britse ambassadeur heeft gedanst. Allemaal hebben ze naar je gevraagd en ze laten je hartelijk groeten.'

Terwijl hij zijn ritueel van banaliteiten afdraaide, gleed zijn blik naar het blad met glimmende instrumenten en naalden dat rustte op een met rood fluweel afgedekt tafeltje naast het bed. De morfine-ampullen glansden in het zwakke schijnsel als edelstenen. Zijn stem stokte, de holle woorden verklonken in de lucht. Elena had zijn blik gevolgd en nu doorboorden haar ogen hem smekend, haar gezicht met tranen overstroomd. Valls keek naar zijn echtgenote en zuchtte. Hij boog zich over haar heen en kuste haar voorhoofd.

'Ik hou van je,' prevelde hij.

Bij het horen van die woorden draaide Elena haar gezicht weg en sloot haar ogen. Hij streelde haar wang en stond op. Hij schoof het dunne gordijn weer dicht en terwijl hij door de kamer liep, knoopte hij zijn jacquet dicht en veegde zijn lippen met een zakdoek af, die hij op de grond liet vallen alvorens het vertrek te verlaten.

2

Een paar dagen eerder had Mauricio Valls zijn dochter

Mercedes bij zich geroepen in zijn werkkamer boven in de toren om haar te vragen wat ze als verjaarscadeau wilde. De periode van fraaie porseleinen poppen en sprookjesboeken was voorbij. Mercedes, aan wie het enige meisjesachtige nog haar lach was en de devotie voor haar vader, verklaarde dat haar grootste en enige wens was om bij het gemaskerde bal te kunnen zijn dat binnenkort zou plaatsvinden in het paleis dat haar naam droeg.

'Dat zal ik met je moeder moeten overleggen,' loog Valls.

Mercedes omhelsde hem en bezegelde met een zoen de stilzwijgende toestemming waarvan ze zich al verzekerd wist. Al voor het gesprek met haar vader had Mercedes de jurk uitgekozen waarmee ze wilde pronken, een oogverblindend wijnrood gewaad, gemaakt voor haar moeder in een haute-coutureatelier in Parijs – doña Elena had het echter nooit kunnen dragen. De jurk, evenals de andere overvloedige galakleding en sieraden van een gestolen leven dat haar moeder uiteindelijk niet had geleefd, was vijftien jaar geleden opgehangen in een van de kasten van de luxe, achtergelaten garderobe naast de toenmalige, niet meer in gebruik zijnde suite van het echtpaar op de tweede verdieping. Jarenlang glipte Mercedes, wanneer iedereen haar slapend in haar kamer waande, de slaapkamer van haar moeder in en pakte de sleutel uit de vierde lade van een commode bij de ingang. De enige nachtzuster die de moed had gehad haar binnendringen te verraden, werd zonder plichtplegingen of vergoeding ontslagen toen Mercedes haar ervan beschuldigde een armband van haar moeders kaptafel te hebben gestolen, die zij echter zelf in de tuin achter de engelenfontein had begraven. De daaropvolgende verpleegsters waagden het niet hun mond open te doen en deden alsof ze haar in het eeuwige schemerduister van de kamer niet zagen.

Met de sleutel glipte ze rond middernacht de garderobe binnen, een ruime, in de westelijke vleugel van het huis gelegen kamer die naar stof, naftaline en verlatenheid rook. Met een kaars liep ze door de gangen met vitrines vol schoenen, juwelen, jurken en pruiken. De hoeken in dit mausoleum van kledingstukken en herinneringen waren versluierd door spinnenwebben, en de kleine Mercedes, die was opgegroeid in de gerieflijke eenzaamheid van uitverkoren prinsesjes, fantaseerde dat al die wonderbaarlijke objecten toebehoorden aan een gebroken, vervloekte pop die naar een cel achter in de gang was verbannen en nooit met deze stoffen en juwelen zou pronken.

Soms zette Mercedes in de beschutting van het middernachtelijk uur de kaars op de grond en hulde zich in een van de jurken, om alleen in het halfdonker te dansen op de maat van een oude muziekdoos die ze opwond en waaruit de droomnoten van *Scheherazade* klonken. Ze voelde een weldadige rilling door zich heen gaan als ze zich voorstelde hoe haar vader haar bij haar taille vastpakte en met haar door de grote balzaal zwierde, terwijl iedereen haar met jaloezie en bewondering nakeek. Wanneer het licht van de dageraad zich aankondigde door de kieren van de gordijnen legde Mercedes de sleutel terug in de commode en haastte zich naar haar bed, waar ze deed alsof ze sliep wanneer het dienstmeisje haar klokslag zeven uur wekte.

Op de avond van het bal kwam niemand op het idee dat die jurk, die op haar figuur geschilderd leek te zijn, voor iemand anders gemaakt zou kunnen zijn dan voor haar. Terwijl ze over de dansvloer gleed op de klanken van het orkest, in de armen van vriend en vijand, voelde Mercedes hoe de ogen van honderden genodigden haar met wellust en hunkering koesterden. Ze wist dat haar naam op ieders lippen lag en glimlachte als ze in het voorbijdansen flarden van conversaties opving waarin zij de hoofdpersoon was.

Het was tegen negenen op deze langverwachte avond toen Mercedes zeer tegen haar zin de dansvloer verliet en koers zette naar de trappen van het hoofdhuis. Ze had de hoop gekoesterd ten minste eenmaal met haar vader te kunnen dansen, maar don Mauricio had geen acte de présence gegeven en vooralsnog had niemand hem gezien. Haar vader had haar, als voorwaarde om erbij te kunnen zijn, laten beloven dat ze zich om negen uur zou terugtrekken op haar kamer, en Mercedes had niet de intentie hem tegen te spreken op de avond dat iedereen was gekomen om hem eer te bewijzen. Volgend jaar…

Onderweg hoorde ze een paar regeringscollega's van haar vader, twee patriciërs op leeftijd die haar die avond geen seconde uit het glazige oog hadden verloren. Ze monkelden erover hoe don Mauricio alles in het leven had kunnen kopen met het fortuin van zijn arme echtgenote, zelfs een ongewoon lenteachtige avond midden in de Madrileense herfst, om met dat snolletje van een dochtertje te kunnen pronken voor de beau monde van dienst. In een roes door de champagne en de wentelingen van de wals draaide Mercedes zich om om hen van repliek te dienen, toen iemand haar zachtjes bij de arm nam.

Irene, de gouvernante die haar schaduw en troost was geweest gedurende de afgelopen tien jaar van haar leven, glimlachte warm naar haar en kuste haar op de wang.

'Let er maar niet op,' zei ze.

Mercedes glimlachte blozend en haalde haar schouders op.

'Je ziet er prachtig uit, laat me je eens goed bekijken.'

Mercedes boog haar hoofd.

'Die jurk is schitterend en hij zit je als gegoten.'

'Hij was van mijn moeder.'

'Na deze avond zal hij voor altijd van jou zijn en van niemand anders.'

Mercedes knikte met rode wangen bij die vleierij en voelde een bittere nasmaak van schuld.

'Hebt u mijn vader gezien, doña Irene?'
De vrouw antwoordde ontkennend.
'Ze vragen allemaal naar hem.'
'Ze zullen geduld moeten hebben.'
'Ik heb hem beloofd er enkel tot negen uur te zijn. Drie uur minder dan Assepoester.'
'Dan kunnen we maar beter een beetje voortmaken voordat ik in een pompoen verander...' grapte de gouvernante.
Ze liepen onder een slinger van lantaarns over de smalle weg door de tuin; in hun licht tekenden zich de gezichten af van vreemden, die bij Mercedes' aanblik glimlachten alsof ze haar kenden en die blinkende champagneglazen in de hand hielden als vergiftigde dolken.
'Komt mijn vader nog naar beneden voor het bal, doña Irene?' vroeg Mercedes.
De gouvernante wachtte met antwoorden tot ze ver buiten het bereik waren van indiscrete oren en steelse blikken.
'Ik weet het niet, Mercedes. Ik heb hem de hele dag nog niet gezien.'
Mercedes wilde iets tegen haar zeggen, toen ze achter zich een kleine opschudding gewaarwerden. Ze draaiden zich om en zagen dat het orkest was gestopt met spelen en dat een van de twee heren die boosaardig over haar hadden gemonkeld toen ze langsliep, op het podium was gestapt om zich tot de aanwezigen te richten. Nog voor Mercedes kon vragen wie dat was, mompelde de gouvernante haar in het oor: 'Don José María Altea, de minister van Binnenlandse Zaken.'
Een ondergeschikte reikte de politicus de microfoon aan en het geroezemoes van de genodigden doofde uit tot een respectvolle stilte. De muzikanten van het orkest trokken een plechtig gezicht en hieven de blik op naar de minister, die glimlachend het verwachtingsvolle publiek aanschouwde. Vluchtig liet hij zijn blik over de honderden gezichten glijden, en hij knikte een paar keer. Zonder haast en met het kalme, autoritaire karakter van een prediker die weet van de volgzaamheid van zijn kudde bracht hij ten slotte de microfoon naar zijn mond en begon zijn preek.

3

'Lieve vrienden, het is mij een genoegen en een eer om vanavond een paar woorden te mogen richten tot zo een gedistingeerd publiek, vandaag hier bijeen om een oprechte, verdiende hommage te brengen aan een van de grote mannen van het uit zijn eigen as herrezen, nieuwe Spanje. En het vervult me met genoegdoening dat nu te kunnen doen, nu er twintig jaar zijn verstreken sinds de glorieuze zegetocht van de nationale bevrijding die ons land op het hoogste podium van de naties op deze aardbol heeft geplaatst. Een Spanje dat wordt geleid aan de hand van God door de *Generalísimo*, gesmeed met het karakter van mannen zoals hij die ons vandaag ontvangt in zijn huis en aan wie we zoveel verschuldigd zijn. Een man die bepalend is geweest voor de ontwikkeling van deze grote natie waarop wij vandaag de dag zo trots zijn en die de afgunst wekt van het Avondland, en haar onsterfelijke cultuur. Een man die mij vervult met nederigheid en dankbaarheid hem tot mijn beste vrienden te mogen rekenen: don Mauricio Valls y Echevarría.'

Donderend applaus klonk op uit de menigte, van het ene einde van de tuin tot het andere. Bij deze ovatie ontbrak zelfs het personeel niet, noch de lijfwachten, noch de orkestmusici. Altea nam het applaus en bravogeroep met een welwillende glimlach in ontvangst, knikte vaderlijk en suste toen het enthousiasme van de aanwezigen met het gebaar van een kardinaal.

'Wat te zeggen over don Mauricio Valls wat niet al gezegd is? Zijn vlekkeloze, voorbeeldige staat van dienst dateert al uit het begin van de Beweging zelf en staat met gouden letters in onze geschiedenis gedrukt. Maar het is misschien, als u mij toestaat dit te noemen, op het gebied van de letteren en de kunsten dat onze bewonderde, geliefde don Mauricio zich op exceptionele wijze heeft onderscheiden en ons heeft bedacht met successen die de cultuur van dit land naar nieuwe hoogten hebben gestuwd. Niet tevreden met zijn bijdrage aan de solide basis van een regime dat het Spaanse volk vrede, rechtvaardigheid en welzijn heeft gebracht, is don Mauricio zich er ook van bewust geweest dat de mens niet leeft van brood alleen, en hij heeft zich tot het schitterendste licht van onze literatuur verheven. Auteur van onsterfelijke boeken en vermaarde pen van onze literatuur, oprichter van het Instituto Lope de Vega, dat onze taal en letteren naar de hele wereld heeft gebracht en dat alleen al dit jaar dependancers in tweeëntwintig hoofdsteden van de wereld heeft geopend, onvermoeibare, uitmuntende uitgever, ontdekker en verdediger van de grote literatuur en de meest verheven cultuur van onze tijd, architect van een nieuwe vorm van begrijpen en uitoefenen van de kunsten en het denken. Woorden ontbreken om zelfs maar een aanzet te kunnen geven tot de majeure contributie van onze gastheer aan de vorming en educatie van de Spanjaarden van vandaag en morgen. Zijn arbeid aan het hoofd van het ministerie van Nationale Vorming heeft de fundamentele opbouw van ons weten en scheppen bespoedigd. Het is daarom gerechtvaardigd om vast te stellen dat zonder don Mauricio Valls de Spaanse cultuur gisteren en vandaag niet dezelfde was geweest. Zijn stempel en zijn geniale visie zullen ons gedurende generaties begeleiden en zijn onsterfelijke werk zal zich tot in lengte van dagen handhaven op het hoogste van de Spaanse Parnassus.'

De geëmotioneerde pauze leidde tot een nieuwe ovatie en vele blikken in de massa zochten de afwezige gehuldigde, de man van het moment, die nog niemand op die avond had gezien.

'Ik wil niet langer uitweiden; ik weet dat velen don Mauricio, en ik voeg me bij hen, hun dankbaarheid en bewondering persoonlijk te kennen willen geven. Ik wilde enkel met u de persoonlijke boodschap van genegenheid, erkentelijkheid en oprecht eerbetoon delen jegens mijn collega in het kabinet en zeer geliefde vriend don Mauricio Valls, die het staatshoofd, generalísimo Francisco Franco, een paar minuten geleden heeft laten bezorgen vanuit het El Pardopaleis, waar staatszaken hem op het laatste moment hebben opgehouden.'

Een zucht van teleurstelling, blikken tussen de aanwezigen en een ernstige stilte waren de inleiding voor het lezen van het briefje dat Altea uit zijn zak haalde.

'Waarde vriend Mauricio, universele Spanjaard en onontbeerlijke medewerker die zoveel heeft gedaan voor ons land en onze cultuur; doña Carmen en ikzelf willen je onze meest genegen groet en erkentelijkheid uit naam van alle Spanjaarden voor twintig voorbeeldige dienstjaren doen toekomen...'

Altea keek op en verhief zijn stem om zijn missie met een *'Viva Franco!'* en *'Arriba España!'* te bekronen, dat het publiek vol vuur herhaalde en vele armen deed heffen voor een saluut en dat vochtige ogen achterliet. Bij het daverende applaus dat de tuin overspoelde, voegde zich ook Altea. Voor hij het podium verliet, knikte de minister naar de dirigent van het orkest, die de ovatie niet tot geroezemoes wilde laten wegebben en een sonore wals inzette, die haar de rest van de avond in de lucht leek te houden. Tegen die tijd, toen duidelijk was dat de Generalísimo niet zou komen, lieten velen hun masker vallen en begonnen zich naar de uitgang te begeven.

4

Valls hoorde hoe de echo van de ovatie aan het eind van Altea's toespraak wegebde bij het orkestspel. Altea, 'zijn grote vriend en gewaardeerde collega', die hem al jaren probeerde een mes in de rug te steken en voor wie de boodschap van de Generalísimo om zich voor zijn afwezigheid op het bal te verontschuldigen naar glorie moest hebben gesmaakt. Innerlijk vervloekte hij Altea en zijn hyena's, een meute nieuwe centurions die door menigeen al de 'vergiftigde bloemen' werden genoemd, die bloeiden in de schaduw van het regime en sleutelposities in de regering begonnen in te nemen. De meesten van hen slenterden op dat moment rond in de tuin, nipten van hun champagne en knabbelden aan hun canapés. Roken zijn bloed. Valls bracht de sigaret naar zijn mond en zag dat er nog net een zweem as over was. Vicente, het hoofd van zijn persoonlijke escorte, observeerde hem vanaf de andere kant van de gang en kwam dichterbij om hem een van zijn sigaretten aan te bieden.

'Dank, Vicente.'

'Van harte, don Mauricio,' prevelde zijn trouwe cerberus.

Valls knikte met een bitter innerlijk lachje. Vicente, trouw en respectvol als altijd, keerde terug naar zijn post aan het einde van de gang, waar hij, als je niet je best deed om hem in het oog te houden, leek te versmelten met de wanden en in het behang met patroon leek op te gaan.

Valls nam een eerste trekje van de sigaret en staarde door het rookgordijn uit zijn mond naar de ruime gang voor hem. Mercedes noemde het de portrettengalerij. De gang liep over de gehele derde verdieping en was bezaaid met schilderijen en sculpturen, die het geheel er als een groots, verweesd museum uit lieten zien. Lerma, de conservator van het Prado, die zijn collectie onderhield, herinnerde Valls er altijd aan dat hij daar niet mocht roken en dat het zonlicht de doeken beschadigde. Valls nam nog een trekje op diens gezondheid. Hij wist precies wat Lerma impliceerde maar waarvoor hij niet de moed of stoutmoedigheid had om het uit te spreken: dat deze stukken het niet verdienden naar een privéwoning te zijn verbannen, hoe grandioos het podium en hoe machtig zijn eigenaar ook mocht zijn, en dat ze in een museum thuishoorden, waar het publiek ze kon bewonderen en van ze kon genieten, die onbeduidende zielen die in de handen klapten bij een ceremonie en in de rij stonden bij een begrafenis.

Soms ging Valls op een van de bisschopsstoelen zitten die overal in de portrettengalerij stonden en verlustigde hij zich aan zijn schatten, vele ervan uit privécollecties geleend of rechtstreeks ontvreemd als hun bezitters aan de verkeerde kant van de strijd hadden gestaan. Andere waren langdurig geleend uit musea en paleizen die onder zijn ministerie vielen. Met genoegen herinnerde hij zich de zomerse middagen toen de kleine Mercedes nog geen tien jaar oud was en zittend op zijn schoot luisterde naar de verhalen die achter elk van die wonderbaarlijke schatten scholen. Valls vluchtte in deze herinneringen, in de betoverde blik van zijn dochter wanneer ze hem hoorde praten over Sorolla en Zurbarán, Goya en Velázquez.

Meer dan eens had hij er vast in geloofd: zolang hij maar daar in de beschutting van het licht en de droom van die doeken bleef zitten, zouden de met Mercedes doorgebrachte dagen, dagen van gelukzaligheid en volheid, hem niet uit de vingers glippen. Maar het was al een tijd geleden dat zijn dochter de middag met hem doorbracht om te luisteren naar zijn magistrale verhalen over de gouden eeuw van de Spaanse schilderkunst. Zijn heil zoeken in de galerij beurde hem echter nog steeds op en liet hem vergeten dat Mercedes al een jonge vrouw was, die hij niet meer herkende in haar galajurk terwijl ze danste onder begerige en verlangende, achterdochtige en boosaardige blikken. Spoedig, heel spoedig, zou hij haar niet meer kunnen beschermen tegen deze schaduwwereld, die haar niet waardig was en hongerig op de loer lag achter de paleismuren.

Hij rookte in stilte zijn sigaret op en stond op. Achter de halfgesloten gordijnen was het gemurmel te horen van het orkest en stemmen in de tuin. Zonder om te kijken liep hij naar de brede trap die naar de toren voerde. Vicente maakte zich los uit de duisternis en volgde hem met onhoorbare voetstappen.

5

Zodra hij de sleutel in het slot van zijn werkkamer stak, wist hij dat de deur open was. Valls bleef staan, de sleutel nog in zijn vingers, en draaide zich om. Vicente, die bij de trap wachtte, las zijn blik en kwam heel zachtjes dichterbij terwijl hij zijn revolver uit zijn binnenzak haalde. Valls deed een paar passen opzij en Vicente gaf hem met een handbeweging te kennen dat hij tegen de muur aan moest gaan staan, ver van de drempel. Toen Valls op veilige afstand stond, spande Vicente de haan en draaide heel langzaam de deurknop om. Door zijn eigen gewicht in beweging gebracht, gleed de plaat bewerkt eikenhout soepel naar binnen in het schemerlicht.

Met de revolver in de aanslag spiedde Vicente enkele ogenblikken het halfdonker in. Een blauwig schijnsel drong door de vensters naar binnen en tekende de omtrekken van Valls' werkkamer. Zijn blik gleed langs het grote bureau, de kolonelsstoel, de ovale boekenkast en de leren sofa op het Perzische kleed. Niets bewoog zich in de schaduw. Vicente tastte op de wand naar de schakelaar en knipte het licht aan. Langzaam liet hij het wapen zakken, en hij borg het weer op in zijn jasje terwijl hij een paar passen naar binnen deed. Valls observeerde hem vanuit de deuropening. Vicente draaide zich naar hem toe en schudde het hoofd.

'Misschien ben ik vergeten af te sluiten toen ik vanmiddag wegging,' zei Valls zonder veel overtuiging.

Vicente onderzocht grondig elke hoek van het kantoor. Valls liep eveneens naar binnen, naar zijn bureau. De lijfwacht controleerde net het sluitwerk van de vensters toen Valls het ontdekte. Vicente hoorde hem abrupt stilstaan en draaide zich om.

De blik van de minister was aan het bureau vastgenageld. Een crèmekleurige envelop in folioformaat lag op de leren onderlegger die het middelste deel van de tafel bedekte. Valls voelde hoe de haartjes op zijn handen rechtovereind gingen staan en een ijzige ademtocht doorvoer zijn binnenste.

'Alles in orde, don Mauricio?' vroeg Vicente.

'Laat me alleen, Vicente.'

De lijfwacht aarzelde kort. Valls stond daar als verlamd naar de envelop te kijken.

'Ik ben hier buiten als u me nodig hebt.'

Valls knikte. Met tegenzin trok Vicente zich terug. Hij had de deur al achter zich dichtgetrokken terwijl de minister nog steeds onbeweeglijk voor zijn bureau stond en naar die perkamenten envelop staarde alsof het een adder was die op het punt stond hem naar de keel te springen.

Vervolgens liep hij om het bureau heen en ging in zijn fauteuil zitten, de handen gebald onder zijn kin. Bijna een minuut liet hij verstrijken voor hij een hand op het couvert legde. Hij betastte de inhoud en voelde hoe zijn polsslag versnelde. Vervolgens schoof hij zijn vinger onder het zegel en verbrak het. Het was nog vochtig en gaf meteen mee. Hij pakte de envelop bij een hoekje en hield hem omhoog zodat de inhoud op het bureau gleed. Valls sloot zijn ogen en zuchtte.

Het boek was in zwart leer gebonden en had geen titel op het voorplat, enkel een gravure van de traptreden van een wenteltrap vanuit vogelperspectief.

Zijn hand beefde en hij balde hem uit alle macht tot een vuist. Tussen de pagina's stak een hoekje papier uit. Valls trok het ertussenuit. Het was een vergeeld velletje, uit een kasboek gescheurd, met rode horizontale lijnen in twee kolommen. In elke kolom stond een lijst met getallen. Onderaan stond in rode inkt:

Je tijd is op.
Je hebt een laatste kans.
Bij de ingang van het labyrint.

Valls voelde hoe hij naar adem moest happen. Voor hij besefte wat hij deed, grabbelden zijn handen al in de middelste bureaulade en grepen de revolver die hij daar bewaarde. Hij bracht de loop naar zijn mond en spande de haan. Het wapen smaakte naar vettigheid en kruit. Hij werd misselijk, maar hij omklemde het ding met beide handen en hield zijn ogen gesloten om de tranen te stoppen die over zijn gezicht rolden. Opeens hoorde hij voetstappen op de trap en vervolgens haar stem. Voor de deur van zijn kantoor praatte Mercedes met Vicente. Hij legde de revolver terug in de lade en droogde zijn tranen met de mouw van zijn jacquet. Vicente klopte zachtjes op de deur. Valls haalde diep adem en wachtte een ogenblik. De lijfwacht klopte opnieuw.

'Don Mauricio? Het is uw dochter Mercedes.'

'Laat haar binnen,' zei hij met gebroken stem.

De deur ging open en Mercedes trad binnen in haar wijnrode jurk en met een verrukt glimlachje op haar gezicht, dat wegebde zodra ze haar vader zag. Vanaf de drempel keek Vicente bezorgd toe. Valls knikte en gaf hem een teken hen alleen te laten.

'Papa, is alles goed met je?'

Valls glimlachte breed en stond op om Mercedes te omarmen.

'Natuurlijk is alles goed met me. En nog beter nu ik jou zie.'

Ze voelde hoe haar vader haar krachtig omhelsde terwijl hij zijn gezicht begroef in haar haren en haar geur opsnoof zoals hij altijd had gedaan toen ze een klein meisje was, alsof hij dacht dat het inademen van de geur van haar huid hem tegen alle kwaad van de wereld kon beschermen. Toen hij haar eindelijk bevrijdde uit zijn omarming, keek Mercedes hem aan en zag zijn rode ogen.

'Wat is er aan de hand, papa?'

'Niets.'

'Je weet dat je mij toch niet voor de gek kunt houden. De anderen misschien wel, maar mij niet...'

Valls lachte. De klok op zijn bureau liet zien dat het vijf over negen was.

'Je ziet dat ik me aan mijn beloften hou,' zei Mercedes, die zijn gedachten las.

'Daar heb ik nooit aan getwijfeld.'

Mercedes ging op haar tenen staan en wierp een blik op het bureau.

'Wat lees je daar?'
'Niets. Flauwekul.'
'Mag ik het ook lezen?'
'Het is geen geschikte lectuur voor jonge meisjes.'
'Ik ben geen jong meisje meer.' Mercedes glimlachte met kinderlijke boosaardigheid en draaide een rondje om haar as om haar jurk en algehele verschijning te tonen.
'Dat zie ik. Je bent al een hele vrouw.'
Mercedes legde haar hand tegen de wang van haar vader.
'En maakte dat je treurig?'
Valls kuste de hand van zijn dochter en schudde zijn hoofd.
'Natuurlijk niet.'
'Zelfs niet een beetje?'
'Goed dan. Een beetje.'
Mercedes lachte. Valls deed met haar mee, de smaak van kruit nog op zijn lippen.
'Iedereen vroeg naar je op het feest.'
'Er is op het laatste moment iets tussen gekomen, je weet hoe zulke dingen gaan.'
Mercedes knikte ondeugend.
'Jaaa. Dat weet ik...'
Ze drentelde door haar vaders kantoor, een geheime wereld vol boeken en afgesloten kasten, en streek met haar vingertoppen over de boekruggen in de kast. Ze merkte dat haar vaders omfloerste blik haar volgde en ze bleef staan.
'Je gaat me niet vertellen wat er aan de hand is, hè?'
'Mercedes, jij weet toch dat ik meer van jou hou dan van wat dan ook in de wereld en dat ik heel trots op je ben?'
Ze weifelde. De stem van haar vader leek aan een draadje te hangen, zijn aplomb en arrogantie waren aan duigen.
'Natuurlijk, papa... en ik hou van jou.'
'Dat is het enige wat ertoe doet, wat er ook moge gebeuren.'
Hij glimlachte haar toe, maar Mercedes zag dat hij huilde. Nog nooit had ze hem zien huilen, en ze werd er bang van, alsof de wereld op het punt stond in te storten. Haar vader droogde zijn tranen en draaide zijn rug naar haar toe.
'Zeg tegen Vicente dat hij binnen moet komen.'

Mercedes trok zich terug naar de deur, maar bleef stilstaan voor ze hem opentrok. Haar vader stond nog steeds met zijn rug naar haar toe en keek door het raam naar de tuin.

'Papa, wat gaat er gebeuren?'

'Niets, liefje. Er gaat niets gebeuren.'

Mercedes deed de deur open. Vicente wachtte aan de andere kant met die stalen, ondoorgrondelijke blik die haar haren te berge deed rijzen.

'Goedenacht, papa,' fluisterde ze.

'Goedenacht, Mercedes.'

Vicente knikte respectvol naar haar en trad de werkkamer binnen. Mercedes draaide zich om, maar de lijfwacht sloot zachtjes de deur in haar gezicht. Ze drukte haar oor tegen het hout en luisterde.

'Hij is hier geweest,' hoorde ze haar vader zeggen.

'Uitgesloten,' zei Vicente. 'Alle ingangen worden bewaakt. Enkel het huispersoneel heeft toegang tot de bovenste verdiepingen. Ik heb mannen op alle trappen staan.'

'En ik zeg je dat hij hier is geweest. En hij heeft een lijst. Ik weet niet hoe hij eraan gekomen is, maar hij heeft een lijst… Mijn god.'

Mercedes schrok.

'Er moet sprake zijn van een vergissing, meneer.'

'Kijk zelf maar.'

Een lange stilte volgde. Mercedes hield haar adem in.

'De getallen lijken correct, meneer. Ik begrijp het niet…'

'Het is tijd, Vicente. Ik kan me niet langer verbergen. Het is nu of nooit. Kan ik op je rekenen?'

'Natuurlijk, meneer. Wanneer?'

'Bij het krieken van de dag.'

Er viel opnieuw een stilte en kort daarop hoorde Mercedes voetstappen de deur naderen. Ze haastte zich de trap af en stopte niet voor ze in haar kamer was. Daar leunde ze tegen de deur en liet zich op de vloer zakken; ze voelde dat een vloek de lucht vergiftigd had en dat deze nacht de laatste in het troebele sprookje zou zijn dat ze al te veel jaren hadden geënsceneerd.

6

Het zou in haar herinnering altijd een grijze, koude ochtend zijn, alsof de winter had besloten om plotseling in te vallen en Villa Mercedes in een meer van nevel te dompelen, die zich uitbreidde vanaf de bosrand. Ze werd wakker toen er nog amper een zweempje metalig licht door de vensters in haar kamer drong. Ze was op haar bed in slaap gevallen, nog in haar jurk. Toen ze het venster opende, sloeg de vochtige ochtendkou haar in het gezicht. Een tapijt van dichte mist kronkelde door de tuin tussen de feestresten van de vorige avond door. Langs de bedekte hemel schoven langzaam zwarte wolken voorbij, die een storm in hun binnenste leken te herbergen.

Mercedes liep blootsvoets de gang op. Het huis was in een diepe stilte gehuld. Ze liep door de schemerige gang en door de oostelijke vleugel naar de slaapkamer van haar vader. Noch Vicente, noch een van de andere mannen hield bij de deur de wacht, zoals de laatste jaren gebruikelijk was geweest sinds haar vader was begonnen afgezonderd te leven, altijd beschermd door de revolverhelden die zijn vertrouwen genoten, alsof hij vreesde dat er iets uit de muren kon komen om hem een dolk in de rug te steken. Nooit had ze het gewaagd hem te vragen naar de reden van deze praktijk. Het was voldoende hem af en toe te betrappen op een afwezige houding en een door kommer en kwel vergiftigde blik.

Zonder aan te kloppen deed ze de deur van haar vaders slaapkamer open. Het bed was onopgemaakt, het kopje kamillethee dat het dienstmeisje elke avond op don Mauricio's nachtkastje zette onaangeroerd. Soms vroeg ze zich af of haar vader nog sliep of dat hij elke avond wakend doorbracht in zijn kantoor boven in de toren. Het geklapwiek van een opvliegende vogelzwerm alarmeerde haar. Ze haastte zich naar het raam en zag twee mannen naar de garage lopen. Mercedes drukte haar gezicht tegen de ruit. Een van de twee stond stil, draaide zich om en keek in haar richting, alsof hij haar blik had gevoeld. Mercedes glimlachte naar haar vader, die haar uitdrukkingsloos aankeek, met een bleek gezicht en ouder dan ze hem ooit had gezien.

Ten slotte sloeg Mauricio Valls zijn ogen neer en ging met Vicente, die een koffertje droeg, de garage in. Een gevoel van paniek beving haar. Duizend keer had Mercedes van dit moment gedroomd zonder te weten wat het betekende. Ze haastte zich de trappen af, stootte in de grijze ochtendschemering tegen meubels en struikelde over kleden. Toen ze de tuin bereikte, spuwde de snijdend koude bries haar in het gezicht. Ze daalde de brede marmeren bordestrap af en rende door een woestenij van maskers, omgevallen stoelen en lampionslingers die nog knipperend wiegden in de nevel naar de garages. Ze hoorde de motor van de auto starten en de wielen over de grindweg rollen. Toen ze bij de hoofdweg kwam die naar de toegangspoort van het terrein leidde, reed de auto al in volle vaart weg. Ze rende erachteraan, zonder zich te bekommeren om de scherpe steentjes op de weg, die in haar voeten sneden. Net voor de mist de auto voor altijd opslokte, kon ze zien hoe haar vader zich nog een laatste keer omdraaide en haar een radeloze blik toewierp. Ze bleef rennen tot het geluid van de motor verdween in de verte en de poort met spijlen zich voor haar verhief.

Een uur later vond Luisa, het dienstmeisje dat haar elke ochtend wakker maakte en aankleedde, haar zittend aan de rand van het zwembad. Haar voeten bungelden in het door sliertjes bloed roodgekleurde water, dat was bedekt met tientallen maskers die als papieren bootjes op drift ronddobberden.

'Señorita Mercedes, in hemelsnaam...'

Het meisje rilde van de kou toen Luisa haar in een deken wikkelde en naar het huis bracht. Toen ze aankwamen bij de bordestrap begon er natte sneeuw te vallen, en een vijandige wind roerde zich tussen de bomen, rukte de nog hangende lampionslingers naar beneden en wierp tafels en stoelen om. Mercedes, die ook van dít moment had gedroomd, wist dat het huis was begonnen te sterven.

KYRIE

Madrid

december 1959

1

Kort na tien uur in de ochtend reed in een wolkbreuk een zwarte Packard de Gran Vía op en hij stopte voor de ingang van het oude Hotel Hispania. Het raam van Alicia's kamer werd versluierd door regenstroompjes, maar Alicia kon zien hoe de twee afgezanten, grijs en koud als de dag zelf, uit de auto stapten, met de voorgeschreven trenchcoats aan en hoeden op. Ze keek op haar horloge. Die goeie ouwe Leandro had geen vijftien minuten gewacht alvorens de honden op haar af te sturen. Dertig seconden later klonk de telefoon, en Alicia pakte de hoorn op bij het eerste gerinkel. Ze wist heel goed wie er aan de andere kant van de lijn was.

'Juffrouw Gris, goedendag en al die dingen meer,' klonk de hese stem van Maura, de conciërge. 'Een stel zwijnen dat naar Brigada Social rook, vroeg zojuist op onbeleefde wijze naar u en staat inmiddels in de lift. Ik heb ze naar de veertiende gestuurd om u een paar minuutjes te geven, voor het geval het u gelegen komt ertussenuit te knijpen.'

'Dat wordt gewaardeerd, Maura. Wat bent u vandaag aan het lezen, is het wat?'

Kort na de val van Madrid was Joaquín Maura in de Carabanchel-gevangenis terechtgekomen. Toen hij zestien jaar later uit de gevangenis kwam, stelde hij vast dat hij al een oude man was, geen longen meer had en dat zijn vrouw, zes maanden zwanger toen ze hem arresteerden, een nietigheidsverklaring van hun huwelijk had weten te bewerkstelligen en nu getrouwd was met een onderscheiden luitenant-kolonel, die drie zonen bij haar had gemaakt en een bescheiden chalet in een buitenwijk had laten bouwen. Uit dat eerste kortstondige huwelijk was een dochter voortgekomen, Raquel, die opgroeide in het geloof dat haar vader vóór haar geboorte was gestorven. De dag dat Maura stiekem, om haar ten minste eenmaal te zien, bij de uitgang van een winkel in de Calle de Goya was gaan staan waar zij stoffen verkocht, hield Raquel hem voor een bedelaar en gaf hem een aalmoes. Sindsdien vegeteerde Maura in de kelder van het Hispania in een armoedige kamer naast de verwarmingsketels en draaide hij de nachtdienst en alle andere diensten die ze hem lieten doen, herlas eindeloos derderangs hard-boiled detectives en stak in zijn hokje de ene filterloze Celta aan met de andere, wachtend tot de dood de zaken op hun plek zou zetten en hem terugvoerde naar het jaar 1939, dat hij nooit had moeten verlaten.

'Ik lees op dit moment een roman zonder kop of staart met de titel *De karmozijnrode tuniek*, van een zekere Martín,' legde Maura uit. 'Komt uit een oude verzameling, *De stad der verdoemden*. Die dikke Tudela, van kamer 426, gaf het me, die vindt altijd van die buitenissige dingen op de Rastro-markt. Speelt in uw geboortestad, Barcelona. Mogelijk iets voor u?'

'Ik zeg geen nee.'

'Tot uw dienst. En kijkt u uit met dat stel; ik weet wel dat u zich redt in uw eentje, maar bij die twee heb ik een heel slecht gevoel.'

Alicia hing op en ging kalmpjes zitten wachten tot de jakhalzen van Leandro haar spoor roken en hun snuit naar binnen staken. Over hoogstens twee of drie minuten, berekende ze. Ze liet de kamerdeur open, stak een sigaret op en bleef wachten in de fauteuil vanwaaruit ze de deur in het oog kon houden. De lange, donkere gang naar de liften lag recht voor haar. De stank van stof, oud hout en het versleten tapijt in de gang vulde de kamer.

Het Hispania was een sublieme ruïne in staat van aanhoudend verval. Gebouwd aan het begin van de jaren twintig had het hotel zijn gloriejaren beleefd als een van de grote luxe-etablissementen van Madrid, om na de Burgeroorlog in onbruik te raken en in twee decennia neergang kopje-onder te gaan, tot het in een catacombe was veranderd waar de misdeelden en verdoemden strandden, mensen met niets of niemand op de wereld, die wegkwijnden in naargeestige kamers die per week werden verhuurd. De helft van de honderden kamers stond leeg, en dat al vele jaren. Diverse verdiepingen waren helemaal gesloten en onder de gasten circuleerden macabere legenden over wat er gebeurde in die lange donkere gangen, waar soms de lift stilstond zonder dat iemand op de knop had gedrukt, en wanneer ze een paar seconden door het gelige licht van de liftcabine werden verlicht, kon men de inwendige organen zien van iets wat eruitzag als een gezonken cruiseschip. Maura had haar verteld dat er, vaak diep in de nacht, telefoontjes kwamen uit kamers die sinds de oorlog niet meer bezet waren geweest. Wanneer hij opnam was er niemand aan de lijn, behalve één keer, toen hij een vrouw had horen huilen, en nadat hij haar had gevraagd wat hij voor haar kon doen, zei een andere, diepe, donkere stem: 'Kom naar ons.'

'Sindsdien heb ik er werkelijk geen trek meer in om na middernacht telefoontjes te beantwoorden uit welke kamer dan ook,' biechtte Maura haar eens op. 'Soms denk ik dat dit oord als een metafoor is, weet u. Voor het hele land, bedoel ik. Dat behekst is door al het vergoten bloed dat aan onze handen kleeft, hoezeer we ook ons best doen om met de vinger naar de ander te wijzen.'

'U bent een dichter, Maura. Nog niet alle detectives kunnen uw lyrische ader smoren. Wat Spanje nodig heeft zijn denkers zoals u, die de grote nationale kunst van de *tertulia* weer tot leven wekken.'

'Ja, toe maar, lacht u maar. Hoezeer is het aan u te merken dat u op de loonlijst van het regime staat, juffrouw Gris. Hoewel wat ze iemand als u betalen vast en zeker voldoende zou moeten zijn om ergens anders naartoe te verhuizen in plaats van in dit hol te verpieteren. Dit is geen plek voor een keurige jongedame met klasse zoals u. Hier komt men niet om te leven, maar om te sterven.'

'Wat ik zeg, een dichter.'

'Loopt u naar de pomp, met uw welnemen.'

Maura had het niet helemaal bij het verkeerde eind met zijn filosofische opmerkingen, en mettertijd werd het Hispania in bepaalde kringen bekend als het zelfmoordhotel. Decennia later, toen het allang was gesloten en eindelijk de sloopingenieurs verdieping voor verdieping afliepen om er de springladingen te plaatsen die het voor altijd zouden vellen, ging het gerucht dat ze in diverse kamers lijken hadden gevonden die daar al jaren gemummificeerd op bed of in bad hadden gelegen, waaronder dat van de voormalige conciërge.

2

Ze zag ze uit de duisternis van de gang opdoemen als dat wat ze waren: twee opgedirkte marionetten om mensen die het leven letterlijk namen schrik aan te jagen. Ze had ze eerder gezien, maar nooit de moeite genomen om hun namen te onthouden. Al die uitslovers van de Brigada Social zagen er voor haar hetzelfde uit.

Op de drempel bleven ze staan en keken bestudeerd minachtend de kamer rond voor ze acht sloegen op Alicia en ze het wolfachtige grijnsje opzetten dat Leandro hun blijkbaar op hun eerste dag op de politieschool al bijbracht.

'Ik weet niet hoe u hier kunt wonen.'

Alicia haalde haar schouders op, nam een laatste trekje van haar sigaret en wees op het raam.

'Vanwege het uitzicht.'

Een van Leandro's mannen lachte vreugdeloos en de andere schudde zijn hoofd. Ze kwamen de kamer binnen, wierpen een blik in de badkamer en onderzochten de kamer van boven tot onder alsof ze verwachtten iets te vinden. De jongste van de twee, die nog naar groentje rook en dat compenseerde met zijn pose, vermaakte zich met het bestuderen van de boekenverzameling, die een hele wand in beslag nam, en liet met een smalende grimas zijn wijsvinger over de boekruggen glijden.

'U zult me een paar van uw romannetjes moeten lenen.'

'Ik wist helemaal niet dat u kon lezen.'

Het groentje draaide zich om en deed vijandig een stap naar voren, maar zijn collega en vermoedelijke baas hield hem tegen en zuchtte verveeld. Hij kende zijn pappenheimers.

'Vooruit, poedert u uw neus. Ze wachten al op u sinds tien uur.'

Alicia maakte geen aanstalten om uit haar stoel op te staan.

'Ik ben met gedwongen verlof. Orders van Leandro.'

Het groentje, dat overduidelijk zijn mannelijkheid in het geding zag komen, plantte zijn negentig-en-nog-wat kilo spieren en chagrijn op een handbreedte van Alicia en toonde een grijns waaraan hij zo te zien had gewerkt in gevangeniskerkers en tijdens nachtelijke huiszoekingen.

'Zit me niet op te naaien, schatje, want ik heb m'n dag niet. Dwing me niet u met geweld uit die stoel te moeten halen.'

Alicia keek hem strak aan.

'De vraag is niet of u uw dag hebt, maar of u het lef hebt.'

Leandro's beulsknecht bleef haar een paar seconden recht in de ogen aanstaren, maar toen zijn collega hem aan zijn arm wegtrok, besloot hij een beleefde glimlach tevoorschijn te toveren als teken van wapenstilstand. Wordt vervolgd, dacht Alicia.

De leider van het tweetal keek op zijn horloge en schudde zijn hoofd.

'Komt u mee, juffrouw Gris, het is niet onze schuld. U weet toch hoe dit gaat.'

Ik weet het, dacht Alicia. Ik weet het heel goed.

Ze steunde met beide handen op de armleuningen en stond op. Het stel speurhonden keek toe hoe ze naar een stoel wankelde waarop iets lag wat op een soort tuig leek van dunne repen stof en leren riemen.

'Zal ik u helpen?' vroeg het groentje boosaardig.

Alicia negeerde hem. Ze pakte het ding op en liep ermee de badkamer in; de deur liet ze op een kier staan.

De oudere keek weg, maar het groentje kon zich er niet van weerhouden een hoek te vinden vanwaaruit hij Alicia in de spiegel kon zien. Hij zag hoe Alicia haar rok uittrok en het harnas van leer en stof om haar heupen en rechterbeen snoerde als een vreemd stuk lingerie. Toen ze de sluitinkjes passend maakte, sloot het tuig als een tweede huid om haar lichaam, zodat ze eruitzag als een mechanische pop. Ze keek op en in de spiegel kruisten hun blikken elkaar, de hare koud en volkomen uitdrukkingsloos. Hij glimlachte wellustig en draaide zich na een lange pauze terug naar de kamer, niet zonder eerst een vluchtig beeld te hebben opgevangen van die zwarte vlek op Alicia's zijde, een knoop van littekens diep in haar vlees, alsof een roodgloeiende boor haar heup had gereconstrueerd. Hij merkte dat zijn baas hem streng aankeek.

'Stommeling,' siste hij hem toe.

Een ogenblik later kwam Alicia de badkamer uit.

'Hebt u geen andere jurk?' vroeg de leider.

'Wat is hier mis mee?'

'Ik weet het niet. Iets discreters?'

'Waarom? Wie is er verder nog op het feestje?'

Als enige antwoord reikte de man haar een stok aan die tegen de muur geleund stond en wees naar de deur.

'Ik ben nog niet opgemaakt.'

'U ziet er perfect uit. Als u wilt, maakt u zich maar in de auto op, we zijn al rijkelijk laat.'

Alicia weigerde de stok en liep licht mank de gang in, zonder op ze te wachten.

Een paar minuten later reden ze zwijgend in de zwarte Packard in de regen door de straten van Madrid. Vanaf de achterbank bekeek Alicia de contouren van de torenspitsen, koepels en standbeelden die de dakterrassen van de Gran Vía omzoomden. Vierspannen engelen en schildwachten van zwart geworden steen waakten vanuit de hoogte. Uit de loodgrijze hemel stortte zich een kronkelend rif van naargeestige huizenkolossen, die in haar ogen op versteende wezens leken die, zo op elkaar gestapeld, complete steden hadden kunnen opslokken. Aan hun voeten glommen de luifels van de grote theaters, cafés en warenhuizen van stand in de stromende regen. De mensen, slechts nietige schetsjes met dampende adem, liepen onder een zwerm zwarte paraplu's op straatniveau. Op zulke dagen, viel haar in, begon je te denken als die goede Maura en te geloven dat de duisternis van het Hispania zich van de ene kant van het land naar de andere uitstrekte, zonder een glimpje licht door te laten.

3

'Vertelt u eens over die nieuwe medewerker die u voorstelt. Gris, zegt u?'

'Alicia Gris.'

'Alicia? Een vrouw?'

'Is dat een probleem?'

'Ik weet het niet. Ik heb meer dan eens over haar gehoord, maar altijd als Gris. Ik had geen idee dat het een vrouw was. Mogelijkerwijs zijn er mensen die de keuze in twijfel trekken.'

'Uw meerderen?'

'Onze meerderen, Leandro. We kunnen ons niet nog een vergissing zoals die met Lomana veroorloven. In het El Pardo begint men langzaam nerveus te worden.'

'Met alle respect, de enige vergissing was om mij vanaf het begin niet helder en duidelijk uit te leggen waaróm men iemand uit mijn eenheid nodig had. Als ik had geweten waarom het ging, had ik een andere kandidaat uitgekozen. Dat was geen taak voor Ricardo Lomana.'

'In deze kwestie dicteer ik de regels niet en beheer ik ook niet de informatie. Dat komt allemaal van boven.'

'Dat besef ik.'

'Vertelt u mij over Gris.'

'Juffrouw Gris is negenentwintig jaar, waarvan ze er al twaalf voor mij werkt. Oorlogswees. Ze verloor haar ouders toen ze acht was. Ze groeide op in het Patronato Ribas, een weeshuis in Barcelona, tot ze op haar vijftiende om disciplinaire redenen werd weggestuurd. Een paar jaar leefde ze in armoede op straat en werkte voor een halfzachte smokkelaar en crimineel, Baltasar Ruano geheten, die een bende van jonge diefjes aanvoerde, tot de Guardia Civil hem in de kraag vatte en hij in het kasteel Campo de la Bota met de wurgpaal werd bestraft.'

'Ik heb horen zeggen dat ze...'

'Dat is geen probleem. Ze kan voor zichzelf zorgen en ik verzeker u dat ze zich weet te verdedigen. Het is oorlogsletsel, opgelopen bij de bombardementen van Barcelona. Het heeft haar nooit gehinderd bij haar werkzaamheden. Alicia Gris is de beste medewerkster die ik in twintig jaar dienst heb gerekruteerd.'

'Waarom heeft ze zich dan niet stipt gemeld?'

'Ik begrijp uw frustratie en bied u wederom mijn excuses aan. Alicia kan soms een tikkeltje recalcitrant zijn, maar bijna alle uitzonderlijke medewerkers in dit soort werk zijn dat. Een maand geleden hadden we een routinematig meningsverschil over een zaak waaraan ze werkte. Ik heb haar tijdelijk geschorst van werk en inkomen. Vandaag niet op tijd op deze afspraak verschijnen is haar manier om te zeggen dat ze nog steeds boos op me is.'

'Uw relatie klinkt meer persoonlijk dan professioneel, als u mij deze vaststelling toestaat.'

'Op mijn gebied bestaat het ene niet zonder het andere.'

'Mij baart die minachting voor de discipline zorgen. In deze zaak mogen er geen vergissingen meer worden gemaakt.'

'Dat gebeurt ook niet.'

'Dat mag ik hopen, want het kan ons de nek kosten. De uwe en de mijne.'

'Laat u het aan mij over.'

'Vertelt u me wat meer over Gris. Wat maakt haar zo speciaal?'

'Alicia Gris ziet wat anderen niet zien. Haar brein functioneert anders dan dat van de rest. Waar iedereen een gesloten deur ziet, ziet zij een sleutel. Waar de rest het spoor bijster raakt, vindt zij het. Het is een gave, om het zo maar te zeggen. En het beste is dat niemand haar ziet komen.'

'Heeft ze op die manier die zogeheten zaak van de Barcelonese poppen opgelost?'

'De wassen bruiden. Het was het eerste geval waarbij Alicia voor me werkte.'

'Ik heb me altijd afgevraagd of het waar is, dat van de gouverneur.'

'Dat is allemaal alweer jaren geleden.'

'Maar we hebben de tijd, toch? Terwijl we op het juffertje wachten.'

'Natuurlijk. Het was in 1947. Ik was toen nog gestationeerd in Barcelona. We kregen de tip dat de politie in de laatste drie jaar minstens zeven lijken had gevonden van jonge vrouwen, op verschillende plekken in de stad. Zittend op een bankje in het park, bij een tramhalte, in een café aan de Paralelo. Er werd er zelfs een geknield gevonden in een biechtstoel van de Pino-parochie. Allemaal perfect opgemaakt en in het wit gekleed. Geen druppel bloed hadden ze in hun lichaam, en ze roken naar kamfer. Ze zagen eruit als poppen van was. Vandaar de naam.'

'Was er bekend wie het waren?'

'Niemand had hun verdwijning gemeld, waardoor de politie aannam dat het prostituees waren, wat later ook werd bevestigd. Daarna gingen er maanden voorbij zonder dat er een nieuw lijk verscheen, en de politie van Barcelona verklaarde de zaak gesloten.'

'En toen dook er toch weer een op.'

'Precies. Margarita Mallofré. Ze vonden haar zittend in een fauteuil in de lounge van het Hotel Oriente.'

'En die Margarita was het meisje van...?'

'Margarita Mallofré werkte in een chic bordeel in de Calle Elisabets, dat zich, laten we zeggen, had gespecialiseerd in eigenaardige voorkeuren voor een hoge prijs. Het werd duidelijk dat de toenmalige gouverneur dat etablissement geregeld bezocht en dat de overledene zijn lievelingsmeisje was geweest.'

'Om welke reden?'

'Naar het schijnt was Margarita Mallofré degene die ondanks de speciale attenties van de gouverneur het langst bij bewustzijn kon blijven.'

'Kijk aan, Zijne Excellentie.'

'In elk geval werd naar aanleiding van deze connectie het onderzoek heropend, en het kwam bij mij terecht, gezien het netelige karakter ervan. Alicia was net begonnen voor mij te werken en ik gaf het aan haar.'

'Was het niet een te gewaagd thema voor een jongedame?'

'Alicia was een zeer ongebruikelijke jongedame en amper te imponeren.'

'En hoe is die geschiedenis afgelopen?'

'Relatief snel. Alicia bracht meerdere nachten door met het observeren van de in- en uitgangen van de belangrijkste bordelen van El Raval. Ze ontdekte dat wanneer er een routinecontrole plaatsvond, de cliënten er vaak tussenuit knepen door een geheime deur en dat sommige meisjes – of jongens – die er werkten, hetzelfde deden. Alicia besloot ze te volgen. Ze verstopten zich voor de politie in portieken, in cafés en zelfs in de rioolputten. De meesten werden gepakt en naar het gevang afgevoerd om daar de nacht door te brengen en af en toe iets akeligs door te maken, wat hier nu niet ter zake doet. Maar anderen lukte het altijd om de politie bij de neus te nemen. En diegenen lukte het altijd op dezelfde plek, namelijk daar waar de Calle de Joaquín Costa en de Peu de la Creu elkaar kruisen.'

'Wat was daar dan?'

'Ogenschijnlijk niks bijzonders. Een paar graandepots. Een kruidenierswinkel. Een garage. En een weverij, waarvan de eigenaar, een zekere Rufat, schijnbaar al meerdere malen met de politie in aanraking was gekomen vanwege zijn neiging zijn boekje te buiten te gaan bij het toepassen van lijfstraffen op sommige van zijn arbeidsters; een van hen had een oog verloren. Rufat was bovendien een habitué van het etablissement waar Margarita Mallofré tot haar verdwijning had gewerkt.'

'De kleine werkt snel.'

'Daarom sloot ze als eerste Rufat uit, die weliswaar een lomperik was, maar geen andere relatie had met het geval dan dat hij toevallig een lokaal frequenteerde dat op enkele straten van zijn zaak lag.'

'En toen? Terug naar af?'

'Alicia zegt altijd dat de dingen niet de zichtbare logica volgen, maar de innerlijke.'

'En wat voor logica kan er in zo'n geval zijn volgens haar?'

'Wat Alicia de logica van het drogbeeld noemt.'

'Nu ben ik de draad toch echt kwijt, Leandro.'

'De korte versie is dat Alicia gelooft dat alles wat er gebeurt in de maatschappij, in het openbare leven, geënsceneerd is, een drogbeeld dat we voor de werkelijkheid willen laten doorgaan, maar dat niet is.'

'Dat klinkt marxistisch.'

'Geen zorgen, Alicia is het meest sceptische wezen dat ik ken. Volgens haar zijn alle ideologieën en credo's zonder onderscheid door het denken aangezette infecties. Drogbeelden, dus.'

'Dat is nog veel erger. Ik weet niet waarom u glimlacht, Leandro. Ik zie de grap van dit alles helemaal niet in. Dat juffertje bevalt me steeds minder. Hopelijk is ze op zijn minst knap.'

'Ik leid geen stewardessenagentschap.'

'Weest u niet meteen beledigd, Leandro, ik zei het voor de grap. Hoe eindigt het verhaal?'

'Door Rufat als verdachte uit te sluiten begon Alicia wat zij noemt de laagjes van de ui af te pellen.'

'Nog zo'n theorie van haar?'

'Ze zegt dat elke misdaad als een ui is: je moet door veel laagjes heen snijden om te zien wat hij verbergt en onderweg wat tranen plengen.'

'Leandro, soms verwonder ik me over de fauna die u zoal rekruteert.'

'Mijn werk bestaat in het vinden van het juiste gereedschap voor elke taak. En het scherp te houden.'

'Kijkt u maar uit dat u zich niet snijdt een dezer dagen. Maar gaat u verder met het uienverhaal, het intrigeert me.'

'Door een voor een de lagen af te pellen van de winkels en etablissementen op dat kruispunt waar de verdwenen dames voor het laatst gezien waren, kwam Alicia erachter dat de garage eigendom was van het armenhuis.'

'Nog een doodlopende weg.'

'In dit geval is "dood" het sleutelwoord.'

'Ik kan u weer niet volgen.'

'In die garage werd een deel van het wagenpark voor de gemeentelijke begrafenisdienst gestald, en er was ook een magazijn met lijkkisten en standbeelden. In die jaren was de leiding van de gemeentelijke begrafenisonderneming nog in handen van het armenhuis, en het leeuwendeel van de werknemers, van de doodgravers tot de dragers, was van laag allooi, vaak van God en iedereen verlaten mensen: wezen, tuchthuistypes, bedelaars enzovoort. Om kort te gaan: ongelukkige zielen die daar waren geëindigd omdat ze niemand anders hadden op de wereld. Alicia slaagde erin, gebruikmakend van haar listen – en dat zijn er veel – aangenomen te worden als typiste op de administratieve afdeling. Al snel ontdekte ze dat op de avonden dat er een inval was, sommige meisjes van nabijgelegen bordelen zich in de garage van de begrafenisonderneming verstopten. Daar was het altijd eenvoudig om een van die stumperds op de loonlijst over te halen zich van de domme te houden, wanneer ze zich verstopten in een van de koetsen in ruil voor het verlenen van hun diensten. Was het gevaar eenmaal geweken, dan keerden de meisjes nog voor zonsopgang terug naar hun plek.'

'Maar...'

'Maar dat deden ze niet allemaal. Alicia constateerde dat er onder de mensen die daar werkten één figuur was van een heel andere makelij. Oorlogswees, zoals zij. Quimet, noemden ze hem, omdat hij een kindergezicht had en zo zachtaardig was in de omgang dat weduwen hem wilden adopteren en meenemen naar huis. In elk geval was die Quimet een begaafde, bedreven leerling in de begrafeniskunsten. Het viel haar op dat hij een verzamelaar was en in de la van zijn bureau een fotoalbum bewaarde van porseleinen poppen. Hij zei altijd dat hij wilde trouwen en een gezin wilde stichten en daarvoor zocht hij de juiste vrouw, zuiver van geest en puur van vlees.'

'Het drogbeeld?'

'Eerder een nabootsing. Alicia begon hem elke nacht te schaduwen en stelde snel vast wat ze al vermoed had. Wanneer een van die verdwaalde meisjes op zoek naar hulp bij Quimet kwam en ze de vereiste maat, huidskleur, uiterlijk en lichaamsbouw had, verlangde hij van haar niet zoiets als een betaling in den vleze, maar bad hij met haar en verzekerde haar dat met zijn hulp en die van de Heilige Maagd niemand hen zou vinden. De beste schuilplaats, zo zei Quimet, was een grafkist. Niemand, zelfs niet de politie, durft een grafkist te openen om te zien wat erin zit. De meisjes, verrukt van Quimets kinderlijke gezicht en vriendelijke manieren, gingen in de gecapitonneerde kist liggen en glimlachten naar hem wanneer hij het deksel dichtdeed en ze zo erin opsloot. Daar liet hij ze de verstikkingsdood sterven. Vervolgens kleedde hij ze uit, scheerde hun schaamhaar af, waste ze van top tot teen, liet ze verbloeden en injecteerde een balsemende vloeistof in het hart, die hij vandaar door het hele lichaam pompte. Na hun wederopstanding als wassen meisjes maakte hij ze op en kleedde ze in het wit. Alicia had eveneens vastgesteld dat alle kleding die ze bij de lichamen hadden gevonden uit dezelfde bruidszaak kwam aan de Ronda de San Pedro, tweehonderd meter daarvandaan. Een van de werknemers daar herinnerde zich Quimet meer dan eens te hebben geholpen.'

'Wat een juweel.'

'Quimet bracht twee nachten door met zo'n lijk, waarin hij een soort huwelijksleven nabootste, om het zo maar eens uit te drukken, tot het lichaam naar verwelkte bloemen begon te ruiken. Dan bracht hij ze, altijd voor de zon opkwam, als de straten verlaten waren, in een van de begrafeniskoetsen naar hun nieuwe, eeuwige leven en ensceneerde ze zoals men ze dan uiteindelijk vond.'

'Heilige Moeder Gods... Zulke dingen gebeuren alleen in Barcelona.'

'Alicia kwam achter dit alles en méér, precies op tijd om uit een van Quimets grafkisten zijn potentiële achtste slachtoffer te redden.'

'En werd duidelijk waarom hij het deed?'

'Alicia heeft kunnen achterhalen dat Quimet als kind een hele week opgesloten had gezeten met het lijk van zijn moeder in een woning aan de Calle de la Cadena voordat de stank de buren alarmeerde. Kennelijk had de moeder zelfmoord gepleegd door gif in te nemen toen haar man haar had verlaten. Het kon allemaal niet bevestigd worden, omdat Quimet zich ongelukkigerwijs van het leven had beroofd tijdens de eerste nacht in de gevangenis van het Campo de la Bota, nadat hij zijn laatste wil op de muren van zijn cel had gekriebeld. Men moest zijn lichaam scheren, wassen, balsemen en daarna in het wit gekleed voor altijd in een glazen kist naast een van zijn wassen bruiden in de etalages van een groot warenhuis tentoonstellen. Schijnbaar had zijn moeder daar gewerkt als verkoopster. Maar als we het over de duivel hebben... Juffrouw Gris kan hier elk moment zijn. Een drupje cognac om de vieze smaak van deze anekdote weg te spoelen?'

'Nog één ding, Leandro. Ik wil dat een van mijn mensen met uw medewerkster in het veld samenwerkt. Ik wil niet nog zo'n onaangekondigde verdwijning zoals met Lomana.'

'Ik denk dat dat een vergissing is. Wij hebben onze eigen methoden.'

'Over deze voorwaarde valt niet te onderhandelen. En Altea is het met mij eens.'

'Met alle respect.'

'Leandro, Altea wilde Hendaya er al op zetten.'

'Nog een vergissing.'

'Dat zie ik ook zo. Daarom heb ik hem ervan overtuigd om het me voorlopig op mijn manier te laten proberen. Maar de voorwaarde is dat een van mijn mensen toeziet op uw medewerkster. Dat, of Hendaya.'

'Ik begrijp het. Wie hebt u in gedachten?'

'Vargas.'

'Ik dacht dat hij uit actieve dienst was.'

'Alleen technisch gesproken.'

'Is dit een straf?'

'Voor uw medewerkster?'

'Voor Vargas.'

'Eerder een tweede kans.'

4

De Packard reed om het Plaza de Neptuno en sloeg de Carrera de San Jerónimo in, op weg naar de witte, Frans aandoende façade van het Gran Hotel Palace. Ze stopten bij de hoofdingang en toen de portier met een grote paraplu toesnelde en het achterportier opende, draaiden de twee agenten van de Brigada Social zich om en keken haar aan met een blik die het midden hield tussen een dreigement en een smeekbede.

'Kunnen we u hier afzetten zonder dat u fratsen uithaalt, zodat we er niet weer als sukkels op staan, of moeten we u naar binnen sleuren?'

'Geen nood, ik zorg ervoor dat u een goede indruk achterlaat.'

'Erewoord?'

Alicia knikte. Een auto in en uit stappen op een slechte dag was nooit een eenvoudige opgave, maar ze wilde niet dat dat stel haar voor gehavender hield dan ze was, dus verdroeg ze de stekende pijn in haar heup en stapte met een glimlach uit. De portier begeleidde haar onder de paraplu naar de ingang, waar een bataljon piccolo's haar leek op te wachten om haar door de hal naar haar afspraak te begeleiden. Bij het zien van de trappen die omhoogliepen van de lounge naar de grote eetzaal bedacht ze dat ze de stok niet had moeten afslaan. Ze haalde haar pillendoosje uit haar handtas en nam een pil. Daarna haalde ze diep adem en zette zich aan de klim.

Een paar minuten en tientallen traptreden later bleef ze voor de deuren van de eetzaal staan om op adem te komen. De piccolo die haar had begeleid, zag de fijne laag zweetdruppeltjes op haar voorhoofd. Alicia schonk hem slechts een gemaakt lachje.

'Vanaf hier kan ik het geloof ik wel alleen, als u het niet erg vindt.'

'Natuurlijk. Zoals mejuffrouw wil.'

Hij trok zich discreet terug, maar ze hoefde zich niet om te draaien om te weten dat hij haar bleef gadeslaan en haar geen moment uit het oog zou verliezen tot ze de salon betrad. Ze depte het zweet weg met een zakdoekje en bestudeerde de situatie.

Slechts heel zachte stemmen en het getinkel van een theelepeltje dat langzaam in een porseleinen kopje ronddraaide. De eetzaal van het Palace lag voor haar, betoverd door de dansende spiegelingen van de onbarmhartig op de grote koepel trommelende regen. De hele constructie had haar altijd een enorme glazen treurwilg geleken, zwevend als een tent vol uit honderden kathedralen ontvreemde rozetten in naam van de belle époque. Niemand zou Leandro ooit van slechte smaak kunnen beschuldigen.

Van de talrijke tafeltjes onder de veelkleurige glasbel was er slechts één bezet. Beide gasten werden gedienstig door zes kelners geobserveerd, die precies de goede afstand bewaarden om hun conversatie niet te kunnen horen maar wel hun gelaatsuitdrukkingen te kunnen lezen. Per slot van rekening was het Palace in tegenstelling tot haar tijdelijke woning in het Hispania een etablissement van de bovenste categorie. Als mens met voorname gewoontes woonde en werkte Leandro hier. Letterlijk. Al vele jaren bezette hij suite 814, en hij hield ervan zijn zaken af te handelen in die salon, die hem, zo vermoedde Alicia, het gevoel verschafte in het Frankrijk van Proust te leven en niet in het Spanje van Franco.

Ze concentreerde haar blik op de twee gasten. Leandro Montalvo, zoals altijd met het gezicht naar de ingang. Middelgroot postuur en met het zachte, ronde uiterlijk van een niet-onbemiddelde boekhouder. Verschanst achter een hoornen brilmontuur dat te groot voor hem was maar diende om messcherpe ogen te verbergen. Hij had het ontspannen, beminnelijke gezicht opgezet van een notaris uit de provincie met een voorliefde voor de zarzuela, of een carrièrejager bij de bank die na het werk graag musea bezoekt. Die goeie ouwe Leandro.

Naast hem, gehuld in een pak van Britse snit dat detoneerde met het te grove gezicht van iemand van de hoogvlakte, zat een figuur met gepommadeerd haar en een gepommadeerde snor, cognacglas in de hand. Zijn gezicht kwam haar bekend voor. Een van die figuren die je altijd in de kranten zag, routinier in de geposeerde foto, waarop altijd ergens een adelaar op een vlag en een schilderij met altijd dezelfde ruiterscènes waren te zien. Gil nog-wat, dacht ze. Secretaris-generaal van Croutons & Co. of iets dergelijks.

Leandro keek op en glimlachte vanuit de verte naar haar. Met een handbeweging als voor een klein kind of een hondje gebaarde hij haar dichterbij te komen. Om niet mank te lopen nam Alicia de stekende pijn in haar zij op de koop toe en schreed langzaam door de grote zaal. Terwijl ze dat deed, registreerde ze twee mannen van het ministerie helemaal achterin. Gewapend. Bewegingloos als reptielen op de loer.

'Alicia, wat ben ik blij dat je een gaatje in je agenda hebt kunnen vinden om een kopje koffie met ons te drinken. Heb je al ontbeten?'

Voor ze kon antwoorden, trok Leandro zijn wenkbrauwen op, en twee kelners maakten zich los van de muur om een couvert voor te bereiden. Terwijl ze een glas versgeperst sinaasappelsap inschonken, voelde Alicia hoe de scherpe blik van de machtige man haar op laag vuur bakte. Het viel haar niet zwaar zichzelf door zijn ogen te zien. De meeste mannen, zelfs de beroepsobserveerders, verwarden zien met kijken en bleven hangen bij de evidente details, die een lezen voorbij het onbeduidende onmogelijk maakten. Leandro zei altijd dat verdwijnen in de blik van de tegenstander een kunst was waarvoor je een leven nodig had om die onder de knie te krijgen.

Ze had een leeftijdloos gezicht, smal en kneedbaar, dat maar weinig schaduw en kleur prijsgaf. Alicia tekende zichzelf dagelijks opnieuw met het oog op de rol die ze in de door Leandro uitgekozen fabel had te spelen om zijn kunstgrepen en trucs te ensceneren. Ze kon schaduw of licht zijn, landschap of gestalte, al naargelang het draaiboek. Op dagen van wapenstilstand verdween ze in zichzelf en trok zich terug in wat Leandro 'de transparantie van haar duisternis' noemde. Ze had zwart haar en een bleke, voor koude zonnen en binnenruimtes gemaakte huidskleur. Haar groenige ogen konden zich als spelden aan haar object hechten om het af te leiden van haar fragiele maar het oog trekkende lichaam, dat ze indien nodig in wijde kleding verdronk om op straat geen vluchtige blikken uit te lokken. Van dichtbij echter kwam haar aanwezigheid centraal in beeld en straalde ze iets zwaarmoedigs uit wat, naar het oordeel van Leandro, vaag verontrustend was en wat ze zo veel mogelijk moest verbergen, zo had haar mentor haar geïnstrueerd. 'Je bent een nachtwezen, Alicia, maar hier verbergen we ons allemaal in het daglicht.'

'Alicia, sta me toe je voor te stellen aan de zeer eerbiedwaardige heer don Manuel Gil de Partera, hoofd van het Nationaal Politiekorps.'

'Het is mij een eer, Excellentie,' zei Alicia terwijl ze hem haar hand bood, die de directeur niet pakte, alsof hij vreesde dat ze in die van hem zou bijten.

Gil de Partera observeerde haar alsof hij nog steeds niet had besloten of ze een scholiere met een pervers randje was die hem van zijn stuk bracht of een exemplaar waarvan hij niet wist waar te beginnen met het te classificeren.

'Zijne Excellentie acht het opportuun onze goede diensten in te roepen om een enigszins netelige kwestie op te lossen die een buitengewone mate van discretie en waakzaamheid vereist.'

'Vanzelfsprekend,' stemde Alicia met hem in op zo'n dociele, engelachtige toon dat het haar onder tafel op een zachte schop van Leandro kwam te staan. 'Wij staan tot uw beschikking om u te helpen zo goed als we kunnen.'

Gil de Partera bleef haar bekijken met de mengeling van wantrouwen en begeerte die haar aanwezigheid placht op te wekken bij heren van een zekere leeftijd, alsof hij nog niet wist naar welke van de twee hij neigde. Dat wat Leandro altijd 'het parfum van haar verschijning' of 'de bijwerkingen van haar gezicht' noemde, was naar zijn mening een tweesnijdend zwaard dat ze nog niet had geleerd met absolute precisie te hanteren. In dit geval en aangezien Gil de Partera zich zichtbaar ongemakkelijk leek te voelen in haar nabijheid, meende Alicia dat het lemmet naar binnen sneed. Daar komt het offensief, dacht ze.

'Weet u iets van de jacht, juffrouw Gris?' vroeg hij.

Ze aarzelde een seconde en zocht de blik van haar mentor.

'Alicia is in principe een stadsdier,' zei deze.

'Bij de jacht leert men vele dingen,' doceerde de directeur. 'Ik had een paar keer het privilege Zijne Excellentie de Generalísimo te mogen begeleiden en hij was het die mij de fundamentele regel onthulde die iedere jager zich eigen zou moeten maken.'

Alicia knikte herhaaldelijk, alsof haar dat allemaal reuze fascineerde. Ondertussen had Leandro een geroosterde boterham met marmelade besmeerd, en hij gaf haar die. Ze pakte de boterham aan zonder er al te veel acht op te slaan. De politiechef oreerde verder.

'Een jager moet begrijpen dat op een kritiek moment van de jacht de grens tussen de rol van de prooi en die van de jager fluïde wordt. De jacht, de echte jacht, is een duel tussen gelijken. Een mens weet niet wie hij werkelijk is voor hij bloed vergiet.'

Een pauze trad in, en na de toneelmatige seconden zwijgen die deze diepzinnige reflectie die men haar net had onthuld vereiste, componeerde Alicia een eerbiedig gezicht.

'Is dat ook een grondregel van de Generalísimo?'

Ze ontving onder tafel een harde waarschuwingstrap van Leandro.

'Ik zal eerlijk tegen u zijn, juffrouw. U bevalt mij niet. Wat ik over u heb gehoord bevalt me niet, noch uw toon, noch dat u denkt dat u me hier een halve ochtend kunt laten wachten, alsof uw waardeloze tijd meer waard is dan de mijne. Het bevalt me niet hoe u kijkt en nog veel minder bevalt me het treiterige toontje waarmee u zich tot uw meerderen richt. Als er in dit leven iets is waar ik de pest aan heb, dan is het aan mensen die niet weten wat hun plek is op de wereld. En waar ik nog meer de pest aan heb, is dat ik ze eraan moet herinneren.'

Alicia blikte onderdanig omlaag. De temperatuur in de zaal leek in één keer tien graden te zijn gedaald.

'Ik smeek Uwe Excellentie om vergeving als...'

'Onderbreek me niet. Als ik hier met u aan het praten ben, is dat vanwege het vertrouwen dat ik heb in uw superieur, die om een reden die mij ontgaat, gelooft dat u de juiste persoon bent voor de taak die ik u moet opdragen. Maar vergist u zich niet in mij: vanaf dit moment legt u verantwoording af aan mij. En ik heb niet het geduld noch de genereuze instelling van de heer Montalvo hier.'

Gil de Partera keek haar strak aan. Hij had zwarte ogen en over zijn hoornvlies lag een ragfijn web van kleine rode adertjes, die uit elkaar leken te willen springen. Alicia stelde zich voor hoe hij uitgedost met een pluimhoed en maarschalkslaarzen de koninklijke billen van het staatshoofd kuste tijdens een van die jachtpartijen, waarbij de vaders van het vaderland de prooi aan flarden schoten die een bataljon knechten voor hun geweren omhooghield, en hoe ze vervolgens hun genitaliën insmeerden met het bloed van tamme vogels en de geur van kruit opsnoven om zich echte conquistadores te voelen ter meerdere eer en glorie van God en het vaderland.

'Ik weet zeker dat Alicia u niet wilde beledigen, mijn vriend,' stelde Leandro vast, die zich vermoedelijk kostelijk amuseerde met deze situatie.

Alicia bekrachtigde de woorden van haar superieur met een ernstige, gekwelde knik.

'Onnodig te zeggen dat wat ik u ga vertellen strikt vertrouwelijk is en dat dit gesprek hier in geen geval zal hebben plaatsgehad. Vragen of iets anders daaromtrent, Gris?'

'Geen enkele, meneer de directeur.'

'Goed, doet u mij dan alstublieft een plezier en eet u nu in vredesnaam die boterham eens op, dan kunnen we ter zake komen.'

5

'Wat weet u van don Mauricio Valls?'

'De minister?'

Ze zweeg een ogenblik om de stortvloed van beelden te classificeren die in haar hoofd opkwam van de lange en publicitair breed uitgemeten carrière van don Mauricio Valls. Een trots, opgepoetst profiel, door de camera's altijd gesitueerd vanuit de beste hoek en in het beste gezelschap, lof ontvangend en onbetwiste wijsheid verkondigend, toegejuicht en bewonderd door de hofclaque. Al bij leven een heilige, op eigen kracht en door de zelfuitgeroepen intelligentsia van het land op altaren gehesen, was Mauricio Valls de incarnatie onder de stervelingen van het Spaanse prototype van de *homme des lettres*, de grand seigneur van de kunsten en het intellect. Eindeloos bekroond en bewierookt. Zonder ironie gedefinieerd als de toonaangevende figuur van de culturele en politieke elite van het land, reisden de krantenmeldingen en alle uiterlijk vertoon van het regime altijd vooruit. Zijn voordrachten op de grootste podia van Madrid brachten altijd het maatschappelijke neusje van de zalm bijeen. Zijn magistrale artikelen in de pers over hedendaagse thema's benaderden geloofsdogma's. Het peloton stukjesschrijvers dat uit zijn hand at, liep zich het vuur uit de sloffen van adoratie. Zijn incidentele poëzievoordrachten en de uit zijn gevierde theaterstukken gehaalde interpretaties *à deux* met de groten van het nationale toneel en met eigen monologen waren altijd uitverkocht. Zijn literaire werk gold als onovertroffen, zijn naam stond al bijgeschreven in de plejade van de meesters. Mauricio Valls, genie en intellect van Keltiberië, die de wereld verlichtte.

'We weten wat we in de pers lezen,' kwam Leandro haar te hulp. 'Wat, eerlijk gezegd, sinds enige tijd vrij weinig is in vergelijking met vroeger.'

'Helemaal niets, zelfs,' bevestigde Gil de Partera. 'Het is u zeker niet ontgaan, señorita, dat sinds november 1956, meer dan drie jaar geleden dus, Mauricio Valls, minister van Nationale Vorming, of "cultuurminister" zoals hij zichzelf graag noemt, en, als u mij toestaat, oogappel van de Spaanse pers, praktisch uit de schijnwerpers van de openbaarheid is verdwenen en dat men hem zogezegd bij geen enkele officiële plechtigheid meer heeft gezien.'

'Nu meneer het zegt...' viel Alicia hem bij.

Nadat hij een samenzweerderige blik had gewisseld met Gil de Partera draaide Leandro zich naar haar toe om haar op de hoogte te brengen.

'Vast staat, Alicia, dat meneer de minister het zich niet toevallig of vrijwillig heeft moeten ontzeggen ons met zijn fijne intellect en vlekkeloze onderricht te bedenken.'

'Ik begrijp dat u in de gelegenheid bent geweest persoonlijk contact met hem te hebben, Leandro,' onderbrak Gil de Partera hem.

'Ik had lange tijd geleden deze eer, zij het kortstondig, tijdens mijn jaren in Barcelona. Een groot man, die de waarden en de diepgang van onze voortreffelijke intelligentsia het beste heeft weten te illustreren.'

'Ik weet zeker dat meneer de minister het volledig met u eens zou zijn.'

Leandro glimlachte beleefd en concentreerde zich weer op Alicia alvorens het woord te nemen.

'Helaas is de kwestie die ons vandaag hier bijeenbrengt niet de onbetwistbare betekenis van onze gewaardeerde minister, noch zijn benijdenswaardig gezonde ego. Met de instemming van uwe edelachtbare, geloof ik dat ik nu niets prijsgeef wat later toch aan de orde zal moeten komen als ik zeg dat de reden van don Mauricio Valls' langdurige afwezigheid in het openbare leven de afgelopen tijd te wijten is aan de verdenking dat er jarenlang een complot is geweest, en nog steeds, voor een aanslag op het leven van de minister.'

Alicia trok haar wenkbrauwen op en wisselde een blik met Leandro.

'Om het door het Nationaal Politiekorps geopende onderzoek te ondersteunen en op verzoek van onze vrienden bij het ministerie van Binnenlandse Zaken heeft onze eenheid een medewerker gedetacheerd om daarbij te assisteren, ofschoon we er officieel niet bij betrokken zijn en in feite niet op de hoogte waren van de details van het onderzoek,' verklaarde Leandro.

Alicia beet op haar lip. De blik van haar superieur maakte haar duidelijk dat het vragenrondje nog niet was geopend.

'Deze man in het veld heeft om redenen die we nog niet hebben kunnen ophelderen het contact verbroken en is sinds een paar weken onvindbaar,' ging Leandro voort. 'Laat dit als context dienen voor de missie waarvoor Zijne Excellentie de goedheid heeft gehad onze medewerking in te roepen.'

Leandro keek naar de veteraan van de politie en gaf hem met een handbeweging het woord. Gil de Partera schraapte zijn keel en trok een somber gezicht.

'Wat ik u ga vertellen is strikt vertrouwelijk en mag deze tafel niet verlaten.'

Alicia en Leandro knikten unisono.

'Zoals uw superieur al aangaf, was op 2 november 1956 tijdens een feestelijkheid te zijner ere in het Círculo de Bellas Artes van Madrid minister Valls doelwit van een – mislukte – aanslag op zijn leven, naar het schijnt niet voor de eerste keer. Het nieuws lekte niet uit, omdat zowel het kabinet als minister Valls zelf dat wenselijk achtte. Hij wilde zijn familie en medewerkers niet alarmeren. Op dat moment werd een onderzoek geopend, dat nog steeds lopende is, en ondanks alle inspanningen van het Nationaal Politiekorps en een speciale eenheid van de Guardia Civil konden de omstandigheden rondom deze en soortgelijke gebeurtenissen die zich mogelijkerwijs hebben voorgedaan voordat de politie op de hoogte werd gesteld, nog steeds niet opgehelderd worden. Logischerwijs werden vanaf dat moment de bewaking en de veiligheidsmaatregelen rondom de minister opgeschroefd en zijn publieke optredens tot nader order opgeschort.'

'Wat heeft het onderzoek gedurende die tijd opgeleverd?' onderbrak Alicia hem.

'Het onderzoek richtte zich hoofdzakelijk op een serie anonieme brieven die don Mauricio gedurende langere tijd had ontvangen en waaraan hij geen betekenis had gehecht. Kort na de verijdelde aanslag stelde de minister de politie op de hoogte van het bestaan van deze anonieme dreigbrieven die hij in de loop der jaren had ontvangen. Een eerste onderzoek wees uit dat ze hoogstwaarschijnlijk werden gestuurd door een zekere Sebastián Salgado, een dief en een moordenaar, die tot ongeveer twee jaar geleden zijn straf uitzat in de Montjuïc-gevangenis in Barcelona. Zoals u zult weten, was minister Valls directeur van dit instituut aan het begin van zijn carrière in dienst van het regime, concreet gezegd van 1939 tot 1944.'

'Waarom lichtte de minister de politie niet eerder in over deze anonieme brieven?' vroeg Alicia.

'Zoals ik al zei, voerde hij aan dat hij er in het begin geen betekenis aan had gehecht, hoewel hij erkende dat hij dat misschien wel had moeten doen. Destijds zei hij dat de aard van de brieven zo cryptisch was dat hij de zin ervan niet echt begreep.'

'En wat is het karakter van deze veronderstelde bedreigingen?'

'Overwegend onduidelijk geklets. In de brieven zegt de schrijver dat "de waarheid" niet verborgen kan worden, dat "het uur der rechtvaardigheid" nadert voor "de kinderen van de dood" en dat "hij" – we vermoeden de vermeende auteur – hem opwacht "bij de ingang van het labyrint".'

'Labyrint?'

'Ik zei al dat de boodschappen cryptisch waren. Mogelijk refereren ze aan iets wat alleen Valls en de schrijver weten, hoewel volgens de minister ook híj ze niet kon duiden. Misschien het werk van een gek. Die mogelijkheid kunnen we niet uitsluiten.'

'Was Sebastián Salgado al gevangene in het kasteel toen Valls daar directeur was?'

'Ja. We hebben Salgado's antecedenten geverifieerd. Hij ging de gevangenis in in het jaar 1939, kort nadat don Mauricio Valls was benoemd tot directeur. De minister gaf aan dat hij hem vaag in herinnering had als een problematisch individu, wat de aannemelijkheid van onze theorie ondersteunde dat hoogstwaarschijnlijk híj de brievenschrijver was.'

'Wanneer kwam hij uit de gevangenis?'

'Iets meer dan twee jaar geleden. Evident komen de data niet overeen met de moordpoging in het Círculo de Bellas Artes, noch met de voorgaande pogingen. Of Salgado werkte met iemand van buiten of hij werd simpelweg gebruikt als lokaas om iedereen op een verkeerd spoor te zetten. Naarmate het onderzoek vordert, heeft die laatste mogelijkheid aan waarschijnlijkheid gewonnen. Zoals u zult zien in het dossier dat ik u zal meegeven, zijn alle brieven verstuurd vanaf het postagentschap in de wijk Pueblo Seco in Barcelona, waar nog steeds alle correspondentie van de geïnterneerden van de Montjuïc-gevangenis naartoe wordt gebracht.'

'Hoe weten ze welke van de in dat postagentschap gefrankeerde brieven van de gevangenis komen en welke niet?'

'Alle in de gevangenis geschreven brieven hebben een stempel op de envelop dat er ter identificatie op wordt gezet in het gevangenisbureau voor ze in de postzak belanden.'

'Post van de gevangenis wordt niet gecontroleerd?'

'In theorie wel. In de praktijk alleen in bepaalde gevallen, werd ons door de verantwoordelijken in kwestie bevestigd. Het was hoe dan ook niemand bekend dat er dreigende boodschappen gericht aan de minister waren ontdekt. Een mogelijkheid is ook dat de gevangeniscensors niets van betekenis hebben ontdekt vanwege de onbegrijpelijke taal van de brieven.'

'Als Salgado een of meerdere handlangers had buiten de gevangenis, zou het dan mogelijk zijn geweest dat zij hem de brieven overhandigden, zodat hij ze vanuit de gevangenis kon sturen?'

'Het zou kunnen. Salgado had recht op één bezoek per maand. Maar een dergelijke werkwijze zou geen enkel nut hebben gehad. Het was echt veel gemakkelijker om de brieven langs de gewone weg te sturen en niet te riskeren dat de censors in de gevangenis ze zouden ontdekken,' zei Gil de Partera.

'Tenzij ze juist bewijs wilden achterlaten dat de brieven uit de gevangenis kwamen,' wierp Alicia tegen.

Gil de Partera stemde in met een knikje.

'Er is iets wat ik niet begrijp,' ging Alicia voort. 'Als Salgado al die tijd in de Montjuïc-gevangenis zat en pas een paar jaar geleden werd vrijgelaten, betekent het dat hij was veroordeeld tot de maximale straf van dertig jaar. Wat doet hij op straat?'

'U begrijpt het niet, en dat doet niemand. Inderdaad ging men ervan uit dat Sebastián Salgado nog minstens tien jaar straf had uit te zitten toen hem onverwachts een buitengewone strafkwijtschelding werd toegekend, getekend door het staatshoofd. En er is nog iets. De genoemde gratie werd op verzoek en onder auspiciën van minister Valls afgewikkeld.'

Alicia liet een verbluft lachje ontsnappen. Gil de Partera keek haar streng aan.

'Met welk motief zou Valls zoiets doen?' zei Leandro om haar te hulp te schieten.

'Tegen ons advies in en met het argument dat het onderzoek niet de verwachte resultaten opleverde, maakte de minister de inschatting dat het in vrijheid stellen van Salgado kon leiden tot het ontdekken van de identiteit en verblijfplaats van de persoon of personen die betrokken waren bij het sturen van de dreigbrieven en de vermeende aanslagen op zijn leven.'

'Uwe Excellentie refereert aan die feiten als "verondersteld",' liet Alicia vallen.

'Niets in deze kwestie is duidelijk,' onderbrak Gil de Partera haar. 'Dat betekent niet dat ik het woord van de minister in twijfel moet trekken of dat wij dat moeten doen.'

'Uiteraard. Om terug te komen op de vrijlating van Salgado, leverde die de resultaten op waar de minister op hoopte?' vroeg Alicia.

'Nee. We hielden hem vierentwintig uur per dag in de gaten nadat hij de gevangenis had verlaten. Het eerste wat hij deed, was een kamer huren in een verloederd pension in de Barrio Chino, die hij een maand vooruitbetaalde. En verder deed hij maar één ding: elke dag ging hij naar het Estación del Norte, waar hij uren de kluisjes in het bagagedepot bekeek of bewaakte. Twee keer bezocht hij een oude boekwinkel in de Calle Santa Ana.'

'Sempere & Zoons,' prevelde Alicia.

'Zo is het. Kent u die?'

Alicia knikte.

'Vriend Salgado lijkt me niet onvoorwaardelijk te passen in het profiel van de gewoontelezer,' was Leandro van mening. 'Weten we wát hij verwachtte te vinden in het bagagedepot van het station?'

'We vermoeden dat hij daar de buit had verborgen van zijn misdaden, voor hij werd gearresteerd in 1939.'

'En werd dat vermoeden bevestigd?'

'In de tweede week na zijn vrijlating bezocht Salgado opnieuw en voor het laatst de boekhandel van Sempere & Zoons en ging daarna, zoals elke dag, op weg naar het Estación del Norte. Die dag ging hij echter niet in de hal zitten om de kluisjes te observeren, maar liep hij naar een ervan en stak een sleutel in het slot. Hij haalde er een koffer uit en opende hem.'

'En wat zat erin?' vroeg Alicia.

'Lucht,' oordeelde Gil de Partera. 'Niets. Zijn buit, of wat het ook was dat hij daar had verstopt, was verdwenen. De politie van Barcelona stond op het punt om hem tegen te houden bij het verlaten van het station, maar Salgado zakte in de regen in elkaar. Agenten hadden gezien dat toen hij de boekhandel verliet, twee werknemers hem volgden. Terwijl hij op de grond lag, knielde een van de twee een paar seconden bij hem neer en vertrok daarna. Tegen de tijd dat de politie bij hem was, was hij dood. Het zou kunnen gaan om een geval van goddelijke gerechtigheid, de bedrieger bedrogen enzovoort, maar de autopsie wees prikdsporen uit op de rug en in de kleding, en resten strychnine in zijn bloed.'

'Kunnen het de twee werknemers van de boekhandel zijn geweest? De handlangers ontdoen zich van het lokaas zodra dat nutteloos voor ze is geworden of zien hun veiligheid in gevaar komen bij het besef dat de politie Salgado schaduwt.'

'Dat was een van de theorieën, maar die werd verworpen. In feite had iedereen op het station hem kunnen vermoorden zonder dat hij het zelfs maar merkte. De politie volgde de twee werknemers van de boekhandel zorgvuldig en zag geen enkel direct contact tussen hen en Salgado totdat deze, vermoedelijk al dood, in elkaar zakte.'

'Zouden ze hem het gif in de boekhandel toegediend kunnen hebben, voordat Salgado naar het station ging?' informeerde Leandro.

Deze keer was het Alicia die de vraag beantwoordde.

'Nee. Strychnine werkt heel snel, en nog sneller bij een man van die leeftijd en met de fysieke conditie waarin hij zich vermoedelijk bevond na twintig jaar te hebben doorgebracht in de cel. Tussen de injectie en de dood kan niet meer dan twee minuten hebben gezeten.'

Gil de Partera keek haar aan, zonder een goedkeurend gebaar helemaal te kunnen onderdrukken.

'Zo is het,' bevestigde hij. 'Hoogstwaarschijnlijk bevond er zich op die dag nog iemand op het station, die de agenten niet is opgevallen en die vond dat het moment daar was om zich van Salgado te ontdoen.'

‘Wat weten we van de twee werknemers van de boekhandel?’

‘De ene is een zekere Daniel Sempere, zoon van de eigenaar. De andere luistert naar de naam Fermín Romero de Torres, wiens spoor in het personenregister warrig is en duidt op documentvervalsing, mogelijk om een valse identiteit op te bouwen.’

‘Welke relatie is er tussen hen en deze zaak en wat deden ze daar?’

‘Dat kon niet worden vastgesteld.’

‘En ze zijn niet ondervraagd?’

Gil de Partera antwoordde ontkennend.

‘Nogmaals, uitdrukkelijke instructies van minister Valls. Tegen onze aanbeveling in.’

‘En het spoor van de handlanger of handlangers van Salgado?’

‘Doodgelopen.’

‘Misschien dat de minister nu van idee verandert en zijn toestemming geeft om...’

Gil de Partera groef zijn wolfachtige grijns van ervaren politieman op.

‘Daar wilde ik naartoe. Exact negen dagen geleden, bij het krieken van de dag na een gemaskerd bal in zijn huis in Somosaguas, heeft don Mauricio Valls zijn verblijfplaats verlaten in een automobiel in het gezelschap van het hoofd van zijn persoonlijke lijfwacht, Vicente Carmona.’

‘Verlaten?’ vroeg Alicia.

‘Niemand heeft hem sindsdien meer gezien of van hem gehoord. Van de aardbodem verdwenen zonder een spoor achter te laten.’

Er viel een lange stilte in de zaal. Alicia zocht Leandro’s blik.

‘Mijn mensen werken er de klok rond aan, maar tot op heden hebben we niets. Het is alsof Mauricio Valls in rook is opgegaan toen hij in die auto stapte...’

‘Heeft de minister een briefje achtergelaten, een aanwijzing voor waar hij naartoe gegaan kan zijn?’

‘Nee. De theorie die we nu overwegen is dat de minister, om een reden die wij niet kunnen bevroeden, er eindelijk achter is gekomen wie hem die dreigbrieven stuurde en heeft besloten op eigen houtje en met behulp van zijn vertrouwde lijfwacht de confrontatie aan te gaan.’

‘En zo wellicht in een val te stappen,’ vulde Leandro aan. ‘“De ingang van het labyrint.”’

Gil de Partera knikte herhaaldelijk.

'Hoe weten we of de minister niet vanaf het begin wist wie die brieven stuurde en waarom?' vroeg Alicia.

Zowel Leandro als Gil de Partera wierp haar een afkeurende blik toe.

'De minister is het slachtoffer, niet de verdachte,' onderbrak Gil de Partera haar afgemeten. 'Verwart u die twee zaken niet.'

'Hoe kunnen we u helpen, beste vriend?' vroeg Leandro.

Gil de Partera haalde diep adem en nam zijn tijd alvorens te antwoorden.

'De procedures van mijn korps kennen hun beperkingen. In deze kwestie heeft men ons in het duister gehouden tot het al te laat was. Ik erken dat we fouten gemaakt kunnen hebben, maar we doen alles wat in onze macht ligt om de zaak op te lossen voordat die in de openbaarheid komt. Sommige van mijn superieuren geloven dat uw eenheid, gezien de aard van de zaak, ons kan helpen deze kwestie zo snel mogelijk op te lossen.'

'En dat gelooft u ook?'

'Als u wilt dat ik eerlijk ben, Leandro, ik weet niet meer wat of wie te geloven. Maar ik twijfel er niet aan dat als we minister Valls niet op korte termijn gezond van lijf en leden terugvinden, de rapen gaar zijn en Altea zijn oude vriend Hendaya op de zaak zal zetten. En noch u, noch ik wil dat.'

Alicia wierp een onderzoekende blik op Leandro, die licht zijn hoofd schudde. Gil de Partera vertrok zijn mond tot een bitter lachje. Zijn ogen waren bloed- of cafeïnedoorlopen en hij zag eruit als iemand die een week lang niet meer dan twee uur per nacht had geslapen.

'Ik vertel u wat ik weet, maar wat ik niet weet, is of ze mij de hele waarheid hebben verteld. Duidelijker kan ik niet zijn. Al negen dagen tasten we in het duister en elk uur dat voorbijgaat is een verloren uur.'

'Denkt u dat de minister nog in leven is?' vroeg Alicia.

Gil de Partera sloeg zijn ogen neer en liet een lange stilte vallen.

'Het is mijn plicht om te denken van wel en dat we hem gezond en wel zullen vinden voordat de zaak bekend wordt of we ervanaf worden gehaald.'

'En wij staan aan uw kant,' zei Leandro sussend. 'U moet er niet aan twijfelen dat we alles zullen doen om u bij te staan in uw onderzoek.'

Gil de Partera knikte en keek Alicia aan met een blik die voor meerdere uitleg vatbaar was.

'U werkt met Vargas, een van mijn mensen.'

Alicia aarzelde een seconde. Ze zocht de steun van Leandro met haar blik, maar haar superieur koos ervoor gefascineerd in zijn koffiekopje te staren.

'Met alle respect, meneer, ik werk altijd alleen.'

'U werkt met Vargas. Over dit punt is geen discussie mogelijk.'

'Natuurlijk,' stemde Leandro in, alsof hij Alicia's fonkelende ogen niet zag. 'Wanneer kunnen we beginnen?'

'Gisteren.'

Op een teken van de directeur kwam een van zijn agenten dichterbij en die overhandigde hem een uitpuilende envelop. Gil de Partera legde hem op tafel en stond op, zonder de wens te verdoezelen overal te willen zijn behalve in die zaal.

'Alle details zitten in het dossier. Houdt u mij op de hoogte, alstublieft.'

Hij gaf Leandro een hand en vertrok met ferme pas zonder Alicia een laatste blik waardig te keuren.

Ze zagen hem weglopen door de grote zaal, met zijn mannen achter hem aan. Een paar minuten bleven ze zwijgend zitten, Alicia turend in het niets en Leandro met uiterste precisie een croissant doorsnijdend, die hij vervolgens met boter en aardbeienmarmelade besmeerde en doodkalm opat, de ogen gesloten.

'Dank voor de steun,' zei Alicia.

'Doe toch niet zo. Ik heb begrepen dat Vargas een getalenteerde man is. Je zult hem mogen. En misschien leer je nog wat.'

'Wat heb ik toch een geluk. Wie is het?'

'Een oudgediende van het korps. Vroeger een zwaargewicht. Sinds enige tijd bij het reservekorps, naar het schijnt wegens meningsverschillen met de ministeriële directie. Er was een incident, heet het.'

'Een paria? Ben ik zo weinig waard dat ik niet eens een chaperonne van niveau verdien?'

'Niveau heeft hij, daar hoef je geen seconde aan te twijfelen. Het punt is dat bij zijn geloof in en loyaliteit aan de Beweging meer dan eens vraagtekens zijn gezet.'

'Ze zullen toch amper verwachten dat ik hem bekeer.'

'Het enige wat ze verwachten, is dat we geruisloos zijn en hen er goed op laten staan.'

'Schitterend.'

'Het kon erger.'

'Erger betekent "uw oude vriend" Hendaya uitnodigen?'

'Onder andere.'

'Wie is Hendaya?'

Leandro ontweek haar blik.

'Wees blij dat je daar niet achter hoeft te komen.'

Opnieuw ontstond een lange stilte, waar Leandro gebruik van maakte door nog een kop koffie voor zichzelf in te schenken. Hij had de onuitstaanbare gewoonte bij het koffiedrinken het schoteltje onder zijn kin te houden en de koffie in kleine teugjes op te slurpen. Op dagen als deze leken Alicia bijna al zijn gewoontes, die ze uit haar hoofd kende, onuitstaanbaar. Leandro merkte haar blik op en schonk haar een vaderlijk-welwillende glimlach.

'Als blikken konden doden,' zei hij.

'Waarom hebt u niet tegen deze heer gezegd dat ik twee weken geleden ontslag heb genomen en niet meer in dienst ben?'

Leandro zette het kopje op tafel en veegde met het servet zijn lippen af.

'Ik wilde je niet beschamen, Alicia. Ik veroorloof me je eraan te herinneren dat we geen club zijn van bordspelletjes en dat je niet bij of uit de dienst komt door simpelweg een verzoek in te dienen. We hebben dit gesprek al meerdere malen gevoerd, en als ik eerlijk ben doet je houding me pijn. Want ik ken je beter dan jijzelf en vanwege mijn grote waardering voor jou heb ik je een paar weken vakantie gegeven zodat je kon uitrusten en nadenken over je toekomst. Ik begrijp dat je moe bent. Ik ben het ook. Ik begrijp dat wat we doen jou af en toe niet naar de zin is. Dat is het mij soms ook niet. Maar het is ons werk en onze plicht. Dat weet je sinds je toetreding.'

'Destijds was ik zeventien. En dat toetreden was niet voor de aardigheid.'

Leandro glimlachte als een leraar die trots is op zijn briljantste discipel.

'Jij bent een oude ziel, Alicia. Jij bent nooit zeventien geweest.'

'We waren overeengekomen dat ik eruit ga. Dat was de afspraak. Die twee weken veranderen daar niets aan.'

Leandro's glimlach werd koud als zijn koffie.

'Doe mij dit laatste genoegen en daarna kun je doen wat je wilt.'

'Nee.'

'Ik heb je bij deze zaak nodig, Alicia. Laat me je niet hoeven smeken. Of dwingen.'

'Geef dit geval maar aan Lomana. Die sterft vast en zeker van plezier om punten te scoren.'

'Het heeft lang geduurd voor het onderwerp tevoorschijn kwam. Ik heb nooit goed begrepen wat het probleem is tussen jou en Ricardo.'

'Onverenigbaarheid van karakters.'

'In elk geval is Ricardo Lomana de man in het veld die ik de politie een paar weken geleden heb uitgeleend, naar ik nu aanneem vanwege de vermeende aanslag op Valls in het Círculo de Bellas Artes, en ze hebben me hem nog niet teruggegeven. En nu hoor ik dat hij is verdwenen.'

'Dat is te mooi om waar te zijn. Waar heeft hij zich verstopt?'

'Als men verdwijnt hoort het erbij dat detail niet prijs te geven.'

'Lomana is niet iemand die zomaar verdwijnt. Er moet een reden zijn dat hij geen teken van leven geeft. Hij heeft iets gevonden.'

'Dat denk ik ook, maar zolang we geen bericht van hem hebben, kunnen we enkel speculeren. En dat is niet waar ze ons voor betalen.'

'Waar betalen ze ons dan wel voor?'

'Om problemen op te lossen. En dit is een zeer ernstig probleem.'

'En zou ik niet ook kunnen verdwijnen?'

Leandro schudde zijn hoofd. Hij zette een gepijnigd gezicht op en keek haar lang aan.

'Waarom haat je me, Alicia? Ben ik niet een vader voor je geweest? Een goede vriend?'

Alicia bekeek haar mentor. Ze had een knoop in haar maag en kreeg niet de juiste woorden uit haar mond. Twee weken was ze bezig geweest hem uit haar hoofd te zetten en nu, nu ze weer tegenover hem zat, begreep ze dat zij, zoals ze daar zaten onder de grote koepel van het Palace, weer die ongelukkige adolescente was die alle rekwisieten in huis had gehad om nooit twintig te worden als Leandro haar niet uit de put had gehaald.

'Ik haat u niet.'

'Misschien haat je jezelf, wat je doet, wie je dient en al die rotzooi die ons omringt en ons innerlijk met elke dag die voorbijgaat een beetje meer doet wegkwijnen. Ik begrijp je omdat ik dat ook heb meegemaakt.'

Leandro glimlachte opnieuw, die warme glimlach die alles vergaf, die alles begreep. Hij legde zijn hand op de hare en kneep erin.

'Help me dit laatste geval op te lossen en ik beloof je dat je daarna kunt gaan. Voor altijd kunt verdwijnen.'

'Zo simpel?'

'Zo simpel. Je hebt mijn woord.'

'Waar zit het addertje?'

'Er is geen addertje.'

'Er is altijd een addertje.'

'Deze keer niet. Zelfs ik kan je niet voor altijd bij me houden als jíj niet wilt blijven. Hoeveel pijn me dat ook doet.'

Leandro stak zijn hand uit.

'Vrienden?'

Alicia stond in dubio, maar bood hem uiteindelijk de hare. Hij bracht haar hand naar zijn lippen en drukte er een kus op.

'Ik zal je missen als dit allemaal achter de rug is,' zei Leandro. 'En jij mij ook, ook al zie je dat nu niet zo. Jij en ik zijn een goed team.'

'Soort zoekt soort.'

'Heb je al nagedacht over wat je gaat doen?'

'Wanneer?'

'Als je vrij bent. Als je verdwijnt, zoals jij zegt.'

Alicia haalde haar schouders op.

'Daar heb ik nog niet zo bij stilgestaan.'

'Ik dacht dat ik je beter had leren liegen, Alicia.'

'Misschien ben ik nergens anders goed voor.'

'Je hebt altijd willen schrijven,' suggereerde Leandro. 'Een nieuwe Laforet?'

Alicia trok een ongeïnteresseerd gezicht. Leandro glimlachte.

'Zul je over ons schrijven?'

'Nee. Natuurlijk niet.'

Leandro knikte.

'Dat zou ook geen goed idee zijn, dat weet je immers. Wij opereren in de schaduw, zonder gezien te worden. Dat maakt deel uit van de diensten die wij aanbieden.'

'Ik weet het, daar hoeft u me niet aan te herinneren.'

'Spijtig, want er zouden zoveel verhalen te vertellen zijn, nietwaar?'

'De wereld zien,' mompelde Alicia.

'Pardon?'

'Wat ik zou willen is reizen en de wereld zien. Mijn plek vinden. Als die bestaat.'

'Alleen?'

'Heb ik verder nog iemand nodig?'

'Vermoedelijk niet. Voor wezens zoals wij kan de eenzaamheid het beste gezelschap zijn.'

'Ik hou er wel van.'

'Op een dag zul je verliefd worden.'

'Wat een prachtige titel voor een bolero.'

'Je kunt maar beter eens gaan. Ik moet me wel erg vergissen wil Vargas niet al buiten op je staan te wachten.'

'Dat is een fout.'

'Deze inmenging vind ik vervelender dan jij, Alicia. Het is duidelijk dat ze ons niet vertrouwen. Jou niet, mij niet. Wees diplomatiek en schrik hem niet af. Doe het voor mij.'

'Ik ben altijd diplomatiek. En ik schrik nooit iemand af.'

'Je weet wat ik bedoel. Bovendien willen we niet wedijveren met de politie. Het niet eens proberen. Zij hebben hun onderzoek, hun methoden en hun procedures.'

'En wat doe ik dan? Glimlachen en suikeramandeltjes ronddelen?'

'Ik wil dat je doet wat jíj zo goed kunt. Letten op de dingen waar de politie geen aandacht aan schenkt. Dat je je instinct volgt, niet de procedure. Dat je alles doet wat de politie niet doet omdat het de politie is en niet mijn Alicia Gris.'

'Is dat een compliment?'

'Ja. En een bevel.'

Alicia pakte de envelop met het dossier van tafel en stond op. Leandro zag dat ze haar hand op haar heup hield en op haar tanden beet om de pijn te verbergen.

'Hoeveel neem je?' vroeg hij.

'De laatste twee weken niets. Een paar tabletten af en toe.'

Leandro zuchtte.

'We hebben het hier al heel vaak over gehad, Alicia. Je weet dat je dat niet kunt doen.'

'Ik doe het al.'

Leandro schudde zijn hoofd.

'Ik laat vanmiddag vierhonderd gram in het hotel afleveren.'

'Nee.'

'Alicia.'

Ze draaide zich om en liep van tafel weg zonder te hinken, bijtend op haar tong om de pijn en de woedetranen weg te slikken.

6

Toen Alicia het Palace verliet, was de wolkbreuk opgehouden en steeg een dampsluier op van het plaveisel. Uit het gewelf van wegtrekkende wolken daalden grote lichtbundels neer op het centrum van Madrid, als schijnwerpers die de binnenplaats van een gevangenis uitkammen. Een ervan streek over het Plaza de las Cortes en verlichtte de carrosserie van een op enkele meters afstand van de hotelingang geparkeerde Ford. Een zilverharige man in een zwarte jas stond tegen de motorkap geleund een sigaret te roken en keek kalm naar de passanten. Ze schatte hem op minstens vijftig en hij zag er voor zijn leeftijd verbazingwekkend goed in vorm en gespierd uit. Zijn solide uiterlijk verraadde dat hij de dienst met succes had doorlopen en niet al te vaak aan een bureau zat. Alsof hij lucht van haar had gekregen, draaide hij zich naar Alicia en glimlachte naar haar als de vrijer in een romantische film uit de middagvoorstelling.

'Kan ik u ergens mee helpen, señorita?'

'Ik hoop het. Mijn naam is Gris.'

‘Gris? U bent Gris?’

‘Alicia Gris. Van Leandro Montalvo’s eenheid. Gris als in “grauw”. Ik neem aan dat u Vargas bent.’

De man knikte vaag.

‘Ze hadden me niet gezegd...’

‘Verrassingen op het laatste moment,’ onderbrak ze hem. ‘Hebt u een momentje nodig om zich te herstellen?’

De politieman nam nog een laatste trekje van zijn sigaret en bekeek haar grondig door het rookgordijn dat hij uitblies.

‘Nee.’

‘Prachtig. Waar zullen we beginnen?’

‘Men verwacht ons in de villa in Somosaguas. Als het u goeddunkt.’

Alicia knikte. Vargas mikte de peuk in de straatgoot en liep om de auto heen. Ze nam plaats op de passagiersstoel. Vargas zette zich achter het stuur, de blik verloren in de verte, de autosleutels op schoot.

‘Ik heb veel over u gehoord,’ begon hij. ‘Ik dacht niet dat u zo, zo jong zou zijn.’

Alicia keek hem kil aan.

‘Dat zal toch geen probleem zijn, is het wel?’ vroeg de politieman.

‘Probleem?’

‘U en ik,’ verduidelijkte Vargas.

‘Ik zou niet weten waarom.’

Vargas keek haar eerder nieuwsgierig dan argwanend aan. Alicia schonk hem een van haar zoete kattenlachjes die Leandro zo irriteerden. Vargas klakte met zijn tong en zette geamuseerd de auto in beweging.

‘Mooie auto,’ zei Alicia na een tijdje.

‘Met de complimenten van het hoofdbureau. Aanvaardt u het maar als een teken dat de zaak serieus wordt genomen. Rijdt u?’

‘In dit land kan ik zonder toestemming van een echtgenoot of een vader ternauwernood een bankrekening openen.’

‘Ik begrijp het.’

‘Staat u mij toe dat te betwijfelen.’

Een paar minuten reden ze in stilte. Vargas wierp af en toe een steelse blik op Alicia, die zij veinsde niet op te merken. De politieman observeerde haar met tussenpozen methodisch, optimaal gebruikmakend van stoplichten en zebrapaden, en verkreeg zo een röntgenbeeld in afleveringen van haar. Toen ze halverwege de Gran Vía in een verkeersopstopping terechtkwamen, haalde Vargas een dunne zilveren sigarettenkoker tevoorschijn, die hij haar geopend voorhield. Blonde tabak, geïmporteerd. Ze sloeg af. Vargas stak een sigaret tussen zijn lippen en stak hem aan met een gouden aansteker waarvan Alicia zou durven zweren dat het een Dupont was. Vargas hield van fraaie, dure dingetjes. Ze merkte dat hij haar in haar schoot gevouwen handen bekeek, wellicht zoekend naar een trouwring. Vargas droeg er een van aanzienlijk formaat.

'Familie?' vroeg de politieman.

Alicia antwoordde ontkennend.

'U?'

'Getrouwd met Spanje.'

'Voorbeeldig. En de ring?'

'Uit andere tijden.'

'Wilt u me niet vragen waarom iemand als ik werkt voor Leandro?'

'Gaat dat mij iets aan, dan?'

'Nee.'

'Juist.'

Ze vervielen weer in het oncomfortabele zwijgen terwijl ze het drukke verkeer van het centrum achter zich lieten en koers zetten naar Casa de Campo. Vargas' ogen onderzochten haar nog steeds partikel voor partikel. Hij had een koude, harde blik, de grijze pupillen glinsterden als versgeslagen munten. Alicia vroeg zich af of haar collega voor hij in ongenade was gevallen tegen wil en dank een trouwe aanhanger was geweest of alleen maar een huurling. De eerste categorie teisterde alle lagen van het regime en vermenigvuldigde zich onder de bescherming van vlaggen en openbare communiqués als etterende wratten; de tweede categorie hield de mond en zorgde er simpelweg voor dat de machine functioneerde. Ze vroeg zich af hoeveel personen hij geliquideerd had in de loop van zijn carrière bij het korps, of hij dagelijks leefde met de wroeging of dat hij de tel was kwijtgeraakt. Of misschien was zijn geweten gegroeid mét zijn grijze haren en had dat zijn vooruitzichten verruïneerd.

'Wat denkt u?' vroeg Vargas.

'Ik vroeg me af of u van uw werk houdt.'

Vargas grinnikte wat voor zich uit.

'Wilt u me niet vragen of ik van het mijne hou?' suggereerde Alicia.

'Gaat mij dat wat aan dan?'

'Ik veronderstel van niet.'

'Juist.'

Aangezien de conversatie geen veelbelovende toekomst leek te hebben, trok Alicia het dossier uit de envelop die Gil de Partera haar had gegeven en begon het door te bladeren. Op het eerste gezicht zat er niets wereldschokkends bij. Notities van agenten. De verklaring van de persoonlijk secretaresse van de minister. Een paar pagina's over de verijdelde aanslag op Valls, algemeenheden over de procedure van de inspecteurs die de zaak hadden overgenomen, en een paar samenvattingen uit het dossier van Vicente Carmona, de lijfwacht van Valls. Of Gil de Partera vertrouwde hen nog veel minder dan Leandro had gesuggereerd, of het neusje van de zalm van zijn korps had de kantjes ervanaf gelopen.

'Verwachtte u meer?' vroeg Vargas, die haar gedachten las.

Ze staarde naar de bomen van Casa de Campo.

'Ik verwachtte niet minder,' mompelde ze. 'Wie gaan we zien?'

'Mariana Sedó, al twintig jaar de persoonlijk secretaresse van Valls. Zij was het die de verdwijning van de minister heeft gemeld.'

'Dat zijn veel jaren voor een secretaresse,' vond Alicia.

'Boze tongen beweren dat ze veel meer is dan dat.'

'Geliefde?'

Vargas antwoordde ontkennend.

'Ik heb de indruk dat de smaak van doña Mariana meer aan de andere oever ligt. Nee, het heet dat zij aan het roer stond en dat er niets werd gedaan of besloten in Valls' kantoor zonder haar toestemming.'

'Achter iedere verdorven man staat een nog verdorvener vrouw. Dat zeggen ze ook.'

Vargas glimlachte.

'Die heb ik nog nooit gehoord. Ze hadden me al wel gewaarschuwd dat u een tikje oneerbiedig bent.'

'Waar hebben ze u nog meer voor gewaarschuwd?'

Vargas draaide zich naar haar toe en knipoogde.
'Wie is Hendaya?' vroeg Alicia.
'Wát zegt u?'
'Hendaya. Wie is dat?'
'Rodrigo Hendaya?'
'Dat neem ik aan.'
'Waarom wilt u dat weten?'
'Weten neemt geen plaats in.'
'Heeft Montalvo met betrekking tot deze kwestie Hendaya genoemd?'
'De naam is gevallen, ja. Wie is hij?'
Vargas zuchtte.
'Hendaya is een slager. Hoe minder u van hem weet, hoe beter.'
'Kent u hem?'
Vargas negeerde haar vraag. De rest van de weg wisselden ze geen woord.

7

Ze reden bijna een kwartier langs brede lanen die door een regiment geüniformeerde tuinlieden als met een kwast geschilderd leken, toen er voor hen een boulevard opdoemde, door cipressen omzoomd, die leidde naar de poort met de lansen van Villa Mercedes. De hemel had weer de kleur van lood aangenomen en regendruppeltjes spetterden op de voorruit. Bij de toegang naar het perceel wachtte een bediende, die de poort opende om ze door te laten. Aan één kant bevond zich een hokje vanwaaruit een bewaker met geweer Vargas' groet beantwoordde met een knikje.
'Bent u hier al geweest?' vroeg Alicia.
'Een paar keer sinds afgelopen maandag. U zult verrukt zijn.'
De auto gleed over de weg van fijn grind die tussen groepjes bomen en vijvers door slingerde. Alicia aanschouwde de beeldentuinen, de vijvers en fonteinen en de verwelkte rozenperken die vergingen in de herfstwind. Tussen struikgewas en afgestorven bloemen waren de rails van een modelspoorbaan te zien. Achter op het terrein kon men vaag de omtrekken van een miniatuurstation herkennen. In de motregen wachtten een stoomlocomotief en twee wagons op het perron.

'Een speeltje voor het meisje,' legde Vargas uit.

Kort daarop kwam het hoofdgebouw in zicht, een paleisje in overdadige stijl dat leek te zijn bedacht om de bezoeker klein te maken en schrik aan te jagen. Aan beide kanten doemde op een afstand van elk honderd meter twee grote oude huizen op. Vargas stopte de auto bij de brede trap die naar de hoofdingang leidde. Aan de voet van de trap wachtte een butler in livrei met een paraplu, die hun gebaarde naar een gebouw te rijden op zo'n vijftig meter van het huis. Vargas sloeg de weg naar de garages in en gaf Alicia zo de gelegenheid het hoofdgebouw goed te bekijken.

'Wie betaalt dit allemaal?' informeerde ze.

Vargas haalde zijn schouders op.

'U en ik, vermoedelijk. En misschien Valls' vrouw, die een fortuin van haar vader heeft geërfd, Enrique Sarmiento.'

'De bankier?'

'Een van de bankiers van de "kruistocht", zoals de kranten zeiden,' preciseerde Vargas.

Alicia herinnerde zich te hebben gehoord dat Leandro de naam Sarmiento en een groep bankiers noemde, die tijdens de Burgeroorlog het nationale kamp hadden gefinancierd in een voor beide partijen gunstige afspraak, door geld van met name de overwonnenen aan ze te lenen.

'Ik begrijp dat de vrouw van de minister ziek is,' zei Alicia.

'"Ziek", zo zou je het kunnen noemen...'

De opzichter van de garages deed een van de poorten open om hen naar binnen te kunnen laten rijden. Vargas draaide het raampje naar beneden en de bewaker herkende hem.

'Zet maar neer waar u wilt, chef. En de sleutels in het contact laten, alstublieft...'

Vargas knikte en reed de garage in, een constructie van met elkaar verbonden, op smeedijzeren pilaren rustende gewelven die zich uitstrekten in een duisternis zonder einde. De ene luxewagen na de andere stond er, de glans van het chroom tot in het eindeloze herhaald. Vargas vond een plek tussen een Hispano-Suiza en een Cadillac. De opzichter was hen gevolgd en maakte een goedkeurend gebaar.

'Mooie auto brengt u dit keer mee, chef,' gaf hij zijn commentaar toen ze uitstapten.

'Omdat de señorita me vandaag begeleidt, hebben de bazen me de Ford laten ontvoeren,' zei Vargas.

De opzichter was een soort schets tussen een mensje en een muisje in en leek zich in zijn blauwe overall op de been te houden dankzij een ratjetoe van vieze lappen die aan zijn riem hingen en een vetlaag die hem beschutte tegen de elementen. Nadat hij Alicia uitgebreid van top tot teen had opgenomen, capituleerde hij in een buiging en knipoogde samenzweerderig naar Vargas toen hij dacht dat ze het niet zag.

'Fijn type, die Luis,' oordeelde Vargas. 'Ik geloof dat hij hier woont, in de garage, in een schuur achter de werkplaats.'

Ze liepen langs de collectie rollende museumstukken naar de uitgang, terwijl achter hen Luis zich vermaakte met het oppoetsen van de Ford met poetsdoek en spuug en hij zich gelijktijdig verlustigde in Alicia's lichte geheupwieg en de vorm van haar enkels.

De butler snelde toe om ze te ontvangen en Vargas stond aan Alicia de beschutting van de paraplu af.

'Ik hoop dat u een goede reis hebt gehad vanuit Madrid,' zei de butler plechtig. 'Doña Mariana verwacht u.'

Hij toonde het ijzige, minzame glimlachje van de professionele bediende die met de jaren begint te geloven dat de afkomst van zijn bazen zijn bloed blauw heeft gespat en hem daarmee het privilege heeft verschaft anderen met de nek aan te kijken. Terwijl ze naar het hoofdgebouw liepen, merkte Alicia dat de butler steelse blikken op haar wierp en aan haar houding en kledij probeerde af te lezen welke rol deze figuur in de voorstelling mocht hebben.

'De señorita is uw secretaresse?' vroeg hij zonder zijn blik van Alicia af te houden.

'De señorita is mijn superieur,' antwoordde Vargas.

De butler vertrok zijn gezicht in een grimas die het inlijsten waard was. Hij perste zijn lippen op elkaar en de rest van het traject tuurde hij naar zijn schoenen.

De hoofdingang voerde naar een grote hal met marmeren vloer vanwaaruit trappen, gangen en galerijen liepen. Ze volgden de butler naar een leeszaal, waar een vrouw van middelbare leeftijd op hen wachtte, met de rug naar de deur en de blik op de tuin in de regen gericht, die zich omdraaide zodra ze hen hoorde binnenkomen en hun een ijskoude glimlach schonk. De butler sloot de deur achter zich en trok zich terug om geduldig zijn tijdelijke verbijstering te ondergaan.

'Ik ben Mariana Sedó, de persoonlijk secretaresse van don Mauricio.'

'Vargas, van het hoofdbureau van politie, en mijn medewerker juffrouw Gris.'

Mariana nam de tijd om de obligate röntgenfoto van Alicia te maken. Ze begon bij haar gezicht, sleepte haar blik over de kleur van haar lippen, ging voort met de snit van haar jurk en eindigde bij haar schoenen, die haar een tolerant-minachtend glimlachje ontlokten, dat ze snel liet overgaan in het serene, bedrukte gelaat dat de omstandigheden vereisten. Ze gebaarde hun plaats te nemen. Vargas en Alicia gingen zitten op een leren bank en Mariana koos een stoel, die ze bij het tafeltje zette waarop een dienblad stond met een pot dampende thee en drie kopjes, die ze volschonk. Alicia schatte de valse glimlach in waarachter doña Mariana zich verschanste en vond dat de eeuwige bewaakster van Valls een boosaardige aura vertoonde die iets weg had van zowel een goede fee als een hongerige bidsprinkhaan.

'Vertelt u me alstublieft waarmee ik u van dienst kan zijn. De afgelopen dagen heb ik met zoveel van uw collega's gesproken dat ik helemaal niet meer weet of er nog iets is wat ik niet al verteld heb.'

'We stellen uw geduld op prijs, doña Mariana. We zijn ons ervan bewust dat het moeilijke momenten zijn voor de familie en voor u,' begon Alicia.

Mariana stemde in met een geduldige manier van doen en een bevroren glimlach – het perfect ingestudeerde beeld van de trouwe werknemer. Maar haar ogen verraadden haar irritatie omgang te moeten hebben met ondergeschikten van het tweede garnituur. Dat ze vooral Vargas aankeek en Alicia vermeed aan te kijken duidde op een extra graad minachting. Alicia besloot het initiatief aan Vargas over te laten, wie dit allemaal niet was ontgaan, en te luisteren.

'Doña Mariana, uit het proces-verbaal en uw verklaring tegenover de politie valt op te maken dat u het was die als eerste de afwezigheid van don Mauricio Valls hebt gemeld.'

De secretaresse knikte bevestigend.

'De dag van het bal had don Mauricio diverse leden van het vaste personeel vrijaf gegeven. Ik maakte van de gelegenheid gebruik om mijn peetdochter op te zoeken in Madrid en de dag met haar door te brengen. Hoewel don Mauricio niet had gezegd dat hij me nodig had, kwam ik de volgende dag vroeg in de ochtend terug, zo tegen acht uur, en begon zoals altijd de correspondentie en de agenda van don Mauricio voor te bereiden. Om negen uur ging ik naar boven, naar zijn werkkamer, en zag ik dat meneer de minister er niet was. Kort daarna zei een van de dienstmeisjes dat zijn dochter Mercedes haar had verteld dat haar vader heel vroeg met de auto was vertrokken met de heer Vicente Carmona, de baas van de lijfwachten. Ik vond het merkwaardig, omdat ik bij het nakijken van de agenda zag dat don Mauricio eigenhandig een informele ontmoeting had toegevoegd voor die ochtend, om tien uur, hier in Villa Mercedes, met de commercieel directeur van Ariadna, de heer Pablo Cascos Buendía.'

'Ariadna?' vroeg Vargas.

'Dat is de naam van de uitgeverij waarvan don Mauricio eigenaar is,' legde de secretaresse uit.

'Dat detail staat niet in uw verklaring aan de politie,' zei Alicia.

'Pardon?'

'De afspraak die don Mauricio zelf voor die ochtend had gemaakt. Die hebt u tegenover de politie niet genoemd. Mag ik vragen waarom?'

Doña Mariana lachte een tikje onvriendelijk, alsof de vraag haar triviaal leek.

'Omdat de ontmoeting nooit heeft plaatsgevonden, leek het me niet relevant. Had ik het wel moeten zeggen?'

'U hebt het nu gezegd, en dat is wat telt,' zei Vargas op verzoenende toon. 'Men kan zich onmogelijk alle details herinneren, daarom maken we gebruik van uw vriendelijkheid en zijn we zo vasthoudend. Gaat u verder, alstublieft, doña Mariana.'

De secretaresse van Valls accepteerde de verontschuldiging en ging verder, Alicia negerend en nog slechts Vargas aankijkend.

'Zoals ik al zei, vond ik het vreemd dat meneer de minister zou zijn weggegaan zonder mij daarvan op de hoogte te stellen. Ik informeerde bij de bediening en kreeg te horen dat hij die nacht naar het schijnt niet in zijn kamer had geslapen, maar de hele tijd in zijn werkkamer had doorgebracht.'

'Brengt u de nachten hier door, in het hoofdgebouw?' onderbrak Alicia haar.

Doña Mariana trok een beledigd gezicht en antwoordde ontkennend, de lippen op elkaar geperst.

'Uiteraard niet.'

'Pardon. Gaat u verder, als u zo vriendelijk wilt zijn.'

De secretaresse van Valls snoof ongeduldig.

'Kort daarop, zo tegen negen uur, deelde de heer Revuelta, het hoofd Beveiliging van het huis, me mee dat hij er niets van wist dat Vicente Carmona en meneer de minister die ochtend ergens heen zouden gaan, en dat het in elk geval hoogst ongebruikelijk was dat ze met zijn tweeën waren vertrokken zonder verdere escorte. Op mijn verzoek heeft de heer Revuelta eerst gesproken met het personeel van het ministerie en daarna met Binnenlandse Zaken. Niemand wist iets van don Mauricio, maar men zei ons dat we meteen bericht zouden krijgen zodra hij was gelokaliseerd. Er moet ongeveer een halfuur voorbij zijn gegaan zonder dat we iets hoorden. Toen kwam Mercedes, don Mauricio's dochter, naar me toe. Ze huilde, en op mijn vraag wat er aan de hand was, zei ze dat haar vader was vertrokken en nooit meer zou terugkomen.'

'Zei Mercedes waarom ze dat dacht?' vroeg Vargas.

Doña Mariana haalde haar schouders op.

'Wat deed u toen?'

'Ik heb de hoofdsecretaresse van Binnenlandse Zaken gebeld en eerst met don Jesús Moreno en later met de algemeen directeur van de politie gesproken, de heer Gil de Partera. De rest weet u al.'

'Dat was het moment waarop u de anonieme brieven noemde die de minister had ontvangen?'

Doña Mariana nam de tijd.

'Inderdaad. Het onderwerp kwam ter tafel tijdens mijn gesprek met de heer Gil de Partera en zijn ondergeschikte, een zekere García...'

'García Novales,' vulde Vargas aan.

De secretaresse knikte.

'De politie was natuurlijk al op de hoogte van het bestaan van die brieven en had er sinds maanden kopieën van. De omstandigheid deed zich voor dat ik die ochtend in zijn kantoor, terwijl ik de agenda van meneer de minister naliep, de map vond waarin hij ze had opgeborgen.'

'Wist u dat hij ze bewaarde?' vroeg Alicia.

Doña Mariana schudde haar hoofd.

'Ik dacht dat hij ze had vernietigd na ze aan de politie getoond te hebben en na het onderzoek betreffende het incident in het Círculo de Bellas Artes, maar ik zag dat ik me had vergist en dat don Mauricio ze blijkbaar ook later nog had teruggelezen. Zo heb ik het uw superieuren gemeld.'

'Om welke reden denkt u dat don Mauricio zo lang heeft gewacht met de politie of de veiligheidsdienst op de hoogte te stellen van het bestaan van die brieven?' informeerde Alicia.

Kort wendde doña Mariana haar blik af van Vargas en ze richtte hem als een roofvogel op haar.

'Juffrouw, u moet begrijpen dat de hoeveelheid correspondentie die een man ontvangt van de importantie van don Mauricio immens is. Talloze personen en verenigingen wenden zich tot de minister, bijna dagelijks gooi ik extravagante of gewoonweg gestoorde brieven weg, die don Mauricio dus niet eens te zien krijgt.'

'Deze brieven gooide u echter niet echt weg.'

'Nee.'

'Kende u de man die de politie identificeert als de hoofdverdachte van het sturen van die brieven, Sebastián Salgado?'

'Nee, natuurlijk niet,' zei de secretaresse ongeduldig snuivend.

'Maar u wist van zijn bestaan?' hield Alicia aan.

'Ja. Ik herinnerde me hem van destijds, toen de minister zijn gratieverlening afhandelde, en daarna, toen de politie hem informeerde over het resultaat van het brievenonderzoek.'

'Uiteraard, maar daaraan voorafgaand, weet u nog of don Mauricio bij gelegenheid weleens de naam van Salgado noemde? Misschien jaren eerder?'

Doña Mariana liet een lange pauze vallen.

'Het is mogelijk. Ik ben er niet zeker van.'

'Is het mogelijk dat hij hem noemde?' zei Alicia om druk uit te oefenen.

'Ik weet het niet. Misschien wel. Ik geloof het wel.'

'En dat zou zijn geweest in...?'

'Maart 1948.'

Alicia fronste haar wenkbrauwen en toonde zich verbaasd.

'U herinnert zich heel duidelijk de datum, maar u weet niet zeker of hij de naam Salgado noemde?'

Doña Mariana werd rood.

'In maart 1948 vroeg don Mauricio me om een informele bijeenkomst te regelen met zijn opvolger als gevangenisdirecteur van Montjuïc, Luis Bolea.'

'Met welk doel?'

'Voor zover ik begreep ging het om een informele beleefdheidsbijeenkomst.'

'En was u aanwezig bij deze, zoals u zegt, beleefdheidsbijeenkomst?'

'Enkel op een bepaald moment. Het gesprek was privé.'

'Maar misschien was u in de gelegenheid een paar flarden op te vangen, puur toevallig, als u de kamer in en weer uit liep. Met de koffie bijvoorbeeld. Misschien vanaf uw bureau bij de ingang naar don Mauricio's kantoor.'

'Ik ben niet gediend van wat u insinueert, juffrouw.'

'Alles wat u zich kunt herinneren, kan ons helpen de minister te vinden, doña Mariana,' zei Vargas sussend. 'Alstublieft.'

Ze aarzelde.

'Ik herinner me dat don Mauricio bij de heer Bolea informeerde naar een paar gevangenen die daar waren tijdens zijn mandaat. Hij wilde details weten: of ze nog geïnterneerd waren, of vrijgelaten, of overgebracht of gestorven.'

'Herinnert u zich namen die ter sprake kwamen?'

'Het waren er veel. En het is jaren geleden.'

'Zat Salgado erbij?'

'Ja, ik geloof het wel.'

'Een andere naam die u zich herinnert?'

'De enige die me helder voor de geest staat is Martín. David Martín.'

Alicia en Vargas wisselden een blik. De laatste noteerde iets in zijn opschrijfboekje.

'Nog een naam?'

'Misschien een achternaam die Frans of buitenlands klonk. Ik weet het niet meer. Zoals ik zei, het is vele jaren geleden. Wat voor belang kan dat nu nog hebben?'

'Dat weten we niet, doña Mariana. Het is onze plicht om alle mogelijkheden te onderzoeken. Om terug te komen op het onderwerp van de brieven. Toen u hem de eerste liet zien: kunt u zich zijn reactie nog herinneren? Zei de minister iets wat uw aandacht trok?'

Doña Mariana antwoordde ontkennend.

'Hij zei niets speciaals. Hij leek er geen belang aan te hechten, borg de brief op in een lade en gaf aan dat als er meer kwamen zoals die, ik ze hem persoonlijk moest overhandigen.'

'Ongeopend?'

Doña Mariana knikte.

'Vroeg don Mauricio u met niemand te spreken over het bestaan van die brieven?'

'Dat was niet nodig. Ik heb niet de gewoonte om de zaken van don Mauricio te bespreken met personen die ze niets aangaan.'

'Heeft de minister de gewoonte u te vragen om geheimen te bewaren, doña Mariana?' vroeg Alicia.

Valls' secretaresse perste haar lippen op elkaar maar gaf geen antwoord.

'Hebt u nog vragen, kapitein?' snauwde ze, zich ongeduldig tot Vargas richtend.

Alicia sloeg geen acht op de vluchtpoging van doña Mariana. Ze boog zich naar voren zodat ze rechtstreeks in haar blikveld kwam.

'Wist u dat don Mauricio erover dacht gratie voor Sebastián Salgado te bepleiten bij het staatshoofd?' vroeg Alicia.

De secretaresse bekeek haar van top tot teen, inmiddels zonder enige moeite te doen om de antipathie en vijandigheid te maskeren die Alicia in haar opriep. Ze zocht Vargas' ondersteunende blik, maar die tuurde vastberaden in zijn opschrijfboekje.

'Natuurlijk wist ik dat.'

'Verraste u dat niet?'

'Waarom zou het me moeten verrassen?'

'Vertelde hij om welke reden hij had besloten dat te doen?'

'Uit humanitaire overwegingen. Het was hem ter ore gekomen dat Sebastián Salgado ernstig ziek was en niet lang meer te leven had. Hij wilde niet dat hij in de gevangenis overleed, maar dat hij zijn verwanten kon bezoeken en in het gezelschap van zijn familie kon sterven.'

'Volgens het politierapport had Sebastián Salgado na twintig jaar in de gevangenis te hebben doorgebracht geen directe familie meer van wie men iets wist, noch andere bloedverwanten,' zei Alicia driest.

'Don Mauricio is een fervent voorvechter van nationale verzoening en het helen van de wonden uit het verleden. Misschien kost het u moeite om dat te begrijpen, maar er zijn mensen die christelijke naastenliefde bezitten en grootmoedig van geest zijn.'

'En als dat zo is, weet u dan of don Mauricio in de loop van de jaren dat u voor hem hebt gewerkt, meer van zulke gratieverleningen heeft bepleit? Misschien voor een van de honderden of duizenden politieke gevangenen die vastzaten in de door hem meerdere jaren geleide strafinrichting?'

Doña Mariana toonde een ijzige glimlach, snijdend als een vergiftigd mes.

'Nee.'

Alicia en Vargas keken elkaar kort aan. Vargas gaf haar te verstaan het te laten lopen. Het was duidelijk dat ze langs deze weg nergens zouden komen. Alicia boog zich opnieuw naar voren en ving nogmaals de tegenstribbelende blik van doña Mariana.

'We zijn bijna klaar, doña Mariana. Mijn grote dank voor uw geduld. De afspraak van de minister die u eerder noemde, met de commerciële man van uitgeverij Ariadna.'

'De heer Cascos.'

'De heer Cascos, dank u. Weet u welke onderwerpen het betrof?'

Doña Mariana keek haar aan alsof ze de absurditeit van de vraag duidelijk wilde maken.

'Uitgeefkwesties, mogen we veronderstellen.'

'Natuurlijk. Is het gebruikelijk dat meneer de minister bijeenkomt met werknemers van zijn privébedrijven hier in de residentie?'

'Ik begrijp niet waar u op doelt.'

'Herinnert u zich de laatste keer dat dat gebeurde?'

'Om eerlijk te zijn, nee.'

'En de bijeenkomst met de heer Cascos, die hebt u georganiseerd?'

Doña Mariana schudde haar hoofd.

'Zoals ik al zei, heeft de minister die eigenhandig in de agenda gezet.'

'Is het gebruikelijk dat don Mauricio zelf ontmoetingen of bijeenkomsten op het programma zet? "Eigenhandig"?'

De secretaresse keek haar koeltjes aan.

'Nee.'

'En toch hebt u dit in de verklaring tegenover de politie niet genoemd.'

'Ik heb al gezegd dat het me niet relevant leek. De heer Cascos is een vaste medewerker van don Mauricio. Ik zag niets ongewoons in de bijeenkomst. Het was niet de eerste keer.'

'Ach nee?'

'Nee. Daarvoor hadden ze elkaar ook al ettelijke malen getroffen.'

'In dit huis?'

'Zover ik weet niet.'

'Was u het die die eerdere ontmoetingen regelde of don Mauricio zelf?'

'Dat weet ik niet meer. Dat zou ik in mijn aantekeningen moeten nakijken. Speelt het een rol, het een of het ander?'

'Vergeeft u mij mijn vasthoudendheid, maar heeft de heer Cascos wellicht tegen u gezegd waarover de minister hem wilde spreken op die bewuste ochtend?'

Doña Mariana dacht kort na.

'Nee. Op dat moment was het onze eerste zorg om de minister te lokaliseren en het kwam niet in me op dat zaken met iemand van het middenkader voorrang zouden kunnen hebben.'

'Is de heer Cascos een medewerker van "het middenkader"?' vroeg Alicia.

'Ja.'

'Slechts om een aanknopingspunt te hebben, tot welk kader zou u behoren, doña Mariana?'

Vargas gaf Alicia een discrete schop met zijn voet. De secretaresse stond op met een streng over-en-sluitengebaar – de audiëntie was afgelopen.

'Als u me wilt verontschuldigen en ik u niet verder behulpzaam kan zijn...' zei ze, en ze gebaarde met een beleefde maar ferme beweging van het hoofd naar de deur dat ze alstublieft het pand moesten verlaten. 'Ook in zijn afwezigheid vragen de zaken van don Mauricio mijn aandacht.'

Vargas stond op van de bank en knikte, klaar om doña Mariana naar de uitgang te volgen. Hij had al een paar stappen gezet, toen hij merkte dat Alicia nog steeds op de bank zat en van het kopje thee nipte, waar ze tijdens het hele gesprek geen enkele aandacht aan had besteed. Vargas en de secretaresse draaiden zich naar haar om.

'Er is inderdaad nog een laatste kwestie waarbij u ons kunt helpen, doña Mariana,' zei Alicia.

Ze volgden doña Mariana door een labyrint van gangen door het hele huis tot aan de trap die naar de toren leidde. De secretaresse van Valls liep voorop, zonder achterom te kijken of iets te zeggen, en straalde een bijna tastbare vijandigheid uit. De regenvlagen die de gevel striemden, zorgden voor een luguber licht door de gordijnen en vensters, wat de sensatie gaf dat Villa Mercedes diep onder het wateroppervlak van een meer was gedompeld. Onderweg kwamen ze een leger van bedienden en ander personeel tegen van Valls' kleine imperium, die allen bij het zien van doña Mariana hun ogen neersloegen en meer dan eens stopten om opzij te gaan en een soort eerbiedige kniebuiging te maken. Vargas en Alicia sloegen dit ritueel van hiërarchie en plichtplegingen, dat zich onder de dienaars en lakeien van de minister afspeelde, gade en wisselden af en toe een verbijsterde blik.

Onder aan de wenteltrap die naar de werkkamer voerde, nam doña Mariana een olielamp van de muur en reguleerde de vlam. In deze amberkleurige lichtbubbel gehuld, die hun schaduwen over de muren trok, liepen ze naar boven. Voor de deur van het kantoor draaide de secretaresse zich om, negeerde voor één keer Vargas en richtte haar giftige blik op Alicia. Die glimlachte gelaten en stak haar hand uit. Met opeengeperste lippen overhandigde doña Mariana haar de sleutel.

'Raakt u niets aan, laat u alles zoals u het vindt. En wanneer u klaar bent, geeft u de sleutel aan de butler voor u gaat.'

'Veel dank, doña...' begon Vargas.

Maar doña Mariana draaide zich zwijgend om en liep met de olielamp de trap af, zodat ze in het donker voor de deur achterbleven.

'Het had niet beter kunnen gaan,' oordeelde Vargas. 'Eens kijken hoe lang de dame erover doet om García Novales te bellen, die ons in stukken scheurt, u met name.'

'Minder dan een minuut,' bevestigde Alicia.

'Iets zegt me dat de samenwerking met u een regelrecht feest zal zijn.'

'Licht?'

Vargas haalde zijn aansteker tevoorschijn en hield die bij het slot zodat Alicia de sleutel erin kon steken. Toen ze de deurknop omdraaide, klonk er een metalig gejammer.

'Dat klinkt als een muizenval,' vond Vargas.

In het licht van de vlam schonk Alicia hem een boosaardig lachje, dat Vargas liever niet had gezien.

'Hij die over deze drempel stapt, laat varen alle hoop.'

Hij klapte plechtig de aansteker dicht en duwde de deur open.

8

Grijzig licht zweefde in de lucht. De loodgrijze tranende hemel verzegelde de vensters. Alicia en Vargas betraden een ruimte die hun voorkwam als de kajuit op de achtersteven van een luxejacht. Het kantoor was ovaal van vorm. Een groot edelhouten bureau stond prominent in het midden. Eromheen bedekten spiraalvormig opgebouwde boekenplanken het grootste gedeelte van de wanden, en ze leken in een lus geknoopt te zijn die omhoogliep naar een glazen lantaarn die de torenspits schraagde. Slechts een beperkt stuk wand was vrij van boeken, recht tegenover het bureau, en dat hing vol met tientallen foto's in lijstjes. Alicia en Vargas liepen ernaartoe om ze onder de loep te nemen. Alle portretten waren van hetzelfde gezicht en schetsten een soort fotobiografie vanaf de kindertijd naar de adolescentie naar de jongvolwassenheid. Voor de ogen van de toeschouwer werd een meisje met een bleke huidskleur en licht haar onthuld dat opgroeide in honderd momentopnames.

'Het lijkt erop dat de minister van iemand nog meer houdt dan van zichzelf,' zei Alicia.

Vargas bleef naar de portrettengalerij kijken terwijl Alicia naar Valls' bureau liep. Ze trok de generaalsstoel naar achteren en ging zitten. Ze legde haar handen op de leren onderlegger en overzag de ruimte.

'Hoe ziet de wereld eruit vanaf daar?' vroeg Vargas.

'Klein.'

Alicia knipte de bureaulamp aan. Een warm, poederachtig licht vulde de kamer. Ze trok de bovenste lade van het bureau open en vond daarin een bewerkt houten kistje. Vargas kwam dichterbij en ging op de rand van het bureau zitten.

'Als dat een humidor is, eis ik de eerste Montecristo op,' zei hij.

Alicia opende het. Het was leeg. In de blauwfluwelen bekleding was de afdruk van een revolver te zien. Vargas boog zich voorover en streek over de rand, rook toen aan zijn vingers en knikte.

Alicia trok de tweede lade open. Een verzameling etuis lag netjes naast elkaar, alsof het een kleine tentoonstelling betrof.

'Het lijken wel lijkkistjes,' zei Alicia.

'Laat me de doden zien,' nodigde Vargas haar uit.

Ze opende een van de etuis. Het bevatte een zwartgelakte vulpen met een dop, bovenop voorzien van het witte sterretje van het merk. Ze haalde de vulpen uit het etui en woog haar glimlachend op de hand. Toen schroefde ze de dop los en draaide langzaam aan een van de uiteinden. Een kroontjespen van goud en platina die door kabbalistische wijzen en goudsmeden gesmeed leek te zijn, glinsterde in haar handen.

'Fantômas' behekste vulpen?' informeerde Vargas.

'Bijna. Het is de eerste vulpen die gemaakt is door het huis Montblanc,' legde Alicia uit. 'Uit 1905. Een heel kostbaar stuk.'

'En hoe komt het dat u dat weet?'

'Leandro heeft er ook zo een.'

'Ik vind haar anders beter bij u passen.'

Alicia legde de vulpen terug in het etui en schoof de lade dicht.

'Ik weet het. Leandro heeft beloofd me er een cadeau te doen op de dag dat ik met pensioen ga.'

'En wanneer zal dat zijn?'

'Spoedig.'

Ze wilde de derde en laatste lade van het bureau opentrekken, maar constateerde dat die op slot zat. Alicia keek naar Vargas, die zijn hoofd schudde.

'Als u de sleutel wilt, zult u naar beneden moeten om hem aan uw vriendin doña Mariana te vragen.'

'Ik zou het niet wagen haar lastig te vallen, gezien hoe druk ze is met "de zaken van don Mauricio".'

'Dus?'

'Ik dacht dat ze op het hoofdbureau van politie cursussen grof geweld gaven.'

Vargas zuchtte.

'Aan de kant,' beval hij.

Hij knielde voor de laden neer en haalde een ivoren heft uit zijn jasje, dat hij uitklapte tot een gekarteld zakmes met twee snijkanten.

'Denkt u maar niet dat u de enige bent die iets van verzamelaarsstukken begrijpt,' zei Vargas. 'Geeft u mij de briefopener even aan.'

Alicia reikte hem die aan en hij begon met het mes het slot en met de briefopener de kier tussen de lade en het bureau te forceren.

'Iets vertelt me dat u dit niet voor het eerst doet,' merkte Alicia fijntjes op.

'Er zijn er die aanleg hebben voor voetbal en er zijn er die aanleg hebben voor het forceren van sloten. Een liefhebberij moet je toch hebben.'

De operatie nam amper meer dan twee minuten in beslag. Na een metalige klik verdween het blad van de briefopener in de lade na het meegeven van het slot. Vargas trok het lemmet van zijn mes uit het slot. Er was niet één spoortje of inkeping op het lemmet te zien.

'Gehard staal?' vroeg Alicia.

Vargas klapte het mes kundig in door de punt op de vloer te duwen en borg het weer op in de binnenzak van zijn jasje.

'Op een goede dag zult u me met dat onding moeten laten spelen,' zei Alicia.

'Als u zich goed gedraagt,' beloofde Vargas, terwijl hij de lade opentrok.

Ze keken er allebei verwachtingsvol in: een gapende leegte.

'Zeg me niet dat ik het bureau van een minister voor niets heb geforceerd.'

Alicia zei niets. Ze knielde naast Vargas en betastte de binnenkant, tikte tegen de zijkanten.

'Massief eiken,' zei de politieman. 'Zo worden meubels niet meer gemaakt.'

Verbijsterd fronste Alicia haar voorhoofd.

'Hier vinden we niets.' Vargas stond op. 'We doen er beter aan naar het hoofdbureau van politie te gaan om de brieven van Salgado te inspecteren.'

Alicia negeerde hem. Ze betastte nog steeds de binnenkant van de lade en de onderzijde van de lade erboven. Tussen de plaat van de lade erboven en de zijkanten van de open lade zat twee vingerbreedtes speelruimte.

'Help me om die la eruit te halen,' zei ze.

'Niet tevreden met het vernielen van het slot wil ze nu ook het hele bureau slopen,' prevelde Vargas.

Hij beduidde haar met een handgebaar aan de kant te gaan en trok de complete lade eruit.

'Ziet u wel? Niets.'

Alicia pakte het ding en draaide het om. Vastgeplakt aan de onderkant met twee stroken isolatieband in een kruisvorm vond ze een boek. Voorzichtig peuterde ze het band eraf en pakte het boek. Vargas betastte de kleefzijde van het band.

'Vers.'

Alicia legde het boek op het bureau, ging weer in de fauteuil zitten en schoof het boek dichter naar de lamp toe. Vargas knielde naast haar neer en keek haar met een vragende uitdrukking aan.

Het boek moest zo'n tweehonderd pagina's dik zijn en was in zwart leer gebonden. Voorplat en rug vermeldden geen titel. Het enige element was een in goud gedrukte afbeelding in de vorm van een spiraal. Het beeld creëerde een soort optische illusie, zodat degene die het boek in zijn handen had een afdalende wenteltrap meende te zien. Toen ze het opensloeg zag ze drie onbedrukte pagina's met elk een pentekening van een schaakstuk: een loper, een pion en een koningin. De schaakstukken vertoonden vagelijk menselijke trekjes. De ogen van de koningin waren zwart met verticale pupillen, als die van een reptiel. Alicia sloeg de bladzijde om en stuitte op een pagina met de titel van het werk.

Het labyrint der geesten VII
Ariadna en de scharlaken prins

Tekst en illustraties door Victor Mataix

Daarna volgden twee pagina's met een prachtige illustratie in zwarte inkt. De afbeelding toonde een spookachtige stad waar de huizen een gezicht hadden en de wolken als slangen tussen de daken kronkelden. In de straten verhieven zich grote houtvuren en rookzuilen en op een bergtop keek een vlammend kruis neer op de stad. Alicia herkende in de tekening het aanzien van Barcelona. Maar het was een ander Barcelona, een tot een soort nachtmerrie getransformeerde stad, gezien door de ogen van een kind. Ze bladerde verder en stopte bij een illustratie waarop de Sagrada Familia te zien was. Op de tekening leek de onvoltooide kathedraal tot leven gewekt te zijn en voort te kruipen als een draak, de vier torens van de façade met de geboorte van Christus golfden een zwavelhemel tegemoet en eindigden in vuurspuwende koppen.

'Hebt u weleens eerder zoiets gezien?' vroeg Vargas.

Alicia schudde langzaam haar hoofd. Een paar minuten lang dompelde ze zich onder in het vreemdsoortige universum dat die pagina's opriepen. Beelden van een rondreizend circus vol lichtschuwe wezens, een oneindig kerkhof dat zich in een zwerm van mausolea en zielen verhief en door de wolken heen ten hemel steeg, de resten van een scheepswrak, uit de buik waarvan een vloed van lijken op het strand was gespoeld. En heersend over dit fantasmagorische Barcelona, vanuit de hoogte van de kathedraalkoepel en de propvolle straten aan zijn voeten aanschouwend, stond een gestalte, gehuld in een in de wind fladderend gewaad, met het gezicht van een engel en de ogen van een wolf: de scharlaken prins.

Alicia klapte het boek dicht, bedwelmd door de vreemde, perverse kracht van de beelden en de woorden. Pas toen drong tot haar door dat ze niets anders in haar handen hield dan een kindersprookje.

9

Toen ze de torentrap weer afdaalden, pakte Vargas haar zacht bij de arm en hield haar tegen.

'We zullen tegen doña Mariana moeten zeggen dat we dit boek hebben gevonden en meenemen.'

Alicia keek strak naar Vargas' hand op haar arm, zodat hij haar met een verontschuldigend gebaar losliet.

'Ik meen te hebben begrepen dat ze liever niet meer wordt gestoord.'

'Dan zullen we het op zijn minst in het vooronderzoek moeten noemen.'

Alicia wierp hem een ondoordringbare blik toe. Vargas bedacht dat die groene ogen in het halfduister glinsterden als zinkende munten in een vijver, wat haar een licht spookachtig uiterlijk gaf.

'Ik bedoel, als bewijsstuk,' lichtte hij toe.

'Waarvoor?' Alicia's toon was snijdend koud.

'Wat de politie zoal vindt in de loop van een onderzoek...'

'Technisch gesproken heeft de politie het niet gevonden. Ik heb het gevonden. U hebt slechts voor slotenmaker gespeeld.'

'Hoort u eens...'

Alicia liep verder de trap af, zodat de woorden hem in de mond bleven steken. Hij volgde haar in het donker.

'Alicia...'

In de tuin werden ze ontvangen door een motregen die als kristalpoeder op hun kleding bleef zitten. Een van de dienstmeisjes had hun een paraplu te leen gegeven, maar voordat Vargas hem kon uitklappen was Alicia al op weg naar de garage, zonder op hem te wachten. De politieman versnelde zijn pas zodat hij de paraplu boven haar hoofd kon houden.

'Niets te danken,' zei hij. Hij zag dat Alicia licht kreupel liep en op haar lippen beet.

'Wat is er met u aan de hand?'

'Niets. Een oude kwetsuur. Vochtigheid helpt niet bepaald. Niets van belang.'

'Als u wilt wacht u hier, dan haal ik de auto,' bood hij aan.

Opnieuw leek Alicia zijn woorden niet te horen. Haar ogen staarden in de verte naar de wazige omtrekken van een bouwsel tussen de bomen, half versluierd door de regen en de bomen.

'Wat?' vroeg Vargas.

Ze begon harder te lopen en liet hem met paraplu en al staan.

'Heilige Moeder Gods,' prevelde de politieman, en hij volgde haar.

Toen hij haar had ingehaald, duidde Alicia met haar hoofd op iets wat eruitzag als een in de diepte van de tuin verzonken serre.

'Er was daar iemand,' zei ze. 'Iemand die ons gadesloeg.'

'Wie?'

Alicia stond een moment stil en weifelde.

'Gaat u vast naar de garage, ik kom er zo aan.'

'Weet u het zeker?'

Ze knikte.

'Neemt u dan tenminste de paraplu...'

Vargas zag haar licht strompelend in de regen weglopen, tot ze oploste in de mist, een van de vele schaduwen in de tuin.

10

Voor haar lag een pad van wittige tegels. In de kieren tussen de bewerkte stenen nestelden strookjes mos. Alicia vond dat de weg eruitzag alsof men voor de aanleg ervan grafstenen van een kerkhof had gestolen. Toen ze tussen de wilgen door liep, streelden de met regendruppels behangen takken haar, als armen die haar wilden tegenhouden. Aan de andere kant was nu vaag de vermeende serre te zien, die van dichtbij de indruk wekte een paviljoen in classicistische stijl te zijn. De spoorrails die langs het perceel liepen, omzoomden ook het paviljoen, en een perron direct voor de hoofdingang diende als station. Alicia ontweek de rails en liep de traptreden op naar de deur, die op een kier stond. De pijn pulseerde in haar heup en deelde steken uit die in haar het beeld opriepen van om haar botten gebonden prikkeldraad. Naar adem happend bleef ze even staan en duwde toen de deur open, die met een licht gekraak meegaf.

Haar eerste indruk was dat ze zich in een danszaal bevond, jaren geleden aan zijn lot overgelaten. Talloze voetsporen tekenden zich af in de stoflaag die de houten vloer met ruitpatroon overdekte, zichtbaar in het licht van twee met glazen kralen bestikte lampen, die aan het plafond hingen als ijsbloemen.

'Hallo?' riep ze.

De echo van haar stem weerklonk door de zaal zonder antwoord te krijgen. De voetsporen verdwenen in het schemerduister. Verderop was een vitrinekast te zien van donker hout, die de hele wand bedekte, opgedeeld in hokjes als grafnissen. Alicia deed een paar stappen naar voren, volgde het spoor aan haar voeten, maar bleef staan toen ze merkte dat ze werd gadegeslagen. Uit de schaduw van een ivoren gezicht dat boosaardig en uitdagend glimlachte, trof een glazige blik haar. De pop had rood haar en was uitgedost in zwarte zijde. Alicia liep nog een paar meter verder en zag toen dat de pop niet alleen was. Elk van die nissen bevatte een pop in feestkledij. Het moesten er minstens honderd zijn, allemaal glimlachend, allemaal kijkend zonder met de ogen te knipperen. De poppen hadden het formaat van een kind, en zelfs in het slechte licht was de uiterst zorgvuldige afwerking te zien, van de glans van de nagels of de witte tandjes tussen de rode lipjes tot de iris rond de pupillen.

'Wie bent u?'

De stem kwam van achter uit de zaal. Alicia kneep haar ogen tot spleetjes en zag een figuurtje zitten op een stoel in de hoek.

'Ik ben Alicia. Alicia Gris. Ik wilde je niet aan het schrikken maken.'

Het figuurtje stond op en kwam langzaam dichterbij, tot aan de rand van het vale licht dat vanaf de deuropening naar binnen viel, en Alicia herkende het meisjesgezicht van de portrettenverzameling in Valls' kantoor.

'Je hebt een mooie collectie poppen.'

'Bijna niemand vindt ze mooi. Mijn vader zegt dat ze op vampiers lijken. De meeste mensen vinden ze eng.'

'Daarom vind ik ze mooi,' zei Alicia.

Mercedes keek onderzoekend naar die vreemde vrouw. Heel even viel haar in dat ze iets gemeen had met haar verzameling poppen, alsof er één niet was gestold in een ivoren kindertijd, maar tot een vrouw van vlees en bloed en schaduw was uitgegroeid. Alicia glimlachte en stak haar hand uit.

'Mercedes, is het niet?'

Het meisje knikte en gaf haar een hand. Iets in Alicia's ijskoude, doordringende blik kalmeerde haar en gaf haar vertrouwen. Ze schatte de vrouw op iets jonger dan dertig, maar het was als met haar poppen: naarmate je ze van dichterbij bekeek, werd het moeilijker om de leeftijd vast te stellen. Ze had een zeer slank figuur en kleedde zich zoals Mercedes zich stiekem ook wel zou willen kleden als ze niet zeker had geweten dat zowel haar vader als doña Irene het haar nooit zou toestaan. Alicia ademde dat ondefinieerbare iets uit waarvan Mercedes wist dat het mannen betoverde en zich als kinderen deed gedragen – of als oude knarren – en dat ze zich verlekkerden wanneer ze voorbijliep. Ze had haar zien aankomen in het gezelschap van de politieman en het huis zien binnengaan. Het idee dat iemand hoog in de hiërarchie had bedacht dat dat wezen de ideale persoon was om haar vader te vinden, leek haar even onbegrijpelijk als hoopvol.

'U bent hier vanwege mijn vader, hè?'

Alicia knikte.

'Zeg maar geen "u" tegen me. Ik ben niet zo heel veel ouder dan jij.'

Mercedes haalde haar schouders op.

'Ze hebben me zo opgevoed dat ik "u" zeg tegen iedereen.'

'En mij hebben ze opgevoed om me te gedragen als een dame van goeden huize, en hier sta ik dan.'

Mercedes lachte zachtjes, een beetje verlegen. Alicia bedacht dat het meisje er niet erg aan gewend was om te lachen en dat ze dat deed op de manier zoals ze naar de wereld keek: als een meisje verborgen in het lichaam van een vrouw, of als een vrouw die bijna haar hele leven gevangen had gezeten in een sprookje vol bedienden en poppen met een glazen kern.

'Bent u van de politie?'

'Zoiets.'

'U lijkt er niet op.'

'Niemand is wie hij lijkt te zijn.'

Mercedes dacht over die woorden na.

'Vermoedelijk niet.'

'Kunnen we gaan zitten?' vroeg Alicia.

'Natuurlijk.'

Haastig haalde Mercedes een paar stoelen uit de hoek en zette ze in de smalle lichtstrook. Alicia ging behoedzaam zitten. Meteen las het meisje de uitdrukking van pijn op haar gezicht en ze hielp haar. Alicia glimlachte zwakjes naar haar, een fijn laagje zweet op haar voorhoofd. Na een moment van aarzeling depte Mercedes het droog met een zakdoekje. Ondertussen stelde ze vast dat Alicia zo'n fijne, bleke huid had dat ze het verlangen voelde haar te strelen. De gedachte was zomaar ineens in haar opgekomen en ze voelde dat ze rood werd, zonder goed te weten waarom.

'Voelt u zich beter?' wilde ze weten.

Alicia knikte.

'Wat hebt u?'

'Het is een oude wond. Van toen ik een kind was. Soms, als het regent of er veel vochtigheid in de lucht zit, doet het zeer.'

'Een ongeluk?'

'Zoiets.'

'Het spijt me.'

'Die dingen gebeuren. Vind je het goed als ik je een paar vragen stel?'

De blik van het meisje werd ongerust.

'Over mijn vader?'

Alicia knikte.

'Zult u hem vinden?'

'Ik zal het proberen.'

Mercedes keek haar hunkerend aan.

'De politie zal hem niet kunnen vinden. Dat zult u moeten doen.'

'Waarom zeg je dat?'

Het meisje sloeg haar ogen neer.

'Omdat ik denk dat hij helemaal niet gevonden wil worden.'

'Wat brengt je op die gedachte?'

Ze liet nog steeds het hoofd hangen.

'Ik weet het niet.'

'Doña Mariana zegt dat op de ochtend dat je vader vertrok, jij tegen haar had gezegd dat je dacht dat hij voor altijd was vertrokken, dat hij nooit meer terug zou komen.'

'Dat klopt.'

‘Heeft je vader die avond ervoor iets gezegd wat jou dat doet denken?’
‘Ik weet het niet.’
‘Heb je hem gesproken op de avond van het bal?’
‘Ik ben naar boven gegaan, naar zijn kantoor, om hem te zien. Hij was de hele avond niet beneden op het feest verschenen. Hij was met Vicente.’
‘Vicente Carmona, de lijfwacht?’
‘Ja. Mijn vader was treurig. Eigenaardig.’
‘Heeft hij gezegd waarom?’
‘Nee. Mijn vader vertelt me enkel wat hij denkt dat ik wil horen.’
Alicia lachte.
‘Alle vaders doen hetzelfde.’
‘Die van u ook?’
Alicia glimlachte slechts en Mercedes vroeg niet verder.
‘Ik herinner me dat hij een boek aan het bekijken was toen ik binnenkwam.’
‘Weet je nog of het een boek was met een zwarte band?’
Mercedes trok een verbaasd gezicht.
‘Ik geloof het wel. Ik vroeg hem wat het was en hij zei dat het geen lectuur was voor jongedames. Ik had de indruk dat hij niet wilde dat ik het zag. Misschien was het een verboden boek.’
‘Bezit je vader verboden boeken?’
Alicia knikte, opnieuw met die zweem van schroom.
‘In een afgesloten kast in zijn kantoor op het ministerie. Hij weet niet dat ik het weet.’
‘Nou, van mij komt hij het niet te weten. Neemt je vader je vaak mee naar zijn kantoor op het ministerie?’
Mercedes schudde haar hoofd.
‘Ik ben er maar twee keer geweest.’
‘En in de stad?’
‘In Madrid?’
‘Ja, in Madrid.’
‘Ik heb hier alles wat ik nodig heb,’ zei ze zonder veel overtuiging.
‘Misschien kunnen we een keer samen naar de stad. Wandelen. Of naar de bioscoop. Hou je van films?’
Mercedes beet op haar lip.

'Ik ben nog nooit in een bioscoop geweest. Maar ik zou wel graag willen. Met u, bedoel ik.'

Alicia tikte zachtjes op haar handen en toonde haar beste glimlach.

'Dan gaan we naar een film met Cary Grant.'

'Ik weet niet wie dat is.'

'Dat is de perfecte man.'

'Waarom?'

'Omdat hij niet bestaat.'

Mercedes lachte weer haar gereserveerde, vreugdeloze lachje.

'Wat zei je vader nog meer die avond, Mercedes? Weet je dat nog?'

'Niet veel. Hij zei dat hij van me hield. En dat hij altijd van me zou houden, wat er ook gebeurde.'

'Verder nog iets?'

'Hij was nerveus. Hij wenste me goedenacht en begon toen een gesprek met Vicente.'

'Kon je iets horen van wat ze zeiden?' vroeg Alicia.

'Het is niet netjes om aan de deur te luisteren...'

'Ik heb altijd gedacht dat je op die manier de beste gesprekken hoort,' zei Alicia luchtig.

Mercedes lachte ondeugend.

'Mijn vader dacht dat er iemand was geweest. Tijdens het feest. In zijn kantoor.'

'Zei hij wie?'

'Nee.'

'Wat nog meer? Is je nog iets opgevallen?'

'Iets over een lijst. Hij zei dat iemand een lijst had. Ik weet niet wie.'

'Weet je wat voor soort lijst hij bedoelde?'

'Nee. Met getallen, geloof ik. Het spijt me. Ik zou u graag helpen, maar dat is alles wat ik kon verstaan...'

'Je helpt me heel goed, Mercedes.'

'Echt?'

Alicia knikte en streelde haar wang. Niemand had haar zo aangeraakt sinds haar moeder zoveel jaren geleden tot haar bed was veroordeeld en de botten van haar handen krom waren gaan staan als vishaken.

'Wat denk je dat je vader bedoelde toen hij zei "wat er ook gebeurt"?'

'Ik weet het niet.'

'Heb je hem dat al eens eerder horen zeggen?'

Mercedes bleef stil en keek haar strak aan.

'Mercedes?'

'Daar wil ik liever niet over praten...'

'Waarover?'

'Mijn vader heeft me gezegd er nooit met iemand over te spreken.'

Alicia boog zich naar haar toe en pakte haar hand. Het meisje beefde.

'Maar ik ben niet "iemand". Met mij kun je wel degelijk praten.'

'Als mijn vader erachter komt dat ik het u heb verteld...'

'Hij komt er niet achter.'

'Zweert u dat?'

'Ik zweer het je. En dat ik dood mag neervallen als ik lieg.'

'Dat moet u niet zeggen.'

'Vertel het me maar, Mercedes. Wat je zegt blijft tussen jou en mij. Je hebt mijn woord.'

Mercedes keek haar met haar door tranen versluierde ogen aan. Alicia drukte haar hand.

'Ik moet zeven of acht zijn geweest, ik weet het niet precies. Het was in Madrid, op de school van de Zwarte Dames. Elke middag na de lessen kwam de lijfwacht van mijn vader me ophalen. Alle meisjes wachtten altijd op het plein met de cipressen om opgehaald te worden door hun ouders of bedienden. Om halfzes. De mevrouw was er vaak en altijd bleef ze aan de andere kant van het hek staan om naar me te kijken. Soms glimlachte ze naar me. Ik wist niet wie ze was. Maar ze was er bijna elke middag. Ze gebaarde vaak dat ik dichterbij moest komen, maar ze maakte me bang. Op een middag was de lijfwacht verlaat. In Madrid was iets voorgevallen, in het centrum. Ik herinner me dat de auto's een voor een de andere meisjes kwamen ophalen tot ik als enige over was. Ik weet niet hoe het gebeurde, maar waarschijnlijk glipte die mevrouw naar binnen toen een van de auto's het hek uit reed. Ze kwam naar me toe en knielde bij me neer. Ze omhelsde me en begon te huilen. En me te kussen. Ik schrok en slaakte een gil. De nonnen kwamen naar buiten en daarna kwam de lijfwacht, en ik herinner me dat twee van de mannen haar vastgrepen bij haar armen en haar wegsleurden. De mevrouw gilde en huilde. Ik weet nog dat een van mijn vaders lijfwachten haar een vuistslag in het gezicht gaf. Toen haalde ze iets uit haar tas, een pistool. De lijfwachten gingen opzij en zij rende naar me toe. Haar gezicht zat vol bloed. Ze omhelsde me nog een keer en zei dat ze van me hield en dat ik haar nooit moest vergeten.'

'Wat gebeurde er toen?'

Mercedes slikte.

'Vicente kwam dichterbij en schoot haar door het hoofd. De mevrouw viel voor mijn voeten neer, in een plas bloed. Ik herinner me dat omdat een van de nonnen me optilde en mijn schoenen uittrok, die onder het bloed van die mevrouw zaten. Ze overhandigde me aan een van de lijfwachten, die mij samen met Vicente naar de auto bracht. Vicente gaf gas en ging er in volle vaart vandoor, maar ik kon door het raampje zien hoe twee van de lijfwachten het lichaam van de mevrouw wegsleepten...'

Mercedes keek op naar Alicia, die haar omhelsde.

'Die avond zei mijn vader dat die mevrouw gek was. Dat de politie haar al meerdere malen had gearresteerd omdat ze had geprobeerd meisjes uit de scholen in Madrid te ontvoeren. Hij zei dat nooit meer iemand me pijn zou doen en dat ik me geen zorgen moest maken. En hij zei dat ik nooit aan iemand mocht vertellen wat er was voorgevallen. Onder geen beding. Ik ben nooit meer naar die school teruggegaan. Doña Irene werd mijn onderwijzeres en de rest van mijn scholing kreeg ik in dit huis...'

Alicia liet haar in haar armen uithuilen en streelde haar haren. Toen er een soort wanhopige kalmte over het meisje neerdaalde, hoorde ze de claxon van Vargas' auto in de verte en ze stond op.

'Ik moet nu weg, Mercedes. Maar ik kom terug. En wij gaan die wandeling door Madrid maken en naar de bioscoop. Je moet me wel beloven dat je tot dan goed op jezelf zult passen.'

Mercedes pakte haar handen en knikte.

'Zult u mijn vader vinden?'

'Ik beloof het je.'

Ze kuste haar op het voorhoofd en liep moeizaam naar de uitgang. Mercedes ging op de vloer zitten met haar armen om haar knieën geslagen, verzonken in de schaduw van haar voor altijd verstoorde poppenwereld.

11

De terugweg naar Madrid was in regen en zwijgen gedompeld. Alicia had haar ogen gesloten, haar hoofd tegen het beslagen raampje gevlijd en was ver weg. Vargas wierp soms een terloopse blik op haar en deed af en toe een poging om haar in een gesprek te betrekken en zo het vacuüm op te heffen dat hen vergezelde sinds ze uit Villa Mercedes waren vertrokken.

'U was hard tegen Valls' secretaresse,' probeerde hij voorzichtig. 'Om het zo maar eens te zeggen.'

'Ze is een harpij,' prevelde Alicia op weinig verzoenlijke toon.

'Als u wilt, kunnen we het ook over het weer hebben,' opperde Vargas.

'Het regent. Waar wilt u het verder nog over hebben?'

'U zou me kunnen vertellen wat er in dat poppenhuis is gebeurd.'

'Er is niets gebeurd.'

'U bent daar anders wel een halfuur geweest. Ik hoop niet dat u nog iemand de duimschroeven hebt aangedraaid. Het zou goed zijn om niet meteen op de eerste dag iederéén tegen ons te hebben. Wil ik maar zeggen.'

Alicia zei niets.

'Kijk, dit werkt alleen als we samenwerken,' zei Vargas. 'Informatie delen. Ik ben niet uw chauffeur.'

'Dan werkt het misschien wel niet. Ik kan een taxi nemen, als u dat liever hebt. Dat doe ik normaal ook.'

Vargas zuchtte.

'Let u maar niet op mij, goed?' zei Alicia. 'Ik voel me niet zo goed.'

Vargas keek haar aandachtig aan. Ze had nog steeds haar ogen dicht en omklemde haar heup met een van pijn vertrokken gezicht.

'Wilt u dat we bij een apotheek stoppen of zoiets?'

'Waarvoor?'

'Ik weet het niet. U ziet er niet goed uit.'

'Dank u.'

'Kan ik iets voor u halen? Tegen de pijn?'

Alicia schudde haar hoofd. Ze ademde haperend.

'Kunnen we heel even stoppen?' vroeg ze ten slotte.

Op zo'n honderd meter afstand zag Vargas een wegrestaurant bij een tankstation, waar een stuk of tien vrachtwagens keurig in het gelid stonden. Hij sloeg af en stopte de auto voor de ingang van het restaurant. Hij stapte uit, liep om de auto heen om voor haar het portier te openen en bood haar zijn hand.

'Ik kan het alleen.'

Na twee vergeefse pogingen pakte Vargas haar onder de oksels en tilde haar uit de auto. Hij pakte de handtas die nog op de stoel lag en hing die aan haar arm.

'Kunt u lopen?'

Ze knikte. Langzaam liepen ze naar de deur. Vargas ondersteunde haar zachtjes bij de elleboog en voor één keer deed ze niets om zich los te maken. Toen ze binnen waren, nam hij gewoontegetrouw de ruimte in zich op om in- en uitgangen en het aantal aanwezigen te registreren. Een groepje vrachtwagenchauffeurs zat te praten aan een tafel met papieren tafellaken, huiswijn en sifonflessen. Sommigen van hen draaiden zich om om haar op te nemen, maar zodra ze Vargas' blik ontmoetten, keerden ze haastig, zonder een kik te geven met ogen en geest terug naar hun eenpansmaaltijden.

De ober, van het type dat deed denken aan een zarzuelaherbergier, passeerde met een dienblad vol koffie en bood hun met een hoofdbeweging de klaarblijkelijke eretafel van het lokaal aan, afgezonderd van het plebs en met zicht op de weg.

'Ik kom zo bij u,' zei hij.

Vargas leidde Alicia naar de tafel en liet haar op de stoel plaatsnemen die met de rug naar de andere gasten stond. Toen ging hij tegenover haar zitten en keek haar verwachtingsvol aan.

'U begint me angst aan te jagen,' zei hij.

'Maakt u zich geen illusies.'

De ober was snel terug, een en al glimlach en hoffelijkheid om zulke gedistingeerde, onverwachte gasten te mogen ontvangen.

'Goedendag. Wensen de dame en heer te eten? We hebben vandaag een uitstekende stoofschotel, die moeder de vrouw maakt, maar we kunnen u serveren wat u maar wilt. Een mooie biefstuk.'

'Een beetje water, alstublieft,' zei Alicia.

'Onmiddellijk.'

De ober rende weg om een fles mineraalwater te halen en kwam terug met twee handbeschreven menukaarten van gelamineerd karton. Hij schonk twee glazen water in en trok zich met een buiginkje terug, intuïtief aanvoelend dat zijn aanwezigheid maar het beste van zo kort mogelijke duur kon zijn.

'Ik laat de kaart bij u achter voor het geval u alvast wilt kijken.'

Vargas mompelde een bedankje en zag hoe Alicia haar glas water dronk alsof ze net een woestijn had doorkruist.

'Hebt u trek?'

Ze pakte haar handtas en stond op.

'Ik ga even naar het toilet. Bestelt u maar voor mij.'

Voor ze zich omdraaide legde ze haar hand op zijn schouder en glimlachte zwakjes.

'Maakt u zich geen zorgen, het gaat zo weer beter met me.'

Vargas zag haar naar de toiletten strompelen en achter de deur verdwijnen. Vanaf de toog keek de ober toe en vroeg zich waarschijnlijk af wat de aard van Vargas' relatie was met een dergelijk schepsel.

Alicia sloot de deur van het toilet en deed hem op slot. De ruimte stonk naar ontsmettingsmiddel en leek op een cel, met de verbleekte tegels, volgekrabbeld met obscene tekeningetjes en weinig gelukkige zinnen. Een smal raam omlijstte een ventilator, tussen de bladen waarvan stoffige lichtstralen als messen naar binnen drongen. Alicia ging voor het fonteintje staan, steunde op de rand en liet het naar roest stinkende water lopen. Ze opende haar handtas, haalde er het metalen etui uit en deed het met trillende handen open. Ze nam de injectienaald en het flesje met de rubberen dop. Ze doopte de naald diep in het flesje en vulde hem voor de helft. Daarna tikte ze ertegen en drukte licht op de zuiger tot zich een dikke, glanzende druppel op de naald vormde. Toen deed ze de wc-klep dicht, ging zo zitten dat ze met haar rug tegen de muur leunde en tilde haar rok op tot aan de heup. Ze betastte de binnenkant van haar dij en haalde diep adem. Ze stak de naald op twee vingers afstand van haar kous in haar vlees en leegde de inhoud. Een paar seconden later voelde ze het effect. De naald viel uit haar hand en haar brein vertroebelde, terwijl de sensatie van kou zich in haar aderen verspreidde. Ze leunde tegen de muur en liet een paar minuten verstrijken zonder aan iets anders te denken dan aan die slang van ijs die door haar lijf kroop. Heel even geloofde ze het bewustzijn te zullen verliezen. Ze deed haar ogen weer open in een vies ruikend, naargeestig hokje dat ze niet herkende. Een geluid in de verte, van iemand die op de deur bonkte, haalde haar terug. Ze hoorde Vargas' stem aan de andere kant van de deur.

'Alicia? Is alles goed met u?'

'Ja,' zei ze moeizaam. 'Ik kom eraan.'

Het duurde nog een paar seconden voor de voetstappen van de politieman zich verwijderden. Alicia veegde het dunne straaltje bloed van haar dij en trok de rok weer naar beneden. Ze verzamelde de stukken van de gebroken injectienaald en borg alles op in het etui. Toen waste ze haar gezicht en droogde het met een stuk industriepapier dat aan een spijker aan de muur hing. Voor ze de ruimte verliet confronteerde ze zichzelf met haar spiegelbeeld. Ze zag eruit als een van Mercedes' poppen. Ze stiftte opnieuw haar lippen, trok haar kleren recht en haalde diep adem, klaar om terug te keren naar het land der levenden.

Terug bij de tafel ging ze tegenover Vargas zitten en schonk hem haar zoetste glimlach. Hij had een glas bier in de hand, waarvan hij nog geen slok had gedronken, en observeerde haar met onverholen bezorgdheid.

'Ik heb een kalfslapje voor u besteld,' zei hij ten slotte. 'Tamelijk saignant. Proteïnen.'

Alicia knikte alsof ze het een voortreffelijke keuze vond.

'Ik wist niet wat ik voor u moest bestellen, maar toen viel me in dat u vermoedelijk een carnivoor bent.'

'Bloederig vlees is het enige wat ik tot me neem,' zei ze. 'Indien mogelijk van onschuldige schepsels.'

Hij lachte niet. Alicia zag haar spiegelbeeld in Vargas' blik.

'U mag het rustig zeggen.'

'Wat?'

'Wat u denkt.'

'Wat denk ik dan?'

'Dat ik eruitzie als Dracula's bruid.'

Vargas fronste zijn voorhoofd.

'Dat zegt Leandro altijd,' zei Alicia op beminnelijke toon. 'Het stoort me niet hoor, ik ben eraan gewend.'

'Dat dacht ik helemaal niet.'

'Mijn excuses voor zo-even.'

'Geen excuses nodig.'

De ober arriveerde met twee borden in zijn hand en een gedienstige grimas.

'Een kalfslapje voor mejuffrouw en de stoofschotel van het huis voor meneer. Verder nog iets van uw dienst? Nog wat brood? Een glaasje wijn van de coöperatie?'

Vargas schudde zijn hoofd. Alicia wierp een blik op het door aardappelen geflankeerde vlees op haar bord en zuchtte.

'Als u wilt geef ik hem nog eventjes,' bood de ober aan.

'Het is goed zo, dank u.'

Ze begonnen zwijgend te eten en wisselden af en toe een blik of een verzoenend glimlachje. Alicia had geen trek, maar vermande zich en deed alsof het haar smaakte.

'Prima vlees. En uw stoofschotel? Goed genoeg om te trouwen met de kokkin?'

Vargas legde zijn lepel neer en leunde naar achteren op zijn stoel. Alicia wist dat hij naar haar verwijde pupillen en slaperige gezicht keek.

'Hoeveel hebt u geïnjecteerd?'

'Dat is niet uw zaak.'

'Wat voor letsel is het?'

'Van het soort waar een goed opgevoede dame het niet over heeft.'

'Als we willen samenwerken, moet ik weten waar ik aan toe ben.'

'We zijn geen verloofden. Dit gaat twee dagen duren. U hoeft me echt niet aan uw moeder voor te stellen.'

Vargas vertoonde nog niet een zweem van een glimlach.

'Het is van toen ik nog een kind was. Tijdens de bombardementen, in de oorlog. De arts die mijn heup heeft gereconstrueerd, had al vierentwintig uur niet geslapen en deed wat hij kon. Ik geloof dat er zelfs nog een paar souvenirs van de Italiaanse luchtmacht in zitten.'

'In Barcelona?'

Ze knikte.

'Ik had een kompaan in het korps uit Barcelona en die leefde nog twaalf jaar met een stuk schroot ter grootte van een gevulde olijf tegen de aorta geplakt,' zei Vargas.

'En toen is hij overleden?'

'Overreden door een krantenbezorger tegenover het Estación de Atocha.'

'De pers is werkelijk niet te vertrouwen. Zodra ze kunnen, pakken ze je. En u? Waar bracht u de oorlog door?'

'Hier en daar. Het grootste deel in Toledo.'

'Binnen of buiten het Alcázar?'

'Doet dat ertoe?'

'Souvenirs?'

Vargas knoopte zijn overhemd open en liet een rond litteken zien rechts op zijn borst.

'Mag ik?' vroeg Alicia.

Vargas knikte. Ze boog zich naar voren en betastte het litteken. Achter de toog liet de ober het glas vallen dat hij aan het afdrogen was.

'Een van de betere,' zei Alicia. 'Hebt u er pijn aan?'

Vargas knoopte zijn overhemd weer dicht.

'Alleen als ik lach. Serieus.'

'Bij dit werk hebt u dan vermoedelijk niet veel aspirines nodig.'

Eindelijk lachte hij. Alicia hief haar glas water.

'Een toost op onze smarten.'

De politieman pakte zijn glas en ze klonken. In stilte aten ze verder, Vargas schraapte zijn bord leeg en Alicia prikte hier en daar in het vlees. Zodra ze haar bord opzijschoof, begon Vargas de aardappelen van het bord te pikken, die nog rijkelijk voorhanden waren.

'Dus, wat is het plan voor deze middag?' vroeg hij.

'Ik zat te denken dat u naar het hoofdbureau zou kunnen gaan om een kopie van Salgado's brieven te organiseren en te kijken of er op dat front nog nieuws is. En als u tijd hebt, die Cascos van uitgeverij Ariadna een bezoekje brengen. Er is daar iets wat niet klopt.'

'Moeten we hem niet gezamenlijk bezoeken?'

'Ik heb andere plannen. Ik dacht erover een oude vriend op te zoeken die ons wellicht een handje kan helpen en het is beter dat ik alleen ga. Hij is een beetje eigenaardig.'

'Om een vriend van u te zijn is dat duidelijk een conditio sine qua non. Gaat het om het boek?'

'Ja.'

Met een handbeweging vroeg Vargas om de rekening.

'U wilt geen koffie, een dessert of iets anders?'

'In de auto mag u me een van uw importsigaretten aanbieden,' zei Alicia.

'Dit is niet een list om me bij de eerste de beste gelegenheid meteen weer kwijt te raken, hè?'

Ze schudde haar hoofd.

'Om zeven uur zien we elkaar in Café Gijón en "wisselen we informatie uit".'

Vargas keek haar streng aan. Alicia hief plechtig haar hand.

'Erewoord.'

'Ik mag het hopen. Waar zet ik u af?'

'Recoletos. Daar komt u langs.'

12

In het jaar dat Alicia Gris naar Madrid kwam, leerde haar mentor en poppenspeler Leandro Montalvo haar dat iedereen die zijn volle verstand wenst te behouden een plek op de wereld nodig heeft waar hij of zij in kan en wil opgaan. Die plek, het laatste toevluchtsoord, is een klein aanhangsel van de ziel, waar men, als de wereld in haar absurde komedie schipbreuk lijdt, naartoe kan om zich op te sluiten en de sleutel weg te gooien. Een van de irritantste gewoontes van Leandro was dat hij altijd gelijk had. Mettertijd schikte Alicia zich in deze evidentie en besloot dat wellicht het moment was gekomen om haar eigen toevluchtsoord te vinden, omdat de absurditeit van de wereld haar niet meer zozeer een gelegenheidskomedie had geleken als wel pure routine. Voor één keer deelde het lot haar een goede hand. Zoals alle betekenisvolle ontmoetingen vond ook deze plaats op het onverwachtste moment.

Op een dag, lang geleden, tijdens haar eerste herfst in Madrid, toen ze tijdens een wandeling over de Paseo de Recoletos door een hoosbui werd overvallen, ontwaarde Alicia tussen de bomen een paleis in klassieke stijl. Ze zag het aan voor een museum en besloot er te schuilen tot het noodweer over was. Doorweekt tot op het bot liep ze de door vorstelijke standbeelden geflankeerde trap op zonder acht te slaan op de naam op de latei. Een man met een flegmatische houding en uilenblik was naar buiten gekomen om bij de ingang het spektakel van de wolkbreuk te aanschouwen en zag haar aankomen. De roofvogelblik bleef op haar rusten alsof ze een knaagdiertje was.

'Goedemiddag, wat wordt er tentoongesteld?' vroeg Alicia om iets te zeggen.

Duidelijk niet onder de indruk nam het individu haar met zijn ogen op als met een loep.

'Wij stellen geduld tentoon, juffrouw, en bij gelegenheid verbazing over zoveel drieste onwetendheid. Dit is de Nationale Bibliotheek.'

Of het uit compassie was of uit verveling, de man met de uilenblik vertelde haar dat ze voet had gezet in een van de grootste bibliotheken op deze aardbol, dat er binnen deze muren meer dan vijfentwintig miljoen exemplaren op haar wachtten en dat als ze hier was gekomen met de intentie gebruik te maken van de toiletten of modetijdschriften te lezen in de grote leeszaal, ze zich nú kon omdraaien om zich te wijden aan de jacht op een longontsteking.

'Mag ik uwe edelachtbare heer vragen wie u bent?' reageerde Alicia.

'Edelachtbare heren heb ik hier al jaren niet meer gezien, maar als u mijn nederige persoontje bedoelt, dan volstaat te melden dat ik de directeur ben van dit huis en dat het een van mijn lievelingsbezigheden is om onnozele halzen en indringers op straat te zetten.'

'Maar ik wilde juist lid worden.'

'En ik dat ik *David Copperfield* had geschreven, en hier sta ik dan, grijze haren uit mijn kam trekkend en zonder noemenswaardige bibliografie. Hoe heet u dan, mooi meidje?'

'Alicia Gris, om u en Spanje te dienen.'

'Dat ik voor het nageslacht geen klassieken heb geschreven, verhindert me niet ironie of impertinentie te appreciëren. Voor Spanje sta ik niet in, dat zit tjokvol met snoevers, maar waar het mijzelf betreft, zie ik niet hoe u mij zou kunnen dienen, behalve om me eraan te herinneren hoe oud ik ben. Maar net zomin ben ik een menseneter, en als uw wens om lid te worden oprecht is, wie ben ik dan om u te veroordelen tot het structurele analfabetisme. Mijn naam is Bermeo Pumares.'

'Een eer. In uw handen leg ik mijn lot om de vorming te ontvangen die mij redt van de onwetendheid en voor mij de poorten opent naar deze arcadia onder uw bewind.'

Bermeo Pumares trok zijn wenkbrauwen op en schatte zijn tegenstandster opnieuw in.

'Ik begin de onbestemde indruk te krijgen dat u zich redt in uw eentje zonder de noodzaak van wat voor hulp dan ook, en dat uw onwetendheid van geringere diepte is dan uw brutaliteit, juffrouw Gris. Ik ben me ervan bewust dat mijn taalgebruik door mijn encyclopedische gulzigheid naar het barokke is afgegleden, maar het is niet nodig dat u meteen de draak steekt met een oude professor.'

'Het zou van mijn leven niet in me opkomen om dat te doen.'

'Mm. Aan hun woorden zullen jullie ze herkennen. Alicia, ik mag u wel, ook al lijkt dat niet zo. Gaat u naar binnen, naar de balie, en zegt u tegen Puri dat Pumares heeft gezegd dat ze uw lidmaatschap in orde moet maken.'

'Hoe kan ik u bedanken?'

'Door hier te komen en goede boeken te lezen, de boeken die u wilt lezen, niet die waarvan ik of iemand anders zegt dat u ze moet lezen, want ik praat wel een beetje hoogdravend, maar ik ben geen frik.'

'U hoeft er geen seconde aan te twijfelen dat ik dat zal doen.'

Die middag kreeg Alicia haar lezerspas van de Nationale Bibliotheek en bracht ze er de eerste van vele middagen door in de grote leeszaal, waar ze een van de schatten erbij pakte waar het menselijk brein door de eeuwen heen mee had geworsteld. Meer dan eens keek ze op van haar lectuur en trof dan de uilenblik van Bermeo Pumares, die ervan hield door de zaal te kuieren om te zien wat de aanwezigen lazen en resoluut degenen eruit te smijten die waren gekomen om een uiltje te knappen of te smoezen, want voor ingeslapen geesten en smakeloze kletspraat, zoals hij zei, stond de gehele buitenwereld tot hun beschikking.

Nadat Alicia een jaar lang het bewijs had geleverd dat ze een geïnteresseerde, echte lezer was, nodigde Bermeo Pumares haar op een dag uit hem te begeleiden naar de achterin gelegen ruimtes van het grote paleis en opende voor haar de deuren naar een voor het publiek afgesloten afdeling. Daar, legde hij uit, lagen de waardevolste stukken van de bibliotheek opgeslagen, en toegang hadden enkel de bevoorrechten met een speciale pas zoals die aan bepaalde academici en geleerden werd toegekend voor onderzoeksdoeleinden.

'U hebt me nooit verteld waar u zich op toelegt in uw aardse hoedanigheid, maar ik voel aan mijn water dat er iets van een onderzoekster in u huist, en dan spreek ik niet over de uitvinding van de penicilline, noch over het afstoffen van in de vergetelheid geraakte verzen van de aartspriester van Hita.'

'Helemaal op de verkeerde weg bent u niet.'

'Ik ben in mijn hele leven nog nooit op de verkeerde weg geweest. Het probleem in ons geliefde land zijn de wegen, niet de wandelaars.'

'In mijn geval zijn de wegen niet die van de Heer, maar die van wat Uwe Eminentie zou noemen "het veiligheidsapparaat van de staat".'

Bermeo Pumares knikte langzaam.

'U bent een duveltje-uit-een-doosje, Alicia. Zo'n doosje dat men maar beter niet openmaakt, anders ontdekt men nog de verrassing die het verbergt.'

'Een wijze beslissing.'

Pumares reikte haar een carnet aan met haar naam.

'In elk geval wilde ik er, voor ik ga, zeker van zijn dat u ook het onderzoekspasje hebt, opdat u naar believen toegang hebt, mocht u er op een dag zin in hebben.'

'Voor u gaat?'

Pumares vertrok zijn gezicht.

'De secretaris van minister don Mauricio Valls heeft het juist geacht mij ervan op de hoogte te stellen dat ik met terugwerkende kracht uit mijn functie ben ontheven en dat mijn laatste dag aan het hoofd van dit huis gisteren, woensdag, was. Klaarblijkelijk is de beslissing van meneer de minister terug te voeren op diverse factoren, waaronder enerzijds het door mij aan de dag gelegde schaars getoonde vuur jegens de hoogheilige principes van de Beweging, welke principes dat ook mogen zijn, en anderzijds de door de zwager van een vooraanstaande representant van het vaderland geuite belangstelling om de leiding van de Nationale Bibliotheek op zich te nemen, aangezien in bepaalde kringen de welluidendheid van het ambt bijna net zoveel gewicht heeft als een uitnodiging voor de presidentiële loge van Real Madrid.'

'Dat spijt me zeer, don Bermeo. Werkelijk.'

'Dat hoeft niet. Zelden is er in de geschiedenis van dit land aan het hoofd van een cultureel instituut een gekwalificeerde of ten minste niet reddeloos incompetente persoon aangetroffen. Er worden strikte controles toegepast door zeer gekwalificeerd personeel om te verhinderen dat dat gebeurt. De meritocratie en het mediterrane klimaat zijn noodzakelijkerwijs onverenigbaar. Het is vermoedelijk de prijs die we betalen om de beste olijfolie ter wereld te hebben. Dat een ervaren bibliothecaris de Nationale Bibliotheek van Spanje heeft geleid, zij het enkel gedurende veertien maanden, is een onvoorzien ongeluk waarvoor de illustere geesten die onze lotsbestemming sturen een remedie hebben gevonden in de vorm van een eindeloze stoet vriendjes en familieleden die de post kunnen bekleden. Ik kan u enkel zeggen dat ik u zal missen, Alicia. U, uw mysteries en uw plaagzieke grappen.'

'Dat geldt ook voor mij.'

'Ik keer terug naar mijn prachtige Toledo, of wat ze er van hebben overgelaten, in de hoop ergens in een rustig huis met tuin op een heuvel met uitzicht over de stad een kamer te kunnen huren, om er de rest van mijn verwelkte bestaan door te brengen, te urineren in de Taag en Cervantes en al zijn vijanden te herlezen, van wie de meerderheid daar niet ver vandaan woonde, en die er ondanks alle goud en verzen van hun eeuw niet in slaagden het afdrijven van deze boot ook maar een millimeter bij te sturen.'

'En zou ik u niet kunnen helpen? Verzen zijn niet mijn gebied, maar het zou u verbazen met hoeveel stilistisch gemak ik het onbeweeglijke in beweging breng.'

Pumares keek haar lang aan.

'Dat zou me niet verbazen maar angst aanjagen, en ik durf het alleen op te nemen tegen dwazen. Bovendien hebt u me al voldoende geholpen, ook al realiseert u zich dat niet. Het ga u goed, Alicia.'

'Het ga ú goed, maestro.'

Bermeo Pumares glimlachte breed. Het was de eerste en laatste keer dat Alicia hem daarop betrapte. Hij drukte haar krachtig de hand, dempte zijn stem en zei: 'Vertelt u me één ding, Alicia. Uit pure nieuwsgierigheid... Uw devotie voor de Parnassus, de kennis en al die prachtige motieven daargelaten, wat brengt u werkelijk naar deze plek?'

Ze haalde haar schouders op.

'Een herinnering,' antwoordde ze.

Nieuwsgierig trok de bibliothecaris zijn wenkbrauwen op.

'Een herinnering uit mijn kindertijd. Iets wat ik ooit droomde, toen ik op het punt stond dood te gaan. Lang geleden al. Een kathedraal gemaakt van boeken.'

'En waar was dat?'

'In Barcelona. Tijdens de oorlog.'

De bibliothecaris knikte langzaam en glimlachte voor zich uit.

'En u zegt dat u het droomde? Weet u dat zeker?'

'Bijna zeker.'

'Zekerheden zijn troostrijk, maar alleen door te twijfelen kun je leren. Nog één ding. De dag zal komen dat u op een niet-toegestane plek moet wroeten en de grond van een troebele poel moet loswoelen. Ik weet dat omdat u niet de eerste, noch de laatste bent die met een zekere schaduw in de ogen hier naar binnen kijkt. En wanneer die dag aanbreekt, en die breekt aan, weet dan dat dit huis veel meer verbergt dan het lijkt en dat mensen zoals ik komen en gaan, maar dat er hier iemand is die u wellicht op een dag van nut kan zijn.'

Pumares wees op een zwarte deur aan het einde van de immense galerij van gewelven en uitpuilende boekenkasten.

'Achter die deur bevindt zich de trap die afdaalt naar de kelders van de Nationale Bibliotheek. Verdiepingen en verdiepingen van oneindige gangen met miljoenen boeken, vele ervan incunabelen. Alleen al tijdens de oorlog werd er een half miljoen boeken aan de verzameling toegevoegd om ze van de brandstapel te redden. Maar dat is niet het enige wat zich daar beneden bevindt. Vermoedelijk hebt u nooit horen praten over de legende van de vampier van het Recoletos-paleis.'

'Nee.'

'Maar u moet toegeven dat het idee u intrigeert, al is het maar omdat het zo naar melodrama klinkt.'

'Dat bestrijd ik niet. Maar spreekt u in ernst?'

Pumares gaf haar een knipoog.

'Ik zei u destijds al dat ik, ondanks mijn voorkomen, ironie weet te waarderen. Ik laat u achter met deze gedachte, opdat die rijpt. En ik hoop dat u nooit zult ophouden met naar deze plek te komen, of een vergelijkbare.'

'Dat zal ik doen op uw gezondheid.'

'Beter op die van de wereld, die er wat pips bij staat. Zorg goed voor uzelf, Alicia. Dat u de weg mag vinden die mij is ontgaan.'

En zo schreed don Bermeo Pumares zonder nog een woord te zeggen voor de laatste keer door de galerij van de onderzoekers en daarna door de grote leeszaal van de Nationale Bibliotheek en verder door de toegangspoort, zonder één keer om te kijken, tot hij op de Paseo de Recoletos stond en koers zette naar de vergetelheid, een van de vele druppels in de vloed van gestrande levens in het grijs van het Spanje in die tijden.

En zo kwam het dat maanden later, op een dag dat de nieuwsgierigheid het won van de behoedzaamheid, Alicia besloot door die zwarte deur te gaan en zich onder te dompelen in de duisternis van de kelders onder de Nationale Bibliotheek om hun geheimen te doorgronden.

13

Een legende is een leugen, uitgevonden om een universele waarheid te verklaren. De plekken waar leugen en illusie de aarde vergiftigen zijn voor haar gedijen bijzonder vruchtbaar. De eerste keer dat Alicia Gris verdwaalde in de duistere gangen van de Nationale Bibliotheek, op zoek naar de zogenaamde vampier uit de legende, vond ze niet meer dan een ondergrondse stad met honderdduizenden boeken die in stilte volhardden tussen spinnenwebben en echo's.

Maar zelden staat het leven je toe door je eigen dromen te wandelen en een verloren herinnering met eigen handen te liefkozen. Terwijl ze die plek afstruinde, bleef ze meer dan eens staan in het schemerduister en verwachtte opnieuw het ontploffen van de bommen te horen en het metalige gegrom van de vliegtuigen. Nadat ze een paar uur verdieping na verdieping was afgegaan, was ze niet meer zielen tegen het lijf gelopen dan een paar wurmpjes, papiergourmets, op zoek naar een versnapering op de rug van een gedichtenverzameling van Schiller. Bij haar tweede strooptocht, deze keer uitgerust met een zaklantaarn die ze had gekocht in een ijzerwarenwinkel op het Plaza del Callao, kwam ze zelfs haar collega's de wurmpjes niet tegen, maar na anderhalf uur verkenning ontdekte ze bij de uitgang een briefje, opgeprikt met een speld, waarop stond:

Mooie zaklamp.

Trekt u nooit een ander jasje aan?

In dit land is dat bijna een excentriciteit.

Vol genegenheid de uwe,

Virgilio

De volgende dag ging Alicia opnieuw langs de ijzerwarenwinkel om nog een zaklamp te kopen, identiek aan de hare, en een pak batterijen. Met hetzelfde versleten jasje drong ze door tot de diepste diepte van de onderste verdieping en ging naast een collectie romans van de gezusters Brontë zitten, haar favorieten sinds de jaren in het Ribas-weeshuis. Daar haalde ze het broodje gemarineerd vlees en het biertje tevoorschijn dat ze in Café Gijón voor haar hadden ingepakt en begon te eten. Vervolgens, de maag gevuld, knapte ze een uiltje.

Voetstappen in de schaduw, licht als door het stof getrokken veren, wekten haar. Ze deed haar ogen open en zag vaag amberkleurige lichtstraaltjes die vanaf de andere kant van de gang tussen de boeken door filterden. De lichtbubbel bewoog zich langzaam voorwaarts als een kwal. Alicia stond op en veegde de kruimels van haar revers. Seconden later sloeg een gestalte de hoek om en kwam naar haar toe lopen, haastiger nu. Het eerste wat Alicia opviel waren de ogen, blauw en thuis in het donker. De huid was bleek als de bladzijden van een ongelezen boek, het haar glad naar achteren gekamd.

'Ik heb een zaklantaarn voor u meegebracht,' bood Alicia aan. 'En batterijen.'

'Zeer attent van u.'

De stem was hees en merkwaardig schril.

‘Mijn naam is Alicia Gris. Ik vermoed dat u Virgilio bent.’

‘In eigen persoon.’

‘Het is een simpele formaliteit, maar ik moet u vragen of u een vampier bent.’

Virgilio glimlachte verbaasd. Alicia bedacht dat hij er daarbij uitzag als een murene.

‘Als dat zo was, dan was ik nu al omgevallen vanwege de knoflooklucht die van dat broodje af komt dat u naar binnen hebt gewerkt.’

‘Dus u drinkt ook geen mensenbloed.’

‘Ik heb liever TriNaranjus. Verzint u deze vragen of hebt u ze schriftelijk voorbereid?’

‘Ik ben bang dat ik het slachtoffer ben geweest van een slechte grap,’ zei Alicia.

‘En wie niet? Dat is de essentie van het leven. Vertelt u mij, wat kan ik voor u doen?’

‘De heer Bermeo Pumares heeft me over u verteld.’

‘Dat dacht ik al. Schoolmeestershumor.’

‘Hij beweerde dat u me misschien zou kunnen helpen als het moment daar was.’

‘En is het daar?’

‘Dat weet ik niet zeker.’

‘Dan is het nog niet zover. Mag ik die zaklamp eens zien?’

‘Hij is van u.’

Virgilio nam het cadeautje aan en inspecteerde het.

‘Hoeveel jaren werkt u hier al?’ wilde Alicia weten.

‘Ongeveer vijfendertig. Ik begon bij mijn vader.’

‘Uw vader heeft ook op deze diepten geleefd?’

‘Ik geloof dat u ons verwart met een familie schaaldieren.’

‘Is dat hoe de legende van de vampierbibliothecaris is begonnen?’

Virgilio lachte vergenoegd. Het klonk als schuurpapier.

‘Zo’n legende heeft nooit bestaan,’ verklaarde hij.

‘Heeft de heer Pumares haar verzonnen om mij voor de gek te houden?’

‘Technisch gesproken heeft hij die niet verzonnen, hij heeft haar uit een roman van Julián Carax gehaald.’

‘Van hem heb ik nog nooit gehoord.’

‘Bijna niemand. Spijtig. De roman is buitengewoon onderhoudend. De legende gaat over een duivelse moordenaar die verborgen leeft in de kelders van de Nationale Bibliotheek van Parijs en het bloed van zijn slachtoffers gebruikt om een demonisch boek te schrijven, waarmee hij Satan hoogstpersoonlijk hoopt te bezweren. Verrukkelijk. Als ik het exemplaar kan vinden, leen ik het u. Zegt u eens, bent u van de politie of zoiets?'

'Meer "of zoiets".'

In dat jaar, tussen het gekonkelefoes en de vuile klusjes door die Leandro haar opdroeg, zocht en vond Alicia de gelegenheden om Virgilio op te zoeken in zijn onderaardse rijk wanneer ze maar kon. Mettertijd veranderde de bibliothecaris in haar enige werkelijke vriend in de stad. Virgilio had altijd boeken klaarliggen om aan haar uit te lenen, en altijd de goeie.

'Luister, Alicia, begrijpt u mij niet verkeerd, maar zou u een dezer avonden geen zin hebben om met mij naar de film te gaan?'

'Op voorwaarde dat het er niet een is over heiligen of voorbeeldige levens.'

'Moge de onsterfelijke geest van don Miguel de Cervantes me nu als de bliksem treffen als het op een dag in me opkomt u voor te stellen een epos over de triomf van de menselijke geest te zien.'

'Amen,' zei zij plechtig.

Soms, wanneer Alicia geen opdracht had, gingen ze samen naar een van de bioscopen aan de Gran Vía om de late voorstelling te zien. Virgilio was dol op Bijbelse verhalen en Romeinse avonturen in technicolor, want zo kon hij de zon zien en ongegeneerd genieten van de gespierde torsen van de gladiatoren. Op een avond, toen hij Alicia na *Quo Vadis* vergezelde naar het Hispania en zij voor de etalage van een boekhandel aan de Gran Vía bleef staan, keek hij haar lang aan.

'Alicia, als u een jonge jongen was geweest, zou ik om uw hand vragen voor een onwettig concubinaat.'

Ze bood hem haar hand, die Virgilio kuste.

'Wat een mooie dingen zegt u toch, Virgilio.'

Hij verkleurde, met alle triestheid van de wereld in zijn ogen.

'Dat heb je ervan als je veel hebt gelezen, dan ken je alle verzen en foefjes van het lot.'

Op sommige zaterdagmiddagen kocht Alicia wat flesjes Tri-Naranjus en ging ermee naar de Nationale Bibliotheek om naar de verhalen van Virgilio te luisteren over obscure auteurs van wie nog nooit iemand had gehoord en wier vervloekte biografieën verzegeld bleven in de bibliografische crypte van de onderste kelder.

'Alicia, ik weet wel dat het mijn zaak niet is, maar dat met uw heup. Hoe is dat gebeurd?'

'De oorlog.'

'Vertelt u het me.'

'Ik praat er niet graag over.'

'Juist daarom. Vertelt u het mij, het zal u goeddoen.'

Alicia had nooit aan iemand het verhaal toevertrouwd over hoe een onbekende haar het leven had gered in de nacht dat de luchtmacht van Mussolini, geronseld ten dienste van het nationale leger, Barcelona genadeloos had gebombardeerd. Verrast hoorde ze zichzelf praten, en ze stelde vast dat ze niets was vergeten en nog steeds de geur van zwavel en de stank van verbrand vlees in de lucht kon waarnemen.

'En u hebt nooit geweten wie die man was?'

'Een vriend van mijn ouders. Iemand die werkelijk van ze hield.'

Pas toen Virgilio haar een zakdoek aanreikte, besefte ze dat ze huilde en niet meer kon ophouden, ondanks alle schaamte en woede die ze voelde.

'Ik heb u nooit zien huilen.'

'U niet en niemand niet. En dat moet ook nooit meer gebeuren.'

Na het bezoek aan Villa Mercedes en nadat ze Vargas naar het hoofdbureau had gestuurd om op onderzoek uit te gaan, ging Alicia die middag weer naar de Nationale Bibliotheek. Omdat ze haar al lang kenden, hoefde ze niet eens haar pasje te tonen. Ze liep de leeszaal door naar de onderzoekersvleugel. Een hele schare intellectuelen dagdroomde boven hun tafels toen Alicia onhoorbaar langsliep naar de zwarte deur aan het einde van de galerij. Met de jaren had ze geleerd de gewoontes van Virgilio te ontrafelen, en ze rekende uit dat hij in de vroege namiddag waarschijnlijk de door de weetgierigen op de derde kelderverdieping geconsulteerde incunabelen aan het ordenen zou zijn. Daar vond ze hem inderdaad, uitgerust met de zaklantaarn die ze hem cadeau had gedaan, meefluitend met een melodie op de radio terwijl hij vaagjes met zijn bleke, magere lijf wiebelde. Het beeld scheen haar uniek toe en verdiende naar haar mening zijn eigen legende.

'Uw tropische ritme fascineert me, Virgilio.'

'Het ritme van de conga gaat onder de huid zitten. Hebben ze u vandaag heel vroeg laten gaan of vergis ik me in de dag?'

'Ik ben hier semiofficieel op bezoek.'

'U gaat me toch niet vertellen dat ik gearresteerd ben.'

'Nee, maar uw wijsheid wordt tijdelijk geconfisqueerd en ten dienste gesteld van het nationaal belang.'

'Als dat zo is, vertelt u dan maar wat ik voor u kan doen.'

'Ik zou willen dat u ergens naar kijkt.'

Alicia haalde het boek tevoorschijn dat ze in Valls' bureau verstopt had gevonden en gaf het hem. Virgilio pakte het en knipte de zaklamp aan. Zodra hij de gravure van de wenteltrap zag op het omslag, staarde hij Alicia aan.

'Maar hebt u ook maar het flauwste idee wat dit is?'

'Ik vertrouwde erop dat u me dat zou kunnen uitleggen.'

Virgilio keek over zijn schouder, alsof hij vreesde dat er nog iemand in de gang zou kunnen zijn, en gaf haar een teken met zijn hoofd.

'We kunnen beter naar mijn kantoor gaan.'

Virgilio's kantoor was een smal kamertje, helemaal achteraan weggestopt in een van de gangen op de onderste verdieping, dat überhaupt alleen maar leek te zijn ontstaan door de druk van duizenden op elkaar gestapelde boeken; een soort uit boeken, dossiermappen en allerhande merkwaardige objecten getimmerde cabine, van glazen met penselen en naainaalden tot brillen, loepen en tubes verf. Alicia vermoedde dat Virgilio hier af en toe een noodoperatie uitvoerde om stervende boeken te redden en te restaureren. De kwintessens van het geheel was een kleine koelkast. Virgilio trok hem open en Alicia zag dat hij vol stond met flesjes TriNaranjus. Haar vriend schonk hun allebei een glas in, zette een bril met loep op, vlijde het boek op een lap rood fluweel en trok dunne zijden handschoenen aan.

'Ik leid uit dit hele ritueel af dat het om een zeldzaam exemplaar gaat.'

Met een 'Ssst' legde Virgilio haar het zwijgen op.

Meerdere minuten lang observeerde Alicia hoe de bibliothecaris gefascineerd Víctor Mataix' boek onderzocht, elke pagina met genoegen omsloeg, teder over de illustraties streek en zich verlekkerde aan elke gravure, alsof het om verduiveld goede spijzen ging.

'Virgilio, u maakt me nerveus. Zegt u nu verdorie toch eens iets.'

De man draaide zich om, zijn ijsblauwe ogen reusachtig achter de horlogemakersloep.

'Ik vermoed dat u me niet kunt zeggen waar u dit vandaan hebt,' begon hij.

'Dat vermoedt u correct.'

'Dit is een verzamelaarsexemplaar. Als u wilt, vertel ik u wie het voor een heel goede prijs voor u zou kunnen onderbrengen. Maar voorzichtigheid is geboden, want het is een verboden boek, niet enkel door de regering maar ook door de Heilige Moederkerk.'

'Dit en nog honderden andere. Wat kunt u me erover vertellen dat ik niet zelf kan bedenken?'

Virgilio zette zijn bril met loep af en dronk in één teug een half glas TriNaranjus.

'Excuus, ik werd even door emotie overmand,' biechtte hij op. 'Het is minstens twintig jaar geleden dat ik zo'n juweeltje onder ogen kreeg.'

Hij leunde achterover in zijn fauteuil vol gaten. Zijn ogen glinsterden en Alicia wist dat de door Bermeo Pumares voorspelde dag was aangebroken.

14

'Voor zover ik weet,' begon Virgilio, 'zijn er tussen 1931 en 1938 in Barcelona acht boeken gepubliceerd in de serie *Het labyrint der geesten*. Over de auteur, Víctor Mataix, kan ik u niet veel vertellen. Ik weet dat hij bij gelegenheid werkte als illustrator voor kinderboeken, dat hij een paar romans onder pseudoniem publiceerde bij een ellendige, inmiddels verdwenen dertien-in-een-dozijnuitgeverij die Barrido en Escobillas heette, en dat men monkelde dat hij de bastaardzoon was van een rijk geworden koloniaal en Barcelonese industrieel die had gebroken met hem en zijn moeder, een destijds relatief populaire actrice in de theaters aan de Paralelo. Mataix had ook gewerkt als decorontwerper en hij had catalogi ontworpen voor een speelgoedfabrikant uit Igualada. In het jaar 1931 publiceerde hij het eerste deel van *Het labyrint der geesten*, getiteld *Ariadna en de verzonken kathedraal*. Als ik me niet vergis gaf Ediciones Orbe het uit.'

'Heeft de zinsnede "de ingang naar het labyrint" enige betekenis voor u?'

Virgilio hield zijn hoofd schuin.

'Nu ja, in dit geval is het labyrint de stad.'

'Barcelona.'

'Het andere Barcelona. Dat uit de boeken.'

'Een soort hel.'

'Wat dan ook.'

'En wat is de ingang?'

Virgilio haalde nadenkend zijn schouders op.

'Een stad heeft vele ingangen. Ik weet het niet. Kan ik erover nadenken?'

Alicia knikte.

'En die Ariadna, wie is dat?'

'Leest u het boek maar, het is de moeite waard.'

'Geeft u me maar vast een korte samenvatting.'

'Ariadna is een meisje, de hoofdpersoon in alle romans uit de serie. Ariadna is de naam van de oudste dochter van Víctor Mataix, voor wie hij vermoedelijk de boeken schreef. Het personage is een afspiegeling van deze dochter. Mataix liet zich gedeeltelijk ook inspireren door *Alice in Wonderland*, haar lievelingsboek. Vindt u dat niet fascinerend?'

'Ziet u dan niet hoe ik beef van emotie?'

'Als u zo doet bent u onuitstaanbaar.'

'U verdraagt mij, Virgilio, en daarom hou ik zoveel van u.'

'Welk een kruis moet ik dragen! Vrijgezel en zonder verdere vooruitzichten dan Carmilla van Le Fanu.'

'Het boek, Virgilio, terug naar het boek.'

'Goed, Ariadna was zijn Alice en in plaats van een land van wonderen bedacht Mataix een Barcelona van verschrikkingen, hels, een nachtmerrie. Met elk boek wordt het toneel erger en het speelt net zo goed of nog meer een hoofdrol dan Ariadna en de zonderlinge personages die zij op haar avonturen leert kennen. Het laatst bekende deel, gepubliceerd toen het al volop oorlog was en getiteld *Ariadna en de machines van de onderwereld* of iets dergelijks, gaat over hoe de belegerde stad uiteindelijk wordt ingenomen door het vijandelijke leger, en vergeleken met de daaruit voortvloeiende slachting ziet de val van Constantinopel eruit als een komedie van de Dikke en de Dunne.'

'U zegt "het laatst bekende deel"?'

'Er zijn mensen die geloven dat Mataix, toen hij na de oorlog verdween, de laatste hand legde aan het negende en laatste deel van de serie. En inderdaad was er jaren geleden een hoge prijs uitgeloofd onder goedgeïnformeerde verzamelaars voor degene die dat manuscript te pakken zou kunnen krijgen, maar voor zover ik weet is het nooit gevonden.'

'En hoe is Mataix verdwenen?'

Virgilio haalde zijn schouders weer op.

'Barcelona na de Burgeroorlog, is er een betere plek om te verdwijnen?'

'En zou het mogelijk zijn om meer boeken uit de serie te vinden?'

Virgilio dronk de rest van zijn TriNaranjus en schudde langzaam zijn hoofd.

'Dat lijkt me erg lastig. Tien of twaalf jaar geleden hoorde ik dat iemand twee of drie exemplaren van *Het labyrint der geesten* had gevonden onder in een doos in de kelder van boekhandel Cervantes in Sevilla, en dat daar heel, heel goed voor werd betaald. Vandaag de dag zou ik zeggen dat de enige mogelijkheid om zoiets te vinden de antiquarische boekhandel Costa in Vic is. Of in Barcelona, misschien bij Gustavo Barceló, misschien met heel veel geluk bij Sempere, maar ik zou me geen illusies maken.'

'Sempere & Zoons?'

Virgilio keek haar verrast aan.

'Kent u die?'

'Van horen zeggen,' antwoordde Alicia.

'Ik zou het eerst bij Barceló proberen, die werkt het meest met zeldzame exemplaren en heeft contact met de belangrijke verzamelaars. En als Costa ze heeft, dan weet Barceló dat.'

'En zou die meneer Barceló bereid zijn met mij te praten?'

‘Ik begrijp dat hij half met pensioen is, maar voor een juffrouw met een representatief uiterlijk vindt hij altijd tijd. U begrijpt me wel.’

‘Ik zal me mooi maken.’

‘Spijtig dat ik er niet bij kan zijn om dat te zien. U gaat mij niet vertellen waar dit allemaal over gaat, nietwaar?’

‘Dat weet ik nog niet, Virgilio.’

‘Mag ik u om een gunst vragen?’

‘Maar natuurlijk.’

‘Wanneer deze hele geschiedenis die u omhanden hebt, is afgelopen, áls die ooit afloopt, en u komt eruit in één stuk en hebt nog steeds dat boek in uw bezit, brengt u het mij dan. Ik zou er graag een paar uur alleen mee doorbrengen.’

‘En waarom zou ik er niet in één stuk uit komen?’

‘Wie weet. Als er iets is met de labyrintboeken van Mataix, dan is het dat het slecht afloopt met iedereen die ermee in aanraking komt.’

‘Nog zo’n legende van u?’

‘Nee. Dit is echt.’

Tegen het einde van de negentiende eeuw kwam een eilandje in de vorm van een literair café en salon van geestverschijningen los. Sindsdien dwaalt het, gestold in de tijd, overgeleverd aan de stromingen van de geschiedenis, over de grote boulevards van een imaginair Madrid, waar men het af en toe, op een steenworp afstand van de Nationale Bibliotheek, met het wapperende vaantje van Café Gijón gestrand ziet. Daar wacht het, bereid om iedereen die er dorstig van geest en gehemelte naartoe komt van de ondergang te redden, alsof het een grote zandloper op drift is, waar men zich voor de prijs van een kop koffie in de spiegel van de herinnering kan aankijken en een moment lang mag geloven dat men het eeuwige leven heeft.

Het werd al donker toen Alicia de Paseo de Recoletos overstak naar Café Gijón. Vargas wachtte op haar aan een tafel bij het raam, genietend van een van zijn importsigaretten en de voorbijgangers gadeslaand met de blik van een politieman. Toen hij haar binnen zag komen, wenkte hij haar. Alicia ging zitten en bestelde bij een voorbij-ijlende ober een koffie verkeerd om de kou van zich af te schudden die in haar botten was gedrongen in de kelders van de bibliotheek.

'Wacht u al lang op me?' vroeg Alicia.

'Mijn hele leven al,' antwoordde Vargas. 'Profijtelijke middag gehad?'

'Al naargelang hoe je ernaar kijkt. En u?'

'Ik mag niet klagen. Na u afgezet te hebben, ben ik naar de uitgeverij van Valls gegaan om die Pablo Cascos Buendía een bezoekje te brengen. U had gelijk. Er is daar iets niet in de haak.'

'En toen?'

'Cascos zelf is weinig meer dan een zottenkop gebleken. Wel een heel pedante.'

'Hoe onnozeler, hoe kraniger,' was Alicia's commentaar.

'Eerst heeft vriend Cascos me een exclusieve rondleiding door de kantoren gegeven en daarna heeft hij don Mauricio's persoonlijkheid en voorbeeldige leven becommentarieerd alsof zijn eigen leven ervan afhing.'

'Waarschijnlijk vergist u zich daar niet in. Figuren als Valls hebben doorgaans een ellenlange hofhouding van gunstelingen en kontlikkers op sleeptouw.'

'Uiteraard ontbrak de ene noch de andere soort. Desondanks vond ik Cascos onrustig. Hij rook onraad en hield niet op met vragen stellen.'

'Heeft hij gezegd waarom Valls hem bij hem thuis had ontboden?'

'Ik heb de duimschroeven behoorlijk moeten aandraaien, omdat hij in het begin geen stom woord wilde zeggen.'

'En dan zegt u van mij…'

'Met ingebeelde figuren en strebers ben ik zeer doeltreffend, waarom zou ik liegen.'

'Vertelt u maar.'

'Ik moet even mijn opschrijfboekje erbij pakken, want er zit meer achter,' begon Vargas. 'Hier heb ik het. Let op. Het blijkt dat don Pablito in zijn jonge jaren de verloofde was van een dametje dat Beatriz Aguilar heette. Deze Beatriz gaf hem de bons toen de arme ziel in militaire dienst zat, om te trouwen met Daniel Sempere, de zoon van de eigenaar van een tweedehandsboekhandel in Barcelona, Sempere & Zoons, de favoriete boekhandel van Sebastián Salgado, die hem een paar maal heeft bezocht zodra hij uit de gevangenis kwam, vast en zeker om zich op de hoogte te stellen van de nieuwste literaire uitgaven van de laatste twintig jaar. Als u zich het rapport in het dossier herinnert: twee werknemers van genoemde boekhandel, een van hen Daniel Sempere, waren Salgado gevolgd naar het Estación del Norte op de dag van zijn dood.'

Alicia's ogen begonnen te gloeien.

'Gaat u verder, alstublieft.'

'Terug naar Cascos: onze verbitterde held, Cascos Buendía, vaandrig en hoorndrager, verloor het contact met zijn geroofde bruid, de verrukkelijke Beatriz, van wie Pablito zweert dat het een schoonheid is die in een rechtvaardige wereld bij hem was gebleven en niet bij een armoedzaaier als Daniel Sempere.'

'Dat zou parels voor de zwijnen zijn,' vond Alicia.

'Zonder haar te kennen, na een halfuur met Cascos was ik blij voor doña Beatriz. Tot zover de voorgeschiedenis. We slaan wat jaren over tot halverwege 1957, als Pablo Cascos, na zijn cv en informele aanbevelingen van bloedverwanten in half Spanje te hebben achtergelaten, een onverwacht telefoontje ontvangt van uitgeverij Ariadna, de door don Mauricio Valls in het jaar 1947 opgerichte uitgeverij waarvan hij grootaandeelhouder en directeur is tot op de dag van vandaag. Men nodigt hem uit voor een gesprek en biedt hem aan op de commerciële afdeling te komen werken als vertegenwoordiger voor Aragón, Catalonië en de Balearen. Goed salaris, mogelijkheden tot promotie. Pablo Cascos accepteert het aanbod zeer verheugd en begint er te werken. De maanden gaan voorbij en op een dag verschijnt om onduidelijke redenen don Mauricio Valls in zijn kantoor en die zegt tegen hem dat hij hem wil uitnodigen voor de lunch in Horcher.'

'Toe maar. Chic.'

'Cascos vindt het al vreemd dat de eigenaar en directeur van de uitgeverij en de beroemdste culturele figuur van Spanje een werknemer uitnodigt uit het "middenkader", zoals doña Mariana zou zeggen, die hij nooit persoonlijk had leren kennen en die hij meeneemt naar het stamlokaal nog wel van het glorieuze fascisme, waar in de kelder mogelijk de mummie van de Duce begraven ligt. Bij het aperitief verklaart Valls hoe goed er over Cascos wordt gesproken en over zijn werk op de verkoopafdeling.'

'En Cascos gelooft dat?'

'Nee. Hij is een stommeling, maar niet zó stom. Hij ruikt dat er een luchtje aan zit en begint zich af te vragen of het werkaanbod dat hij heeft geaccepteerd, is wat hij had verwacht. Valls gaat door met het theater tot de koffie. Dan, als de twee al grote vrienden zijn en Valls hem een gouden toekomst in het bedrijf heeft geschetst en hem verteld heeft dat hij hem mogelijk als commercieel directeur van de uitgeverij ziet, komt de aap uit de mouw.'

'Een kleine gunst.'

'Precies. Geheel onverwacht vertelt Valls over zijn liefde voor de boekhandels van weleer, steun en toeverlaat van het wonder van de literatuur, vooral die van de Semperes, die hij een extra warm hart toedraagt.'

'Vertelt Valls waar dat warme hart vandaan komt?'

'Niet specifiek. Waarin hij concreter is, is in zijn belangstelling voor de familie Sempere en met name voor een oude vriend van de overleden echtgenote van de eigenaar, Daniels moeder dus, Isabella.'

'Heeft Valls deze Isabella Sempere gekend?'

'Als ik Cascos goed begrijp niet alleen Isabella maar ook een goede vriend van haar. Wedden dat u niet weet wie? Een zekere David Martín.'

'Bingo.'

'Merkwaardig, nietwaar? De mysterieuze naam die doña Mariana zich herinnert met betrekking tot de conversatie, lang geleden, van de minister met zijn opvolger aan het hoofd van de gevangenis van Montjuïc.'

'Ga door.'

'Waar het om gaat is dat Valls dan ter zake komt. De minister zou hem eeuwig dankbaar zijn als Cascos, gebruikmakend van zijn charme, vindingrijkheid en voormalige devotie voor Beatriz, weer contact met haar zou kunnen opnemen om een nieuwe brug te slaan, om het zo maar te zeggen.'

'Haar verleiden?'

'Zo is het ook te omschrijven.'

'Waarvoor?'

'Om erachter te komen of de bewuste David Martín nog leeft of op enig moment in al die jaren contact heeft opgenomen met de familie Sempere.'

'En waarom heeft Valls dat niet rechtstreeks aan de Semperes gevraagd?'

'Dat wilde Cascos ook weten.'

'En de minister antwoordde?'

'Dat het om een heikel persoonlijk thema ging, en dat om motieven die hier verder niet ter zake deden, hij liever eerst de situatie wilde peilen om te weten of er een basis bestond voor zijn vermoeden dat die David Martín achter de schermen aan bepaalde touwtjes trok.'

'En wat gebeurde er toen?'

'Zo gezegd, zo gedaan. Cascos begon bloemrijke brieven te schrijven aan zijn voormalige geliefde.'

'En kreeg hij antwoord?'

'Ah, u ondeugd, wat een interesse in de slaapkamerintriges...'

'Vargas, ter zake.'

'Pardon. Waar zijn we gebleven? Aanvankelijk niet. Beatriz, kersverse echtgenote en moeder, negeert de avances van onze donjuan van likmevestje. Maar Cascos geeft niet op en begint te denken dat hij een eenmalige kans heeft terug te winnen wat hem was afgenomen.'

'Donderwolken boven het huwelijk van Daniel en Beatriz?'

'Wie weet. Een al te jong echtpaar, in alle haast getrouwd en al met een broodje in de oven voor het boterbriefje gehaald te hebben... De perfecte schets van de breekbaarheid. De weken gaan echter voorbij en Bea beantwoordt zijn brieven niet. En Valls blijft aandringen. Cascos wordt langzamerhand nerveus. Valls stelt hem een ultimatum. Cascos stuurt een laatste brief, waarin hij Beatriz vraagt naar een suite van het Hotel Ritz te komen voor een geheim rendez-vous.'

'En Beatriz gaat erheen?'

'Nee. Maar Daniel wel.'

'De echtgenoot?'

'De echtgenoot.'

'Had Beatriz hem verteld over de brieven?'

‘Misschien had hij ze gevonden. Daar gaat het niet om. Het gaat erom dat Daniel plotseling opduikt in het Ritz en Cascos, die hem ontvangt, koket in een geparfumeerde ochtendjas gehuld en met pantoffels, een glas champagne in de hand, van die goeie Daniel een aframmeling en een nieuw gezicht krijgt.’

‘Ik mag die Daniel wel.’

‘Niet te haastig. Volgens Cascos, wiens gezicht nog steeds zeer doet, had Daniel hem om zeep geholpen als hij niet was tegengehouden door een politieman in burger die daar in de buurt was.’

‘Hoe dat zo?’

‘Dit laatste punt in het verhaal is van twijfelachtige betrouwbaarheid. Mijn indruk is dat de politieman geen politieman was maar een bondgenoot van Daniel Sempere.’

‘En toen?’

‘En toen ging Cascos terug naar Madrid met een gezicht als een wentelteefje, de staart tussen de benen en de angst in het lijf bij de gedachte aan wat hij Valls moest vertellen.’

‘En wat zei Valls?’

‘Hij luisterde zwijgend naar hem en liet hem zweren niemand ooit te vertellen wat er was gebeurd, noch wat hij hem had gevraagd.’

‘En dat is het dan?’

‘Daar leek het op, totdat een paar dagen voor zijn verdwijning Valls hem opnieuw belt en bij hem thuis ontbiedt om te praten over een onderwerp dat hij niet nader toelicht, maar dat mogelijkerwijs te maken heeft met de Semperes, Isabella en de mysterieuze David Martín.’

‘Een afspraak waar Valls zich niet aan hield.’

‘Tot zover,’ besloot Vargas.

‘Wat weten we eigenlijk van die David Martín? Hebt u nog tijd gehad meer over hem te vinden?’

‘Weinig. Maar wat ik heb kunnen vinden, is veelbelovend. Vergeten schrijver en, opgelet, van 1939 tot 1941 gevangene in het Montjuïc-kasteel.’

‘Gelijktijdig met Valls en Salgado.’

‘In hetzelfde schuitje, zogezegd.’

‘En eenmaal uit de gevangenis? Wat gebeurt er met David Martín na 1941?’

'Er is geen daarna. Het politiedossier verklaart hem "overleden bij een vluchtpoging".'

'En vertaald zou dat betekenen?'

'Waarschijnlijk zonder proces geëxecuteerd en in een greppel of massagraf gegooid.'

'Op bevel van Valls?'

'Hoogstwaarschijnlijk. Op dat moment was alleen híj bevoegd om dat te doen.'

Alicia liet dat alles enkele ogenblikken door haar hoofd gaan.

'Met welk motief zou Valls een dode zoeken die hijzelf had laten executeren?'

'Soms zijn er doden die niet helemaal dood zijn. Kijk maar naar El Cid.'

'Laten we er dus van uitgaan dat Valls denkt dat Martín nog in leven is,' zei Alicia.

'Dat zou passen.'

'In leven en wraakzuchtig. Misschien achter de schermen aan Salgado's touwtjes trekkend, wachtend tot het moment van wraak daar is.'

'De oude vriendschappen die in een gevangenis gesloten worden, vergeet men niet zo snel,' zei Vargas instemmend.

'Wat nog steeds niet duidelijk is, is welke relatie er kan zijn tussen Martín en de Semperes.'

'Iéts moet er zijn, zeker als Valls persoonlijk de politie heeft verhinderd aan dat touwtje te trekken en liever Cascos als speurhond inzet.'

'Misschien is dat iéts wel de sleutel tot dit alles,' speculeerde Alicia.

'Zijn we een goed team of niet?'

Ze merkte de katachtige grijns op om Vargas' mondhoeken.

'Wat nog meer?'

'Vindt u het weinig?'

'Voor de draad ermee.'

Vargas stak een sigaret op en nam een eerste trekje terwijl hij bestudeerd nonchalant de rookkringels tussen zijn vingers observeerde.

'Welnu, aansluitend, omdat u nog steeds op vriendenbezoek was en ik het geval zogezegd bijna in mijn eentje opgelost had, zodat u daarna met de veren zou kunnen pronken, ben ik naar het hoofdbureau gegaan om de brieven van de gevangene Sebastián Salgado op te halen, en heb me de vrijheid veroorloofd mijn vriend Ciges te consulteren, de grafoloog van het huis. Geen zorgen, ik heb hem niet gezegd waar het over ging en hij heeft er ook niet naar gevraagd. Ik heb hem vier willekeurige blaadjes laten zien en na ze zeer nauwkeurig te hebben bekeken, zei hij dat er talloze aanwijzingen waren in de tildes en in minstens veertien letters en verbindingen, die een rechtshandige uitsloten. En ik weet niet wat nog meer, iets met een hoek en hoe de inkt op het papier vloeit en de *ataque* of iets dergelijks.'

'En dat brengt ons waar?'

'Naar dat de persoon die de dreigbrieven aan Valls schreef linkshandig is.'

'En?'

'En als u de moeite neemt het surveillancerapport van Sebastián Salgado te lezen, uitgevoerd door de politie van Barcelona na zijn vrijlating in januari dit jaar, dan zult u lezen dat onze kameraad zijn linkerhand verloor tijdens zijn jaren in de gevangenis en dat hij een porseleinen kunsthand had. Het ziet ernaar uit dat iemands hand is uitgeschoten tijdens de verhoren, als u me deze flauwe opmerking toestaat.'

Het leek alsof Alicia iets wilde zeggen, maar ze bleef doodstil zitten, met een afwezige blik. Ze was bleek weggetrokken en Vargas zag een fijn laagje zweet op haar voorhoofd.

'In elk geval kon Salgado, de handige eenhandige, die brieven niet geschreven hebben. Alicia, hoort u mij? Gaat het goed met u?'

Plotseling stond ze op en trok haar jas aan.

'Alicia?'

Alicia pakte de map met Salgado's brieven van tafel en wierp een afwezige blik op Vargas.

'Alicia?'

Alicia liep naar de uitgang, de verbijsterde blik van Vargas in haar rug.

15

Ze stond amper buiten of de pijn werd heviger. Ze wilde niet dat Vargas haar zo zag. Ze wilde dat niemand haar zo zag. De aanval die eraan zat te komen, was een van de erge. Verdomde Madrileense kou. Met de dosis van die middag had ze slechts een beetje tijd gekocht. Ze probeerde de eerste pijnscheuten in haar heup te incasseren door langzaam te ademen en haar voeten heel zacht neer te zetten bij elke stap. Maar ze was nog niet bij het Plaza de Cibeles aangekomen of ze moest stoppen en zich aan een lantaarnpaal vastklampen om de kramp voorbij te laten gaan, die haar folterde alsof een stroomstoot haar botten wegvrat.

'Voelt u zich wel goed, juffrouw?'

Ze knikte zonder te weten tegen wie. Toen ze weer op adem was, hield ze een taxi aan en vroeg de chauffeur haar naar het Hispania te brengen. De chauffeur keek haar met enige ongerustheid aan, maar zei niets. Het was donker geworden en de lichten van de Gran Vía spoelden vriend en vijand mee in de grauwe vloed van hen die hun bureauholen verlieten om terug te keren naar huis, en van hen die geen doel hadden. Alicia drukte haar gezicht tegen het glas en sloot haar ogen.

Voor het Hispania vroeg ze de taxichauffeur haar te helpen met uitstappen. Ze gaf hem een riante fooi en zette koers naar de hal, steun zoekend bij de wanden. Zodra hij haar zag binnenkomen, sprong Maura op en rende met een bezorgd gezicht naar haar toe. Hij ondersteunde haar om haar middel en hielp haar naar de liften.

'Is het weer zover?' vroeg hij.

'Het is zo weer over. Het is dit weer.'

'U ziet er heel slecht uit, zal ik een arts bellen?'

'Niet nodig. Boven heb ik de benodigde medicijnen.'

Maura knikte, niet geheel overtuigd. Alicia klopte hem op de arm.

'U bent een goede vriend, Maura. Ik zal u missen.'

'Gaat u dan ergens naartoe?'

Alicia glimlachte en stapte met een goedenachtgroet in de lift.

'Tussen twee haakjes, ik geloof dat u bezoek hebt…' wist Maura nog net uit te brengen voor de deuren sloten.

Ze strompelde in het halfdonker door de lange gang naar haar kamer. Tientallen gesloten deuren die lege kamers verzegelden, flankeerden de gang. Op avonden als deze dacht Alicia dat zij de enige levende bewoner van de verdieping was, hoewel ze altijd het gevoel had geobserveerd te worden. Soms, als ze in het donker bleef staan, kon ze bijna de adem van de permanente bewoners in haar nek voelen, of de aanraking van vingers op haar gezicht. Toen ze achter in de gang bij haar kamer aankwam, bleef ze een ogenblik kuchend staan.

Ze deed de deur open en nam niet de moeite het licht aan te doen. De neonlichtreclames van de bioscopen en theaters van de Gran Vía wierpen een flakkerend licht in haar kamer dat de duisternis oplichtte met technicolor. De gestalte in de fauteuil zat met de rug naar de deur, de hand hield een brandende sigaret vast, en blauwe rook weefde arabesken in de lucht.

'Ik dacht dat je me aan het eind van de middag zou komen opzoeken,' zei Leandro.

Alicia wankelde naar het bed en liet zich uitgeput vallen. Leandro draaide zich om en zuchtte hoofdschuddend.

'Moet ik het voor je klaarmaken?'

'Ik wil niets.'

'Is dat een vorm van boetedoening voor je zonden of hou je van onnodig lijden?'

Hij stond op en liep naar haar toe.

'Laat me eens zien.'

Hij boog zich over haar heen en betastte de heup met klinische nuchterheid.

'Wanneer heb je je voor het laatst geïnjecteerd?'

'Vanmiddag om twaalf uur. Tien milligram.'

'Dat is nog niet eens een begín, dat weet je toch.'

'Misschien was het twintig milligram.'

Leandro mopperde binnensmonds. Hij liep de badkamer in, naar het kastje. Daar vond hij nog een metalen etui, en hij liep ermee terug naar Alicia. Hij ging op de rand van het bed zitten, klapte het open en begon een injectie klaar te maken.

'Je weet, ik hou er niet van als je zo doet.'

'Dat is mijn zaak.'

'Wanneer je jezelf zo straft, ook de mijne. Draai je om.'

Alicia sloot haar ogen en draaide zich op haar zij. Leandro schoof haar rok tot aan haar middel omhoog. Hij maakte de sluitingen van het leren harnas los en trok het langzaam weg. Alicia kreunde van de pijn, kneep haar ogen dicht en ademde stokkend.

'Dit doet mij meer pijn dan jou,' zei Leandro.

Hij pakte haar dij en drukte die tegen het bed. Alicia beefde toen hij de naald diep in het litteken op haar heup stak. Een doffe kreun ontsnapte haar, en een paar seconden lang spande haar hele lijf zich als een kabel. Langzaam trok Leandro de naald eruit, en hij legde de spuit op het bed. Stukje bij beetje liet hij de druk op Alicia's been verslappen, en hij draaide haar weer op haar rug. Toen trok hij haar rok naar beneden en vlijde zachtjes haar hoofd op het kussen. Haar voorhoofd was bedekt met zweet. Met een zakdoek depte hij het weg. Ze keek hem met glazige ogen aan.

'Hoe laat is het?' stamelde ze.

Leandro streelde haar wang.

'Nog vroeg. Rust uit.'

16

Ze werd wakker in het spaarzame licht van de kamer en ontdekte Leandro's silhouet in de stoel naast het bed. Hij had het boek van Víctor Mataix in zijn handen en las erin. Alicia vermoedde dat Leandro terwijl ze sliep haar jaszakken, tas en mogelijk elke lade in haar kamer had uitgekamd.

'Beter?' vroeg Leandro zonder van de tekst op te kijken.

'Ja,' zei Alicia.

Het ontwaken ging altijd vergezeld van een eigenaardige tegenwoordigheid van geest en de sensatie van bevroren gelatine die door haar aderen gleed. Leandro had haar toegedekt met een wollen deken. Ze betastte haar lijf en stelde vast dat ze nog dezelfde kleding aanhad. Ze kwam overeind en leunde bij het zitten tegen het hoofdeinde van haar bed. De pijn was nog slechts een dof, zwak geklop, begraven in de kou. Leandro boog zich naar voren en reikte haar een glas aan. Ze nam twee slokken. Het smaakte niet naar water.

'Wat is dit?'

'Drink nu maar op.'

Ze nam langzame slokken. Leandro klapte het boek dicht en legde het op tafel.

'Je literaire smaak heb ik nooit begrepen, Alicia.'

'Ik heb het verstopt in Valls' werkkamer gevonden.'

'En denk je dat het verband houdt met onze zaak?'

'Op dit moment sluit ik geen enkele mogelijkheid uit.'

Leandro knikte instemmend.

'Je begint als Gil de Partera te klinken. Hoe gaat het met je nieuwe collega?'

'Vargas? Hij lijkt efficiënt.'

'Betrouwbaar?'

Alicia haalde haar schouders op.

'Komend uit de mond van iemand die zijn eigen schaduw nog niet vertrouwt, vraag ik me af of ik je twijfel moet zien als teken dat je met het regime begint te sympathiseren.'

'Ziet u het zoals u wilt,' antwoordde ze.

'Zijn we nog in oorlog?'

Zuchtend schudde Alicia haar hoofd.

'Dit is geen beleefdheidsbezoekje, Alicia. Ik heb genoeg te doen en in het Palace zitten mensen al een tijdje op me te wachten voor het diner. Wat heb je me te vertellen?'

Ze vatte beknopt de gebeurtenissen van de dag samen en liet Leandro zwijgend de samenvatting verwerken, zoals zijn gewoonte was. Hij stond op en liep naar het venster. Alicia bekeek zijn roerloze, door de lichten van de Gran Vía scherp omlijnde silhouet. De magere armen en benen lieten hem samen met het niet in verhouding staande bovenlichaam lijken op een spin, hangend in zijn web. Alicia interrumpeerde zijn overpeinzingen niet. Ze had geleerd dat hij graag de tijd nam om de zaken uit te dokteren en vermoedens te formuleren, waarbij hij genoot van elk brokje informatie en berekende hoe hij daarmee de grootst mogelijke schade kon aanrichten.

'Ik neem aan dat je Valls' secretaresse niet hebt medegedeeld dat je dit boek hebt gevonden en meegenomen,' zei hij ten slotte.

'Nee. Alleen Vargas weet dat ik het heb.'

'Het zou niet slecht zijn het daarbij te houden. Denk je dat je hem kunt overhalen om zijn superieuren er niets over te vertellen?'

'Ja. Op zijn minst een paar dagen.'

Leandro zuchtte wat korzelig. Toen wendde hij zich van het venster af en liep bedaard terug naar de fauteuil. Hij ging weer zitten, sloeg zijn benen over elkaar en monsterde Alicia een paar seconden met de ogen van een forensisch geneesheer.

'Ik zou willen dat dokter Vallejo je onderzoekt.'

'Daar hebben we het al over gehad.'

'Hij is de beste specialist van het land.'

'Nee.'

'Laat me een afspraak voor je maken. Een consult zonder enige verplichting.'

'Nee.'

'Als je enkel in lettergrepen blijft praten, breng dan ten minste iets van variatie in.'

'Goed,' antwoordde Alicia.

Leandro pakte het boek weer op van tafel, bladerde erin en glimlachte voor zich uit.

'Vindt u het wat?'

'Nee. Integendeel, de haren rijzen me te berge. Ik bedacht slechts dat het voor jou gemaakt lijkt te zijn.'

Leandro liet zijn blik over de bladzijden glijden, stopte hier en daar met een sceptische uitdrukking. Ten slotte gaf hij het haar terug en keek haar aan. Hij had de blik van die jezuïeten die al een zonde bespeurden voor die zelfs bedacht werd en in een oogwenk de straf toedienden.

'Dat heel belangrijke diner in het Palace zal wel koud aan het worden zijn,' insinueerde Alicia.

Leandro verleende haar zijn oecumenische toestemming.

'Blijf liggen en rust uit. Ik heb tien flesjes van honderd milligram in het badkamerkastje gezet.'

Ze perste woedend haar lippen op elkaar, maar gaf geen commentaar. Leandro knikte en liep naar de deur. Voor hij de kamer verliet, bleef hij staan en wees met zijn wijsvinger naar haar.

'Geen domme dingen doen,' waarschuwde hij.

Alicia vouwde haar handen als voor het gebed en glimlachte.

17

Bevrijd van Leandro's aanwezigheid en de commandoaura die hem overal en altijd vergezelde, deed Alicia het slot op de deur, stapte onder de douche en gaf zich bijna veertig minuten over aan de naalden en de stoom van het hete water. Ze nam niet de moeite het licht aan te doen, maar bleef in het zwakke licht staan dat door het badkamerraam naar binnen viel en liet het water de dag van haar lichaam spoelen. De verwarmingsketels van het Hispania waren waarschijnlijk ergens in de hel begraven en het metalige geratel van de leidingen in de wanden veroorzaakte hypnotische muziek. Toen ze dacht dat haar huid zo onderhand begon los te laten, draaide ze de kranen dicht, maar ze bleef nog een paar minuten staan luisteren naar het gedrup van de douche en de verkeersgeluiden van de Gran Vía.

Later, gehuld in een handdoek en in het gezelschap van een boordevol glas witte wijn, installeerde ze zich op haar bed met het dossier dat Gil de Partera haar die ochtend had gegeven en de map met de vermoedelijke brieven van Sebastián Salgado of van de misschien overleden David Martín aan minister Valls.

Ze begon met het dossier en vergeleek wat ze in de loop van die dag te weten was gekomen met de officiële versie van het hoofdbureau. Zoals bij zoveel politierapporten was wat er stond het minst van belang; het enige interessante was wat niet genoemd werd. Het proces-verbaal over de aanslag op de minister in het Círculo de Bellas Artes was een meesterwerk in het genre 'inconsistente, buitenissige vermoedens'. Er was niet meer dan één, niet nader geverifieerde weerlegging van Valls' woorden, die aanvoerde in het aanwezige publiek iemand gezien te hebben die bedoelingen had een aanslag te plegen. Het opvallendste was de uitspraak van een van de zogenaamde getuigen van het zogenaamde complot, die een zogenaamd individu zogenaamd achter de schermen gezien zou hebben met een soort masker op, dat een deel van zijn gezicht bedekte. Alicia liet een zucht van afkeer ontsnappen.

'We missen alleen Zorro nog,' prevelde ze.

Na een tijdje, toen ze er genoeg van had ongelezen documenten opzij te leggen die alleen maar leken te bestaan om het dossier een vernis van efficiëntie te verlenen, legde ze het weg en besloot een blik te werpen op de brieven.

Ze telde een dozijn missives, allemaal gelige, met een grillig handschrift bezaaide blaadjes. De langste bestond uit krap twee korte alinea's. De halen leken haar het product van een versleten inktpen te zijn, waar de inkt onregelmatig uit kwam en die dikke lijnen produceerde naast andere die met moeite het papier bekrasten. De hand van de schrijver verbond maar zelden de ene letter met de andere, zodat de indruk ontstond dat de tekst letter voor letter was gecomponeerd. Het onderwerp herhaalde zich telkens weer, en brief na brief noemde de schrijver 'de waarheid' en 'de kinderen van de dood' en de ontmoeting 'bij de ingang van het labyrint'. Valls had die brieven door een aantal jaren heen ontvangen, maar pas nu had iets hem aangezet tot handelen.

'Maar wat?' mompelde Alicia.

Het antwoord lag bijna altijd in het verleden. Dat was een van Leandro's eerste lessen geweest. Toen ze een keer van de begrafenis kwamen van een van de belangrijkste leiders van de Brigada Social in Barcelona, die Leandro haar verplicht had bij te wonen (als deel van haar opvoeding, had hij aangevoerd), had haar mentor die zin uitgesproken. Zijn these luidde dat vanaf een bepaald punt in het leven de toekomst van een mens onveranderlijk in zijn verleden lag.

'Is dat niet een waarheid als een koe?' had Alicia gevraagd.

'Het zou je verbazen hoezeer men de antwoorden die in het verleden liggen altijd in het heden of de toekomst zoekt.'

Leandro neigde naar didactische aforismen. Destijds had Alicia gedacht dat hij over de overledene sprak of misschien zelfs over zichzelf en over die schaduwgolf die hem naar de oevers van de macht leek te hebben gespoeld. Hij was een van 'de uitverkorenen', zoals men ze mettertijd was gaan noemen. Zij die altijd in troebel water bleven drijven, net als afval. Een schare helden, ontstaan uit een laag verrotting, die dat braakland overspoelde als een bloedige vloed die uit de rioolputten opborrelde. Alicia realiseerde zich dat ze dat beeld had geleend uit het boek van Valls. Bloed dat uit de rioolputten opborrelde en langzaam de straten overspoelde. *Het labyrint.*

Ze liet de brieven op de grond vallen en sloot haar ogen. De kou van dat gif in haar aderen opende altijd het donkere magazijn van haar geest. Het was de prijs die ze te betalen had om de pijn het zwijgen op te leggen. Leandro wist dat. Hij wist dat onder die bevroren laag, waar pijn noch bewustzijn was, haar ogen in staat waren in de duisternis door te dringen en te horen en te voelen wat anderen zich niet eens konden voorstellen, de geheimen van hen te doorvorsen die dachten ze achter zich te hebben gelaten. Leandro wist dat elke keer dat Alicia zich onderdompelde in die zwarte wateren en terugkwam met een trofee in haar handen, ze een deel van haar huid en ziel achterliet. En ze haatte hem erom. Ze haatte hem met de woede die alleen een wezen kan voelen dat zijn schepper en zijn inventaris van gemeenheden kent.

Abrupt stond ze op en ze liep naar de badkamer. Ze deed het kleine spiegelkastje open en vond de flesjes, netjes naast elkaar, die Leandro voor haar had achtergelaten. Haar prijs. Ze pakte ze met beide handen vast en liet ze met kracht in de wastafel vallen. De doorzichtige vloeistof verdween tussen de glasscherven.

'Klootzak,' foeterde ze.

Kort daarna rinkelde de telefoon. Alicia staarde naar haar spiegelbeeld in de badkamer en liet hem rinkelen. Ze had het telefoontje verwacht. Langzaam liep ze terug naar de slaapkamer en ze nam de hoorn van de haak. Ze luisterde zonder iets te zeggen.

'Ze hebben Valls' auto gevonden,' zei Leandro aan de andere kant van de lijn.

Ze bleef stil. Ten slotte zei ze: 'In Barcelona.'

'Ja,' bevestigde Leandro.

'En zonder een spoor van Valls.'

'Noch van zijn lijfwacht.'

Ze ging op haar bed zitten, de blik verloren in de lichtjes die het venster rood kleurden.

'Alicia? Ben je er nog?'

'Ik neem de eerste trein morgenochtend. Ik geloof dat die om zeven uur vanaf Atocha vertrekt.'

Ze hoorde Leandro aan de andere kant van de lijn zuchten en stelde zich hem voor, achterovergeleund op het bed in zijn suite in het Palace.

'Ik weet niet of dat een goed idee is, Alicia.'

'Laat u het liever over aan de politie?'

'Het baart me zorgen dat je in Barcelona alleen zult zijn, Alicia, dat weet je. Dat is niet goed voor je.'

'Er zal niets gebeuren.'

'Waar logeer je?'

'Waar denkt u?'

'De woning in de Aviñón...' verzuchtte Leandro. 'Waarom niet in een goed hotel?'

'Omdat het mijn thuis is.'

'Je thuis is hier.'

Alicia wierp een blik op de kamer om haar heen, haar gevangenis van de afgelopen jaren. Alleen Leandro kon op het idee komen om deze grafkist een thuis te noemen.

'Weet Vargas het?'

'Het bericht komt van het hoofdbureau. Als hij het niet al weet, hoort hij het morgenochtend vroeg.'

'Nog iets?'

Ze hoorde Leandro diep ademhalen.

'Ik wil dat je me elke dag belt, zonder mankeren.'

'Akkoord.'

'Zonder mankeren.'

'Ja, dat heb ik toch al gezegd. Goedenacht.'

Ze wilde al opleggen, toen de stem van Leandro nog eenmaal door de hoorn drong. Ze hield hem weer bij haar oor en luisterde.

'Alicia?'

'Ja.'

'Wees voorzichtig.'

18

Ze had altijd geweten dat ze op een dag zou terugkeren naar Barcelona. Dat ze dat uitgerekend tijdens haar laatste klus voor Leandro zou doen, overtrok het geheel met een laagje ironie dat haar mentor zeker niet ontgaan kon zijn. Ze stelde zich voor hoe hij door de suite ijsbeerde, in gedachten verzonken en starend naar de telefoon. Telkens in de verleiding om de hoorn op te nemen en haar nogmaals te bellen en te bevelen in Madrid te blijven. Leandro hield er helemaal niet van wanneer zijn marionetten probeerden de touwtjes door te snijden. Menigeen had bij deze pogingen ontdekt dat hun beroep niet geschikt was voor de liefhebbers van een gelukkig einde. Maar Alicia was altijd anders geweest. Zij was zijn favoriet. Zijn meesterwerk.

Ze schonk nog een glas witte wijn in en ging op haar bed liggen wachten op het telefoontje. Een moment lang kwam ze in de verleiding om de telefoonstekker eruit te trekken. De laatste keer dat ze dat had gedaan, hadden er twee van zijn uitslovers op de stoep gestaan om haar naar de hal beneden te begeleiden, waar een Leandro wachtte zoals ze hem nog nooit had gezien, ontdaan van zijn altijd zo kalme uiterlijk, opgevreten door ongerustheid. Hij had naar haar gekeken met een mengeling van argwaan en verlangen, alsof hij aarzelde tussen haar omhelzen of zijn mannen de opdracht geven haar met pistoolkolven tot moes te slaan. 'Dit doe je nooit weer,' had hij toen gezegd. Sindsdien waren er twee jaar verstreken.

Ze wachtte tot middernacht op zijn telefoontje, maar het kwam niet. Leandro's wens om Valls te vinden en daarmee de hoge heren van de Staat te behagen, moest zeer sterk zijn, dat hij de deurtjes van de kooi voor haar openzette. Ervan overtuigd dat geen van tweeën die nacht een oog dicht zou doen, besloot Alicia haar heil te zoeken op de enige plek van de wereld waar Leandro nooit bij haar had kunnen komen: de pagina's van een boek. Ze pakte het zwarte boek van de tafel en sloeg het open, klaar om in de geest van Víctor Mataix binnen te dringen.

Nauwelijks had ze de eerste alinea gelezen, of ze vergat dat ze iets in haar handen hield wat onderdeel was van een onderzoek. Ze liet zich door het parfum van de woorden paaien en ging al snel op in de pagina's, was ondergedompeld in de volheid van beelden en ritmes, die de beschrijving van Ariadna's avonturen uitademde terwijl ze afdaalde naar de diepten van dat behekste Barcelona. De compositie van elke alinea, elke zin, leek door de muzikale metriek bepaald. De vertelling verknoopte de woorden met strikken van goudsmeedkunst en trok de ogen in een lectuur van timbres en kleuren die voor het geestesoog een schaduwtheater schiepen. Ze las een paar uur door, genoot van elke zin en was bang bij het einde te geraken. Toen ze bij het omslaan van de laatste bladzijde een illustratie trof van een dalend doek dat de tekst tot stof oploste, klapte ze het boek dicht op haar borst en strekte zich uit in het donker, de innerlijke blik nog altijd gericht op Ariadna's avonturen in haar labyrint.

Bevangen door de tovenarij van dat verhaal sloot ze de ogen en probeerde de slaap te vatten. Ze dacht aan Valls in zijn kantoor, hoe hij het boek had verborgen onder een ladebodem en de lade op slot had gedraaid. Van alle dingen die hij had kunnen verbergen voor hij verdween, had hij uitgerekend dit boek gekozen. Langzaam overmande de vermoeidheid haar lichaam. Ze wikkelde zich uit de handdoek en gleed naakt tussen de lakens. In elkaar gerold en met haar handen tussen haar dijen geklemd, lag ze op haar zij. Het schoot door haar heen dat dit vermoedelijk de laatste nacht was die ze zou doorbrengen in deze kamer die jarenlang ook haar cel was geweest. Zo bleef ze roerloos liggen, wachtend, luisterend naar de geluiden en jammerklachten van het gebouw, dat haar afwezigheid al voorvoelde.

Kort voor het ochtendlicht stond ze op, net op tijd om het hoogstnodige in een koffer te stoppen; de rest liet ze achter bij wijze van afscheidscadeau voor de onzichtbare hotelgasten. Ze aanschouwde haar kleine stad van tegen de muren opgestapelde boeken en glimlachte treurig. Maura zou weten wat hij met haar vrienden moest doen.

Het werd nog maar net licht toen ze door de hal liep, zonder de intentie afscheid te nemen van de verloren zielen van het Hispania. Vlak bij de uitgang hoorde ze de stem van Maura achter zich.

'Dus het is waar,' zei de conciërge. 'U vertrekt.'

Alicia stond stil en draaide zich om. Op een mop geleund, die eruitzag alsof hij er bijna net zoveel kilometers op had zitten als hijzelf, keek Maura haar aan. Om maar niet te gaan huilen, glimlachte hij, diepe treurnis in zijn blik.

'Ik ga naar huis, Maura.'

De conciërge knikte herhaaldelijk.

'Daar doet u goed aan.'

'Ik heb mijn boeken boven gelaten. Die zijn voor u.'

'Ik zal goed voor ze zorgen.'

'En de kleren, doet u daarmee wat u wilt. Er is vast iemand in het gebouw die ze goed kan gebruiken.'

'Ik breng ze naar Caritas, want hier zijn een hoop viezeriken, en ik wil er niet aan denken dat ik die betweter van een Valenzuela aan iets zie snuffelen wat hem niet aangaat.'

Alicia liep naar het mannetje toe en omhelsde hem.

'Dank voor alles, Maura,' fluisterde ze in zijn oor. 'Ik zal u missen.'

Hij liet de mopsteel op de grond vallen en sloeg zijn bevende armen om haar heen.

'Vergeet u ons zodra u thuis bent,' zei hij met gebroken stem.

Ze wilde hem een afscheidskus geven, maar Maura, helemaal de ridder van de droevige figuur en de oude school, gaf haar een hand.

'Het is mogelijk dat een zekere Vargas hier aanbelt om naar mij te vragen.'

'Weest u niet bezorgd. Ik zal hem bij u vandaan houden. Vooruit, gaat u nu.'

Ze stapte in een taxi die wachtte bij de uitgang en vroeg de chauffeur om haar naar het Estación de Atocha te brengen. Een loodgrijze deken lag over de stad en de autoruiten waren door de rijp versluierd. De chauffeur, die eruitzag alsof hij de hele nacht, of de hele week, achter het stuur had gezeten en nog net bij de wereld was door een peuk die tussen zijn lippen hing, keek haar in de achteruitkijkspiegel aan.

'Heen- of terugreis?' vroeg hij.

'Ik weet het niet.'

Aangekomen bij het station, stelde ze vast dat Leandro haar voor was geweest. Hij wachtte aan een cafétafeltje naast de loketten en las een krant, spelend met een koffielepeltje. Twee van zijn waakhonden stonden ieder tegen een pilaar geleund op een paar meter afstand. Toen hij haar zag aankomen, vouwde Leandro de krant dicht en glimlachte vaderlijk.

'Hoe vroeg u ook opstaat, het wordt er niet eerder licht van,' zei Alicia.

'Spreekwoorden passen niet bij je, Alicia. Ga zitten. Heb je ontbeten?'

Ze antwoordde ontkennend en ging aan het tafeltje zitten. Het laatste wat ze wilde, was Leandro tegen zich in het harnas jagen net nu ze op het punt stond zeshonderd kilometer afstand tussen hen in te plaatsen.

'Er zijn algemene gewoontes onder stervelingen, zoals ontbijten of vrienden hebben, die ook jou goed zouden doen, Alicia.'

'Hebt u vrienden, Leandro?'

Ze zag de stalen glans in de ogen van haar baas, een zweem van een waarschuwing, en ze sloeg haar ogen neer. Onderdanig accepteerde ze het gebak en de koffie verkeerd die de ober haar op verzoek van Leandro serveerde en onder zijn oplettende blik nam ze een slokje.

Hij haalde een envelop uit zijn jaszak en gaf haar die.

'Ik heb een eersteklascoupé voor jou alleen gereserveerd. Ik hoop dat dat in orde is zo. Er zit ook wat geld in. De rest zet ik vandaag op de rekening bij de Hispano. Als je meer nodig hebt, laat het me weten.'

'Dank.'

Alicia knabbelde aan het gebakje, dat droog en hard aanvoelde tegen haar verhemelte, zodat ze het amper weg kreeg. Leandro verloor haar geen moment uit het oog. Verstolen keek ze op de klok in de hoogte.

'Nog tien minuten,' zei Leandro. 'Kalm maar.'

Groepjes reizigers trokken langzaam in de richting van het perron. Alicia legde haar handen om de koffiekop om ze maar ergens kwijt te kunnen. De stilte tussen hen was om te snijden.

'Dank dat u gekomen bent om afscheid te nemen,' waagde ze te zeggen.

'Is dat wat we hier doen? Afscheid nemen?'

Alicia schudde haar hoofd. Zonder een woord te wisselen bleven ze nog een paar minuten zitten. Ten slotte, toen Alicia al dacht dat ze het kopje dadelijk tussen haar vingers aan stukken zou knijpen, stond Leandro op, knoopte in alle rust zijn jas dicht en sloeg kalm zijn sjaal om. Hij trok een paar leren handschoenen aan en welwillend glimlachend boog hij voorover om haar wang te kussen. Zijn lippen waren koud en zijn adem rook naar pepermunt. Alicia bewoog geen spier en waagde het amper te ademen.

'Ik wil dat je me elke dag belt. Zonder uitzondering. Te beginnen vanavond, nadat je bent aangekomen, zodat ik weet dat alles goed is gegaan.'

Zij zei niets.

'Alicia?'
'Elke dag, zonder uitzondering,' herhaalde ze.
'Dat ondertoontje is niet nodig.'
'Excuus.'
'Hoe gaat het met de pijn?'
'Goed. Beter. Veel beter.'
Leandro haalde een glazen stopflesje uit zijn jaszak en gaf haar dat.
'Ik weet wel dat je niet graag iets neemt, maar je zult me dankbaar zijn. Het is minder sterk dan de injectie. Eén pil, verder niets. Neem ze niet op een lege maag en al helemaal niet met alcohol.'
Alicia pakte het stopflesje aan en deed het in haar tas. Ze ging nu geen discussie beginnen.
'Dank u.'
Leandro knikte en liep langzaam naar de uitgang, geflankeerd door zijn mannen.
De trein wachtte onder het grote stationsgewelf. Een jongen die nog geen twintig jaar oud kon zijn vroeg aan het begin van het perron om haar vervoersbewijs en leidde haar naar de lege eersteklaswagon. Toen hij zag dat ze licht kreupel liep, hielp hij haar bij het instappen en begeleidde haar naar haar coupé, waar hij haar koffer in het bagagerek legde en het gordijntje voor het venster opzijschoof. Het glas was beslagen en hij boende het met de mouw van zijn jasje droog. Een ballet van reizigers gleed over het perron, dat door de morgendauw veranderd was in een spiegel. Voor hij met een buiging de coupédeur sloot en vertrok, gaf Alicia de jongen een fooi.
Ze liet zich op de bank vallen en staarde afwezig naar de stationslampen. Na korte tijd zette de trein zich in beweging, en Alicia gaf zich over aan het zachte geschommel van de wagon en stelde zich voor hoe boven een in nevel verankerd Madrid de eerste lichten aangingen. Dat was het moment dat ze hem zag. Vargas rende over het perron in een poging de trein te halen. In zijn vergeefse race kon hij de wagon bijna aanraken, en hij ving de ondoorgrondelijke blik van Alicia op, die hem vanuit het raam observeerde. Ten slotte gaf hij het op, steunde met de handen op de knieën, een ademloos, bitter lachje om de lippen.

De stad verdween in de verte en de trein kwam na een poosje op een vlakte zonder horizon die zich eindeloos uitstrekte naar nergens. Alicia voelde dat achter die muur Barcelona al lucht van haar had gekregen. Ze stelde zich voor hoe de stad zich als een zwarte roos opende en een moment overviel haar de gelatenheid van het onvermijdelijke die de verdoemden troost, of misschien, dacht ze, was het slechts de vermoeidheid. Dat deed er nu weinig meer toe. Ze sloot haar ogen en gaf zich over aan de slaap, terwijl de trein, de schaduwen openscheurend, het labyrint der geesten tegemoet gleed.

DE STAD DER SPIEGELS

Barcelona

december 1959

1

Koud. Een kou die in de huid bijt, in het vlees snijdt en de botten doorboort. Een vochtige kou die de spieren foltert en de ingewanden kwelt. Koud. In dit eerste moment van bewustzijn is dat het enige waaraan hij kan denken.

De duisternis is bijna volkomen. Slechts een kiertje licht filtert van bovenaf naar binnen. Een zweem vaal licht dat zich als glinsterend stof hecht aan de schaduwranden en de begrenzingen van de ruimte aanduidt waarin hij zich bevindt. Zijn pupillen verwijden zich en vaag herkent hij een vierkant met de afmetingen van een kleine kamer. De muren zijn van kale steen. Ze ademen vocht uit, dat glimt in het zwakke licht, alsof er een donker wenen overheen glijdt. De vloer is van rotsachtige steen en staat vol plassen, die niet uit water lijken te bestaan. Er hangt een intense stank in de lucht. Voor zich ontwaart hij een rij dikke roestige tralies en aan de andere kant ervan wat traptreden die in het donker omhooglopen.

Hij zit in een cel.

Valls probeert op te staan, maar zijn benen weigeren dienst. Hij kan amper een stap zetten voor zijn knieën knikken en hij op zijn zij valt. Zijn gezicht slaat tegen de vloer en hij vloekt. Hij probeert weer op adem te komen. Een paar minuten blijft hij zo op de grond liggen, zijn gezicht in een kleverige laag die een metalig-zoetige geur verspreidt. Zijn mond is droog, alsof hij aarde heeft doorgeslikt, zijn lippen zijn gebarsten. Hij probeert ze met zijn rechterhand te betasten, maar hij voelt geen rechterhand, alsof er halverwege zijn onderarm niets meer is.

Steunend op zijn linkerarm lukt het hem te gaan zitten. Hij tilt zijn rechterhand op naar zijn gezicht en kijkt ernaar in het tegenlicht van de sluier gelig licht. De hand beeft. Hij ziet haar weliswaar beven, maar voelt haar niet. Hij probeert zijn vuist te ballen en te openen, maar de spieren gehoorzamen hem niet. Pas op dat moment valt hem op dat hij twee vingers mist, wijs- en middelvinger.

In plaats daarvan zitten er twee zwartige vlekken, waaraan huid- en vleesslierten hangen. Valls wil schreeuwen, maar zijn stem weigert en hij kan slechts een hol gekreun uitbrengen. Hij laat zich op zijn rug vallen en sluit zijn ogen. Hij begint door zijn mond te ademen om de giftige stank te mijden en denkt daarbij aan een gebeurtenis uit zijn kindertijd, met een oude hond die de kelder in kroop om te sterven tijdens een zomer vele jaren geleden, op het landgoed dat zijn ouders hadden in de omgeving van Segovia. Valls herinnert zich dat de misselijkmakende stank die zich toen van het huis meester maakte, leek op de stank die nu in zijn keel brandt. Maar deze is nog veel erger en laat hem amper nadenken. Na een poosje, minuten of misschien uren, wordt hij door vermoeidheid overmand en valt hij in een troebele slaperigheid tussen waken en slapen in.

Hij droomt dat hij als enige passagier in een trein reist. Onder zwarte stoomwolken raast de locomotief een labyrintische citadel tegemoet van kathedraalachtige fabrieken, spitse torens en een wirwar van bruggen en daken met onmogelijke hoeken onder een bloedende hemel. Kort voor de trein in een tunnel verdwijnt die geen einde lijkt te hebben, kijkt Valls uit het raampje en ziet dat de ingang wordt bewaakt door de standbeelden van twee grote engelen met uitgespreide vleugels en zichtbaar scherpe tanden tussen de lippen. Op een versleten plakkaat boven de dorpel staat:

BARCELONA

Met een hels kabaal rijdt de trein de tunnel in en als hij er aan de andere kant uit komt, verheft zich daar voor hem het silhouet van de Montjuïc, het kasteel scherp afgetekend hoog in de lucht, in een aura van karmozijnrood licht. Valls voelt zijn maag samentrekken. Een conducteur, gekromd als een oude, door de storm geteisterde boomstam, komt dichterbij door de gang en staat stil bij zijn coupé. Op het uniform bevestigd zit een naamplaatje waarop de naam SALGADO staat.

'Uw halte, meneer de directeur.'

De trein beklimt de slingerende weg die Valls zich zo goed herinnert en rijdt het gevangenisterrein op. Hij stopt in een duistere corridor en Valls stapt uit. De trein rijdt verder en verdwijnt in het donker. Valls draait zich om en ontdekt dat hij in een van de gevangeniscellen vastzit. Vanaf de andere kant van de tralies wordt hij geobserveerd door een sinistere gestalte. Wanneer Valls hem wil uitleggen dat het om een vergissing gaat, dat hij aan de verkeerde kant staat en híj de gevangenisdirecteur is, kan hij geen geluid uitbrengen.

De pijn komt veel later en scheurt hem uit de droom als een stroomstoot.

De geur van aas, de duisternis en de kou zijn er nog, maar nu neemt hij die amper waar. Het enige waar hij aan kan denken is de pijn. Een pijn zoals hij nog nooit eerder heeft ervaren. Zoals hij die zich nooit had kunnen voorstellen. Zijn rechterhand staat in brand. Ze voelt aan alsof hij haar in een brandstapel heeft gestoken en niet meer kan terugtrekken. Hij grijpt zijn rechterarm vast met de linker. Zelfs in de duisternis kan hij zien dat de twee donkere vlekken waar zijn vingers hadden moeten zitten, etteren, een dikke, bloederige vloeistof. Hij schreeuwt geluidloos.

De pijn helpt hem herinneren.

In zijn gedachten beginnen zich de beelden af te tekenen van wat er is gebeurd. Hij herinnert zich het moment dat in de verte in de morgenschemering de omtrekken van Barcelona opdoemden. Valls ziet door de voorruit van de auto hoe de stad zich verheft als het grote decor van een kermis en hij herinnert zich hoezeer hij dat oord haat. Zijn trouwe lijfwacht Vicente rijdt zwijgend en geconcentreerd op het verkeer. Als hij bang is, dan laat hij het niet merken. Ze rijden over boulevards en straten, waar dik ingepakte mensen zich haasten onder een als een nevel van kristal in de lucht hangend sneeuwgordijn. Ze slaan een brede straat in naar het hogergelegen gedeelte van de stad en al spoedig rijden ze op een regionale weg die met duizend bochten omhoogvoert naar de rand van Vallvidrera. Valls herkent de merkwaardige citadel van façades die aan de hemel lijken te hangen. Barcelona ligt nu aan zijn voeten, een donker, met de zee versmeltend tapijt. De tandradbaan slingert als een slang van goudkleurig licht de bergflank op die de grote modernistische villa's omlijnt die de berg stutten. Daar, verscholen tussen de bomen, duikt het enorme, vervallen huis op. Valls slikt.

Vicente kijkt hem aan en knikt. Spoedig zal alles voorbij zijn. Valls spant de haan van de revolver. Wanneer ze bij de poorten van de villa aankomen, schemert het al. Het traliehek staat open. De auto rijdt de met struikgewas overwoekerde tuin in en rond de fontein, droog en volgegroeid met klimop. Vicente zet de motor af voor de brede trap naar de voordeur en trekt zijn revolver. Vicente gebruikt nooit een pistool, alleen een revolver. Een revolver, zegt hij, weigert nooit.

'Hoe laat is het?' vraagt Valls met een dun stemmetje.

Vicente komt niet meer aan antwoorden toe. Alles gebeurt heel snel. Nauwelijks heeft de lijfwacht het autosleuteltje uit het contact kunnen trekken, of Valls ziet een gestalte bij het autoraam. Hij heeft de figuur niet zien aankomen. Zonder een woord te zeggen schuift Vicente hem opzij en schiet. De ruit spat op een paar centimeter van zijn gezicht uit elkaar. Valls voelt een vlaag van glasscherven in zijn gezicht klauwen. De knal van het schot heeft hem doof gemaakt, in zijn oren klinkt slechts schril gefluit. Nog voor de kruitdamp in de auto is opgetrokken, wordt het portier aan de chauffeurskant plotseling opengetrokken. Vicente keert zich om, revolver in de hand, maar voor hij een tweede schot kan lossen, doorboort iets zijn strot. Met beide handen grijpt hij naar zijn keel. Donker bloed spuit tussen zijn vingers door. Een moment treffen hun blikken elkaar, die van Vicente verbijsterd van ongeloof. Dan valt de lijfwacht op het stuur en de claxon begint te loeien. Valls probeert hem vast te houden, maar Vicentes lichaam zakt naar opzij, zodat hij half uit de auto hangt. Valls pakt de revolver met beide handen vast en richt op het zwart voorbij het open portier. Dan voelt hij een ademhaling achter zich, en wanneer hij zich omdraait om te schieten, is het enige wat hij nog waarneemt een doffe, ijzige dreun op zijn hand. Hij voelt metaal op bot en hij wordt zo misselijk dat zijn blik vertroebelt. De revolver valt in zijn schoot en hij ziet bloed over zijn arm stromen. De gestalte komt dichterbij, het mes in de hand, bloed drupt van het lemmet. Hij probeert het autoportier te openen, maar door het eerste schot zit het slot vermoedelijk klem. Handen grijpen Valls bij de keel en trekken woedend aan hem. Hij voelt hoe ze hem door het raam uit de wagen trekken en over de grindweg sleuren tot aan de gebarsten marmeren traptreden. Hij hoort lichte voetstappen dichterbij komen. Het maanlicht schildert iets wat hem in zijn delirium als een engel voorkomt en wat hij zich aansluitend voorstelt als de dood. Valls trotseert de blik en ziet zijn vergissing in.

'Waar lach je om, ellendeling?' vraagt de stem.

Valls glimlacht.

'Je lijkt er zo op...' prevelt hij.

Hij sluit zijn ogen en wacht op het genadeschot, dat echter niet komt. Hij voelt hoe zijn engel hem in het gezicht spuugt. De voetstappen verwijderen zich. God, of de duivel, krijgt medelijden met hem en op zeker moment verliest hij het bewustzijn.

Hij kan zich niet herinneren of dat alles uren, dagen of weken geleden is. In deze cel bestaat geen tijd meer. Alles is nu kou, pijn, duisternis. Een plotselinge golf van woede doet hem sidderen. Hij sleept zich naar de tralies en slaat op het ijzige metaal tot de vellen erbij hangen. Hij houdt zich nog steeds vast aan het ijzer wanneer boven hem een kiertje licht zich opent, waarin de trap naar de cel te herkennen is. Valls hoort voetstappen en kijkt verwachtingsvol omhoog. Smekend steekt hij zijn hand door de tralies. Zijn gevangenbewaarder kijkt naar hem vanuit het schemerdonker, onbeweeglijk. Iets bedekt zijn gezicht wat Valls doet denken aan de bevroren uitdrukkingen van de etalagepoppen in het warenhuis aan de Gran Vía.

'Martín? Bent u het?' vraagt Valls.

Hij krijgt geen antwoord. De gevangenbewaarder kijkt slechts en zegt niets. Ten slotte knikt Valls, alsof hij duidelijk wil maken dat hij de regels van het spel begrijpt.

'Water, alstublieft,' steunt hij.

Lange tijd maakt zijn cipier geen enkele aanstalten. Dan, wanneer Valls al denkt dat hij zich alles heeft ingebeeld en dat de man niet meer is dan een flard van het delirium van pijn en de infectie die hem levend opeet, doet de gevangenbewaarder een paar passen naar voren. Valls glimlacht gedwee.

'Water,' smeekt hij.

De urinestraal treft hem recht in het gezicht en doet de snijwonden waarmee het overdekt is branderig aanvoelen. Valls laat een kreet ontsnappen, kruipt naar achteren tot zijn rug de achterwand raakt en rolt zich daar als een balletje op. De gevangenbewaarder verdwijnt naar boven en het licht verdwijnt weer met de echo van een deur die zich sluit.

Pas dan beseft hij dat hij niet alleen is. Vicente, zijn trouwe lijfwacht, zit in een hoek tegen de muur geleund. Hij beweegt zich niet. Slechts de omtrek van zijn benen is zichtbaar. En zijn handen. Zijn handpalmen en zijn vingers zijn opgezwollen en hebben een paarsachtige kleur.

'Vicente?'

Valls sleept zich naar hem toe, maar stopt als de stank steeds intenser wordt. Hij vlucht de tegenovergelegen hoek in en omklemt zijn knieën, het gezicht begraven tussen zijn benen om aan de stank te ontsnappen. Dan probeert hij het beeld van zijn dochter Mercedes op te roepen. Hij ziet haar voor zijn geestesoog spelen in haar poppenhuis en in haar privétrein door de tuin reizen. Hij ziet haar als klein meisje, haar blik aan de zijne gehecht, om hem alles te vergeven en licht te brengen waar dat nooit was geweest.

Na een tijdje geeft hij zich over aan de kou, de pijn en de vermoeidheid en voelt hij dat hij opnieuw langzaamaan het bewustzijn verliest. Misschien is het de dood wel, denkt hij hoopvol.

2

Fermín Romero de Torres schrok op verraderlijke wijze wakker, met een hart dat pompte op mitrailleursnelheid en de sensatie dat er een wagneriaanse sopraan op zijn borst zat. Hij opende zijn ogen in het fluwelen halfduister en probeerde weer op adem te komen. De wijzers van de wekker bevestigden zijn vermoeden. Het was nog niet eens middernacht. Hij had maar net een uur beroerd kunnen slapen en opnieuw viel de slapeloosheid hem aan als een op hol geslagen tram. Naast hem snurkte Bernarda als een graskalfje, argeloos glimlachend in de armen van Morpheus.

'Fermín, ik geloof dat je vader wordt.'

De zwangerschap maakte haar begerenswaardiger dan ooit, haar schoonheid stond in volle bloei en ze was van top tot teen een feest van rondingen, waar hij ter plekke met graagte zijn tanden in had gezet. Hij zou graag het werk van de dag hebben afgesloten met zijn karakteristieke 'middernachtexpres', maar hij durfde haar niet wakker te maken en de hemelse vrede te verbreken die haar gezicht uitstraalde. Hij wist dat er twee mogelijkheden waren als hij dat deed: of de bom van hormonen die uit al haar poriën stroomden ontplofte en Bernarda ontpopte zich tot een woeste tijgerin die hem in stukken scheurde, of de vonk doofde omdat zijn allerliefste eega werd bevangen door alle mogelijke angsten, inclusief die dat elke poging in haar schoot te landen het schepseltje in gevaar zou brengen. Fermín kon haar geen ongelijk geven. Bernarda had haar eerste kind, dat kort voor hun trouwen was verwekt, verloren. De droefheid die haar had bevangen was zo groot geweest dat Fermín angst had gehad haar voor altijd te verliezen. Mettertijd, precies zoals de arts hun had beloofd, was Bernarda opnieuw in blijde verwachting geraakt en teruggekeerd naar het leven. Maar nu leefde ze met de constante vrees het schepsel opnieuw te verliezen en soms leek het of ze zelfs bang was om te ademen.

'Allerliefste engel, maar de dokter heeft toch gezegd dat er niets aan de hand is.'

'Die man is een schaamteloze vent. Net als jij.'

Wijs is de man die geen revoluties, vulkanen of zwangere vrouwen wekt. Fermín verliet behoedzaam de echtelijke sponde en sloop op zijn tenen naar de eetkamer van de bescheiden woning in de Calle de Joaquín Costa waar ze zich hadden geïnstalleerd na hun huwelijksreis. Hij had gedacht zijn nood en wellust te lenigen met een paar Sugus-snoepjes, maar een snelle blik in de kast onthulde dat de voorraad tot nul was gedaald. Fermín voelde dat het hart hem in de pantoffels zonk. Dit was ernstig. Toen herinnerde hij zich dat er in de hal van station Francia altijd een straatventer was met snoepgoed en sigaretten, die tot middernacht dienst had. Diego de Blinde was altijd bijzonder goed voorzien van snoepjes en onfatsoenlijke grappen. Het visioen van een Sugus met citroensmaak deed hem op voorhand het water in de mond lopen en hij treuzelde geen seconde met het uittrekken van zijn pyjama en het zich in voldoende warme kleding hullen om in een Siberische nacht de mazelen het hof te maken. Aldus uitgerust ging hij de straat op om zijn eenvoudige instincten te bevredigen en de slapeloosheid eruit te lopen.

De wijk El Raval is het kleine vaderland van de slapeloze, want hoewel de wijk eveneens niet slaapt, nodigt ze uit tot vergetelheid, en hoeveel leed een mens ook bij zich draagt, een paar passen volstaan om iemand of iets tegen het lijf te lopen waardoor hij er altijd weer aan wordt herinnerd dat er mensen zijn die in het spel van het leven nog slechtere kaarten gedeeld hebben gekregen. In die nacht van elkaar kruisende lotsbestemmingen hing er een gelige walm, bezwangerd van urine en gaslampen over de wirwar van straatjes, als betovering of waarschuwing, al naargelang de persoonlijke smaak.

Hij slenterde door schreeuwpartijen, stank en andere uitwassen van het gepeupel dat sommige straatjes, die zo donker en krom waren als de fantasieën van een bisschop, bevolkte. Ten slotte dook hij weer op aan de voeten van Columbus' standbeeld. Een meeuwensamenzwering had het in een troebel eerbetoon aan het mediterrane dieet zeevogelmestwit geverfd. Hij liep de promenade op in de richting van Estación de Francia zonder het te wagen achter zich te kijken en het sinistere silhouet van het op de Montjuïc op de loer liggende kasteel te zien.

Hordes Noord-Amerikaanse matrozen slenterden rond in het havengebied, op zoek naar joligheid en gelegenheden voor culturele uitwisseling met dames van lichte zeden die bereid waren hun het basisvocabulaire bij te brengen plus drie of vier trucs naar de smaak van het kustgebied. Rociito dook op in zijn gedachten, troost van zoveel troebele nachten in zijn jeugd en blanke ziel met genereuze boezem, die hem meer dan eens van de eenzaamheid had gered. Hij dacht aan haar met haar vrijer, de welvarende handelaar uit Reus die haar vorig jaar uit actieve dienst had gehaald, en hoe ze nu als de dame die ze altijd geweest was door de wereld trok en misschien voor de eerste keer voelde dat het leven haar toelachte.

Denkend aan Rociito en die steeds meer met uitsterven bedreigde soort, de goedhartige mens, bereikte Fermín het station. Hij ontwaarde Diego de Blinde, die al bezig was de boel in te pakken, en rende naar hem toe.

'Man, Fermín, op dit uur moet je toch moeder de vrouw van jetje geven,' zei Diego de Blinde. 'Sugus-schaarste?'

'Op een historisch dieptepunt.'

'Ik heb citroen, ananas en aardbei.'

‘Citroen alsjeblieft. Vijf zakjes.’

‘En eentje met de complimenten van het huis.’

Fermín betaalde en gaf hem een fooi. Zonder te tellen stopte Diego de munten weg in een leren tas die hij om zijn middel droeg, net als tramconducteurs. Fermín had nooit begrepen hoe Diego als blinde man kon weten of ze hem bedrogen of niet, maar hij wist het. Sterker nog, hij zag ze op afstand aankomen. Hij was geboren zonder ogen en met alle pech van een infanteriecadet. Hij woonde alleen in een vensterloze kamer in een pension aan de Calle de la Princesa en zijn beste vriend was een transistorradio, waarop hij naar voetbal en de journaaluitzendingen luisterde, die hem altijd zo aan het lachen maakten.

‘Je bent gekomen om naar de treinen te kijken, hè?’

‘Oude gewoontes,’ zei Fermín.

Hij zag Diego de Blinde naar zijn pension vertrekken, waar zelfs geen wandluizen op hem wachtten, en hij dacht aan Bernarda, slapend in haar bed en geurend naar rozenwater. Eigenlijk wilde hij naar huis, maar hij besloot toch de grote hal van het station binnen te lopen, die reusachtige kathedraal van ijzer en stoom waar hij ooit op een nacht in 1941 in Barcelona was teruggekeerd. Hij had altijd gedacht dat het lot, afgezien van diens liefhebberij om onschuldigen in de rug aan te vallen en waar mogelijk ook nog met de broek naar beneden, zich graag in treinstations nestelde tijdens zijn herstelpauzes. Daar begonnen en eindigden tragedies en romances, ontsnappingen en terugkomsten, verraad en afwezigheid. Het leven, dacht hij, is een treinstation waar je bijna altijd in de verkeerde wagon stapt of wordt gezet.

Zulke gedachten, met de diepgang van een koffiekopje, besprongen hem normaal tegen de dageraad, wanneer zijn lichaam moe was geworden van het tobben maar zijn hoofd als een tol verder draaide. Vastbesloten om zijn driestuiverfilosofie in te wisselen voor het sobere comfort van een houten bank, betrad Fermín het stationsgewelf, een duidelijke indicatie van de uitgekookte architect dat de toekomst in Barcelona krom geboren wordt.

Hij maakte het zich gemakkelijk op de bank, peuterde een Sugus uit het papiertje en stopte die in zijn mond. In beslag genomen door zijn snoepnirwana liet hij zijn blik de vrije loop op de lijn van rails die verdwenen in de nacht. Kort daarop trilde de grond onder zijn voeten en zag hij het licht van een locomotief door de nacht snijden. De trein stuurde op het station aan en reed een paar minuten later in een stoomwolk gehuld naar binnen.

Een mistsluier uit zee veegde over de perrons en hulde de reizigers die na de lange reis uit de wagons stapten in een drogbeeld. Gelukkige gezichten waren schaars. Fermín zag ze voorbijlopen, bestudeerde hun vermoeide gebaren en hun kledij en fantaseerde over hun wispelturige lotsbestemmingen en de omstandigheden die hen naar deze stad brachten. Hij begon net aardigheid te krijgen in het nieuwe facet van de minibiografie van de anonieme burger, toen hij haar zag.

Ze stapte uit in een van die witte stoomsluiers zoals Fermín al jaren zijn geliefde Marlene Dietrich had willen zien uitstappen op een station in Berlijn, Parijs of welk ander oord dan ook dat in deze roemrijke twintigste zwart-witeeuw en de matinees van de Capitol-bioscoop nooit had bestaan. De vrouw – hoewel Fermín haar op nog geen dertig schatte, zou het nooit in zijn hoofd opkomen haar als meisje, juffrouw of een ander gebruikelijk surrogaatwoord te betitelen – liep licht mank, wat haar een intrigerend, kwetsbaar accent gaf.

Ze had een scherp gezicht en voorkomen, straalde tegelijkertijd licht en donkerte uit. Als hij haar uiterlijk had moeten omschrijven aan zijn vriend Daniel zou hij hebben gezegd dat ze leek op die spookachtige engelen die soms opdoken op de bladzijden van de romans van zijn toenmalige kameraad in de kelders in het Montjuïc-kasteel, David Martín, met name op de onzegbare Chloé, die in zoveel verhalen van twijfelachtige eerbaarheid in de duistere serie *De stad der verdoemden* de hoofdrol had gespeeld en die hem van zoveel slaap had beroofd tijdens de lange, koortsachtige leesuren, waarin hij encyclopedische kennis had vergaard over de kunst van het vergiftigen, de troebele passies van criminele geesten, en de wetenschap van het vervaardigen en de pracht van het vrouwelijke ondergoed. Misschien was het wel tijd om die koortsachtige, gotische romances weer eens te lezen, dacht hij, voordat zijn geest en geslachtsklier reddeloos krompen.

Fermín zag haar dichterbij komen en wisselde een blik met haar.

Het was maar een vluchtig moment, een toevalligheid, waar hij zich snel weer uit terugtrok door zijn hoofd te laten zakken en haar te laten passeren. Hij begroef zijn gezicht in zijn jas en keek de andere kant op. De reizigers liepen door naar de uitgang, en de vrouw met hen. Als vastgenageld bleef hij daar zitten tot het stationshoofd naar hem toe kwam.

'Luister, chef, vannacht komen er geen treinen meer en hier kunt u niet overnachten.'

Fermín knikte en slofte weg. In de hal keek hij zoekend om zich heen, maar er was geen spoor meer van haar te zien. Hij haastte zich naar de straat, waar een koude bries stond die hem terughaalde naar de realiteit van de winter.

'Alicia?' vroeg hij de wind. 'Ben jij het?'

Hij zuchtte, zette zich in de schaduw van de straten in beweging en zei tegen zichzelf dat het onmogelijk was, dat die ogen waarin hij was verdronken niet dezelfde konden zijn als die hij had achtergelaten in die nacht van vuur tijdens de oorlog, lang geleden, en dat dat kleine meisje dat hij niet had kunnen redden, Alicia, beslist die nacht gestorven moest zijn, zoals zovele anderen. Zelfs zijn aartsvijand, het lot, kon niet over zoveel zwarte humor beschikken.

Misschien is het een geest die van de doden is teruggekeerd om je eraan te herinneren dat iemand die een kind laat sterven, het niet waard is om nageslacht op de wereld te zetten. De wenken van de Allerhoogste zijn ondoorgrondelijk, dat zeggen per slot van rekening de geestelijken zelf.

'Dit moet een wetenschappelijke verklaring hebben,' zei hij hardop tegen zichzelf. 'Net als de ochtenderectie.'

Fermín hield vast aan dat empirische principe, zette zijn tanden in twee Sugus-snoepjes tegelijk en wandelde terug naar het warme bed waar Bernarda op hem wachtte, in de overtuiging dat niets per toeval gebeurde en dat hij het mysterie vroeg of laat zou ontraadselen of dat het mysterie hem eens en voor altijd zou ontmaskeren.

3

Op weg naar de uitgang merkte Alicia de gestalte op die op een bankje zat aan het begin van het perron en haar verstolen observeerde. Het was een schraal kereltje van wie het gezicht graviteerde naar een enorme neus, wat hem er een beetje als een figuur van Goya deed uitzien. Hij droeg een te grote jas, waardoor het beeld van een slak in zijn huisje werd opgeroepen. Alicia zou hebben durven zweren dat hij samengevouwen krantenpapier onder zijn kleding droeg, om zich tegen de kou of God weet wat te beschermen, een gebruik dat ze niet meer had gezien sinds de eerste naoorlogse jaren.

Het eenvoudigst zou zijn geweest hem te vergeten en aan te nemen dat hij niets anders was dan een van de velen uit de vloed van uitgestotenen die twintig jaar na het einde van de oorlog nog steeds in de duistere delen van de grote steden rondhingen in de hoop dat de geschiedenis zich Spanje zou herinneren en het zou redden van de vergetelheid. Het eenvoudigst zou zijn geweest te geloven dat Barcelona haar op zijn minst een paar uur een staakt-het-vuren zou gunnen alvorens haar te confronteren met haar lot. Ze liep hem voorbij zonder achterom te kijken, deed een schietgebedje naar de hel dat hij haar niet had herkend en wandelde naar de uitgang. Twintig jaar waren er voorbijgegaan sinds die nacht en ze was destijds een klein meisje geweest.

Voor het station stapte ze in een taxi en vroeg de chauffeur haar naar nummer 12 van de Calle Aviñón te brengen. Haar stem trilde bij het uitspreken van die woorden. Een dans van trams ontwijkend, die de mist deden opflakkeren met hun zweepslagen van blauwe elektriciteit in de bekabeling, reed de auto over de Paseo de Isabel II naar de Vía Layetana. Alicia bestudeerde door het raam het naargeestige profiel van de stad, de bogen en torens, de smalle straatjes die de oude stad binnendrongen en de verafgelegen lichten van het Montjuïc-kasteel in de hoogte. Thuis, duister thuis, zei ze bij zichzelf.

Op dat late uur was er nauwelijks verkeer en in vijf minuten waren ze op de plek van bestemming. De taxichauffeur zette haar af voor de ingang van nummer 12 aan de Calle Aviñón en nadat hij haar bedankt had voor de fooi, het dubbele van het taxiritje, reed hij de straat uit in de richting van de haven. Alicia liet zich in de frisse bries hullen, die die geur van de wijk, van het oude Barcelona, met zich meedroeg, die zelfs de regen niet wist weg te spoelen. Ze betrapte zichzelf op een glimlach. Mettertijd verdwijnen zelfs de slechte herinneringen achter een wit masker.

Haar oude huis lag op een paar passen afstand van de kruising met de Calle de Fernando, tegenover het oude Gran Café. In haar jaszak zocht ze naar de sleutels, toen ze de deur hoorde opengaan. Ze keek op en zag het goedlachse gezicht van Jesusa, de conciërge.

'Jezus, Maria en Jozef,' riep deze zichtbaar geëmotioneerd uit.

Voor Alicia kon antwoorden, drukte Jesusa haar in een van haar boaconstrictoromhelzingen en overdekte haar gezicht met zoenen die naar anijslikeur roken.

'Laat me u eens goed bekijken,' zei de conciërge, en ze bevrijdde haar uit de omhelzing.

Alicia glimlachte.

'U gaat me niet vertellen dat ik te mager ben.'

'Dat zullen de mannen u vertellen, en voor één keer hebben ze dan gelijk.'

'U weet niet hoezeer ik u gemist heb, Jesusa.'

'Vleister, u kent geen schaamte! Laat me u een zoen geven die u niet verdient: zo lang weg zonder eens langs te komen of te bellen of te schrijven, niks, helemaal niks!'

Jesusa Labordeta was een van die oorlogsweduwen met de geestkracht en moed voor negen levens die nooit hadden kunnen leven. Sinds vijftien jaar werkte ze als conciërge van het pand, waarin ze een piepklein woninkje van twee kamers achter in de hal bewoonde, dat ze deelde met een radio die muurvast stond afgestemd op de zender van romantische feuilletons, en een versleten hond die ze van de straat had geplukt en Napoleon had gedoopt, hoewel het beestje het met moeite tot de straathoek redde om zijn eerste plasje van de dag te doen en de helft van de keren het zaakje liet lopen onder de brievenbussen bij de ingang. Ze vulde haar armzalige salaris aan met naaiklusjes voor de halve wijk. Boze tongen – en dat waren er vele in die dagen – beweerden graag dat Jesusa meer van anijslikeur hield dan van de matrozen in hun strakke broeken en dat je haar soms, wanneer haar hand was uitgeschoten met de fles, in haar woninkje kon horen huilen en schreeuwen, terwijl de verschrikte Napoleon jankte.

'Vooruit, kom binnen, het is hels koud.'

Alicia volgde haar naar binnen.

'Señor Leandro heeft vanochtend gebeld om te melden dat u terugkwam.'

'Altijd even attent, onze meneer Leandro.'

'Hij is een echte heer,' bevestigde Jesusa, die de grootste achting voor hem had. 'Hij praat zo mooi...'

Het pand had geen lift en de trap leek er door de architect in te zijn gezet als een ontmoedigingselement. Jesusa ging voor en Alicia volgde haar zo goed als het ging, de koffer trede voor trede meezeulend.

'Ik heb de woning gelucht en haar weer een beetje bewoonbaar gemaakt, dat was wel nodig. Fernandito heeft me geholpen, ik hoop dat u het niet erg vindt. Zodra hij hoorde dat u kwam, rustte hij niet voor ik hem wat klusjes liet doen.'

Fernandito was señora Jesusa's neef. Een goeie ziel van wie zelfs een heilige misbruik kon maken, en lijdend aan de chronische ziekte van de licht ontvlambare adolescent. Om het af te maken had Moeder Natuur zich verkneukeld door hem het uiterlijk van een onnozelaar te geven. Hij woonde met zijn moeder in het belendende pand en werkte als loopjongen in een levensmiddelenzaak, hoewel het leeuwendeel van zijn moeite en talent de compositie van grootse gedichten gold, opgedragen aan Alicia, in wie hij een onweerstaanbare kruising zag tussen de dame met de camelia's en de boosaardige koningin uit *Sneeuwwitje*, maar dan schunniger. Vlak voor Alicia drie jaar geleden Barcelona had verlaten, had Fernandito haar zijn eeuwige liefde verklaard en zijn bereidwilligheid om voor een nageslacht te zorgen van – Deo volente – niet minder dan vijf kinderen, en hij had haar beloofd dat zijn lichaam, ziel en andere toebehoren voor altijd van haar zouden zijn, het hele pakket in ruil voor één afscheidskus.

'Fernandito, we schelen tien jaar. Het is niet goed dat je aan zulke dingen denkt,' had Alicia hem destijds gezegd terwijl ze zijn tranen droogde.

'Waarom houdt u niet van mij, juffrouw Alicia? Ben ik niet mans genoeg voor u?'

'Fernandito, jij bent mans genoeg om de onoverwinnelijke oorlogsmarine te laten zinken, maar wat je moet doen is een liefje van jouw leeftijd zoeken. Over een paar jaar zul je zien dat ik gelijk heb. Ik kan je alleen mijn vriendschap aanbieden.'

Fernandito's trots was als een aspirant-bokser met meer goede wil dan kwaliteiten: hoeveel klappen hij ook ontving, hij kwam altijd terug voor méér.

'Niemand zal van u houden zoals ik, Alicia. Niemand.'

De dag dat zij de trein nam naar Madrid stond Fernandito, die dankzij het luisteren naar bolero's op de radio het melodrama inmiddels in het bloed had zitten, haar op te wachten op het station, gekleed in een zondags pak, de schoenen recentelijk gepoetst en met het onwaarschijnlijke uiterlijk van een Carlitos Gardel in miniatuur. Hij hield een bos rode rozen vast die hem vermoedelijk een maandsalaris had gekost en was vastbesloten om haar een brief te overhandigen vol liefde en passie, die lady Chatterley van pure schaamte tot smelten zou hebben gebracht maar waar Alicia alleen maar van moest huilen, zij het niet op de manier waar de arme Fernandito naar verlangde. Voor Alicia in de trein kon stappen om zich in veiligheid te brengen voor de aspirant-casanova raapte Fernandito alle durf en moed bijeen die hij sinds de stormaanval van de puberteit had opgespaard en gaf haar een kus met hoofdletters van het soort dat je alleen kunt geven als je zestien bent en die je laat geloven, zij het maar voor even, dat er toch nog hoop is op de wereld.

'U verwoest mijn leven, señorita Alicia,' zei hij snikkend. 'Ik zal in mijn tranen stikken; ik heb gelezen dat dat soms gebeurt. De droogte van de traanklieren doet uiteindelijk de aorta openbarsten. Dat zeiden ze laatst nog op de radio. Ze zullen u de rouwbrief wel sturen, zodat dat zwaar weegt in uw herinnering.'

'Fernandito, er zit meer leven in één traan van jou dan ik ooit zal kunnen leven, ook al sterf ik pas op mijn honderdste.'

'Dat klinkt alsof u het uit een boek hebt gehaald.'

'Er is geen boek dat jou recht doet, Fernandito, behalve een leerboek biologie.'

'Gaat u nu dan eindelijk, met uw trouweloosheid en uw stenen hart. Op een dag, wanneer u moederziel alleen bent, zult u me missen.'

Alicia kuste hem op het voorhoofd. Ze had hem de kus op zijn lippen kunnen geven, maar dat zou zijn dood zijn geworden.

'Ik mis je nu al. Pas op jezelf, Fernandito. En probeer me te vergeten.'

Eindelijk kwamen ze bij de dakverdieping, en toen ze weer voor de deur van haar oude woning stond, was Alicia's trance meteen voorbij. Jesusa deed de deur open en knipte het licht aan.

'Maakt u zich geen zorgen,' zei de conciërge, alsof ze haar gedachten had gelezen, 'de jongen heeft een heel leuk meisje en is ontzettend opgeknapt. Vooruit, komt u binnen.'

Alicia liet de koffer staan en liep de woning binnen. Jesusa wachtte op de drempel. Er stonden verse bloemen in een vaas bij de voordeur en het huis rook schoon. Ze liep langzaam door de kamers en gangen, alsof ze er voor het eerst was.

Achter haar hoorde ze Jesusa de sleutels op tafel leggen en ze liep terug naar de eetkamer. De conciërge keek haar met een lachje aan.

'Alsof er geen drie jaren voorbij zijn gegaan, nietwaar?'

'Alsof er dertig voorbij zijn gegaan...' antwoordde Alicia.

'Hoe lang blijft u?'

'Dat weet ik nog niet.'

Jesusa knikte.

'Vooruit, u zult wel moe zijn. In de keuken vindt u spullen voor het eten. Fernandito heeft uw voorraadkast gevuld. Als er wat is, u weet me te vinden.'

'Veel dank, Jesusa.'

De conciërge keek weg.

'Ik ben blij dat u weer thuis bent.'

'Ik ook.'

Jesusa sloot de deur achter zich en Alicia hoorde haar voetstappen de trap af verdwijnen. Ze schoof de gordijnen opzij en deed de vensters open om uit het raam te leunen. Onder haar strekte zich de oceaan uit van dakterrassen van het oude Barcelona en in de verte verhieven zich de torens van de kathedraal en de Santa María del Mar. Ze keek de Calle Aviñón langs en ontdekte een figuur die zich in de duisternis van het portiek van La Manual Alpargatera aan de overkant van de straat terugtrok. Wie het ook was, hij rookte, en de rook steeg in zilverkleurige kringels op langs de gevel. Alicia hield lange tijd haar ogen strak gericht op dat punt, maar gaf het toen toch op. Het was te vroeg om zich loerende schaduwen voor te stellen. Daar zou nog voldoende tijd voor zijn.

Ze sloot de vensters weer en hoewel ze geen trek had, ging ze aan de keukentafel zitten en at wat brood met kaas en gedroogde vruchten. Daarna ontkurkte ze een fles witte wijn met een rode strik eromheen die op tafel had gestaan. Deze attentie rook aan alle kanten naar Fernandito, die zich haar zwakheden nog herinnerde. Ze schonk zichzelf een glas in en nipte met gesloten ogen.

'Laten we hopen dat hij niet vergiftigd is,' zei ze. 'Op je gezondheid, Fernandito.'

De wijn was kostelijk. Ze schonk een tweede glas in en nestelde zich in de fauteuil in de woonkamer.

Ze stelde vast dat haar radio het nog steeds deed. Zonder haast dronk ze haar wijn, een penedès van een goed wijnjaar, en na een poosje, verveeld door de nieuwsberichten die de luisteraars eraan herinnerden, mochten ze het vergeten zijn, dat Spanje de afgunst en het licht was onder de naties der wereld, deed ze de radio uit en stond op om de koffer uit te pakken. Ze sleepte hem naar het midden van de eetkamer en klapte hem op de vloer open. Kijkend naar de inhoud vroeg ze zich af waarom ze de moeite had gedaan om kleding en resten van een ander leven mee te nemen die ze niet van plan was opnieuw te gebruiken. Ze kwam in de verleiding om hem dicht te doen en Jesusa te vragen het ding de volgende dag als donatie naar de Zusters van Barmhartigheid te brengen. Het enige wat ze eruit haalde was een revolver en twee pakjes patronen. Het was een cadeau dat Leandro haar in haar tweede dienstjaar had gegeven, en Alicia vermoedde dat het wapen een voorgeschiedenis had die haar mentor liever verzweeg.

'En wat is dit? Het kanon van de grote kapitein?'

'Als je dat liever hebt, zorg ik voor een pistool voor señorita's, met een handvat van ivoor en twee vergulde loopjes.'

'En wat doe ik ermee behalve poedels schieten?'

'Ervoor zorgen dat niemand op jou oefent.'

Uiteindelijk had Alicia het onding geaccepteerd, zoals zoveel dingen die van Leandro kwamen, in een stilzwijgende afspraak van deemoed en schijn waar het onnoembare werd bezegeld met een kille beleefdheidsglimlach en een sluier van zwijgen die haar toestond zichzelf in de spiegel aan te kijken en nog een dag langer te liegen over de zin en het doel van haar leven. Ze pakte het wapen op en woog het in haar hand. Ze opende de trommel, stelde vast dat hij niet geladen was, kiepte een van de doosjes munitie om op de vloer en stopte er bedaard zes patronen in. Ze stond op en liep naar de overvolle boekenkasten, die ook hier een complete wand in beslag namen. Jesusa en haar legertje plumeaus waren langs geweest en nergens was meer een stofje of een spoor van haar driejarige afwezigheid te bekennen. Ze pakte de in leer gebonden bijbel eruit, die naast een Franse vertaling van *Doctor Faustus* stond, en sloeg hem open. De bladzijden waren er met een mes uit gesneden en boden een perfect etui voor haar privé-artillerie. Ze verborg het wapen in de bijbel en zette die terug op de plank.

'Amen,' zong ze voor zich uit.

Daarna klapte ze de koffer weer dicht en ging naar de slaapkamer. De recent gestreken en geparfumeerde lakens namen haar op en de vermoeidheid van de treinreis en de warmte van de wijn in haar bloed deden de rest. Ze sloot haar ogen en hoorde het gemurmel van de stad in haar oor fluisteren.

Die nacht droomde Alicia opnieuw dat het vuur regende. Ze sprong over de daken van El Raval, vluchtend voor het oorverdovende geraas van de bommen terwijl de gebouwen om haar heen in elkaar stortten in zuilen van vuur en zwarte rook. Zwermen vliegtuigen scheerden langs en schoten alles neer wat toevlucht zocht in de steegjes. Toen ze over de daklijst in de Calle del Arco del Teatro leunde, kon ze een vrouw en vier kinderen zien die in blinde paniek vluchtten naar de Ramblas. Een projectielenregen veegde door de steeg en hun lichamen ontploften tijdens het lopen tot plassen bloed en ingewanden. Alicia sloot haar ogen en daar kwam de explosie. Ze voelde haar voor ze haar hoorde, alsof een trein van achteren op haar afstormde. Een stekende pijn zette haar heup in vuur en vlam en de treffer tilde haar in de lucht en smeet haar tegen een koepel, waar ze doorheen viel in snijdend gloeiende scherven. Ze stortte de leegte in.

Meteen daarna brak iets haar val. Ze was op een houten platform geknald dat zich in de top van een enorm bouwsel bevond. Ze sleepte zich naar de rand en toen ze in de diepte keek, ontwaarde ze de omtrekken van een spiraalvormig gesmede stellage. Ze wreef zich in de ogen en keek in het schemerduister naar de weerschijn van gloed die de wolken weerkaatsten. Aan haar voeten strekte zich een citadel uit van boeken in een onmogelijke architectuur. Na een tijdje hoorde ze hoe op een van de trappen van het labyrint voetstappen dichterbij kwamen, en ze ving een glimp op van een man met dun haar die naast haar neerknielde en de wonden op haar lichaam onderzocht. Hij nam haar in zijn armen en droeg haar door tunnels, over trappen en bruggen tot ze bij de fundamenten van de constructie aankwamen. Daar legde hij haar op een bed en verzorgde haar wonden, en terwijl ze tussen leven en dood zweefde, liet hij haar niet los tot de razernij van de bommen ophield. Door de koepel ver boven hen drong de vuurgloed, zodat ze flakkerende beelden van haar omgeving kon zien, de mooiste die ze ooit had aanschouwd. Een basiliek van boeken, verborgen in een paleis dat nooit had bestaan, een oord waarnaar ze alleen in dromen zou kunnen terugkeren, want zoiets kon alleen de andere kant toebehoren, de plek waar haar moeder Lucía wachtte en waar haar ziel in gevangenschap was geraakt.

Toen het dag werd, nam de man met het dunne haar haar opnieuw in zijn armen, en samen gingen ze door bloed en vlammen in de straten naar een hospice, waar een met as bedekte man haar aankeek en langzaam zijn hoofd schudde.

‘Deze pop is gebroken,’ zei hij, en hij draaide hun de rug toe.

En op dat moment keek Alicia, zoals ze zo vaak had gedroomd, naar haar eigen lichaam en herkende er de verschroeide, rokende houten marionet in, waar afgeknipte draden aan hingen. Verpleegsters zonder ogen maakten zich los van de muren, trokken de marionet uit de handen van de barmhartige samaritaan en sleepten haar naar een eindeloos grote hangar, waar zich een kolossale berg verhief van stukken en resten van honderden, duizenden poppen zoals zij. Ze gooiden haar op de stapel en liepen lachend weg.

4

De stalen winterzon die tussen de daken opsteeg wekte haar. Alicia deed haar ogen open en bedacht dat dit mogelijk haar eerste en laatste dag in Barcelona was die ze in vrijheid zou doorbrengen. Waarschijnlijk stak nog diezelfde avond Vargas zijn neus om de deur. Ze besloot als eerste de boekhandel van Gustavo Barceló te bezoeken, die vlak in de buurt was, in de Calle de Fernando. Virgilio's adviezen over de boekhandelaar en zijn voorkeur voor señorita's met een suggestief voorkomen indachtig, besloot Alicia zich voor de gelegenheid te kleden. Toen ze tegenover haar oude kledingkast stond, stelde ze vast dat Jesusa voor haar komst haar hele garderobe had gewassen en gestreken. Alles rook naar lavendel. Ze streek met haar vingertoppen over haar oude oorlogskleuren en koos tastend de bij de opgave passende kleding uit. Gebruikmakend van de nieuwe stoomketel die in het huis was geïnstalleerd tijdens haar afwezigheid trakteerde ze zichzelf op een douche die de woning vol stoom zette.

Gehuld in een handdoek met het monogram van Hotel Windsor liep ze naar de eetkamer om de radio aan te zetten en draaide aan de afstemknop tot ze op het orkest van Count Basie stuitte. Elke beschaving die in staat was zulke klanken voort te brengen moest wel toekomst hebben. In de slaapkamer liet ze haar handdoek vallen en trok naadkousen aan die ze had gekocht op een van haar zelfbeloningsexpedities bij La Perla Gris. Daarna stapte ze in een stel hooggehakte schoenen die ongetwijfeld op de afkeuring van Leandro hadden kunnen rekenen en glipte in een zwartwollen jurkje dat ze nog nooit had gedragen en dat haar lijn perfect deed uitkomen. Zonder haast maakte ze zich op, ze streek langs haar lippen met karmijnrood. Ze maakte het af door een rode mantel aan te trekken. Daarna liep ze naar beneden om te ontbijten in het Gran Café, zoals ze elke ochtend had gedaan toen ze nog in de stad woonde.

Miquel, oudgediende en het officiële gezichtengeheugen van de wijk, herkende haar zodra ze over de drempel stapte en groette haar vanaf de toog alsof er sinds haar laatste bezoek niet drie jaren voorbij waren gegaan. Ze ging zitten aan een van de tafeltjes bij het raam en bekeek het oude café, op dat uur van de ochtend verlaten.

Zonder het zelfs maar te hoeven vragen kwam Miquel naar haar toe met een dienblad en serveerde haar de Alicia-special: een koffie verkeerd, twee geroosterde boterhammen met boter en aardbeienmarmelade, en een exemplaar van *La Vanguardia*, dat nog naar verse inkt rook.

'Ik zie dat u het niet bent vergeten, Miquel.'

'Het is lang geleden dat we u hier in de buurt zagen, doña Alicia, maar ook weer niet zó lang. Welkom thuis.'

Alicia ontbeet in alle rust terwijl ze de krant doorbladerde. Ze was vergeten hoe graag ze de dag begon met een verkwistend halfuur in *La Vanguardia* lezen over de veranderingen op het toneel van Barcelona's openbare leven en daarbij te genieten van de aardbeienmarmelade en koffie alsof ze alle tijd van de wereld had.

Eenmaal klaar met haar ritueel liep ze naar de toog, waar Miquel de wijnglazen oppoetste in het troebele ochtendlicht.

'Wat ben ik u verschuldigd, Miquel?'

'Ik zet het op de rekening. Morgen op dezelfde tijd?'

'Deo volente.'

'U ziet er zeer elegant uit. Hoog bezoek?'

'Beter nog. Boekenbezoek.'

5

Ze werd ontvangen door een van die winterse ochtenden van Barcelona die zonnestof laten neerdwarrelen en die uitnodigen tot de kunst van het slenteren. De boekhandel van Gustavo Barceló lag tegenover de arcadebogen van het Plaza Real, op slechts enkele minuten van het Gran Café. Op weg ernaartoe zag Alicia zich geëscorteerd door een brigade van straatvegers die met bezem en waterslang de straat oppoetsten. De trottoirs van de Calle de Fernando werden geflankeerd door bedrijven die meer heiligdommen dan winkels leken: snoepwinkels als goudsmederijen, kleermakerijen als operadecors en in het geval van boekhandel Barceló een museum waar men niet zozeer naar binnen wilde om rond te snuffelen, maar waar men zich in de verleiding gebracht voelde er meteen ook maar te blijven wonen. Alicia bleef een moment staan om te genieten van het schouwspel van de keurig in het gelid staande vitrines en kasten die door de etalageruit te zien waren. Toen ze binnenkwam, zag ze een jonge verkoper in een blauwe stofjas die op een ladder het stof bovenin weghaalde. Ze deed of ze hem niet zag en liep verder de boekhandel in.

'Goedemorgen,' groette de winkelbediende haar.

Ze draaide zich om en schonk hem een glimlach die een kluis geopend had.

De jongeman daalde onstuimig de ladder af en ging achter de toonbank staan, de stofdoek over zijn schouder geslagen.

'Waarmee kan ik señora van dienst zijn?'

'Señorita,' verbeterde Alicia hem terwijl ze bedaard haar handschoenen uittrok.

De jongen knikte betoverd. De eenvoud van zulke situaties hield nooit op haar te verbazen. Gezegend zij de dwaasheid van de mannen van goede wil op deze aarde.

'Zou ik met don Gustavo Barceló kunnen spreken, alstublieft?'

'De heer Barceló bevindt zich op dit moment niet...'

'En zou u weten waar ik hem kan vinden?'

'Nu ja... Don Gustavo komt eigenlijk amper meer in de winkel, tenzij hij een afspraak heeft met een cliënt. Don Felipe, de zaakwaarnemer, is naar Pedralbes vertrokken om een collectie te taxeren, maar hij is vanmiddag terug.'

'Hoe heet u?'

'Benito, om u te dienen.'

'Kijkt u eens hier, Benito, u ziet er schrander uit en ik weet zeker dat u me kunt helpen.'

'Geheel en al tot uw dienst.'

'Ziet u, het betreft een delicaat onderwerp. Ik zou graag dringend met de heer Barceló spreken, omdat de omstandigheid zich voordoet dat een naast familielid, een groot verzamelaar, recentelijk een uniek stuk heeft verkregen dat hij zou willen verkopen, en hij zou er prijs op stellen dat don Gustavo optreedt als bemiddelaar en adviseur bij deze onderhandeling, om zijn anonimiteit te kunnen behouden.'

'Ik begrijp het,' stamelde de jongeman.

'Het stuk in kwestie is een exemplaar in perfecte staat van een van de boeken van *Het labyrint der geesten*, van een zekere Víctor Mataix.'

De jongen kreeg ogen op steeltjes.
'Mataix, zegt u?'
Alicia knikte.
'Klinkt u dat bekend in de oren?'
'Als mejuffrouw zo vriendelijk wil zijn een minuutje te wachten; ik zal meteen proberen don Gustavo te lokaliseren.'
Alicia glimlachte beleefd. De winkelbediende verdween in de winkelruimte achterin en na een paar seconden hoorde ze een kiesschijf een nummer draaien. De stem van de winkelbediende klonk zenuwachtig en gesmoord door het gordijn.
'Don Gustavo, excuseer dat ik u... Ja, ik weet hoe laat het is... Nee, ik ben niet... Ja, meneer, ja, meneer, ik smeek u... Nee, ik smeek u... Natuurlijk hou ik van mijn werk... Nee, alstublieft... Eén seconde, een seconde maar... Dank u.'
De jongen kwam op adem en hervatte het debat met zijn baas.
'Er is hier een juffrouw die zegt dat ze een Víctor Mataix in perfecte staat heeft om te verkopen.'
Een lange stilte.
'Nee, dat heb ik niet uit mijn duim gezogen. Wat zegt u? Nee. Nee, ik weet niet wie het is. Nee, ik heb haar nooit eerder gezien. Weet ik niet. Jong, heel elegant... Nou ja, eh... behoorlijk... Nee, nee, ik vind ze niet allemaal... Ja, meneer, onmiddellijk, meneer...'
Met een brede glimlach verscheen de jongen op de drempel van het magazijn.
'Don Gustavo vraagt wanneer het u uit zou komen hem te ontmoeten?'
'Het begin van de middag?' stelde Alicia voor.
De jongen knikte en verdween weer.
'Ze zegt vanmiddag. Ja. Dat weet ik niet. Ik vraag het haar... Dan vraag ik het haar niet... Wat u wilt, don Gustavo. Ja, meneer. Nu meteen. Maakt u zich geen zorgen. Ja, meneer. U ook.'
Toen de winkelbediende weer opdook, leek hij opgelucht.
'Alles goed, Benito?' informeerde Alicia warm.
'Uitstekend. Mijn excuses voor de gang van zaken. Don Gustavo is een goed mens, maar hij heeft zo zijn eigenaardigheden.'
'Ik begrijp het.'
'Hij heeft gezegd dat hij u graag vanmiddag ontvangt in het Cír-

culo Ecuestre, als het u convenieert. Hij gebruikt daar vandaag de lunch en is er de hele middag. Weet u waar het is? Het huis Pérez Samanillo, op de kruising van Balmes en Diagonal?'

'Ik ken het. Ik zal don Gustavo zeggen dat u me een grote dienst hebt bewezen.'

'Dank u zeer.'

Alicia wilde vertrekken, maar de jongeman, misschien erop gebrand haar visite nog een beetje te verlengen, liep om de toonbank heen en bood behulpzaam aan haar naar de uitgang te begeleiden.

'Hoe die dingen toch kunnen gaan,' improviseerde hij nerveus. 'Zoveel jaren dat niemand één enkel boek van *Het labyrint* heeft gezien en in deze maand zijn er al twee personen met het onderwerp Mataix naar de boekhandel gekomen…'

Alicia stond stil.

'Ach ja? En wie was die andere persoon?'

Benito trok een serieus gezicht, alsof hij zijn mond voorbij had gepraat. Alicia legde met een hartelijk drukje haar hand op zijn arm.

'Maakt u zich geen zorgen, dit blijft tussen ons. Het is pure nieuwsgierigheid.'

De winkelbediende aarzelde. Alicia boog zich licht naar hem over.

'Het was een heer uit Madrid, die eruitzag als politie. Hij liet me een legitimatie van iets zien,' zei Benito.

'Zei hij wellicht hoe hij heette?'

Benito haalde zijn schouders op.

'Dat weet ik nu zo direct niet meer. Ik herinner me hem omdat hij een snee in zijn gezicht had.'

Alicia glimlachte op een manier die Benito nog meer van streek maakte dan hij toch al was.

'Op zijn rechterwang? Een litteken?'

De jongen verbleekte.

'Was de naam misschien Lomana?' vroeg Alicia. 'Ricardo Lomana?'

'Dat kan zijn, ik weet het niet zeker, maar…'

'Dank, Benito. U bent een engel.'

Alicia liep de straat al uit, toen de winkelbediende zijn hoofd om de deur stak en haar nariep.

'Juffrouw? U hebt me niet verteld hoe u heet.'

Alicia draaide zich om en schonk Benito een glimlach die hem de hele dag en een deel van de nacht bijbleef.

6

Na haar bezoek aan Barceló's boekhandel liet ze zich door oude wegen verleiden en navigeerde zonder haast door de meanderende straatjes van de Barrio Gótico in de richting van de tweede halte van die dag. Ondertussen peinsde ze over Ricardo Lomana en zijn merkwaardige verdwijning. Eigenlijk verbaasde het haar niet dat ze al op zijn spoor was gestuit. De jaren hadden haar geleerd dat Lomana en zij elkaar vaak op de hielen zaten bij het volgen van eenzelfde aanwijzing. Negen van de tien keer was zij het die er het eerst bij was. Het enige opvallende deze keer was dat Lomana, die, zoals Gil de Partera had uitgelegd toen hij hun deze missie opdroeg, was begonnen met het onderzoek van de zaak van de anonieme brieven aan Valls, kort daarvoor vragen had gesteld over de boeken van Víctor Mataix. Lomana was misschien veel dingen, maar geen malloot. Het goede nieuws bij dit alles was dat als Lomana op eigen houtje bij de *Labyrint*-boeken was uitgekomen, Alicia daarin de bevestiging kon zien dat haar instinct haar niet bedroog. Het slechte was dat ze hem, vroeg of laat, zou tegenkomen. En hun ontmoetingen liepen zelden goed af.

Ricardo Lomana was, volgens de geruchten die binnen de eenheid de ronde deden, een discipel geweest van de rampzalige inspecteur Fumero van de Brigada Social in Barcelona en de meest sinistere van de marionetten die Leandro in de loop der jaren had gerekruteerd, en dat waren er nogal wat. In haar jaren in Leandro's dienst had Alicia meer dan eens ruzie gehad met Ricardo Lomana. De laatste keer dateerde van twee jaar geleden, toen hij haar op een avond, dronken van likeur en wrok omdat Alicia een zaak had opgelost waar hij al maanden zonder succes aan had gewerkt, was gevolgd naar haar kamer in het Hispania en haar had beloofd dat de dag zou komen dat Leandro er niet was om haar te beschermen, en dan zou hij het moment en de plek vinden om haar aan het plafond op te hangen en met zijn gereedschapskist de tijd met haar te nemen.

'Je bent niet de eerste noch de laatste luxehoer die Leandro uitzoekt, schattebout, en wanneer hij genoeg van je heeft, wacht ik op je. En ik beloof je dat we een moordtijd zullen hebben, vooral jij, omdat je vlees werkelijk gemáákt is voor het ijzer.'

Bij die ontmoeting had Lomana van Alicia een knietje in zijn edele delen gekregen dat hem twee weken thuiszitten had opgeleverd, een dubbele breuk in zijn arm en een snee in zijn wang die achttien hechtingen vereiste. Alicia, op haar beurt, betaalde deze ontmoeting met een paar slapeloze weken, in het donker starend naar de deur van haar kamer, de revolver op het nachtkastje en met een duister voorgevoel dat het ergste haar te wachten stond bij de returnwedstrijd.

Ze besloot Lomana uit haar gedachten te bannen en te genieten van die eerste morgen in de straten van Barcelona. Zonder haast zette ze haar wandeling voort, mat elke pas af en stopte bij een etalage bij de geringste zweem van druk op haar heup. Met de jaren had ze geleerd de signalen te duiden en het onvermijdelijke te vermijden, of op zijn minst uit te stellen. De pijn en zij waren oude rivalen, veteranen die elkaar goed kenden, elkaar wederzijds aftastten en zich aan de spelregels hielden. En ondanks alles was die eerste wandeling zonder het harnas om haar lijf beslist de prijs waard waarvan ze wist dat ze die zou moeten betalen. Er zou nog tijd genoeg zijn om er spijt van te krijgen.

Het was nog geen tien uur in de ochtend toen ze de Puerta del Ángel in liep en om de hoek van de Calle Santa Ana de etalage van de oude boekhandel Sempere & Zoons ontwaarde. Aan de overkant van de straat was een cafeetje. Alicia besloot naar binnen te gaan en aan een van de tafeltjes bij het raam te gaan zitten. De pauze zou haar goeddoen.

'Wat kan ik u voorzetten, juffrouw?' vroeg een ober die eruitzag alsof hij het lokaal minstens twintig jaar niet had verlaten.

'Een zwarte koffie. En een glas water.'

'Kraanwater van het huis of mineraalwater in een flesje?'

'Wat beveelt u aan?'

'Hangt ervan af hoe uw calciumhuishouding ervoor staat.'

'Uit een flesje dan. En op kamertemperatuur, alstublieft.'

'Komt eraan.'

Twee kopjes koffie en een halfuur later kon Alicia constateren dat geen mens voor de boekhandel was blijven staan. De kasboeken van Sempere & Zoons moesten spinnenwebben vergaren met de snelheid van de vergetelheid. De verleiding om de straat over te steken, die betoverende bazaar in te gaan en een fortuin te spenderen vrat vanbinnen aan haar, maar Alicia wist dat dit niet het goede moment was. Wat nu passend was, was observeren. Er ging nog een halfuur voorbij en bij gebrek aan gebeurtenissen begon Alicia te overwegen of ze haar anker moest lichten, toen ze hem zag. Hij liep er verstrooid bij, met zijn hoofd in de wolken, een glimlachje om zijn lippen en de opgeruimde houding van hen die de luxe hebben niet te hoeven weten hoe de wereld in elkaar zit. Ze had nooit een foto van hem gezien, maar ze wist wie het was voor hij op de deur van de boekhandel toeliep. Daniel.

Alicia glimlachte zonder het zich te realiseren. Toen Daniel Sempere de winkel in wilde lopen, ging de deur naar buiten open, en een jonge vrouw van amper twintig kwam naar buiten. Zij bezat de vlekkeloze schoonheid, zoals de schrijvers van hoorspelen zouden zeggen, die van binnen lijkt te komen en die de gemakkelijk verliefde onnozelaars doet zuchten, verslaafd als ze zijn aan de fabeltjes van engeltjes met een gouden hart. Ze had dat zweempje onschuld, of schroom, dat meisjes uit gegoede families eigen was en ze kleedde zich alsof ze half wist wat de klasse van het chassis onder haar kleding was, maar het niet voluit durfde te erkennen. De beroemde Beatriz, dacht ze, een met onschuld geparfumeerd Sneeuwwitje in het land van de zeven dwergen.

Beatriz ging op haar tenen staan en kuste haar man op de lippen. Het was een kuise kus, de lippen gesloten, de aanraking kort. Alicia stelde vast dat Beatriz tot de groep behoorde die de ogen sloot bij het kussen, ook als het om haar wettige echtgenoot ging, en dat ze zich om haar taille liet vatten. Daniel, op zijn beurt, kuste nog als een schooljongen, en een vroeg gesloten huwelijk had hem nog niet geleerd hoe een vrouw vast te pakken, waar de handen te leggen en wat te doen met de lippen. Overduidelijk had niemand hem dat bijgebracht. Alicia voelde hoe haar glimlach verdween en er een spoortje boosaardigheid in haar opkwam.

'Brengt u mij een glas witte wijn?' verzocht ze de ober.

Aan de overkant van de straat nam Daniel afscheid van zijn vrouw en liep de boekhandel in. Beatriz, smaakvol maar met een krap budget gekleed, verdween tussen de mensen in de richting van de Puerta del Ángel. Alicia bestudeerde haar taille en de lijn van haar heupen.

'Ach, als ik je toch mocht kleden, prinsesje,' mompelde ze.

'Mejuffrouw zei?'

Alicia draaide zich om en zag de ober tegenover haar, die haar glas witte wijn vasthield en naar haar keek met een mengeling van naïeve bewondering en nervositeit.

'Hoe heet u?' vroeg ze.

'Ik?'

Ze keek om zich heen: ze waren alleen.

'Ziet u hier nog iemand?'

'Marcelino.'

'Waarom komt u niet bij me zitten, Marcelino? Ik drink niet graag alleen. Nee, dat is gelogen. Maar liever in gezelschap.'

De ober slikte.

'Als u wilt, bied ik u iets aan,' ging Alicia door. 'Een pilsje?'

Verstard staarde Marcelino haar aan.

'Gaat u zitten, Marcelino, ik bijt niet.'

De ober knikte en ging aan de andere kant van het tafeltje zitten. Alicia glimlachte hartelijk naar hem.

'Hebt u een verloofde, Marcelino?'

Hij schudde zijn hoofd.

'Er zijn meisjes die werkelijk niet weten wat ze missen. Vertelt u me eens, heeft dit lokaal nog een andere uitgang dan de hoofdingang?'

'Pardon?'

'Of er een achteruitgang is die uitkomt op een steegje of in het trappenhuis van het belendende pand...'

'Er is een deur die uitkomt op de binnenplaats, die weer uitkomt op de Calle de Bertrellans. Waarom?'

'Ik vraag het u omdat iemand me volgt.'

Gealarmeerd wierp Marcelino een blik op de straat.

'Wilt u dat ik de politie bel?'

Alicia legde haar hand op die van de ober, die bijna in een zoutpilaar veranderde.

'Niet nodig. Het is niets ernstigs. Maar ik zou liever een discretere uitgang gebruiken als het voor u geen probleem is.'

Marcelino schudde opnieuw zijn hoofd.

'U bent een held. Wat ben ik u verschuldigd?'

'Deze is van het huis.'

'Weet u dat zeker?'

Hij knikte.

'Wat ik zeg, er zijn er die niet in de gaten hebben wat voor goeds er hier rondloopt. Hebt u trouwens een telefoon?'

'Achter de toog.'

'Vindt u het erg als ik een telefoontje pleeg? Het is interlokaal, maar dát betaal ik u wel, hoor.'

'U kunt zoveel telefoontjes plegen als u wilt.'

Alicia liep naar de toog, waar een oude wandtelefoon hing. Marcelino, die als vastgenageld aan de tafel zat, keek naar haar. Ze wuifde naar hem terwijl ze het nummer draaide.

'Verbindt u mij door met Vargas, alstublieft.'

'U bent Gris, nietwaar?' vroeg een stem op een treiterig toontje aan de andere kant van de lijn. 'De kapitein verwachtte uw belletje al. Ik roep hem even.'

Ze hoorde hoe de hoorn op tafel werd gelegd en er werd geroepen.

'Vargas, het is doña Inés...' hoorde ze een van de agenten zeggen terwijl hij het refrein inzette van 'Aquellos ojos verdes'.

'Vargas hier. Hoe gaat het met u? Bent u al de sardane aan het dansen?'

'Wie is doña Inés?'

'U. Ze hebben ons hier al een bijnaam gegeven. Ik ben don Juan...'

'Wat een vindingrijkheid hebben uw mannen.'

'U hebt geen idee. Talent in overvloed hier. Wat hebt u me te vertellen?'

'Ik dacht dat u me wel zou missen.'

'Betere partijen hebben mij laten zitten, en dat heb ik ook overleefd.'

'Ik ben blij dat u het zo goed oppakt. Mijn vermoeden was dat u wel onderweg zou zijn naar hier.'

'Als het aan mij lag, bleef u daar in uw eentje tot uw pensioen.'

‘En wat zeggen uw superieuren?’

‘Dat ik in een auto moet stappen en de hele dag en de halve nacht moet doorrijden om morgen bij u te zijn.’

‘Over auto’s gesproken, nog nieuws over die van Valls?’

‘Niets nieuws. Ze vonden hem verlaten op... ik kijk even in mijn aantekeningen, de Carretera de las Aguas, in Vallvidrera. Is dat in Barcelona?’

‘Eerder iets erboven.’

‘Erboven? Zoals de hemel?’

‘Zoiets. Enig spoor van Valls of zijn chauffeur Vicente?’

‘Bloeddruppels op de passagiersstoel. Tekenen van geweld, geen enkel spoor van beiden.’

‘Wat nog meer?’

‘Dat is alles. En wat hebt u me te vertellen?’

‘Dat ik ú wel mis,’ zei Alicia.

‘De terugkeer naar Barcelona verwart u. Waar bent u nu? Op pelgrimstocht naar Onze-Lieve-Vrouwe van Montserrat?’

‘Bijna. Op dit moment kijk ik naar de etalage van Sempere & Zoons.’

‘Heel productief. Hebt u toevalligerwijs met Leandro gesproken?’

‘Nee. Waarom?’

‘Omdat hij me al de hele morgen achtervolgt en naar u vraagt. Doet u me alstublieft een plezier en belt u hem om hem wat stroop om de mond te smeren, anders heb ik geen leven meer.’

Alicia zuchtte.

‘Ik zal hem bellen. Tussen twee haakjes, u moet iets voor me doen.’

‘Dat is kennelijk mijn nieuwe doel in het leven...’

‘Het is een delicaat onderwerp,’ preciseerde ze.

‘Mijn specialiteit.’

‘Ik zou willen dat u uw contacten op het hoofdbureau gebruikt en discreet probeert uit te zoeken waar een zekere Ricardo Lomana mee bezig was voor hij in rook opging.’

‘Lomana? Die verdwenen is? Een schoft.’

‘Kent u hem?’

‘Uit de verhalen. Zat niet één goeie bij. Ik zal zien wat ik kan doen.’

‘Meer vraag ik ook niet van u.’

Vargas zuchtte aan de andere kant van de lijn.

'Ik schat in dat ik morgenochtend daar kan zijn. Als u wilt, ontbijten we samen en vertel ik u wat ik over uw vriend Lomana te weten ben gekomen. Zult u zich gedragen en zich niet in de nesten werken tot ik er ben?'

'Beloofd.'

7

Marcelino bleef haar vanaf het tafeltje bekijken met bovenmatige fascinatie, slechts af en toe een vluchtige blik op straat werpend, op zoek naar de mysterieuze achtervolger. Alicia knipoogde naar hem en gaf hem met haar duim een teken.

'Nog één telefoontje en klaar.'

Ze draaide het directe nummer van de suite en wachtte. Hij ging niet eens één keer over. Hij moest wachtend naast de telefoon gezeten hebben, bedacht ze.

'Ik ben het,' mompelde ze.

'Alicia, Alicia, Alicia...' klonk de stem van Leandro zacht. 'Ik hou er niet van dat je me ontloopt. Dat weet je.'

'Ik wilde u net bellen. Het was niet nodig om er een chaperonne op te zetten.'

'Ik begrijp je niet.'

'Hebt u niet iemand bevolen om me te volgen?'

'Als ik dat had gedaan, zou het niet zo'n knoeier zijn die jij meteen op de eerste ochtend ontdekt. Wie is het?'

'Dat weet ik nog niet. Ik ging ervan uit dat hij van u kwam.'

'Nee dus. Het zullen toch niet de kompanen van het hoofdbureau van politie daar zijn?'

'Dan moet de lokale jeugdopleiding wel erg krap in de talenten zitten, dat ze deze schertsfiguur hebben uitgekozen.'

'Capabele mensen vinden is niet eenvoudig. Wil je dat ik een telefoontje pleeg en ervoor zorg dat hij je met rust laat?'

Alicia dacht na.

'Bijna beter van niet. Ik heb een idee.'

'Gedraag je met hem. Ik weet niet wie ze je hebben toegewezen, maar waarschijnlijk het groenste groentje dat ze konden vinden.'

'Ben ik zo makkelijk?'

'Integendeel. Het schoot me eerder te binnen dat niemand de klus zal hebben willen klaren.'

'Insinueert u nu dat ik geen indruk heb achtergelaten?'

'Ik heb je altijd gezegd dat het belangrijk is de schijn op te houden. Je ziet wat er anders gebeurt. Heb je met Vargas gesproken?'

'Ja.'

'Dan ben je dus op de hoogte van de auto. Alles goed met je huis?'

'Ja. Mevrouw Jesusa had alles piekfijn in orde gemaakt en heeft zelfs de jurk van mijn eerste communie gestreken. Mijn dank voor het gebaar.'

'Ik wil dat het je aan niets ontbreekt.'

'Stuurt u me daarom Vargas?'

'Dat zal zijn eigen initiatief zijn. Of van Gil de Partera. Ik zei al dat ze ons niet vertrouwen.'

'Waarom zal dat zijn?'

'Wat voor plannen heb je voor vandaag?'

'Ik was net in een boekhandel en vanmiddag heb ik een afspraak met iemand die me meer zal kunnen vertellen over Víctor Mataix.'

'Dus je bent nog steeds bezig met dat boek?'

'Tot ik enige samenhang kan uitsluiten.'

'Ken ik hem? Je afspraak?'

'Ik weet het niet. Een boekhandelaar. Gustavo Barceló?'

De pauze was bijna onwaarneembaar, maar Alicia registreerde haar.

'Zegt me niets. Bel me als je iets te weten komt. En zo niet, dan bel je ook.'

Alicia dacht nog na over een snedig antwoord, toen ze hoorde dat Leandro al ophing. Ze liet wat muntgeld achter op de toog voor de consumpties en de twee telefoontjes en nam afscheid van Marcelino met een luchtkus.

'Dit blijft allemaal tussen ons, hè, Marcelino?'

De ober knikte vol overtuiging en leidde Alicia naar een achterdeur die uitkwam op een open binnenplaats. Van daaruit liep tussen twee blokken van het huizencarré door een kronkelgang die weer uitkwam op een van die naargeestige straatjes zoals ze alleen in het oude Barcelona te vinden zijn, nauw als de spleet tussen de billen van een seminarist.

De steeg liep omhoog van de Calle Canuda naar de Santa Ana. Alicia liep om het blok heen en bleef bij de laatste hoek staan om de situatie in ogenschouw te nemen. Een vrouw duwde een kinderwagen met één hand en probeerde aan de andere een jongetje mee te trekken van wie de schoenen aan de grond leken te zijn geplakt. Een vlegel in pak en met sjaal treuzelde voor de etalage van een schoenwinkel terwijl hij steelse blikken wierp op een paar sierlijke dametjes met naadkousen, die geen aandacht aan hem besteedden en lachend voorbijliepen. Iemand van de stadspolitie wandelde in het midden van de straat en oogstte wantrouwige blikken. En daar, bijna als een plakkaat tegen de muur van een portiek geplakt, zag Alicia een man met een klein postuur en zo'n kleurloos voorkomen dat het hem min of meer onzichtbaar maakte. Hij rookte een sigaret, tuurde nerveus naar de deur van het café en keek steeds weer op zijn horloge. Niet slecht gekozen, dacht ze. Zijn voorkomen was zo onbeduidend dat zelfs de verveling hem niet zou hebben waargenomen. Alicia liep naar hem toe en bleef op een paar schaarse centimeters van zijn bleke nek staan. Toen vormde ze een O met haar lippen en blies.

De man maakte onwillekeurig een sprongetje en verloor bijna zijn evenwicht. Hij draaide zich om, en bij het zien van Alicia verloor hij het laatste restje kleur in zijn gezicht.

'Hoe heet je, snoes?' vroeg ze.

Als het mannetje een stem had, dan vond hij hem niet. Zijn blik ging honderd keer rond voor hij naar Alicia terugkeerde.

'Als je gaat rennen steek ik een priem in je buik, begrepen?'

'Ja.'

'Dat was een grapje. Ik doe zulke dingen niet.'

De arme man droeg een jas die geleend leek en hij zag eruit als een in een hoek gedreven knaagdier. Kranige spion hadden ze op haar afgestuurd. Alicia pakte hem vast bij zijn revers en voerde hem stevig maar vriendelijk naar de volgende hoek.

'Hoe heet je?'

'Rovira,' fluisterde hij.

'Was jij dat gisteravond bij de deuren van La Manual Alpargatera?'

'Hoe weet u dat?'

'Nooit roken bij het licht van een lantaarn.'

Rovira knikte en leek zichzelf inwendig te vervloeken.

'Vertel me, Rovira, hoe lang zit u al bij het korps?'

'Morgen zou het twee maanden zijn, maar als ze er op het bureau achter komen dat u me hebt ontdekt...'

'Geen enkele reden waarom ze erachter zouden moeten komen.'

'Nee?'

'Nee. Want jij en ik, Rovira, gaan elkaar helpen. En weet je hoe?'

'Ik kan u niet volgen, juffrouw.'

'Daar zit 'm de kneep, maar noem me toch Alicia, we staan aan dezelfde kant.'

Ze doorzocht zijn jaszakken en vond een doosje sigaretten van het soort dat ze in doordeweekse bars serveerden bij een zwarte koffie met goedkope cognac. Ze stak er een op en stak hem tussen de lippen van de man. Ze liet hem een paar trekjes nemen en glimlachte vriendelijk naar hem.

'Al een beetje bedaard?'

Hij knikte.

'Rovira, je weet het vast wel, waarom hebben ze uitgerekend jou gekozen om me te volgen?'

De man aarzelde.

'U moet zich niet beledigd voelen, maar niemand anders wilde de opdracht.'

'En hoe komt dat zo?'

Rovira haalde zijn schouders op.

'Niet verlegen zijn, goede man. Stort je hart maar uit.'

'Ze zeggen dat u mensen aanzet tot slechte dingen en dat u ongeluk brengt.'

'Ik begrijp het. En dat heeft je duidelijk geen angst ingeboezemd.'

'Meer pech hebben dan ik heb is sowieso moeilijk. En het is ook niet alsof ik veel te kiezen had.'

'En waar bestaat je missie precies uit?'

'U op afstand volgen en doorgeven waar u bent en wat u doet zonder dat u het in de gaten hebt. En u ziet hoe goed me dat afgaat. Ik had hun al gezegd dat dit niks voor mij was.'

'En waarom ben je bij de politie gegaan?'

'Eigenlijk wilde ik iets met grafische kunst gaan doen, maar mijn schoonvader is kapitein bij het hoofdbureau van politie.'

'Juist. En mevrouw houdt van uniforms, is het niet?' Met een moederlijk gebaar legde ze haar hand op zijn schouder. 'Rovira, er zijn momenten dat een man zijn moed bij elkaar moet rapen en aan de wereld moet laten zien dat hij is geboren om staand te plassen, hoe vervelend ik het ook vind om het te zeggen. En om je te tonen dat je veel capabeler bent dan je denkt, bied ik je een gelegenheid om dat te bewijzen. Aan mij, aan de hoge heren van de politie, aan je schoonvader en aan moeder de vrouw, die vlugzout nodig zal hebben om bij te komen als ze ziet wat voor macho ze in huis heeft.'

Rovira keek haar aan, op de rand van een appelflauwte.

'Vanaf nu schaduw je me zoals opgedragen, maar nooit op minder dan honderd meter afstand, en je zorgt ervoor dat ik je niet zie. En als ze je vragen wáár ik ben geweest en wát ik heb gedaan, vertel je wat ik zeg dat je moet zeggen.'

'Maar, is dat legaal?'

'Rovira, jij bent de politie. Jij bepaalt wat legaal is.'

'Ik weet het niet.'

'Natuurlijk weet je het wel, jij bent prima bij de pinken. Waar het jou aan ontbreekt is zelfvertrouwen.'

Rovira knipperde een paar keer beduusd met zijn ogen.

'En als ik nee zeg?'

'Zeg dat nu niet, joh, we begonnen net vrienden te worden. Want als je nee zegt, zal ik me gedwongen zien naar je schoonvader de kapitein te gaan en hem te zeggen dat ik je op een muurtje bij de school van de zusters theresianen heb gezien terwijl je je aftrok tijdens de pauze.'

'Dat zou u toch niet doen?!'

Alicia keek hem strak in de ogen.

'Rovira, je hebt werkelijk geen flauw benul van waartoe ik in staat ben.'

Een klaaglijk geluid ontsnapte hem.

'U bent slecht.'

Alicia perste haar lippen op elkaar tot een soort pruilmondje.

'Als ik besluit je slecht te behandelen, zul je dat onmiddellijk merken. Morgenochtend vroeg wacht je tegenover het Gran Café en dan vertel ik je hoe je dagprogramma eruitziet. Begrijpen wij elkaar?'

Rovira leek een paar centimeter gekrompen te zijn tijdens het gesprek en wierp haar een smekende blik toe.

'Dit is allemaal een grap, toch? U houdt me voor de gek omdat ik een groentje ben.'

Alicia nam haar beste Leandro-houding aan en leende diens ijzige blik. Langzaam schudde ze haar hoofd.

'Het is geen grap, het is een bevel. Stel me niet teleur. Spanje en ik rekenen op je.'

8

In de vroege twintigste eeuw, toen geld als het ware nog naar parfum rook en de grote fortuinen niet simpelweg geërfd maar tentoongesteld werden, viel er een modernistisch paleis uit de hemel, product van de troebele romance tussen de fantasie van creatieve geesten en de ijdelheid van een potentaat, en het bleef voor altijd hangen in de onwaarschijnlijkste enclave van de Barcelonese belle époque.

Het zogeheten Casa Pérez Samanillo bezette al een halve eeuw de hoek van Balmes met Diagonal als een optisch bedrog of misschien als een vermaning. Oorspronkelijk gebouwd als gezinshuis, in een tijd waarin bijna alle aristocratische families al afstand deden van hun stadspaleizen, behield deze lofzang op de overvloed zijn karakter als bolwerk in Parijse stijl, belichtte de straten met koperkleurig licht vanuit grote vensters en ontblootte voor de gewone stervelingen zonder enige schroom zijn brede trappen, salons en kristallen kroonluchters. Alicia had het altijd een soort aquarium geleken, waarin je tussen de glaslamellen door exotische, onverwachte organismen en levensvormen kon observeren.

Al jaren herbergde het weelderige fossiel geen enkele familie meer, en in recentere tijden was het het hoofdkwartier geworden van het Círculo Ecuestre van Barcelona, een van die onneembare, elegante instituties die in elke grote stad fermenteren, opdat de mensen met klinkende naam zich kunnen beschermen tegen de zweetlucht van hen over wier ruggen hun illustere voorouders hun fortuin vergaarden. Leandro, fijnzinnig waarnemer van zulke kwesties, zei altijd dat als de thema's voedsel en woning eenmaal zijn opgelost, het urgentste voor de mens is om motieven en middelen te vinden waarmee hij zich anders kan voelen dan de anderen, en superieur. De zetel van het Círculo Ecuestre leek uitdrukkelijk voor dat doel bedacht en Alicia vermoedde dat als Leandro niet al jaren geleden van Barcelona naar Madrid was verhuisd, de exquise ingerichte salons van edelhout hét perfecte decor zouden zijn geweest voor haar mentor om er kwartier te maken en zijn duistere zaken met witte handschoenen af te handelen.

Een lakei, geüniformeerd tot aan zijn oren, bewaakte de ingang en opende plechtig voor haar de reusachtige smeedijzeren poort. In de vestibule stond een verlichte lessenaar waarachter ze een individu in pak zag, dat haar tweemaal van boven tot onder monsterde voor hij een gedienstige glimlach op zijn verschrompelde gezicht plakte.

'Goedemiddag,' zei Alicia, 'ik heb hier een afspraak met de heer Gustavo Barceló.'

De employé blikte omlaag in het schrift op de lessenaar en deed alsof hij het een tijdje bestudeerde, om enig gewicht aan het ritueel te verlenen.

'En uw naam is?'

'Verónica Larraz.'

'Als mevrouw zo vriendelijk wil zijn mij te volgen.'

De receptionist leidde haar door het weelderige interieur van het stadspaleis. Toen ze de tafels passeerde, onderbraken de clubleden hun conversaties en keken verrast en in een enkel geval bijna verontwaardigd. Het was aan alle kanten duidelijk dat hier gewoonlijk geen vertegenwoordigers van vrouwelijke kunne werden ontvangen en menig aristocraat leek haar aanwezigheid te interpreteren als een krenking van zijn eerbiedwekkende mannelijkheid. Alicia beantwoordde hun aandacht slechts met een beleefd glimlachje. Ten slotte kwamen ze bij een grote leeszaal met een uitnodigend venster naar de Avenida Diagonal. Daar zat in een vorstelijke fauteuil en nippend aan een glas cognac met de afmeting van een vissenkom een heer met majesteitelijke trekken en dito snorbaard in driedelig pak en met dandyschoenen. De receptionist bleef op een paar meter afstand voor hem staan en putte zich uit in onderdanige blikken en glimlachjes.

'Don Gustavo? Het bezoek dat u verwachtte...'

Don Gustavo Barceló, honorair voorzitter van het gremium van boekhandelaren te Barcelona en geleerde in de materie van het eeuwig vrouwelijke en haar fijnste rekwisieten, stond op om haar te ontvangen met een warme, eerbiedige buiging.

'Gustavo Barceló, aan uw voeten.'

Alicia reikte hem haar hand, die de boekhandelaar kuste alsof het de hand van de paus was en hij nam alle tijd om haar ondertussen aan een algehele inspectie te onderwerpen, die hem waarschijnlijk zelfs de maat van haar handschoenen openbaarde.

'Verónica Larraz,' stelde ze zich voor. 'Het is me een bijzonder genoegen.'

'Is Larraz de achternaam van uw verzamelende familielid?'

Alicia vermoedde dat zijn werknemer Benito hem had opgebeld zodra ze de winkel had verlaten en hem tot in details over haar bezoek had geïnformeerd.

'Nee. Larraz is de achternaam van mijn man.'

'Ik begrijp het. Discretie boven alles. Het is me duidelijk. Alstublieft, gaat u toch zitten.'

Alicia maakte het zich gemakkelijk in de fauteuil tegenover de zijne en genoot van de aristocratische, exclusieve inrichting.

'Welkom bij de nieuwe rijken en de verarmde adel, die zijn nageslacht laat trouwen met eerstgenoemden om de kaste in leven te houden,' zei Barceló, die haar blik volgde.

'Bent u niet een vast lid van het huis?'

'Om redenen van hygiëne heb ik me er jarenlang tegen verzet, maar mettertijd hebben de omstandigheden me ertoe gedwongen me aan de realiteit van de stad over te geven en met de stroom mee te zwemmen.'

'Het heeft vast en zeker zijn voordelen.'

'Daar hoeft u niet aan te twijfelen. Men leert mensen kennen die hun geërfde vermogen aan dingen willen uitgeven die ze begrijpen noch gebruiken, men geneest van elke romantische droomvoorstelling over de zelfbenoemde elites van het land, en de cognac is voortreffelijk. Bovendien is dit een magnifieke plek om sociale archeologie te bedrijven. In Barcelona wonen meer dan een miljoen mensen, maar als het erop aankomt zijn er slechts vierhonderd die over de sleutels op alle deuren beschikken. En dit is een stad van gesloten deuren waar alles afhangt van wie de sleutel heeft, voor wie hij opendoet en aan welke kant van de drempel je staat. Maar ik betwijfel of dit nieuw voor u is, mevrouw Larraz. Kan ik u iets aanbieden, beschouwingen en zedepreken van een oude boekhandelaar daargelaten?'

Alicia antwoordde ontkennend.

'Natuurlijk. Tot de kern, nietwaar?'

'Als het u niet ontrieft.'

'Integendeel. Hebt u het boek meegenomen?'

Alicia haalde het in een zijden doek gewikkelde exemplaar van *Ariadna en de scharlaken prins* tevoorschijn en overhandigde het hem. Barceló pakte het met beide handen aan en zodra zijn vingers het omslag beroerden, lichtten zijn ogen op en breidde een verrukte glimlach zich over zijn lippen uit.

'*Het labyrint der geesten...*' prevelde hij. 'Vermoedelijk wilt u mij niet vertellen hoe u eraan gekomen bent?'

'De eigenaar geeft er de voorkeur aan het geheim dienaangaande te bewaren.'

'Ik begrijp het. Met uw welnemen...'

Hij sloeg het boek open en liet de bladzijden langzaam door zijn vingers glijden; hij genoot van deze ontmoeting met het gezicht van een fijnproever die zich tegoed doet aan een eenmalig, uniek gerecht. Alicia begon al te denken dat de ervaren boekhandelaar haar was vergeten, zozeer ging hij op in de pagina's van het boek, toen deze zijn onderzoek staakte en haar een vragende blik toewierp.

'Vergeeft u me mijn vermetelheid, mevrouw Larraz, maar ik moet u bekennen dat ik niet kan begrijpen waarom iemand, in dit geval de verzamelaar die u vertegenwoordigt, zich van zo'n uniek exemplaar zou willen ontdoen.'

'Denkt u dat het voor u moeilijk zou zijn om aan een koper te komen?'

'Absoluut niet. Geeft u mij een telefoon en in twintig minuten presenteer ik u minstens vijf biedingen in stijgende lijn, minus mijn commissie van tien procent. Dat is het punt niet.'

'En wat is het punt dan wel, don Gustavo, als ik u vragen mag?'

Barceló nam een grote slok cognac.

'Het punt is of u werkelijk dit exemplaar wilt verkopen, mevrouw L-a-rr-a-z.' Barceló sprak de fictieve achternaam ironisch langzaam uit.

Alicia glimlachte slechts verlegen.

Barceló knikte.

'Het is niet nodig dat u me antwoordt, noch dat u me uw ware naam onthult.'

'Mijn naam is Alicia.'

'Wist u dat het centrale personage van de serie *Het labyrint der geesten*, Ariadna, een hommage is aan een andere Alicia, die van Lewis Carroll, en haar wonderland, in dit geval Barcelona?'

Alicia wendde verbazing voor en schudde lichtjes haar hoofd.

'In het eerste boek van de serie vindt Ariadna een toverboek op de zolder van het grote huis in Vallvidrera, waar ze woont met haar ouders totdat die tijdens een stormachtige nacht op mysterieuze wijze verdwijnen. Denkend dat ze ze misschien kan terugvinden door een geest uit de duisternis op te roepen, opent Ariadna zonder het te beseffen een deur tussen het echte Barcelona en zijn tegenhanger, een vervloekte weerspiegeling van de stad. De stad der spiegels. Aan haar voeten splijt de aarde open en ze daalt over een eindeloze wenteltrap af in de duisternis tot ze bij dat andere Barcelona is, het labyrint der geesten, waar ze veroordeeld is tot dwalen door de cirkels van de hel die de scharlaken prins heeft geconstrueerd en waar ze op verdoemde zielen stuit die ze probeert te redden terwijl ze haar spoorloos verdwenen ouders zoekt.'

'En lukt het Ariadna haar ouders te vinden en een enkele ziel te redden?'

'Helaas niet. Maar ze doet haar uiterste best. Op haar manier is ze een heldin, hoewel haar flirt met de scharlaken prins haar ook langzaamaan verandert in een obscure, perverse weerspiegeling van zichzelf, een gevallen engel, om het zo te zeggen.'

'Het klinkt als een voorbeeldig verhaal.'

'Dat is het. Vertelt u eens, Alicia, is dat waar u zich mee onledig houdt, afdalen naar de onderwereld, op zoek naar problemen?'

'Waarom zou ik problemen willen zoeken?'

'Omdat, zoals die domkop van een Benito u beslist al heeft verteld, kortgeleden in de boekhandel een individu van de Brigada Social opdook met het uiterlijk van een slager, die vergelijkbare vragen stelde als u nu, en íéts zegt mij dat u beiden elkaar kent.'

'Het individu waaraan u refereert heet Ricardo Lomana en u speculeert behoorlijk de goede kant op.'

'Dat is bij mij altijd zo, juffrouw. Het probleem zijn de wegen waarop ik me af en toe bevind.'

'Wat vroeg Lomana u precies?'

'Hij wilde weten of iemand onlangs een boek van Víctor Mataix had gekocht, buiten de veilingen om, als privéaankoop of op de internationale markt.'

'Hij vroeg niets over Víctor Mataix?'

'De heer Lomana overtuigde niet in het minst als boekenfanaat, maar ik had wel de indruk dat hij over Mataix alles wist wat hij moest weten.'

'En wat zei u?'

'Ik heb hem de gegevens doorgespeeld van de verzamelaar die sinds zeven jaar alle exemplaren van *Het labyrint der geesten* koopt die niet in 1939 zijn vernietigd.'

'Alle boeken van Mataix die er op de markt waren zijn door een en dezelfde persoon gekocht?'

Barceló knikte: 'Allemaal behalve het uwe.'

'En wie is die verzamelaar?'

'Ik weet het niet.'

'U vertelt me net dat u zijn gegevens aan Lomana hebt verstrekt.'

'Ik heb hem het adres gegeven van de advocaat die hem vertegenwoordigt en die alle transacties uitvoert in zijn naam, een zekere Brians. Fernando Brians.'

'Hebt u zelf met advocaat Brians te maken gehad, don Gustavo?'

'Ik zal hooguit een of twee keer met hem gesproken hebben. Per telefoon. Een serieuze man.'

'Vanwege kwesties gerelateerd aan de boeken van Mataix?'

Barceló knikte.

'Wat kunt u me vertellen over Víctor Mataix, don Gustavo?'

'Heel weinig. Ik weet dat hij vaak als illustrator heeft gewerkt en dat hij diverse romans heeft gepubliceerd bij dat stel onbeschaamde vlegels van een Barrido en Escobillas voor hij begon te werken aan de boeken van *Het labyrint*, en dat hij een zeer teruggetrokken leven heeft geleid in een huis aan de Carretera de las Aguas, tussen Vallvidrera en het observatorium Fabra, omdat zijn echtgenote aan een zeldzame ziekte leed en hij haar niet alleen kon of wilde laten. Niet veel meer. Ja, en dat hij na de oorlog is verdwenen.'

‘En waar zou ik iets meer over hem te weten kunnen komen?’

‘Dat wordt moeilijk. De enige persoon die in me opkomt die u zou kunnen helpen is Vilajuana, Sergio Vilajuana, een journalist en schrijver die Mataix heeft gekend. Hij is een reguliere klant van de boekhandel en degene die over deze zaken het meeste weet. Ik meen gehoord te hebben dat hij aan een boek werkt over Mataix en die hele generatie verdoemde schrijvers van het Barcelona dat na de oorlog in rook opging.’

‘Zijn er dan anderen?’

‘Verdoemde schrijvers? Dat is een lokale specialiteit, net als aioli.’

‘En waar kan ik deze heer Vilajuana vinden?’

‘Probeert u het eens op de redactie van *La Vanguardia*. Maar als u mij een goede raad toestaat, u moet wel met een beter verhaal komen dan dat van een geheime verzamelaar. Vilajuana is niet op zijn achterhoofd gevallen.’

‘Wat adviseert u mij?’

‘Leid hem in verzoeking,’ zei don Gustavo plechtig.

Alicia grijnsde schelms.

‘Met het boek. Als hij nog steeds geïnteresseerd is in Mataix, geloof ik niet dat hij het zal kunnen weerstaan een blik te werpen op dit exemplaar. In deze tijden een Mataix vinden is bijna net zo moeilijk als een fatsoenlijk mens vinden op een prestigieuze positie.’

‘Dank u, don Gustavo. U bent me enorm tot hulp geweest. Mag ik u vragen het geheim van deze conversatie te bewaren?’

‘Maakt u zich geen zorgen. Geheimen bewaren houdt me jong. Dat en dure cognac.’

Alicia wikkelde de doek weer om het boek en borg het op in haar handtas. Ze maakte van de gelegenheid gebruik om haar lippenstift te pakken en haar glimlach aan te zetten alsof ze alleen was, een spektakel dat Barceló gefascineerd en een beetje ongerust aanzag.

‘Hoe zie ik eruit?’ vroeg Alicia.

‘Beroemd.’

Ze stond op en hulde zich in haar jas.

‘Wie bent u, Alicia?’

‘Een gevallen engel,’ antwoordde ze terwijl ze hem haar hand bood en knipoogde.

'Wel, dan bent u naar de perfecte plek gekomen.'

Don Gustavo Barceló schudde haar de hand en keek haar na terwijl ze naar de uitgang liep. Toen zocht hij peinzend weer zijn toevlucht tot de fauteuil en tuurde in zijn bijna lege cognacglas. Kort daarop zag hij haar door het grote raam voorbijlopen. De avondschemering had een deken van rossige wolken over Barcelona gelegd en de ondergaande zon tekende de silhouetten af van de voorbijgangers op de trottoirs van de Diagonal en de auto's die glinsterden als gloeiende metalen tranen. Barceló fixeerde zijn blik op die zich verwijderende rode mantel, tot Alicia tussen de schaduwen van de stad leek op te lossen.

9

Nadat ze die middag Barceló had achtergelaten onder de hoede van zijn vermoedens en de cognac, sloeg Alicia op weg naar huis de Rambla de Cataluña in en bezocht het defilé aan deftige winkels, waar de etalagelichten al aangingen. Ze herinnerde zich de dagen dat ze had geleerd zulke winkels en de opgedofte respectabele mensen die ze hebzuchtig doch argwanend frequenteerden, te observeren.

Ze herinnerde zich de winkels waar ze naar binnen was gegaan om te stelen en wat ze had meegegapt, het geschreeuw van de manager en de klanten achter haar, het vuur in haar aderen in de wetenschap dat ze werd achtervolgd, en de zoete smaak van wraak wanneer ze hun iets had ontstolen wat ze meenden te bezitten op grond van goddelijk recht. Ze herinnerde zich de dag dat haar carrière als dievegge eindigde in een vochtige, donkere kamer in de kelders van het hoofdbureau van politie aan de Vía Layetana. Het was een kelder zonder ramen, met slechts een aan de vloer vastgeschroefde metalen tafel en twee stoelen. In het midden van de kamer was een afvoerputje en de bodem was nog vochtig. Het rook er naar stront, angst en bleekmiddel. De twee politiemannen die haar hadden gearresteerd, hadden haar met handen en voeten aan de stoel geketend en lieten haar uren zo zitten, zodat ze de tijd had zich voor te stellen wat ze allemaal met haar zouden doen.

'Moet je eens opletten hoe tevreden Fumero zal zijn wanneer hij te weten komt dat hier een lekker jong wijfie zit. Als nieuw zul je zijn.'

Alicia had horen praten over Fumero. Op straat deden verhalen de ronde, vooral over wat de stumpers overkwam die in een cel als deze in de kelders van het bureau eindigden. Ze wist niet of ze rilde van kou of angst, en toen ze uren later voetstappen en stemmen hoorde en de metalen deur openging, voelde ze de urine tussen haar benen sijpelen.

'Doe je ogen open,' zei de stem.

Door haar tranen heen zag ze het gezicht van een man van gemiddelde statuur met het uiterlijk van een notaris uit de provincie, die minzaam naar haar glimlachte. Verder was er niemand.

De man, keurig netjes in pak en een geur van eau de cologne met citroen verspreidend, bekeek haar een tijdje zwijgend, liep daarna langzaam om de tafel heen en ging achter haar staan. Alicia perste haar lippen op elkaar om een angstkreun te onderdrukken die in haar keel opwelde toen ze die handen op haar schouders voelde en zijn lippen bij haar linkeroor.

'Niet bang zijn, Alicia.'

Ze begon heftig heen en weer te bewegen, wankelend op de stoel waaraan ze vastzat. Ze voelde de handen van de man langs haar rug naar beneden gaan en toen ze vaststelde dat de folterende druk om haar polsen afnam, duurde het even voor ze begreep dat haar boeien haar waren afgedaan. Stukje bij beetje keerde de bloedsomloop terug in haar handen, en daarmee ook de pijn. De man tilde zacht haar armen op en legde ze op de tafel. Hij ging bij haar zitten en begon haar polsen te masseren.

'Mijn naam is Leandro,' zei hij. 'Beter?'

Alicia knikte. Leandro glimlachte en liet haar handen los.

'Nu ga ik de boeien om je enkels losmaken. Dat gaat ook een beetje pijn doen. Maar eerst moet ik weten of je niks doms zult uithalen.'

Ze schudde haar hoofd.

'Niemand zal je pijn doen,' zei Leandro terwijl hij haar boeien losmaakte.

Toen ze vrij was, stond Alicia op van haar stoel en kroop in een hoek. De ogen van de man merkten het plasje urine op onder de stoel.

'Het spijt me, Alicia.'
'Wat wilt u?'
'Ik wil met je praten. Meer niet.'
'Waarover?'
'Over de man voor wie je de laatste twee jaar hebt gewerkt, Baltasar Ruano.'
'Ik ben hem niks verschuldigd.'
'Dat weet ik. En je moet weten dat Ruano gearresteerd is, samen met het grootste deel van je collega's.'
Alicia keek hem argwanend aan.
'Wat gaan ze met hem doen?'
Leandro haalde zijn schouders op.
'Ruano is geschiedenis. Na een lange ondervraging heeft hij bekend. Nu wacht hem de wurgpaal. Het is nog slechts een kwestie van dagen. En dat is goed nieuws voor jou.'
Alicia slikte.
'En de andere kinderen?'
'Dat zijn amper kinderen. Tuchtschool of gevangenis. En dat voor degenen die geluk hebben. Zij die naar de straat terugkeren, zullen niet lang meer leven.'
'En ik?'
'Dat hangt ervan af.'
'Waarvan af?'
'Van jou.'
'Snap ik niet.'
'Ik zou willen dat je voor mij werkt.'
Alicia bekeek hem zwijgend. Leandro leunde achterover op zijn stoel en keek glimlachend terug.
'Ik observeer je al tijden, Alicia. Ik denk dat je potentieel hebt.'
'Waarvoor?'
'Om te leren.'
'Wat te leren?'
'Overleven. En je talent gebruiken voor iets meer dan de zakken vullen van een tweederangs stuk tuig als Ruano.'
'En wie bent u?'
'Ik ben Leandro.'
'Bent u van de politie?'

‘Zoiets. Denk aan mij als aan een vriend.’

‘Ik heb geen vrienden.’

‘We hebben allemaal vrienden. Je moet ze alleen weten te vinden. Wat ik je wil voorstellen, is dat je de komende twaalf maanden voor me werkt. Je zult ergens fatsoenlijk onderdak hebben en een salaris. Je bent vrij om te gaan wanneer je wilt.’

‘En als ik nu weg wil?’

Leandro wees naar de deur.

‘Als dat is wat je wilt, kun je gaan. Terug de straat op.’

Alicia keek naar de deur. Leandro stond op en deed hem voor haar open. Toen keerde hij terug naar zijn stoel en gaf de weg vrij.

‘Niemand zal je tegenhouden als je besluit over die drempel te stappen, Alicia. Maar de kans die ik je bied, blijft hier achter.’

Ze deed een paar passen naar de uitgang. Leandro maakte geen aanstalten om haar tegen te houden.

‘En als ik bij u blijf?’

‘Als je besluit me een motie van vertrouwen te geven dan gaan we er als eerste voor zorgen dat je een warm bad kunt nemen, nieuwe kleren krijgt en daarna een maaltijd in het restaurant Siete Puertas. Ben je daar weleens geweest?’

‘Nee.’

‘Ze hebben daar een uitstekende *arroz negro*.’

Alicia voelde haar maag knorren.

‘En daarna?’

‘Daarna ga je naar je nieuwe thuis, waar je een kamer en een badkamer zult hebben voor jou alleen, om uit te rusten en te slapen in je eigen bed, met schone, nieuwe lakens. En morgen, in alle rust, kom ik je ophalen en dan gaan we naar mijn kantoor zodat ik kan beginnen met je uit te leggen wat ik precies doe.’

‘En waarom vertelt u me dat nu niet meteen?’

‘Laten we zeggen dat ik mijn tijd besteed aan het oplossen van problemen en het uit de circulatie nemen van criminelen als Baltasar Ruano en vele anderen die veel erger zijn, zodat ze niemand meer schade kunnen berokkenen. Maar het belangrijkste wat ik doe is buitengewone mensen vinden die net als jij niet weten dat ze dat zijn en hun bijbrengen hoe ze hun talenten kunnen gebruiken om goed te doen.’

'Goed te doen,' herhaalde ze kil.

'De wereld is niet de amorele plek die jij tot nu toe hebt gekend, Alicia. De wereld is simpelweg een spiegel van degenen die haar vormen en ze is niet meer of minder dan wat wij van haar maken. Daarom hebben mensen zoals jij en ik, die met een gave geboren worden, de verantwoordelijkheid die te gebruiken voor het welzijn van de rest. Mijn gave is het talent herkennen in anderen en ze begeleiden zodat ze de juiste beslissing kunnen nemen als het moment daar is.'

'Ik heb geen enkel talent. Geen gave.'

'Natuurlijk heb je die wel. Vertrouw op mij. En vooral, vertrouw op jezelf, Alicia. Want als je wilt, kan vandaag de eerste dag zijn van het leven dat ze je hebben afgepakt en dat ik je terug zal geven als je me de kans maar geeft.'

Leandro glimlachte warm en Alicia voelde een verwarrend, pijnlijk verlangen om hem te omhelzen.

Hij stak zijn hand uit. Stap voor stap liep Alicia door de kamer naar hem toe. Ze legde haar hand in die van deze vreemde en verdween in zijn blik.

'Dank je, Alicia. Ik zweer je dat je er geen spijt van zult krijgen.'

De echo van die woorden, lang geleden, vervaagde stukje bij beetje. De pijn begon zijn nagels te tonen en Alicia besloot haar tempo te vertragen. Ze wist dat iemand haar volgde sinds ze het Círculo Ecuestre had verlaten. Ze kon zijn aanwezigheid en zijn ogen letterlijk voelen, die afwachtend vanuit de verte haar gestalte koesterden. Bij het stoplicht op de Calle de Rosellón bleef ze staan en draaide zich langzaam om, speurde met een terloopse blik de straat achter haar af en monsterde de vele voorbijgangers die naar de Ramblas waren gekomen om te flaneren, met hun uniformen te pronken en om te kijken en bekeken te worden. Ze wenste dat het om de arme Rovira ging, maar ze vroeg zich voortdurend af of zich tussen hen, misschien dertig meter verder naar achteren en handig in een portiek verborgen of verstopt tussen een groep passanten, wellicht Lomana bevond, die haar volgde, haar op de hielen zat en in zijn jaszak begerig over het mes streek dat hij al een hele tijd voor haar paraat hield. Een huizenblok verder ontwaarde ze de vitrines van Pastelería Mauri, vol heerlijkheden, die meesterlijk waren uitgestald om de herfstmelancholie van de dames van goede komaf te verzachten. Ze keek nogmaals onderzoekend achter zich en besloot daar een poosje haar heil te zoeken.

Een jong meisje met een stuurs, maagdelijk voorkomen leidde haar naar een tafeltje bij het raam. Confiserie Mauri had haar altijd een gesuikerd drugshol geleken, waar dames van een zekere leeftijd en positie onder het mom van uitgelezen kamillethee en confiseriewaren op de rand van de zonde zich terugtrokken voor conspiratieve doeleinden. Die middag zag ze haar diagnose door de aanwezige clientèle bevestigd en bestelde, om zich een van de uitverkorenen te voelen, een koffie verkeerd en een *massini* met slagroom, die ze had gezien toen ze naar binnen ging en waar haar naam op stond. Terwijl ze wachtte, incasseerde ze met een afwezige glimlach de blikken die de beringde en behangen matrones haar, gepantserd in kledij van Santa Eulalia, vanaf de andere tafels toewierpen en las van hun lippen de sotto-vocecommentaren af die haar aanwezigheid hun ontlokte. Als ze mijn huid in flarden van me af konden trekken om er een masker voor zichzelf van te maken, dan deden ze dat, dacht ze.

Zodra de zoetigheid op tafel stond verslond ze gulzig de helft en in luttele seconden voelde ze de werking van de suiker in haar bloed. Uit haar handtas haalde ze het stopflesje dat Leandro haar bij het afscheid op Estación de Atocha had gegeven en maakte het open. Ze nam een pilletje en keek er even naar in de palm van haar hand voor ze het in haar mond stak. Een nieuwe pijnscheut in haar heup overtuigde haar volkomen. Met een grote slok koffie slikte ze de pil door, en ze at de rest van het taartje, meer om haar maagwand te bedekken dan om iets anders. Ze bleef een halfuur zitten, bekeek de voorbijgangers en wachtte op het effect van het pilletje. Zodra ze voelde hoe de pijn wegtrok in die troebele sluier van slaperigheid die zich over haar hele lijf uitbreidde, stond ze op en betaalde haar consumptie bij de kassa.

Voor de deur van de confiserie hield ze een taxi aan en gaf de chauffeur haar adres. De chauffeur had zin in een conversatie en trakteerde haar op een lange monoloog, waar Alicia af en toe vaag op knikte. Naarmate het narcoticum haar bloed meer leek te bevriezen, leken de lichten van de stad te vervagen in een waterige laag, alsof het aquarelvlekken waren die over een doek dansten. De geluiden van het verkeer klonken ver weg.

'Voelt u zich wel goed?' vroeg de taxichauffeur toen hij voor de deur van haar woning aan de Calle Aviñón stopte.

Ze knikte en betaalde de rit zonder op wisselgeld te wachten. De chauffeur, niet geheel overtuigd van de toestand waarin ze verkeerde, wachtte tot ze erin was geslaagd de sleutel in het slot te steken. Alicia hoopte niet Jesusa of andere medebewoners tegen te komen die belust waren op een hernieuwde ontmoeting of gesprekjes op de overloop. Met lichte tred liep ze naar de trap en na een eindeloos lijkende klim tussen duisternis en duizeligheid bereikte ze de deur van haar woning, vond als door een wonder de sleutel en verschafte zich toegang.

Binnen pakte ze met trillende vingers nog twee pillen uit het flesje. Ze liet haar handtas op de vloer vallen en liep naar de keuken. De fles witte wijn die Fernandito haar cadeau had gedaan, stond er nog. Ze vulde het glas tot aan de rand, hield zich met één hand vast aan de tafel, nam de twee pillen in en dronk het glas in één teug leeg, hield het toen omhoog ter ere van Leandro en zijn 'en vooral nooit met alcohol'.

Ze wankelde door de gang naar de slaapkamer en kleedde zich onderweg uit. Zonder de moeite te nemen het licht aan te knippen liet ze zich op haar bed vallen. Ze kon nog net met moeite de deken over zich heen trekken. De klokken van de kathedraal klonken in de verte en uitgeput sloot ze haar ogen.

10

In de droom had de vreemdeling geen gezicht. Hij was een zwarte omtrek die zich leek te hebben losgemaakt uit de vloeibare, van het plafond druppende schaduw.

Aanvankelijk dacht ze gezien te hebben hoe hij haar vanaf het voeteneinde roerloos observeerde, maar toen merkte ze dat hij op de rand van het bed was gaan zitten en het laken van haar af trok. Ze had het koud. De vreemdeling trok in alle rust zijn handschoenen uit. Ze voelde hoe hij met ijskoude vingers over haar naakte buik streek en het brede, lange litteken op haar rechterheup zocht. De handen van de vreemdeling exploreerden de plooien van de kwetsuur en zijn lippen drukten op haar lichaam. De warme aanraking van de tong die de kam van dat letselteken liefkoosde, maakte haar misselijk. Pas toen ze voetstappen in de gang hoorde weglopen, drong tot haar bewustzijn door dat ze niet alleen was in de woning.

Ze tastte in het halfduister naar de lichtschakelaar en knipte het leeslampje aan. Het licht verblindde haar en ze hield haar handen voor haar ogen. Ze hoorde voetstappen in de eetkamer en daarna een deur die werd dichtgedaan. Ze opende haar ogen weer en zag dat ze naakt op het bed lag. De lakens lagen op een hoop op de grond. Haar hoofd ondersteunend kwam ze langzaam overeind. Duizeligheid golfde door haar heen en even was ze bang dat ze flauw zou vallen.

'Jesusa?' riep ze met schorre stem.

Ze pakte een laken van de grond en wikkelde dat om zich heen. Blind steun zoekend bij de wanden wankelde ze de gang door. Het spoor van kleren dat ze uren daarvoor had achtergelaten op weg naar de slaapkamer was verdwenen. De eetkamer lag in een metalige schemer gehuld, de contouren van meubels en boekenkasten slechts aangeduid in de strook blauw licht die door het venster naar binnen filterde. Ze knipte de plafondlamp aan en langzaam raakten haar ogen gewend aan het licht. Zodra ze begreep wat ze zag, maakte de angst haar klaarwakker en zag ze de scène zeer precies voor zich, alsof ze tot dat moment alles door een onscherpe lens had gadegeslagen.

Haar kleding lag netjes op de eettafel, de rode mantel op een van de stoelen. Haar jurk was bijna professioneel gevouwen, de kousen waren nauwgezet met de naad naar boven gerangschikt. Het ondergoed, gladgestreken op de tafel, leek te zijn klaargelegd voor de toonbank van een lingeriezaak. Opnieuw voelde ze een vlaag van misselijkheid. Ze liep naar de boekenkast, pakte de bijbel en nam het wapen eruit. Het uitgeholde boek gleed daarbij uit haar handen en plofte op de vloer. Ze maakte geen aanstalten om het op te rapen, maar spande de haan en hield de revolver met twee handen vast.

Pas toen viel haar blik op haar handtas, die aan een stoelleuning hing. Ze kon zich herinneren dat ze hem op de grond had laten vallen nadat ze de woning binnen was gegaan. De tas was dicht. Toen ze hem openknipte, huiverde ze. Ze liet hem weer vallen en vervloekte zichzelf. Het boek van Mataix was weg.

De rest van de nacht bracht ze in het schemerdonker door, in elkaar gekropen in een hoek van de bank, het wapen in de hand en de ogen gefixeerd op de deur, luisterend naar de duizend-en-een jammerklachten die het oude gebouw ten beste gaf, als een schip dat aan het kapseizen was. De dageraad betrapte haar toen haar oogleden begonnen dicht te vallen. Ze stond op en bekeek haar spiegelbeeld in het raam. Buiten breidde een purperkleurige deken zich uit over de hemel en accentueerde de tussen de daken en torens voorbijtrekkende schaduwen. Ze ging dicht bij het raam staan en zag dat de lichten van het Gran Café al het plaveisel bespikkelden. Barcelona had haar amper een dag respijt gegeven.

Welkom terug, zei ze bij zichzelf.

11

Vargas wachtte op haar in het Gran Café, de handen om een dampende kop, en hij oefende een staakt-het-vurenglimlach om haar te ontvangen. Zodra ze de straat op liep, zag Alicia hem samen met zijn dubbele weerspiegeling in het raam van het café. Hij had dezelfde tafel gekozen als zij een dag eerder en zat achter de resten van wat overduidelijk een overvloedig ontbijt moest zijn geweest, met twee kranten. Alicia stak de straat over en haalde diep adem voor ze naar binnen ging. Toen hij haar in de deuropening zag, stond Vargas op en stak nerveus een hand op. Ze groette terug en liep naar de tafel, terwijl ze Miquel met een handgebaar duidelijk maakte haar het gebruikelijke ontbijt te serveren. De ober knikte.

'Hoe was de reis?' vroeg Alicia.

'Lang.'

Hij wachtte tot ze was gaan zitten voor hij zelf weer plaatsnam. Zwijgend keken ze elkaar aan, hij verward en met gefronst voorhoofd.

'Wat?' vroeg ze.

'Ik verwachtte een verwensing of een andere ontvangst meer in uw lijn,' zei hij.

Alicia haalde haar schouders op.

'Als ik een beetje dommer was geweest, zou ik bijna zeggen dat u blij bent om me te zien,' voegde Vargas eraan toe.

Ze glimlachte zwakjes.

'Nu niet overdrijven.'

'Ik schrik van u, Alicia. Is er iets gebeurd?'

Behoedzaam kwam Miquel naar de tafel met Alicia's geroosterde boterhammen, boter, aardbeienmarmelade, haar koffie verkeerd en *La Vanguardia*. Ze bedankte hem met een knikje en ijlings trok de ober zich terug om discreet achter de bar te verdwijnen. Alicia pakte een van de geroosterde boterhammen en beet er zonder trek een stukje af. Vargas sloeg haar bezorgd gade.

'Dus?' vroeg hij uiteindelijk ongeduldig.

Alicia vatte haar wederwaardigheden van de vorige dag en avond samen. Naarmate ze vorderde met haar verhaal werd Vargas' gezicht somberder. Toen ze beschreef hoe ze de uren tot de ochtend had doorgebracht, de revolver in haar hand en met de verwachting dat de deur weer open zou gaan, schudde hij langzaam zijn hoofd.

'Er is iets wat ik niet begrijp. U zegt dat een man binnen is geweest terwijl u sliep en het boek heeft meegenomen.'

'En wat is het deel dat u niet begrijpt?'

'Hoe weet u dat het een man was?'

'Omdat ik dat weet.'

'Dan sliep u dus niet.'

'Ik was onder invloed van medicijnen, dat heb ik toch al gezegd.'

'Wat hebt u voor me verzwegen?'

'Dat wat u niets aangaat.'

'Heeft hij u iets aangedaan?'

'Nee.'

Vargas keek haar ongelovig aan, maar wilde niet aandringen.

'Terwijl ik op u wachtte, heeft uw vriend Miquel daar me een dakkamer aangeboden hier boven, met uitzicht op uw huis zogezegd. Ik zal zeggen dat hij mijn koffer naar boven moet dragen en twee weken vooruitbetalen.'

'Het is niet nodig dat u hier blijft, Vargas. Neemt u een goed hotel. Leandro betaalt.'

'Het is hier of ik installeer me op uw bank. U kiest.'

Alicia zuchtte, ze had niet de energie om een nieuwe strijd te beginnen.

'U hebt me niet gezegd dat u een wapen hebt,' zei Vargas.

'U hebt me er ook niet naar gevraagd.'

'En weet u het te gebruiken?'

Alicia keek hem met een veelzeggende blik aan.

'En ik maar denken dat u meer van de naald en draad was. Wilt u mij een plezier doen en het altijd bij u dragen, binnens- en buitenshuis?'

'Tot uw orders, meneer. Bent u iets te weten gekomen over Lomana?'

'Bij Binnenlandse Zaken zegt niemand een stom woord. Ik had de indruk dat ze niets weten. Bij het korps rouleert de versie die u beslist al hebt gehoord. Pakweg een jaar geleden is hij van zijn eenheid gehaald zodat hij kon meewerken aan de zaak van de anonieme brieven aan Valls. Hij is op eigen houtje onderzoek gaan doen en had eigenlijk aan Gil de Partera moeten rapporteren. Op enig moment is hij daarmee opgehouden en van de aardbol verdwenen. Wat is er tussen u beiden voorgevallen?'

'Helemaal niets.'

Vargas fronste zijn voorhoofd.

'U denkt toch niet dat hij het was die vannacht uw huis is binnengedrongen om het boek te stelen en te doen wat het ook is wat u me niet wilt vertellen?'

'Dat beweert u allemaal.'

Hij bekeek haar verstolen.

'Die medicijnen, die zijn vanwege uw letsel?'

'Nee, die neem ik voor de grap. Hoe oud bent u, Vargas?'

Hij trok verrast zijn wenkbrauwen op.

'Waarschijnlijk twee keer zo oud als u, maar daar denk ik liever niet aan. Waarom?'

'U denkt toch niet dat u mijn vader bent of zoiets, hè?'

'Maakt u zich geen illusies.'

'Jammer,' zei Alicia.

'En wordt u maar liever niet gevoelig, dat past niet bij u.'

'Dat zegt Leandro ook.'

'Ziet u wel. En nu we het sentimentele intermezzo achter ons hebben, waarom vertelt u me niet welke plannen we hebben voor vandaag?'

Alicia dronk de rest van haar koffie en gebaarde naar Miquel haar er nog een te brengen.

'Weet u al dat het lichaam naast cafeïne en sigaretten ook koolhydraten nodig heeft, proteïnen, dat soort zaken?'

'Ik beloof u dat we vanmiddag gaan eten bij Casa Leopoldo en dat u inviteert.'

'Dat is een hele opluchting. En daarvoor?'

'Daarvoor treffen we onze privéspion, de goeie Rovira.'

'Rovira?'

Alicia gaf hem een korte samenvatting van haar ontmoeting met Rovira.

'Hij moet hier ergens rondlopen, stervend van de kou.'

'Jammer dan,' oordeelde Vargas. 'En wanneer u uw leerling de bevelen voor de dag hebt gegeven?'

'Ik had bedacht dat we een advocaat zouden kunnen bezoeken. Fernando Brians.'

Vargas knikte lusteloos.

'Wie is dat?'

'Brians vertegenwoordigt een verzamelaar die al jarenlang alle exemplaren van de romans van Víctor Mataix koopt.'

'Dus u denkt nog steeds dat dat boek ergens mee te maken heeft. U moet dit niet verkeerd opvatten, maar gelooft u niet dat het verstandig zou zijn te achterhalen wat ze ons op het politiebureau te vertellen hebben over de auto waarmee Valls Madrid heeft verlaten? Om een voorbeeld te noemen van iets wat werkelijk met de zaak te maken heeft.'

'Daar is nog tijd genoeg voor.'

'Excuseer me, Alicia, maar proberen we eigenlijk nog steeds minister Valls te vinden zolang er nog een kans is dat hij leeft?'

'De auto is pure tijdverspilling,' oordeelde Alicia.

'Mijn tijd of de uwe?'

'Die van Valls. Maar als het u geruststelt, akkoord. U wint. We gaan zijn auto bekijken.'

'Dank u.'

12

Trouw aan zijn belofte wachtte Rovira op straat, klappertandend van de kou en met een gezicht alsof hij de dag van zijn geboorte vervloekte en alle daaropvolgende ook. Sinds de vorige dag leek hij zo'n tien centimeter te zijn gekrompen. Zijn gelaat was vertrokken van angst, alsof de eerste tekenen van een maagzweer zich aan hem hadden geopenbaard. Alicia hoefde niet op hem te wijzen, Vargas herkende hem zo ook wel.

'Is dat onze intrigekampioen?'

'In hoogsteigen persoon.'

Rovira keek op toen hij voetstappen dichterbij hoorde komen. Bij de aanblik van Vargas slikte hij en zocht met bevende hand zijn sigarettendoosje. Alicia en Vargas posteerden zich ieder aan een kant van hem.

'Ik dacht dat u alleen zou komen,' stamelde hij.

'Je bent een romanticus, Rovira.'

Hij stootte een nerveus lachje uit. Alicia trok de sigaret tussen zijn lippen vandaan en gooide hem met een hoge boog weg.

'Wat moet d...' protesteerde Rovira zwak.

Vargas boog zich licht over hem heen, zodat Rovira nog een paar centimeter extra kromp, voor zover mogelijk.

'Tegen mejuffrouw praat je alleen wanneer zij je iets vraagt. Gesnopen?'

De ander knikte.

'Rovira, vandaag is je geluksdag,' zei Alicia. 'Het is afgelopen met kou lijden. Je gaat naar de bioscoop. De ochtendsessies in het Capitol beginnen om tien uur en ze draaien een cyclus van films met chimpansee Cheeta, die je geweldig zult vinden.'

'Oscarwaardig,' bevestigde Vargas.

'Mijn excuses, doña Alicia, maar voordat uw collega hier mijn nek breekt, zou ik u willen vragen, als het niet te veel moeite is en met op voorhand veel dank voor uw generositeit, of u mij een beetje kunt helpen. Wat ik vraag is weinig. Stuurt u mij niet naar de bioscoop. Ik zou wel willen, maar als iemand van het hoofdbureau me betrapt, valt van schrik mijn haar uit, en daar heb ik al zo weinig van. Laat mij u alstublieft schaduwen. Van een grote afstand. Als u wilt zegt u mij nu vast waar u heen gaat, zodat ik u amper hoef lastig te vallen. Ik verzeker u dat u me niet eens zult zíén. Maar aan het eind van de dag moet ik rapport uitbrengen over waar u bent geweest en wat u hebt gedaan, anders maken ze gehakt van me. U weet niet hoe die mensen zijn. Uw collega kan u daar zeker van alles over vertellen.'

Vargas bekeek de arme drommel met een greintje sympathie. Elk politiebureau leek zo'n stumper te hebben als deze: de deurmat waar iedereen de blubber van zijn schoenen aan afveegde en tegen wie zelfs de werksters het durfden op te nemen.

'U vertelt mij welke plekken ik kan rapporteren en welke niet. Daar winnen we allemaal bij. Ik smeek u op mijn blote knieën...'

Voordat Alicia iets kon zeggen, wees Vargas met een wijsvinger op hem en zei: 'Kijk hier, meneertje, je doet me denken aan Charlot en ik mag je wel. Ik stel het volgende voor: je gaat ons op afstand volgen, maar dan echt heel erg op afstand. Zoiets als van Rioja tot Gibraltar. Als ik je ook maar zie, ruik of meen te zien op minder dan tweehonderd meter, gaan wij een gesprek voeren van man tot man en ik denk niet dat ze het op het hoofdbureau zullen appreciëren als je daar met een verbouwd gezicht naar binnen wandelt.'

Rovira leek enkele seconden zijn ademhaling kwijt te zijn.

'Is dat afdoende zo of wil je een voorproefje?' ging Vargas er nog even overheen.

'Tweehonderd meter. Geen probleem. Maakt u er tweehonderdvijftig van, met de complimenten van het huis. Mijn enorme dank voor uw generositeit en begrip. U zult er geen spijt van hebben. Dat er niet gezegd wordt dat Rovira niet nakomt wat hij...'

'Verdwijn in vredesnaam, ik word al driftig als ik je zie,' onderbrak Vargas hem op zijn dodelijkste toon.

Rovira maakte een soort vluchtig buiginkje en ging er als een haas vandoor. Vargas zag hem in de menigte verdwijnen en grijnsde.

'U bent een gevoelsmens,' monkelde Alicia.

'En u een engeltje. Laat me een telefoontje plegen naar Linares om te kijken of ze ons meteen deze ochtend de auto kunnen laten zien.'

'Wie is Linares?'

'Een van de goeden. We zijn tegelijk begonnen en hij is nog steeds een goede vriend. Van hoeveel mensen kun je hetzelfde zeggen na twintig jaar bij de politie?'

Ze gingen het café weer in en Miquel gaf hun de telefoon. Vargas belde het hoofdbureau aan de Vía Layetana en bracht een gesprek op gang waarin mannenvriendschap, twijfelachtige grappen en gekunsteld gekonkel in driekwartsmaat de toon aangaven, tot zijn *compinche* Linares ermee instemde dat ze een blik wierpen op de auto die Mauricio Valls en zijn chauffeur, revolverheld en mogelijke verklikker, vermoedelijk voor de rit van Madrid naar Barcelona hadden gebruikt. Alicia had de conversatie gevolgd alsof ze naar een vaudeville zat te luisteren en genoot van de ervaren metriek en charme waarmee Vargas zijn collega inpalmde en een hoogdravend maar strikt inhoudsloos kletsuurtje ensceneerde.

'Voor de bakker,' concludeerde hij toen hij ophing.

'Weet u het zeker? Hebt u niet bedacht dat deze Linares misschien had willen weten dat u met mij komt?'

'Natuurlijk heb ik dat bedacht. Daarom heb ik het niet genoemd.'

'En wat gaat u zeggen wanneer ze me zien?'

'Dat we verloofd zijn. Ik weet het niet. Ik verzin vast wel iets.'

Voor het stadhuis namen ze een taxi, en ze vertrokken precies op het moment dat het verkeer op de Vía Layetana begon vast te lopen in de martelend trage gang van de vroege ochtend. Nadenkend staarde Vargas naar de voorbijtrekkende monumentale gevels die als schepen in de ochtendnevel opdoken. De taxichauffeur wierp geregeld via het achteruitkijkspiegeltje een vluchtige blik op ze en leek te speculeren over wat een vreemd stel dat was, maar toen werden zijn gissingen afgeleid door een radioprogramma van sportieve aard, waarin fel werd gedebatteerd over de vraag of de voetballiga al verloren was of dat het tegendeel waar was en er nog redenen waren om te blijven leven.

13

Ze noemden het Het Museum van de Tranen. Het reusachtige paviljoen verhief zich op een stuk niemandsland tussen de dierentuin en het strand. Eromheen strekte zich een wijk uit van fabrieken en hangars, waar de grote watertoren boven uitstak, een soort aan de hemel opgehangen cirkelvormige burcht. Het Museum van de Tranen was een relikwie, een ruïne, gered van de sloop waaraan bijna alle andere bouwwerken ten prooi waren gevallen die destijds voor de grote Wereldtentoonstelling van 1888 waren opgetrokken. Na jaren van verwaarlozing had het stadhuis het paviljoen toegewezen aan het hoofdbureau van politie, dat het als opslagplaats en catacombe in gebruik had genomen. Daar stapelden zich in een immens gerechtelijk depot de bescheiden op van vooronderzoeken, bewijsstukken en oorlogsbuit, in beslag genomen objecten, wapens en allerhande spullen, memorabilia en andere schatten uit decennia stof, schuld en straf van de stad Barcelona.

Het bouwwerk droeg eenzelfde soort overkapping als het nabijgelegen Estación de Francia. De platen lieten scherpe lichtstralen door, die het donker doorboorden en zich uitstortten over een wirwar van honderden meters lange gangen die hoger waren dan het leeuwendeel van de huizen in de wijk Ensanche. Een ingewikkeld systeem van trappen en loopplanken hing naar beneden als een spookachtige toneelmachine, via welke men zich toegang kon verschaffen tot de hogergelegen delen, waar de documenten en objecten opgeslagen lagen die vertelden over Barcelona's geheime geschiedenis sinds het einde van de negentiende eeuw. In die limbus waren allerhande artefacten gestrand, van koetsen en automobielen van voor de zondvloed, gebruikt bij misdaden, tot een encyclopedisch arsenaal van wapens en gifstoffen. Het gebouw bevatte voldoende tot de inventaris van onoplosbare vooronderzoeken behorende kunstwerken om meerdere musea mee te openen. Speciale roem onder de geleerden genoot een macabere collectie opgezette kadavers die was aangetroffen in de kelders van een grote villa in de wijk San Gervasio, van een magnaat die als steenrijk man uit de koloniën was teruggekeerd en die in zijn Cubaanse jaren van fortuin en glorie een passie had opgevat voor het jagen en folteren van slaven, en na wiens terugkeer talloze leden van het proletariaat dat de salons en cafés aan de Paralelo frequenteerde, spoorloos waren verdwenen.

Er was één complete galerij gewijd aan de opslag van flesjes met een gevarieerde fauna erin van permanente bewoners, die ronddreven in gelige formol. Verder beschikte het paleis over een formidabele collectie wapens: dolken, priemen en een eindeloze hoeveelheid snijgereedschappen die de geroutineerdste beul de haren te berge zouden doen rijzen. Een van de beroemdste afdelingen was het hermetisch afgesloten paviljoen – waartoe men zich slechts met de goedkeuring van de allerhoogste instanties toegang kon verschaffen – waar de in beslag genomen materialen en documentatie werden opgeborgen van misdaadonderzoeken en gevallen van religieuze en occulte natuur. Er werd gemonkeld dat dit archief pikante dossiers bevatte over leden van Barcelona's elite in relatie tot de zaak van de zogeheten Vampieresse van El Raval, evenals correspondentie en aktes gerelateerd aan het geval van de exorcismen van pastoor Cinto Verdaguer, die nooit aan het licht kwamen of zouden komen.

Het oponthoud in een dergelijke calamiteitengalerij pleegt in de bezoeker een duisternis op te roepen die in hem de wens doet postvatten zo snel mogelijk weer te verdwijnen om niet verstrikt te raken en vervolgens in de verzameling geïntegreerd te worden. Het Museum van de Tranen was geen uitzondering, en hoewel het in de politiedossiers bij de juiste naam werd genoemd, Sectie Dertien, hadden de reputatie en de huiveringwekkende opeenhoping van narigheid bijgedragen aan de bijnaam die iedereen kende.

Toen de taxi hen voor Sectie Dertien afzette, stond degene die was aangewezen als cerberus van de plek hen al op de drempel op te wachten met een sleutelbos aan de riem en een uiterlijk dat prijzen gewonnen zou hebben bij een wedstrijd tussen doodgravers.

'Dat moet Florencio zijn,' zei Vargas zachtjes voor hij het autoportier opende. 'Laat mij het woord maar doen.'

'Heel graag,' zei Alicia.

Ze stapten uit en Vargas stak zijn hand uit naar de bewaker.

'Goedendag. Juan Manuel Vargas, van het hoofdbureau. Ik heb een paar minuten geleden met Linares gesproken. Hij heeft gezegd dat hij u zou bellen om u te verwittigen van mijn komst.'

Florencio knikte.

'Kapitein Linares heeft me echter niet gezegd dat u met gezelschap zou komen.'

'Deze juffrouw is mijn nicht Margarita, die zo vriendelijk is geweest mijn gids en secretaresse te zijn deze dagen in Barcelona. Is u dat niet verteld?'

Florencio schudde zijn hoofd en richtte zijn blik op Alicia.

‘Margarita, zeg don Florencio goedendag; het is toch Florencio, nietwaar? De onbetwiste autoriteit van Sectie Dertien.’

Alicia deed een paar stappen naar voren en reikte hem verlegen haar hand. Florencio fronste zijn voorhoofd maar zei niets en begeleidde hen naar de hoofdingang en nodigde ze uit binnen te komen.

‘Werkt u hier al lang, Florencio?’ vroeg Vargas.

‘Een paar jaar. Daarvoor zat ik tien jaar bij bewaring.’

Vargas keek hem verward aan.

‘Lijken,’ verklaarde de ander. ‘Als u zo vriendelijk wilt zijn mij te volgen, wat u zoekt bevindt zich in paviljoen nummer 9. Ik heb het al voor u klaargezet.’

Wat er aan de buitenkant uitzag als een groot, verlaten treinstation, ontpopte zich vanbinnen tot een enorme basiliek die verdween in het oneindige. De elektrische verlichting bestond uit een guirlande van opgehangen gloeilampjes, die het halfduister een goudkleurige gloed verleenden. Florencio ging hun voor langs talloze galerijen met allerhande gerei, kisten en hutkoffers. Alicia ving onderweg een glimp op van een collectie opgezette dieren, een bataljon etalagepoppen en al het denkbare ertussenin: meubels, fietsen, wapens, schilderijen, religieuze standbeelden. Er was zelfs een spookachtige ruimte met alleen maar kermisautomaten.

Florencio moest gemerkt hebben met wat voor verbijsterde blik Alicia de sfeer van de plek in zich opnam. Hij liep naar haar toe en wees op iets wat eruitzag als een kermistent.

‘U zult niet geloven wat we hier allemaal hebben. Er zijn dagen dat ik het zelf niet eens geloof.’

Hoe verder ze binnendrongen in het netwerk van gangen, hoe duidelijker ze een vreemde litanie van dierengeluiden opvingen. Heel even dacht Alicia dat ze zich door een oerwoud waagden met tropische vogels en katachtigen op de loer. Florencio was verrukt van de verbijstering op hun gezichten en een kinderlijk gegiechel ontsnapte hem.

‘Nee, u bent niet gek geworden, hoewel deze plek aan alle vereisten voldoet om iemand de oriëntatie te laten verliezen zonder het zelfs maar door te hebben,’ legde hij uit. ‘Dat komt door de dierentuin die precies hierachter ligt. Je hoort hier van alles. Olifanten, leeuwen en kaketoes. ’s Nachts beginnen de panters te janken en gaan je nekharen rechtovereind staan. Maar het ergst zijn de apinnen. Net als mensen, maar dan zonder het slechte toneel. Hierlangs, alstublieft. We zijn er bijna.'

De auto was afgedekt met een dun dekzeil dat de contouren liet zien. Met ervaren hand trok Florencio het weg en vouwde het op. Hij had al een paar sterke lampen op driepoten klaargezet aan beide kanten van de wagen. Eenmaal verbonden met een verlengsnoer dat uit het verlichtingsnetwerk hing, projecteerden ze twee potente gele lichtbundels, die de auto veranderden in een sculptuur van glinsterend metaal. Tevreden met het resultaat van zijn enscenering opende Florencio de vier portieren van de wagen en trok zich met een buiging een paar passen terug.

'Daar hebt u hem,' zei hij.

'Hebt u het expertiserapport bij de hand?' vroeg Vargas.

Florencio knikte.

'Ligt in het kantoor. Ik haal het onmiddellijk voor u.'

De bewaker vertrok ijlings, op zoek naar het rapport, bijna een handbreedte leviterend boven de vloer.

'U doet de passagierskant,' beval Vargas.

'Ja, lieve oom.'

Als eerste viel haar de geur op. Ze keek op naar Vargas, die knikte.

'Kruit,' zei hij.

De politieman wees op de donkere bloedvlekken waarmee de passagiersstoel bezaaid was.

'Dat is weinig bloed voor een kogelwond,' schatte Alicia. 'Mogelijk een schampschot.'

Vargas schudde langzaam zijn hoofd.

'Een schot in de auto zou een uitschotopening hebben veroorzaakt en de kogel zou in de carrosserie terecht zijn gekomen, in een van de stoelen. Zo weinig bloed komt vermoedelijk van een andere wond, misschien van een steekwapen. Of een klap.'

Vargas betastte de krans van kleine gaatjes in de stoelleuning.

'Schroeisporen,' mompelde hij. 'Het schot ging van binnen naar buiten.'

Alicia stond op en draaide aan de hendel van het raampje. Daarbij kwam alleen een frame van scherpe glazen zijden tevoorschijn. Naast het raampje waren verpulverde glasfragmenten te zien.

'Ziet u?'

Een paar minuten lang onderzochten ze zwijgend de auto van boven tot onder. De lokale politie had het vehikel grondig uitgekamd en amper iets van belang voor ze achtergelaten, op een pak oude wegenkaarten na in het handschoenenvak en een spiraalschrift zonder kaften. Alicia bladerde erdoorheen.

'Staat er iets in?' vroeg Vargas.

'Lege pagina's.'

Florencio, die op kousenvoeten was teruggekeerd met het expertiserapport, observeerde ze vanuit het halfduister.

'Brandschoon, nietwaar?' zei hij.

'Was er iets in de auto te vinden toen ze hem hier brachten?'

Florencio reikte hun het rapport aan.

'Nee, hij was al zo toen hij werd gebracht.'

Vargas pakte het rapport aan en begon de inventaris van de beschreven artikelen langs te lopen.

'Is dat normaal?' informeerde Alicia.

'Pardon?' vroeg Florencio bereidwillig.

'Ik vroeg of het normaal is dat de auto niet hier is onderzocht.'

'Dat hangt ervan af. Normaal gesproken vindt er een eerste inspectie plaats op de plaats delict en daarna nog een grondige hier.'

'En is die er geweest?'

'Niet dat ik weet.'

'Hier in het rapport staat dat de auto is gevonden op de Carretera de las Aguas. Is dat een veelgebruikte weg?' wilde Vargas weten.

'Nee. Het is meer een ongeasfalteerde weg van enkele kilometers die langs de heuvelflank loopt,' zei Florencio. 'Strikt genomen is er geen weg en geen water, ook al heet het daar Carretera de las Aguas.'

De uitleg werd aan Vargas gegeven, maar Florencio knipoogde naar Alicia terwijl hij het zei. Ze schonk hem een ironisch glimlachje.

'De onderzoekers denken dat de auto a posteriori is achtergelaten, en dat het incident ergens anders plaatsvond,' voegde Florencio eraan toe.

'Enig idee?'

'Ze vonden resten van fijn grind in de bandenprofielen. Kalksteen. Niet van hetzelfde soort als waarmee de Carretera de las Aguas bedekt is.'

'Wat betekent dat?'

'Als u het de onderzoekers vraagt, zullen ze zeggen dat dat grind op tientallen plekken te vinden is.'

'En als we het u vragen, Florencio?' vroeg Alicia.

'Een als tuin aangelegd stuk terrein. Misschien een park. Mogelijk het terras van een particuliere woning.'

Vargas wees op het rapport.

'Ik zie dat u tweeën de zaak al hebt opgelost,' onderbrak Vargas hem, 'maar als het niet te veel gevraagd is, zouden we een kopie kunnen krijgen?'

'Dit is al een kopie, die kunt u houden. Nog iets wat ik voor u kan doen?'

'Als u zo vriendelijk zou willen zijn om een taxi te bellen.'

14

Eenmaal in de auto zei Vargas nog steeds geen stom woord en hield zijn blik gericht op het raampje, zodat zijn slechte humeur geleidelijk aan de lucht vergiftigde. Alicia klopte hem zachtjes op de knie.

'Kijkt u toch wat opgewekter, we gaan naar Casa Leopoldo.'

'Ze laten ons onze tijd verknoeien,' mopperde Vargas.

'En dat verbaast u?'

Hij keek haar woedend aan. Alicia glimlachte kalmpjes.

'Welkom in Barcelona.'

'Ik weet niet wat u er zo grappig aan vindt.'

Alicia knipte haar handtas open en haalde het notitieblok eruit dat ze in Valls' auto had gevonden. Vargas zuchtte.

'Zegt u mij dat dit niet is wat ik denk dat het is.'

'Begint u al een beetje trek te krijgen?'

'Zonder in de riedel te vervallen dat bewijzen in een vooronderzoek achteroverdrukken op zichzelf al een ernstige fout is, is alles wat ik zie een leeg notitieschrift.'

Alicia stak haar vingernagel tussen de ringetjes van de metalen spiraal en haalde er een paar snippers papier uit die ertussen waren blijven zitten.

'En?'

'Uitgescheurde bladzijden,' zei ze.

'Ongetwijfeld van groot nut.'

Alicia drukte het bovenste blaadje van het schrift plat tegen het taxiraampje. In het tegenlicht van de zon tekenden zich de vormen van een handschrift af op het papier. Vargas boog zich naar voren en kneep zijn ogen tot spleetjes.

'Getallen?'

Alicia knikte.

'Er zijn twee kolommen. De eerste wordt gevormd door groepen van getallen en letters. De tweede alleen door getallen. Groepen van vijf tot zeven cijfers. Kijkt u goed.'

'Ik zie het. En?'

'De getallen zijn opeenvolgend. Ze beginnen bij veertigduizend driehonderd-nog-wat en eindigen bij veertigduizend vierhonderdzeven of -acht.'

Vargas' ogen lichtten op, hoewel er nog steeds een zweem van twijfel op zijn gezicht lag.

'Het zou van alles kunnen zijn,' zei hij.

'Mercedes, Valls' dochter, herinnerde zich dat haar vader op de avond voor zijn verdwijning tegen zijn lijfwacht iets had gezegd over een lijst, een lijst met getallen...'

'Ik weet het niet, Alicia. Hoogstwaarschijnlijk is het niets.'

'Misschien. Hoe zit het met uw trek?'

Eindelijk glimlachte hij, overtroefd.

'Als u nu eens betaalt, dan heb ik wel trek.'

Het bezoek aan Het Museum van de Tranen en de belofte – die mogelijk niets anders bleef dan een vurig verlangen – dat die onwaarschijnlijke aanwijzing, gevonden als afdruk op een blanco blaadje, hen op een spoor zou kunnen zetten, hadden Alicia's humeur enorm opgekikkerd. Een nieuw spoor ruiken was altijd een geheim genoegen, 'het parfum van de toekomst', zoals Leandro het graag noemde. Haar goede humeur verwarrend met trek, trad ze het menu van Casa Leopoldo op kozakkenwijze tegemoet en bestelde voor hen beiden en nog twee. Vargas liet haar begaan zonder een kik te geven en toen de parade van heerlijke gerechten maar doorging en Alicia zich er met moeite doorheen sloeg, schudde de politieman slechts zijn hoofd en liet zich zijn portie en nog een paar andere goed smaken.

'Ook wat eten betreft zijn we een uitstekend team,' zei hij terwijl hij een wonderbaarlijk goed smakende ossenstaart soldaat maakte. ‘U bestelt en ik eet.’

Grijnzend nibbelde Alicia als een vogeltje aan haar gerecht.

‘Ik wil geen spelbederver zijn, maar maakt u zich niet te veel illusies,’ ging Vargas verder. ‘Misschien zijn die getallen niets anders dan verwijzingen naar reserveonderdelen die de chauffeur had, of Joost mag weten wat.’

‘Dat zijn wel heel veel reserveonderdelen. Hoe smaakt de ossenstaart?’

‘Fantastisch. Als een die ik in de lente van 1949 in Córdoba at en waar ik nog steeds van droom.’

‘Alleen of in gezelschap?’

‘Bent u onderzoek naar mij aan het doen, Alicia?’

‘Pure nieuwsgierigheid. Hebt u familie?’

‘Iedereen heeft familie.’

‘Ik niet,’ zei ze om hem de pas af te snijden.

‘Excuus, ik...’

‘Er is niets om excuses voor aan te bieden. Wat heeft Leandro u over mij verteld?’

Vargas leek verrast door de vraag.

‘Iets zal hij hebben gezegd. Of iets zult u hebben gevraagd.’

‘Ik vroeg hem niks. En hij vertelde nauwelijks iets.’

Alicia glimlachte koeltjes.

‘Onder ons. Vooruit. Wat heeft hij u verteld?’

‘Ziet u, Alicia, het spel dat u beiden met elkaar speelt, gaat mij niet aan.’

‘Ah, dan heeft hij u meer verteld dan u toegeeft.’

Geïrriteerd keek Vargas haar aan.

‘Hij zei dat u bent wees. Dat u uw ouders verloor in de oorlog.’

‘Wat nog meer?’

‘Dat u een kwetsuur hebt die u chronische pijn bezorgt. En dat dat van invloed is op uw karakter.’

‘Op mijn karakter.’

‘Laten we erover ophouden.’

‘Wat nog meer?’

‘Dat u een solitaire persoon bent en problemen hebt met het aangaan van emotionele banden.’

Alicia lachte lusteloos.

‘Zei hij dat? Met die woorden?’

‘Ik herinner het me niet precies. Kunnen we van onderwerp veranderen?’

‘Goed dan. Laten we het over mijn emotionele banden hebben.’

Vargas rolde met zijn ogen.

‘Denkt u dat ik problemen heb met het aangaan van emotionele banden?’

‘Ik weet het niet en het gaat me niet aan ook.’

‘Zo’n zin, zo vol clichés, zou Leandro nooit uitspreken. Je zou haast denken dat zo’n zin uit de probleemrubriek van een damesblad gehaald is.’

‘Dan moet ík het zijn geweest, ik heb diverse abonnementen.’

‘Wat zei hij precies?’

‘Waarom doet u zichzelf dit aan, Alicia?’

‘Doe ik mij wat aan?’

‘Uzelf kwellen.’

‘Ziet u mij zo? Als een martelares?’

Vargas keek haar zwijgend aan en maakte ten slotte een ontkennend gebaar.

‘Wat heeft Leandro gezegd? Ik beloof u dat ik niet verder zal vragen als u me de waarheid vertelt.’

Vargas overwoog de alternatieven.

‘Hij zei dat u niet gelooft dat iemand van u kan houden, omdat u niet van uzelf houdt en denkt dat niemand ooit van u heeft gehouden. En dat u dat de wereld niet vergeeft.’

Alicia sloeg haar ogen neer en forceerde een klein lachje. Vargas zag dat haar ogen glazig werden en hij schraapte zijn keel.

‘Ik meende dat ik u iets over mijn familie moest vertellen,’ waagde hij te zeggen.

Alicia haalde haar schouders op.

‘Mijn ouders kwamen uit een dorpje van…’

‘Ik bedoelde of u een vrouw en kinderen had,’ onderbrak ze hem.

Vargas keek haar aan, zijn ogen leeg en uitdrukkingsloos.

‘Nee,’ zei hij na een pauze.

‘Ik wilde u niet krenken. Mijn excuses.’

Vargas glimlachte ongeamuseerd.

‘U krenkt me niet. En u?’

'Of ik een vrouw en kinderen heb?' vroeg Alicia.
'Of wat dan ook.'
'Ik ben bang van niet,' antwoordde ze.
Vargas hief zijn glas bij wijze van toost.
'Op ons solitaire zielen.'
Alicia pakte het hare en tikte ermee tegen dat van Vargas, maar ontweek zijn blik.
'Leandro is een dwaas,' zei hij na een tijdje.
Alicia schudde langzaam haar hoofd.
'Nee. Hij is simpelweg wreed.'
De rest van de maaltijd viel er geen woord meer.

15

Valls wordt wakker in het donker. Het lichaam van Vicente ligt er niet meer. Martín moet het hebben weggehaald terwijl hij sliep. Alleen zo'n schoft als hij kon op het idee komen hem met een lijk op te sluiten. Een kleverige vlek markeert de plek waar men hem had neergezet. In plaats daarvan ligt er nu een stapeltje oude, maar droge kleren en er staat een emmertje water. Het smaakt metalig en het ruikt vies, hoewel het Valls, zodra hij zijn lippen ermee heeft bevochtigd en een slok kan drinken, het verrukkelijkste lijkt wat hij in zijn hele leven heeft geproefd. Hij drinkt tot hij de dorst waarvan hij dacht dat die onstilbaar was, gelest heeft, tot maag en keel hem pijn doen. Daarna ontdoet hij zich van de bebloede, smerige lompen die hij draagt en trekt een paar van de kledingstukken aan uit het stapeltje. Ze ruiken naar stof en desinfecteermiddel. De pijn in zijn rechterhand is ingesluimerd en in plaats daarvan voelt hij een dof pulseren. Aanvankelijk durft hij het niet aan om zijn hand te bekijken, maar als hij het ten slotte toch doet, ziet hij hoe de zwarte vlek groter is geworden en tot aan zijn pols komt, alsof hij haar in een emmer teer heeft gedoopt. Hij kan de infectie ruiken en voelt hoe zijn eigen lichaam levend aan het wegrotten is.
'Het is koudvuur,' zegt een stem in de duisternis.
Zijn hart slaat een slag over en Valls draait zich om en ziet zijn gevangenbewaarder onder aan de trap zitten. Valls vraagt zich af hoe lang hij daar al zit en hem gadeslaat.

‘Je zult je hand verliezen. Of je leven. Dat hangt helemaal van jou af.’

‘Helpt u mij, alstublieft. Ik zal u geven wat u vraagt.’

De gevangenbewaarder bekijkt hem onbewogen.

‘Hoe lang ben ik hier al?’

‘Niet lang.’

‘Werkt u voor Martín? Waar is hij? Waarom bezoekt hij me niet?’

De cipier staat op. Het spoortje licht dat van bovenaf naar binnen filtert glijdt over zijn gezicht. Nu kan Valls het masker heel duidelijk zien, een stuk porselein dat zijn halve gezicht bedekt. Het is huidkleurig geverfd. Het oog is altijd open en knippert niet. De gevangenbewaarder loopt naar de tralies zodat hij hem goed kan zien.

‘Je herinnert het je niet, hè?’

Valls schudt langzaam zijn hoofd.

‘Dat komt nog wel, we hebben immers de tijd.’

Hij draait zich om en als hij de trap op wil lopen, steekt Valls zijn linkerhand door de tralies in een smekend gebaar. De cipier staat stil.

‘Alstublieft,’ verzoekt Valls hem dringend. ‘Ik heb een arts nodig.’

De cipier haalt een pakje uit zijn jaszak en gooit het de cel in.

‘Besluit jij maar of je wilt leven of stukje bij beetje wilt wegrotten, zoals jij destijds zoveel onschuldigen hebt laten wegrotten.’

Voor hij vertrekt steekt hij een kaars aan en zet hem in een kleine, in de wand gekrabde holte, een soort nis in de muur.

‘Alstublieft, gaat u niet weg.’

Valls hoort hoe de voetstappen wegsterven en de deur dichtvalt. Dan knielt hij neer om het pakje in bruin pakpapier op te pakken. Hij opent het met zijn linkerhand. Aanvankelijk kan hij niet herkennen wat het is. Pas als hij het object in de hand neemt en bij het kaarslicht houdt, ziet hij het. Het is een meubelmakerszaag.

16

Barcelona, moeder aller labyrinten, herbergt in het allerdonkerste deel van haar hart een wirwar van in een rif van huidige en toekomstige ruïnes met elkaar verbonden steegjes, waarin onverschrokken reizigers en allerhande afgedwaalde geesten in de val lopen in een stadsdeel dat een naïeve cartograaf bij gebrek aan een exactere verwijzing El Raval heeft gedoopt. Bij het verlaten van Casa Leopoldo werden ze vergast op de duistere weelderigheid van straatjes waarin het wemelde van de krotten, bordelen, bazaartjes en winkeltjes waar scharrelaars allerhande artikelen aanboden, op de kop getikt onder de radar van de legaliteit.

Het eetgelag had Vargas een lichte hik opgeleverd, die hij probeerde de baas te worden door te snuiven en zichzelf op de borst te slaan.

'Dat gebeurt er nu met een slokop,' oordeelde Alicia.

'U hebt wel lef. Eerst propt u me vol en daarna steekt u er de draak mee.'

Een meisje uit het nachtleven, met rondborstige charmes, bekeek hen met strikt commerciële belangstelling vanuit een portiek, waarachter een transistorradio de Catalaanse rumba in zijn complete multiraciale glans voortbracht.

'Een siëstaatje à trois met uw magere dame en een echte vrouw, mijn liefje?' stelde de dame van de schemering voor.

Enigszins geschrokken weigerde Vargas, en hij begon sneller te lopen. Alicia volgde hem grinnikend en wisselde een blik met de struise vrouw in het portiek, die haar schouders ophaalde toen ze de buit ervandoor zag gaan en Alicia van top tot teen opnam alsof ze zich afvroeg of dat het was wat onder heren met elegant schoeisel nu in de mode was.

'Deze wijk is een sociale ramp,' zei Vargas.

'Wilt u dat ik u een poosje alleen laat om het op te lossen?' vroeg Alicia. 'Ik geloof dat u er net een vriendin bij hebt gekregen die in een oogwenk die hik bij u weghaalt.'

'Irriteert u mij niet, ik sta op het punt te ontploffen.'

'Wilt u een dessert?'

'Een loep. Op industriële schaal, indien mogelijk.'

'Ik dacht dat u geen vertrouwen had in die getallen.'

'Een mens gelooft waarin hij kan geloven, niet waarin hij wil. Tenzij het om een idioot gaat, dan is het precies omgekeerd.'

'Ik wist niet dat indigestie u filosofisch maakte.'

'Er is veel wat u niet weet, Alicia.'

'Daarom leer ik er graag elke dag wat nieuws bij.'

Alicia gaf hem een arm.
'Maakt u zich geen illusies,' waarschuwde Vargas.
'Dat hebt u me al eerder gezegd.'
'En het is het beste advies dat men op deze wereld iemand kan geven.'
'Wat een treurige gedachte, Vargas.'
Hij keek haar aan en Alicia zag in zijn ogen dat hij het meende. De glimlach verdween van haar gezicht en spontaan ging ze op haar tenen staan en drukte een kus op zijn wang. Het was een kuise kus, teer en vriendschappelijk, een kus die niets verwachtte en nog minder eiste.
'Dat moet u niet doen,' zei Vargas, en hij marcheerde weg.
Alicia zag dat het hoertje van het portiek haar nog steeds gadesloeg en die scène had gezien. Ze keken elkaar kort aan en de oudgediende schudde met een bitter lachje haar hoofd.

17

In de loop van de middag had laaghangende bewolking de hemel versluierd, een groenig licht doorlatend dat El Raval de aanblik verleende van een in een moeras gezonken gehucht. Ze sloegen de Calle Hospital in op weg naar de Ramblas, waar Alicia Vargas tussen de menigte door naar het Plaza Real leidde.
'Waar gaan we heen?' vroeg hij.
'Op zoek naar de loep waar u het over had.'
Ze staken het plein over naar de bogengalerij die het plein omzoomde. Daar bleef Alicia staan bij de etalage van een winkel met een glazen deur, waar binnen een klein oerwoud te zien was aan wilde dieren, die bevroren leken te zijn in een moment van razernij en de eeuwigheid aanschouwden door glazen ogen. Vargas keek omhoog naar het uithangbord boven de deur en daarna naar de in de glazen deur gegraveerde tekst:

MUSEUM
Weduwe van L. Soler Pujol
Telefoonnummer 40 44 51

'En wat mag dit betekenen?'

'De mensen noemen het wel het dierenmuseum, maar eigenlijk is het het lokaal van een taxidermist.'

Toen ze naar binnen gingen, viel Vargas meteen de rijkdom van de collectie opgezette dieren op. Tijgers, vogels, wolven, apen en een keur aan exotische diersoorten bevolkten dat geïmproviseerde natuurwetenschappelijk museum, dat iedere onderzoeker van de exotische fauna op alle vijf de continenten het grootste genoegen zou hebben bereid – of de ergste nachtmerries. Vargas wandelde langzaam langs de vitrines en bewonderde het vakmanschap waarmee al die exemplaren waren opgezet.

'Nu bent u wel van de hik af,' zei Alicia.

Ze hoorden voetstappen achter zich, draaiden zich om en zagen een dametje dun als een potlood, dat naar hen keek met de handen in elkaar gevouwen voor de borst. Vargas bedacht dat ze het uiterlijk en de blik had van een bidsprinkhaan.

'Goedemiddag. Wat kan ik voor u doen?'

'Goedemiddag, ik zou graag Matías willen spreken, als het mogelijk is,' antwoordde Alicia.

De bidsprinkhaan verdubbelde de dosis argwaan in haar blik.

'Met welke reden?'

'Een technisch advies.'

'En mag ik vragen wie naar hem vraagt?'

'Alicia Gris.'

De bidsprinkhaan monsterde hen beiden nauwgezet, trok een afkeurend snuitje en liep in alle rust naar de achterkamer.

'U onthult mij een buitengewoon gastvrij Barcelona,' fluisterde Vargas. 'Ik denk dat ik ga verhuizen.'

'Zijn er niet voldoende opgezette topstukken in de hoofdstad?'

'Was dat maar zo. Veel levende, dat wel. Wie is die Matías? Een voormalig vriendje?'

'Aspirant.'

'Zwaargewicht?'

'Meer vedergewicht. Matías is een van de vakmensen van het huis. Hier hebben ze de beste loepen van de stad en Matías heeft de beste ogen.'

'En dat fantasiewezen?'

'Ik geloof dat ze Serafina heet. Jaren geleden was ze zijn verloofde. Ze zal nu wel zijn vrouw zijn.'

'Een dezer dagen zet hij haar wellicht op en zet haar op die plank, naast de leeuwen, om het horrormuseum...'

'Alicia!' klonk de stem van Matías euforisch.

De taxidermist ontving hen met een warme lach. Matías was een kleine man met nerveuze gebaren, gehuld in een witte laboratoriumjas, en hij droeg een bril met ronde glazen die zijn ogen groter maakten en hem een enigszins komisch aanzien gaven.

'Dat is lang geleden,' zei hij, zichtbaar opgewonden bij dit weerzien. 'Ik dacht dat je niet meer in Barcelona woonde. Wanneer ben je teruggekomen?'

Half verborgen achter het gordijn naar de achterkamer hield Serafina toezicht, haar ogen zwart als teer en met een weinig toeschietelijke gezichtsuitdrukking.

'Matías, dit is mijn collega, don Juan Manuel Vargas.'

Matías schudde hem de hand, terwijl hij hem tegelijkertijd opnam.

'U hebt hier een indrukwekkende verzameling, don Matías.'

'O, de meeste stukken zijn van de heer Soler, de oprichter van het huis. Mijn leermeester.'

'Matías is heel bescheiden,' zei Alicia tegen Vargas. 'Vertel hem over die stier.'

De taxidermist schudde afwerend het hoofd.

'U gaat me toch niet vertellen dat u ook vechtstieren opzet?' vroeg Vargas.

'Voor Matías is geen enkele opdracht onmogelijk,' zei Alicia. 'Een paar jaar geleden kwam hier een beroemde matador bij hem met de opdracht om een beest van meer dan vijfhonderd kilo op te zetten dat hij diezelfde middag in arena Monumental had bevochten, om het cadeau te doen aan een filmster op wie hij reddeloos verliefd was. Was het niet Ava Gardner, Matías?'

'De dingen die we voor vrouwen doen, nietwaar?' zei Matías, die evident niet op het onderwerp wilde ingaan.

Serafina kuchte dreigend vanaf haar post en Matías ging in de houding staan en verloor zijn glimlach.

'En wat kan ik voor u doen? Hebt u een schoothondje dat onsterfelijk gemaakt moet worden? Gezelschapsdieren of jachtbuit?'

'Eigenlijk hebben we een wat ongebruikelijk verzoek,' begon Alicia.

'Ongebruikelijk is hier gebruikelijk. Een paar maanden geleden stapte don Salvador Dalí in hoogsteigen persoon over de drempel om te vragen of we tweehonderdduizend mieren konden opzetten. Geen grapje. Toen ik zei dat ik dat niet mogelijk achtte, bood hij aan mijn Serafina te portretteren op een altaarbeeld met insecten en kardinalen. De invallen van een genie. U ziet dat we ons hier niet vervelen.'

Alicia haalde het velletje papier uit het schrift uit haar handtas en vouwde het open.

'Wat we je wilden vragen, is of je ons met jouw loepen kunt helpen om de tekst te ontcijferen waarvan de afdrukken op deze kant van de pagina zijn achtergebleven.'

Behoedzaam pakte Matías het velletje aan en bestudeerde het in het tegenlicht.

'Alicia altijd met haar mysteries, hè? Komt u verder naar de werkplaats. Eens kijken wat we kunnen doen.'

De werkplaats was een kleine alchemie- en wondergrot. Aan het plafond hing aan metalen kabels een ingewikkelde constructie van lenzen en lampen. De wanden waren uitgerust met vitrines, waarin talloze flesjes met chemische oplossingen stonden. Grote okerkleurige platen uit anatomische atlassen flankeerden de kamer en boden zicht op ingewanden, skeletten en spierstelsels van wezens van allerlei pluimage. Twee grote marmeren platen domineerden het midden van de ruimte, die eruitzag als een operatiezaal voor buitenaardse wezens; ernaast stond een tafeltje bedekt met een karmijnrode doek, met daarop de extravagantste verzameling chirurgische instrumenten die Vargas ooit had gezien.

'Let u niet op de geur,' waarschuwde de taxidermist. 'Na een paar minuten went u eraan en ruikt u het niet eens meer.'

Dat betwijfelde Alicia, maar ze wilde Matías niet tegenspreken, dus ging ze zitten op de aangeboden stoel en glimlachte warm, zich zeer bewust van het verlangen in de blik van haar voormalige bewonderaar.

'Serafina gaat hier nooit naar binnen. Ze zegt dat het er naar de dood ruikt. Maar voor mij is het ontspannend. Hier zie je dingen zoals ze zijn, zonder illusies of omhullingen.'

Hij legde het vel papier op een glasplaat. Met een regelaar naast de grote marmeren tafel dimde hij het licht tot niet meer dan een spoortje, en hij deed een paar lampen aan die aan het plafond hingen. Toen trok hij aan een stang aan katrollen en bracht zo een stel door scharnierarmen met elkaar verbonden loepen naar zich toe.

'Je hebt nooit afscheid genomen,' zei hij zonder van zijn werk op te kijken. 'Ik moest er via de conciërge achter komen. Jesusa.'

'Het was allemaal een beetje op stel en sprong.'

'Aha…'

Matías plaatste de glasplaat tussen een van de lampen en een vergrootglas. De lichtbundel toonde de afdrukken van de tekens op het vel.

'Getallen,' zei hij.

Hij verstelde de hoek van de loep en bestudeerde het vel opnieuw zeer zorgvuldig.

'Ik zou een contrastmiddel kunnen toevoegen aan het papier, maar dat zou het zeker beschadigen, en misschien zijn we dan een deel van de cijfers kwijt.'

Vargas liep naar het bureau in de hoek van de werkplaats en pakte een paar blaadjes papier en een potlood.

'Staat u mij toe?' vroeg hij.

'Vanzelfsprekend. Doet u alstublieft of u thuis bent.'

Vargas boog zich over de tafel, fixeerde de lens en begon de getallenreeksen te kopiëren.

'Het lijken serienummers,' zei Matías.

'Waarom zeg je dat?' wilde Alicia weten.

'Ze volgen hetzelfde patroon. Als je kijkt naar de eerste drie cijfers van de linkerkolom, dan lijken ze een serie te vormen. Ook de rest vormt een reeks. De laatste twee cijfers veranderen alleen bij elk derde of vierde getal.'

Matías keek hen ironisch aan.

'Ik neem aan dat het geen zin heeft te vragen waar u zich mee bezighoudt, hè?'

'Ik ben maar een loopjongen,' zei Vargas, die ijverig verderging met getallen kopiëren.

Matías knikte en keek naar Alicia.

'Ik had je graag een uitnodiging voor de bruiloft gestuurd, maar ik wist niet waarnaartoe.'

'Het spijt me, Matías.'

'Niet belangrijk verder. De tijd heelt alle wonden, nietwaar?'

'Dat zeggen ze.'

'En gaat het goed met jou?'

'In de zevende hemel.'

Matías lachte.

'De Alicia van altijd.'

'Helaas. Ik hoop dat Serafina het niet erg vindt dat ik hiernaartoe ben gekomen.'

Matías zuchtte.

'Nu ja. Ik denk dat ze een idee heeft van wie jij bent. Het zal me vanavond bij het eten een paar onaangename minuten kosten, maar verder niet. Serafina lijkt een beetje stug wanneer je haar niet goed kent, maar ze heeft een goed hart.'

'Ik ben blij dat je iemand hebt gevonden die jou verdient.'

Matías keek haar in de ogen zonder iets te zeggen. Vargas had geprobeerd geen acht te slaan op het op halfluide toon gevoerde gesprek en speelde de rol van versteende gast die getallen op een blaadje schrijft en amper durft adem te halen. De taxidermist draaide zich naar hem toe.

'Hebt u alles?' informeerde hij.

'Ik ben bijna klaar.'

'Misschien kunnen we het vel op een folie monteren en in de projector plaatsen.'

'Ik geloof dat ik het wel zo'n beetje heb,' zei Vargas.

Alicia stond op uit haar stoel en liep doelloos door de ruimte, instrumenten bestuderend alsof ze door de gangen van een museum wandelde. Matías bekeek haar van een afstandje en sloeg toen zijn ogen neer.

'Kent u elkaar al lang?' vroeg hij.

'Een paar dagen pas. We werken samen aan een administratieve zaak, dat is alles,' zei Vargas.

'Wel een echte persoonlijkheid, hè?'

'Pardon?'

'Alicia.'
'Ze heeft zo haar eigenaardigheden, ja.'
'Gebruikt ze het harnas nog?'
'Harnas?'
'Dat heb ik voor haar gemaakt, weet u. Op maat. Een meesterwerk, al zeg ik het zelf. Ik heb er walvisbeen voor gebruikt en stroken wolfraam. Het is wat we noemen een exoskelet. Zo fijn, licht en soepel dat het bijna als een tweede huid werkt. Vandaag heeft ze het niet om. Dat zie ik aan hoe ze beweegt. Herinnert u haar eraan dat ze het moet dragen. Voor haar eigen bestwil.'
Vargas knikte alsof het zonneklaar voor hem was waar de taxidermist het over had en noteerde de laatste cijfers.
'Dank, Matías. U bent ons zeer behulpzaam geweest.'
'Daar zijn we voor.'
Vargas ging rechtop staan en schraapte zijn keel. Alicia draaide zich om en ze wisselden een blik. Vargas knikte. Ze liep naar Matías en schonk hem een glimlach waarvan Vargas dacht dat die pijn moest doen als een dolksteek.
'Goed,' zei Matías gespannen. 'Ik hoop dat er niet weer jaren voorbijgaan voor we elkaar weer zien.'
'Ik hoop het ook niet.'
Ze omhelsde hem en fluisterde hem wat in het oor. Matías knikte, maar zijn armen hingen slap langs zijn zij en hij legde ze niet om haar middel. Daarna draaide ze zich naar de uitgang zonder nog iets te zeggen. Matías wachtte tot hij haar naar buiten hoorde gaan en draaide zich toen pas om. Vargas gaf hem een hand.
'Zorgt u goed voor haar, Vargas, want zelf zal ze het niet doen.'
'Ik zal het proberen.'
Matías glimlachte krachteloos en knikte, een man die jong leek tot je hem in de ogen keek en daar een door droefheid en wroeging oud geworden ziel zag.
Toen Vargas door de winkel liep met de poserende dieren in het halfduister kwam Serafina op hem af. Haar ogen spoten vuur en haar lippen trilden.
'Brengt u haar nooit meer hier.'
Vargas liep naar buiten en zag Alicia geleund tegen de rand van

de fontein staan, haar rechterheup wrijvend met een van pijn vertrokken gezicht. Hij ging naast haar staan.

'Waarom gaat u niet naar huis om wat uit te rusten? Morgen is er weer een dag.'

Een blik was voldoende en hij bood haar een sigaret aan, die ze in stilte deelden.

'Denkt u dat ik een slecht mens ben?' vroeg ze ten slotte.

Vargas stond op en bood haar zijn arm.

'Kom, leunt u op mij.'

Alicia nam zijn arm en zo, hinkend en elke tien of vijftien meter stoppend, kwamen ze bij het portiek van haar huis. Toen ze probeerde de sleutels uit haar tas te halen, vielen ze op de grond. Vargas raapte ze op, deed de deur open en hielp haar naar binnen. Kreunend leunde ze tegen de muur. Hij inspecteerde de trappen, nam haar toen zonder een woord te zeggen in zijn armen en droeg haar naar boven.

Toen ze bij de zolderverdieping aankwamen, was Alicia's gezicht nat van pijn- en woedetranen. Vargas bracht haar naar de slaapkamer en vlijde haar voorzichtig op het bed. Vervolgens trok hij haar schoenen uit en dekte haar toe. Een stopflesje pillen stond op het nachtkastje.

'Eén of twee?' vroeg hij.

'Twee.'

'Zeker weten?'

Hij gaf haar de pillen met een glas water uit de karaf op de commode. Ze slikte het medicijn en ademde met horten en stoten. Vargas pakte haar hand en wachtte tot ze wat kalmeerde. Ze keek hem aan met rode ogen en een betraand gezicht.

'Laat u me alstublieft niet alleen.'

'Ik ga nergens heen.'

Alicia probeerde te glimlachen. Hij deed het licht uit.

'Rust nu maar uit.'

In het halfdonker hield hij haar hand vast; hij hoorde aan hoe ze haar tranen wegslikte en rilde van de pijn, tot een halfuur later haar greep verslapte en ze weggleed in een staat tussen delirium en slaap. Ze murmelde woorden zonder enig verband, toen sliep ze langzaam in of verloor het bewustzijn. De avondschemering drong door het venster naar binnen en belichtte haar gezicht op het kussen. Een ogenblik dacht Vargas dat ze eruitzag alsof ze dood was en hij voelde haar pols. Hij vroeg zich af of die tranen werden veroorzaakt door de verwonding aan haar heup of uit grotere diepte stamden.

Na een poosje overmande de vermoeidheid ook hem, en hij trok zich terug in de eetkamer om zich daar op de bank uit te strekken. Hij sloot zijn ogen en ademde Alicia's parfum in dat in de lucht hing.

'Ik geloof niet dat u een slechte persoon bent.' Hij betrapte zichzelf erop dat hij voor zich uit mompelde. 'Maar soms jaagt u me angst aan.'

18

Het was na middernacht toen Vargas zijn ogen opsloeg en Alicia gehuld in een deken op een stoel naast hem zag, waar ze hem in het zwakke licht observeerde.

'Als een vampier,' wist hij uit te brengen. 'Hoe lang zit u daar al?'

'Een tijdje.'

'Ik had u moeten waarschuwen dat ik snurk.'

'Dat maakt niets uit. Met die pillen zou ik een aardbeving nog niet horen.'

Vargas kwam overeind en wreef over zijn gezicht.

'Sta me toe te zeggen dat deze bank een verschrikking is.'

'Voor meubels heb ik geen goed oog. Ik zal nieuwe kussens kopen. Wat zijn uw lievelingskleuren?'

'In uw geval zou ik zeggen zwart met spinnen- of schedelpatroon.'

'Hebt u iets gegeten?'

'Ik heb gegeten voor een hele week. Hoe voelt u zich?'

Alicia haalde haar schouders op.

'Beschaamd.'

'Ik zou niet weten waarvoor. En de pijn?'

'Beter. Veel beter.'

'Waarom gaat u niet terug naar bed om nog een paar uurtjes te slapen?'

'Ik moet Leandro bellen.'

'Op dit uur?'

'Leandro slaapt niet.'
'Over vampiers gesproken...'
'Als ik niet bel, wordt het erger.'
'Wilt u dat ik op de gang ga staan?'
'Nee,' zei Alicia een tikje laat.
Hij knikte.
'Ik ga naar mijn luxueuze residentie aan de overkant van de straat om een douche te nemen en schone kleren aan te trekken, en dan kom ik terug.'
'Dat is niet nodig, Vargas. U hebt genoeg voor me gedaan vanavond. Gaat u naar huis om wat te rusten, want we hebben een lange dag voor ons. We zien elkaar morgen bij het ontbijt.'
Hij keek haar aan, niet erg overtuigd. Alicia glimlachte.
'Ik zal me gedragen. Ik beloof het.'
'Hebt u de revolver bij de hand?'
'Ik zal ermee slapen alsof het mijn nieuwe pluchen beertje is.'
'U hebt nooit een pluchen beer gehad. Hooguit een pluchen duiveltje.'
Alicia schonk hem zo'n glimlach die deuren opende en voornemens tot smelten bracht. Vargas sloeg zijn ogen neer.
'Heel goed. Vooruit, belt u met de prins der duisternis en vertelt u elkaar uw geheimpjes,' zei hij op weg naar de voordeur. 'En doet u de boel goed op slot.'
'Vargas?'
Hij draaide zich op de drempel om.
'Dank u.'
'Houdt u alstublieft op met me te bedanken voor kleinigheden.'
Ze wachtte tot ze zijn voetstappen hoorde wegsterven in het trappenhuis en pakte de telefoon. Voor ze het nummer draaide, haalde ze diep adem en sloot de ogen. De directe lijn met de suite werd niet opgenomen. Ze wist dat Leandro beschikte over andere kamers in het Hotel Palace, hoewel ze nooit had willen vragen waarvoor hij ze gebruikte. Ze belde de receptie. De nachtreceptioniste herkende haar stem al, zodat ze niet eens haar naam hoefde te noemen.
'Momentje, juffrouw Gris. Ik verbind u door met de heer Montalvo.' Ondanks het late uur verloor ze niet haar muzikale klokjestoon.
Alicia hoorde de telefoon één keer overgaan, toen werd de hoorn

aan de andere kant opgepakt. Ze stelde zich voor hoe Leandro ergens in het Palace in het donker zat en uitkeek op het Plaza de Neptuno aan zijn voeten, terwijl de met zwarte wolken behangen Madrileense hemel wachtte op de dageraad.

'Alicia,' zei hij langzaam, zonder enige toon in zijn stem. 'Ik dacht dat je niet meer zou bellen.'

'Excuses. Ik had een aanval.'

'Het spijt me dat te horen. Gaat het nu weer beter?'

'Perfect.'

'Is Vargas bij je?'

'Ik ben alleen.'

'Alles goed met hem?'

'Ja, geen enkel probleem.'

'Als ik hem van je nek moet halen, zou ik kunnen...'

'Dat is niet nodig. Ik heb bijna liever dat hij hier is, voor het geval dat.'

Een pauze. In de pauzes van Leandro klonk geen enkele ademhaling of een ander geluid.

'Je bent onherkenbaar, als je me deze observatie toestaat. In elk geval ben ik blij dat jullie goed met elkaar overweg kunnen. Ik dacht dat jullie elkaar misschien niet zouden liggen, als ik aan zijn persoonlijke geschiedenis denk.'

'Welke geschiedenis?'

'Niets. Het is onbelangrijk.'

'Wanneer u dat zegt, ga ik me daadwerkelijk zorgen maken.'

'Heeft hij je niet verteld over zijn familie?'

'We praten niet over persoonlijke kwesties.'

'Dan wil ik niet degene zijn die...'

'Wat is er aan de hand met zijn familie?'

Er viel nog zo'n pauze à la Leandro. Bijna zag ze hem voor zich, hoe hij glimlachte en zich verkneukelde.

'Vargas verloor zijn vrouw en dochter bij een verkeersongeluk drie jaar geleden. Hij zat dronken achter het stuur. Zijn dochter was van jouw leeftijd. Hij heeft zeer moeilijke jaren achter de rug en werd destijds bijna uit het korps gezet.'

Alicia zei niks. Ze hoorde Leandro's adem terwijl hij in de hoorn fluisterde.

'Heeft hij je dat niet verteld?'

'Nee.'

'Ik vermoed dat hij het verleden niet graag oprakelt. In elk geval vertrouw ik erop dat het geen probleem zal geven.'

'Wat voor probleem zou het moeten geven?'

'Alicia, je weet dat ik me nooit in jouw privéleven meng, hoewel God weet dat het me af en toe moeite kost jouw smaak en voorkeuren te begrijpen.'

'Ik begrijp niet wat u bedoelt.'

'Je begrijpt perfect wat ik bedoel, Alicia.'

Ze beet op haar lip en slikte de woorden in die op het puntje van haar tong lagen.

'Het zal geen problemen geven,' zei ze ten slotte.

'Uitstekend. Welnu, wat valt er te vertellen?'

Ze haalde diep adem en balde haar hand tot een vuist tot haar nagels in haar vlees drongen. Toen ze begon te praten had haar stem weer de volgzame, muzikale toonval die ze had geleerd te gebruiken in de omgang met Leandro. Meerdere minuten lang vatte ze samen wat er sinds hun laatste gesprek had plaatsgevonden. Haar relaas bevatte kleur noch details, ze beperkte zich tot het opsommen van de gevolgde stappen, zonder de redenen of motieven te noemen die erachter hadden gezeten. De opvallendste weglating betrof de ontvreemding van het boek van Víctor Mataix de vorige nacht in haar woning. Leandro luisterde zoals altijd geduldig en zonder haar te onderbreken. Toen ze klaar was, zweeg ze en genoot van de lange pauze, een teken dat hij haar woorden aan het verwerken was.

'Waarom heb ik het gevoel dat je me niet alles vertelt?'

'Ik weet het niet. Ik heb niets belangrijks weggelaten, geloof ik.'

'Recapitulerend: het doorzoeken van de wagen die vermoedelijk is gebruikt voor de vlucht, om het zo te zeggen, levert geen eenduidige conclusies op, afgezien van sporen van niet-dodelijk geweld en een zogenaamde getallenlijst die we met niets in verband kunnen brengen en die mogelijk geen enkele relatie heeft met de zaak. Bovendien is daar nog jouw vasthoudendheid betreffende het boek van die Mataix, een onderzoeksrichting die, en dat baart me zorgen, kan verzanden in een reeks bibliografische raadsels van enorm belang, maar zonder een greintje nut voor onze bemoeienis met de zoektocht naar Mauricio Valls.'

'Is er nog nieuws vanuit het officiële politieonderzoek?' vroeg Alicia, in de hoop de spil van het gesprek te kunnen verschuiven.

'Er is geen relevant nieuws en dat wordt ook niet verwacht. Het is voldoende als ik zeg dat het een aantal mensen een doorn in het oog is dat wij ook op het feestje zijn uitgenodigd, zij het door de achterdeur.'

'Word ik daarom bewaakt?'

'Daarom en omdat ze mogelijk simpelweg niet kunnen geloven dat het ons natuurlijk deugd zal doen dat onze vrienden van de politie alle erkenning en medailles zullen krijgen op de dag dat we de minister veilig en wel vinden en hem met een feestelijk lint om het lijf overhandigen.'

'Als we hem vinden.'

'Is het gebrek aan vertrouwen simpele aanstellerij of ben je toch iets vergeten te melden?'

'Ik wil alleen maar zeggen dat het moeilijk is om iemand te vinden die misschien helemaal niet gevonden wil worden.'

'Laten we onszelf het voordeel van de twijfel gunnen en de mogelijke wensen van meneer de minister terzijde schuiven. Of die van onze collega's bij het hoofdbureau van politie in Madrid. Daarom raad ik je enige behoedzaamheid aan bij Vargas. Loyaliteit is een gewoonte die zich niet van de ene dag op de andere laat veranderen.'

'Vargas is te vertrouwen.'

'Zegt de vrouw die zichzelf niet eens vertrouwt. Ik zeg je niets wat je niet al weet.'

'Maakt u zich geen zorgen. Ik zal voorzichtig zijn. Nog iets anders?'

'Bel me.'

Alicia wilde hem goedenacht wensen, toen ze vaststelde dat Leandro voor de zoveelste keer al had opgehangen.

19

Het kleine bleekblauwe vlammetje zwemt in een plasje was en dooft bijna uit. Valls houdt zijn inmiddels gevoelloze hand bij het schijnsel. De huid is violet-zwartachtig. De vingers zijn opgezwollen en de nagels beginnen los te laten aan de randen, waaruit een gelatineachtige vloeistof vloeit die onbeschrijflijk stinkt. Hij probeert de vingers te bewegen, maar de hand gehoorzaamt hem niet. Het is weinig meer dan een dood stuk vlees dat vastzit aan zijn lijf en dat zwarte striemen op zijn arm begint te trekken. Hij voelt het rottende bloed in zijn aderen, hoe het zijn gedachten benevelt en hem in een troebele, koortsige droom trekt. Hij weet dat hij definitief het bewustzijn zal verliezen als hij nog een paar uur wacht. Hij zal sterven in de bedwelmende droom van het koudvuur, zijn lichaam een berg aas die nooit meer het daglicht zal zien.

De zaag die zijn gevangenbewaarder in de cel gooide ligt er nog en meerdere malen heeft hij het overwogen. Hij heeft geprobeerd er druk mee uit te oefenen op de vingers die hem niet langer toebehoren. Aanvankelijk voelde hij wel enige pijn. Nu voelt hij niets, behalve misselijkheid. Zijn keel is schor van het schreeuwen, kreunen, om erbarmen smeken. Hij weet dat af en toe iemand hem bezoekt. Wanneer hij slaapt. Wanneer hij delireert. Gewoonlijk is het de man met het masker, zijn gevangenbewaarder. Andere keren is het de engel die in zijn herinnering bij het autoportier stond voor er een mes in zijn hand werd gestoken en hij het bewustzijn verloor.

Iets is er fout gegaan. Ergens zat hij ernaast met zijn inschattingen en aannames. Martín is er niet, of heeft zich niet willen melden. Valls weet, móét geloven, dat dit alles het werk is van David Martín, omdat het alleen aan zijn zieke brein kan ontspruiten iemand zoiets aan te doen.

'Zeg tegen Martín dat het me spijt, dat ik hem om vergiffenis vraag,' heeft hij de gevangenbewaarder duizendmaal gesmeekt.

Nooit krijgt hij antwoord. Martín zal hem daar laten sterven, centimeter voor centimeter laten rotten zonder zich te verwaardigen om ook maar één keer naar de cel af te dalen en hem in het gezicht te spugen.

Op enig moment verliest hij opnieuw het bewustzijn.

Drijfnat van zijn eigen urine en in de overtuiging dat het 1942 is en hij zich in het Montjuïc-kasteel bevindt, wordt hij wakker. Het vergiftigde bloed heeft hem van het laatste restje verstand beroofd. Hij lacht.

Ik heb de cellen bezocht en ben in een ervan in slaap gevallen, denkt hij. Dan ontdekt hij dat een hand die niet van hem is met zijn arm is verbonden. Paniek overvalt hem. Hij heeft veel lijken gezien, in de oorlog en in zijn jaren als gevangenisdirecteur, en zonder dat iemand hem dat hoeft te vertellen, weet hij dat de hand die van een dode is. Hij kruipt over de vloer door de cel, omdat hij denkt dat de hand er dan wel af zal vallen, maar die volgt hem. Hij slaat ermee tegen de muur, de hand laat niet los. Hij beseft niet dat hij schreeuwt wanneer hij de zaag grijpt en bij de pols begint te zagen. Het vlees geeft mee als natte klei, maar wanneer de zaagtanden op het bot stuiten, overvalt hem een diepe misselijkheid. Hij geeft niet toe. Hij mat zich af met al zijn kracht. Zijn gehuil smoort het geknars van het onder de zaag brekende bot, aan zijn voeten breidt zich een plas zwart bloed uit. Nu ziet Valls dat de hand nog maar met een flard huid aan zijn lijf hangt. De pijn komt later, als een vloedgolf. Die doet hem denken aan de keer dat hij als kind in de kelder van het huis van zijn ouders de naakte kabel aanraakte waaraan een gloeilampje hing. Hij laat zich achterovervallen en voelt dat er iets in zijn keel omhoogkomt. Hij kan niet ademen. Hij stikt in zijn eigen braaksel. Dat zal hooguit een minuutje duren, denkt hij. En hij denkt aan Mercedes en gebruikt al zijn kracht om haar gezicht in zijn gedachten vast te houden.

Hij merkt amper dat de celdeur opengaat en de gevangenbewaarder bij hem neerhurkt. Hij brengt een emmer gloeiende teer, pakt de arm en duwt die in de emmer. Valls voelt vuur. De gevangenbewaarder kijkt hem in de ogen.

'Herinner je het je nu?' vraagt hij.

Valls knikt.

De gevangenbewaarder steekt een naald in zijn arm. De vloeistof die in zijn aderen stroomt, is koud en doet Valls denken aan puur blauw. De tweede injectie brengt hem vrede en een bodemloze, bewusteloze slaap.

20

Ze werd door de wind gewekt, die floot door de kieren van de ramen en die de ruiten deed vibreren. Het klokje op het nachtkastje stond op twee voor vijf. Een zucht ontsnapte haar. Pas toen viel het haar op. De duisternis.

Alicia herinnerde zich dat ze in de eetkamer en de gang het licht aan had gelaten voor ze na het gesprek met Leandro een paar uur slaap bij elkaar had geschraapt, maar nu lag de woning in een blauwachtige duisternis. Ze drukte op het knopje van de lamp op het nachtkastje, maar er gebeurde niets. Toen meende ze voetstappen te horen in de eetkamer en het geluid van een deur die langzaam werd geopend. Een ijzige kou beving haar. Ze greep de revolver, die de nacht met haar had doorgebracht onder de lakens, en spande de haan.

'Vargas?' riep ze met schorre stem. 'Bent u dat?'

De echo van haar stem dwaalde door de woning zonder antwoord te krijgen. Ze trok de lakens opzij, stond op en liep de gang in, de vloer ijskoud onder haar blote voeten. Uit de eetkamer drong een zweempje licht. Met geheven wapen liep ze langzaam door de gang. Haar hand trilde. Toen ze bij de eetkamer was, tastte ze naar het lichtknopje en drukte erop. Niets. Er was geen stroom in de woning. Ze probeerde de schaduwen, de omtrekken van de meubels en de donkere hoeken in de ruimte te onderscheiden. Een zure geur hing in de lucht. Het ruikt naar tabak, dacht ze. Of misschien waren het de bloemen die Jesusa in een vaas op tafel had gezet en waar nu de droge blaadjes vanaf vielen. Omdat ze geen beweging waarnam, liep ze naar de commode en duikelde er een pak kaarsen in op en een doosje lucifers, dat daar al moest liggen sinds de tijd voor Leandro haar naar Madrid had gestuurd. Ze stak een van de kaarsen aan en hield hem in de hoogte. Langzaam liep ze door de hele woning, de kaars in de ene hand, de revolver in de andere. Ze liep naar de voordeur en stelde vast dat die op slot zat. Ze probeerde het beeld uit haar gedachten te bannen van Lomana die glimlachend en roerloos als een wassen beeld met een vleesmes in de hand haar opwachtte in een kast of achter een deur.

Toen ze alle hoeken en gaten van de woning had geïnspecteerd en zichzelf ervan had verzekerd dat er niemand was, pakte ze een van de eetkamerstoelen en klemde die vast onder de klink van de voordeur. Ze zette de kaars op tafel en ging bij het raam staan. De hele wijk lag in het donker. Het getande profiel van daken en duiventillen tekende zich af tegen de wazig blauwe hemel, die de dageraad aankondigde. Ze hield haar gezicht dicht bij het glas en tuurde naar de schaduwen beneden op straat. Onder de bogen van La Manual Alpargatera was een lichtpuntje te zien. De gloed van een brandende sigaret. Ze wilde graag geloven dat het simpelweg om die ongelukkige drommel van een Rovira ging, die op dit vroege uur al aan zijn schaduwdienst was begonnen. Ze trok zich weer terug in de eetkamer en pakte nog een paar kaarsen uit de lade. Het zou nog een flink poosje duren voor ze naar het Gran Café kon afdalen om Vargas te treffen en ze wist dat ze de slaap niet meer zou kunnen vatten.

Ze liep naar de boekenkast met een aantal van haar lievelingsboeken, de meeste ervan vele malen gelezen. Al vier jaar had ze haar absolute favoriet, *Jane Eyre*, niet meer ter hand genomen. Ze trok het uit de kast en streek liefdevol met haar vingers over het omslag. Toen sloeg ze het open en ze glimlachte bij het zien van het stempel met het duiveltje boven op een stapeltje boeken, een oud ex libris dat twee collega's haar in haar eerste jaar onder Leandro's commando cadeau hadden gedaan, toen ze haar nog zagen als een mysterieuze maar ongevaarlijke jonge vrouw, een gril van de chef, die nog geen jaloezie, argwaan en wrok onder de meest ervaren korpsleden had opgewekt.

Dat waren de dagen van de wijn en de giftige rozen geweest, toen Ricardo Lomana motu proprio had besloten haar als zijn persoonlijke protegee te beschouwen en hij haar elke vrijdag bloemen stuurde alvorens haar uit te nodigen om naar de bioscoop te gaan of te gaan dansen. Iets waarvoor Alicia altijd een excuus vond. Dagen dat Lomana haar steelse blikken toewierp wanneer hij dacht dat ze het niet in de gaten had, om daarna toespelingen en complimenten te maken die zelfs de oudsten deden blozen. Wat slecht begint eindigt ook slecht, had ze destijds gedacht. Ze had zich misrekend.

Weer probeerde ze Lomana's gezicht uit haar geest te bannen, en ze ging met het boek naar de badkamer. Daar bond ze haar haar samen en liet het warme water stromen tot de badkuip vol was. Ze zette de twee kaarsen op het plankje aan het hoofdeinde van het bad en gleed in het dampende water. Langzaam verdreef het de kou uit haar botten, en ze deed haar ogen dicht. Kort daarna meende ze voetstappen te horen in het trappenhuis. Ze vroeg zich af of het Vargas zou zijn die kwam kijken of ze nog leefde, of dat ze weer hallucinaties had. De donkere lethargie die de pillen veroorzaakten, liet altijd een spoor van vage hersenschimmen achter bij het wakker worden, alsof de dromen die ze niet had kunnen dromen zich naderhand een weg baanden door de kieren van haar bewustzijn. Ze opende haar ogen en draaide zich zo dat ze met haar kin op de rand van het bad leunde. Stemmen zweefden in de lucht, geen ervan van Vargas. Ze stak haar hand uit tot ze de revolver op het krukje bij het bad kon aanraken en luisterde naar de druppels die uit de dichtgedraaide kraan vielen. Ze wachtte een paar seconden. De stemmen waren verstomd. Of misschien waren ze er nooit geweest. Meteen daarna verdwenen de voetstappen de trap af. Waarschijnlijk een buurman die naar zijn werk gaat, dacht ze.

Ze liet de revolver op het krukje weer voor wat hij was en stak een sigaret op. Peinzend staarde ze naar de arabesken van rook tussen haar vingers. Toen strekte ze zich weer uit in de badkuip en keek door het raam naar het blauwgrijze wolkendek dat boven de stad voorbijgleed. Ze pakte het boek en keerde terug naar de eerste alinea. Naarmate ze vorderde viel de onrust van haar af. Na een tijdje verloor ze elke notie van tijd. Zelfs Leandro was niet bij machte haar te volgen en haar te vinden in het woud van woorden dat dit boek altijd voor haar ogen opende. Ze glimlachte en had het gevoel thuis te komen. Ze had daar de hele dag zo kunnen doorbrengen. Of haar hele leven.

Nadat ze uit bad was gestapt, ging ze voor de spiegel staan en keek naar de stoomflarden die van haar lichaam opstegen. De zwarte vlek van de oude kwetsuur op haar rechterheup was als een giftige bloem die zijn wortels onder haar huid uitbreidde. Ze betastte de plek en voelde een waarschuwende, lichte pijnscheut. Ze maakte haar haar weer los en smeerde armen, benen en buik in met een rozenwatercrème die Fernandito haar destijds in een opwelling van adolescente bronstigheid had gegeven en die de merkwaardige naam Péché Originel had. Ze was op weg naar de slaapkamer toen de elektriciteit ineens terugkeerde en alle lampen die ze had uitgeprobeerd tegelijkertijd aangingen. Alicia sloeg haar handen voor haar borst en voelde haar hart wild slaan van de schrik. Vloekend deed ze ze een voor een uit.

Daarna, toen ze naakt voor de kast stond, nam ze de tijd om te kiezen. Barcelona vergaf een mens veel dingen, maar nooit een slechte smaak. Ze trok de lingerie aan die señora Jesusa had gewassen en geparfumeerd en glimlachte bij het beeld van de conciërge die de minieme kledingstukken opvouwde en ondertussen ongetwijfeld een paar keer een kruis sloeg, zich afvragend of dit nu was wat de moderne jongedames uit de stad droegen. Daarop volgde een paar nylonkousen die Leandro haar had laten kopen voor de gelegenheden waarbij ze dienst moest doen als verfijnde jongedame in de Calle del Príncipe de Vergara of als ze zich moest opofferen voor de door haar baas uitgedachte intriges in de salons van het Ritz.

'Is een gewoon merk niet goed genoeg?' had Leandro geprotesteerd toen hij de prijs zag.

'Als u een gewoon merk wilt, stuurt u maar een ander om het werk te doen.'

Leandro ertoe brengen een vermogen uit te geven aan haar kleding en boeken was een van de weinige genoegens die het werk haar verschafte. Met de bedoeling het lot niet opnieuw te tarten, besloot ze die dag het harnas om te doen. Ze trok de sluiting een gaatje strakker dan normaal en draaide een rondje voor de spiegel om te zien of het ding goed zat, dat ding dat haar in haar ogen het aanzien gaf van een perverse pop, een marionet van donkere schoonheid, een beeld waaraan ze nooit had kunnen wennen omdat het leek te insinueren dat Leandro in de grond van de zaak gelijk had.

'Alleen de draden ontbreken nog,' zei ze hardop.

Als uniform van de dag koos ze voor een donkerpaarse jurk van formele snit en Italiaanse schoenen die in een uitgelezen schoenenwinkel aan de Rambla de Cataluña destijds net zoveel gekost hadden als de verkoopster, die haar 'kindje' had genoemd, in een maand verdiende. Ze maakte zich zorgvuldig op, waardoor ze haar persoonlijkheid accentueerde, en stiftte tot slot haar lippen een donkerglanzend bordeauxrood waarvan ze zeker wist dat het de afkeuring van Leandro zou hebben opgeleverd. Ze wilde niet dat Vargas ook maar een greintje zwakte in haar gezicht zag wanneer hij haar zag aankomen. Jarenlange ervaring had haar geleerd dat bescheidenheid alleen maar uitnodigde tot nauwkeuriger toetsing.

Voor ze de woning verliet, bekeek ze zichzelf nog één keer in de spiegel van de garderobe en gaf zichzelf het groene licht. Je zou je eigen hart nog breken, dacht ze. Als je dat had.

De dag brak net aan toen Alicia de straat overstak naar de deuren van het Gran Café. Voor ze naar binnen ging ontwaarde ze Rovira, die zich reeds op zijn post had geïnstalleerd. Hij had een sjaal om die hem tot zijn neus bedekte en wreef in zijn handen. Ze aarzelde of ze naar hem toe zou lopen om zijn dag te vergallen, maar liet het voor wat het was. Rovira groette haar vanuit de verte en maakte zich toen snel uit het stof. Toen ze het café binnenkwam, zag ze Vargas al zitten aan hun inmiddels officiële tafeltje. Hij verorberde een substantiële *pepito de lomo* met *pan con tomate*, vergezeld van een kop koffie, terwijl hij kennelijk de lijst met getallen nog een keer naliep. Toen hij haar hoorde naderen, keek hij op en monsterde haar van top tot teen. Alicia ging aan het tafeltje zitten zonder een woord te zeggen.

'U ruikt goed,' begroette Vargas haar. 'Als een taartje.'

En hij wijdde zich terstond weer aan zijn kostelijke ontbijt en zijn lijst.

'Hoe kunt u dat eten op dit uur van de dag?' vroeg Alicia.

Vargas haalde zijn schouders op en bood haar een stukje aan. Alicia draaide haar hoofd weg en hij hapte opnieuw smakelijk toe.

'Wist u dat ze belegde broodjes in het Catalaans "tussen de boterhammen" noemen, *entrepans*?' informeerde Vargas. 'Vindt u dat nou niet grappig?'

'Om je te bescheuren.'

'En de flessen, let op, noemen ze *ampollas*, "blaren".'

'Een paar dagen in Barcelona en u bent veranderd in een polyglot.'

Vargas schonk haar een haaiachtige grijns.

'Ik ben blij dat u de zachtheid van gisteravond kwijt bent. Dat is een teken dat u zich beter voelt. Hebt u onze Japie Krekel gezien, die zich buiten staat te verbijten van de kou?'

'Hij heet Rovira.'

'Ik was helemaal vergeten dat u hem zo waardeert.'

Miquel was beschroomd dichterbij gekomen met het gebruikelijke dienblad met geroosterde boterhammen, boter, marmelade en een dampende koffie verkeerd plus *La Vanguardia*. Het was halfacht 's ochtends en er was niemand in het lokaal behalve zij tweeën. Miquel, de discretie in persoon, trok zich zoals altijd terug aan het einde van de toog om te doen alsof hij ergens mee bezig was. Alicia nam een slok van haar koffie en Vargas boog zich nogmaals over zijn lijst, bestudeerde de getallen een voor een alsof hij hoopte dat de zin ervan zich voor zijn ogen spontaan zou openbaren. De minuten kropen voorbij in een stroperige stilte.

'U hebt zich zeer elegant gekleed,' zei Vargas ten slotte. 'Gaan we naar een voorname plek?'

Alicia slikte en schraapte haar keel. Hij keek op.

'Wat betreft gisteravond...' begon ze.

'Ja?'

'Ik wil me verontschuldigen. En u bedanken.'

'Er is niets om u voor te verontschuldigen en nog minder om mij voor te bedanken.'

Een zweem van verlegenheid lag over zijn strenge gezichtsuitdrukking. Alicia glimlachte zwakjes naar hem.

'U bent een goed mens.'

Hij sloeg zijn ogen neer.

'Zegt u dat niet.'

Lusteloos knabbelde ze aan een van de geroosterde boterhammen. Vargas keek naar haar.

'Wat?'

'Niks. Ik zie u graag eten.'

Alicia nam een flinke hap en grijnsde.

'Wat is uw plan voor vandaag?'

'Gisteren staken we onze tijd in de auto. Laten we vandaag advocaat Brians een bezoekje brengen.'

'Zoals u wilt. Hoe wilt u het aanpakken?'

'Ik zat te denken dat ik een jonge, naïeve erfgename zou kunnen zijn die een exemplaar van Víctor Mataix' *Het labyrint der geesten* in handen heeft gekregen en die interesse heeft om het te verkopen. Don Gustavo Barceló heeft gezegd dat hij een verzamelaar vertegenwoordigt die per se alle boeken van de auteur wil opkopen die er op de markt zijn.'

'U en naïef. Veelbelovend. En wie word ik verondersteld te zijn? De schildknaap?'

'Ik had bedacht dat u mijn trouwe, volwassen en geliefde echtgenoot zou kunnen zijn.'

'Geweldig. Het kattenvrouwtje en de oude kapitein, paar van het jaar. Ik geloof niet dat de advocaat dat slikt, zelfs niet als hij de slechtste van zijn jaargang was geweest.'

'Ik verwacht ook niet dat hij het slikt. Het idee is meer dat hij nattigheid voelt en een verkeerde stap zet.'

'Ik snap het. En dan wat? Dan volgen we hem?'

'U hebt echt een telepathische gave, Vargas.'

Een zon als uit een advertentie had zich laten gelden en streek over de daken toen ze de straat uit liepen. Vargas bestudeerde de gevels en hoeken links en rechts van de Calle Aviñón met de vredige uitdrukking op zijn gezicht van een seminarist uit de provincie op weekendexcursie. Vrij snel merkte hij dat Alicia zich elke paar meter omdraaide en over haar schouder keek. Hij wilde al vragen of er iets was, toen hij haar blik volgde en hem zag. Zonder succes probeerde Rovira zijn aanwezigheid op ongeveer vijftig meter afstand te verbergen in een portiek.

'Bij hem ga ik nu heel snel de puntjes op de i zetten,' prevelde Vargas.

Ze pakte hem bij de arm.

'Nee, beter om hem te laten.'

Ze stak breed glimlachend haar hand op. In de verte keek Rovira naar links en naar rechts, aarzelde even en toen hij zich ontdekt wist, groette hij verlegen terug.

'Wat een stomkop,' gromde Vargas.

'Liever hij dan een ander. Deze hebben we tenminste aan onze kant, in zijn eigen belang.'

'Als u het zegt.'

Vargas gebaarde hem driftig dat hij meer afstand moest houden. Rovira knikte en stak zijn duim op.

'Kijk hem nou. Dat moet hij in de bioscoop hebben gezien,' zei Vargas.

'Is dat niet waar mensen tegenwoordig het leven leren leven, in de bioscoop?'

'En zo staat het er dus voor met de wereld.'

Ze lieten Rovira achter zich en gingen weer op weg.

'Ik hou er niet van om die domme knuppel achter me aan te hebben hobbelen,' concludeerde Vargas opnieuw. 'Ik weet niet waarom u hem vertrouwt. Wie weet wat hij op het bureau vertelt.'

'Eigenlijk heb ik een beetje medelijden met hem.'

'Ik geloof dat een paar goeie oorvijgen geen overbodigheid zijn. U hoeft niet te kijken als u niet wilt. Ik grijp hem wel in mijn eentje en zet hem dan in de week.'

'U eet te veel proteïnen, Vargas. Dat bederft uw karakter.'

21

Als kleding de man maakt, dan maken kantoor en locatie de advocaat, of niet. In een stad die rijk bedeeld was met advocaten in vorstelijke kantoren in vorstelijke panden aan de vorstelijke Paseo de Gracia en andere nobele straten had don Fernando Brians geopteerd voor een wel heel bescheiden, volgens het protocol van de branche tamelijk ongewoon adres.

Alicia en Vargas zagen het pand al vanuit de verte, een honderdjarig, licht slagzij makend gebouw op het kruispunt van de Calle de Mercedes en Aviñón. Op de begane grond bevond zich een tapasbar die eruitzag als het onderkomen voor in de vergetelheid geraakte stierenvechters en vissers op betaaldag. De waard, een mannetje als een draaitol met een volle snorbaard, was bezig bij de ingang, gewapend met een mop en een dampende emmer die naar bleek rook. Hij floot een liedje en jongleerde met een tandenstoker tussen zijn tanden terwijl hij het trottoir beschilderde met zijn mop en het laconiek van plassen urine, dronkenschapsbraaksel en andere cocktails ontdeed die eigen zijn aan straten die naar de haven leiden.

Stapels dozen en stoffige meubelstukken omsingelden het portiek van het gebouw. Een drietal knullen die zich kapotzweetten was blijven staan om even op adem te komen en zich tegoed te doen aan lange, dunne broodjes waaruit stukjes mortadella staken.

'Is hier het kantoor van advocaat Brians gevestigd?' vroeg Vargas aan de waard, die zijn ochtendlijke dweilactiviteit had gestaakt om eens goed naar ze te kijken.

‘De dakverdieping,’ zei hij, met zijn wijsvinger naar boven gebarend. ‘Maar ze zijn aan het verhuizen.’

Toen Alicia langs hem liep, glimlachte de waard zijn gelige gebit bloot.

‘Een koffietje met een madeleine, schat? Van het huis.’

‘Een ander keertje. Wanneer u die lelijke struik hebt afgeschoren,’ antwoordde Alicia zonder te blijven staan.

Het drietal knullen applaudisseerde om de vinnige opmerking, die de waard sportief incasseerde. Vargas volgde haar het trappenhuis in, een soort spiraal die meer weg had van een darmkanaal dan van een architectonische constructie.

‘Is er een lift?’ vroeg Vargas aan een van de knullen.

‘Als-ie er is, hebben wij ’m nog niet ontdekt.’

Ze liepen de vijf verdiepingen omhoog tot ze op de betreffende overloop aankwamen, die vol stond met dozen, dossiermappen, kledinghangertjes, stoelen en schilderijen van arcadische landschappen die voor een appel en een ei op de rommelmarkt van Los Encantes gekocht leken te zijn. Alicia stak haar hoofd om de deur van het kantoor, een ruimte als een slagveld, waar niets op de juiste plek leek te staan en bijna alles in uitpuilende dozen zat of op weg was daarnaartoe. Vargas probeerde de bel, die niet functioneerde, en klopte daarna op de deur.

‘Goedemorgen!’

Een tot een stabiele permanent geknede peroxideblonde haardos verscheen in de gang. De juffrouw met deze wonderhelm droeg een gebloemde jurk en bijpassende rouge.

‘Goedemorgen,’ zei Alicia. ‘Is dit het kantoor van advocaat Brians?’

De juffrouw kwam een paar stappen dichterbij en keek de twee bezoekers verbaasd aan.

‘Zo is het. Of zo was het. We zijn aan het verhuizen. Wat kan ik voor u doen?’

‘We wilden graag de advocaat spreken.’

‘Hebt u een afspraak?’

‘Ik ben bang van niet. Is de heer Brians aanwezig?’

‘Normaal gesproken komt hij iets later. Zo gaat dat bij fijne meneren. Als u wilt wachten in de bar beneden…’

'Als het u niet uitmaakt, wachten we liever hier. Het zijn nogal wat verdiepingen.'

De secretaresse zuchtte en knikte.

'Zoals u wilt. U ziet dat alles hier op zijn kop staat.'

'Dat is duidelijk,' kwam Vargas tussenbeide. 'We zullen proberen zo min mogelijk te storen.'

De zachte glimlach van Alicia en vooral Vargas' optreden leken haar argwaan te hebben getemperd.

'Volgt u mij, alstublieft.'

Ze leidde hen door een lange gang naar het einde van het kantoor. Aan beide kanten van de gang waren ruimtes te zien vol dozen. Het door de hectiek opgeworpen stof had een nevel veroorzaakt van glinsterende partikeltjes, die in de neus kriebelden. De weg door de resten van de schipbreuk eindigde in een ruime hoekkamer, blijkbaar het laatste bastion van het kantoor dat nog rechtovereind stond.

'Als u zo vriendelijk wilt zijn,' zei de secretaresse wijzend.

De kamer was het weinige wat er van Brians' kantoor over was en bestond uit een janboel van boekenplanken en mappen in een precair evenwicht op stapels die de wanden leken te stutten. Het pièce de résistance was een bureau van edelhout dat eruitzag alsof het uit een brand was gered, erachter stond een beglaasde kast met de op goed geluk opgestapelde complete collectie van Aranzadi.

Alicia en Vargas gingen zitten op een paar geïmproviseerde krukjes bij een groot raam dat op een balkon uitkwam en vanaf waar het standbeeld van de Virgen de la Merced op de koepel van de basiliek aan de overkant was te zien.

'Smeekt u alstublieft de maagd of ze zich over ons ontfermt, naar mij luistert ze in elk geval niet,' zei de secretaresse. 'Wie kan ik zeggen dat er is?'

'Jaime Valcárcel en zijn echtgenote,' zei Alicia voor Vargas zelfs maar met zijn ogen kon knipperen.

De vrouw knikte gedienstig, liet haar blik echter enigszins schelms over Vargas glijden, alsof ze hem wilde feliciteren met het leeftijdsverschil en hem te verstaan wilde geven dat ze van een macho niets anders verwachtte.

'Ik ben Puri, om u te dienen. Ik denk niet dat de advocaat lang op zich laat wachten. Mariano, van de bar hier beneden, brengt elke ochtend een thermosfles met koffie en wat madeleines naar boven, als u trek hebt.'

'Daar zeg ik geen nee tegen,' antwoordde Vargas.

Puri glimlachte tevreden.

'Ik kom het u zo brengen.'

Toen ze wegliep, ontging Vargas het kokette wiegen van haar heupen niet.

'Welwel, die goeie Mariano met zijn madeleines,' prevelde Alicia binnensmonds.

'Iedereen maakt zijn veroveringen met wat hij heeft.'

'Hoe is het mogelijk dat u nog honger hebt terwijl u net een compleet speenvarken naar binnen hebt gewerkt?'

'Er zijn mensen die nog bloed in hun aderen hebben.'

'Misschien is het ook wel señorita Puri die het wilde beest in u wekt.'

Voordat Vargas een snedig antwoord kon verzinnen, keerde eerdergenoemde terug met een bord vol madeleines en een grote kop koffie verkeerd.

'Mijn excuses dat ik het zo serveer, maar alles zit in dozen.'

'Maakt u zich geen zorgen. Duizendmaal dank.'

'En waarom gaat u verhuizen?' vroeg Alicia.

'De eigenaar van het pand wil de huur verhogen... Hebzuchtige kerel. Zo komt het gebouw leeg te staan en wordt het door de spitsmuizen weggeknaagd.'

'Amen,' stemde Vargas in. 'En waar gaat u nu heen?'

'Dat zou ik ook graag willen weten. Ze hadden ons een kantoor hier vlakbij toegezegd, achter het postkantoor, maar de bouwwerkzaamheden zijn vertraagd, dus we zullen minstens nog een maand moeten wachten. Voorlopig gaat alles in de meubelopslag van de familie van de advocaat, in Pueblo Nuevo.'

'En waar werkt u dan ondertussen?'

Puri zuchtte.

'Een onlangs overleden tante van de advocaat had een woning in de Pasaje Mallofré in Sarrià, en vooralsnog ziet het ernaar uit dat we daarheen gaan. U ziet het, alles halsoverkop.'

Alicia en Vargas lieten hun blik nog eens langs Brians' voormalige kantoor gaan en namen de lucht van bankroet in zich op die het uitademde. Alicia's oog viel op een beeld dat haar deed denken aan een parodie op het groepsportret van een jaargang afzwaaiers, met daarop vermoedelijk jurist Brians in zijn jonge jaren, omringd door mensen in vodden en tot aan de nek geketende gevangenen. Onder de foto stond het volgende:

Fernando Brians
Advocaat voor hopeloze gevallen

Alicia stond op en liep erheen om het retabel van dichtbij te bekijken. Puri kwam naast haar staan, glimlachend en hoofdschuddend.

'Daar zult u hem hebben, de heilige van Barcelona's gerechtshoven. Dit is een gebbetje dat de vrienden van zijn jaargang jaren geleden met hem hebben uitgehaald. Maar zo gaat het nog steeds. En zoals u ziet schijnt het hem wel te amuseren, anders zou hij het toch niet ophangen op een plek waar zijn cliënten het kunnen zien.'

'Heeft de advocaat geen cliënten die...'

'... in het geld zwemmen?'

'Of op zijn minst solvabel zijn?'

'Een enkeling, maar het is genoeg voor don Fernando om een willekeurige arme, van God verlaten drommel op straat te vinden, om die vervolgens mee te nemen naar kantoor... De man is echt een goeierd. En zo gaat het dus met ons.'

'Maakt u zich geen zorgen, wij betalen keurig netjes,' zei Vargas.

'Moge God u zegenen. Hoe zijn de madeleines?'

'Voortreffelijk.'

Terwijl Vargas tot groot genoegen van Puri een praktische demonstratie gaf van zijn trek en smaak, was ergens bij de ingang groot geraas te horen, gevolgd door een struikelpartij die ingestudeerd leek en eindigde met een hartgrondige vloek. Puri rolde met haar ogen.

'De advocaat is zo bij u.'

Fernando Brians zag eruit als een meester van een openbare school en droeg een tweedehandspak met een verkleurde das, die hij waarschijnlijk in geen weken opnieuw had geknoopt, en afgedragen schoenen. Hij was een slanke, nerveuze figuur die ondanks de vele beroepsjaren een flinke bos grijs haar bewaarde. Zijn doordringende ogen gingen schuil achter een bril met een zwart montuur van het soort dat voor de oorlog werd gedragen. Hij had van een Barcelonese advocaat net zoveel als Puri van een novice in een klooster, en Alicia bedacht dat Fernando Brians, ondanks de bescheiden omgeving waarin zijn beroepsleven zich afspeelde, dat jeugdige, levendige air had behouden van iemand die niet ouder wordt, omdat niemand hem heeft verteld dat de jaren voorbijgaan en het tijd wordt om zich een zekere respectabele, gezapige stijl aan te meten.

'Zegt u het maar,' nodigde Brians hen uit.

Hij was op de rand van zijn bureau gaan zitten en observeerde ze met een mengeling van nieuwsgierigheid en scepsis. Brians mocht dan een zwak hebben voor de verloren zaak, dom leek hij allerminst. Vargas was eerst en wees op Alicia.

'Als het u niet uitmaakt, laat ik mijn vrouw ons geval liever uitleggen, zij is de baas in huis.'

'Zoals u wilt.'

'Wilt u dat ik aantekeningen maak, don Fernando?' vroeg Puri, die het toneeltje vanuit de deuropening gadesloeg.

'Dat zal niet nodig zijn. Let u maar liever op de verhuisjongens, die zijn de straat aan het blokkeren met hun dozen, zodat de bestelbus er dadelijk niet in kan.'

Puri knikte teleurgesteld en vertrok.

'U zei?' pakte Brians de draad weer op. 'Of uw echtgenote, die de baas in huis is.'

De licht snedige toon van Brians deed Alicia zich afvragen of Gustavo Barceló hem op de hoogte had gebracht van een mogelijk bezoek.

'Meneer Brians,' begon ze, 'een tante van mijn echtgenoot Jaime is recentelijk overleden en heeft ons als erfenis een collectie kunstwerken nagelaten, evenals een bibliotheek met exemplaren van grote waarde.'

'Mijn leedwezen. Hebt u wellicht assistentie nodig bij de executie van het testament of...?'

'De reden dat we ons tot u wenden is dat er zich tussen de exemplaren van genoemde collectie een boek bevindt van de auteur Víctor Mataix. Het gaat om een van de delen van een serie romans gepubliceerd in Barcelona in de jaren dertig.'

'*Het labyrint der geesten*,' vulde Brians aan.

'Precies. Het kwam ons ter ore dat u een verzamelaar vertegenwoordigt die zeer geïnteresseerd is in het verkrijgen van alle bestaande exemplaren van deze auteur en om die reden meenden we dat het opportuun…'

'Ik begrijp het,' zei Brians, die zijn bureauhoek verliet en zich in zijn bureaustoel vlijde.

'Misschien zou u zo vriendelijk willen zijn om ons in contact te brengen met uw cliënt, of als u dat liever hebt, ons zijn gegevens te bezorgen, zodat wij zelf…'

Brians knikte, meer voor zichzelf dan om Alicia's voorstellen.

'Helaas kan ik dat niet doen.'

'Pardon?'

'Ik kan u die informatie niet geven, noch u in contact brengen met mijn cliënt.'

Alicia glimlachte verzoenend.

'En mag ik u vragen waarom niet?'

'Omdat ik hem niet ken.'

'Excuseert u me, maar ik begrijp het niet.'

Brians leunde achterover in zijn bureaustoel en verstrengelde zijn handen voor zijn borst, zijn duimen over elkaar wrijvend.

'Mijn contact met deze cliënt speelt zich uitsluitend af per post en middels een secretaresse. Ik heb hem nooit in eigen persoon gezien en ik ken ook zijn naam niet. Zoals niet geheel ongebruikelijk is bij verzamelaars prefereert hij de anonimiteit.'

'Zelfs wat betreft zijn eigen advocaat?'

Brians glimlachte koeltjes en haalde zijn schouders op.

'Zolang hij de rekeningen betaalt, nietwaar?' opperde Vargas.

'Maar als u per post communiceert met zijn secretaresse, dan zult u ten minste een naam en een adres hebben waartoe u zich wendt,' suggereerde Alicia.

'Het is een postbusnummer, waarvan ik u het nummer, onnodig te zeggen, niet kan geven om redenen van confidentialiteit. Zoals ik u evenmin de naam van zijn secretaresse kan geven, aangezien ik niet geautoriseerd ben om over mijn cliënten informatie te onthullen die zij niet openbaar willen maken. Het is een simpele formaliteit, maar u zult begrijpen dat ik die moet respecteren.'

'We begrijpen het. Desalniettemin, hoe kunt u boeken aanschaffen of proberen te verkrijgen voor uw cliënt als er geen manier is om rechtstreeks met hem in contact te treden om hem de mogelijkheid van een koop te bieden?'

'Gelooft u mij, mevrouw... Valcárcel was het? Als mijn cliënt interesse heeft in de aanschaf van een exemplaar dat u bezit, dan zal hij mij dat mededelen. Ik ben slechts een tussenpersoon.'

Alicia en Vargas keken elkaar aan.

'Nou ja, zeg,' improviseerde Vargas. 'Lieverd, we hebben ons duidelijk vergist.'

Brians stond op, liep om het bureau heen en stak zijn hand uit met een hartelijke, maar duidelijk afscheidsgerichte glimlach.

'Het spijt mij bijzonder u hiermee niet te kunnen helpen, en ik moet u mijn excuses maken voor de staat van het kantoor. We zitten midden in een verhuizing en ik heb voor vandaag niet op clienten gerekend.'

Ze schudden hem de hand. Terwijl hij ze naar de uitgang begeleidde, ontweek hij met sprongetjes de hindernissen en baande een weg voor ze.

'Als u mij een belangeloos advies toestaat, zou ik in uw geval de diensten van een goed antiquariaat inschakelen om het bericht verder te verspreiden. Als u in het bezit bent van een echte Mataix zal het u aan kopers niet ontbreken.'

'Hebt u suggesties?'

'Barceló, bij het Plaza Real, of Sempere & Zoons, in de Calle Santa Ana. Of Costa, in Vic. Dat zijn de drie beste opties.'

'Dat zullen we doen, zeer erkentelijk.'

'Niets te danken.'

Alicia zei geen woord meer tot ze beneden in de hal van het gebouw aankwamen. Vargas volgde haar op prudente afstand. Voor de deur bleef ze staan en bestudeerde een stapel dozen.

'En wat nu?' vroeg Vargas.

'Nu wachten we,' zei Alicia.

'Waarop?'

'Tot Brians in actie komt. Hij is aan zet.'

Alicia boog zich over een van de dichtgeplakte dozen. Ze wierp een blik op de deur en toen ze zag dat er geen pottenkijkers waren, rukte ze het etiket van het karton en borg het op in haar jaszak.

'Mag ik weten wat u aan het doen bent?' vroeg Vargas.

Alicia liep de straat op zonder te antwoorden. Tot zijn verbazing zag Vargas haar, zodra hij zelf op straat stond, de bar op de hoek binnenstappen. Mariano, waard en bard van de ochtendlijke madeleines, die nog steeds bezig was de stoeptegels te laten glimmen, leek nog verraster dan Vargas zelf toen hij haar zijn lokaal zag binnengaan en hij volgde haar gedienstig, onderwijl zijn handen afdrogend aan de doek aan zijn riem. Vargas volgde zuchtend.

'Een kopje koffie en madeleines voor mejuffrouw?' vroeg Mariano.

'Een glas witte wijn.'

'Op dit uur?'

'Vanaf welk uur serveert u witte wijn?'

'Voor u vierentwintig uur per dag. Een fijne penedès?'

Ze knikte. Vargas ging op de kruk naast haar zitten.

'Denkt u echt dat uw plan gaat werken?' vroeg hij.

'Wie niet waagt, die niet wint.'

Mariano kwam terug met een glas witte wijn en een schaaltje olijven van het huis.

'Een biertje voor meneer?'

Vargas schudde zijn hoofd. Hij keek toe hoe Alicia genietend van haar wijn nipte. In de geometrie van haar lippen, wanneer ze teer het glas beroerden, en in de lijn van haar blanke hals, die in het ritme van de haar keel passerende vloeistof pulseerde, lag iets wat de dag deed oplichten. Ze zag zijn gezichtsuitdrukking en trok een wenkbrauw op.

'Wat?'

'Niets.'

Alicia hief het glas.

'Keurt u het af?'

'In hemelsnaam.'

Ze nam net de laatste slok toen ze Brians in allerijl langs het raam van de bar zagen lopen. Alicia en Vargas wisselden een blik, legden wat munten op de tafel en verlieten het lokaal zonder een woord te zeggen.

22

Iedereen in het korps wist dat Vargas in de kunst van het schaduwen van vrije of onverdachte burgers zijn gelijke niet kende. Wanneer ze hem vroegen naar zijn geheim, zei hij altijd dat het belangrijkste niet zozeer de discretie was, als wel het toepassen van optische wetten. Het kardinale punt van de kwestie was niet wat de achtervolger zien of vermoeden kon, maar wat zich binnen het gezichtsveld bevond van de gevolgde. Dát en goede benen. Zodra ze begonnen met het schaduwen stelde Vargas vast dat Alicia deze discipline niet alleen tot in detail beheerste, maar die op een manier had verfijnd waarvoor hij slechts bewondering kon voelen. Haar evidente kennis van elke hoek in de warboel van straatjes, steegjes en openingen die het geraamte van de oude stad vormden, permitteerde haar parallelle wegen in te slaan en Brians op de voet te volgen zonder dat hij op de gedachte zou zijn gekomen dat er jacht op hem werd gemaakt.

Ze liep met meer zekerheid dan gisteren, wat Vargas deed vermoeden dat ze die ochtend het speciale harnas van de taxidermist had omgegord. Het spel van haar heupen was anders en ze liep rechter. Ze leidde hem door dat netwerk door pauzes in te lassen, de bescherming van een blinde hoek op te zoeken of de route vast te stellen die Brians ook zou kiezen nog voor hij zich ervan bewust was dat hij dat deed. Bijna twintig minuten lang volgden ze de advocaat door het dichte vlechtwerk van passages en stegen dat vanaf de haven naar het centrum van de stad omhoogliep. Meer dan eens zagen ze hem stoppen en achter zich kijken om zich ervan te vergewissen dat niemand hem volgde. Zijn enige vergissing was dat hij altijd in de verkeerde richting keek. Ten slotte zagen ze hem de Calle Canuda inslaan in de richting van de Ramblas, waar hij verdween in de menigte die de boulevard al overspoelde. Pas toen bleef Alicia even staan en hield Vargas bij zijn arm tegen.

'Hij neemt de metro,' mompelde ze.

Een tiental meters van elkaar mengden ze zich in de mensenmassa en volgden Brians naar de ingang van de metro bij de Canaletasfontein. De advocaat stormde de trappen af en liep het tunnelstelsel in dat uitmondde in de zogeheten Laan van het Licht.

Meer Weg van Duisternis en Ellende dan een laan van licht was deze extravagante, spookachtig overkomende straat, ooit ontworpen door een dromer met weinig geluk, die een onderaards Barcelona in gaslicht bij elkaar had verzonnen. Het project had echter nooit de gedroomde glorie zelfs maar kunnen benaderen. Als catacombe in de dop, waar een lucht doorheen blies die was geparfumeerd met uit de tunnels ontsnapte sporen van steenkool en elektriciteit, was de Laan van het Licht een toevluchtsoord en schuilplaats voor hen die het bovengrondse en de zon schuwden. Vargas zag deze sombere eindeloze galerij van pilaren van vals marmer, die door halfbakken winkeltjes en vaalbleek verlichte cafés werd geflankeerd, en draaide zich naar Alicia om.

'De stad van de vampiers?' vroeg hij.

'Zoiets.'

Brians nam de centrale passage. Alicia en Vargas volgden hem, verborgen blijvend dankzij de pilarenrijen aan weerszijden. De advocaat liep bijna de complete boulevard af zonder naar links of naar rechts te kijken.

'Misschien is hij allergisch voor zon,' opperde Vargas.

Brians liep langs de loketten van de Catalaanse Spoorwegen tot aan het einde van de ondergrondse galerij. Pas toen werd duidelijk wat zijn bestemming was.

De bioscoop Avenida de la Luz was een duistere fata morgana, gestrand in dat onderaardse, eigenaardige Barcelona. Met zijn lichten als van een kermisattractie en de oude aanplakbiljetten van reprises lokte hij de schepsels van de tunnels – ontslagen kantoorklerken, spijbelende schoolkinderen en souteneurs van laag allooi – al sinds het einde van de Burgeroorlog naar zijn ochtendsessies. Brians liep naar het loket en kocht een kaartje.

'Nee maar, meneer de advocaat gaat halverwege de ochtend naar de bioscoop,' zei Vargas.

De plaatsaanwijzer, die tevens de ingang bewaakte, opende voor Brians de deur en hij stapte naar binnen onder de overkapping, waarop het programma van die week stond aangekondigd: een dubbele voorstelling van *The Third Man* en *The Stranger*. De raadselachtige glimlach van een diabolisch aandoende Orson Welles keek toe vanaf het plakkaat, dat werd omlijst door knipperende gloeilampjes.

'Hij heeft in elk geval een goede smaak,' vond Alicia.

Toen zij ook door het fluwelen gordijn stapten dat de ingang afsloot, werden ze omhuld door een geur van oude bioscoop en onuitsprekelijke ellende. De lichtcirkel van de projector sneed door een dichte wolk die al decennia gevangen leek te hangen boven het parket. Rijen lege stoelen daalden af naar het scherm, waar de perfide Harry Lime vluchtte door de fantasmagorie van tunnels van het Weense rioleringssysteem. De spookachtige toon van die beelden deed Alicia denken aan scènes die ze had gelezen in het boek van Víctor Mataix.

'Waar is hij?' murmelde Vargas in haar oor.

Ze wees naar het onderste deel van de bioscoopzaal. Brians had een stoel genomen op de vierde rij. In de hele bioscoop zaten niet meer dan drie of vier toeschouwers. Ze kozen het zijpad dat langs het parket naar beneden voerde en waarlangs de muurstoelen geplaatst waren als in een metrowagon. Toen ze halverwege het parket waren, liep Alicia een van de rijen in en ging in het midden zitten. Vargas nam naast haar plaats.

'Hebt u deze film al eens gezien?'

Ze knikte. Ze had hem al minstens zes keer gezien en kende hem uit haar hoofd.

'Waar gaat hij over?'

'Penicilline. Weest u nu alstublieft stil.'

Het wachten duurde korter dan voorzien. De film was nog lang niet afgelopen toen Alicia over haar schouder een donkere gestalte in het oog kreeg die via het zijpad naar voren liep. Vargas leek geheel op te gaan in de film en ze gaf hem een por. De onbekende droeg een donkere mantel en had een hoed in de hand. Alicia balde haar vuisten. De man bleef staan voor de rij waar de advocaat zat. Kalmpjes keek hij naar het doek en een ogenblik later liep hij de rij erachter in om schuin achter Brians' stoel plaats te nemen.

'Paardensprong,' fluisterde Vargas.

Een paar minuten lang gaf de advocaat geen enkel teken de aanwezigheid van de vreemde te hebben opgemerkt, noch leek deze op enigerlei wijze met hem in verbinding te staan. Vargas keek Alicia sceptisch aan en zij begon te denken dat alles misschien toch puur het werk van het toeval was. Twee vreemden in een bioscoop met niet meer gemeen dan een mogelijke bijziendheid die hen deed kiezen voor de voorste rijen. Pas toen de schoten die een einde moesten maken aan de duizend levens van de nare Harry Lime de bioscoop overspoelden, boog de vreemde zich naar Brians toe. De filmmuziek overstemde de woorden en Alicia kon alleen vaststellen dat de advocaat een paar woorden sprak en de vreemde een stukje papier aanreikte. Daarna negeerden ze elkaar weer, leunden achterover in hun stoel en volgden de film.

'In mijn tijd zouden die gearresteerd zijn als homo's,' zei Vargas.

'Welk een gouden eeuw van het stenen tijdperk was dat,' diende Alicia hem van repliek.

Toen de projector het beeld vulde met de monumentale eindopname stond de onbekende op. Langzaam trok hij zich terug naar het zijpad en terwijl de heldin ontgoocheld door de troosteloze straat van het oude kerkhof van Wenen liep, zette hij zijn hoed op en gleed naar de uitgang. Alicia en Vargas draaiden hun hoofd niet en toonden op geen enkele manier dat ze hem waarnamen, maar hun blikken hechtten zich aan de door het melkachtige licht van de projector bespikkelde gestalte. De rand van de hoed wierp een schaduw over zijn gezicht, die evengoed dat vreemde, glanzende huidkleurige oppervlak niet helemaal aan het zicht onttrok. Het leek het gezicht van een porseleinen pop. Alicia voelde een huivering. Vargas wachtte tot de vreemde achter de gordijnen was verdwenen en boog zich toen naar haar toe.

'Ligt het aan mij of draagt die figuur een masker?'

'Iets dergelijks,' bevestigde Alicia. 'Kom, laten we gaan voor hij ons ontglipt.'

Op dat moment, voor ze zelfs maar konden opstaan, gingen de zaallichten aan en verbleekte de laatste aftiteling op het witte doek. Brians was opgestaan en liep naar het zijpad. Over een paar seconden zou hij hen passeren op weg naar de uitgang en hen daar zien zitten.

'En wat nu?' mompelde Vargas met gebogen hoofd.

Alicia pakte hem bij de nek en trok zijn gezicht naar het hare.

'Omhels me,' fluisterde ze.

Vargas sloeg zijn armen om haar heen met de overtuiging van een oefenende scholier. Alicia trok hem dichterbij en ze waren in een gefingeerde, steelse kus verstrengeld zoals die destijds alleen op de achterste rijen van wijkbioscopen en rond middernacht in de donkere portieken te zien was. Vargas sloot zijn ogen. Zodra Brians de zaal had verlaten, schoof Alicia hem zacht weg.

'Kom op!'

Bij het verlaten van de bioscoop kregen ze Brians in het oog, die in het midden van de ondergrondse boulevard wegliep in dezelfde richting als waar hij vandaan was gekomen. Geen spoor van de vreemdeling met het porseleinen poppengezicht. Alicia's blik bleef hangen bij de trappen, op ongeveer twintig meter afstand, die omhoogliepen naar de kruising van Balmes met Pelayo. Ze haastten zich erheen. Een steek schoot door haar rechterbeen en ze hield haar adem in. Vargas ondersteunde haar bij haar arm.

'Ik kan niet sneller,' oordeelde Alicia. 'Gaat u vast. Snel.'

Vargas schoot in allerijl de trappen op, terwijl zij tegen de muur geleund bleef staan en weer op adem probeerde te komen. Toen hij het daglicht in stapte, zag Vargas de eindeloze huizenrijen van de Calle de Balmes voor zich. Verward keek hij om zich heen. Hij kende de stad niet zo goed en was gedesoriënteerd. Rond deze tijd was het verkeer al intens en het stadscentrum werd overspoeld door een golf auto's, bussen en trams. Muren van voetgangers vulden de trottoirs in het stoffige licht. Vargas schermde zijn ogen met zijn hand af en liet zijn blik over het kruispunt zwerven zonder zich om het geduw van de passanten om hem heen te bekommeren. Heel even meende hij duizend zwarte, met een hoed bekroonde jassen alle kanten uit te zien lopen; nooit zou hij hem vinden.

De aparte aard van zijn gezicht verraadde hem. De vreemdeling was al overgestoken en liep naar een auto die geparkeerd stond op de hoek met de Calle de Vergara. Vargas probeerde tussen het verkeer door de straat over te steken, maar de heksenketel van voertuigen en een storm van claxongeloei dreven hem weer het trottoir op. Aan de andere kant stapte de man in de auto. Vargas identificeerde die als een Mercedes-Benz, een minstens vijftien of twintig jaar oud model. Toen het stoplicht op groen sprong, reed de auto weg. Vargas rende erachteraan en kon er een uitvoerige blik op werpen voor hij in de verkeersvloed verdween. Terug bij de metro-ingang passeerde hij een gemeenteagent die hem afkeurend aankeek. Vargas vermoedde dat hij had gezien hoe hij probeerde bij rood licht over te steken en zich vervolgens tussen de auto's had gestort. Dus hij knikte gehoorzaam en stak een verontschuldigende hand op. Alicia wachtte op het trottoir op hem met een verwachtingsvolle uitdrukking op haar gezicht.

'Hoe voelt u zich?' vroeg Vargas.

Ze negeerde de vraag en schudde ongeduldig haar hoofd.

'Ik heb nog kunnen zien dat hij in een auto stapte, een zwarte Mercedes,' zei Vargas.

'Nummerplaat?'

Hij knikte.

23

Ze zochten hun heil in Bar Nuria en gingen aan een tafeltje bij het raam zitten. Alicia bestelde een glas witte wijn, haar tweede van die dag. Ze stak een sigaret op en liet haar blik over de menigte glijden die over de Ramblas liep. Alsof het om het grootste aquarium ter wereld ging. Vargas keek toe hoe ze met trillende vingers haar glas optilde en naar haar lippen bracht.

'Donderpreek?' vroeg Alicia zonder haar blik van het venster af te wenden.

'Op uw gezondheid.'

'U hebt niets gezegd over die figuur met het masker. Denkt u hetzelfde als ik?'

Vargas haalde sceptisch zijn schouders op.

'Het rapport over de veronderstelde aanslag op Valls in het Círculo de Bellas Artes noemde een man met een bedekt gezicht,' zei Alicia.

'Het zou kunnen,' gaf Vargas toe. 'Ik ga een paar telefoontjes plegen.'

Eenmaal alleen liet Alicia een zucht van pijn ontsnappen en legde haar hand op haar heup. Ze overwoog de mogelijkheid een halve tablet te nemen, maar verwierp de gedachte weer. Ze benutte de situatie van Vargas aan de telefoon achter in het café om de ober te gebaren haar nog een glas wijn te brengen en het eerste mee te nemen, dat ze snel in één teug leegdronk. Na een kwartier kwam Vargas terug met zijn notitieblokje in de hand en een glinstering in zijn ogen die nieuwe informatie voorspelde.

'Een mens moet af en toe geluk hebben. De auto staat op naam van Metrobarna B.V. Het is een kapitaalvennootschap voor onroerend goed, of zo staat het in elk geval in het register. Het hoofdkantoor is hier in Barcelona gevestigd. Paseo de Gracia 6.'

'Dat is hier om de hoek. Geeft u me twee minuten tot ik weer op adem ben en dan gaan we daarheen.'

'Waarom laat u mij dit klusje niet klaren, terwijl u naar huis gaat om wat te rusten, Alicia? Dan kom ik daarna langs en vertel u wat ik heb kunnen achterhalen.'

'Weet u het zeker?'

'Heel zeker.'

Toen ze de Ramblas op liepen, was de hemel opgeklaard en glinsterde in dat elektrische blauw dat af en toe de Barcelonese winter betovert en de argelozen ervan overtuigt dat er niets fout kan gaan.

'Meteen naar huis, hè? Geen technische stops, ik begin u een beetje te kennen,' waarschuwde Vargas.

'Tot uw orders, kapitein. En niet de zaak oplossen zonder mij,' zei Alicia.

'Maakt u zich geen zorgen.'

Ze zag hem vertrekken in de richting van het Plaza de Cataluña en wachtte een paar minuten. Al sinds jaren stelde ze steeds weer vast dat ze met het overdrijven van haar pijnsymptomen en een kwijnend gezicht à la de dame met de camelia's de beïnvloedbare, kinderlijke kant van iedere man kon oproepen, die zich dan maar al te graag als haar beschermer en leider zag – hetgeen praktisch de totaliteit van de mannelijke soort includeerde, met uitzondering van Leandro Montalvo, die haar de meeste van zijn trucjes had geleerd en altijd doorhad welke uit haar eigen koker kwamen. Zodra ze zeker wist dat ze zich had bevrijd van Vargas, liep ze een andere richting uit. Ze had tijd nodig om na te denken en vanuit de schaduw te observeren. En bovenal was er iets wat ze alleen en op haar manier wilde doen.

De kantoren van Metrobarna waren gehuisvest op de bovenste verdieping van een monumentaal modernistisch blok met trekken van een droomkasteel. Het was gerenoveerd met okerkleurige steen en bekroond met mansardes en geweldige torens, stond bekend als Casa Rocamora en was een typisch voorbeeld van die gebouwen als mathematische edelsmeedkunst die alleen te vinden zijn in de straten van Barcelona. Vargas bleef kort staan om het spektakel van galerijen en byzantijnse geometrie vanaf de straathoek te bekijken. Een aquarellist had zijn schildersezel op de hoek gezet en legde de laatste hand aan een portret van het gebouw in impressionistische stijl.

'Mooi beeld,' complimenteerde Vargas hem.

'Een mens doet wat hij kan. Politie?'

'Is het zo duidelijk?'

De schilder schonk hem een zure glimlach. Vargas wees op het schilderij.

'Is het te koop?'

'Over ongeveer een halfuur. Interesseert u zich voor het gebouw?'

'Met de minuut meer. Moet er gelapt worden om naar binnen te kunnen?' vroeg Vargas.

'Brengt u ze alstublieft niet op ideeën.'

Een lift die ontsnapt leek te zijn uit de dromen van Jules Verne bracht hem naar de deuren van een kantoor waarop een hoogkaraats gouden plakkaat prijkte met de volgende tekst:

METROBARNA
Besloten kapitaalvennootschap voor
onroerend goed

Hij belde aan. Een klokkenspel klonk en meteen ging de deur open en in de omlijsting van een weelderige vestibule verscheen een receptioniste met een verrukkelijk figuur in hoogst formele kledij. In sommige firma's werd de overvloed voortijdig en geniepig geëtaleerd.

'Goedendag,' begon Vargas op ambtelijke toon, terwijl hij zijn accreditatie toonde. 'Vargas, hoofdbureau van politie. Ik zou graag de bedrijfsleider willen spreken, alstublieft.'

De receptioniste bekeek hem verrast. Vermoedelijk was het bezoek dat ze gewend was te ontvangen in deze ruimtes aanzienlijk gedistingeerder.

'Bedoelt u de heer Sanchís?'

Vargas knikte slechts en deed een paar passen naar voren, de vestibule in, een ruimte met blauwfluwelen gestoffeerde wanden waaraan prachtige aquarellen van Barcelonese gevels en karakteristieke gebouwen hingen. Vargas onderdrukte een glimlach toen hij de stijl herkende van de schilder op de hoek.

'Mag ik u vragen waarom het gaat, agent?' vroeg de receptioniste achter hem.

'Kapitein,' corrigeerde Vargas haar zonder zich om te draaien.

De receptioniste schraapte haar keel en zuchtte toen het daarbij bleef.

'De heer Sanchís is op dit moment in vergadering. Als u wilt...'

Vargas draaide zich om en keek haar kil aan.

'Ik zal hem nu meteen waarschuwen, kapitein.'

Vargas knikte droog. De receptioniste vertrok, ijverig op zoek naar versterking. Er volgde een vlug over-en-weer van onderdrukte stemmen, geluiden van deuren die open- en dichtgingen en haastige voetstappen in de gangen. Na een minuut was ze terug, deze keer met een vriendelijk glimlachje, en nodigde hem uit verder te komen.

'Als u zo vriendelijk wilt zijn, meneer de directeur ontvangt u in de vergaderzaal.'

Hij liep een lange gang door met bombastische kantoorruimtes aan beide zijden, waar een brigade van keurig verzorgde advocaten in driedelig pak plechtig hun zaken afhandelde. Schitterende standbeelden, schilderijen en tapijten versierden de gang, die naar een ruime zaal liep met een glazen erker vanwaaruit men de complete Paseo de Gracia kon zien in engelenperspectief. Een imposante vergadertafel domineerde een ensemble van fauteuils, vitrinekasten en lijstwerk van edelhout.

'De heer Sanchís komt zo bij u. Kan ik u ondertussen iets aanbieden, een kop koffie?'

Vargas sloeg het aanbod af. De receptioniste maakte zich zo snel mogelijk uit de voeten en liet hem alleen.

Hij inspecteerde zijn omgeving. De kantoren van Metrobarna roken, nee, stonken naar geld. Waarschijnlijk had alleen al het tapijt onder zijn voeten aanzienlijk meer gekost dan wat hij in meerdere jaren bij elkaar verdiende. Vargas liep om de vergadertafel heen, streek over het gelakte eikenhout en nam het parfum van rijkdom en luxe in zich op. Het decor straalde die beklemmende, exclusieve atmosfeer uit van instituties die zich wijden aan de alchemie van het geld en de bezoeker er voortdurend aan herinneren dat, hoewel die zich binnen waant, hij in werkelijkheid aan de andere kant van het loket staat.

De zaal was gedecoreerd met talloze portretten in diverse maten. Het betrof overwegend foto's, maar er waren ook olieverfschilderijen en houtskooltekeningen met de handtekeningen van een selectie officieel aangestelde, gerenommeerde portrettisten van de afgelopen decennia. Vargas bestudeerde de collectie zorgvuldig. Op elke afbeelding stond dezelfde persoon: een heer met zilvergrijs haar en een aristocratisch gezicht, die met een serene glimlach en ijzige blik in de camera keek, of naar de kunstenaar. De hoofdpersoon van deze portretten begreep duidelijk hoe te poseren en welk gezelschap te kiezen. Vargas boog zich naar voren om van dichtbij een foto te onderzoeken van een groep prominente mannen in fraaie jachtkledij, lachend als levenslange vrienden terwijl ze een jonge generaal Franco omringden. Vargas keek naar de opstelling van de aanwezige figuren bij deze vertoning en zijn oog viel op een van de deelnemers aan de jachtpartij. Hij stond op de tweede rij en lachte enthousiast, alsof hij zijn best deed om op te vallen in het tafereel.

'Valls,' mompelde hij.

Achter hem ging de deur open en toen hij zich omdraaide, zag hij een man van middelbare leeftijd, zo slank dat het bijna breekbaar genoemd kon worden, met schaars blond haar, fijn als dat van een baby. Hij droeg een wollen pak van onberispelijke snit en had bijpassende grijze ogen, koelbloedig en doordringend. De directeur glimlachte minzaam en stak zijn hand uit.

'Goedendag. Mijn naam is Ignacio Sanchís, algemeen directeur van dit huis, en als María Luisa me goed heeft geïnformeerd, wenst u mij te spreken. Mijn excuses dat ik u heb laten wachten. We zijn de jaarlijkse aandeelhoudersvergadering aan het voorbereiden en we komen om in het werk. Waar kan ik u mee helpen, kapitein?'

Sanchís ademde een gecultiveerde hartelijkheid en professionaliteit uit van een superieur bouquet. Zijn blik straalde tegelijkertijd warmte en autoriteit uit terwijl hij Vargas minutieus categoriseerde.

Die twijfelde er niet aan dat Sanchís, nog voor hij zijn introductiezin had uitgesproken, al wist wat het merk van zijn schoenen was en hoe oud zijn afgedragen pak.

'Dat gezicht komt me bekend voor,' zei Vargas, en hij wees op een van de olieverfschilderijen.

'Dat is don Miguel Ángel Ubach,' zei Sanchís, benevolent glimlachend bij Vargas' onwetendheid of naïviteit. 'De oprichter.'

'Van de Bank Ubach?' vroeg Vargas. 'De "Kruitbankier"?'

Sanchís schonk hem een diplomatiek lachje, maar zijn blik verkilde.

'Don Miguel Ángel hield nooit zo van die bijnaam, die hem, als u mij toestaat, geen recht deed.'

'Ik heb horen zeggen dat de Generalísimo zelf hem die bijnaam heeft gegeven, wegens verleende diensten.'

'Ik ben bang dat dat niet zo is,' corrigeerde Sanchís hem. 'De bijnaam is hem door de rode pers tijdens de oorlog gegeven. De Bank Ubach heeft samen met andere instituten bijgedragen aan de financiering van de nationale bevrijding. Een groot man aan wie Spanje veel verschuldigd is.'

'Een schuld die hij ongetwijfeld ook geïnd heeft,' murmelde Vargas.

Sanchís negeerde deze woorden zonder een zier van zijn beleefdheid te verliezen.

'En wat is de relatie van don Miguel Ángel met dit gezelschap?' wilde Vargas weten.

Sanchís schraapte zijn keel en nam een geduldige, didactische houding aan.

'Bij de dood van don Miguel Ángel in 1948 werd de Bank Ubach in drie firma's verdeeld. Een ervan was de Catalaanse Hypotheek- en Industriebank, die acht jaar geleden werd ingelijfd bij de Spaans-Amerikaanse Kredietbank. Metrobarna werd toen opgericht om de onroerendgoedportfolio te beheren die op de bankbalans stond.'

Sanchís sprak die woorden uit alsof hij ze al vele malen had herhaald, met de geroutineerde, afwezige houding van een museumgids die een groep toeristen onderwijst, en wierp ondertussen steelse blikken op zijn horloge.

'Maar ik weet zeker dat de bedrijfsgeschiedenis niet van grote interesse is voor u. Waarmee kan ik u helpen, kapitein?'

'Het gaat om een kleine kwestie, waarschijnlijk zonder relevantie, meneer Sanchís, maar u weet wat de routine in zulke zaken verlangt. We moeten alles verifiëren.'

'Natuurlijk. U mag het zeggen.'

Vargas haalde zijn opschrijfboekje tevoorschijn en deed alsof hij een paar regels nalas.

'Zou u kunnen bevestigen of een automobiel met kenteken B-74325 aan Metrobarna toebehoort?'

Sanchís keek hem perplex aan.

'Eerlijk gezegd weet ik dat niet. Ik zou het moeten vragen aan…'

'Ik stel me zo voor dat het bedrijf over een wagenpark beschikt, of vergis ik me?'

'Nee, daar hebt u gelijk in. We beschikken over vier of vijf auto's, als…'

'Waaronder een Mercedes-Benz? Zwart? Een model van zo'n vijftien of twintig jaar geleden?'

Een vlaag van ongerustheid gleed over Sanchís' gezicht.

'Ja. Dat is de auto die Valentín rijdt. Is er iets gebeurd?'

'Valentín, zegt u?'

'Valentín Morgado, een chauffeur die voor dit huis werkt.'

'Een privéchauffeur?'

'Ja. Al jaren. Mag ik u vragen wat…?'

'Bevindt de heer Morgado zich op dit moment in het kantoor?'

'Ik geloof het niet. Vanmorgen vroeg moest hij Victoria naar de arts brengen.'

'Victoria?'

'Victoria is mijn vrouw.'

'En de achternaam van uw vrouw is?'

'Ubach. Victoria Ubach.'

Vargas trok verrast zijn wenkbrauwen op. Sanchís knikte, lichtelijk geïrriteerd.

'De dochter van don Miguel Ángel, ja.'

Vargas knipoogde naar hem, alsof hij hem te verstaan wilde geven dat hij het trouwen van een rijke vrouw, wat hem naar de top van het bedrijf had gevoerd, bewonderde.

‘Kapitein, ik verzoek u me te vertellen waar dit over gaat.’

Vargas glimlachte minzaam en ontspannen.

‘Zoals ik al zei, niets van belang. We onderzoeken een verkeersongeluk dat vanochtend heeft plaatsgevonden in de Calle de Balmes. Het verdachte voertuig is ervandoor gegaan. Maakt u zich geen zorgen, het gaat niet om het uwe. Maar twee ooggetuigen hebben verklaard precies op de kruising een auto geparkeerd te hebben zien staan die overeenkomt met de beschrijving en het kenteken van de zwarte Mercedes waar...’

‘Valentín in rijdt.’

‘Exact. In feite hebben beiden verklaard dat op het moment dat de botsing zich voordeed, de chauffeur van de Mercedes in zijn voertuig zat. Vandaar dat wij er belang bij hebben met hem in contact te komen om te horen of hij wellicht iets gezien heeft wat ons verder kan helpen om de chauffeur te identificeren die op de vlucht is geslagen.’

Bij dit relaas trok Sanchís een bedrukt gezicht, maar hij leek zichtbaar opgelucht dat zijn auto en zijn chauffeur niet betrokken waren geweest bij het ongeluk.

‘Verschrikkelijk. Zijn er dodelijke slachtoffers gevallen?’

‘Helaas, ja. Een oudere dame, die naar het Hospital Clínico is gebracht. Ze is onderweg overleden.’

‘Dat spijt me bijzonder. Natuurlijk zullen we alles doen om te helpen.’

‘Het zou voor ons voldoende zijn met uw werknemer Valentín te spreken.’

‘Uiteraard, natuurlijk.’

‘Weet u of de heer Morgado vanochtend wellicht na uw vrouws bezoek aan de arts haar nog ergens anders naartoe heeft gebracht?’

‘Ik weet het niet zeker, maar ik geloof het niet. Victoria vertelde me gisteren dat ze vanmiddag thuis gasten zou ontvangen. Het is mogelijk dat Valentín nog wat boodschappen heeft gedaan. Soms levert hij documenten of post van kantoor af als mijn vrouw en ik hem overdag niet nodig hebben.’

Vargas haalde een kaartje tevoorschijn en gaf hem dat.

‘Wilt u zo vriendelijk zijn om de heer Morgado te laten weten dat hij zo snel mogelijk contact met mij moet opnemen?’

‘Maakt u zich geen zorgen. Ik zal nu meteen opdracht geven hem te lokaliseren en te informeren.’

‘Waarschijnlijk kan hij ons niet helpen, maar we moeten deze formaliteit netjes afhandelen.’

‘Natuurlijk.’

‘Nog één ding. Heeft de heer Morgado toevallig een opvallend fysiek kenmerk?’

Sanchís knikte.

‘Ja. Valentín is gewond geraakt tijdens de oorlog. Een deel van zijn gezicht is mismaakt vanwege een mortierinslag.’

‘Is hij al lang bij u in dienst?’

‘Minstens tien jaar. Valentín werkte al voor de familie van mijn vrouw en geniet het volste vertrouwen in dit huis. Ik sta voor hem in.’

‘Een van de getuigen zei iets over een masker dat een deel van zijn gezicht bedekt, kan dat kloppen? Ik wil me er slechts van vergewissen dat we met de juiste persoon te maken hebben.’

‘Zo is het. Valentín draagt een prothese die zijn onderkin en linkeroog bedekt.’

‘Ik wil niet meer van uw tijd stelen, meneer Sanchís. Mijn dank voor uw hulp. Het spijt me uw vergadering te hebben onderbroken.’

‘In het geheel niet, graag gedaan. Het is een plicht en een eer voor iedere Spanjaard medewerking te verlenen aan de veiligheidskrachten van de staat.’

Sanchís begeleidde hem al naar de uitgang toen ze langs een grote, bewerkte houten deur liepen waarachter een monumentale bibliotheek opdoemde met zicht op de Paseo de Gracia. Vargas bleef een moment staan en keek naar binnen. De bibliotheek strekte zich uit als was ze een galerij in Versailles en leek de complete zijkant van het gebouw in te nemen. Vloer en plafond waren met zulk opgewreven hout bekleed dat het twee tegenover elkaar geplaatste spiegels leken waarin de rijen boeken zich vermenigvuldigden tot in het oneindige.

‘Indrukwekkend,’ zei Vargas. ‘Bent u een verzamelaar?’

‘Een bescheiden verzamelaar,’ antwoordde Sanchís. ‘Het grootste gedeelte komt uit de verzameling van de Ubach-stichting, hoewel ik moet toegeven dat boeken mijn zwakte zijn en datgene waarin ik mijn toevlucht zoek tegen de financiële wereld.’

'Ik begrijp u. Ik die, op mijn eigen bescheiden wijze, hetzelfde,' waagde Vargas te zeggen. 'Ik zoek zeldzame, unieke exemplaren en pak ze op. Mijn vrouw noemt dat beroepsdeformatie.'

Sanchís knikte en behield zijn beleefde, geduldige gezichtsuitdrukking, maar zijn ogen verraadden al een zekere verzadiging en de wens om de politieman zo snel mogelijk kwijt te zijn.

'Bent u geïnteresseerd in zeldzame boeken, meneer Sanchís?'

'Het leeuwendeel van de collectie bestaat uit teksten uit de achttiende en negentiende eeuw, Spaanse, Franse en Italiaanse, hoewel we ook een uitstekende verzameling Duitse literatuur en filosofie hebben, en Engelse poëzie. Vermoedelijk wordt dat in bepaalde kringen al als zeldzaam genoeg beschouwd.'

Sanchís nam hem subtiel maar dwingend bij de arm en leidde hem verder door de gang, op weg naar de voordeur.

'Ik benijd u, meneer Sanchís. Wie kan dat van zichzelf zeggen? Mijn middelen zijn beperkt en ik moet me met bescheiden exemplaren tevredenstellen.'

'Er zijn geen bescheiden boeken, kapitein, er is slechts hoogmoedige onwetendheid.'

'Natuurlijk. Exact hetzelfde heb ik tegen een handelaar in tweedehandsboeken gezegd die voor mij een serie romans zoekt van een vergeten auteur. Misschien kent u zijn naam wel. Mataix. Víctor Mataix.'

Onbewogen doorstond Sanchís zijn blik en hij schudde langzaam het hoofd.

'Het spijt me, ik heb nog nooit van hem gehoord.'

'Dat vertelt iedereen me. Een man stopt zijn ziel en zaligheid in het schrijven en al snel herinnert niemand zich zijn woorden meer.'

'De literatuur is een wrede geliefde die gemakkelijk vergeet,' zei Sanchís, en hij trok de voordeur open.

'Net als het recht. Gelukkig dat er altijd mensen zijn als u en ik, bereid om de herinnering aan beide op te frissen.'

'Zo is het leven, dat ons allen voortijdig vergeet. Welnu, als ik verder niets meer voor u kan doen…'

'Nee, nogmaals mijn hartelijke dank voor uw hulp, meneer Sanchís.'

24

Toen hij het gebouw uit liep, zag Vargas hoe de aquarellist zijn spullen al aan het verzamelen was en de zeemanspijp opstak. Hij glimlachte naar hem van een afstandje en liep op hem af.

'Nou ja, het is commissaris Maigret!' riep de kunstenaar uit.

'De naam is Vargas.'

'Dalmau,' stelde de schilder zich voor.

'Hoe ziet het eruit, meester Dalmau, is het kunstwerk af?'

'Een kunstwerk is nooit af. De truc zit erin te weten op welk punt je ze onaf moet laten. Bent u nog steeds geïnteresseerd?'

De kunstenaar trok de lap weg die over de aquarel hing.

'Het lijkt wel uit een droom te komen,' zei Vargas.

'De droom is van u voor tien stuivers plus een vrijwillige bijdrage.'

Vargas trok zijn portefeuille tevoorschijn. De ogen van de aquarellist lichtten op als de gloed in zijn tabakspijp. Vargas gaf hem een biljet van honderd peseta.

'Dat is te veel.'

Vargas schudde zijn hoofd.

'Beschouwt u mij als uw mecenas van de dag.'

De schilder begon de aquarel op te rollen in pakpapier en bond er touw omheen.

'Kunt u hiervan leven?' vroeg Vargas.

'De ansichtkaartenindustrie heeft veel schade aangericht, maar er zijn nog mensen met smaak.'

'Zoals de heer Sanchís?'

De aquarellist trok een wenkbrauw op in een wantrouwig gebaar.

'Het leek me al dat hier iets achter stak. Laten we hopen dat u me niet in de problemen brengt.'

'Is meneer Sanchís al lang een klant van u?'

'Een paar jaar.'

'Hebt u hem veel schilderijen verkocht?'

'Tamelijk.'

'Houdt hij zoveel van uw stijl?'

'Hij koopt ze uit medelijden, denk ik. Hij is een genereuze man, voor een bankier althans.'

'Misschien heeft hij een slecht geweten.'

'Hij zal de enige niet zijn. In dit land stikt het ervan, als zandkorrels aan zee.'

'En schaart u mij daar ook onder?'

Dalmau mompelde iets binnensmonds en klapte de schildersezel in.

'Gaat u al? Ik dacht dat u me iets ging vertellen over de heer Sanchís.'

'Kijk, als u wilt, krijgt u het geld terug. En het schilderij mag u houden. Hangt u het maar in een van de cellen van uw politiebureau.'

'Het geld is van u, dat hebt u verdiend.'

De kunstenaar leek besluiteloos.

'Wat is er met Sanchís?' vroeg hij.

'Niets. Pure nieuwsgierigheid.'

'Dat zei die andere politieman ook. U bent ook allemaal hetzelfde.'

'Die andere politieman?'

'Ja, precies. Doet u maar alsof u niet weet over wie het gaat.'

'Kunt u mijn collega voor me beschrijven? Misschien zit er nog wel een biljetje in als u me een handje helpt.'

'Weinig aan te beschrijven. Nog zo'n houwdegen, net als u. Alleen had hij een groot litteken op zijn gezicht.'

'Zei hij hoe hij heette?'

'Zo intiem zijn we niet geworden.'

'Wanneer was dat?'

'Misschien drie of vier weken geleden.'

'Hier?'

'Ja, hier. In mijn kantoor. Kan ik nu gaan?'

'Van mij hebt u niets te vrezen, maestro.'

'Ik ben niet bang voor u. Uw soort jaagt me al heel lang geen angst meer aan. Maar ik adem liever andere lucht in, als u het niet erg vindt.'

'Hebt u weleens gezeten?'

De schilder lachte minachtend.

'De Modelo?'

'Montjuïc. Van '39 tot '43. U en uw kompanen kunnen me niets aandoen wat me niet al eens aangedaan is.'

Vargas pakte zijn portefeuille om een tweede betaling te doen, maar de kunstenaar weigerde. Hij pakte het briefje dat Vargas hem eerder had gegeven en liet het op de grond dwarrelen. Daarna pakte hij zijn ingeklapte schildersezel en zijn verfkoffertje en liep hinkend weg. Vargas keek hem na tot hij op de Paseo de Gracia uit het zicht verdween. Hij bukte om het geld van de straat op te rapen en liep met het schilderij onder zijn arm in tegengestelde richting.

Ignacio Sanchís stond bij het raam van de vergaderkamer en keek naar de politieman die met de schilder op de hoek praatte. Na een paar minuten liep hij weg, met een schilderij dat hij kennelijk van hem had gekocht, in de richting van het Plaza de Cataluña. Sanchís wachtte tot hij in de menigte was opgegaan. Toen liep hij de gang in naar de receptie.

'Ik ben een paar minuten weg, María Luisa. Als Lorca belt vanuit ons kantoor in Madrid, verbind hem dan door met Juanjo.'

'Ja, meneer Sanchís.'

Hij wachtte niet op de lift, maar daalde te voet de trappen af naar de straat, waar een briesje hem ontving, dat hem erop attent maakte dat het zweet op zijn voorhoofd stond. Hij wandelde naar het café naast de studio van Radio Barcelona, in de Calle Caspe, en bestelde een *cortado*. Terwijl die werd gemaakt, posteerde hij zich bij de openbare telefoon achterin en draaide een nummer.

'Brians,' zei de stem aan de andere kant van de lijn.

'Een politieman die zegt dat hij Vargas heet heeft me zo-even een bezoekje gebracht.'

Lange stilte.

'Is dit de kantoorlijn?' vroeg Brians.

'Natuurlijk niet.'

'Vanochtend zijn ze hier ook geweest. Hij en een vrouw. Ze zeiden dat ze een Mataix hadden om te verkopen.'

'Weet u wie het waren?'

'Hij was overduidelijk van de politie. Zij beviel me al helemaal niet. Zodra ze weg waren heb ik gedaan wat u me hebt gezegd. Ik heb het nummer gebeld dat u me hebt gegeven en opgehangen om Morgado te waarschuwen en hem op de vaste plek te treffen. Een krap uur geleden heb ik hem gezien. Ik dacht dat hij u al wel op de hoogte gesteld zou hebben.'

‘Er is iets tussen gekomen. Morgado moest terug naar huis,’ zei Sanchís.

‘Wat wilde de politieman van u weten?’

‘Hij vroeg naar Morgado. Een of ander onzinverhaal over een ongeluk. Ze moeten u gevolgd zijn.’

Sanchís hoorde de advocaat zuchten.

‘Denkt u dat ze de lijst hebben?’

‘Ik weet het niet. Maar we kunnen geen enkel risico nemen.’

‘Wat wilt u dat ik doe?’ vroeg Brians.

‘Tot nader order geen ontmoetingen meer met Morgado en geen telefoontjes. Indien nodig neem ik contact met u op. U blijft vandaag in uw kantoor alsof er niets aan de hand is,’ beval Sanchís. ‘Als ik u was, verdween ik een poosje uit de stad.’

De bankier hing op. Bleek liep hij langs de bar.

‘Chef. Uw cortado,’ zei de ober.

Sanchís keek hem aan alsof hij niet begreep wat hij daar deed en verliet het café.

25

Mauricio Valls heeft te veel mensen zien sterven om te geloven dat er nog iets is aan gene zijde. Hij herrijst uit het vagevuur van antibiotica, slaapmiddelen en nachtmerries zonder hoop. Hij opent zijn ogen en ziet de armoedige cel en voelt dat zijn kleding verdwenen is. Hij is naakt in een deken gewikkeld. Hij brengt de hand die hij niet meer heeft naar zijn gezicht en ontdekt de met teer gecauteriseerde stomp. Hij kijkt er lang naar, alsof hij erachter wil komen aan wie het lichaam toebehoort waarin hij wakker is geworden. Druppelsgewijs komt de herinnering aan beelden en geluiden terug. Spoedig herinnert hij zich alles weer, behalve de pijn. Misschien bestaat er toch een barmhartige God, denkt hij.

‘Waar lach je om?’ vraagt de stem.

De vrouw die hij in zijn delirium heeft aangezien voor een engel kijkt naar hem vanaf de andere kant van de tralies. Er ligt geen enkele compassie of emotie in haar blik.

‘Waarom hebben ze me niet laten sterven?’

‘De dood is te goed voor jou.’

Valls knikt. Hij weet niet zeker met wie hij praat, hoewel er iets is in die vrouw wat hem vreselijk bekend voorkomt.

'Waar is Martín? Waarom is hij niet gekomen?'

De vrouw lijkt hem aan te kijken met een mengeling van minachting en droefheid.

'David Martín wacht op je.'

'Waar?'

'In de hel.'

'Ik geloof niet in de hel.'

'Geduld. Dat komt nog wel.'

De vrouw trekt zich terug in de schaduw en loopt langzaam de trap op.

'Wacht. Niet weggaan. Alstublieft.'

Ze stopt.

'Gaat u niet weg. Laat u me hier niet weer alleen.'

'Daar is schone kleding. Kleed je aan,' zegt ze voor ze de trap op verdwijnt.

Valls hoort een deur dichtgaan. In een hoek van de cel vindt hij een zak met kleren – oude kleren, te groot voor hem, maar redelijk schoon, hoewel ze stoffig ruiken. Hij pelt zich uit de deken en bekijkt zijn naakte lichaam in het halfduister. Hij kan nu onder zijn huid botten en pezen zien waar eerst een vingerbreed vet zat. Hij kleedt zich aan. Het is nog niet eenvoudig zich met één hand aan te kleden, en ook niet om met maar vijf vingers een broek of een hemd dicht te knopen. Het dankbaarst is hij voor de sokken en schoenen, waarmee hij zijn voeten voor de kou kan verbergen. Onder in de zak zit nog iets. Een boek. Hij herkent onmiddellijk de zwartleren band en de contouren van een wenteltrap in scharlakenrood op het omslag. Hij ondersteunt het boek op zijn schoot en doet het open.

Het labyrint der geesten III
Ariadna en het schaduwtheater

Tekst en illustraties door Victor Mataix

Valls bladert naar de eerste illustratie en stopt. Ze toont de ruïnes van een oud theater, op het podium waarvan een meisje staat, in het wit gekleed en met een breekbare blik. Zelfs bij het kaarslicht herkent hij haar.

'Ariadna,' mompelt hij.

Hij sluit zijn ogen en klemt zich met zijn ene hand vast aan de tralies.

Misschien bestaat de hel toch.

26

Een fluwelen zon overgoot de straten met onschuld. Alicia wandelde tussen de mensen door het centrum van de stad, terwijl ze steeds moest denken aan een scène die ze op de laatste bladzijden van *Ariadna en de scharlaken prins* had gelezen. Daarin ontmoette Ariadna een straatverkoper, die bij de ingang naar de dodenstad, de grote necropolis aan de zuidkant, maskers aanbood. Een spookachtige tram had haar daarnaartoe gereden, zonder bestuurder of medereizigers; op de voorkant hing een bord waarop stond:

LOTSBESTEMMING

De verkoper was blind, maar hij hoorde Ariadna dichterbij komen en vroeg haar of ze een masker wenste aan te schaffen. De maskers die hij verkocht in zijn kar, legde hij uit, waren gemaakt van de resten van verdoemde zielen die het kerkhof bewoonden en ertoe dienden om het lot bij de neus te nemen en allicht nog een dag extra te leven. Ariadna bekende dat ze niet wist wat haar lot was en dat ze het meende verloren te hebben toen ze in dat spookachtige Barcelona was gevallen dat onder de heerschappij stond van de scharlaken prins. De maskerverkoper glimlachte en antwoordde het volgende:

De meeste stervelingen komen nooit hun werkelijke lot te weten; we worden er simpelweg door overrompeld. Tegen de tijd dat we ons hoofd optillen en toekijken hoe het zich verwijdert, is het al te laat en moeten we de rest van de weg door de greppel afleggen die dromers de volwassenheid noemen. De hoop is niet meer dan het geloof dat dat moment nog niet gekomen is, dat het ons nog lukt ons werkelijke lot te zien wanneer het dichterbij komt, en dat we aan boord kunnen springen voor de kans onszelf te worden voor eeuwig vervluchtigt en het lot ons ertoe veroordeelt leeg te leven, verlangend naar wat moest zijn en nooit was.

Alicia herinnerde zich die woorden alsof ze in haar huid gegrift stonden. Niets verrast en jaagt meer schrik aan dan wat een mens al weet. Toen ze die middag haar hand op de deurklink van de oude boekhandel van Sempere & Zoons legde, voelde ze hoe dit nog te leven leven haar beroerde, en ze vroeg zich af of het niet al te laat was.

Toen ze binnenkwam, werd ze door het getinkel van het belletje boven de deur ontvangen, door het aroma van duizenden pagina's van boeken die op hun kans wachtten, en door een nevelig licht dat het geheel met een droomweefsel overtrok. Alles was zoals ze het in haar herinnering had, van de eindeloze hoeveelheid licht houten boekenkasten tot en met het laatste in het licht gevangen stofje. Alles behalve zij.

Ze betrad de ruimte alsof ze terugkeerde in een weergevonden herinnering. Een ogenblik bedacht ze dat deze plek haar lot had kunnen zijn als er niet een oorlog was geweest die alles wat ze had van haar had weggerukt, die haar had verminkt en in de straten van een vervloekt land alleen had gelaten. Een oorlog, aan het eind waarvan ze een van de vele marionetten was geworden in een voorstelling waaruit ze nooit – dat wist ze – zou kunnen ontsnappen. Ze begreep dat deze zinsbegoocheling die ze tussen de muren van boekhandel Sempere & Zoons voorvoelde, het haar ontstolen leven was.

De blik van een jongetje haalde haar uit haar overpeinzingen. Hij kon niet ouder zijn dan twee of drie en hij zat op een krukje naast de toonbank. Het jochie, met een bos blond haar, zo fijn dat het goudsmeedkunst leek, was opgestaan, hield de rand van de toonbank vast en keek haar strak aan, alsof ze tot een exotische soort behoorde. Ze schonk hem zo'n eerlijk glimlachje dat iemand onmerkbaar ontsnapt. De kleine leek de mimiek in te schatten terwijl hij speelde met een rubberen krokodil. Opeens, in een opmerkelijke actie van aeronautische acrobatie, gooide hij het beest in een parabolische baan die het voor haar voeten deed belanden. Ze bukte zich om de krokodil op te pakken, en hoorde toen haar stem.

'Julián, in hemelsnaam! Er is met jou ook geen...'

Alicia hoorde de voetstappen om de toonbank heen lopen en terwijl ze zich weer oprichtte, zag ze haar. Beatriz. Van dichtbij was ze zo mooi als de rapporten van domkoppen en snuffelaars haar hadden afgeschilderd, hoewel die, zoals te voorzien was, weinig méér over haar te vermelden wisten. Ze straalde die gezegende, onbezonnen vrouwelijkheid uit van een vrouw die voor haar twintigste moeder is geworden, maar ze had de blik van een twee keer zo oud mens, doordringend en onderzoekend. Niemand kan een vrouw zo lezen als een andere vrouw en in dat korte moment dat hun handen elkaar raakten bij het overhandigen van Juliáns speeltje en hun ogen elkaar troffen, voelden beiden dat ze voor een soort spiegel stonden.

Alicia bekeek dit wezen en bedacht dat ze in een ander leven goed en graag dit kalme, engelachtige vrouwtje had kunnen zijn, dat in de wijk vast en zeker verlangens en gezucht ontlokte, het levende beeld van de perfecte vrouw uit de modeadvertenties. Beatriz, *sine peccato concepta*, staarde op haar beurt naar de vreemdelinge, die een donker spiegelbeeld van haarzelf leek te zijn, een Bea die ze nooit zou kunnen of durven zijn.

'Mijn excuses,' zei ze. 'Hij heeft zich heilig voorgenomen iedereen net zoveel van krokodillen te laten houden als hij. Hondjes of teddybeertjes zoals bij andere kinderen kunnen het niet zijn, nee hoor...'

'Een teken van goede smaak,' zei Alicia. 'Andere kinderen zijn toch een beetje aanstellerig, vindt u niet?'

'Kokodil,' zei de kleine, en hij knikte herhaaldelijk, alsof hij eindelijk een verstandige ziel op deze wereld had gevonden. Bea fronste haar voorhoofd. De trekken van die vrouw deden haar denken aan de gestileerde, verrukkelijk slechte heksen uit de sprookjes waar Julián zo van hield. Haar zoon moest hetzelfde gedacht hebben, want hij had zijn handjes naar haar uitgestoken alsof hij wilde dat ze hem oppakte.

'Het ziet ernaar uit dat u hem voor u gewonnen hebt,' zei Bea. 'En denkt u maar niet dat Julián met iedereen wegloopt.'

Alicia keek naar het jongetje. Nooit in haar leven had ze een kind vastgehouden. Ze had geen idee hoe je zoiets deed. Bea moest haar perplexiteit gemerkt hebben, want ze nam Julián in haar armen.

'Hebt u geen kinderen?' vroeg ze.

Alicia antwoordde ontkennend.

Waarschijnlijk eet ze ze, dacht Bea in een uitglijdertje van boosaardigheid. Julián staarde haar nog steeds gefascineerd aan.

'Julián heet hij?'

'Ja.'

Langzaam liep Alicia naar het kind toe en boog zich naar voren om hem in de ogen te kunnen kijken. Julián lachte verrukt. Bea, verrast door de reactie van haar zoon, liet hem zijn handje uitsteken naar het gezicht van die vrouw. Julián streek over haar wang en lippen. Bea meende te zien hoe zich tranen vormden in haar ogen, maar misschien was het de weerschijn van het middaglicht. De vrouw trok zich snel terug en draaide zich om.

Ze was voortreffelijk en, voor zover Bea het kon beoordelen, duur gekleed. Het soort kleding dat Bea soms in de beste etalages van Barcelona bewonderde, om dan dagdromend weer door te lopen. Ze was tenger gebouwd, en had een enigszins theatraal gezicht. Haar lippen waren gestift in een kleur en glans die zij nooit in het openbaar zou durven dragen maar die ze een enkele keer had opgedaan voor Daniel, wanneer hij haar inpalmde met muskaatwijn en haar smeekte voor hem een 'defilé' te doen, zoals hij dat noemde.

'Uw schoenen zijn prachtig,' zei Bea.

De vrouw draaide zich weer om en glimlachte, zodat haar tanden zichtbaar waren tussen het bourgognerood van haar lippen.

'Schoenen... móói,' zei ook Julián, die alles prachtig leek te vinden, ook de fluwelen ogen, die hypnotiserend waren als die van een slang.

'Zoekt u iets bepaalds?'

'Ik weet het niet. Ik moest bij een verhuizing bijna al mijn boeken achterlaten en nu, terug in Barcelona, voel ik me een schipbreukeling.'

'Bent u van hier?'

'Ja, maar ik heb enkele jaren elders gewoond.'

'In Parijs?'

‘Parijs? Nee.’

‘Ik dacht dat vanwege de kleding. En het uiterlijk. U ziet er een beetje uit als een Parisienne.’

Alicia wisselde een blik met de kleine Julián, die nog steeds in haar ban was, en hij knikte alsof het idee van haar Parijse afkomst van hem was en niet van zijn moeder.

‘Kent u Parijs?’ vroeg Alicia.

‘Nee. Nu ja, uit boeken. Maar volgend jaar vieren we daar onze huwelijksdag.’

‘Dat is nog eens een echtgenoot.’

‘O, hij weet het nog niet.’

Bea lachte nerveus. Iets in de blik van die vrouw maakte haar loslippig. Alicia knipoogde samenzweerderig naar haar.

‘Nog beter. Er zijn dingen die te belangrijk zijn om ze aan de mannen over te laten.’

‘Bent u voor het eerst in deze boekhandel?’

‘Nee. Als meisje ben ik hier vaak geweest met mijn ouders. Hier heeft mijn moeder mijn eerste boek voor me gekocht. Maar dat is alweer vele jaren geleden. Voor de oorlog. Omdat ik echter zulke goede herinneringen bewaar aan deze boekhandel, bedacht ik dat het de juiste plek zou zijn om weer met de wederopbouw van mijn bibliotheek te beginnen.’

Bea voelde een diepe kriebel bij de impliciete belofte van aanstaande handel. Het droge seizoen duurde al te lang en die woorden klonken haar in de oren als hemelse muziek.

‘Hier staan we voor u klaar, en wat we niet op voorraad hebben, bezorgen we in een paar dagen of uren.’

‘Het doet me deugd dat te horen. Bent u de eigenares?’

‘Ik ben Bea. Dit is de boekhandel van mijn schoonvader, maar de hele familie werkt hier.’

‘Uw man werkt hier ook met u? Wat een geluk.’

‘Ik weet niet of ik dat met u eens ben,’ grapte Bea. ‘Bent u getrouwd?’

‘Nee.’

Bea wist niet wat ze moest zeggen, weer zo’n loslippigheid van haar. Dat waren al twee persoonlijke vragen aan deze veelbelovende cliënte die niet ter zake deden. Alicia las haar blik en glimlachte.

‘Maakt u zich geen zorgen, Bea. Ik heet Alicia.’

Ze gaf Bea een hand. Julián, die alles nauwgezet volgde, stak de zijne ook uit, je kon immers niet weten. Alicia gaf ook hem een hand. Bea lachte.

‘Met uw handigheid met kinderen zou u er eigenlijk een paar moeten hebben.’

Zodra ze de woorden had uitgesproken, kon ze haar tong wel afbijten. *Bea, alsjeblieft, hou je mond, ja?*

Alicia leek haar gelukkig niet te hebben gehoord en was verdiept in de kasten vol boeken, hief haar hand op en streelde ze bijna, maar zonder ze aan te raken. Bea maakte van de gelegenheid gebruik haar nog eens aan een grondig onderzoek te onderwerpen nu ze met haar rug naar haar toe stond.

‘U moet weten dat we voor verzamelingen speciale prijzen hanteren.’

‘Kan ik hier blijven wonen?’ vroeg Alicia.

Bea lachte weer, deze keer met weinig overtuiging, en keek haar zoon aan, die evident de sleutels al aan de vreemde zou hebben overhandigd.

‘Steinbeck,’ hoorde ze haar fluisteren.

‘We hebben hier een verzamelband met verschillende van zijn romans. Net binnen.’

Alicia sloeg een van de boeken open, een paar willekeurige regels lezend.

‘Het is alsof je muziek op een notenbalk leest,’ prevelde ze.

Bea nam aan dat ze tegen zichzelf praatte en opging in de boeken, zij en het kind vergeten. Ze liet haar met rust om haar op haar gemak de boekhandel te laten afstruinen. Alicia koos hier en daar een boek en legde het op de toonbank. Een kwartier later had zich een respectabele toren gevormd.

‘We bezorgen ook aan huis.’

‘Geen zorgen, Bea. Vanmiddag nog stuur ik iemand langs om ze op te halen. Maar deze neem ik mee. Het kaartje met “aanbeveling van Fermín” heeft me overtuigd: “*De druiven der gramschap*, van de grote schelm Johnnie Steinbeck, is een uitgelezen lettersymfonie om bij gevallen van halsstarrige geslotenheid verlichting te bieden en werkt in gevallen van mentale verstopping, veroorzaakt door een overdosis instemming met de canon van de officiële onnozelheid, bevorderend voor de activiteit van hersenkronkels."'

Bea rolde met haar ogen en haalde het kaartje van het omslag af.

'Mijn excuses, deze "aanbevelingen" zijn een van Fermíns recente invallen. Ik probeer al de hele tijd ze allemaal te verzamelen en weg te halen voordat de cliënten ze vinden, maar hij blijft ze maar overal verstoppen.'

Alicia lachte. Een koude lach had ze, van glas.

'Is Fermín een van uw werknemers?'

Bea knikte.

'Zoiets. Hij definieert zichzelf als literair adviseur en bibliografisch detective van Sempere & Zoons.'

'Een boeiend personage, lijkt me.'

'U hebt geen idee. Nietwaar, Julián, van oom Fermín is er maar één op de hele wereld, toch?'

De kleine klapte in zijn handjes.

'Van hetzelfde laken een pak,' legde Bea uit. 'Ik weet niet wie van de twee meer stro in zijn hoofd heeft.'

Ze begon de prijzen van de boeken langs te lopen en op te schrijven in het kasboek. Alicia zag dat ze dat deed met een elegantie die geen twijfel liet over wie hier in huis over de cijfers waakte.

'Met de korting van het huis komt u op...'

'Zonder korting, alstublieft. Geld aan boeken uitgeven is een genoegen waar ik niet op wil worden gekort.'

'Weet u het zeker?'

'Heel zeker.'

Alicia voldeed het bedrag van de aankoop, die Bea vervolgens klaarzette voor de boodschapper die ze die middag zou ophalen.

'U neemt beslist een aantal schatten mee,' zei Bea.

'Ik hoop dat het de eerste zijn van een lange lijst.'

'Wij staan hier tot uw dienst, dat weet u.'

Alicia gaf haar nogmaals een hand.

'Het was me een genoegen, ik kom snel terug.'

Bea knikte tevreden, maar dacht dat dat bijna klonk als een bedreiging.

'Dit is uw huis, we staan hier voor u klaar.'

Alicia blies een kus naar Julián, waarvan hij in een soort trance raakte. Moeder en zoon keken toe hoe ze met katachtige gebaren haar handschoenen aantrok en naar de uitgang liep, de vloer pijnigend met haar hakken. Precies op het moment dat ze naar de deur liep, kwam Daniel aan. Bea zag hoe haar man gefascineerd de deur voor haar openhield en zich uitsloofde met een glimlach die op zijn minst een oorvijg verdiende. Ze rolde met haar ogen en zuchtte. Julián tetterde opgewonden naast haar, zoals altijd wanneer hij verrukt van iets was, of het nu een verhaal was van zijn oom Fermín of een warm bad.

'Jullie zijn ook allemaal hetzelfde,' mompelde ze.

Daniel kwam de winkel binnen en stuitte op Bea's blik, die hem kil doorboorde.

'En wie was dat dan wel?' vroeg hij.

27

Pas toen ze bij de hoek met de Puerta del Ángel was bleef ze staan, verborgen in de mensenmassa, en droogde voor een van de etalages van Casa Jorba de tranen die over haar wangen biggelden. *Dat is mijn leven.* Ze keek naar haar spiegelbeeld in het glas en liet de woede door haar heen stromen. Stommeling, dacht ze.

Weer tot zichzelf gekomen begon ze aan wat jaren geleden haar favoriete route was geweest en liep in twintig minuten langs twintig eeuwen. Over de Puerta del Ángel tot aan de kathedraal en vandaar met de bocht mee de smalle Calle de la Paja in, die langs de resten van de Romeinse stadsmuur liep, en tot slot door de Joodse wijk El Call tot aan de Calle Aviñón. Altijd had ze de voorkeur gegeven aan straten die ze met trams noch auto's hoefde te delen. Hier, in het hart van het oude Barcelona, waar de machines en hun adepten niet konden doordringen, voedde ze het geloof dat de tijd cirkelvormig vergleed en dat als ze zich nu maar niet buiten dat stegenlabyrint waagde, waar de zon zich slechts op kousenvoetjes vertoonde, ze misschien nooit ouder zou worden en zou kunnen terugkeren naar een verborgen tijd om de weg terug te vinden die ze nooit had moeten verlaten. Misschien was haar moment nog niet voorbij. Misschien had ze toch nog een reden om verder te leven.

Voor de oorlog had ze dezelfde weg vele malen afgelegd aan de hand van haar ouders. Ze herinnerde zich dat ze regelmatig met haar moeder de etalage van Sempere & Zoons was voorbijgelopen en altijd even was blijven staan om de hulpeloze blik van een jongen te beantwoorden, die naar haar keek vanaf de andere kant van het glas. Daniel, misschien? Ze herinnerde zich de dag dat haar moeder het eerste boek voor haar kocht dat ze in haar leven had gelezen, een verzameling gedichten en legenden van Gustavo Adolfo Bécquer. Ze herinnerde zich de vele nachten die ze slapeloos had doorgebracht in het geloof dat Maese Pérez, de organist, tegen middernacht bij haar kamerdeur zou rondsluipen, en met de wens weer naar de betoverende boekhandel terug te keren, waar nog duizend-en-een te beleven verhalen op haar wachtten. Misschien had Alicia in dat andere, verloren leven aan de andere kant van de toonbank gestaan, had ze vriend en vijand boeken in de handen gedrukt, titels en prijzen in het kasboek genoteerd en van de reis naar Parijs met Daniel gedroomd.

Naarmate ze dichter bij huis kwam, begon de troebele wrok weer bezit van haar te nemen, haar te trekken naar dat donkere deel van haar ziel, zonder spiegels of ramen, waarin ze leefde. Ze stelde zich heel even voor hoe ze zich om zou draaien en naar de boekhandel zou teruglopen, waar ze dat sprookjesachtige vrouwtje en haar cherubijntje met de makkelijke glimlach zou zien. Beatriz de Zuivere. Ze zag zichzelf en hoe ze haar bij haar keel tegen de muur zou drukken, haar nagels in de fluwelen huid zou boren en haar gezicht dat van die blanke ziel zou naderen, zodat Bea de afgrond kon zien die zich in haar ogen verborg, terwijl ze haar lippen likte om te ontdekken waarnaar de honing van het geluk smaakte dat de levens zegende van hen tot wie zij, zoals Leandro altijd had gezegd, nooit zou behoren: de gewone mensen.

Op de kruising van de Calle Aviñón en de Calle de Fernando stond ze stil, op slechts een paar meter van het portiek van haar huis, en sloeg haar ogen neer. Een gevoel van schaamte beving haar en bijna kon ze Leandro in een hoekje van haar geest horen lachen. 'Mijn beste Alicia, schepsel van de duisternis, doe jezelf geen kwaad met de droom het prinsesje van het huis te zijn, dat wacht op de terugkeer van de held en dat met vreugdesprongetjes de adorabele telgjes met zorg omringt. Jij en ik, wij zijn wat we zijn en hoe minder we in de spiegel kijken, hoe beter.'

'Voelt u zich wel goed, juffrouw Alicia?'

Ze opende haar ogen en ontdekte een bekend gezicht, een flard uit het verleden.

'Fernandito?'

Een goeiige glimlach gleed over het gezicht van haar oude, trouwe bewonderaar. De jaren hadden van de arme jongen met de koortsige geest en het galopperende hart een niet onaanzienlijke kleine man gemaakt. Ondanks de verstreken tijd was zijn verrukte blik echter nog precies zoals op de dag dat hij naar het Estación de Francia was gekomen om afscheid van haar te nemen.

'Wat ontzettend fijn om u weer te zien, juffrouw Alicia. U bent nog precies hetzelfde. Wat zeg ik, u ziet er beter uit.'

'Maar jij kijkt altíjd met een goedkeurend oog naar me, Fernandito. Degene die veranderd is, ben jij.'

'Dat zeggen ze,' bevestigde de jongen, duidelijk tevreden met de verbetering.

'Je hebt er een hoop spieren bij gekregen,' zei Alicia. 'Ik weet niet of ik je nog wel Fernandito kan noemen. Je lijkt me nu meer een don Fernando.'

Fernandito werd rood en blikte verlegen naar de grond.

'U mag me noemen zoals u wilt, juffrouw Alicia.'

Ze boog zich naar voren en plantte een kus op zijn wang, die al ruw begon aan te voelen. Fernandito bleef verbluft stokstijf staan en omhelsde haar toen stevig.

'Ik ben blij dat u thuis bent gekomen. We hebben u zeer gemist.'

'Kan ik je uitnodigen voor een... Hou je nog steeds zo van *leche merengada*?'

'Ik ben overgestapt op de *carajillo* met rum.'

'Waar testosteron al niet toe leidt.'

Fernandito lachte. Ondanks zijn nieuwe spieren, zijn beginnende baardgroei en zijn nieuwe, diepe stem, lachte hij nog steeds als een kind. Alicia nam hem bij de arm en trok hem mee naar het Gran Café, waar ze een carajillo vroeg met de beste Cubaanse rum van het huis, en een glas witte wijn. Ze proostten op de jaren afwezigheid en Fernandito, in een roes van de rum en Alicia's aanwezigheid, vertelde dat hij af en toe voor een kruidenierswinkel bestellingen afleverde in de buurt en dat hij een vriendinnetje had dat Candela heette en dat hij haar had leren kennen tijdens de catechisatie van de parochie.

'Veelbelovend,' vond Alicia. 'Wanneer ga je trouwen?'

'Trouwen? Dat zijn wensdromen van mijn tante Jesusa. Ik heb met moeite Candela zover gekregen me een kus te geven. Ze denkt dat als er geen priester in de buurt is, het een zonde is.'

'Als er een priester in de buurt is, is de aardigheid eraf.'

'Dat zeg ik ook altijd. Bovendien, met het beetje geld dat ik verdien in de winkel is het onmogelijk om ook maar een stuiver te sparen voor de bruiloft. Ik kan u vertellen, ik moest achtenveertig wissels ondertekenen voor de Vespa.'

'Heb je een Vespa?'

'Een schoonheid. Derdehands, maar ik heb hem laten overspuiten en nu is hij een feest om naar te kijken. Ik neem u een keer mee. Maar wat dat ding me gekost heeft, en me nog gaat kosten. We zitten allemaal een beetje krap bij kas in de familie sinds mijn vader ziek is geworden en zijn baan bij La Seda moest opgeven. Die dampen van de zuren die ze gebruiken. Die hebben zijn longen weggevreten.'

'Het spijt me dat te horen, Fernandito.'

'Zo is het leven. Maar op dit moment is mijn salaris het enige geld dat binnenkomt en ik zal iets beters moeten vinden.'

'Wat zou je dan graag willen doen?'

Hij keek haar met een raadselachtige glimlach aan.

'Weet u wat ik altijd al heb willen doen? Met u werken.'

'Maar je hebt toch geen idee, Fernandito!'

'Ik ben niet zo dom als ik lijk, juffrouw Alicia.'

'Dat heb ik ook nooit gedacht.'

'Een dromer, dat wel, en een beetje naïef, wat kan ik zeggen, u hebt het immers zelf ondervonden, maar ik ben slim genoeg om te weten dat u in de wereld zit van raadsels en intriges.'

Ze glimlachte.

'Dat zou een manier kunnen zijn om het te omschrijven, inderdaad.'

'En ik zeg niks, eh, ik hou mijn mondje dicht.'

Alicia keek hem in de ogen. Fernandito slikte. In die afgrond kijken versnelde altijd zijn hartslag.

'Zou je werkelijk met mij willen werken?' vroeg ze ten slotte.

Fernandito kreeg ogen als schoteltjes.

'Niets in deze wereld zou me gelukkiger maken.'

'Zelfs niet trouwen met Candelita?'

'U bent slecht, juffrouw Alicia, soms bent u heel slecht.'

Alicia knikte en slikte het verwijt.

'Ziet u, ik wil niet dat u denkt dat ik me illusies maak. Ik weet dat ik nooit zoveel van iemand zal houden als van u, maar dat is míjn probleem. Ik heb al een tijd geleden begrepen dat u nooit van mij zult houden.'

'Fernandito...'

'Laat u mij uitspreken. Nu ik voor één keer open met u durf te praten wil ik niks achterhouden, omdat ik denk dat ik nooit meer de moed zal hebben om u te zeggen wat ik voel.'

Ze knikte.

'Wat ik wil zeggen, en ik weet dat het mijn zaken niet zijn en wordt u niet boos dat ik het u toch zeg, is dat het in orde is dat u niet van mij houdt, omdat ik een zottekop ben, maar er komt een dag dat u van iemand zult moeten houden, want het leven is kort en te belabberd om het zo te leven. Alleen.'

Alicia sloeg haar ogen neer.

'We kunnen niet uitzoeken van wie we houden, Fernandito. Misschien kan ik simpelweg van niemand houden en toelaten dat iemand van mij houdt.'

'Dat geloof ik niet. Is uw vriend niet de grote politieman die hier met u rondloopt?'

'Vargas? Nee. Hij is een collega van het werk. En een goede vriend, geloof ik.'

'Misschien kan ik dat ook wel zijn.'

'Vriend of collega?'

'Beide. Als u me toestaat.'

Alicia bleef lang stil en Fernandito wachtte zwijgend terwijl hij haar met religieuze devotie aankeek.

'En als het gevaarlijk is?' vroeg Alicia.

'Gevaarlijker dan in deze buurt kisten vol flessen omhoogslepen?'

Ze knikte.

'Sinds ik u ken weet ik al dat u een gevaar bent, juffrouw Alicia. Ik vraag u slechts om me een kans te geven. Als u ziet dat ik er niet voor deug, ontslaat u me. Zonder problemen. Wat vindt u ervan?'

Hij gaf haar een hand. Alicia pakte hem en in plaats van zijn hand te schudden, drukte ze er een kus op alsof hij een jongedame was en bracht hem naar haar wang. De jongen kreeg de kleur van een rijpe perzik.

'Goed dan. Een week op proef. Als je na een paar dagen ziet dat dit niets voor jou is, heffen we het contract op.'

'Echt?'

Alicia knikte.

'Duizendmaal dank. Ik zal u niet teleurstellen. Dat zweer ik.'

'Dat weet ik toch, Fernandito. Daar heb ik geen enkele twijfel over.'

'Is het nodig dat ik gewapend ben? Ik zeg het alleen omdat mijn vader nog steeds zijn oude militiegeweer heeft.'

'Zolang je gewapend bent met voorzichtigheid is het voldoende.'

'En waar bestaat de missie uit?'

'Dat je mijn ogen bent.'

'Wat u maar wilt.'

'Wat betalen ze je in de winkel?'

'Een hongerloon.'

'Vermenigvuldig dat met vier en je hebt je basissalaris per week. Plus toeslagen en bonussen. En ik betaal de maandelijkse afbetaling van de Vespa. Om te beginnen. Lijkt dat je in orde?'

Fernandito knikte gehypnotiseerd.

'U weet dat ik voor u voor niets zou werken, ik zou er zelfs voor betalen.'

Alicia schudde haar hoofd.

'Dat voor niets werken is afgelopen, Fernandito. Welkom in het kapitalisme.'

'Zeggen ze niet dat dat heel slecht is?'

'Het is nog erger dan men zegt. En je zult het geweldig vinden.'

'Wanneer begin ik?'

'Nu meteen.'

28

Vargas greep naar zijn buik alsof hij als bij toverslag een maagzweer had gekregen.

'U hebt wát tegen dat ventje gezegd?'

'Hij heet Fernandito. En van ventje is geen sprake meer. Hij is bijna net zo zwaar als u. En bovendien heeft hij een Vespa.'

'Mijn god. Is het voor u nog niet voldoende mij het leven zuur te maken? Moet u nu ook nog onschuldigen bij uw machinaties betrekken?'

'Precies daarom gaat het. Wat wij nodig hebben bij deze onderneming is een onschuldig iemand.'

'Ik dacht dat we daarvoor die idioot van een Rovira hadden, die me overigens de hele ochtend heeft gevolgd. Hadden ze hem niet de opdracht gegeven om u te volgen?'

'Misschien is hij niet zo idioot als hij lijkt.'

'En wie is die Fernandito? Vers bloed voor uw bad als gravin Báthory?'

'U wordt steeds belezener, Vargas. Maar nee, Fernandito gaat geen druppel bloed vergieten. Hooguit zweetdruppels.'

'En tranen. Denkt u maar niet dat ik niet heb gezien hoe hij u met de oogjes van een geslacht lam aankijkt.'

'Wanneer hebt u dat gezien?'

'Toen u hem aan het hypnotiseren was beneden in het café. U leek een koningscobra met een konijntje.'

'Ik dacht dat alleen Rovira me bespioneerde.'

'Ik zag u beiden toen ik terugkwam van Metrobarna.'

Alicia schudde langzaam haar hoofd en wuifde het weg terwijl ze een glas witte wijn inschonk in een van haar deftige kristallen glazen. Ze nam een eerste slok en leunde tegen de tafel.

'Vertelt u mij hoe het u vergaan is en vergeet u Fernandito voor het moment.'

Vargas snoof en liet zich op de bank vallen.

'Waar zal ik beginnen?'

'Probeert u het eens met het begin.'

Vargas vatte zijn bezoek aan Metrobarna samen en schetste zijn indrukken. Alicia luisterde zwijgend naar hem terwijl ze met haar glas door de kamer ijsbeerde en af en toe knikte. Aan het eind van het verslag liep ze naar het venster en na het glas te hebben leeggedronken, draaide ze zich om met een gezichtsuitdrukking die Vargas met bezorgdheid vervulde.

'Ik heb zitten denken, Vargas.'

'God sta ons bij.'

'Met alles wat u vandaag hebt ontdekt over de rijk getrouwde heer Sanchís en zijn chauffeur, het spoor van Víctor Mataix' boeken, advocaat Brians en de Semperes...'

'Vergeet u de onzichtbare man niet, uw ex-collega Lomana.'

'Die vergeet ik niet. Het punt is dat u en ik handen tekortkomen om al die sporen te volgen. En de strop wordt aangehaald.'

'Om onze nek?'

'U weet wat ik bedoel. Al deze draden zijn op de een of andere manier met elkaar verbonden. Hoe harder we eraan trekken, hoe sneller we een ingang vinden.'

'Als u metaforisch gaat doen bent u me kwijt.'

'We wachten op een verkeerde zet, dat is alles.'

'Is dat hoe u de zaken oplost? Verkeerde zetten?'

'Het is veel efficiënter om anderen vergissingen te laten begaan dan erop te vertrouwen dat je zelf bij de eerste de beste gelegenheid midden in de roos schiet.'

'En als wij zelf die verkeerde zet doen?'

'Als u een betere aanpak weet ben ik een en al oor.'

Vargas hief zijn handen als teken van wapenstilstand.

'En die Fernandito, wat gaat die doen?'

'Hij is onze ogen daar waar we zelf niet aanwezig kunnen zijn. Niemand weet wie hij is, niemand verwacht hem.'

'U bent in Leandro aan het veranderen.'

'Ik zal doen alsof ik dat niet heb gehoord, Vargas.'

'U doet maar wat u wilt. Hoe denkt u het knaapje te offeren?'

'Als eerste gaat Fernandito Sanchís schaduwen. Taakverdeling verhoogt de productiviteit.'

'Dat klinkt als een valstrik. En wat doe ik?'

'Daar ben ik net over aan het nadenken.'

'Wat u aan het bedenken bent, is hoe u weer van me af kunt komen.'

'Praat geen onzin. Wanneer heb ik zoiets gedaan?'

Vargas liet een grom horen.

'En terwijl u nadenkt, wat bent u verder nog van plan?' vroeg hij.

'Tijd en aandacht besteden aan de familie Sempere,' antwoordde Alicia.

Op dat moment was achter de voordeur het geluid te horen van iets zwaars wat op de grond viel en meteen daarna werd er aangebeld.

'Verwacht u bezoek?' informeerde de politieman.

'Doet u alstublieft open?'

Morrend stond Vargas op en hij liep naar de deur om open te doen. Daar stond een snuivende, verhitte Fernandito op de drempel.

'Goedenavond,' zei hij. 'Ik kom de boeken van juffrouw Alicia brengen.' Hij stak een hand op bij wijze van groet, maar Vargas negeerde het gebaar.

'Alicia, de boodschappenjongen met uw bestellingen.'

'Wees niet zo'n spelbederver en laat hem binnen.'

Alicia stond op en kwam naar de voordeur.

'Kom binnen, Fernandito, en let maar niet op hem.'

Toen hij haar zag, klaarde zijn gezicht danig op. Hij tilde de doos met boeken op en liep naar binnen.

'Neem me niet kwalijk, waar zal ik dit voor u neerzetten?'

'Hier, voor de boekenkast.'

Fernandito deed wat hem was gevraagd en haalde diep adem, het zweet van zijn voorhoofd vegend.

'Heb je ze hier lopend naartoe gebracht?'

Hij haalde zijn schouders op.

'Nou ja, met de scooter. Maar omdat er geen lift is in het gebouw...'

'Wat een toewijding, Fernandito,' zei Vargas. 'Het is dat ik geen medaille voor flinkheid bij de hand heb, maar anders...'

Fernandito negeerde Vargas' sarcasme en concentreerde zich op Alicia.

'Het is niets, juffrouw Alicia. Ik ben het gewend van de winkelbestellingen.'

'Zo ben je dus zo sterk geworden. Vooruit, Vargas, betaal hem.'

'Pardon?'

'Een voorschot op geleverde diensten.'

'En dat moet ík betalen?'

'Uit het onkostenfonds. U bent de penningmeester. En trekt u niet zo'n gezicht.'

'Wat voor gezicht?'

'Alsof u blaasontsteking hebt. Vooruit, haal de portefeuille tevoorschijn.'

'Hoort u eens, als dit al een probleem is,' kwam Fernandito tussenbeide, die niet helemaal gerust was op het doodbiddershoofd van Vargas.

'Het is geen enkel probleem,' zei Alicia kortaf. 'Kapitein?'

Vargas snoof en trok zijn portefeuille. Hij telde een paar biljetten en gaf ze aan Fernandito.

'Meer,' fluisterde ze.

'Pardon?!'

'Geef hem minstens het dubbele.'

Vargas pakte nog twee biljetten. Fernandito, die nog nooit in zijn leven zoveel geld bij elkaar had gezien, accepteerde ze met verwondering.

'Niet alles meteen aan snoep uitgeven,' mompelde Vargas.

'U zult er geen spijt van krijgen, juffrouw Alicia. Heel veel dank.'

'Hoor eens, jochie, degene die jou hier heeft betaald, ben ik,' zei Vargas.

'Mag ik je om een gunst vragen, Fernandito?' vroeg Alicia.

'Wat u maar wilt.'

'Wil je beneden een pakje sigaretten voor me kopen?'

'Amerikaanse tabak?'

'Je bent een engel.'

Fernandito stoof naar beneden, met sprongen, te oordelen naar het geluid van zijn voetstappen.

'Het koorknaapje,' hoonde Vargas.

'U bent jaloers,' zei Alicia.

'Dat vooral.'

'En dat schilderij?' vroeg Alicia en ze wees op de aquarel die Vargas had meegenomen.

'Ik had zo gedacht dat die prachtig zou staan boven uw bank.'

'Is het van uw nieuwe vriend, de lievelingsschilder van meneer Sanchís?'

Hij knikte.
'Denkt u dat Sanchís onze verzamelaar is?' bracht Alicia naar voren.
Vargas haalde zijn schouders op.
'En de chauffeur?'
'Morgado. Ik heb het hoofdbureau al gebeld voor informatie over hem. Morgen weet ik meer.'
'Waar denkt u aan, Vargas?'
'Dat u misschien gelijk hebt, hoezeer me dat ook spijt. De strop, of wat het ook is, wordt aangehaald.'
'Maar ik heb niet het gevoel dat u helemaal overtuigd bent.'
'Dat ben ik ook niet. Iéts klopt er niet.'
'Namelijk?'
'Dat weet ik als ik het zie. Maar ik heb de indruk dat we er vanaf de verkeerde hoek naar kijken. Vraag me niet waarom ik dat zeg. Mijn intuïtie.'
'Ik geloof het ook,' stemde ze met hem in.
'Gaat u het Leandro vertellen?'
'Ik zal hem wel iets moeten vertellen.'
'Als u mij de suggestie toestaat, houdt u Fernandito dan buiten het verhaal.'
'Ik was niet van plan hem te noemen.'
Kort daarna waren de voetstappen van Fernandito te horen, die in allerijl naar boven stormde.
'Kom, doet u open voor hem. En weest u iets aardiger. Hij heeft solide, mannelijke voorbeelden nodig als hij een nuttig mens moet worden.'
Vargas schudde zijn hoofd en deed open. Fernandito stond al nerveus te wachten met het pakje sigaretten in de hand.
'Kom binnen, jongeman. Cleopatra wacht.'
Fernandito rende naar binnen om haar het pakje te overhandigen, dat Alicia glimlachend openmaakte om een sigaret tussen haar lippen te steken. De jongen haastte zich een aansteker tevoorschijn te frummelen om een vuurtje te geven.
'Rook je, Fernandito?'
'Nee, nee. Ik heb hem bij me als zaklamp, want de helft van de trappen in deze wijk is donkerder dan de bek van een wolf.'

'Ziet u, Vargas? Heeft Fernandito wel of geen aanleg voor detective?'

'Een Marlowe in de puberteit, zonder twijfel.'

'Let maar niet op hem, Fernandito. Met het ouder worden worden ze ook bitterder. Het is de kinine in de grijze haren.'

'Keratine,' verbeterde Vargas haar.

Alicia maakte Fernandito met een handgebaar duidelijk Vargas vooral te negeren.

'Kan ik je om nog een gunst vragen, Fernandito?'

'Daarvoor ben ik hier.'

'Deze is lastiger. Je eerste missie.'

'Ik ben een en al oor.'

'Ik wil dat je naar Paseo de Gracia nummer 6 gaat.'

Vargas, meteen gealarmeerd, keek haar aan. Alicia gebaarde hem zijn mond te houden.

'Daar is het kantoor gevestigd van een bedrijf dat Metrobarna heet.'

'Dat ken ik.'

'O ja?'

'Ze zijn de eigenaar van de woningen van de halve wijk. Ze kopen ze, gooien de oude huurders eruit met een paar grijpstuivers schadeloosstelling en verkopen ze opnieuw voor het tienvoudige.'

'Kijk aan hoe slim. Welnu, de algemeen directeur is een zekere Ignacio Sanchís. Ik wil dat je hem volgt zodra hij het kantoor uit wandelt en dat je verandert in zijn schaduw. Daarna vertel je me waar hij naartoe gaat, wat hij doet, met wie hij praat. Alles. Red je dat met de Vespa?'

'De koningin van de straat. Met haar ontsnapt Tazio Nuvolari me zelfs niet.'

'Morgen rond deze tijd kom je hier en vertel je wat je hebt ontdekt. Nog vragen?'

Vargas stak zijn hand op.

'Ik bedoel Fernandito.'

'Alles helder, juffrouw Alicia.'

'Vooruit dan. En welkom in de wereld van de intrige.'

'Ik zal u niet teleurstellen. U ook niet, kapitein.'

Fernandito ging onstuimig op weg naar zijn veelbelovende carrière in de wereld van speurneuzen en mysteries. Sprakeloos keek Vargas Alicia aan, die met een katachtige uitdrukking op haar gezicht genoot van haar sigaret.

'Bent u gek geworden?'

Ze negeerde de vraag. Ze keek naar het raam en staarde naar de wolkendeken die vanaf zee aan kwam kruipen. De ondergaande zon kleurde hem rood, maar een web van zwarte striemen wervelde in zijn binnenste, troebel en dik. Ze zag een flits tussen de wolken pulseren, alsof er een groot Bengaals vuurwerk in was afgestoken.

'Er komt storm,' mompelde Vargas achter haar.

'Ik heb honger,' zei Alicia, en ze draaide zich om.

Hij was meer dan verbaasd.

'Ik had nooit gedacht u dat nog eens te horen zeggen.'

'Er is voor alles een eerste keer. Betaalt u het avondeten?'

'Ik weet niet waarvan. Ik heb uw bewonderaar bijna alles gegeven wat ik bij me had. Morgen zal ik naar de bank moeten om geld te halen.'

'Ook al zijn het een paar tapas?'

'Zegt u maar waar.'

'Kent u de Barceloneta?'

'Ik begin zo langzamerhand genoeg te krijgen van het gewone Barcelona.'

'Hebt u trek in een goeie bom?'

'Pardon?'

'Een pittige. Een tapa. Zonder buskruit.'

'En waarom heb ik nu toch het idee dat dit weer een van uw listen is?'

29

Onder een met bliksemschichten doorschoten hemel wandelden ze naar de haven. Een haag van masten streed tegen de vanuit zee aanstormende wind, die naar elektriciteit rook.

'Er gaat een heel beste bui vallen,' voorspelde Vargas.

Ze liepen om de hangars tegenover de pier heen, grote grotachtige gebouwen die op de markthallen van vroeger leken.

'Mijn vader heeft hier gewerkt, in de loodsen,' zei Alicia.

Vargas bleef stil, in de hoop dat ze wellicht nog meer zou zeggen.

'Ik dacht dat u een wees was,' zei hij ten slotte.

'Ik ben niet als wees geboren.'

'Op welke leeftijd hebt u ze verloren? Uw ouders?'

Alicia knoopte de kraag van haar jas dicht en versnelde haar pas.

'We kunnen maar beter voortmaken, anders worden we kletsnat.'

De eerste regendruppels begonnen te vallen toen ze bij de Barceloneta aankwamen. Dikke, geïsoleerde druppels, als waterkogeltjes die tegen het plaveisel uit elkaar spatten en op de rijdende trams kletsten die langs de pier gleden. Voor zich zag Vargas een kleurrijke wijk van nauwe straten die een netwerk vormden op een schiereiland dat de zee in liep en dat eruitzag als een groot kerkhof.

'Het ziet eruit als een eiland,' zei hij.

'U zit er niet ver naast. Nu is het de visserswijk.'

'En daarvoor?'

'Wilt u een geschiedenisles?'

'Als voorafje voor uw bommen.'

'Eeuwen geleden was alles wat u hier ziet zee,' legde Alicia uit. 'Mettertijd werd met de bouw van een golfbreker begonnen en er ontstond een eiland uit het tegen de dam aangespoelde sediment.'

'En hoe weet u zulke dingen?'

'Omdat ik lees. U zou het eens moeten proberen. Tijdens de successieoorlog hebben de troepen van Philips V de wijk Ribera grotendeels afgebroken om het fort van de citadel te bouwen. Na de oorlog kwamen veel van de mensen die hun huis hadden verloren hier wonen.'

'Daarom bent u, net als de andere Barcelonezen, zo koningsgezind?'

'Daarom en om dwars te liggen, dat is goed voor de bloedsomloop.'

De eerste plens regen achtervolgde hen onstuimig tot aan een smal steegje. Daar verhief zich de gevel van iets wat op het eerste gezicht een kruising tussen een haventaveerne en een wegrestaurant leek en weliswaar geen enkele schoonheidsprijs zou hebben gewonnen, maar een geur verspreidde waar de maag woest van ging rommelen. LA BOMBETA stond er op het uithangbord.

Een groep gasten die elkaar bestreden in een kaartspelletje keek kort op toen ze binnenkwamen. Vargas merkte dat ze hem hadden geïdentificeerd als politieman zodra hij een voet over de drempel zette. Een norse ober keek naar ze vanaf de toog en wees naar een tafel in een hoek, ver verwijderd van de stamgasten.

'Dit lijkt voor u niet een gebruikelijk oord, Alicia.'

'Een mens komt hier niet voor het uitzicht, maar voor de bommen.'

'En ik vermoed voor nog iets meer.'

'Nou ja, het is inderdaad in de buurt.'

'In de buurt waarvan?'

Alicia haalde een papiertje uit haar jaszak en legde het op tafel. Vargas herkende het etiket dat ze die ochtend van een van de verhuisdozen in de gang van Brians' kantoor had gepulkt.

'Van de meubelopslag waar Brians tijdelijk zijn papieren en archief bewaart.'

Hij rolde met zijn ogen.

'Doe nou maar niet zo benepen, Vargas. U zult toch niet verwachten dat ze ons alles kant-en-klaar bezorgen.'

'Ik hoopte de wet niet te hoeven overtreden.'

De ober met de stugge manieren plantte zich voor hen en keek hen onderzoekend aan.

'Vier bommen en twee bier graag,' zei Alicia zonder haar blik van Vargas af te wenden.

'Estrella of van het vat?'

'Estrella.'

'Brood met tomaat?'

'Een paar sneetjes. Geroosterd.'

De ober knikte en vertrok zonder verdere plichtplegingen.

'Ik heb me altijd afgevraagd waarom ze hier brood met tomaat maken,' zei Vargas.

'En ik waarom anderen het níét doen.'

'Welke verrassingen hebt u nog meer voor me in petto, behalve huisvredebreuk?'

'Technisch gezien is het een magazijn. Ik geloof niet dat daar iets anders huist dan ratten en spinnen.'

'In dat geval is er niets op tegen, natuurlijk. Wat zit er nog meer in dat duivelse hoofdje van u?'

'Ik zat te denken aan die onnozele hals die u vandaag hebt opgezocht, Cascos, Valls' werknemer bij uitgeverij Ariadna.'

'De verbitterde minnaar.'

'Pablo Cascos Buendía. Voormalig verloofde van Beatriz Aguilar. Ik krijg hem niet uit mijn hoofd. Vindt u dat niet vreemd?'

'Wat is er aan deze hele zaak níét vreemd?'

'De almachtige minister, die in het geniep in de familiegeschiedenis van een Barcelonese boekhandelaar snuffelt.'

'We hadden vastgesteld dat zijn belangstelling voortkwam uit zijn vermoeden dat ze iets van David Martín konden weten, van wie hij op zijn beurt vermoedde dat hij achter de bedreigingen en aanslagen zou kunnen zitten,' formuleerde Vargas.

'Ja, maar wat heeft David Martín te maken met de Semperes? Wat is hun rol in deze hele geschiedenis?' vroeg Alicia zich hardop af. Ze zweeg een tijdje nadenkend voor ze verderging: 'Daar zit iets. Op die plek. In die familie.'

'Hebt u daarom besloten om een huisbezoekje af te leggen bij Sempere & Zoons zonder mij in te lichten?'

'Ik had iets nieuws te lezen nodig.'

'U had een stripboek kunnen kopen. De Semperes voortijdig opzoeken kan gevaarlijk blijken te zijn.'

'Bent u bang voor een boekhandelsfamilie?'

'Ik ben bang de zaak aan het rollen te brengen voor we weten waar we ons mee inlaten.'

'Ik denk dat het de moeite waard is om het risico te nemen.'

'Iets wat u eenzijdig hebt besloten.'

'Beatriz Aguilar en ik kunnen het heel goed met elkaar vinden. Een schat van een vrouw. U zou op slag verliefd worden.'

'Alicia...'

Ze glimlachte boosaardig. Het bier en de bommen arriveerden net op tijd om het gesprek te onderbreken. Vargas keek naar die merkwaardige uitvinding, een soort grote kogel van gepaneerde aardappelen, gevuld met pikant vlees.

'En hoe eet je zoiets?'

Alicia stak een bom aan haar vork en nam een woeste hap. Op straat hamerde de onweersbui met kracht op het plaveisel. De kelner was in de deuropening gaan staan om de wolkbreuk te aanschouwen. Vargas keek toe hoe Alicia het feestmaal naar binnen werkte. Er was iets in haar wat hij niet eerder had opgemerkt.

'Tegen de tijd dat het avond wordt, leeft u helemaal op.'

Alicia nam een teug bier en keek hem in de ogen.

'Ik ben een schepsel van de nacht.'

'Zweert u er maar niet op.'

30

Het noodweer had over de straten van Barcelona een nevel gelegd die glinsterde in het licht van de straatlantaarns. Toen ze het lokaal verlieten, vielen er nog slechts af en toe wat druppels en de echo van het noodweer stierf weg in de verte. Het adres waar Brians' meubels, archieven en de rest van de gedurende decennia verzamelde spullen tijdelijk waren opgeslagen, verwees hen naar het terrein van Vapor Barcina, een voormalige stoomketel- en locomotieffabriek die tijdens de Burgeroorlog was stilgelegd. Na een wandelingetje van amper twee minuten door ijskoude, verlaten straatjes stonden ze al voor de fabriekspoorten. Spoorlijnrails die van het terrein af liepen, stierven weg onder hun voeten. Een groot stenen poortgewelf met het opschrift VAPOR BARCINO domineerde de ingang. Daarachter lag een stuk braakland met nutteloze hangars en werkplaatsen, dat een kerkhof vormde van de wonderen van het stoomtijdperk.

'Weet u zeker dat het hier is?'

Alicia knikte en ging voorop. Ze kwamen langs een gestrande locomotief in een brede plas, waaruit kruiwagens en pijpleidingen staken, evenals het karkas van een verruïneerde stoomketel, waarin een zwerm meeuwen zich had genesteld. Met ogen die glinsterden in het halfdonker keken de vogels hen roerloos na. Een rij palen hield een warboel van kabels omhoog waaraan wat lantaarns hingen die futloos licht uitstraalden. Houten borden gaven de nummers van de voormalige fabriekshallen aan.

'De onze is nummer 3,' zei Alicia.

Vargas keek om zich heen. Een paar uitgehongerde katten miauwden in de duisternis. Het rook er naar kolen en zwavel. Ze passeerden een verlaten wachtershuisje.

'Zou hier niet een bewaker moeten zijn?'

'Ik geloof dat advocaat Brians van de economische oplossingen is.'

'Advocaat van de hopeloze gevallen,' bracht hij haar in herinnering. 'Wat men heeft, dat heeft men.'

Ze bereikten de ingang van de gezochte hal. De recente bandensporen van de verhuiswagen verdwenen in de modder bij een grote houten deur met metalen staven die de toegang versperden. Een kleinere deur die in de grote was ingepast, was afgesloten met een ketting en een roestig slot van vuistgroot formaat.

'Hoe staat het met het brute geweld?' vroeg Alicia.

'U verwacht toch niet dat ik het openknaag, is het wel?'

'Geen idee. Maar doet u iets.'

De politieman haalde zijn revolver tevoorschijn en zette de loop op de sleutelopening van het slot.

'Gaat u opzij,' beval hij.

Alicia drukte haar handen op haar oren. De echo van het schot weergalmde tussen de gebouwen op het terrein. Vargas liet de revolver zakken en het slot viel samen met de ketting aan zijn voeten. Hij trapte de deur in één keer open.

Het interieur lag voor hen in een web van schaduwen, waaruit de ruïnes van duizend-en-een paleizen tevoorschijn kwamen. Een net van elektriciteitsdraden met kale gloeilampjes eraan hing aan het gewelf. Vargas volgde de kabel over de muren tot een stroomkast aan de wand en schoof de centrale lichtknop om. De lampjes, niet meer dan een suggestie van gelig, knipperend licht, gingen in een trage reeks aan, alsof het een spookkermis was. De stroom produceerde een licht gezoem als van een onzichtbare wolk rondfladderende insecten.

Door de gang in het midden liepen ze verder de hal in. De gang werd geflankeerd door diverse met metalen hekken beschermde afdelingen. Op de deur naar elk ervan hing een bord waarop het nummer van de opgeslagen partij stond, de maand en het jaar, de vervaldatum van de bewaring en een achternaam of bedrijfsnaam van de betreffende gebruiker. Elk van die afdelingen herbergde een wereld op zich. In de eerste ruimte zagen ze een citadel gevormd door honderden oude schrijf- en telmachines en kassa's. De volgende verleende onderdak aan een reusachtige collectie kruisbeelden, heiligenfiguren, biechtstoelen en kansels.

'Daar zou je een klooster mee kunnen optuigen,' zei Alicia.

'Misschien bent u nog op tijd.'

Verderop kwamen ze een ontmantelde carrousel tegen, waarachter de resten van een reizende kermis te zien waren. Aan de andere kant van de gang was een verzameling doodskisten en begrafenisparafernalia te zien met een bijsmaak van de negentiende eeuw, inclusief een draagstoel met glazen wanden en een zijden sponde waarin nog steeds de afdrukken te zien waren die een of andere illustere gestorvene had achtergelaten.

'Heremijntijd, waar komt dat allemaal vandaan?' mompelde Vargas.

'Grotendeels geslonken vermogens, families die al voor de oorlog in ongenade waren gevallen en bedrijven die in het gat van de tijd zijn verdwenen.'

'Denkt u werkelijk dat iemand zich herinnert dat dit hier allemaal staat?'

'Iemand betaalt de magazijnhuur.'

'Het is werkelijk om kippenvel van te krijgen.'

'Barcelona is een behekst huis, Vargas. Het komt simpelweg nooit in u, toeristen, op om achter het gordijn te kijken. Kijk, hier is het.'

Alicia stond stil bij een van de afdelingen en wees op het bord.

FAMILIE

BRIANS–LLORAC

EIGENDOMSBEWIJS 28887-BC-56. 9-62

'Weet u heel zeker dat u dit wilt doen?'

'Ik had u minder overgevoelig ingeschat, Vargas. Ik neem de verantwoordelijkheid op me.'

'U zult wel weten wat u doet. Wat zoeken we precies?'

'Dat weet ik niet. Er is iets wat Valls, Salgado, David Martín, de Semperes, Brians, uw lijst met raadselachtige getallen, de boeken van Mataix en nu Sanchís en zijn chauffeur zonder gezicht met elkaar verbindt. Als we dat puzzelstuk vinden, vinden we Valls ook.'

'En u denkt dat dat hier is?'

'Dat weten we pas als we het gevonden hebben.'

Het vak werd afgesloten met een simpel hangslot zoals dat in elke ijzerwinkel te vinden was en het begaf het bij de vijfde klap met de revolvergreep. Alicia liet geen seconde verloren gaan en glipte naar binnen.

'Het ruikt hier naar lijk,' vond Vargas.

'Dat is de zeebries. Al die jaren in Madrid hebben uw reukorgaan aangetast.'

Vargas stootte een verwensing uit en volgde haar. Stapels met dekzeil overtrokken houten kisten vormden een gangetje dat leidde naar een soort open plek in het midden, waar men het gevoel kreeg dat een wervelstorm op volle sterkte de relikwieën van meerdere generaties Brians had losgelaten.

'De advocaat moet het zwarte schaap van de familie zijn. Ik ben geen antiquair, maar hier ligt voor minstens één vermogen, als het er geen twee zijn,' speculeerde Vargas.

'Dan hoop ik dat u, dankzij uw trouw aan de wet, de verleiding kunt weerstaan om een zilveren asbak van oma Brians mee te nemen.'

Vargas wees op het schouwspel van serviezen, spiegels, stoelen, boeken, houtsnijwerken, hutkoffers, kasten, consoles, ladekasten, fietsen, spelletjes, ski's, schoenen, koffers, schilderijen, vazen en honderdduizend andere op elkaar gestapelde spullen, die een bontgeschakeerd mozaïek vormden.

'Bij welke eeuw wilt u beginnen?'

'Bij de archieven van Brians. We zoeken kartonnen dozen van gemiddelde grootte. Het zou niet heel moeilijk moeten zijn. De jongens van het verhuisbedrijf hebben waarschijnlijk de eerste de beste beschikbare plek gekozen om hun advocatenlast kwijt te raken. Elk object dat niet met twee vingers stof is bedekt, komt in aanmerking. Hebt u een voorkeur voor rechts of links? Of is dat een domme vraag?'

Na wat minuten in het woud van rommel te hebben rondgedoold, dat daar vermoedelijk al stond voor hun beider geboorte, vonden ze een piramide van dozen met hetzelfde etiket als dat wat Alicia had ontvreemd. Vargas ging voor en begon ze achter elkaar op een rij te zetten, terwijl Alicia ze een voor een opende en de inhoud inspecteerde.

'Is dit wat u zocht?' vroeg Vargas.
'Dat weet ik nog niet.'
'Een perfect plan.'
Het kostte hun bijna een halfuur om de dozen met documenten te scheiden van die met boeken en kantoorspullen. Het aan bloedarmoede lijdende licht dat de gloeilampjes hoog bovenin boden, was niet voldoende om de dossiers zorgvuldig te onderzoeken en Vargas ging op zoek naar iets van een lamp om bij te kunnen lichten. Al snel kwam hij terug met een oude koperen kandelaber en een vuistvol nieuwe, dikke kaarsen.
'U bent er heel zeker van dat het geen staven dynamiet zijn?'
Vargas hield de vlam van zijn aansteker op een centimeter van de eerste kaars en reikte die haar aan.
'Wilt u de honneurs waarnemen?'
De kaarsen creëerden een lichtcirkel en Alicia begon een voor een de ruggen van de dossiers in de dozen te bekijken. Vargas keek nerveus toe.
'En wat doe ik?'
'Het is chronologisch geordend, te beginnen in januari 1934. Ik zoek op data en u op naam. Begint u bij de recentste en we vinden elkaar in het midden.'
'Wie of wat zoek ik dan?'
'Sanchís, Metrobarna, iets waarmee we Brians in verband kunnen brengen met...'
'Oké,' onderbrak Vargas haar.
Bijna twintig minuten zochten ze in stilte, af en toe een blik wisselend of een hoofdschudden.
'Hier zit niets in over Sanchís of Metrobarna,' zei de politieman. 'Ik heb al vijf jaar bekeken en niets gevonden.'
'Blijf zoeken. Misschien staat het onder Hypotheekbank.'
'Er zit niets in over banken. Al deze cliënten zijn armoedzaaiers, om maar eens een rechterlijke term te gebruiken.'
'Blijf zoeken.'
Hij knikte en dompelde zich opnieuw onder in de oceaan van papier en dossiers terwijl de kaarsen zweetten en trosjes wassen tranen produceerden die langs de kandelaber omlaag liepen. Na een poosje viel het hem op dat Alicia wel erg stil was en haar zoektocht

had gestaakt. Hij keek op en zag haar onbeweeglijk naar een stapel mappen staren die ze uit een van de dozen had gehaald.

'Wat?' vroeg Vargas.

Alicia liet hem een dikke dossiermap zien.

'Isabella Gispert,' zei ze.

'Die van de Semperes?'

Ze knikte en liet hem nog een andere map zien, waarop stond te lezen MONTJUÏC 39-45. Vargas liep naar haar toe en knielde naast de doos. Hij begon dossiers na te lopen en haalde er verscheidene uit.

'Valentín Morgado.'

'De chauffeur van Sanchís.'

'Sempere/Martín.'

'Laat kijken.'

Alicia sloeg de map open. 'Is dit onze David Martín?'

'Daar lijkt het wel op.'

Vargas stopte.

'Alicia?'

Ze keek op van David Martíns dossier.

'Kijk hier eens naar,' zei Vargas.

De map die hij haar overhandigde, was minstens twee vingers dik. Bij het lezen van de naam voelde ze een rilling en kon een glimlach niet onderdrukken.

'Víctor Mataix.'

'Ik zou zeggen dat we hiermee voldoende in handen hebben,' zei Vargas.

Alicia wilde net de doos dichtdoen toen ze een vergeelde envelop op de bodem zag liggen. Ze onderzocht hem bij het kaarslicht. De envelop was van folioformaat en verzegeld. Ze blies wat stof weg en las het met vulpen geschreven woord, het enige op de hele envelop.

Isabella

'We nemen dit allemaal mee,' besloot Alicia kordaat. 'Doe de dozen dicht en probeert u ze min of meer zo achter te laten als we ze gevonden hebben. Er kunnen dagen, zo niet weken voorbijgaan voor Brians zijn nieuwe kantoor betrekt en merkt dat er een paar dossiers ontbreken.'

Vargas knikte, maar voor hij de eerste doos van de grond had getild, stond hij plotseling stil en draaide zich om. Alicia keek hem aan. Ook zij had het gehoord. Voetstappen. Een echo van voetstappen op de stoflaag. Alicia blies de kaarsen uit. Vargas trok zijn revolver. Een man in een afgedragen uniform staarde hen aan. Hij droeg een lantaarn en een knuppel, waarvan het trillen verraadde dat de arme ziel erger was geschrokken dan een muisje in het pakhuis.

'Wat doet u hier?' stotterde de bewaker. 'U mag hier na zevenen niet meer naar binnen.'

Alicia stond langzaam op en glimlachte. Iets in haar gezicht moest hem het bloed in de aderen hebben doen bevriezen, want hij deed een stap naar achteren en zwaaide dreigend met de knuppel. Vargas was dichterbij gekomen en zette de revolverloop tegen zijn slaap.

'Tenzij u hem wilt gebruiken als zetpil, doet u mij alstublieft een plezier en laat die knuppel los.'

De bewaker liet hem vallen en bleef als versteend staan.

'Wie bent u?' vroeg hij.

'Vrienden van de familie,' zei Alicia. 'We waren een paar dingetjes vergeten. Is er verder nog iemand bij u?'

'Ik ben in mijn eentje voor alle fabriekshallen verantwoordelijk. U gaat me toch niet doodmaken, hè? Ik heb vrouw en kinderen. Er zit een foto in mijn portefeuille.'

Vargas trok de portefeuille uit 's mans broekzak. Hij haalde het geld eruit, dat hij op de grond liet vallen, en borg hem op in zijn eigen jasje.

'Hoe heet u?' vroeg Alicia.

'Bartolomé.'

'Mooie naam hebt u. Heel mannelijk.'

De bewaker beefde als een rietje.

'Kijkt u eens hier, Bartolomé, laten we het zo afspreken. Wij tweeën gaan naar huis en u doet hetzelfde. Morgenochtend vroeg, voor u hiernaartoe gaat, koopt u een paar nieuwe sloten en u vervangt die bij de ingang en deze hier. En u vergeet dat u ons hebt gezien. Hoe lijkt u deze afspraak?'

Vargas spande de haan. Bartolomé slikte.

'Lijkt me goed.'

'En wanneer u overvallen wordt door een slecht geweten of iemand vraagt u ernaar, denkt u er dan aan dat het salaris dat men u betaalt het niet waard is en dat uw familie u nodig heeft.'

Bartolomé knikte. Vargas haalde zijn vinger van de trekker en stopte de revolver weg. Alicia glimlachte naar Bartolomé alsof ze oude vrienden waren.

'Vooruit maar, gaat u naar huis en neemt u een glaasje lekker warme cognac. En neemt u uw geld mee.'

'Ja, mevrouw.'

Bartolomé bukte zich en veegde het schaarse geld bij elkaar dat hij in zijn portefeuille had gehad.

'Vergeet u uw knuppel niet.'

De man pakte hem en hing hem aan zijn riem.

'Kan ik al gaan?'

'Niemand houdt u tegen.'

Hij aarzelde een paar seconden, maar begon toen naar de uitgang terug te lopen. Voordat hij in de schaduwen oploste, riep Alicia hem.

'Bartolomé?'

De voetstappen van de bewaker verstomden.

'Denkt u eraan dat we uw portefeuille hebben en weten waar u woont. Laat u ons niet een bezoekje moeten afleggen. Mijn collega hier kan zomaar ineens een kwalijke woedeaanval krijgen. Goedenavond.'

Ze hoorden hoe hij zich in allerijl uit de voeten maakte.

31

Miquel bracht een paar thermoskannen hete koffie voor ze boven en, dankzij zijn connecties, een dienblad met versgebakken, hemels ruikende beignets van de bakkerij op de hoek. Ze verdeelden de dossiers en gingen tegenover elkaar zitten op de vloer. Alicia werkte drie beignets naar binnen, schonk zichzelf een grote kop koffie in en begon met kleine slokjes te nippen, al verdiept in de eerste map. Na korte tijd keek ze op en zag Vargas met een gepijnigde gezichtsuitdrukking naar haar kijken.

'Wat is er?' vroeg ze.

Hij wees op haar jurk, waarvan Alicia de rok naar boven had geschoven om te kunnen gaan zitten.

'Weest u alstublieft geen kind. Het zal toch niet de eerste keer zijn dat u zoiets ziet, hoop ik. Houdt u zich alstublieft bezig met waarvoor u hier bent.'

Vargas gaf geen antwoord, maar ging in een andere hoek zitten om zich de aanblik van haar naadkous te besparen, die hem verhinderde zich te concentreren op het fascinerende proza van de wettelijke aktes en aantekeningen van de gerechtelijke onderzoeken van de advocaat van de hopeloze gevallen.

In stilte doken ze onder in de zwarte nacht, gedragen door cafeine, suiker en het landschap van figuren dat stukje bij beetje uit alle documentatie naar boven begon te komen. Alicia had een blok van royale afmetingen gepakt en begon een soort kaart te schetsen met commentaren, data, namen, pijlen en cirkels. Af en toe vond Vargas iets relevants en reikte het haar aan. Hij hoefde er niets bij te zeggen. Ze wierp er een blik op en knikte slechts. Ze leek een bovennatuurlijke vaardigheid te hebben in het ontdekken van connecties en verbanden, alsof haar brein honderd keer sneller ging dan dat van de gewone sterveling. Vargas begon te vermoeden wat voor proces de geest van zijn collega stuurde en in plaats van het in twijfel te trekken of te proberen haar interne logica te begrijpen beperkte hij zich tot een rol als filter en voorzag haar van steeds weer nieuwe gegevens waarmee zij haar kaart kon construeren.

'Ik weet niet hoe het met u zit, maar ik kan mijn ogen bijna niet meer openhouden,' zei Vargas om halfdrie 's nachts.

Hij had al zijn mappen doorgespit en voelde hoe de cafeïne, waardoor hij zijn bloed had vervangen, langzaam zijn werking verloor.

'Gaat u slapen,' suggereerde Alicia. 'Het wordt al snel weer licht.'

'En u?'

'Ik heb geen slaap.'

'Hoe is dat mogelijk?'

'De nacht en ik, u weet wel.'

'Vindt u het een punt als ik een poosje op de bank ga liggen?'

'Doet u alsof u thuis bent, maar ik kan niet beloven dat ik geen geluid zal maken.'

'De stadskapel zal me nog niet wakker kunnen krijgen.'

Wat hem wel wekte, waren de klokken van de kathedraal. Hij opende zijn ogen en zag een dikke, naar koffie en Amerikaanse tabak ruikende nevel in de lucht hangen. Het stuk zichtbare hemel boven de daken had de kleur van jonge wijn. Alicia zat nog steeds op de grond. Ze had een sigaret tussen haar lippen en droeg alleen nog een soort zwarte onderjurk of negligé, die overal toe uitnodigde behalve gelatenheid. Zo goed als het ging sleepte Vargas zich naar de badkamer, hij stak zijn hoofd onder de kraan en bekeek zich vervolgens in de spiegel. Aan een haak aan de badkamerdeur vond hij een blauwzijden ochtendjas, en die gooide hij naar Alicia.

'Bedekt u zich.'

Ze plukte hem uit de lucht, stond op, rekte zich uit en hulde zich in de ochtendjas.

'Ik ga het raam opendoen voordat de brandweer ons hier weghaalt,' zei hij.

Een golf frisse lucht drong de kamer binnen en de werveling van rook verdween als de geest in Aladdins wonderlamp. Vargas bekeek de twee bijna lege thermoskannen koffie, het tot poedersuiker gereduceerde blad beignets en de twee asbakken boordevol uitgedrukte peuken.

'Vertelt u me alstublieft dat dit allemaal de moeite waard is geweest,' zei hij.

Naast de overblijfselen van de strijd had Alicia een dozijn vellen met tekeningen geproduceerd. Ze raapte ze bij elkaar en bevestigde ze met plakband aan de muur, tot er een soort cirkel ontstond. Vargas liep ernaartoe. Zij likte haar lippen als een tevreden kat.

Hij schudde de thermoskannen om te zien of er nog iets in zat en perste er nog een half kopje uit. Toen zette hij een stoel voor het schema en knikte.

'Imponeert u me alstublieft.'

Ze knoopte haar zijden ochtendjas dicht en draaide haar haar in een knot.

'Wilt u de lange of de korte versie?'

'Begint u met de inhoudsopgave, dan kijken we verder.'

Alicia ging bij haar muurversiering staan als een schooljuffrouw, zij het als een met het uiterlijk van een victoriaanse geisha met verdachte nachtelijke gewoontes.

'Kasteel Montjuïc, de jaren tussen 1939 en 1944,' begon ze. 'Mauricio Valls is daar directeur, na in het huwelijk te zijn getreden met

Elena Sarmiento, dochter en erfgename van een welvarende industrieel met nauwe banden met het regime en behorend tot een kliek bankiers, ondernemers en adellijke figuren die iemand "Franco's kruisvaarders" doopt en die in hoge mate de schatkisten van de nationalen vult. Onder hen bevindt zich don Miguel Ángel Ubach, oprichter en hoofdaandeelhouder van de Hypotheekbank, uit de schoot waarvan de kapitaalvennootschap Metrobarna ontstaat, die u gisteren bezocht.'

'Staat dat daar ergens?'

'In de aantekeningen van advocaat Brians, ja.'

'Gaat u verder.'

'In de jaren dat Valls directeur van de gevangenis is, of kort daarna, treffen op enig moment als gevangenen of als cliënten van Fernando Brians de volgende individuen elkaar: ten eerste Sebastián Salgado, vermeend schrijver van de in de loop der jaren gestuurde dreigbrieven en fonkelnieuwe begunstigde van een door de minister geregeld pardon, dat hem uit de gevangenis haalt. Hij overleeft in de buitenwereld ongeveer zes weken. Ten tweede Valentín Morgado, ex-sergeant van het republikeinse leger, medebegunstigde van een amnestie in het jaar 1945 dankzij een heldendaad in de gevangenis waarbij hij, volgens de aantekeningen van Brians, een regimentskapitein het leven redt bij een ongeluk tijdens de reconstructie van een van de stadsmuren. Wanneer hij uit de gevangenis komt en zijn toevlucht neemt tot een vergevings-en-verzoeningsprogramma onder auspiciën van een vereniging van patriciërs met een slecht geweten, wordt Morgado gecontracteerd als chauffeur in de garages van de familie Ubach. Na de dood van bankier Ubach komt hij in dienst van diens dochter Victoria, die in het huwelijk is getreden met haar vriend Sanchís, algemeen directeur van Metrobarna.'

'Nog meer?'

'Ik begin net. Ten derde David Martín. Verdoemd schrijver, beschuldigd van een serie twijfelachtige misdaden begaan voor de Burgeroorlog. Martín was er in 1930 in geslaagd aan de politie te ontsnappen, vermoedelijk door over te steken naar Frankrijk. Om onduidelijke redenen keert hij incognito terug naar Barcelona, en hij wordt gearresteerd in het dorp Puigcerdà, in de Pyreneeën, kort nadat hij in 1939 de grens naar Spanje is overgestoken.'

'In welke relatie staat David Martín tot deze zaak, behalve gevangene te zijn geweest in die jaren?'

'Daar wordt het interessant. Martín is de enige van de gevangenen die geen directe cliënt is van Brians. De advocaat neemt diens verdediging op zich op verzoek van Isabella Gispert.'

'Van Sempere & Zoons?'

'Moeder van Daniel Sempere. Gispert was haar meisjesnaam. Naar het schijnt bezweken aan cholera, kort na het einde van de oorlog in 1939.'

'Naar het schijnt?'

'Volgens de persoonlijke aantekeningen van Brians zijn er aanwijzingen om aan te nemen dat Isabella Sempere is vermoord. Vergiftigd, om precies te zijn.'

'U gaat me toch niet...'

'En wel door Mauricio Valls. Gevolg van een ziekelijke obsessie en een niet-beantwoord verlangen, of zo veronderstelt Brians tenminste, die natuurlijk niets kan of niets durft te bewijzen.'

'En Martín?'

'David Martín is het object van een van Valls' andere ziekelijke obsessies, volgens diezelfde notities.'

'Heeft de minister ook obsessies van gezondere aard?'

'Naar het schijnt wilde Valls Martín dwingen in de gevangenis boeken te schrijven die de toekomstige minister later onder eigen naam zou publiceren om zijn ijdelheid en dorst naar literaire glorie, of wat het ook was, te bevredigen. Helaas is David Martín, volgens Brians, een zieke man, die langzaamaan zijn verstand verliest, stemmen hoort en meent in contact te staan met een door hemzelf verzonnen duivels personage, een zekere Corelli. Door zijn deliriums en het feit dat Valls hem in zijn laatste levensjaar hoog boven in de toren van het kasteel tot eenzame opsluiting veroordeelt, krijgt hij onder de gevangenen de bijnaam "de gevangene van de hemel".'

'Dit begint heel erg naar u te klinken, Alicia.'

'Nadat hij in 1941 heeft ingezien dat zijn plan om de schrijver te manipuleren niet werkt, heet het dat Valls twee van zijn lakeien heeft aangewezen om David Martín naar een oud huis bij Parque Güell te brengen en hem te vermoorden. Daar gebeurt iets onverwachts, en Martín slaagt erin het er levend vanaf te brengen.'

'Dus David Martín leeft nog?'

'Dat weten we niet, of Brians weet het niet.'

'Maar hij vermoedt het.'

'En Valls waarschijnlijk ook.'

'Die gelooft dat het Martín is die die dreigbrieven heeft gestuurd en heeft gepoogd hem te vermoorden. Om zich te wreken.'

'Dat is mijn hypothese,' bevestigt Alicia. 'Maar het is niet meer dan een vermoeden.'

'Is er nog meer?'

'Het beste heb ik voor het laatst bewaard,' zei ze glimlachend.

'Brand los.'

'Ten vierde: Víctor Mataix, auteur van de serie boeken *Het labyrint der geesten*, waarvan u en ik een zorgvuldig verborgen exemplaar vonden in Valls' bureau en dat, volgens wat zijn dochter Mercedes zich herinnert, in de nacht van zijn verdwijning het laatste door de minister geraadpleegde document zou zijn geweest alvorens hij van de aardbodem verdween.'

'Welke relatie is er tussen Mataix en de andere drie?'

'Naar het schijnt was Mataix een vriend van David Martín en een collega in de jaren dertig, toen beiden onder pseudoniem feuilletons schreven en in dienst waren van een uitgeverij, Barrido en Escobillas genaamd. De notities van Brians geven aan dat Mataix ook slachtoffer geweest had kunnen zijn, net als Martín. Wie weet, misschien probeerde Valls ghostwriters te rekruteren om met hen een oeuvre samen te stellen dat hem bekend zou hebben gemaakt en in de wereld van de letteren een plek zou hebben verschaft. Valls had er duidelijk een hekel aan zich beperkt te weten tot de rol van kerkermeester van het regime, die het trouwen met een rijke vrouw hem had gebracht, terwijl hij toch zoveel meer aspiraties had.'

'Er moet meer zijn. Wat is er van Mataix geworden?'

'Mataix komt in de gevangenis in 1941, overgebracht vanaf de Modelo. Het jaar daarop pleegt hij zelfmoord in zijn cel, als we het officiële rapport moeten geloven.'

'En de ziekelijke obsessie is in dit geval?'

Alicia haalde haar schouders op.

'In dit geval zijn er in Brians' notities geen vermoedens te lezen, maar ik ben zo vrij u erop te wijzen dat wanneer Mauricio Valls in 1947 zijn eigen uitgeverij opricht, hij haar Ariadna doopt, de naam van de hoofdpersoon van de boeken in de serie *Het labyrint der geesten*.'

Vargas zuchtte en wreef zich in de ogen. Hij probeerde alles wat Alicia hem net had verteld te verwerken.

'Te veel toevalligheden,' zei hij ten slotte.

'Dat vind ik ook.'

'Eens kijken of ik het begrijp. Als al deze connecties bestaan en wij, of beter gezegd, u ze hebt kunnen vaststellen in drie dagen, hoe is het dan mogelijk dat de politie en de hogere regionen van de regering in het duister tasten na weken onderzoek?'

Alicia beet op haar onderlip.

'Dat is wat me zorgen baart.'

'Gelooft u dat ze Valls niet willen vinden?'

Ze dacht over de vraag na.

'Ik geloof niet dat ze zich die luxe kunnen permitteren. Valls is niet iemand die zomaar zonder consequenties kan verdwijnen.'

'Dus?'

'Misschien willen ze alleen weten waar hij is. En misschien interesseert het hen helemaal niet dat de werkelijke motieven van zijn verdwijning uitkomen.'

Vargas schudde zijn hoofd en wreef zich opnieuw in de ogen.

'Denkt u werkelijk dat Morgado, Salgado en Martín, drie oudgevangenen onder het juk van Valls, een plan gesmeed hebben om wraak op hem te nemen en en passant ook op hun gevallen kameraad, Víctor Mataix? Is dat wat u denkt?'

Alicia haalde haar schouders op.

'Misschien is het niet Morgado, de chauffeur. Misschien steekt zijn baas er ook wel achter, Sanchís.'

'Waarom zou Sanchís zoiets doen? Hij is een man van het regime, getrouwd met de erfgename van een van de grootste familievermogens van het land. Een potentiële kleine Valls. Waarom zou iemand zich in een dergelijk wespennest steken?'

'Ik weet het niet.'

'En de lijst met getallen uit Valls' auto?'

'Dat zou van alles kunnen zijn. Of geen enkele relatie hiermee kunnen hebben. Een toevalligheid. U zei het zelf, weet u nog?'

'Nog eentje? In twintig jaar bij de politie ben ik minder echte toevalligheden tegengekomen dan mensen die de waarheid spraken.'

'Ik weet het niet, Vargas. Ik weet niet wat die getallen betekenen.'

'Weet u wat ik werkelijk niet vind passen in dit hele verhaal?'

Alicia knikte opnieuw, alsof ze zijn gedachten kon lezen.

'Valls,' zei ze.

'Valls,' bevestigde Vargas. 'Zonder in te gaan op het gekonkel in zijn jaren in Montjuïc en wat hij gedaan heeft, of het nu het vergiftigen van Isabella Gispert is of het vermoorden of het proberen te vermoorden van David Martín, Mataix en God weet wie nog meer, in de grond van de zaak hebben we hier met een slachter van de ergste soort van doen, een kerkermeester met connecties in de middelste echelons van het regime. Zoals hij zijn er duizenden, u passeert ze elke dag op straat. Met connecties, met vrienden en bekenden op posities die ertoe doen, zeker, maar uiteindelijk kontlikkers. Lakeien en aspiranten. Hoe slaagt zo'n individu erin om in zo korte tijd op te klimmen vanaf de rioolputten van het regime naar het allerhoogste?'

'Goede vraag, nietwaar?' zei Alicia.

'Als het u lukt om uw geprivilegieerde hoofdje die vragen te laten beantwoorden, dan zult u het stukje vinden dat ons ontbreekt om uit deze janboel iets zinnigs te concluderen.'

'En u gaat me daarbij niet helpen?'

'Ik begin eraan te twijfelen of dat voor mij wel het juiste is. Iets zegt me dat het zoeken naar de sleutel van uw puzzel veel gevaarlijker kan zijn dan die te laten voor wat hij is, en ik was van plan om over een paar jaar met volledig pensioen te gaan om de komedies van Lope de Vega van a tot z te lezen.'

Alicia liet zich ontmoedigd op de bank vallen. Vargas dronk de laatste slok koude koffie en zuchtte. Hij liep naar het venster en haalde diep adem. De klokken van de kathedraal luidden opnieuw in de verte en Vargas keek hoe de zon langzaam tussen duiventillen en klokkentorens lichtdraden begon te spannen.

'Doet u mij een plezier,' zei hij. 'Op het moment geen woord hierover tegen Leandro of wie dan ook.'

'Ik ben toch niet gek,' zei Alicia kortaf.

Vargas sloot het raam en liep naar Alicia, die inmiddels tekenen van vermoeidheid begon te vertonen.

'Wordt het niet tijd dat u zich terugtrekt in uw doodskist?' vroeg Vargas. 'Kom.'

Hij pakte haar bij de hand en leidde haar naar de slaapkamer. Hij sloeg de dekens terug en beduidde haar te gaan liggen. Alicia liet de ochtendjas aan haar voeten vallen en gleed tussen de lakens. Hij dekte haar toe tot aan de kin en keek haar glimlachend aan.

'Gaat u me niet een verhaaltje voorlezen?' vroeg ze ondeugend.

'Loopt u naar de pomp, met permissie.'

Vargas raapte de ochtendjas op en liep naar de deur.

'Denkt u dat ze een valstrik voor ons hebben gezet?' vroeg Alicia.

Hij dacht over haar woorden na.

'Waarom zegt u dat?'

'Ik weet het ook niet.'

'Valstrikken zet iemand voor zichzelf. En het enige wat ik weet, is dat u moet uitrusten.'

Hij wilde de deur op een kier zetten.

'Zult u daar buiten zijn?'

Hij knikte.

'Goedemorgen, Alicia.' Hij sloot de slaapkamerdeur.

32

Valls heeft elke notie van tijd verloren. Hij weet niet meer of hij pas dagen of al weken in die cel zit. Sinds een avondschemering lang geleden heeft hij het zonlicht niet meer gezien, toen hij met de auto, Vicente naast hem, de straat naar Vallvidrera in reed. Zijn hand doet zeer en wanneer hij hem zoekt om eroverheen te wrijven, vindt hij hem niet. Hij voelt steken in vingers die er niet meer zijn en scherpe pijn in de knokkels, alsof er ijzeren doornen in zijn botten worden geslagen. Al dagen, of uren, doet zijn zij pijn. Het lukt hem niet de kleur van de urine te zien die in de emmer valt, maar hij gelooft dat die donkerder is dan normaal en door bloed gekleurd. Zij is niet teruggekeerd en ook Martín is nog steeds niet verschenen. Dat begrijpt hij niet. Is dit niet wat hij wilde? Hem levend zien wegrotten in een cel?

De bewaker zonder naam of gezicht verschijnt één keer per dag, of dat denkt hij in elk geval. Inmiddels telt hij de dagen aan de hand van diens bezoekjes. Hij brengt water en eten, altijd hetzelfde: brood, oude melk en soms een soort taai vlees, als gedroogde tonijn, dat hij amper kan kauwen omdat zijn tanden los beginnen te zitten. Twee zijn er al uitgevallen. Soms laat hij zijn tong langs zijn tandvlees gaan en dan proeft hij zijn eigen bloed en voelt dat de tanden meegeven onder de druk.

'Ik heb een arts nodig,' zegt hij wanneer de gevangenbewaarder komt met het eten.

Die praat bijna nooit. Hij kijkt Valls amper aan.

'Hoe lang ben ik hier al?' vraagt Valls.

De gevangenbewaarder negeert zijn vragen.

'Zeg hem dat ik met haar praten wil. Haar de waarheid wil vertellen.'

Bij één gelegenheid wordt hij wakker en merkt dat er nog iemand in de cel is. Het is de gevangenbewaarder, die iets glimmends in zijn hand heeft, misschien een mes. Valls maakt geen aanstalten om zich te beschermen. Hij voelt een steek in zijn achterste en de kou. Het is gewoon weer een injectie.

'Hoe lang willen jullie me hier in leven houden?'

De gevangenbewaarder staat op en loopt naar de celdeur. Valls grijpt hem bij een been. Een schop in zijn maag doet hem naar adem snakken. Uren ligt hij als een balletje in elkaar gerold en kreunt van de pijn.

Die nacht droomt hij weer van zijn dochter Mercedes, toen ze nog een klein meisje was. Ze zijn in het huis in Somosaguas, in de tuin. Valls wordt door het gesprek met een van de dienstknechten afgeleid en verliest haar uit het oog. Op zoek naar haar vindt hij haar voetsporen op de weg naar het poppenhuis. Hij gaat het schemerduister binnen en roept naar haar. Hij vindt haar kleding en een bloedspoor.

De poppen, die zich genietend likken als katten, hebben haar verslonden.

33

Toen Vargas zijn ogen weer opendeed, drong er fel licht door de vensters. De wandklok, een overblijfsel uit de negentiende eeuw die

Alicia op een of andere vlooienmarkt op de kop moest hebben getikt, gaf bijna twaalf uur aan. Hij hoorde vrouwelijke voetstappen klikken door de woonkamer en wreef zich in de ogen.

'Waarom hebt u me niet eerder wakker gemaakt?'

'Ik hou ervan als u snurkt. Het werkt als het hebben van een pluchen beertje.'

Vargas kwam overeind en bleef op de rand van de bank zitten. Hij legde zijn handen op zijn nieren en wreef over zijn onderrug. Hij voelde zich alsof ze zijn ruggengraat door een keukenmachine hadden gehaald.

'Mocht u advies willen: word niet ouder. Het brengt helemaal niets.'

'Dat had ik ook al bedacht,' riposteerde Alicia.

Hij stond op, bestreed gekraak en pijnscheuten. Alicia stond voor de spiegel boven de commode en stiftte onaangedaan haar lippen rood. Ze was gekleed in een zwartwollen jas met ceintuur, droeg naadkousen en duizelingwekkend hoge hakken.

'Gaat u ergens naartoe?'

Ze draaide een rondje om haar eigen as alsof ze in een modeshow liep en keek hem grijnzend aan.

'Zie ik er mooi uit?'

'Wie denkt u om zeep te helpen?'

'Ik heb een afspraakje met Sergio Vilajuana, de journalist van *La Vanguardia* over wie boekhandelaar Barceló me heeft verteld.'

'De expert in Víctor Mataix-zaken?'

'En in andere dingen, hoop ik.'

'En mag ik vragen hoe u hem in uw netten hebt gevangen?'

'Ik heb gezegd dat ik een boek van Mataix heb dat ik hem wil laten zien.'

'U moet "heb" vervangen door "heb gehad". Ik herinner u eraan dat men dat boek van u heeft gestolen en dat u helemaal niets hebt.'

'Techniciteiten. Wat men heeft, dat heeft men, zoals u zegt. En bovendien, ik heb mezelf.'

'Heilige Moeder Gods...'

Alicia maakte haar uitdossing af met een hoedje waaraan een voile hing die haar gezicht gedeeltelijk bedekte en wierp een laatste blik op zichzelf in de spiegel.

‘Mag ik weten wat u draagt?’

‘Pierre Cardin.’

‘Dat bedoelde ik niet.’

‘Ik weet het, ik weet het. Ik ben snel weer terug,’ zei ze op weg naar de deur.

‘Mag ik uw badkamer gebruiken?’

‘Als u maar geen haren in de badkuip achterlaat.’

Een ontmoeting arrangeren met Vilajuana was niet zo eenvoudig geweest als ze het Vargas had geschetst. In feite had Alicia daaraan voorafgaand strijd moeten leveren met een gehaaide redactiesecretaresse bij de krant, die ze op een haar na had toegebeten dat ze naar de maan kon lopen. Diverse smoezen later slaagde ze erin zich te laten doorverbinden met Vilajuana, die aan de telefoon sceptischer klonk dan een wiskundige bij een bisschopsvesper.

‘En u zegt dat u een boek van Mataix hebt? Uit de *Labyrint*-serie.’

‘*Ariadna en de scharlaken prins*.’

‘Ik dacht dat er niet meer dan drie exemplaren over waren.’

‘Het mijne moet dan het vierde zijn.’

‘En u zegt dat Gustavo Barceló u stuurt?’

‘Ja. Hij zei dat u een goede vriend van hem bent.’

Vilajuana lachte. Alicia kon de bedrijvigheid op de redactie aan de andere kant van de lijn horen.

‘Vanaf twaalf uur ben ik in de bibliotheek van de Academie der Bellettrie van Barcelona,’ zei hij tot slot. ‘Kent u die?’

‘Van horen zeggen.’

‘Vraagt u naar mij bij het secretariaat. En brengt u het boek mee.’

34

Eenzaam op een verborgen plein in de schaduw van de kathedraal verhief zich een zuilenhal, op de boog waarvan te lezen was:

KONINKLIJKE ACADEMIE DER BELLETTRIE VAN BARCELONA

Alicia had weleens van dat oord gehoord, maar net als het leeuwendeel van haar medeburgers wist ze amper iets van het instituut dat onderdak had gevonden tussen de muren van dat paleis, een relikwie uit het middeleeuwse Barcelona. Ze wist, of vermoedde, dat de academie uit een plejade van wijzen, schriftgeleerden en literatuurgeobsedeerden bestond, die sinds het einde van de achttiende eeuw bij elkaar kwamen en zich blind en doof hielden voor de jaar na jaar toenemende aversie van de buitenwereld tegen een dergelijke extravagantie. Het kwam over als een ritueel dat het midden hield tussen occulte kennis en een literaire kring, een verlichting die achter slot en grendel plaatshad en waaraan slechts enkele uitverkorenen mochten deelnemen.

De geur van oude steen en de obligate geheimzinnige aura begeleidden haar nadat ze over de drempel in de binnenhof was gestapt, vanwaar een brede trap omhoogleidde naar een ruimte die dienstdeed als receptie. Een man die er zo oud uitzag als een incunabel en de indruk gaf daar al sinds de dageraad van de vorige eeuw te verblijven, versperde haar de weg en vroeg met een wantrouwige blik of ze señorita Gris was.

'In hoogsteigen persoon.'

'Dat meende ik al. De heer Vilajuana is in de bibliotheek,' zei hij. Hij wees naar binnen. 'We vragen bezoekers stilte in acht te nemen.'

'Maakt u zich geen zorgen, ik heb vanmorgen nog de gelofte afgelegd,' antwoordde Alicia.

De cerberus gaf geen signaal het grapje leuk te vinden, dus knikte ze slechts als dank en ging op zoek naar de bibliotheek alsof ze wist waar die zich bevond. Dat was altijd de efficiëntste methode om een plek met beperkte toegang binnen te glippen: je gedragen als iemand die precies weet waar hij naartoe gaat en die daarvoor toestemming noch oriëntatie nodig heeft. Het infiltratiespel lijkt op dat van de verleiding: wie om toestemming vraagt, heeft verloren eer hij is begonnen.

Alicia slenterde op haar gemak rond, neusde in salons die wemelden van de standbeelden en in paleisachtige gangen, tot ze stuitte op een bibliofiel uitziend, vriendelijk gestemd wezen dat zich voorstelde als Polonio en aanbood haar naar de bibliotheek te begeleiden.

‘Ik heb u hier nog nooit gezien,’ zei Polonio, die geen ervaring met het vrouwelijke geslacht leek te hebben die verder reikte dan Petrarca’s verzen.

‘Het is uw geluksdag.’

Alicia betrad de zaal en liet het aan de echo van haar voetstappen over om haar aan te kondigen. Ze vond Sergio Vilajuana in gezelschap van de muzen en de ongeveer vijftigduizend boeken die de verzameling van de bibliotheek vormden. Hij had de meditatieve, flegmatieke charme van een geleerde Brit die naar het aangename mediterrane klimaat was verhuisd en droeg een grijswollen pak, een stropdas met een motief van gouden kroontjespennen en om zijn nek een saffraankleurige sjaal. De journalist zat aan zijn tafel achter een kleine toren van papieren vellen met aantekeningen en doorhalingen en knaagde op de dop van een vulpen, zacht voor zich uit mompelend en de metriek van een zin beteugelend die niet naar wens op de pagina kwam. Toen Alicia al bijna voor hem stond, ontwaakte hij uit zijn dromerige concentratie en keek haar aan met een blik die het midden hield tussen diplomatiek en priemend alvorens de dop op zijn vulpen te schroeven en beleefd op te staan.

‘Juffrouw Gris, veronderstel ik.’

‘Noemt u mij alstublieft Alicia.’

Alicia stak haar hand uit, die Vilajuana met een beleefde glimlach en een zekere reserve schudde. Vervolgens nodigde hij haar uit te gaan zitten. Zijn kleine, doordringende ogen bestudeerden haar met een mengeling van wantrouwen en nieuwsgierigheid. Alicia wees op de vellen papier waarmee de tafel was bezaaid, sommige met nog verse inkt.

‘Heb ik u gestoord?’

‘Ik zou eerder zeggen gered,’ antwoordde Vilajuana.

‘Een bibliografisch onderzoek?’

‘Mijn inaugurele rede voor dit huis.’

‘Hartelijk gefeliciteerd.’

‘Dank u. Ik wil niet bruusk overkomen, juffrouw Gris, Alicia, maar ik verwachtte u al enige dagen geleden en ik geloof dat we ons het hoofdstuk algemeenheden en beleefdheidsformules kunnen besparen.’

‘Als ik het goed begrijp, heeft don Gustavo Barceló met u over mij gesproken?’

‘En met oog voor detail, zou ik willen beweren. Laten we zeggen dat u een diepe indruk hebt gemaakt.’

‘Een van mijn specialiteiten.’

‘Dat heb ik kunnen vaststellen. Sterker nog, sommige van uw voormalige collega’s van het hoofdbureau laten u hartelijk groeten. Dat moet u niet vreemd vinden. Wij journalisten zijn zo, we stellen vragen. Die slechte gewoonte is ónze specialiteit, zogezegd.’

Vilajuana had elk zweempje van een glimlach verloren en keek haar strak aan.

‘Wie bent u?’ vroeg hij zonder omhaal.

Alicia overwoog in een flits de mogelijkheid te liegen, een beetje of heel erg, maar iets in zijn blik vertelde haar dat dat een ernstige tactische fout zou zijn.

‘Iemand die de waarheid over Víctor Mataix wil achterhalen.’

‘Een club die de laatste tijd maar aanhangers blíjft winnen. Mag ik u vragen waarom?’

‘Ik ben bang dat ik op uw vraag geen antwoord kan geven.’

‘Zonder te liegen, bedoelt u.’

Ze knikte. ‘Iets wat ik uit respect niet wil doen.’

Vilajuana’s glimlach verscheen weer, deze keer vol ironie.

‘En denkt u dat stroop om de mond smeren meer brengt dan liegen?’

Ze wapperde met haar wimpers en zette haar allerzachtaardigste gezicht op.

‘U zult me niet kunnen verwijten dat ik het niet ten minste probeer.’

‘Ik zie dat Barceló niet heeft overdreven. Als u me niet de waarheid kunt zeggen, vertelt u dan in elk geval de reden daarvoor.’

‘Omdat ik u in gevaar zou brengen als ik dat deed.’

‘Dus u beschermt me.’

‘In zekere zin, ja.’

‘En daarom zou ik u dankbaar moeten zijn en u moeten helpen. Is dat het idee?’

‘Ik ben blij dat u de zaken op mijn manier begint te zien.’

‘Ik ben bang dat ik iets meer motivatie nodig zal hebben. En geen kosmetische. Het vlees is zwak, maar na toegetreden te zijn tot de middelbare leeftijd herwint het gezond verstand terrein.'

'Dat zegt men. Wat vindt u van een vereniging van wederzijds belang? Barceló vertelde dat u werkt aan een boek over Mataix en de verloren generatie van die jaren.'

'Dat van die generatie is wellicht een tikje overdreven en het "verloren" is een poëtische vrijheid die eerst nog bevestigd moet worden.'

'Ik heb het over Mataix, David Martín en anderen.'

Vilajuana trok zijn wenkbrauwen op.

'Wat weet u van David Martín?'

'Dingen die u zouden kunnen interesseren.'

'Bijvoorbeeld?'

'Bijvoorbeeld de details van de gerechtelijke vooronderzoeken aangaande Martín, Mataix en andere tussen 1940 en 1945 zogenaamd uit de Montjuïc-gevangenis verdwenen gedetineerden.'

Vilajuana doorstond haar blik. Zijn ogen glinsterden.

'Hebt u met advocaat Brians gesproken?'

Alicia knikte slechts.

'Ik heb vastgesteld dat hij geen woord loslaat,' zei Vilajuana.

'Er zijn andere manieren om achter de waarheid te komen.'

'Op het bureau zeggen ze dat dat een van uw andere vaardigheden is.'

'Hoe kwaadaardig kan jaloezie toch zijn.'

'De nationale sport,' bevestigde Vilajuana, die zijns ondanks leek te genieten van het kleine dialectische duel.

'Desondanks geloof ik niet dat het een goed idee was om het bureau te bellen om naar mij te informeren. En nu nog minder. Ik zeg het om uw eigen bestwil.'

'Zo onhandig ben ik niet, juffrouw. Ik heb het telefoontje niet gepleegd en mijn naam is niet gevallen. Zoals u ziet, doe ik al het mogelijke om mezelf te beschermen.'

'Het doet me deugd dat te horen. In deze tijden is elke voorzorgsmaatregel nog te weinig.'

'Waar iedereen het over eens lijkt te zijn, is dat u niet te vertrouwen bent.'

'Op sommige plekken en op sommige momenten is dat de beste aanbeveling.'

'Dat zal ik niet ontkennen. Vertelt u mij eens, Alicia, heeft dit niet puur toevallig te maken met onze onbeschrijflijke minister don Mauricio Valls en zijn keurig vergeten verleden als cipier?' vroeg hij.

'Wat brengt u op die gedachte?'

'Laten we zeggen dat ik voorspellende gaven heb.'

Ze aarzelde een seconde, wat Vilajuana sterkte in zijn vermoedens.

'En als dat het geval zou zijn?' vroeg Alicia.

'Dat zou ertoe bijdragen dat ik enige interesse ontwikkel. Wat voor uitwisseling had u in gedachten?'

'Strikt bellettrie,' antwoordde Alicia. 'U vertelt me wat u weet over Mataix en ik beloof u toegang tot alle informatie waarover ik beschik, zodra ik de kwestie heb opgelost die mij bezighoudt.'

'En tot dat moment?'

'Mijn eeuwige dankbaarheid en de bevrediging te weten dat u het juiste hebt gedaan door een arm dametje in nood te helpen.'

'Hm. Ik moet erkennen dat u in elk geval overtuigender bent dan uw, durf ik te veronderstellen, collega.'

'Pardon?'

'Ik bedoel de figuur die me ongeveer twee weken geleden kwam opzoeken en die ik overigens niet meer heb teruggezien. Wisselt u geen informatie uit tijdens de pauze? Of gaat het om een concurrent?'

'Herinnert u zich zijn naam? Lomana?'

'Dat zou kunnen. Die is niet blijven hangen. De leeftijd, zoals ik al zei.'

'Hoe zag hij eruit?' vroeg Alicia.

'Veel minder verleidelijk dan u.'

'Had hij een litteken op zijn gezicht?'

Vilajuana knikte en vernauwde zijn blik.

'Hebt u dat wellicht gedaan?'

'Hij heeft zich gesneden bij het scheren. Altijd twee linkerhanden gehad, die man. Wat hebt u Lomana verteld?'

'Niets wat hij niet al wist.'

'Noemde hij Valls?'

'Niet expliciet, maar hij leek zeer geïnteresseerd in Mataix' jaren in het Montjuïc-kasteel en in diens vriendschap met David Martín. Een mens hoeft geen einstein te zijn om een en ander met elkaar in verband te brengen.'

'En u hebt hem niet teruggezien of nogmaals met hem gesproken?'

Vilajuana antwoordde ontkennend.

'Lomana kan zeer vasthoudend zijn,' zei Alicia. 'Hoe hebt u hem afgeschud?'

'Ik heb gezegd wat hij wilde horen. Of wat hij dacht dat hij wilde horen.'

'En dat was?'

'Hij leek grote belangstelling te hebben voor het huis waar Víctor Mataix met zijn gezin woonde tot zijn arrestatie in 1941 aan de Carretera de las Aguas, onder Vallvidrera.'

'Waarom het huis?'

'Hij vroeg me wat de frase "de ingang van het labyrint" betekende, of dat een concrete plek was.'

'En?'

'Ik heb gezegd dat in de *Labyrint*-romans de "ingang", dus de plek waar Ariadna in de onderaardse wereld van dat andere Barcelona "valt", het huis is waar ze woont met haar ouders, en dat is niets anders dan het huis waar de familie Mataix woonde. Ik gaf hem het adres en zei hoe hij daar moest komen. Niets wat hij niet zelf had kunnen vinden door een uurtje in het kadaster te spenderen. Misschien verwachtte hij daar een schat te vinden, of nog iets beters. Zit ik goed?'

'Heeft Lomana gezegd voor wie hij werkte?' vroeg Alicia.

'Hij liet me een penning zien. Zoals in de film. Ik ben geen expert, maar die zag er echt uit. Hebt u ook zo'n penning?'

Ze antwoordde ontkennend.

'Jammer. Een femme fatale in dienst van het regime is iets wat naar mijn mening alleen kan voorkomen in een roman van Julián Carax.'

'Bent u een Carax-lezer?'

'Natuurlijk! De patroon van alle verdoemde schrijvers van Barcelona. U zou elkaar moeten kennen, u lijkt bijna een van zijn schepsels.'

Alicia zuchtte.

'Dit is belangrijk, meneer Vilajuana. Het leven van meerdere personen staat op het spel.'

'Noemt u mij er een, met naam en achternaam indien mogelijk. Misschien kan ik het dan allemaal een beetje serieuzer nemen.'

'Dat kan ik niet doen,' zei Alicia.

'Natuurlijk. Voor mijn eigen veiligheid, neem ik aan.'

'Ook al gelooft u dat niet.'

De journalist vouwde zijn handen in de schoot en leunde nadenkend achterover in zijn stoel. Alicia voelde dat ze hem aan het kwijtraken was. Het moment was gekomen om meer aas aan de haak te doen.

'Hoe lang is het geleden dat u minister Valls in het openbaar hebt gezien?'

Vilajuana trok zijn handen uit elkaar met opnieuw gewekte belangstelling.

'Gaat u door.'

'Niet zo haastig. De afspraak is dat u zegt wat u weet van Mataix en Martín en ik u vertel wat ik kan, zodra ik het kan zeggen. En dat zal veel zijn. U hebt mijn woord.'

Vilajuana lachte ongelovig, maar knikte langzaam.

'Ook over Valls?'

'Ook over Valls,' loog Alicia.

'Ik neem aan dat het geen zin heeft u te vragen me het boek te laten zien.'

Alicia zette haar allerliefste glimlach op.

'Hebt u daarover ook gelogen?'

'Slechts gedeeltelijk. Tot twee dagen geleden had ik het, maar ik ben het kwijtgeraakt.'

'Ik voel aan alles dat u het niet gewoon in de tram hebt laten liggen.'

Alicia schudde haar hoofd.

'De afspraak, als u me de correctie toestaat, is de volgende,' zei Vilajuana. 'U vertelt me waar u het boek hebt gevonden en ik vertel u wat u wilt weten.'

Alicia wilde haar mond al opendoen, toen de journalist vermanend zijn wijsvinger ophief.

'Nog één keer de opmerking over mijn persoonlijke veiligheid en ik moet u veel geluk wensen en een goede dag. Vanzelfsprekend blijft wat u vertelt onder ons.'

Ze dacht lang na.

'Heb ik uw woord?'

Vilajuana legde zijn hand op de stapel foliovellen.

'Ik zweer het op de inaugurele rede voor de Koninlijke Academie der Bellettrie van Barcelona.'

Ten slotte gaf Alicia zich gewonnen. Ze keek om zich heen en verzekerde zich ervan dat ze alleen waren in de bibliotheek. Vilajuana keek haar verwachtingsvol aan.

'Ik vond het verstopt in Mauricio Valls' bureau in de werkkamer van zijn huis, een week geleden.'

'En mag ik weten wat u daar deed?'

Alicia boog zich naar voren.

'Zijn verdwijning onderzoeken.'

Vilajuana's ogen vlamden op als Bengaals vuur.

'Zweert u mij dat ik de primeur krijg van deze zaak en alles wat eruit voortvloeit.'

'Ik zweer het op uw inaugurele rede.'

Vilajuana keek haar strak in de ogen. Alicia knipperde niet één keer. De journalist pakte een stapeltje onbeschreven vellen van tafel en gaf haar dat, samen met zijn vulpen.

'Pakt u dit maar aan,' zei hij. 'Ik denk dat u wel een paar dingetjes zult willen opschrijven.'

35

'Ik leerde Víctor Mataix dertig jaar geleden kennen, om precies te zijn in de herfst van 1928. Destijds was ik nog maar net begonnen in het krantenvak en ik werkte op de redactie van *De stem van de industrie*, waar ik gaten opvulde en manusje-van-alles was. In die tijd schreef Víctor Mataix onder verschillende pseudoniemen feuilletons voor een uitgeverij, eigendom van een stel schaamteloze vlerken, Barrido en Escobillas, die erom bekendstonden iedereen te flessen, van hun auteurs tot hun papier- en inktleveranciers. Ze publiceerden daar ook David Martín, Ladislao Bayona, Enrique

Marqués en die hele generatie jonge, hongerige auteurs van voor de Burgeroorlog. Wanneer de voorschotten van Barrido en Escobillas niet voldoende waren om het einde van de maand te halen, schreef Mataix opdrachtteksten voor diverse kranten, inclusief *De stem van de industrie*, van korte verhalen tot magnifieke reiskronieken over oorden waar hij nooit was geweest. Ik herinner me er één getiteld *De mysteries van Byzantium*, die me destijds een meesterwerk leek en die Mataix van de eerste tot en met de laatste bladzijde had verzonnen zonder andere bron dan een serie oude ansichtkaarten van Istanboel.'

'En ik geloof altijd alles wat er in de kranten staat,' verzuchtte Alicia.

'Zo ziet u er ook wel uit, ja. Maar dat waren andere tijden, toen logen de schrijvers met panache. Het geval wilde dat ik meer dan eens de teksten van Mataix bij sluiting van de redactie moest inkorten, zodat ze erin pasten als er ruimte gemaakt moest worden voor een ingelast nieuwsbericht of een ongelegen komend stukje van een vriendje van de uitgever. Op een dag, toen Mataix naar de redactie was gekomen om zijn honorarium voor zijn bijdragen te innen, kwam hij naar me toe. Ik dacht dat hij me ging uitfoeteren, maar hij gaf me slechts een hand, stelde zich aan me voor alsof ik niet wist wie hij was en zei het op prijs te stellen dat ik het was en niet een ander die de schaar in zijn teksten zette als het niet anders kon. "U hebt een goed oog, Vilajuana. Ik hoop dat ze dat hier niet verknoeien," zei hij.

Hij had de gave van de elegantie. Ik praat niet over zijn kleding, hoewel hij altijd in onberispelijk driedelig kostuum gekleed ging en een bril droeg met een dun metalen montuur en ronde glazen, wat hem een proustiaans uiterlijk gaf maar dan zonder de madeleines, maar over zijn manieren, de manier waarop hij zich tot mensen richtte, zoals hij sprak. Dat is wat nuffige hoofdredacteuren "een zeldzame vogel" noemen. Bovendien was hij een genereuze man, die mensen een pleziertje deed zonder dat erom werd gevraagd en zonder iets terug te verwachten. In feite was hij het die mij, niet zo lang daarna, aanbeval voor een plek op de redactie van *La Vanguardia*; dankzij zijn hulp slaagde ik erin te ontsnappen aan *De stem van de industrie*. Hij schreef toen al bijna niet meer voor de kranten.

Hij had er nooit van gehouden en voor hem was het simpelweg een manier geweest om zijn inkomsten aan te vullen in magere tijden. Een van de feuilletons die hij schreef voor Barrido en Escobillas, *De stad der spiegels*, was toen behoorlijk populair. Ik geloof dat David Martín en hij de complete vloot van Barrido en Escobillas drijvend hielden, en ze werkten onophoudelijk. Martín met name offerde er zijn toch al niet zo goede gezondheid en gezond verstand aan op door zijn brein achter de schrijfmachine te verstoken. Vanwege zijn familie zat Mataix in een iets gunstigere situatie.'

'Kwam hij uit een gegoede familie?'

'Niet direct, maar hij had het geluk, of nee, het is maar hoe je ernaar kijkt, de bezittingen van een oom te erven, een enigszins extravagant personage, Ernesto geheten, dat de bijnaam de Suikerbaron had. Mataix was zijn favoriete neef of in elk geval het enige familielid dat hij niet verfoeide. Zo kon hij vrij snel na zijn trouwen verhuizen naar een indrukwekkend groot huis aan de Carretera de las Aguas, op de helling van de wijk Vallvidrera, dat zijn oom Ernesto hem naliet, samen met wat aandelen in het importbedrijf van overzeese goederen dat hij na zijn terugkeer uit Cuba had opgericht.'

'Dus deze oom was er zo een die naar Cuba emigreerde en vervolgens rijk terugkeerde?'

'Een geval uit het boekje. Hij vertrok op zijn zeventiende zonder een cent uit Barcelona, nadat hij graag zijn hand in de zakken van andere mensen had gestoken. De Guardia Civil zocht hem om hem zijn benen te breken en als door een wonder slaagde hij erin als verstekeling aan boord te gaan van een koopvaardijschip met bestemming Havana.'

'En hoe behandelden de Amerika's hem?'

'Veel beter dan hij de Amerika's. Toen oom Ernesto met zijn eigen schip terugkeerde naar Barcelona, in het wit gekleed en met een dertig jaar jongere Scandinavische echtgenote, kort daarvoor per post bezorgd, waren er meer dan vier decennia voorbijgegaan. In al die tijd had de Suikerbaron fortuinen gewonnen en verloren, zijn eigen en dat van anderen, in de suiker- en wapenhandel. Dankzij een assortiment minnaressen en geliefden had hij voldoende bastaarden verwekt om alle Caraïbische eilanden te bevolken, en hij had op dusdanige wijze misbruik gemaakt van zijn macht dat als er een wakende God was geweest en een beetje rechtvaardigheid, hij kost en inwoning in de hel had gekregen voor tienduizend jaar.'

'Als die er ook was geweest,' zei Alicia.

'Bij gebrek daaraan kan men zeggen dat er, zo niet gerechtigheid, dan toch één ironisch puntje was. De hemel is nu eenmaal zo. Er wordt gezegd dat de Suikerbaron vrij snel zijn verstand begon te verliezen vanwege een gif dat hem in zijn laatste tropische avondmaal door een verbitterde, vol boosaardigheid en God mag weten van wat nog meer overlopende halfbloed kokkin was toegediend. Het eindigde ermee dat hij zich op de zolder van zijn zojuist betrokken huis een kogel door de kop joeg in de overtuiging dat dat huis door iets werd bewoond, iets wat over de muren en het plafond kroop en dat rook als een slangennest. Iets wat elke nacht zijn slaapkamer binnenglipte en zich bij hem in bed nestelde om zijn ziel leeg te zuigen.'

'Indrukwekkend,' zei Alicia. 'De dramaturgie is van uw hand?'

'Ik heb haar geleend van Mataix, die de anekdote met opera-achtige elementen heeft opgenomen in een van zijn *Labyrint*-romans.'

'Spijtig.'

'De werkelijkheid overstijgt nooit de fictie, tenminste niet de kwalitatieve.'

'En de werkelijkheid in dit geval was...?'

'Mogelijk wat aardser. De betrouwbaarste theorie werd al genoemd op de dag van oom Ernesto's begrafenis, een massabijeenkomst die plaatsvond in de kathedraal, in aanwezigheid van de bisschop, de burgemeester en het complete tableau vivant van het gemeentebestuur. Om maar niet te spreken van degenen aan wie oom Ernesto geld had geleend, die allemaal waren gekomen om zich ervan te vergewissen dat hij werkelijk dood was en het geld dus niet terugbetaald hoefde te worden. Maar wat ik zei: het gerucht van de dag was dat de enige die werkelijk tussen de lakens glipte van de overleden Suikerbaron, de dochter van de huishoudster was, een zeer doortastend meisje van zeventien dat jaren later onder de artiestennaam Doris Laplace roem en fortuin vergaarde als gastvrouw in een nachtclub aan de Paralelo. Waar zij elke nacht aan zoog, was nu niet precies zijn ziel.'

'En dus die zelfmoord?'

'Denkelijk met assistentie. Alles lijkt erop te wijzen dat oom Ernesto's inschikkelijke nieuwe echtgenote – en dan zeggen ze dat vrouwen uit het noorden koud zijn – er toch al vrij snel meer dan schoon genoeg van had en tijdens een San Juan-nacht besloot hem door het hoofd te schieten met het jachtgeweer dat de man naast zijn bed bewaarde voor het geval de anarchisten kwamen.'

'Een voorbeeldig verhaal.'

'Levens van heiligen en zondaars, een typisch Barcelonees genre. Wat de geloofwaardige versie van de feiten ook mag zijn, het huis bleef in elk geval onbewoond en de reputatie van beheksing en vervloekingen, die het had vergezeld vanaf de eerste steen die oom Ernesto had laten leggen, hield zelfs niet op toen Mataix en zijn vrouw Susana, net gehuwd, zich er installeerden. Het is zeker ook zo dat het huis het in zich had. Toen ik er een keer was, bood Mataix me de *tour de luxe* aan, en bij mij althans gingen al mijn haren rechtovereind staan; waar ik van hou zijn muzikale komedies en lichte romances. Er waren trappen die nergens naartoe leidden, een gang met spiegels die zo waren opgehangen dat het leek of iemand je volgde wanneer je erlangs liep, en een kelder waarin oom Ernesto een zwembad had laten aanleggen waarvan de mozaïekbodem het gezicht voorstelde van zijn eerste echtgenote op Cuba, Leonor, een meisje van negentien lentes dat zelfmoord pleegde door zich een haarpin in het hart te steken in de heilige overtuiging dat ze zwanger was van een slang.'

'Hartverscheurend. En daar hebt u Lomana naartoe gestuurd?'

Vilajuana knikte met een boosaardig lachje.

'En u hebt hem alles verteld over die perfide geesten van gene zijde en de eigenaardigheden van het huis? Lomana kan erg bijgelovig en angstig zijn.'

'Het spijt me het te moeten zeggen, maar die indruk had ik ook, en de geringe sympathie in aanmerking genomen die de man in mij opwekte, wilde ik hem liever geen ongevraagde informatie geven, om de verrassing niet te bederven.'

'Gelooft u in zulke dingen? Beheksingen en vervloekingen?'

'Ik geloof in de literatuur. En soms in de kunst van de gastronomie, vooral als er een goede rijstschotel mee gemoeid is. De rest is leugen en bedrog of een doekje voor het bloeden, afhankelijk van hoe men ernaar kijkt. Iets zegt mij dat u en ik daarin op elkaar lijken. Dat van die literatuur, bedoel ik te zeggen, niet de gastronomie.'

'En wat gebeurde er toen?' vroeg Alicia, die wenste terug te keren naar het relaas over Mataix.

'Feit is dat ik Mataix nooit heb horen klagen over interferenties van gene zijde of iets dergelijks. Ik zou willen zeggen dat hij in al die kletspraatjes nog minder geloofde dan in de politieke redevoeringen die dit land toen al hadden veranderd in een kippenhok. Hij was net getrouwd met Susana, op wie hij reddeloos verliefd was, en hij werkte onophoudelijk in een kantoor met uitzicht over een aan zijn voeten liggend Barcelona. Susana was een fragiel schepsel met een delicate gezondheid. Haar huid was bijna doorzichtig en wanneer je haar omarmde, had je het gevoel dat ze zou breken. Ze was snel moe en moest soms de hele dag in bed doorbrengen omdat ze te zwak was om op te staan. Mataix maakte zich voortdurend zorgen, maar hij was helemaal gek op haar, en ik geloof dat dat wederzijds was. Ik heb ze daar een paar keer bezocht, en hoewel ik moet toegeven dat het huis naar mijn smaak een tikkeltje sinister was, had ik ondanks alles de indruk dat ze er gelukkig waren. In elk geval in het begin. Wanneer Mataix "afdaalde naar de stad", zoals hij altijd zei, kwam hij vaak langs bij *La Vanguardia*, en dan gingen we eten of een kop koffie drinken. Hij vertelde altijd over de roman waaraan hij op dat moment werkte, en dan gaf hij me een paar bladzijden te lezen om mijn mening te horen, hoewel hij vervolgens met mijn commentaar niet veel deed. Hij gebruikte me zogezegd als proefkonijn. In die dagen was Mataix nog een broodschrijver. Hij schreef onder ik-weet-niet-hoeveel pseudoniemen voor een vaste prijs per woord. Susana's gezondheid vereiste regelmatig artsenbezoek en de inname van medicijnen, en Mataix liet slechts de beste specialisten toe aan haar bed. Dat hij met zijn stukwerk zijn eigen gezondheid op het spel zette, kon hem niet veel schelen. Susana droomde ervan zwanger te worden. De artsen hadden haar al gewaarschuwd dat dat gecompliceerd zou zijn. En duur.'

'Maar het wonder voltrok zich.'

'Ja. Na meerdere miskramen en jaren van ontberingen werd Susana in 1931 zwanger. Mataix had geen leven uit angst dat ze opnieuw de baby zou verliezen, en misschien daarbij haar leven. Maar voor één keer ging alles goed. Susana had altijd een dochtertje willen hebben en het de naam van een zusje willen geven dat ze als kind had verloren.'

'Ariadna.'

'In de jaren dat ze probeerde zwanger te worden vroeg Susana aan Mataix met een nieuw boek te beginnen, eentje dat anders was dan alles wat hij tot dan toe had geschreven. Een boek dat voor niemand anders zou zijn dan voor dat meisje van wie ze droomde. Letterlijk. Ze zei dat ze het in haar dromen had gezien en gesproken.'

'Was dat de oorsprong van de *Labyrint*-boeken?'

'Ja. Mataix begon het eerste deel van de serie met de avonturen van Ariadna in een magisch Barcelona te schrijven. Ik geloof dat hij ze ook voor zichzelf schreef, niet alleen voor Ariadna. Ik heb altijd gedacht dat de boeken van *Het labyrint* op de een of andere manier een waarschuwing waren.'

'Waarvoor?'

'Voor wat er broeide. U moet toen heel jong zijn geweest, Alicia, een klein meisje, maar al in de jaren voor de oorlog zag het er niet goed uit. Je kon het letterlijk ruiken. Het hing in de lucht.'

'Daar hebt u een goeie titel voor uw boek.'

Vilajuana glimlachte.

'Denkt u dat Mataix voor zich zag wat er ging gebeuren?'

'Hij en vele anderen. Je moest blind zijn om het niet te zien. Hij sprak er vaak over. Een keer hoorde ik hem zeggen dat hij erover dacht om het land te verlaten, maar Susana wilde niet weg uit Barcelona. Ze geloofde dat ze nooit zwanger zou worden als ze dat deden. En daarna was het te laat.'

'Vertelt u mij over David Martín. Hebt u hem gekend?'

'Martín? Een beetje. We troffen elkaar twee of drie keer. Toen we een keer hadden afgesproken in Café Canaletas, stelde Mataix hem aan me voor. Ze waren al sinds hun jonge jaren met elkaar bevriend, nog voor Martín de weg kwijtraakte, en Mataix had nog steeds veel waardering voor hem. Voor mij was hij, heel eerlijk gezegd, de zonderlingste figuur die ik in mijn hele leven ben tegengekomen.'

'In welk opzicht?'

Vilajuana aarzelde een moment.

'David Martín was een briljante man, waarschijnlijk briljanter dan goed voor hem was. Maar naar mijn bescheiden mening was hij volkomen gek.'

'Gek?'

'Waanzinnig. Totaal gestoord.'

'Wat maakt dat u dat zegt?'

'Noem het intuïtie. Martín hoorde stemmen. En ik heb het niet over die van de muzen.'

'Wilt u zeggen dat hij schizofreen was?'

'Wie zal het zeggen. Wat ik wel weet, is dat Mataix zich zorgen om hem maakte. Veel zorgen. Zo was hij, hij maakte zich over de hele wereld zorgen, behalve over zichzelf. Naar het schijnt had Martín zich in een of ander wespennest gestoken, en ze zagen elkaar nog maar heel weinig. Martín ging iedereen uit de weg.'

'Had hij geen familie die hem kon helpen?'

'Hij had niemand. En als hij iemand had, eindigde het er altijd mee dat die zich van hem distantieerde. Zijn enige connectie met de echte wereld was een jonge vrouw die hij als assistente had aangenomen, een zekere Isabella. Mataix meende dat Isabella de enige was die Martín in leven hield en probeerde hem tegen zichzelf in bescherming te nemen. Mataix zei altijd dat Martíns enige echte demon zijn eigen brein was, dat hem levend verteerde.'

'Zijn enige echte demon? Waren er meer?'

Vilajuana haalde zijn schouders op.

'Ik zou niet weten hoe ik u dit uit kan leggen zonder dat u gaat lachen.'

'Probeert u het.'

'Nu, Mataix vertelde me een keer dat David Martín dacht dat hij een contract had getekend met een mysterieuze uitgever om een soort heilige tekst te schrijven, de bijbel van een nieuwe religie, om het zo maar eens te zeggen. Trekt u maar niet zo'n gezicht. Volgens Mataix ontmoette Martín die figuur af en toe, een zekere Andreas Corelli, om instructies te ontvangen uit het hiernamaals of zoiets.'

'En Mataix twijfelde natuurlijk aan het bestaan van die Corelli.'

'Twijfelen is zacht uitgedrukt. Hij had dat keurig netjes in zijn lijst van onwaarschijnlijkheden staan, ergens tussen de tandenfee en elfjesland. Hij vroeg me hier en daar eens navraag te doen in uitgeverskringen om te zien of we die zogenaamde uitgever op het spoor konden komen. En dat deed ik. Ik bewoog hemel en aarde en alles ertussenin.'

'En?'

'De enige Corelli die ik vond, was een barokcomponist die Arcangelo Corelli heette, misschien komt de naam u bekend voor.'

'En wie was dan de Corelli voor wie Martín werkte, of dacht te werken?'

'Martín dacht dat het om een andere klasse aartsengel ging, een gevallen aartsengel.'

De journalist hield twee vingers voor zijn voorhoofd bij wijze van hoorntjes en lachte spottend.

'De duivel?'

'Met staart en hoeven. Een mefisto met een dure kleermaker, die uit de hel omhoog was gekomen om hem met een faustisch pact te verleiden een verdoemd boek te schrijven als basis voor een religie die de wereld in brand moest zetten. Wat ik u zei, totaal gestoord. En zo eindigde hij.'

'Doelt u op de gevangenis in het Montjuïc-kasteel?'

'Dat was daarna. Begin jaren dertig moest David Martín zich wegens zijn deliriums en die merkwaardige alliantie met zijn manke duiveltje uit de voeten maken en uit Barcelona vluchten toen de politie hem ervan beschuldigde een reeks misdaden te hebben begaan die nooit waren opgelost. Het lijkt erop dat hij er als door een wonder in slaagde het land uit te komen. Maar stelt u zich voor hoe gek hij moet zijn geweest, dat hem niets beters inviel dan midden in de Burgeroorlog naar Spanje terug te keren. Kort na de Pyreneeën te zijn overgestoken, werd hij gearresteerd in Puigcerdà, en hij eindigde in het Montjuïc-kasteel. Zoals zovelen. En zoals Mataix vrij snel daarna. Daar ontmoetten ze elkaar weer nadat ze elkaar vele jaren niet hadden gezien. Waarlijk een treurig einde.'

'Weet u waarom hij is teruggekomen? Ook als Martín niet helemaal goed bij zijn hoofd was, moet hij toch geweten hebben dat men hem bij een terugkeer naar Barcelona vroeg of laat gevangen zou nemen...'

Vilajuana haalde zijn schouders op.

'Waarom begaan we de grootste domheden in ons leven?'

'Uit liefde, geld, rancune.'

'In wezen bent u een romantica, ik wist het wel.'

'Voor de liefde, dus?'

'Wie weet. Ik weet niet wat hij anders hoopte te vinden in een land waar de ene helft de andere helft ombracht voor een paar vodden met wat kleuren.'

'Die Isabella?'

'Ik weet het niet. Dat deel van de puzzel heb ik nog niet compleet.'

'Was het dezelfde Isabella die niet zoveel later boekhandelaar Sempere trouwde?'

Vilajuana keek haar enigszins verrast aan.

'Hoe weet u dat?'

'Laten we zeggen dat ik mijn bronnen heb.'

'Waarvan het goed zou zijn die met mij te delen.'

'Zodra ik kan. U hebt mijn woord. Was het dus dezelfde Isabella?'

'Ja. Zij was het. Isabella Gispert, dochter van de eigenaren van levensmiddelenzaak Gispert – die nog steeds bestaat, achter de Santa María del Mar. Ze was voorbestemd om Isabella Sempere te worden.'

'Denkt u dat Isabella verliefd was op David Martín?'

'Ik herinner u eraan dat ze trouwde met boekhandelaar Sempere, niet met Martín.'

'Dat bewijst toch niets.'

'Vermoedelijk niet, nee.'

'Hebt u haar gekend? Isabella?'

Vilajuana knikte.

'Ik was op de bruiloft.'

'En had u de indruk dat ze gelukkig was?'

'Alle bruiden zijn gelukkig op de dag van hun bruiloft.'

Deze keer was het Alicia die boosaardig glimlachte.

'En hoe was ze?'

Vilajuana sloeg zijn ogen neer.

'Ik heb maar een of twee keer met haar gesproken.'

'Maar ze zal toch iets van een indruk hebben gemaakt.'

'Ja. Isabella maakte indruk.'

'En?'

'En ze leek me een van de heel weinige mensen die van deze verdomde aardkloot een oord maken dat de moeite waard is om te bezoeken.'

'Bent u naar de begrafenis geweest?'
Vilajuana knikte langzaam.
'Is het waar dat ze is overleden aan cholera?'
Een schaduw gleed over het gezicht van de journalist.
'Dat zeiden ze.'
'Maar u gelooft dat niet?'
Hij schudde zijn hoofd.
'Waarom vertelt u me dan niet de rest van het verhaal?'
'Om u de waarheid te zeggen, is het een heel treurige geschiedenis, die ik het liefst zou vergeten.'
'En daarom schrijft u al zo lang aan een boek hierover? Een boek waarvan u vermoedelijk weet dat u het nooit zult kunnen publiceren, althans niet in dit land.'
Hij lachte triest.
'Weet u wat David Martín zei toen we elkaar voor de laatste keer troffen? Het was een avond dat we alle drie, Mataix, hij en ik, een glaasje te veel hadden genomen in El Xampanyet om te vieren dat Víctor het eerste *Labyrint*-boek af had. Ik weet niet waarom de conversatie afdreef naar het oude cliché van schrijvers en alcohol. Martín, die een badkuip jenever kon drinken zonder zijn luciditeit te verliezen, zei die avond iets wat ik nooit ben vergeten: "Je drinkt om te herinneren en je schrijft om te vergeten."'
'Misschien was hij toch niet zo gek als hij leek.'
Vilajuana knikte zwijgend, zijn gezicht door herinneringen getekend.
'Vertelt u me dan wat u al zovele jaren probeert te vergeten.'
'Maar zegt u daarna niet dat ik u niet heb gewaarschuwd.'

Fragment uit

DE VERGETENEN

VÍCTOR MATAIX EN HET EINDE VAN BARCELONA'S VERLOREN GENERATIE

door Sergio Vilajuana
(Uitgeverij Destino, Barcelona, 1989)

Als volgt luidt de eerste alinea van een hoogironisch divertimento, getiteld *Inkt en zwavel*, geschreven door Víctor Mataix in 1933, vermoedelijk geïnspireerd op de tegenspoed van zijn vriend en collega David Martín:

Men hoeft geen Goethe te zijn om te weten dat vroeg of laat iedere schrijver die die titel verdient, zijn mefisto tegen het lijf loopt. Zij met een goed hart, als die er zijn, bieden hem hun ziel. De anderen verkopen hem die van de lichtgelovigen die hun weg kruisen.

Víctor Mataix, die die titel verdiende omdat hij die met hard werken had verworven, vond zijn mefisto op een herfstdag in 1937.

Als leven van de literatuur al een evenwichtsact was geweest tot dat moment, dan sleurde het uitbreken van de oorlog alles met zich mee wat er over was van de precaire uitgeefmachinerie waarin Mataix zijn zin en doel en zijn kostwinning had gevonden. Er werd weliswaar nog steeds geschreven en gepubliceerd, maar het nieuwe koningsgenre was de propaganda, het pamflet en de lofzang in dienst van grandioze, met tumult en bloed doordrenkte zaken. In een kwestie van maanden had Mataix, zoals zovele anderen, geen andere manier om zijn kostje bij elkaar te sprokkelen dan met de liefdadigheid van derden en het toeval, beide in dalende lijn in die tijd.

Zijn laatste uitgevers, aan wie hij de romanserie *Het labyrint der geesten* had toevertrouwd, waren een duo snuggere heren, Revells en Badens genaamd. Badens, groot fijnproever en connaisseur van de exquise spijzen en producten van het land, had zich tijdelijk teruggetrokken in zijn boerenhoeve in Ampurdán om tomaten te kweken en de geheimen van de truffel te doorgronden, tot de waanzin van de tijden zich weer zou matigen. Hij was een geboren optimist, die misselijk werd van heibel en wilde geloven dat het conflict niet langer dan twee of drie maanden zou duren, waarna Spanje naar zijn natuurlijke staat van chaos en knoeiwerk zou terugkeren, waar altijd plek was voor de literatuur, het goede eten en de handel. Revells, opmerkzaam toeschouwer van de halsbrekende toeren van de macht en het politiek theater, had ervoor gekozen in Barcelona te blijven en zijn kantoor open te houden, zij het op een spaarvlammetje. Het uitgeven van literatuur was op een onzekere grens gestuit en het bedrijf concentreerde zich nu voornamelijk op het drukken van preken, pamfletten en voorbeeldige heldendichten ter meerdere eer en glorie van de helden van dienst, die van week tot week wisselden dankzij interne strijd en de dreiging van een ondergrondse burgeroorlog binnen de verklaarde burgeroorlog, die de republikeinse kant ondermijnde. Minder optimistisch dan zijn compagnon, die hem kisten kostelijke tomaten en andere groenten bleef sturen, voorzag Revells dat dit lang ging duren en slechter dan slecht zou eindigen.

Revells en Badens bleven niettemin van hun spaargeld een klein salaris betalen aan Mataix bij wijze van voorschot op toekomstig werk. Ondanks zijn voorbehoud accepteerde hij het schoorvoetend. Revells negeerde altijd zijn tegenwerpingen en hield aan. Wanneer de discussie onvermijdelijk leidde tot gewetensbezwaren of tot wat de uitgever noemde 'de domheden van iemand die nog geen echte honger heeft', schonk Revells hem zijn spottende lachje en verzekerde hem: 'Víctor, om ons hoeft u niet te huilen, ik zal ervoor zorgen dat alles wat we u vooruitbetalen op een dag door u wordt gecompenseerd.'

Dankzij de hulp van zijn uitgevers had Mataix' gezin altijd iets te eten, wat zo langzamerhand een bevoorrechte situatie begon te worden. De meeste van zijn collega's bevonden zich in een aanmerkelijk precairdere toestand met nog veel precairdere vooruitzichten. Sommigen hadden zich in een vlaag van passie en romantiek bij de militie gevoegd.

'We zullen de rat van het fascisme in zijn stinkende hol uitroeien,' zongen ze. Meer dan één verweet het hem dat hij zich niet bij hen aansloot. Het was een tijd waarin voor veel mensen de aanplakbiljetten op de muren in de stad credo en geweten waren. 'Hij die niet bereid is te vechten voor zijn vrijheid, verdient haar niet,' zeiden ze tegen hem. Aan Mataix, die vermoedde dat ze gelijk hadden, vrat de gewetenswroeging. Moest hij Susana en zijn dochter Ariadna achterlaten in het grote huis op de heuvel en ten strijde trekken tegen de troepen van het zogeheten nationale kamp? 'Ik weet niet over welke natie ze het hebben, maar de mijne is het niet,' zei een vriend van hem van wie hij afscheid nam op het station, 'en de jouwe ook niet, ook al heb je niet de moed bij te dragen aan haar verdediging.' Mataix keerde beschaamd over zichzelf terug naar huis. Daar omarmde Susana hem bevend en barstte in tranen uit. 'Laat ons niet alleen,' smeekte ze. 'Jouw vaderland zijn Ariadna en ik.'

Naarmate de strijd voortduurde, ontdekte Mataix dat hij niet kon schrijven. Urenlang zat hij aan zijn schrijfmachine, de blik verloren gericht op de horizon aan de andere kant van het venster. Mettertijd daalde hij bijna dagelijks af naar de stad om, zoals hij tegen zichzelf zei, klussen te zoeken of voor zichzelf te vluchten. De meerderheid van zijn vrienden en bekenden bedelde inmiddels om gunsten op de troebele zwarte markt van vazallendom en knechtschap, die zich in de schaduw van de oorlog uitbreidde. Onder de uitgehongerde literatuurbezetenen had het gerucht de ronde gedaan dat Mataix een salaris à fonds perdu ontving van Revells en Badens. Zijn oude vriend Martín had hem al gewaarschuwd: 'Jaloezie is het gangreen van de schrijvers. Ze laat ons bij leven verrotten, tot de vergetelheid ons zonder plichtplegingen wegrukt.' Na enkele maanden wilden bekenden hem niet meer kennen. Wanneer ze hem van verre in het oog kregen, gingen ze aan de overkant van de straat lopen, smiespelden onder elkaar en lachten verachtelijk. Anderen gingen met neergeslagen blik aan hem voorbij.

De eerste oorlogsmaanden hadden Barcelona ondergedompeld in een vreemde lethargie van angst en interne schermutselingen. De fascistische rebellie was in de stad in de eerste dagen na de staatsgreep mislukt, en een enkeling wilde geloven dat een oorlog was uitgebleven, dat het niet meer dan grootspraak was geweest van generaals van kleine statuur en met nog kleinere edele delen, en dat het een kwestie van weken was voor alles weer zou terugkeren naar de koortsige onregelmatigheid die het openbare leven van het land karakteriseerde.

Mataix geloofde dat niet meer. En hij was bang. Hij wist dat een burgeroorlog nooit één enkele oorlog was, maar een warboel van kleine en grote met elkaar verstrengelde worstelingen. De officiële herinnering was altijd die van de zich in het winnende of het verliezende kamp verschanste kroniekschrijvers, nooit die van hen die zich tussen beide kampen gevangen wisten en die zelden de lont in het kruit hadden gestoken. Martín zei altijd dat in Spanje de tegenstander wordt geminacht, maar de vrijdenker die geen partij kiest, wordt gehaat. Destijds had Mataix hem niet geloofd, maar ook hij begon te denken dat de enige zonde die in Spanje niet werd vergeven, die was van het niet kiezen van een kant en de weigering bij de ene dan wel de andere kudde te gaan staan. En waar kuddes makke schapen zijn, verschijnen hongerige wolven. Zijns ondanks had Mataix dat allemaal verinnerlijkt, en hij begon het bloed in de lucht te ruiken. Later zou er tijd genoeg zijn om de doden te bergen en zich aan de fabel te wijden. Nu was het moment gekomen om de messen te slijpen en laagheid te bekronen. Oorlogen bezoedelden alles, maar reinigden het geheugen.

Op die onzalige dag in 1937 waarop zijn lot zou veranderen, was Mataix afgedaald naar de stad om Revells te ontmoeten. Altijd als ze elkaar zagen, nodigde de uitgever hem uit voor de lunch in Bar Velódromo, dicht bij het kantoor van Ediciones Orbe aan de Diagonal, en gaf hem onderhands een envelop met wat geld waarmee hij zijn gezin nog een paar weken langer kon onderhouden. Die dag weigerde Mataix voor het eerst de envelop aan te nemen. Zo beschrijft hij de scène in zijn *Herinnering aan de duisternis*, een soort gefictionaliseerde kroniek over de oorlog en de jaren die hem naar de gevangenis brachten, die nooit werd gepubliceerd en waarin hij een van de vele personages is, geschilderd vanuit het perspectief van een alwetende verteller die Magere Hein zou kunnen zijn, of misschien ook niet.

De glazen gevel van de grote Bar Velódromo verhief zich waar de Calle de Muntaner haar voorname kant verloor, op slechts enkele passen van de Diagonal. Daar boden aquariumlicht en een plafond als in een wereldse kathedraal een toevluchtsoord en een cichoreisalon aan degenen die nog pretendeerden te geloven dat het leven verderging en er morgen of overmorgen weer een nieuwe dag was. Revells koos altijd een hoektafel waarvandaan hij het hele lokaal overzag en kon registreren wie naar binnen en naar buiten gingen.

'Nee, meneer Revells. Ik kan uw aalmoezen niet langer accepteren.'

'Het is geen aalmoes, het is een investering. U moet weten dat Badens en ik ervan overtuigd zijn dat u binnen tien of twintig jaar een van de meest gelezen auteurs van heel Europa zult zijn. Anders word ík priester en ruilt Badens de truffel in voor mortadella. Dat zweer ik u bij dit bord gegratineerde slakken.'

'U en uw geestige invallen.'

'Neemt u alstublieft het geld aan, doet u mij dat plezier.'

'Nee.'

'Er zijn miljoenen Spanjaarden en ik kom de enige tegen die geen geld onder tafel aanneemt.'

'Wat zegt uw glazen bol hierover?'

'Kijkt u eens hier, Víctor, met alle liefde zou ik een boek accepteren in ruil voor een voorschot, maar we kunnen het nu niet publiceren. Dat weet u toch.'

'Dan zal ik moeten wachten.'

'Dat kan jaren duren. In dit land leven mensen die niet zullen stoppen tot ze elkaar helemaal hebben afgemaakt. Wanneer mensen hier hun verstand verliezen, en dat is vaak, zijn ze in staat zich in de voet te schieten omdat ze denken daarmee hun buurman tot hinken te brengen. Dit gaat lang duren, gelooft u mij.'

'Dan is het beter van honger te sterven dan in leven te blijven om het aan te zien.'

'Zeer heroïsch. Mijn excuses dat de tranen me niet over de wangen biggelen van emotie. Is dat wat u wilt voor uw vrouw en dochtertje?'

Mataix sloot zijn ogen en zakte weg in zijn ellende.

'Zegt u dat alstublieft niet.'

'Maar debiteert u dan ook geen domheden. Neemt u het geld.'

'Ik betaal u alles terug, tot op de laatste cent.'

'Daar heb ik nooit aan getwijfeld. Vooruit, eet u wat, u hebt uw bord nog niet aangeroerd. En neemt u dat brood mee naar huis. Overigens, komt u alstublieft langs op de uitgeverij, daar staat een kist fijne groenten voor u, uit Ampurdán gestuurd. Doet u mij een lol en komt u die ophalen, want mijn kantoor ziet eruit als een groentekraam.'

'Gaat u al?'

'Ik heb dingen te doen. Zorgt u goed voor uzelf, Víctor. En schrijf, want op een dag zullen we weer boeken uitgeven, dat zult u zien, en u moet ons rijk maken.'

De uitgever vertrok en liet hem alleen aan tafel achter. Mataix wist dat hij slechts was gekomen om hem het geld te overhandigen en snel weer wilde vertrekken om hem het gevoel van smaad en vernedering te besparen omdat hij zijn gezin met niets anders dan naastenliefde kon voeden. Mataix at zijn bord leeg en begon broodresten in zijn jaszakken te stoppen, toen er een schaduw over de tafel viel. Hij keek op en zag een jonge man die de overblijfselen van een versleten pak droeg en een map bij zich had zoals in rechtbanken en registratiekantoren in torenhoge stapels te vinden waren. Hij zag er te breekbaar en hulpeloos uit om een politiek afgevaardigde te zijn die het op hem had voorzien.

'Vindt u het erg als ik ga zitten?'

Mataix schudde zijn hoofd.

'Mijn naam is Brians. Fernando Brians. Ik ben advocaat, ook al lijkt dat niet zo.'

'Víctor Mataix, schrijver, ook al lijkt dat ook niet zo.'

'Wat een tijden, nietwaar? Wie iets is lijkt niemand, en wie tot twee dagen geleden niemand was lijkt nu te veel op zichzelf.'

'Advocaat en filosoof, zie ik wel.'

'En dat alles voor een zeer gunstige prijs,' stemde Brians met hem in.

'Ik zou u graag contracteren voor de verdediging van mijn eigenliefde, maar ik ben bang dat ik krap bij kas zit.'

'Weest u niet bang. De cliënt heb ik al.'

'En wie ben ik in dit verhaal?' vroeg Mataix.

'U bent de fortuinlijke auteur die is uitgekozen om lucratieve arbeid te verrichten.'

'O ja? En wie is uw cliënt, als ik vragen mag?'

'Een man die zijn privésfeer goed beschermt.'

'Wie doet dat niet?'

'Hij die er geen heeft.'

'Vergeet u een moment de filosoof en haalt u de advocaat in u tevoorschijn. Waarmee kan ik u van dienst zijn, u of uw cliënt?'

'Mijn cliënt is een zeer belangrijke en nog veel rijkere man. Hij is een van die mannen over wie men pleegt te zeggen dat ze alles hebben.'

'Dat zijn degenen die altijd meer willen.'

'In dit geval includeert dat "meer" uw diensten.'

'Welke diensten kan een schrijver in oorlogstijden leveren? Mijn lezers willen niet lezen, ze willen elkaar ombrengen.'

'Hebt u er weleens over gedacht om een biografie te schrijven?' vroeg de advocaat.

'Nee. Ik schrijf fictie.'

'Er zijn er die zouden betogen dat er geen fictiever genre bestaat dan de biografie.'

'Met de mogelijke uitzondering van de autobiografie,' beaamde Mataix.

'Exact. Als romancier zult u toch moeten toegeven dat als het erop aankomt, een verhaal een verhaal is.'

'Als romancier geef ik slechts toe aan voorschotten. Indien mogelijk contant.'

'Op dat punt komen we zo. Maar ook wanneer het een zuiver theoretische discussie is, een kroniek wordt gemaakt van woorden, van taal. Niet?'

Mataix zuchtte.

'Alles bestaat uit woorden en taal,' antwoordde hij. 'Zelfs de drogredenen van een advocaat.'

'En wat is een schrijver anders dan een taalarbeider?' bracht Brians in.

'Iemand zonder beroepsperspectieven zodra de mensen ophouden hun hoofd te gebruiken en met hun darmen denken, om niet een ander woord te gebruiken.'

'Ziet u? Zelfs aan sarcasme geeft u een elegante toets mee.'

'Waarom komt u niet ter zake, meneer Brians?'

'Mijn cliënt zou het niet beter gezegd kunnen hebben.'

'Nu we toch sarcastisch bezig zijn, als uw cliënt zo belangrijk en machtig is, bent u dan niet een wat sobere advocaat om hem te vertegenwoordigen? Met alle respect.'

'Ik ben niet beledigd. In feite hebt u ontzettend gelijk. Ik vertegenwoordig hem slechts indirect.'

‘Verklaart u zich nader,’ zei Mataix.

‘Mijn diensten zijn ingeroepen door een prestigieus advocatenkantoor dat de cliënt vertegenwoordigt.’

‘Wat een geluk hebt u. En waarom verschijnt hier niet een lid van deze edele praktijk?’

‘Omdat het in de nationale zone ligt. In overdrachtelijke zin, dat moge duidelijk zijn. Persoonlijk bevindt mijn cliënt zich in Zwitserland, voor zover ik weet.’

‘Pardon?’

‘Mijn cliënt en zijn advocaten bevinden zich onder auspiciën en bescherming van generaal Franco,’ verklaarde Brians.

Mataix keek wantrouwig naar de tafeltjes om hem heen. Niemand leek te luisteren of aandacht aan ze te besteden, maar het waren tijden van argwaan en zelfs de muren spitsten de oren.

‘Dat moet een grap zijn,’ zei Mataix terwijl hij zijn stem dempte.

‘Ik verzeker u dat dat niet zo is.’

‘Doet u mij het genoegen op te staan en te verdwijnen. Ik zal doen alsof ik u niet heb gezien en gehoord.’

‘Gelooft u mij, ik begrijp u volkomen, meneer Mataix. Maar dat kan ik niet doen.’

‘Waarom niet?’

‘Omdat ik als ik hier de deur uit loop zonder uw diensten onder contract te hebben gesteld, morgen waarschijnlijk niet meer in leven ben. En u en uw gezin ook niet.’

Er viel een lange stilte. Mataix greep advocaat Brians, die hem met peilloze treurigheid aankeek, bij zijn revers.

‘U vertelt de waarheid,’ mompelde Mataix, meer tegen zichzelf dan tegen Brians.

Die knikte. Mataix liet hem los.

‘Waarom ik?’

‘De echtgenote van mijn cliënt is een trouwe lezer van u. Ze zegt dat ze van uw manier van schrijven houdt. Vooral uw liefdesverhalen, de andere wat minder.’

De schrijver sloeg zijn handen voor zijn gezicht.

‘Als het u tot troost dient, het salaris is voortreffelijk,’ voegde Brians eraan toe.

Mataix keek tussen zijn vingers door naar Brians.

'En u, wat betalen ze u?'

'Ze laten me ademhalen en nemen mijn schulden over, en dat zijn er niet weinig. Natuurlijk vooropgesteld dat u ja zegt.'

'En als ik nee zeg?'

Brians haalde zijn schouders op.

'Zoals gezegd, mij wordt verteld dat huurmoordenaars in deze tijden heel goedkoop zijn in Barcelona.'

'Hoe weet ik… Hoe weet ú dat die bedreigingen geloofwaardig zijn?'

Brians sloeg zijn ogen neer.

'Toen ik die vraag stelde, stuurden ze me een pakketje met het linkeroor van mijn compagnon, Jusid. Ze hebben gezegd dat ze me elke dag die voorbijgaat zonder antwoord pakketjes zullen sturen. Ik heb u al gezegd dat sinistere arbeidskrachten goedkoop zijn in deze stad.'

'Hoe heet uw cliënt?' informeerde Mataix.

'Dat weet ik niet.'

'En wat weet u dan wel?'

'Dat de mensen die voor hem werken geen geintjes maken.'

'En hij?'

'Ik weet dat hij bankier is. Een belangrijke. Ik weet, of ik vermoed, dat hij een van de twee of drie bankiers is die het leger van generaal Franco financieren. Ik weet, of dat hebben ze me te verstaan gegeven, dat hij een ijdele man is en zeer gevoelig voor het oordeel dat de geschiedenis over hem en zijn echtgenote zou kunnen vellen, die, zoals gezegd, uw boeken leest en gecharmeerd is van uw werk, en hem ervan heeft overtuigd dat hij een biografie nodig heeft die zijn successen, zijn grootsheid en zijn wonderbaarlijke bijdrage aan het welzijn van Spanje en de wereld weergeeft.'

'Iedere klootzak heeft een biografie nodig, het leugenachtigste genre in de hele catalogus,' oordeelde Mataix.

'Wie ben ik om dat te betwisten, meneer Mataix. Wilt u ook het goede nieuws horen?'

'U bedoelt wat het overleven betreft?'

'Honderdduizend peseta op een rekening met uw naam bij de Zwitserse Bankmaatschappij indien u de opdracht accepteert, en nog eens honderdduizend bij publicatie van het werk.'

Mataix keek hem sprakeloos aan.

'Terwijl u dat getal verwerkt, staat u me toe u de procedure toe te lichten. Na acceptatie en ondertekening van het contract zult u tweewekelijks via mijn kantoor een bedrag ontvangen zolang de arbeid vordert, en zonder te korten op het totaalbedrag dat uw honorarium uitmaakt. Later ontvangt u, ook via mij, een kennelijk al bestaand document, namelijk een eerste versie van de biografie van mijn cliënt.'

'Dus ik ben niet de eerste?'

Brians haalde zijn schouders nog eens op.

'Wat is er met mijn voorganger gebeurd?' vroeg Mataix. 'Hebben ze hem u ook in pakketjes opgestuurd?'

'Ik weet het niet. Ik meende te begrijpen dat de echtgenote van mijn cliënt vond dat zijn werk geen stijl had, geen klasse noch savoir-faire.'

'Ik snap niet hoe u over zoiets grappen kunt maken.'

'Dat is beter dan me voor de wielen van de metro te gooien. Hoe het ook zij, dat document, dat zich in zeer rudimentaire staat bevindt voor zover ik kan concluderen uit wat ze me hebben verteld, zal dienen als documentatie en basis. Uw opdracht is een voorbeeldige biografie te schrijven van de persoon op basis van de gegevens die u op die pagina's overhandigd zullen worden. Daarvoor hebt u een jaar de tijd. Na revisie en commentaar van mijn cliënt zult u over nog eens zes maanden beschikken om de verlangde veranderingen door te voeren, de tekst te polijsten en een publicabel manuscript te vervaardigen. En als u mij deze opmerking toestaat, het beste is dat uw naam niet op het boek hoeft te staan en dat niemand ooit hoeft te weten dat u het geschreven hebt. In feite zijn uw en mijn stilte onontkoombare vereisten voor de transactie.'

'En waarom?'

'Misschien had ik meteen bij het begin moeten zeggen dat het boek eigenlijk een autobiografie is. U schrijft het in de eerste persoon en mijn cliënt zet zijn naam boven de titel.'

'Die er vermoedelijk ook al is.'

'Een proeftitel. *Ik, X. Memoires van een Spaanse financier*. Ik geloof dat alternatieve suggesties zijn toegestaan.'

Toen deed Mataix iets wat hijzelf noch Brians had verwacht. Hij barstte in lachen uit. Hij lachte tot de tranen hem over de wangen liepen en de aanwezigen in het lokaal zich omdraaiden om steelse blikken op hem te werpen en zich af te vragen hoe iemand nog zin kon hebben om zó te lachen met wat er overal aan de hand was. Toen hij zijn zelfbeheersing had hervonden, haalde Mataix diep adem en keek Brians aan.

'Begrijp ik dat dat een ja is?' vroeg de advocaat hoopvol.

'Is er een alternatief?'

'Dat ze u en mij morgen of overmorgen op straat een kogel door het hoofd jagen en eerder vroeg dan laat hetzelfde doen met uw en mijn familie.'

'Waar teken ik?'

Dagen later, na slapeloze nachten vol zorgen, spijt en vermoedens, hield Mataix het niet langer en zocht zijn uitgever bij Orbe op. Revells had niet gelogen: in alle ruimtes hing de geur van een weelderige, Ampurdaanse moestuin. Hele kisten uit Badens' heiligdom stonden naast elkaar in de gangen tussen stapels boeken en te betalen rekeningen. Revells hoorde Mataix' relaas aandachtig aan terwijl hij aan een prachtige tomaat rook, die hij speels tussen zijn handen heen en weer liet rollen.

'Wat denkt u?' vroeg Mataix toen hij zijn verhaal had beëindigd.

'Goddelijk. Alleen al door eraan te ruiken krijg ik trek,' zei Revells.

'Ik bedoel mijn dilemma,' hield Mataix aan.

Revells legde de tomaat op tafel.

'Dat u geen ander alternatief had dan te accepteren,' verklaarde hij.

'Dat zegt u omdat u weet dat ik dat wil horen.'

'Dat zeg ik omdat ik u graag in levenden lijve zie en omdat u ons geld verschuldigd bent, dat we hopen op enig moment terug te verdienen. Hebt u de stapel papier al ontvangen?'

'Gedeeltelijk.'

'En?'

'Om van te braken.'

'Verwachtte u de sonnetten van Shakespeare?'

'Ik weet niet wat ik verwachtte.'

'U zult ten minste uw vermoedens hebben en weten om wie het gaat.'
'Ik heb een idee,' zei Mataix.
Revells' ogen glinsterden van nieuwsgierigheid.
'Vertel.'
'Op grond van wat ik heb gelezen, vermoed ik dat het om Ubach gaat.'
'Miguel Ángel Ubach? Heilige hostie! De "Kruitbankier"?'
'Het lijkt erop dat hij niet zo op die benaming is gesteld.'
'Hij kan doodvallen! Als hij er geen prijs op stelt, moet hij sociale werken financieren en geen oorlog.'
'Wat weet u van hem, u die alles weet van iedereen?'
'Alleen van hen die meetellen,' preciseerde Revells.
'Ik ben me ervan bewust dat de wereld van armoedzaaiers en nietsnutten geen roddel en achterklap voor u bevat.'
Revells negeerde de steek onder water, gefascineerd als hij was door deze grootse intrige. Hij stak zijn hoofd om de deur van zijn kantoor en riep een van zijn vertrouwenspersonen, Laura Franconi.
'Laura, kom even hier als u kunt.'
Terwijl ze wachtten, ijsbeerde Revells onrustig door de kamer. Kort daarop verscheen, een paar kisten met uien en preien ontwijkend, Laura Franconi in de deuropening, die bij Mataix' aanblik glimlachte, naar hem toe liep en hem een kus op de wang gaf. Klein en stormachtig was Laura, een van de actieve breinen die de uitgeverij met zachte hand draaiende hielden.
'Wat vindt u van onze groente-en-fruitstal?' vroeg ze. 'Wilt u een paar courgettes?'
'Onze vriend Mataix hier heeft net een pact met de oorlogsgoden gesloten,' zei Revells.
Mataix zuchtte.
'Waarom leunt u niet meteen uit het raam om het via een megafoon te verkondigen?'
Laura Franconi deed de deur van het kantoor op een kier en keek hem bezorgd aan.
'Vertelt u het haar,' spoorde Revells hem aan.
Mataix gaf haar de korte versie van de feiten, maar Laura vulde de ruimte tussen de regels zelf wel in. Na afloop legde ze slechts geconsterneerd een hand op zijn schouder.

'En bij dit alles heeft die klootzak van een Ubach ook al een uitgever?' vroeg Revells.

Laura wierp hem een bijtende blik toe.

'Ik noem slechts de mogelijkheid van zakendoen,' verdedigde Revells zich. 'Ik weet niet waar dat overgevoelige gedoe vandaan komt, gezien de tijden waarin we leven.'

'Ik zou uw hulp en advies op prijs stellen,' bracht Mataix hem in herinnering.

Laura pakte zijn hand en keek hem in de ogen.

'Neemt u het geld aan. Schrijf voor die praalhans wat hij wil en verdwijn dan voor altijd uit dit land. Mijn aanbeveling is Argentinië. Land van overvloed en filetjes om je vingers bij af te likken.'

Mataix keek Revells aan.

'Amen,' zei de uitgever. 'Ik zou het niet beter hebben kunnen zeggen.'

'Nog een suggestie hoe ik het zou kunnen aanpakken zonder de halve wereld over te steken om met mijn gezin in ballingschap te moeten?'

'Ziet u, Mataix, wat u ook doet, u legt uw nek op het hakblok. Mijn neus vertelt me dat als het kamp van Ubach wint, en dat heeft meer dan voldoende punten, u na verleende diensten ongewenst wordt en iemand u liever ziet verdwijnen. En als de Republiek wint en iemand komt erachter dat u hebt samengewerkt met een van Franco's geldwolven, dan zie ik u in een foltergevangenis met kost en inwoning.'

'Fantastisch.'

'Wij kunnen u helpen om te verdwijnen. Badens onderhoudt contacten met een koopvaardijvloot en we zouden u en uw gezin in enkele dagen in Marseille kunnen hebben. En van daaruit is het verder aan u. Ik zou luisteren naar mejuffrouw Laura en naar de Amerika's gaan. Noord of Zuid, dat maakt niet uit. De kwestie is dat u zich uit de voeten maakt en die oceaan oversteekt,' oordeelde Revells.

'We komen u opzoeken,' zei Laura. 'Dát of we worden uw permanente gasten als ik zie hoe het eraan toegaat hier.'

'En we nemen tomaten en groenten als garnituur mee voor het gegrilde vlees dat u met uw tweehonderdduizend peseta kunt verorberen,' grapte Revells.

Mataix snoof.
'Mijn vrouw wil niet weg uit Barcelona.'
'Ik vermoed dat u haar niets hierover hebt verteld?' zei Revells sonderend.
Mataix schudde zijn hoofd. Revells en Franconi wisselden een blik.
'En ik wil ook nergens heen,' zei de schrijver. 'Dit is mijn thuis, ten goede of ten kwade. Het zit me in het bloed.'
'Dat zit malaria ook, en dat is ook niet altijd heilzaam,' was Revells van mening.
'Hebt u een vaccin voor Barcelona?'
'In de grond van de zaak begrijp ik u wel. Ik zou hetzelfde hebben. Hoewel ik geen nee zou zeggen tegen een wereldreis met een goedgevulde beurs. U hoeft ook niet meteen te beslissen. Op dit moment beschikt u over een jaar of anderhalf om erover na te denken. Zolang u het boek niet inlevert en de oorlog voortduurt, blijft alles in het ongewisse. Doet u zoals met ons: aan onze inleverdata houdt u zich nooit en ons laat u ook altijd in het ongewisse.'
Laura klopte hem bemoedigend op de rug. Revells nam een prachtig exemplaar van de ongebreideld groeiende Ampurdaanse flora en reikte het Mataix aan.
'Tomaatje?'

Het manuscript *Herinnering aan de duisternis* heeft het slechts gedeeltelijk overleefd, maar alles lijkt erop te wijzen dat Mataix zich overgaf aan de omstandigheden. Er zijn geen aanwijzingen dat hij eerder dan halverwege het jaar 1939 een eerste versie van Ubachs autobiografie afleverde. Tegen de tijd dat de oorlog op zijn einde liep en Franco's troepen zegevierend Barcelona binnentrokken, werkte Mataix nog aan de revisies en veranderingen die van hem verlangd werden, vermoedelijk grotendeels komend van Federica, Ubachs echtgenote, die haar toewijding aan het fascisme paarde aan een grote sensibiliteit voor de kunsten en de letteren. Nadat de definitieve versie van het boek was ingeleverd, vergat Mataix – hoewel hij mogelijkerwijs had overwogen de raad van zijn uitgever op te volgen en met zijn gezin en honoraria het land te verlaten – de waarschuwing en besloot te blijven. Het waarschijnlijkste motief voor deze beslissing, die hij steeds voor zich uit had geschoven, was de zwangerschap van zijn vrouw en ten slotte de geboorte van zijn tweede dochter.

In die tijd was Ubach al in triomf teruggekeerd naar Spanje en genoot hij roem en dankbaarheid in de hoogste echelons van het regime wegens zijn werk als bankier van de nationale kruistocht. Het waren tijden van wraak, maar ook van beloning. Op alle niveaus werd het Spaanse leven opnieuw geordend, en zoals velen in vergetelheid raakten, in innerlijke ballingschap leefden en in de armoede werden gestort, zo stegen anderen als getrouwe schaduwen naar prestigieuze of machtsposities. Er was niet één hoek in het openbare leven waar die zuivering niet met onverbiddelijke ijver werd doorgevoerd. De wisselingen van gezindte, een stevig verankerde traditie op het Iberisch Schiereiland, waren bijna in filigraan zo fijntjes. De oorlog had honderdduizenden doden achtergelaten, maar nog veel meer vergetenen en verdoemden. Veel van Mataix' oude bekenden en collega's die hem zo hadden geminacht, doken nu op, wanhopig smekend om zijn hulp, zijn aanbeveling en zijn goedertierenheid. De meesten zouden spoedig in de gevangenis eindigen, waar ze jaren zouden doorbrengen, tot het weinige wat er van hen over was voor altijd uitdoofde. Een aantal werd zonder plichtplegingen geëxecuteerd. Anderen namen hun eigen leven of stierven aan een ziekte of van droefenis.

Weer anderen, vermoedelijk de minst getalenteerden en tegelijkertijd de meest ambitieuzen, wisselden van kamp en gedijden als gunstelingen en hovelingen van het regime om waar te maken wat hun op eigen kracht niet gelukt was. De politiek is vaak een toevluchtsoord voor middelmatige of mislukte artiesten. Daar komen ze vooruit en vergaren macht, waarmee ze gewichtig kunnen doen en bovenal zich kunnen wreken op hen die met arbeid en talent bereikt hebben wat zij nooit, in de verste verte niet hebben bereikt, terwijl ze met het gezicht van een offerlam verklaren dat allemaal te doen in dienst van het vaderland.

In de zomer van 1941, twee weken na de geboorte van Sonia, de tweede dochter van Susana en Víctor Mataix, deed zich iets ongewoons voor. Het gezin genoot van een zonnige, kalme zondag in hun huis aan de Carretera de las Aguas, toen ze hoorden dat er een stoet auto's naderde. Uit de eerste twee stapten gewapende mannen in pak. Mataix vreesde het ergste, maar toen zag hij dat uit de derde auto, een Mercedes die op die van generalísimo Franco leek, een zeer gedistingeerde heer stapte, gevolgd door een blonde, met juwelen behangen dame die gekleed was als voor de kroning van een koningin. Het waren Miguel Ángel Ubach en zijn echtgenote Federica.

Mataix, die zijn echtgenote nooit de waarheid had verteld over het boek dat hem meer dan anderhalf jaar had gekost en hem tegelijkertijd het leven had gered, voelde de grond onder zijn voeten wegzakken. Verward vroeg Susana wie die illustere bezoekers waren die door de tuin op het huis afkwamen. Het was doña Federica die gedurende die lange middag in zijn plaats sprak. Terwijl don Miguel Ángel zich met Mataix terugtrok in diens werkkamer om met cognac en havanna's (die hij had meegenomen bij wijze van cadeau) mannenzaken te bespreken, werd doña Federica de beste vriendin van die arme plebejer die, zwak als ze nog was van de bevalling, amper op haar benen kon staan. Evengoed hield doña Federica Susana niet tegen toen ze opstond en ijlings naar de keuken ging om een kopje thee te maken – dat ze zich vervolgens niet verwaardigde aan te raken – en daar wat droog gebak bij te serveren dat zij haar honden nog niet zou hebben toegeworpen, en ze zag haar rondstrompelen, terwijl zij in het gezelschap van de twee meisjes bleef, Ariadna en de kleine Sonia, die onverklaarbaar genoeg het mooiste waren wat ze in haar hele leven had gezien. Hoe was het mogelijk dat twee van zulke lieve wezentjes, zo vol licht en leven, door dat stel hongerlijdende dooie pieren op de wereld waren gezet? Mataix had misschien wel een beetje talent, maar hij was uiteindelijk niet anders dan alle kunstenaars: een knecht, en bovendien was het enige echt goede boek dat hij had geschreven *Het huis met de cipressen*. Alle andere werken waren niks bijzonders en hadden haar teleurgesteld met hun onbegrijpelijke, macabere plots. En dat had ze hem meteen bij de eerste handdruk gezegd, ook teleurgesteld door zijn afstandelijke houding, alsof hij niet gelukkig was haar te zien. 'Het enige werkelijk goede boek was het eerste,' zei ze tegen hem. Het huwelijk met die eenvoudige onbenul die zich niet kon kleden noch uit haar woorden kon komen, bevestigde haar vermoedens. Mataix had gediend om de tijd te verdrijven, maar hij zou nooit tussen de groten verblijven.

Desondanks nam doña Federica met haar liefste glimlachje het gezelschap van die stumper voor lief, die zich het vuur uit de sloffen liep om het haar naar de zin te maken en die niet ophield vragen te stellen over haar leven, alsof ze ook maar zou kunnen probéren het te snappen. Ze luisterde amper en had uitsluitend oog voor die twee schepseltjes. Ariadna bekeek haar argwanend, zoals alle kinderen doen, en toen ze vroeg: 'Vertel eens, lieverd, wie vind je knapper, je mama of mij?', rende ze naar haar moeder.

De avond viel al toen Ubach en Mataix de werkkamer verlieten en don Miguel Ángel het geïmproviseerde bezoek voor beëindigd hield. Hij omhelsde Mataix en kuste Susana's hand. 'U bent een betoverend stel,' verklaarde hij. De familie Mataix begeleidde het illustere paar naar hun fraaie auto en zag hen wegrijden met de andere twee auto's van de lijfwachten onder een heldere sterrenhemel, die een vredige en misschien hoopvolle horizon beloofde.

Een week later kwamen twee auto's kort voor het krieken van de dag voorrijden bij de familie Mataix. Deze keer waren ze zwart en hadden ze geen nummerplaten. Uit de eerste stapte een man in een lange donkere regenjas, terwijl zijn begeleider, een zorgvuldig geklede heer met bril en een haarsnit als van een bureaucraat van het middenkader, de scène gadesloeg vanaf de passagiersstoel.

Mataix was naar buiten gekomen om ze te ontvangen. Zonder een woord gaf de man in de regenjas hem met zijn revolver een klap in het gezicht die zijn kaak brak en sloeg hem tegen de grond, waar zijn mannen hem oppakten en naar een van de auto's sleurden. Mataix schreeuwde. De man veegde met de jas het bloed van zijn handen en ging toen het huis binnen, op zoek naar Susana en de meisjes. Hij vond ze verborgen achter in een kast, bevend en huilend. Toen Susana weigerde hem de meisjes te overhandigen, trapte Fumero haar in de buik. Hij pakte de kleine Sonia op en greep de doodsbang huilende Ariadna bij de hand. Hij wilde net de kamer verlaten, toen Susana zich op zijn rug wierp en haar nagels in zijn gezicht zette. Zonder een spier te vertrekken overhandigde hij de meisjes aan een van zijn mannen die vanaf de drempel toekeek en draaide zich om. Hij greep Susana bij de keel en wierp haar op de grond. Daar knielde hij boven op haar en verpletterde haar borstkas terwijl hij haar in de ogen keek. Susana, die geen adem meer kon halen, staarde naar die vreemdeling die glimlachend op haar neerkeek. Ze zag hem een scheermes uit zijn zak halen en uitklappen. 'Ik zal je opensnijden en je ingewanden als een ketting om je nek hangen, schijthoer,' zei hij kalm.

Hij had haar de kleding al van het lijf gerukt en begon met het mes te spelen, toen de ijskoud uitziende bureaucraat een hand op zijn schouder legde en hem tegenhield.

'We hebben geen tijd, Fumero,' zei hij.

De mannen lieten haar liggen en vertrokken. Bloedend kroop Susana de trappen af, en ze hoorde het geluid van de auto's wegsterven tussen de bomen. Toen verloor ze het bewustzijn.

DE VERGETENEN

12

1

Toen Vilajuana zijn relaas beëindigde, glansden zijn ogen en had hij een dorre stem. Alicia sloeg haar ogen neer en zweeg. Na een tijdje schraapte hij zijn keel, en ze glimlachte mat.

'Susana heeft haar man en kinderen nooit meer gezien. Twee maanden lang ging ze van bureau naar bureau, van ziekenhuis naar ziekenhuis, van armenhuis naar armenhuis om naar ze te vragen. Niemand wist iets. Op een dag besloot ze vertwijfeld om doña Federica Ubach te bellen. Een bediende nam op en gaf het telefoontje door aan een secretaris. Susana vertelde hem wat er was gebeurd en zei dat mevrouw de enige was die kon helpen. "Ze is een vriendin van me," zei ze.'

'Arme vrouw,' mompelde Alicia.

'Enkele dagen later pikten ze haar op straat op en brachten haar naar een gekkenhuis voor vrouwen. Daar verbleef ze meerdere jaren. Men zei dat ze van daaruit ontsnapt was. Wie zal het zeggen. Susana verdween voor altijd.'

Er viel een lange stilte.

'En Víctor Mataix?' vroeg Alicia.

'Advocaat Brians, die al langer geleden van Isabella Gispert de opdracht had gekregen om te proberen David Martín te helpen, wist van hem dat ook Mataix in het kasteel van Montjuïc was geëindigd. Daar zat hij, op uitdrukkelijk bevel van de gevangenisdirecteur, don Mauricio Valls, in eenzame opsluiting, en hij mocht niet met de medegevangenen luchten op de binnenhof of bezoek ontvangen of met wie dan ook communiceren. Martín, die ook meer dan eens in de isoleercel had gezeten, was de enige geweest die met hem had kunnen spreken, vanaf de andere kant van de gang. Zo kwam Brians erachter wat er was gebeurd. Ik kan me voorstellen dat daardoor zijn geweten aan hem knaagde en dat hij zich medeschuldig voelde, zodat hij besloot al die arme duivels te helpen die daar gevangenzaten. Martín, Mataix...'

'De advocaat van de hopeloze gevallen,' zei Alicia.

'Natuurlijk kon hij geen van hen redden. Martín werd op bevel van Valls vermoord, of dat zegt men. Van Mataix heeft nooit meer iemand iets vernomen. Zijn dood is nog steeds een raadsel. En Isabella, op wie de arme Brians geloof ik verliefd was geworden, zoals iedereen verliefd op haar werd, was hun voorgegaan, eveneens in meer dan verdachte omstandigheden. Brians kwam er na dat alles niet meer bovenop. Hij is een goede vent, maar hij is bang, en uiteindelijk kan ook hij niks doen.'

'Denkt u dat Mataix daar nog steeds zit?'

'In het kasteel? Ik hoop dat God zo wreed niet is en hem tijdig tot zich heeft genomen.'

Alicia knikte en probeerde het allemaal in zich op te nemen.

'En u?' vroeg Vilajuana. 'Wat denkt u nu te doen?'

'Hoe bedoelt u?'

'Wilt u simpelweg de handen in de schoot leggen na alles wat ik heb verteld?'

'Mijn handen zijn net zo gebonden als die van Brians. Zo niet meer.'

'Komt dat even goed uit.'

'Met alle respect, u weet niets van mij.'

'Vertelt u me dan meer. Helpt u mij de geschiedenis te completeren. Zeg me wat ik kan doen.'

'Hebt u familie, Vilajuana?'

'Een vrouw en vier kinderen.'

'En houdt u van ze?'

'Meer dan van wat ook ter wereld. Waar komt dit vandaan?'

'Zal ik u zeggen wat u moet doen? Echt moet doen?'

Vilajuana knikte.

'Schrijf uw inaugurele rede. Vergeet Mataix, Martín, Valls en alles wat u me hebt verteld. En vergeet u mij, ik ben hier nooit geweest.'

'Dat was niet de afspraak,' protesteerde Vilajuana. 'U hebt me voor de gek gehouden.'

'Welkom bij de club,' zei Alicia, al op weg naar de uitgang.

2

Kort nadat ze het oude paleis had verlaten, moest ze op de hoek van een steeg stoppen om over te geven. Ze klampte zich vast aan de koude steen van de muur en sloot haar ogen, de smaak van gal op haar lippen. Ze probeerde diep adem te halen en zich te herpakken, maar de misselijkheid golfde opnieuw door haar heen, en als niet had iemand haar ondersteund, was ze door haar knieën gezakt. Toen Alicia zich omdraaide, zag ze het zorgzame, angstige gezicht van Rovira, de leerling-spion die haar met geprangd gemoed aanstaarde.

'Gaat het wel goed met u, juffrouw Gris?'

Ze probeerde weer op adem te komen.

'Mag ik weten wat je hier doet, Rovira?'

'Nu ja, ik zag van veraf dat u wankelde en... Vergeeft u me.'

'Het gaat al beter, ga nu.'

'Maar u huilt, juffrouw Gris.'

Alicia duwde hem krachtig met twee handen van zich af en verhief haar stem. 'Verdwijn, sukkel.'

Rovira kromp in elkaar en maakte zich met een gewonde blik uit de voeten. Alicia leunde tegen de muur. Ze veegde de tranen van haar gezicht. Woedend perste ze haar lippen op elkaar en stampte weg.

Op weg naar huis kwam ze een straatverkoper tegen en ze kocht van hem eucalyptussnoepjes om de zure smaak in haar mond kwijt te raken. Eenmaal thuis liep ze langzaam de trappen op. Bij haar voordeur aangekomen, hoorde ze stemmen binnen. Ze dacht dat Fernandito was gekomen om orders in ontvangst te nemen of om verslag te doen van zijn missie, en dat hij vrede had gesloten met Vargas. Ze deed de deur open en zag Vargas bij het raam staan. Op de bank, met een kopje thee in de hand en bedaard glimlachend, zat Leandro Montalvo. Bleek bleef Alicia stokstijf op de drempel staan.

'En ik dacht nog wel dat je blij zou zijn om me te zien, Alicia,' zei Leandro terwijl hij opstond.

Alicia deed een paar stappen naar voren, glipte uit haar jas en wisselde een blik met Vargas.

'Ik wist niet dat u kwam,' prevelde ze. 'Had ik het geweten...'

'Het was een beslissing op het laatste moment. Ik kwam gisternacht aan, heel laat, maar ik had werkelijk geen beter moment kunnen kiezen.'

'Kan ik u iets aanbieden?' zei Alicia improviserend.

Leandro hield zijn theekopje omhoog.
'Kapitein Vargas hier is zo vriendelijk geweest een verrukkelijk kopje thee voor me te maken.'
'De heer Montalvo en ik hebben het over de diverse punten in deze zaak gehad,' zei Vargas.
'O, goed zeg.'
'Vooruit, geef me een kus, Alicia, ik heb je dagen niet gezien.'
Ze kwam dichterbij en raakte met haar lippen zijn wang aan. Een glinstering in zijn ogen vertelde haar dat hij de gal in haar adem had geroken.
'Alles in orde?' vroeg Leandro.
'Ja. Mijn maag is een beetje van streek, dat is alles.'
'Je moet beter voor jezelf zorgen. Als ik er niet ben om je in de gaten te houden, laat je je te veel gaan.'
Alicia knikte en glimlachte gedienstig.
'Vooruit, ga zitten. Vertel. De kapitein zegt dat je een drukke ochtend hebt gehad. Een bezoek aan een journalist, geloof ik, is het niet?'
'Uiteindelijk heeft hij zich niet aan de afspraak gehouden. Waarschijnlijk had hij me niks te vertellen.'
'In dit land bestaat geen fatsoen.'
'Dat zegt Vargas ook,' zei Alicia.
'Gelukkig zijn er nog mensen die werken, en goed werken. Zoals jullie, die deze kwestie immers zo goed als hebben opgelost.'
'Ach ja?'
Alicia keek naar Vargas, die naar de vloer tuurde.
'Nu ja, die kwestie van Metrobarna, de chauffeur en die Sanchís. Ik zou zeggen dat dit bijna in kannen en kruiken is, zoals men pleegt te zeggen. Het spoor is heel solide.'
'Het is bijkomstig, niets meer.'
Leandro lachte welwillend.
'Ziet u wat ik bedoel, Vargas. Alicia is nooit tevreden met zichzelf. Ze is een perfectionist.'
'De appel valt niet ver van de boom,' suggereerde Vargas.
Alicia wilde hem vragen wat hij in Barcelona deed, toen de deur van de woning plotseling openvloog en Fernandito, hijgend na zijn sprint op de trappen, opdook in de woonkamer.

'Señorita Alicia, kersverse berichten! U zult niet geloven wat ik heb uitgevist!'

'Hopelijk dat jullie mijn bestelling per abuis aan de overkant hebben bezorgd,' zei ze nors, en ze wierp hem een strakke blik toe.

'Nou ja,' zei Leandro. 'Wil je deze ijverige heer niet aan me voorstellen?'

'Dit is Fernandito. De jongen van de levensmiddelenwinkel.'

Die was een moment sprakeloos en knikte toen.

'Dus? Je hebt niets voor me meegenomen?' vroeg Alicia op zure toon.

Fernandito keek haar met stomheid geslagen aan.

'Ik heb het je toch gezegd: eieren, melk, brood en twee flessen witte peralada. En olijfolie. Wat is het deel dat je niet begrijpt?'

Fernandito las de urgentie in haar blik en knikte beteuterd.

'Mijn excuses, juffrouw Alicia. Het is allemaal een vergissing geweest. Manolo zegt dat hij het klaar heeft staan en dat hij zich laat verontschuldigen. Het zal niet weer gebeuren.'

Ze knipte meermaals snibbig met haar vingers.

'Vooruit dan! Waar wacht je op?'

Fernandito knikte weer en verdween van het toneel.

'Het is echt onmogelijk om iets voor elkaar te krijgen,' siste Alicia woedend.

'Daarom woon ik in een luxehotel. Eén telefoontje is voldoende.'

Alicia glimlachte gelaten en ging weer bij Leandro staan.

'En waar hebben we de eer aan te danken dat u de gerieflijkheid van het Palace hebt ingeruild voor mijn nederige stulpje?'

'Ik zou graag zeggen dat ik je sarcasme miste, maar de waarheid is dat ik goede en slechte berichten heb.'

Alicia wisselde opnieuw een blik met Vargas, die slechts knikte.

'Ga zitten, alsjeblieft. Je zult dit niet leuk vinden, Alicia, maar ik wil dat je weet dat het niet mijn idee was en dat ik niets heb kunnen doen om het te voorkomen.'

Ze zag dat Vargas zich klein maakte.

'Wat te voorkomen?' vroeg ze.

Leandro zette het kopje op tafel en liet een pauze vallen, alsof hij zichzelf moed insprak om het nieuws te onthullen dat hij moest overbrengen.

'Drie dagen geleden heeft het politieonderzoek aan het licht gebracht dat don Mauricio Valls de afgelopen maand bij meerdere gelegenheden telefonisch contact had met de heer Ignacio Sanchís, directeur van Metrobarna. Kort daarop werden bij een huiszoeking van de Madrileense kantoren van het bedrijf documenten gevonden die erop wijzen dat er tussen de heer Ignacio Sanchís en don Mauricio Valls meerdere aan- en verkoopoperaties van aandelen zijn geweest van de Hypotheekbank, moedermaatschappij van Metrobarna. Genoemde transacties laten, naar het oordeel van de technische brigade van de politie, opmerkelijke onregelmatigheden zien in de procedure, en ook is er geen bewijs dat ze naar behoren zijn gerapporteerd aan de Bank van Spanje. Toen een van de griffiers van het hoofdkantoor daarnaar werd gevraagd, ontkende deze enige kennis of registratie te hebben van genoemde transacties.'

'Waarom zijn wij daar niet van op de hoogte gebracht?' vroeg Alicia. 'Ik dacht dat we deelnamen aan het onderzoek.'

'Geef niet de schuld aan Gil de Partera of de politie; het was mijn beslissing. Op dat moment wist ik nog niet dat jullie onderzoek ons langs een andere weg naar Sanchís zou leiden. Kijk me niet zo aan. Toen Gil de Partera me inlichtte, vond ik het raadzaam te wachten tot de politie kon bevestigen of we hier met een voor onze zaak relevant feit te maken hadden of met een simpele handelsonregelmatigheid die buiten onze competentie valt. Als op enig moment de lijnen elkaar hadden gekruist, had ik het je uiteraard verteld. Maar jullie waren me voor.'

'Ik begrijp de achtergrond van dit verhaal niet. Aandelen?' vroeg Alicia.

Leandro vroeg met een handgebaar om geduld en ging verder met zijn relaas.

'De politie is verdergegaan met het onderzoek en heeft meer aanwijzingen gevonden van twijfelachtige transacties tussen Sanchís en Mauricio Valls. De meeste gingen om de aan- en verkoop van aandelen en schuldbrieven van de Hypotheekbank, uitgevoerd over een tijdspanne van vijftien jaar en achter de rug om van de raad van beheer en het administratief orgaan van de onderneming. We hebben het hier over aanzienlijke sommen geld. Miljoenen peseta's. Op verzoek, of beter gezegd, op bevel van Gil de Partera ben ik gisteravond naar Barcelona vertrokken, waar de politie in de startblokken stond om Sanchís te arresteren en vandaag of morgen te ondervragen en bevestigd te krijgen dat Valls de uit een frauduleuze verkoop van schuldbrieven van de Hypotheekbank verkregen middelen gebruikt zou hebben voor de aflossing van een lening waarmee hij de aankoop van het stuk grond en de bouw van Villa Mercedes had gefinancierd. Het technisch rapport van de politie duidt erop dat Valls Sanchís gedurende jaren zou hebben gechanteerd om aan fondsen te komen die niet op de balansen verschenen van de banken en hun firma's. Middelen die Sanchís als fictieve transacties tussen obscure maatschappijen zou hebben gecamoufleerd om de identiteit van de ware ontvanger van deze betalingen te verhullen.'

'U zegt dat Valls Sanchís heeft gechanteerd. Waarmee?'

'Dat is wat we op dit moment proberen vast te stellen.'

'Vertelt u me nu dat het hele verhaal eigenlijk een geldkwestie betreft?'

'Is dat niet bijna altijd zo?' antwoordde Leandro. 'Natuurlijk is deze ochtend alles in een stroomversnelling gekomen toen kapitein Vargas me het resultaat van jullie onderzoek heeft medegedeeld.'

Alicia wierp opnieuw een blik op Vargas.

'Ik heb zojuist met Gil de Partera gesproken en we hebben jullie bevindingen met die van de politie vergeleken. Ik betreur dat dat in jouw afwezigheid is gebeurd, maar we hadden geen tijd te verliezen.'

Alicia wierp woedende blikken op afwisselend Leandro en Vargas.

'Vargas heeft gedaan wat hij moest doen, Alicia,' zei Leandro. 'Sterker nog, het doet me pijn dat je me niet zoals afgesproken op de hoogte hebt gehouden van jullie vorderingen, maar ik ken je en ik weet dat dat niet te kwader trouw is gebeurd en dat je er niet van houdt iets te onthullen voor je heel zeker bent van je zaak. Ik ook niet. Daarom heb ik je hier niets over verteld tot duidelijk was dat het verband hield met ons onderzoek. Eerlijk gezegd heeft het mij ook verrast dit allemaal te horen. Ik wist niet dat jullie op het spoor van Sanchís zaten. Net als jij verwachtte ik iets anders. Onder andere omstandigheden had ik graag nog een paar dagen tot mijn beschikking gehad om de hele zaak tot op de bodem uit te zoeken en dan pas te handelen. Jammer genoeg is dit een geval waarin we het ons niet kunnen permitteren de tijd te nemen.'

'Wat hebben ze met Sanchís gedaan?'

'Hij wordt al een paar uur op het bureau verhoord.'

Alicia hield haar handen tegen haar slapen en sloot de ogen. Ze was lijkbleek. Vargas stond op en schonk een glas witte wijn in, dat hij haar aanreikte.

'Gil de Partera en zijn team hebben me hun dankbaarheid laten blijken en me uitdrukkelijk gevraagd jullie beiden te feliciteren met het uitstekende werk en de verleende dienst aan het vaderland,' zei Leandro.

'Maar...'

'Alicia, ik bid je. Nee.'

Ze dronk haar glas wijn in één teug leeg en leunde met haar hoofd tegen de muur.

'U zei dat u ook goed nieuws had,' zei ze ten slotte.

'Dat was het goede nieuws. Het slechte is dat jij en Vargas van de zaak zijn gehaald en dat het onderzoek vanaf nu uitsluitend in handen is van een nieuwe verantwoordelijke, aangewezen door het ministerie van Binnenlandse Zaken.'

'Wie?'

Leandro perste zijn lippen op elkaar. Vargas, die tot dat moment had gezwegen, schonk zichzelf ook een glas wijn in en keek Alicia bedroefd aan.

'Hendaya,' zei hij.

Alicia keek beide mannen perplex aan.

'Wie in hemelsnaam is Hendaya?'

3

De cel stonk naar urine en elektriciteit. Sanchís had nooit gemerkt dat elektriciteit een geur had. Zoet-metalig, als van vergoten bloed. De bedorven lucht van de cel was doordrenkt van deze stank waar zijn maag van omdraaide. Het gezoem van een in een hoek geplaatste generator deed het gloeilampje dat aan het plafond bungelde trillen, en het projecteerde een melkachtig licht op de vochtige, met gekras bedekte muren. Sanchís deed zijn best om zijn ogen open te houden. Hij had amper nog gevoel in zijn armen en benen, die zo strak met ijzerdraad aan de metalen stoel waren vastgebonden dat die in zijn huid sneed.

'Wat hebt u met mijn vrouw gedaan?'

'Uw vrouw is thuis. In perfecte gezondheid. Wie denkt u dat we zijn?'

'Ik weet niet wie u bent.'

De stem kreeg een gezicht en Sanchís zag zich voor het eerst geplaatst tegenover die kristalheldere stalen blik, met zulke blauwe irissen dat ze bijna vloeibaar leken. Het was een hoekig gezicht, maar met vriendelijke trekken, dat toebehoorde aan een van die er geweldig uitziende mannen op wie dames van goeden huize op straat steelse blikken wierpen. Hij ging buitengewoon elegant gekleed. De manchetten van zijn overhemd, vers uit de stomerij, waren getooid met gouden knopen met de adelaar van het staatswapen.

'Wij zijn de wet,' zei zijn gesprekspartner glimlachend, alsof ze goede vrienden waren.

'Laat me dan los, ik heb niets gedaan.'

De man, die een stoel dichterbij had getrokken en tegenover Sanchís was gaan zitten, knikte begrijpend. Sanchís stelde vast dat zich ten minste nog twee personen in de cel bevonden, geposteerd in de schaduw bij de muren.

'Mijn naam is Hendaya. Het spijt me dat wij elkaar in deze omstandigheden moeten leren kennen, maar ik wil geloven dat u en ik goede vrienden kunnen zijn, omdat vrienden elkaar respecteren en geen geheimen hebben voor elkaar.'

Hendaya knikte en twee van zijn mannen liepen naar de stoel toe en begonnen met een schaar Sanchís' kleding aan repen te knippen.

'Bijna alles wat ik weet heeft een groot man me bijgebracht: inspecteur Francisco Javier Fumero. Te zijner herinnering is een gedenkplaat op dit gebouw aangebracht. Fumero behoorde tot het slag mannen dat soms niet voldoende wordt geapprecieerd. Ik denk, vriend Sanchís, dat u dat beter dan wie dan ook kunt begrijpen, omdat het u ook zo is vergaan, nietwaar?'

Sanchís, die bij het zien van de schaar die hem stukje bij beetje ontblootte was begonnen te beven, stotterde: 'Ik weet niet wat...'

Hendaya hief zijn hand op, alsof hij geen verdere uitleg nodig had. 'We zijn hier onder vrienden, Sanchís. Zoals ik zojuist zei, er is geen reden om geheimen te bewaren. Een goede Spanjaard heeft geen geheimen. En u bent een goede Spanjaard. Het punt is alleen dat mensen soms boosaardig zijn. Dat moeten we erkennen. We zijn het beste land ter wereld, daar twijfelt niemand aan, maar bij gelegenheid is jaloezie onze ondergang. En dat weet u. Zoals trouwen met de dochter van de baas, het niet-verdiende directeurschap, dit, dat... Wat ik zeg, ik begrijp u wel. En ik begrijp ook dat een man boos wordt wanneer zijn eer en verdiensten in twijfel worden getrokken. Want een man met ballen wordt boos. En u hebt ze. Kijk, daar zijn ze. Een goed stel ballen.'

'Alstublieft, doet u mij geen pijn, nee.'

Sanchís' stem verdronk in gehuil toen een van de mannen een klem op zijn testikels zette.

'Huil nu niet, kerel, we hebben u nog niets gedaan. Vooruit, kijk me aan. In de ogen. Kijk me aan.'

Sanchís, die huilde als een kleine jongen, keek op. Hendaya glimlachte naar hem.

'Ziet u, Sanchís, ik ben uw vriend. Dit is slechts tussen u en mij. Zonder geheimen. U helpt mij en ik breng u naar huis naar uw vrouw, waar u hoort. U moet niet huilen, man. Ik hou er verdomme niet van een Spanjaard te zien huilen. Hier huilen alleen de mensen die iets te verbergen hebben. Maar wij hebben hier niets te verbergen, toch? Hier zijn geen geheimen, omdat we immers vrienden zijn. En ik weet dat u Mauricio Valls hebt. En ik begrijp u. Valls is een varken. Ja, ik geneer me niet om het te zeggen. Ik heb de papieren gezien. Ik weet dat Valls u heeft gedwongen de wet te overtreden. Aandelen te verkopen die niet bestonden. Ik begrijp niets van zulke zaken. Alles wat met financiën te maken heeft, gaat mijn pet te boven. Maar zelfs een stommeling als ik kan snappen dat Valls u heeft gedwongen om te stelen in zijn naam. Ik zal het u duidelijk zeggen: die vent, minister of niet, is een schaamteloze schurk. Dat zeg ik u, want zulke dingen snap ik wel, ik moet dat immers dagelijks aanzien. Maar u weet hoe dit land is. Een mens is zoveel waard als de vrienden die hij heeft. Als men ze heeft. Zo is dat nu eenmaal. En Valls heeft veel vrienden. Vrienden hoog in de boom. Maar alles heeft zijn grens. Er komt een moment dat men moet zeggen: "Genoeg." U hebt het recht in eigen hand willen nemen. Ziet u, ik snap u. Maar dat was een vergissing. Daar zijn wíj voor. Dat is ons werk. Op dit ogenblik willen wij niets anders dan die schooier van een Valls vinden om alles op te helderen. Zodat u naar huis kunt, naar uw vrouw. Zodat wij Valls eindelijk in de gevangenis kunnen stoppen, zodat hij ter verantwoording kan worden geroepen. En zodat ik op vakantie kan, want dat wordt hoog tijd. En zodat hier geen gekke dingen gebeuren. U begrijpt me wel, is het niet?'

Sanchís probeerde iets te zeggen, maar zijn tanden klapperden zo hard dat zijn woorden onbegrijpelijk waren.

'Wat zegt u, Sanchís? Als u niet ophoudt met bibberen, hoor ik niet wat u zegt.'

'Wat voor aandelen?' wist hij uit te brengen.

Hendaya zuchtte.

'U stelt me teleur, Sanchís. Ik dacht dat we vrienden waren. En vrienden beledig je niet. Zo gaat dat niet. Ik maak het u gemakkelijk, omdat ik eigenlijk wel begrijp wat u hebt gedaan. Anderen zouden dat wellicht niet snappen, maar ik wel. Want ik weet wat het is om het aan de stok te hebben met het gespuis dat zich boven iedereen verheven voelt. Dus ik wil u nog een kans geven. Omdat ik u aardig vind. Maar één raad van vriend tot vriend: soms moet een mens weten wanneer het niet schikt om de held te spelen.'

'Ik weet niet over welke aandelen u het hebt,' stamelde Sanchís.

'Niet jammeren, verdomme. Ziet u niet in welke ongemakkelijke positie u me manoeuvreert? Ik moet deze kamer verlaten met resultaten. Zo simpel is het. U snapt dat. Het is eigenlijk heel eenvoudig. Wanneer het leven je een pak slaag geeft, is het beter een zacht ei te zijn. En het leven, mijn vriend, staat op het punt u een flink pak slaag te geven. Maak het uzelf niet moeilijk. Op die stoel hebben mannen gezeten die honderd keer harder waren dan u en die hebben het precies een kwartier uitgehouden. U bent een verwend mannetje. Dwingt u me niet om te doen wat ik niet wil doen. Voor de laatste keer: vertelt u mij waar u hem verbergt, en alles komt dik in orde. Vanavond nog bent u thuis bij moeder de vrouw, intact.'

'Alstublieft, doet u haar niets, ze is niet in goede gezondheid,' smeekte Sanchís.

Hendaya zuchtte en boog zich langzaam naar voren tot zijn gezicht op amper een paar centimeters van dat van Sanchís was.

'Kijk, ellendeling.' Zijn stem was oneindig veel killer dan daarvoor. 'Als je me niet vertelt waar Valls zich bevindt, braad ik je ballen tot de stront uit je mond loopt en daarna pak ik je vrouwtje en die trek ik het vlees van de botten met een paar hete tangen, zonder enige haast, zodat ze weet dat de schuld van wat haar overkomt bij de huilebalk ligt met wie ze getrouwd is.'

Sanchís sloot zijn ogen en kreunde. Hendaya haalde zijn schouders op en liep naar de generator.

'Dan moet je het zelf maar weten.'

Weer rook de bankier die metalige lucht, en hij voelde de vloer trillen onder zijn voetzolen. Het gloeilampje knipperde een paar keer. Daarna was alles alleen nog maar vuur.

4

Leandro hield de telefoon vast en knikte. Hij zat al drie kwartier met zijn oor aan het apparaat. Vargas en Alicia sloegen hem gade. Met zijn tweeën hadden ze de fles wijn soldaat gemaakt. Toen Alicia opstond om een nieuwe te halen, hield Vargas haar met een kort hoofdschudden tegen. Dus in plaats daarvan rookte ze de ene sigaret na de andere, starend naar Leandro, die doodkalm luisterde en knikte.

'Ik begrijp het. Nee, natuurlijk niet. Begrepen. Ja, meneer. Ik zal het zeggen. Ik dank u.'

Leandro hing op en schonk hun een lusteloze blik, waarin tegelijk opluchting en consternatie te lezen waren.

'Dat was Gil de Partera. Sanchís heeft bekend,' zei hij ten slotte.

'Bekend? Wat?' vroeg Alicia.

'Alle puzzelstukjes beginnen langzaam in elkaar te passen,' begon Leandro. 'Bevestigd wordt dat de geschiedenis ver teruggaat. Naar het schijnt hebben Valls en de financier Miguel Ángel Ubach elkaar kort na de oorlog leren kennen. Valls was toen een rijzende ster binnen het regime, nadat hij zijn loyaliteit en betrouwbaarheid had getoond aan het roer van de gevangenis van Montjuïc, een weinig dankbare taak. Blijkbaar heeft Ubach, via een consortium dat is opgericht om mensen te belonen die een buitengewone bijdrage aan de nationale zaak hebben geleverd, Valls een pakket aandelen gegeven van de weer opgebouwde Hypotheekbank, die meerdere na de oorlog ontbonden financiële entiteiten omvatte.'

'U hebt het over roof en verdeling van oorlogsbuit,' onderbrak Alicia hem.

Leandro zuchtte geduldig.

'Voorzichtig, Alicia. Niet iedereen is zo mild en tolerant als ik.'

Ze beet op haar tong. Leandro wachtte op haar onderdanige blik voor hij verderging.

'In januari 1949 moest Valls nog een pakket aandelen ontvangen. Dat was de mondelinge afspraak. Maar toen Ubach het jaar daarvoor onverwacht bij een ongeluk om het leven kwam...'

'Welk ongeluk?' onderbrak Alicia hem opnieuw.

'Een brand in zijn huis, waarbij hij samen met zijn vrouw omkwam, terwijl ze sliepen. Onderbreek me niet steeds, Alicia, alsjeblieft. Zoals gezegd, bij de dood van Ubach deden zich bepaalde discrepanties voor op grond van het testament, dat naar het schijnt geen referentie bevatte aangaande genoemde afspraken. Het geval werd ingewikkelder doordat Ubach als executeur-testamentair een jonge advocaat had benoemd van het kantoor dat hem vertegenwoordigde.'

'Ignacio Sanchís,' zei Alicia.

Leandro wierp haar een waarschuwende blik toe.

'Ja, Ignacio Sanchís. Als executeur-testamentair werd Sanchís ook de wettelijke voogd van Victoria Ubach, de dochter van het paar, tot haar meerderjarigheid. En ja, voor je me weer onderbreekt, toen ze negentien werd trouwde ze met hem, wat tot niet weinig geklets leidde en schandaal teweegbracht. Schijnbaar ging het gerucht dat Victoria als adolescente al een clandestiene relatie had met haar toekomstige man. Er werd ook gezegd dat Ignacio Sanchís niets meer was dan een ambitieuze parvenu, aangezien Ubach het grootste deel van zijn vermogen aan Victoria naliet, die aanzienlijk jonger was dan Sanchís. Bovendien tekende zich in Victoria Ubachs leven al een zekere emotionele instabiliteit af. Er wordt gezegd dat ze als adolescente een keer uit huis vluchtte en zes maanden lang onvindbaar was. Maar dat zijn allemaal geruchten. De essentie van de zaak is dat Sanchís, toen hij het voorzitterschap van het bestuur overnam, Valls ontzegde wat hem door de overledene was beloofd. Op dat moment moest Valls, zoals men pleegt te zeggen, met de staart tussen de benen afdruipen en de bittere pil slikken. Pas jaren later, toen hij tot minister werd benoemd en een aanzienlijke hoeveelheid macht had verkregen, besloot hij Sanchís te dwingen hem af te staan wat Valls vond dat hem rechtmatig toekwam, en méér. Hij dreigde hem ervan te beschuldigen medeplichtig te zijn aan de verdwijning van Victoria in 1948 om de zwangerschap van een minderjarige te verhullen en haar verstopt te hebben gehouden in een sanatorium aan de Costa Brava, ik geloof in de buurt van het dorp Sant Feliu de Guíxols, waar de Guardia Civil haar vijf of zes maanden later vond, met ondervoedingsverschijnselen en dwalend over het strand. Alles wijst erop dat Sanchís toegaf. Hij sloot een reeks onwettige transacties af en gaf Valls een beduidende som gelds in de vorm van aandelen en verhandelbare schuldbrieven van de Hypotheekbank. Een goed deel van Valls' vermogen zou daar vandaan komen en niet van zijn schoonvader, zoals af en toe gesmiespeld werd. Maar Valls wilde meer. Hij bleef Sanchís onder druk zetten, die hem nooit vergaf dat hij zijn vrouw Victoria erbij had betrokken en met zijn reputatie had gespeeld om zijn doel te bereiken. Sanchís wendde zich tot diverse instanties om te protesteren, maar overal werden de deuren voor zijn neus dichtgeslagen en kreeg hij te horen dat Valls nu een te machtige man was, te dicht bij de top van het regime, onaantastbaar. Had men hem inderdaad aangepakt, dan zouden ook weer de affaire met het consortium en de na afloop van de oorlog verdeelde beloningen zijn opgerakeld, en dat wilde niemand. Sanchís werd heel duidelijk te verstaan gegeven dat hij het onderwerp moest laten rusten.'

'Wat hij niet deed.'

'Heel evident niet. Niet alleen vergat hij het niet, hij besloot bovendien zich te wreken. En dat was een echte vergissing. Hij huurde een paar speurders in om te wroeten in Valls' verleden. Zo stuitten ze op een schooier die nog steeds wegrotte in de Montjuïc-gevangenis, Sebastián Salgado, en op een reeks van Valls' kuiperijen en chicanes gedurende zijn jaren als gevangenisdirecteur tegenover meerdere gevangenen en hun families. Het bleek dat er een lange lijst potentiële kandidaten was met redenen om zich op Valls te wreken. Het enige wat ontbrak was een overtuigend verhaal. Sanchís broedde een plan uit om zich te wreken op de minister en zijn actie te maskeren als politieke of persoonlijke vendetta die samenhang vertoonde met Valls' duistere verleden. Hij nam contact op met Salgado, begon via hem dreigbrieven te sturen en beloofde hem als tegenprestatie voor zijn medeplichtigheid, dat hij zogezegd als lokvogel fungeerde, een geldsom. Sanchís wist dat de brieven opgespoord zouden worden en dat het spoor zou eindigen bij Salgado. Hij nam ook contact op met een voormalige gevangene van het kasteel, een zekere Valentín Morgado, die motieven te over had om niet onvoorwaardelijk van Valls te houden. Morgado was vrijgelaten in 1947, maar gaf Valls de schuld van de dood van zijn vrouw, die tijdens zijn gevangenschap ziek was geworden. Hij werd aangesteld als chauffeur van de familie. En hij was het die – met behulp van een oude gevangenbewaarder, een zekere Bebo aan wie Sanchís een aanzienlijk bedrag betaalde en die hij een woning met zeer voordelige huur bezorgde in Pueblo Seco, eigendom van Metrobarna – zijn weldoener informatie verschafte over de door Valls het zwaarst gestrafte gevangenen. Een van hen, de schrijver David Martín, die serieuze mentale problemen had en van zijn medegevangenen de bijnaam "de gevangene van de hemel" had gekregen, bleek de ideale kandidaat voor Sanchís' plot. Martín moest onder vreemde omstandigheden verdwijnen toen Valls twee van zijn mannen de opdracht gaf hem mee te nemen naar een groot huis bij Parque Güell en te vermoorden. Martín slaagde erin te ontsnappen en Valls was altijd bang dat deze man, die kennelijk na zijn eenzame opsluiting in een van de torens van het kasteel zijn verstand definitief had verloren, op een dag zou terugkeren om te pogen zich te wreken, omdat hij Valls de schuld gaf van de moord op een vrouw, Isabella Gispert geheten. Kun je me volgen?'

Alicia knikte.

'Sanchís' plan was Valls ervan te overtuigen dat er een samenzwering tegen hem bestond die dreigde de misdaden, die onder zijn leiding begaan waren tegen de gevangenen, openbaar te maken. Degenen die de hand in dit alles hadden, zouden Martín en die andere voormalige gevangenen zijn. Dat moest hem zenuwachtig maken en hem dwingen de veilige cocon te verlaten die zijn positie hem verleende om hun hoogstpersoonlijk het hoofd te bieden. Dat zou de enige manier zijn om ze het zwijgen op te leggen: hen vernietigen voordat zij hem konden vernietigen.'

'Maar het was niet meer dan een plan om hem in de val te lokken,' merkte Alicia op.

'Een perfect plan, want als de politie een onderzoek zou instellen, zouden ze op sporen van persoonlijke wraakgevoelens stuiten en op een geldaffaire die in Valls' eigen belang verdoezeld moest worden. Salgado was de perfecte lokvogel omdat hij gemakkelijk met de andere gevangenen in verband zou kunnen worden gebracht, vooral met David Martín, de zogenaamde zwarte hand op de achtergrond. Niettemin behield Valls gedurende jaren zijn koelbloedigheid. Maar na de mislukte aanslag in 1956 in het Círculo de Bellas Artes van Madrid, overduidelijk gepleegd door Morgado, begon Valls langzamerhand de zenuwen te krijgen. Hij stemde in met Salgado's vrijlating om zijn spoor te kunnen volgen en zo naar Martín geleid te worden, maar Salgado werd geliquideerd toen hij een oude buit wilde ophalen die hij kort voor zijn arrestatie in 1939 in een kluis op het Estación del Norte had verstopt; hij was niet langer nuttig en hem zwijggeld betalen zou maar overbodige sporen achterlaten. Ook Valls maakte fouten, die risicovolle sporen creëerden. Hij dwong Pablo Cascos Buendía, werknemer van zijn uitgeverij Ariadna, om weer contact op te nemen met Beatriz Aguilar, lid van de familie Sempere, met wie Cascos ooit een relatie had gehad. De Semperes zijn eigenaar van een boekhandel die Martín, zo geloofde Valls, als toevluchtsoord gebruikt zou kunnen hebben, ja, ze konden zelfs handlangers zijn geweest, omdat Martín ooit een bepaalde relatie had gehad met Isabella Gispert, de overleden vrouw van de eigenaar van de boekhandel en moeder van de huidige bedrijfsleider en man van Beatriz, Daniel Sempere. En ja, nu mag je me weer onderbreken, anders blijf je er nog in.'

'En de boeken van Mataix? Hoe laat zich verklaren dat ik in Valls' bureau dat boek verstopt vond dat hij, zoals zijn dochter Mercedes me vertelde, als laatste consulteerde voor hij verdween?'

'Deel van dezelfde strategie. Mataix was een vriend en collega geweest van David Martín en hij had gevangengezeten in het kasteel van Montjuïc. Langzaamaan kon Valls er niet meer tegen – de druk, de bedreigingen en het idee van een schimmige samenzwering – en hij besloot zelf naar Barcelona te gaan, samen met zijn vertrouwensman, Vicente, om de man het hoofd te bieden die hij voor zijn nemesis hield, David Martín. De politie neemt aan, en ik ben het daarmee eens, dat Valls meende naar een heimelijk treffen met Martín onderweg te zijn, met het idee zich voor eens en voor altijd van hem te ontdoen.'

'Maar Martín was al jaren dood, net als Mataix.'

'Exact. Wie hem in werkelijkheid opwachtten, waren Sanchís en Morgado.'

'Zou het niet veel gemakkelijker voor hem zijn geweest Martín aan de politie over te laten?'

'Ja, maar dat zou het risico met zich mee hebben gebracht dat Martín, van wie hij dacht dat die nog in leven was, bij zijn arrestatie informatie zou onthullen over de dood van Isabella Gispert en andere kwesties die Valls' reputatie verruïneerd zouden hebben.'

'Daar zit wel logica in, ja. En toen?'

'Eenmaal gevangen, brachten Sanchís en Morgado Valls naar de oude Castells-fabriek in Pueblo Nuevo, die al jaren gesloten is maar die eigendom is van het onroerendgoedconsortium Metrobarna. Sanchís heeft opgebiecht dat ze hem uren martelden en daarna zijn lichaam verbrandden in een van de ovens van de fabriek. Terwijl ik net sprak met Gil de Partera kwam de bevestiging dat de politie daar botresten heeft gevonden die van Valls zouden kunnen zijn. Ze hebben röntgenfoto's van zijn gebit opgevraagd om vast te kunnen stellen of de resten inderdaad van de minister zijn, iets wat we tussen vanavond en morgen te horen zullen krijgen.'

'De zaak is dus gesloten?'

Leandro knikte.

'Het deel dat ons aangaat wel. Wat nog vastgesteld moet worden, is of er andere handlangers waren en hoever de implicaties reiken van de door Ignacio Sanchís uitgedachte intrige.'

'En dat zal aan de pers medegedeeld worden?'

Leandro glimlachte.

'Natuurlijk niet. Op dit moment wordt op het ministerie van Binnenlandse Zaken besproken wat er meegedeeld zal worden en hoe. Meer details zijn mij niet bekend.'

Er viel een lange stilte, slechts onderbroken door Leandro, die met kleine slokjes zijn koud geworden thee slurpte, ondertussen geen moment Alicia uit het oog verliezend.

'Dit is allemaal één grote dwaling,' mompelde ze uiteindelijk.

Leandro haalde zijn schouders op.

'Misschien, maar het is niet meer aan ons. De opgave waarvoor men onze diensten nodig had, namelijk een spoor faciliteren dat zou leiden naar Valls' verblijfplaats, is volbracht. En het heeft zijn vruchten afgeworpen.'

'Dat klopt niet,' protesteerde Alicia.

'Dat is de visie van stemmen met meer autoriteit dan de mijne, en natuurlijk de jouwe, Alicia. Het zou dom zijn niet te weten wanneer je de dingen moet laten zoals ze zijn. Ons rest nu slechts discretie en de zaken hun natuurlijke loop te laten nemen.'

'Meneer Montalvo heeft gelijk, Alicia,' zei Vargas. 'Er is niets meer wat we nog kunnen doen.'

'Het lijkt erop dat we al voldoende hebben gedaan,' antwoordde Alicia ijzig.

Leandro schudde afkeurend zijn hoofd.

'Kapitein, zou u ons een minuutje willen geven?' vroeg Leandro.

Vargas stond op.

'Natuurlijk. Ik wilde hoe dan ook vanuit het café het hoofdbureau bellen om mijn orders in ontvangst te nemen.'

'Ik denk dat dat een uitstekend idee is.'

Vargas vermeed het Alicia aan te kijken toen hij langs haar liep. Hij gaf Leandro een hand, die deze hartelijk schudde.

'Veel dank voor uw hulp, kapitein. En voor de zorg voor mijn Alicia. Ik sta bij u in het krijt. Aarzelt u niet bij me aan te kloppen wanneer u het ook maar nodig acht.'

Vargas knikte en trok zich discreet terug. Eenmaal alleen gebaarde Leandro Alicia dat ze naast hem op de bank moest komen zitten. Ze gehoorzaamde knarsetandend.

'Grote man, die Vargas.'

'En met een nog grotere mond.'

'Oordeel niet te hard over hem. Hij heeft bewezen een goede politieman te zijn. Ik mag hem wel.'

'Ik geloof dat hij vrijgezel is.'

'Alicia, Alicia.'

Leandro legde vaderlijk een arm om haar schouders.

'Vooruit, vertel op, voordat je knapt. Spreek je uit.'

'Dit is allemaal een grote hoop stront.'

Leandro drukte haar liefdevol tegen zich aan.

'Ik ben het met je eens. Het is knoeiwerk en zeker niet de manier waarop jij en ik de dingen doen, maar bij Binnenlandse Zaken waren ze erg nerveus aan het worden. En uit het Pardo-paleis hoorden we dat het zo voldoende was. Het is beter zo. Ik zou niet graag hebben gehad dat ze zouden gaan denken of zeggen dat wij het waren die geen resultaten boekten.'

'En Lomana? Is die weer opgedoken?'

'Tot op heden niet.'

'Dat is raar.'

'Zeker. Maar het is een van de losse eindjes die de komende dagen waarschijnlijk opgehelderd zullen worden.'

'Veel losse eindjes,' wees Alicia hem terecht.

'Zoveel ook weer niet. Dat van Sanchís is steekhoudend. Het ging om veel geld en persoonlijke wraak. We hebben een bekentenis en bewijzen die haar ondersteunen. Alles past in elkaar.'

'Ogenschijnlijk.'

'Gil de Partera, de minister van Binnenlandse Zaken en het El Pardo-paleis houden het geval voor opgelost.'

Alicia wilde iets zeggen, maar hield haar mond dicht.

'Alicia, dit is toch wat je wilde, zie je dat dan niet?'

'Wat ik wilde?'

Leandro keek haar droevig in de ogen.

'Je vrijheid. Je van mij bevrijden, van de perfide Leandro, voor altijd. Verdwijnen.'

Ze keek hem strak aan.

'Is het u ernst?'

'Ik heb je mijn woord gegeven. Dat was de afspraak. Een laatste zaak. En daarna je vrijheid. Waarom denk je dat ik naar Barcelona wilde komen? Dit had ik allemaal per telefoon kunnen regelen zonder het Palace te verlaten. Je weet hoe weinig ik van reizen hou.'

'Waarom bent u dan gekomen?'

‘Om je gezicht te kunnen zien. En om je te zeggen dat ik je vriend ben en dat altijd zal zijn.’

Leandro pakte haar hand en glimlachte.

‘Je bent vrij, Alicia. Voor altijd vrij.’

Alicia’s ogen vulden zich met tranen. Haars ondanks omhelsde ze Leandro.

‘Wat er ook gebeurt, wat je ook doet, ik wil dat je weet dat ik er altijd voor je zal zijn. Voor wat je maar nodig hebt. Zonder verplichtingen. Het ministerie heeft me geautoriseerd honderdvijftigduizend peseta over te maken, die je eind deze week op je rekening zult hebben. Ik weet dat je me niet nodig hebt en dat je me niet zult missen, maar als het niet te veel gevraagd is, bel me dan af en toe, al is het alleen maar met kerst. Zul je dat doen?’

Alicia knikte. Leandro kuste haar op het voorhoofd en stond op.

‘Mijn trein gaat over een uur. Ik kan maar beter een beetje die kant op gaan. Kom niet mee om afscheid van me te nemen, onder geen beding. Ik hou niet van scènes, dat weet je.’

Ze liep met hem mee naar de voordeur. Al op de drempel draaide hij zich om, en voor het eerst had ze het gevoel dat verlegenheid en gêne hem overvielen.

‘Ik heb je nooit gezegd wat ik nu ga zeggen, omdat ik niet wist of ik er het recht toe had, maar ik denk dat ik het nu wel kan doen. Ik heb van je gehouden en ik hou van je als van een dochter, Alicia. Misschien ben ik niet de beste vader geweest, maar jij bent wel de grootste vreugde in mijn leven geweest. Ik wil dat je gelukkig wordt, en dat is echt mijn allerlaatste bevel.’

5

Ze wilde hem graag geloven. Ze wilde hem geloven met het verlangen dat afkomstig is van het vermoeden dat de waarheid pijn doet en lafaards langer en beter leven, ook al is het in de gevangenis van hun eigen leugens. Door het venster keek ze toe hoe Leandro naar de plaatselijke dienstauto liep die op de hoek op hem wachtte. Een chauffeur met een donkere bril hield het portier voor hem open. Het was een van die imponerende zwarte wagens, een tank met getinte ramen en cryptische kentekenplaten, die je soms door het verkeer zag ploegen en waarvoor iedereen uit de weg ging, omdat men heel goed wist dat daar geen normale mensen in zaten. Voor hij in de auto stapte, draaide Leandro zich even om en keek omhoog naar haar raam. Hij stak zijn hand op en toen Alicia wilde slikken, was haar mond droog. Ze wilde hem zo graag geloven.

Een uur lang stak ze de ene na de andere sigaret op en ijsbeerde door de woning als een tijger in zijn kooi. Minstens tien keer liep ze naar het raam en keek naar de overkant in de hoop Vargas in zijn kamer boven het Gran Café in het oog te krijgen, maar er was geen spoor van hem te bekennen. Hij had toch meer dan genoeg tijd gehad om met Madrid te bellen en zijn nieuwe orders te krijgen. Waarschijnlijk was hij naar buiten gegaan om een eindje te wandelen en een luchtje te scheppen in dat Barcelona waarvan hij spoedig afscheid zou nemen. Het laatste wat hij zich op dat moment wenste, was vast en zeker Alicia's gezelschap en het risico dat ze hem de ogen uitkrabde omdat hij Leandro alles had verteld. Hij had geen keus gehad. Ook dat had ze graag geloofd.

Amper was Leandro vertrokken of ze voelde de eerste pijnscheuten in haar heup. Aanvankelijk had ze het genegeerd, maar nu kon ze een doffe, kloppende pijn voelen. Het was een gevoel alsof iemand met een hamer zachtjes een haakje in haar zij wilde slaan. Ze kon zich de metalen punt voorstellen die krabde aan het bot en stukje bij beetje erin doordrong. Met nog een glas wijn nam ze een halve pil en ging toen op de bank liggen om de werking van het medicijn af te wachten. Ze wist dat ze te veel dronk. Ze had Vargas' noch Leandro's blik nodig om zich dat te realiseren. Ze voelde het in haar bloed en haar adem, maar het was het enige wat haar beklemming kon opheffen.

Ze sloot de ogen en begon Leandro's relaas uiteen te rafelen. Toen ze nog maar een opgroeiend meisje was, had hij haar zelf bijgebracht altijd met gespitste oren en opengesperde ogen te luisteren en te lezen. 'De zeggingskracht van een betoog is recht evenredig aan de intelligentie van degene die het formuleert, net als zijn geloofwaardigheid dat is aan de stomheid van degene voor wie het is bedoeld,' had hij altijd gezegd.

Sanchís' bekentenis, in de versie die Gil de Partera aan Leandro uiteen had gezet, was ogenschijnlijk perfect, vooral omdat ze veinsde dat niet te zijn. Ze verklaarde bijna al wat er was voorgevallen, maar liet een paar losse eindjes over, zoals altijd bij de geloofwaardigste verklaringen. De waarheid is nooit volkomen en klopt nooit met alle verwachtingen. De waarheid zaait altijd twijfel en vragen. Alleen de leugen is honderd procent geloofwaardig, omdat ze de werkelijkheid niet verklaart, maar ons slechts hoeft te vertellen wat we willen horen.

Na een kwartier begon de pil te werken, en de pijn ebde langzaam weg tot een stekende jeuk, die ze gewend was te negeren. Ze stak haar arm onder de bank en trok de doos tevoorschijn met Brians' documentatie. Ze kon een glimlach niet onderdrukken bij de gedachte dat Leandro's eerbiedwaardige achterste zonder dat hij het wist op deze informatie had gerust. Ze wierp een blik op de mappen. Een goed deel ervan – of voor zover het van belang was – was opgenomen in de officiële lezing van de zaak. Onderin vond ze echter de envelop waar met de hand *Isabella* op was geschreven. Ze opende hem en haalde er een schriftje uit. Er gleed een dun stukje karton uit, een oude foto die aan de randen begon te verdwijnen. Die toonde een jonge vrouw met blond haar en een levendige blik, die stralend in de camera keek, het leven nog voor zich. Iets in dat gezicht deed haar denken aan de jongeman die ze had ontmoet bij het verlaten van boekhandel Sempere & Zoons. Ze draaide de foto om en herkende op de achterkant het handschrift van advocaat Brians:

Isabella

Uit de manier waarop het was opgeschreven en uit het weglaten van de achternaam sprak een innige genegenheid. Aan de advocaat van de hopeloze gevallen vrat niet alleen zijn slechte geweten, maar ook zijn verlangen. Ze legde de foto op tafel en bladerde door het schrift. Elke bladzijde was beschreven met een keurig, helder handschrift dat uitsluitend van een vrouw kon zijn. Alleen vrouwen schrijven zo duidelijk en zonder zich achter onzinnige krullen en halen te verbergen. Althans, wanneer ze voor zichzelf en voor niemand anders schrijven. Alicia bladerde terug naar de eerste pagina en begon te lezen.

Mijn naam is Isabella Gispert en ik ben in 1917 in Barcelona geboren. Ik ben tweeëntwintig jaar en ik weet dat ik mijn drieëntwintigste verjaardag niet meer zal beleven. Ik schrijf deze regels in de zekerheid dat ik nog maar een paar dagen te leven heb en dat ik spoedig hen zal verlaten wie ik het meest verschuldigd ben op deze wereld: mijn zoon Daniel en mijn man Juan Sempere, de goedaardigste man die ik heb gekend. Ik zal sterven zonder zijn vertrouwen, liefde en toewijding verdiend te hebben. Ik schrijf dit voor mezelf en neem geheimen mee die me niet toebehoren, in de wetenschap dat niemand ooit deze pagina's zal lezen. Ik schrijf om te herinneren en me aan het leven vast te klampen. Mijn enige ambitie is me te kunnen herinneren en te begrijpen wie ik was en waarom ik deed wat ik heb gedaan, zolang ik daar nog toe in staat ben en voordat mijn bewustzijn, dat al zwakker wordt, me verlaat. Ik schrijf, ook als het pijn doet, want alleen het verlies en de pijn houden me nog in leven, en ik ben bang om te sterven. Ik schrijf om aan deze bladzijden toe te vertrouwen wat ik mijn dierbaarsten niet kan vertellen, omdat ik anders het gevaar loop ze te kwetsen en hun leven in gevaar te brengen. Ik schrijf omdat ik dan een minuut langer bij ze kan zijn, zolang ik in staat ben te herinneren…

Een uur lang ging Alicia op in de bladzijden van dat schrift, ver weg van de wereld, de pijn of de onzekerheid die het bezoek van Leandro bij haar had achtergelaten. Een uur lang bestond slechts het verhaal dat die woorden vertelden, waarvan ze nog vóór de laatste pagina wist dat ze ze nooit zou kunnen vergeten. Toen ze aan het einde kwam en Isabella's biecht dichtsloeg op haar borst, stonden haar ogen vol tranen en kon ze een kreet slechts smoren door een hand voor haar mond te slaan.

Zo vond Fernandito haar een poosje later toen hij, na meerdere malen te hebben geklopt zonder antwoord te hebben gekregen, opendeed en haar in elkaar gekropen op de vloer zag huilen zoals hij nog nooit iemand had zien huilen. Hij wist niets anders te doen dan naast haar te knielen en haar te omhelzen, terwijl Alicia kreunde van pijn alsof iemand een vuur in haar had ontstoken.

6

Er zijn mensen die worden geboren zonder geluk, dacht hij. Jaren had hij ervan gedroomd haar in zijn armen te kunnen houden en nu het dan eindelijk zover was, was het de allertreurigste scène die Fernandito zich had kunnen voorstellen. Hij hield haar vast, streelde zachtjes over haar hoofd tot ze langzaam rustiger werd. Fernandito wist niet wat hij moest doen of zeggen. Nog nooit had hij haar zo gezien. In de fantasie die hij aan het altaar van zijn adolescente verlangens had gewijd, was Alicia Gris onverwoestbaar en hard als een diamant, die door alles heen sneed. Toen haar snikken ten slotte wegebden en ze opkeek, zag hij een gebroken Alicia met rode ogen en zo'n zwak glimlachje dat hij het gevoel had dat ze elk moment in duizend stukjes uit elkaar kon vallen.

'Voelt u zich een beetje beter?' fluisterde hij.

Alicia keek hem in de ogen en kuste hem zonder voorafgaande waarschuwing op de lippen. Fernandito, in wiens lijf op diverse plekken vuur en jeuk uitbraken en wiens brein een algehele verdoving onderging, hield haar tegen.

'Juffrouw Alicia, ik geloof niet dat dit is wat u op dit moment wilt doen. U bent in de war.'

Ze liet haar hoofd zakken en likte over haar lippen. Fernandito wist dat hij zich dat beeld zou herinneren tot op de dag van het jongste gericht.

'Vergeef me, Fernandito,' zei ze terwijl ze overeind krabbelde.

Hij stond eveneens op en bood haar een stoel aan.

'Dit blijft tussen ons, goed?'

'Natuurlijk.' Hij dacht dat zelfs als hij zou proberen het iemand te vertellen, hij beslist niet zou weten wát precies en aan wie.

Alicia keek om zich heen en haar blik bleef hangen bij een doos flessen en levensmiddelen in het midden van de eetkamer.

'Dat is uw bestelling,' legde Fernandito uit. 'Ik bedacht dat ik maar beter met de inkopen terug kon komen, voor het geval die meneer van eerder er nog was.'

Alicia glimlachte en knikte.

'Wat ben ik je verschuldigd?'

'Met de complimenten van het huis. Ze hadden geen peralada,

maar ik heb een priorat meegenomen, waarvan Manolo zegt dat hij heel erg goed is. Van wijn begrijp ik niet veel. Maar als u me de suggestie toestaat…'

'Ik zou niet zoveel moeten drinken. Ik weet het. Dank je, Fernandito.'

'Mag ik vragen wat er gebeurd is?'

Alicia haalde haar schouders op.

'Ik weet het niet zo goed.'

'Maar nu gaat het beter, toch? Zegt u alstublieft ja.'

'Veel beter. Dankzij jou.'

Hij twijfelde aan de juistheid van die woorden en knikte slechts.

'Eigenlijk ben ik hier om te vertellen wat ik te weten ben gekomen,' zei hij.

Alicia keek hem vragend aan.

'Over die figuur die ik van u moest volgen. Sanchís?'

'Ik was het helemaal vergeten. Helaas zijn we te laat, geloof ik.'

'Zegt u dat vanwege de arrestatie?'

'Heb je gezien dat hij gearresteerd werd?'

Hij knikte.

'Vanmorgen vroeg heb ik postgevat bij zijn kantoor aan de Paseo de Gracia, zoals u me had opgedragen. Er was een sympathiek opaatje daar, een straatschilder, dat me de groeten voor kapitein Vargas meegaf toen hij me daar de ingang zag bewaken. Werkt hij ook voor u?'

'Hij is een onafhankelijke medewerker. Kunstenaars. En wat gebeurde er toen?'

'Sanchís herkende ik, omdat hij eruitzag om door een ringetje te halen en de schilder bevestigde dat het inderdaad om de man in kwestie ging. Hij stapte in een taxi en ik volgde hem op de Vespa tot Bonanova. Hij woont in een huis aan de Calle Iradier, in zo'n huis waar je steil van achteroverslaat. Hij moet een goed oog hebben voor de handel, want het is een piekfijne wijk, en het huis…'

'Hij heeft een goed oog voor de juiste huwelijkspartij,' zei Alicia.

'Aha. Daar zou ik ook niks op tegen hebben. Hoe dan ook, hij was amper thuis toen er een auto en een politiebusje aan kwamen rijden, waaruit een groep mannen stapte. Minstens zeven of acht. Eerst omsingelden ze het huis en daarna belde een van hen aan, een regelrechte dandy.'

'En waar was jij bij dit alles?'

'Verdekt opgesteld. Aan de overkant wordt een groot huis verbouwd, waar je je makkelijk kunt verbergen. U ziet, ik ben voorzichtig.'

'En toen?'

'Na een paar minuten hebben ze Sanchís geboeid en in hemdsmouwen afgevoerd. Hij protesteerde, maar een van de politiemannen sloeg hem met een wapenstok in zijn knieholtes, zodat ze hem naar het busje moesten slepen. Ik wilde ze volgen, maar ik kreeg de indruk dat een van de agenten, die dandy, naar het huis keek en me zag. Het busje vertrok in allerijl, maar de auto bleef aanvankelijk staan, reed toen twintig meter verder naar de andere hoek van de Calle Margenat, zodat hij vanaf het huis niet was te zien. Voor alle zekerheid besloot ik in mijn schuilplaats te blijven.'

'Goed gedaan. In zulke gevallen moet je je nooit blootgeven. Wanneer je het spoor verliest, dan verlies je het maar. Beter dan je hoofd.'

'Dat dacht ik ook. Mijn vader zegt altijd dat men eerst zijn achterwerk verliest en daarna zijn hoofd.'

'Wijze woorden.'

'Hoe dan ook, ik begon langzaam nerveus te worden en zat te overwegen of ik de plaat moest poetsen, toen een tweede auto tot dicht bij de voordeur reed. Een indrukwekkende Mercedes. Een heel raar type stapte uit.'

'Raar?'

'Hij had een soort masker op, alsof de helft van zijn gezicht ontbrak of zoiets.'

'Morgado.'

'Kent u hem?'

'Hij is de chauffeur van Sanchís.'

Fernandito knikte, opnieuw enthousiast vanwege de mysteries van zijn aanbeden Alicia.

'Dat dacht ik al toen ik zag hoe hij was gekleed. Hij stapte uit de auto en ging het huis binnen. Kort daarna kwam hij weer naar buiten, deze keer in het gezelschap van een vrouw.'

'Hoe zag die vrouw eruit?'

'Jong. Zoals u.'

'Lijk ik jou jong?'
Fernandito slikte en zweeg eventjes.
'U moet me niet van de wijs brengen. Ze was jong, zoals gezegd. Niet ouder dan dertig jaar, maar ze kleedde zich alsof ze ouder was. Als een deftige rijke dame. Omdat ik niet wist wie het was, heb ik haar een werknaam gegeven: Mariona Rebull.'
'Ze is inderdaad geschikt als romanfiguur. Haar naam is Victoria Ubach, of Victoria Sanchís, en ze is de vrouw van de gearresteerde bankier.'
'Zo zag ze er ook uit. Dat soort misdadigers trouwt altijd met een veel jongere en veel rijkere vrouw.'
'Dan weet je wat je te doen staat.'
'Ik deug niet voor zoiets. Maar om terug te komen op de gebeurtenissen, de twee zijn in de Mercedes gestapt. Zij zat voorin, naast de chauffeur, en dat leek me vreemd. Zodra ze wegreden, begon de politieauto ze te volgen.'
'En jij erachteraan.'
'Natuurlijk.'
'Tot waar heb je ze gevolgd?'
'Niet heel ver daarvandaan. De Mercedes reed door een heleboel smalle, voorname straten, van die straten die naar eucalyptus ruiken en waar je alleen kindermeisjes en tuinmannen ziet lopen, tot aan de Calle de los Cuatro Caminos en vandaar naar de Avenida del Tibidabo, waar de blauwe tram me niet heeft overreden, omdat God het niet wilde.'
'Je zou een helm moeten dragen.'
'Ik heb er een zoals de Amerikaanse soldaten, gekocht op de markt van Los Encantes. Zit als gegoten. Ik heb er met stift *private Fernandito* op geschreven, dat in het Engels niet "privé" betekent, maar...'
'Ter zake, Fernandito.'
'Pardon. Ik ben ze over de Avenida del Tibidabo gevolgd, tot aan het einde van de tramlijn.'
'Gingen ze naar het kabelbaanstation?'
'Nee. De chauffeur en mevrouw Ubach volgden de straat die eromheen loopt en reden met de auto direct naar het huis op de heuvel boven de Avenida, het huis dat eruitziet als een sprookjeskasteel

en dat vanuit elke hoek te zien is. Het moet het mooiste huis van Barcelona zijn.'

'Dat is het ook. El Pinar, heet het.' Alicia herinnerde zich het als meisje duizend keer te hebben gezien, wanneer ze op zondag het Ribas-weeshuis mocht verlaten en ze zich voorstelde dat ze daar zou wonen, in het gezelschap van een onmetelijk grote bibliotheek en met de nachtelijke stad als een betoverend lichtjestapijt aan haar voeten.

'En de politie?'

'In de politieauto zaten twee professionele houwdegens met smoelen als lompe honden. Een van hen ging bij de deur van het huis staan en de ander liep naar restaurant La Venta om te telefoneren. Ik heb daar ongeveer een uur gewacht en er gebeurde helemaal niets. Uiteindelijk wierp een van de agenten een blik op me die me niet beviel, dus ben ik hierheen gekomen om te vertellen wat er is gebeurd en uw instructies af te wachten.'

'Je hebt geweldig werk geleverd, Fernandito. Je hebt hier gevoel voor.'

'Denkt u?'

'Van *private* Fernandito bevorder ik u tot *corporal*.'

'En wat betekent dat?'

'Zoek het maar op in het woordenboek, Fernandito. Wie geen talen leert, krijgt een brein als bloemkoolpuree.'

'Wat u niet allemaal weet. Wat zijn uw instructies nu?'

Alicia dacht eventjes na.

'Ik wil dat je andere kleren aantrekt en een muts opzet. Daarna rij je terug en hou je je ogen goed open. Maar laat die Vespa verderop staan, anders herkent de politieman die naar je heeft gekeken je nog.'

'Ik zal hem bij La Rotonda zetten en de tram nemen.'

'Goed idee. En probeer dan te zien wat er in dat huis gebeurt, maar neem geen enkel risico. Geen enkel. Als je ook maar een heel klein beetje het gevoel hebt dat iemand je herkent of bovenmatig aandacht aan je besteedt, ga je er subiet vandoor. Heb je me begrepen?'

'Helemaal.'

'Over twee of drie uur kom je terug om verslag uit te brengen.'

Fernandito stond op, klaar om terug te gaan naar de plicht.

'En wat doet u ondertussen?' vroeg hij.

Met een handgebaar gaf ze te kennen dat ze van alles kon doen, of misschien helemaal niks.

'U begaat toch geen domheden, hè?'

'Waarom zeg je dat?'

Enigszins onthutst keek hij haar vanaf de voordeur aan.

'Ik weet het ook niet.'

Ditmaal daalde Fernandito de trap af in een normaal tempo, alsof elke trede smaakte naar wroeging. Eenmaal alleen borg Alicia het schrift van Isabella weer op in de doos onder de bank. Ze liep naar de badkamer en waste haar gezicht met koud water. Toen kleedde ze zich uit en trok haar kledingkast open.

Ze koos een zwarte jurk waarmee, zoals Fernandito zou hebben gezegd, Mariona Rebull op de avond van een première in haar loge in het Liceo-theater had kunnen zitten. Toen Alicia tweeëntwintig was geworden, dezelfde leeftijd waarop Isabella Gispert stierf, had Leandro gezegd dat hij haar cadeau zou doen wat ze maar wilde. Ze had hem om die jurk gevraagd, die ze al twee maanden bewonderde in een boetiek aan de Calle del Rosellón, en een paar bijpassende Franse suède schoenen uit weer een andere winkel. Zonder een kik te geven had Leandro er een fortuin aan gespendeerd. De verkoopster, die niet wist noch durfde te vragen of Alicia de dochter of de geliefde was, zei dat maar weinig vrouwen zoiets konden dragen. Na de boetiek te hebben verlaten, nam Leandro haar voor een diner mee naar La Puñalada, waar bijna alle tafeltjes werden bezet door zogenaamde zakenlieden, die zich als hongerige roofdieren de lippen aflikten toen ze voorbijliep, om vervolgens jaloerse blikken op Leandro te werpen. 'Ze kijken zo naar je omdat ze je voor een luxeprostituee houden,' had Leandro gezegd voor hij een toost uitbracht op haar gezondheid.

Tot deze middag had ze de jurk niet meer aangetrokken. Terwijl ze zich voor de spiegel opmaakte, oogschaduw aanbracht en lippenstift opdeed, glimlachte ze. Dat is wat je uiteindelijk bent, zei ze tegen zichzelf. Een luxeprostituee.

7

Toen ze die middag naar buiten liep, besloot ze doelloos rond te slenteren, hoewel ze eigenlijk wist dat Fernandito gelijk had gehad en dat ze misschien, het gezond verstand negerend, een domheid zou begaan – ze vermoedde al waar haar voetstappen haar naartoe zouden leiden. De winkels aan de Calle Fernando hadden hun lichten al aangedaan, die gekleurde spetters wierpen over het plaveisel. De rode tint van de hemel loste op en reduceerde kroonlijsten en daken in de hoogte tot hun omtrekken. Mensen kwamen van hun werk en waren onderweg naar de metro, om inkopen te doen of vergetelheid te zoeken. Alicia voegde zich in de stroom passanten en liep tot het Plaza del Ayuntamiento, waar ze langs een brigade nonnen liep in perfecte formatie, die haar aan de uittocht van de pinguïns deed denken. Alicia glimlachte naar ze en een van hen sloeg een kruis toen ze haar zag. Ze volgde de voetgangersrivier door de Calle del Obispo tot ze op een groep toeristen stuitte die perplex achter een gids aan liep, die in een taal sprak die met Engels net zoveel gemeen had als met het gezang van vleermuizen.

'Meneer, *is this where they used to have the running of the bulls in times of the Romans*?'

'Ljes, dis is de cazidral, mileedi, bat it is ounli owpen after de flamenco shou.'

Ze liep verder, onder de eerbiedwaardige gotische papier-machébrug door, en liet zich net als de bezoekers met mooie woorden paaien door de charme van de middeleeuwse citadel, waarvan veel decoratieve elementen slechts tien jaar ouder waren dan zij. Hoe barmhartig was toch de illusie en hoe warm de omhelzing van de onwetendheid! Voorbij de brug had een fotograaf op jacht naar schaduwen een formidabele Hasselblad op een statief gemonteerd en hij bestudeerde de beelduitsnede en adequate belichtingstijd voor het sprookjesbeeld. Hij was een streng uitziende man met schrandere ogen, die zich achter een enorme vierkante bril verschansten, waardoor hij iets weg had van een wijze, geduldige reuzenschildpad.

De fotograaf merkte haar op en observeerde haar nieuwsgierig.

'Wilt u door de lens kijken, *mademoiselle*?' vroeg hij uitnodigend.

Alicia knikte schuchter. De fotograaf liet haar zien hoe ze dat moest doen en ze keek met zijn blik en lachte bij het zien van het vernuft van schaduwen en perspectief dat hij had gearrangeerd en waarmee hij een hoekje van een Barcelonese straat, waar ze in haar leven al honderden, zo niet duizenden keren langs was gelopen, opnieuw had uitgevonden.

'Het oog ziet, de camera observeert,' legde hij uit. 'Hoe vindt u het?'

'Prachtig!' moest Alicia toegeven.

'Dat is pas de compositie en het perspectief. Het geheim zit in het licht. U moet kijken met de gedachte dat het licht vloeibaar zal zijn. De schaduw zal door een lichte, langzaam vervagende laag gemarkeerd worden, alsof het licht heeft geregend.'

Hij was duidelijk een beroepsfotograaf en Alicia vroeg zich af waarvoor het beeld bestemd was. De reuzenschildpad van het magische licht las haar gedachten.

'Het is voor een boek,' vertelde hij. 'Hoe heet u?'

'Alicia.'

'Ik wil u niet alarmeren, maar ik zou u graag fotograferen, Alicia.'

'Mij? Waarom?'

'Omdat u een wezen uit licht en schaduw bent, zoals deze stad. Wat vindt u ervan?'

'Nu? Hier?'

'Nee. Niet nu. Vandaag draagt u iets bij zich wat te zwaar op u weegt en wat u niet uzelf laat zijn. En de camera vangt dat op. De mijne althans. Ik wil u fotograferen wanneer u dat gewicht hebt kunnen afleggen en het licht u zo kan vinden zoals u bent, niet zoals ze u hebben gemaakt.'

Alicia bloosde voor het eerst en het laatst in haar leven. Nog nooit had ze zich zo naakt gevoeld als voor de blik van die merkwaardige fotograaf.

'Denkt u erover na,' zei de fotograaf. Hij haalde een kaartje uit de binnenzak van zijn jasje en reikte het haar glimlachend aan.

FRANCESC CATALÁ-ROCA
Fotostudio sinds 1947

Calle del Provenza 366, souterrain
Barcelona

Ze borg het kaartje op, liet de maestro staan met zijn kunst en zijn klinische oog en liep haastig door. Ze hield zich schuil in de menigte die de omgeving van de kathedraal overspoelde en ging sneller lopen. Ze liep de Puerta del Ángel in en bleef pas bij de hoek met de Calle Santa Ana staan, waar ze de etalage kon zien van boekhandel Sempere & Zoons.

Je hebt nog tijd om niet alles te verwoesten. Loop er met een boog omheen en zet je weg voort.

Ze posteerde zich aan de overkant van de straat, beschut door een portiek vanaf waar ze in de winkel kon kijken. De blauwe, schaduwrijke avondschemering van de Barcelonese winter viel over de stad, een die uitnodigde de kou te trotseren en doelloos te flaneren.

Ga hier weg. Wat denk je dat je kunt doen?

Ze zag Bea een klant bedienen. Naast haar stond een al wat oudere man van wie Alicia aannam dat het haar schoonvader was, de heer Sempere. De kleine Julián zat op de toonbank, tegen de kassa geleund en verdiept in een boek op zijn knieën dat bijna groter was dan hijzelf. Alicia glimlachte. Plotseling dook Daniel op uit de achterkamer met een stapel boeken die hij op de toonbank deponeerde. Julián keek op naar zijn vader, die zijn haar in de war maakte. Het jongetje zei iets en Daniel lachte. Hij boog zich voorover en plantte een zoen op het voorhoofd van zijn zoon.

Je hebt het recht niet hier te zijn. Dit is niet jouw leven, noch jouw familie. Verdwijn nu en verberg je in het hol waar je uit gekropen bent.

Ze keek toe hoe Daniel de boeken op de toonbank in drie stapeltjes verdeelde en bijna liefkoosde toen hij ze van het stof bevrijdde en daarna keurig netjes op een rijtje zette. Ze vroeg zich af hoe de aanraking van die handen en lippen op haar huid moest zijn en dwong zichzelf weg te kijken en een stukje verderop te gaan staan. Was het soms haar plicht, of haar recht, dat wat zij wist te onthullen aan hen die in hun niet-weten ongetwijfeld gelukkiger en veiliger leefden? Het geluk, of wat daar het dichtst bij in de buurt komt, dat ieder denkend wezen kan nastreven, de vrede van geest, is tegelijkertijd dat wat vervluchtigt op de weg van geloven naar weten.

Een laatste blik. Om vaarwel te zeggen. Vaarwel voor altijd.

Voor ze het goed en wel besefte, stond ze weer voor de etalage van de boekhandel. Ze was bijna zover om te vertrekken, toen ze zag dat de kleine Julián haar aankeek, alsof hij haar aanwezigheid had gevoeld. Roerloos bleef ze midden op straat staan, terwijl de mensen haar ontweken alsof ze een standbeeld was. Opvallend handig klom Julián van de toonbank door een krukje te gebruiken bij wijze van afstapje. Zonder dat Daniel, die bezig was met de boekenstapeltjes, of Bea, die nog steeds samen met haar schoonvader de klant hielp, het in de gaten had, stapte Julián de winkel door naar de deur en deed die open. Vanaf de drempel bleef hij haar aankijken, stralend van oor tot oor. Hij liep naar haar toe. Inmiddels had Daniel door wat er aan de hand was en van zijn lippen was de naam van zijn zoon af te lezen. Bea draaide zich om en stoof de winkel uit, de straat op. Julián was bij Alicia aangekomen en omhelsde haar benen. Ze tilde hem op, en zo troffen Bea en Daniel haar aan.

'Juffrouw Gris?' vroeg Bea, even verbaasd als gealarmeerd.

Alle vriendelijkheid en goedheid die Alicia in haar had gevoeld op de dag van hun kennismaking leken te zijn vervlogen op het moment dat Bea haar zag met haar zoon op de arm. Alicia reikte haar het kind aan en wist niet wat ze moest zeggen. Bea omhelsde Julián krachtig en haalde diep adem. Daniel staarde haar met een mengeling van fascinatie en vijandigheid aan, deed een stap naar voren en ging tussen haar en zijn gezin in staan.

'Wie bent u?'

'Dit is juffrouw Alicia Gris,' legde Bea achter hem uit. 'Ze is een cliënte van ons.'

Daniel knikte, een zweem van twijfel op zijn gezicht.

'Het spijt me zeer. Ik wilde u niet aan het schrikken maken. Het kind moet me hebben herkend en...'

Julián had haar al die tijd verrukt aangestaard, zich niet bewust van de ongerustheid van zijn ouders. Om alles nog wat verder te compliceren kwam de heer Sempere in de deuropening staan.

'Heb ik iets gemist?'

'Niets, papa, Julián ontsnapte ons bijna...'

'Het is mijn schuld,' zei Alicia.

'En u bent?'

'Alicia Gris.'

'De dame van de bestelling? Maar komt u toch alstublieft binnen, het is koud buiten.'

'Eigenlijk wilde ik al...'

'Daar komt niets van in. Bovendien zie ik dat u het goed kunt vinden met mijn kleinzoon. Gelooft u maar niet dat hij dat bij iedereen doet. Beslist niet.'

De heer Sempere hield de deur open en nodigde haar uit binnen te komen. Alicia wisselde een blik met Daniel, die knikte, al een stuk kalmer.

'Na u, Alicia,' stemde Bea in.

Julián stak een hand naar haar uit.

'U ziet, u hebt geen alternatief,' zei Sempere senior.

Alicia knikte en liep ten slotte de winkel in. Het parfum van boeken omhulde haar. Julián, die nadat hij op de grond was gezet gretig haar hand pakte, trok haar naar de toonbank.

'Hij is verliefd op u,' constateerde Sempere senior. 'Vertelt u mij eens, kennen wij elkaar niet?'

'Ik kwam hier als meisje altijd, met mijn vader.'

Sempere keek haar strak aan.

'Gris? Juan Antonio Gris?'

Alicia knikte.

'Mijn god! Ik kan het niet geloven! Hoe lang is het niet geleden dat ik hem heb gezien, hem en zijn vrouw? Ze kwamen hier immers bijna elke week langs. Hoe gaat het met ze?'

Alicia voelde dat haar mond droog was.

'Ze zijn gestorven. In de oorlog.'

Grootvader Sempere zuchtte.

'Dat spijt me heel erg, dat wist ik niet.'

Alicia probeerde te glimlachen.

'U hebt dus geen familie meer?'

Ze schudde haar hoofd. Daniel merkte de waterige glinstering op in de ogen van de jonge vrouw.

'Pap, je moet haar niet ondervragen.'

De oude Sempere was terneergeslagen.

'Uw vader was een groot man. En een goede vriend.'

'Dank u,' fluisterde Alicia amper hoorbaar.

Een te lange stilte viel en Daniel schoot te hulp.

‘Drinkt u een glaasje mee? Vandaag is de verjaardag van mijn vader en we nodigen alle klanten uit voor een likeurtje, eigen oogst van onze Fermín.’

‘Echt aanraden kan ik het u niet,’ mompelde Bea achter haar.

‘Trouwens, waar heeft Fermín zich verstopt? Had hij niet al terug moeten zijn?’ vroeg de oude Sempere.

‘Ja, zeker wel,’ zei Bea. ‘Ik heb hem weggestuurd om champagne voor het diner te halen, maar omdat hij pertinent weigert naar de winkel van don Dionisio te gaan, is hij naar ik weet niet wat voor onduidelijke tent gegaan naast de El Borne-markt, omdat hij beweert dat Dionisio oude miswijn mengt met prik en druppels kattenurine voor de juiste kleur. En ik heb er meer dan genoeg van met hem in discussie te gaan.’

‘Geen zorgen,’ zei Sempere senior tegen Alicia. ‘Onze Fermín is zo. Dionisio was falangist toen hij jong was en voor Fermín is hij daarmee dood. Hij vergaat nog liever van de dorst dan een fles bij hem te kopen.’

‘Hartelijk gelukgewenst met uw verjaardag,’ zei Alicia glimlachend.

‘Luistert u eens, ik weet dat u nee zult zeggen, maar… waarom blijft u niet eten? We zullen met een grote groep zijn vanavond, maar voor mij zou het een eer zijn als de dochter van Juan Antonio Gris er vanavond bij was.’

Alicia keek naar Daniel, die mat glimlachte.

‘Heel veel dank, maar…’

Julián pakte haar hand nog wat steviger vast.

‘Ik zie dat mijn kleinzoon erop staat. Vooruit, doet u dat nu maar. U zult zich hier thuis voelen.’

Alicia sloeg haar ogen neer en schudde langzaam haar hoofd. Ze voelde de hand van Bea op haar rug en hoorde haar fluisteren: ‘Blijft u toch.’

‘Ik weet niet wat ik moet zeggen.’

‘Dan zegt u niets. Julián, waarom laat je juffrouw Gris je eerste boek niet zien? U zult zien, u zult zien.’

Zonder zich te bedenken rende het kind weg om een schrift te halen dat hij had volgekrabbeld met tekeningetjes, krassen en onbegrijpelijke hanenpoten. Vol trots toonde hij het haar.

‘Zijn eerste roman,’ legde Daniel uit.

‘Roman,’ bevestigde Julián, en hij staarde verwachtingsvol naar haar.

‘Dat ziet er ontzettend interessant uit, zeg.’

De kleine klapte in zijn handjes, tevreden met dit commentaar. Sempere senior, die de leeftijd van haar gestorven vader moest hebben, schonk haar een treurige blik, die hem waarschijnlijk een leven lang had begeleid.

‘Welkom bij de familie Sempere, Alicia.’

8

De blauwe tram, een klein vlot van goudkleurig licht, baande zich gestaag een weg naar boven door de nachtelijke nevel. Fernandito stond op het achterste platform, nadat hij zijn Vespa bij het La Rotonda-gebouw had geparkeerd. Hij zag de Vespa kleiner en kleiner worden en boog zich voorover om de lange, door bomen omzoomde laan te bekijken. Betoverde paleizen die er verlaten bij lagen, beschut door bomen, bronnen en tuinen vol standbeelden, waarin nooit iemand te zien was. De grote vermogens zijn nooit thuis.

Aan het einde van de laan was de kathedraalachtige omtrek van El Pinar te zien, dat uit de flarden lage bewolking stak. Het huis tekende zich af als een uitgezaagde betovering van torens, hoeken en mansardes, en lag op een heuvel te rusten als toevluchtsoord vanaf waar heel Barcelona was te zien en een goed deel van de kust naar het noorden en zuiden. Op wolkeloze dagen kon je er waarschijnlijk Mallorca zien liggen, bedacht Fernandito. Die avond evenwel, omhulde een dichte donkerheid het huis.

Hij voelde zich bedrukt. Alicia’s opdracht verontrustte hem in toenemende mate. Een mens is pas een held zodra hij angst bespeurt, zei een oom van hem altijd, die een arm en een oog had verloren in de oorlog. Wie zich zonder angst blootstelt aan het gevaar is niets meer dan een domoor. Hij wist niet of Alicia in hem een held of een domoor zag. Misschien een geraffineerde combinatie van beiden, concludeerde hij. Het salaris was voortreffelijk, zeker, maar het beeld van Alicia die ontroostbaar huilde in zijn armen zou al voldoende zijn geweest om op zijn tenen de hel in te lopen en er ook nog voor te betalen.

De tram zette hem aan het einde van de laan af en verdween weer bergafwaarts in de nevel. Rond dat tijdstip was het plein verlaten. In het licht van een eenzame straatlantaarn waren twee zwarte auto's te zien, die voor restaurant La Venta geparkeerd stonden. Politie, dacht Fernandito. Toen hoorde hij motorgeluid, en hij rende ijlings naar een donkere hoek bij het kabelbaanstation. De auto, een Ford, stopte op luttele meters van zijn schuilplaats.

Uit de auto stapte een van de mannen die hij diezelfde ochtend bankier Sanchís had zien arresteren in zijn huis aan de Calle Iradier. Er was iets aan hem wat hem anders maakte dan de anderen. Hij straalde iets adellijks uit, goede afkomst, elegante gebaren. Hij was gekleed als een gentleman die zich in de salons van de stad wist te bewegen, droeg het soort voorname kleding dat in de etalages van Gales of Gonzalo Comella werd getoond en niet goed paste bij de veel bescheidener kledij van de andere agenten in burger die hem vergezelden. Zijn manchetknopen glinsterden in het halfdonker, maar in het korte moment dat hij in het licht van de straatlantaarn liep, zag Fernandito dat de manchetten zelf vol donkere spetters zaten. Bloed.

De politieman stond stil en draaide zich naar de auto. Een moment dacht Fernandito dat hij hem had opgemerkt, en hij voelde zijn maag ineenkrimpen tot knikkerformaat. De man wendde zich tot de chauffeur en zei beleefd tegen hem: 'Luis, ik ben hier wel even bezig. Als je wilt kun je vast gaan. Denk eraan de achterbank schoon te maken. Ik waarschuw je als ik je nodig heb.'

'Tot uw orders, kapitein Hendaya.'

Hendaya haalde een sigaret tevoorschijn en stak hem aan. Hij genoot van het eerste trekje terwijl hij de auto nakeek. Hij kwam opvallend kalm over, alsof er geen zorg of hindernis in de wereld was waardoor dit moment, alleen met zichzelf, overschaduwd kon worden. Weggedoken in de schaduw observeerde Fernandito hem, bang om zelfs maar te ademen. Die Hendaya rookte als een filmster: een demonstratie van stijl en présence. Toen draaide hij hem de rug toe en liep naar het panoramapunt, vanaf waar hij op de stad kon neerkijken. Na een tijdje liet hij zonder haast de peuk op de grond vallen, drukte hem met een efficiënte beweging uit met de punt van zijn lakschoen en liep naar het huis.

Nadat hij op de weg die om El Pinar heen liep uit het zicht verdwenen was, verliet Fernandito zijn schuilplaats. Op zijn voorhoofd parelde het koude zweet. Een ware held had juffrouw Alicia daar uitgezocht! Haastig volgde hij Hendaya, die door een poortgewelf het terrein had betreden. De met spijlen beveiligde poort had EL PINAR op de sluitsteen staan en leidde naar een pad van trappen dat dwars door de tuin omhoogliep tot aan het huis. Fernandito kwam dichterbij en kreeg Hendaya in het oog, die doodkalm naar boven liep, een blauw rookspoor achter zich latend.

Hij wachtte tot Hendaya boven was. Een paar agenten waren naar buiten gekomen en leken hem een relaas van de gebeurtenissen te geven. Na een kort gesprek ging Hendaya naar binnen, gevolgd door een van de twee mannen. De andere bleef bij de trap staan en bewaakte de toegang. Fernandito overwoog zijn opties. Onmogelijk om via deze weg dichterbij te komen zonder gezien te worden. Het beeld van het bloed op Hendaya's manchetten nodigde er niet toe uit zich ook maar een centimeter meer bloot te geven dan strikt noodzakelijk. Hij trok zich een stukje terug en bestudeerde de muur om het terrein. De smalle straat die langs de heuvelflank naar beneden slingerde, was verlaten. Hij volgde haar tot de achtergevel van het huis en klom behoedzaam op de muur. Daar kreeg hij een tak te pakken, met behulp waarvan hij de tuin in zwaaide. Pas toen bedacht hij dat er misschien wel honden waren die in een mum van tijd zijn spoor konden ruiken, maar na even te hebben gewacht, merkte hij iets nog veel verontrustenders op. Er klonk geen enkel geluid. Niet één blaadje bewoog aan de bomen, noch was het geritsel van vogels of het zoemen van insecten te horen. Die plek was dood.

De verhoogde positie van het huis op de heuvel wekte de illusie dat het veel dichter aan de straat lag dan daadwerkelijk het geval was. Hij moest tussen bomen en over met struikgewas overwoekerde paden de steilte beklimmen om op de geplaveide weg te komen, die hij tot de achterzijde van het huis volgde. Alle ramen waren donker, met uitzondering van twee ruitjes in een verborgen hoek tussen het hoofdhuis en het hogergelegen deel van de heuvel, die vermoedelijk bij de keuken hoorden. Fernandito kroop erheen en keek naar binnen, zijn gezicht zo veel mogelijk weghoudend bij het licht van de vensters.

Hij herkende haar onmiddellijk. Het was de vrouw die hij in gezelschap van de chauffeur uit het huis van de bankier Sanchís had zien komen. Ze zat op een stoel, vreemd roerloos, het gezicht opzijgedraaid, alsof ze bewusteloos was. Haar ogen waren echter open.

Pas toen drong tot hem door dat haar handen en voeten aan de stoel vastgebonden waren. Een schaduw viel over haar heen en Fernandito zag dat Hendaya en de andere politieman waren binnengekomen. Hendaya nam een stoel en ging voor de vrouw zitten. Een paar minuten praatte hij op haar in, maar niets duidde erop dat ze hem hoorde. Ze hield haar blik afgewend en negeerde Hendaya volkomen. Na een poosje haalde hij zijn schouders op. Zacht legde hij zijn vingers om haar kin en hij draaide haar gezicht naar zich toe. Hij sprak opnieuw tegen haar, en nu spuugde de vrouw hem in het gezicht. Onmiddellijk gaf Hendaya haar een klap die haar met stoel en al op de grond wierp, waar ze bleef liggen, vastgeketend aan de stoel als ze was. De agent die Hendaya vergezelde en een andere die Fernandito nog niet eerder was opgevallen, omdat hij vermoedelijk tegen de muur van het raam geleund had gestaan, kwamen dichterbij en zetten de stoel weer overeind. Hendaya veegde met een hand het speeksel van zijn gezicht, die hij daarna afdroogde aan de blouse van Sanchís' vrouw.

Op een teken van hem verlieten de twee agenten de keuken en keerden meteen weer terug, de chauffeur die Fernandito die ochtend had gezien, geboeid met zich meevoerend. Hendaya knikte en de twee mannen duwden hem met geweld op een houten tafel in het midden van de keuken. Vervolgens bonden ze zijn handen en voeten vast aan de vier tafelpoten. Ondertussen trok Hendaya zijn jasje uit en legde het netjes gevouwen op de stoel. Hij kwam bij de tafel staan, boog zich over de chauffeur en rukte het masker weg, zodat er een vreselijk litteken tevoorschijn kwam dat zijn gezicht van kin tot voorhoofd mismaakte, omdat een deel van de kin en van het jukbeen ontbraken. De twee agenten sleurden de stoel met Sanchís' vrouw naar de tafel. Een van hen hield haar hoofd vast, zodat ze niet kon wegkijken. Fernandito voelde de misselijkheid in zich opkomen en proefde de smaak van gal op zijn lippen.

Hendaya knielde naast de vrouw en fluisterde iets in haar oor. Ze gaf geen krimp, haar gezicht vertrokken van woede. De politieman stond op. Hij stak een open hand uit naar een van de agenten, en die reikte hem een wapen aan. Hendaya stopte een patroon in de trommel en zette de loop precies op de rechterknie van de chauffeur. Een moment keek hij naar de vrouw, toen haalde hij zijn schouders op.

Het oorverdovende lawaai van het schot en het jankende gekerm van de chauffeur drongen door het glas en de stenen muren heen. Een nevel van bloed en verpulverd bot besproeide het gezicht van de vrouw, die begon te gillen. Het lichaam van de chauffeur schokte heftig alsof er een elektrische stroom door hem heen liep. Hendaya liep om de tafel, schoof nog een patroon in de trommel en zette de revolverloop op de andere knieschijf. Een plas bloed en urine breidde zich uit over de tafel en drupte op de grond. Opnieuw keek Hendaya kort naar de vrouw. Fernandito sloot zijn ogen en hoorde een tweede schot. Toen hij het geschreeuw hoorde, golfde de misselijkheid naar boven, hij kromp in elkaar en braakte over zijn borst.

Hij beefde nog toen hij het derde schot hoorde. De chauffeur schreeuwde niet meer. Het gezicht van de vrouw op de stoel was betraand en bebloed. Ze hakkelde iets. Hendaya knielde nogmaals bij haar neer en luisterde naar haar terwijl hij haar gezicht streelde en knikte. Toen hij gehoord leek te hebben wat hij wilde horen, stond hij op, en zonder hem een laatste blik waardig te keuren schoot hij de chauffeur door het hoofd. Aansluitend gaf hij het wapen terug aan de agent, waste zijn handen in een gootsteen in de hoek en trok zijn jasje en overjas aan. Fernandito bedwong een nieuwe braakneiging, trok zich terug van het raam en kroop door het struikgewas. Hij probeerde de terugweg langs de heuvelflank te vinden tot de boom die gediend had om over de muur te komen. Hij zweette zoals hij nog nooit had gezweet, koud zweet, dat in zijn huid prikte. Met trillende handen en benen klom hij op de muur. Na de sprong aan de andere kant viel hij voorover en braakte nogmaals. Toen hij dacht dat er niets meer in zijn maag zat, wankelde hij de straat uit. Hij passeerde het poortgewelf waar hij Hendaya door naar binnen had zien gaan en hoorde stemmen dichterbij komen. Hij versnelde zijn pas en liep haastig naar het plein.

Een tram wachtte bij de halte, een oase van licht in de duisternis. Er waren geen passagiers, slechts de conducteur en de bestuurder, die aan het kletsen waren en een thermoskan koffie deelden tegen de kou. Fernandito stapte in, de blik van de conducteur negerend.

'Jongeman?'

Hij zocht in de zakken van zijn jasje naar wat muntgeld en overhandigde dat aan de conducteur in ruil voor een kaartje.

'U gaat hier toch niet kotsen, hè?'

Fernandito schudde zijn hoofd. Hij ging voorin bij een raampje zitten en sloot zijn ogen. Hij probeerde diep adem te halen en het beeld op te roepen van zijn witte Vespa, die beneden op hem wachtte. Hij hoorde iemand praten met de controleur. De tram wiebelde zachtjes toen een tweede passagier instapte. Diens voetstappen kwamen dichterbij en Fernandito klemde zijn kaken op elkaar. Toen voelde hij de aanraking, een hand op zijn knie. Hij opende zijn ogen.

Met een hartelijke glimlach keek Hendaya hem aan.

'Voel je je wel goed?'

Fernandito kon geen woord uitbrengen. Hij probeerde niet te kijken naar de rode puntjes op Hendaya's boord en knikte.

'Weet je het zeker?'

'Ik geloof dat ik te veel heb gedronken.'

Hendaya lachte begripvol. De tram begon aan zijn afdaling.

'Een beetje zuiveringszout met het sap van een halve citroen. Als jongeling was dat mijn geheim. En dan slapen.'

'Dank u, dat zal ik meteen doen als ik thuis ben,' zei Fernandito.

De tram reed onverdraaglijk langzaam en nam de vishaakvormige bocht helemaal boven in de laan als een liefkozing. Hendaya leunde op zijn zitplaats tegenover Fernandito naar achteren en verloor hem geen seconde uit het oog.

'Woon je ver?'

Fernandito schudde zijn hoofd.

'Nee. Twintig minuten met de metro.'

Hendaya klopte op zijn jas en haalde een papieren zakje uit zijn binnenzak.

'Een eucalyptussnoepje?'

'Niet nodig, dank u.'

'Vooruit, neem er eentje,' drong Hendaya aan. 'Het zal je goeddoen.'

Fernandito pakte het snoepje aan en begon het met trillende vingers uit het papiertje te pellen.

'Hoe heet je?'

'Alberto. Alberto García.'

Hij stak het snoepje in zijn mond. Zijn mond was droog, dus het ding kleefde aan zijn tong. Hij forceerde een tevreden glimlach.

'Heel goed, dank u. Het doet me inderdaad goed.'

'Dat zei ik je toch. Vertel eens, Alberto García, mag ik je legitimatie zien?'

'Pardon?'

'Je legitimatie.'

Fernandito probeerde het speeksel dat hij niet had weg te slikken en begon in zijn zakken te zoeken.

'Ik weet het niet. Ik geloof dat ik het thuis heb gelaten.'

'Maar je weet dat je zonder een legitimatiebewijs niet de straat op mag, hè?'

'Ja, meneer. Mijn vader herinnert me er altijd aan. Ik ben tamelijk onmogelijk.'

'Maak je geen zorgen, dat snap ik wel. Maar vergeet het de volgende keer niet. Ik zeg het voor je eigen bestwil.'

'Het zal niet weer gebeuren.'

Nu begon de tram aan het laatste rechte stuk voor het eindstation. Fernandito ontwaarde de koepel van hotel La Rotonda en een wit puntje dat oplichtte in het schijnwerperslicht van de tram. De Vespa.

'Zeg, Alberto, wat deed je daar op dat uur van de avond?'

'Ik heb een oom van me bezocht. De arme man is erg ziek en de artsen geven hem niet lang meer.'

'Dat spijt me bijzonder.'

Hendaya haalde een sigaret tevoorschijn.

'Stoort je toch niet, wel?'

Fernandito schudde zijn hoofd en glimlachte zo goed en zo kwaad als het ging. De ander stak de sigaret aan. De gloed van de tabak kleurde zijn pupillen koper. De jongen voelde dat die ogen in zijn geest staken als naaldpunten. *Zeg iets.*

'En u?' vroeg hij. 'Wat hebt u op dat late uur daar boven gedaan?'

Hendaya liet de rook tussen zijn lippen ontsnappen. Hij grijnsde als een jakhals.

'Gewerkt,' zei hij.

De laatste meters legden ze in stilte af. Toen de tram stilstond, stond Fernandito op, knikte Hendaya hartelijk toe ten afscheid en stapte achterin uit de wagon. Zonder haast liep hij naar de Vespa. Daar knielde hij neer om het slot open te maken. Hendaya sloeg hem kil gade vanaf de treeplank.

'Ik dacht dat je de metro zou nemen naar huis,' zei hij.

'Nu ja, ik bedoelde dat ik hier in de buurt woonde, een paar haltes verder.'

Hij zette zijn helm op en maakte het riempje vast onder zijn kin. Langzaam, zei hij bij zichzelf. Met een duwtje haalde hij de Vespa van de standaard af, hij ging erop zitten en overbrugde de krappe meter die hem scheidde van het wegdek. Toen zag hij Hendaya's schaduw, en hij voelde diens hand op zijn schouder. Hij draaide zich om. Hendaya glimlachte vaderlijk naar hem.

'Vooruit, kom er maar vanaf en geef me de sleuteltjes.'

Fernandito besefte nauwelijks dat hij knikte en gaf hem met trillende hand de sleutels.

'Ik geloof dat je me beter naar het bureau kunt begeleiden, Albér-to.'

9

Sempere senior woonde in een kleine woning direct boven de boekhandel aan de Calle Santa Ana. Zover als de herinnering reikte, hadden de Semperes altijd in dit huis gewoond. Daniel was er geboren en getogen voordat hij na zijn huwelijk met Bea naar de dakverdieping verhuisde. Misschien dat de kleine Julián zich ook ooit op een dag zou installeren tussen deze muren. De Semperes reisden door hun boeken, niet door de landkaart. De woning van Sempere senior was een bescheiden, met herinneringen beladen thuis. Zoals zovele woningen in de oude stad was ook deze tamelijk donker en bevatte de onveranderlijke, voor Barcelona zo typerende negentiende-eeuwse meubels die schijnbaar de onschuldigen tegen de illusies van het heden beschermden.

Toen ze de ruimte in ogenschouw nam, voelde Alicia, die Isabella Gisperts woorden nog vers in het geheugen had, er onmiskenbaar haar aanwezigheid. Ze zag haar op deze tegels rondlopen en met de heer Sempere het bed delen in de piepkleine slaapkamer, waar men vanaf de gang in kon kijken. Ze bleef een ogenblik voor de halfgeopende deur staan en stelde zich voor hoe Isabella in datzelfde bed Daniel had gebaard en er vier jaar later vergiftigd in stierf.

'Kom, komt u binnen, Alicia, dan stel ik u voor aan de anderen,' drong Bea aan achter haar, terwijl ze de slaapkamerdeur dichttrok.

Door twee tafels tegen elkaar aan te schuiven, die de ruimte van muur tot muur vulden en een deel van de gang, had Bea het wonder volbracht alle elf voor het verjaardagsfeest van de patriarch uitgenodigde eters een plek te geven. Daniel was beneden in de winkel gebleven om af te sluiten, terwijl zijn vader, Julián en Bea Alicia naar boven hadden begeleid. Daar verwachtte Bernarda hen al, Fermíns echtgenote, die de tafel had gedekt en nu de laatste hand legde aan een stoofgerecht dat naar anderhalf paradijs rook.

'Bernarda, komt u, ik wil u voorstellen aan juffrouw Alicia Gris.'

Bernarda veegde haar handen af aan haar schort en omhelsde haar.

'Weet u wanneer Fermín komt?' vroeg Bea haar.

'Ach, mevrouw Bea, ik heb de smoor in over die schaamteloze vlegel met z'n verhaal over urineschuimwijn, zoals hij het steeds noemt. Neemt u mij niet kwalijk, juffrouw Alicia, maar mijn man is koppiger dan een vechtstier en verkoopt niks anders dan onzin. Let u dadelijk vooral niet op hem.'

'Als hij nu niet snel komt, zie ik mezelf nog wel een toost uitbrengen met kraanwater,' zei Bea.

'Niets van dat al,' declameerde een theatrale stem vanaf de drempel van de eetkamer. De eigenaar van het galmende instrument bleek een buurman uit hetzelfde pand te zijn en een vriend van de familie, don Anacleto, leraar aan een middelbare school en, volgens Bea, in zijn vrije tijd dichter. Don Anacleto kuste Alicia's hand met een ceremonieel dat ze op het huwelijk van keizer Wilhelm al achterhaald hadden gevonden.

'Ik werp me aan uw voeten, schone onbekende,' groette hij.

'Don Anacleto, u moet het bezoek niet lastigvallen,' kapte Bea hem af. 'U zegt dat u iets te drinken hebt meegenomen?'

Don Anacleto liet twee flessen in bruin pakpapier zien.

'Een vooruitziend man telt voor twee,' verkondigde hij. 'Nadat ik me bewust ben geworden van de gerezen polemiek tussen Fermín en die levensmiddelenhandelaar die het steentijdfascisme huldigt, heb ik besloten twee literflessen Anís del Simio mee te nemen teneinde redding te bieden bij de tijdelijke schaarste aan spiritualiën.'

'Het is niet christelijk om met anijslikeur te toosten,' merkte Bernarda op.

Don Anacleto, die uitsluitend oog had voor Alicia, glimlachte met het air van een man van de wereld en gaf daarmee te verstaan dat uitsluitend mensen uit de provincie zich bekommeren om dergelijke overwegingen.

'Onder de invloed van Venus zal de proost heidens uitvallen,' zei hij, en hij knipoogde naar Alicia. 'En, mademoiselle van zo een excellente verschijning, heb ik de eer u naast mij te weten?'

Bea duwde de leraar naar de andere kant en redde zo Alicia uit de hachelijke situatie.

'Don Anacleto, loopt u alstublieft door en put u Alicia niet uit met uw woordenkraam,' waarschuwde ze. 'U gaat daar aan het eind zitten. En gedraagt u zich, voor kinderachtigheden hebben we Julián.'

Don Anacleto haalde zijn schouders op en bracht zijn gelukwensen over aan de gehuldigde, terwijl er nog twee genodigden binnenkwamen. Een van hen was een goed uitziende heer in pak, overduidelijk een dandy, die zich voorstelde als don Federico Flaviá, horlogemaker van de wijk, en die uitblonk in fijnzinnige manieren.

'Prachtige schoenen hebt u,' zei hij tegen Alicia. 'U moet me vertellen waar u ze hebt gekocht.'

'Calzados Summum, aan de Paseo de Gracia,' antwoordde ze.

'Natuurlijk. Hoe kan het ook anders! Excuseert u mij, ik moet mijn vriend Sempere feliciteren.'

Don Federico was in het gezelschap van een jonge, goedlachse vrouw die Merceditas heette en die overduidelijk en op een naïeve manier verliefd was op de elegante horlogemaker. Toen ze aan Alicia werd voorgesteld, taxeerde het meisje haar gealarmeerd, en nadat ze haar schoonheid, elegantie en stijl had geprezen, haastte ze zich naar don Federico om hem zo ver als maar menselijk mogelijk was in die beperkte ruimte van Alicia weg te houden. De kamer was al propvol, maar bij binnenkomst van Daniel, die zich tussen de gasten door moest persen, werd de bewegingsvrijheid tot een bijna gevaarlijk peil gereduceerd. Als laatste, de lichtintensiteit en natuurlijke schoonheid van de jeugd uitstralend, verscheen een meisje dat niet ouder kon zijn dan twintig.

'Dat is Sofía, een nichtje van Daniel,' legde Bea uit.

'Piacere, signorina,' zei de jongedame.

'In het Spaans, Sofía, alsjeblieft,' corrigeerde Bea haar.

Bea vertelde Alicia dat het meisje uit Napels kwam en bij haar oom woonde zolang ze aan de universiteit van Barcelona studeerde.

'Sofía is de nicht van Daniels moeder, die lang geleden is overleden,' fluisterde Bea, die overduidelijk de naam Isabella niet wilde noemen.

Alicia merkte dat de oude Sempere haar omhelsde met een devotie en een zweem van melancholie die pijn deden aan de ogen. Kort daarop ontdekte ze in een glazen kastje een ingelijste foto waarop Isabella in bruidskleed stond naast een miljoen jaar jonger uitziende heer Sempere. Sofía leek sprekend op Isabella. Alicia zag vanuit haar ooghoeken hoe de oude Sempere het meisje gadesloeg met zo'n adoratie en treurigheid dat ze moest wegkijken. Bea, wie het niet was ontgaan dat Alicia bij het zien van de huwelijksfoto van de Semperes haar conclusies had getrokken, schudde onopvallend haar hoofd.

'Het doet hem helemaal geen goed,' zei ze. 'Het is een lief kind, maar ik kan niet wachten tot ze weer naar Napels vertrekt.'

Alicia knikte slechts.

'Waarom gaan we zo langzamerhand niet zitten,' riep Bernarda vanuit de keuken. 'Sofía, lieverd, kom hier en help me, ik heb hier wat jeugd nodig.'

'Daniel, en de taart?' vroeg Bea.

Hij snoof en rolde met zijn ogen.

'Vergeten. Ik ga hem nu halen.'

Alicia kreeg door dat don Anacleto onstuimig probeerde in haar hoek van de eetkamer te komen en verzon à la minute een list. Toen Daniel haar passeerde op weg naar de deur volgde ze hem.

'Ik help u. De taart komt voor mijn rekening.'

'Maar...'

'Ik sta erop.'

Bea zag beiden door de deur verdwijnen en bleef met gefronst voorhoofd staan.

'Alles goed?' vroeg Bernarda naast haar.

'Ja, natuurlijk.'

'Ze is vast en zeker een heilige,' prevelde Bernarda, 'maar ik wil haar naast mijn Fermín hebben. En als u me de observatie toestaat, naast Danielito, die natuurlijk een goeierd is, ook niet.'

'Kletst u geen onzin, Bernarda. Ergens zullen we haar moeten plaatsen.'

'Maar ik weet wat ik zeg.'

Zwijgend liepen ze de trap af, Daniel voorop. Op de begane grond hield hij de voordeur voor haar open.

'De bakkerij is daar, min of meer op de hoek,' zei hij, alsof dat door het felverlichte uithangbord een paar stappen verderop niet duidelijk genoeg was.

Toen ze binnenkwamen hief de bazin opgelucht haar handen ten hemel.

'Gelukkig! Ik dacht al dat je niet meer zou komen en dat wij de taart zelf moesten opeten.'

Haar stem stierf weg toen ze Alicia ontdekte.

'Kan ik u helpen, juffrouw?'

'We horen bij elkaar, dank u,' zei Alicia.

Die opmerking katapulteerde de wenkbrauwen van de banketbakster naar halverwege haar haarlijn en ontlokte haar een blik die overliep van boosaardigheid, die de twee hulpkrachten achter de toonbank perfect imiteerden.

'Die Danielito,' prevelde een van hen zoetsappig. 'En hij leek zo onbeholpen.'

'Gloria, hou je snavel en haal de taart van meneer Sempere,' hield de cheffin haar kort, en ze liet er daarmee geen twijfel over bestaan dat zelfs laster zich strikt aan hiërarchische verhoudingen moest houden. De tweede hulpkracht, een katachtig uitziend schepsel van een mollige gesteldheid die leek te wortelen in de toevoer van overgebleven huisgemaakte koekjes en crèmes, bekeek hem verrukt en genoot van zijn opgelatenheid.

'Felisa, heb je niets beters te doen?' vroeg de cheffin.

'Nee.'

Daniel had inmiddels de kleur van een rijpe rode bes aangenomen en verlangde hevig naar het moment waarop hij, met of zonder taart, hier weer weg kon. Het stel koekjesbakkers schoot onophoudelijk zulke verhitte blikken op Alicia en Daniel af dat ze berlinerbollen gaar hadden kunnen bakken. Eindelijk verscheen Gloria met de taart, een wedstrijdexemplaar dat het drietal banketbaksters afschermde met kartonnen sierbogen, om er tot slot een grote roze doos omheen te zetten.

'Slagroom, aardbeien en veel chocola,' zei de cheffin. 'De kaarsen doe ik er los bij.'

'Mijn vader is dol op chocola,' verklaarde Daniel Alicia, alsof opheldering nodig was.

'Voorzichtig met de chocola, daar word je rood van in het gezicht,' gaf Gloria de Boosaardige hem een steek onder water.

'En hij stookt het vuur op,' maakte Felisa het af.

'Wat ben ik u verschuldigd?'

Alicia was hem voor en legde een briefje van vijfentwintig peseta op de toonbank.

'En ze betaalt ook nog,' prevelde Gloria.

De chef-banketbakster telde bedaard het wisselgeld uit en gaf dat munt voor munt aan Alicia. Daniel pakte de taartdoos op en liep naar de deur.

'Groeten aan Bea!' riep Gloria.

Het gelach van de banketbaksters volgde hen tot buiten op straat, en hun blikken brandden in de rug als de ingelegde vruchten op een paasbrood.

'Morgen bent u in de hele wijk beroemd,' zei Daniel.

'Ik hoop dat ik u niet in de problemen heb gebracht, Daniel.'

'Maakt u zich geen zorgen. Over het algemeen red ik het heel aardig om me in mijn eentje in de nesten te werken. Let u maar niet op dat kwallentrio. Fermín zegt dat het schuimgebak ze naar het hoofd is gestegen.'

Deze keer liet Daniel haar bij het naar boven lopen voorgaan en volgde pas nadat ze voorbij de eerste bocht was gelopen. Hij had duidelijk geen enkele zin om bij het naar boven lopen het spel van haar heupen te moeten aanschouwen.

De komst van de taart werd gevierd met gejuich en applaus, een grote sportieve overwinning waardig. Daniel hield de doos voor het publiek omhoog alsof het een olympische medaille betrof en bracht hem vervolgens naar de keuken. Alicia zag dat Bea een stoel had gereserveerd tussen Sofía en de kleine Julián, die op zijn beurt naast zijn grootvader zat. Ze ging op haar plek zitten, zich ervan bewust dat de aanwezigen steelse blikken op haar wierpen. Toen Daniel uit de keuken terugkwam, ging hij aan de andere kant van de tafel zitten, naast Bea.

'Serveer ik dus de soep of wachten we op Fermín?' vroeg Bernarda.

'Watersoep wacht niet op helden,' verkondigde don Anacleto.

Bernarda begon net de soepborden vol te scheppen, toen ze bij de deur een geraas hoorden en het rinkelen van flessen die op de grond landden. Na een paar seconden verscheen een triomfantelijke Fermín met twee flessen champagne in elke hand, wonder boven wonder nog helemaal heel.

'Fermín, u had ons al tot oude muskaatwijn veroordeeld,' protesteerde don Anacleto.

'Ledigt Uwe Genades het vuige brouwsel dat uw glazen bezoedelt, want zojuist heeft de pindaman van de wijngaard zijn opwachting gemaakt om recht te doen aan de goede smaak met een druivennat dankzij welk u bloemetjes zult urineren,' kraamde Fermín uit.

'Fermín!' waarschuwde Bernarda. 'Die taal!'

'Maar mijn violierknopje, terwijl het urineren aan lijzijde zo natuurlijk en genotvol is als het...'

Fermíns spraakzaamheid en rapsodie bevroren als bij toverslag. Verstard keek hij naar Alicia alsof hij net een spook van gene zijde zag terugkeren. Daniel greep hem bij zijn arm en trok hem met kracht op zijn stoel.

'Vooruit, we gaan eten, zoals dat heet,' vond de heer Sempere, wie de lapsus van Fermín evenmin was ontgaan.

Geleidelijk aan maakte het ballet van glazen, lachsalvo's en geestigheden zich meester van de maaltijd. Fermín, een lege lepel in de hand, kon zijn blik niet van Alicia afwenden en zei geen stom woord. Ze deed of ze het niet merkte, maar zelfs Bea begon zich ongemakkelijk te voelen. Daniel porde Fermín met zijn elleboog in zijn zij en fluisterde hem vermanend iets toe. Fermín nam gespannen een lepel soep. Maar terwijl de tong van de bibliografisch adviseur van Sempere & Zoons was verstomd, beleefde die van don Anacleto gelukkig een tweede jeugd dankzij de champagne, en spoedig kreeg de hele kring zijn gebruikelijke analyse van de stand van zaken in het land over zich heen.

De leraar, die zichzelf beschouwde als de gevoelsmatige erfgenaam en drager van de eeuwige vlam van don Miguel de Unamuno, met wie hij een zekere fysieke gelijkenis deelde en een keurmerk, geworteld in Salamanca, verkondigde zoals te doen gebruikelijk voor hem de aanstaande ondergang van het Iberisch Schiereiland, een apocalyptisch panorama in oceanen van de zwartste smaad. Fermín, die normaal gesproken om sportieve redenen van het type 'De index van het letterkundigengebazel van een samenleving is omgekeerd evenredig aan haar intellectuele competentie: waar slechts wordt gesproken om te spreken, wordt weinig gedacht en nog minder gedaan' met smaak zijn geïmproviseerde stamtafeltoespraken en debatten tegensprak en met vergiftigde pijlen saboteerde, was zo zwijgzaam dat de leraar, zonder rivalen of protesteerders, probeerde hem uit de tent te lokken.

'En het punt is dat de leiders van dit land niet weten wát te doen om de mensen te hersenspoelen, vindt u ook niet, Fermín?'

Die haalde zijn schouders op.

'Ik weet niet waarom ze de moeite nemen. Bij het gros van de gevallen ben je er al met een beetje licht spoelen.'

'En daar komt de anarchist alweer tevoorschijn,' zei Merceditas fel.

Don Anacleto glimlachte tevreden toen hij zag dat de vonk van de discussie eindelijk was overgesprongen, zijn favoriete bezigheid. Fermín snoof.

'Kijk, Merceditas, ik weet dat uw lezing van de krant begint en eindigt met de horoscoop, en u kon in de efemeriden vaststellen dat we vandaag een gedenkwaardige gebeurtenis in het leven van de illustere persoon van dit huis vieren...'

'Fermín, geeft u me het brood door, alstublieft?' onderbrak Bea hem om de opkomende strijd in de kiem te smoren.

Fermín knikte en blies de aftocht. Don Federico, de horlogemaker, zocht een uitweg uit de ongemakkelijke stilte.

'Alicia, vertelt u eens: wat is uw beroep?'

Merceditas, die onwillig stond tegenover de vriendelijkheid en aandacht die iedereen aan de verrassingsgast van de avond schonk, betrad de ring.

'En waarom zou een vrouw een beroep moeten hebben? Is het niet voldoende dat ze het huis verzorgt, haar echtgenoot en haar kinderen, zoals onze ouders ons hebben bijgebracht?'

Fermín wilde iets zeggen, maar Bernarda legde haar hand op zijn arm, dus klemde hij zijn kaken op elkaar.

'Nu ja, juffrouw Alicia is immers vrijgezel. Nietwaar?' hield don Federico aan.

Alicia knikte beleefd.

'Zelfs geen verloofde?' vroeg don Anacleto ongelovig.

Ze glimlachte bescheiden en schudde haar hoofd.

'Dat is toch ongelooflijk! Het onomstotelijke bewijs dat er in dit land geen jongelingen meer zijn die de moeite waard zijn. Als ik twintig jaar jonger was...' zei don Anacleto.

'Maak er maar vijftig van,' preciseerde Fermín.

'Mannelijkheid kent geen leeftijd,' riposteerde don Anacleto.

'Laten we de epiek nu niet vermengen met de urologie.'

'Fermín, er zitten minderjarigen aan tafel,' vermaande de heer Sempere hem.

'Als u dat zegt om Merceditas.'

'Met bleek zou u uw mond en gedachten moeten spoelen, of u zult eindigen in de hel,' veroordeelde Merceditas hem.

'En wat ik me daarmee bespaar aan stookkosten.'

Don Federico hief zijn hand om de discussie te beëindigen.

'Laten we wel wezen, door al dat gekrakeel van jullie komt ze helemaal niet aan het woord.'

Er viel een stilte en iedereen keek naar Alicia.

'Dus,' nodigde don Federico opnieuw uit, 'u wilde ons vertellen wat u doet.'

Alicia keek haar publiek aan, dat zonder uitzondering aan haar lippen hing.

'Eigenlijk was vandaag mijn laatste werkdag. En ik weet nog niet wat ik vanaf nu zal gaan doen.'

'U hebt vast wel iets bedacht,' meende de heer Sempere.

Ze boog haar hoofd.

'Ik heb bedacht dat ik graag zou schrijven. Of het in elk geval wil proberen.'

'Bravo!' riep de boekhandelaar uit. 'U zult onze Laforet zijn.'

'Zegt u maar liever Pardo Bazán,' kwam don Anacleto ertussendoor, die het wijdverbreide nationale gevoel aanhing dat een levende literator, tenzij met de dood voor ogen en niet langer in staat de eigen wimpers te dragen, geen enkele waardering verdiende. 'Vindt u ook niet, Fermín?'

Deze keek de kring rond en liet zijn blik vervolgens rusten op Alicia.

'Dat zou ik met u eens zijn, beste vriend, als ik niet het gevoel had dat Pardo Bazán in de spiegel enigszins aan een dashond deed denken, terwijl onze juffrouw Gris hier eerder het uiterlijk heeft van een heldin van de duisternis en ik nog niet zeker weet of ze in de spiegel wel te zien ís.'

Een diepe stilte viel.

'En wat wordt dat verondersteld te betekenen, betweter?' berispte Merceditas hem streng.

Daniel pakte Fermín bij de arm en trok hem naar de keuken.

'Het betekent dat de wereld beter zou functioneren als het brein van de mens maar half zo groot was als zijn mond, om het zo maar eens te zeggen,' liet Sofía zich ontvallen, die tot dat moment met haar gedachten ver weg leek te zijn geweest, of in dat troebele gedachteland dat alleen wordt bewoond door echt jonge mensen en fantasten.

De heer Sempere richtte zijn blik op dat nichtje dat het leven hem had gestuurd om zijn gouden jaren te zegenen of te pijnigen, en zoals zo vaak meende hij voor een ogenblik over de oceaan van de tijd heen zijn Isabella te zien en te horen.

'Is dat wat ze u tegenwoordig aan de letterenfaculteit leren?' vroeg don Anacleto.

Sofía haalde haar schouders op en keerde terug naar haar limbo.

'Mijn god, wat voor wereld staat ons te wachten!'

'Maakt u zich geen zorgen, don Anacleto. De wereld is altijd hetzelfde,' stelde de heer Sempere hem gerust. 'En de waarheid is dat ze op niemand wacht en ons bij de eerste de beste gelegenheid links laat liggen. Wat denken we van een toost op het verleden, de toekomst en op ons die zich tussen beide bevinden?'

Julián ging op het verzoek in en hief enthousiast zijn glas melk.

Ondertussen had Daniel Fermín in een hoek van de keuken klemgezet, uit het zicht en het gehoor van de eters.

'Mag ik weten wat u dwarszit, Fermín? Want dat moet van een heel beste afmeting zijn.'

'Die vrouw is niet wie ze voorgeeft te zijn, Daniel. Hier steekt iets achter.'

'En wat is dat, als ik zo vrij mag zijn?'

'Ik weet het niet, maar ik zal erachter komen wat ze in haar schild voert. Ik ruik het van hieruit, net als het goedkope parfum dat Merceditas heeft opgedaan om te proberen de horlogemaker te bedwelmen, waardoor hij weer van walletje wisselt.'

'En hoe denkt u daarachter te komen?'

'Met uw hulp.'

'Komt niets van in. Mij betrekt u hier niet in.'

'Laat u toch niet verwarren door de uitwasemingen van de vampieresse. Zij is een loeder, zo waar als ik Fermín heet.'

'Ik herinner u eraan dat dat loeder de eregast is van mijn vader.'

'Aaaaha! En hebt u zich al afgevraagd hoe het tot deze passende toevalligheid is gekomen?'

'Dat weet ik niet. En het maakt me ook niet uit. Toevalligheden kun je niet betwisten.'

'Hoor ik hier uw spaarzame intellect of uw postpuberale klieren?'

'Het gezond verstand spreekt, dat men bij u blijkbaar op dezelfde dag als uw schaamtegevoel heeft verwijderd.'

Fermín lachte sarcastisch.

'Geweldig,' oordeelde hij. 'Vader en zoon heeft ze gelijktijdig ingepalmd, en dat onder de fraaie ogen van uw vrouw.'

'Praat geen nonsens, straks horen ze ons nog.'

'Dan horen ze me maar,' zei hij, en hij verhief zijn stem. 'Luid en duidelijk.'

'Fermín, ik bid u. Laten we de verjaardag van mijn vader in vrede vieren.'

Fermín fronste zijn wenkbrauwen en perste zijn lippen op elkaar.

'Op één voorwaarde.'

‘Afgesproken. Welke?’

‘Dat u me helpt haar te ontmaskeren.’

Daniel rolde met zijn ogen en zuchtte.

‘En hoe stelt u zich voor dat voor elkaar te krijgen? Dankzij meer alexandrijnse verzen?’

Fermín dempte zijn stem.

‘Ik heb een plan.’

Trouw aan zijn belofte vertoonde Fermín de rest van de maaltijd voorbeeldig gedrag. Hij lachte om de grapjes van don Anacleto, behandelde Merceditas alsof ze Madame Curie zelve was en wierp Alicia af en toe de brave blik van een koorknaapje toe. Toen het moment van de toost en het aansnijden van de taart was gekomen, hield Fermín een gloeiend betoog in de vorm van een eerbetoon over de man van de dag, dat een lang applaus ontlokte en een hartelijke omhelzing van de gehuldigde.

‘Mijn kleinzoon zal me helpen bij het uitblazen van de kaarsen, nietwaar, Julián?’ kondigde de boekhandelaar aan.

Bea deed de lichten uit en heel even zat iedereen in het flakkerende kaarslicht.

‘Doet u een wens, mijn vriend,’ herinnerde don Anacleto hem. ‘Indien mogelijk in de vorm van een goedgevulde weduwe vol levenslust.’

Subtiel haalde Bernarda het champagneglas van de professor weg, ruilde het in voor een glas mineraalwater en wisselde een eensgezinde blik met Bea.

Alicia bekeek het hele spektakel bijna in trance. Ze fingeerde vriendelijke sereniteit, maar haar hart bonkte. Nog nooit was ze op zo’n manier met mensen samen geweest. Bijna alle verjaardagen die ze zich kon herinneren, had ze doorgebracht met Leandro of alleen, normaal gesproken verstopt in een bioscoop, dezelfde waarin ze zich op oudejaarsavond verstopte, om vervolgens de rare gewoonte te vervloeken die ze hadden om de voorstelling te onderbreken en klokslag twaalf de lichten gedurende tien minuten aan te doen voordat de film werd voortgezet, alsof het niet voldoende hoon was de nacht in een praktisch lege zaal door te brengen met nog zes of zeven andere eenzame zielen die nergens werden verwacht, alsof men haar dat ook nog in het gezicht moest spugen. Ze wist niet hoe ze dat gevoel van camaraderie, saamhorigheid en genegenheid, dat ver uitsteeg boven de grappen en woordenwisselingen, moest verstouwen. Julián had onder de tafel haar hand gepakt en hield die heel stevig vast, alsof van alle aanwezigen alleen een kind van een paar jaar oud kon begrijpen hoe ze zich voelde. Als hij er niet was geweest, was ze in tranen uitgebarsten.

Na de laatste heildronk, toen Bernarda koffie en thee aanbood en don Anacleto sigaren ronddeelde, stond Alicia op. Allemaal keken ze haar verbaasd aan.

'Ik wil u allen hartelijk danken voor uw gastvrijheid en vriendelijkheid. En zeer in het bijzonder u, meneer Sempere. Mijn vader had altijd grote waardering voor u en ik weet dat hij heel gelukkig zou zijn als hij wist dat ik deze zo speciale avond met u hier heb kunnen doorbrengen. Heel veel dank.'

Ze keken haar allemaal medelijdend aan, leek het, of misschien zag ze in hun ogen slechts wat ze zelf vanbinnen voelde. Ze gaf Julián een kus en liep naar de deur. Bea stond op en volgde haar, het servet nog in de hand.

'Ik begeleid u naar beneden, Alicia.'

'Nee, alstublieft. Blijft u hier bij uw familie.'

Voor ze de deur uit liep, passeerde ze de uitstalkast en wierp een laatste blik op de foto van Isabella. Met een zucht van verlichting verdween ze naar beneden. Ze moest daar weg voor ze begon te geloven dat het ooit haar plek zou kunnen worden.

Het vertrek van Alicia ontketende een golf van praatjes onder de gasten. Sempere senior had Julián op zijn knieën gezet en keek naar hem.

'Ben je al verliefd?' vroeg hij.

'Mmm,' murmelde Julián slechts.

'Ik geloof dat het bedtijd is voor onze kleine casanova,' zei Bea.

'En voor mij daaruit lering te trekken,' voegde don Anacleto eraan toe. 'U, jonge mensen, moet verder vieren, het leven is kort.'

Daniel wilde al opgelucht ademhalen, toen Fermín hem bij de arm pakte en opstond.

'Ach, Daniel, nou zijn we helemaal vergeten die dozen uit de kelder te halen.'

'Welke dozen?'
'Die dozen.'
Onder de slaperige, verbaasde blik van boekhandelaar Sempere liepen de twee naar de deur.
'Ik begrijp steeds minder van deze familie,' zei hij.
'Ik dacht al dat ik de enige was,' mompelde Sofía.

Toen ze beneden het huis uit liepen, wierp Fermín een blik op de blauwe strook licht die de straatlantaarns over de Calle Santa Ana wierpen en gaf Daniel te kennen hem te volgen.
'Waar denkt u naartoe te gaan op dit uur van de nacht?'
'Jacht maken op de vampieresse,' antwoordde Fermín.
'Geen sprake van.'
'Kom nu, probeert u zich maar niet te drukken, dadelijk ontsnapt ze ons.'
Zonder op antwoord te wachten spurtte Fermín naar de hoek van de Puerta del Ángel. Daar zocht hij toevlucht onder de luifel van Casa Jorba en tuurde het nachtelijk duister in met de lage bewolking tussen de daken. Daniel voegde zich bij hem.
'Daar is ze dan, als de slang in het paradijs.'
'In hemelsnaam, Fermín, doet u het niet.'
'Luister, ik heb me goed gedragen. Bent u een man van uw woord of een pantoffelheld?'
Daniel vervloekte zijn lot en terugkerend naar hun vroegere tijden als tweederangsdetectives volgden de twee Alicia Gris' spoor.

10

Ze volgden haar langs donkere portieken en onder luifels door naar de Avenida de la Catedral. Daar doemde een plein op dat voor het godshuis was achtergebleven nadat oorlogsbommen de wijk hadden vernietigd die zich daar destijds had bevonden. Een vloeibare maan sprenkelde lichtdruppels op het plaveisel en Alicia's gestalte liet schaduwen achter in de lucht.
'Hebt u het door?' vroeg Fermín terwijl ze de Calle de la Paja insloegen.
'Wat?'

'Dat ze ons volgen.'

Daniel draaide zich om en keek ingespannen in het zilverkleurige schemerduister van de straten.

'Daar. Bij de ingang van de speelgoedwinkel, ziet u het?'

'Ik zie niets.'

'De gloeiende punt van een sigaret.'

'En?'

'Die volgt ons al sinds we de deur uit zijn gegaan.'

'En waarom zou iemand ons willen volgen?'

'Misschien volgt hij ons wel helemaal niet. Misschien volgt hij haar.'

'Dit wordt steeds onzinniger, Fermín.'

'Integendeel. Het wordt steeds duidelijker dat 'm daar de kneep zit.'

Ze volgden Alicia door de Calle de los Baños Viejos, een smal dal van honderd jaar oude huizen die door de slingerende straat in een donkere omarming met elkaar leken te versmelten.

'Waar zal ze toch heen gaan?' fluisterde Daniel.

Het antwoord liet niet lang op zich wachten. In de Calle Aviñón bleef Alicia bij een huisingang tegenover het Gran Café staan en verdween naar binnen. Ze passeerden het en zochten hun heil een paar portieken verderop.

'En wat nu?'

Als enig antwoord wees Fermín naar de bogen op de begane grond van espadrillewinkel La Manual Alpargatera. Daniel besefte dat zijn vriend gelijk had: ze werden gevolgd, zij of Alicia. Verborgen onder de bogen was een schrale, in een jas gehulde gestalte te zien, met een bolhoed van de vlooienmarkt op het hoofd.

'Niet echt angstaanjagend,' merkte Fermín op.

'En wat heeft dat ermee te maken?'

'Het is een voordeel in het geval u met hem op de vuist moet.'

'Kijk aan, wat fijn. En waarom moet ík dat zijn?'

'Omdat u de jongste bent, en bij een aframmeling telt slechts brute kracht. Ik breng de strategische visie in.'

'Ik heb geen enkele intentie wie dan ook af te rossen.'

'Waar komt al deze aanstellerij vandaan, Daniel? Per slot van rekening hebt u al eens uw oorlogszucht getoond door het gezicht van die stommeling van een Cascos Buendía te verbouwen in het Ritz. Denkt u maar niet dat ik dat vergeet.'

'Het was niet mijn beste moment,' gaf Daniel toe.

'U hoeft zich niet te verontschuldigen. Ik herinner u eraan dat dat ongelooflijke zwijn liefdesbrieven naar uw echtgenote stuurde om haar in te palmen op bevel van dat misbaksel van een Valls. Jaja, hetzelfde misbaksel dat u sinds het voorjaar aan het onderzoeken bent in de Athenaeum-archieven, ook al denkt u dat ik dat niet doorheb.'

Daniel blikte verslagen naar de grond.

'Nog meer geheimen die u niet kent?'

'Hebt u zich niet afgevraagd waarom voor de duivel Valls al heel lang nergens meer te zien is?'

'Elke dag,' beaamde Daniel.

'Of waar de buit is geëindigd die Salgado verstopt had op het Estación del Norte?'

Daniel knikte.

'Wie zegt ons dan dat dat gewiekste wijfie niet ook voor Valls werkt?'

Daniel sloot zijn ogen.

'Een-nul voor u, Fermín. Wat doen we?'

Toen ze bij haar woningdeur kwam, zag Alicia er een streepje licht onder vandaan komen en ze rook de geur van Vargas' sigaretten. Ze ging zonder iets te zeggen naar binnen en legde haar tas en jas op de eettafel. Vargas stond bij het raam met zijn rug naar de deur en rookte zwijgend. Ze schonk een glas witte wijn in en ging op de bank zitten. In haar afwezigheid had Vargas de doos met Brians' documenten onder de bank vandaan gehengeld. Op tafel lag Isabella's schrift.

'Waar bent u de hele dag geweest?' vroeg Alicia ten slotte.

'Rondgelopen,' antwoordde Vargas. 'Geprobeerd mijn hoofd helder te krijgen.'

'En is u dat gelukt?'

Hij draaide zich om en keek haar argwanend aan.

'Kunt u mij vergeven dat ik alles aan Leandro heb verteld?'

Ze nam een slok wijn en haalde haar schouders op.

'Als u een biechtvader zoekt, er is een kerk hier in de buurt, nog vóór u bij de Ramblas aankomt. Ik geloof dat ze daar dienst hebben tot middernacht.'

Vargas keek naar de grond.

'Voor het geval het een troost is, ik had de indruk dat Leandro het grootste deel van wat ik hem heb verteld, al wist. Dat hij slechts een bevestiging nodig had.'

'Dat is bij Leandro altijd zo,' zei Alicia. 'Niemand onthult hem ooit iets, hooguit wordt hem een enkel detail verduidelijkt.'

Vargas zuchtte.

'Ik had geen keus. Hij rook al onraad. Als ik niet had gezegd wat we hadden uitgezocht, dan had ik u gecompromitteerd.'

'U bent mij geen uitleg verschuldigd, Vargas. Wat gebeurd is, is gebeurd.'

De stilte werd drukkender.

'En Fernandito?' vroeg Alicia. 'Is die niet teruggekomen?'

'Ik dacht dat hij bij u zou zijn.'

'Wat vertelt u me nog meer niet, Vargas?'

'Sanchís.'

'Vertel op.'

'Hij is dood. Hartstilstand tijdens het transport van het hoofdbureau naar het Hospital Clínico. Dat zegt het medisch rapport.'

'Klootzakken,' prevelde Alicia.

Vargas liet zich naast haar op de bank vallen. Ze keken elkaar zwijgend aan. Alicia vulde haar glas bij en reikte het hem aan. In één teug dronk Vargas het leeg.

'Wanneer moet u terug naar Madrid?'

'Ze hebben me vijf dagen verlof gegeven. En een bonus van vijfduizend peseta.'

'Mijn gelukwensen. Misschien wilt u het verbrassen op een excursie naar Montserrat. Wie de Moreneta niet heeft aangeraakt, weet niet wat hij mist.'

Vargas glimlachte treurig.

'Ik zal u missen, Alicia. Ook al gelooft u dat niet.'

'Natuurlijk geloof ik dat. Maar maakt u zich geen illusies, ik u niet.'

Vargas glimlachte voor zich uit.

'En waar was u?'

'Op bezoek bij de Semperes.'

'Hoe dat zo?'

'Een verjaardagsfeestje. Dat is een lang verhaal.'

Vargas knikte, alsof het voor zich sprak. Alicia wees op het schrift van Isabella.

'Hebt u erin zitten lezen tijdens het wachten?'

Vargas knikte.

'Isabella Gispert stierf in de wetenschap dat die ellendeling van een Valls haar had vergiftigd,' zei Alicia.

Hij hield zijn handen voor zijn gezicht en streek er toen mee door zijn haren. Het was of elk jaar van zijn leeftijd hem zwaar op de ziel woog.

'Ik ben het zat,' mompelde hij ten slotte. 'Deze hele ellende ben ik zat.'

'Waarom gaat u niet naar huis?' vroeg Alicia. 'Doet u hun dat plezier. Ontvang uw pensioen en trek u terug in uw huisje met tuin bij Toledo om Lope de Vega te lezen. Was dat niet uw plan?'

'En doen als u? Leven van de literatuur?'

'Het halve land leeft van sprookjes. Twee meer of minder...'

'Hoe was het bij de Semperes?' wilde Vargas weten.

'Goede mensen.'

'Ja. En dat bent u niet gewend, is het niet?'

'Nee.'

'Dat gebeurde mij vroeger ook weleens. Het gaat voorbij. Wat denkt u te doen met Isabella's schrift? Geeft u het aan ze?'

'Ik weet het niet,' gaf Alicia toe. 'Wat zou u doen?'

Vargas overwoog de vraag.

'Ik zou het vernietigen,' oordeelde hij ten slotte. 'In de grond van de zaak helpt het niemand. En het zou ze zelfs in gevaar brengen.'

Alicia knikte instemmend.

'Tenzij...'

'Denkt u goed na voor u het zegt, Alicia.'

'Ik geloof dat ik al heb nagedacht.'

'Ik dacht dat we het nu allemaal op zijn beloop zouden laten en gelukkig zouden zijn.'

'U en ik, wij zullen nooit gelukkig zijn, Vargas.'

'Hemel, als u het zó stelt, hoe kan ik dan weigeren?'

'U hoeft me niet te helpen. Het is mijn probleem.'

Vargas glimlachte.

'Mijn probleem bent u, Alicia. Of mijn redding, ook al moet u om dat idee lachen.'

'Ik heb nog nooit iemand gered.'

'Het is nooit te laat om ermee te beginnen.'

Hij stond op, pakte haar jas en reikte hem haar aan.

'Wat vindt u ervan? Willen we ons leven voor altijd verknoeien of moeten we de jaren laten verstrijken om te ontdekken dat u geen talent hebt voor het schrijven en ik doorkrijg dat je Lope op het toneel moet zien?'

Alicia trok haar jas aan.

'Waar wilt u beginnen?'

'Bij de ingang naar het labyrint.'

Daniel stond te klappertanden van de kou in het portiek toen hem ineens opviel dat Fermín, graatmager maar met robuust skelet en je reinste kraakbeenessence, zich blijkbaar volstrekt senang leek te voelen en als tijdverdrijf een Cubaanse *son montuno* neuriede, waarbij hij à la tropicana licht met zijn heupen wiegde.

'Ik begrijp niet dat u niet bevriest, Fermín. Het is hartstikke koud.'

Fermín deed twee knopen los om de voering van krantenpapier onder zijn kleding te laten zien.

'Toegepaste wetenschap,' legde hij uit. 'Dit en een paar treffend gekozen herinneringen aan het mulattinnetje dat ik als jongeman kende in Havana. We kennen dat ook wel als de Golfstroom.'

'Mijn hemel.'

Daniel stond op het punt naar het Gran Café te gaan om een gloeiend hete koffie verkeerd met een flinke scheut cognac te bestellen, toen er geknars klonk bij de voordeur van Alicia's pand en ze haar naar buiten zagen komen in het gezelschap van een robuuste man met een militair voorkomen.

'Let u op de tarzan die ons feeksje heeft uitgezocht,' zei Fermín.

'Hou op haar zo te noemen. Ze heet Alicia.'

'Eens kijken of we een dezer dagen de puberteit te boven komen, nu u al een pater familias bent. Vooruit, komt u mee.'

'En wat doen we met de ander?'

'De spion? Geen nood. Ik ben op dit moment een meesterplan aan het uitdokteren.'

Alicia en de krachtpatser, overduidelijk lid van het openbaar gezag, sloegen de Calle Fernando in, in de richting van de Ramblas. Volgens plan passeerden Fermín en Daniel de spion, die zich helemaal in de schaduw had teruggetrokken zonder te laten merken of hij hen eigenlijk wel had waargenomen. Op dat uur van de dag was de straat geanimeerder dan gewoonlijk vanwege een contingent Britse matrozen op zoek naar culturele uitwisseling en deze en gene losbol uit de chiquere wijken die naar de ingewanden van de stad was afgedaald om de spijsvertering van zijn onuitsprekelijke slaapkamerlusten te bevorderen. Fermín en Daniel gebruikten de groepen leeglopers als afscherming tot ze bij de arcadebogen aankwamen die naar het Plaza Real voerden.

'Kijk, Daniel, hier hebben u en ik elkaar leren kennen. Weet u nog? De jaren gaan voorbij, maar het ruikt hier nog steeds naar pis. Dat is het eeuwige, het onvergankelijke Barcelona.'

'Nu niet romantisch worden.'

Alicia en de politieman staken het plein over in de richting van de uitgang naar de Ramblas.

'Ze willen een taxi nemen,' concludeerde Fermín. 'Het is het moment om wat ballast af te werpen.'

Ze draaiden zich om en kregen de spion in het oog, die zijn hoofd om een van de zuilen van de galerij stak.

'En wat stelt u voor?' vroeg Daniel.

'U zou naar hem toe kunnen gaan en hem een knietje in de weke delen kunnen geven. Hij is klein en hij heeft er vast niets op tegen.'

'Hebt u een alternatief plan?'

Fermín zuchtte geïrriteerd. Toen viel zijn oog op een politieagent die bedaard patrouilleerde op het plein en vol toewijding het genereuze decolleté van twee prostituees beoordeelde die bij de deuren stonden van Hostal Ambos Mundos.

'Zorgt u ervoor uw engeltje en die grote kerel niet uit het oog te verliezen,' instrueerde Fermín.

'En wat denkt u te gaan doen?'

'Aanschouwt en leert u van de meester.'

Fermín liep haastig op de politieagent af, die hij met militair ceremonieel groette.

'Mijn commandant, ik heb de pijnlijke plicht een misdaad tegen het decorum en het fatsoen te rapporteren.'

'En wat is die misdaad?'

'Ziet Uwe Excellentie die scharminkelige deugniet daar verderop, verstopt in een uitverkoopjas? Ja, die daar, die doet alsof het niet over hem gaat?'

'Dat jochie?'

'Niks jochie. Ontdaan moest ik vaststellen dat hij onder de jas poedelnaakt is en zijn opgeheven piemeltje aan diverse dames heeft laten zien, onder het uiten van smeerlapperijen van opmerkingen die ik nog niet zou durven te herhalen voor een kring straatdeernes.'

De politieagent greep krachtig zijn wapenstok vast.

'Wat zegt u daar?'

'Wat u gehoord hebt. Daar ziet u hem, het uitgekookte varken, op zoek naar nieuwe schanddaden.'

'Nou, die zal ik zeggen waar het op staat!'

De politieagent haalde zijn fluit tevoorschijn en wees op de verdachte met zijn wapenstok.

'U daar! Halt, staan blijven!'

Toen de spion merkte in wat voor netelige positie hij terecht was gekomen, zette hij het op een lopen, de politieagent op zijn hielen. Fermín, tevreden met deze afleidingsmanoeuvre, liet de jacht op de illustere snuffelaar over aan de voorvechter van de veiligheid en de goede zeden en haastte zich om zich weer bij Daniel te voegen, die wachtte bij de taxistandplaats.

'Waar zijn ze?'

'Ze zijn net in een taxi gestapt. Daar gaan ze.'

Fermín duwde Daniel in de volgende taxi. De chauffeur, die jongleerde met een tandenstoker, keek naar ze in het achteruitkijkspiegeltje.

'Naar Pueblo Nuevo ga ik niet,' waarschuwde hij.

'Uw verlies. Ziet u die taxi daar?'

'Die van Cipriano?'

'Die. Volg hem en raak hem niet kwijt. Het is een kwestie van leven of dood, en een goeie fooi.'

De taxichauffeur zette de meter aan en lachte spottend.

'Ik dacht dat zulke dingen alleen in Amerikaanse films gebeurden.'

'Uw gebeden zijn verhoord. Gas erop, maar discreet.'

11

De twintig minuten die het duurde om bij het politiebureau te komen, kwamen hem voor als twintig jaar. Fernandito zat achterin, naast Hendaya, die zwijgend rookte en hem af en toe een glimlachje toewierp en een 'Rustig maar, maak je geen zorgen' dat hem het bloed in de aderen deed stollen. Twee van Hendaya's mannen zaten voorin. Geen van beiden deed tijdens het hele traject zijn mond open. Het was een koude nacht, maar hoewel de auto een koelkast was, voelde Fernandito het zweet over zijn flanken lopen. Hij zag de stad aan zich voorbijtrekken als een verre fata morgana waar hij nooit meer naar terug zou keren. Voetgangers en auto's passeerden op slechts enkele meters afstand, maar leken onbereikbaar. Toen ze bij het kruispunt van Balmes en Gran Vía aankwamen, voelde hij de impuls het rode stoplicht te benutten om het portier open te gooien en het op een lopen te zetten, maar zijn lichaam gehoorzaamde niet. Seconden later, toen de auto weer in beweging kwam, stelde hij vast dat het portier op slot zat. Hendaya klopte hem vriendschappelijk op de knie.

'Rustig maar, Alberto, een minuutje nog.'

Toen ze voor het politiebureau stopten, kwamen een paar agenten die de ingang bewaakten naar hen toe, en na het portier voor Hendaya geopend te hebben en zijn gefluisterde bevelen te hebben aangehoord, grepen ze Fernandito bij de arm en leidden hem naar binnen. De agent op de passagiersstoel stapte niet uit, maar keek hem na, en Fernandito, die zich een moment omdraaide, zag dat hij grijnzend iets zei tegen zijn collega achter het stuur.

Nog nooit was hij op het hoofdbureau van politie aan de Vía Layetana geweest. Fernandito was een van de vele Barcelonezen die aan de overkant gingen lopen en hun pas versnelden zodra ze zich toevalligerwijs in die buurt bevonden en het omineuze gebouw moesten passeren. Binnen was het zo donker en grotachtig als hij het zich had voorgesteld. Terwijl het licht van de straat achter hem verdween, nam hij een vage ammoniaklucht waar. De twee agenten hadden hem vast bij zijn armen, en zijn voeten volgden met een mengeling van trage passen en gesleept worden. De gangen vertakten zich veelvuldig en Fernandito voelde hoe een vraatzuchtig beest zijn darmkanaal opzoog. De echo van stemmen en voetstappen hing in de lucht; een grijs, ijzig schemerduister drong door alles heen. Vluchtige blikken rustten een moment op hem, om zich onmiddellijk weer ongeïnteresseerd af te wenden. Ze sleurden hem over een paar trappen, waarvan Fernandito niet had kunnen zeggen of ze omhoog of omlaag liepen. De gloeilampjes aan het plafond knipperden af en toe, alsof de elektriciteit druppelsgewijs binnenkwam. Ze stapten over de drempel van een deur met een matglazen ruit waar ONDERZOEKSAFDELING op stond.

'Waar gaan we heen?' stotterde hij.

De twee agenten negeerden zijn woorden op dezelfde manier als de andere twee zijn persoon hadden genegeerd tijdens de rit, alsof ze een bundel transporteerden.

Ze namen hem mee door een lugubere zaal met meerdere metalen tafels met geen andere uitrusting dan bureaulampen, die op elke tafel een bubbel gelig licht wierpen. Achteraan wachtte een kantoor met glazen wanden. Erin stonden een bureau van edelhout en twee stoelen. Een van de agenten deed de deur open en beduidde hem naar binnen te gaan.

'Ga daar zitten,' zei hij zonder hem aan te kijken, 'en hou je gedeisd.'

Fernandito deed een paar passen naar voren, de deur ging achter hem dicht. Gehoorzaam nam hij plaats op een van de stoelen en haalde diep adem. Hij keek over zijn schouder en zag dat de twee agenten aan een van de metalen tafels in de zaal waren gaan zitten. De ene bood de andere een sigaret aan. Ze lachten. Je zit tenminste niet in een cel, dacht hij.

Een lang uur ging voorbij, waarin het grootste vertoon van moed dat hij zichzelf toestond na veertig minuten het wisselen van stoel was. Niet in staat om nog een seconde langer op die stoelen, die van minuut tot minuut leken te krimpen, te blijven zitten, stond hij op en, gewapend met iets wat geen moed was maar eerder dicht tegen paniek aan zat, wilde hij net op de glazen wand bonken om zijn onschuld te betuigen en de vergissing op te helderen die hem daar had gebracht, en van de beide agenten te eisen dat ze hem lieten gaan, toen de deur achter hem openging en de figuur van Hendaya zich aftekende in het tegenlicht.

'Mijn excuses voor de vertraging, Alberto. Een kleine administratieve kwestie heeft me opgehouden. Hebben ze je koffie aangeboden?'

Fernandito, die geslikt had als hij had gekund, als zijn mond niet zo zanderig had aangevoeld, ging weer zitten zonder het overeenkomstige bevel af te wachten.

'Waarom ben ik hier?' vroeg hij. 'Ik heb niets gedaan.'

Hendaya glimlachte rustig, alsof de verwarring van de jongen hem enigszins vertederde.

'Niemand zegt dat je iets hebt uitgespookt, Alberto. Wil je echt geen koffie?'

'Ik wil alleen maar dat u me naar huis laat gaan.'

'Natuurlijk. Dadelijk.'

Hendaya pakte de telefoon op het bureau en schoof die naar hem toe. Hij pakte de hoorn eraf en reikte hem aan.

'Vooruit, Alberto, bel je vader om hem te vragen je papieren te brengen en je op te halen. Ik weet zeker dat je familie zich zorgen maakt.'

12

Een wolkenkroon trok aan de bergflank voorbij. In het licht van de koplampen waren de voorname huizen te zien achter de bomen die de straat omhoog naar Vallvidrera omzoomden.

'De Carretera de las Aguas kan ik niet meer in,' waarschuwde de taxichauffeur. 'Sinds vorig jaar is de toegang beperkt tot buurtbewoners en auto's van de gemeente. Je hoeft je snufferd maar om de hoek te steken of er komt al een achter de struiken verstopte politieagent tevoorschijn met het boeteboekje in de hand om een bon uit te schrijven. Maar ik kan u aan het begin afzetten.'

Vargas liet hem een briefje van vijftig peseta zien en de ogen van de chauffeur bleven eraan kleven als vliegen aan stroop.

‘Moet u luisteren, ik heb geen wisselgeld en...’

‘Hebt u ook niet nodig, als u op ons wacht. En de gemeente kan barsten.’

De taxichauffeur snoof, maar schikte zich in de monetaire logica.

‘God zegene u,’ zei hij.

Toen ze bij het begin van de weg kwamen, niet veel meer dan een ongeasfalteerde strook langs het amfitheater van de heuvels, in de kom waarvan Barcelona lag, sloeg de chauffeur af en reed behoedzaam verder.

‘Weet u zeker dat we hier moeten zijn?’

‘Rijdt u nu maar gewoon rechtdoor.’

Het voormalige huis van de familie Mataix lag ongeveer driehonderd meter van de doorgaande weg. Al snel gleden de koplampen aan één kant van de weg langs een halfopen traliehek. Daarachter was een getand profiel van mansardes en torens te zien tussen de overblijfselen van een al te lang aan zijn lot overgelaten tuin.

‘Hier is het,’ zei Alicia.

De taxichauffeur wierp een vluchtige blik op het geheel en keek ze via de achteruitkijkspiegel weinig enthousiast aan.

‘Ik heb zo de indruk dat hier niemand woont.’

Alicia negeerde zijn woorden en stapte uit.

‘U hebt zeker niet toevallig een zaklamp, hè?’ vroeg Vargas.

‘Extra’s zijn niet bij de prijs inbegrepen. Hebben we het nog steeds over tien stuivers?’

Vargas haalde het briefje van vijftig weer tevoorschijn en liet het hem zien.

‘Hoe heet u?’

De pegels in pure staat hadden een hypnotisch effect op de taxichauffeur.

‘Cipriano Ridruejo Cabezas, om u en de taxifederasie te dienen.’

‘Cipriano, dit is uw geluksavond. Hebt u misschien een zaklamp voor de dame, zodat ze niet struikelt en een enkel verstuikt?’

De man boog naar voren om in het handschoenenvakje te duiken en dook weer op met een staafzaklamp van een aanzienlijke omvang. Vargas greep hem en stapte uit de taxi, niet zonder eerst het briefje van vijftig in tweeën te scheuren en de helft aan de taxichauffeur te geven.

‘De andere helft bij de terugweg.’

Cipriano zuchtte en bestudeerde het halve briefje alsof het om een verstreken lotnummer ging.

'Als u terugkeert,' mompelde hij.

Alicia was al door de nauwe doorgang van het hek geglipt. Haar silhouet gleed onder een baan van maanlicht door het onkruid. Vargas, twee of drie keer zo volumineus, worstelde met de roestige spijlen. Aan de andere kant van het hek liep een geplaveide weg om het huis tot aan de hoofdingang. De straatstenen onder zijn voeten waren bedekt met gebladerte. Vargas volgde Alicia door de tuin tot een soort zwevende balustrade aan de rand van de heuvelflank, vanwaar heel Barcelona te zien was. Nog verder lichtte de zee op in het maanlicht als een poel gloeiend zilver.

Alicia bekeek de gevel van het grote huis. De beelden die Vilajuana's relaas in haar hadden opgeroepen, werden voor haar ogen werkelijkheid. Ze stelde zich het huis in betere tijden voor, de zon die de okerkleurige muren liefkoosde en lichtspetters wierp op het waterbekken van de fontein, dat er nu droog en gebarsten bij lag. Ze stelde zich Mataix' dochter Ariadna voor, hoe ze in de tuin speelde, en de schrijver en zijn vrouw die vanuit het grote salonraam naar haar keken. Het huis van de familie Mataix was tot een verlaten mausoleum gereduceerd, de luiken van de ramen wiegend in de wind.

'Een kist van de beste witte wijn als we het nu laten voor wat het is en morgen bij daglicht terugkeren,' stelde Vargas voor. 'Twee, als u me opjut.'

Zij trok de zaklamp uit zijn handen en liep naar de ingang.

De deur was open, op de drempel lagen de resten van een verroest slot. Ze richtte de lichtstraal op de stukken metaal en knielde neer om ze te onderzoeken. Een stuk dat tot het hoofddeel van het slot leek te hebben behoord, onderzocht ze van dichtbij. Het metaal zag eruit alsof het van binnenuit was opengebarsten.

'Een schot direct in het sleutelgat,' oordeelde Vargas achter haar. 'Inbrekers van hoog kaliber.'

'Als het inbrekers waren.' Alicia liet het stuk metaal vallen en stond op.

'Ruikt u hetzelfde als ik?' vroeg Vargas.

Ze knikte slechts en liep de vestibule in, waar ze stilhield voor een wittige marmeren trap die in het donker naar boven liep. Het schijnsel van de zaklamp verdween erin. Bovenin wiegde het skelet van een oude kristallen lamp.

'Ik zou die trap niet vertrouwen,' waarschuwde Vargas.

Trede voor trede uitproberend, liepen ze langzaam omhoog. De lichtstraal van de zaklamp drong zo'n vier of vijf meter door de duisternis, ging dan over in een bleek schijnsel en verzonk in het donker. De stank die ze hadden opgemerkt bij het naar binnen gaan, was er nog steeds, maar naarmate ze hoger kwamen, streek des te krachtiger een vochtig-koude bries, die van de bovenverdieping leek te komen, over hun gezicht.

Op de eerste verdieping aangekomen, stonden ze voor een galerij vanwaaruit een lange gang liep; aan het einde filterde maanlicht door een rij vensters. De meeste deuren waren uit de scharnieren gelicht, de kamers waren ontdaan van meubels en gordijnen. Ze liepen door de gang en keken in al die dode ruimtes. De vloer was bedekt met een laag stof en zand, een asgrijs tapijt dat onder hun voeten knerpte. Alicia richtte de zaklantaarn op een spoor van voetstappen dat verdween in de schaduw.

'Die zijn nog vers,' fluisterde ze.

'Waarschijnlijk een bedelaar, of een boef die naar binnen is geglipt om te zien of er nog iets van zijn gading was,' zei Vargas.

Alicia sloeg geen acht op zijn woorden en volgde het spoor. Via de galerij liepen ze naar de zuidwesthoek van het huis, waar het spoor verdween. Op de drempel van de slaapkamer die duidelijk de belangrijkste moest zijn geweest, die van het echtpaar Mataix, bleef ze staan. Er stond zo goed als niets meer in en inbrekers hadden zelfs het behang van de muren getrokken. De plafondbetimmering begon al enigszins door te buigen, waardoor een deel ervan eruitzag als een uitgetrokken balg en een vals perspectief opriep en de illusie creëerde dat de kamer dieper was dan hij in werkelijkheid was. Achterin was het zwarte gat van de kast te zien waarin Mataix' echtgenote zich tevergeefs met haar dochters had verstopt om ze te beschermen. Alicia bespeurde een zweem van misselijkheid.

'Hier is niets meer,' merkte Vargas op.

Alicia liep terug naar de galerij. De stank nam weer toe, een geur van rotting die uit de ingewanden van het huis leek op te stijgen. Langzaam liep ze de trap af, Vargas' voetstappen achter zich. Op weg naar de voordeur registreerde ze een beweging rechts van haar, en ze bleef staan. Toen liep ze naar de deuropening van een salon met brede ramen. Een deel van de houten vloerdelen was eruit gerukt en tussen de resten van een geïmproviseerd vuur waren verkoolde stoelpoten en zwartgeblakerde boekruggen te herkennen.

Achter in de ruimte wiegde een houten plaat heen en weer, waarachter een zwarte schacht zich opende. Vargas bleef naast haar staan en trok zijn revolver. Heel langzaam naderden ze de plaat, ieder aan een kant. Bij de wand aangekomen duwde Vargas de deur die in het houtwerk gevat zat open en hij knikte. Alicia richtte de lichtstraal van de zaklamp naar beneden. Een lange trap voerde naar de kelder van het huis. Ze nam een vanuit de diepte opstijgende luchtvlaag waar, doordrenkt van de stank van aas, en hield een hand voor haar mond en neus. Vargas knikte opnieuw en ging voor. Tastend langs de muren en elke trede trachtend niet een misstap te maken en in de diepte te storten, daalden ze langzaam af.

Aan de voet van de trap bleken ze zich in een soort gewelf te bevinden dat de complete oppervlakte van het huis besloeg. Langs het gewelf liep een rij horizontale ramen, waardoor spoortjes vaal licht drongen die gevangen werden in een stinkende, dampende uitwaseming die opsteeg van de vloer. Alicia wilde een stap naar voren doen, maar Vargas hield haar tegen. Toen pas besefte ze dat wat zij voor een gladde tegelvloer had aangezien, in werkelijkheid water was. Het ondergrondse zwembad van de Suikerbaron had zijn smaragdgroene kleur lang geleden verloren en vormde nu een zwarte spiegel. Ze naderden de rand en Alicia liet de lichtstraal over de oppervlakte glijden. Een net van groenige algen bewoog eronder. De stank kwam daarvandaan. Ze wees op de bodem van het zwembad.

'Daarbeneden is iets.'

Ze hield de zaklamp dichter bij het water, dat nu spookachtig licht werd.

'Ziet u het?' vroeg ze.

Op de bodem bewoog zachtjes een zwartige massa. Vargas keek om zich heen en zag de steel van een hark of een bezem die gediend had om het zwembad mee schoon te maken. Hij stak de steel in het water en probeerde bij de donkere vorm te komen. Bij het aanraken draaide de vorm om zijn as en leek uiterst traag open te vouwen.

'Voorzichtig,' waarschuwde Vargas.

Hij voelde dat het metalen stuk van de steel op iets stevigs stuitte en bewoog hem krachtig. De schaduw steeg langzaam vanaf de zwembadbodem omhoog. Alicia deed een paar passen terug. Vargas besefte als eerste waarom het ging.

'Kijkt u maar liever niet,' mompelde hij.

Als eerste herkende Alicia het pak, want ze had hem vergezeld op de dag dat hij het in een kleermakerij aan de Gran Vía had gekocht. Het gezicht dat boven water kwam was krijtwit, de ogen twee gepolijste marmeren ovalen, rondom de pupillen een web van haarvaatjes dat donkere lijnen trok. Het litteken op de wang – dat voor Alicia's rekening kwam – was een paarse lijn geworden en lichtte op als een brandmerk. Het hoofd bewoog opzij, zodat de diepe snede in zijn hals zichtbaar werd.

'Lomana,' stamelde ze.

Toen ze haar ogen weer opende, was het lichaam aan het zinken, bleef vervolgens in het water zweven en draaide om zijn eigen as, de armen tot een kruis uitgespreid. Alicia keerde zich naar Vargas, die haar geconsterneerd aankeek.

'Vilajuana zei dat hij hem hiernaartoe had gestuurd,' zei Alicia. 'Iemand moet hem zijn gevolgd.'

'Of misschien trof hij iets aan wat hij niet had verwacht.'

'We kunnen hem niet achterlaten. Niet zo.'

'Daar zorg ik voor. Maar ondertussen verdwijnen we hier,' zei hij, en hij nam haar bij de arm en leidde haar zachtjes naar de trap.

'Dat lichaam ligt hier al minstens twee of drie weken, Alicia. Lang voor u naar Barcelona kwam.'

Ze sloot haar ogen en knikte.

'Dat betekent dat wie het ook was die uw huis binnendrong en het boek stal, niet Lomana was.'

'Ik weet het.'

Ze wilden net de trap weer op lopen, toen Vargas stokstijf bleef staan en haar tegenhield. Krakende voetstappen op de verdieping boven hen echoden in het gewelf. Vargas volgde het geluid van de voetstappen met een ondoordringbare blik.

'Dat is er meer dan één,' zei hij met nauwelijks hoorbare stem.

Een ogenblik leken de voetstappen te stoppen, om daarna te verdwijnen. Alicia wilde opnieuw de trap op lopen, toen ze boven weer geluid hoorden. De trap kraakte en de echo van een stem klonk. Ze wisselden een blik. Alicia knipte de zaklamp uit. Ze gingen allebei aan een kant van de onderste traptrede staan, in de schaduw. Vargas hield de loop van zijn wapen op het einde van de trap gericht en spande de haan. De voetstappen kwamen nu dichterbij en kort daarop tekende zich een silhouet af op de laatste trede. Voordat die persoon nog een stap kon doen, zette Vargas de revolverloop tegen de slaap van de vreemde, bereid om zijn hoofd aan gort te schieten.

13

Het contact van een vuurwapen op de huid was als pudding uit een zakje: iets waar Fermín nooit aan zou wennen, hoewel hij het talloze malen had meegemaakt.

'Om met de deur in huis te vallen, we komen met vreedzame bedoelingen,' bracht hij uit met gesloten ogen en opgeheven handen als teken van onvoorwaardelijke overgave.

'Fermín, bent u het?!' vroeg Alicia perplex.

Nog voor hij antwoord kon geven, verscheen Daniel op de drempel en bleef als versteend staan bij het zien van het wapen dat Vargas nog steeds tegen het hoofd van zijn vriend drukte. Vargas snoof en liet het wapen zakken. Fermín liet een angstige zucht horen.

'Mag ik weten wat u hier in godsnaam doet?' vroeg Alicia.

'Kijk aan, het is alsof u mijn gedachten hebt gelezen,' antwoordde Fermín.

Alicia trotseerde de beschuldigende blikken van Daniel en Fermín en overwoog haar mogelijkheden.

'Ik zei het u toch, Daniel,' foeterde Fermín. 'Kijk haar dan, hoe ze kwaad in de zin heeft, perfide *lamia* die ze is.'

'Wat is in vredesnaam een lamia?' vroeg Vargas.

'De heer kanonnier moet zich niet beledigd voelen, maar als u minder met het wapen zou zwaaien en wat vaker in een woordenboek zou bladeren, had u dat wellicht niet hoeven vragen,' snibde Fermín.

Vargas deed een stap naar voren en Fermín deed er vijf naar achteren. Alicia hief haar handen als teken van wapenstilstand.

'Ik geloof dat u ons een verklaring schuldig bent, Alicia,' zei Daniel.

Ze keek hem strak in de ogen en knikte, terwijl ze naar zo'n zachte blik overschakelde dat hij het wantrouwen van de hele wereld had kunnen wegvegen. Fermín gaf Daniel een por met zijn elleboog.

'Daniel, hou de bloedsomloop boven de nek en laat u niet inpalmen.'

'Niemand wil hier iemand inpalmen, Fermín,' zei Alicia.

'Dat moet u tegen dat drijvende lijk zeggen,' prevelde Fermín, wijzend op het troebele zwembadwater. 'Een bekende van u?'

'Voor alles hier is een verklaring,' begon Alicia.

'Alicia,' maande Vargas.

Ze maakte een verzoenend gebaar en liep op Fermín en Daniel toe.

'Helaas is dat niet een eenvoudige verklaring.'

'Geeft u ons een kans. We zijn behoorlijk veel minder dom dan we lijken, ondergetekende althans, want mijn vriend Daniel hier is nog strijd aan het leveren om de puberteit te boven te komen.'

'Laat haar spreken, Fermín,' onderbrak Daniel hem.

'De cobra's die ze in de dierentuin houden hebben minder giftige tongen.'

'Waarom vertrekken we niet eerst naar een plek waar we rustig kunnen praten?' stelde Alicia voor.

Vargas prevelde iets binnensmonds en gaf te verstaan dat hij het voorstel afkeurde.

'En hoe weten we dat het niet een valstrik is?' vroeg Fermín achterdochtig.

'Omdat u de plek uitkiest,' zei Alicia.

Daniel en Fermín wisselden een blik.

Ze doorkruisten de tuin en keerden terug naar de taxi, waar Cipriano zich had overgegeven aan een wolk van Celtas-sigaretten zonder filter en een diepgravende radiodiscussie over de essentiële kwesties voor de burgers: de voetballiga en de groei van een knobbel op de linkervoet van Kubala met het oog op de wedstrijd Madrid-Barcelona aanstaande zondag. Vargas nam, uit volumetechnisch oogpunt, plaats op de passagiersstoel, en de anderen drukten zich zo goed en zo kwaad als het ging samen op de achterbank.

'Was u niet met zijn tweeën?' informeerde de taxichauffeur, zich bezorgd afvragend of hij het niet een beetje te bont had gemaakt met zijn Celtas.

Vargas antwoordde met een grom. Alicia had zich teruggetrokken in haar geheimen – waarschijnlijk om het geweldige sprookje uit te denken dat ze hun in de maag ging splitsen, vermoedde Fermín. Zijn vriend Daniel leek te zeer verblind door het contact dat de dij van de listige jongedame maakte met zijn rechterbeen om welke gedachte of welk woord dan ook te articuleren. Concluderend dat slechts hij de controle behield over al zijn vermogens en inzicht, nam Fermín het woord en deelde de navigatie-instructies mee.

'Chef, weest u zo goed om ons naar El Raval te rijden en ons af te zetten bij Can Lluís.'

Puur het noemen van zijn favoriete restaurant in het hele bekende universum en zijn mentale toevluchtsoord tijdens momenten van zorg gaf hem zijn vitale veerkracht terug, want geharrewar met wetshandhavers die zijn hoofd eraf wilden knallen, maakte hem altijd woest hongerig. Cipriano reed in zijn achteruit tot aan de Carretera de Vallvidrera en daalde af naar het aan de voet van de heuvel liggende Barcelona. Tijdens de rit bergafwaarts in de richting van Sarrià bestudeerde Fermín heimelijk de nek van de persoon in de passagiersstoel, die Alicia zich had aangemeten bij wijze van escorte en brute kracht. Van top tot teen rook hij naar politie, en van kaliber. Vargas voelde blijkbaar Fermíns blik als een dikke naald in zijn nek: hij draaide zich om en wierp op zijn beurt een blik op Fermín, van het soort waarbij het de ongelukkigen dun door de broek liep wanneer ze onderweg waren naar de nor. Dit mannetje, dat Alicia Fermín noemde, leek hem ontsnapt uit een apocriefe romance van *Lazarillo van Tormes*.

'Laat u zich niet misleiden door mijn uiterlijk van teer poppetje,' zei het mannetje. 'Alles wat u ziet zijn spieren en vechtinstinct. Ziet u mij maar als een ninja in burger.'

'Fermín, is het niet?'

'En wie stelt deze vraag?'

'Noemt u mij Vargas.'

'Luitenant?'

'Kapitein.'

'Ik hoop dat Uwe Excellentie geen bezwaren heeft van het religieuze soort tegen een goed maal en de Catalaanse keuken,' zei Fermín.

'Geen enkel. En de eerlijkheid gebiedt me te zeggen dat ik behoorlijke trek heb. Is dat Can Lluís goed?'

'Subliem. Als de dij van Rita Hayworth in netkousen.'

Vargas glimlachte.

'De twee heren hebben al vriendschap gesloten,' zei Alicia. 'Wat maag en schaamdelen dicteren verenigt de heren.'

'Let u maar niet op haar, Fermín. Alicia eet nooit, althans geen vast voedsel,' legde Vargas uit. 'Ze voedt zich door de zielen van de argelozen leeg te slurpen.'

Huns ondanks wisselden Fermín en Vargas een glimlach van verstandhouding.

'Hebt u dat gehoord, Daniel?' liet Fermín vallen. 'Bevestigd door de politieleiding in de rang van kapitein.'

Alicia draaide zich om en zag dat Daniel haar zijdelings bekeek.

'Domme woorden verdienen Oost-Indisch dove oren,' zei ze.

'Weest u niet bevreesd, ik geloof niet dat hij behalve dat leegslurpen nog iets anders heeft geregistreerd,' merkte Fermín op.

'Waarom houdt niet iedereen zijn mond en leggen we deze weg in vrede af?' suggereerde Daniel.

'Het zijn de hormonen,' verontschuldigde Fermín hem. 'De jongen is nog in de groei.'

En zo arriveerden ze, allen gehuld in hun zwijgen en overgeleverd aan de radio met het epische relaas over de voetballiga, bij de deuren van Can Lluís.

14

Fermín stapte uit de taxi als een hongerige drenkeling die de kust bereikt na zich weken vastgeklampt te hebben aan een stuk drijfhout. De waard van Can Lluís, een oude vriend van hem, ontving hem met een omhelzing en groette Daniel hartelijk. Toen hij Vargas en Alicia in de gaten kreeg, bekeek hij ze argwanend, maar Fermín fluisterde hem iets in het oor en hij knikte en nodigde hen uit verder te komen.

'Vandaag nog hebben we het met professor Alburquerque bij het middageten over u gehad en ons afgevraagd in wat voor avonturen u nu weer verstrikt zou zijn.'

'Niets, onbeduidende huiselijke aangelegenheden. Ik ben niet meer de persoon van weleer,' zei Fermín.

'Als het u wat lijkt, geef ik u de tafel daar achterin, daar is het het rustigst...'

Ze installeerden zich in een hoek van het restaurant, Vargas koos instinctief de stoel met zicht op de ingang.

'Wat wenst u?' vroeg de waard.

'Verrast u ons, mijn vriend. Ik heb al gegeten deze avond, maar door alle emoties zal ik geen nee zeggen tegen een fijn avondlijk hapje, en de kapitein hier ziet eruit alsof hij alleen gevangeniskost kent. De jonkies kunt u limonade brengen en dan zien we hoe ze zich daarmee redden, braaf als ze zijn,' gaf Fermín aan.

'Een glas witte wijn voor mij, alstublieft,' vroeg Alicia.

'Ik heb een uitstekende penedès.'

Ze knikte.

'Ik breng u dus wat tapaatjes en als u meer wilt, zegt u het maar.'

'Die motie is unaniem aangenomen,' verklaarde Fermín.

De waard vertrok met de bestelling naar de keuken en liet ze achter in een stroperige stilte.

'U zei, Alicia?' nodigde Fermín uit.

'Wat ik u ga vertellen moet onder ons blijven,' waarschuwde ze.

Daniel en Fermín keken haar strak aan.

'U zult me uw woord moeten geven,' hield Alicia aan.

'Het woord wordt gegeven aan wie het verdient,' zei Fermín. 'En u, met alle respect, hebt ons op dit moment nog geen enkel bewijs gegeven dat dat het geval is.'

'U zult me moeten vertrouwen.'

Fermín wisselde een blik met Vargas. Die haalde zijn schouders op.

'Mij moet u niet aankijken,' voerde hij aan. 'Een paar dagen geleden zei ze hetzelfde tegen mij en hier zit ik dan.'

Al vlot dook er een kelner met een dienblad op, die wat gerechtjes, brood en wijn op tafel zette. Fermín en Vargas vielen acuut aan, terwijl Alicia kalm van haar glas witte wijn nipte en een sigaret rookte. Daniel begroef zijn blik in de tafel.

‘Wat denkt u ervan?’ vroeg Fermín.

‘Geweldig. Om de doden mee tot leven te wekken.’

‘Wel, kapitein, probeert u dan deze fricandeau eens, u gaat hier de “Virolai” zingend weer weg.’

Daniel keek hoe die twee figuren die niet verschillender hadden kunnen zijn, alles wat hun werd voorgezet verslonden alsof ze leeuwen tijdens de jacht waren.

‘Hoe vaak kunt u eten, Fermín?’

‘Zo vaak als het me wordt voorgezet. Deze jonge mensen die de oorlog niet aan het front hebben meegemaakt, kunnen dat niet begrijpen, kapitein.’

Vargas knikte en likte zijn vingers af. Alicia, die het spektakel bijwoonde met de berustende blik van iemand die wacht tot de regen afneemt, gebaarde de kelner om haar nog een glas wijn in te schenken.

‘Stijgt u dat niet naar het hoofd als u er geen vastigheid bij neemt?’ vroeg Fermín, die zijn bord schoonveegde met een groot stuk brood.

‘Het stijgen baart me geen zorgen, voor mij is het voldoende dat het me niet in mijn tenen zakt.’

Met de koffie en een batterij borreltjes voor zich leunden Fermín en Vargas met een tevreden blik achterover in hun stoel en Alicia drukte haar sigaret uit in de asbak.

‘Hoe het u vergaat weet ik niet, maar ík ben een en al oor,’ zei Fermín.

Alicia boog naar voren en dempte haar stem.

‘Ik neem aan dat u allen weet wie minister Mauricio Valls is.’

‘Vriend Daniel van horen zeggen,’ gaf Fermín boosaardig glimlachend aan, ‘terwijl ik zo mijn akkefietjes met hem heb gehad.’

‘Dan moet het u opgevallen zijn, als u hebt opgelet, dat hij al langere tijd niet meer in het openbaar is gezien.’

‘Nu dat u het zegt,’ zei Fermín. ‘Hoewel de eigenlijke expert in de kwestie-Valls Daniel hier is, die in zijn vrije tijd naar het archief van het Athenaeum gaat om het leven en de wonderen van deze vooraanstaande man te onderzoeken, een oude bekende van de familie.’

Alicia wisselde een blik met Daniel.

‘Nu ongeveer drie weken geleden verdween Mauricio Valls uit zijn woning in Somosaguas zonder een spoor achter te laten. Hij vertrok in de vroege ochtend in het gezelschap van het hoofd van zijn lijfwacht in een auto, die na enkele dagen werd gevonden in Barcelona. Sindsdien heeft niemand hem meer gezien.'

Alicia zag hoe een golf troebele emoties Daniels ogen deed oplichten.

'Het politieonderzoek wijst uit dat Valls het slachtoffer zou zijn geweest van een samenzwering, die zogenaamd diende om de frauduleuze transacties met de aandelen van een bank te wreken.'

Daniel keek haar stomverbaasd en met stijgende verontwaardiging aan.

'Wanneer u zegt "onderzoek", kwam Fermín tussendoor, 'aan wie refereert u dan?'

'De hoofddirectie van de centrale politie en andere instellingen van de openbare orde.'

'Kapitein Vargas kan ik weliswaar in die functie plaatsen, maar u, eerlijk gezegd niet.'

'Ik werk, of liever gezegd werkte, voor een van de diensten die de politie hebben ondersteund bij dit onderzoek.'

'Bezit die dienst een naam?' vroeg Fermín sceptisch. 'Want u ziet er niet uit als een guardia civil.'

'Nee.'

'Ik begrijp het. En de overledene van wie we het genoegen hebben gehad hem te zien drijven vanavond?'

'Een oud-collega van mij.'

'Ik neem aan dat het de droefheid is die u van uw eetlust heeft beroofd.'

'Dit hangt allemaal van leugens aan elkaar,' kwam Daniel tussenbeide.

'Daniel,' zei Alicia terwijl ze verzoenend een hand op de zijne legde.

Hij trok zijn hand terug en richtte zich fel tot haar.

'Waarom doet u zich dan voor als een oude vriendin van de familie door de boekhandel, mijn vrouw en mijn zoon te bezoeken en zo mijn gezin binnen te dringen?'

'Daniel, het is ingewikkeld, sta mij toe dat...'

'Is Alicia uw echte naam? Of hebt u die geleend uit een oude herinnering van mijn vader?'

Nu was het Fermín die haar aanstaarde, alsof hij tegenover een spook uit zijn verleden zat.

'Ja. Mijn naam is echt Alicia Gris. En ik heb niet gelogen over wie ik ben.'

'Alleen over al het andere,' riposteerde Daniel.

Vargas bleef stil en liet Alicia het woord doen. Ze zuchtte, toonde een overtuigende beteuterdheid en een schuldbewustheid die Vargas niet één seconde voor echt hield.

'In de loop van het onderzoek vonden we aanwijzingen dat Mauricio Valls contact had gehad met uw moeder, doña Isabella, en met een ex-gevangene van Montjuïc, David Martín genaamd. De reden dat ik u bij de zaak heb betrokken, is dat ik bepaalde verdenkingen moest uitsluiten en me ervan moest verzekeren dat de familie Sempere niets van doen had gehad met...'

Daniel liet een bitter lachje ontsnappen en keek Alicia met diepe minachting aan.

'U moet wel denken dat ik een idioot ben. En dat moet ik ook wel zijn, omdat ik me tot nu toe niet had gerealiseerd wie u bent, Alicia, of hoe voor de duivel u ook heet.'

'Daniel, alstublieft.'

'Raak me niet aan.'

Hij stond op en liep naar de uitgang. Alicia zuchtte en verborg haar gezicht in haar handen. Ze zocht steun in Fermíns blik, maar het mannetje keek naar haar alsof ze een op heterdaad betrapte zakkenrolster was.

'Als eerste poging vind ik het allemaal vrij zwakjes,' oordeelde hij. 'Ik geloof dat u ons nog steeds een uitleg bent verschuldigd, en nu nog meer dan eerst gezien het verhaaltje dat u ons op de mouw wilde spelden. En dat zonder mee te rekenen wat u mij verschuldigd bent. Als u werkelijk Alicia Gris bent.'

Ze glimlachte terneergeslagen.

'Herinnert u zich mij werkelijk niet, Fermín?'

Die keek haar aan alsof ze een geest was.

'Ik weet niet meer wat ik me herinner. Bent u uit de dood herrezen?'

'Zo zou je het kunnen zien.'

'En waarvoor?'

'Ik probeer u slechts te beschermen.'

‘Dat zou nu toch niemand zeggen.’

Alicia stond op en keek naar Vargas, die knikte.

‘Gaat u maar achter hem aan,’ zei de politieman. ‘Ik bekommer me om Lomana en licht u in zodra ik kan.’

Alicia knikte en vertrok, op zoek naar Daniel. Fermín en Vargas bleven alleen achter en keken elkaar zwijgend aan.

‘Ik geloof dat u te hard voor haar bent,’ zei Vargas ten slotte.

‘Hoe lang kent u haar al?’

‘Een paar dagen.’

‘Vindt u dat u in de omstandigheden verkeert om te bevestigen dat ze een levend wezen is en niet een geest?’

‘Ik geloof dat ze dat alleen maar lijkt,’ zei Vargas.

‘Drinken, wat je noemt drinken, doet ze als een spons, dat is waar,’ gaf Fermín toe.

‘U hebt geen idee.’

‘Een koffietje met whisky voor u naar het horrorhuis terugkeert?’ bood Fermín aan.

Vargas knikte.

‘Hebt u gezelschap of logistieke steun nodig bij de berging van het lijk?’

‘Dat stel ik op prijs, Fermín, maar dit kan ik beter alleen afhandelen.’

‘Vertelt u mij dan eens, en houdt u mij alstublieft niet voor de gek, want u en ik hebben te veel stierengevechten meegemaakt om nog voor banderillero te spelen. Ligt het aan mij of stinkt dit hele zaakje nog veel erger dan het nu al doet?’

Vargas aarzelde en gaf ten slotte toe: ‘Veel erger.’

‘Aha. En die drekkige Valls, leeft die nog of brengt hij al giftige stokrozen voort?’

Vargas, die leek te zijn overvallen door een in al die dagen opgehoopte vermoeidheid, keek hem verslagen aan.

‘Dat, beste man, is geloof ik het minst belangrijke.’

15

In de verte was Daniels gestalte te zien, een schaduw in de beschutting van de straatlantaarns en stegen van El Raval. Alicia liep zo snel ze kon. Maar al snel ontwaakte de pijn in haar heup. Naarmate ze harder vocht om de afstand tot Daniel te verkleinen, voelde ze haar ademhaling moeizamer worden, en een steek van pijn doorboorde haar botten. Toen hij bij de Ramblas kwam, draaide hij zich om en wierp haar een woedende blik toe.

'Daniel, alstublieft, wacht op mij,' riep Alicia, en ze klampte zich vast aan een lantaarnpaal.

Hij negeerde haar en ging er met rasse schreden vandoor. Ze sleepte zich zo goed en zo kwaad als het ging achter hem aan. Zweet parelde op haar voorhoofd en haar hele zij voelde nu als een vurige open wond.

Op de hoek van de Calle Santa Ana keek Daniel over zijn schouder. Alicia was er nog, maar liep kreupel, wat hem van zijn stuk bracht. Hij stond even stil om haar te observeren en hij zag haar wenken en zijn aandacht trekken. Daniel vloekte binnensmonds. Hij wilde net de laatste meters naar zijn huis afleggen, toen hij haar zag vallen, alsof er iets in haar was gebroken. Hij wachtte even, maar ze stond niet op. Aarzelend liep hij naar haar toe, en hij zag dat ze zich op de grond wentelde in pijn. Hij zag in het licht van de lantaarn haar met zweet bedekte voorhoofd en van pijn vertrokken gezicht. Hij voelde de impuls om haar simpelweg daar aan haar lot over te laten, maar liep toen toch naar haar toe en knielde naast haar neer. Alicia keek naar hem op terwijl de tranen over haar wangen liepen.

'Bent u theater aan het spelen?' vroeg hij.

Ze stak haar hand naar hem uit, die hij vastpakte om haar te helpen overeind te komen. Alicia's lichaam trilde van de pijn onder zijn handen en Daniel voelde een steek van wroeging.

'Wat is er met u aan de hand?'

'Oud letsel,' zei Alicia hijgend. 'Ik moet gaan zitten, alstublieft.'

Daniel ondersteunde haar bij haar middel en begeleidde haar naar een café aan het begin van de Calle Santa Ana dat altijd laat sloot. De kelner kende hem en Daniel wist dat de hele buurt de volgende dag uitvoerig bericht zou krijgen dat hij tegen middernacht was opgedoken met een juffertje van troebele bekoringen in zijn armen. Hij nam Alicia mee naar een tafeltje bij de ingang en hielp haar te gaan zitten.

'Water,' fluisterde ze.

Daniel liep naar de toog en richtte zich tot de kelner: 'Geef me een glas water, Manuel.'

'Alleen water?' vroeg de man met een samenzweerderige knipoog.

Daniel putte zich niet uit in verklaringen en keerde naar de tafel terug met een fles water en een glas. Alicia had een metalen pillendoosje in de hand en probeerde het tevergeefs te openen. Hij deed het voor haar open. Met wat water, dat gedeeltelijk langs haar kin liep, haar hals over, slikte ze twee pillen door. Bezorgd en radeloos keek Daniel naar haar. Ze deed haar ogen open en trok een zweem van een glimlach.

'Het gaat zo beter met me,' zei ze.

'Misschien werkt het sneller als u er iets bij eet.'

Alicia schudde haar hoofd.

'Een glas witte wijn, alstublieft.'

'Wilt u zeggen dat het een goed idee is om alcohol te mengen met die...?'

Ze knikte, en Daniel ging op zoek naar de wijn.

'Manuel, een glas witte wijn en iets te eten.'

'Ik heb hamkroketjes om je vingers bij af te likken.'

'Wat dan ook.'

Terug bij de tafel stond Daniel erop dat Alicia anderhalf kroketje at bij de wijn en die witte tabletten. Stukje bij beetje kreeg ze de controle over zichzelf weer terug, en ze glimlachte naar hem alsof er niets was gebeurd.

'Het spijt me dat u me zo hebt moeten zien,' zei ze.

'Voelt u zich nu beter?'

Ze knikte, hoewel haar ogen een glazige, vloeibare kleur hadden aangenomen, alsof een deel van haar heel ver weg was.

'Dit verandert echter niets,' waarschuwde Daniel.

'Dat begrijp ik.'

Hij registreerde dat ze de woorden slepend uitsprak.

'Waarom hebt u tegen ons gelogen?'

'Ik heb niet gelogen.'

'Noemt u het hoe u wilt. U hebt me slechts een deel van de waarheid verteld, wat op hetzelfde neerkomt.'

'De waarheid ken ik zelf niet eens, Daniel. Nog niet. En al zou ik willen, dan zou ik haar niet kunnen onthullen.'

Zijns ondanks was hij geneigd haar te geloven. Het stond nog te bezien of hij niet een nog grotere sukkel was dan Fermín aannam.

'Maar ik kom er nog wel achter,' zei Alicia. 'Ik ga deze zaak tot op de bodem uitzoeken en ik verzeker u dat ik niets zal verbergen.'

'Laat me u dan helpen. In mijn eigen belang.'

Alicia weigerde.

'Ik weet dat Mauricio Valls mijn moeder heeft vermoord,' zei Daniel. 'Ik heb alle recht van de wereld hem in het gezicht te kijken en te vragen waarom. Meer dan u en Vargas.'

'Dat is zeker waar.'

'Laat me u dan helpen.'

Alicia glimlachte teder naar hem, en Daniel keek weg.

'U kunt me helpen door ervoor te zorgen dat uw gezin en uzelf niets overkomt. Vargas en ik zijn niet de enigen die dit spoor volgen. Er zijn andere mensen, gevaarlijke lui.'

'Ik ben niet bang.'

'Dat is wat me zorgen baart, Daniel. U moet bang zijn. Heel bang. En laat u mij doen waar ik goed in ben.'

Alicia zocht zijn blik en pakte zijn hand.

'Ik zweer op mijn leven dat ik Valls zal vinden en ervoor zal zorgen dat u en uw familie niets overkomt.'

'Ik wil niet veilig zijn. Ik wil de waarheid weten.'

'Wat u wilt, Daniel, is wraak.'

'Dat is mijn zaak. En als u niet vertelt wat er werkelijk aan de hand is, ga ik het op eigen houtje uitzoeken. Ik meen het.'

'Ik weet het. Mag ik u om een gunst vragen?'

Daniel haalde zijn schouders op.

'Geeft u me vierentwintig uur. Ik beloof u bij alles wat u lief is dat als ik dit geval niet in vierentwintig uur heb opgelost, ik zal vertellen wat ik weet.'

Hij keek haar achterdochtig aan.

'Vierentwintig uur,' gaf hij ten slotte toe. 'Ik moet u op mijn beurt ook om een gunst vragen.'

'Zeg het maar.'

'Vertelt u mij waarom Fermín zegt dat u hem een verklaring verschuldigd bent. Een verklaring waarvoor?'

Ze sloeg haar ogen neer.

'Jaren geleden, toen ik nog een kind was, heeft hij mijn leven gered. Het was tijdens de oorlog.'

'Weet hij dat?'

'Als hij het niet weet, vermoedt hij het op zijn minst. Hij dacht dat ik dood was.'

'Is het letsel dat u hebt van toen?'

'Ja,' antwoordde ze, op een manier die hem deed denken dat dat slechts een van de vele verwondingen was die ze verborg.

'Fermín heeft mij ook gered,' zei Daniel. 'Heel vaak.'

Ze glimlachte.

'Soms schenkt het leven ons een beschermengel.'

Alicia maakte aanstalten om op te staan. Daniel liep om het tafeltje heen om haar te helpen, maar ze hield hem tegen.

'Ik kan het alleen, dank u.'

'Weet u zeker dat die pillen u niet een beetje...?'

'Maakt u zich geen zorgen. Ik ben een grote meid. Kom, ik begeleid u naar uw huis. Het ligt op de route.'

Ze liepen naar de deur van de oude boekhandel. Daniel haalde de sleutel tevoorschijn. Zwijgend keken ze elkaar aan.

'Ik heb uw woord,' zei Daniel.

Ze knikte.

'Goedenacht, Alicia.'

Ze bleef hem onbeweeglijk staan aankijken met die glazige blik waarvan Daniel niet wist of hij die aan het medicijn moest toeschrijven of aan de bodemloze put die hij achter de groene ogen vermoedde. Toen hij aanstalten maakte om naar binnen te gaan, ging Alicia op haar tenen staan en bracht haar lippen naar de zijne. Hij wendde zijn gezicht af en de kus beroerde zijn wang. Zonder een woord te zeggen draaide Alicia zich om en liep weg, haar gestalte versmolt met de duisternis.

Bea had ze vanuit het raam geobserveerd. Ze had ze het café uit zien lopen en naar de voordeur zien wandelen op het moment dat de middernachtelijke klokslagen over de daken van de stad klonken. Toen Alicia dicht bij Daniel ging staan en hij, verloren in haar blik, roerloos bleef staan, voelde Bea hoe haar maag zich samentrok. Ze zag hoe Alicia op haar tenen ging staan en hem op de lippen wilde kussen. Op dat moment wendde ze haar blik af.

Heel langzaam liep ze naar de slaapkamer. Bij de kamer van Julián, die diep in slaap was, bleef ze even staan. Ze liet de deur op een kier en liep door naar de slaapkamer, waar ze in bed glipte en wachtte tot ze de deur hoorde. In de gang klonken heel zachtjes Daniels voetstappen. Bea bleef liggen in het schemerduister, de blik gericht op de wolkeloze hemel. Ze hoorde hoe Daniel zich aan het voeteneinde van het bed uitkleedde en de pyjama aantrok die ze voor hem op de stoel had gelegd. Ze voelde hoe zijn lichaam tussen de lakens gleed. Toen ze haar ogen opendeed, zag ze dat Daniel met zijn rug naar haar toe lag.

'Waar was je?' vroeg ze.

'Met Fermín.'

16

Hendaya bood hem een sigaret aan, maar Fernandito weigerde.

'Ik rook niet, dank u.'

'Wijze man. Daarom begrijp ik maar niet waarom je je vader niet belt om hem te vragen je te komen halen en je legitimatiebewijs mee te nemen, dan is dat ook allemaal weer opgelost. Of verberg je iets voor me?'

Fernandito schudde zijn hoofd. Hendaya glimlachte kameraadschappelijk en Fernandito herinnerde zich dat hij een paar uur eerder had gezien hoe hij de knieën van de chauffeur aan flarden had geschoten. De donkere vlek op het hemdboord zat er nog steeds.

'Ik verberg niets, meneer.'

'Dus?'

Hendaya schoof de telefoon naar hem toe.

'Een telefoontje en je bent vrij.'

Fernandito slikte.

'Ik zou u willen vragen me niet te dwingen dat telefoontje te plegen. Met goede reden.'

'Een goede reden? En welke mag dat zijn, vriend Alberto?'

'Mijn vader, die ziek is.'

'Ach, ja?'

'Aan zijn hart. Een paar maanden geleden had hij een infarct, en ze hebben hem een paar weken in het Hospital Clínico gehouden. Nu is hij thuis, aan het herstellen, maar hij is nog erg zwak.'

'Dat spijt me.'

'Mijn vader is een goede man, meneer. Oorlogsheld.'

'Oorlogsheld?'

'Hij is met de nationale troepen Barcelona binnengemarcheerd. Er is een foto van hem, in een defilé op de Diagonal, op de voorpagina van *La Vanguardia*. Hij staat ingelijst in de eetkamer. U zou hem moeten zien. Derde van rechts. Ze lieten hem op de eerste rij marcheren vanwege zijn heldhaftige optreden in de strijd bij de Ebro. Hij was korporaal eerste klas.'

'Jullie zullen allemaal wel heel trots op hem zijn.'

'Dat zijn we, maar de arme man is niet meer dezelfde sinds dat met mijn moeder.'

'Je moeder?'

'Ze is vier jaar geleden gestorven.'

'Mijn leedwezen.'

'Dank u, meneer. Weet u wat het laatste was wat mijn moeder zei voordat ze stierf?'

'Nee.'

'Zorg voor je vader en bezorg hem geen narigheid.'

'En heb je geluisterd?'

Gekweld sloeg Fernandito zijn ogen neer en schudde zijn hoofd.

'De waarheid is dat ik noch de zoon ben geweest zoals mijn moeder die heeft opgevoed, noch de zoon die mijn vader verdient. Zowaar als ik hier voor u zit, ik ben een losbol.'

'En ik dacht dat je een goeie jongen was.'

'Niks ervan. Een ongeleid projectiel ben ik. Ik doe niks anders dan mijn vader narigheid bezorgen, alsof hij niet al genoeg ellende heeft. De dag dat ze me er op het werk eens niet uit gooien, ga ik op pad en vergeet mijn legitimatie. U ziet het. De vader is een oorlogsheld en de zoon een sloddervos.'

Hendaya bestudeerde hem waakzaam.

'Moet ik uit dit alles opmaken dat als je je vader belt en zegt dat je hier op het politiebureau wordt vastgehouden omdat je je legitimatie niet bij je draagt, je hem dan alweer narigheid bezorgt?'

'En ook voor het laatst, denk ik. Ik denk dat als een buurman hem in zijn rolstoel moet brengen om mij op te halen, hij sterft van schaamte en verdriet vanwege zijn hopeloze zoon.'

'Ik begrijp het, Alberto, maar begrijp jij mij dan ook? Je brengt me in een lastig parket.'

'Ja, meneer, en u hebt al voldoende geduld gehad met mij, dat verdien ik helemaal niet. Als het aan mij ligt, zou ik zeggen dat u me moet opsluiten bij het ergste tuig om me een lesje te leren. Maar ik smeek u dat nog eenmaal goed te overwegen vanwege mijn arme vader. Ik schrijf hier nu meteen mijn naam, achternaam en adres op en u kunt morgen komen en het iedere willekeurige buurtbewoner vragen indien mogelijk in de ochtend, want dan slaapt mijn vader, vanwege de medicatie.'

Hendaya nam het blaadje papier aan dat Fernandito hem toestak.

'Alberto García Santamaría. Calle del Comercio 37, 5 hoog, 1a,' reciteerde hij. 'En als een paar agenten nu met je meegaan?'

'Als mijn vader, die 's nachts niet slaapt, uit het raam kijkt terwijl hij naar de radio luistert en mij aan ziet komen met de politie, gooit hij me het huis uit – wat verdiend zou zijn – en daarna stort hij in.'

'En dat willen we niet.'

'Nee, meneer.'

'En hoe weet ik dat als ik je laat gaan, je niet weer in je oude gewoonte vervalt?'

Fernandito bekeek het officiële portret van Franco aan de muur en zei plechtig: 'Omdat ik dat zweer bij God en bij de Generalísimo, en dat ik ter plekke dood mag vallen als het niet zo is.'

Een paar ogenblikken lang keek Hendaya hem nieuwsgierig en met een spatje sympathie aan.

'Ik zie dat je nog overeind staat, dus je zult de waarheid wel zeggen.'

'Ja, meneer.'

'Kijk, Alberto. Ik vind je een aardige vent, en eerlijk gezegd is het heel laat en ben ik moe. Ik zal je een kans geven. Dat zou ik niet moeten doen, want reglement is reglement, maar ik was ook ooit een zoon, en niet altijd de beste. Je kunt gaan.'

Fernandito keek ongelovig naar de deur.

'Vooruit, voor ik van gedachten verander.'

'Duizendmaal dank, meneer.'

'Dank je vader maar. En laat het niet nog eens gebeuren.'

Zonder zich te bedenken stond Fernandito op en verliet het kantoor, terwijl hij het zweet van zijn voorhoofd wiste. Hij liep zonder haast door de grote zaal van de Brigada Social en toen hij de twee agenten passeerde die hem zwijgend gadesloegen, groette hij netjes.

'Een heel goede avond.'

Eenmaal bij de gang aangekomen, versnelde hij zijn pas en liep haastig naar de trappen die naar de begane grond voerden. Pas toen hij over de drempel stapte, de Vía Layetana in, stond hij zichzelf toe diep adem te halen en de hemel, de hel en alles wat zich daartussen bevond, te danken voor zijn geluk.

Hendaya keek hoe Fernandito de Vía Layetana overstak en in de richting van de haven liep. Hij hoorde achter zich de voetstappen van de twee agenten die de wacht hadden gehouden.

'Ik wil weten wie hij is, waar hij woont en wie zijn vrienden zijn,' zei hij zonder zich om te draaien.

17

Een dichte, vochtige nevel die in de kleding bleef hangen, lag in de straten van Vallvidrera toen Vargas uit de taxi stapte en op de lichten van de bar naast het kabelbaanstation afliep. Het lokaal was op dat uur van de avond verlaten en het bordje GESLOTEN hing op de deur. Vargas tuurde door de ruit naar binnen. Achter de bar poetste een ober glazen met een doek tot hoogglans, met geen ander gezelschap dan de radio en een halfblind hondje waar geen vlo op zou willen springen, nog niet voor geld. Vargas tikte tegen het glas. De ober keek op van zijn verveling, keek kort naar hem en schudde zijn hoofd. Vargas haalde zijn identificatie tevoorschijn en tikte opnieuw, harder deze keer. De ober liep om de bar heen naar de deur toe. De hond, die ontwaakt leek te zijn uit een diepe slaap, liep hinkend mee bij wijze van escorte.

'Politie,' kondigde Vargas gaan. 'Ik moet uw telefoon gebruiken.'

De ober deed de deur van het slot en liet hem passeren. Hij wees op de telefoon aan het einde van de toog.

'Kan ik u iets inschenken, nu u hier toch bent?'

'Een cortado, als het niet te veel moeite is.'

Terwijl de ober de koffiemachine bediende, pakte Vargas de telefoon en draaide het nummer van het bureau aan de Vía Layetana. De hond ging naast hem zitten en keek naar hem met slaperige oogjes, het staartje kwispelend met laag voltage.

'Chusco, laat meneer met rust,' waarschuwde de ober.

Terwijl Vargas wachtte, taxeerden hij en Chusco elkaar en vergeleken leeftijd en slijtage.

'Hoe oud is de hond?'

De ober haalde zijn schouders op.

'Toen ik de bar overnam, was hij er al, en ook toen al kon hij zijn winden niet inhouden. En dat is tien jaar geleden.'

'Wat voor ras is het?'

'Tuttifrutti.'

Chusco liet zich op zijn zij vallen en toonde een rozige, kale buik. Een stem kuchte in de lijn.

'Verbind me door met Linares. Vargas hier, van het centrale hoofdbureau.'

Na een tijdje hoorde hij een klik op de lijn en toen Linares' licht ironisch gekleurde stem.

'Ik dacht dat je alweer in Madrid zou zijn om je medailles op te halen, Vargas.'

'Ik ben nog een paar dagen gebleven in de hoop een paar Barcelonese reuzen en *cabezudos* te zien tijdens de feesten.'

'Word er maar niet te enthousiast over, we hebben hier alle betreffende plekken al gereserveerd. Wat kan ik voor je doen op dit uur van de avond? Vertel me niet dat je slecht nieuws hebt.'

'Dat hangt ervan af. Ik ben in Vallvidrera, in de bar naast het kabelbaanstation.'

'Het mooiste uitzicht van heel Barcelona.'

'Dat kun je wel zeggen. Zo-even heb ik in een huis aan de Carretera de las Aguas een lijk gevonden.'

Vargas genoot van het gesnuif van Linares.

'Wel godallemachtig,' sputterde Linares. 'Was dat nou nodig?'

'Ga je me niet vragen wie de overledene is?'

'Dat zou je me toch niet vertellen.'

'Dat zou ik wel als ik zou weten wie het was.'

'Misschien kun je me op zijn minst vertellen wat je deed op dat uur, in ouwe huizen op verkenning gaan daar boven. Alpinisme?'

'Alles nog eens op een rijtje zetten. Je weet hoe zulke dingen gaan.'

'Ja. En vermoedelijk moet ik nu een rechter uit zijn bed halen om een lijkschouwing te verrichten.'

'Als het niet te veel moeite is.'

Linares snoof weer. Vargas hoorde hem iets roepen.

'Geef me een uur, of anderhalf uur. En doe me een lol en vind niet nog meer lijken, als het jou niks uitmaakt.'

'Tot uw orders.'

Vargas hing op en stak een sigaret op. Een dampende cortado wachtte op de toog. De ober kon zijn nieuwsgierigheid niet helemaal verbergen.

'U hebt niets gehoord,' waarschuwde Vargas.

'Geen zorgen, ik ben dover dan Chusco.'

'Kan ik nog een telefoontje plegen?'

De ober knikte onverschillig. Vargas draaide het nummer van de woning aan de Calle Aviñón. Hij moest een paar minuten wachten op een reactie. Uiteindelijk hoorde hij hoe de hoorn werd opgetild, en er klonk gemurmel van ademhaling aan de andere kant van de lijn.

'Ik ben het, Alicia. Vargas.'

'Vargas?'

'U bent me toch niet al vergeten?'

Lange pauze. Alicia's stem klonk alsof die uit een aquarium kwam.

'Ik dacht dat het Leandro zou zijn,' zei ze ten slotte met een slepende stem.

'U klinkt raar. Hebt u gedronken?'

'Als ik drink klink ik niet raar, Vargas.'

'Wat hebt u genomen?'

'Een glaasje warme melk voor ik mijn gebedje heb opgezegd en ben gaan slapen.'

'Waar bent u geweest?' vroeg hij.

'Iets gedronken met Daniel Sempere.'

Vargas bleef lang stil.

'Ik weet wat ik doe, Vargas.'

'Als u het zegt.'

'Waar bent u?'
'In Vallvidrera, wachtend op de politie en de rechter zodat ze het lijk vrijgeven voor sectie.'
'Wat hebt u hun verteld?'
'Dat ik naar het huis van Mataix ben gegaan om het een en ander met elkaar in verband te brengen en daar op een verrassing ben gestuit.'
'En dat geloofden ze?'
'Nee, maar ik heb een paar goede vrienden op het bureau.'
'En over het lichaam, wat gaat u daarover zeggen?'
'Dat ik de man nog nooit heb gezien. Wat technisch gezien ook zo is.'
'Weten uw vrienden dat u van de zaak bent af gehaald?'
'Waarschijnlijk wisten ze het eerder dan ik. Je moet er hier als de kippen bij zijn.'
'Zodra ze het lichaam identificeren, komt dat bericht in Madrid aan. En bij Leandro.'
'Wat ons een paar uurtjes speelruimte geeft,' schatte Vargas in. 'Als we mazzel hebben.'
'Heeft Fermín iets gezegd?' vroeg Alicia.
'Gecultiveerde parels. En dat u tweeën nog een gesprek tegoed hebt.'
'Dat weet ik. Heeft hij u gezegd waarover?'
'We zijn vriendschappelijk geworden, maar ook weer niet zó vriendschappelijk. Ik heb de indruk dat u voor hem iemand uit zijn verleden bent.'
'En wat nu?'
'Als de rechter het protocol heeft doorlopen, begeleid ik het lichaam naar het mortuarium met het verhaal dat het deel zou kunnen uitmaken van mijn onderzoek. De lijkschouwer ken ik nog van mijn jaren in Leganés. Goeie vent. Ik zal zien wat ik kan achterhalen.'
'U zult daar minstens tot zonsopgang moeten wachten.'
'Minstens. Ik kan daar wel een tukje doen, ze lenen me vast wel een autopsietafel,' grapte Vargas lusteloos. 'Lijkschouwers zijn altijd in voor een geintje.'
'Weest u voorzichtig. En belt u me zodra u iets weet.'

‘Geen nood. Probeert u nog een beetje te slapen en uit te rusten.’

Vargas hing op, pakte zijn koffiekopje met inmiddels lauwe koffie en dronk het in één teug leeg.

‘Nog een?’

‘Ik zou bijna zeggen: deze keer een grote koffie verkeerd.’

‘Met een zoetigheidje om het weg te spoelen? Het huis betaalt, want morgen kan ik het weggooien.’

‘Vooruit dan.’

Vargas trok een stuk van de taaie croissant af en hield het wantrouwig tegen het licht, met zichzelf in conflict of de inname van een dergelijk ding wel een goed idee was. Chusco keek naar hem en likte zich alvast de bek. Vargas liet het stuk croissant vallen en Chusco ving het met zijn bek in de lucht, om het gretig te verslinden en Vargas een knorretje van eeuwige dankbaarheid te geven.

‘Past u maar op, nu is hij niet meer bij u weg te slaan,’ waarschuwde de ober.

Vargas wisselde nog een blik met zijn nieuwe beste vriend en gaf hem de rest van de croissant, die Chusco in één hap naar binnen slokte. Wanneer men in deze hondse wereld oud wordt en zelfs het gezondemensenverstand pijn doet, dacht hij, is een stuk vriendelijkheid of medelijden een feestmaal voor de goden.

De door Linares beloofde negentig minuten werden twee lange uren. Toen hij de koplampen van de politieauto en de lijkwagen bij hun klim door de nevel zag snijden, betaalde Vargas de rekening, deed er een royale fooi bij en ging met een sigaret tussen de vingers naar buiten.

Linares stapte niet uit. Hij draaide het raampje omlaag en gebaarde Vargas naast hem te komen zitten. Achter het stuur zat een van zijn mannen, op de passagiersstoel ernaast een plomp individu met een sombere gezichtsuitdrukking.

‘Edelachtbare,’ groette Vargas hem.

De rechter nam niet de moeite de groet te beantwoorden of zijn aanwezigheid te erkennen. Linares wierp Vargas een zure blik toe en glimlachte terwijl hij zijn schouders ophaalde.

‘Waar gaan we heen?’ vroeg hij.

‘Dichtbij. De Carretera de las Aguas.’

Terwijl ze afdaalden naar het begin van de weg, wierp Vargas zijdelingse blikken op zijn oude kompaan. De twintig jaren in het korps hadden van Linares gemaakt wat ze hadden willen maken, en meer dan dat.

'Je ziet er goed uit,' loog hij.

Linares lachte zachtjes. In de achteruitkijkspiegel trof Vargas de blik van de rechter.

'Oude vrienden?' vroeg deze.

'Vargas heeft geen vrienden,' antwoordde Linares.

'Wijze man,' oordeelde de rechter.

Vargas gidste de chauffeur over de donkere weg tot de koplampen het spijlenhek voor het huis van de familie Mataix verlichtten. De lijkwagen volgde op korte afstand. Ze stapten uit en de rechter liep een paar passen vooruit om het tussen de bomen liggende donkere huis in zich op te nemen.

'Het lichaam ligt in de kelder,' gaf Vargas aan. 'In een zwembad. Het moet daar al twee of drie weken liggen.'

'Kolere,' zei een van de knullen van het mortuarium, die eruitzag als een groentje.

De rechter liep op Vargas af en keek hem in de ogen.

'Linares zegt dat u hem hebt ontdekt lopende een onderzoek?'

'Zo is het, edelachtbare.'

'En dat u hem niet hebt kunnen identificeren?'

'Nee, edelachtbare.'

Nu keek de rechter Linares aan, die zijn handen tegen elkaar wreef om de kou te verdrijven. De tweede hulp van het mortuarium, iets ouder en met een ondoorgrondelijke blik, voegde zich bij het gevolg en zocht Vargas' blik.

'Een of meerdere stukken?'

'Pardon?'

'De overledene.'

'Eén stuk. Geloof ik.'

De knul knikte.

'Manolo, de grote zak, de bootshaak en een stel schoppen,' beval hij zijn leerling.

Een halfuur later, terwijl de hulpen met het lijk sjouwden en de rechter de documentatie invulde op de motorkap in het licht van de zaklamp die de ondergeschikte van Linares omhooghield, merkte Vargas naast hem de aanwezigheid van zijn oud-collega op. Zwijgend keken ze toe hoe de mannen zich afbeulden om het lijk, dat zwaarder was dan ze hadden ingeschat, in de wagen te tillen. Op een paar kritische momenten kreeg het meerdere malen een of twee klappen op wat het hoofd moest zijn geweest. Ze ruzieden met elkaar en vloekten binnensmonds.

'We zijn niets,' mompelde Linares. 'Een van de onzen?'

Vargas verzekerde zich ervan dat de rechter buiten gehoorsafstand was.

'Zoiets. Ik heb een beetje tijd nodig.'

Linares sloeg zijn ogen neer.

'Twaalf uur hooguit. Meer kan ik je niet geven.'

'Hendaya,' zei Vargas.

Linares knikte.

'Is Manero in het lijkenhuis?'

'Hij wacht op je. Ik heb hem al gezegd dat je onderweg bent.'

Vargas glimlachte dankbaar.

'Is er iets wat ik moet weten?' vroeg Linares.

De ander ontkende.

'Hoe is het met Manuela?'

'Dik als een varken, net als haar moeder.'

'Precies waar je van houdt.'

Linares knikte plechtig.

'Ze herinnert zich mij beslist niet meer,' waagde Vargas te zeggen.

'Je naam niet, maar ze heeft het nog altijd over je als "die klootzak". Vol tederheid.'

Vargas bood zijn vriend een sigaret aan, die hij afsloeg.

'Wat is er met ons gebeurd, Linares?'

Die maakte een nietszeggend gebaar.

'Spanje, vermoedelijk.'

'Het kon erger. We zouden de radijsjes van onderen kunnen zien groeien.'

'Afwachten en theedrinken.'

18

Hij wist dat ze hem op de hielen zaten zonder dat hij achterom hoefde te kijken. Toen hij de hoek omsloeg, de Avenida de la Catedral in, wierp Fernandito een snelle blik over zijn schouder en zag zijn vermoeden bevestigd. Twee donkere gestaltes die hem hadden gevolgd sinds hij het politiebureau had verlaten. Hij versnelde zijn pas en bleef in de schaduw van de muren tot hij een plein was overgestoken. Daar stond hij eventjes stil onder de luifels van een gesloten café en stelde vast dat de twee handlangers van Hendaya zijn spoor niet waren kwijtgeraakt. Hij was geenszins van plan om ze naar zijn huis te leiden, en al helemaal niet naar dat van Alicia, dus besloot hij ze mee te nemen op een toeristische route door het nachtelijke Barcelona, in de hoop met een beetje geluk aan ze te ontsnappen, hetzij van uitputting, hetzij door een geniale ingeving.

Hij marcheerde midden op straat in de richting van de Calle Puertaferrisa, zo zichtbaar als een schietschijf op een schietbaan. Op dat late uur was de weg praktisch verlaten en Fernandito wandelde zonder haast, passeerde af en toe een schuinsmarcheerder of een nachtwaker, of de gebruikelijke verloren zielen die altijd tot zonsopgang door de straten van Barcelona patrouilleerden. Telkens als hij achteromkeek, waren de bloedhonden van Hendaya er nog, steeds op dezelfde afstand, of hij nu harder of zachter liep.

Toen hij bij de Ramblas aankwam, overwoog hij even om het op een lopen te zetten en te proberen in de straatjes van El Raval te verdwijnen, maar hij vermoedde dat die zet hem slechts zou verraden en dat de kans op succes miniem was, gezien de vakkundigheid van zijn achtervolgers. Daarom besloot hij de Ramblas te volgen tot aan de hekken van de La Boquería-markt. Voor de ingang stond een rij goederenwagens. Talrijke stuwadoors werkten daar onder de guirlandes met gloeilampjes die de markthallen verlichtten, sjouwden met kratten en bevoorraadden de kramen voor de volgende dag. Zonder twee keer na te denken glipte hij tussen de stapels kratten en versmolt met de talloze arbeiders die zich door de gangen haastten. Zodra hij zich veilig voelde voor de blikken van zijn achtervolgers, draafde Fernandito naar de achterkant van het terrein. De enorme koepel van de markt opende zich boven hem als een in de kunst van de fijne etenswaren gewijde kathedraal, waar noch de kleuren ontbraken, noch de geuren van alle keukens, die als in een grote bazaar bijeenkwamen om alle soorten trek van de stad te stillen.

Hij ontweek stapels fruit en groenten, specerijen en conserven, kisten vol ijs en gelatineuze schepsels die nog bewogen. Hij omzeilde bloederige kadavers aan haken en incasseerde verwensingen en porren van slagers, hulpjongens en groenteverkoopsters op rubberen laarzen. Toen hij de uitgang van de hal naderde, zag hij een plein voor zich waar stapels lege kratten stonden. Haastig verstopte hij zich achter een zuil van kisten en hield met tot spleetjes samengeknepen ogen de achteruitgang in de gaten. Bijna een halve minuut ging voorbij zonder een spoor van de twee agenten. Fernandito haalde diep adem en stond zichzelf een opgelucht glimlachje toe. Maar de zorgeloze pauze was van korte duur. Daar doken de twee agenten al op, en ze bleven staan om het plein in ogenschouw te nemen. Fernandito verdween in de schaduw en gleed een steegje in dat langs het voormalige ziekenhuis van Santa Cruz liep, en vanaf daar liep hij in de richting van de Calle del Carmen.

Hij botste tegen haar op zodra hij de hoek omsloeg: kunstmatig blond, strakke rok op het punt van ontploffen en het gezicht van een aan lagerwal geraakte madonna met helrood gestifte lippen.

'Hallo, schatje,' zei ze met vleiende stem. 'Moet jij eigenlijk nu niet je chocolademelk klaarmaken voor school?'

Fernandito bestudeerde de dame van de nacht, met name het veelbelovende toevluchtsoord dat zich achter haar opende, hoewel het huis er allerminst uitnodigend uitzag. Een individu met olijfkleurige huid deed dienst als receptionist en zat in een hokje met de afmeting van een biechtstoel.

'Hoeveel?' deed Fernandito een gooi, turend naar het begin van het straatje.

'Dat hangt van de service af. Vandaag heb ik een speciale prijs voor koorknaapjes en zuigelingen, want wat dat zuigen betreft...'

'Prima.'

De vrouw beschouwde de verkooppresentatie daarmee als afgehandeld, greep hem bij de arm en trok hem naar de trap. Al bij de derde trede stond de cliënt stil om achterom te kijken, gewaarschuwd wellicht door de godvrezende radar die iedere simpele ziel in zich heeft, of door de geuren die het binnenste van het huis uitwasemde. Vrezend voor een boekhoudkundig verlies in wat op zichzelf al een schaarse nacht was geweest, drukte de lichtekooi hem vurig tegen zich aan en fluisterde hem met de vochtige adem en de intonatie van een ervaren snolletje in het oor dat ze bij naar slapheid neigende bengels wonderen kon verrichten.

'Kom, mijn hartje, kom, ik ga je een schoolreisje geven waar je versteld van zult staan,' beloofde ze.

Ze passeerden het receptiehokje, waar de kwartiermeester hun zonder dat ze bleven staan het logistieke pakketje aanreikte met zeep, condooms en ander gereedschap van het vak. Fernandito volgde de huurvenus zonder de ingang uit het oog te verliezen. Eenmaal voorbij de eerste bocht in de trap en op de overloop van de eerste verdieping, vanwaaruit een grotachtige gang liep met kamers die naar zoutzuur roken, wierp de lichtekooi een ongeruste blik op hem.

'Je lijkt haast te hebben,' zei ze.

Fernandito zuchtte, en ze keek in zijn ongeruste ogen. Het in ijltempo op straat behaalde psychologiediploma en het veldwerk hadden haar geleerd dat van een cliënt die niet al bij de belofte van een goeie neukbeurt en haar volle driehoek geil werd, bij het betreden van de gammele kamer die haar tot arbeidsplek diende een terugkrabbelende reactie te verwachten viel voor hij ook maar zijn broek had laten zakken, en dat hij de aftocht zou blazen zonder zijn verwachtingen te hebben ingelost, noch haar honorarium.

'Mijn hartje, haast is in deze kwesties geen goede raadgever, en op jouw leeftijd al helemaal niet; menigeen heeft bij de aanraking van deze borsten alles om zich heen vergeten. Daar moet je van genieten als van een slagroomtaartje. Hapje voor hapje.'

Fernandito stamelde iets wat de nachtvlinder als capitulatie beschouwde tegenover het onbetwistbare pleidooi van haar strakke vlees. De kamer was helemaal aan het einde van de gang. Onderweg kon hij door de deuren licht gehijg en hevige bewegingen horen. Iets in zijn gezicht moest zijn schaarse culturele bagage weggegeven hebben.

'Eerste keer?' vroeg ze terwijl ze de deur opendeed en hem liet passeren.

Hij knikte benauwd.

'Maak je nou maar geen zorgen, groentjes zijn mijn specialiteit. De helft van de gegoede heertjes van Barcelona is bij mij op consult geweest om te leren hoe ze hun luiers in hun eentje kunnen verschonen. Vooruit, kom.'

Fernandito wierp een blik op zijn tijdelijke schuilplaats. Het was nog erger dan hij had gevreesd. De kamer was een catalogus van sjofelheid en stank, gevat in door vocht afbladderende groene verf. De naar de kamer toe open toespeling op een badkamer bestond uit een toiletpot zonder deksel, een okerkleurig fonteintje en een piepklein raampje waar loodgrijs licht door naar binnen viel. De leidingen fluisterden een vreemde melodie van geborrel en gedrup die inspireerde tot van alles behalve liefdesuitwasemingen. Een waskom van aanzienlijke afmetingen aan de voet van het bed duidde op raadsels die maar beter niet onthuld konden worden. Het bed was een metalen staketsel, met een matras dat een paar decennia geleden wit was geweest en kussens die er heel wat kilometers op hadden zitten.

'Ik geloof bijna dat het beter is dat ik naar huis ga,' stamelde Fernandito.

'Rustig maar, jochie, het beste deel begint nu pas. Zodra ik die broek van je uittrek, voel je je als in de bruidssuite van het Ritz.'

De lichtekooi voerde Fernandito naar het bed en zette hem met een paar duwtjes op de rand. Hij gaf mee, en ze knielde voor hem neer en glimlachte zo teder naar hem dat de make-up en de treurigheid in haar blik barstjes kregen. Een commercieel vernisje in haar uitdrukking deed het beetje volkswijkpoëzie teniet dat hij zich graag had voorgesteld. Ze keek hem verwachtingsvol aan.

'Zonder poen geen paradijs, schattebout.'

Fernandito knikte en haalde zijn portemonnee tevoorschijn. De ogen van de dame van plezier lichtten begerig op. Hij pakte het geld dat hij bij zich had eruit en gaf het haar zonder te tellen.

'Dit is alles wat ik heb, is dat goed?'

Ze legde het geld op het nachtkastje en keek hem in de ogen met bestudeerde zachtaardigheid.

'Ik ben Matilde, maar je kunt me noemen zoals je wilt.'

'Hoe noemen de mensen u?'

'Naar eigen goeddunken. Hoer, slet, vuile snol of de naam van hun vrouw of hun moeder. Eén keer noemde een berouwvolle seminarist me mater. Ik verstond "water", maar het betekent "mama" in het Latijn.'

'Ik ben Fernando, maar iedereen noemt me Fernandito.'

'Vertel me eens, Fernandito, ben je al eens met een vrouw geweest?'

Hij knikte met weinig overtuiging. Slecht teken.

'Weet je wat je moet doen?'

'Eigenlijk wil ik hier alleen maar een poosje zijn. We hoeven helemaal niets te doen.'

Matilde fronste haar voorhoofd. Die ingewikkelde types waren de ergsten. Vastbesloten om de situatie in de hand te krijgen, begon ze zijn riem los te maken en zijn broek naar beneden te trekken. Fernandito hield haar tegen.

'Niet bang zijn, m'n hartje.'

'Ik ben niet bang voor u, Matilde,' zei Fernandito.

Ze onderbrak haar bewegingen en keek hem strak aan.

'Volgt iemand je?'

Fernandito knikte.

'Aha. Smerissen?'

'Ik geloof het wel.'

Ze stond op en ging naast hem zitten.

'Weet je zeker dat je niks wilt doen?'

'Alleen maar hier een poosje zitten. Als u het niet erg vindt.'

'Vind je me niet leuk?'

'Dat bedoelde ik niet. U bent heel aantrekkelijk.'

Matilde lachte zachtjes.

'Heb je een meisje dat je leuk vindt?'

Fernandito gaf geen antwoord.

'Vast en zeker. Vooruit, zeg op, hoe heet je verloofde?'

'Ze is niet mijn verloofde.'

Matilde keek hem vragend aan.

'Ze heet Alicia,' zei Fernandito.

De vrouw legde een hand op zijn dij.

‘Vast en zeker kan ik dingen die jouw Alicia niet kan.’

Fernandito besefte dat hij niet het flauwste benul had van de dingen die Alicia wel of niet kon, en dat was niet bij gebrek aan speculatie. Matilde bestudeerde hem nieuwsgierig. Ze strekte zich uit op het bed en pakte zijn hand. Toen hij haar bekeek in het licht van het bloedeloze gloeilampje dat een gelig licht op haar projecteerde, begreep hij dat Matilde veel jonger was dan hij had aangenomen, mogelijkerwijs maar vier of vijf jaar ouder dan hij.

‘Als je wilt, laat ik je zien hoe je een meisje moet liefkozen.’

Fernandito verslikte zich in zijn eigen speeksel.

‘Ik weet hoe dat moet,’ wist hij met weinig vuur uit te brengen.

‘Geen man weet hoe je een meisje moet liefkozen, schattebout. Geloof me. Zelfs de beste heeft vingers als maiskolven. Kom, kom naast me liggen.’

Fernandito aarzelde.

‘Kleed me uit. Langzaam. Hoe langzamer je een vrouw uitkleedt, hoe sneller je haar verovert. Bedenk gewoon dat ik Alicia ben. Ik lijk vast zelfs een beetje op haar.’

Als een ei op een kastanje, dacht Fernandito. Maar het beeld van Alicia die met uitgespreide armen voor hem op het bed lag, vertroebelde zijn netvlies. Hij balde zijn vuisten om het trillen tegen te houden.

‘Alicia hoeft het helemaal niet te weten. Ik zal je geheim goed bewaren. Kom.’

19

Weggestopt en vergeten in een donkere hoek waar de Calle Hospital haar eerbare naam verloor, stond een somber gebouw dat eruitzag alsof het nog nooit het genot van een zonnestraal had ervaren. Een ijzeren deur belette de toegang en er was geen bordje of iets anders wat erop wees wat het in zijn binnenste verborg. Voor deze deur stopte de politieauto. Vargas en Linares stapten uit.

‘Of de arme ziel er nog steeds is?’ vroeg Vargas.

‘Ik geloof niet dat het bij hem baanaanbiedingen regent,’ zei Linares terwijl hij op de bel drukte.

Ze wachtten bijna een minuut tot de deur naar binnen openging en werden toen ontvangen door de reptielenblik van een individu met een rampzalig uiterlijk en met een onvriendelijk gebaar binnengelaten.

'Ik dacht al dat u dood was,' begroette hij Vargas toen hij hem herkende.

'Ik heb u ook gemist, Braulio.'

De meeste oudgedienden wisten dat Braulio, een gedrocht met een door formol gelooide huid en een manke loop, hier als manusje-van-alles, assistent van de lijkschouwer en officiële ziel in het vagevuur dienstdeed. Kwaadaardige tongen beweerden dat hij in de kelders van het lijkenhuis voor zich uit vegeteerde, waar hij rotzooi tot kunst verhief en met niets anders dan een brits met wantsen en één stel kleren, dat hij al had gedragen bij zijn intrede – zestien jaar oud en onder ongelukkige omstandigheden – langzaam oud werd.

'De dokter verwacht u.'

Vargas en Linares volgden hem door de litanie van vochtige, in groenig halfdonker liggende gangen die naar het hart van de autopsiezaal leidden. De zwarte legende vertelde dat Braulio dertig jaar geleden op die plek terecht was gekomen nadat hij voor de San Antonio-markt door een tram was overreden toen hij zich na een miezerige diefstal – lees: de mislukte poging een uitgemergeld hoen en een handvol onderrokken te ontvreemden, al naargelang de versie – uit de voeten wilde maken. Bij de aanblik van die absurde knoedel ledematen verklaarde de chauffeur van de ziekenwagen die hem kwam ophalen hem ter plekke dood, hij smeet hem als een zak puin in de wagen en dronk onderweg in een bar in de Calle del Comercio met wat kompanen een paar glazen wijn voor hij het bergje bloedige knoken afleverde in het mortuarium dat de politie in bedrijf had in El Raval, en dat meer op zijn route lag dan het Hospital Clínico. Toen de lijkschouwer, een arts in opleiding, het operatiemes in hem zette om hem open te snijden, opende het vermeende lijk zijn ogen, groot als schoteltjes, en kwam het plotsklaps weer tot leven. Het gebeurde werd tot wonder van het nationale gezondheidswezen verklaard en in de lokale pers uitvoerig uit de doeken gedaan, omdat het hartje zomer was en de kranten graag over uitzinnige kwesties en onzin van vedergewicht berichtten om de hondsdagen te veraangenamen. ARME DROMMEL KEERT ALS BIJ TOVERSLAG OP ÉÉN PAS VOOR DE DOOD IN HET LEVEN TERUG, luidde de tekst op de voorpagina van *El Noticiero Universal*.

Maar Braulio's roem en glorie bleken echter een met de oppervlakkigheid van de tijd in de pas te lopen eendagsvlieg, want het werd bekend dat genoemde schijndode in kwestie godsgruwelijk lelijk was en aan chronische winderigheid leed, omdat zijn dikke darm na het avontuur als een vlecht in elkaar zat, zodat het welwillende lezerspubliek zich in de betreurenswaardige situatie zag hem haastig te moeten vergeten, om zich opnieuw te richten op het leven van chansonnières en voetbalsterren. Nadat hij had geproefd van de honing van de roem bekwam de terugkeer naar de smadelijkste anonimiteit de arme Braulio helemaal niet. Hij dacht erover zichzelf van het leven te beroven door de buitensporige inname van oude vastentijdbroodjes, maar tijdens een mystiek moment dat hem overkwam op de wc vanwege de zware aanval van karteldarmontsteking die er het resultaat van was, zag hij het licht en begreep dat de Heer, met zijn ondoorgrondelijke wegen, voor hem een bestaan in de duisternis had gewild, ten dienste van de rigor mortis en aanverwante processen.

'En, hebt u nog steeds geen vriendin, Braulio?' vroeg Linares. 'Met dat geurtje van ranzige bloedworst dat u uitwasemt, moet u ze toch zo van de straat kunnen plukken.'

'Vriendinnen heb ik meer dan voldoende.' Braulio knipoogde met één oog, waarvan het vermoeide, amper te openen paarse ooglid meer op een pleister leek. 'En lekker rustig zijn ze ook.'

'Hou op met die zwijnerij en breng het lichaam, Braulio,' beval een stem vanuit het donker.

Toen hij de stem van zijn baas hoorde, strompelde Braulio er haastig vandoor, en Vargas kreeg dokter Andrés Manero in het oog, lijkschouwer en een oude lotgenoot. Manero was hem voor en gaf hem een hand.

'Er zijn mensen die je alleen ziet op begrafenissen, maar u en ik zelfs dan niet: alleen bij autopsies en andere verplichte feestdagen,' zei de dokter.

'Een teken dat we nog in leven zijn.'

'U dan, Vargas, want u blaakt werkelijk van gezondheid. Hoe lang is het geleden sinds de laatste keer?'

'Minstens vijf of zes jaar.'

Manero knikte glimlachend. Zelfs in het spaarzame licht dat in de ruimte hing, kon Vargas zien dat hij in die jaren ouder was geworden dan strikt noodzakelijk. Kort daarop was de hinkende loop te horen van Braulio, die een brancard voor zich uit duwde. Het lichaam was bedekt met een linnen doek, die aan hem was gaan kleven en in contact met het vocht doorzichtig begon te worden. Manero liep naar de brancard en tilde de stof op ter hoogte van het gezicht. Zijn uitdrukking veranderde geen zier, maar hij blikte kort naar Vargas.

'Braulio, laat ons alleen.'

Geërgerd trok de assistent zijn wenkbrauwen op.

'Heeft de dokter me niet nodig?'

'Nee.'

'Maar ik dacht dat ik u zou assisteren bij...'

'Dat hebt u verkeerd gedacht. Ga maar even weg om een peuk te roken.'

Braulio wierp een vijandige blik op Vargas; het stond voor hem buiten kijf dat hij het aan hem te danken had niet aan het aanstaande feestmaal te mogen deelnemen. Vargas knipoogde naar hem en wees op de uitgang.

'Opgekrast, Braulio,' beval Linares. 'U hebt de dokter gehoord. En neemt u een goed heet bad, waarbij u indien mogelijk de schaamdelen krachtig boent met bleek en puimsteen, eenmaal per jaar kan geen kwaad. Dat advies krijgt u gratis en voor niks.'

Braulio, zichtbaar geërgerd, vertrok hinkend en verwensingen mompelend.

Eenmaal bevrijd van zijn aanwezigheid trok Manero de doek helemaal weg en knipte de lichtbak met de regelbare lampen aan die aan het plafond hing. Een dampig, ijsbleek licht accentueerde de omtrekken van het lichaam. Linares stapte als eerste naar voren, en na een korte blik op het lijk te hebben geworpen, liet hij een zucht ontsnappen.

'Mijn god.'

Hij keek weg en ging naast Vargas staan.

'Is het wie ik denk dat het is?' fluisterde hij.

Vargas keek hem zonder iets te zeggen aan.

'Dit kan ik niet onder het tapijt vegen,' zei Linares.

'Dat begrijp ik.'

Linares tuurde hoofdschuddend naar de grond.

'Is er nog iets wat ik voor je kan doen?' vroeg hij.

'Je kunt altijd nog die plakker van me af halen.'

'Ik volg je niet.'

'Maar iemand volgt míj. Een van jouw mensen schaduwt me.'

Linares keek hem strak aan.

'Ik heb niemand die jou volgt.'

'Dan komt het van iemand van boven.'

Linares schudde zijn hoofd.

'Als er iemand was geweest, had ik het geweten. Of het nou wel of niet een van mijn mensen is.'

'Jong ventje, tamelijk slecht. Ukkepuk. Een groentje, Rovira heet hij.'

'De enige Rovira die op het hoofdbureau werkt, zit in het archief, is zestig jaar en heeft voldoende schroot in zijn benen om een ijzerwinkel te openen. De arme ziel zou nog niet achter zijn eigen schaduw aan kunnen gaan, ook niet als hij ervoor betaald kreeg.'

Vargas fronste zijn voorhoofd. Het gezicht van Linares ademde teleurstelling.

'Ik ben een hoop, Vargas, maar ik behoor niet tot degenen die een vriend een mes in de rug steken,' zei hij.

Vargas wilde antwoorden, maar Linares bracht hem met opgeheven hand tot zwijgen. Het kwaad was al geschied.

'Je hebt tot elf uur. Daarna moet ik een verklaring afleggen. Dit gaat consequenties hebben, dat weet je,' zei hij op weg naar de uitgang. 'Goedenacht, dokter.'

Zich ophoudend in de schaduw van het steegje keek Braulio toe hoe Linares in de nacht verdween. Jou krijg ik nog wel, klootzak, dacht hij. Vroeg of laat eindigden al die blaaskaken die alleen maar ter wereld waren gekomen om hem respectloos te behandelen als een gezwollen stuk vlees op een plaat marmer, overgeleverd aan de genade van scherp geslepen staal en de nukken van degene die ermee wist te werken. En hij was er om hun het afscheid te geven dat ze verdienden. Wie dacht dat de dood de laatste onwaardigheid was die het leven uitdeelde, vergiste zich. Een brede catalogus van spot en vernederingen wachtte achter de schermen wanneer het doek was gevallen, en die goeie ouwe Braulio was er altijd om voor zijn trofeeëngalerij een of twee souvenirtjes achter te houden en ervoor te zorgen dat iedereen met zijn rechtmatige beloning de eeuwigheid in ging. Linares had hij al een hele tijd op zijn lijstje staan. En zijn vriendje Vargas was hij ook niet vergeten. Niets dient het geheugen beter dan wrok.

'Ik ga je uitbenen als een ham en ik maak een sleutelhanger van je ballen, etterbak,' mompelde hij. 'En eerder dan je denkt.'

Eraan gewend zichzelf te horen, maar nooit erdoor verveeld, glimlachte Braulio tevreden, en hij besloot het geluk van zijn vindingrijkheid te vieren met een sigaret en zo ook de kou wat te temperen die op dat uur van de ochtend de Calle Hospital doordrong. Hij klopte op de zakken van zijn jas, erfenis van een overledene met subversieve neigingen die een paar weken eerder voorbij was gekomen en wiens toestand het bewijs had geleverd dat er nog echte kerels op het bureau werkten. Het pakje Celtas was leeg. Braulio begroef zijn handen in zijn zakken en keek hoe zijn adem kringels in de lucht tekende. Met wat Hendaya hem zou betalen als hij hem vertelde wat hij zojuist had gezien, zou hij meerdere sloffen Celtas kunnen kopen, en zelfs een pot fijn geparfumeerde vaseline, zoals Genaro de Chinees ze verkocht in zijn winkel voor lavementen – sommige cliënten moesten met klasse worden behandeld.

De echo van voetstappen in het donker rukte hem uit zijn mijmeringen. Hij kneep zijn ogen tot spleetjes en zag door de nevel een gestalte zijn kant op komen. Braulio deed een stap naar achteren en botste tegen de voordeur. De bezoeker leek niet veel groter dan hij, maar hij ademde een merkwaardige kalmte en vastberadenheid uit, waarvan de vier nekharen die hij nog had rechtovereind gingen staan. De man bleef voor hem staan en hield een open doosje sigaretten voor zijn neus.

'U moet de heer don Braulio zijn,' zei hij.

Niemand in zijn hele leven had hem ooit zo genoemd, en Braulio ontdekte dat de klank van die aanspreekvorm uit de mond van de vreemdeling hem niet beviel.

‘En wie bent u? Stuurt Hendaya u?’

De man glimlachte slechts en bewoog kort het pakje sigaretten voor Braulio’s neus, die er een uit pakte. Vervolgens haalde de vreemdeling een benzineaansteker tevoorschijn en bood hem het vlammetje.

‘Dank u,’ mompelde Braulio.

‘Niets te danken. Vertelt u mij eens, don Braulio, wie zijn daarbinnen?’

‘Een stapel lijken, wat anders?’

‘Ik bedoel de levenden.’

Braulio aarzelde.

‘Dus Hendaya stuurt u, niet?’

De vreemde keek hem slechts strak aan, de glimlach nog vast op zijn plaats. Braulio slikte.

‘De lijkschouwer en een politieman uit Madrid.’

‘Vargas?’

Braulio knikte.

‘Hoe is hij?’

‘Pardon?’

‘De sigaret, hoe is hij?’

‘Heel goed. Import?’

‘Zoals al het goede. U hebt de sleutels, is het niet zo, don Braulio?’

‘Sleutels?’

‘Van de autopsiezaal. Ik ben bang dat ik ze nodig heb.’

‘Hendaya heeft niets gezegd over sleutels aan iemand overhandigen.’

De vreemde haalde zijn schouders op.

‘Verandering van plannen,’ zei hij terwijl hij kalm een paar handschoenen aantrok.

‘Hé, wat doet u?’

De glinstering van staal duurde amper een seconde. Braulio voelde hoe het lemmet van het mes, de meest snijdende kou die hij in zijn miserabele bestaan had gekend, zich in zijn ingewanden boorde. Aanvankelijk voelde hij amper pijn, slechts het gevoel van extreme helderheid en zwakte naarmate het lemmet dieper in zijn lichaam stak. Daarna, toen de vreemde het mes opnieuw tot aan het heft in zijn onderbuik stak en krachtig naar boven trok, voelde

Braulio de kou veranderen in vuur. Een klauw van gloeiend ijzer baande zich een weg naar zijn hart. Zijn keel vulde zich met bloed en verstikte zijn schreeuw terwijl de vreemde hem de steeg in sleepte en de sleutelbos losmaakte van zijn riem.

20

In het halfdonker liep hij door de gangen tot hij in de gang kwam die naar de autopsiezaal leidde. Groenig licht drong door de kieren. De stemmen van de twee mannen waren duidelijk te horen. Ze spraken als oude vrienden, maakten grappen, momenten van stilte hadden geen verontschuldiging nodig. Hij ging op zijn tenen staan om door de getinte glascirkel in de deur te kijken. Hij zag Vargas op een van de marmeren tafelbladen zitten en de lijkschouwer gebogen over het lijk staan. Hij hoorde hem gedetailleerd de uitkomsten van zijn werk beschrijven en kon een glimlach niet onderdrukken bij de scherpzinnigheid waarmee de lijkschouwer de details van Lomana's laatste momenten ontleedde en zonder overgevoeligheid de uitstekende snede, de precisie bij het doorsnijden van de slagaderen en de luchtpijp van die ongelikte beer beschreef voor hij hem op zijn knieën had zien sterven, de ogen vol paniek en met het bloed dat tussen zijn vingers door gulpte. Onder meesters was het hoffelijk elkaars goede werk te erkennen.

De lijkschouwer beschreef ook de messteken die hij Lomana in het bovenlichaam had toegediend toen die zich tevergeefs aan zijn benen had vastgeklampt om te voorkomen dat hij naar de rand van het zwembad werd geduwd. In zijn longen zat geen water, alleen bloed, verklaarde hij. Lomana was in zijn eigen bloed gestikt voor hij in het vieze water was gezonken. De lijkschouwer was een ervaren man, een echte beroeps in zijn vak, wiens meesterschap respect en bewondering afdwong. Er waren er niet meer zoveel als hij. Alleen al daarom zou hij zijn leven sparen.

Vargas, een oude vos, liet hier en daar met opmerkelijke scherpzinnigheid een vraag vallen, dat moest hij hem nageven, maar het was duidelijk dat hij in het duister tastte en dat zijn bezoek aan het mortuarium weinig zou ophelderen, anders dan de specifieke details over de doodsstrijd van Lomana. Terwijl hij naar ze luisterde, werd hij heen en weer geslingerd tussen zich terugtrekken en een paar uur uitrusten of een lichtekooi zoeken die tot de ochtend zijn voeten warm hield. Vargas' speurwerk leek duidelijk in een doodlopende steeg te zijn beland, zodat het niet nodig was om in te grijpen. Zo luidden immers ook de instructies. Geen beweging maken, tenzij er geen andere keus was. Eigenlijk betreurde hij het. Het zou interessant zijn geweest de confrontatie met de oude politieman aan te gaan en te kijken of hij nog genoeg kranigheid had om zich aan het leven vast te klampen. Degenen die weerstand boden aan het onvermijdelijke had hij het allerliefst. En wat betreft de verrukkelijke Alicia, voor haar reserveerde hij de hoogste eer. Met haar zou hij alle tijd van de wereld nemen en van de beloning voor al zijn inspanningen genieten. Hij wist dat Alicia hem niet zou teleurstellen.

Hij wachtte nog een halfuur, tot de lijkschouwer zijn onderzoek had afgerond en Vargas een glaasje van de likeur aanbood die hij in de instrumentenkast bewaarde. Het gesprek dreef af naar de gebruikelijke onderwerpen tussen vrienden wier wegen zich op enig moment gescheiden hadden, weinig originele lofredes op de ontwikkeling van de tijd, de onderweg gevallenen en andere banaliteiten van het ouder worden. Verveeld stond hij op het punt zich terug te trekken en Vargas en de lijkschouwer naar nergens heen te laten afdwalen, toen hij zag dat de politieman een velletje papier uit zijn zak haalde en het bestudeerde in het lamplicht. De stemmen dempten tot gefluister en hij moest zijn oor tegen de deur drukken om de woorden te verstaan.

Dokter Manero zag dat de zaaldeur lichtjes bewoog.

'Braulio, bent u dat?'

Toen hij geen antwoord kreeg, zuchtte hij en schudde zijn hoofd.

'Wanneer ik hem niet aanwezig laat zijn, verstopt hij zich af en toe achter de deur om te luistervinken.'

'Ik weet niet waarom je dat accepteert,' zei Vargas.

'Ik denk dat het bijna beter is dat hij hier is, in plaats van ergens rond te dwalen. Hier kunnen we hem tenminste in de gaten houden. Goed glaasje, hè?'

'Wat is het? Balsemvloeistof?'

'Die bewaar ik om mee te nemen naar de bruiloften en communies van de familie van mijn vrouw. Ga je me iets over deze zaak vertellen? Wat deed die onnozelaar van een Lomana in het zwembad van een verlaten villa in Vallvidrera?'

Vargas haalde zijn schouders op.

'Dat weet ik niet.'

'Dan probeer ik het met de levenden. Wat doe jij in Barcelona? Als ik het me goed herinner had je beloofd hier nooit meer terug te keren.'

'Een belofte die je niet breekt verdient het niet zo genoemd te worden.'

'En wat heb je daar? Ik dacht dat je iemand van de letteren was.'

Manero wees op de getallenlijst die Vargas in zijn hand had.

'Wist ik het maar. Ik heb het al dagen bij me en ik weet nog steeds niet wat het betekent.'

'Mag ik eens kijken?'

Vargas gaf hem het blaadje en de lijkschouwer wierp er een blik op, terwijl hij van zijn likeur nipte.

'Ik dacht dat het om rekeningnummers zou kunnen gaan,' zei Vargas.

De arts schudde zijn hoofd.

'Wat die in de linkerkolom betekenen, zou ik je niet kunnen zeggen, maar die rechts zijn zo goed als zeker aktenummers.'

'Aktes?'

'Overlijdensaktes.'

Vargas keek hem niet-begrijpend aan. Manero wees op de rechterkolom.

'Zie je die nummering? Die volgt het oude systeem. Jaren geleden is er een nieuwe nummering ingevoerd. Maar bij deze zie je nog documentnummer, boek en pagina. De laatste twee voegen ze er later aan toe, maar hier stellen wij elke dag dat soort getallen samen. Zelfs uw vriend Lomana zal er een hebben voor de rest van de eeuwigheid.'

Vargas dronk zijn glas in één teug leeg en bestudeerde opnieuw de lijst, alsof het om een puzzel ging waarmee hij al jaren strijd leverde en die plotseling betekenis begon te krijgen.

'En die aan de linkerkant? Het lijkt of ze correleren, maar de volgorde van de nummering is anders. Zouden dat ook aktenummers kunnen zijn?'

Manero keek nog eens goed en haalde zijn schouders op.

'Dat zou kunnen, maar ze komen niet van mijn afdeling.'

Vargas liet een zucht ontsnappen.

'Brengt het je verder?' vroeg de arts geïntrigeerd.

Vargas knikte.

'En waar kan ik die dossiers vinden waar deze aktenummers mee corresponderen?'

'Waar denk je? Waar alles begint en eindigt in dit leven: de burgerlijke stand.'

21

Het beetje licht dat in de kamer binnendrong, gaf aan dat het dag begon te worden. Hij ging rechtop op het bed zitten en keek naar Matilde, die naast hem in slaap was gevallen. Met zijn blik streelde hij haar naakte lichaam en glimlachte. Ze deed haar ogen open en keek hem vrolijk aan.

'Hoe is het, artiest? Een beetje rustiger?'

'Zullen ze al weg zijn?' vroeg hij.

Matilde rekte zich uit en zocht haar voor het bed verspreid liggende kleren bij elkaar.

'Klim voor de zekerheid via het bovenlicht naar buiten, dat komt uit op een steegje naar een van de marktingangen.'

'Dank je wel.'

'Jíj bedankt, m'n schatje. Heb je het een beetje naar je zin gehad?'

Fernandito werd rood, maar knikte terwijl hij zich in het halfdonker aankleedde. Matilde stak haar hand uit naar het pakje sigaretten op het nachtkastje en stak er een op. Ze keek toe hoe Fernandito zich in alle haast aankleedde, merkte zijn bijna onverholen preutsheid en verlegenheid op, ondanks de didactische sessie die hij had ontvangen. Toen hij klaar was, keek hij haar aan en wees op het raampje.

'Daarlangs?'

Matilde knikte.

'Maar kijk uit en breek je nek niet. Ik wil dat je in één stuk terugkomt. Want je komt toch terug, hè?'

‘Natuurlijk,’ loog Fernandito. ‘Zodra ik mijn loon ontvang.’

Hij stak zijn hoofd uit het raampje en bestudeerde het binnenplaatsje dat naar de smalle passage voerde die Matilde bedoelde.

‘Vertrouw niet op de trap, die is een beetje wankel. Je kunt beter springen, jij bent nog jong.’

‘Doe ik. Dag!’

‘Dag, m’n hartje. En veel geluk.’

‘Veel geluk.’

Hij wilde door het raampje glippen, toen hij nog een keer de stem van Matilde hoorde.

‘Fernando?’

‘Ja?’

‘Behandel haar goed. Je vriendinnetje, hoe ze ook heet. Behandel haar goed.’

Zodra hij het gebouw van forensische geneeskunde verliet, had Vargas het gevoel dat hij na een lang intermezzo in het vagevuur terugkeerde in het leven. De door Manero geschonken likeur en vooral de ontdekking wat de helft van de getallenrijen op zijn lijst betekende, hadden hem opgemonterd. Bijna vergat hij dat hij al veel te lang geen oog had dichtgedaan. Zijn lichaam verraadde zijn vermoeidheid en als hij erbij had stilgestaan, dan had hij gemerkt dat zijn botten en ja, zelfs zijn geheugen pijn deden, maar dankzij de hoop dat dat nieuwe snippertje informatie hem duidelijkheid kon verschaffen, bleef hij wakker en op de been. Hij overwoog even naar Alicia’s huis te gaan om het nieuws te delen, maar omdat hij niet zeker wist of de lijst met nummers van overlijdensaktes die Valls op zijn geheime reis vanuit Madrid bij zich had gehad een concrete aanwijzing bevatte, besloot hij zich daar eerst van te vergewissen. Hij zette koers naar het Plaza de Medinaceli, een oase van goed onderhouden palmen en plantsoenen tussen vervallen stadspaleizen en de mist van het havenbekken, waar spoedig de burgerlijke stand van Barcelona zijn poorten zou openen.

Onderweg stopte Vargas bij Hostal Ambos Mundos op het Plaza Real, waar al ontbijt en koffie werden geserveerd, aangezien de nachtvlinders zich daar altijd voor een lichte snack verzamelden.

Hij zette zich aan de toog, bestelde bij de ober, een en al bakkebaarden en kaak, een broodje gedroogde ham, een bier en een dubbele espresso met een scheut cognac.

'Ik heb alleen nog de dure cognac,' waarschuwde de ober.

'In dat geval een dubbele,' antwoordde Vargas.

'Als u iets te vieren hebt, hebt u misschien zin in een Romeo y Julieta als toetje. Krijg ik rechtstreeks uit Cuba. Grote klasse, door de mulattinnetjes tussen hun dijen gerold.'

'Daar zeg ik geen nee tegen.'

Vargas had altijd gehoord dat het ontbijt de belangrijkste maaltijd van de dag was, in elk geval tot het tijdstip van het middageten. Het geheel afmaken met een fijne havanna kon alleen maar geluk brengen. Een vlaag Caraïbische rook achterlatend, met de maag goed gevuld en het bewustzijn in beloftevolle staat, hervatte hij zijn weg. De hemel was barnsteenkleurig en het mistige licht dat over de gevels scheen, deed hem denken dat dit een van die – weinige – dagen zou zijn dat hij op de waarheid zou stuiten, of op iets wat daar voldoende op leek. Of zoals in de daaropvolgende jaren Joan Manuel Serrat zou zingen, een dichter die die straten heel goed kende: het kon een grote dag worden.

Zo'n vijftig meter achter hem volgde de blik van de observeerder hem ononderbroken. Met de sigaar tussen zijn vingers, volle buik en het hoofd vol valse hoop leek Vargas hem versletener dan ooit. Het beetje respect dat hij op enig moment voor hem had gevoeld, vervluchtigde als de nevelsluier die nog aan zijn voeten over het plaveisel trok.

Hij bedacht dat hij nooit zo zou zijn, nooit zou hij de drank en de voldoening toestaan zijn oordeel te vertroebelen, noch van zijn lijf een moedeloze zak botten te maken. Oude mensen had hij altijd afstotelijk gevonden. Als mensen niet de waardigheid bezaten om uit het raam te springen of zich voor de metro te werpen wanneer het verval zich aankondigde, moesten ze in het algemeen belang van de goede mensen van iemand een genadeschot krijgen, zoals je bij een schurftige hond deed. De observeerder glimlachte, altijd ontvankelijk voor de gevatheid van zijn eigen invallen. Hij zou altijd jong blijven, want hij was intelligenter dan de anderen. Hij zou niet de fouten maken die van een man met een zeker potentieel, zoals Vargas, een trieste weerspiegeling maakten van wat hij had kunnen zijn. Of zoals die pummel van een Lomana, die aan het eind van zijn Latijn was en op zijn knieën was gestorven, met twee handen naar zijn keel grijpend, terwijl híj slechts had toegekeken hoe in Lomana's ogen de haarvaatjes waren gesprongen en de pupillen zich verwijdden tot zwarte spiegeltjes. Nog zo'n stuk afval dat zich niet op tijd had teruggetrokken.

Hij was niet bang voor hem, hij was niet bang voor wat Vargas kon achterhalen, of meende te kunnen achterhalen. Hij moest op zijn tong bijten om niet te lachen. Niet lang meer nu. En wanneer er geen noodzaak meer was om hem te volgen en de hele zaak was afgesloten, dan kon hij eindelijk van zijn beloning genieten: Alicia. Met zijn tweeën, zonder haast, precies zoals zijn meester hem had beloofd. Met genoeg tijd en zijn complete bedrevenheid om die fluwelen snol te laten zien dat hij van haar niets meer te leren had en dat hij haar, alvorens haar naar de vergetelheid te sturen waar ze nooit uit had moeten komen, grondig zou bewerken en haar zou laten voelen wat echte pijn was.

Toen Alicia haar ogen opendeed, glinsterde het ochtendlicht in de vensters. Ze draaide haar hoofd opzij en begroef haar gezicht in het kussen van de bank. Ze droeg nog de jurk van de vorige dag en had de smaak van bittere amandelen in haar mond die de in alcohol gedrenkte pillen in de mond achterlieten. In haar oren hamerde iets. Ze deed opnieuw haar ogen half open en zag het stopflesje pillen op het tafeltje staan naast een glas met een restant witte wijn, dat ze in één teug leegdronk. Toen ze het wilde bijvullen, ontdekte ze dat de fles leeg was. Pas toen ze op de tast in het donker naar de keuken liep op zoek naar een nieuwe fles, drong tot haar door dat het gebonk tegen haar slapen niet haar hartslag was, noch de nawerking van het medicijn, maar gebeuk op de deur. Ze leunde tegen een eettafelstoel en wreef in haar ogen. Een stem in het trappenhuis riep telkens weer haar naam. Ze sleepte zich naar de voordeur en deed open. Fernandito, die eruitzag alsof hij naar het einde van de wereld was gereisd en weer terug, keek haar eerder gealarmeerd dan opgelucht aan.

'Hoe laat is het?' vroeg Alicia.

'Nog vroeg. Gaat het wel goed met u?'

Alicia knikte met halfgesloten ogen, draaide zich om en wankelde naar de bank. Fernandito sloot de deur, en voor ze kon vallen, ving hij haar op en hielp haar veilig te landen op de kussens.

'Wat slikt u eigenlijk?' wilde hij weten terwijl hij de pot pillen bestudeerde.

'Aspirines.'

'Voor paarden, zeker.'

'Wat doe je hier zo vroeg?'

'Ik was gisteravond bij El Pinar, ik heb u het een en ander te vertellen.'

Alicia tastte op de tafel naar sigaretten. Fernandito schoof ze opzij zonder dat ze het doorhad.

'Ik ben een en al oor.'

'Dat lijkt anders niet zo. Waarom neemt u niet een douche terwijl ik koffiezet?'

'Ruik ik niet lekker?'

'Nee. Maar ik denk dat het u goed zal doen. Vooruit, ik help u.'

Voor ze kon protesteren, tilde Fernandito haar van de bank en begeleidde haar naar de badkamer, waar hij haar op de rand van het bad zette en het water liet lopen, met één hand de temperatuur voelend, met de andere voorkomend dat ze onderuit zou gaan.

'Ik ben geen baby meer,' zei ze.

'Soms ziet het er wel zo uit. Vooruit, het water in. Kleedt u zich uit of doe ik het?'

'Dat zou je wel willen.'

Alicia duwde hem de badkamer uit en sloot de deur. Daarna liet ze haar kleren een voor een op de vloer glijden, alsof ze zich ontdeed van dode schubben, en bekeek zichzelf in de spiegel.

'Mijn god,' murmelde ze.

Een paar seconden later beet het koude water haar zonder plichtplegingen in haar vel en bracht haar terug naar de wereld van de levenden. Fernandito, die een pot sterke koffie stond te maken in de keuken, kon een grijns niet onderdrukken toen hij de gil hoorde die uit de badkamer klonk.

Een kwartier later hoorde Alicia het relaas van de vorige nacht aan, gehuld in een te grote ochtendjas en met het haar in een handdoek gerold. Terwijl Fernandito verslag deed, dronk ze met kleine slokjes van de zwarte koffie, de mok met beide handen vasthoudend. Toen hij klaar was, dronk ze de kop in één teug leeg en keek hem in de ogen.

'Ik had je niet op die manier in gevaar mogen brengen, Fernandito.'

'Dat is niet het ergste. Die kerel, Hendaya, heeft geen idee wie ik ben. Maar ik weet zeker dat hij weet wie ú bent, Alicia. U bent het die in gevaar is.'

'Waar ben je geweest na die twee politiekerels te hebben afgeschud?'

'Ik heb achter de markt van La Boquería een soort pension gevonden waar ik kon wachten.'

'Een soort pension?'

'De schunnige details komen een andere keer. Wat gaan we nu doen?'

Alicia stond op.

'Jij niets. Jij hebt al genoeg gedaan.'

'Hoezo niets? Na alles wat er is gebeurd?'

Ze kwam dichterbij. Iets was er anders aan hem, in de manier waarop hij naar haar keek en zich gedroeg. Ze besloot het voor nu te laten rusten en het voor een passender gelegenheid te bewaren.

'Jij gaat hier wachten tot Vargas terug is en je gaat hem exact vertellen wat je mij hebt verteld. Met alle details.'

'En u, waar gaat u heen?'

Ze haalde de revolver uit haar tas op tafel en controleerde of hij geladen was. Bij het zien van het wapen in haar handen keerde Fernandito terug naar zijn natuurlijke staat van verbijstering.

'Wat?'

22

Vanaf een bepaald moment tijdens zijn gevangenschap dacht Mauricio Valls aan licht als de prelude op pijn. In het donker kon hij zich nog voorstellen dat die verroeste tralies hem niet van de buitenwereld scheidden en dat van de celmuren niet dat laagje gore vochtigheid droop dat als zwarte honing over de stenen glibberde en een drilachtige plas vormde aan zijn voeten. En vooral kon hij in de duisternis niet zichzelf zien.

Het schemerdonker waarin hij leefde, scheurde amper open wanneer eenmaal per dag een armbreedte licht een baan vormde boven aan de trap en hij de gestalte kon zien die hem een steelpan vuil water bracht en een stuk brood dat hij in een kwestie van seconden verslond. De gevangenbewaarder zelf was een andere, zijn werkwijze was echter dezelfde. Ook de nieuwe stond nooit stil om hem in het gezicht te kijken of een enkel woord tot hem te richten. Hij negeerde zijn vragen, smeekbedes, beledigingen of verwensingen. Hij beperkte zich ertoe eten en drinken bij de tralies neer te zetten en verdween weer. De eerste keer dat hij naar beneden was gekomen, had hij overgegeven bij het ruiken van de stank van de cel en de gevangene. Sindsdien kwam hij altijd met een zakdoek over zijn mond en trok zich zo snel mogelijk weer terug. Valls merkte de stank niet meer op, zoals hij ook nauwelijks de pijn in zijn arm waarnam, noch het doffe pulseren van de paarskleurige lijnen die vanaf zijn stomp als een web omhoogkropen. Ze lieten hem bij leven wegrotten en het maakte hem niet meer uit.

Stilaan begon hij te denken dat er op een dag niemand meer die traptreden af zou dalen, dat die deur nooit meer open zou gaan en dat hij de rest van het beetje leven dat hij nog bezat in de duisternis zou doorbrengen, voelend hoe zijn lichaam langzaamaan wegrotte en zichzelf verteerde. Dat proces had hij in zijn jaren als directeur van de Montjuïc-gevangenis vaak van dichtbij gezien. Met wat geluk zou het een kwestie van dagen zijn. Hij begon te fantaseren over de staat van zwakte en delirium die zich van hem meester zou maken zodra de aanvankelijke lijdensweg van de honger alle bruggen had verbrand. Het wreedst was de afwezigheid van water. Misschien, als de wanhoop en de kwelling nog krachtiger toehapten en hij het afvalwater dat door de muren heen lekte ging likken, zou zijn hart het begeven. Een van de artsen die twintig jaar geleden voor hem had gewerkt in het kasteel, zei altijd dat God het eerst medelijden krijgt met de klootzakken. Zelfs daarin was het leven een ongelooflijke hoer. Misschien zou God op het laatste moment ook met hem medelijden krijgen, zodat de infectie, waarvan hij wel voelde dat die zich een weg baande door zijn aderen, hem de ergste fase zou besparen.

Hij droomde dat hij al dood was en dat hij in een van de zakken van zeildoek zat waarin de lijken uit het Montjuïc-kasteel werden weggehaald, toen hij de deur boven weer hoorde opengaan. Hij ontwaakte uit een diepe slaap, om te ontdekken dat zijn tong gezwollen was en pijn deed. Hij stak een vinger in zijn mond en voelde dat zijn tandvlees bloedde en zijn tanden bewogen bij de aanraking alsof ze in slappe klei waren gezet.

'Ik heb dorst!' brulde hij. 'Alstublieft, water!'

Zwaardere voetstappen dan anders daalden de trap af. Hier beneden was geluid veel betrouwbaarder dan licht. De wereld was gereduceerd tot de pijn, de langzame decompositie van zijn lichaam en de echo van voetstappen, en murmelende leidingen in de muren. Met hels kabaal ging er een licht aan. Valls volgde met zijn oren de weg van de voetstappen die dichterbij kwamen. Hij nam vaag een gestalte waar aan de voet van de trap.

'Water, alstublieft,' smeekte hij.

Hij kroop naar de tralies en spande zich in om iets te zien. Verblindend licht brandde op zijn netvlies. Een zaklamp. Valls week terug en bedekte zijn ogen met de hand die hij nog had. Zelfs zo voelde hij hoe het licht over zijn gezicht en zijn met uitwerpselen, gedroogd bloed en vodden bedekte lichaam gleed.

'Kijk me aan,' zei een stem uiteindelijk.

Valls haalde zijn hand weg van zijn ogen en deed ze heel langzaam open. Zijn pupillen hadden tijd nodig om aan het licht te wennen. Het gezicht aan de andere kant van de tralies kwam hem merkwaardig vertrouwd voor.

'Ik heb gezegd dat je me aan moet kijken.'

Valls gehoorzaamde. Was de waardigheid eenmaal weg, dan bleek gehoorzamen veel eenvoudiger dan bevelen geven. De bezoeker kwam tot vlak bij de tralies en bestudeerde hem aandachtig terwijl hij de lichtkegel van de zaklamp over zijn ledematen en uitgeteerde lijf liet glijden. Pas toen besefte Valls waarom dat gezicht hem zo bekend voorkwam.

'Hendaya?' stamelde hij. 'Hendaya, bent u het?'

Hendaya knikte. Valls voelde dat de hemel zich opende en dat hij voor het eerst in dagen of weken ademhaalde. Het moest weer om een droom gaan. Soms, gestrand in het donker, hield hij gesprekken met mensen die waren gekomen om hem te redden. Hij spande opnieuw zijn ogen in en lachte.

'Godzijdank, godzijdank,' zei hij snikkend. 'Ik ben het, Mauricio Valls. Minister Valls. Ik ben het.'

Hij stak zijn arm uit naar de politieman, huilend van dankbaarheid, en schaamde zich niet zo gezien te worden; halfnaakt, gemutileerd en overdekt met stront en pis. Hendaya deed een stap naar voren.

'Hoe lang ben ik hier al?' vroeg Valls.

Hendaya antwoordde niet.

'Is alles goed met mijn dochter Mercedes?'

Weer kreeg hij geen antwoord. Valls kwam moeizaam overeind, trok zich aan de tralies omhoog, tot hij op ooghoogte was. De politieman observeerde hem volstrekt uitdrukkingsloos. Droomde hij opnieuw?

'Hendaya?'

De ander pakte een sigaret en stak hem aan. Valls rook de tabak, voor het eerst in jaren, leek het hem. Het was de kostelijkste lucht die hij ooit had geroken. Hij dacht dat de sigaret voor hem was, tot hij zag dat Hendaya hem naar zijn lippen bracht en diep inhaleerde.

'Hendaya, haal me hier weg,' smeekte hij.

De ogen van de politieman glinsterden tussen de rookkringels door die van zijn vingers opstegen.

'Hendaya, dit is een bevel. Haal me hier weg.'

De ander glimlachte en nam nog een paar trekjes.

'U hebt slechte vrienden,' zei hij ten slotte.

'Waar is mijn dochter? Wat hebben jullie met haar gedaan?'

'Niets. Nog niets.'

Valls hoorde een stem schril worden van vertwijfeling, zonder te beseffen dat het de zijne was. Hendaya wierp de sigaret de cel in, aan Valls' voeten. Hij vertrok geen spier toen de gevangene, op het moment dat hij hem de trap op zag lopen, begon te schreeuwen en met zijn laatste krachten op de tralies begon te beuken tot hij uitgeput op zijn knieën viel. De deur boven aan de trap sloot zich weer als over een graftombe en de duisternis pakte zich kouder dan ooit boven hem samen.

23

Onder de vele avonturen die Barcelona in zijn hart verbergt, bestaan onneembare oorden en verborgen afgronden, en voor de moedigen is er de burgerlijke stand. Vargas zag van verre de aftandse gevel, opgeknapt met kolengruis, en hij zuchtte. Zowel de versluierde ramen als het uiterlijk van mausoleum – door de standbeelden nog verder versterkt – leken de argelozen ervoor te waarschuwen niet eens te dénken aan een overval. Achter de zware eikenhouten poort die gewone stervelingen op afstand moest houden, wachtte hem een ommuurde balie, waarachter een mannetje met een uilenblik de rivier van het leven zonder een zweem van welkom gadesloeg.

'Goedendag,' zei Vargas op vredelievende toon.

'Dat zou het zijn als het de openingstijden voor het publiek waren. Zoals op het bord buiten te lezen staat: van dinsdag tot vrijdag van elf tot één. En vandaag is het maandag en acht uur dertien in de ochtend. Kunt u niet lezen?'

Vargas, onderlegd in de kunst van het gevecht met de kleine tiran, die menig ambtenaar in het bezit van een zegel en het officiële stempel in zich draagt, liet zijn aimabele toon varen en hield zijn legitimatie twee centimeter onder de neus van de receptionist. De ander bracht geen woord uit.

'U kunt vast en zeker lezen.'

Het mannetje slikte zijn ergernis en de slechte stemming van een hele maand weg.

'Tot uw orders, kapitein. Excuses voor het misverstand. Waarmee kan ik u van dienst zijn?'

'Ik zou willen praten met degene die hier de leiding heeft, indien mogelijk niet zo'n sufferd als u.'

De receptionist haastte zich de hoorn van de haak te nemen en naar een zekere mevrouw Luisa te vragen.

'Maakt mij niets uit,' mompelde hij in het apparaat, 'zegt u haar dat ze nu meteen komt.'

Hij hing op, trok zijn kleding recht en keek toen Vargas weer aan.

'De directiesecretaresse komt u zo halen.'

Vargas ging zitten op een lange houten bank zonder zijn ogen van de receptionist af te wenden. Na twee minuten verscheen een kleine vrouw met opgestoken haar, een montuurloze bril en een doordringende blik. Ze trok een wenkbrauw op en begreep acuut en zonder inleiding wat er was gebeurd.

'Weest u niet boos op Carmona, meer kunnen we van hem niet verwachten. Ik ben Luisa Alcaine. Wat kan ik voor u doen?'

'Mijn naam is Vargas. Centraal hoofdbureau van politie te Madrid. Ik moet een aantal aktenummers vergelijken. Het is belangrijk.'

'Vertelt u me niet dat hct ook dringend is, dat brengt ongeluk in dit pand. Laten we eerst eens kijken naar die nummers.'

Hij overhandigde haar de lijst. Doña Luisa wierp er een oppervlakkige blik op en knikte.

'In- of uitgang?'

'Pardon?'

'Dit hier zijn overlijdensaktes en die andere geboorteaktes.'

'Weet u dat zeker?'

'Ik weet altijd alles zeker. Mijn geringe lengte dient slechts om u om de tuin te leiden.'

Luisa had de glimlach van een sluwe kat.

'Dan zou ik beide willen zien, als dat mogelijk is.'

'Alles is mogelijk in de wondere wereld van de Spaanse bureaucratie. Als u zo vriendelijk wilt zijn, kolonel,' zei ze, en ze hield een deur achter de balie open.

'Kapitein slechts.'

'Spijtig. Na de schrik die u Carmona hebt bezorgd, had ik u ingeschat op een hogere rang, kunt u nagaan. Worden de adellijke titels bij u niet op basis van lengte toegekend?'

'Ik krimp alweer geruime tijd. Het zijn de jaren.'

'Gelooft u mij, ik begrijp u helemaal. Ik kwam hier destijds binnen met het uiterlijk van een ballerina en nu…'

Vargas volgde haar door een schijnbaar eindeloze gang.

'Ligt het aan mij of lijkt dit gebouw vanbinnen groter dan vanbuiten?' vroeg hij.

'U bent niet de eerste die dat opmerkt. Elke nacht groeit het een beetje. Het gerucht gaat dat het zich voedt met overtollige ambtenaren en passanten die een dossier komen raadplegen en bij de lectuur in slaap vallen. Als ik u was zou ik waakzaam blijven.'

Aan het einde van de gang bleef Luisa voor een grote deur staan die bij een kathedraal niet had misstaan. Iemand had op de latei een stuk papier opgehangen waarop te lezen stond:

Hij die zich voorbij deze deur waagt,
laat varen alle geduld!

Luisa duwde de deur open en knipoogde.

'Welkom in de magische wereld van het stempelpapier en de tweepesetazegels.'

Onder een spitsbogengewelf strekte zich in Florentijnse perspectieven een duizelingwekkende bijenkorf van schappen, trappen en archiefkasten voor hem uit. De lampen van de toneelzolder zorgden voor een stoffig licht, dat als een gerafeld gordijn in de ruimte hing.

'Heilige Moeder Gods,' mompelde Vargas. 'Hoe kan een mens hier iets vinden?'

'Het idee is dat het niet wordt gevonden, maar met vindingrijkheid, een lange stang en de ervaren hand van mijn persoontje vindt men hier zelfs de steen der wijzen.'

Hij volgde haar naar een wand waar de genummerde aktemappen tot de hemel leken te reiken. De secretaresse knipte met haar vingers, waarop twee vlijtig uitziende werknemers verschenen.

'Ik heb de boeken nodig van de secties 1 tot en met 8B van 1939 tot en met 1943 en 6C tot en met 14 van dezelfde periode.'

De twee mannen gingen op trappenzoektocht en Luisa nodigde Vargas uit aan een van de bezoekerstafels in het midden van de zaal plaats te nemen.

'1939?' vroeg Vargas.

'Al die aktes zijn nog genummerd op de oude manier. Het systeem veranderde in 1944 met de introductie van het nationale identiteitsdocument. U hebt geluk, want veel archieven van voor de oorlog zijn verloren gegaan, maar de periode van 1939 tot 1944 heeft haar eigen sectie, die pakweg twee jaar geleden opnieuw is geordend.'

'Wilt u zeggen dat al deze aktes van kort na de oorlog zijn?'

Luisa knikte.

'Het verleden oprakelen, hè?' vroeg ze. 'Ik juich uw moed toe; of het ook slim is, weet ik niet zo goed. Er zijn er niet zoveel die interesse of zin hebben om hier rond te wroeten.'

Terwijl ze wachtten op de gevraagde boeken, bestudeerde Luisa Vargas met een klinisch oog.

'Hoe lang hebt u al geen oog meer dichtgedaan?'

Hij keek op zijn horloge.

'Iets meer dan vierentwintig uur.'

'Zal ik een kopje koffie voor u bestellen? Dit kan nog wel even duren.'

Tweeënhalf uur later, nadat Luisa en haar twee helpers oceanen van papier hadden doorkruist en de oversteek hadden afgerond, vormde zich voor Vargas, die amper overeind kon blijven, een eilandje van boeken. Hij bekeek de taak die hem wachtte en zuchtte.

'Zou u de honneurs willen waarnemen, mevrouw Luisa?'

'Maar natuurlijk.'

Terwijl Vargas zijn derde kop koffie dronk, beval Luisa haar assistenten om zich terug te trekken en begon vervolgens de registerboeken tot twee langzaam groeiende stapels te reorganiseren.

'U wilt me niet vragen waar dit allemaal over gaat?'

'Zou ik dat moeten?'

Hij glimlachte. Na een tijdje liet Luisa een zucht van verlichting ontsnappen.

'Goed, alles zou hierin moeten zitten. Laten we de lijst opnieuw langslopen. Eens kijken.'

De nummers vergelijkend nam ze band na band door. Naarmate ze vorderde, fronste ze meer haar voorhoofd.

'Wat is er?' vroeg Vargas.

'Weet u zeker dat deze nummers correct zijn?'

'Het zijn de nummers die ik heb. Waarom?'

Luisa keek op van haar papieren en keek hem bevreemd aan.

'Daarom. Het zijn allemaal kleine kinderen.'

'Kleine kinderen?'

'Kleine kinderen, kijkt u maar.'

Luisa legde de registerboeken voor zijn neus en begon de nummers een voor een te vergelijken.

'Ziet u de datums?'

Vargas probeerde het onbegrijpelijke gekriebel te ontcijferen. Luisa wees met de punt van haar potlood.

'Ze zijn paarsgewijs geordend. Voor elke overlijdensakte is er ook een geboorteakte. Op dezelfde dag uitgegeven, door dezelfde ambtenaar, op dezelfde afdeling en op hetzelfde uur.'

'Hoe kunt u dat weten?'

'Vanwege de controlecode. Ziet u wel?'

'En wat betekent dat?'

'Ik weet het niet.'

'Is het normaal dat een en dezelfde ambtenaar twee aktes tegelijkertijd afwikkelt?'

'Nee. En al helemaal niet van twee verschillende afdelingen.'

'Hoe zou dat zo gekomen kunnen zijn?'

'Het is niet de normale gang van zaken. Vroeger werden de attesten per district afgegeven. Deze hier komen allemaal van het hoofdkantoor.'

'En dat is ongewoon?'

'Nogal. Daar komt nog bij dat deze aktes, als wat hier staat klopt, allemaal op één enkele dag zijn afgegeven.'

'En dat is vreemd.'

'Vreemder dan een groene hond. Maar dit is nog maar het begin.'

Vargas keek haar aan.

'Alle sterfgevallen komen uit het militaire ziekenhuis. Hoeveel kinderen overlijden er in een militair ziekenhuis?'

'En de geboortes?'

'Uit het ziekenhuis Sagrado Corazón. Allemaal, niet één uitgezonderd.'

'Zou dat een toevalligheid kunnen zijn?'

'Als u een gelovig man bent. En kijkt u naar de leeftijd van de kinderen. Die gaat ook paarsgewijs, zoals u kunt zien.'

Vargas spande zijn ogen in, maar de vermoeidheid vrat aan zijn begrip.

'Voor elke overlijdensakte is een geboorteakte,' verklaarde Luisa.

'Ik begrijp het niet.'

'De kinderen. Ieder van hen werd geboren op dezelfde dag als een van de overledenen.'

'Zou u me dit allemaal kunnen lenen?'

'De originelen mogen deze ruimte niet verlaten. U zou kopieën moeten vragen, en dat zou minstens een maand duren, en dat alleen als we aan alle touwtjes trekken.'

'Is er niet een snellere weg?'

'En een discretere?' vulde Luisa aan.

'Ook.'

'Gaat u aan de kant.'

Luisa nam papier en vulpen en noteerde een halfuur lang op meerdere vellen papier een samenvatting van de namen, datums, aktenummers en codes van elk dossier. Vargas volgde haar heldere handschrift en probeerde de sleutel tot dit alles te vinden. Pas toen zijn blik over de talloze woorden en getallen gleed, viel hem op welke naam Luisa net had opgeschreven.

'Momentje,' onderbrak hij haar.

Ze maakte plaats voor hem. Vargas zocht tussen de aktes en vond ten slotte wat hij zocht.

'Mataix,' mompelde hij.

Luisa boog zich over de documenten die hij bestudeerde.

'Twee meisjes. Op dezelfde dag overleden. Zegt dit u iets?' vroeg ze.

Vargas' ogen gleden naar het einde van de akte.

'Wat is dat?'

'De handtekening van de ambtenaar die de akte waarmerkte.'

Het schrift was netjes en elegant, het schrift van iemand die iets wist van schijn en protocol. Vargas vormde geluidloos de naam met zijn lippen en voelde het bloed bevriezen in zijn aderen.

24

De woning rook naar Alicia, naar haar parfum, haar aanwezigheid en de essence die het contact met haar huid achterliet. Fernandito zat op de bank, met geen ander gezelschap dan haar geur en een beklemming die aan hem vrat. Alicia was met haar revolver pas een kwartier geleden vertrokken, maar het wachten kwam hem nu al als anderhalve eeuwigheid voor. Niet in staat nog een seconde langer stil te blijven zitten, stond hij op om de vensters te openen en wat frisse lucht binnen te laten. Met een beetje geluk zou die verwarrende geur vervliegen en een ander slachtoffer zoeken. Hij liet de ijzige bries zijn hoofd helder maken en ging weer zitten om te wachten, precies zoals Alicia hem had gevraagd. Zijn nobele streven duurde vijf hele minuten. Toen begon hij door de eetkamer te wandelen, las de titels op de boekruggen op de planken, liet zijn vingers over de meubels glijden, bestudeerde uitvoerig objecten die hij bij eerdere bezoeken niet had waargenomen en stelde zich voor hoe Alicia dezelfde stappen deed en dezelfde dingen aanraakte. Het is niet best met je, Fernandito, dacht hij, ga zitten.

Hij meed de stoelen. Toen hij dacht dat er onmogelijk nog nieuwe rondjes in de kamer te vinden waren, waagde hij zich in de gang, aan het einde waarvan twee deuren waren. Een naar de badkamer, de andere moest die naar de slaapkamer zijn. Hij bloosde van schaamte en onrust, en voor hij voor de badkamerdeur stond, maakte hij rechtsomkeert en ging terug naar de eetkamer. Hij ging op een stoel zitten en wachtte. De minuten verstreken stroperig en het enige troostende was het regelmatige tikken van de wandklok. De tijd, besefte hij, vloeit altijd het langzaamst wanneer je hem het liefst zou versnellen.

Weer stond hij op en liep naar het raam. Geen spoor van Vargas. Vijf verdiepingen lager speelde zich de wereld af, in de verte en banaal. Zonder te weten hoe bevond hij zich weer in de gang. Voor de badkamerdeur. Hij ging naar binnen, zag zichzelf in de spiegel. Op een plankje lag een opengedraaide lippenstift. Hij pakte hem op en draaide hem heen en weer. Bloedrood. Met het schaamrood op de kaken legde hij hem weer neer en liep de badkamer uit. Ertegenover was de slaapkamerdeur. Op de drempel staand zag hij dat het bed was opgemaakt. Alicia had hier niet geslapen. Duizend gedachten dwarrelden door zijn hoofd en hij verbande ze allemaal voor ze zijn mond konden openen.

Hij deed een paar stappen naar binnen, starend naar het bed. Hij stelde zich voor hoe ze daar lag en keek weg. Hij vroeg zich af hoeveel mannen hier naast haar gelegen zouden hebben en met handen en lippen haar lichaam hadden bestudeerd. Hij liep naar de kledingkast en trok hem open. In het halfdonker zag hij haar garderobe. Met zijn vingertoppen streek hij over de jurken op hun hangers en toen sloot hij abrupt de kast weer. Tegenover het bed stond een ladekast. Hij trok de bovenste lade open en keek naar een arsenaal van perfect opgevouwen zijdeachtige en kanten kledingstukken. Zwart, rood, wit. Het duurde even voor hij begreep waar hij naar keek. Haar lingerie. Hij slikte. Zijn vingers bleven twee centimeter boven de stof in de lucht zweven. Hij trok zijn hand terug alsof het zijden kant hem had verbrand en duwde de lade dicht.

Je bent een idioot, zei hij tegen zichzelf.

Idioot of niet, hij trok de tweede lade open. Daarin lagen zijden kousen en een paar dingen met strookjes, vermoedelijk jarretelles, dic hcm duizelig maakten. Hij wilde net de lade dichtdoen, toen er een woeste rinkeltoon klonk, en van schrik sprong zijn hart bijna uit zijn lijf. De telefoon. Hij knalde de lade dicht en rende ademloos naar de eetkamer. Het apparaat rinkelde beschuldigend, als een brandalarm.

Hij wist niet wat hij moest doen. Een minuut of langer rinkelde het ding onophoudelijk. Toen hij eindelijk een bevende hand op de hoorn legde en die optilde, hield het op. Hij liet de hoorn weer vallen en haalde diep adem. Hij ging zitten en deed zijn ogen dicht. Zijn hart hamerde van zijn borst tot in zijn keel. Hij lachte om zichzelf, vond troost in zijn belachelijke gedrag. Als Alicia hem zag...

Hij was hier niet geschikt voor. Hoe eerder hij dat feit onder ogen zag, hoe beter. De gebeurtenissen van die nacht en zijn korte ervaring in Alicia's dienst hadden hem laten zien dat zijn weg niet door de wereld van de intrige liep, maar door die van de handel en dienstbaarheid aan de klant. Zodra Alicia terug was, zou hij zijn ontslag indienen. Zijn bezoekje aan het heiligdom van de lingerie van zijn bazin moest hij maar liever vergeten. Belangrijker mannen hadden zich voor veel minder geruïneerd, sprak hij zichzelf toe.

Bij deze constructieve gedachten begon hij weer een beetje bij zinnen te komen, toen de telefoon naast hem opnieuw explodeerde, en deze keer pakte hij in een reflex de hoorn van de haak en antwoordde met een dun stemmetje.

'Wie is daar?' donderde de stem aan de andere kant van de lijn.

Vargas' stem.

'Ik ben het, Fernandito,' antwoordde hij.

'Geef me Alicia.'

'Señorita Alicia is weggegaan.'
'Waarheen?'
'Dat weet ik niet.'
Vargas vloekte zachtjes.
'En jij, wat doe jij daar?'
'Juffrouw Alicia heeft me opgedragen op u te wachten en u te vertellen wat er deze nacht is gebeurd.'
'Wat is er gebeurd?'
'Ik geloof dat ik u dat beter persoonlijk kan vertellen. Waar bent u?'
'Bij de burgerlijke stand. Heeft Alicia gezegd wanneer ze terugkomt?'
'Ze heeft niets gezegd. Ze heeft een pistool gepakt en is vertrokken.'
'Een pistool?'
'Ehm, nou ja, technisch gesproken is het een revolver, zo eentje met een trommel die...'
'Ik weet wat een revolver is,' onderbrak Vargas hem.
'Komt u hierheen?'
'Ik ga even naar mijn kamer om een douche te nemen en me om te kleden, want ik zie er werkelijk verschrikkelijk uit, daarna kom ik.'
'Ik zal op u wachten.'
'Dat is je geraden. O, en Fernandito?'
'Zegt u het maar?'
'Laat ik niet te weten komen dat je dingen hebt aangeraakt waar je niet aan moet komen!'

De blauwe tram sukkelde voort met een snelheid om bij in te slapen. Alicia was net op tijd bij de halte aangekomen om aan boord te kunnen springen, terwijl de conducteur al aan de kruk draaide voor de klim over de Avenida del Tibidabo. Een groep scholieren, overduidelijk uit een internaat, vulde de wagon als sardientjes een blik. De scholieren, bewaakt door een stel geestelijken met een ernstig uiterlijk, waren vermoedelijk op excursie naar de tempel hoog boven op de berg Tibidabo. Ze was de enige vrouw tijdens de hele rit. Zodra ze ging zitten op de plek die een leerling voor haar vrij had gemaakt op instigatie van een van de priesters, verstomde de herrie van de knullen, zodat men geknor van de magen kon horen – of misschien waren het slechts hun ongeremd door de aderen stuiterende hormonen. Alicia sloeg zedig haar ogen neer en deed alsof ze ze niet opmerkte. De leerlingen, die ze inschatte op zo'n dertien, veertien jaar, bekeken haar steels alsof ze nog nooit een dergelijk schepsel hadden gezien. Een van hen, een jochie met rood haar, bezaaid met sproeten en met een meer dan gemiddeld onnozel hoofd, zat precies tegenover haar en leek gehypnotiseerd. Zijn ogen waren vastgelopen in een constant heen en weer glijden tussen haar knieën en haar gezicht. Alicia keek op en staarde hem enkele seconden lang aan. De arme ziel leek zich te verslikken, tot een van de geestelijken hem een pets in zijn nek gaf.

'Manolito, laten we het aangenaam houden,' maande hij hem.

De rest van de rit verliep tussen stiltes, vluchtige blikken en een enkel ingehouden sniklachje. Het spektakel van de overstromende adolescentie is de beste antistof tegen nostalgie, bedacht ze.

Aangekomen bij de eindhalte besloot ze te blijven zitten tot de twee priesters de leerlingen als vee naar buiten hadden gedreven. Ze zag de zwerm naar het kabelbaanstation gaan, stompen en schunnige lachsalvo's uitwisselend. De meest oververhitte jongens draaiden zich om om naar haar te kijken en commentaren uit te wisselen met hun kompanen. Alicia wachtte tot de geestelijken ze allemaal in het stationsgebouw hadden gestopt als in een soort kraal en stond op. Ze stak het pleintje over, met steeds de imponerende gevel van El Pinar in haar blikveld, dat als een kroon op de voor haar liggende heuvel stond. Er stonden een paar zwarte auto's geparkeerd bij de deuren van restaurant La Venta, dat op slechts een paar meter van de tramhalte lag. Alicia kende het goed omdat het Leandro's lievelingsrestaurant was, waar hij haar menigmaal mee naartoe had genomen om haar bij een goed diner de omgangsvormen en het protocol bij te brengen. 'Een dame met klasse pakt niet het bestek, maar liefkoost het.' Alicia stak haar hand in haar tas, betastte de revolver en ontgrendelde hem.

Het perceel van El Pinar beschikte over twee ingangen. De hoofdingang, een oprijlaan, die ook door het rollend materieel werd gebruikt, bevond zich in de Calle de Manuel Arnús, op iets meer dan honderd meter van het plein als men de weg om de heuvel volgde naar het noordelijke stuk van de Carretera de las Aguas. De tweede ingang, een ijzeren poort die naar een pad van trappen door de tuin leidde, bevond zich op een steenworp afstand van de tramhalte. Toen ze ervoor stond stelde ze vast, geheel volgens verwachting, dat hij op slot zat. Ze volgde de muur in de richting van de hoofdingang. Daar stond een tweede huis, vermoedelijk de voormalige portierswoning, waarvan ze aannam dat dat bewaakt werd. Ze zag althans op haar weg langs de heuvel een gestalte op de bovenverdieping die de omgeving van het huis in het oog hield. Mogelijkerwijs had Hendaya nog meer mensen binnen en buiten geposteerd. Halverwege stond ze stil, in een hoek waar ze vanaf de hoofdingang niet gezien kon worden, en bestudeerde de muur. Haar blik viel al spoedig op de plek waarlangs Fernandito zich de vorige nacht toegang had verschaft tot het terrein. Bij daglicht leek het haar zonder hulp niet uitvoerbaar. Ze keerde terug naar het plein, waar de tram begon aan zijn afdaling, en liep naar La Venta. Daar ging ze naar binnen, en ze was er op dit uur moederziel alleen, want de keuken zou pas vele uren later opengaan. Ze ging op een barkruk zitten. Een ober stak zijn hoofd om een gordijntje en kwam met een beleefde glimlach naar haar toe.

'Een glas witte wijn, alstublieft.'

'Hebt u voorkeur?'

'Verras me.'

De ober knikte en pakte met geroutineerde hand een glas zonder een blik met haar te wisselen.

'Kan ik de telefoon gebruiken?'

'Natuurlijk, juffrouw. Die is daarachter, aan het eind van de toog.'

Ze wachtte tot de ober weer achter het gordijn was verdwenen, nam een slok wijn en liep naar de telefoon.

Fernandito leunde uit het raam en probeerde de figuur van Vargas tussen de voetgangers in de Calle Aviñón te ontwaren, toen de telefoon achter hem opnieuw rinkelde. Deze keer aarzelde hij niet en antwoordde meteen.

'Waar bent u? Zou u niet hier komen?'

'Wie zou komen?' vroeg Alicia aan de andere kant van de lijn.

'Pardon, ik dacht dat het kapitein Vargas was.'

‘Heb je hem gezien?’

‘Hij heeft gebeld en gezegd dat hij deze kant op zou komen.’

‘Hoe lang geleden was dat?’

‘Een kwartier ongeveer. Hij zei dat hij bij de burgerlijke stand was geweest.’

Alicia liet een stilte vallen die Fernandito interpreteerde als verbijstering.

‘Heeft hij gezegd wat hij daar deed?’

‘Nee. Is alles goed met u?’

‘Alles is goed, Fernandito. Wanneer Vargas er is, vertel je hem wat je mij hebt verteld en daarna zeg je dat ik wacht in het restaurant bij het kabelbaanstation Tibidabo. Noteer het telefoonnummer.’

‘Dat is naast El Pinar.’

‘Zeg hem dat hij voortmaakt.’

‘Hebt u hulp nodig? Wilt u dat ik daarheen kom?’

‘Haal het niet in je hoofd. Jij wacht daar tot Vargas er is en je doet wat ik heb gezegd. Heb je me begrepen?’

‘Ja. Juffrouw Alicia?’

Ze had al opgehangen. Fernandito stond nog naar de hoorn te staren, toen hij vanuit zijn ooghoeken iets zag bewegen. Een beweging achter het raam van Vargas’ kamer aan de overkant van de straat. Vermoedelijk was de politieman naar boven gegaan terwijl hij aan de telefoon was met Alicia. Hij keek weer naar de overkant om zich ervan te verzekeren dat hij zich niet had vergist, en zag daarna Vargas beneden op straat naar het Gran Café lopen.

‘Kapitein! Vargas!’ riep hij luidkeels.

De ander verdween naar binnen. Weer keek Fernandito naar de ramen van het tegenovergelegen venster, en precies op dat moment zag hij een gestalte de gordijnen dichttrekken. Hij wilde het nummer draaien dat Alicia hem net had gegeven, maar een merkwaardige, heftige onrust overviel hem. Hij liep naar de deur en rende, steeds sneller, de trappen af.

25

Toen Vargas de sleutel in het slot stak, merkte hij meteen dat er iets niet klopte. De sleutel ging er moeizaam in en bij het draaien was amper weerstand te voelen. Het slot was opengebroken. Hij trok zijn wapen en duwde de deur zachtjes met zijn voet open. In de dakkamer, twee kleine, door een kralengordijn van elkaar gescheiden ruimtes, was het donker. De gordijnen waren dicht. Hij herinnerde zich ze opengelaten te hebben. Hij spande de haan. Roerloos wachtte de gestalte in de hoek. Vargas hief het wapen en mikte.

'Alstublieft, niet schieten, ik ben het!'

Vargas deed een paar passen naar voren en de gestalte stapte uit de schaduw met de handen omhoog.

'Rovira? Wat voor de duivel doe jij hier? Ik had bijna je hoofd van je romp geschoten.'

De kleine spion, als altijd gehuld in zijn armoedige jas, keek hem bevend aan.

'Doe je handen omlaag,' beval Vargas.

Rovira knikte herhaaldelijk en gehoorzaamde.

'Vergeeft u mij, kapitein. Ik wist niet wat ik moest doen. Ik wilde beneden op straat op u wachten, maar ze volgden me, ik weet het zeker, en toen dacht ik...'

Rovira haalde diep adem en gebaarde met zijn handen, alsof hij niet wist waar hij moest beginnen. Vargas sloot de deur en duwde hem in een fauteuil. Vervolgens pakte hij een stoel en ging tegenover hem zitten.

'Begin bij het begin.'

De ander slikte.

'Ik breng u een boodschap van commissaris Linares.'

'Linares?'

Rovira knikte.

'Hij was degene die me opdracht gaf u en juffrouw Alicia te volgen. Hoewel ik u kan verzekeren dat ik uw instructies heb opgevolgd en altijd op afstand ben gebleven om u niet lastig te vallen. En ik heb hun ook slechts het hoogstnoodzakelijke verteld om in het dossier iets te kunnen laten zien.'

'Wat voor boodschap?' onderbrak Vargas hem.

'Commissaris Linares ontving een telefoontje toen hij weer op het bureau aankwam. Iemand uit Madrid. Heel hoog. Hij vroeg me u te vertellen dat u in gevaar bent, dat het beter is dat u de stad uit gaat. U en juffrouw Alicia. Hij heeft me opgedragen u in het mortuarium op te zoeken om het u mede te delen. In het lijkenhuis zeiden ze dat u naar de burgerlijke stand was gegaan.'

'Ga door.'

'Hebt u daar iets belangwekkends ontdekt?' vroeg Rovira.

'Niets wat jou aangaat. Wat nog meer?'

'Goed, dus ik ben naar de burgerlijke stand gegaan, maar daar zeiden ze ook dat u al weg was, en toen ben ik hiernaartoe gerend om op u te wachten. En dat was het moment dat ik merkte dat u werd gevolgd.'

'Was dat niet jóúw werk?'

'Van mij en van nog iemand.'

'Wie?'

'Dat weet ik niet.'

'En hoe bent u binnengekomen?'

'De deur was open. Ik geloof dat ze het slot hebben geforceerd. Ik heb gecontroleerd of hierbinnen niemand verborgen zat, heb de deur weer dichtgedaan en de gordijnen gesloten zodat niemand zag dat ik hier op u zat te wachten.'

Vargas keek hem lange tijd zwijgend aan.

'Heb ik iets verkeerd gedaan?' vroeg Rovira bang.

'Waarom heeft Linares me niet gebeld in het mortuarium?'

'De commissaris zei dat de telefoons van het hoofdbureau niet veilig waren.'

'En waarom is hij zelf niet gekomen?'

'Hij had een vergadering met die officier die ze van het ministerie hebben gestuurd. Een zekere Alaya of zo.'

'Hendaya.'

Rovira knikte.

'Precies.'

De jongen trilde nog steeds als een rietje.

'Kunt u me een glas water brengen, alstublieft?' smeekte hij.

Vargas aarzelde even. Toen liep hij naar de commode en schonk een glas in uit de halfvolle kan.

'En juffrouw Alicia?' informeerde Rovira achter hem. 'Is zij niet bij u?'

Vargas merkte dat de stem van Rovira heel dichtbij was en toen hij zich omdraaide met het glas in de hand, stond hij op amper een handbreedte voor hem. Hij trilde niet meer en zijn verschrikte gezichtsuitdrukking had plaatsgemaakt voor een ondoorgrondelijk masker.

Vargas zag niet eens het lemmet van het mes.

Hij voelde een brute steek in zijn zij, alsof iemand met een hamer op zijn ribben had geslagen, en hij begreep dat de kling tot in zijn long was doorgedrongen. Hij had de indruk dat Rovira glimlachte en toen hij naar zijn revolver wilde grijpen, trof het mes hem voor de tweede maal, deze keer boorde het zich tot het heft in zijn nek, zodat hij wankelde. Zijn blik vertroebelde en hij greep zich vast aan de commode. Een derde messteek trof hem in de maag. Hij zakte in elkaar en bleef op de grond liggen. Een schaduw viel over hem heen. Terwijl zijn lichaam stuiptrekkend vocht om te overleven, rukte Rovira hem het wapen uit handen, bekeek het onverschillig en liet het op de grond vallen.

'Speelgoed,' zei hij.

Vargas verdwaalde in die bodemloze ogen. Rovira wachtte nog een paar seconden en bracht hem nog twee steken toe in zijn maag, waarbij hij het lemmet omdraaide. Vargas spuugde een stroom bloed uit en probeerde Rovira te slaan, of wie dat wezen ook was dat hem in stukken sneed. Zijn vuisten raakten amper diens gezicht. Rovira trok het bloedbevlekte mes eruit en hield het voor zijn neus.

'Klootzak,' zei Vargas rochelend.

'Kijk goed naar me, ouwe lul. Ik wil dat je sterft in de wetenschap dat ik met haar niet zo barmhartig zal zijn. Bij haar zal ik het heel lang uitstellen, en ik zweer je dat ze je zal vervloeken omdat je tekort bent geschoten, terwijl ik haar alles laat zien wat ik kan.'

Vargas voelde hoe een intense kou bezit van hem nam en zijn ledematen verlamde. Zijn hart klopte als een bezetene en hij kon amper ademhalen. Een lauwwarme, stroperige laag breidde zich uit onder zijn lichaam. Zijn ogen vulden zich met tranen en een angst zoals hij nog nooit had gevoeld, beving hem. Zijn moordenaar veegde het mes af aan Vargas' revers en borg het op. Hij bleef op zijn hurken zitten, keek hem in de ogen en genoot van zijn doodsstrijd.

'Voel je het al? Wat voel je?'

Vargas sloot zijn ogen en riep het beeld op van Alicia. Hij stierf met een glimlach op zijn lippen, en toen de man die Vargas had gekend als Rovira dat zag, voelde hij zo'n intense woede dat hij, ook al wist hij dat Vargas dood was, met zijn vuisten diens gezicht begon te bewerken tot zijn knokkels rauw waren.

Fernandito was de trappen op gerend en toen hij bij Vargas' deur was, bleef hij een moment staan voor hij zijn hand optilde om te kloppen. Het geluid van doffe slagen aan de andere kant hield hem tegen. Een schorre stem stootte woedend geschreeuw uit, terwijl die vreselijke vuistslagen te horen waren die zich ontlaadden op vlees en bot. Vergeefs probeerde Fernandito de deur te openen. Na een tijdje hielden de slagen op en hoorde hij voetstappen naar de deur komen. De angst won het, hij slikte zijn schaamte weg en haastte zich de trap op naar het dakterras om zich te verbergen. Hij drukte zich dicht tegen de muur van het trapportaal en hoorde onder hem de deur opengaan. Voetstappen daalden af. Fernandito keek het trappenhuis in en zag die kleine man in zijn zwarte jas. Na een paar seconden sloop hij de trap af naar Vargas. De deur stond op een kier. Vanaf de drempel zag hij het lichaam van de politieman in een dikke, donkere vloeistof liggen. Bloed. Toen hij dichterbij kwam, gleed hij uit en viel naast Vargas' lijk, dat wit was als een marmeren beeld. Een seconde lang wist hij niet wat hij moest doen. Toen zag hij het wapen van de politieman, pakte het op en snelde de trap af.

26

Vanuit zee kwam snel een dicht wolkendek opzetten, dat Barcelona onder zich begroef. Alicia, zittend aan de bar van het lokaal, draaide zich om toen ze de eerste donderslag hoorde galmen. Ze keek toe hoe het schaduwfront onverbiddelijk naderbij kwam. Een elektrische ontlading verlichtte de wolkenwerveling en meteen daarop kletsten de eerste regendruppels tegen de ruiten. Na een paar minuten begon de wolkbreuk zich te ontladen en verzonk de wereld in een ondoordringbaar grijs.

De herrie van de storm begeleidde haar op haar weg van het restaurant naar de muur om het terrein van El Pinar. Het watergordijn vervaagde de omtrekken al vanaf een paar meter afstand en versluierde haar bewegingen. Toen ze opnieuw langs de ingang naar de tuin kwam, kon ze de gevel van het huis amper zien. Ze liep weer om het terrein en klom op de muur op de plek die ze eerder had uitgezocht. Met een sprong belandde ze aan de andere kant, op een dikke, door de regen week geworden laag gebladerte die haar val verzachtte. In de beschutting van de bomen liep ze door de tuin tot ze op het hoofdpad kwam. Dat volgde ze tot de achteringang van het huis, waar het keukenvenster zat waarover Fernandito het had gehad. De regen sloeg woest tegen de gevel en liep er in stromen langs. Ze liep naar een van de vensters en tuurde naar binnen. Ze zag de met bloed bevlekte houten tafel waar Fernandito Valentín Morgado op had zien sterven. Er was niemand te zien. Het lawaai van de storm leek ook in het huis te weerklinken. Alicia sloeg met de kolf van de revolver op het raam en versplinterde het glas. Een seconde later stond ze binnen.

Fernandito volgde hem op de voet. De vreemde wandelde bedaard door, alsof hij niet net in koelen bloede een man had omgebracht, maar slechts naar buiten was gegaan om een wandelingetje te maken. De eerste bliksemschicht verlichtte de straten en de mensen vluchtten ijlings naar de bogen van het Plaza Real om te schuilen voor de regen. De moordenaar versnelde zijn pas niet, noch maakte hij aanstalten om ergens te schuilen; hij liep langzaam door naar de Ramblas. Daar bleef hij bij de trottoirband staan. Fernandito kwam dichterbij en stelde vast dat zijn kleding doorweekt was. Heel even kwam hij in de verleiding Vargas' wapen te pakken en hem een kogel in zijn rug te jagen. Roerloos bleef de moordenaar staan, alsof hij zijn aanwezigheid bespeurde en hem verwachtte. Plotsklaps hervatte hij zijn wandeling, stak de Ramblas over naar de Calle Conde del Asalto, naar het centrum van de wijk El Raval.

Fernandito volgde hem en gaf hem een kleine voorsprong. Toen hij links de Calle de Lancaster insloeg, rende hij haastig achter hem aan en zag hem nog net in een deuropening halverwege de volgende kruising verdwijnen. Hij wachtte kort en liep er vervolgens langzaam heen, dicht langs de muur. Het vieze water van de daken spetterde in zijn gezicht en gleed zijn kraag in. Bij de deur waar hij de moordenaar naar binnen had zien gaan, stond hij stil. Vanuit de verte had het eruitgezien als een trappenhuis, maar nu ontpopte de begane grond zich als winkellokaal. Een roldeur verzegelde de deuropening. Daarin was een kleine deur aangebracht, die nu op een kier stond. Een verbleekt uithangbord boven de latei verkondigde:

ETALAGEPOPPENFABRIEK

GEBROEDERS CORTÉS

KLEERMAKERIJ & CONFECTIEGOED

OPGERICHT IN 1909

Overduidelijk was het atelier al jaren dicht, het maakte een verwaarloosde indruk. Fernandito aarzelde. Alles in hem schreeuwde dat oord te verlaten en hulp te halen. Hij was al bijna weer terug bij de hoek, toen het beeld van Vargas' lichaam op de vloer en zijn bebloede gezicht hem deed stilstaan. Hij draaide zich om en keerde terug naar het deurtje van het atelier, legde zijn vingers om de rand en duwde het een paar centimeter open.

Binnen was het stikdonker. Hij duwde de deur helemaal open, zodat het schaarse, door de regen heen dringende licht net de contouren van een winkellokaal kon schetsen zoals hij ze zich uit zijn kindertijd herinnerde. Een houten toonbank, glazen vitrines en wat omgevallen stoelen. Alles was bedekt met iets wat hij aanvankelijk had aangezien voor doorzichtige zijden doeken; pas na een paar verbijsterde ogenblikken begreep hij dat het spinnenwebben waren. In een hoek stonden een paar naakte, in webben gevangen etalagepoppen, alsof een gigantische spin ze vast daarheen had gesleurd om ze later te verslinden.

Uit het binnenste hoorde hij een metalige echo komen. Hij kneep zijn ogen tot spleetjes en zag dat achter de stofbedekte toonbank een gordijn hing waardoor men in de ruimte achter de winkel kwam. Het bewoog nog een beetje. Bijna zonder te ademen trad Fernandito nader en schoof het gordijn een krappe handbreedte opzij. Voor hem lag een lange gang. Plotseling merkte hij dat het licht achter hem verdween, en hij draaide zich nog net op tijd om om te zien hoe de wind of misschien een onbekende hand de deur heel langzaam in het slot drukte.

Alicia liep door de keuken, de blik strak gericht op een deur waarachter ze, gesmoord door de gutsende regen, stemmen kon horen. Ze hoorde voetstappen en de doffe klap van een in het slot vallende zware deur. Afwachtend bleef ze staan. Ondertussen bekeek ze de keuken wat beter. De fornuizen, ovens en bakplaten zagen eruit alsof ze in lange tijd niet waren gebruikt. Aan de muur hingen nog steeds braadpannen, kookpannen, messen en ander gerei aan metalen stangen. Het metaal had een donkere tint gekregen. Een grote, marmeren gootsteen lag vol puin. Midden in de ruimte stond de houten tafel. Alicia zag de kettingen en riemen aan de tafelpoten en het opgedroogde bloed op het blad. Ze vroeg zich af wat ze met het lijk van Sanchís' chauffeur zouden hebben gedaan en of zijn vrouw nog in leven was.

Ze liep naar de deur en drukte haar oor ertegenaan. De stemmen leken uit een nabijgelegen ruimte te komen. Ze wilde net de deur een paar centimeter opendoen om een blik naar binnen te werpen, toen ze weer hoorde wat ze aanvankelijk had geïnterpreteerd als het geluid van de regen tegen de ramen. Een metalig getik dat uit de ingewanden van het huis leek te komen. Ze hield haar adem in en hoorde het opnieuw. Iets of iemand hamerde op een muur of tegen een leiding, en wel op een plek die met de keuken verbonden moest zijn. Ze liep naar de opening van een goederenlift, waar ze het beter kon horen. Het geluid kwam van beneden: er bevond zich iets onder de keuken.

Alicia liep langs de wanden, tastte ze af en klopte erop met haar knokkels. Ze leken massief. In een hoek was een metalen deur. Ze trok de hendel naar beneden en deed haar open. Aan de andere kant was een ruimte van zo'n zes vierkante meter met tegen de wanden stoffige stellingkasten, waarschijnlijk de voormalige voorraadkamer. Het metalige getik was daar nog duidelijker te horen. Ze liep een klein stukje naar binnen en voelde de trilling onder haar voeten. Toen zag ze op de achterwand van het kamertje een donkere lijn afgetekend, een verticale kier. Ze kwam dichterbij en beklopte de wand. Met beide handen duwde ze ertegenaan en de muur gaf mee. Een intense stank van verrotting en uitwerpselen sloeg haar tegemoet. Ze voelde zich misselijk worden en sloeg een hand voor haar mond.

Voor haar lag een in de steen uitgehakte tunnel die in een hoek van vijfenveertig graden naar beneden liep. Een trap met ongelijke treden verdween in het donker. Plotseling verstomde het geluid. Alicia stapte op de eerste trede en luisterde ingespannen. Ze hoorde iets wat leek op het suizelen van een adem. Met de revolver recht naar voren gericht daalde ze nog een traptrede af.

Aan één kant hing aan een metalen haak in de muur een langwerpig object. Een zaklantaarn. Ze pakte hem van de haak en deed hem aan door aan het handvat te draaien. Een witte lichtstraal doorboorde de dikke, vochtige duisternis die uit die diepte opsteeg.

'Hendaya? Bent u het? Laat u me hier niet achter!'

De stem kwam van het einde van de tunnel, gebroken en amper nog menselijk. Langzaam daalde ze de treden af, tot ze de tralies zag. Ze hield de zaklamp omhoog en liet het licht door de cel dwalen. Toen ze besefte wat ze zag, voelde ze het bloed in haar aderen bevriezen.

Hij zag eruit als een gewond dier, bedekt met vuil, in vodden gekleed. Onder de smerige haarslierten en volle baard was een gelig gezicht vol schrammen te zien. Het wezen kroop naar de tralies en stak zijn hand in een smekend gebaar naar haar uit. Alicia liet het wapen zakken en staarde hem verbijsterd aan. De gevangene steunde met zijn andere arm op een stang en ze zag dat hij een hand miste. Die was ter hoogte van de pols bruut geamputeerd, de stomp met teer dichtgeschroeid. De huid van de arm was paars gekleurd. Ze bedwong de opkomende misselijkheid en kwam dichterbij.

'Valls?' vroeg ze ongelovig. 'Bent u Mauricio Valls?'

De gevangene deed zijn mond open om iets te zeggen, maar het enige wat aan zijn lippen ontsnapte, was een angstwekkend gekreun. Alicia controleerde of de celdeur op slot zat. Een smeedijzeren hangslot hield de kettingen om de tralies bij elkaar. Ze hoorde voetstappen door de muren heen en begreep dat ze niet veel tijd had. Aan de andere kant van de tralies keek Valls haar vertwijfeld aan. Ze wist dat ze hem daar nu niet uit kon halen. Zelfs als ze dat slot open kon schieten, moest ze ervan uitgaan dat Hendaya minstens twee of drie man in het huis had zitten. Ze moest Valls in zijn cel achterlaten en Vargas halen. De gevangene leek haar gedachten te lezen: hij stak zijn hand uit en probeerde haar vast te pakken, maar hij had er amper nog de kracht toe.

'Laat me niet hier achter,' zei hij op een toon tussen smeekbede en bevel in.

'Ik kom terug met hulp,' fluisterde Alicia.

'Nee!' schreeuwde Valls.

De weerzin negerend die de aanraking bij haar opriep met deze zak botten die iemand in dit hol in de grond had besloten te laten wegrotten, pakte ze zijn hand.

'U mag in geen geval tegen iemand zeggen dat ik hier ben geweest.'

'Als je probeert weg te lopen ga ik schreeuwen, kutwijf, en dan stoppen ze jou erbij!'

Ze keek hem in de ogen en meende in dat levende lijk een seconde de echte Valls te zien, althans het weinige wat er van hem over was.

'Als u dat doet, zult u uw dochter nooit meer terugzien.'

Alle woede en wanhoop waren in één seconde uit Valls' gezicht verdwenen.

'Ik heb Mercedes beloofd u te vinden,' zei Alicia.

'Leeft ze?!'

Alicia knikte.

Valls leunde met zijn voorhoofd tegen de tralies en huilde.

'Laat u niet toe dat ze haar vinden en haar wat aandoen,' smeekte hij.

'Wie? Wie zou Mercedes pijn willen doen?'

'Alstublieft.'

Alicia hoorde opnieuw de voetstappen boven het hol en richtte zich op. Valls keek haar een laatste keer aan met een lijdzame, hoopvolle blik.

'Haast u zich,' kreunde hij.

27

Fernandito staarde naar de deur die langzaam in het slot viel. De duisternis om hem heen werd dichter, zodat de poppen en de vitrines erin oplosten. Toen er nog slechts een kiertje vaal licht overbleef, haalde hij diep adem en bedacht dat als hij die persoon tot zijn schuilplaats had gevolgd, dat was met een doel. Alicia rekende op hem! Hij greep de revolver goed vast en draaide zich om naar de donkere gang van schaduwen die verdween in het hart van het atelier.

'Ik ben niet bang,' mompelde hij.

Een vaag geluid drong tot zijn oren door. Hij had durven zweren dat het kindergelach was. Heel dichtbij. Op amper een paar meter van waar hij zich bevond. Hij hoorde snelle passen in het donker naar zich toe schuifelen en paniek overviel hem. Hij tilde het wapen op en haalde de trekker over, zonder precies te weten wat hij deed. Een oorverdovend lawaai knalde tegen zijn trommelvliezen en zijn armen schoten omhoog alsof iemand hem een hamerslag op zijn polsen had gegeven. Gedurende een honderdste van een seconde verlichtte een zwavelgele flits de gang, en Fernandito zag hem. Hij kwam met opgeheven mes en gloeiende ogen op hem af, het gezicht verborgen achter een masker dat uit huid leek te bestaan.

Hij schoot telkens opnieuw, tot de revolver uit zijn handen glipte en hijzelf achteroverviel. Een moment lang dacht hij dat die duivelse figuur die hij op zich af had zien komen lopen naast hem stond en hij elk moment het koude staal op zijn huid zou voelen, nog voor hij weer op adem had kunnen komen. Hij krabbelde achteruit en toen hij eindelijk zijn evenwicht hervond, stortte hij zich op de deur, rukte die open en belandde op de kletsnatte straat. Hij stond op, en zonder achterom te kijken begon hij te rennen alsof de duivel hem op de hielen zat.

Ze noemden hem allemaal Bernal. Dat was weliswaar niet zijn echte naam, maar hij had niet de moeite genomen hen te corrigeren. Nog maar kort werkte hij voor Hendaya in dit oude huis waarvan zijn nekharen rechtovereind gingen staan, maar hij had al genoeg gezien. Genoeg om te weten dat die beul en zijn vierspan van slachters maar liever helemaal niets van hem wisten. Minder dan twee maanden had hij te gaan voor hij met pensioen kon met een ellendig loontje voor een heel leven zwoegen in de bovenste rangen van het politiekorps. In dit stadium van de farce was het zijn grote droom alleen en vergeten te sterven in de donkere, vochtige kamer van een pension in de Calle de Joaquín Costa. Liever stierf hij als een ouwe hoer dan in heldenkostuum ter meerdere eer en glorie van die verwende kinderen die Binnenlandse Zaken stuurde. De nieuwe centurions, allemaal van hetzelfde laken een pak, allemaal bereid de straten van Barcelona te zuiveren van arme zielen en tweederangsrooien die amper rechtop konden pissen na een half leven in het verborgene of opgesloten in gevangenissen zo vol als bijenkorven te hebben doorgebracht. Er zijn tijden waarin het eervoller is te sterven in vergetelheid dan in roem te leven.

In zulke gedachten verzonken opende de per abuis Bernal genoemde de keukendeur. Hendaya stond op surveillancerondes door het huis en hij volgde de bevelen naar de letter op. Dat was zijn specialiteit. Hij had maar drie stappen nodig om te merken dat er iets niet klopte. Een zucht vochtige lucht streek over zijn gezicht. Hij keek naar de andere kant van de keuken. Het schijnsel van een bliksemschicht tekende kort de puntige lijnen van het kapotte glas af. Bernal knielde neer bij de glasscherven. In het stof was een voetspoor te zien. Lichte voeten en kleine zolen met bijpassende hakafdruk. Een vrouw. De valse Bernal liet het overduidelijke bewijs door zijn hoofd gaan. Hij kwam overeind en liep naar de voorraadkamer, waar hij op de achterste wand drukte en zo de ingang naar de tunnel opende. Hij daalde een paar treden af tot de naar boven walmende stank hem noopte te stoppen. Hij draaide zich weer om en wilde de ingang alweer afsluiten, toen zijn blik op de zaklamp aan de haak viel: die schommelde zachtjes. De man sloot de deur en keerde terug naar de keuken. Hij keek vluchtig om zich heen en wiste na een korte aarzeling met zijn voet de sporen uit en schoof de scherven naar een schaduwrijke hoek. Hij zou echt niet degene zijn die Hendaya bij terugkomst vertelde dat iemand een verrassingsbezoekje had afgelegd aan het huis. De laatste pechvogel die Hendaya een slecht bericht had gebracht, moest dat bekopen met een gebroken kaak. En dat was een van zijn vertrouwelingen geweest. Op hem moesten ze niet rekenen. Met een beetje geluk zouden ze hem over zeven weken een bescheiden medaille opspelden, die hij hoopte te verpanden om de diensten van een hoogwaardige lichtekooi mee te kunnen bekostigen om zo van dit ondermaanse afscheid te nemen, en als hij dat kritische ogenblik overleefde, dan had hij de complete, verdomde grijze ouderdom nog voor zich om te vergeten waarvan hij getuige was geweest deze laatste dagen in El Pinar, en om zich ervan te overtuigen dat alles wat hij in naam van de plicht had gedaan op rekening kwam van die Bernal die hij nooit was geweest en nooit zou zijn.

Verstopt in de tuin voor het venster keek Alicia toe hoe de politieman kalm door de keuken liep, de ingang naar de tunnel controleerde en daarna onbegrijpelijkerwijs het spoor van voetstappen uitveegde dat zij had achtergelaten. De man keek nog een laatste keer rond en liep daarna terug naar de deur. Ze besloot van de beschutting van de nog steeds heftig vallende regen gebruik te maken om in allerijl door de tuin te lopen, de heuvel af te rennen en over de muur te klimmen, zonder zeker te weten of die agent aan zijn superieuren zou rapporteren wat hij had ontdekt. In elk van de zestig seconden die ze daarvoor nodig had, verwachtte ze een kogel tussen haar schouderbladen, maar die kwam niet. Nadat ze aan de andere kant van de muur was geland, liep ze naar het plein, waar de blauwe tram net aan zijn afdaling begon in het onweer. Ze sprong op de al bewegende wagon, negeerde de afkeurende blik van de conducteur en liet zich doorweekt en rillend op een van de zitplaatsen vallen. Of dat van kou of opluchting was, wist ze niet.

Ze vond hem in elkaar gedoken op het treetje van het portiek. Zonder acht te slaan op de plassen in de overstroomde Calle Aviñón liep ze naar het huis en bleef voor hem staan. Ze wist het zonder dat de jongen iets hoefde te zeggen. Hij keek op en staarde haar met tranen in de ogen aan.

'Waar is Vargas?' vroeg Alicia.

Hij liet zijn hoofd zakken.

'Niet naar boven gaan,' mompelde hij.

Twee traptreden tegelijk nemend en zonder zich te bekommeren om de pijn die haar heup doorboorde en verlamde, haastte ze zich naar boven.

Op de vierde verdieping bleef ze voor de halfgeopende deur naar Vargas' kamer staan. Een zoet-metalige geur hing in de lucht. Ze stootte de deur open en zag het lichaam in de woonkamer in een donker glinsterende plas bloed. Kou beving haar en benam haar de adem en ze greep zich vast aan de deurpost. Haar benen dreigden dienst te weigeren toen ze op het lijk afliep. Vargas had zijn ogen open. Zijn gezicht was een door klappen vernield wassen masker dat ze amper herkende. Ze knielde naast hem neer en streelde zijn wangen. Tranen van woede benamen haar het zicht en ze slikte een kreun in.

Naast het lijk lag een omgevallen stoel. Ze zette hem overeind en ging zitten om het lichaam zwijgend te bekijken. Het vuur in haar heup baande zich een weg door haar botten. Met haar vuist sloeg ze krachtig op de oude kwetsuur en heel even verblindde de pijn haar en stond ze op het punt op de grond te vallen. Ze bleef zichzelf slaan tot Fernandito, die de scène vanaf de drempel had gadegeslagen, haar armen vastpakte. Hij omklemde haar tot ze zich niet meer kon bewegen en liet haar van pijn huilen tot ze bijna geen lucht meer kreeg.

'Het is niet uw schuld,' herhaalde hij steeds weer.

Toen ze niet meer beefde, nam hij een deken van een stoel en legde die over het lijk.

'Doorzoek zijn zakken,' beval Alicia.

Hij doorzocht de overjas en het colbert van de politieman en vond zijn portefeuille, wat muntgeld, een stuk papier met een lijst getallen en een visitekaartje:

> **MARÍA LUISA ALCAINE**
> directiesecretaresse
> Archieven en Documentatie
>
> burgerlijke stand Barcelona

Hij gaf haar wat hij had gevonden en Alicia bestudeerde het. De lijst en het kaartje borg ze op. De rest gaf ze terug, en ze gebaarde dat hij de spullen op de oorspronkelijke plek moest terugstoppen. Ze staarde naar de gestalte die zich onder de deken aftekende. Fernandito wachtte een poosje voor hij zich weer tot haar richtte.

'Hier kunnen we niet blijven,' zei hij ten slotte.

Ze keek hem aan alsof ze hem niet begreep of hem niet kon horen.
'Geef me uw hand.'

Ze weigerde zijn hulp en maakte aanstalten om zelf overeind te komen. Fernandito zag de grimas van pijn op haar gezicht. Hij legde zijn armen om haar heen en hielp haar bij het opstaan. Eenmaal overeind deed ze een paar passen en probeerde het hinken te verbergen.

'Ik red het ook alleen,' zei ze.

Haar stem had een ijskoude klank gekregen, haar blik was ondoorgrondelijk en verraadde geen enkele emotie, zelfs niet toen ze zich een laatste keer naar Vargas omdraaide. Ze heeft de deuren dichtgedaan en alle grendels ervoor geschoven, dacht Fernandito.

'We gaan,' zei ze, hinkend naar de voordeur.

Fernandito ondersteunde haar bij de arm en leidde haar naar de trap.

Ze installeerden zich aan een tafel in een hoek van het Gran Café. Fernandito bestelde tweemaal koffie verkeerd en een glas cognac, dat hij in Alicia's kopje leeggoot.

'Drinkt u dat op, het zal u verwarmen.'

Ze nam het kopje en dronk met kleine teugjes. Buiten kletste de regen tegen de ruiten en stroomde in beekjes naar beneden, zodat de grijze deken over de stad niet meer te zien was. Zodra Alicia weer wat kleur in haar gezicht had, vertelde Fernandito wat er was gebeurd.

'Je had hem niet moeten volgen,' zei ze.

'Ik wilde hem niet laten ontsnappen.'

'Weet je zeker dat hij dood is?'

'Ik weet het niet. Ik heb een aantal keer geschoten met het wapen van kapitein Vargas. Verder dan twee meter kon hij niet gestaan hebben. Alles was donker.'

Alicia legde haar hand op die van Fernandito en glimlachte zwakjes naar hem.

'Ik ben in orde,' loog hij.

'Heb je het wapen nog?'

'Het viel uit mijn hand toen ik wegvluchtte. Wat gaan we nu doen?'

Alicia bleef even stil en keek in gedachten verzonken naar het venster. De pijn in haar heup pulseerde in het ritme van haar hartslag.
'Zou u niet een van die pillen moeten nemen?'
'Daarna.'
'Na wát?'
Alicia keek hem in de ogen.
'Je moet iets voor me doen.'
Hij knikte.
'Wat dan ook.'
Ze zocht in haar jaszakken en gaf hem een sleutel.
'Dit is mijn huissleutel. Pak hem aan.'
'Ik begrijp u niet.'
'Ik wil dat je naar boven gaat, naar de woning. Verzeker je ervan dat er niemand binnen is voor je naar binnen gaat. Als de deur open is of als het slot eruitziet alsof het is geforceerd, verdwijn dan zo snel als je kunt en stop niet voor je thuis bent.'
'Komt u niet mee?'
'Als je in de eetkamer bent, zoek dan onder de bank. Daar zul je een doos vinden met documenten. In die doos ligt een envelop met een schrift erin. Op de envelop staat "Isabella". Heb je me begrepen?'
Hij knikte.
'Isabella.'
'Ik wil dat je die doos meeneemt en bewaart. Op een plek waar niemand hem kan vinden. Wil je dat voor me doen?'
'Ja, maakt u zich geen zorgen. Maar...'
'Zonder gemaar. Als mij iets overkomt...'
'Zegt u dat nou niet.'
'Als mij iets overkomt, mag je niet eens naar de politie. Als ik niet terugkeer om die spullen op te halen, laat dan een paar dagen voorbijgaan en breng ze naar boekhandel Sempere & Zoons, in de Calle Santa Ana. Voor je naar binnen gaat, kijk je heel goed om je heen om er zeker van te zijn dat niemand de boekhandel in de gaten houdt. Als je ook maar iets ziet wat je verdacht voorkomt, loop dan door en wacht een ander moment af. Als je daar bent, vraag je naar Fermín Romero de Torres. Herhaal de naam.'
'Fermín Romero de Torres.'

‘Vertrouw niemand anders. Je kunt níémand anders vertrouwen.’

‘U maakt me bang, juffrouw Alicia.’

‘Als mij iets overkomt, geef hem dan die documenten. Zeg hem dat ik je gestuurd heb. Vertel hem wat er is gebeurd. Leg hem uit dat in die documenten het dagboek van Isabella Gispert zit, de moeder van Daniel.’

‘Wie is Daniel?’

‘Zeg Fermín dat hij het moet lezen en moet beslissen of hij het aan Daniel geeft of niet. Hij is de rechter.’

Fernandito knikte. Alicia glimlachte treurig. Ze pakte zijn hand en drukte hem ferm. Hij bracht haar hand naar zijn lippen en drukte er een kus op.

‘Het spijt me dat ik je hierin heb meegesleurd, Fernandito. En je deze verantwoordelijkheid opleg. Ik had het recht niet.’

‘Ik ben blij dat u het gedaan hebt. Ik zal u niet teleurstellen.’

‘Dat weet ik. Nog één ding. Als ik niet terugkom...’

‘U komt terug.’

‘Als ik niet terugkom, vraag dan niet naar mij bij ziekenhuizen of politiebureaus of waar dan ook. Probeer je voor te stellen dat je me nooit hebt gekend. Vergeet me.’

‘Ik zal u nooit vergeten, juffrouw Alicia. Zo’n domoor ben ik.’

Ze kwam overeind. Het was duidelijk dat de pijn haar folterde, maar ze glimlachte naar Fernandito alsof het niet meer was dan een voorbijgaand ongemakje.

‘U gaat die man zoeken, is het niet?’

Ze gaf geen antwoord.

‘Wie is het?’

Alicia riep het beeld op dat Fernandito haar had gegeven van Vargas’ moordenaar.

‘Hij laat zich Rovira noemen,’ zei ze, ‘maar ik weet niet wie hij is.’

‘Wie het ook is, als hij nog leeft, dan is hij heel gevaarlijk.’

Fernandito stond op, klaar om haar te begeleiden. Alicia schudde haar hoofd en hield hem tegen.

‘Je moet nu naar mijn huis gaan en doen wat ik je gevraagd heb.’

‘Maar...’

‘Geen gemaar. En zweer me dat je precies zult doen wat ik heb gezegd.’

Hij zuchtte.
'Ik zweer het.'
Alicia bood hem een van haar verwoestende glimlachjes, zo eentje die het weinige verstand benevelde dat God hem had geschonken, en strompelde naar de uitgang. Hij keek haar na, hoe ze in de regen wegliep tot ze verdwenen was, breekbaarder dan ooit, legde een paar munten op tafel en liep naar haar huis aan de overkant. Toen hij het trapportaal binnenstapte liep hij de conciërge tegen het lijf, zijn eigen tante Jesusa, die het water dat over de vloer stroomde probeerde tegen te houden met een om een bezem gewikkelde dweil. Jesusa fronste haar voorhoofd in afkeuring toen ze hem met een sleutel in de hand zag passeren. Fernandito begreep dat de conciërge, die een klinisch oog had voor roddel en achterklap en een haviksblik voor alles wat haar niet aanging, het toneeltje in het Gran Café moest hebben gadegeslagen vanaf de overkant, handkus inclusis.
'We betalen ook nooit leergeld, is het niet, Fernandito?'
'Het is niet wat het lijkt, tante.'
'Wat het lijkt, daar laat ik me liever niet over uit, maar als jouw tante en als enige die gezond verstand lijkt te hebben in de familie, moet ik zeggen wat ik je al duizend keer heb gezegd.'
'Dat juffrouw Alicia geen vrouw is voor mij,' dreunde Fernandito op.
'En dat ze op een dag je hart zal breken, zoals ze op de radio zeggen,' vulde Jesusa aan.
Die dag lag al jaren terug, maar Fernandito rakelde dat verhaal liever niet op. Jesusa kwam bij hem staan, glimlachte liefdevol naar hem en kneep in zijn wangen alsof hij nog steeds tien jaar oud was.
'Ik wil alleen maar dat je niet lijdt. En juffrouw Alicia – en denk eraan, ik hou van haar alsof ze familie is – is een wandelende tijdbom: op een goeie dag ontploft ze en sleurt iedereen mee die ze in haar buurt heeft, en dat God me moge vergeven dat ik dit zeg.'
'Ik weet het, tante. Ik weet het. Maakt u zich nou geen zorgen, ik weet wat ik doe.'
'Dat zei je oom ook op de dag dat hij verdronk.'
Fernandito boog zich naar voren om haar een kus op het voorhoofd te drukken en liep toen de trap op. Hij ontsloot de woning

en liet de deur openstaan terwijl hij Alicia's instructies opvolgde. Onder de bank van de woonkamer vond hij de kartonnen doos in kwestie. Hij deed hem open en wierp een snelle blik op de stapel documenten, met daaronder de envelop met de naam Isabella erop. Hij durfde hem niet open te maken, deed de doos weer dicht en vroeg zich af wie die Fermín Romero de Torres die hem als laatste toevlucht op het hart was gedrukt wel mocht zijn dat hij alle vertrouwen van Alicia genoot. Vermoedelijk waren er in deze hele chaos veel meer mensen in Alicia's leven die hij niet kende en die een oneindig veel belangrijker rol vervulden dan hij. Je dacht toch niet dat je de enige was, berispte hij zichzelf.

Hij pakte de doos op en liep naar de deur. Voor hij naar buiten stapte en afsloot keek hij nog één keer naar Alicia's woning, ervan overtuigd dat hij er nooit meer een voet zou zetten. Beneden in de hal stelde hij vast dat zijn tante nog steeds driftig met bezem en dweil probeerde de regen op afstand te houden die onder de deur door naar binnen sijpelde.

'Lafaard,' prevelde hij voor zich uit. 'Je had haar niet moeten laten gaan.'

Jesusa onderbrak haar pogingen en keek hem nieuwsgierig aan.

'Wat zeg je, lieverd?'

Hij zuchtte.

'Tante? Kan ik u om een gunst vragen?' informeerde hij.

'Natuurlijk. Met dat koppie van jou mag je om alles vragen.'

'U moet deze doos voor me bewaren op een plek waar niemand hem kan vinden. Dat is heel belangrijk. Zegt u tegen niemand dat u hem hebt. Zelfs niet tegen de politie, mocht die komen en erom vragen. Niemand.'

Het gezicht van Jesusa versomberde. Ze wierp een blik op de doos en sloeg een kruis.

'O jee, o jee, o jee, in wat voor wespennest hebben jullie je gestoken?'

'Niets wat niet in orde gemaakt kan worden.'

'Dat zei je oom ook altijd.'

'Dat weet ik. Doet u mij dat plezier? Het is heel belangrijk.'

Jesusa knikte plechtig.

'Ik ben zo terug.'

‘Zweer je dat?’
‘Natuurlijk.’
Hij vluchtte voor de zorgelijke blik van zijn tante Jesusa en liep naar buiten, de regen in, waar de vrees in zijn lijf hem amper de kou liet registreren die in zijn botten drong. Onderweg naar mogelijk de laatste dag van zijn korte leven dacht hij dat hij dankzij Alicia tenminste twee nuttige dingen had geleerd die altijd van pas zouden komen, als hij natuurlijk lang genoeg leefde, om het zo uit te kunnen drukken. Het eerste was liegen. Het tweede, en dat voelde hij nog als een verse wond, was dat voor een eed net zoiets gold als voor harten: was het eerste eenmaal gebroken, dan waren de volgende gesneden koek.

28

Nadat ze de Calle de Lancaster was ingeslagen, bleef Alicia staan en observeerde enkele minuten de ingang naar de oude etalagepoppenfabriek. Het deurtje waar Fernandito door naar binnen was gegaan, stond nog steeds half open. Het gebouw waarin de werkplaats was gevestigd, tussen twee andere huizen in geperst, was een gapend gat van donkere steen en twee verdiepingen hoog, en het werd bekroond door een gewelfd dak. De ramen van de bovenverdieping waren afgedicht met planken en gore straattegels. Een uit zijn voegen gebarsten kabelkast hing aan de gevel, en uit twee in de steen geboorde gaten stak een kluwen telefoondraad. Ook verder ademde het hele gebouw een verlatenheid uit zoals de meeste oude industriële werkplaatsen in dit deel van El Raval.

Alicia liep dicht langs de gevel om vanuit de ingang niet gezien te worden. De wolkbreuk had de straten leeggeveegd en dus trok ze ongegeneerd het wapen, liep naar het deurtje en stootte het open. Ze richtte het wapen naar binnen en probeerde ingespannen iets te zien in het beetje licht dat vanaf de straat tot in het voorste gedeelte reikte. De revolver met beide handen vasthoudend, stapte ze naar binnen. Een zwakke luchtstroom kwam uit het binnenste en bracht de geur van oude leidingen en van kerosine of een andere brandstof met zich mee.

Ze stond in het voormalige verkoopgedeelte van de werkplaats.

Een toonbank, twee lege vitrines en een paar etalagepoppen in een wittig, doorzichtig omhulsel domineerden het lokaal. Ze liep om de toonbank naar het kralengordijn dat voor de ruimte achter de winkel hing. Toen ze op het punt stond naar binnen te gaan, stootte ze met haar voet tegen een metalen object. Zonder de revolver te laten zakken wierp ze een snelle blik op de grond en zag Vargas' wapen. Ze pakte het op, borg het op in de linkerzak van haar jasje en deed het kralengordijn opzij. Voor zich zag ze een gang die naar het hart van het gebouw leidde. De geur van buskruit hing nog in de lucht. Een spoor van zwakke lichtreflecties schommelde op het plafond. Alicia betastte de muren tot ze een draaiknop voor het licht voelde. Ze draaide eraan en een slinger van gloeilampjes met een laag wattage ging aan. Het rossige schemerlicht onthulde een smalle gang die licht naar beneden helde. Op een paar meter van de ingang was de muur bespetterd met donkere vlekken, alsof een golf rode verf de muren had besproeid. Ten minste een van de door Fernandito afgevuurde kogels had doel getroffen. Mogelijk meer. Het bloedspoor liep verder op de vloer en in de gang. Wat verderop vond ze het mes waarmee Rovira had geprobeerd hem aan te vallen. Ze liep verder en bleef pas staan toen ze aan het einde van de tunnel spookachtig licht zag.

'Rovira?' riep ze.

Helemaal achterin was een schaduwdans waar te nemen, en het gestommel van iets wat zich in de duisternis voortsleepte. Alicia wilde slikken, maar haar keel was droog. Ze merkte niet eens dat ze sinds het betreden van die gang geen pijn meer had in haar heup, en ook de kou van haar klamme kleren voelde ze niet meer. Ze was alleen maar bang.

Ze liep door naar het einde van de tunnel zonder zich om het geluid van haar schoenzolen op de vochtige, kleverige vloer te bekommeren.

'Rovira, ik weet dat je gewond bent. Kom naar buiten, dan praten we.'

De klank van haar eigen stem kwam haar breekbaar en angstig voor, maar de richting waarin het geluid zich voortplantte, leidde haar. Aan het einde van de gang bleef ze weer staan. Een grote, hoge ruimte doemde voor haar op. Ze zag de overblijfselen van de werktafels, de gereedschappen en de machines langs de wanden van de hal. Een dakvenster van matglas achterin gaf de ruimte een bleke fantasmagorische sfeer.

Als opgehangenen bungelden ze aan touwen aan het plafond: mannen, vrouwen en kinderen in feestkledij uit andere tijden, die een halve meter boven de grond wiegden als gevangen zielen in een geheim vagevuur. Tientallen hingen er, sommige met glimlachende gezichten en glazen ogen, andere nog niet af. Alicia voelde haar hart kloppen in haar keel. Ze haalde diep adem en liep de menigte hangende figuren in. Armen en handen streken over haar haar en gezicht terwijl ze langzaam verder liep en daarbij de poppen in beweging zette.

De echo van het contact met die houten lichamen breidde zich uit in de hal. Daarachter was een mechanisch geluid te horen. De kerosinegeur werd intenser naarmate ze dichter bij de andere kant van de werkplaats kwam. Alicia liet het woud van bungelende poppen achter zich en zag een industriële machine die vibreerde en stoomkringels uitstootte. Een generator. Aan één kant verhief zich een stapel afgekeurde hoofden, handen en bovenlichamen zonder ledematen in een grote kluwen, die haar aan de opgestapelde lichamen deed denken die ze in de oorlog na de luchtaanvallen in de straten van Barcelona had gezien.

'Rovira?' Ze riep meer om haar stem te horen dan dat ze een antwoord verwachtte.

Ze wist zeker dat ze ergens vanuit een hoek in de schaduw geobserveerd werd en terwijl ze zoekend haar blik door de hal liet glijden, probeerde ze de vormen te duiden die ze in het schemerlicht ontwaarde. Geen beweging te zien. Achter de stapel poppenresten zag ze vaag een deur, waar de kabels onderdoor liepen die op de generator waren aangesloten. Een zweem van elektrisch licht markeerde de deuropening. Alicia deed een schietgebedje dat het ontzielde lichaam van Rovira daar op de vloer lag. Ze liep op de deur af en trapte hem open.

29

De rechthoekige kleine ruimte had zwarte, vensterloze wanden, rook naar vocht en leek op een crypte. Aan het plafond hing een rij kale gloeilampjes, die een gelig licht verspreidden en een licht zoemend geluid maakten, alsof een zwerm insecten over de muren kroop. Voor ze naar binnen ging bekeek ze elke vierkante centimeter van de ruimte. Geen spoor van Rovira.

Een metalen brits stond in een hoek, met daarop een paar oude wollen dekens. Een kist ernaast diende als nachtkastje. Daarop bevonden zich een zwarte telefoon, kaarsen en een glazen pot vol munten. Onder het matras waren een oude koffer, een paar schoenen en een emmer te zien. Naast het bed stond een grote kledingkast van bewerkt hout, een antiek stuk dat men eerder verwachtte te vinden in een deftig huis dan in een industriële werkplaats. De kastdeuren waren op een kiertje van een paar centimeter na gesloten. Langzaam liep Alicia erop af, klaar om de revolver leeg te schieten. Een moment stelde ze zich Rovira voor, grijnzend en erop wachtend dat ze bij het openen van de kast niet op haar qui-vive zou zijn.

Ze hield het wapen stevig vast en gaf een van de deuren een trap, zodat die tegen de sponningen klapte en opensprong. Aan een stang hing een tiental kale hangertjes. Onder in de kast zag ze een kartonnen doos met op het deksel één woord:

SALGADO

Ze trok de doos eruit en de inhoud verspreidde zich aan haar voeten. Sieraden, horloges en andere waardevolle objecten. Met dun touw samengebonden bundels inmiddels niet meer gangbare bankbiljetten. Haastig en onnauwkeurig gegoten goudstaven. Alicia knielde en bekeek de oorlogsbuit, een klein fortuin, en bedacht dat dat de schat moest zijn die Sebastián Salgado, voormalig gevangene van Montjuïc en hoofdverdachte in de zaak van Valls' verdwijning, had verborgen in een van de kluisjes van het Estación del Norte en waarvan hij had gedroomd die terug te vinden toen de minister twee decennia later zijn pardon had bewerkstelligd. Salgado had nooit meer het genoegen mogen smaken van de vruchten van zijn misdaden en plunderingen. Toen hij het kluisje had geopend, had hij een lege koffer gevonden, en hij stierf in de wetenschap dat hij een bestolen dief was. Iemand was hem voor geweest. Iemand die op de hoogte was van deze buit en de anonieme brieven die Valls jarenlang had ontvangen. Iemand die de touwtjes van deze geschiedenis al jaren voor de verdwijning van de minister in handen had gehad.

Het licht flakkerde kort en geschrokken draaide Alicia zich om. Toen zag ze het. Een complete muur vulde het, van vloer tot plafond. Ze liep er langzaam op af en toen ze besefte waar ze naar keek, voelde ze haar knieën knikken, en ze liet haar armen zakken.

Het mozaïek bestond uit tientallen, honderden foto's, knipsels en notities. Het was met buitengewone precisie en de volharding van een goudsmid samengesteld. Zonder uitzondering waren alle beelden van haar, Alicia. Ze herkende kiekjes van haar eerste tijd bij de eenheid naast oude foto's waarop ze nog een klein meisje was, uit de jaren van het weeshuis van de Ribas-stichting. De verzameling bevatte talloze uit de verte genomen kiekjes, waarop ze zichzelf zag in de straten van Madrid of Barcelona, bij de ingang van het Hotel Palace, in een café met een boek, de treden van de Nationale Bibliotheek afdalend, in winkels van de hoofdstad en zelfs wandelend bij het Palacio de Cristal in het Parque del Retiro. Op een van de foto's was de deur van haar kamer in het Hispania te zien.

Ernaast krantenknipsels waarin werd bericht over zaken die ze had helpen oplossen, waarin uiteraard noch zij, noch de eenheid werd genoemd maar de complete verdienste werd toegeschreven aan de politie of de Guardia Civil. Aan de voet van het mozaïek stond een tafel opgesteld als een altaar, waarop ze allerhande objecten herkende die met haar te maken hadden: menu's van restaurants die ze zich herinnerde bezocht te hebben, papieren servetjes waarop ze iets had geschreven, door haar ondertekende rekeningen, een wijnglas met haar lippenstift op de rand, een peuk, de resten van haar treinticket Madrid-Barcelona.

Aan één kant van de tafel stond een glazen bak waarin, tentoongesteld als relikwieën, enkele stukken lingerie lagen die ze miste sinds de avond dat iemand in haar huis was geweest toen zij onder de medicijnen zat. Een paar van haar kousen waren netjes uitgerold op de tafel en met naalden vastgezet. Daarnaast Víctor Mataix' boek *Ariadna en de scharlaken prins*, eveneens uit haar woning ontvreemd. Ze moest weg uit dit nachtmerrieachtige oord.

Ze zag niet de gestalte die zich achter haar vanuit de berg uit elkaar getrokken lijven langzaam oprichtte aan de andere kant van de deur en naar haar toe liep.

30

Te laat had ze door wat er gebeurde. Ze hoorde een stokkende ademhaling achter zich en toen ze zich omdraaide, had ze geen tijd meer om de trekker over te halen. Een woeste stoot deed alles in haar schudden. De steek benam haar de adem en dwong haar op de knieën. Pas toen kon ze hem duidelijk zien, en ze begreep waarom ze hem niet had ontdekt bij het naar binnen gaan. Hij droeg een wit masker dat zijn hele gezicht bedekte. Hij was naakt en had in zijn hand een soort industriële priem.

Alicia probeerde te schieten, maar Rovira stak in haar hand met het puntige object. De revolver viel op de vloer. Rovira pakte haar bij de nek en sleurde haar naar de brits, waar hij haar liet vallen en op haar benen ging zitten, zodat ze zich niet kon bewegen. Hij greep haar rechterhand, die hij met de priem had doorboord, en boog naar voren om haar met ijzerdraad aan een stang van de brits vast te binden. Daarbij verschoof zijn masker, en ze zag zijn verwrongen gezicht een paar centimeter boven het hare. Zijn ogen stonden glazig en één gezichtshelft was bezaaid met brandwondjes van een schot van zeer nabij. Hij bloedde uit een oor en glimlachte als een kind dat op het punt staat de vleugels van een insect uit te trekken en te genieten van zijn lijden.

'Wie ben je?' vroeg Alicia.

Hij keek haar aan en genoot van het moment.

'Zo slim denk je dat je bent en nog heb je het niet begrepen? Ik ben jou. Alles wat jij had moeten zijn. Aanvankelijk bewonderde ik je. Maar later heb ik me gerealiseerd dat je zwak bent en dat ik niets meer van je te leren heb. Ik ben beter dan jij. Ik ben beter dan jij ooit had kunnen zijn.'

Rovira had de priem op het bed gelegd. Alicia schatte in dat als ze hem een ogenblik kon afleiden, ze er misschien bij kon met haar vrije linkerhand om hem in zijn nek of ogen te steken.

'Doe me geen pijn,' smeekte ze. 'Ik zal doen wat je vraagt.'

Rovira lachte.

'Lieve schat, dat is immers precies wat ik wil, jou pijn doen. Veel pijn. Dat heb ik verdiend.'

Toen duwde hij haar aan haar haren tegen het matras en likte haar lippen en gezicht. Ze sloot haar ogen en tastte op de deken naar de priem. Rovira's handen gleden over haar bovenlichaam en stopten bij de oude kwetsuur op haar heup. Alicia had net het handvat kunnen beroeren toen hij in haar oor fluisterde: 'Doe je ogen open, hoer. Ik wil goed je gezicht zien als je het voelt.'

Ze opende haar ogen; ze wist precies wat er zou komen, inwendig smekend dat ze het bewustzijn zou verliezen bij de eerste slag. Rovira richtte zich op, hief zijn vuist en liet hem met volle kracht neerkomen op de kwetsbare plek. Een oorverdovend gejank ontsnapte haar. Rovira, de kamer, het licht en de kou in haar binnenste... alles was vergeten. Er was nog slechts de verzengende pijn, die als een elektrische stroom door haar botten ging en haar deed vergeten wie ze was en waar.

Rovira lachte toen hij zag hoe haar lichaam zich als een kabel spande en haar ogen uit hun kassen leken te treden. Hij schoof haar rok omhoog tot het litteken dat haar heup als een zwart spinnenweb bedekte tevoorschijn kwam en onderzocht met zijn vingertoppen de huid. Hij boog voorover om de kwetsuur te kussen, daarna sloeg hij steeds weer toe, tot hij zijn vuist openhaalde aan haar heupbotten. Ten slotte, toen er geen enkel geluid meer uit Alicia's keel kwam, stopte hij. Ze was weggezakt in een schacht van pijn en duisternis en kronkelde zich in krampen. Rovira pakte de priem en liet de punt over het web van donkere haarvaten glijden die onder haar bleke huid op de heup te herkennen waren.

'Kijk me aan,' beval hij. 'Ik ben je vervanger. En ik zal veel beter zijn dan jij. Vanaf nu zal ik de favoriet zijn.'

Alicia keek hem uitdagend aan. Hij knipoogde naar haar.

'Dat is mijn Alicia,' zei hij.

Hij stierf met een glimlach om zijn mond. Hij zag niet eens dat ze bij de revolver kon die ze in haar linkerjaszak had gestopt. Toen hij met de priem in de wond begon te peuren, had ze de loop al tegen zijn kin gedrukt.

'Slimmerdje,' murmelde hij.

Een seconde later explodeerde zijn gezicht in een wolk van bot en bloed. Het tweede schot wierp hem naar achteren. Het naakte lichaam viel met een rokend gat in de borst en de priem nog in de hand achterover van de brits. Alicia liet het wapen vallen en worstelde om haar rechterhand los te maken. De adrenaline had een sluier over de pijn gelegd, maar ze wist dat het slechts tijdelijk zou zijn en dat ze het bewustzijn zou verliezen wanneer de pijn vroeg of laat terug zou komen. Ze moest daar zo snel mogelijk weg.

Het lukte haar rechtop te gaan zitten. Ze probeerde op te staan, maar moest een paar ogenblikken wachten, omdat haar benen niet meededen en een krachteloosheid haar overviel die ze niet begreep. Ze had het koud. Heel koud. Uiteindelijk slaagde ze erin op te staan, klappertandend van de kou, en ze hield zich op de been door steun te zoeken bij de wand. Haar lichaam en kleding zaten onder Rovira's bloed. Haar rechterhand voelde ze niet, op een dof geklop na. Ze onderzocht de wond die de priem had achtergelaten. Die zag er niet goed uit.

Precies op dat moment rinkelde de telefoon naast het bed. Alicia onderdrukte een schreeuw.

Ze liet hem een minuut rinkelen en staarde ernaar alsof het een bom was die elk moment kon afgaan. Uiteindelijk tilde ze de hoorn van de haak en bracht die naar haar oor. Haar adem inhoudend luisterde ze. Een lange stilte ontstond op de lijn en na een zachte ruis van het langeafstandsgesprek een kalme ademhaling.

'Ben je daar?' vroeg de stem ten slotte. Alicia voelde dat de hoorn trilde in haar handen.

Leandro's stem.

De telefoon gleed uit haar hand. Wankelend liep ze naar de deur. Voor het altaar dat Rovira had gemaakt, bleef ze staan. De woede gaf haar de nodige kracht om de werkplaats uit te lopen en een van de blikken met kerosine naast de generator leeg te gieten. De stroperige vloeistof verdeelde zich over de kamer, vloeide om het lijk van Rovira heen en vormde een zwarte spiegel waaruit iriserende dampen opstegen. Bij het passeren van de generator trok ze een van de kabels los en liet die op de vloer vallen. Terwijl ze tussen de opgehangen etalagepoppen door in de richting van de gang wankelde die naar de uitgang leidde, hoorde ze geknetter achter zich. Een plotselinge tochtvlaag deed de figuren om haar heen schudden toen de kerosine ontbrandde. Ze werd in de gang vergezeld door een barnsteenkleurige gloed. Steeds steun zoekend bij de muren om op de been te blijven, wankelde ze naar de uitgang. Nog nooit had ze het zo koud gehad.

Ze bad tot de hemel of de hel haar niet te laten sterven in die tunnel en haar de drempel naar het licht te laten bereiken dat ze in de verte zag. De vlucht kwam haar oneindig voor. Ze wist dat ze de darm beklom van een beest dat haar had ingeslikt en dat ze terug moest naar de muil om niet definitief te worden verslonden. De hitte die van de vlammen achter haar af kwam, slaagde er amper in de ijzige omhelzing te doorbreken die haar gevangenhield. Ze bleef pas staan toen ze de winkelruimte had doorkruist en de straat had bereikt. Ze kon weer ademen en voelde hoe de regen haar huid streelde. Iemand kwam in allerijl dichterbij.

Ze liet zich in de armen van Fernandito vallen, die haar vasthield. Ze glimlachte, maar hij keek haar ontzet aan. Ze legde haar hand op haar buik, waar ze de eerste steek had ontvangen. Lauw bloed vloeide tussen haar vingers door en vermengde zich met het regenwater. Ze voelde geen pijn meer, alleen kou, een kou die haar influisterde zich te laten gaan, de oogleden te sluiten en zich over te geven aan een eeuwige slaap die vrede en waarheid beloofde. Ze keek Fernandito in de ogen en glimlachte nogmaals.

'Laat me hier niet sterven,' fluisterde ze.

31

De storm had de mensen van de straten gejaagd en voor een gapende leegte in de boekhandel gezorgd. Bij het zien van de zondvloed besloot Fermín de dag aan onderhoudskarweitjes en contemplatieve werken te besteden. Ver van donder en bliksem en de stormachtige aanvallen van de regen op de etalage zette hij de radio aan. Geduldig, alsof het erom ging de getallencombinatie van een kluis te verleiden, wandelde hij langs de zenders tot hij op de klanken van een groot orkest stuitte, dat net aanzette tot de beginmaten van 'Siboney'. Bij de eerste roffel op de pauk begon Fermín mee te wiegen op het Caraïbische ritme en maakte zich klaar om de restauratie te hervatten van een zesdelige uitgave van Eugène Sues *De mysteries van Parijs*, met Daniel als knecht en leerling naast hem.

'Dit danste ik in mijn jonge jaren met mijn mulattinnetje in de Tropicana in Havana, toen ik nog soepele heupen had. Wat een herinneringen brengt me dit. Als ik in plaats van dit adonisuiterlijk talent had gehad voor de literatuur, had ik *De mysteries van Havana* geschreven.'

'Eros heeft gewonnen en Parnassus verloren,' oordeelde Bea.

Met uitgespreide armen, swingende heupen en pasjes makend richtte Fermín zich tot haar.

'Vooruit, mevrouw Bea, ik breng u de basispassen van de montuno bij; uw man danst immers alsof hij cementen klompen aanheeft en u hebt geen idee wat een hartstochtelijk Afrikaans tempo is, verrukkelijk!'

Bea vluchtte naar de achterkamer om een veilig oord te zoeken om het kasboek bij te werken en afstand te creëren tussen haar en Fermíns gekwinkeleer en gehuppel.

'Uw vrouw is af en toe saaier dan de belastingrekening van het gemeentelijk kadaster.'

'Vertel mij wat,' antwoordde Daniel.

'Je hoort hier alles,' waarschuwde Bea van achter het gordijn.

De twee wilden het zich bij de arbeid net gezellig maken, toen op het natte wegdek buiten hard werd geremd. Een taxi was voor de etalage van Sempere & Zoons gestopt. Een bliksemschicht schoot langs de hemel en heel even zag de auto eruit als een in de regen dampende koets van gloeiend lood.

'Zoals ze vroeger zeiden, taxichauffeur moest hij worden,' merkte Fermín op.

De rest gebeurde met de snelheid van een ramp. Een tot op het bot doorweekte jongen met een van angst vertrokken gezicht stapte uit de taxi en begon toen hij het bordje GESLOTEN op de deur zag met zijn vuisten op de deur te hameren. Fermín en Daniel wisselden een blik.

'En dan zeggen ze weleens dat mensen in dit land niet graag boeken kopen.'

Daniel liep naar de deur en deed open. De jongen, die op een haar na leek om te vallen, hield zijn hand op zijn borst, haalde diep adem en vroeg bijna schreeuwend: 'Wie van u is Fermín Romero de Torres?'

Fermín stak zijn hand op.
'Hier, de spierbundel.'
Fernandito stortte zich op hem, pakte hem bij de arm en begon hem mee te trekken.
'Ik heb u nodig,' smeekte hij.
'Luister, meneertje, en begrijp me niet verkeerd, maar indrukwekkende vrouwspersonen hebben me vaak hetzelfde gezegd en ik heb ze weten te weerstaan.'
'Het gaat om Alicia,' hijgde Fernandito. 'Ik geloof dat ze doodgaat.'
Fermín werd bleek. Hij wierp Daniel een gealarmeerde blik toe en zonder een woord te zeggen liet hij zich de straat op sleuren, de taxi in, die meteen wegscheurde.
Bea, die het gordijn opzij had geschoven en de scène had meegekregen, keek perplex naar Daniel.
'En wat mag dat te betekenen hebben?'
Hij zuchtte bezorgd.
'Slecht nieuws,' mompelde hij.
Zodra hij in de taxi was beland, ontmoette Fermín de blik van de taxichauffeur.
'Degene die nog ontbrak. Waar gaan we nu heen?'
Fermín probeerde de dingen op een rijtje te krijgen. Het kostte hem een paar ogenblikken om te snappen dat het wasbleke figuurtje met de afwezige blik op de achterbank van de taxi Alicia was. Fernandito hield haar hoofd in zijn handen en probeerde paniektranen te bedwingen.
'Rijdt u maar vooral door,' beval Fermín de taxichauffeur.
'Waarheen dan?'
'Voor nu, gewoon rechtuit. En wel als de duivel.'
Hij zocht Fernandito's blik.
'Ik wist niet wat ik moest doen,' stamelde de jongen. 'Ik mocht haar niet naar een ziekenhuis of een arts brengen en...'
In een kortstondig moment van lucide keek Alicia naar Fermín en glimlachte teder.
'Fermín, u probeert me ook altijd te redden.'
Bij het horen van haar gebroken stem voelde Fermín een knoop in zijn maag en alle aangrenzende ingewanden, hetgeen driedubbel pijnlijk was vanwege de complete zak amandelbroodjes die hij bij

het ontbijt had verslonden. Alicia zweefde tussen bewustzijn en afgrond, dus Fermín besloot dat het het beste was om het verhaal van Fernandito aan te horen, die van hen drieën het meest geschrokken leek.

'Jij, hoe heet je?'

'Fernandito.'

'Mag ik weten wat er is voorgevallen?'

Fernandito vatte de gebeurtenissen van de afgelopen vierentwintig uur zo overhaast samen en verwarde zoveel details dat Fermín hem tegenhield om pragmatische prioriteiten vast te stellen. Hij betastte Alicia's heup en onderzocht haar bloedige vingers.

'Stuurman,' verordonneerde hij de taxichauffeur. 'Naar het Hospital Nuestra Señora del Mar. In vliegende vaart.'

'Dan had u een luchtballon moeten nemen. Kijkt u dan naar het verkeer.'

'Of we zijn er in minder dan tien minuten of ik steek deze rammelkast in de fik. U hebt mijn woord.'

De chauffeur gromde en stampte het gaspedaal in. Zijn argwanende blik vond die van Fermín in het achteruitkijkspiegeltje.

'Hoor eens, bent u niet die van de vorige keer? Stond u niet al jaren geleden op het punt bijna in mijn taxi het loodje te leggen?'

'Tenzij van de verschrikkelijke stank die u uitwasemt, zie ik niet hoe ik hier zou kunnen of willen sterven. Ik gooi me nog liever van de brug van Vallcarca met Clparíns *La Regenta* om m'n nek.'

'Wat mij be...'

'Geen ruzie maken,' smeekte Fernandito hun. 'Juffrouw Alicia gaat dood.'

'Godsamme nog an toe,' vloekte de chauffeur, en hij slingerde door het verkeer van de Vía Layetana in de richting van de Barceloneta.

Fermín haalde een witte zakdoek tevoorschijn en gaf die aan Fernandito.

'Hou dat ding uit het raam,' beval hij.

Fernandito deed wat hem was opgedragen. Fermín tilde voorzichtig Alicia's blouse op en zag het gat dat de priem in haar buik had gemaakt. Het bloed stroomde rijkelijk.

'Jezus, Maria en Jozef.'

Hij drukte een hand op de wond en keek naar het verkeer. Snuivend en met duizelingwekkende snelheid jongleerde de taxichauffeur tussen de auto's, bussen en voetgangers door. Fermín voelde zijn ontbijt duidelijk in zijn keel omhoogkomen.

'Het idee is om, indien mogelijk, levend bij het ziekenhuis aan te komen. U hebt een stervende in de auto en u rijdt als een beul.'

'Wonderen volbrengen alleen de Drie Koningen. En anders gaat u toch zelf achter het stuur zitten. Hoe gaat het achterin?'

'Kon beter.'

Fermín streelde Alicia's gezicht en probeerde haar met kleine klapjes zachtjes te reanimeren. Ze opende haar ogen. De adertjes waren geknapt door alle slagen.

'U kunt nu niet gaan slapen, Alicia. Doe uw best en blijf wakker. Doet u het voor mij. Als u wilt vertel ik u pikante moppen of zing ik voor u de succesnummers van Antonio Machín.'

Alicia gaf hem een zieltogend glimlachje. Ze kon in elk geval nog horen.

'Denkt u aan de Generalísimo in jachtkledij met hoedje en laarzen, daar krijg ik altijd nachtmerries van waardoor ik niet kan slapen.'

'Ik heb het koud,' fluisterde ze met een dun stemmetje.

'We zijn er bijna.'

Fernandito keek bezorgd naar haar.

'Het is mijn schuld. Ze bleef maar zeggen dat ik haar niet naar een ziekenhuis mocht brengen, en ik werd er bang van. Ze zei dat ze haar daar zouden zoeken.'

'Het is het ziekenhuis of de begraafplaats,' onderbrak Fermín hem.

Fernandito incasseerde de ernst van zijn antwoord alsof hij een oorvijg had gekregen. Fermín besefte hoe jong hij was. Waarschijnlijk was hij banger dan alle andere aanwezigen in deze taxi.

'Maak je geen zorgen, Fernando. Je hebt gedaan wat je moest doen. Op zulke momenten krijgen we allemaal een zeemansknoop in de onderbroek.'

Fernandito zuchtte, de schuld vrat hem op vanbinnen.

'Als het niet goed afloopt met juffrouw Alicia, ga ik dood.'

Ze pakte zijn hand en kneep er zwakjes in.

'En als die man haar vindt, Hendaya?' fluisterde Fernandito.

‘Hij niet en geen enkele andere klootzak zal haar vinden,’ zei Fermín. ‘Daar zorg ik persoonlijk voor.’

Met halfgeloken ogen probeerde Alicia het gesprek te volgen.

‘Waar gaan we heen?’ vroeg ze.

‘Naar Can Solé, waar ze garnalen met knoflook serveren die de doden tot leven wekken. U zult zien hoe lekker.’

‘Breng me niet naar een ziekenhuis, Fermín.’

‘En wie heeft hier iets over ziekenhuizen gezegd? Dat is nou net waar mensen doodgaan. Ziekenhuizen zijn statistisch gesproken de gevaarlijkste plekken ter wereld. Weest u nou maar onbezorgd, ik zou een lading platjes nog niet naar een ziekenhuis brengen.’

Op het laatste stuk van de Vía Layetana raakte de taxichauffeur bij zijn poging het dichte verkeer te omzeilen op de baan van de tegenliggers.

‘Vader, bent u het?’ riep Alicia. ‘Vader, laat me niet alleen!’

Geschrokken keek Fernandito Fermín aan.

‘Niet op letten, knul. Het arme kind heeft een delirium en lijdt aan hallucinaties. Dat hoort bij het Spaanse temperament en is heel gewoon. Chef, hoe gaat het daar voorin?’

‘Of we komen allemaal levend aan of we blijven er onderweg in.’

‘Zo is het. Teamspirit.’

Fermín zag dat ze de Paseo de Colón in ijltempo naderden. Een muur van trams, auto’s en mensen verhief zich vijf seconden vóór hen. De taxichauffeur greep het stuur met alle kracht vast en vloekte zachtjes. Fermín vertrouwde zijn leven toe aan de schikgodin of wie er ook maar dienst had en glimlachte zwakjes naar Fernandito.

‘Hou je vast, kereltje.’

Niet eerder had een object op vier wielen het verkeer op de Paseo de Colón met een dergelijke vermetelheid doorsneden. De oversteek veroorzaakte een kabaal van getoeter, beledigingen en verwensingen. Eenmaal aan de andere kant voegde de taxi zich bij het verkeer naar de Barceloneta, waar hij een straat zo nauw als een goot insloeg en bijna de halve stal aan op de trottoirband geparkeerde motorfietsen meesleurde.

‘Torero! Torero!’ scandeerde Fermín.

Eindelijk kregen ze het strand en de paarsgetinte Middellandse Zee in het oog. De taxi schoot op de ingang van het ziekenhuis af en remde met een diepe mechanische kreun van capitulatie en slooprijpheid vlak voor een paar ambulances. Een dampige sluier stroomde uit de kieren van de motorkap.

'U bent een kunstenaar,' verklaarde Fermín, de man op zijn schouder slaand. 'Fernandito, noteer naam en licentienummer van de kampioen hier, we gaan hem een kerstpakket sturen, inclusief *jamón* en *turrón*.'

'Ik ben al heel gelukkig als u voortaan niet meer in mijn taxi stapt.'

Twintig seconden later haalde een brigade verplegers Alicia uit de auto, ze vlijden haar op een brancard en rolden haar in allerijl naar de operatiekamer, terwijl Fermín naast haar meeholde en zijn hand op de wond drukte.

'U zult meerdere hectoliters bloed nodig hebben,' waarschuwde hij de verplegers. 'Bij mij mag u eruit halen wat u wilt, want u ziet misschien een magere man voor u, maar mijn natuurlijke reserves zijn groter dan de waterader van Aigüestortes.'

'Bent u familie van de patiënt?' vroeg een suppoost die hem tegemoetkwam bij de ingang naar de operatiekamer.

'Vermeende vader in tentatieve graad,' antwoordde Fermín met een stalen gezicht.

'En wat mag dat betekenen?'

'Dat u uit de weg moet gaan of ik zie me voor de pijnlijke noodzaak gesteld om uw balzak met een knietje naar uw nek te katapulteren. Gesnopen?'

De suppoost ging aan de kant en Fermín begeleidde Alicia naar binnen tot ze haar uit zijn handen rukten en hij haar op een spookachtig transparante operatietafel zag belanden. Verpleegsters knipten met een schaar haar kleding weg en haar gehavende lichaam vol kneuzingen, schrammen en sneden lag daar open en bloot en toonde de wond waaruit onophoudelijk bloed vloeide. Fermín zag de donkere vlek op een van haar heupen, die zich over haar lichaam uitspreidde als een net, bereid haar te verslinden. Hij balde zijn vuisten om te voorkomen dat zijn handen gingen trillen.

Alicia zocht zijn ogen, haar blik door tranen versluierd en een lauw glimlachje om haar lippen. Fermín bad tot het hinkende duiveltje aan wie hij altijd het meest hopeloze toevertrouwde, haar nog niet tot zich te nemen.

'Welke bloedgroep hebt u?' vroeg een stem naast hem.

Fermín, de blik van Alicia vasthoudend, stak een arm uit.

'Nul negatief, universeel en prima de luxe.'

32

In die jaren had de wetenschap nog niet het raadsel opgehelderd waarom de tijd in een ziekenhuis in slakkentempo verstrijkt. Nadat Fermín zo ongeveer een heel vat bloed had afgestaan, sloegen Fernandito en hij hun kamp op in een wachtzaal met zicht op het strand. Vanuit het raam was tussen de zee en een loodgrijze hemel de krottenwijk Somorrostro te zien. Daarachter verhief zich het mozaïek van kruisen, engelen en pantheons van de begraafplaats van Pueblo Nuevo, een omineuze aanmaning voor de bezoekers die in rijen stoelen, beslist ontworpen om letsel in de lagerugstreek toe te brengen aan familie en verwanten en daarmee verse clientèle genererend, hun wachttijd uitzaten. Fernandito keek naar het panorama met de blik van een veroordeelde, terwijl Fermín, iets prozaïscher, een kolossaal broodje gedroogde worst verorberde dat hij in de cafetaria had opgesnord en met Moritz-bier wegspoelde.

'Ik weet niet hoe u nu kunt eten, Fermín.'

'Na tachtig procent van mijn bloedvoorraad te hebben gedoneerd en waarschijnlijk de totale som van mijn lever, moet ik regenereren. Net als Prometheus, maar dan zonder die lelijke grote vogel.'

'Prometheus?'

'Je moet lezen, Fernandito, niet alles tijdens je adolescentie gaat over voortdurend masturberen als een makaak. Bovendien, als de man van actie die ik ben, heb ik een levendig metabolisme en moet ik het driedubbele van mijn gewicht aan rijk voedsel per week tot me nemen om dit robuuste lijf in perfecte vorm te houden.'

'Juffrouw Alicia eet bijna niks. Drinken is een heel ander verhaal.'

'Ieder van ons vecht met zijn begeertes een persoonlijke strijd uit,' oordeelde Fermín. 'Ik, bijvoorbeeld, heb sinds de oorlog altijd honger. Jij bent nog jong en kunt dat niet begrijpen.'

Gelaten keek Fernandito toe hoe hij het feestmaal verorberde. Na een poosje verscheen er een individu met het uiterlijk van een verzekeringsvertegenwoordiger in de deuropening van de wachtzaal, aktetas in de hand, die zijn keel schraapte om zijn aanwezigheid kenbaar te maken.

'Bent u familie van de patiënt?'

Fernandito zocht Fermíns blik, die slechts een hand op zijn schouder legde ten teken dat de rol van zegsman vanaf nu uitsluitend bij hem berustte.

'Het woord "familie" doet geen recht aan wat ons verbindt,' voerde Fermín aan terwijl hij de kruimels van zijn jasje schudde.

'En welk woord zou u gebruiken om die band te definiëren, als ik u vragen mag?'

Fernandito dacht dat hij een begin had gemaakt met het zich eigen maken van de wetenschap en kunst van het uitdenken van lulkoekverhalen, tot hij getuige werd van de voordracht die de meester, Fermín Romero de Torres, zich verwaardigde daar ter plekke te geven terwijl Alicia afdaalde naar de duisternis van de chirurgie. Zodra het sujet zich presenteerde als medewerker van de ziekenhuisdirectie en blijk gaf van zijn bedoeling het gebeurde te onderzoeken en documentatie te verlangen, hing Fermín een rapsodie op met zoveel gekantkloste en van sierrandjes voorziene zinnen, dat hij de man paf deed staan. Als eerste identificeerde hij zich als vertrouwensman van de gouverneur van Barcelona, oogappel van het regime in de provincie.

'Elke discretie is nog te weinig bij de strekking van wat ik Uwe Excellentie heb mede te delen.'

'De wonden die mejuffrouw heeft opgedaan zijn, van buitengewone ernst en duidelijk van gewelddadige natuur. Ik ben bij wet verplicht om de politie in te lichten,' bracht de man uit.

'Dat zou ik u niet adviseren, tenzij u morgen als assistent-receptionist wilt debuteren op de EHBO-post aan de weg achter de slachterij van Castellfollit.'

'Ik begrijp u niet.'

'Het is simpel. Gaat u alstublieft zitten en prent u zich het volgende goed in.'

Fermín ging vervolgens voort met het spinnen van een verhaal waarin Alicia, in het sprookje omgedoopt tot Violeta LeBlanc, een prostituee was op topniveau, wier diensten gevraagd waren door de gouverneur en wat van zijn drinkkompanen van de ondernemersbond ter bevordering van de economie, om met de bijdragen van de vakbondcontributies een orgie te organiseren.

'U weet hoe zulke dingen gaan. Een paar glaasjes cognac, een paar kanten onderrokken, en het worden allemaal wezens zonder gezond verstand. De Iberische macho is een supermacho, om van de Middellandse Zee-variant maar helemaal te zwijgen.' Fermín beweerde dat in de loop van een paar spelletjes van bloemig, erotisch karakter de hand van de vooraanstaande man was uitgeschoten en de lieflijke Violeta zwaar had verwond.

'De deernen van tegenwoordig verdragen immers niets meer,' sloot hij zijn verhaal af.

'Maar...'

'Geheel entre nous, overbodig te zeggen wat voor schandaal het zou veroorzaken als een dergelijke misstap bekend zou worden. Bedenkt u goed dat de heer gouverneur een heilige vrouw heeft, acht kinderen en vijfvoudig vicepresident is van spaarbanken en grootaandeelhouder van drie bouwbedrijven waarin schoonzonen deelhebben, neven en verwanten van families op hoge posities van onze sublieme regering, volgens alle regelen der kunst van ons zo geliefde vaderland.'

'Jaja, ik begrijp het, maar de wet is de wet en ik ben verplicht...'

'U bent Spanje en de goede naam van uw superieuren verplicht, zoals ik en zoals mijn schildknaap hier, Miguelito, die jongen die u daar ziet zitten met een gezicht alsof hij in zijn broek heeft gepoept en die, zo waar hij Miguelito heet, het tweede petekind is van niemand minder dan de markies van Villaverde. Is het niet, Miguelito?'

Fernandito knikte herhaaldelijk.

'En wat wilt u dan dus dat ik doe?' protesteerde de bestuurder.

'Ziet u, in zo'n geval – en gelooft u mij, ik heb er ervaring mee – vul ik altijd de papieren in met namen uit het werk van de voortreffelijke Román María del Valle-Inclán, omdat is aangetoond dat zo'n uitmuntende pen weinig voorkomt op de door de hoogste politie-instantie aanbevolen literatuurlijst, en zo merkt niemand het trucje op.'

'Maar hoe kan ik een dergelijke dwaasheid uithalen?'

'Laat u het papierwerk maar aan mij over en concentreert u zich op de genereuze emolumenten die u zult ontvangen wanneer u uw patriottische plicht als een moedig man zult hebben vervuld. Zo wordt Spanje gered, elke dag een beetje. Dit is Rome niet. Hier betaalt men de verraders.'

De man, die paars was aangelopen en de redelijke grenzen van de bloeddruk leek uit te dagen, schudde zijn hoofd en trok een koninklijk verontwaardigd hoofd.

'En u, mag ik weten hoe u heet?'

'Raimundo Lulio, om u en Spanje te dienen.'

'Dit is een schande.'

Fermín keek hem strak in de ogen en knikte.

'Precies. En wat doen wij hier met die schande, anders dan haar onder het kleed vegen en er de kas mee opmaken?'

Een uur later zaten Fermín en Fernandito nog steeds in de wachtruimte, hopend op nieuws uit de operatiezaal. Op verzoek van Fermín had de jongen een kop warme chocolademelk gedronken en hij begon weer een beetje op te leven en zijn kalmte terug te krijgen.

'Fermín, denkt u dat hij geslikt heeft wat u hem op de mouw hebt gespeld? Is uw hand niet een beetje uitgeschoten met de schuine details?'

'We hebben twijfel gezaaid, Fernandito, dat is het belangrijkste. Als het op liegen aankomt, moet men niet letten op de aannemelijkheid van het verzinsel, maar op de hebzucht, ijdelheid en domheid van de persoon die het doelwit is. Men liegt nooit tegen anderen, ze liegen tegen zichzelf. Een goede leugenaar geeft de onnozelaars wat ze willen horen. Dat is het hele geheim.'

'Wat u daar suggereert is verschrikkelijk,' wierp Fernandito tegen.

Fermín haalde zijn schouders op.

'Het is maar hoe je ernaar kijkt. In deze klucht van in zijde geklede apen die de wereld is, is bedrog de metselspecie die alle stukken van de kerststal bij elkaar houdt. Mensen wennen, hetzij uit angst, hetzij uit eigenbelang of sulligheid, zo aan liegen en het herhalen van de leugens dat ze zelfs liegen wanneer ze geloven de waarheid te spreken. Het is de kanker van onze tijd. De oprechte, eerlijke mens is een soort die op uitsterven staat, net als de chansonnière of de plesiosaurus, als die tenminste ooit echt bestaan heeft en het niet een soort eenhoorn was.'

'Ik kan niet accepteren wat u daar zegt. De meeste mensen zijn fatsoenlijk en goed. Maar een paar rotte appelen in de mand maken al het andere fruit te schand. Daar heb ik geen enkele twijfel over.'

Fermín gaf hem een vriendelijk klapje op zijn knie.

'Dat is omdat je nog erg jong bent en een beetje een druifje. Wanneer je jong bent zie je de wereld zoals ze zou moeten zijn, en wanneer je oud bent zie je haar zoals ze werkelijk is. Dat gaat nog wel over.'

Fernandito liet verslagen zijn hoofd zakken. Terwijl de jongen een aanval van fatalisme bestreed, spiedde Fermín de horizon af en ontwaarde op de gang een paar verpleegsters met strakke uniformpjes en een gezonde constitutie die dichterbij kwamen. Hun fortuinlijke bouw en het geheupwieg bij het lopen gaven hem de kriebels in het souterrain van zijn ziel. Bij gebrek aan andere bezigheden van grotere diepgang nam hij ze deskundig onder de loep. Een van hen, met het uiterlijk van een beginneling en niet meer dan negentien jaar op de teller, wierp bij het langslopen een blik op hem die hem te verstaan gaf dat een armoedzaaier als hij een lekker hapje als zij nog niet in duizend jaar te proeven zou krijgen, en ze lachte. De andere, geroutineerder in de omgang met mensen zonder bezigheden, wierp hem een bestraffende blik toe.

'Ouwe snoeper,' mompelde de jonge man.

'Ach, wat er toch allemaal tot wormenvoer wordt,' zei Fermín.

'Ik begrijp niet hoe u aan zulke dingen kunt denken terwijl juffrouw Alicia een gevecht levert op leven en dood.'

'Praat je altijd in clichés of heb je die zinnen van het weekjournaal afgekeken?' informeerde de bibliothecarisch adviseur van Sempere & Zoons.

Er viel een lange stilte, tot Fermín, die onder de met kleefpleister vastgemaakte watten begon te kijken, gevolg van de bloedafname, merkte dat Fernandito hem zijdelings bekeek en zichzelf niet vertrouwde zijn mond open te doen.

'Wat is er dan nu weer? Moet je plassen?'

'Ik vroeg me af of u Alicia al lang kent.'

'Je zou kunnen zeggen dat we oude vrienden zijn.'

'Ze heeft u anders nooit genoemd,' voerde Fernandito aan.

'Omdat we elkaar meer dan twintig jaar niet hebben gezien en we dachten dat de ander dood was.'

De jongen keek hem stomverbaasd aan.

'En jij? Een verliefde knul, gevangen in het web van de koningin van de nacht of een eigenzinnige kwezel?'

Fernandito dacht na.

'Meer het eerste, veronderstel ik.'

'Daar hoef je je niet voor te schamen, zo is het leven. Onderscheid leren maken tussen waarom een mens bepaalde dingen doet en waarom hij zégt dat hij ze doet, is de eerste stap naar zelfkennis. En de weg van daar tot men ophoudt een idioot te zijn is nog flink lang.'

'U praat als een boek, Fermín.'

'Als boeken zouden praten, zouden er niet zoveel dove oren zijn. Wat jij moet doen, Fernandito, is niet meer de dialogen door anderen laten schrijven. Gebruik het hoofd dat God op je nek heeft gezet en schep je eigen libretto, want het leven zit vol met smokkelaars die erop uit zijn om het hooggeëerde publiek de hersens vol te stoppen met de flauwekul die hun van pas komt om met de voorgehouden wortel boven op die ezel te kunnen blijven zitten. Begrijp je wel?'

'Ik geloof het niet.'

'Dat heb je er dus van. Maar goed, omdat je alweer wat kalmer bent, gebruik ik die gelegenheid om je te vragen nog eens alles te vertellen wat er is gebeurd. En deze keer vanaf het begin, in de juiste volgorde en zonder al te vooruitstrevende stilistische hulpmiddelen. Acht je dat doenlijk?'

'Ik kan het proberen.'

'Vooruit dan.'

Deze keer vergat Fernandito niet één detail. Fermín hoorde hem met stijgende bezorgdheid aan en vulde met hypothesen en speculaties de puzzel aan die zich langzamerhand in zijn hoofd begon af te tekenen.

'En waar zijn nu die genoemde documenten en Isabella's dagboek?'

'Ik heb ze aan mijn tante Jesusa gegeven. Zij is de conciërge van het gebouw waar juffrouw Alicia woont. Ze is te vertrouwen.'

'Daar twijfel ik niet aan, maar we zullen een veiliger plek moeten vinden. Uit tonnen strafzaken weten we dat conciërges weliswaar veel voordelen bieden, maar betrouwbaarheid is er niet een van.'

'Zoals u wilt.'

'En ik moet je verzoeken alles wat je me nu net hebt verteld onder ons te houden. Geen woord tegen de heer Daniel Sempere.'

'Begrepen. Zoals u wilt.'

'Zo is het maar net. Zeg eens, heb je geld bij je?'

'Wat munten, geloof ik.'

Fermín hield zijn hand op om de fondsen te innen.

'Ik moet een telefoontje plegen.'

Daniel antwoordde bij de eerste rinkel.

'In godsnaam, Fermín, waar zit u?'

'Hospital del Mar.'

'Een ziekenhuis? Wat is er gebeurd?'

'Ze hebben geprobeerd Alicia om te leggen.'

'Wat?! Wie?! Waarom?!'

'Doet u mij een plezier en kalmeert u, Daniel.'

'Hoezo kan ik kalmeren?!'

'Is Bea daar?'

'Natuurlijk, maar...'

'Laat haar aan de lijn komen.'

Een pauze, geharrewar van stemmen en ten slotte de kalme stem van Bea aan het apparaat.

'Zegt u het eens, Fermín.'

'Ik heb geen tijd om in detail te treden, maar Alicia stond op het punt dood te gaan. Op dit moment is ze nog in de operatiezaal en zitten we te wachten op nieuws.'

'We?'

'Ik en een ventje dat Fernandito heet en dat schijnbaar voor Alicia werkte als een soort duvelstoejager. Ik weet hoe dat klinkt, maar hebt u alstublieft geduld.'

'Wat hebt u nodig, Fermín?'

'Ik heb geprobeerd de zaak toe te dekken met geraffineerde retoriek, maar ik heb de indruk dat we hier niet veel langer kunnen blijven. Ik ben bang dat als Alicia er levend uit komt het ziekenhuis geen veilige plek is. Iemand zou kunnen proberen het werk af te maken.'

'Wat stelt u voor?'

'Haar naar een plek brengen waar niemand haar kan vinden, zodra het mogelijk is.'

Bea zweeg lange tijd.

'Denken we aan hetzelfde?' vroeg ze uiteindelijk.

'Grote geesten treffen elkaar altijd bij grote ideeën.'

'En hoe denkt u haar uit het ziekenhuis te halen en daarnaartoe te brengen?'

'Ik ben bezig een strategie uit te denken.'

'God sta ons bij.'

'Vrouw van weinig geloof.'

'Wat moet ik doen?'

'De hulp van dokter Soldevila inroepen,' zei Fermín.

'Dokter Soldevila is gepensioneerd en oefent al minstens twee jaar zijn vak niet meer uit. Zou het niet beter zijn om...?'

'We hebben iemand nodig die we kunnen vertrouwen. Bovendien is Soldevila een kei die van alle markten thuis is. Ik weet zeker dat hij verrukt zal zijn als ú hem vertelt dat ik om hem gevraagd heb.'

'Het laatste wat ik hem hoorde zeggen, was dat u een onbeschaamde vlegel was, dat het hem tot híér zat dat u in het achterste kneep van zijn verpleegsters, en dat hij u voor geen prijs ooit nog wilde terugzien.'

'Lariekoek. Hij waardeert me zeer.'

'Als u het zegt. Wat nog meer?'

'Spullen voor minstens een week voor een patiënt die net een messteek in de buik heeft overleefd, één in haar hand en een pak slaag dat een Baskische gewichtheffer buiten gevecht had gesteld.'

'Mijn god,' prevelde Bea.

'Concentreert u zich, Bea. Verzorging. De dokter zal weten wat er nodig is.'

'Dit zal hij helemaal niet leuk vinden.'

'Daar komen uw charme en overtuigingskracht om de hoek kijken.'

'Heel fijn. Ik neem aan dat ze schone kleding en zulke zaken nodig zal hebben.'

'Zulke zaken. Dat laat ik aan uw feilloze inzicht over. Is Daniel daar nog?'

'Met zijn oor tegen de andere kant van de hoorn geplakt. Wilt u dat ik hem die kant op stuur?'

'Nee. Hij moet blijven zitten waar hij zit en kalm blijven. Ik bel u zodra ik meer weet.'

'Wij zijn hier.'

'Wat ik altijd zeg: als alles goed moet lopen, moet men het commando aan een vrouw overlaten.'

'Probeert u mij geen stroop om de mond te smeren, Fermín, ik zie waar u op uit bent. Verder nog iets?'

'Weest u voorzichtig. Het zou mij niet verbazen als de boekhandel in de gaten wordt gehouden.'

'Dat ontbrak er nog maar aan. Begrepen. Fermín?'

'Tot uw dienst.'

'Weet u zeker dat die vrouw te vertrouwen is?'

'Alicia?'

'Als dat haar echte naam is.'

'Dat is het.'

'En de rest? Is dat ook waar?'

Fermín zuchtte.

'Laten we haar een kans geven. Doet u dat voor mij, Bea?'

'Natuurlijk, Fermín. Zoals u wilt.'

Hij hing op en keerde terug naar de wachtkamer. Fernandito bekeek hem nerveus.

'Met wie hebt u gesproken?'

'Met het gezond verstand.'

Fermín ging zitten en sloeg de jongen gade die hem zo aan Daniel deed denken in zijn jonge jaren dat hij hem zelfs aardig begon te vinden.

'Je bent een goeie vent, Fernandito. Alicia zal trots op je zijn.'

'Als ze dit overleeft.'

'Dat zal ze zeker. Ik heb haar al eens uit de dood zien opstaan, en wie de truc heeft geleerd, vergeet hem daarna niet meer. Ik spreek uit ervaring. Opstaan uit de dood is een beetje als fietsen, of de beha van een meisje losmaken met één hand. Kwestie van de slag te pakken krijgen.'

Fernandito glimlachte zwakjes.

'En hoe doet u dat dan?'

'Je gaat me toch niet wijsmaken dat je niet kunt fietsen.'

'Ik heb het over een beha losmaken met één hand.'

Fermín gaf hem een klapje op de knie en knipoogde samenzweerderig.

'Jij en ik hebben veel om over te praten.'

Het lot wilde dat, voordat Fermín de eerste les van zijn spoedcursus levenswijsheden kon aanvangen, de chirurg op de drempel van de zaal verscheen en zich met een diepe zucht uitgeput in een van de stoelen liet vallen.

33

De chirurg was een van die jonge mannen die voor hun dertigste hun haar begonnen te verliezen van al het denken. Hij was lang en slank, had het profiel van een potlood en een intelligente blik die het terrein in kaart bracht vanachter een bril die toen 'de truman' werd genoemd – ter ere van de Amerikaanse president met de losse handjes, die atoombommen ter grootte van draken liet uitstrooien over het rijk van de rijzende zon.

'We hebben haar kunnen stabiliseren, we hebben de bloeding gestelpt en de wond gehecht. Op dit moment is er geen infectie, maar ik heb antibiotica toegediend om het zekere voor het onzekere te nemen. De wond was dieper dan hij leek. Het is een wonder dat hij niet haar dijslagader heeft doorgesneden, maar de hechting was heel ingewikkeld en hield het aanvankelijk niet. Of die het houdt of niet, hangt nu af van het slinken van de zwelling en het uitblijven van een infectie, en van geluk hebben. God zal het zeggen.'

'Maar zal ze het overleven, dokter?'

De chirurg haalde zijn schouders op.

'Alles hangt af van hoe ze de komende achtenveertig uur doorkomt. De patiënt is jong en haar hart is sterk. Een zwakker iemand zou de operatie niet hebben overleefd, maar dat betekent nog lang niet dat ze al uit de tunnel is. En als er een infectie bij komt...'

Fermín knikte en internaliseerde de mededeling. De arts observeerde hem met chirurgische precisie.

'Mag ik vragen waar de oude kwetsuur vandaan komt die de patient op haar rechterheup heeft?'

'Een ongeluk uit haar kindertijd. De oorlog.'

'Hm. Die moet haar vreselijke pijnen bezorgen.'

'Ze is heel sterk, hoewel het af en toe inderdaad van invloed is op haar karakter.'

'Als ze hier goed uit komt, zou ik haar kunnen helpen. Er zijn tegenwoordig reconstructiemethoden die er twintig jaar geleden nog niet waren, en misschien kunnen ze de pijn verlichten. Niemand zou zo moeten hoeven leven.'

'Het is het eerste wat ik Violeta zal vertellen wanneer ze wakker wordt.'

'Violeta?' vroeg de arts.

'De patiënt,' preciseerde Fermín.

De chirurg, die misschien weinig haar had maar hersens voor twee, bekeek hem argwanend.

'Luistert u eens, het is mijn zaak niet en ik weet wat voor verhaaltje u die sukkel van een Coll op de mouw hebt gespeld, maar iemand heeft deze vrouw beestachtig toegetakeld en bijna vermoord. Wie het ook maar geweest is, die...'

'Ik weet het,' onderbrak Fermín hem. 'Gelooft u mij, ik ben me ervan bewust. Wanneer denkt u dat we haar hier weg kunnen halen?'

Stomverbaasd trok de chirurg zijn wenkbrauwen op.

'Haar weghalen? In het gunstigste geval heeft de patiënt minstens een maand totale rust voor de boeg. Violeta, of hoe ze ook heet, gaat nergens heen tenzij u haar een spoedbegrafenis wilt bezorgen. Ik meen dit serieus.'

Fermín bestudeerde het gezicht van de chirurg.

'En haar naar een andere plek brengen?'

'Dat zou een ander ziekenhuis moeten zijn. Maar ik kan het niet aanraden.'

Fermín knikte ernstig.

'Dank u, dokter.'

'Niets te danken. Over een paar uur, als alles goed gaat, leggen we haar op zaal. Tot dat moment kunt u haar niet zien. Ik zeg het voor het geval u een poosje de deur uit wilt en een ommetje wilt maken. Of voor het geval u dingen te regelen hebt, u begrijpt wel wat ik bedoel. Op dit moment is de patiënt, zoals gezegd, stabiel en de prognose gematigd optimistisch.'

'Gematigd?'

De chirurg schonk hem een ambivalent glimlachje.

'Als u mijn persoonlijke mening wilt en niet die van chirurg: deze jongedame wil nog niet sterven. Soms zijn er mensen die overleven uit pure woede.'

Fermín knikte.

'Vrouwen zijn zo. Als die zich iets in het hoofd hebben gehaald, dan...'

Hij wachtte tot de chirurg hen alleen had gelaten, om vervolgens de gang in te lopen en de situatie in ogenschouw te nemen. Fernandito voegde zich bij hem. Twee figuren in tamelijk onverpleegachtige uniformen kwamen met afgemeten pas vanaf het einde van de gang dichterbij.

'Kijk, zijn dat niet twee smerissen?'

'Hoe zegt u?' vroeg Fernandito.

'Politie. Lees je geen stripverhalen of zo?'

'Nu dat u het zegt, ze lijken inderdaad.'

Fermín snoof en duwde Fernandito de wachtkamer weer in.

'Denkt u dat de directie de politie heeft gewaarschuwd?' vroeg de jongen.

'Dit wordt ingewikkelder dan ik dacht. We hebben geen tijd te verliezen. Fernandito, je zult me een handje moeten helpen.'

'Twee, als het nodig is. Zegt u het maar.'

'Je moet naar boekhandel Sempere & Zoons gaan en met Bea spreken.'

'Bea?'

'De vrouw van Daniel?'

'En hoe weet ik...?'

'Dat kan niet missen. Ze is de slimste van het gezelschap daar en bovendien een bijzonder lekker ding, maar op een ingetogen manier, hè, dat u het weet.'

'En wat vertel ik haar?'

'Dat we voortijdig een damesgambiet moeten doen.'

'Damesgambiet?'

'Zij begrijpt wel wat ik bedoel. En Daniel moet Isaac inlichten.'

'Isaac? Welke Isaac?'

Fermín zuchtte, geërgerd over Fernandito's trage begrip.

'Als je wilt Isaac Monturiol, uitvinder van de onderzeeboot. Isaac, punt. Moet ik het opschrijven?'

'Nee, het zit allemaal in mijn hoofd.'

'Vooruit dan, maak je uit de voeten, we zijn al laat.'

'En u, waar gaat u heen?'

Fermín knipoogde.

'Een oorlog win je niet zonder infanterie.'

34

Het onweer was weggetrokken toen Fermín het ziekenhuis verliet en op het strand in de richting van Somorrostro liep. De oostenwind bracht golven mee, die braken op de kust, op luttele meters afstand van de krottenwijk, die zich uitstrekte tot aan de muur van de begraafplaats van Pueblo Nuevo. Zelfs de doden beschikten over een betere behuizing dan deze horde naamloze zielen die aan de zeeoever in armoede leven, dacht Fermín.

Een schare argwanende blikken ontving hem toen hij de eerste door hutten geflankeerde steeg in liep. Haveloze kinderen, vrouwen met van armoede donker geworden gezichten en voortijdig oud geworden mannen keken hem na. Kort daarop kwam een viertal jongemannen met vijandige gezichten op hem af en ze versperden hem de weg.

'Ben je verdwaald, *payo*?'

'Ik zoek Armando,' zei Fermín zonder onrust of angst te tonen.

Het gezicht van een van hen werd gemarkeerd door een litteken van voorhoofd tot wang. Met een dreigende grijns stapte hij naar voren en keek hem uitdagend in de ogen. Fermín doorstond zijn blik.

'Armando,' herhaalde hij. 'Ik ben een vriend van hem.'

De jongen schatte zijn tegenstander in, die hij moeiteloos met één klap uit de weg had kunnen ruimen, en glimlachte ten slotte breed.

'Was jij niet die dode?'

'Ik ben op het laatste moment van idee veranderd,' zei Fermín.

'Op het strand,' zei de ander, en hij wees met zijn hoofd in de betreffende richting.

Fermín bedankte hem met een knikje en de jongens gingen opzij. Hij liep een honderdtal meters verder door de steeg zonder dat er nog acht op hem werd geslagen. De steeg boog af naar zee en Fermín hoorde stemmen en kindergelach. Hij liep rechtdoor en zag al snel wat de kinderen bij de kustlijn had samengebracht.

De storm had een oud vrachtschip op een paar meter van het strand laten vastlopen. Aan bakboord had de romp slagzij gemaakt en de kiel en de schroef staken uit het schuim. De golven hadden een flink deel van de vracht van het schip gespoeld, die nu in de branding dreef. Een zwerm meeuwen fladderde tussen de resten van het schip, terwijl de bemanning probeerde te redden wat er te redden viel en de kinderen de ramp vierden als een feest.

'Fermín,' zei een zware, beheerste stem.

Toen hij zich omdraaide, zag hij Armando, prins van de zigeuners en heerser over deze vergeten wereld. Hij droeg een smetteloos zwart pak en hield zijn lakschoenen in de hand. De broekspijpen had hij omgeslagen om op het vochtige zand te kunnen lopen en de kinderen van dichtbij in de golven te zien spelen. Hij wees op het schip en zei met een knikje: 'De een zijn dood is de ander zijn brood. Wat brengt u hier, mijn vriend, dood of brood?'

'Wanhoop.'

'Nooit een goede raadgever.'

'Maar wel overtuigend.'

Armando glimlachte instemmend. Hij stak een sigaret op en bood Fermín het pakje aan. Die sloeg af.

'Ze hebben me verteld dat ze u het Hospital del Mar hebben zien verlaten,' zei Armando.

'U hebt uw ogen overal.'

'Vermoedelijk hebt u handen nodig, geen ogen. Waarmee kan ik u helpen?'

'Een leven redden.'

'Het uwe?'

'Dat ben ik u al verschuldigd, Armando. Wat me hier brengt is een leven dat ik vele jaren geleden had moeten redden. Het lot had het in mijn handen gelegd en ik heb gefaald.'

'Het lot kent ons beter dan wij onszelf, Fermín. Ik geloof niet dat u tegenover wie dan ook gefaald hebt. Maar ik voel dat er haast geboden is. Geef me de details.'

'Het kan ingewikkeld zijn. En gevaarlijk.'

'Ik weet dat als het gemakkelijk en veilig zou zijn, u me niet zou beledigen met het verzoek om mijn hulp. Hoe heet ze?'

'Alicia.'

'Een liefde?'

'Een schuld.'

Hendaya knielde naast het lichaam en trok de deken weg die het bedekte.

'Is hij het?' vroeg hij.

Toen hij geen antwoord kreeg, draaide hij zich om. Linares, achter hem, bekeek het lijk van Vargas alsof ze hem net een oorvijg hadden gegeven.

'Is hij het of niet?'

Linares knikte en sloot kort de ogen. Hendaya bedekte opnieuw het gezicht van de dode en kwam overeind. Langzaam liep hij door de ruimte, onderzocht zonder al te grote opmerkzaamheid kleding en her en der verspreide voorwerpen. Behalve Linares wachtten er nog twee van zijn mannen geduldig en in stilte.

'Voordat hij hier terugkwam, was hij met u in het mortuarium,' zei Hendaya. 'Kunt u het plaatje voor me invullen?'

'Kapitein Vargas had de avond ervoor een lichaam gevonden en hij had mij gebeld om verslag uit te brengen.'

'Zei hij onder welke omstandigheden hij het lichaam had gevonden?'

'Bij een onderzoek waarmee hij bezig was. De details heeft hij niet met mij besproken.'

'En u hebt hem er ook niet naar gevraagd?'

'Ik ging ervan uit dat Vargas me op het geëigende moment op de hoogte zou stellen.'

'Zoveel vertrouwen had u in hem?' wilde Hendaya weten.

'Als in mezelf,' antwoordde Linares.

'Interessante overeenkomst. Er gaat niets boven het hebben van goede vrienden op het hoofdbureau. En vertelt u mij eens, heeft men het lichaam kunnen identificeren?'

Linares aarzelde een moment.

‘Vargas vermoedde dat het om ene Ricardo Lomana ging. Die naam zal u bekend zijn. Hij was een collega van u, geloof ik.’

‘Niet van mij. Maar inderdaad, hij is me bekend. Hebt u deze feiten doorgegeven aan de betreffende instanties?’

‘Nee.’

‘En waarom niet?’

‘Ik wachtte op bevestiging van de lijkschouwer.’

‘Maar u wilde dat wel gaan doen?’

‘Uiteraard.’

‘Natuurlijk. Hebt u in de tussentijd met iemand op het bureau de vermoedens van Vargas over de identiteit van Lomana besproken?’

‘Nee.’

‘Nee?’ hield Hendaya aan. ‘Niet één ondergeschikte?’

‘Nee.’

‘Afgezien van de forensisch patholoog-anatoom en zijn mensen, de rechter en de agenten die u vergezelden, is er verder nog iemand op de hoogte van de lijkschouwing?’

‘Nee. Wat suggereert u?’

Hendaya knipoogde.

‘Niets. Ik geloof u. En weet u waar Vargas naartoe ging nadat hij het mortuarium had verlaten?’

Linares antwoordde ontkennend.

‘De burgerlijke stand,’ zei Hendaya.

Linares fronste zijn voorhoofd.

‘Wist u dat niet?’

‘Nee. Hoe zou ik dat moeten weten?’

‘Heeft Vargas dat niet genoemd?’

‘Nee.’

‘Zeker weten? Heeft Vargas u niet gebeld vanaf het register om inlichtingen in te winnen?’

Linares doorstond zijn blik. Hendaya glimlachte, hij genoot van het spelletje.

‘Nee.’

‘Klinkt de naam Rovira u bekend in de oren?’

‘Een tamelijk veelvoorkomende achternaam.’

‘Ook op het bureau?’

'Ik geloof dat er iemand is die zo heet. Hij werkt op de archiefafdeling en staat op het punt met pensioen te gaan.'

'Heeft iemand onlangs naar hem gevraagd?'

Linares ontkende opnieuw.

'Mag ik weten waar we het over hebben?'

'Over een misdaad, vriend Linares. Een misdaad begaan tegen een van de onzen, tegen een van de besten. Wie zou zoiets gedaan kunnen hebben?'

'Een professioneel iemand, in elk geval.'

'Weet u dat zeker? Het lijkt me meer het werk van een inbreker.'

'Een inbreker?'

Hendaya knikte vol overtuiging.

'Deze buurt is niet te vertrouwen en God weet dat die Catalanen in staat zijn de onderbroek van hun moeder op haar doodsbed te stelen als die nog warm is. Het zit in hun bloed.'

'Niet één dertien-in-een-dozijninbreker had ook maar de geringste kans gehad bij Vargas,' bestreed Linares. 'Dat weet u net zo goed als ik. Dit is niet door een amateur gedaan.'

Hendaya keek hem lang en gelaten aan.

'Kom op, Linares. Er zijn ook professionele inbrekers. Harde types, zonder scrupules. Dat weet u ook. En uw vriend Vargas was niet meer in vorm, dat moet u toegeven. De jaren zijn de jaren.'

'Dat zal het onderzoek moeten uitwijzen.'

'Helaas zal dat er niet komen.'

'Omdat u daarvoor zorgt,' wierp Linares hem naar het hoofd.

Hendaya glimlachte vergenoegd.

'Nee, niet omdat ík het zeg. Ik ben niemand. Maar als u weet wat goed voor u is, wacht u er niet op totdat een ander dat tegen u zegt.'

Linares beet zich op de tong.

'Dit accepteer ik niet. Van u niet, van niemand.'

'U hebt een prima carrière achter u, Linares. Laten we elkaar niet voor de gek houden, u bent niet zover gekomen omdat u detectiefje hebt gespeeld. Voldoende helden blijven onderweg steken. Gaat u nu niet dom doen, op twee minuten van een goudgerand pensioen. De tijden zijn aan het veranderen. En u weet dat ik dat zeg voor uw eigen bestwil.'

Linares keek hem minachtend aan.

‘Wat ik weet, is dat u een smeerlap bent en dat het me geen reet uitmaakt voor wie u werkt,’ zei hij. ‘Dit blijft niet zonder gevolgen. Belt u wie u moet bellen.’

Hendaya haalde zijn schouders op. Linares draaide zich om en liep naar de uitgang. Hendaya ving de blik van een van zijn mannen en knikte. De agent volgde Linares. De andere kwam dichterbij en keek hem vragend aan.

‘Weten we al iets van die hoer?’

‘In de werkplaats lag maar één lichaam. Geen spoor van haar. We hebben de woning aan de overkant doorzocht. Niets. Geen buurman heeft haar gezien en de conciërge weet zeker dat ze haar gisteren voor het laatst zag, toen ze het pand verliet.’

‘Vertelt ze de waarheid?’

‘Ik denk het wel, maar als u wilt kunnen we de druk een beetje opvoeren.’

‘Niet nodig. Kam ziekenhuizen en poliklinieken uit. Als ze zich in een ervan bevindt, zal ze zich onder een valse naam hebben laten registreren. Heel ver kan ze niet zijn.’

‘En als ze bellen vanuit Madrid?’

‘Geen woord tot we haar hebben gevonden. We willen zo min mogelijk lawaai maken.’

35

Het was de beste droom van haar leven. Alicia werd wakker in een ruimte met witte muren, die rook naar kamfer. Geluid van stemmen ver weg kwam en ging in fluisterende golven. Als eerste bemerkte ze de afwezigheid van pijn. Voor het eerst in twintig jaar had ze geen pijn. Die was compleet verdwenen en had zo de wereld meegenomen waarin ze bijna heel haar leven had gewoond. In plaats daarvan vond ze een ruimte waar het licht door de atmosfeer reisde als een stroperige vloeistof en op stofdeeltjes botste die in alle kleuren van de regenboog in de lucht hingen. Ze lachte. Ze kon ademen en haar rustende lichaam voelen. Ze voelde haar botten gezuiverd van pijn en haar geest bevrijd van de tang van bijtend staal die haar altijd gevangen had gehouden. Het gezicht van een engel boog zich over haar heen en keek haar in de ogen. De engel was lang, droeg een witte doktersjas en had geen vleugels. Over 'niet hebben' gesproken, hij had amper haar, maar hij hield daarentegen wel een injectienaald in zijn hand en toen ze vroeg of ze dood was en dit de hel was, glimlachte de engel en zei dat dat afhankelijk was van hoe je ernaar keek, maar dat ze zich geen zorgen hoefde te maken. Ze voelde een kleine steek en een golf van vloeibaar geluk stroomde door haar aderen en liet een warm spoor van vredigheid achter. Achter de engel dook een schraal duiveltje op dat vastzat aan een enorme neus, een neus die Molière tot komedies en Cervantes tot heldendichten zou hebben geïnspireerd.

'Alicia, we gaan naar huis,' kondigde het duiveltje aan met een stem die haar vagelijk bekend voorkwam.

Hij werd vergezeld door een verschijning met gitzwart haar en zulke perfecte gelaatstrekken dat ze het verlangen voelde hem op de lippen te kussen, haar vingers door die haardos als uit een sprookje te laten glijden en verliefd op hem te worden, al was het maar voor even – lang genoeg om te denken dat ze wakker was en tegen het geluk aan was gelopen dat een onnadenkend iemand onderweg had laten vallen.

'Mag ik u aaien?' vroeg ze.

De donkere prins, want hij moest minstens een prins zijn, keek weifelend naar het duiveltje. Dat gaf hem met een handbeweging te verstaan dat hij zich er maar niets van aan moest trekken.

'Dat is mijn bloed dat door haar aderen stroomt, dat heeft haar tijdelijk haar schroom doen vergeten en wat onbezonnen gemaakt. Neemt u het haar niet kwalijk.'

Op een teken van de prins materialiseerde zich een schare dwergen, behalve dat het geen dwergen waren en ze allemaal in het wit gekleed gingen. Met z'n vieren trokken ze aan het laken om haar uit het bed te tillen en op een draagbaar te vlijen. De prins pakte haar hand vast en gaf er een kneepje in. Hij zou beslist een geweldige vader zijn, peinsde Alicia. Die handdruk, die fluwelen aanraking, bevestigde dat.

'Zou u een baby willen hebben?' informeerde ze.

'Ik heb er zeventien, mijn kind,' zei de prins.

'Alicia, ga alstublieft slapen, u maakt me te schande,' smeekte het duiveltje.

Maar ze sliep niet. Met de hand van haar prins in de hare en aan boord van de magische draagbaar droomde ze verder en legde oneindig veel gangen af op een kam van wit licht. Ze navigeerden door liften, tunnels en galerijen, behekst door geweeklaag, tot Alicia voelde dat de lucht koeler werd en de bleke plafonds weken voor een gewelf waarin door de aanraking van wattige zonnen rossige wolken hingen. Het duiveltje legde voorzichtig een deken over haar heen en de dwergen hieven haar op instructies van de prins in een rijtuig, dat er niet uitzag zoals in een sprookje, want er stonden geen paarden voor gespannen, noch had het koperen krullen, maar het droeg op de zijkant wel een raadselachtig opschrift:

VLEESWAREN

LA PONDEROSA

GROOTHANDEL &

LEVERINGEN AAN HUIS

De prins deed net de deurtjes van het rijtuig dicht toen Alicia stemmen hoorde en iemand hun een halt toeriep en bedreigingen uitte. Een paar minuten was ze alleen, terwijl haar helden het hoofd boden aan de leden van een vuig complot, want de lucht vulde zich met de onmiskenbare echo van oorvijgen en knuppelslagen. Toen het duiveltje terugkeerde aan haar zijde stond zijn haar overeind, was één lip gespleten en had hij een winnaarsgrijns op zijn gezicht. Het rijtuig begon aan zijn gehobbel en Alicia had de vreemde sensatie dat ze goedkope gedroogde worst rook.

De rit leek haar een eeuwigheid te duren. Ze trokken door lanen en steegjes, kronkelden door de kaart van het labyrint en toen de deuren werden geopend en de dwergen – die inmiddels uitgegroeid waren tot normaal uitziende mannen – haar op de draagbaar eruit tilden, viel het Alicia op dat het rijtuig op wonderbaarlijke wijze was veranderd in een bestelbusje, en dat ze zich in een smalle, donkere steeg bevonden, die een gapend gat sloeg in de duisternis. Het duiveltje, dat plotseling de onmiskenbare gelaatstrekken van

Fermín had aangenomen, kondigde aan dat ze bijna veilig was. Ze werd naar een grote, bewerkte eikenhouten poort gerold, waar een man met dun haar en een roofvogelblik op de uitkijk stond, naar links en rechts keek en 'Kom verder' fluisterde.

'Hier neem ik afscheid,' kondigde de prins aan.

'Geeft u me ten minste een kus,' fluisterde Alicia.

Fermín rolde met zijn ogen en sommeerde de nobele heer: 'Geeft u haar in vredesnaam die kus, anders staan we hier morgen nog.'

En prins Armando kuste haar met al zijn duisternis. Hij had lippen van kaneel en wist in elk opzicht hoe je een vrouw moet kussen, met kunst, durf en de lange ervaring van een artiest die trots is op zijn handrespectievelijk lippenwerk. Alicia voelde hoe een huivering haar doorvoer, die plekken in haar lichaam beroerde die ze allang was vergeten, en ze sloot haar ogen om de tranen achter slot en grendel te bergen.

'Dank u,' prevelde ze.

'Het is toch niet te geloven,' prevelde Fermín. 'Alsof ze nog geen vijftien is. Gelukkig is haar vader hier niet om het aan te zien.'

Een mechanisme sloot de poort met een kathedraalachtig klokkenspel. Ze kwamen in een gang met de afmetingen van een paleis, vol fresco's van fabelwezens, die verschenen en weer verdwenen wanneer het licht van de olielamp in de hand van de bewaker erlangs streek. Het rook er naar papier en magie en toen de gang uiteindelijk uitmondde in een groot gewelf kreeg Alicia de wonderbaarlijkste architectuur te zien die ze ooit had aanschouwd of die ze zich misschien uit haar dromen herinnerde.

Een labyrint als in een delirium steeg op naar een immense glaskoepel. Het maanlicht, uiteenvallend in duizend messcherpe stralen, verspreidde zich vanuit de hoogte en voorzag de onmogelijke geometrie van een betovering, die alle boeken, alle verhalen en alle dromen van de wereld raakte. Alicia herkende het oord waarover ze zo vaak had gedroomd en strekte haar armen uit om het aan te raken, bang dat het in rook zou opgaan. Naast haar zag ze de gezichten van Daniel en Bea.

'Waar ben ik? Wat is dit voor plek?'

Isaac Monfort, de bewaker die de poort had geopend en die Alicia na zoveel jaren toch herkende, knielde bij haar neer en streelde haar gezicht.

‘Voor de tweede maal welkom in het Kerkhof der Vergeten Boeken, Alicia.’

36

Valls begon mettertijd te vermoeden dat hij het zich had ingebeeld. De beelden vervluchtigden en hij wist niet meer zeker of hij slechts had gedroomd over die vrouw die de trap naar zijn cel afgedaald was en hem had gevraagd of hij Valls was. Soms twijfelde hij er zelf aan of hij het wel was. Misschien had hij ook dát gedroomd. Misschien was ook hij niets anders dan nog een stuk afval dat wegrotte in de kerkers van het Montjuïc-kasteel en geloofde hij in de klauwen van het delirium ondertussen dat hij zijn eigen cipier was en niet meer wie hij werkelijk was. Hij meende zich zo’n geval te herinneren. Mitjans heette de man. Mitjans, die in de jaren van de Republiek een gevierd dramaturg was geweest voor wie Valls altijd een oneindige minachting had gevoeld, omdat Mitjans van het leven alles had ontvangen waarnaar híj, Valls, vergeefs verlangde. Mitjans, die als zovele andere slachtoffers van zijn jaloezie in het kasteel was beland en er zijn dagen sleet in cel 19 en niet eens meer had geweten wie hij was.

Maar Valls wist wie hij was, omdat hij het zich herinnerde, en zoals de van de duivel bezeten David Martín eens had gezegd, was een mens wat hij zich herinnerde. En daarom wist hij dat die vrouw, wie ze ook mocht zijn geweest, echt was en dat zij – of iemand als zij – op een dag weer terug zou komen om hem daar weg te halen en te bevrijden. Want hij was niet als Mitjans en al die andere arme drommels die onder zijn bevel waren gestorven. Hij, Mauricio Valls, zou daar niet doodgaan. Dat was hij aan zijn dochter Mercedes verplicht, omdat zij hem al die tijd in leven had gehouden. Misschien dat hij daarom elke keer dat de kerkerdeur openging en hij voetstappen hoorde afdalen in het halfduister vol hoop opkeek. Omdat dat de dag zou kunnen zijn.

Het moest ochtend zijn; hij had geleerd de uren van de dag te onderscheiden aan de hand van de kou. Hij wist dat er deze keer iets anders was dan anders, omdat er nog nooit iemand zo vroeg in de ochtend was gekomen. Hij hoorde de deur en daarna voetstappen, zware voetstappen. Zonder haast. Een gestalte tekende zich af in het donker en droeg een dienblad waar de heerlijkste geuren vanaf kwamen die hij ooit had geroken. Hendaya zette het dienblad op de grond, stak een kaars aan en zette die vast in een kandelaber.

'Goedemorgen, minister, ik breng je het ontbijt,' kondigde hij aan.

Hendaya schoof het blad naar de tralies en tilde het deksel op van een bord. De luchtspiegeling had de vorm van een sappig stuk vlees in een romige pepersaus, gegarneerd met aardappelen uit de oven en gesauteerde groenten. Valls begon te watertanden en zijn maag maakte een buiteling.

'À point,' zei Hendaya. 'Zoals je het lekker vindt.'

Op het dienblad zag Valls voorts een mandje met luxebroodjes, zilverbestek en een linnen servet. De wijn, een uitstekende rioja, was ingeschonken in een kristallen wijnglas van Murano.

'Vandaag is een belangrijke dag, minister. Je verdient het.'

Hendaya schoof het blad onder de tralies door. Valls negeerde bestek en servetten en greep met zijn overgebleven hand het stuk vlees beet. Hij bracht het naar zijn tandeloze mond en begon het met een woestheid te verorberen die hij niet van zichzelf kende. Hij schrokte het vlees, de aardappelen, groenten en broodjes naar binnen, likte het bord af tot het blinkend schoon was en dronk in één teug de kostelijke wijn tot de laatste druppel op. Hendaya observeerde het tafereel bedaard, glimlachte minzaam en rookte een sigaret.

'Ik moet je om excuses vragen, want ik had een dessert besteld, maar dat is niet gebracht.'

Valls duwde het lege dienblad opzij en greep met zijn ene hand de tralies beet, zijn blik gefixeerd op Hendaya.

'Ik zie je verbazing, minister. Ik weet niet of dat vanwege het feestmaal is of omdat je iemand anders verwachtte.'

De genoegens van dat feestmaal bliezen de aftocht. Valls liet zich weer achter in de cel op de grond vallen. Hendaya bleef nog een paar minuten staan, bladerde een krant door en rookte zijn sigaret op. Vervolgens gooide hij de peuk weg en vouwde de krant dubbel. Toen hij Valls naar de krant zag staren, zei hij: 'Misschien heb je zin in wat leesvoer? Een man van de letteren zoals jij moet dat missen hier.'

'Alstublieft,' smeekte Valls.

'Maar natuurlijk,' zei Hendaya terwijl hij dichter bij de tralies ging staan. Valls stak zijn hand uit in een smekend gebaar.

'Er staat werkelijk goed nieuws in. Om eerlijk te zijn heb ik vanochtend vroeg, toen ik het had gelezen, gedacht dat je een feestmaal verdiende volgens alle regelen der kunst.'

Hendaya wierp de krant in de cel en liep de trap op.

'Helemaal voor jou. De kaars mag je houden.'

Valls wierp zich op de krant. De pagina's waren in de lucht door elkaar gewarreld, zodat hij ze eerst weer in de juiste volgorde moest leggen, wat eenhandig een tamelijk moeizaam karweitje was. Nadat dat hem was gelukt, pakte hij de kaars erbij en liet zijn blik over de voorpagina glijden.

Aanvankelijk had hij moeite met het ontcijferen van de letters. Te lang geleden al waren zijn ogen naar deze plek verbannen. Wat hij wel herkende, was de foto over de gehele pagina. Het was een kiekje uit het El Pardo-paleis, waarop hij het marineblauwe krijtstreeppak droeg dat hij drie jaar eerder in Londen had laten maken, en hij poseerde bij een grote muurschildering. Het was de laatste officiële foto die het ministerie van Mauricio Valls had laten verspreiden. Langzaam kwamen uit de diepte ook de woorden aan de oppervlakte.

LAATSTE NIEUWS

MINISTER MAURICIO VALLS KOMT BIJ VERKEERSONGEVAL OM HET LEVEN

De Generalísimo kondigt drie dagen van nationale rouw af.

'Hij was een baken van licht aan het firmament van het nieuwe, grote, vrije Spanje, in glorie herrezen uit de as van de oorlog. Hij belichaamde de hoogste waarden van de Beweging en voerde de Spaanse letteren en cultuur naar de top van de Parnassus.'

Madrid, 9 januari 1960 (red.)

Heel Spanje is vanochtend geschokt ontwaakt bij het bericht van het onmetelijke verlies van een van zijn favoriete zonen, don Mauricio Valls y Echevarría, minister van Nationale Vorming. De tragedie vond vanochtend plaats toen de wagen waarin de minister zich bevond met zijn chauffeur en lijfwacht bij kilometerpaal 4 naar Somosaguas verongelukte. De minister was op weg naar zijn huis na een late vergadering in het El Pardo-paleis met andere regeringsleden. De eerste onderzoeken wijzen uit dat een hun tegemoetkomende tankwagen een klapband kreeg, waarna de bestuurder de controle over het voertuig verloor, op de andere baan geraakte en in botsing kwam met de zeer snel rijdende auto van de minister. De tankwagen transporteerde een grote hoeveelheid brandstof en de botsing veroorzaakte een enorme explosie, die de omwonenden alarm deed slaan. Minister Valls en zijn lijfwacht waren op slag dood.

De chauffeur van de tankwagen, Rosendo M.S., ingezetene van Alcobendas, overleed voordat de hulpdiensten ter plaatse waren. Na de botsing ontstond een grote brand en alles duidt erop dat de lichamen van de minister en zijn lijfwacht volledig verbrandden.

De regering heeft voor deze morgen een crisisberaad ingelast en het staatshoofd heeft voor vanmiddag een officieel communiqué aangekondigd in het El Pardo-paleis.

Mauricio Valls was negenenvijftig jaar en had meer dan twee decennia in dienst van het regime op zijn naam staan. Zijn verscheiden laat de Spaanse letteren en literatuur verweesd achter; hij heeft zeer veel betekend voor het ministerie en als uitgever, schrijver en academicus. Kopstukken van alle openbare instituties en de meest vooraanstaande figuren van onze letteren en onze cultuur zijn vanochtend naar het ministerie gekomen om hun ontsteltenis uit te spreken en blijk te geven van de bewondering en het respect die don Mauricio opriep bij iedereen die hem kende.

Don Mauricio Valls laat een echtgenote en een dochter achter. Regeringsbronnen melden dat de rouwkapel in het koninklijk paleis vanaf vijf uur vandaag open zal blijven voor het publiek dat zijn laatste groet aan deze veelzijdige Spanjaard wil brengen. De directie en medewerkers van deze krant wensen eveneens uitdrukking te geven aan hun diepe geschoktheid en bedroefdheid, die het verlies van don Mauricio Valls, bewijs van het hoogste waarnaar een onderdaan van deze natie kan streven, waarschijnlijk bij iedereen heeft veroorzaakt.

Leve Franco! *Arriba España*! Hoog leve don Mauricio Valls!

AGNUS DEI

januari 1960

RENFE

1

Victoria Sanchís werd wakker tussen gestreken, naar lavendel geurende lakens. Ze droeg een perfect zittende zijden pyjama. Toen ze haar hand tegen haar gezicht hield, merkte ze dat haar huid naar badzout rook. Haar haar leek schoon te zijn, hoewel ze zich niet kon herinneren het gewassen te hebben. Ze kon zich helemaal níéts herinneren.

Ze kwam overeind en leunde tegen het fluwelen hoofdeinde terwijl ze probeerde op te helderen waar ze zich bevond. Het grote bed met de vele kussens die tot ontspanning uitnodigden, nam het centrum in van een ruime, elegant ingerichte slaapkamer. Door een groot venster met witte gordijnen ervoor filterde zacht licht, zodat ze een commode kon zien met een karaf verse bloemen. Ernaast stonden een kaptafel en een secretaire. De muren waren bedekt met reliëfbehang en er hingen enigszins pompeus ingelijste hertenaquarellen. Ze schoof de lakens opzij en ging op de rand van het bed zitten. Het tapijt onder haar voeten was pastelkleurig en paste tot in de puntjes bij de rest van de kamer. Het geheel was met professionele smaak en door een ervaren hand samengesteld, warm en onpersoonlijk tegelijk. Victoria vroeg zich af of dit de hel was.

Ze sloot haar ogen en probeerde te begrijpen hoe ze daar terecht was gekomen. Het laatste wat ze zich kon herinneren was El Pinar. Langzaam kwamen de beelden terug. De keuken. Ze zat met handen en voeten met ijzerdraad vastgebonden aan een stoel. Hendaya zat geknield voor haar en ondervroeg haar. Zij spuugde hem in het gezicht. Een enorme oorvijg wierp haar met stoel en al op de grond. Twee van zijn mensen zetten de stoel weer overeind. Even later brachten die twee Morgado binnen en bonden hem op de tafel vast. Hendaya ondervroeg haar opnieuw. Ze bleef stil. Waarop de politieman een wapen trok en van dichtbij Morgado's knie aan flarden schoot. Het geschreeuw van de chauffeur deed haar ziel ineenkrimpen. Nooit tevoren had ze een man op die manier horen janken van de pijn. Nogmaals ondervroeg Hendaya haar, ijzig kalm.

Ze beefde van angst en schrik. Hendaya haalde zijn schouders op, liep om de tafel en zette de loop van het wapen tegen de andere knie van de chauffeur. Een van zijn handlangers hield haar hoofd vast zodat ze niet weg kon kijken. 'Kijk wat er gebeurt met mensen die mij op de zenuwen werken, hoer.' Hendaya haalde de trekker over. Een sproeiregen van bloed en verpulverd bot spatte in zijn gezicht. Het lichaam van Morgado schokte woest, alsof het onder hoogspanning stond. Victoria sloot haar ogen. Kort daarop volgde een derde schot.

Misselijkheid overviel haar plotseling en ze sprong uit bed. Een halfgeopende deur gaf toegang tot de badkamer. Ze zakte voor het toilet op haar knieën en braakte gal. Het kokhalzen ging door tot ze geen druppel speeksel meer overhad en ze hijgend op de vloer tegen de wand aan leunde. Ze keek om zich heen. De badkamer, een meesterstuk in roze marmer, was aangenaam verwarmd. Een in de muur ingebouwde luidspreker liet het gemurmel van een strijkorkest doorsijpelen, een mierzoete versie van een adagio van Bach.

Victoria was weer op adem gekomen en stond op, steun zoekend bij de muren. Haar hoofd draaide. Ze strompelde naar de wastafel, liet het water stromen, waste haar gezicht en spoelde de zure smaak uit haar mond. Vervolgens droogde ze haar gezicht en handen af met een zachte, donzige handdoek en gooide hem op de vloer. Wankelend ging ze de kamer weer in en liet zich op het bed vallen. Ze probeerde de beelden uit haar geest te bannen, maar Hendaya's met bloed besproeide gezicht stond op haar netvlies gebrand. Weer keek ze die vreemde kamer rond waarin ze wakker was geworden. Ze wist niet hoe lang ze daar al was. Als het de hel was, en dat verdiende ze, dan had die het uiterlijk van een luxehotel. Kort daarop sliep ze weer in, biddend dat ze nooit meer zou ontwaken.

2

Toen ze opnieuw haar ogen opende, werd ze verblind door de stralende zon achter de gordijnen. Het rook naar koffie. Ze stond op en vond naast het bed een zijden ochtendjas en pantoffels, passend bij haar pyjama. Aan de andere kant van de deur hoorde ze een stem. Ze liep naar de deur en luisterde. Een zacht getinkel van een lepeltje in een porseleinen kopje. Victoria deed de deur open.

Een korte gang mondde uit in een ovale ruimte, in het midden waarvan een tafel voor twee was gedekt met alles wat bij een ontbijt hoort: een kan sinaasappelsap, een mandje luxebroodjes, een keur aan marmelades, diverse kazen, room, boter, roerei, knapperig spek, gesauteerde champignons, koffie, thee, melk en suikerklontjes in twee kleuren. De geur die van dit alles af kwam was verrukkelijk en ze begon ondanks alles te watertanden.

Een man van middelbare leeftijd, gemiddeld lang, gemiddeld kaal en gemiddeld gemiddeld zat aan tafel. Toen hij haar zag binnenkomen, stond hij beleefd op, glimlachte vriendelijk naar haar en bood haar de stoel tegenover hem aan. Hij droeg een zwart driedelig pak en straalde de bleekheid uit van hen die binnenskamers leven. Als hij haar op straat was gepasseerd, zou ze amper acht op hem hebben geslagen of hem voor een ambtenaar van het middenkader op het ministerie hebben gehouden, of misschien voor een provincienotaris op bezoek in de hoofdstad voor het Prado of het theater.

Pas bij beter kijken zou ze zijn doordringende, glasheldere ogen opmerken. Zijn blik leek gehuld in constante berekening, en vanachter zijn ogen vergrotende brillenglazen, gevat in een te groot, licht verwijfd werkend hoornen montuur, keek hij haar aan, bijna zonder met zijn ogen te knipperen.

'Goedemorgen, Ariadna,' zei hij. 'Ga zitten, alsjeblieft.'

Victoria keek om zich heen. Ze pakte een kandelaber die ze op een console zag staan en zwaaide er dreigend mee. De man was niet onder de indruk, maar boog licht naar voren en snoof het aroma op.

'Het ruikt verrukkelijk en je hebt vast en zeker trek.'

De man maakte geen aanstalten om dichterbij te komen, maar Victoria hield toch de kandelaber omhoog.

'Ik geloof niet dat je die nodig zult hebben, Ariadna,' zei hij kalm.

'Mijn naam is niet Ariadna. Ik heet Victoria. Victoria Sanchís.'

'Ga zitten, alsjeblieft. Hier ben je veilig en heb je niets te vrezen.'

Ze zonk weg in die hypnotiserende blik. De geur van het ontbijt drong weer in haar neus. Ze begreep dat de heftige pijn in haar lijf niets anders was dan honger. Ze liet de kandelaber zakken en zette hem terug. Traag liep ze naar de tafel, zonder haar ogen van de man af te wenden, die wachtte tot ze zat om haar een kop koffie in te schenken.

‘Zeg maar hoeveel suikerklontjes. Ik hou van heel zoet, hoewel mijn arts zegt dat het niet goed voor me is.’

Ze keek toe hoe hij de koffie en de melk inschonk.

‘Waarom hebt u me Ariadna genoemd?’

‘Omdat het je echte naam is. Ariadna Mataix. Is het niet? Hoewel ik je Victoria noem als je dat liever hebt. Ik ben Leandro.’

Hij stond kort op en reikte haar de hand. Victoria reageerde niet. Zonder zijn beleefdheid te laten varen ging hij weer zitten.

‘Een beetje roerei? Ik heb het geproefd en het is niet vergiftigd. Hoop ik.’

Victoria wenste dat die man ophield met zo te glimlachen dat zij zich schuldig voelde omdat ze zijn buitengewone vriendelijkheid niet beantwoordde.

‘Grapje. Natuurlijk zit hier niets giftigs bij. Roerei met spek?’

Victoria betrapte zichzelf op een knikje. Leandro glimlachte tevreden en bediende haar; over het dampende roerei strooide hij wat zout en peper. Haar gastheer gedroeg zich als een ervaren chef.

‘Als je liever nog iets anders wilt, bestellen we het, hoor. De service is hier uitstekend.’

‘Het is goed zo, dank u.’

Bijna had ze zich op de tong gebeten toen ze bedankte. Dank u waarvoor? Voor wie?

‘De croissants zijn heerlijk, je moet ze proberen. De beste van de stad.’

‘Waar ben ik?’

‘We zijn in het Hotel Palace.’

Victoria fronste haar voorhoofd.

‘In Madrid?’

Leandro knikte en reikte haar het mandje met broodjes aan. Ze aarzelde.

‘Versgebakken. Pak er een, want anders eet ik ze allemaal op, en ik ben op dieet.’

Victoria stak haar hand uit om een croissant te pakken en toen ze dat deed zag ze de puntjes in haar onderarm.

‘We hebben je moeten verdoven, het spijt me. Na alles wat er is gebeurd in El Pinar.’

Bruusk trok ze haar arm terug.

‘Hoe ben ik hier gekomen? Wie bent u?’

‘Ik ben je vriend, Ariadna. Wees niet bevreesd. Hier ben je veilig. Die man, Hendaya, kan je geen kwaad meer doen. Niemand kan je ooit nog kwaad doen. Ik geef je mijn woord.’

‘Waar is mijn man, Ignacio? Wat hebt u met hem gedaan?’

Leandro keek vol tederheid naar haar en glimlachte sussend.

‘Vooruit, eet eerst iets om op krachten te komen. Daarna vertel ik je alles wat er is gebeurd en beantwoord ik al je vragen. Ik geef je mijn woord. Vertrouw me en wees niet ongerust.’

Leandro had een honingzoete stem en bouwde zinnen in een ontspannen architectuur. Hij koos zijn woorden zoals een parfumeur de geuren mengt waarmee hij zijn formules bereidt. Met tegenzin stelde Victoria vast dat ze langzaam rustiger werd en de martelende angst vervloog. Het warme, kostelijke eten, de aangenaam lauwe temperatuur van de verwarming en Leandro’s bedaarde, ontspannen en vaderlijke aanwezigheid brachten haar in een staat van kalmte en overgave. Hopelijk was dit allemaal waar.

‘Had ik gelijk of niet? Over die croissantjes, bedoel ik.’

Victoria knikte verlegen. Leandro veegde zijn lippen af met zijn servet, vouwde het bedachtzaam op en drukte op het belletje op tafel. Onmiddellijk ging er een deur open, en een kelner verscheen om de tafel af te ruimen, zonder daarbij ook maar een blik met Victoria te wisselen of een woord te zeggen. Toen ze weer alleen waren, trok Leandro een gekweld gezicht, vouwde zijn handen in de schoot en sloeg zijn ogen neer.

‘Ik vrees dat ik slecht nieuws voor je heb, Ariadna. Je man is gestorven. Het spijt me werkelijk verschrikkelijk. We kwamen te laat.’

Victoria voelde hoe haar ogen zich vulden met tranen. Tranen van woede, omdat ze wist dat Ignacio dood was zonder dat iemand haar dat hoefde te vertellen. Ze perste haar lippen op elkaar en keek Leandro aan, die haar flinkheid leek in te schatten.

‘Vertel me de waarheid,’ wist ze uit te brengen.

Hij knikte herhaaldelijk.

‘Dit zal niet gemakkelijk zijn, maar ik verzoek je om eerst naar me te luisteren. Daarna kun je me alles vragen wat je wilt. Maar eerst moet je iets zien.’

Leandro stond op, pakte een krant die opgevouwen op een theetafeltje lag in een hoek van de salon en reikte haar die aan.

'Vouw maar open.'

Ze pakte de krant niet-begrijpend aan, vouwde hem open en keek naar de voorpagina.

MINISTER MAURICIO VALLS KOMT BIJ VERKEERSONGEVAL OM HET LEVEN

Victoria liet een onderdrukte kreet ontsnappen. De krant viel uit haar vingers en ze begon ongecontroleerd te snikken. Met uiterste behoedzaamheid kwam Leandro naar haar toe en sloeg zachtjes zijn armen om haar heen. Bevend als een klein meisje vluchtte ze in de omarming van deze vreemde. Ze leunde met haar hoofd tegen zijn schouder en Leandro streek zacht door haar haar terwijl ze met haar tranen de pijn vergoot die ze een leven lang had verzameld.

3

'We deden al heel lang onderzoek naar Valls. We hebben de zaak geopend nadat tijdens een onderzoek van de effectencommissie van de Bank van Spanje onregelmatigheden waren ontdekt in de transacties van het zogenaamde Financieel Consortium van Nationale Herordening, waarvan de president jouw vader Miguel Ángel Ubach was, of misschien zou ik moeten zeggen de man die zich uitgaf voor jouw vader. Al tijden vermoedden we dat het consortium niet meer was dan een rookgordijn met een regeringsstempel, zodat alles wat tijdens en na de oorlog was ontvreemd, of simpelweg gestolen, onder slechts weinigen verdeeld hoefde te worden. De oorlog, zoals alle oorlogen, ruïneerde het land en verrijkte enkelen die al rijk waren voor ze hem begonnen. Daarvoor dienen oorlogen. In dit geval werd het consortium ook gebruikt om gunsten te betalen, verraad, vriendschapsdiensten, en om medeplichtigheid en zwijgen te kopen. Het was voor velen een mechanisme om hogerop te komen. Onder hen bevond zich Mauricio Valls. We weten wat Valls heeft gedaan, Ariadna. Wat hij jou en je familie heeft aangedaan. Maar dat is niet voldoende. We hebben je hulp nodig om de zaak tot op de bodem uit te zoeken.'

'Waarom? Valls is dood.'

'Om recht te doen. Valls is dood, ja, maar velen van de honderden personen wier levens hij heeft verwoest leven nog en verdienen gerechtigheid.'

Victoria keek hem achterdochtig aan.

'Is dat wat u zoekt? Gerechtigheid?'

'We zoeken de waarheid.'

'En wie zijn "we" dan?'

'Wij zijn een groep burgers die gezworen heeft het land te dienen, om van Spanje een rechtvaardiger, eerlijker en opener plek te maken.'

Victoria lachte. Leandro sloeg haar doodernstig gade.

'Ik verwacht niet dat je me gelooft. Nog niet. Maar ik zal je laten zien dat wij het zijn die proberen de dingen van binnenuit te veranderen in het regime, omdat er geen andere manier is om ze te veranderen. Om dit land te laten opbloeien en het terug te geven aan de mensen. Wij zijn het die ons leven op het spel zetten, zodat nooit meer kan gebeuren wat jou en je zus is overkomen, wat je ouders is overkomen, en zodat degenen die deze misdaden hebben begaan daarvoor zullen boeten en de waarheid aan het licht komt, want zonder waarheid is er geen vrede. Wij staan voor de verandering en voor een impuls voor de vooruitgang. Wij zijn het die willen afrekenen met een staat die slechts weinigen dient, die zich van de instituties heeft bediend om privileges te beschermen ten koste van het hardwerkende, benadeelde volk. Niet omdat we helden zijn, maar omdat iemand het moet doen. En er is niemand anders. Daarom hebben we je hulp nodig. Want als we ons verenigen, is het mogelijk.'

Ze keken elkaar lange tijd zwijgend aan.

'En als ik niet wil helpen?'

Leandro haalde zijn schouders op.

'Niemand kan je ertoe dwingen. Als je besluit je niet bij ons te willen voegen en het je niet uitmaakt dat anderen die hetzelfde lot hebben ondergaan als jij geen recht gedaan wordt, dan ben ik niet degene die je ertoe dwingt. Dat heb jij zelf in de hand. Valls is dood. Voor iemand in jouw situatie zou het het gemakkelijkste zijn alles achter te laten en een nieuw leven te beginnen. Wie weet, misschien dat ik dat in jouw plaats ook zou doen. Maar ik geloof niet dat jij zo'n persoon bent. Ik geloof dat wraak je in de grond van de zaak niet interesseert, maar gerechtigheid en waarheid wel. Net zozeer als of meer nog dan ons. Ik geloof dat jij wilt dat de schuldigen boeten voor hun misdaden en dat hun slachtoffers hun levens terugkrijgen en de zekerheid hebben dat zij die hun leven ervoor gelaten hebben, dat niet tevergeefs hebben verloren. Maar dat heb jij in de hand. Ik zal je niet tegenhouden. Daar is de deur. Je kunt hier weg wanneer je maar wilt. De enige reden dat we je hiernaartoe hebben gebracht is omdat je hier veilig bent. Hier kunnen we je beschermen terwijl we deze zaak tot op de bodem proberen uit te zoeken. Het hangt helemaal van jou af.'

Victoria wierp een blik op de deur. Leandro schonk nog een kop koffie voor zichzelf in, liet er vijf suikerklontjes in oplossen en nam bedaard kleine slokjes.

'Wanneer je maar wilt word je door een auto opgehaald en naar om het even welke plek gebracht die jij opgeeft. Je hoeft het maar te vragen.'

Victoria voelde hoe iets in haar samentrok.

'Je hoeft niet nu te beslissen. Ik weet waar je doorheen bent gegaan en ik weet dat je in de war bent. Dat je mij noch wie dan ook vertrouwt. En dat is volkomen begrijpelijk. Dat zou ik in jouw geval ook niet doen. Maar je hebt niets te verliezen door ons een kans te geven. Slechts een dag nog. Of een paar uur. Op elk willekeurig moment kun je gaan, zonder iemand uitleg verschuldigd te zijn. Maar ik hoop, ik smeek dat je het niet doet. Ik hoop dat je ons de kans wilt geven anderen te helpen.'

Victoria zag dat haar handen trilden. Leandro glimlachte met oneindige tederheid naar haar.

'Alsjeblieft.'

Op zeker moment knikte ze in tranen.

4

Gedurende anderhalf uur vatte Leandro samen wat ze hadden ontdekt.

'Ik ben al tijden bezig de feiten te verzamelen. Wat ik zal doen, is voor jou samenvatten wat we weten, of denken te weten. Je zult zien dat er leemtes zijn en dat we ons vast en zeker in sommige dingen vergissen. Of in veel dingen. Daar kom jij in het spel. Als het jou goeddunkt, begin ik met vertellen wat ik denk dat er is gebeurd, en jij corrigeert me waar ik ongelijk heb. Goed?'

Leandro's stem was sussend en nodigde uit tot capitulatie. Het liefst wilde ze haar ogen sluiten en een tijd in de omarming van die stem leven, die fluwelen omgeving van woorden die zin verkregen zonder dat hun betekenis ertoe deed.

'Goed. Ik zal het proberen.'

Hij glimlachte dankbaar en zo warm dat ze zich veilig voelde en beschermd voor alles wat buiten die muren op de loer lag. Kalm vertelde hij haar een verhaal dat ze maar al te goed kende. Het begon toen zij een klein meisje was en haar vader, Víctor Mataix, een man leerde kennen die Miguel Ángel Ubach heette. Deze machtige bankier liet zich door zijn vrouw, fervent lezer van haar vaders boeken, overhalen Mataix de opdracht te geven zijn zogenaamde autobiografie te schrijven, in ruil voor een aanzienlijke geldsom.

Aangezien haar vader in economische moeilijkheden verkeerde, accepteerde hij de opdracht. Na de oorlog brachten de bankier en zijn vrouw de familie Mataix een onverwacht bezoek in hun huis aan de Carretera de las Aguas in Vallvidrera. De vrouw van Ubach, aanzienlijk jonger dan haar man, was een schoonheid zoals je ze in de modebladen zag. Ze wilde haar droomfiguur niet bederven met een zwangerschap, maar ze hield van kinderen – of van het idee ze te hebben, zodat ze vervolgens door de bedienden konden worden opgevoed – net zoals ze hield van schootkatjes of wodkamartini's. De Ubachs brachten de dag door met de familie Mataix. In die tijd hadden haar ouders haar een klein zusje gegeven, Sonia, nog maar een baby. Bij het afscheid kuste Ubachs vrouw de meisjes en verklaarde dat het schatjes waren. Enkele dagen later kwamen gewapende mannen hun huis in Vallvidrera binnen. Ze arresteerden haar vader, om hem op te sluiten in de gevangenis van Montjuïc, en namen haar en haar zusje mee, hun moeder zwaargewond achterlatend in de veronderstelling dat ze dood was.

'Klopt het tot zover?' vroeg Leandro.

Victoria knikte en droogde haar woedetranen.

Diezelfde avond scheidden de mannen de beide meisjes en Sonia zag ze nooit meer terug. Ze zeiden dat als ze niet wilde dat haar kleine zusje gedood zou worden, ze haar ouders moest vergeten, omdat het criminelen waren, en dat haar naam vanaf dat moment niet langer Ariadna Mataix was, maar Victoria Ubach. Ze legden uit dat haar nieuwe ouders don Miguel Ángel Ubach en zijn vrouw Federica waren, en dat ze veel geluk had. Ze zou met hen in het mooiste huis van heel Barcelona wonen, een villa met de naam El Pinar. Daar zou ze over bedienden beschikken en over alles wat ze maar wenste. Ariadna was tien. 'Vanaf hier wordt het verhaal onduidelijk,' waarschuwde Leandro.

Zoals hij verklaarde, hadden ze weten te achterhalen dat Víctor Mataix in het kasteel van Montjuïc net als zovele anderen was gefusilleerd, en wel op bevel van de toenmalige gevangenisdirecteur, Mauricio Valls, hoewel in het officiële rapport stond dat hij zichzelf van het leven had beroofd. Leandro geloofde dat Valls Ariadna aan de Ubachs had verkocht in ruil voor gunsten om in het regime hoger op de ladder te komen, en voor een pakket aandelen van een recentelijk opgerichte bank, die gefinancierd werd uit het buitgemaakte vermogen van honderden gevangenen, die onteigend en in veel gevallen kort na het einde van de oorlog geëxecuteerd waren.

'Je weet wat er met je moeder is gebeurd?'

Victoria knikte amper merkbaar en perste haar lippen op elkaar.

Leandro vertelde dat, voor zover ze wisten, haar moeder Susana op de dag dat haar man en kinderen waren ontvoerd al haar kracht bij elkaar had geraapt en de vergissing had begaan naar de politie te gaan om aangifte te doen. Ze werd acuut gearresteerd en geïnterneerd in het gekkenhuis van Horta, waar ze haar in een isolatiecel vasthielden en gedurende vijf jaar aan elektroshocks onderwierpen, tot men besloot haar achter te laten op een braakliggend terrein buiten Barcelona, nadat ze hadden vastgesteld dat ze zich haar eigen naam niet eens kon herinneren.

'Althans dat dachten ze.'

Leandro vertelde vervolgens dat Susana overleefde door te bedelen in de straten van Barcelona, altijd in de hoop op een dag haar dochters terug te zien. Die hoop hield haar in leven. Jaren later vond ze tussen het puin in een steeg in El Raval een krant waarin Mauricio Valls met zijn gezin stond afgebeeld. Hij was inmiddels een belangrijk man die zijn verleden als gevangenisdirecteur achter zich had gelaten. Op de foto poseerde Valls met een meisje, Mercedes.

'Mercedes was niemand anders dan jouw kleine zusje Sonia. Je moeder herkende haar omdat Sonia was geboren met een levervlekje, dat ze nooit had kunnen vergeten.'

'Een vlekje in de vorm van een sterretje aan het begin van haar hals,' hoorde Victoria zichzelf zeggen.

Leandro glimlachte en knikte.

'Valls' vrouw leed aan een chronische ziekte die moederschap uitsloot. Daarom besloot Valls je zusje te houden en als zijn eigen dochter op te voeden. Hij noemde haar Mercedes, als herinnering aan zijn moeder. Stelend waar ze maar kon, lukte het Susana om het geld bij elkaar te krijgen om met de trein naar Madrid te reizen, en daar bespioneerde ze maandenlang alle scholen van de stad in de hoop je zusje te vinden. Ze had toen inmiddels een nieuwe identiteit geconstrueerd, woonde in een armoedig kamertje in een pension in de wijk Chueca en werkte 's nachts als naaister in een atelier. Overdag ging ze van school naar school. En toen ze bijna alle hoop al had opgegeven, vond ze haar. Ze zag haar vanuit de verte en wist dat het Sonia was. Ze ging er vervolgens elke dag heen, liep dan naar het hek om het schoolplein en probeerde Sonia's aandacht te trekken. Ze wilde haar niet aan het schrikken maken. Toen ze vaststelde dat Mercedes, dat Sonia zich haar niet herinnerde, stond je moeder op het punt zich van het leven te beroven. Maar ze gaf niet op. Elke dag bleef ze naar de school gaan in de hoop een glimp op te vangen, al was het maar voor een paar seconden. Op een dag besloot ze haar de waarheid te vertellen. Maar ze werd betrapt door Valls' lijfwachten toen ze met je zusje sprak. Voor de ogen van het kind joegen ze haar een kogel door het hoofd. Moeten we een kleine pauze inlassen?'

Victoria schudde haar hoofd.

Leandro hervatte zijn relaas en vertelde wat hij wist over Victoria's leven in de gouden gevangenis van El Pinar. Mettertijd werd Miguel Ángel Ubach gebeld door El Caudillo om een groep bankiers en notabelen die zijn leger hadden gefinancierd te leiden, en hij gaf hem de opdracht een nieuwe economische structuur voor de staat te ontwerpen. Ubach verliet Barcelona en verhuisde met zijn gezin naar het grote huis in Madrid, dat Victoria altijd had gehaat en waaruit ze ontsnapte. Maandenlang was ze spoorloos, tot ze gelokaliseerd werd in vreemde omstandigheden op het strand van Sant Feliu de Guíxols, een dorp op ongeveer honderd kilometer afstand van Barcelona.

'Dit is een van de grote leemtes in de compositie die we hebben gemaakt,' zei Leandro. 'Niemand weet waar je al die maanden was, noch met wie. Al wat we weten is dat het huis van de Ubachs, kort na jouw terugkeer naar Madrid, op een nacht in 1948 tot op de grond afbrandde, een vreselijke brand waarbij de bankier en zijn vrouw Federica om het leven kwamen.'

Leandro zocht haar blik, maar Victoria hield haar kaken stijf op elkaar.

'Ik begrijp dat het heel moeilijk en pijnlijk is om hierover te praten, maar het is belangrijk dat we weten wat er is gebeurd in die maanden dat je spoorloos was.'

Ze perste haar lippen op elkaar en Leandro knikte geduldig.

'Het hoeft niet per se vandaag.'

Hij ging verder met zijn verslag.

Als wees en erfgename van een groot fortuin bleef Victoria Ubach achter onder de voogdij van een jonge advocaat die Ignacio Sanchís heette en die was benoemd tot executeur-testamentair van de Ubachs. Sanchís was een briljante man die Ubach van jongs af aan onder zijn hoede had genomen. Hij was een wees en had gestudeerd met een beurs van de Ubach-stichting. Het gerucht ging dat hij een onwettige zoon was van de bankier, vrucht van een clandestiene relatie met een in die tijd bekende actrice.

De kleine Victoria voelde altijd al een speciale band met hem. Beiden werden omringd door alle luxe en privileges die het Ubach-imperium kon kopen en voelden zich desondanks alleen op de wereld. Ignacio Sanchís had vaak het familiehuis bezocht om in de tuin met de bankier zakelijke kwesties te bespreken. Door het raam van de dakkamer bespioneerde Victoria hem dan. Op een dag verraste hij haar in het zwembad en vertelde haar dat hij zijn ouders nooit had gekend en dat hij was opgegroeid in een weeshuis in La Navata. Vanaf dat moment verstopte Victoria zich niet meer als hij langskwam, maar ging naar beneden om hem te begroeten.

Mevrouw Ubach was niet zo op Ignacio gesteld en had haar dochter verboden met hem te praten. Hij was een schooier, vond ze. Zij verdreef de verveling met twintigjarige minnaars in de luxehotels van Madrid of sliep haar roes uit op haar kamer op de derde verdieping. Ze kwam nooit te weten dat Victoria en de jonge advocaat goede vrienden waren geworden, die gezamenlijk boeken lazen en met elkaar verbonden waren op een manier die niemand op de wereld, zelfs de heer Ubach niet, zich zou hebben kunnen voorstellen.

'Ik heb hem een keer verteld dat we hetzelfde waren,' bekende Victoria.

Na de tragische dood van de Ubachs in de brand die hun huis verwoestte, werd Ignacio Sanchís haar wettige voogd en, nadat ze meerderjarig was geworden, haar echtgenoot. Natuurlijk werd er veel geroddeld. Sommigen vonden het huwelijk de coup van de eeuw. Bij het horen van die woorden glimlachte Victoria bitter.

'Ignacio Sanchís was nooit een echtgenoot voor je, althans niet in de gebruikelijke zin,' zei Leandro. 'Hij was een goede man die de waarheid had achterhaald en met je getrouwd was om je te beschermen.'

'Ik hield van hem.'

'En hij van jou. Hij heeft zijn leven voor jou gegeven.'

Ze verzonk in lang stilzwijgen.

'Jarenlang heb je geprobeerd op eigen houtje genoegdoening te vinden, met hulp van Ignacio en Valentín Morgado, die met je vader in de gevangenis had gezeten en die door jouw man in dienst was genomen als chauffeur. Samen broedden jullie een plan uit om een val te zetten voor Valls en jullie slaagden erin hem te vangen. Wat jij niet kon weten, is dat iemand jullie in de gaten hield. Iemand die niet kon toestaan dat de waarheid aan het licht kwam.'

'Hebben ze Valls daarom gedood?'

Leandro knikte bevestigend.

'Hendaya?' vroeg Victoria.

Hij antwoordde ontkennend.

'Hendaya is een simpele handlanger. We zoeken degene die aan zijn touwtjes trekt.'

'En wie is dat?'

'Ik denk dat jij weet wie dat is.'

Langzaam en verward schudde Victoria haar hoofd.

'Misschien ben je je er niet van bewust.'

'Als ik het had geweten, was ik in dezelfde cel geëindigd als Valls.'

'Misschien kunnen we er dan samen achter komen. Jij hebt voldoende geleden en geriskeerd. Nu zijn wij aan de beurt. Want jij en je zusje waren niet de enigen, dat weet je. Er zijn nog vele, vele anderen. Velen die niet eens weten dat hun leven een leugen is, dat alles hun is afgenomen.'

Ze knikte.

'Hoe kwamen jullie erachter? Hoe kwamen jullie tot de conclusie dat jij en je zusje niet de enigen waren?'

'We kregen een lijst te pakken met aktenummers. Nummers van geboorte- en overlijdensaktes, vervalst door Valls.'

'Waar hoorden die nummers dan bij?' vroeg Leandro.

'Kinderen van gevangenen die na de oorlog hadden vastgezeten in het kasteel van Montjuïc, toen Valls er gevangenisdirecteur was. Allemaal verdwenen. Valls had eerst de ouders in de gevangenis gegooid en laten vermoorden. Vervolgens plaatste hij de kinderen onder zijn gezag. Hij gaf een overlijdensakte en gelijktijdig een valse geboorteakte met een nieuwe identiteit voor de kinderen uit en verkocht ze daarna aan welgestelde families binnen het regime in ruil voor invloed, geld en macht. Het was een perfect plan, want als de nieuwe ouders de gestolen kinderen eenmaal hadden, waren ze medeplichtig en moesten ze voor altijd zwijgen.'

'Weet je hoeveel van zulke gevallen er waren?'

'Nee. Ignacio vermoedde dat het er misschien honderden waren.'

'We hebben het over een heel complexe operatie. Valls zou dat nooit allemaal in zijn eentje hebben kunnen doen.'

'Ignacio vermoedde dat hij een of meerdere handlangers had.'

'Daar kan ik me wel in vinden. Sterker nog, ik zou durven beweren dat Valls mogelijk een simpel instrument was in het hele complot. Hij had de toegang, de gelegenheid en de hebzucht om te handelen. Maar het kost me moeite te geloven dat hij een dergelijk ingewikkeld plan zou kunnen bedenken.'

'Dat zei Ignacio ook.'

'Iemand anders, iemand die we nog niet hebben ontdekt, is het brein achter deze hele operatie.'

'De zwarte hand,' zei Victoria.

'Pardon?'

Ze glimlachte flauwtjes.

'Dat komt uit een sprookje dat mijn vader vertelde toen ik een meisje was. De zwarte hand. Het kwaad dat zich altijd in de schaduw bevindt en aan de touwtjes trekt.'

'Je moet ons helpen hem te vinden, Victoria.'

'Denkt u dat Hendaya onder bevel staat van Valls' compagnon?'

'Dat is het waarschijnlijkst, ja.'

'Dat betekent dat het iemand binnen het regime moet zijn. Een machtig iemand.'

Leandro knikte.

'Daarom is het zo belangrijk niet overhaast te handelen en alle mogelijke behoedzaamheid in acht te nemen. Als we hem willen vangen, is het noodzakelijk eerst de hele waarheid boven tafel te krijgen, met namen, data en details, en te achterhalen wie van deze kwestie op de hoogte is en wie erbij betrokken is. Pas als we weten wie van dit alles wist, kunnen we achter hem aan gaan.'

'Wat kan ik doen?'

'Zoals ik al zei, mij helpen deze hele geschiedenis te reconstrueren. Ik ben ervan overtuigd dat als we alle puzzelstukjes hebben, we het brein van het complot vinden. Tot dat moment ben je niet veilig. Daarom moet je hier blijven, zodat we je kunnen beschermen. Zul je dat doen?'

Ze aarzelde en knikte ten slotte. Leandro leunde naar voren en nam haar handen in de zijne.

'Ik wil dat je weet dat ik je zeer dankbaar ben voor je flinkheid en moed. Zonder jou, zonder jouw strijd en jouw lijden, zou niets van wat we hier proberen mogelijk zijn.'

'Ik wil alleen maar dat er gerechtigheid geschiedt. Dat is alles. Mijn hele leven heb ik gedacht dat ik eigenlijk wraak wilde. Maar wraak bestaat niet. Het enige belangrijke is de waarheid.'

Leandro kuste haar op het voorhoofd. Een vaderlijke kus, beschermend en nobel, die haar het gevoel gaf minder alleen te zijn, al was het maar voor even.

'Ik geloof dat we vandaag al veel hebben gedaan. Je moet rusten. Er wacht ons een zware taak.'

‘Gaat u weg?’ vroeg Victoria.

‘Wees niet bang. Ik ben heel dichtbij. En je moet weten dat je bewaakt en beschermd wordt. Ik moet je om toestemming vragen die deur op slot te laten doen. Niet om je hierbinnen op te sluiten, maar om te voorkomen dat iemand die hier niet moet zijn, probeert binnen te komen. Denk je dat je dat kunt accepteren?’

‘Ja.’

‘Als je iets nodig hebt, hoef je slechts op dat belletje te drukken en in een paar seconden zal er iemand zijn. Voor wat dan ook.’

‘Ik zou graag iets te lezen hebben. Zou het mogelijk zijn om een paar boeken van mijn vader te laten komen?’

‘Natuurlijk. Ik zorg ervoor dat ze gebracht worden. Nu moet je proberen te rusten en te slapen.’

‘Ik weet niet of ik kan slapen.’

‘Als je wilt helpen we je erbij.’

‘Door me weer een verdovingsmiddel te geven?’

‘Het is slechts een hulpmiddel, zodat je je beter voelt. Maar alleen als jij dat wilt.’

‘Goed dan.’

‘Ik kom morgenochtend terug. Dan beginnen we met de reconstructie.’

‘Hoe lang zal ik hier moeten blijven?’

‘Niet lang. Een paar dagen. Een week hooguit. Tot we weten wie en wat hierachter steekt. Tot de schuldige is opgepakt, zul je nergens veilig zijn. Hendaya en zijn mannen zoeken je. We hebben je weten te redden uit El Pinar, maar die man laat het er niet bij zitten. Die geeft nooit op.’

‘Hoe ging dat? Ik herinner het me niet.’

‘Je was overdonderd. Twee van de onzen hebben hun leven verloren om je daar te kunnen weghalen.’

‘En Valls?’

‘Het was al te laat. Denk daar nu maar niet aan. Rust uit, Ariadna.’

‘Ariadna,’ herhaalde ze. ‘Dank u.’

‘Ik dank jóú,’ zei Leandro terwijl hij naar de deur liep.

Zodra ze alleen was achtergebleven nam een gevoel van onbehagen en leegte, dat ze niet wist thuis te brengen, bezit van haar. In de hele salon was niet één klok en toen ze naar de gordijnen liep en die opzijschoof, stelde ze vast dat de vastgeschroefde ramen vanbuiten bedekt waren met wit, doorschijnend papier, dat weliswaar licht doorliet maar elk zicht versluierde.

Ze ijsbeerde door de kamer, innerlijk strijd voerend om niet op dat belletje te drukken dat op tafel stond. Toen ze uitgeput was van het verkennen van de grenzen van de suite, keerde ze terug naar de slaapkamer. Ze ging aan de kaptafel zitten en bestudeerde haar reflectie in de spiegel. Ze glimlachte naar zichzelf.

'De waarheid,' hoorde ze zichzelf mompelen.

5

Leandro bestudeerde het bleke, gekwelde gezicht aan de andere kant van de spiegel. Van Ariadna ging de geur uit van een gebroken ziel die onderweg verkeerd is gelopen en meent naar een zeker oord op weg te zijn. Het had hem altijd gefascineerd hoe hij, als je de taal van een blik en de tijd wist te lezen, het gezicht kon raden van het kind dat iemand was geweest en kon genieten van het moment dat de wereld haar giftige pijl had afgeschoten en de geest oud begon te worden. Mensen waren als poppen die je kon opwinden, allemaal hadden ze hun geheime veer, met behulp waarvan je ze kon laten bewegen en in de gewenste richting kon laten lopen. Het genoegen, of wellicht slechts de broodwinning, kwam voort uit die overgave, dat verwarde verlangen waaraan ze vroeg of laat bezweken om zich aan zijn wil over te geven, zijn zegen te ontvangen en hem hun ziel aan te bieden in ruil voor een goedkeurende glimlach en een blik die hun weer het geloof moest schenken.

Hendaya, naast hem, bekeek haar achterdochtig.

'Ik geloof dat we onze tijd verdoen, meneer,' zei hij. 'Als u me een uur geeft met haar, haal ik alles uit haar wat ze weet.'

'Je hebt al meer dan voldoende uren gehad. Het is niet allemaal slagerswerk. Jij doet jouw werk, ik het mijne.'

'Ja, meneer.'

Kort daarop verscheen de arts in beeld. Leandro had hem met de grootste zorgvuldigheid uitgezocht. Hij had de milde uitstraling van een huisarts, van een hartelijke zestiger met de bril en de snorrenbaard van een wijs man, die een oom zou kunnen zijn of een lieve grootvader, voor wie zelfs de kwezels geen schroom voelden om zich te ontbloten, die toelieten dat zijn lauwe handen hun schaamdelen betastten, terwijl zij hun blik ten hemel hieven en fluisterden: 'Wat een handen hebt u, dokter.'

De dokter was geen arts, maar niemand zou dat zeggen als je hem zo zag in zijn grijze pak, met zijn koffertje en het moeizame loopje van de bejaarde. Hij was chemicus. En een van de besten. Leandro keek toe hoe hij Ariadna hielp op bed te gaan liggen, haar arm ontblootte en haar polsslag zocht. Het spuitje was klein en de naald zo dun dat ze het niet eens merkte. Leandro glimlachte voor zich uit toen Ariadna's blik oploste en haar lichaam zijn verkramptheid verloor. In een paar seconden was ze ondergedompeld in een diepe chemische slaap die minstens zestien uur zou duren, mogelijk langer omdat ze een vrouw was met een breekbare constitutie. Ze zou in een toestand van droomloze rust en absolute gelukzaligheid zweven, die langzaam zijn klauwen in haar ingewanden, aderen en brein zou slaan. Dag na dag.

'Wordt dat niet haar dood?' vroeg Hendaya.

'Niet met de juiste dosis,' zei Leandro. 'Tenminste voor nu.'

De dokter borg zijn spullen weer op in het koffertje, dekte Ariadna toe en liep de slaapkamer uit. Bij het passeren van de spiegel maakte hij een handbeweging van respectvolle instemming. Leandro hoorde het ongeduldige gesnuif van Hendaya achter hem.

'Verder nog iets?' vroeg hij.

'Nee, meneer.'

'Dan dank ik je voor het gezond en wel hier brengen van Ariadna, maar voor jou is hier verder niets meer te doen. Ga terug naar Barcelona en vind Alicia Gris.'

'Hoogstwaarschijnlijk is ze dood, meneer.'

Leandro draaide zich om.

'Alicia leeft nog.'

'Met alle respect, hoe kunt u dat weten?'

Leandro keek naar hem zoals je naar een staldier kijkt waarvan het bevattingsvermogen nu eenmaal beperkt is.

'Omdat ik dat weet.'

6

Alicia deed haar ogen open in het zwakke licht van kaarsen. Het eerste wat ze waarnam, was dat ze te dorstig was om dood te zijn. Het tweede was het gezicht van een man met grijs haar en een grijze baard, die naast haar zat en haar van achter twee ronde, minuscule brillenglazen observeerde. Zijn gelaatstrekken deden haar vaag denken aan de figuur van God die in een van de boeken stond van het godsdienstonderwijs uit haar weeshuisjaren.

'Komt u uit de hemel?' vroeg Alicia.

'Maakt u zich geen illusies, ik kom uit Matadepera.'

Dokter Soldevila pakte haar hand en voelde met een blik op zijn horloge haar pols.

'Hoe voelt u zich?'

'Ik heb heel erge dorst.'

'Dat weet ik.' Maar de arts maakte geen aanstalten om haar iets te drinken te geven.

'Waar ben ik?'

'Goede vraag.'

Hij schoof de lakens opzij en Alicia voelde zijn handen op haar bekken.

'Voelt u hier druk?'

Ze knikte.

'Pijn?'

'Dorst.'

'Dat weet ik. Maar u zult moeten wachten.'

Voor hij haar weer toedekte, keek de arts naar het zwarte litteken dat haar heup ontsierde. Alicia kon de ontzetting zien, ook al probeerde hij die te verbergen.

'Ik zal daar iets voor achterlaten, maar weest u voorzichtig. U bent nog heel zwak.'

'Ik ben gewend aan pijn, dokter.'

Dokter Soldevila zuchtte en dekte haar toe.

'Ga ik dood?'

'Vandaag niet. En ik weet dat het onzinnig klinkt, maar probeert u zich te ontspannen en uit te rusten.'

'Alsof ik op vakantie ben.'

'Zoiets. Probeert u het tenminste.'

Dokter Soldevila stond op en Alicia hoorde hem wat mompelen. Voetstappen kwamen dichterbij en meerdere gestaltes kwamen om haar bed staan. Ze herkende Fermín, Daniel en Bea. Bij hen had zich een man gevoegd met dun haar en een adelaarsblik, van wie ze het gevoel had dat ze hem al haar hele leven kende, maar die ze niet kon thuisbrengen. Fermín smoesde met dokter Soldevila. Daniel grijnsde opgelucht. Bea naast hem keek haar strak en argwanend in de ogen. Fermín knielde naast haar en legde zijn hand op haar voorhoofd.

'Dat is al de tweede keer dat u bijna doodgaat waar ik bij ben, en ik begin er behoorlijk tabak van te krijgen. U hebt weliswaar het gezicht van een dode, zeer zeker, maar verder ziet u eruit als een roosje. Hoe voelt u zich?'

'Ik heb dorst.'

'Dat is echt heel vreemd, u hebt minstens tachtig procent van mijn bloedvoorraad binnengekregen.'

'Tot de anesthesie helemaal is uitgewerkt, mag u niets drinken,' zei dokter Soldevila.

'Dat is appeltje-eitje, let maar op,' vond Fermín. 'Anesthesie verdwijnt zoals de studentenjaren, doordat men zich af en toe aan de schaamdelen wijdt.'

Dokter Soldevila wierp een giftige blik op hem.

'Probeert u de patiënt niet uit te putten met uw vuige praat, als het niet te veel gevraagd is.'

'Ik zal zwijgen als het graf,' beloofde Fermín plechtig terwijl hij een kruis sloeg.

Dokter Soldevila snoof.

'Morgenochtend kom ik terug. Tot dat moment kunt u elkaar het beste aflossen. Bij het geringste symptoom van koorts, zwelling of ontsteking komt u me halen. Op welk uur dan ook. Wie gaat de eerste dienst doen? U niet, Fermín, ik ken mijn pappenheimers.'

Bea trad naar voren.

'Ik blijf,' zei ze op een toon die geen tegenspraak duldde. 'Fermín, ik heb Julián in Sofía's kamer gestald, maar ik vertrouw het niet, want hij windt haar beslist om zijn pinkje, dus ik heb Bernarda gebeld om bij ons thuis een oogje in het zeil te houden. U kunt de slaapkamer gebruiken. Er liggen schone lakens op de commode en Bernarda weet waar alles is. Daniel slaapt op de bank.'

Die wierp een blik op zijn vrouw, maar deed zijn mond niet open.

'Geen zorgen. Ik zal ervoor zorgen dat de benjamin slaapt als een marmot. Een scheutje cognac met honing in de melk is een wondermiddel.'

'Haalt u het niet in uw hoofd om mijn zoon dronken te voeren. En weest u zo goed om niet over politiek te praten met het kind, want daarna herhaalt hij alles.'

'Tot uw orders. Informatiestop gedecreteerd sine die.'

'Bea, denkt u aan de antibiotica-injectie. Elke vier uur,' zei de dokter.

Fermín wierp een onschuldige blik op Alicia.

'Wees niet bang, doña Bea zet injecties als een engel, ook al komt ze vandaag over als een sergeant. Omdat haar vader suikerpatiënt is – en daar zit weinig zoets bij, overigens – heeft zij een handje van steken waar de tijgermug, of hoe heet dat ongedierte bij de Nijl, jaloers op kan zijn. Ze heeft het als klein meisje geleerd, omdat de rest van de familie niet durfde, en nu prikt ze ons allemaal, zelfs mij, en u moet weten dat ik een moeilijke patiënt ben, omdat ik stalen billen heb en de naalden krombuigen op mijn spiertonus.'

'Fermín!' riep Bea.

Die bracht een militaire groet en knipoogde naar Alicia.

'Goed dan, mijn lieve vampieresse, u bent in goede handen. Probeer niemand te bijten. Ik kom morgen terug. Luistert u naar alles wat mevrouw Bea zegt en zorgt u ervoor, indien mogelijk, niet te sterven.'

'Ik zal doen wat ik kan. Dank voor alles, Fermín. Nogmaals.'

'Herinnert u mij er niet aan. Kom, Daniel, die grote ogen versnellen het helingsproces niet.'

Fermín vertrok, met Daniel in zijn kielzog.

'Alles helder dus,' zei de dokter. 'Welnu, hoe kom ik hier weer uit?'

'Ik loop met u mee, dokter,' bood de bewaker aan.

Bea en Alicia bleven alleen achter. Bea pakte een stoel en ging naast Alicia's bed zitten. Zwijgend keken ze elkaar aan. Alicia waagde een dankbare glimlach. Bea's blik bleef ondoorgrondelijk. Na een tijdje verscheen de bewaker op de drempel, en hij probeerde de situatie in te schatten.

'Doña Beatriz, als u iets nodig hebt, weet u waar u me kunt vinden. Ik heb hier wat dekens en de medicijnen met de instructies liggen op het plankje.'

'Dank, Isaac. Goedenacht.'

'Goedenacht dan. Goedenacht, Alicia,' zei de bewaker. Zijn voetstappen stierven weg in de gang.

'Iedereen hier lijkt me te kennen,' zei Alicia.

'Ja, iedereen lijkt u te kennen. Spijtig dat niemand weet wie u werkelijk bent.'

Alicia knikte met een gedwee glimlachje, dat opnieuw niet werd beantwoord. Een lang, ondoordringbaar zwijgen daalde op hen neer. Alicia liet haar blik langs de wanden dwalen, van boven tot onder bedekt met boeken. Ze voelde dat Bea's ogen nog steeds strak op haar waren gericht.

'Mag ik weten waarom u lacht?' informeerde Bea.

'Binnenpretjes. Eerder droomde ik dat ik een heel knappe man kuste, en ik weet niet wie het was.'

'Hebt u de gewoonte om vreemde mannen te kussen of doet u dat alleen onder narcose?'

Haar toon was scherp als een mes en zodra de woorden aan haar lippen ontsnapt waren, had ze er spijt van.

'Mijn excuses,' mompelde ze.

'Dat hoeft niet, ik verdien het,' zei Alicia.

'Over iets meer dan drie uur is het tijd voor de antibiotica. Waarom probeert u niet een poosje te slapen, zoals de dokter heeft gesuggereerd?'

'Ik geloof niet dat ik kán slapen. Ik ben er bang voor.'

'Ik dacht dat u nergens bang voor was.'

'Ik kan heel goed doen alsof.'

Bea wilde iets zeggen, maar beet op haar tong.

'Bea?'

'Wat?'

'Ik weet wel dat ik er geen recht op heb om vergeving te vragen, maar...'

'Vergeet u dat nu. U hoeft me voor niets om vergeving te vragen.'

'Maar als ik u erom zou vragen, zou u me dan vergeven?'

'Uw vriend Fermín zegt altijd: wie vergeving wil, die gaat maar in de biechtstoel zitten of een hond kopen. Voor één keer, en laat hij het niet horen, geef ik hem gelijk.'

'Fermín is een wijs mens.'

'Hij heeft zijn momenten. Maar zegt u dat alstublieft niet tegen hem, want dan wordt hij onuitstaanbaar. Gaat u nu maar slapen.'

'Mag ik uw hand vasthouden?' vroeg Alicia.

Bea aarzelde even, maar pakte ten slotte Alicia's hand. Lange tijd was het stil. Alicia sloot haar ogen en begon langzamer te ademen. Bea keek naar dat vreemde wezen dat haar tegelijkertijd angst en compassie inboezemde. Kort na aankomst, toen Alicia nog delireerde, had de dokter haar onderzocht, en Bea had hem geholpen haar uit te kleden. Op haar netvlies zat nog steeds dat beeld van die angstaanjagende wond.

'Daniel is een gelukkig mens,' murmelde Alicia.

'Probeert u me te versieren?'

'Getrouwd en moeder, ik zou niet durven.'

'Ik dacht dat u sliep.'

'Ik ook.'

'Doet het pijn?'

'Bedoelt u het litteken?'

Bea antwoordde niet. Alicia hield haar ogen nog steeds gesloten.

'Een beetje maar. De pijnstillers doen hun werk.'

'Hoe is het gebeurd?'

'In de oorlog. Bij de bombardementen.'

'Het spijt me.'

Alicia haalde haar schouders op.

'Het helpt om vrijers op de vlucht te jagen.'

'Ik kan me zo voorstellen dat u er veel hebt.'

'Niet één die de moeite waard is. De mannen die wat waard zijn, worden verliefd op vrouwen zoals u. Mij willen ze alleen om mee te pronken.'

'Als u probeert mijn medelijden op te wekken, dan moet ik u teleurstellen.'

Alicia glimlachte.

'Denkt u maar niet dat ze niet met mij pronken,' waagde Bea, en ze lachte zachtjes.

'Ik heb daar niet de geringste twijfel over.'

‘Waarom zijn ze soms zo dom?’ vroeg Bea.
‘Mannen? Wie weet. Misschien omdat de natuur moeder is, zij het een wrede, en hen bij de geboorte dom maakt. Maar sommigen zijn niet zo erg.’
‘Dat zegt Bernarda ook,’ was Bea het met haar eens.
‘En uw Daniel?’
Bea verscherpte haar blik.
‘Wat is er met mijn Daniel?’
‘Niets. Hij lijkt me een goeie jongen. Een witte raaf.’
‘Hij heeft zo zijn donkere kanten, al gelooft u dat niet.’
‘Om wat er met zijn moeder is gebeurd, Isabella?’
‘Wat weet u van Isabella?’
‘Heel weinig.’
‘U loog veel beter zonder anesthesie.’
‘Kan ik u vertrouwen?’
‘Ik zie dat u niet zoveel andere opties hebt. De vraag is of ik ú kan vertrouwen.’
‘Twijfelt u daaraan?’
‘Absoluut.’
‘Er zijn dingen over Isabella, over haar verleden,’ begon Alicia. ‘Ik geloof dat Daniel er recht op heeft om ze te weten, maar ik weet niet of het uiteindelijk misschien beter zou zijn als hij er nooit achter zou komen.’
‘Alicia?’
Ze opende haar ogen en vond Bea’s gezicht vlak bij het hare. Ze voelde haar hand hard in de hare knijpen.
‘Ja.’
‘Ik ga u één ding vragen. En ik zeg het maar één keer.’
‘Wat dan ook.’
‘Haalt u het niet in uw hoofd om Daniel of mijn gezin pijn te doen.’
Alicia doorstond die blik, die zo overweldigend was dat ze amper durfde te ademen.
‘Zweer het me.’
Alicia hoorde haar woorden en zweeg. Toen zei ze: ‘Ik zweer het.’
Bea knikte en leunde weer achterover in haar stoel. Alicia zag dat ze haar ogen half sloot.

'Bea?'

'Wat nu weer?'

'Er is iets. Laatst op een avond, toen ik met Daniel meeliep tot aan de deur...'

'Zwijgt u nu en ga slapen.'

7

De storm van de vorige dag had Barcelona met het diepe blauw gekleurd waarvan men slechts op enkele wintermorgens kon genieten. De zon had de wolken weggeveegd en schoon licht zweefde in de lucht, bijna vloeibaar licht, dat je het liefst zou bottelen. De heer Sempere, die met bloeiend optimisme was opgestaan en tegen de adviezen van zijn arts in genoot van een grote kop kostelijke zwarte koffie die naar rebellie smaakte, besloot dat het een memorabele dag zou worden.

'Vandaag zorgen we voor meer geld in de kas dan de danseressen in El Molino ophaalden in de vastentijd,' kondigde hij aan. 'Jullie zullen het zien.'

Terwijl hij het bordje GESLOTEN van de deur haalde, zag hij dat Daniel en Fermín in een hoek stonden te konkelefoezen.

'En wat voeren jullie in je schild?'

Ze draaiden zich allebei betrapt om, en de dommige blik in hun ogen verraadde een beginnend complot. Ze zagen eruit alsof ze een week geen oog hadden dichtgedaan, en als zijn geheugen hem niet in de steek liet, droegen ze precies dezelfde kleren als de vorige dag.

'We zeiden net dat u er elke dag jonger en zwieriger uitziet,' zei Fermín. 'De huwbare dochters moeten zich wel aan uw voeten werpen.'

Voordat de boekhandelaar iets snedigs kon antwoorden, klonk het belletje boven de deur. Een onberispelijk geklede heer met een klare blik liep naar de toonbank en glimlachte goedig.

'Goedendag, meneer, waarmee kunnen we u van dienst zijn?'

De bezoeker begon zonder haast zijn handschoenen uit te trekken.

'Ik weet zeker dat u allen een paar vragen kunt beantwoorden,' zei Hendaya. 'Politie.'

De boekhandelaar fronste zijn voorhoofd en wierp een blik op Daniel, die zo bleek was geworden dat hij de tint leek te hebben aangenomen van het bijbelpapier waarop de complete werken van de wereldliteratuur waren gedrukt.

'Zegt u het maar.'

Hendaya glimlachte beleefd en haalde een foto tevoorschijn, die hij op de toonbank legde.

'Als u zo vriendelijk zou willen zijn daar een blik op te werpen.'

De drie verzamelden zich achter de toonbank en bestudeerden de foto. Daarop was een ongeveer vijf jaar jongere Alicia Gris te zien, lachend in de camera met een air van onschuld waar zelfs een zuigeling niet in zou trappen.

'Herkent u deze dame?'

De heer Sempere pakte de foto en bekeek hem nog eens aandachtig. Hij haalde zijn schouders op en gaf hem aan Daniel, die het ritueel herhaalde. Als laatste was Fermín aan de beurt, die, na hem tegen het licht te hebben gehouden alsof het om een vals bankbiljet ging, zijn hoofd schudde en hem aan Hendaya teruggaf.

'Ik ben bang dat we die persoon niet kennen,' zei de oude boekhandelaar.

'Ik moet zeggen dat ze een ondeugend koppie heeft, maar gezien heb ik haar nog nooit,' bevestigde Fermín.

'Nee? Weet u het zeker?'

De drie ontkenden eenstemmig.

'U weet het niet zeker of u hebt haar niet gezien?'

'Ja en nee,' antwoordde Daniel.

'Hmm.'

'Mag ik vragen wie het is?' informeerde de boekhandelaar.

Hendaya borg de foto weer op.

'Haar naam is Alicia Gris en ze is voortvluchtig. Ze heeft de afgelopen dagen drie moorden gepleegd, voor zover we weten. De recentste gisteren, een politiekapitein die Vargas heette. Ze is zeer gevaarlijk en waarschijnlijk gewapend. De afgelopen dagen is ze in deze wijk gezien en sommige buurtbewoners hebben bevestigd dat ze haar deze winkel hebben zien binnengaan. Een van de verkoopsters van de bakkerij op de hoek verklaarde haar te hebben gezien in het gezelschap van een werknemer van deze winkel.'

'Ze moet zich hebben vergist,' antwoordde de heer Sempere.

'Dat is mogelijk. Werkt er behalve u drieën nog iemand hier?'

'Mijn schoondochter.'

'Misschien herinnert zij zich haar?'

'Ik zal het haar vragen.'

'Als u iets te binnen schiet, of uw schoondochter, belt u me dan op dit nummer. Op welk uur van de dag dan ook. Hendaya.'

'Dat zullen we doen.'

De politieman knikte vriendelijk en liep naar de uitgang.

'Dank voor uw hulp. Ik wens u een goede dag.'

Ze bleven zwijgend achter de toonbank staan en keken Hendaya na, die op zijn dooie akkertje de straat overstak en bij het café aan de overkant bleef staan. Daar kwam een individu in een zwarte jas naar hem toe en de twee praatten kort met elkaar. De zwarte jas knikte en Hendaya liep de straat uit. De ander wierp een blik op de boekhandel en ging het café binnen, waar hij plaatsnam aan een raamtafeltje en de winkel niet meer uit het oog verloor.

'Mag ik weten wat er aan de hand is?' informeerde de heer Sempere.

'Het is ingewikkeld,' begon Fermín.

Op dat moment kreeg de boekhandelaar zijn nichtje Sofía in het oog, die Julián naar de peuterschool had gebracht, en hij begon te stralen van oor tot oor.

'Wie was die lekkere vent die net de deur uit liep?' vroeg ze al vanaf de deur. 'Wat is er? Is er iemand dood?'

Het conclaaf vond plaats in de achterkamer. Fermín nam zonder dralen de teugels in handen.

'Sofía, ik weet wel dat u adolescenten het brein braak laten liggen in afwachting van het afnemen van de hormonale tsunami, maar als de knappe stommeling opduikt die u net de winkel uit hebt zien lopen, of een ander sujet met wat voor smoes dan ook, en aan u vraagt of u juffrouw Alicia Gris hebt gezien, kent, van haar gehoord hebt of ook maar het geringste idee hebt dat ze bestaat, dan gaat u met die Napolitaanse charme die God u heeft gegeven, staan liegen dat het gedrukt staat en verkondigen dat u nooit een glimp van haar hebt opgevangen, en dat doet u met een onnozel gezicht alsof u de buurvrouw bent van Merceditas, of ik zweer u dat ik u in een klooster stop waar ze u pas laten gaan als u zelfs Gil Robles een knappe vent vindt, ook al ben ik niet uw vader, noch uw wettelijke voogd. Begrijpen we elkaar?'

Sofía knikte gekweld.

'En nu gaat u naar de toonbank en doet alsof u met iets nuttigs bezig bent.'

Toen ze de kamer had verlaten, ging de heer Sempere voor zijn zoon en Fermín staan.

'Ik wacht nog steeds op uitleg. Wat voor de duivel is er aan de hand?'

'Hebt u de medicatie voor uw hartslag al ingenomen?'

'Met de koffie.'

'Een geweldig idee. U hoeft er alleen nog maar een dynamietstaaf in te dopen alsof het een lange vinger is en we landen aan het einde van de straat.'

'Niet van onderwerp veranderen, Fermín.'

Die wees op Daniel.

'Ik neem dit over. U stapt naar buiten en gedraagt zich alsof u mij bent.'

'En wat heeft dat te betekenen?'

'Dat u geen domheden begaat. Die violierenknopjes houden dit pand in de gaten en wachten op het moment dat we een verkeerde zet doen.'

'Ik wilde Bea gaan aflossen,' zei Daniel.

'Bea aflossen?' vroeg de heer Sempere. 'Haar aflossen van wat?'

'Uiteenlopende zaken,' onderbrak Fermín hem. 'Daniel, u blijft hier en verroert u niet. Ik ga, want ik heb geheimedienstervaring en kan door de mazen van het net glippen als een aal. Vooruit, gaat u de winkel in. Het moet er niet uitzien alsof we hier een complot staan te beramen.'

Knarsetandend stapte Daniel door het kralengordijn en liet hen alleen.

'En dus?' vroeg de heer Sempere. 'Gaat u me nu eindelijk vertellen wat er aan de hand is?'

Fermín glimlachte gedwee.

'Hebt u trek in een Sugus-snoepje?'

8

De dag leek eindeloos te duren. Daniel sleepte zich door de uren, wachtend op Bea's terugkomst, en hij liet zijn vader het leeuwendeel van de klanten helpen. Fermín was ertussenuit gepiept kort nadat hij zijn vader een van zijn kruisingen tussen monumentale leugens en halfslachtige ontboezemingen op de mouw had gespeld teneinde zijn vragen en staat van alarm ten minste een paar uur het zwijgen op te leggen.

'Het is belangrijk dat we normaler lijken dan ooit, Daniel,' had hij nog gezegd voordat hij, ongezien door Hendaya's mannetje, wegglipte via een raampje in de achterkamer dat uitkwam op het plein voor de kapel van Santa Ana.

'En wanneer zijn wij ooit normaal geweest?'

'Nu niet existentieel gaan doen. Zodra ik zie dat er geen kapers op de kust zijn, knijp ik ertussenuit en los Bea af.'

Bea verscheen uiteindelijk rond het middaguur, toen Daniel al grijze haren begon te krijgen en zijn nagels tot op zijn ellebogen had afgekloven.

'Fermín heeft me alles verteld,' zei ze.

'Is hij goed aangekomen?'

'Onderweg heeft hij wat zoetigheden gekocht die hij niet kon weerstaan, omdat ze *pets de monja* heten, nonnenscheten, en witte wijn.'

'Witte wijn?'

'Voor Alicia. Dokter Soldevila heeft die meteen weer in beslag genomen.'

'Hoe is het met haar?'

'Stabiel. De dokter zegt dat ze nog zwak is, maar er is geen infectie opgetreden en ze heeft geen koorts.'

'Heeft ze verder nog iets gezegd?' hield Daniel aan.

'Waarover?'

'Waarom heb ik toch altijd het gevoel dat iedereen dingen voor me verborgen houdt?'

Ze streelde zijn gezicht.

'Niemand houdt iets voor je geheim, Daniel. En Julián?'

'Op de peuterspeelzaal. Sofía heeft hem gebracht.'

'Ik haal hem vanmiddag wel op. We moeten de schijn van normaliteit ophouden. En je vader?'

'Achter, de stoom komt uit z'n oren.'

Bea dempte haar stem.

'Wat hebben jullie hem verteld?'

'Fermín heeft hem een van zijn epische gedichten gevoerd.'

'Aha. Hm. Ik ga naar de La Boquería-markt voor wat boodschappen, heb jij nog iets nodig?'

'Een normaal leven.'

Halverwege de middag liet zijn vader hem alleen in de winkel. Bea was nog niet terug en de heer Sempere, die zich zorgen maakte en een humeur had om op te schieten omdat hij zich voor het lapje gehouden voelde, had besloten naar boven naar zijn woning te gaan met het excuus een tukje te gaan doen. Daniel koesterde al dagen het vermoeden dat Alicia en Fermín iets voor hem geheimhielden. En nu had Bea zich bij hen gevoegd, leek het wel. Een paar uur lang piekerde hij over de hele kwestie, bestookte zichzelf met vragen en zat zich op te vreten. De ervaring had hem geleerd dat het raadzaamste in zulke gevallen was om zich van de domme te houden en te doen alsof hij niks doorhad. Niemand verwachtte van die goeie Daniel, die arme halve wees en eeuwige adolescent met het zuivere geweten, dat hij dingen doorhad. Daar had hij de anderen voor, die altijd de antwoorden op een briefje bij zich leken te hebben, en soms zelfs de vragen. Niemand gaf de indruk er ooit bij stil te hebben gestaan dat hij al jaren geen korte broek meer droeg. Soms keek zelfs Julián hem scheef aan en lachte dan, alsof zijn vader slechts ter wereld was gekomen om de sukkel uit te hangen en een verbaasd gezicht te trekken wanneer anderen hem de geheimen onthulden.

Ik zou immers ook om mezelf lachen als ik zou kunnen, dacht Daniel. Nog niet zo lang geleden had hij zich nog vrolijk kunnen maken om zijn schaduw, had hij naar Fermíns pijpen gedanst en om diens steken onder water gelachen, en had hij nog de eeuwige onnozelaar kunnen belichamen, geadopteerd door zijn donquichotteske beschermengel. Het was een goede rol geweest, waarin hij zich comfortabel had gevoeld. Graag was hij doorgegaan met die

Daniel te zijn die iedereen om hem heen zag en niet de Daniel die 's ochtends, wanneer Bea en Julián nog sliepen, op kousenvoeten naar de boekhandel afdaalde en zijn heil zocht in de achterkamer om de oude radiator die het niet meer deed en waarachter een gipsen paneel zat dat meegaf als je erop drukte, opzij te schuiven.

Daarachter lag onder in een doos, bedekt met een stapel stoffige oude boeken, een plakboek vol krantenknipsels over Mauricio Valls, die hij had ontvreemd tijdens zijn bezoekjes aan het archief van de bibliotheek van het Athenaeum. Zijn openbare leven stond daarin geregistreerd, jaar na jaar. Hij kende elk bericht en persnieuwtje uit zijn hoofd. Het laatste, dat van zijn dood bij een verkeersongeval, was het pijnlijkst. Valls, de man die zijn moeder van hem had weggenomen, was hem ontsnapt.

Hij had geleerd dat gezicht dat zich met zoveel graagte in glorieuze poses had laten fotograferen te haten. Hij was erachter gekomen dat iemand niet weet wie hij werkelijk is tot hij leert te haten. En als iemand echt haat, als iemand zich overgeeft aan die woede die vanbinnen brandt en die langzaam het weinige goede verteert dat men als bagage meende bij zich te hebben, dan doet hij dat in het geniep. Daniel lachte bitter. Niemand achtte hem in staat een geheim te bewaren. Hij was er nooit goed in geweest, niet eens als kind, toen geheimen bewaren een kunst was en een manier om de wereld en zijn leegte in het gareel te houden. Niet eens Fermín of Bea had het geringste idee dat hij die map, waar hij zo vaak zijn toevlucht toe zocht, daar verborg om de duisternis te voeden die in zijn binnenste was gegroeid sinds hij had ontdekt dat de grote Mauricio Valls, de blanke hoop van het regime, zijn moeder had vergiftigd. Allemaal vermoedens, zeiden ze, niemand kan weten wat er werkelijk was gebeurd. Daniel had de vermoedens achter zich gelaten en leefde in een wereld van zekerheden.

En de ergste ervan, die het moeilijkst was te verkroppen, was dat er nooit gerechtigheid zou geschieden. Nooit zou die dag komen waarvan hij had gedroomd en waarmee hij zijn ziel had vergiftigd, de dag dat hij Mauricio Valls zou vinden. Hij zou hem in de ogen hebben gekeken zodat Valls in de zijne de langgekoesterde haat zou hebben gezien. Dan zou hij het wapen hebben gegrepen dat hij had gekocht van een zwarthandelaar die soms zijn zaakjes afwikkelde in de wijk Can Tunis en dat hij in lappen gewikkeld onder in de doos bewaarde. Het was een oud wapen uit de oorlogsjaren, maar de munitie was nieuw en de zwarthandelaar had hem laten zien hoe hij het moest gebruiken.

'Eerst schiet je in zijn benen, onder de knie. En je wacht. Je ziet hoe hij zich voortsleept. Daarna schiet je hem in de buik. En je wacht. Tot hij kronkelt van de pijn. Vervolgens schiet je hem rechts in de borst. En je wacht. Je wacht tot zijn longen vol bloed zijn gelopen en hij stikt in zijn eigen stront. Pas dan, wanneer het lijkt of hij al dood is, schiet je de drie resterende kogels door zijn hoofd. Eén in de nek, één door zijn slaap en één onder de kin. Het wapen gooi je in de rivier de Besós, vlak bij het strand, zodat de stroom het meeneemt.'

Misschien dat de stroom dan ook voor altijd de woede en de pijn zou hebben meegespoeld die nu voortwoekerden in zijn binnenste.

'Daniel?'

Hij keek op en zag Bea staan. Hij was zo in gedachten verzonken geweest dat hij niet eens het deurbelletje had gehoord.

'Daniel, voel je je wel goed?'

Hij knikte.

'Je ziet lijkbleek, is echt alles in orde met je?'

'Uitstekend. Een beetje moe van het niet-slapen. Dat is alles.'

Daniel toonde haar zijn argeloze glimlach, de glimlach die hij al had sinds zijn schooljaren en die iedereen in de buurt van hem kende. Die goeie Daniel Sempere, de schoonzoon die iedere rechtgeaarde moeder zich voor haar dochter wenste. De man die geen duisternis herbergde in zijn ziel.

'Ik heb sinaasappelen voor je gekocht. Laat Fermín ze niet zien, want die eet ze weer in één keer op, zoals laatst.'

'Dank je.'

'Daniel, wat is er? Wil je het me niet vertellen? Is het vanwege Alicia? Vanwege die politieman?'

'Er is niets met me aan de hand. Ik ben een beetje bezorgd. Dat is normaal. Maar we hebben wel voor hetere vuren gestaan. Het zal ons nu ook lukken.'

Daniel had nooit goed tegen haar kunnen liegen. Bea keek hem in de ogen. Al maanden werd ze bang van wat ze daar zag. Ze liep naar hem toe en omarmde hem. Daniel liet zich door haar omhelzen, maar zei niks, alsof hij er niet bij was. Langzaam trok Bea zich terug. Ze zette de tas met boodschappen op tafel en sloeg haar ogen neer.

'Ik ga Julián ophalen.'

'Ik wacht op jullie.'

9

Pas na vier dagen kon Alicia zonder hulp opstaan. De tijd leek te hebben stilgestaan sinds haar komst naar deze plek. Het grootste deel van de dag bracht ze zwevend tussen waken en slapen door, geen moment zag ze iets anders dan de kamer waar ze haar hadden geïnstalleerd. Er was een kolenpan, die Isaac om de paar uur bijvulde, en gedempt licht dat nauwelijks werd doorbroken door het schijnsel van een kaars of een olielampje. De medicijnen die dokter Soldevila had achtergelaten om de pijn te verlichten, dompelden haar onder in een diepe, stroperige slaap waaruit ze af en toe naar de oppervlakte kwam, om Fermín of Daniel te zien die bij haar waakte. Geld maakt misschien niet gelukkig, maar chemie lukt het bij tijd en wijle bijna.

Toen ze langzaam weer een vaag idee had van wie ze was en waar ze zich bevond, kwamen de woorden vlotter. De meeste van haar vragen werden beantwoord voor ze ze had geformuleerd. Nee, niemand zou haar daar vinden. Nee, de gevreesde infectie had zich niet voorgedaan en naar dokter Soldevila's inschattingen maakte ze de gewenste vorderingen, hoewel ze nog wel zwak was. Ja, Fernandito was gezond en veilig. De heer Sempere had hem een baantje voor een aantal uren aangeboden om leveringen aan huis te doen en partijtjes boeken op te halen die ze van particulieren hadden gekocht. Hij vroeg vaak naar haar, maar volgens Fermín veel minder sinds hij Sofía was tegengekomen in de boekhandel en het hem was gelukt zijn eigen blindebewonderingsrecord te verslaan. Alicia was blij voor hem. Als hij dan toch wilde lijden, dan maar liever voor iemand die het waard was.

'De arme drommel wordt wel echt makkelijk verliefd, hoor,' zei Fermín. 'Die zal heel wat afzien in het leven.'

'Meer lijdt degene die niet in staat is verliefd te worden,' liet Alicia zich ontvallen.

'Ik geloof dat die medicijnen uw kleine hersenen aantasten, Alicia. Als u een gitaar pakt en catechisatieliedjes gaat zingen, zal ik de dokter moeten vragen om je medicijnrantsoen te verlagen naar het niveau van kinderaspirientjes.'

'Neemt u me nou niet het weinig goede af dat me rest.'

'Wat kunt u verdorven zijn, zeg, hemeltjelief.'

De deugd van de slechte gewoonte werd ondergewaardeerd. Alicia miste haar witte wijn, haar importsigaretten en haar ruimte om alleen te zijn. De medicijnen hielden haar voldoende versuft om de dagen te laten verglijden in het aangename gezelschap van die goede mensen die zich volledig inzetten om haar het leven te redden en die bezorgder over haar overleven leken te zijn dan zijzelf. Soms, wanneer ze zich onderdompelde in die chemische balsem, bedacht ze dat het het beste zou zijn om tot de bodem te gaan en daar te blijven in een constante lethargie. Maar vroeg of laat werd ze weer wakker en herinnerde ze zich weer dat alleen zij die al hun rekeningen hebben vereffend het verdienen te sterven.

Meer dan eens was ze uit een donkere sluimer wakker geworden om Fermín daar peinzend in een stoel tegenover haar te zien zitten.

'Hoe laat is het, Fermín?'

'Het uur van de heks. Uw uur dus.'

'Slaapt u nooit?'

'Ik ben nooit iemand van de siësta geweest. Ik heb de slapeloosheid verheven tot kunstvorm. Wanneer ik doodga, haal ik mijn uren slaap wel in.'

Fermín observeerde haar met een mengeling van tederheid en wantrouwen, die ze zenuwslopend vond.

'Hebt u me nog niet vergeven, Fermín?'

'Helpt u me herinneren wat ik u moet vergeven, ik ben het even kwijt.'

Alicia zuchtte.

'Dat ik u heb laten geloven dat ik in die oorlogsnacht gestorven ben. Dat ik u heb opgezadeld met de gedachte dat u tegenover mijn ouders gefaald hebt. Dat ik, toen ik naar Barcelona terugkwam en u herkende op het Estación de Francia, heb gedaan alsof ik u niet herkende, waardoor u dacht dat u gek aan het worden was en spoken zag.'

'Ah, dat.'

Fermín schonk haar een zure glimlach, maar in het licht van de kaarsen zag ze in zijn ogen de glinstering van tranen.

'Wilt u me dus vergeven?'

'Ik zal het overwegen.'

'U moet me vergeven. Ik wil niet sterven met dat gewicht op mijn schouders.'

Ze keken elkaar zwijgend aan.

'U bent een waardeloze actrice.'

'Ik ben een uitstekende actrice. Het punt is dat ik soms uit mijn rol val met al die rommel die de dokter me voorschrijft.'

'Als u maar weet dat u geen enkel medelijden in me opwekt.'

'Ik wil niet dat u medelijden met me hebt, Fermín. U niet en niemand niet.'

'U hebt liever dat men bang voor u is.'

Alicia grijnsde haar tanden bloot.

'Dat ben ik dus ook al niet,' zei hij.

'Dat komt omdat u me niet zo goed kent.'

'Ik vond u net leuker, toen u het arme, bijna stervende meisje speelde.'

'Dus, vergeeft u me?'

'Wat maakt het voor u uit?'

'Ik hou er niet van te denken dat het mijn schuld is dat u hier de beschermengel moet spelen van Daniel en zijn familie.'

'Ik ben bibliografisch adviseur van Sempere & Zoons. De engelattributen verzint u erbij.'

'Weet u zeker dat u niet stiekem gelooft dat als u een fatsoenlijk iemand redt, u ook de wereld redt, of in elk geval de mogelijkheid dat er iets goeds achterblijft?'

'Wie heeft u gezegd dat ik een fatsoenlijk iemand ben?'

'Ik had het over de Semperes.'

'Doet u in de grond van de zaak niet hetzelfde, mijn lieve Alicia?'

'Ik denk niet dat er op deze wereld iets fatsoenlijks is wat gered moet worden, Fermín.'

'Dat gelooft u zelf niet. Het punt is dat u bang bent om te constateren dat dat zo is.'

'Of u het tegendeel.'

Fermín bromde wat en begroef zijn hand in zijn jaszak, op zoek naar snoepjes.

'Laten we maar niet sentimenteel worden,' concludeerde hij. 'U blijft bij uw nihilisme en ik bij mijn Sugus-snoepjes.'

'Twee vaste waarden.'

'Zo vast als een huis.'

'Vooruit, geeft u me een nachtzoen, Fermín.'

'U en uw gezoen!'

'Op de wang.'

Fermín aarzelde, maar boog zich ten slotte voorover en raakte met zijn lippen licht haar voorhoofd aan.

'Ga nu verdorie eindelijk eens slapen, succubus!'

Alicia deed haar ogen dicht en glimlachte.

'Ik hou veel van u, Fermín.'

Toen ze hem stilletjes hoorde huilen, stak ze haar hand naar de zijne uit en zo, hand in hand, sliepen ze in bij het warme geflakker van een uitdovende kaars.

10

Isaac Monfort, de bewaker van het kerkhof, bracht twee of drie keer per dag een dienblad met een glas melk, geroosterde boterhammen met boter en marmelade, en wat fruit of een zoetigheidje van banketbakkerij Escribà, zoals hij 's zondags voor zichzelf kocht – ook hij had zo zijn slechte gewoontes naast de literatuur en zijn kluizenaarsleven, vooral als ze pijnboompitten en room bevatten. Na vele verzoeken bracht hij haar oude kranten, ook al keurde dokter Soldevila dat niet goed. Zo kon ze alles lezen wat de pers over de dood van Mauricio Valls had gepubliceerd en ze voelde hoe haar bloed opnieuw begon te koken. Dat heeft je gered, Alicia, dacht ze.

De goede Isaac was een mannetje met een woest uiterlijk maar een zachtaardige inborst, en een zwak voor Alicia dat hij amper kon verbergen. Hij zei dat ze hem deed denken aan zijn overleden dochter Nuria. Hij had altijd twee portretten van haar bij zich: op een ervan stond een vrouw met een raadselachtige uitstraling en treurige ogen, op het andere een lachend meisje dat een man omarmde in wie Alicia een Isaac herkende van enkele decennia geleden.

'Ze is gestorven zonder werkelijk te weten hoeveel ik van haar hield,' zei hij.

Soms, wanneer hij haar het dienblad met eten bracht en Alicia haar best deed om een paar happen naar binnen te werken, verdween Isaac in een put van herinneringen en begon over zijn Nuria en zijn berouw te praten. Ze vermoedde dat de oude man zijn leed nooit met iemand had gedeeld en dat de voorzienigheid hem nu deze vreemde vrouw had gestuurd die hem deed denken aan haar die hem het dierbaarst was geweest, zodat hij nu, nu het te laat was, troost kon vinden in de poging Alicia te redden en haar met een zorg en tederheid te omringen die haar niet toekwamen. Soms, pratend over zijn dochter en overmand door de herinneringen, begon hij te huilen. Dan trok hij zich terug en liet zich uren niet meer zien. De oprechtste pijn doorstaat een mens alleen. Alicia was stiekem opgelucht wanneer Isaac zijn grenzeloze droefheid met zich meenam om erin te zwelgen, want de enige pijn die ze niet geleerd had te verdragen, was die van het zien huilen van oude mannen.

Allemaal wisselden ze elkaar af om over haar te waken en haar gezelschap te houden. Daniel las haar graag voor uit boeken die hij uit het labyrint haalde, met name die van een zekere Julián Carax, voor wie hij een speciale voorkeur had. Carax' pen deed Alicia denken aan muziek en chocoladetaartjes. De uren die ze elke dag met Daniel doorbracht terwijl ze hem de pagina's uit Carax' boeken hoorde voorlezen, lieten haar verdwalen in een woud van woorden en beelden dat ze altijd node weer achterliet. Haar lievelingsboek was een korte roman met de titel *Niemand*, waarvan ze de laatste alinea uiteindelijk uit het hoofd kende en die ze zachtjes voor zich uit prevelde wanneer ze de slaap probeerde te vatten:

In de oorlog maakte hij fortuin en in de liefde verloor hij alles. Het stond geschreven dat hij niet was geboren om gelukkig te zijn en dat hij nooit zou proeven van de vrucht die die late lente in zijn hart had gebracht. Hij wist toen dat hij de rest van zijn dagen in de voortdurende herfst van de eenzaamheid zou doorbrengen, zonder ander gezelschap of andere herinnering dan verlangen en gewetenswroe-

ging, en dat wanneer iemand zou vragen wie dat huis had gebouwd en wie erin gewoond had voor het een behekste ruïne werd, de mensen die het hadden gekend en wisten van zijn vervloekte geschiedenis hun ogen zouden neerslaan en met dunne stem en de wens dat hun woorden door de wind werden meegenomen, zouden zeggen: niemand.

Spoedig ontdekte ze dat ze met bijna niemand over Julián Carax kon praten, en al helemaal niet met Isaac. De Semperes hadden een geschiedenis met Carax en Alicia achtte het niet passend in die schaduwkant van de familie te wroeten. Maar Isaac met name kon die naam niet horen zonder paars aan te lopen van woede, omdat zijn dochter Nuria, zo vertelde Daniel, verliefd was geweest op deze Carax. De oude man meende dat alle ellende die haar ten deel was gevallen en haar tragische dood tot gevolg had gehad, de schuld was van Carax, een zonderlinge figuur die geprobeerd had alle beschikbare exemplaren van zijn boeken te verbranden en die had kunnen rekenen op de enthousiaste medewerking van Isaac als hij niet de ambtseed had afgelegd.

'In de buurt van Isaac kun je de naam Carax beter niet noemen,' zei Daniel een keer. 'Nu ik erover nadenk, beter om hem maar helemaal niet te noemen.'

De enige die haar zag zoals ze was, die haar niet betuttelde en die ten aanzien van haar geen illusies koesterde of bedenkingen had, was Daniels vrouw. Bea waste haar, kleedde haar uit en aan, kamde haar haren, diende haar medicijnen toe en maakte met haar blik stilzwijgend de noodzaak duidelijk die hun relatie bepaalde: Bea zou haar verzorgen, helpen bij haar genezing en herstel, zodat Alicia zo spoedig mogelijk voor altijd uit hun levens zou verdwijnen, voordat ze hun schade kon berokkenen.

Bea, de vrouw die Alicia had willen zijn en nooit zou zijn, zoals haar elke dag die ze met haar doorbracht duidelijker werd. Bea, die weinig zei en nog minder vroeg, maar die haar het beste begreep. Alicia was nooit iemand van omhelzingen en ontboezemingen geweest, maar meer dan eens voelde ze de impuls Bea te omhelzen. Gelukkig hield ze zich altijd op het laatste moment in. Ze hoefde maar haar blik op te vangen om te weten dat dit niet een lokale opvoering was van *Onder moeders vleugels* en dat ze beiden een opdracht hadden te vervullen.

'Ik geloof dat u zich spoedig van mij zult kunnen bevrijden,' liet Alicia zich weleens ontvallen.

Bea hapte nooit in het aas. Ze klaagde nooit. Ze verweet haar nooit iets. Ze wisselde verbanden met de grootste zorgvuldigheid. Ze verzorgde haar oude wond met een zalf die dokter Soldevila had laten samenstellen door een apotheker die zijn vertrouwen genoot, en die de pijn verzachtte zonder haar bloed te vergiftigen. Wanneer ze dat deed, toonde ze medelijden noch compassie. Ze was de enige persoon, met uitzondering van Leandro, in wier ogen ze geen ontzetting of vrees had ontdekt bij het zien van haar naaktheid en de omvang van het oorlogsletsel dat een deel van haar lichaam had verwoest.

Het enige conversatiethema waarbij ze elkaar vredig en onder een wolkeloze hemel konden vinden, was de kleine Julián. Hun langste onbekommerde gesprekken vonden altijd plaats wanneer Bea haar waste met een stuk zeep en kannen lauw water, die Isaac verwarmde op een kookstel in zijn kamer, die dienstdeed als kantoor, keuken en slaapkamer. Bea adoreerde het opdondertje met een devotie waarvan Alicia wist dat ze die nooit zou kunnen of zelfs maar zou kunnen beginnen te begrijpen.

'Laatst gaf hij ons te verstaan dat hij met u wil trouwen als hij ouder is.'

'Ik neem aan dat u hem als goede moeder hebt gewaarschuwd dat er in de wereld slechte meisjes zijn, die waarlijk niet goed voor hem zijn?'

'Van wie u wel de ongekroonde koningin moet zijn.'

'Dat hebben mijn potentiële schoonmoeders ook altijd gezegd, ja. En met reden.'

'In die dingen is gelijk hebben nog het minste. Ik word omringd door mannen en ik weet al heel lang dat de meerderheid immuun is voor logica. Het enige waar ze iets van leren – en zelfs dat niet allemaal – is de wet van de zwaartekracht. Tot ze een flinke opdonder krijgen, worden ze niet wakker.'

'Dat basisprincipe klinkt naar Fermín.'

'Alles blijft uiteindelijk hangen, en ik hoor hem al vele jaren dit soort pareltjes debiteren.'

'Wat zegt Julián verder nog?'

'Zijn laatste inval is dat hij romancier wil worden.'

'Vroegrijp.'

'U hebt geen idee.'

'Wilt u er meer?'

'Kinderen? Ik weet het niet. Ik zou willen dat Julián niet alleen opgroeide, dat hij een zusje had.'

'Nog een vrouw in de familie?'

'Fermín zegt dat dat zou helpen om de overmaat aan testosteron, die de clan dom maakt, te verdunnen. Behalve dat van hem, natuurlijk, daarvan beweert hij dat het zelfs in terpentine niet oplosbaar is.'

'En Daniel, wat zegt hij?'

Bea bleef lang stil en haalde toen haar schouders op.

'Daniel zegt elke dag minder.'

De dagen gingen voorbij en Alicia voelde haar kracht terugkomen. Dokter Soldevila onderzocht haar elke dag. Hij was niet een man van veel woorden en de weinige die hij sprak, golden de anderen. Soms betrapte Alicia hem erop dat hij haar steels bekeek, alsof hij zich afvroeg wie dat schepsel was en niet zeker wist of hij het antwoord wel wilde weten.

'U draagt vele sporen van oud letsel, sommige ernstig. U zou langzamerhand moeten gaan nadenken over het veranderen van uw gewoontes.'

'Weest u voor mij niet bang, dokter. Ik heb meer levens dan een kat.'

'Ik ben weliswaar geen dierenarts, maar de theorie is dat katten er maar zeven hebben, en aan u zie ik dat de voorraad opraakt.'

'Aan nog één erbij heb ik genoeg.'

'Iets zegt mij dat u dat niet gaat gebruiken voor goede werken.'

'Dat hangt helemaal van het gezichtspunt af.'

'Ik weet niet wat me meer zorgen baart, uw gezondheid of uw ziel.'

'Niet alleen arts, ook nog zielzorger. U bent een jaloersmakend goede partij.'

'Op mijn leeftijd vervaagt het verschil tussen artsenij en biechtstoel. Maar ik geloof wel dat ik te jong voor u ben. Hoe gaat het met de pijn? Die in uw heup, bedoel ik.'

'De zalf helpt.'

'Maar niet zoals wat u eerder innam.'

'Nee,' gaf Alicia toe.

'Op wat voor dosis zat u?'

'Vierhonderd milligram. Soms meer.'

'Heilige Moeder Gods. U kunt echt niet doorgaan met dat spul. Dat weet u toch, hè?'

'Geeft u mij één goede reden.'

'Vraag het aan uw lever, als die nog met u wil spreken.'

'Als u niet mijn witte wijn zou confisqueren, zou ik hem kunnen uitnodigen voor een glaasje en het er met hem over hebben.'

'U bent echt hopeloos.'

'Daar zijn we het alle drie over eens.'

Alicia wist dat ze aan het vagevuur was ontsnapt, zij het met een weekendpasje. Ze wist het omdat ze haar sombere wereldbeeld terugkreeg en tegelijkertijd haar waardering voor de emotionele, tere scènes van de afgelopen dagen verloor. De donkere adem van weleer kleurde de dingen weer, en de pijnscheuten in haar heup, die met ijzer dwars door haar botten leken te boren, herinnerden haar eraan dat ze haar rol als dame met de camelia's niet lang meer zou spelen.

De dagen hadden hun gebruikelijke ritme aangenomen en de uren die haar tussen de vingers door glipten, kwamen haar al voor als verloren tijd. Wie zich het bezorgdst over haar toonde, was Fermín, die afwisselend voorbarige klaagvrouw en amateurtelepaat speelde.

'Ik herinner u eraan dat de dichter al heeft gezegd dat wraak een schotel is die koud opgediend dient te worden,' begon Fermín, die haar duistere humeur goed kon lezen.

'U verwisselt dat misschien met gazpacho, want dichters zijn doorgaans arme, hongerige drommels die geen flauw benul hebben van gastronomie.'

'Zegt u mij dat u niet broedt op het uithalen van een stommiteit.'

'Ik broed niet op het uithalen van een stommiteit.'

‘Wat ik wil is dat u het mij belooft.’

‘Breng me een notaris en we formaliseren het.’

‘Aan Daniel en zijn recentelijk verworven criminele neigingen heb ik mijn handen al ruimschoots vol. Wilt u wel geloven dat ik een wapen heb gevonden dat hij had verstopt? Heremijntijd! Twee dagen geleden peuterde hij nog in zijn neus en nu verbergt hij schietijzers voor me alsof hij een marionet is van de anarchisten.’

‘Wat hebt u ermee gedaan?’ vroeg Alicia met een grijns die hem de haren te berge deed rijzen.

‘Wat kán ik ermee doen?! Ik heb het weer verstopt. Waar niemand het kan vinden, dat moge duidelijk zijn.’

‘Breng het mij,’ fluisterde Alicia op verleidelijke toon.

‘Geen sprake van. Zo stukje bij beetje leren we elkaar kennen, en ik zou u nog geen waterpistool brengen, want u bent in staat het te vullen met zwavelzuur.’

‘U hebt geen idee waartoe ik in staat ben.’

Fermín keek haar gealarmeerd aan.

‘Ik begin me er een voorstelling van te maken, arglistige vrouw.’

Alicia toonde weer haar onschuldige glimlach.

‘Noch u, noch Daniel weet hoe je met een wapen moet omgaan. Geef het mij voor u zich bezeert.’

‘Zodat u er iemand anders mee kunt bezeren?’

‘Laten we het zo zeggen: ik beloof dat ik niemand zal bezeren die het niet verdient.’

‘O, goed, als u het zo stelt, breng ik u een machinepistool en een paar granaten. Hebt u nog een voorkeur voor een bepaald kaliber?’

‘Ik meen het serieus, Fermín.’

‘Daarom juist. Wat u moet doen is genezen.’

‘Het enige wat mij zal genezen, is doen wat ik moet doen. En dat is bovendien het enige wat de veiligheid van u allen kan garanderen. En dat weet u.’

‘Alicia, het spijt me te moeten zeggen dat hoe langer ik u hoor praten, de toon en teneur van de conversatie me steeds minder bevallen.’

‘Breng me het wapen. Of ik regel er zelf een.’

‘Om opnieuw te sterven in een taxi, maar deze keer echt? Of ergens in een steeg? Of in een cel, in handen van slagers die u in stukjes snijden om hun lolletje te hebben?'

'Is dat waar u zich zorgen over maakt? Dat ze me martelen of doden?'

'Dat is door mijn hoofd gegaan, ja. Kijk, even entre nous, en vat u dit niet persoonlijk op, maar het zit me tot hier dat u de hele tijd sterft waar ik bij ben. Hoe kan ik kinderen op de wereld zetten en een fatsoenlijke vader zijn als ik niet in staat ben het eerste schepsel op aarde waarvoor ik verantwoordelijk was in leven te houden?'

'Ik ben geen schepsel, noch bent u voor mij verantwoordelijk, Fermín. Bovendien bent u een kei in het mij in leven houden en u hebt me al twee keer gered.'

'Driemaal is scheepsrecht.'

'Er zal geen derde keer zijn.'

'En een wapen evenmin. Vandaag nog ga ik het vernietigen. Ik sla het in stukjes en strooi de onderdelen uit in de haven zodat die vuilnisvissen het kunnen eten, die dikbuiken die je vlak onder het wateroppervlak ziet en die zich volproppen met tinnef.'

'Zelfs u kunt het onvermijdelijke niet tegenhouden, Fermín.'

'Dat is een van mijn specialiteiten. De andere is de wang-aan-wangdans. Het debat is over. U kunt me met die tijgerogen van u aankijken tot u een ons weegt, ik word er niet bang van. Ik ben Fernandito niet, of een van die andere sukkels die u om uw pink windt met uw zwarte kousen.'

'U bent de enige die me kan helpen, Fermín. En nu meer dan ooit, nu we hetzelfde bloed in de aderen hebben stromen.'

'Waar u in dit tempo net zo lang lol van heeft als een speenvarkentje tijdens het San Martín-feest.'

'Doet u nu niet zo. Helpt u me Barcelona uit te komen en bezorgt u me een wapen. De rest is voor mijn rekening. U weet dat dit eigenlijk het beste voor u is. Bea zou me gelijk geven.'

'Vraagt u haar dan naar dat wapen, eens kijken wat ze zegt.'

'Bea vertrouwt me niet.'

'En waarom zou dat nou toch zijn?'

'We zijn kostbare tijd aan het verliezen, Fermín. Wat zegt u ervan?'

'Dat u naar de duivel kunt lopen, maar u loopt ook zonder andermans toedoen al vooraan in de stoet naar de hel.'

‘Zo praat een heer niet tegen een dame.’

‘U hebt van een dame net zoveel als ik van een pelottespeler. Neemt u alstublieft nog een teug van dat spul en keert u terug naar uw kist om uw roes uit te slapen voordat u iets verschrikkelijks kunt uithalen.’

Wanneer Fermín moe werd van het discussiëren met haar, liet hij haar alleen. Alicia at dan meestal wat met Isaac, luisterde naar zijn verhalen over Nuria, en als de oude bewaker zich terugtrok, schonk ze zich een glas witte wijn in (een paar dagen eerder had ze de plek ontdekt waar Isaac de door de dokter in beslag genomen flessen verstopte) en verliet de kamer. Ze liep de gang door tot het enorme gewelf, en daar bekeek ze, in het schaarse nachtlicht dat als een cascade vanuit de hoogte van de koepel neerviel, de luchtspiegeling van het immense boekenlabyrint.

Later waagde ze zich met een zaklamp de gangen en tunnels in. Strompelend besteeg ze de kathedraalachtige constructie, liep langs zalen, vertakkingen en over bruggen die leidden naar verborgen kamers, waar weer wenteltrappen of hangbruggen doorheen wervelden of zwevende plankieren tussen bogen en steunberen. Onderweg streek ze over de honderdduizenden boeken die op hun lezer wachtten. Soms viel ze onderweg in slaap in een stoel in een van de ruimtes. Elke nacht was haar route anders.

Het Kerkhof der Vergeten Boeken had zijn eigen geometrie en het bleek bijna onmogelijk om twee keer langs dezelfde plek te komen. Meer dan eens was ze in het binnenste verdwaald en had ze enige tijd nodig gehad om de afdaling naar de uitgang te vinden. Op een nacht, toen in de koepel het ochtendrood al licht begon te verspreiden, dook Alicia op in de top van het labyrint en bevond ze zich op dezelfde plek waar ze was geland toen ze in 1938 in de nacht van de bombardementen door de koepel was gestort. Toen ze de diepte in keek, zag ze het nietige figuurtje van Isaac Monfort staan aan de voet van het labyrint. Beneden aangekomen, zag ze hem daar nog steeds staan.

‘Ik dacht dat ik de enige was die aan slapeloosheid leed,’ zei hij.

‘Slapen is voor de dromers.’

‘Ik heb kamillethee gezet, dat helpt mij om te slapen. Hebt u trek in een kopje?’

'Alleen als we er een scheutje van het een of ander in doen.'

'Het enige wat ik nog heb, is een oude cognac die ik zelfs niet voor het ontstoppen van leidingen zou gebruiken.'

'Ik ben niet kieskeurig.'

'En wat zal dokter Soldevila zeggen?'

'Wat alle artsen zeggen: dat waar je niet dood aan gaat, daar word je dik van.'

'Een klein beetje aankomen zou voor u niet gek zijn.'

'Het staat in mijn agenda.'

Ze volgde de bewaker naar zijn kamer en ging aan tafel zitten, terwijl Isaac twee koppen thee inschonk en, na aan de cognacfles te hebben geroken, wat druppels in elke kop goot.

'Niet slecht,' vond Alicia, nippend aan de cocktail.

Vredig en zwijgzaam als twee oude vrienden die geen woorden nodig hebben om van elkaars gezelschap te genieten dronken ze hun kamillethee.

'U ziet er veel beter uit,' zei Isaac ten slotte. 'Ik neem aan dat dat betekent dat u ons spoedig zult verlaten.'

'Ik doe niemand een plezier door hier te blijven, Isaac.'

'Deze plek is zo slecht niet.'

'Als ik niet een paar zaken had af te handelen, zou ik geen betere plek in de wereld weten.'

'U bent uitgenodigd terug te keren wanneer u maar wilt, hoewel ik het gevoel heb dat u voor altijd gaat op de dag dat u vertrekt.'

Alicia glimlachte slechts.

'U zult kleding nodig hebben en zulke dingen. Fermín zegt dat uw huis wordt bewaakt, dus ik geloof niet dat het een goed idee is om daar iets te halen. Ik heb hier nog wat spullen van Nuria die u wellicht passen,' opperde de oude man.

'Ik zou niet willen.'

'Voor mij zou het een eer zijn als u de spullen van mijn dochter aannam. En ik geloof dat Nuria het fijn zou vinden als u ze kreeg. Bovendien hebt u naar mijn idee dezelfde maat.'

Isaac liep naar een kast en haalde er een koffer uit, die hij naar de tafel sleepte. Hij deed hem open en Alicia wierp er een blik op. Er lagen jurken, schoenen, boeken en andere spullen in die haar bij de aanblik ervan meteen een gevoel van grote droefenis gaven.

Hoewel ze Nuria Monfort nooit had gekend, was ze toch langzamerhand gewend geraakt aan haar aanwezigheid – die dit oord behekste – en aan de verhalen van haar vader, die over haar sprak als zat ze naast hem. Bij het zien van de ondergang van een leven, gevat in een oude koffer die een arme oude man bewaarde om zo de herinnering aan zijn overleden dochter te redden, slaagde ze er niet in woorden te vinden en beperkte ze zich tot een instemmend knikje.

'Van goede kwaliteit,' zei ze met haar klinische oog voor stoffen en merken.

'Mijn Nuria gaf al haar geld uit aan boeken en kleding, de arme ziel. Haar moeder zei altijd dat ze wel een actrice leek. Als u haar had gezien. Een féést.'

Alicia legde wat kleding uit de koffer apart en zag dat er iets tussen de kledingstukken uitstak. Het bleek een wit figuurtje te zijn van zo'n tien centimeter hoog. Het was beschilderd gips en stelde een engel voor met gespreide vleugels.

'Dat heb ik lang niet meer gezien. Ik wist niet dat Nuria het had bewaard. Het was een van haar favoriete hebbedingetjes als meisje,' vertelde Isaac. 'Ik herinner me zelfs de dag dat we het op de Santa Lucía-markt kochten, voor de kathedraal.'

De tors van het figuurtje was hol en toen ze er met haar vinger overheen streek, ging er een piepklein deurtje open, en Alicia stelde vast dat er een verborgen vakje achter zat.

'Nuria hield ervan berichtjes in die engel te stoppen. Die verstopte ze ergens in huis en dan moest ik hem zoeken. Het was een geweldig spel voor ons tweeën.'

'Het is prachtig.'

'Houdt u het maar.'

'Absoluut niet, op geen enkele manier.'

'Alstublieft. Die engel brengt al heel lang geen boodschappen meer. U zult er goed gebruik van maken.'

En zo kwam het dat Alicia voor de eerste keer sliep in het gezelschap van een beschermengeltje, waaraan ze vroeg of ze alsjeblieft snel daar weg kon, en die goede zielen kon achterlaten om te beginnen aan de weg die op haar wachtte bij haar terugkeer naar het hart van de duisternis.

‘Daarheen zul je me niet kunnen vergezellen,’ prevelde ze tegen de engel.

11

Leandro kwam elke dag punctueel om halfnegen ’s ochtends. Hij wachtte in de salon op haar, met het ontbijt net opgediend, de bloemen in de vaas altijd vers. Rond die tijd was Ariadna Mataix altijd al een uur wakker. Haar wekken was de taak van de arts, die de kamer inmiddels betrad zonder te kloppen en alle formaliteiten had laten varen. Er was altijd een verpleegster bij hem, wier stem Ariadna nog nooit had gehoord. Eerst kwam de ochtendinjectie, die het haar mogelijk maakte haar ogen fatsoenlijk open te doen en zich te kunnen herinneren wie ze was. Daarna hielp de verpleegster haar overeind, kleedde haar uit, bracht haar naar de badkamer en zette haar tien minuten onder de douche. Ze kleedde haar in jurken die ze zich herinnerde en ooit gekocht meende te hebben. Geen twee keer droeg ze hetzelfde. Terwijl de dokter haar pols voelde en haar bloeddruk mat, kamde de verpleegster haar haren en maakte haar op, want Leandro hield ervan wanneer ze er leuk en toonbaar uitzag.

Tegen de tijd dat ze bij hem aan tafel ging zitten, was de wereld weer op de plek waar ze hoorde.

‘Heb je een goede nacht gehad?’

‘Wat krijg ik eigenlijk toegediend?’

‘Een mild kalmerend middel, zoals ik al zei. Als je wilt, zeg ik tegen de arts dat hij het je niet meer moet geven.’

‘Nee. Nee, alstublieft.’

‘Zoals je wilt. Heb je zin in iets te eten?’

‘Ik heb geen trek.’

‘Een beetje sinaasappelsap toch op zijn minst.’

Soms braakte Ariadna het eten uit of werd ze overvallen door een hevige misselijkheid, die haar het bewustzijn deed verliezen en van de stoel deed vallen. Wanneer dat gebeurde drukte Leandro op het belletje, en binnen enkele seconden verscheen er iemand die haar optilde en waste. In zulke gevallen gaf de arts haar altijd een injectie die de staat van ijzige kalmte bij haar opwekte waar ze naar snakte en die haar in de verleiding bracht te doen alsof ze flauwviel om een dosis te krijgen. Ze wist allang niet meer hoe lang ze daar al was. Ze mat de tijd aan de hand van de uren tussen de injecties in, aan de balsem van een bewusteloze slaap en het ontwaken. Ze had gewicht verloren en de kleding viel los om haar heen. Wanneer ze zichzelf naakt in de badkamerspiegel zag, vroeg ze zich af wie die vrouw was. Voortdurend verlangde ze naar Leandro's aankondiging de sessie van die dag voor beëindigd te verklaren, zodat de arts kwam met zijn magische koffertje en zijn brouwsels voor de vergetelheid. De momenten dat ze haar bloed voelde gloeien voor ze het bewustzijn verloor, bezorgden haar een geluksgevoel dat ze nauwelijks gekend had in haar leven.

'Hoe voel je je vanochtend, Ariadna?'

'Goed.'

'Ik heb zitten denken dat we vandaag zouden kunnen praten over de maanden waarin je was verdwenen, als het jou goeddunkt.'

'Daar hebben we het de vorige keer ook al over gehad. En de keer daarvoor ook.'

'Ja, maar ik geloof dat er stukje bij beetje nieuwe details bovenkomen. Zo werkt het geheugen. Dat houdt ervan trucjes met ons uit te halen.'

'Wat wilt u weten?'

'Ik zou terug willen keren naar de dag dat je van huis wegliep. Herinner je je dat?'

'Ik ben moe.'

'Hou nog even vol. De dokter komt zo en die geeft je een opwekkend middel waar je je beter van zult voelen.'

'Kan dat niet nu?'

'Laten we eerst praten en daarna kun je je medicijnen nemen.'

Ariadna knikte. Elke dag herhaalde zich hetzelfde ritueel. Ze herinnerde zich niet meer wat ze hem wel en niet had verteld. Het speelde ook geen rol. Het had geen zin meer iets voor hem te verbergen. Ze waren allemaal dood. En zij zou hier nooit meer wegkomen.

'Het was de dag van mijn verjaardag,' begon ze. 'De Ubachs hadden een feest voor me georganiseerd. Al mijn klasgenootjes waren uitgenodigd.'

'Je vriendinnen?'

'Dat waren niet mijn vriendinnen. Dat was gekocht gezelschap, zoals alles in dat huis.'

'Was dat de avond dat je besloot te vluchten?'

'Ja.'

'Maar iemand hielp je, is het niet?'

'Ja.'

'Vertel me over die persoon. David Martín, klopt dat?'

'David.'

'Hoe heb je hem leren kennen?'

'David was een vriend van mijn vader. Ze hadden samengewerkt.'

'Hadden ze samen een boek geschreven?'

'Feuilletons voor de radio. Een ervan heette *De ijsorchidee*. Een detectiveverhaal dat zich afspeelde in het Barcelona van de negentiende eeuw. Mijn vader verbood me ernaar te luisteren, omdat hij vond dat het niet voor kleine meisjes was, maar ik luisterde er stiekem naar op de radio die in de woonkamer van het huis in Vallvidrera stond. Heel zachtjes.'

'Volgens mijn inlichtingen werd David Martín gevangengezet in 1939, toen hij aan het einde van de oorlog de grens was overgestoken om terug te keren naar Barcelona. Een tijdlang was hij gevangene in het Montjuïc-kasteel, tegelijk met je vader, en tegen het einde van 1941 werd hij doodverklaard. Jij hebt het over het jaar 1948, dus meerdere jaren later. Weet je zeker dat de man die je hielp bij je vlucht Martín was?'

'Hij was het.'

'Kan het niet iemand zijn geweest die zich voor hem uitgaf? Per slot van rekening had je hem al jaren niet gezien.'

'Hij was het.'

'Goed dan. Hoe kwam het tot een weerzien?'

'Doña Manuela, mijn gouvernante, ging altijd op zaterdag met me naar het Parque del Retiro. Naar het Palacio de Cristal, dat was mijn favoriete plek.'

'En de mijne. Kwam je Martín daar tegen?'

'Ja. Ik had hem een paar keer gezien. In de verte.'

'Denk je dat het toeval was?'

'Nee.'

'Wanneer sprak je voor het eerst met hem?'

'Doña Manuela had voor zulke uitstapjes in haar handtas altijd een fles anijslikeur bij zich, en soms dommelde ze in.'

'En dan kwam David Martín naar je toe?'

'Ja.'

'En wat zei hij dan?'

'Dat herinner ik me niet.'

'Ik weet dat het moeilijk is, Ariadna. Doe je best.'

'Ik wil mijn medicijn.'

'Eerst moet je me vertellen wat Martín zei.'

'Hij vertelde over mijn vader. Over de tijd dat ze allebei in de gevangenis zaten. Mijn vader had het over ons gehad. Over wat er was gebeurd. Ik geloof dat ze een soort pact hadden gesloten. De eerste die eruit kwam zou ook de familie van de ander helpen.'

'Maar David Martín had geen familie.'

'Hij had mensen van wie hij hield.'

'Zei hij hoe het hem was gelukt uit de gevangenis te ontsnappen?'

'Valls had hem door twee van zijn mannen naar een groot huis naast Parque Güell laten brengen om hem te vermoorden. Ze doodden daar vaker mensen en begroeven ze daarna in de tuin.'

'En wat gebeurde er?'

'David zei dat er nog iemand was in het huis, die hem zou hebben geholpen te ontsnappen.'

'Een handlanger?'

'Hij noemde hem *patrón*.'

'De baas?'

'Hij had een vreemde naam. Italiaans. Ik herinner het me omdat het dezelfde naam was als die van een beroemde componist van wie mijn ouders erg hielden.'

'Herinner je je de naam?'

'Corelli. Hij heette Andreas Corelli.'

'Die naam wordt in geen van mijn rapporten genoemd.'

'Omdat hij niet bestond.'

'Ik begrijp je geloof ik niet.'

'Het ging niet goed met David. Hij beeldde zich dingen in. Mensen.'

'Bedoel je te zeggen dat David Martín die Andreas Corelli had verzonnen?'

'Ja.'

'Hoe weet je dat?'

'Ik weet het gewoon. David had zijn verstand verloren in de gevangenis, of het beetje gezond verstand dat hem nog restte. Hij was heel ziek, en dat realiseerde hij zich niet.'

'Je refereert altijd aan hem als David.'

'We waren vrienden.'

'Geliefden?'

'Vrienden.'

'Wat vertelde hij je die dag?'

'Dat hij al drie jaar bezig was toegang te krijgen tot Mauricio Valls.'

'Om zich te wreken?'

'Valls had iemand vermoord van wie hij heel erg had gehouden.'

'Isabella.'

'Ja, Isabella.'

'Heeft hij je verteld hoe Valls haar volgens hem had vermoord?'

'Hij had haar vergiftigd.'

'En waarom kwam hij jou opzoeken?'

'Om de belofte in te lossen die hij mijn vader had gedaan.'

'Dat was alles?'

'En omdat hij dacht dat als ik hem toegang verschafte tot het huis van mijn ouders, Mauricio Valls vroeg of laat daar zou opduiken en hij hem dan zou kunnen doden. Valls bezocht Ubach vaak. Ze deden samen zaken. Bankaandelen. Op een andere manier tot Valls doordringen was onmogelijk, omdat hij altijd een lijfwacht bij zich had en beschermd werd.'

'Maar dat gebeurde dus niet.'

'Nee.'

'Waarom?'

'Omdat ik zei dat als hij het probeerde, ze hem zouden doden.'

'Dat had hij vast zelf ook wel bedacht. Er moet meer zijn geweest.'

'Meer?'

'Iets wat je tegen hem hebt gezegd waardoor hij zijn plannen veranderde.'

'Ik heb het medicijn nodig. Alstublieft.'

'Vertel wat je David Martín hebt gezegd waardoor hij zijn voornemen heeft laten varen om zich te wreken op Valls – waar hij voor naar Madrid was gekomen – en daarentegen heeft besloten jou te helpen bij je vlucht.'

'Alstublieft.'

'Nog heel even, Ariadna. Daarna krijg je je medicijn en kun je uitrusten.'

'Ik heb hem de waarheid verteld. Dat ik zwanger was.'

'Ik begrijp het niet. Zwanger? Van wie?'

'Van Ubach.'

'Je vader?'

'Hij was mijn vader niet.'

'Miguel Ángel Ubach, de bankier. De man die je heeft geadopteerd.'

'De man die me heeft gekocht.'

'Wat is er gebeurd?'

'Vaak kwam hij 's nachts naar mijn kamer, dronken. Hij zei dat zijn vrouw niet van hem hield, dat ze vele minnaars had, dat ze niets gemeenschappelijks meer hadden. Dan begon hij te huilen. Daarna verkrachtte hij me. Wanneer hij klaar was, zei hij dat het mijn schuld was, dat ik hem verleidde, dat ik een slet was, net als mijn moeder. Hij sloeg me en verzekerde me dat als ik iemand iets vertelde, hij er hoogstpersoonlijk voor zou zorgen dat ze mijn zusje vermoordden, omdat hij wist waar ze was en één telefoontje van hem voldoende zou zijn om haar levend te laten begraven.'

'En wat deed David Martín toen hij dat hoorde?'

'Hij stal een auto en haalde me daar weg. Ik heb het medicijn nodig, alstublieft.'

'Natuurlijk. Nu meteen. Dank je, Ariadna. Dank je voor je oprechtheid.'

12

'Welke dag is het vandaag?'

'Dinsdag.'

'Gisteren was het ook dinsdag.'

'Dat was een andere dinsdag. Vertel me over je vlucht met David Martín.'

'Hij had een auto. Die had hij gestolen en verstopt in een garage in Carabanchel. Die dag zei hij dat hij de eerstkomende zaterdag om twaalf uur de auto mee zou nemen naar een van de parkingangen. Zodra doña Manuela zou indommelen, moest ik het op een lopen zetten en hem treffen tegenover de Puerta de Alcalá.'

'En zo gebeurde het?'

'Ja. We stapten in de auto en verborgen ons in de garage tot het donker werd.'

'De politie beschuldigde jouw gouvernante ervan medeplichtig te zijn geweest aan je ontvoering. Ze hebben haar achtenveertig uur lang ondervraagd en daarna werd ze gevonden in een greppel bij de Carretera de Burgos. Ze hadden haar armen en benen gebroken en haar een nekschot gegeven.'

'Verwacht u niet van mij dat ik medelijden met haar heb.'

'Wist zij dat Ubach je misbruikte?'

'Zij was de enige aan wie ik het heb verteld.'

'En wat zei ze?'

'Dat ik moest zwijgen. Belangrijke mannen hadden zo hun behoeftes en mettertijd zou ik beseffen dat Ubach veel van me hield.'

'Wat gebeurde er die nacht?'

'We reden met de gestolen auto de hele nacht door.'

'Waarheen?'

'We waren een paar dagen onderweg. We wachtten altijd tot het donker werd en daarna reden we over provinciale wegen of landweggetjes. David zei dat ik op de achterbank moest gaan liggen en me moest bedekken met dekens, zodat ze me niet konden zien als we stopten bij een pompstation. Soms sliep ik in, en als ik wakker werd, hoorde ik hem praten alsof er iemand naast hem zat in de passagiersstoel.'

'Die Corelli?'

'Ja.'

'En werd je er niet bang van?'

'Ik had medelijden met hem.'

'Waar bracht hij je naartoe?'

'Naar een oord in de Pyreneeën waar hij zich een paar dagen had verstopt bij zijn terugkeer naar Spanje aan het eind van de oorlog. Bolvir heette het. Het lag vlak in de buurt van een dorp dat Puigcerdà heette, bijna op de grens met Frankrijk. Daar stond een groot verlaten pand dat in de oorlog een ziekenhuis was geweest. Torre del Remei, geloof ik dat het heette. Daar zaten we een paar weken.'

'Zei hij waarom hij je daarnaartoe had gebracht?'

'Hij zei dat het een veilige plek was. Er woonde daar een oude vriend die hij had leren kennen bij het oversteken van de grens, een lokale schrijver die ons hielp met levensmiddelen en kleding, Alfons Brosel. Zonder hem waren we omgekomen van honger en kou.'

'Martín zal die plek zeker ook om andere redenen hebben gekozen.'

'Het dorp wekte herinneringen in hem op. Hij heeft nooit verteld wat daar gebeurd is, maar ik weet dat het een speciale betekenis voor hem had. David leefde in het verleden. Toen het ergste deel van de winter kwam, raadde Alfons ons aan om te vertrekken, en hij gaf ons wat geld om de reis voort te zetten. De dorpsbewoners waren begonnen te kletsen en David kende een dorp aan de kust waar een andere oude vriend van hem, een rijke man die Pedro Vidal heette, een huis bezat dat een goede schuilplaats zou kunnen zijn, dacht hij, in elk geval tot de zomer. David kende het huis goed, daarom denk ik dat hij er weleens eerder was geweest.'

'Was dat het dorp waar ze je maanden later vonden? Sant Feliu de Guíxols?'

'Het huis lag zo'n twee kilometer buiten het dorp, een plek die S'Agaró werd genoemd, naast de baai van San Pol.'

'Ik ken het.'

'Het huis lag tussen de rotsen, op een plek die Camino de Ronda werd genoemd. In de winter woonde daar niemand. Het was een soort wijk van grote zomerhuizen van de rijke families uit Barcelona en Gerona.'

'Hebben jullie daar de winter doorgebracht?'

'Ja. Tot de lente begon.'

'Toen ze je daar vonden, was je alleen. Martín was niet bij je. Wat is er van hem geworden?'

'Daar wil ik het niet over hebben.'

'Als je wilt, houden we hier pauze. Ik kan de dokter vragen om je iets te geven.'

'Ik wil hier weg.'

'Daar hebben we het al over gehad, Ariadna. Hier ben je veilig. Beschermd.'

'Wie bent u?'

'Ik ben Leandro. Dat weet je. Een vriend van je.'

'Ik heb geen vrienden.'

'Je bent nerveus. Ik geloof dat het beter is als we het hierbij laten voor vandaag. Ik zal de dokter vragen te komen.'

Het was altijd dinsdag in de suite van het Palace.

'Je ziet er deze ochtend heel goed uit, Ariadna.'

'Ik heb erge hoofdpijn.'

'Dat komt door het weer, de luchtdruk is heel laag. Ik heb dat af en toe ook. Neem dit maar, dan gaat het weg.'

'Wat is het?'

'Het is maar een aspirientje. Trouwens, we hebben geverifieerd wat je me over het huis in S'Agaró hebt verteld. Het was inderdaad eigendom van don Pedro Vidal, lid van een van de belangrijkste families in Barcelona. Wat we hebben kunnen achterhalen, is dat hij een soort mentor was geweest voor David Martín. Het politierapport vermeldt dat Martín hem in zijn huis in Pedralbes heeft vermoord in 1930, omdat Vidal met de vrouw was getrouwd van wie híj, Martín, hield, een zekere Cristina.'

'Dat is een leugen. Vidal heeft zelfmoord gepleegd.'

'Is dat wat David Martín je heeft verteld? Blijkbaar was hij een heel wraakzuchtige man. Valls, Vidal... Mensen begaan de grootste dwaasheden uit jaloezie.'

'Isabella is degene van wie David werkelijk hield.'

'Dat heb je me verteld. Maar ik krijg het niet kloppend met de informatie. Wat bond hem aan Isabella?'

'Ze was zijn leerlinge geweest.'

'Ik wist niet dat romanschrijvers leerlingen hadden.'

'Isabella was zeer eigenzinnig.'

'Zei Martín dat?'

'David praatte veel over haar. Het was wat hem in leven hield.'

'Maar Isabella was destijds al bijna tien jaar dood.'

'Soms vergat hij dat. Daarom was hij teruggegaan.'

‘Naar het huis van S’Agaró?’

‘David was daar geweest. Met haar.’

‘Weet je wanneer dat was?’

‘Vlak voordat de oorlog begon. Voor hij naar Frankrijk moest vluchten.’

‘Is hij daarom teruggekeerd naar Spanje, hoewel hij wist dat hij werd gezocht? Vanwege Isabella?’

‘Ik geloof het wel.’

‘Vertel me over jullie tijd daar. Wat deden jullie?’

‘David was al heel ziek. Tegen de tijd dat we bij dat huis aankwamen, kon hij amper onderscheid maken tussen de werkelijkheid en wat hij meende te zien en te horen. Het huis bracht vele herinneringen bij hem terug. Ik geloof dat hij eigenlijk terugkeerde om daar te sterven.’

‘Dus David Martín is dood?’

‘Wat denkt u?’

‘Vertel me de waarheid. Wat deed je in die maanden?’

‘Hem verzorgen.’

‘Ik dacht dat hij jou moest verzorgen.’

‘David kon voor niemand meer zorgen, nog wel het minst voor zichzelf.’

‘Ariadna, heb jij David Martín gedood?’

13

‘Nog geen maand na onze aankomst in het huis verslechterde zijn toestand. Ik was de deur uit gegaan om wat eten te halen. Elke morgen kwamen er een paar boeren met een grote huifkar met etenswaren naar een vaste plek in de buurt van het strand, La Taverna del Mar. Aanvankelijk ging David daarnaartoe of naar het dorp om levensmiddelen te kopen, maar spoedig kwam het moment dat hij het huis niet meer kon verlaten. Hij leed aan vreselijke hoofdpijnen, koorts, misselijkheid. Bijna elke nacht dwaalde hij delirerend door het huis. Hij dacht dat Corelli het op hem had gemunt.’

‘Heb jij Corelli weleens gezien?’

‘Corelli bestond niet. Hij leefde uitsluitend in Davids verbeelding.’

‘Hoe kun je dat zo zeker weten?’

'De Vidals hadden een kleine houten steiger laten bouwen die vanaf de kleine baai onder het huis de zee in liep. David ging er vaak heen en ging dan helemaal op het uiterste puntje zitten. Daar had hij zijn denkbeeldige gesprekken met Corelli. Soms ging ik ook naar de pier en zat dan naast hem. Hij merkte me niet eens op. Ik hoorde hem praten met Corelli, zoals hij in de auto had gedaan toen we uit Madrid wegvluchtten. Vervolgens werd hij dan wakker uit die trance en glimlachte naar me. Op een dag begon het te regenen, en toen ik zijn hand pakte om weer naar huis te gaan, omhelsde hij me huilend en noemde me Isabella. Vanaf dat moment herkende hij me niet meer, en de laatste twee maanden van zijn bestaan bracht hij door in de stellige overtuiging dat hij met Isabella leefde.'

'Dat moet heel zwaar voor je zijn geweest.'

'Nee. De maanden dat ik hem verzorgde waren de gelukkigste, maar ook droevigste van mijn leven.'

'Hoe stierf David Martín, Ariadna?'

'Op een avond vroeg ik hem wie Corelli was en waarom hij zo bang voor hem was. Hij antwoordde dat Corelli een zwarte ziel was, dat waren zijn woorden. David had een akkoord met hem gesloten om een boek in opdracht te schrijven. Maar hij had hem verraden en het boek vernietigd voor het in Corelli's handen kon vallen.'

'Wat voor boek?'

'Ik weet het niet zo goed. Een soort religieus traktaat of iets dergelijks. David noemde het *Lux Aeterna*.'

'Dus Martín geloofde dat Corelli wraak op hem wilde nemen?'

'Ja.'

'Hoe dan, Ariadna?'

'Wat doet dat ertoe? Het heeft niets met Valls of iets anders te maken.'

'Het heeft allemaal met elkaar te maken, Ariadna. Help me, alsjeblieft.'

'David was ervan overtuigd dat de baby die ik in mijn buik droeg iemand was die hij had gekend en verloren.'

'Zei hij wie?'

'Hij noemde haar Cristina. Hij praatte amper over haar. Maar wanneer hij haar noemde, werd zijn stem zwakker van berouw en schuld.'

'Cristina was de vrouw van Pedro Vidal. De politie heeft hem ook van haar dood beschuldigd. Hij zou haar hebben verdronken in het meer van Puigcerdà, vlak bij het huis in de Pyreneeën waar hij met jou naartoe ging.'

'Leugens.'

'Misschien. Maar jij zegt dat hij schuldgevoel toonde wanneer hij over haar sprak.'

'David was een goed mens.'

'Maar jij hebt zelf gezegd dat hij compleet zijn verstand had verloren, zich dingen en mensen inbeeldde die er niet waren, dat hij geloofde dat jij zijn voormalige leerlinge Isabella was, die tien jaar eerder was gestorven. Was je niet bang voor hem, ook vanwege de baby?'

'Nee.'

'Je wilt me toch niet wijsmaken dat het nooit door je hoofd is gegaan om hem in dat huis achter te laten en weg te vluchten?'

'Nee.'

'Vooruit dan. En wat gebeurde er toen?'

14

'Het was eind maart, geloof ik. David had een paar betere dagen. In een schuur onder aan het klif had hij een houten bootje gevonden en bijna elke ochtend roeide hij de zee op. Ik was misschien al zeven maanden zwanger en bracht de dag door met lezen. Het huis beschikte over een enorme bibliotheek en er waren exemplaren van bijna al het werk van Davids favoriete auteur, van wie ik nog nooit had gehoord, Julián Carax. Bij het vallen van de avond staken we de open haard aan in de woonkamer en las ik hem voor. We lazen ze allemaal. Die twee laatste weken brachten we door met het lezen van Carax' laatste roman, *De schaduw van de wind*.'

'Die ken ik niet.'

'Bijna niemand. Ze denken van wel, maar dat is niet zo. Op een avond hadden we het boek uit, het was diep in de nacht. Ik ging slapen en voelde na een paar uur de eerste weeën.'

'Je moest nog een aantal weken.'

'Ik had vreselijke pijn, alsof ze me een dolksteek in de maag hadden gegeven. Ik raakte in paniek en riep naar David. Toen hij de lakens wegtrok om me op te tillen en naar een dokter te brengen, waren ze doordrenkt met bloed.'

'Het spijt me.'

'Iederéén spijt het.'

'Hebben jullie een arts kunnen bereiken?'

'Nee.'

'En de baby?'

'Een meisje. Het kwam dood ter wereld.'

'Dat spijt me heel erg, Ariadna. Het is misschien beter om hier te stoppen, dan roep ik de dokter om je iets te geven.'

'Nee. Ik wil nu niet stoppen.'

'Goed dan. Wat gebeurde er vervolgens?'

'David...'

'Rustig maar, in jouw tempo.'

'David nam het lijkje in zijn armen en begon te janken als een gewond dier. Het kindje had een blauwige huid en zag eruit als een kapotte pop. Ik wilde opstaan en ze allebei omhelzen, maar ik was heel zwak. 's Ochtends, toen het aan de horizon langzaam licht begon te worden, pakte David het meisje, keek me een laatste keer aan en vroeg me om vergiffenis. Daarna verliet hij het huis. Ik sleepte me naar het raam. Ik zag hem de trap in de rotsen afdalen naar de steiger. Daar was de boot vastgelegd. Hij stapte aan boord met het lichaampje van het meisje gewikkeld in een paar doeken en begon de zee op te roeien, de hele tijd mijn kant uit kijkend. Ik zwaaide, in de hoop dat hij me zou zien en terug zou komen. Hij bleef roeien, tot hij zo'n honderd meter uit de kust was. De zon kwam al boven de horizon uit en de zee zag eruit alsof ze vlam had gevat. Ik zag David opstaan en iets oppakken uit de boot. Hij begon ermee op de kiel in te slaan, telkens weer. Het duurde nauwelijks een paar minuten voor het bootje begon te zinken. David bleef onbeweeglijk staan met het kindje in zijn armen en keek in mijn richting tot de zee ze voor altijd opslokte.'

'Wat deed je toen?'

'Ik had veel bloed verloren en was heel zwak. Een paar dagen had ik koorts en dacht ik dat het allemaal een nachtmerrie was geweest en David elk moment weer door de deur binnen zou komen. Daarna, toen ik weer kon opstaan en lopen, ging ik elke dag naar het strand. Om te wachten.'

'Om te wachten?'

'Op hun terugkomst. U zult wel denken dat ik net zo gek ben als David.'

'Nee. Dat denk ik helemaal niet.'

'De boeren die daar elke dag met hun huifkar kwamen, hadden me gezien, vroegen me of alles goed met me was en gaven me wat te eten. Ze zeiden dat ik er niet goed uitzag en boden aan me naar het ziekenhuis van Sant Feliu te brengen. Zij moeten het zijn geweest die de Guardia Civil hebben gewaarschuwd. Een patrouille vond me slapend op het strand en bracht me naar het ziekenhuis. Ik was onderkoeld, had een beginnende bronchitis en een interne bloeding, waaraan ik binnen twaalf uur zou zijn doodgegaan als ze me niet naar het ziekenhuis hadden gebracht. Ik heb hun niet verteld wie ik was, maar het kostte hun weinig moeite dat te achterhalen. Er was een opsporingsbevel uitgegaan naar alle politieposten en kazernes. Twee weken bracht ik in het ziekenhuis door.'

'Kwamen je ouders je niet opzoeken?'

'Ze waren niet mijn ouders.'

'Ik bedoel de Ubachs.'

'Nee. Toen ik eindelijk uit het ziekenhuis werd ontslagen, werd ik door twee politiemensen opgehaald en teruggereden naar het stadspaleis van de Ubachs in Madrid.'

'Wat zeiden ze toen ze je zagen?'

'Mevrouw, want zo werd ze graag aangesproken, spuugde me in het gezicht en beet me toe dat ik een sneue, godvergeten slet was. Ubach riep me bij zich in zijn kantoor. De hele tijd dat ik daar was, verwaardigde hij zich niet om van zijn bureau op te kijken. Hij zei dat ze me in de buurt van El Escorial in een internaat zouden plaatsen en dat ik met kerst een paar dagen naar huis zou kunnen komen als ik me goed gedroeg. De volgende dag werd ik daarnaartoe gebracht.'

'Hoe lang zat je op dat internaat?'

'Drie weken.'

'Waarom zo kort?'

'De directie van het internaat kwam erachter dat ik mijn slaapkamergenote Ana María verteld had wat er was gebeurd.'

'Wat heb je haar dan verteld?'

'Alles.'

'Inclusief de kinderdiefstal?'

'Alles.'

'En geloofde ze je?'

'Ja. Haar was iets dergelijks overkomen. Bijna alle meisjes van het internaat hadden een soortgelijke geschiedenis.'

'Wat gebeurde er toen?'

'Ze vonden haar een paar dagen later, opgehangen op de zolder van het internaat. Ze was zestien.'

'Zelfmoord?'

'Wat denkt u?'

'En jij, wat hebben ze met jou gedaan?'

'Ze brachten me weer naar de Ubachs.'

'En?'

'Ubach sloeg me in elkaar en sloot me op in mijn kamer. Hij zei dat als ik nog eens leugens over hem zou vertellen, hij me voor de rest van mijn leven in een gekkenhuis zou stoppen.'

'En wat zei jij?'

'Niets. Diezelfde nacht, toen ze sliepen, glipte ik via het raam mijn kamer uit en deed de slaapkamerdeur van de Ubachs op slot. Toen ging ik naar de keuken en draaide de gaskraantjes open. In de kelder werden blikken met kerosine bewaard voor de generator. Die schudde ik leeg over de vloeren en wanden van de hele begane grond. Daarna stak ik de gordijnen in de fik en liep de tuin in.'

'Ben je niet gevlucht?'

'Nee.'

'Waarom niet?'

'Omdat ik ze wilde zien branden.'

'Ik begrijp het.'

'Dat geloof ik niet. Maar ik heb u de hele waarheid verteld. Nu moet u mij iets vertellen.'

'Natuurlijk.'

'Waar is mijn zus?'

15

'Je zus heet nu Mercedes en is op een veilige plek.'

'Zoals deze?'

'Nee.'

'Ik wil haar zien.'

'Spoedig. Vertel me eerst over je man, Ignacio Sanchís. Ik begrijp nog niet helemaal hoe Miguel Ángel Ubach, die de beste advocatenkantoren van het land tot zijn beschikking had, besloot om als executeur-testamentair een veelbelovende maar onervaren jongeman te benoemen. Heb jij een idee waarom?'

'Is dat niet duidelijk?'

'Nee.'

'Ignacio was Ubachs zoon. De moeder was een meisje van de revue aan de Paralelo, met wie hij als jongeling verkeerde. Dolores Ribas heette ze. Hij betaalde de studie van Ignacio en zag erop toe dat hij zijn mogelijkheden benutte en bij een advocatenkantoor kon werken, dat hij vervolgens contracteerde.'

'Wist Sanchís dat? Wist hij dat Ubach zijn echte vader was?'

'Natuurlijk.'

'Trouwde hij daarom met jou?'

'Hij trouwde met mij om me te beschermen. Hij was mijn enige vriend. Een eerlijk, fatsoenlijk mens, de enige die ik heb leren kennen.'

'Het was dus een schijnhuwelijk?'

'Het was het werkelijkste huwelijk dat ik in mijn leven heb gezien, maar als u dat bedoelt, nee, hij heeft me nooit met een vinger aangeraakt.'

'Wanneer begon je je wraakplannen te smeden?'

'Omdat Ignacio toegang had tot alle documentatie van de Ubachs, begon hij wat betreft Valls een en ander met elkaar in verband te brengen. Het was zijn idee. Toen we de geschiedenis van mijn echte vader, Víctor Mataix, uitzochten, kwamen we achter het bestaan van een paar van zijn gevangeniskompanen, van David Martín tot Sebastián Salgado tot Morgado. Maar daar hebben we het al over gehad, toch?'

'Dat geeft niet. Was het ook zijn idee om het spook van David

Martín te gebruiken om angst te zaaien bij Valls?'
'Dat was van mij.'
'Wie schreef de brieven die jullie naar Valls stuurden?'
'Ik.'
'Wat gebeurde er in november 1956 in het Círculo de Bellas Artes van Madrid?'
'Met die brieven bereikten we ons doel niet. Het idee was om Valls bang te maken en hem wijs te maken dat er een samenzwering was georkestreerd door David Martín om wraak op hem te nemen en de waarheid te onthullen over zijn verleden.'
'Met welk doel?'
'Dat hij een verkeerde stap zou zetten en zou terugkeren naar Barcelona om de confrontatie met David aan te gaan.'
'Dat hebben jullie ook bereikt.'
'Ja, maar er moest meer druk uitgeoefend worden.'
'En dat was de aanslag in 1956?'
'Onder andere.'
'Wie pleegde die?'
'Morgado. Hij moest hem niet doden, alleen maar schrik aanjagen en hem ervan overtuigen dat hij zelfs in zijn eigen bunker niet veilig was en dat ook nooit zou zijn, tenzij hij persoonlijk naar Barcelona ging om David Martín voor eens en voor altijd het zwijgen op te leggen.'
'Maar hij zou hem nooit gevonden hebben, omdat hij al dood was.'
'Precies.'
'Wat hebben jullie verder nog ondernomen om hem onder druk te zetten?'
'Ignacio kocht een van Valls' bedienden om op de avond van het gemaskerde bal in Villa Mercedes om een van mijn vaders boeken, *Ariadna en de scharlaken prins*, in Valls' kantoor te leggen. In het boek zat een korte brief en een lijst met de nummers van de vervalste aktes die we tot dan toe hadden kunnen vinden. Het was het laatste wat hij ontving. Daarna hield hij het mogelijk niet langer uit.'
'Waarom zijn jullie nooit naar de politie of de pers gegaan?'
'Laat u mij niet lachen.'

'Ik zou graag terugkeren naar het onderwerp van de lijst.'

'Ik heb u alles wat ik weet toch al verteld. Waarom is die lijst voor u zo belangrijk?'

'Het gaat erom deze zaak tot op de bodem uit te zoeken. Om recht te kunnen doen. Om de ware architect van deze hele nachtmerrie, die jij en zovele anderen doorstaan hebben, te vinden.'

'Valls' compagnon?'

'Ja. Daarom moet ik aandringen.'

'Wat wilt u weten?'

'Doe alsjeblieft je best en probeer het je te herinneren. De lijst, je zegt dat daar alleen getallen op stonden? Niet de namen van de kinderen?'

'Nee. Alleen nummers en combinaties met letters.'

'Herinner je je hoeveel? Ongeveer?'

'Het moeten er zo'n veertig zijn geweest.'

'Hoe kwamen jullie aan die getallen? Wat bracht jullie op het idee dat er meer gevallen waren van kinderen die gestolen waren van vaders die op bevel van Valls waren vermoord?'

'Morgado. Toen Valentín voor de familie begon te werken, vertelde hij ons dat hij over complete verdwenen families had horen praten. Veel van zijn voormalige gevangeniskompanen waren in het kasteel doodgegaan. Hun vrouwen en kinderen bleken spoorloos verdwenen. Ignacio vroeg hem om een lijst met namen en nam toen een advocaat in de arm, Brians, die discreet bij de burgerlijke stand zou kunnen nazoeken wat er met al die personen was gebeurd. De overlijdensaktes vinden was het gemakkelijkst. Toen hij zag dat het leeuwendeel op dezelfde dag was opgemaakt, kreeg hij wantrouwen en controleerde geboorteaktes met dezelfde datum.'

'Heel ingenieus, die advocaat Brians. Daar zou niet iedereen op gekomen zijn.'

'Toen we dat allemaal zagen, begonnen we te denken dat als Valls werkelijk had gedaan wat hij in deze gevallen leek te hebben gedaan, er ook nog veel meer konden zijn. In andere gevangenissen. Bij ons onbekende families in het hele land. Honderden. Misschien duizenden.'

'Hebben jullie iemand over jullie vermoedens verteld?'

'Nee.'

‘En hebben jullie zelf naast deze gevallen geen verder onderzoek gepleegd?’

‘Ignacio had de bedoeling dat te doen. Maar hij werd gearresteerd.’

‘En wat is er met de oorspronkelijke lijst gebeurd?’

‘Die heeft die vent, Hendaya.’

‘Bestaan er kopieën?’

Ze schudde haar hoofd.

‘Heb jij of je man er niet ten minste één kopie van gemaakt? Voor de zekerheid?’

‘Wat we hadden, was in ons huis. Hendaya heeft ze gevonden en ze ter plekke vernietigd. Hij wist wat hij deed. Het enige wat hij wilde weten, was waar we Valls hadden verstopt.’

‘Weet je het zeker?’

‘Heel zeker. Dat heb ik u al meerdere malen verteld.’

‘Ik weet het, ik weet het. En toch, om de een of andere reden kan ik je niet helemaal geloven. Heb je tegen me gelogen, Ariadna? Zeg me de waarheid.’

‘Ik heb de waarheid verteld. Wat ik daarentegen niet weet, is of u hetzelfde hebt gedaan.’

Leandro’s uitdrukkingsloze blik bleef op haar rusten, alsof hij haar aanwezigheid nu pas opmerkte. Hij glimlachte zwakjes en boog naar voren.

‘Ik weet niet waar je op doelt, Ariadna.’

Ze voelde dat haar ogen zich vulden met tranen. De woorden rolden over haar lippen voor ze besefte dat ze ze uitsprak.

‘Ik geloof dat u dat wel weet. U zat in die auto, is het niet? De dag dat ze mijn vader kwamen arresteren en mijn zus en mij meenamen? U was de compagnon van Valls. De zwarte hand.’

Leandro keek haar treurig aan.

‘Ik geloof dat je me verwart met een andere persoon, Ariadna.’

‘Waarom?’ vroeg ze met een dun stemmetje.

Leandro stond op en kwam dicht bij haar staan.

‘Je bent heel moedig geweest, Ariadna. Dank voor je hulp. Ik wil dat je je nergens zorgen over maakt. Het is een voorrecht geweest je te leren kennen.’

Ariadna keek op en zag Leandro’s glimlachje, een balsem van

vrede en mededogen. Het liefst wilde ze in die blik verdwijnen en nooit meer wakker worden. Leandro boog zich voorover en kuste haar op het voorhoofd.

Hij had koude lippen.

Die avond, toen de magische drank van de arts zich voor de laatste keer een weg baande door haar aderen, droomde Ariadna van de scharlaken prins uit de vertellingen die haar vader voor haar had geschreven. En toen kwamen de herinneringen.

Er waren vele jaren voorbijgegaan en ze kon zich amper het gezicht van haar ouders of haar zus herinneren. Dat lukte haar alleen in dromen. Dromen die haar altijd terugbrachten naar de dag dat die mannen kwamen om haar vader mee te nemen en haar en haar zusje te ontvoeren, hun moeder stervend achterlatend in het huis in Vallvidrera.

Die nacht droomde ze dat ze opnieuw het geluid van de auto hoorde die tussen de bomen door naar het huis reed. Ze herinnerde zich haar vaders stem in de tuin. Ze boog zich uit het raam van haar slaapkamer en zag de zwarte wagen van de scharlaken prins stoppen bij de fontein. De deur van de koets ging open en het licht werd schaduw.

Ariadna voelde de aanraking van ijzige lippen op haar huid en de zachte stem drong als pijnlijk venijn door de muren. Ze wilde rennen om zich met haar zus te verstoppen achter in een kast, maar de scharlaken prins zag alles en wist alles. Gehurkt in het donker hoorde ze hoe de voetstappen van de architect van alle nachtmerries langzaam dichterbij kwamen.

16

Een geur van prikkend reukwater en tabak ging hem vooruit. Valls hoorde zijn voetstappen bij het afdalen van de trap, maar weigerde hem de genoegdoening. In de verloren strijd is onverschilligheid de laatste verdediging.

'Ik weet dat je wakker bent,' zei Hendaya ten slotte. 'Laat me niet een emmer koud water over je heen hoeven gooien.'

Valls deed zijn ogen open in het halfdonker. De rook van de sigaret maakte zich los uit de schaduw en trok wazige figuren in de lucht. In Hendaya's blik glinsterde de gloed.

'Wat wilt u?'

'Ik had zo gedacht dat we een gesprek konden voeren.'

'Ik heb niets te zeggen.'

'Wil je een sigaret? Ze zeggen dat die het leven verkort.'

Valls haalde zijn schouders op. Hendaya glimlachte, stak een sigaret aan en reikte hem tussen de tralies door aan. Valls pakte hem met trillende vingers en nam een diepe teug.

'Waar wilt u over praten?'

'Over de lijst,' zei Hendaya.

'Ik weet niet aan welke lijst u refereert.'

'De lijst die je vond in een boek in je kantoor thuis. Die je bij je had in de nacht dat ze je gevangennamen. Die zo'n veertig nummers van geboorte- en overlijdensaktes bevatte. Je weet wel welke lijst.'

'Ik heb hem niet meer. Is dat wat Leandro zoekt? Want u werkt voor hem, is het niet?'

Hendaya maakte het zich comfortabel op de traptreden en keek hem onverschillig aan.

'Heb je een kopie gemaakt?'

Valls antwoordde ontkennend.

'Weet je het zeker? Denk goed na.'

'Misschien heb ik een kopie gemaakt.'

'Waar is die?'

'Die had Vicente. Mijn lijfwacht. Voor we in Barcelona aankwamen, stopten we bij een pompstation. Ik vroeg Vicente een schrift te kopen en heb de getallen overgeschreven, zodat hij ze ook had, voor als er iets gebeurde en onze wegen zich scheidden. Hij had een vertrouwenspersoon in de stad aan wie hij wilde vragen die aktes te zoeken en te vernietigen als we ons eenmaal hadden ontdaan van Martín en we achterhaald hadden aan wie hij die informatie verder nog had gegeven. Dat was het plan.'

'En waar is die kopie nu?'

'Ik weet het niet. Vicente had hem bij zich. Ik weet niet wat ze met zijn lichaam hebben gedaan.'

'Bestaat er nog een andere kopie behalve die van Vicente?'

'Nee.'

'Weet je het nu heel zeker? Je weet dat als je tegen me liegt of iets voor me verbergt, ik je hier voor onbepaalde tijd vasthou.'

'Ik lieg niet.'

Hendaya knikte en hulde zich in langdurig stilzwijgen. Valls was bang dat hij zou vertrekken en hem opnieuw twaalf uur of langer alleen zou laten. Hij was op het punt aangekomen dat de korte bezoekjes van Hendaya het enige lichtpuntje van de dag waren.

'Waarom hebben ze mij niet allang gedood?'

Hendaya glimlachte alsof hij op de vraag had zitten wachten, waarvoor hij een perfect gerepeteerd antwoord had.

'Omdat je het niet verdient.'

'Haat Leandro me zozeer?'

'Meneer Montalvo haat niemand.'

'Wat moet ik doen om het te verdienen?'

Hendaya observeerde hem nieuwsgierig.

'Volgens mijn ervaring storten zij die het meest de mond vol hebben van hun doodswens op het laatste moment in, wanneer ze over het mes worden gejaagd, en smeken dan als kleine meisjes om genade.'

'Men zegt kling.'

'Pardon?'

'Het gezegde, iemand over de kling jagen. Niet over het mes.'

'Ik vergeet altijd dat we hier een illustere man van de letteren te gast hebben.'

'Is dat wat ik ben? Een van Leandro's gasten?'

'Jij bent niets meer. En wanneer ze jou "jagen", over kling of mes, en dat gaat gebeuren, dan zullen de poëtische spitsvondigheden je weinig kunnen schelen.'

'Ik ben bereid.'

'Ik kan je geen ongelijk geven. Denk niet dat ik niet begrijp wat je situatie is en wat je doormaakt.'

'Een slager met compassie.'

'Zoals de waard is vertrouwt hij zijn gasten. Je ziet dat ik ook wel een paar spreekwoorden ken. Ik stel je een pact voor. Tussen ons beiden. Als je je goed gedraagt en meewerkt, zal ik je zelf doden. Dat zal snel en schoon zijn. Een nekschot. Je zult het niet eens merken. Wat vind je ervan?'

'Wat moet ik doen?'

'Kom wat dichterbij. Ik wil je iets laten zien.'

Valls kroop dichter naar de tralies toe. Hendaya haalde iets uit zijn jaszak en heel even bad Valls dat het een revolver was en dat hij hem nu ter plekke een kogel door zijn hoofd zou jagen. Maar Hendaya haalde een foto tevoorschijn.

'Ik weet dat hier iemand was. Doe geen moeite het te ontkennen. Ik wil dat je goed naar deze foto kijkt en me vertelt of het deze persoon was.'

Hendaya liet hem de afbeelding zien. Valls knikte.

'Wie is dat?'

'Ze heette Alicia Gris.'

'Heette? Is ze dood?'

'Ja, ze weet het alleen nog niet,' antwoordde hij terwijl hij het kiekje opborg.

'Mag ik het hebben?'

Hendaya trok verrast zijn wenkbrauwen op.

'Ik had je niet ingeschat als sentimenteel.'

'Alstublieft.'

'Je mist vrouwelijk gezelschap, hmm?'

Hendaya glimlachte grootmoedig en wierp de foto minachtend de cel in.

'Helemaal van jou. Het is waar dat ze op haar eigen manier inderdaad een lekkertje is. Zo kun je elke nacht naar haar kijken en je met beide handen, pardon, één hand, afrukken.'

Valls keek hem zonder enige uitdrukking op zijn gezicht aan.

'Blijf je goed gedragen en verdien je punten. Ik zal een mooie ronde kogel voor je reserveren als afscheidscadeau, voor al je diensten aan het vaderland.'

Valls wachtte tot Hendaya de trap op liep en verdween voor hij knielde om de foto op te pakken.

17

Ariadna wist dat het de dag van haar dood was. Ze wist het zodra ze wakker werd in het Palace, haar ogen opendeed en zag dat een van Leandro's handlangers een pakket met een strik erom op de tafel had achtergelaten terwijl ze sliep. Ze schoof de lakens opzij en wankelde naar de tafel. Het was een grote witte doos met de opdruk PERTEGAZ in gouden letters. Onder het lint van de strik stak een envelop met haar naam erop, met de hand geschreven. Daarin vond ze een kaartje met de volgende woorden:

Lieve Ariadna,

De dag is gekomen dat je eindelijk je zusje weer zult zien. Ik bedacht dat je er vast mooi uit wilt zien en wilt vieren dat eindelijk gerechtigheid zal geschieden en dat je nooit meer bang hoeft te zijn, voor niets en niemand. Hopelijk vind je het mooi. Ik heb het persoonlijk voor je uitgezocht.

Een hartelijke groet,

Leandro

Ariadna streek met haar vingertoppen over de randen van de doos voor ze hem opendeed. Een ogenblik lang stelde ze zich voor hoe in de doos een giftige slang kronkelde, klaar om haar naar de keel te springen zodra ze het deksel optilde. Ze glimlachte. De doos was vanbinnen met zijdepapier bekleed. Ze deed de eerste laag opzij en vond een compleet setje lingerie van witte zijde, inclusief kousen. Onder de lingerie lag een ivoorkleurige wollen jurk, met jas, handschoenen, een hoed, bijpassende schoenen en een leren handtas. En een zakdoek. Leandro stuurde haar gekleed als maagd de dood in.

Ze waste zich alleen, zonder de hulp van de verpleegster. Daarna hulde ze zich zonder haast in de kledingstukken die Leandro voor de laatste dag van haar leven had uitgezocht en bekeek zichzelf in de spiegel. Slechts de witte kist en het kruisbeeld in haar handen ontbraken nog. Ze ging zitten om te wachten, zich afvragend hoeveel witte maagden vóór haar zich hadden gelouterd in deze luxecel, hoeveel dozen met het beste van PERTEGAZ Leandro had besteld, om met een kus op het voorhoofd afscheid te nemen van zijn *doncellas*.

Lang hoefde ze niet te wachten. Er was nog geen halfuur verstreken toen ze het geluid van de sleutel in het slot hoorde. Het mechanisme gaf zachtjes mee en de goede dokter met zijn beminnelijke huisartsengezicht keek naar binnen met de bedaarde, meelevende glimlach die hem altijd vergezelde, net als zijn wonderkoffer.

'Goedemorgen, Ariadna. Hoe voelt u zich vanochtend?'

'Heel goed, dank u, dokter.'

Hij kwam langzaam dichterbij en zette het koffertje op tafel.

'U ziet er heel knap en elegant uit. Ik heb begrepen dat vandaag de grote dag is voor u.'

'Ja. Vandaag voeg ik me bij mijn familie.'

'Wat mooi. Familie is het belangrijkste in het leven. De heer Leandro heeft me gevraagd u zijn oprechte excuses aan te bieden omdat hij dit niet in persoon kan afhandelen. Vanwege een belangrijke kwestie is hij tijdelijk afwezig. Ik zal hem zeggen dat u straalde.'

'Dank u.'

'Zullen we u een opwekkend middel toedienen om wat op krachten te komen?'

Gedwee stak Ariadna hem haar ontblote arm toe. De dokter glimlachte, klapte het zwarte koffertje open en haalde er een leren hoes uit, die hij op tafel uitrolde. Ariadna herkende het dozijn genummerde, met elastiek bij elkaar gehouden flesjes en de metalen koker met de naald. Hij boog zich over haar heen en pakte delicaat haar arm.

'Met uw toestemming.'

Hij begon haar huid af te tasten, die door de talloze injecties was bezaaid met prikplekjes en blauwe plekken. Terwijl hij haar onderarm, de pols en de ruimte tussen de vingerknokkels onderzocht en met zijn vinger zachte klopjes gaf op haar huid, glimlachte hij naar haar. Ariadna keek hem in de ogen en tilde de rok van haar jurk op om haar dijen te tonen. Ook daar zaten prikplekken, maar minder.

'Als u wilt kunt u hier ook prikken.'

De dokter betoonde zich oneindig discreet en knikte beschroomd.

'Dank u. Ik geloof dat dat beter is.'

Ze keek toe hoe hij de injectie voorbereidde. Hij had flesje nummer 9 gekozen. Ze had hem nooit eerder dat flesje zien gebruiken. Toen de injectienaald vol was, zocht hij een punt aan de binnenkant van haar linkerdij, net boven de zoom van haar nieuwe zijden kous.

'Het kan zijn dat het in het begin eventjes zeer doet en dat u kou voelt. Dat duurt maar een paar seconden.'

Ze zag dat zijn blik zich op de plek concentreerde en de naald haar huid naderde. Toen de punt van de naald op slechts een centimeter van haar dij was, zei ze: 'Vandaag hebt u geen watje met alcohol gebruikt, dokter.'

Verrast keek hij op en glimlachte verward.

'Hebt u dochters, dokter?'

'Twee, God zegene hen. De heer Leandro is hun peetvader.'

Het gebeurde in een paar seconden. Nog voordat de dokter die woorden had uitgesproken en kon terugkeren naar zijn taak, greep Ariadna zijn hand met kracht vast en boorde de naald in zijn keel. Een perplexe blik overspoelde zijn ogen. Zijn handen vielen zwaar langs zijn zij en met de naald in zijn hals begon hij te beven. De vloeistof in de zuiger verfde zich rood met zijn bloed. Ariadna doorstond zijn blik, greep de naald en leegde de inhoud in zijn halsader. Hij opende zijn mond zonder een geluid te geven en viel op zijn knieën op de grond. Ze ging weer aan de tafel zitten en keek toe hoe hij stierf. Het duurde een kleine drie minuten.

Toen boog ze zich over hem heen, haalde de naald eruit en veegde het bloed af aan de revers van zijn jasje. Ze borg hem weer op in de metalen koker, stopte flesje nummer 9 terug op zijn plek en rolde de leren hoes weer op. Ze knielde naast het lichaam, betastte de zakken en vond een portefeuille, waar ze een tiental biljetten van honderd peseta uit haalde. Ze trok haar prachtige jasje aan en zette de bijpassende hoed op. Als laatste pakte ze de sleutels die de man op tafel had laten liggen, evenals de hoes met flesjes en naald, en stopte alles in haar witte handtas. Met de handtas onder haar arm deed ze de deur open en verliet de slaapkamer.

De salon van de suite was leeg. Een vaas met witte rozen stond op de tafel die ze zo vaak had gedeeld met Leandro. Ze liep naar de deur. Die zat op slot. Een voor een probeerde ze de sleutels van de dokter tot ze de goede had. De gang, een brede galerij met tapijt, geflankeerd door schilderijen en standbeelden, deed haar denken aan een groot, luxe cruiseschip. Hij was verlaten. Een echo van achtergrondmuziek en het zoemen van een stofzuiger ergens in een suite dichtbij zweefden in de lucht. Ariadna liep langzaam verder langs een open deur waar een schoonmaakwagentje voor stond en zag binnen een dienstmeisje handdoeken verzamelen. Aangekomen bij de lifthal kwam ze een ouder paar tegen in avondkleding, dat het gesprek onderbrak zodra ze dichterbij kwam.

'Goedendag,' zei Ariadna.

De twee beperkten zich tot een amper zichtbaar knikje en staarden naar de grond. Toen de deuren van de lift eindelijk opengingen, liet de heer haar voorgaan en ontving daarvoor een ijzige blik van zijn gezellin. Op weg naar beneden bestudeerde de dame haar vanuit haar ooghoeken en wierp een licht roofzuchtige blik op haar kledij. Ariadna glimlachte beleefd naar haar en de dame glimlachte kil en bitter terug.

'U lijkt op Evita,' zei ze.

Door de bijtende toon klonk het geenszins als een compliment. Ariadna sloeg slechts discreet haar ogen neer. Toen de deuren op de begane grond opengingen, bewoog het stel niet voordat ze de lift had verlaten.

'Waarschijnlijk een dure prostituee,' hoorde ze de man achter haar fluisteren.

De lobby was vol mensen. Op luttele meters afstand zag ze een boetiek met luxeartikelen, en ze vluchtte naar binnen. Toen ze haar zag binnenkomen, bekeek een opmerkzame verkoopster haar van top tot teen, schatte de waarde van haar kleding in en glimlachte haar toe alsof ze een oude vriendin was. Vijf minuten later verliet Ariadna de winkel met een opvallende zonnebril op die haar halve gezicht bedekte, haar lippen gestift met het felste rood dat ze had kunnen vinden. Voor de metamorfose van maagd naar luxecourtisane waren slechts een paar accessoires nodig geweest.

Aldus uitgedost daalde ze de brede trappen af die naar de uitgang leidden, terwijl ze haar handschoenen aantrok en de blikken van de gasten, piccolo's en ander hotelpersoneel voelde, die elke centimeter van haar lichaam aan een röntgenonderzoek onderwierpen.

Langzaam, zei ze tegen zichzelf. Bij de uitgang bleef ze staan, en de portier die de deur voor haar openhield, bekeek haar met een mengeling van begeerte en medeplichtigheid.

'Taxi, schoonheid?'

18

Een leven gewijd aan de geneeskunde had dokter Soldevila geleerd dat de moeilijkst te genezen ziekte die van de gewoonte is. Die middag, zoals alle middagen sinds hij op de onzalige gedachte was gekomen om de praktijk te sluiten en zich over te geven aan de tweede, dodelijkste plaag die de mens kende, het pensioen, stak de goede man zijn neus om de deur van het balkon van zijn woning aan de Calle Puertaferrisa en stelde vast dat de dag, en bijna alles op de wereld, een dalende lijn vertoonde.

In de straten brandden de lantaarns en de hemel had dezelfde roze kleur als die hemelse cocktails van Bar Boadas waarmee de dokter af en toe zijn lever compenseerde voor een leven lang het goede voorbeeld geven. Het vallen van de avond was het teken. Soldevila trok zijn jas aan, deed zijn sjaal om, pakte zijn koffertje, en onder de bescherming van zijn hoed van grand seigneur van Barcelona stapte hij de straat op, op weg naar zijn dagelijkse ontmoeting met die vreemde geest die Alicia Gris heette, die zich door de slinkse streken van Fermín en de Semperes nu onder zijn hoede bevond. En voor wie hij een oneindige nieuwsgierigheid voelde en een zwakte die hem tijdens zijn lange slapeloze nachten liet vergeten dat hij sinds dertig jaar geen gezonde vrouw meer had aangeraakt.

Hij slenterde de Ramblas af, zich niet bewust van de bedrijvigheid van de stad, overpeinzend dat er geen twijfel aan kon bestaan, gelukkig voor haar en helaas voor hem, dat juffrouw Gris zich van haar verwondingen had hersteld met een spoed die hij niet toeschreef aan zijn medicinale meesterschap maar aan de geconcentreerde boosheid die door de aderen vloeide van dat schaduwwezen. Binnenkort, dacht hij treurig, zou hij haar genezen moeten verklaren.

Hij kon haar er natuurlijk altijd van proberen te overtuigen bij gelegenheid bij hem langs te komen voor een 'routinecontrole', zoals zijn collega's dat noemden, maar hij wist tegelijkertijd dat dat streven net zo zinloos was als een uit zijn kooi bevrijde Bengaalse tijger vragen elke zondagochtend voor de mis langs te komen om een halve gnoe te verorberen. Waarschijnlijk was het werkelijk voor iedereen behalve Alicia zelf het beste als ze zo snel mogelijk uit al hun levens verdween. Hij hoefde maar in haar ogen te kijken om die diagnose te stellen en te weten dat het de raakste was die hij in zijn lange werkzame leven had gesteld.

De melancholie die de oude dokter in beslag nam bij het idee dat hij afscheid moest nemen van wat vast en zeker zijn laatste patiënt zou zijn, was dusdanig dat hij bij het betreden van de donkere tunnel van de Calle del Arco del Teatro niet doorhad dat er tussen de dreigende schaduwen een was waar een eigenaardige geur van prikkend reukwater en blonde, geïmporteerde tabak vanaf kwam.

In de voorafgaande week had hij eindelijk geleerd de poort te vinden van dat oord waarvan hij had moeten zweren het bestaan zelfs niet aan de Heilige Geest te onthullen, op straffe van een Fermín die elke dag bij hem thuis kwam lunchen om hem pikante moppen te vertellen. Het is beter dat u er alleen heen gaat, dokter, hadden ze hem gezegd. Uit veiligheidsoverwegingen, voerden de Semperes aan, die hij nooit in staat had geacht verwikkeld te raken in Byzantijnse intriges van een dergelijk kaliber. Een mens was zijn hele leven bezig in de ingewanden van de mensen rond te woelen, om te ontdekken dat hij ze amper kende. Het leven was net zo'n mysterie als een blindedarmontsteking.

En zo, in gedachten verzonken en op het punt om zich opnieuw onder te dompelen in dat geheimzinnige pand, dat door iedereen het Kerkhof der Vergeten Boeken werd genoemd, zette dokter Soldevila een voet op de stoeptrede van het oude paleis en pakte de zware klopper in de vorm van een duivelskop op om hem op de grote deur te laten vallen. Hij wilde net de eerste klop geven, toen de schaduw die hem volgde sinds hij zijn huis had verlaten, naast hem materialiseerde en de loop van een revolver op zijn slaap zette.

'Goedenavond, dokter,' zei Hendaya.

Isaac bekeek Alicia een tikje argwanend. Weinig geneigd tot trivialiteiten, had hij niet zonder een zekere onrust vastgesteld dat hij in de laatste weken zichzelf had toegestaan iets in zijn binnenste te laten groeien wat te dicht in de buurt kwam van een tere genegenheid voor de jonge vrouw. Hij gaf de jaren de schuld, die maakten alles weker. De aanwezigheid van Alicia in deze weken had hem gedwongen de vrijwillig gekozen eenzaamheid van zijn pensionering tussen de boeken opnieuw af te wegen. Terwijl hij toezag hoe ze herstelde van haar verwondingen en terugkeerde naar het leven, was in hem de herinnering aan zijn dochter Nuria weer opgeleefd. Weliswaar was ze nooit helemaal verdwenen, maar wel in de loop van de tijd verzacht, en nu had Alicia's komst in zijn binnenste opnieuw wonden opengereten waarvan hij het bestaan niet had vermoed.

'Waarom kijkt u zo naar me, Isaac?'

'Omdat ik een domme oude man ben.'

Ze lachte. Isaac had gezien dat ze daarbij haar tanden ontblootte en een kwaadaardig uiterlijk kreeg.

'Een domme man die oud wordt of een oude man die dom wordt?'

'Maakt u geen grappen over me, Alicia, ook niet als ik ze verdien.'

Ze keek naar hem met genegenheid, zodat hij zijn blik moest afwenden. Wanneer Alicia die donkere sluier aflegde, ook al was het maar voor even, deed ze hem zo aan Nuria denken dat zijn keel samentrok en ze hem de adem benam.

'Wat hebt u daar bij zich?'

Isaac liet haar een houten doosje zien.

'Voor mij?'

'Mijn afscheidscadeau.'

'Wilt u al van me af?'

'Ik niet.'

'En waarom denkt u dat ik al ga?'

'Vergis ik me dan?'

Alicia antwoordde niet, maar pakte het doosje aan.

'Maakt u het maar open.'

Erin vond ze een gouden vulpen die glinsterde in het schijnsel van de olielamp op een mahoniehouten houder en een flesje blauwe inkt.

'Is die van Nuria geweest?'

Hij knikte.

'Het was het geschenk voor haar achttiende verjaardag.'

Uitvoerig bekeek Alicia de vulpen, een werkelijk prachtig stuk handwerk.

'Al jaren schrijft niemand er meer mee,' zei de bewaker.

'Waarom doet u dat dan niet?'

'Ik heb niets te schrijven.'

Alicia wilde juist deze opmerking betwisten, toen twee droge slagen echoden in het paleis. Na een pauze van vijf seconden volgden nog twee slagen.

'De dokter,' zei Alicia. 'Eindelijk heeft hij de code geleerd.'

Isaac knikte en kwam overeind.

'Wie zegt dat je een oude hond geen nieuwe trucjes kunt leren?'

Hij nam een van de olielampen en liep naar de galerij die naar de ingang voerde.

'Probeert u hem rustig uit,' zei hij. 'Daar is papier.'

Met de lamp in de hand liep hij door de lange gebogen gang naar de ingang. De lamp gebruikte hij alleen als hij iemand ontving. Zelf kende hij het kerkhof tot in de verste uithoeken, zodat hij zich er liever in voortbewoog in het eeuwige halfdonker. Voor de grote poort stond hij stil, zette de lamp op de grond en greep met beide handen de hendel beet die het mechanisme in werking zette. Het was hem niet ontgaan dat het hem meer kracht kostte dan anders en dat hij daarbij een druk op de borst voelde die hij vroeger niet had. Misschien waren zijn dagen als bewaker wel geteld.

Het raderwerk van het slot, zo oud als de plek zelf, bestond uit een uitgekiend systeem van veren, hefbomen, katrollen en tandwielen, die tussen de tien en vijftien seconden nodig hadden om alle verankeringspunten los te maken. Was de zware deur gedeblokkeerd, dan trok Isaac aan de stang die het systeem van tegengewichten activeerde, zodat de zware, bewerkte eikenhouten plaat als door een zuchtje werd geopend. Hij tilde de olielamp op om de arts te ontvangen. Diens silhouet tekende zich af op de drempel.

'Punctueel als altijd, dokter,' begon Isaac.

Een seconde later viel het lichaam van de arts voorover naar binnen en blokkeerde een lange, hoekige figuur de ingang.

'Wie...?'

Hendaya mikte met de revolver tussen Isaacs ogen en schopte de bewegingloze arts opzij.

'Doe de deur dicht.'

Alicia doopte de vulpen in de inktpot en liet hem in een glinsterende blauwe lijn over het papier glijden. Ze schreef haar naam en keek hoe de inkt langzaam opdroogde. Het genoegen van het witte vel, dat aanvankelijk altijd rook naar raadsels en beloften, was als bij toverslag verdwenen. Zodra een mens de eerste woorden begon op te schrijven, stelde hij vast dat bij het schrijven, net als in het leven, de afstand tussen bedoeling en resultaat parallel liep met de argeloosheid waarmee hij het ene aanving en het andere accepteerde. Ze wilde net een zin uit een van haar lievelingsboeken opschrijven, maar bleef plotseling onbeweeglijk zitten en richtte haar blik op de deur. Ze legde de vulpen op het papier en beluisterde de stilte.

Meteen was haar duidelijk dat er iets mis was. Van de afwezigheid van stemmengemurmel, zoals altijd te horen was bij de gebruikelijke conversatie tussen twee oudgedienden als Isaac en dokter Soldevila, de vreemde echo van onregelmatige voetstappen en daartussen een onheilspellende stilte in de lucht gingen haar nekharen rechtovereind staan. Ze keek om zich heen en vervloekte haar lot. Ze had altijd gedacht dat ze op een andere manier zou sterven.

19

In elke andere situatie zou Hendaya de twee oude mannen met een schot hebben geliquideerd zodra hij een voet over de drempel van het gebouw had gezet, maar hij wilde Alicia niet alarmeren. Dokter Soldevila was na de klap in zijn nek, die hem had omgehouwen, zo goed als bewusteloos. De ervaring zei hem dat hij zich over hem minstens een halfuur niet druk hoefde te maken.

'Waar is ze?' vroeg hij met fluisterstem aan de bewaker.

'Wie?'

Hendaya gaf hem met de revolver een klap in het gezicht en hoorde een bot kraken. Kreunend viel Isaac op zijn knieën en rolde op zijn zij. Hendaya bukte zich, pakte hem bij zijn kraag en hees hem omhoog.

‘Waar is ze?’ herhaalde hij.

De neus van de oude man bloedde uitbundig. Hendaya zette de loop van het wapen tegen zijn kin en keek hem strak in de ogen. Isaac spuugde hem in het gezicht. Moedige vent, dacht Hendaya.

‘Kom, opa, geen show opvoeren hier en hang niet de held uit, want jouw trein is allang vertrokken. Waar is Alicia Gris?’

‘Ik weet niet wie u bedoelt.’

‘Wil je dat ik je benen breek, ouwe? Op jouw leeftijd is een heupfractuur niet meer te genezen.’

Isaac zei geen stom woord. Hendaya greep hem bij zijn nek en sleurde hem mee. Ze kwamen door een brede galerij die een bocht beschreef waarachter je langzaam verdwijnend licht vermoedde. De muren waren bedekt met fresco’s van fantastische scènes. Aangekomen bij het einde van de gang stonden ze voor een gigantisch gewelf dat zich tot in het oneindige verhief. Bij deze aanblik liet hij zijn revolver en de oude man zakken, die als een dood gewicht op de vloer viel.

Het kwam hem als een verschijning voor, een droomvisioen dat zweefde in een wolk spookachtig licht. Een weids, om zichzelf wervelend labyrint spande samen met tunnels, loopplanken, bogen en bruggen. De hele constructie leek direct uit de bodem te groeien, om in een onmogelijke geometrie op te stijgen en ver in de hoogte de grote, ondoorzichtige glazen koepel te beroeren die het gewelf bekroonde. Hendaya moest glimlachen. Verborgen in de duisternis van een oud paleis in Barcelona bestond een verboden stad van boeken en woorden die hij, na de verrukkelijke Alicia Gris in mootjes te hebben gehakt, in de fik zou steken. Het was werkelijk zijn geluksdag.

Isaac kroop over de tegels, een bloedspoor achterlatend. Hij wilde zijn stem verheffen, maar meer dan een kreun kon hij niet uitbrengen, en hij moest alle zeilen bijzetten om bij bewustzijn te blijven. Opnieuw hoorde hij de voetstappen van Hendaya dichterbij komen, en hij voelde diens voet tussen zijn schouderbladen, die hem tegen de grond drukte.

‘Stil wezen, opa.’

Hendaya greep hem bij de pols en sleurde hem naar een van de vele zuilen waarop het gewelf rustte. Drie dunne, met haken aan de steen bevestigde leidingen liepen erlangs naar beneden. Hendaya haalde handboeien tevoorschijn, bevestigde één ring aan een leidingbuis en sloot de andere zo nauw om Isaacs pols dat het ding hem in zijn vlees sneed. Een verstikte schreeuw ontsnapte de bewaker.

'Alicia is hier niet meer,' zei hij kuchend. 'U verdoet uw tijd.'

Hendaya negeerde de oude man en tuurde het halfduister in. In een hoek ontwaarde hij een deurkozijn, omdat door de kieren het flakkerende licht van een kaars drong. Hendaya hield het wapen met twee handen vast en gleed dicht langs de wand naar deze deur. De angst in de ogen van de oude man vertelde hem dat hij op het goede spoor zat.

Met geheven wapen duwde hij de deur open en zette een voet in de kamer. In het midden stond een brits met de lakens opzij gegooid, bij de muur stond een commode vol medicijnen en andere spulletjes. Voor hij verderging, speurde hij langs alle hoeken en duistere plekken. Het rook er naar alcohol, kaarsenwas en iets zoets en meligs wat speekselvorming in de hand werkte. Hij liep naar een tafeltje naast het bed, waarop een kaars stond. Daar vond hij een open inktpot en een stapel blaadjes. Op het bovenste las hij in schuin, puntig handschrift:

Alicia

Hij grijnsde, keerde terug naar de drempel en keek naar Isaac, die nog worstelde met de boei. Verderop, bij de toegang naar het boekenlabyrint, nam hij een lichte fluctuatie in het schemerduister waar, alsof er een regendruppel op een vijver was gevallen, zodat lichte deiningen het oppervlak rimpelden. Toen hij langs Isaac liep, pakte hij de olielamp van de grond op zonder de moeite te nemen zelfs maar naar hem te kijken. Er zou voldoende tijd zijn om met hem af te rekenen.

Aan de voet van het immense gewelf bleef hij staan, bekeek de boekenbasiliek die zich voor hem verhief en spuugde opzij. Daarna stelde hij vast dat de trommel van zijn revolver gevuld was en er een patroon in de kamer zat en hij betrad het labyrint, waar hij Alicia's geur en de echo van haar voetstappen volgde.

20

De tunnel beschreef een flauwe, omhooglopende bocht die naar het centrum van het labyrint liep en smaller werd naarmate Hendaya verder liep. De muren waren van onder tot boven bedekt met boekruggen. Een plafond met vakwerk, gesmeed van oude leren banden, waarop nog steeds titels te lezen waren in tientallen talen, sloot de gang af. Na een tijdje kwam hij bij een soort achthoekige overloop met in het midden een tafel, bezaaid met opengeslagen boeken en lessenaars en een lamp waarin een zacht goudgeel licht straalde. Vanaf dat punt liepen meerdere gangen in alle richtingen, sommige naar beneden, andere naar boven. Hendaya stond stil om naar het geluid te luisteren dat het labyrint voortbracht, een gemurmel van oud hout en papier dat in constante, amper waarneembare beweging was. Hij had besloten een van de gangen die naar beneden liepen te nemen, omdat hij meende dat Alicia een andere uitgang zou zoeken in de hoop dat hij in het labyrint verdwaalde en haar daardoor tijd zou geven om te vluchten. Dat zou hij in haar geval gedaan hebben. Een seconde voor hij de gang betrad, zag hij echter een boek nog net op een van de planken staan, alsof iemand het eruit had getrokken tot precies het punt voor zijn val. Hendaya liep erheen en las de titel op het omslag:

ALICE IN WONDERLAND
Lewis Carroll

'De kleine heeft blijkbaar zin om te spelen,' zei hij luid.

Zijn stem loste op in de wirwar van tunnels en ruimtes, zonder dat er antwoord kwam. Hij schoof het boek terug op de plank en volgde nu deze gang, die steiler omhoogliep en elke vier, vijf passen een traptrede had. Naarmate hij dieper in het labyrint doordrong, had hij meer het gevoel rond te dwalen in de ingewanden van een fabelwezen, een leviathan bestaand uit woorden, die zich perfect bewust was van zijn aanwezigheid en elke stap die hij zette. Hij hief de lamp zo ver omhoog als het gewelf boven hem toeliet en vervolgde zijn weg. Tien meter verderop bleef hij abrupt staan toen hij op een engel met hondenblik stuitte. Een fractie van een seconde voor hij hem met een schot aan flarden schoot, stelde hij vast dat de figuur van was was en in zijn handen als klauwen een boek vasthield waar hij nog nooit van had gehoord:

PARADISE LOST
John Milton

De engel bewaakte een andere ovale ruimte, twee keer zo groot als de vorige en omzoomd door vitrines, gebogen boekenkasten en nissen als in een boekencatacombe. Hendaya zuchtte.

'Alicia?' riep hij. 'Laat die kinderachtigheden en kom tevoorschijn. Ik wil alleen maar met u praten. Van beroeps tot beroeps.'

Hendaya liep de ruimte door en beluisterde de zich daar vertakkende gangen. In de in het halfdonker vervagende bocht van een ervan stak weer een boek uit op een plank. Hij perste zijn lippen op elkaar. Als Leandro's hoer kat en muis wilde spelen, dan stond haar de verrassing van haar leven te wachten.

'Zelf weten,' zei hij terwijl hij die gang in liep, die steil omhoogging.

Hij nam niet de moeite te bekijken welk boek Alicia deze keer had gekozen op haar spoor naar het hart van het labyrint. Bijna twintig minuten liep Hendaya door deze gigantische toneelmachinerie naar boven. Onderweg trof hij salons en balustrades hangend tussen bogen en bruggetjes, vanwaar hij kon vaststellen dat hij al aanzienlijk hoger was geklommen dan hij had gedacht. De helemaal beneden aan de leiding vastgeketende Isaac leek hem piepklein. Toen hij omhoogkeek naar de koepel, steeg de constructie nog steeds en drong in een steeds gekunstelder ontwerp samen. Telkens wanneer hij meende het spoor bijster te zijn, zag hij bij de ingang van een nieuwe tunnel de rug van een boek op een plank uitsteken, dat hem naar weer een andere ruimte voerde voordat de weg zich opnieuw vertakte in vele arabesken.

De aard van het labyrint veranderde naarmate hij dichter bij de top kwam. De steeds grilligere complexiteit van het bouwsel maakte gebruik van bogen en lichtschachten om het binnendringen van melkachtig licht mogelijk te maken. Een toverwerk van spiegels in allerlei hoeken zorgde daar voor zwevende duisternis. Elke nieuwe ruimte die hij ontdekte, was nog voller met figuren, schilderijen en voorwerpen, die hij maar met moeite kon identificeren. Sommige figuren zagen eruit als onafgemaakte marionetten, andere als papier- of gipssculpturen, die aan het plafond hingen of in de muren waren ingebed als in boekengrafkisten verborgen wezens. Een vaag gevoel van duizeligheid en onrust nam bezit van Hendaya en opeens merkte hij dat het wapen uit zijn bezwete vingers dreigde te glijden.

'Alicia, als u nu niet tevoorschijn komt, zet ik deze hele schijthoop in de fik en kijk toe hoe u levend verbrandt. Is dat wat u wilt?'

Hij hoorde een geluid achter zich en draaide zich om. Een object dat hij aanvankelijk aanzag voor een bal of een vuistgrote kogel rolde de treden af vanuit een van de tunnels. Hij knielde om het op te pakken. Het was een poppenhoofd met een verontrustende glimlach en glazen ogen. Meteen daarna vulde de lucht zich met het metalige getinkel van een melodie die hem aan een wiegeliedje deed denken.

'Kutwijf,' gromde hij.

Met een hart dat in zijn slapen klopte stoof hij de trap op. De echo van de muziek voerde hem naar een ronde ruimte, met aan de overkant een balkon waar een golf licht naar binnen kwam. Aan de andere kant zag hij het glas van de koepel, en Hendaya begreep dat hij de top had bereikt. Aan weerskanten van de drempel stond een wittige figuur tussen de boeken gevoegd, als aan hun lot overgelaten gemummificeerde lichamen. De vloer was bezaaid met opengeslagen boeken, die Hendaya vertrapte op zijn weg. Daar stond een in de muur ingebouwd kastje, als een reliekschrijn. De muziek kwam daarvandaan. Langzaam trok Hendaya het deurtje open.

Een uit spiegels gemaakte muziekdoos tinkelde onder in het kastje. In het midden draaide een engel met gespreide vleugels langzaam rond als in een hypnotische trance. Het geluid werd zwakker en trager naarmate het opdraaimechanisme spanning verloor. De engel bleef halverwege een draai staan. Dat was het moment dat hij de reflectie in een van de spiegelplaatjes van de muziekdoos zag.

Een van de figuren die hij bij het binnenkomen voor zo'n gipslijk had aangezien, had bewogen. Hendaya voelde hoe al zijn nekharen overeind gingen staan. Snel draaide hij zich om en vuurde drie schoten af op de in het licht afgetekende figuur. De lagen papier en gips waaruit het beeld was opgebouwd, barstten tot een in de lucht zwevende stofwolk uit elkaar. Hij liet het wapen een paar centimeter zakken en kneep zijn ogen tot spleetjes. Pas op dat moment zag hij de lichte beweging in de lucht naast hem. Hij draaide zich om en toen hij de haan weer spande, herkende hij de glinstering van donkere, doordringende ogen in de schaduw.

De punt van de vulpen doorboorde zijn hoornvlies en vervolgens zijn hersens tot op het schedelbot. Prompt zakte Hendaya in elkaar als een marionet waarvan de draden waren doorgeknipt. Stuiptrekkend bleef het lichaam op de boeken liggen. Alicia knielde naast hem neer, rukte het wapen uit zijn hand en schoof het lichaam moeizaam met haar voeten voor zich uit naar de balustrade. Daar duwde ze hem met een welgemikte trap over de rand en keek toe hoe hij, nog levend, in de afgrond stortte en op de stenen vloer klapte met een doffe, vochtige dreun.

21

Isaac zag haar het labyrint verlaten. Ze liep een beetje mank en hield een wapen in de hand met een vanzelfsprekendheid die hem het bloed in de aderen deed stollen. Hij keek toe hoe ze naar de plek liep waar het lichaam van Hendaya op de stenen vloer was geknald. Ze was blootsvoets, maar aarzelde geen moment om door de bloedplas te stappen die zich om het lichaam uitbreidde. Ze boog zich over hem heen, doorzocht zijn broekzakken, haalde een portefeuille tevoorschijn en onderzocht het ding. Een bundel bankbiljetten hield ze, de rest gooide ze op de grond. Daarna tastte ze de zakken van zijn jasje af en vond een stel sleutels, die ze ook bij zich stak. Na kil het lichaam een paar seconden te hebben bekeken greep ze naar iets wat uit het gezicht van Hendaya stak en trok er krachtig aan. Isaac herkende de vulpen die hij haar kort daarvoor cadeau had gedaan.

Vervolgens liep ze naar hem toe, knielde neer en bevrijdde hem van de handboeien. Isaac, die zich niet had gerealiseerd dat hij beefde en dat zijn ogen vol tranen stonden, zocht haar blik. Ze bekeek hem volkomen uitdrukkingsloos, alsof ze die arme, dromerige grijsaard die in haar een reïncarnatie van zijn dochter had willen zien, de realiteit duidelijk wilde maken. Ze maakte de vulpen schoon met de zoom van haar nachthemd en gaf hem aan Isaac.

'Ik zou nooit kunnen zijn zoals zij, Isaac.'

Stilletjes droogde hij zijn tranen. Alicia reikte hem haar hand en hielp hem overeind te komen. Toen liep ze naar het badkamertje naast zijn slaapkamer, en hij hoorde het water stromen.

Na een tijdje verscheen dokter Soldevila, nog wat wankel op de benen. Isaac wenkte hem dichterbij.

'Wat is er gebeurd? Wie was die man?'

Isaac knikte met zijn hoofd naar de kluwen ledematen op de vloer, zo'n twintig meter verderop.

'Mijn god,' prevelde de dokter. 'En de juffrouw?'

Gehuld in een handdoek kwam Alicia de badkamer uit. Ze zagen haar Isaacs kamer binnengaan. De arts wierp een vragende blik op de oude man. Die haalde zijn schouders op. Soldevila liep naar de deur en keek naar binnen. Alicia trok wat kledingstukken van Nuria Monfort aan.

'Is alles goed met u?' vroeg de arts.

'Uitstekend,' zei Alicia zonder haar ogen van de spiegel af te wenden.

Verwonderd ging hij op een stoel zitten en keek zwijgend toe terwijl zij een oude toilettas van Isaacs dochter doorzocht en wat make-upspullen pakte. Ze maakte zich zorgvuldig op, accentueerde heel precies haar lippen en ogen en construeerde zo andermaal een personage dat veel meer paste bij het toneel van haar daden dan dat hulpeloze lichaam dat hij gewend was geraakt te verzorgen de afgelopen weken. Toen zijn blik in de spiegel de hare kruiste, knipoogde Alicia naar hem.

'Zodra ik weg ben, zult u beiden Fermín moeten waarschuwen. Vertelt u hem dat het lijk moet verdwijnen. Hij moet naar de taxidermist aan het Plaza Real gaan en zeggen dat ik hem heb gestuurd. Die heeft de benodigde chemische producten.'

Ze stond op, draaide een rondje om haar verschijning kritisch in de spiegel te kunnen bekijken en na het wapen en het geld in een zwarte handtas te hebben weggestoken, draaide ze zich om naar de deur.

'Wie bent u?' vroeg de arts toen ze langs hem liep.
'De duivel,' antwoordde Alicia.

22

Zodra Fermín de beste man door de deur van de boekhandel naar binnen zag lopen, wist hij dat het jachtseizoen was geopend. Soldevila vertoonde onmiskenbare tekenen van een uiterst professioneel gegeven dreun in zijn gezicht. Daniel en Bea, die achter de toonbank probeerden de getallen van die maand in het lood te krijgen, haastten zich met verblufte gezichten naar hem toe.

'Wat is er gebeurd, dokter?'

Dokter Soldevila bracht een gesnuif voort dat klonk als een leeglopende ballon en liet verslagen het kopje hangen.

'Daniel, haal die fles beroerde cognac die uw heer vader altijd verstopt achter de tekstboeken ter vorming van de nationale esprit,' beval Fermín.

Bea begeleidde de dokter naar een stoel en hielp hem te gaan zitten.

'Is verder alles goed met u? Wie heeft dit gedaan?'

'Ja, en ik weet het niet precies. In die volgorde.'

'En Alicia?' vroeg Bea.

'Om haar zou ik me niet te veel zorgen maken, eerlijk gezegd.'

Fermín zuchtte.

'Is de vogel gevlogen?' wilde hij weten.

'Gehuld in een wolk van zwavel.'

Daniel gaf hem een glas cognac, waartegen Soldevila geen enkel bezwaar maakte. In één teug dronk hij het leeg, en hij liet het brouwsel zijn alchemie in gang zetten.

'Nog een, alstublieft.'

'En Isaac?' vroeg Fermín.

'Die is in meditatie achtergebleven.'

Fermín hurkte naast de dokter en zocht zijn blik.

'Goed, Uwe Eminentie, brandt u los, en als het kan zonder metacommentaren.'

Na zijn relaas te hebben beëindigd vroeg de dokter om nog een glaasje cognac bij wijze van slaapmutsje. Bea, Daniel en Fermín sloten zich terughoudend bij hem aan. Na een passende stilte opende Daniel het debat.

'Waar kan ze naartoe zijn gegaan?'

'Ik vermoed iets rechtzetten,' antwoordde Fermín.

'Kunnen Uwe Excellenties zich alstublieft helder en duidelijk uitdrukken? Aan de universiteit stonden de geheimen van de familie Sempere namelijk niet op de themalijst,' zei de arts geërgerd.

'Gelooft u mij, ik doe u een plezier als ik u voorstel lekker naar huis te gaan, een fijn biefstukje tegen uw gezicht te houden en ons deze janboel te laten uitpluizen,' raadde Fermín hem aan.

De dokter knikte.

'Kan ik nog meer gangsters verwachten? Ik vraag het om erop voorbereid te zijn.'

'Voor nu geloof ik van niet,' antwoordde Fermín. 'Maar misschien is het geen gek idee de stad te verlaten en een paar weekjes naar een kuurhotel in Montgat te gaan in het gezelschap van een hartelijke weduwe, om een niersteen te laten verwijderen of iets anders wat zich heeft opgekropt in de urinewegen.'

'Voor één keer ben ik het met u eens,' bromde de dokter.

'Daniel, waarom doet u ons niet een plezier en begeleidt u de dokter naar zijn huis om zeker te weten dat hij in één stuk aankomt?' stelde Fermín voor.

'Waarom ik?' protesteerde Daniel. 'Wilt u me weer eens kwijt?'

'Als u dat liever hebt, kan ik uw zoon Julián sturen, hoewel ik voor deze missie iemand met de eerste communie al achter zich geschikter acht.'

Knarsetandend gaf Daniel toe. Fermín voelde Bea's blik in zijn nek, maar besloot die voor dit moment te negeren. Voor hij de arts uitgeleide deed, schonk hij hem een laatste glaasje cognac in, en toen hij zag dat er nog een vingerbreedte in zat, dronk hij zelf de rest direct uit de fles. Nadat de arts en Daniel waren verdwenen, liet Fermín zich in een stoel vallen en sloeg zijn handen voor zijn gezicht.

'En alles wat hij heeft gezegd over de taxidermist en een lijk laten verdwijnen?' informeerde Bea.

'Een heikele zaak, die helaas opgelost zal moeten worden,' zei Fermín. 'Een van de twee ergste eigenschappen van Alicia is dat ze zich doorgaans niet vergist.'

'Wat is de andere?'

'Dat ze niet vergeeft. Heeft ze deze dagen iets gezegd waaruit we kunnen afleiden wat er door haar hoofd ging? Denkt u goed na.'

Bea aarzelde, maar antwoordde uiteindelijk ontkennend. Fermín knikte en stond op. Hij pakte zijn jas van de haak en bereidde zich voor op een winteravond die tamelijk onaangenaam dreigde te worden.

'Dan kan ik maar beter die taxidermist gaan bezoeken. Eens kijken wat ik onderweg kan verzinnen.'

'Fermín?' riep Bea voor hij bij de deur was.

Hij stopte, maar vermeed het zich om te draaien.

'Er is iets wat Alicia ons niet heeft verteld, is het niet?'

'Ik vrees dat er zelfs veel dingen zijn, doña Bea. En ik geloof dat ze dat voor onze eigen bestwil heeft gedaan.'

'Maar er is iets wat met Daniel te maken heeft. Iets wat hem veel pijn kan doen.'

Nu draaide Fermín zich toch om en glimlachte triest.

'Maar daar zijn u en ik voor, nietwaar? Om te verhinderen dat zoiets kan gebeuren.'

Bea keek hem strak aan.

'Weest u heel voorzichtig, Fermín.'

Ze zag hem vertrekken in het blauw van een schemering die natte sneeuw beloofde. Ze bleef staan kijken naar de mensen die weggedoken in sjaals en lange jassen in de Calle Santa Ana voorbijliepen. Iets zei haar dat de winter, de echte winter, zonet onaangekondigd was aangebroken. En dat hij deze keer zijn sporen zou achterlaten.

23

Fernandito lag op het bed in zijn slaapkamer, starend naar het kleine dakvenster. De kamer, of het hok volgens iedereen, deelde een muur met de wasruimte en herinnerde hem altijd aan duikbootscènes die hij in films in de Capitol-bioscoop zag, maar het was er nog donkerder en ongezelliger. Desondanks was hij die middag dankzij een, geloofde hij, geestelijk-mystieke hormonale stuwing in de zevende hemel. De Liefde, met hoofdletter en getailleerde rok, had op zijn deur geklopt. Technisch gezien had de Liefde niet op zijn deur geklopt, maar was erlangs geslenterd, maar Fernandito geloofde dat het lot iemand, net als kiespijn, niet liet gaan tot hij het manhaftig het hoofd had geboden, en zeker inzake liefdeskwesties.

De epifanie die het voor elkaar had gekregen hem het spook van de perfide Alicia en haar evenzo spookachtige verrukkingen die zijn eerste adolescentie hadden behekst voor eens en voor altijd uit te bannen, had enkele dagen eerder plaatsgevonden. De ene liefde, ook als zij mislukt, leidt naar de volgende. Dat zongen ze in de bolero's, die in de aangelegenheden van de liefde bijna altijd gelijk hadden, ook al klonken ze zoeter dan een roombroodje. Zijn dwaze, ingebeelde liefde voor juffrouw Alicia had hem in die tijd van schrik en gevaar naar de familie Sempere gevoerd, waar de vriendelijke boekhandelaar hem werk had aangeboden. En vandaar naar het paradijs had slechts de gunstige gelegenheid bemiddeld.

Het was gebeurd op een ochtend dat hij naar de winkel was gegaan om zijn werk als bezorger van de boekhandel aan te vangen. Een wezen met verwarrende charmes en glibberig accent haastte zich in de winkel heen en weer. Zoals hij kon opmaken uit het gesprek van de Semperes luisterde ze naar de naam Sofía, en na een beetje speurwerk kwam Fernandito te weten dat ze een nichtje was van Daniel en de dochter van de zus van diens overleden moeder.

Vijfentachtig procent van Fernandito's hersenmassa – om van lagergelegen organen maar te zwijgen – was gewijd aan het bekijken en vereren van Sofía. Het meisje moest zo'n negentien jaar oud zijn. De natuur, met die oneindige wreedheid jegens schuchtere jongens in de huwbare leeftijd, had haar welwillend begiftigd met een stel welvingen, lijnen en een manier van lopen die in hem bijna een ademstilstand opwekten, puur door de optische werking. Haar ogen, het profiel van haar lippen en die witte tanden, de roze tong die bij het lachen te zien was... Al die dingen benevelden de arme jongen, die uren kon doorbrengen met zich voor te stellen hoe zijn vingers die renaissancemond liefkoosden en langs haar blanke hals afdwaalden naar de vallei van het paradijs, nog extra benadrukt door de strakke wollen truitjes die ze graag droeg en die eens te meer bewezen dat de Italianen altijd al meesterlijke architecten waren geweest.

Fernandito sloot zijn ogen half en vergat de luide radio in de eetkamer en het geschreeuw op straat om het beeld op te roepen van een Sofía die loom op een bed lag van rozenblaadjes of die van een andere traditionele plant, en zich aan hem aanbood in heel haar tere lente, zodat hij met ferme en ervaren hand om allerhande sluitingen, ritsen en andere geheimen van het eeuwig vrouwelijke, haar al kussend, zo niet bijtend, bevrijdde van alle laagjes, om ten slotte met zijn gezicht in die onvergelijkbare oase van perfectie te duiken waarvan de hemel zo goed was geweest om die tussen navel en dijen van iedere vrouw te plaatsen. Daar verbleef Fernandito al dagdromend, ervan overtuigd dat als God Onze Heer hem op dat moment zou treffen met een vernietigende bliksem vanwege vuilakkerij, het de moeite waard zou zijn geweest.

Bij gebrek aan een zuiverende bliksem rinkelde de telefoon. Als een graafmachine naderden voetstappen in de gang en de kajuitdeur werd opengerukt, om de corpulente gestalte van zijn vader te onthullen, die in onderhemd en -broek en met een chorizobroodje in de hand verkondigde: 'Opstaan, nietsnut, het is voor jou.'

Weggerukt uit de greep van het paradijs sleepte Fernandito zich naar het einde van de gang. Daar was een kleine hoek met de telefoon, waarboven een Heilige Christus van plastic hing, die zijn moeder had gekocht in Montserrat. De ogen lichtten op met een druk op een knop die ze een bovennatuurlijke glans gaf, iets waar Fernandito jaren nachtmerries van had gehad. Zodra hij de hoorn oppakte, stak zijn broer Fulgencio zijn hoofd om de hoek om rare bekken te trekken en gekheid te maken, zijn grote talent.

'Fernandito?' vroeg de stem aan de andere kant van de lijn.

'Spreekt u mee.'

'Ik ben het, Alicia.'

Zijn hart sloeg een slag over.

'Kun je praten?' vroeg ze.

Hij wierp Fulgencio een espadrille naar het hoofd, en die trok zich schielijk terug in zijn kamer.

'Ja. Is alles goed met u? Waar bent u?'

'Luister goed naar me, Fernandito. Ik moet een tijdje verdwijnen.'

'Dat klinkt helemaal niet goed.'

'Je moet iets voor me doen. Het is belangrijk.'

'Wat u maar wilt.'

'Heb je nog steeds die doos met papieren die je uit mijn huis moest halen?'

'Ja. Die staat op een veilige plek.'

'Ik wil dat je de envelop eruit haalt waarop "Isabella" met de hand staat geschreven.'

'Ik weet welke het is. Ik heb haar nooit geopend, hoor. Dat u dat niet denkt.'

'Ik weet dat je dat niet hebt gedaan. Wat ik je wil vragen, is om die aan Daniel Sempere te geven. En alleen aan hem. Heb je me begrepen?'

'Ja.'

'Vertel hem dat je hem die uit mijn naam geeft. Dat die hem toebehoort en niemand anders.'

'Ja, juffrouw Alicia. Waar bent u?'

'Dat doet er niet toe.'

'Bent u in gevaar?'

'Maak je om mij geen zorgen, Fernandito.'

'Natuurlijk maak ik me wel zorgen.'

'Veel dank voor alles.'

'Dat klinkt als een afscheid.'

'Jij en ik weten dat alleen aanstellers afscheid nemen.'

'En u zou nooit een aansteller kunnen zijn. Ook al probeerde u het.'

'Je bent een goede vriend, Fernandito. En een goede man. Sofía boft maar.'

Hij werd knalrood.

'Hoe weet u...?'

'Ik ben blij dat je eindelijk iemand hebt gevonden die jou verdient.'

'Niemand zal zijn zoals u, juffrouw Alicia.'

'Zul je doen wat ik je heb gevraagd?'

'Maakt u zich geen zorgen.'

'Ik ben buitengewoon op je gesteld, Fernandito. Hou de sleutels. Het is nu jouw woning. Wees gelukkig. En vergeet me.'

Voor hij nog een woord kon zeggen, had Alicia al opgehangen. Fernandito slikte, legde de hoorn op de haak en droogde zijn tranen.

24

Alicia verliet de telefooncel. De taxi wachtte een paar meter verderop. De chauffeur had het raampje opengedraaid en genoot peinzend van een sigaret. Toen hij haar aan zag komen, wilde hij zijn peuk weggooien.

'Rijden we meteen door?'

'Nog even. Rookt u rustig die sigaret op.'

'De poorten gaan over tien minuten dicht,' zei de taxichauffeur.

'Over tien minuten staan wij buiten,' beloofde Alicia.

Ze liep de heuvel op en stond voor het grote woud van mausoleums, kruisen, engelen en waterspuwers dat de hele bergflank bedekte. De schemering had een rode wolkendeken over het kerkhof van Montjuïc gelegd. Een gordijn van natte sneeuw leek te wiegen in de bries en verspreidde een sluier van ijskristalletjes over haar voetsporen. Ze sloeg een smal pad in, besteeg een stenen trap naar boven, die naar een soort terras voerde met graven en spookachtige standbeelden. Daar, afgetekend tegen het spaarzame mediterraanse licht, verhief zich een licht naar één kant overhellende steen.

ISABELLA SEMPERE
1917-1939

Alicia knielde bij het graf en legde haar hand op de steen. Ze riep het gezicht in herinnering dat ze op de foto's had gezien in de woning van meneer Sempere en het portret dat advocaat Brians had bewaard van zijn voormalige cliënte en stilzwijgende liefde. Ze herinnerde zich de woorden die ze in het schrift had gelezen en wist dat ze, ook al had ze haar niet gekend, zich nooit dichter bij iemand had gevoeld dan bij deze vrouw wier beenderen hier rustten.

'Waarschijnlijk is het het beste dat Daniel de waarheid nooit te weten komt, dat hij Valls nooit vindt, noch de wraak waar hij naar dorst. Maar ik kan niet voor hem beslissen. Vergeef me.'

Alicia knoopte vervolgens haar jas open en haalde uit de binnenzak het gipsen engeltje dat Isaac haar cadeau had gedaan. Ze opende het geheime vakje en las nog een keer het bericht dat ze op een stukje papier had geschreven op weg naar het kerkhof.

Mauricio Valls
El Pinar
Calle de Manuel Arnús
Barcelona

Ze rolde het papiertje op en stak het in de opening. Toen deed ze die weer dicht en zette het engeltje aan de voet van de grafsteen, tussen de vazen met verdroogde bloemen.

'Dat het lot moge beslissen,' prevelde ze.

Toen ze terugkwam bij de taxi, wachtte de chauffeur leunend tegen de auto op haar. Hij deed het portier voor haar open, ging achter het stuur zitten en keek haar in het achteruitkijkspiegeltje aan. Alicia leek in zichzelf gekeerd. Hij zag haar de tas openen en er een flesje witte pilletjes uit halen. Ze nam een handjevol en kauwde erop. De chauffeur reikte haar een thermosfles aan die hij op de passagiersstoel had liggen. Ze dronk en keek ten slotte op.

'Zegt u het maar,' zei de taxichauffeur.

Ze liet hem een pak bankbiljetten zien.

'Dat zijn minstens vierhonderd stuivers,' gokte hij.

'Zeshonderd,' corrigeerde ze hem. 'Ze zijn van u als we voor de dageraad in Madrid aankomen.'

25

Fernandito bleef aan de overkant van de straat staan en keek door de etalageruit naar Daniel. Toen hij van huis was weggegaan, was het gaan sneeuwen, en de straten waren zo goed als verlaten. Hij bleef een paar minuten staan, tot hij er zeker van was dat Daniel alleen was in de winkel. Toen deze naar de deur liep om het bordje GESLOTEN op te hangen, stapte Fernandito uit de schaduw en ging met een bevroren glimlach op het gezicht voor de deur staan. Daniel keek hem verbaasd aan en deed open.

'Fernandito? Als je Sofía zoekt, die logeert vanavond bij een vriendin in Sarrià omdat ze iets moesten afmaken en...'

'Nee. Ik zoek u.'

'Mij?'

Hij knikte.

'Kom binnen.'

'Bent u alleen?'

Daniel keek hem bevreemd aan. Fernandito kwam binnen en wachtte tot Daniel de deur had afgesloten.

'Ik luister.'

'Ik breng u iets in opdracht van juffrouw Alicia.'

'Weet je waar ze is?'

'Nee.'

'Wat is het?'

Fernandito aarzelde een moment, haalde toen de envelop uit de binnenzak van zijn jasje en gaf hem die. Daniel pakte hem aan, glimlachend bij het zien van al die geheimzinnigdoenerij. Zodra hij het woord op de voorkant las, verdween zijn glimlach. Hij opende de envelop en haalde er een soort schoolschrift uit.

'Goed dan,' zei Fernandito. 'Ik laat u alleen. Goedenavond, don Daniel.'

Daniel knikte zonder van het schrift op te kijken. Toen Fernandito de winkel had verlaten, deed hij het licht uit en trok zich terug in de achterkamer. Hij ging aan het oude bureau zitten dat al van zijn grootvader was geweest, knipte de bureaulamp aan en sloot kort zijn ogen. Hij voelde zijn polsslag sneller worden en zijn handen trilden.

In de verte sloegen de klokken van de kathedraal toen hij het schrift opensloeg en begon te lezen.

ISABELLA'S SCHRIFT

1939

Mijn naam is Isabella Gispert en ik ben in 1917 in Barcelona geboren. Ik ben tweeëntwintig jaar en ik weet dat ik mijn drieëntwintigste verjaardag niet meer zal beleven. Ik schrijf deze regels in de zekerheid dat ik nog maar een paar dagen te leven heb en dat ik spoedig hen zal verlaten wie ik het meest verschuldigd ben op deze wereld: mijn zoon Daniel en mijn man Juan Sempere, de goedaardigste man die ik heb gekend. Ik zal sterven zonder zijn vertrouwen, liefde en toewijding verdiend te hebben. Ik schrijf dit voor mezelf en neem geheimen mee die me niet toebehoren, in de wetenschap dat niemand ooit deze pagina's zal lezen. Ik schrijf om te herinneren en om me aan het leven vast te klampen. Mijn enige ambitie is me te kunnen herinneren en te begrijpen wie ik was en waarom ik deed wat ik heb gedaan, zolang ik daar nog toe in staat ben en voordat mijn bewustzijn, dat al zwakker wordt, me verlaat. Ik schrijf, ook als het pijn doet, want alleen het verlies en de pijn houden me nog in leven, en ik ben bang om te sterven. Ik schrijf om aan deze bladzijden toe te vertrouwen wat ik mijn dierbaarsten niet kan vertellen, omdat ik anders het gevaar loop ze te kwetsen en hun leven in gevaar te brengen. Ik schrijf omdat ik dan een minuut langer bij ze kan zijn, zolang ik in staat ben te herinneren…

1

Het beeld van mijn aftakelende lichaam in de spiegel van deze slaapkamer maakt het me moeilijk het te geloven, maar ooit, lang geleden, was ik een klein meisje. Mijn familie had een levensmiddelenwinkel naast de kerk van Santa María del Mar. We woonden in een huis achter de winkel. Daar was een patio, vanaf waar je de top van de kerk kon zien. Als kind stelde ik me graag voor dat het een betoverd kasteel was dat elke nacht een wandeling maakte door Barcelona en terugkeerde bij het krieken van de dag om te slapen in de zon. De familie van mijn vader, de Gisperts, kwam uit een lange dynastie van Barcelonese handelaren en die van mijn moeder, de Ferratini's, uit een geslacht van Napolitaanse zeelui en vissers. Ik heb het karakter van mijn grootmoeder van moederskant geërfd, een vrouw met een tamelijk vulkanisch temperament wie ze de bijnaam Vesuvia hadden gegeven. We waren met drie zussen, hoewel mijn vader altijd zei dat hij twee dochters had en een muilezel. Ik hield veel van mijn vader, ofschoon ik hem toch zo ongelukkig maakte. Hij was een goede man die beter met levensmiddelen kon omgaan dan met zijn meisjes. De biechtvader van de familie zei altijd dat we allemaal ter wereld komen met een doel, en het mijne was om altijd in de contramine te zijn. Mijn twee oudere zussen waren volgzamer. Ze hadden het duidelijke doel voor ogen een goed huwelijk te arrangeren en vooruit te komen in de wereld volgens de sociale etiquette. Ik daarentegen, jammer genoeg voor mijn arme ouders, koos op mijn achtste partij voor de rebellie en verkondigde dat ik nooit zou trouwen en nooit een keukenschort zou voorbinden, zelfs niet als ik voor een vuurpeloton stond, en dat ik schrijfster wilde zijn of bemanningslid van een duikboot (een tijdlang was ik dienaangaande enigszins in de war, wegens Jules Verne). Mijn vader gaf de schuld aan de gezusters Brontë, op wie ik me altijd vol verering beriep. Hij dacht dat het ging om een groep anarchistische nonnen die zich bij de poorten van de Santa Madrona hadden verschanst en die bij de onlusten van de Tragische Week hun verstand hadden verloren en nu opiaten rookten en vast omarmd met elkaar dansten na middernacht. 'Dit zou nooit gebeurd zijn als we ze naar de zusters theresianen hadden gebracht,' jammerde hij. Ik beken dat ik nooit de dochter wist te zijn die mijn ouders zich hadden gewenst, noch de jongedame die de wereld waarin ik was geboren verwachtte. Of beter gezegd: ik wilde het niet. Altijd sprak ik iedereen tegen: mijn ouders, mijn leraren en, wanneer iedereen er genoeg van had met me te strijden, mezelf.

Ik hield er niet van met andere meisjes te spelen, mijn specialiteit was poppen onthoofden met een katapult. Liever speelde ik met de jongens, die zich makkelijk lieten commanderen, hoewel ze vroeg of laat ontdekten dat ik altijd van ze won en dan moest ik leren in mijn eentje te spelen. Ik geloof dat ik toen gewend ben geraakt aan het gevoel altijd ver bij anderen vandaan te zijn. Daarin leek ik op mijn moeder, die altijd zei dat we in de grond van de zaak allemaal alleen waren, vooral wie als vrouw werd geboren. Mijn moeder was een melancholische vrouw met wie ik het nooit goed heb kunnen vinden, misschien omdat ze de enige van de familie was die me een beetje begreep. Ze stierf toen ik nog een kind was. Mijn vader hertrouwde met een weduwe uit Valladolid, die mij nooit heeft gemogen en die me, als we met z'n tweeën waren, 'snolletje' noemde.

Pas na de dood van mijn moeder realiseerde ik me hoeveel ze voor me had betekend. Misschien dat ik daarom de universiteitsbibliotheek begon te bezoeken, waarvoor zij voor haar dood een pasje had geregeld, zonder het tegen mijn vader te zeggen, die de mening was toegedaan dat ik slechts de catechismus en heiligenlevens moest bestuderen. Mijn stiefmoeder verafschuwde boeken. Hun aanwezigheid beledigde haar, en ik verstopte ze helemaal achter in de kasten, zodat ze de decoratie in het huis niet bedierven.

In de bibliotheek veranderde mijn leven. De catechismus raakte ik niet eens toevallig aan en het enige heiligenleven dat ik met vreugde las, was dat van de Heilige Theresia, ontzettend geïntrigeerd als ik was door die mysterieuze extase die ik associeerde met onnoembare praktijken die ik zelfs aan deze pagina's niet durf toe te vertrouwen. In de bibliotheek las ik alles wat ze me lieten lezen en vooral alles wat sommigen vonden dat ik niet mocht lezen. Doña Lorena, een wijze bibliothecaresse die er in de middag werkte, legde altijd een stapeltje boeken voor me klaar dat zij 'alle lectuur die ieder meisje moet lezen en waarvan niemand wil dat ze die leest' noemde. Doña Lorena zei dat het niveau van barbarij van een maatschappij zich laat afmeten aan de afstand die ze proberen te leggen tussen vrouwen en boeken. 'Niets schrikt een barbaar meer af dan een vrouw die kan lezen, schrijven, denken en ook nog haar knieën laat zien.' In de oorlog werd ze in een vrouwengevangenis gegooid, en men zegt dat ze zich in haar cel heeft opgehangen.

Ik wist vanaf het begin dat ik wilde leven tussen boeken en begon ervan te dromen dat op een dag mijn eigen verhalen zouden eindigen in zo'n boek waarvoor ik zoveel verering voelde. Boeken leerden me te denken, te voelen en duizend levens te leven.

Ik schroom niet om te erkennen dat ik, precies zoals doña Lorena had voorspeld, jongens leuk begon te vinden. Al te leuk. Aan deze pagina's kan ik het vertellen en lachen om mijn knikkende knieën wanneer ik sommige van de knullen voorbij zag komen die kratten sjouwden in El Borne en die me met een hongerige blik bekeken, hun borst bezweet en de huid bruin verbrand, die in mijn voorstelling zoutig smaakte. 'Wat ik je toch zou geven, schoonheid,' zei er eentje een keer voor mijn vader me een week in huis opsloot, een week waarin ik fantasieën ontwikkelde over wat die kloeke man me wilde geven en ik me een beetje als de Heilige Theresia voelde.

Om eerlijk te zijn, jongens van mijn leeftijd interesseerden me niet al te zeer, en bovendien waren ze allemaal een beetje bang voor me, omdat ik altijd van ze had gewonnen, behalve bij hun wedstrijdjes wie er het verst tegen de wind in kon plassen. Zoals bijna alle meisjes van mijn leeftijd, of ze het nou toegaven of niet, hield ook ik van oudere jongens, en vooral van hen die in de definitie van alle moeders van de wereld 'niets voor jou zijn'. Ik wist niet hoe ik me moest kleden of mijn sterke punten moest benadrukken, tenminste aanvankelijk, maar al snel leerde ik hoe ik ze kon vermaken. De meesten bleken het exacte tegendeel te zijn van boeken: onnozelaars die je ter plekke kon doorgronden. Vermoedelijk ben ik nooit wat men 'een fatsoenlijk meisje' noemde geweest. Ik ga niet tegen mezelf liegen. Wie wil nou vrijwillig een fatsoenlijk meisje zijn? Ik niet. Ik dreef de jongens die ik leuk vond in een portiek en sommeerde hen mij te kussen. Aangezien de meesten van hen stierven van angst of niet wisten wat ze moesten doen, kuste ik ze. Mijn wederwaardigheden kwamen de wijkpastoor ter ore, die het nodig achtte onmiddellijk een duiveluitbanning uit te voeren bij deze duidelijke tekenen van bezetenheid. Mijn stiefmoeder had een zenuwinzinking van een maand als gevolg van de schande die ik haar had bezorgd. Na die episode verklaarde ze dat ik glansrijk op weg was om een animeerdame in een nachtclub te worden of meteen 'in de goot te belanden', haar favoriete uitdrukking. 'En dan zal niemand meer van je houden, snolletje.' Mijn vader, die niet wist wat hij met me aan moest, zette de formaliteiten in gang om me in een streng religieus internaat te stoppen, maar mijn reputatie was me vooruitgesneld en zodra ze wisten dat het om mij ging, weigerden ze me toe te laten, uit vrees dat ik de andere meisjes zou aansteken. Ik schrijf dit allemaal zonder schaamrood op, omdat ik geloof dat als ik me ergens aan heb bezondigd tijdens mijn adolescentie, het een overdaad aan naïviteit is. Ik brak af en toe een hart, maar nooit met boze opzet, en ik geloofde toen nog dat niemand ooit het mijne zou breken.

Mijn stiefmoeder, die zich een zeer devoot volger van de Maagd van Lourdes toonde, verloor niet de hoop en bad onophoudelijk tot haar, opdat ik op een dag mijn wilde haren zou verliezen of door een tram zou worden overreden en ze mij eindelijk voor eens en voor altijd kwijt was. Mijn redding, beval de pastoor aan, bestond in het kanaliseren van mijn troebele instincten langs de katholieke, apostolische weg. In allerijl organiseerde hij voor mij een huwelijk, goedschiks of kwaadschiks, met de zoon van een echtpaar met een banketbakkerij in de Calle Flassaders, Vicentet, die in de ogen van mijn ouders een goede partij was. Vicentet had een poedersuikerweke ziel en was zacht en meegevend als de magdalena's die zijn moeder maakte. Ik zou hem als elfuurtje hebben gegeten, en de arme ziel wist dat, maar onze families leek die verbintenis een manier om twee vliegen in één klap te slaan: de 'kleine' onder de pannen en het snolletje van een Isabella op het goede pad brengen.

Vicentet, geprezen zij hij onder alle banketbakkers, adoreerde me. Hij beschouwde me als het mooiste en het puurste in het hele universum, de sufferd, en als ik voorbijliep keek hij naar me met dat gezicht van een geslacht lam en droomde van ons huwelijksbanket in restaurant Siete Puertas en een huwelijksreis aan boord van een rondvaartboot naar het einde van de golfbreker in de haven. Ik maakte hem natuurlijk zo ongelukkig als ik kon. Helaas voor alle Vicentets van deze wereld – en dat zijn er niet weinig – is het hart van een meisje als een vuurwerkkraam in de zomerzon. Arme Vicentet, wat hij niet heeft geleden door mijn schuld. Ik hoorde dat hij uiteindelijk trouwde met een achternicht uit Ripoll, die eigenlijk novice zou worden en nog met het standbeeld van de onbekende soldaat zou zijn getrouwd als dat haar van het klooster had gered. Samen brengen ze nog steeds kinderen en magdalena's ter wereld. Die is er genadig afgekomen.

Zoals te voorzien was, hield ik voet bij stuk en deed wat mijn vader altijd nog meer had gevreesd dan de mogelijkheid dat grootmoeder Vesuvia bij ons zou intrekken. Zijn ergste nachtmerrie was, nadat boeken mijn koortsige brein hadden vergiftigd, dat ik verliefd zou worden op het ergste soort wezen dat er in het universum bestaat, het meest perfide, wrede, kwaadaardige wezen dat er op aarde heeft rondgelopen en wiens voornaamste doel in het leven – buiten het bevredigen van zijn ijdelheid – was om de arme drommels ongelukkig te maken die de enorme vergissing begingen om van hem te houden: de schrijver. En, nu we toch bezig zijn, niet een dichter, een variëteit waarin mijn vader min of meer een 'ongevaarlijke gek' zag, zoals hij dat zei, eentje die je kon overhalen om een eerlijke baan te vinden in een groentewinkel of de versjes te bewaren voor de zondagmiddag na de mis, maar de ergste variant van de soort: de romanschrijver. Daar was geen kruid tegen gewassen en die bliefden ze zelfs in de hel niet.

De enige schrijver van vlees en bloed die in mijn wereld bestond, was een tamelijk extravagant individu, om het aardig te zeggen, dat in onze wijk woonde. Uit mijn speurwerk bleek dat hij in een groot huis woonde op een paar meter afstand van Vicentets familie in de Calle Flassaders, een plek die slecht bekendstond omdat het huis, volgens de geruchten van de oude vrouwen, de kadastermedewerkers en een loslippige nachtwaker die Soponcio heette en alle roddels uit de buurt kende, behekst was en de bewoner een kleine klap van de molen had gehad. Hij heette David Martín.

Ik had hem nog nooit gezien, omdat hij schijnbaar slechts 's nachts de deur uit ging en in milieus en etablissementen verkeerde die niet geschikt waren voor jongedames en fatsoenlijke mensen. Ik beschouwde mezelf als het een noch het ander, dus ik verzon een list om onze lotsbestemmingen in botsing met elkaar te laten komen als twee treinen zonder rem. David Martín, de enige levende schrijver in een radius van vijf straten vanaf mijn huis, wist het nog niet, maar heel spoedig zou zijn leven veranderen. Ten goede. De hemel of de hel zou hem precies dat sturen wat hij nodig had om zijn losbandige leven te corrigeren: een leerlinge, de grote Isabella.

2

Het verhaal over hoe ik de officiële leerlinge werd van David Martín is lang en uitgebreid. Hem kennende, zou het me niets verbazen als David zelf ergens een verhaal had achtergelaten, waarin mijn personage zeer zeker niet de heldin zou zijn. Het lukte me in elk geval, ondanks zijn ijzeren weerstand, een plek in zijn huis te veroveren, in zijn merkwaardige leven en in zijn bewustzijn, dat op zichzelf al een behekst oord was. Misschien was het het lot, misschien ook het feit dat David Martín eigenlijk een gekwelde geest was die mij, zonder het te weten, veel harder nodig had dan ik hem. 'Verloren zielen die elkaar rond middernacht treffen', schreef ik destijds als melodramatische hulpdichteres, hetgeen mijn nieuwe mentor een groot risico noemde voor diabetici. Zo was hij.

Ik heb vaak gedacht dat David Martín in dit leven, afgezien van doña Lorena, mijn eerste echte vriend was. Hij was bijna twee keer zo oud als ik en soms leek het alsof hij honderd levens had geleefd voor hij mij leerde kennen, maar ook toen hij mijn gezelschap nog ontvluchtte of we ruzieden over elk flauwekulletje, voelde ik me zo verwant aan hem dat ik zelfs mijns ondanks begreep dat, zoals hij ooit voor de grap zei, 'de hel mensen zoals wij voortbrengt en zich er volledig voor inzet'. Zoals veel goedaardige personen verstopte David zich graag achter een cynisch, stug pantser, maar ondanks de vele stekeligheden naar mij toe (niet meer dan die van mij naar hem toe, als ik eerlijk ben) en hoezeer hij het ook probeerde te verbergen, had hij altijd veel geduld en toonde zich genereus jegens mij.

David Martín heeft me veel dingen geleerd: een zin construeren, aan taal en al haar kunstgrepen te denken als aan een voor een wit vel papier opgesteld orkest, een tekst analyseren en begrijpen hoe hij is opgebouwd en waarom… Hij leerde me opnieuw lezen en schrijven, maar op zo'n manier dat ik deze keer wist wat ik deed, waarom en waarvoor. En vooral hoe. Hij werd niet moe me te zeggen dat in de literatuur maar één echt thema bestaat: niet wat wordt verteld, maar hoe het wordt verteld. Al het andere is verfraaiing. Hij zei ook dat het beroep van schrijver geleerd moest worden, maar dat het onmogelijk was het te onderwijzen: 'Wie die grondregel niet begrijpt kan maar beter iets anders gaan doen, want er is in deze wereld veel te doen.' Hij was van mening dat ik minder toekomst had als schrijver dan Spanje als verstandige natie, maar hij was een geboren pessimist, of wat hij noemde een 'geïnformeerde realist', dus trouw aan mezelf ging ik weer in de contramine.

Bij hem leerde ik mezelf te accepteren zoals ik was, zelfstandig na te denken en zelfs een beetje van mezelf te houden. In de tijd dat ik in zijn betoverde oude huis woonde, werden we vrienden, goede vrienden. David Martín was een solitair mens, die bruggen achter zich verbrandde zonder het te merken, of misschien deed hij het expres, omdat hij dacht dat over deze bruggen amper iets goeds kon komen. Zijn ziel was aan stukken, en dit sinds zijn kindertijd gebroken onderdeel kon hij nooit meer aan elkaar lijmen. Ik begon te doen alsof ik hem verafschuwde, verborg vervolgens dat ik hem bewonderde, en ten slotte deed ik moeite om hem niet te laten merken dat ik medelijden met hem had, iets waar hij woest van werd. Hoe meer David probeerde me ver van hem te houden – en hij probeerde het continu – hoe dichter ik me bij hem voelde. Langzaamaan weersprak ik hem niet meer bij alles wat hij zei en wilde ik hem alleen nog maar beschermen. De ironie van onze vriendschap was dat ik in zijn leven kwam als leerlinge en stoorzender, maar eigenlijk was het alsof hij zijn leven lang op me had zitten wachten. Mogelijkerwijs om hem van zichzelf te redden, of vooral van wat in hem gevangenzat en hem verteerde.

Een mens is echt alleen verliefd wanneer hij zich niet realiseert wat hij doet. En ik werd verliefd op die gebroken, diep ongelukkige man, lang voor ik zelfs maar een beetje begon te vermoeden dat ik hem leuk vond. Hij, die mij altijd kon lezen als een open boek, was huiverig voor me. Het was zijn idee dat ik ging werken bij boekhandel Sempere & Zoons, waar hij al zijn hele leven cliënt was. En het was zijn idee om Juan, die uiteindelijk mijn echtgenoot zou worden en die destijds Sempere junior was, ertoe te brengen mij het hof te maken. Juan was in die dagen zo verlegen als David onbeschaamd kon zijn. In zekere zin waren ze als dag en nacht, in de waarste zin van het woord, want in het hart van David was het altijd nacht.

In die tijd was me al tamelijk duidelijk geworden dat ik nooit schrijfster zou zijn, niet eens bemanningslid van een duikboot, en dat de gezusters Brontë op een andere, meer verwante kandidaat zouden moeten wachten om hen op te volgen. Ook was me langzamerhand duidelijk geworden dat David Martín ziek was. In zijn innerlijk had zich een afgrond geopend en na een leven van strijd om bij zijn positieven te blijven had hij toen ik in zijn leven kwam het gevecht met zichzelf al verloren en verloor hij nu in toenemende mate zijn verstand, als zand dat je in je handen probeert te houden. Als ik naar het gezondemensenverstand had geluisterd, had ik het op een lopen gezet, maar tegen die tijd had ik de smaak te pakken gekregen van mezelf tegenspreken.

Mettertijd waren er vele geruchten over David Martín in omloop en werden de vreselijkste misdaden aan hem toegeschreven. Ik, die hem vermoedelijk beter kende dan wie ook, koester de stellige overtuiging dat de enige misdaden die hij heeft begaan tegen hemzelf waren ge-

richt. Met dat motief hielp ik hem uit Barcelona te vluchten, nadat de politie hem ervan had beschuldigd dat hij zijn mecenas Pedro Vidal en diens vrouw Cristina had omgebracht, op wie hij meende verliefd te zijn op die domme, fatale manier waarop sommige mannen denken verliefd te zijn, een verliefdheid die ze niet kunnen onderscheiden van een luchtspiegeling. En daarom bad ik dat hij nooit meer naar de stad zou terugkeren en dat hij ergens in een ver oord vrede zou vinden, en dat ik hem kon vergeten, of mezelf er in de loop van de tijd van kon overtuigen dat me dat was gelukt. God luistert alleen wanneer een mens hem smeekt om wat hij niet nodig heeft.

De daaropvolgende vier jaar probeerde ik David Martín te vergeten en ik meende daarin ook geslaagd te zijn. Nadat ik mijn droom om te schrijven achter me had gelaten, had ik in elk geval wel werkelijkheid gemaakt van het leven tussen boeken en woorden. Ik werkte in boekhandel Sempere & Zoons, waar Juan nu, na de dood van zijn grootvader, 'meneer Sempere' was geworden. Onze verlovingstijd was er typisch een van vóór de oorlog, met bescheiden hofmakerij, wandelingen op zondagmiddag en gestolen kussen onder de bescherming van de tenten bij de feesten in Gracia, wanneer er geen familie op de loer lag. Er waren geen knikkende knieën, maar dat was ook niet nodig. Je kunt niet je hele leven doen alsof je nog veertien bent.

Juan talmde niet lang met zijn huwelijksaanzoek. Mijn vader accepteerde zijn aanzoek binnen drie minuten, zich uitputtend in dankbaarheid tegenover Santa Rita, de patroonheilige van het onmogelijke, bij het onwaarschijnlijke beeld van zijn dochter in het wit, gehoorzaam buigend voor een priester. Barcelona, stad der wonderen. Toen ik hem mijn jawoord gaf, deed ik dat in de overtuiging dat hij de beste man was die ik zou leren kennen, dat ik hem niet verdiende en hem niet alleen met het hart, maar ook met het hoofd had leren liefhebben. Het was niet het ja van een jong meisje. Wat voelde ik me wijs. Mijn moeder zou trots zijn geweest. Al die boeken hadden toch nog ergens toe gediend. Ik accepteerde zijn hand, zeker als ik ervan was dat ik niets op de wereld méér wenste dan hem gelukkig maken en een gezin met hem stichten. En een tijdlang geloofde ik ook dat het zo zou zijn. Ik was nog steeds naïef.

3

De mens wikt, maar God beschikt. De bruiloft zou gevierd worden in de kapel van Santa Ana, op het pleintje achter de boekhandel. De uitnodigingen waren verstuurd, het feestmaal besteld, de bloemen gekocht en de auto die de bruid naar de kerkdeur moest rijden gereserveerd. Ik zei elke dag tegen mezelf dat ik me erop verheugde en nu eindelijk gelukkig zou zijn. Op een vrijdag in maart, precies een maand voor de ceremonie, was ik alleen in de boekhandel, aangezien Juan naar Tiana was gereden, naar een belangrijke klant. Ik hoorde het belletje van de deur en toen ik opkeek, zag ik hem. Hij was amper veranderd.

David Martín was een van die mannen die niet ouder worden, of hooguit vanbinnen. Iedereen zou de grap hebben gemaakt dat hij een pact met de duivel moest hebben gesloten. Iedereen behalve ik, die wist dat hij in de fantasmagorie van zijn ziel ervan overtuigd was dat dat zo was, ook al was zijn privéduivel een imaginaire figuur die onder de naam Andreas Corelli in het achterkamertje van zijn brein leefde, een Parijse uitgever en zo'n sinistere figuur dat hij aan Davids eigen pen leek te zijn ontsproten. In zijn hoofd wist David heel zeker dat Corelli hem onder contract had gesteld om een verdoemd boek te schrijven, een tekst als fundering voor een nieuwe, boze, fanatieke, vernietigende religie die de wereld voor eens en voor altijd in brand zou zetten. David torste die last en andere wanen met zich mee, en hij geloofde rotsvast dat zijn literaire duiveltje jacht op hem maakte, omdat hem, eigenzinnig als hij was, niets beters was ingevallen dan hem te verraden, de afspraak te verbreken en het Malleus Maleficarum *van dienst op het laatste moment te vernietigen, misschien omdat de lumineuze goedheid van zijn onuitstaanbare leerlinge hem het licht en de onzinnigheid van zijn voornemen had doen inzien. En precies daarvoor was ik verantwoordelijk, de grote Isabella, die met haar ongelovigheid niet eens geloofde in loterijloten en die had gedacht dat het parfum van haar jeugdige charme en het tijdelijk niet-inademen van de verdorven lucht van Barcelona (waar hij bovendien werd gezocht door de politie) voldoende zouden zijn om hem van zijn waanvoorstellingen te genezen. Zodra ik hem in de ogen keek, wist ik dat vier jaar rondzwerven door God weet wat voor werelden hem niet in het minst had genezen. Toen hij naar me glimlachte en zei dat hij me had gemist, brak mijn ziel. Ik begon te huilen en vervloekte mijn lot. Nadat hij mijn wang had gestreeld, begreep ik dat ik nog steeds verliefd was op mijn eigenste Dorian Gray, mijn lievelingsgek en de enige man van wie ik altijd had gewenst dat hij met me deed wat hij wilde.*

Ik weet de woorden niet meer die we wisselden. Dat moment is nog steeds vaag in mijn herinnering. Ik geloof dat alles wat ik in mijn fantasie had geconstrueerd in die jaren van zijn afwezigheid in vijf seconden aan gort was, en toen ik mijn weg uit de brokstukken had gevonden, was ik niet in staat tot meer dan een haastig briefje aan Juan, dat ik naast de kassa legde:

Ik moet gaan. Vergeef me, mijn lief.

Isabella

Ik wist dat de politie hem nog steeds zocht: er ging geen maand voorbij zonder dat er iemand van het politiekorps in de boekhandel opdook om te vragen of we nieuws van de voortvluchtige hadden. Ik verliet gearmd met David de boekhandel en sleurde hem mee naar het Estación del Norte. Hij leek er gelukkig mee te zijn om weer terug te zijn in Barcelona en bekeek alles met de nostalgie van een stervende en de onschuld van een kleine jongen. Ik was doodsbang en dacht alleen maar aan waar ik hem kon verbergen. Ik vroeg of hij een plek wist waar niemand hem kon vinden en waar niemand ooit aan zou denken.

'De Saló de Cent van de gemeente,' zei hij.

'Ik meen het serieus, David.'

Ik was altijd al een vrouw van grote ideeën geweest, en die dag had ik een van mijn sensationeelste. David had me bij gelegenheid weleens verteld dat zijn voormalige weldoener en mentor, don Pedro Vidal, een huis had aan zee in een afgelegen hoek van de Costa Brava die S'Agaró heette; het had Vidal destijds gediend als vrijgezellentent, dit instituut van de Catalaanse burgerij, waar men zich met meisjes, lichtekooien en andere kandidates van de korte liefde terugtrok om het vuur van de heren van stand te blussen zonder de smetteloze huwelijkse verbinding te bevlekken.

Vidal, die voor dit doel over meerdere plekken beschikte binnen de stad met haar geneugtes, had David steeds zijn toevluchtsoord bij zee aangeboden, voor welk doel dan ook. Hij en zijn neven gebruikten het alleen in de zomer, en zelfs dan hooguit een paar weken. De sleutel lag altijd verborgen achter een steen van een reliëf bij de ingang. Met het geld dat ik uit de kassa van de boekhandel had gehaald, kocht ik twee kaartjes naar Gerona en vanaf daar nog twee naar Sant Feliu de Guíxols, een plaatsje op twee kilometer afstand van de baai van San Pol, waar de enclave van S'Agaró lag. David bood geen enkele weerstand. Onderweg leunde hij tegen mijn schouder en viel in slaap.

'Ik slaap al jaren niet meer,' zei hij.

We kwamen aan in de avondschemering, met slechts de kleren die we om het lijf hadden. Omdat de sluier van de duisternis ons beschermde ging ik liever te voet naar het huis, in plaats van een rammelbak vanaf het station te nemen. De sleutel lag nog op de gebruikelijke plek. Het huis was al jaren gesloten, en ik rukte alle ramen wagenwijd open en liet ze openstaan tot het licht werd boven zee, onder aan het klif. David had de hele nacht als een roos geslapen en op het moment dat de zon zijn gezicht beroerde, opende hij zijn ogen, stond op en kwam naar me toe. Hij omhelsde me krachtig en toen ik hem vroeg waarom hij terug was gekomen, antwoordde hij dat hij zich had gerealiseerd dat hij van me hield.

'Je hebt het recht niet van me te houden,' zei ik.

Na jaren van inactiviteit kwam de Vesuvius, die ik altijd in me had gedragen, in mij naar boven en ik begon tegen hem te schreeuwen en alle woede, treurnis en verlangen, waarmee hij me had achtergelaten, eruit te gooien. Ik zei dat hem te hebben leren kennen het ergste was wat me in mijn leven was overkomen, dat ik hem haatte, dat ik hem nooit meer wilde zien en dat ik wenste dat hij daar voor altijd in dat huis zou wegrotten. David knikte en sloeg zijn ogen neer. Vermoedelijk kuste ik hem op dat moment, want altijd al was ik het geweest die als eerste moest kussen, en ik verpulverde in een seconde de rest van mijn leven. De pastoor van mijn kindertijd had zich vergist. Ik was niet ter wereld gekomen om in de contramine te zijn, maar om vergissingen te begaan. En die ochtend, in zijn armen, beging ik de grootste van allemaal.

4

Een mens realiseert zich de leegte niet waarin hij de tijd heeft laten verstrijken tot hij werkelijk leeft. Soms is dát het leven, niet de verprutste dagen, maar een ogenblik, een dag, een week of een maand. Een mens weet dat hij leeft, omdat het zeer doet, omdat ineens alles betekenis krijgt en aan het einde dat korte moment voor de rest van het leven tot een herinnering wordt waarnaar hij vergeefs probeert terug te keren zolang hij nog een ademteug in zijn lichaam heeft. Voor mij bestond dat moment uit de drie lange weken die ik in het huis bij zee doorbracht in Davids gezelschap. Eigenlijk moet ik zeggen in het gezelschap van David en de schaduwen die hij met zich meedroeg en die met ons samenleefden, maar toen maakte me dat niets uit. Ik had hem naar de hel vergezeld als hij me dat had gevraagd. En ik vermoed dat ik dat in zekere zin uiteindelijk ook deed.

Aan de voet van het klif stond een hut met een paar roeibootjes en een houten steiger die de zee in liep. Bijna elke ochtend wanneer het licht werd, ging David op de punt zitten om de zon te zien opkomen. Soms ging ik mee en zwommen we in de kleine baai. Het was maart en het water was nog ijzig, maar na een poosje renden we dan naar het huis en gingen bij het openhaardvuur zitten. Daarna maakten we lange wandelingen over het pad langs de kliffen, dat uitkwam op een verlaten strand, door de plaatselijke bewoners Sa Conca genoemd. Tussen de bomen achter het strand lag een zigeunerdorp, waar David levensmiddelen kocht. Terug in het huis kookte hij, en dan aten we bij het vallen van de avond en luisterden naar sommige van Vidals oude langspeelplaten. Op vele avonden stak wanneer de zon onderging een straffe noordenwind op, die tussen de bomen floot en aan de luiken rammelde. Dan moesten we de ramen dichtdoen en in het hele huis kaarsen aansteken. Vervolgens legde ik bij de gloed van de haard wat dekens neer en nam David bij de hand, want hoewel hij twee keer zo oud was als ik en zoveel had meegemaakt waarvan ik me in de verste verte geen voorstelling kon maken, was hij bij mij verlegen en moest ik zijn handen leiden opdat hij me langzaam uitkleedde zoals ik het fijn vond. Waarschijnlijk zou ik me moeten schamen deze woorden op te schrijven en die herinneringen op te roepen, maar ik heb de wereld geen schroom meer aan te bieden. De herinnering aan die nachten, zijn handen en lippen die mijn huid exploreerden en het geluk en het genot dat ik tussen die vier muren heb beleefd is, samen met de geboorte van Daniel en de jaren dat ik hem aan mijn zijde heb gehad en hem heb zien opgroeien, de mooiste herinnering die ik met me meeneem.

Inmiddels weet ik dat de werkelijke bestemming van mijn leven, die niemand kon voorzien, niet eens ikzelf, de ontvangenis was van mijn zoon Daniel in die weken die ik met David doorbracht. En ik weet dat de wereld me naar hartenlust zou beoordelen en veroordelen, omdat ik van deze man hield, omdat ik in zonde en in het verborgene zwanger was geworden, en omdat ik loog. De straf, rechtvaardig of niet, liet niet lang op zich wachten. In deze wereld is niemand kosteloos gelukkig, nog niet voor een ogenblik.

Op een morgen, terwijl David afdaalde naar de steiger, kleedde ik me aan en liep naar een plek die La Taverna del Mar heette, bij de baai van San Pol. Daar belde ik Juan. Sinds tweeënhalve week was ik verdwenen.

'Waar ben je, is alles goed met je, ben je in veiligheid?' vroeg hij.

'Ja.'

'Kom je terug?'

'Ik weet het niet. Ik weet niets meer, Juan.'

'Ik hou heel veel van je, Isabella. En ik zal altijd van je houden. Of je terugkeert of niet.'

'Vraag je me niet of ik ook van jou hou?'

'Je hoeft me niets uit te leggen als je dat niet wilt. Ik zal op je wachten. Altijd.'

Die woorden drongen als een dolk bij me naar binnen en toen ik weer in het huis was, huilde ik nog steeds. David, die in de deuropening op me stond te wachten, omhelsde me.

'Ik kan niet bij je blijven, David.'

'Dat weet ik toch.'

Twee dagen later kwam een van de zigeuners ons waarschuwen dat de Guardia Civil had gevraagd naar een man en een jonge vrouw die in die omgeving zouden zijn gezien. Ze hadden een portret van David, die ze, naar het heette, zochten wegens moord. Dat was de laatste nacht die we samen doorbrachten. Toen ik de volgende dag wakker werd onder de dekens bij het vuur, was David vertrokken. Hij had een berichtje achtergelaten waarin hij zei dat ik naar Barcelona terug moest gaan, met Juan Sempere moest trouwen en gelukkig moest zijn voor twee. In de nacht ervoor had ik hem opgebiecht dat Juan me ten huwelijk had gevraagd en dat ik ja had gezegd. Ik weet tot op de dag van vandaag niet waarom ik hem dat vertelde. Of ik hem ver van me wilde houden of juist wilde dat hij me smeekte samen met hem naar zijn hel te vluchten. Hij had de beslissing voor mij genomen. Toen ik hem had gezegd dat hij het recht niet had van mij te houden, had hij me op mijn woord geloofd.

Ik wist dat het zinloos was om op hem te wachten. Dat hij die middag niet terug zou komen, noch de volgende dag. Ik maakte het huis schoon, dekte de meubels weer af met lakens, sloot de ramen. Daarna verstopte ik de sleutel achter de steen in de muur en ging op weg naar het treinstation.

Zodra ik in Sant Feliu in de trein was gestapt, wist ik dat ik zijn kind in me droeg. Juan, die ik voor vertrek vanaf het station had gebeld, kwam me ophalen. Hij omhelsde me en wilde niet weten waar ik was geweest. Ik durfde hem niet eens in de ogen te kijken.

'Ik verdien het niet dat je van me houdt,' biechtte ik op.

'Vertel geen onzin.'

Ik was laf en ik was bang. Voor mij. Voor het kind in mij. Een week later trad ik in het huwelijk met Juan Sempere in de kapel van Santa Ana, op de daartoe bestemde dag. De huwelijksnacht brachten we door in de Fonda España. Toen ik de volgende ochtend wakker werd, hoorde ik Juan huilen in de badkamer. Wat zou het leven mooi zijn als we in staat waren te houden van degene die het verdient.

Negen maanden later werd Daniel Sempere Gispert, mijn zoon, geboren.

5

Ik heb nooit goed begrepen waarom David besloot terug te gaan naar Barcelona in die laatste oorlogsdagen. De ochtend dat hij verdween uit het huis in S'Agaró dacht ik dat ik hem nooit meer terug zou zien. Toen Daniel werd geboren, liet ik het meisje dat ik was geweest en de herinnering aan onze tijd samen achter. In die jaren bestond mijn we-

reld eruit me te bekommeren om Daniel, voor hem de moeder te zijn die ik moest zijn, en hem te beschermen tegen een wereld die ik had geleerd door Davids ogen te zien. Een wereld van duisternis, wrok en jaloezie, kleinzieligheid en haat. Een wereld waarin alles vals is en iedereen liegt. Een wereld die het niet verdient te overleven, maar waarin mijn zoon was geboren en waartegen ik hem moest beschermen. Ik wilde niet dat David ooit van Daniels bestaan zou weten. De dag dat mijn zoon werd geboren, bezwoer ik mezelf dat hij nooit te weten zou komen wie zijn vader was, omdat zijn echte vader, de man die hem het leven gaf en hem aan mijn zijde opvoedde, Juan Sempere, de beste vader was die hij had kunnen hebben. Deze eed deed ik in de wetenschap dat Daniel het mij nooit zou vergeven, mocht hij op enig moment de waarheid achterhalen of vermoeden. En toch zou ik het weer doen. David Martín had nooit naar Barcelona moeten terugkomen. In het diepst van mijn ziel geloof ik dat hij het deed omdat hij op de een of andere manier de waarheid vermoedde. Misschien was dat de werkelijke straf die de duivel in zijn ziel voor hem had gereserveerd. Zodra hij de grens overstak, veroordeelde hij ons beiden.

Een paar maanden geleden, kort nadat hij de Pyreneeën was overgestoken, werd hij gearresteerd en naar Barcelona gebracht, waar het gerechtelijk vooronderzoek met de nog aanhangige tenlasteleggingen werd heropend. Daar werden subversie, verraad aan het vaderland en God weet wat voor nonsens nog meer aan toegevoegd, en hij werd opgesloten in de Modelo-gevangenis, samen met duizenden anderen. In deze dagen wordt er in de grote steden van Spanje, en vooral in Barcelona, gemoord en opgesloten op industriële schaal. Het jachtverbod op wraak en revanche, het vernietigen van de tegenstander, onze grote nationale roeping, is opgeheven. Zoals te verwachten valt, kruipen de versgebakken kruisvaarders van het regime vanonder hun stenen vandaan en betrekken in allerijl posities in de nieuwe orde der dingen om in deze nieuwe maatschappij op te klimmen. Velen van hen zijn over de lijn gestapt en een of meerdere malen van kant gewisseld voor profijt en uit eigenbelang. Niemand die ooit met open ogen een oorlog heeft meegemaakt, kan nog het geloof aanhangen dat mensen beter zijn dan een willekeurig dier.

Het zag ernaar uit dat het niet veel erger kon worden, maar geen lat ligt laag genoeg voor de kleinzieligheid wanneer die de vrije teugel wordt gelaten. Spoedig dook aan de horizon een personage op dat de belichaming leek te zijn van de tijdgeest in dit land. Ik neem aan dat er onder het afval dat altijd komt bovendrijven wanneer alles misgaat, velen zijn zoals hij. Hij heet Mauricio Valls en zoals alle grote mannen in kleine tijden, is hij een don Niemand.

6

Vermoedelijk zullen de kranten van dit land op een dag grootse lof publiceren over don Mauricio Valls en zijn glorie naar alle windstreken bezingen. Onze aarde is vruchtbaar voor mensen van zijn allooi en het ontbreekt hun nooit aan een stoet strooplikkers die achter hem aan kruipen om de kruimels te vergaren die zij, eenmaal bij de top aangekomen, laten vallen. Voor nu, voordat dat moment aanbreekt – en het zal aanbreken – is Mauricio Valls nog een onder velen, een voortreffelijke aspirant. In de laatste maanden heb ik veel over hem geleerd. Ik weet dat het begon zoals bij vele andere literatuurbezetenen van de café-zwetsclubs. Een middelmatige man zonder talent of ambacht die, zoals te doen gebruikelijk, zijn ondermaatsheid compenseerde met een oneindige ijdelheid en een gulzig verlangen naar erkenning. Aangezien hij aanvoelde dat zijn verdiensten hem nooit een cent of een begeerde positie zouden opleveren, maar hij ervan overtuigd was dat hij die verdiende, besloot hij om carrière te maken in de vriendjespolitiek en een kliek te kweken van gelijkgestemden om privileges uit te wisselen en iedereen uit te schakelen die hij benijdde.

Ja, ik schrijf dit met woede en wrok, en ik schaam me, omdat ik niet meer weet en het me ook niet meer uitmaakt of mijn woorden gerechtvaardigd zijn of niet, of ik onschuldigen veroordeel of dat ik door de woede en de pijn die me innerlijk verteren verblind word. Deze laatste maanden heb ik geleerd te haten, en de gedachte met die bitterheid in mijn hart te moeten sterven, boezemt me angst in.

Ik hoorde zijn naam voor het eerst kort na het bericht te hebben ontvangen dat David was gearresteerd en achter slot en grendel zat. Mauricio Valls was destijds een jonge hond van het nieuwe regime, een trouwe adept die naam voor zichzelf had gemaakt door zijn huwelijk met de dochter van een potentaat uit de ondernemers- en bankkringen die het nationale kamp hadden gesteund. Valls was als aspirant-literator begonnen, maar zijn grote zet was het verleiden en naar het altaar leiden van een ongelukkige ziel die met een wrede ziekte was geboren die haar botten langzaam uiteen deed vallen en haar al aan een rolstoel gekluisterd hield vanaf haar jeugd. Rijke, onhuwbare erfgename, een gouden kans.

Valls nam vermoedelijk aan dat die zet hem naar de top van de Parnassus zou katapulteren, naar een belangrijke positie in de academie of een prestigieuze plek aan het hof van de Spaanse kunsten en cultuur. In zijn berekening had hij er geen rekening mee gehouden dat er velen waren zoals hij, die, toen duidelijk werd welk kamp de oorlog ging winnen, als paddenstoelen uit de grond schoten en voor de glorieuze dag in de rij gingen staan.

Toen de beloningen en de buit verdeeld werden, ontving Valls weliswaar zijn aandeel, maar dat was gekoppeld aan een les over de spelregels. Het regime had geen dichters nodig, maar gevangenbewaarders en inquisiteurs. En zo werd hij onverwacht benoemd tot directeur van de gevangenis in het kasteel op de Montjuïc, wat hij als onwaardig en ver beneden zijn intellectuele niveau beschouwde. Maar natuurlijk verspilde iemand als Valls geen kansen, en hij wist munt te slaan uit deze draai van het lot door zijn beste beentje voor te zetten, zijn toekomstige promotie voor te bereiden en en passant alle tegenstanders op zijn lange lijst, echte of ingebeelde, op te sluiten, kapot te maken of naar eigen goeddunken over ze te beschikken. Hoe David Martín op die lijst verzeild is geraakt, is iets wat ik nooit zal begrijpen – en ik was niet de enige. Om onduidelijke redenen was Valls op ziekelijke wijze door hem geobsedeerd.

Zodra hij hoorde dat David Martín in de Modelo-gevangenis zat opgesloten, vroeg hij om diens overplaatsing naar het Montjuïc-kasteel, en hij rustte niet voor hij hem achter de tralies in een van zijn cellen zag. In onze boekhandel kwam vaak een cliënt, een jonge advocaat die Fernando Brians heette, en die zocht ik op om in kaart te brengen wat ik kon doen om David te helpen. Ons spaargeld was praktisch nihil en Brians, een goede man met wie ik in die moeilijke maanden nauw bevriend ben geraakt, was bereid pro Deo te werken. Hij had contacten in de Montjuïc-gevangenis, met name een bewaker die Bebo heette, en zo kon hij achterhalen dat Valls een plan had met

David. Hij kende zijn werk en hoewel hij niet ophield hem te kwalificeren als 'de slechtste auteur van de wereld', probeerde hij hem over te halen om onder zijn naam een stapel vellen vol te schrijven of te herschrijven waarmee hij zijn roep van literator binnen zijn nieuwe positie in het regime hoopte te vestigen. Ik kan me wel voorstellen wat David hem geantwoord moet hebben.

Brians probeerde van alles, maar de aanklachten tegen David waren te ernstig, en de enige mogelijkheid die restte was Valls om clementie te smeken zodat David in het kasteel niet zo behandeld werd als wij allemaal vreesden. Ik negeerde Brians' adviezen en bezocht Valls. Nu weet ik dat dat een fout was, een heel ernstige. En dat ik, toen ik dat deed, het brandpunt werd van Valls' begeerte, al was het maar omdat hij in mij het bezit zag van het object van zijn haat, David Martín.

Zoals velen in zijn situatie leerde Valls snel een slaatje te slaan uit de angsten van de familieleden van zijn gevangenen. Brians had me altijd gewaarschuwd. Juan, die aanvoelde dat mijn relatie met en toewijding voor David verder gingen dan een nobele vriendschap, zag mijn bezoekjes aan Valls in het kasteel met lede ogen aan. 'Denk aan je zoon,' zei hij dan. En hij had gelijk, maar ik was egoïstisch. Ik kon David daar niet achterlaten zolang er íéts was wat ik kon doen. Het was al niet meer een kwestie van waardigheid. Niemand overleeft een burgeroorlog met een greintje waardigheid om zich op te laten voorstaan. Mijn fout was niet te beseffen dat Valls me niet bezitten of vernederen wilde, maar me wilde vernietigen, omdat hij eindelijk had begrepen dat dat de enige manier was om David te vermurwen en pijn te doen.

Al mijn ijver, alle naïviteit waarmee ik hem probeerde over te halen, keerde zich tegen ons. Het deed er niet toe hoezeer ik hem vleide, hoezeer ik deed of ik hem respecteerde en vreesde, hoezeer ik me voor hem vernederde en om genade jegens zijn gevangene bedelde. Alles wat ik deed was olie op het vuur dat in Valls brandde. Nu weet ik dat ik David met mijn pogingen hem te helpen uiteindelijk ter dood heb veroordeeld.

Maar toen ik me dat eindelijk realiseerde, was het al veel te laat. Valls, verveeld door zijn werk, door zichzelf en door de traagheid waarmee hij de roem naderde, vulde zijn tijd met fantasieën. Een er-

van was dat hij verliefd op me was geworden. Ik wilde geloven dat als ik hem ervan overtuigde dat zijn fantasie enige toekomst had, Valls zich misschien grootmoedig zou tonen. Maar ook van mij kreeg hij genoeg. In mijn vertwijfeling dreigde ik hem te ontmaskeren, publiek te maken wie hij werkelijk was en hoever zijn kleinzieligheid reikte. Hij lachte om mij en mijn naïviteit, maar ik moest wel gestraft worden. Om David te verwonden en hem de genadeklap toe te brengen.

Amper anderhalve week geleden vroeg Valls me naar het Café de l'Ópera te komen, aan de Ramblas. Ik ging erheen zonder iemand iets te zeggen, zelfs mijn echtgenoot niet. Ik was ervan overtuigd dat het de laatste kans was die ik nog had. Ik faalde. Nog diezelfde nacht wist ik dat er iets mis was. Tegen de ochtend werd ik wakker van de misselijkheid. In de spiegel zag ik dat mijn oogwit geel was en dat zich vlekken hadden gevormd op de huid van mijn nek en borst. Toen het licht werd, begon ik bloed op te geven. Daarna begon de pijn. Een koude pijn, als die van een mes dat door je ingewanden snijdt en zich een weg baant. Ik had koorts en was niet in staat vast of vloeibaar voedsel binnen te houden. Mijn haar viel met grote plukken uit. De spieren over mijn hele lichaam spanden zich als kabels en deden me schreeuwen van pijn. Ik bloedde uit huid, ogen en mond.

De artsen hebben niets kunnen doen. Juan gelooft dat ik een ziekte heb en dat er hoop is. Hij kan het idee me te verliezen niet vatten, en ik kan het idee niet vatten dat ik hem moet achterlaten met mijn zoon Daniel, jegens wie ik heb gefaald als moeder door mijn wens, mijn verlangen om de man die ik als de liefde van mijn leven beschouwde boven mijn plicht te stellen.

Ik weet dat Mauricio Valls me die avond in het Café de l'Ópera heeft vergiftigd. Ik weet dat hij het heeft gedaan om David te pijnigen. Ik weet dat me nog maar een paar dagen resten. Alles is heel snel gegaan. Mijn enige troost is het laudanum, dat de pijn in mijn ingewanden in slaap sust, en dit schrift waaraan ik mijn zonden en fouten heb willen opbiechten. Brians, die me elke dag bezoekt, weet dat ik schrijf om in leven te blijven, om het vuur te bedwingen dat me opvreet. Ik heb hem gevraagd na mijn dood deze bladzijden ongezien te vernietigen. Niemand mag lezen wat ik heb opgeschreven. Niemand mag de waarheid weten, want ik heb geleerd dat in deze wereld de waarheid slechts schade berokkent en dat God hem die liegt, liefheeft en helpt.

Ik heb niemand meer tot wie ik kan bidden. Alles waarin ik geloofde, heeft me in de steek gelaten. Soms herinner ik me niet eens meer wie ik ben en begrijp ik alleen bij het herlezen van dit schrift wat er aan het gebeuren is. Ik zal tot het einde toe schrijven. Om te onthouden. Om te proberen te overleven. Ik zou mijn zoon Daniel willen omhelzen en begrijpelijk voor hem willen maken dat ik hem nooit zal verlaten, wat er ook gebeurt. Dat ik bij hem zal zijn. Dat ik van hem hou. Mijn God, vergeef me. Ik wist niet wat ik deed. Ik wil niet sterven. Mijn God, laat me een dag langer in leven, zodat ik Daniel in mijn armen kan sluiten en hem kan zeggen hoeveel ik van hem hou.

Zoals zo vaak was Fermín ook die ochtend de deur uit gegaan om in de vroegste vroegte door de verlaten straten van een berijpt Barcelona te wandelen. Remigio, de nachtwaker van de wijk, kende hem inmiddels al lang en vroeg hem bij elke ontmoeting naar zijn insomnie. Hij had dat woord opgepikt in een liefdesvragenrubriek voor dames op de radio, waar hij stiekem naar luisterde omdat hij zich met bijna alle uiteengezette leed en ongemakken kon identificeren, ook met die van – nog een term die hem mateloos intrigeerde – de menopauze, waarvoor de genezing volgens hem bestond in het schrobben van de schaamdelen met puimsteen.

'Waarom het insomnie noemen als ze toch bewustzijn bedoelen?'

'Wat een mysticus bent u toch, Fermín! Als ik een vrouw had als de uwe, die lekker heet op me wachtte tussen de lakens, was ik beslist niet de enige die niet zou slapen. En pakt u zich goed in, want dit jaar komt de winter weliswaar laat, maar hij heeft er zin in.'

Nadat Fermín een uur had geworsteld met de snijdende wind die natte sneeuw door de straten zwiepte, kwam hij tot de overtuiging dat hij het beste maar naar de boekhandel kon gaan. Onafgemaakt werk wachtte op hem en hij had geleerd van die momenten alleen in de winkel te genieten, voor de zon opkwam of Daniel naar beneden kwam om open te doen. Hij sloeg de blauwe gang in die de Calle Santa Ana op dat uur leek en zag van verre het beetje licht dat de ruiten van de etalage kleurde. Gehuld in de echo van zijn voetstappen kwam hij langzaam dichterbij en bleef een paar meter van de ingang af staan, beschut tegen de wind in een portiek. Dit is zelfs voor Daniel te vroeg, dacht hij. Nu wilde hij toch eens kijken of dat met het bewustzijn besmettelijk was.

Hij debatteerde met zichzelf over teruggaan naar huis en Bernarda met een energieke demonstratie van Iberische viriliteit wakker maken versus de boekhandel in gaan en Daniel storen bij waar hij ook maar mee bezig was (vooral om zich ervan te verzekeren dat zijn activiteit geen vuurwapens of puntige objecten includeerde), toen hij zijn vriend de deur uit zag komen, de straat op. Hij verstopte zich zo diep in het portiek dat de deurklopper in zijn nieren prikte en zag Daniel de deur op slot doen en vertrekken in de richting van de Puerto del Ángel. Hij was in hemdsmouwen en had iets onder zijn arm geklemd, een boek of een schrift. Fermín zuchtte. Dat kon niets goeds betekenen. Bernarda zou moeten wachten, ze kwam er nog wel achter hoe het zat.

Bijna een halfuur lang volgde hij hem door de wirwar van straatjes die afdaalden naar de haven. Raffinement of heimelijkheid waren niet nodig, want Daniel leek volkomen in gedachten verzonken te zijn en zou het nog niet hebben gemerkt als een troep tapdanseressen hem had gevolgd. Fermín, die klappertandde van de kou en betreurde de voor deze doeleinden poreuze en weinig betrouwbare sportpagina's als jasvoering te hebben gebruikt in plaats van het zware papier van de zondagse bijlagen van *La Vanguardia*, voelde de verleiding opkomen om zijn vriend te roepen, maar bedacht zich. Daniel liep als in trance, zich niet bewust van de sluier van natte sneeuw die aan zijn lijf bleef plakken.

Eindelijk lag de Paseo de Colón voor ze, en daarachter de fantasmagorie van loodsen, masten en mist die over de binnenhaven zweefde. Daniel stak over en liep om een paar gestrande trams heen die in afwachting waren van de dageraad. Toen betrad hij de smalle passages tussen de loodsen en kathedraalachtige hallen met allerhande scheepslading en kwam bij de golfbreker van de binnenhaven, waar een paar vissers, die met netten en ander gereedschap in de weer waren om de zee op te kunnen gaan, een vuur hadden gemaakt in een lege benzineton om warm te worden. Daniel liep op ze af en ze maakten plaats voor hem toen ze hem zagen. Iets in zijn gezicht moest hun duidelijk hebben gemaakt dat hij niet in was voor een babbeltje. Fermín versnelde zijn pas en toen hij dichterbij kwam, kon hij Daniel het schrift in de vlammen zien werpen.

Fermín glimlachte zwakjes naar hem vanaf de andere kant van de ton. Daniels ogen glinsterden in het licht van het vuur.

'Als u per se een longontsteking wilt oplopen, maak ik u erop opmerkzaam dat de Noordpool precies de andere kant op is,' waagde Fermín.

Daniel negeerde zijn woorden en keek toe hoe de vlammen de pagina's verslonden, die de ene na de andere verfrommelden, alsof een onzichtbare hand ze omsloeg.

'Bea zal ongerust zijn, Daniel. Waarom gaan we niet terug?'

Daniel keek op en staarde zonder enige uitdrukking naar Fermín, alsof hij hem nooit eerder had gezien.

'Daniel?'

'Waar is hij?' vroeg hij met kille, ongearticuleerde stem.

'Pardon?'

'De revolver. Wat hebt u ermee gedaan, Fermín?'

'Gedoneerd aan de Zusters van de Liefdadigheid.'

Een ijzige glimlach gleed om Daniels lippen. Fermín, die voelde dat hij nog nooit zo dicht bij het punt was geweest hem voor altijd te verliezen, liep op hem af en legde een arm om zijn schouders.

'Laten we naar huis gaan, Daniel. Alstublieft.'

Ten slotte knikte hij, en langzaam en in doodse stilte liepen ze terug.

Het werd al licht toen Bea de voordeur hoorde opengaan en Daniels voetstappen in de gang herkende. Al uren zat ze in een stoel in de eetkamer, met een deken over haar schouders. In de gang tekende Daniels gestalte zich af. Als hij haar al zag, dan gaf hij er geen blijk van. Hij liep door naar Juliáns slaapkamer in het achtergedeelte van de woning, dat uitkeek op het pleintje en de kapel van Santa Ana. Bea stond op en volgde hem. Ze vond Daniel op de drempel van de kamer, kijkend naar het kind, dat rustig lag te slapen. Bea legde haar hand op zijn schouder.

'Waar was je?' fluisterde ze.

Hij draaide zich om en keek haar in de ogen.

'Wanneer houdt dit allemaal op, Daniel?' prevelde Bea.

'Spoedig,' zei hij. 'Spoedig.'

LIBERA ME

Madrid

januari 1960

1

In de metalig grauwe ochtendschemering liep Ariadna over de lange, door cipressen geflankeerde weg. Ze had een bos rode rozen in de hand, die ze onderweg aan de poort van een kerkhof had gekocht. De stilte was volkomen. Er was noch vogelgekwetter te horen, noch een zuchtje wind dat het waagde de laag gebladerte op de kasseien te laten ritselen. Met de echo van haar voetstappen als enig gezelschap legde Ariadna het traject af tot aan de grote poort met de spijlen, die de ingang naar het landgoed bewaakte, bekroond door het opschrift:

VILLA MERCEDES

Het paleis van Mauricio Valls verhief zich achter een arcadia van tuinen en bossen. Torens en mansardes staken de asgrijze hemel in als waren ze uitgezaagd. Ariadna, een wit vlekje in de schaduw, bespiedde de omtrekken van het tussen standbeelden, hekken en bronnen half verstopte huis. Het leek haar een monsterlijk wezen dat zich, dodelijk gewond, naar die hoek van het bos had gesleept. Het hek stond op een kier en ze glipte naar binnen.

Op de weg naar het huis zag ze de smalle treinrails, die tussen de tuinen de omtrek van het perceel schetsten. Een miniatuurtrein, met stoomlocomotief en twee wagons, stond vergeten tussen het struikgewas. Ze liep verder op het bestrate pad dat naar het hoofdhuis voerde. De fonteinen stonden droog, de stenen engelen en marmeren madonna's begonnen al zwart te worden. De takken van de bomen zaten vol wittige poppen, als kleine tombes van suikerspin. Talloze spinnen hingen in hun netten. Ariadna liep over de brug die over het grote, ovale zwembad lag. Het water, dat al groenig begon te worden door een dunne algensluier, was bezaaid met kleine dode vogels, die door een vloek uit de hemel gevallen leken. Iets verderop waren de lege garages te zien en in de schaduw de bijgebouwen voor het personeel.

Ariadna liep de brede trap op naar de hoofdingang en klopte drie keer op de deur, tot ze zich realiseerde dat die ook openstond. Ze keek om en proefde de atmosfeer van verwaarlozing en ondergang. Na de dood van de keizer had het personeel het paleis adieu gezegd. Ze duwde de deur verder open en ging naar binnen, waar het naar mausoleum en vergetelheid rook. Een fluwelen duisternis lag over de gangen en trappen voor haar. Ze bleef roerloos staan, een witte geestverschijning bij de poorten naar het vagevuur, starend naar de overleden pracht en praal waarmee Mauricio Valls zijn gloriedagen had getooid.

Toen drong vanuit de verte een zwak gejammer tot haar door, dat haar deed denken aan het gekreun van een stervend dier en dat van de eerste verdieping kwam. Zonder haast liep ze de trap op. Aan de wanden waren de sporen te zien van weggenomen schilderijen. Aan beide kanten van de trap stonden lege sokkels, waarop de beelden en bustes slechts een omtrek in het stof hadden achtergelaten. Aangekomen op de eerste verdieping hoorde ze opnieuw het gejammer. Het moest uit een van de kamers aan het einde van de gang komen. Langzaam liep ze ernaartoe. De deur stond op een kier. De intense stank daarbinnen streek over haar gezicht.

Ze liep door de praktisch volkomen duisternis naar een hemelbed dat daar in het spaarzame licht stond als een grafkoets. Aan één kant van het bed stond een arsenaal aan machines en instrumenten, allemaal afgekoppeld en tegen de muur geschoven. Het tapijt was bezaaid met afval en lege zuurstoftanks. Ze liep om de hindernissen heen en schoof het gordijn om het bed opzij. Ze zag een in elkaar gekronkelde figuur, alsof de botten tot gelatine waren verworden en alsof de spanning van de huid en de pijn haar anatomie opnieuw hadden gevormd. De wijd open, bloeddoorlopen ogen in een skeletachtig gezicht bekeken haar argwanend. Opnieuw klonk het diep uit de keel komende gekreun, tussen stikken en snikken in. Valls' vrouw had haren, nagels en het leeuwendeel van haar tanden verloren.

Ariadna keek zonder enige compassie naar haar. Ze ging op de bedrand zitten en boog zich over haar heen.

'Waar is mijn zus?' vroeg ze.

De vrouw probeerde een paar woorden te articuleren. Ariadna negeerde de stank die van haar af kwam en bracht haar gezicht naar die lippen.

'Dood me,' hoorde ze haar smeken.

2

Verstopt in haar poppenhuis had Mercedes haar door de poort zien aankomen. In spookachtig wit gekleed kwam ze langzaam maar doelbewust dichterbij, een bos rozen in de hand. Mercedes glimlachte. Al dagen verwachtte ze haar. Ze had vaak van haar gedroomd. Eindelijk bezocht de dood, gekleed in PERTEGAZ, Villa Mercedes, voordat de hel haar opslokte en in haar plaats een stuk woestenij achterliet waar nooit meer gras zou groeien of de wind zou waaien.

Ze zat in een van de vensterbanken van het poppenpaviljoen waar ze naartoe was verhuisd toen het personeel kort na het bekend worden van Valls' dood het huis had verlaten. Aanvankelijk had doña Mariana, de secretaresse van haar vader, geprobeerd het tegen te houden, maar bij het vallen van de avond kwamen er een paar in het zwart geklede mannen die haar wegsleepten. Mercedes hoorde schoten achter de garages, wilde echter niet gaan kijken. Nachtenlang werden schilderijen, beelden, meubels, kleding, bestek en nog veel meer het huis uit gedragen. De mannen kwamen in de schemering als een hongerige meute, namen ook de auto's mee en vernielden de salonwanden, op zoek naar geheime schatten die ze niet vonden. Toen er niets meer was, vertrokken ze om nooit meer terug te keren.

Op een dag zag ze twee politieauto's het terrein op rijden. Onder de mannen waren een paar lijfwachten van haar vader. Ze kwam even in de verleiding om naar ze toe te gaan en te vertellen wat er allemaal gebeurd was, maar toen ze hen naar het kantoor van haar vader in de toren zag lopen om alles leeg te halen, verstopte ze zich weer in haar paviljoen. Daar, tussen de honderden poppen die in de leegte staarden, kon niemand haar vinden. De vrouw des huizes lieten ze met het loskoppelen van de machines die haar in een staat van eeuwige foltering hielden aan haar lot over. Sinds die dag hoorde Mercedes haar dierlijke gejank, maar nog steeds was ze niet dood. Tot die dag.

Toen ze de dood de trap naar de voordeur op zag lopen en naar binnen zag gaan, overviel de twijfel haar. Misschien had ze zich vergist.

Misschien was die witte gestalte die ze voor de dood had aangezien niemand anders dan Alicia, die haar kwam ophalen om haar naar haar vader te brengen. Dat was het enige logische. Ze wist dat Alicia haar niet in de steek zou laten.

Ze ging het poppenpaviljoen uit en liep naar het hoofdhuis. Binnen hoorde ze voetstappen op de bovenverdieping en ze rende de trap op, net op tijd om haar de kamer van haar moeder binnen te zien gaan. Een verschrikkelijke stank vulde de gang. Ze sloeg haar hand voor haar mond en neus en liep tot aan de drempel. De gestalte in het wit boog zich als een engel over het bed. Mercedes hield haar adem in. Toen nam de gestalte een van de kussens en drukte het met kracht neer, terwijl het lichaam schokte, tot het ten slotte levenloos bleef liggen.

Langzaam draaide de gestalte zich om en Mercedes voelde hoe een kou zoals ze nooit eerder had gevoeld haar beving. Ze had zich vergist. Het was Alicia niet. De dood in het wit kwam op haar af en glimlachte. Ze bood haar een rode roos aan, die Mercedes met trillende handen aanpakte, en vroeg haar: 'Weet je wie ik ben?'

Mercedes knikte. De dood omhelsde haar oneindig liefdevol en zacht. Het meisje liet zich liefkozen, haar tranen bedwingend.

'Ssst,' suste de dood. 'Niemand zal ons ooit nog kunnen scheiden. Niemand zal ons nog pijn doen. We zullen altijd samen zijn. Met papa en mama. Altijd samen. Jij en ik.'

3

Alicia werd wakker op de achterbank van de taxi. Ze kwam overeind en ontdekte dat ze alleen was. De ruiten waren beslagen. Met een mouw veegde ze de ruit schoon, en ze zag dat ze bij een pompstation waren. Een straatlantaarn wierp een gelige lichtcirkel in het donker, die telkens vibreerde wanneer er op volle snelheid een vrachtwagen voorbijdaverde. Daarachter strekte zich een loodgrijs ochtendlicht uit, dat de hemel potdicht bedekte. Ze wreef in haar ogen en draaide het raampje open. Een vlaag ijskoude lucht rukte haar in één klap uit haar slaperigheid. Een pijnscheut schoot door haar heup. Ze liet een kreun ontsnappen en hield haar zij vast. Na een poosje trok de pijn weg tot een dof geklop overbleef, een waarschuwing voor wat nu zou komen. Het verstandigste zou zijn geweest een of twee pillen te nemen voordat de pijn erger werd, maar ze wilde waakzaam zijn. Ze had geen alternatief. Na een paar minuten dook de taxichauffeur op uit de bar van het pompstation met twee kartonnen bekertjes en een zak met vettige vlekken. Hij knikte haar toe en liep met lichte tred om de auto.

'Goedemorgen,' zei hij, en hij ging weer achter het stuur zitten. 'Het is ijzig koud. Ik heb iets te ontbijten voor u meegenomen. Meer typisch voor hier, voor de Meseta, dan continentaal, maar het is in elk geval warm. Koffie verkeerd en een paar dikke churros, omdat die er lekker uitzagen. Voor in de koffie heb ik, om het moreel op te krikken, een scheutje cognac gevraagd.'

'Dank u. Ik hoor nog wel wat ik u verschuldigd ben.'

'Dat is allemaal bij de taxirit inbegrepen. Volpension. Vooruit, eet u iets. Het zal u goeddoen.'

Ze ontbeten in stilte. Alicia had geen trek, maar ze wist dat ze iets moest eten. Telkens als een van de zware vrachtwagens langsdenderde, trilde de achteruitkijkspiegel en schudde de hele auto.

'Waar zijn we?'

'Op tien kilometer van Madrid. Een paar bestelwagenchauffeurs hebben me verteld dat er op bijna alle toegangswegen vanuit het oosten controles worden gehouden door de Guardia Civil, dus ik heb bedacht dat we beter een omweg kunnen maken en langs de weg van Casa de Campo of Moncloa de stad in kunnen gaan,' zei de taxichauffeur.

'En waarom zouden we dat doen?'

'Ik weet het niet. Het leek mij dat een taxi uit Barcelona die Madrid binnenrijdt om zeven uur 's ochtends misschien de aandacht trekt. Vanwege het geel vooral. En u en ik vormen een enigszins vreemd paar, als u me niet kwalijk neemt. Maar u bepaalt.'

Alicia dronk haar koffie verkeerd in één teug op. De cognac brandde als benzine, maar bracht wat warmte terug in haar botten. De chauffeur bekeek haar steels. Alicia had tot dat moment niet al te veel aandacht aan hem besteed. Hij was waarschijnlijk jonger dan hij leek, met rossig haar en een bleke teint. Hij had een bril met plakband op het puntje van zijn neus staan en nog de blik van een adolescent.

'Hoe heet u?' vroeg Alicia.

'Ik?'

'Nee. De taxi.'

'Ernesto. Ik heet Ernesto.'

'Vertrouwt u mij, Ernesto?'

'Bent u te vertrouwen?'

'Tot op zekere hoogte.'

'Hmm. Mag ik u iets persoonlijks vragen? U hoeft niet te antwoorden als u niet wilt.'

'Brand los.'

'Zoiets bedoel ik. Eerder, toen we Guadalajara verlieten, rolde er in een scherpe bocht iets uit uw tas. Omdat u sliep en ik u niet wilde storen, heb ik het...'

Alicia zuchtte en knikte.

'Hebt u de revolver weer in de tas geschoven.'

'Ja. En het leek niet op een waterpistool, hoewel ik er eerlijk gezegd niets van weet.'

'Als u zich er beter door voelt, kunt u me er hier ook uit zetten. Ik betaal u wat we hebben afgesproken en ik vraag een van uw bestelwagenvrienden om me naar Madrid te brengen. Een van hen wil dat vast en zeker doen.'

'Daar twijfel ik niet aan, maar dan zou ik er niet geruster op zijn.'

'Om mij moet u zich geen zorgen maken. Ik weet me te verdedigen.'

'Nee, ik maak me bijna meer zorgen om de chauffeurs dan om u, kunt u nagaan. Ik breng u, dat hebben we zo afgesproken, en we praten er niet meer over.'

Ernesto startte de motor en legde twee handen op het stuur.

'Waar gaan we heen?'

Madrid lag in een dikke mist begraven, zodat de torens en koepels van de voorname gebouwen aan de Gran Vía verhuld waren en de lichten van de auto's en bussen amper te zien. Het verkeer en de voetgangers op de trottoirs, die eruitzagen als bevroren spoken, bewogen in tastende slow motion.

Toen ze het Hispania passeerden, keek Alicia omhoog naar wat haar raam was geweest. In het donkere neveldek reden ze door het stadscentrum, tot ze de omtrekken van de Neptunus-fontein konden zien.

'Zegt u het maar,' zei Ernesto.

'Rijdt u verder tot aan Lope de Vega, daar naar rechts en vervolgens via Duque de Medinaceli omhoog, dat is de eerste. Zo komen we bij het achterste deel van het Palace, bij de keukeningang.'

De taxichauffeur knikte en volgde de instructies op. De straten waren praktisch verlaten. Het Palace besloeg een compleet, trapezevormig blok, dat een stad op zichzelf vormde. Ze reden om het blok tot Alicia hem vroeg vlak achter een bestelwagen te stoppen, waar een paar werklui kratten met brood, fruit en andere levensmiddelen uitlaadden.

Ernesto hield zijn hoofd scheef om een blik op de monumentale gevel te kunnen werpen.

'Hier, zoals beloofd,' zei Alicia.

Hij draaide zich half om en zag een pak bankbiljetten in haar hand.

'Kan ik niet beter wachten?'

Ze gaf geen antwoord.

'U wilt toch weer terug, of niet?'

'Neemt u het geld.'

Hij aarzelde.

'U laat me tijd verliezen. Neemt u het nu aan.'

Ernesto accepteerde het.

'Telt u het.'

'Ik geloof u.'

'Dan moet u het zelf weten.'

Ernesto zag haar iets uit haar tas pakken en in haar jasje opbergen. Hij wedde dat het geen lippenstift was.

'Hoort u eens, dit bevalt me niets. Waarom rijden we hier niet weg?'

'U rijdt weg, Ernesto. Zodra ik uitstap, gaat u terug naar Barcelona en vergeet u dat u mij hebt gezien.'

De chauffeur voelde zijn maag verkrampen. Alicia legde een hand op zijn schouder, gaf een vriendelijk kneepje en stapte uit. Een paar seconden later zag Ernesto haar in het hotel verdwijnen.

4

In het binnenste van het hotel heerste maximale bedrijvigheid om door de eerste ontbijtdienst te laveren. Een leger van koks, koksmaatjes, knechtjes en kelners kwam en ging door de keukens en tunnels met karretjes en dienbladen. Alicia ontweek de in de geur van koffie en duizend heerlijkheden gedoopte drukte, af en toe een verbaasde blik incasserend, maar iedereen was te druk om stil te staan bij wat in elk opzicht een verdwaalde gast was of, nog waarschijnlijker, een luxeprostituee die na gedane arbeid discreet wegglipte. De etiquette van elk luxehotel behelst de kennis van het onzichtbare en Alicia speelde die kaart schaamteloos uit tot ze bij de zone van de dienstliften was. Ze stapte in de eerste de beste, die ze deelde met een dienstmeisje dat haar, beladen met handdoeken en zeepjes, van boven tot onder bekeek met een mengeling van nieuwsgierigheid en jaloezie. Alicia glimlachte beminnelijk naar haar om haar te verstaan te geven dat ze zich beiden aan dezelfde kant bevonden.

'Zo vroeg?' vroeg het meisje.

'De morgenstond heeft goud in de mond.'

Het dienstmeisje knikte verlegen. Op de vierde verdieping stapte ze uit. Nadat de liftdeuren zich hadden gesloten en de lift verder omhoogging, haalde Alicia een sleutelbos uit haar tas en zocht de gouden sleutel die Leandro haar twee jaar geleden had gegeven met de woorden: 'Het is een moedersleutel die alle kamers van het hotel opent, inclusief de mijne. Maak er goed gebruik van en ga nooit een kamer binnen waarvan je niet weet wat je er kunt verwachten.'

De dienstlift opende zijn deuren op een kleine gang, weggestopt tussen de kasten met schoonmaakspullen en linnengoed, waar Alicia zachtjes doorheen liep, en aan het einde ervan deed ze de deur naar de hoofdgang, die om de hele verdieping liep, een paar centimeter open. Leandro's suite bevond zich op een van de hoeken boven het Plaza de Neptuno. Ze liep die kant op. Onderweg kwam ze een gast tegen die vermoedelijk na zijn ontbijt naar zijn kamer terugkeerde en vriendelijk naar haar glimlachte. Alicia glimlachte terug. Toen ze de hoek omsloeg zag ze de suite. Voor de deur was geen van Leandro's lijfwachten geposteerd. Hij had een hekel aan dat soort ceremonieel en gaf discretie en afwezigheid van melodrama voorrang boven alles. Maar ze wist dat ten minste twee van zijn mannen in de buurt waren, in een kamer ernaast of op controleronde door het hotel. Ze gaf zichzelf in het beste geval tussen de vijf en de tien minuten.

Voor de deur bleef ze staan en keek naar beide kanten. Zachtjes stak ze de sleutel in het slot en draaide hem voorzichtig om. De deur ging open en ze glipte naar binnen. Ze sloot hem achter zich en bleef een paar seconden tegen de deur geleund staan. Een kleine hal kwam uit op een gang, met aan de andere kant de ovale salon, onder een van de torenkoepels. Leandro woonde daar sinds mensenheugenis. Ze sloop naar de salon en legde haar hand om het wapen. De salon lag in duisternis gehuld. De deur naar de slaapkamer stond op een kier, waardoor er een hoek licht naar buiten viel. Alicia hoorde water lopen en een haar welbekend gefluit. Ze liep naar de deur en duwde hem helemaal open. Achterin was het bed te zien, leeg en onopgemaakt. De badkamerdeur links stond open. Een damp die naar zeep rook, zweefde naar buiten. Alicia naderde langzaam en bleef op de drempel staan.

Voor de spiegel, met de rug naar haar toe, stond Leandro zich zorgvuldig te scheren. Hij droeg een scharlakenrode ochtendjas en bijpassende pantoffels. Naast hem wachtte het volle, dampende bad. Een radio murmelde een melodie, die Leandro meefloot. Alicia wisselde in de spiegel een blik met hem en hij glimlachte warm, zonder een spoor van verrassing.

'Ik verwachtte je al dagen. Je zult gezien hebben dat ik tegen de jongens heb gezegd dat ze zich uit de voeten moesten maken.'

'Dank u.'

Hij draaide zich om en veegde het schuim met een handdoek van zijn gezicht.

'Ik heb het voor hun bestwil gedaan. Ik weet dat je teamarbeid nooit op prijs hebt gesteld. Heb je ontbeten? Moet ik iets voor je bestellen?'

Ze schudde haar hoofd, haalde de revolver tevoorschijn en richtte op zijn buik. Leandro goot een straaltje lotion voor na het scheren in zijn hand en masseerde met beide handen zijn gezicht.

'Ik neem aan dat dat het wapen is van de arme Hendaya. Goed

bedacht. Vermoedelijk is het zinloos om je te vragen waar we hem kunnen vinden. Ik zeg het vooral omdat hij vrouw en kinderen heeft.'

'Probeert u het eens in een blikje kattenvoer.'

'Hoe weinig familiegezind ben je toch, Alicia. Zullen we gaan zitten?'

'We staan hier precies goed.'

Leandro leunde tegen de wastafel.

'Zoals je wilt. Ik luister.'

Alicia aarzelde een paar seconden. Het was het eenvoudigst geweest om nu de trekker over te halen. De trommel leeg te schieten en proberen daar levend weg te komen. Met een beetje geluk kwam ze tot de dienstlift. Wie weet, misschien redde ze het zelfs tot de lobby voor ze haar tegen de grond werkten. Zoals altijd las Leandro haar gedachten, en hij gaf haar een medelijdende, vaderlijke blik terwijl hij langzaam zijn hoofd schudde.

'Je had me nooit moeten verlaten,' zei hij. 'Je weet niet hoezeer je verraad me pijn gedaan heeft.'

'Ik heb u nooit verraden.'

'Alsjeblieft, Alicia. Je weet heel goed dat je altijd mijn favoriet bent geweest. Mijn meesterwerk. Jij en ik zijn voor elkaar gemaakt. We zijn het perfecte team.'

'Stuurde u daarom dat beest op me af dat me moest ombrengen?'

'Rovira?'

'Heette hij echt zo?'

'Soms. We hadden hem op het oog als je vervanger. Ik stuurde hem alleen maar om van jou te leren en om je te volgen. Hij bewonderde je enorm. Twee jaar heeft hij je bestudeerd. Elk dossier, elk geval. Hij zei dat je de beste was. Het was mijn vergissing te denken dat hij misschien jouw plek zou kunnen innemen. Nu is me duidelijk geworden dat niemand dat kan.'

'Zelfs Lomana niet?'

'Ricardo heeft zijn opdracht nooit goed begrepen. Hij begon waardeoordelen te krijgen en in dingen te wroeten die hem niets aangingen, waarvoor alleen zijn brute kracht gevraagd was. Hij verwarde zijn loyaliteiten. Niemand overleeft in dit vak als hij niet precies weet welke dat zijn.'

'En wat zijn de uwe?'

Leandro schudde zijn hoofd.

'Waarom kom je niet bij me terug, Alicia? Wie zal er voor je zorgen zoals ik? Ik ken je immers alsof je mijn eigen vlees en bloed bent. Ik hoef je maar aan te kijken om te weten dat je op dit moment bijna opgevreten wordt door de pijn, maar dat je niets hebt willen innemen, om alert te blijven. Ik kijk in je ogen en zie dat je bang bent. Bang voor mij. En dat doet me pijn. Dat doet me zo'n pijn.'

'Als u een pilletje wilt, of liever het hele potje, tast u vooral toe.'

Leandro glimlachte treurig en schudde zijn hoofd.

'Ik erken dat ik me heb vergist. En ik vraag je excuses. Is dat wat je wilt? Als het nodig is, ga ik op mijn knieën voor je. Ik schaam me niet. Je verraad heeft me pijn gedaan en me verblind. Ik, die er bij jou altijd op heeft gehamerd om nooit beslissingen te nemen uit wrok, pijn of angst. Je ziet, ik ben ook maar een mens, Alicia.'

'Ik ga bijna huilen.'

Leandro glimlachte achterbaks.

'Zie je hoe we in de grond van de zaak gelijk zijn? Waar kun je je beter voelen dan bij mij? Ik heb grote plannen voor ons. Deze laatste weken heb ik veel nagedacht en begrepen waarom je dit wilt opgeven. Sterker nog, ik begrijp nu dat ook ik het achter me wil laten. Ik heb er genoeg van de rommel van dwazen en incompetente types op te lossen. Jij en ik, wij zijn tot andere taken geroepen.'

'Ach, ja?'

'Maar welzeker. Of dacht je dat we altijd zouden moeten worstelen met de vuile streken van anderen? Dat is afgelopen. Ik heb iets veel belangrijkers op het oog. Ook ik laat dit allemaal achter me. En jij moet bij mij zijn en me erbij begeleiden. Zonder jou kan ik het niet doen. Je weet waar ik het over heb, toch?'

'Ik heb niet het flauwste idee.'

'Ik praat over de politiek. Dit land gaat veranderen. Vroeg of laat. De Generalísimo heeft niet het eeuwige leven. Nieuw bloed is nodig. Mensen met ideeën. Mensen die met de werkelijkheid kunnen omgaan.'

'Zoals u.'

'Zoals jij en zoals ik. Jij en ik samen kunnen grootse dingen verrichten voor dit land.'

'Bijvoorbeeld onschuldigen ombrengen en hun kinderen roven om ze te verkopen?'

Leandro zuchtte, op zijn gezicht een uitdrukking vol weerzin.

'Wees niet naïef, Alicia. Dat waren andere tijden.'

'Was het uw idee of dat van Valls?'

'Speelt dat een rol?'

'Het maakt míj uit.'

'Het was niemands idee. Het is simpelweg hoe de dingen toen gingen. Ubach en zijn vrouw hadden hun zinnen gezet op de dochters van de familie Mataix. Valls zag een kans. En daarna kwamen er andere. Het was een tijd van kansen. En er is geen aanbod zonder vraag. Ik heb me ertoe beperkt te doen wat ik te doen had en me ervan verzekerd dat de zaak Valls niet uit de handen glipte.'

'Het lijkt erop dat u dat niet is gelukt.'

'Valls is een inhalig mens. Helaas weten de inhaligen nooit wanneer het moment is gekomen om hun positie niet langer te misbruiken, en ze forceren de zaken tot ze uit het lood zijn. Daarom vallen ze, vroeg of laat.'

'Hij leeft dus nog?'

'Alicia, wat wil je van mij?'

'De waarheid.'

Leandro lachte zachtjes.

'De waarheid? Jij en ik weten dat zoiets niet bestaat. De waarheid is een afspraak, dankzij welke de naïevelingen onder ons niet met de werkelijkheid hoeven te leven.'

'Ik ben hier niet gekomen om het citatenboek door u voorgelezen te krijgen.'

Leandro's blik verhardde zich.

'Nee. Je bent gekomen om in dingen te wroeten waarvan je weet dat je ervan af moet blijven. Zoals altijd. Om alles onnodig ingewikkeld te maken. Want dat is hoe jij alles doet. Daarom heb je me verlaten. Daarom heb je me verraden. Daarom kom je nu hier om met mij over de waarheid te praten. Omdat je wilt dat ik zeg: ja, je bent beter dan ik, beter dan dit allemaal.'

'Ik ben niet beter dan wie dan ook.'

'Natuurlijk ben je dat wel. Daarom ben je altijd mijn favoriet geweest. Daarom wil ik je weer naast me hebben. Omdat dit land mensen zoals jij en ik nodig heeft. Mensen die de zaken onder controle weten te houden. Die grenzen trekken en ervoor zorgen dat de kalmte bewaard wordt, zodat niet alles weer verandert in een zak ratten die leven om hun haat, jaloezie en kleinzielige woede te voeden en elkaar levend opvreten. Je weet dat ik gelijk heb. Dat zonder ons, ook al krijgen wij altijd de schuld van alles, dit land naar de verdommenis gaat. Wat vind je ervan?'

Leandro keek haar lang in de ogen, maar aangezien hij geen antwoord kreeg, liep hij naar het bad. Hij keerde haar de rug toe en trok zijn ochtendjas uit. Ze keek naar zijn naakte lijf, bleek als een vissenbuik. Hij hield zich vast aan de goudkleurige stang die uit het marmer stak en liet zich langzaam in het water zakken. Toen opende hij zijn ogen en keek haar met een zweem van melancholie aan terwijl de damp om zijn gezicht kringelde.

'Dit had allemaal anders moeten zijn, Alicia, maar we zijn kinderen van onze tijd. Eigenlijk is het bijna beter zo. Ik heb altijd geweten dat jij het zou zijn.'

Alicia liet het wapen zakken.

'Waar wacht je op?'

'Ik ga u niet doden.'

'En waarom ben je dan gekomen?'

'Ik weet het niet.'

'Natuurlijk weet je het wel.'

Hij stak zijn hand uit naar de muurtelefoon bij het bad. Alicia richtte het wapen weer op hem.

'Wat doet u?'

'Je weet hoe dit gaat, Alicia. Ja, juffrouw? Verbind u mij door met Gil de Partera, ministerie van Binnenlandse Zaken. Ja. Leandro Montalvo. Ik wacht. Dank u.'

'Hang nu meteen op. Alstublieft.'

'Dat kan ik niet doen. De opdracht was nooit om Valls te redden. De opdracht luidde om hem te vinden en hem het zwijgen op te leggen en daarmee te voorkomen dat deze hele trieste geschiedenis aan het licht kwam. En we stonden op het punt de missie, opnieuw, met succes te bekronen. Maar jij wilde niet naar me luisteren. Daarom moet ik nu, tegen mijn wil, opdracht geven tot de dood van allen die je bij je avontuur hebt betrokken. Daniel Sempere, zijn vrouw en familie, inclusief die gek die voor ze werkt en iedereen die je op je kruistocht ongelukkigerwijs alles hebt moeten vertellen wat ze nooit hadden mogen weten. Jij hebt het zo gewild. Gelukkig heb je ons naar al deze mensen geleid. Zoals altijd, ook als je niet wilt, ben je de beste. Juffrouw? Ja. Meneer De Partera. Insgelijks. Zo is het. Ik heb nieuws.'

Eén schot was voldoende. De hoorn gleed uit zijn hand en viel op de vloer naast het bad. Leandro's hoofd zakte opzij en hij wierp haar een met genegenheid en verlangen vergiftigde blik toe. Een scharlakenrode wolk breidde zich uit in het water en versluierde zijn lichaam. Roerloos bleef Alicia staan, toekijkend hoe hij bij elke hartslag verder leegbloedde, tot de pupillen van zijn ogen zich verwijdden en zijn glimlach bevroor in een spottende grimas.

'Ik zal op je wachten,' fluisterde hij. 'Treuzel niet te lang.'

Toen gleed het lichaam langzaam weg en Leandro Montalvo's gezicht zonk met open ogen in het bloedige water.

5

Alicia pakte de hoorn van de vloer en hield hem bij haar oor. De lijn was dood. Leandro had niemand gebeld. Ze haalde het stopflesje pillen tevoorschijn en nam er een paar, kauwde ze eerst stuk en spoelde ze toen weg met een slok van de dure cognac die Leandro in een kastje in de salon bewaarde. Voor ze de suite verliet, veegde ze zorgvuldig het wapen van Hendaya schoon en liet het op het tapijt vallen.

De weg naar de dienstingang kwam haar eindeloos voor. Twee van de liften waren op weg naar boven en ze besloot de trap te nemen om zo snel mogelijk beneden te komen. Opnieuw doorkruiste ze de wirwar van gangen om de keukens heen, tot ze eindelijk het laatste stuk gang insloeg dat naar de buitendeur voerde, terwijl ze er rekening mee hield op elk moment een kogel in haar rug te krijgen en voorover te storten, om als een rat in de keldertunnels van het Palace te eindigen, het hof van de scharlaken prins. Eenmaal op straat waaide een vlaag natte sneeuw haar in het gezicht. Ze bleef een moment staan om op adem te komen en kreeg toen de taxichauffeur in het oog, die nerveus bij de auto stond te wachten op exact de plek waar ze was uitgestapt. Zodra Ernesto haar zag, rende hij naar haar toe en zonder een woord te zeggen pakte hij haar bij de arm en begeleidde haar naar de auto. Hij zette haar op de achterbank en kroop ijlings achter het stuur.

In de verte klonken reeds de sirenes toen de taxi zich in beweging zette naar de Carretera de San Jerónimo. Voor de hoofdingang van het Palace telde Ernesto minstens drie zwarte auto's en meerdere mannen die naar binnen renden en daarbij iedereen opzijduwden die ze op hun weg tegenkwamen. De taxichauffeur bleef heel rustig, deed zijn knipperlichtje aan en versmolt met het verkeer dat afdaalde in de richting van Recoletos. Eenmaal daar, verborgen in een kluwen van auto's, bussen en trams die stapvoets door de mist kropen, liet hij een zucht van verlichting ontsnappen en waagde het voor het eerst naar Alicia te kijken. De tranen liepen haar over de wangen.

'Dank u dat u op me hebt gewacht,' zei ze.

'Gaat het goed met u?'

Ze gaf geen antwoord.

'Gaan we naar huis?' vroeg Ernesto.

Ze schudde haar hoofd.

'Nog niet. Nog één stop.'

6

De taxi stopte bij het hek met de lansen. Ernesto zette de motor af en staarde naar wat er van de gevel van Villa Mercedes tussen de bomen door te zien was. Ook Alicia tuurde naar het huis, zonder een woord te zeggen. Een minuut bleven ze zo zitten en lieten de absolute stilte die om het oord hing tot zich doordringen.

'Het lijkt erop dat er niemand is,' zei Ernesto.

Alicia opende het portier.

'Zal ik met u meegaan?' vroeg Ernesto.

'Wacht u hier maar op mij.'

'Ik ga nergens heen.'

Alicia stapte uit en liep naar het hek. Voor ze naar binnen ging, draaide ze zich om en keek naar Ernesto, die flauwtjes glimlachte en zijn hand opstak, schijnbaar halfdood van angst. Ze glipte door de halfopen poort en liep door de tuinen naar het huis. Onderweg zag ze tussen de bomen de stoomtrein. Toen kwam de beeldentuin. Het enige geluid was dat van haar voetstappen op het gebladerte. In een paar minuten doorkruiste ze het terrein zonder verder een ander levensteken waar te nemen dan een massa zwarte spinnen, hangend aan de aan bladeren klevende verpopte larven.

Bij de brede hoofdtrap aangekomen zag ze dat de voordeur openstond, en ze bleef staan. Ze keek om zich heen en stelde vast dat de garages leeg waren. Om Villa Mercedes hing een verontrustend troosteloze, verlaten atmosfeer, alsof iedereen die deel had uitgemaakt van die plek midden in de nacht was vertrokken, op de vlucht voor een vloek. Langzaam liep ze de trap op naar de drempel en stapte de hal in.

'Mercedes?' riep ze.

De echo van haar stem ging verloren in een jammerklacht van verlaten salons en gangen. Een scala van duistere gangen doemde op aan de zijkanten. Ze liep naar de zuilen van een grote danszaal, waar de wind dor blad naar binnen had gewaaid. De gordijnen bolden op in de wind en vanuit de tuin waren insecten naar binnen gekropen, die een tapijt op de witmarmeren tegels vormden.

'Mercedes?' riep ze weer.

Haar stem verdween opnieuw in de diepte van het huis. Toen ving ze de van boven komende zoetige stank op en liep de trap op. Het spoor leidde naar een kamer aan het einde van de gang. Ze liep naar binnen, maar bleef halverwege abrupt staan. Als een rouwsluier bedekte een laag zwarte spinnen het lichaam van mevrouw Valls. Ze waren begonnen haar op te vreten.

Alicia liep haastig de gang weer op en rukte voor een teug frisse lucht een van de ramen open die op de binnenplaats uitkwamen. Toen ze haar hoofd uit het raam stak, viel haar op dat alle ramen die op de binnenplaats uitkwamen gesloten waren, op één na, aan het einde van de derde verdieping. Ze liep naar de derde etage, waar een lange gang verdween in het schemerduister. Helemaal achterin was een dubbele witte deur te zien, die op een kier stond.

'Mercedes, ik ben het, Alicia. Ben je daar?'

Langzaam liep ze verder, vaag reliëfs ontwarend achter de gordijnen en schaduwen tussen de deuren in de gang. Eindelijk stond ze voor de dubbele deur en legde haar hand op een ervan.

'Mercedes?'

Ze duwde.

De muren waren hemelsblauw geschilderd en bevolkt met door sprookjes en legenden geïnspireerde tekeningen. Een kasteel, een koets, een prinses en allerlei fantastische wezens trokken langs een hemel met zilveren sterren. Alicia stond in een speelkamer, een paradijs voor geprivilegieerde kinderen, waarin zich bijna alles bevond wat ze zich maar konden wensen. De twee zussen wachtten achter in de ruimte.

Het witte bed werd bekroond door een bewerkt houten hoofdeinde in de vorm van een engel met gespreide vleugels, die in grote aandacht de kamer overzag. Ariadna en Mercedes waren gekleed in het wit, lagen hand in hand op het bed en hielden ieder met de andere hand een rode roos op de borst. Een leren etui met een naald en meerdere glazen flesjes lag op het nachtkastje naast Ariadna.

Alicia's benen begonnen te trillen en ze moest zich vastgrijpen aan een stoel. Later zou ze nooit meer kunnen zeggen hoe lang ze daar stond, of het een minuut was of een uur, ze kon zich slechts herinneren dat haar voetstappen haar naar de grote danszaal voerden nadat ze weer op de begane grond was aangekomen, waar ze op de schoorsteen een doos lucifers vond. Ze nam ze mee en ging toen, de gordijnen in brand stekend, langs alle kamers van de villa. Al snel hoorde ze de vlammen achter zich loeien, en ze verliet het huis van de dood. Zonder om te kijken haastte ze zich door de tuinen, terwijl Villa Mercedes brandde en een zwarte rookzuil opsteeg naar de hemel.

IN PARADISUM

Barcelona

februari 1960

1

Zoals elke zondag sinds hij meer dan twintig jaar geleden weduwnaar was geworden, stond Juan Sempere vroeg op, maakte een kop sterke koffie, hulde zich in zijn pak met bijpassende Barcelonese deftigeherenhoed en ging naar beneden om naar de kapel van Santa Ana te gaan. Hij was nooit een religieus mens geweest, tenzij Alexandre Dumas meetelde als lid ex cathedra in het heiligenboek. Het liefst ging hij op de achterste bank zitten om het ritueel in stilte bij te wonen. Uit respect stond hij op en ging zitten als de priester dat zo aangaf, maar hij nam niet deel aan de kerkzang, de gebeden of de communie. Sinds Isabella's dood hadden de hemel en hij, al nooit de meest geanimeerde gesprekspartners, elkaar weinig meer te zeggen.

De geestelijke, die op de hoogte was van zijn overtuigingen respectievelijk het ontbreken daarvan, heette hem altijd welkom en herinnerde hem eraan dat hij zich er thuis kon voelen, ongeacht wat hij geloofde. 'Eenieder beleeft het geloof op zijn eigen manier en wijze,' zei hij. 'Maar citeert u mij niet, anders sturen ze me naar de missieposten, waar ik door een anaconda kan worden verslonden.' De boekhandelaar antwoordde altijd dat hij weliswaar geen geloof had, maar dat hij zich daar dichter bij Isabella voelde, misschien omdat hij in die kapel met haar was getrouwd en er slechts vijf jaar later de begrafenis had gehouden, na de enige gelukkige jaren van zijn leven.

Die zondagochtend ging Juan Sempere net als altijd op de achterste bank zitten om naar de mis te luisteren en te zien hoe de vroege vogels van de buurt, een allegaartje van kwezels en zondaars, alleenstaanden, slapelozen, optimisten en zij die hun hoop met pensioen hadden gestuurd, bij elkaar kwamen om God te smeken zich hen en hun vluchtige bestaan te herinneren in zijn alomtegenwoordige stilte. Hij zag hoe de adem van de geestelijke nevelgebeden tekende in de lucht. De aanwezigen schaarden zich om de enige gaskachel die het parochiebudget toestond en die ondanks de medewerking van maagden en heiligen in hun nissen geen wonderen tot stand bracht.

De pastoor wilde juist de heilige hostie nemen en de wijn drinken, iets waar Juan Sempere met deze kou geen nee tegen had gezegd, toen hij vanuit zijn ooghoeken een gestalte zijn bank in zag glippen en naast hem zag plaatsnemen. Sempere draaide zijn hoofd opzij en zag zijn zoon Daniel, die hij niet meer in een kapel had gezien sinds zijn trouwdag. Nu ontbrak alleen Fermín nog met een gebedenboek in de hand om tot de slotsom te komen dat de wekker in opstand was gekomen en dit niets anders was dan een vredige winterzondagsdroom.

'Alles goed?' vroeg hij zachtjes.

Daniel knikte met een vredige glimlach en richtte zijn blik op de geestelijke, die de hosties onder de gelovigen begon uit te delen, terwijl de organist, een muziekdocent die een dubbelrol speelde in diverse kerken in de wijk en die klant was van de boekwinkel, deed wat hij kon.

'Te oordelen naar de misdaden die begaan worden tegen Johann Sebastian Bach moet maestro Clemente deze ochtend diepgevroren vingers hebben,' voegde hij eraan toe.

Daniel beperkte zich tot weer een knikje. Sempere observeerde zijn zoon, die al dagen in zichzelf gekeerd was. Daniel droeg in zijn innerlijk een wereld van afwezigheden en stiltes met zich mee, waar hij nooit in had kunnen doordringen. Vaak moest hij denken aan die ochtend, vijftien jaar geleden, toen Daniel huilend wakker was geworden omdat hij zich het gezicht van zijn moeder niet meer voor de geest kon halen. Die ochtend had hij zijn zoon voor het eerst meegenomen naar het Kerkhof der Vergeten Boeken, misschien in de hoop dat dat oord, met alles wat het betekende, de leegte kon vullen die het verlies had gebracht in hun beider levens. Hij had hem zien opgroeien en een man zien worden, die was getrouwd en een kind had gekregen, en desondanks stond hij elke ochtend met angst om hem op, en met de wens dat Isabella aan zijn zijde zou staan om hem de dingen te vertellen die hij, de vader, nooit zou kunnen zeggen. Een vader ziet zijn kinderen nooit ouder worden en in zijn ogen verschijnen ze altijd als het kind dat hem ooit vol verering aankeek, omdat het ervan overtuigd was dat de vader op alle raadsels van de wereld een antwoord paraat had.

Die ochtend keek de boekhandelaar echter in het schemerlicht van een kapel ver van God en de wereld naar zijn zoon en dacht voor de eerste keer dat ook voor hem de tijd was gaan tikken en dat hij nooit meer de kleine jongen zou zien die leefde om zich het gezicht te kunnen herinneren van zijn moeder, die nooit meer zou terugkeren. Sempere zocht naar woorden om hem te zeggen dat hij hem begreep, dat hij niet alleen was, maar de schaduw die als een giftige wolk om zijn zoon hing, maakte hem bang. Daniel draaide zich naar zijn vader en Sempere las in zijn ogen een woede en een razernij die hij zelfs nooit in de blik van ouderen had gezien die door het leven al tot ellende waren veroordeeld.

'Daniel,' fluisterde hij.

Zijn zoon omhelsde hem vervolgens innig, zodat hij verstomde, en hield hem zo stevig vast alsof hij bang was dat iemand hem kon wegnemen. Sempere kon zijn gezicht niet zien, maar hij wist dat zijn zoon stilletjes huilde. En voor het eerst sinds Isabella's dood bad hij voor hem.

2

De bus zette hen kort voor het middaguur af bij de poorten van het kerkhof van Montjuïc. Daniel nam Julián in zijn armen en liet Bea eerst uitstappen. Het was de eerste keer dat ze hun zoon meenamen. Een koude zon had de wolken verteerd en het metalige blauw van de hemel detoneerde bij die omgeving. Ze betraden de dodenstad en begonnen aan de klim. De weg die langs de heuvel slingerde liep langs het oude, aan het einde van de negentiende eeuw aangelegde gedeelte van het kerkhof, tussen mausoleums en graven van melodramatische architectuur door, die engelen en spookbeelden aanriepen in een extravagante wanorde ter meerdere eer en glorie van de grote fortuinen en families van de stad.

Bea had die dodenstad altijd gehaat, waarin ze niets anders zag dan een morbide enscenering van de dood en de poging om de geschrokken bezoekers ervan te overtuigen dat afkomst en een klinkende naam zelfs voortduren in de duistere eeuwigheid. Ze betreurde het idee dat een leger architecten, beeldhouwers en handwerkslieden hun talenten had verkocht om een overdadige necropolis te scheppen en met standbeelden te bevolken, waar geesten des doods vooroverbogen om het voorhoofd te kussen van kinderen uit de tijd van voor de penicilline, waar spookachtige dames waren gevangen in houdingen van eeuwige melancholie en waar ontroostbare engelen op marmeren grafstenen het verlies van een koloniale slachter beweenden die op de Caraïbische eilanden tot fortuin en roem was gekomen met slavenhandel en bloedbevlekte suiker. In Barcelona droeg zelfs de dood zondagskleren. Bea verafschuwde het oord, maar dat zou ze nooit tegen Daniel kunnen zeggen.

De kleine Julián staarde naar dat danteske carnaval met ogen op steeltjes. Hij wees op de figuren en labyrintische structuren van de pantheons met een mengeling van vrees en verbazing.

'Het zijn maar standbeelden, Julián,' zei zijn moeder zachtjes tegen hem. 'Ze kunnen je niets doen, want er is hier niets.'

Zodra ze de woorden had uitgesproken, had ze er spijt van. Daniel gaf geen teken ze gehoord te hebben. Hij had zijn mond amper opengedaan sinds hij die nacht laat thuis was gekomen zonder uitleg over waar hij was geweest. Zwijgend was hij naast haar in bed gekropen, maar hij had geen minuut geslapen.

Toen Bea hem die ochtend vroeg wat er met hem aan de hand was, keek hij haar woordloos aan. Woest trok hij vervolgens haar nachthemd uit en ging op haar liggen zonder haar in de ogen te kijken, met één hand haar armen boven haar hoofd vastklemmend, met de andere ruw haar benen spreidend.

'Daniel, je doet me pijn. Stop alsjeblieft. Stop!'

Hij negeerde haar protesten en drong met razernij bij haar naar binnen, tot ze haar handen kon loswringen en haar nagels in zijn rug klauwde. Hij kreunde van de pijn en ze duwde hem uit alle macht van zich af. Zodra ze zich van hem had bevrijd, sprong ze uit bed en trok een ochtendjas aan. Ze wilde tegen hem schreeuwen, maar drong slechts haar tranen terug. Daniel had zich op het bed in elkaar gerold en ontweek haar blik. Ze haalde diep adem.

'Doe dat nooit meer, Daniel. Nooit meer. Heb je me begrepen? Kijk me aan en geef antwoord.'

Hij tilde zijn gezicht op en knikte. Bea sloot zich op in de badkamer tot ze de voordeur hoorde. Pas een uur later kwam hij terug. Hij had bloemen gekocht.

'Ik wil geen bloemen.'

'Ik denk erover mijn moeder te bezoeken,' zei Daniel.

Aan tafel zittend, een kop melk in zijn handjes, staarde de kleine Julián naar zijn ouders en leek te voelen dat er iets niet in de haak was. De hele wereld was om de tuin te leiden, maar nooit Julián, bedacht Bea.

'Dan gaan we met je mee,' zei ze.

'Dat is niet nodig.'

'Ik heb gezegd dat we met je meegaan.'

Aan de voet van het heuveltje dat een uitzichtpunt bood over zee bleef Bea staan. Ze wist dat Daniel haar alleen wilde bezoeken. Die maakte aanstalten om haar Julián te overhandigen, maar het kind weigerde de armen van zijn vader te verlaten.

'Neem hem maar mee. Ik wacht hier op jullie.'

3

Daniel knielde bij de steen en legde de bloemen op het graf. Hij streek over de gegraveerde letters:

ISABELLA SEMPERE
1917-1939

Met gesloten ogen bleef hij geknield zitten, tot Julián begon te stamelen op de onverstaanbare manier waarin hij soms verviel als hij iets hem bezighield.

'Wat is er, Julián?'

Zijn zoon wees op iets aan de voet van de grafsteen. Daniel ontdekte in de schaduw van een glazen vaas een figuurtje tussen de verwelkte bloemblaadjes, een gipsen beeldje. Daniel wist zeker dat het er de vorige keer dat hij het graf van zijn moeder had bezocht niet had gestaan. Hij pakte het op en bestudeerde het. Een engel.

Julián, die het figuurtje gefascineerd bekeek, boog naar voren en probeerde het hem af te pakken. Bij dat korte touwtrekkerijtje ontglipte het Daniel, het viel op het marmer en brak. Maar uit een van de engelhelften stak iets, zag hij. Een stukje opgerold papier. Hij zette Julián op de grond, trok het papiertje eruit en streek het glad.

Mauricio Valls
El Pinar
Calle de Manuel Arnús
Barcelona

'Wat is dat?' Julián keek aandachtig naar hem. Daniel stak het papiertje in zijn zak, glimlachte naar hem en pakte hem weer op.

Bea wachtte aan de voet van het heuveltje. Daniel omarmde haar woordloos. Eigenlijk wilde hij haar om vergeving vragen voor die ochtend en voor al het andere, maar hij vond de woorden niet. Ze keek hem in de ogen.

'Is alles goed met je, Daniel?'

Hij verschanste zich achter de glimlach die Julián niet had overtuigd en die Bea nog veel minder overtuigde.

'Ik hou van je,' zei hij.

Die avond, na Julián naar bed te hebben gebracht, bedreven ze de liefde langzaam en in de schemer. Daniel exploreerde haar lichaam met zijn lippen alsof hij vreesde het nooit meer te kunnen doen. Daarna, omstrengeld onder de dekens, fluisterde Bea in zijn oor: 'Ik zou nog een kind willen hebben. Een meisje. Jij ook?'

Hij knikte en kuste haar op het voorhoofd. Hij bleef haar strelen tot Bea in slaap viel. Toen haar ademhaling langzaam en diep was geworden, stond hij stilletjes op, pakte zijn kleren en kleedde zich aan in de eetkamer. Voor hij de woning verliet, bleef hij bij Juliáns kamer staan en duwde de deur een stukje open. Zijn zoon sliep vredig, met een pluchen krokodil in zijn armen die Fermín hem cadeau had gedaan en die groter was dan hijzelf. Julián had hem Carlitos gedoopt en het was absoluut onmogelijk om hem zonder het beest te laten slapen, ondanks Bea's pogingen het te vervangen door iets hanteerbaarders. Daniel weerstond de verleiding om de kamer in te gaan en zijn zoon een kus te geven. Julián sliep licht en had een zeer speciale radar voor de bewegingen van zijn ouders in het huis. Toen Daniel de voordeur van de woning dichttrok, vroeg hij zich af of hij zijn zoon weer zou terugzien.

4

Hij stapte in de nachttram die vertrok vanaf het Plaza de Cataluña, precies op het moment dat die over de rails begon te glijden. Er zaten niet meer dan zes reizigers in, in elkaar gedoken van de kou, die zich met gesloten ogen en ver van de wereld wiegden in het schommelritme van de tram.

In een halfuur reed de tram door de stad omhoog, amper verkeer tegenkomend. Ze passeerden de verlaten haltes en lieten een vonkenregen aan de kabels achter, en een geur van verbrand hout. Soms keerde een van de reizigers terug naar het leven, wankelde naar de achteruitgang en stapte uit nog voor de tram helemaal stilstond. Het laatste stuk van de klim, vanaf de hoek van de Vía Augusta en Balmes tot aan de Avenida del Tibidabo, had Daniel geen ander gezelschap dan een lethargische conducteur die dommelde op zijn krukje achterin en de bestuurder, een mannetje dat met de wereld was verbonden door een sigaret waar gelige rookpluimen vanaf kwamen en dat naar benzine stonk.

Bij de laatste halte aangekomen blies de bestuurder een feestelijke wolk uit en luidde de bel. Daniel stapte uit en liet de bubbel amberkleurig licht die de tram omhulde achter zich. Voor hem liep de Avenida del Tibidabo omhoog, met haar lange rij villa's en paleizen. Helemaal boven, als stille schildwacht van de stad, was al het silhouet van El Pinar te zien. Daniel voelde dat zijn hart sneller ging kloppen. Hij knoopte zijn jas dicht en begon te lopen.

Toen hij langs nummer 32 liep, wierp hij door de poort met spijlen een blik op het voormalige huis van de Aldaya's, en herinneringen overvielen hem. In dat oude huis had hij een eeuw geleden, eigenlijk slechts enkele jaren geleden, het leven gevonden en ook bijna verloren. Had Fermín naast hem gelopen, dan had hij het verband tussen deze laan en zijn lot zeker met enige ironie bekeken, en hem duidelijk gemaakt dat alleen een dwaas op het idee kon komen te doen wat hij nu van plan was te doen, terwijl zijn vrouw en zoon hun laatste nacht van vrede op aarde sliepen. Misschien had hij hem mee moeten nemen. Maar Fermín zou het onmogelijke hebben gedaan om hem van deze dwaasheid af te houden. Hij zou zich tussen hem en de plicht hebben geworpen die Daniel in zijn duistere wraakwens zag. Daarom wist hij dat hij die nacht het lot alleen het hoofd moest bieden.

Bij het pleintje aangekomen aan het einde van de Avenida del Tibidabo glipte Daniel de schaduw in en liep naar de straat die om de heuvel liep waarop zich somber en hoekig El Pinar verhief. Van ver weg leek het huis aan de hemel vastgebonden te zijn. Pas toen hij in de buurt kwam, werd hem duidelijk hoe groot het terrein en het bouwwerk zelf waren. Het perceel, een als tuin ingerichte heuvel, was omringd door een muur die parallel liep aan de straat, de hoofdingang bewaakt door een aangebouwde villa met toren. De toren had een netvormige poort uit de tijd dat metaalbewerking nog een kunst was. Wat verder naar beneden was nog een tweede toegang, een stenen portiek, waarboven de naam van het huis was te lezen; erachter kondigde zich een lange klim aan over een labyrint van trappen dwars door de tuinen. Het spijlenhek leek zo solide als dat van de hoofdingang. Daniel concludeerde dat zijn enige alternatief was om over de muur te klimmen, in de tuin te springen en ongezien langs de bomen bij het huis te komen. Hij vroeg zich af of er honden zouden zijn, of verborgen bewakers. Van buitenaf was er geen sprankje licht te zien. El Pinar ademde een grafstemming uit.

Nadat hij een paar minuten om zich heen had gekeken, opteerde hij voor een stuk van de muur dat beter verscholen lag door de bomen. De stenen muur was vochtig en glibberig en hij had meerdere pogingen nodig voor hij boven was en er aan de andere kant af kon springen. Zodra hij landde op de laag naalden en afgebroken twijgen, voelde hij de temperatuur om hem heen dalen, alsof hij net een kelder was binnengedrongen. Behoedzaam beklom hij de heuvel, en hij stond om de paar meter stil om te luisteren naar het geluid van de wind tussen de bladeren. Kort daarop kwam hij op de geplaveide weg die van de hoofdingang van het perceel naar het vlakke terrein voor het huis liep. Hij volgde die tot de gevel zich voor zijn neus verhief en keek om zich heen. Stilte en halfdonker omhulden hem. Als er nog iemand was, dan had die in elk geval niet de intentie dat kenbaar te maken.

Het gebouw lag in duisternis gehuld, de grote ramen waren donker, het enige waarneembare geluid was dat van zijn voetstappen en de wind die tussen de bomen ritselde. Zelfs in het zwakke maanlicht was te zien dat El Pinar al jaren min of meer verlaten was. Ontredderd staarde Daniel ernaar. Hij had bewakers verwacht, honden, of een ander soort gewapend toezicht. Misschien had hij dat stiekem zelfs wel gehoopt. Iemand die hem kon of wilde tegenhouden. Er was niemand.

Hij liep naar een van de ramen, drukte zijn gezicht tegen het gebarsten glas en tuurde het donker in. Vervolgens liep hij om het huis heen en kwam bij een soort patio die naar een glazen passage voerde. Opnieuw tuurde hij naar binnen en zag licht noch beweging. Met een steen sloeg hij de ruit van een deur in, stak zijn hand door het gat en deed van binnenuit open. De geur binnen omhelsde hem als een oude, kwaadaardige geest die hem met spanning had opgewacht. Hij deed een paar passen naar voren en constateerde dat hij stond te trillen op zijn benen en dat hij nog steeds de steen in zijn hand had. Hij liet hem niet los.

De passage leidde naar een rechthoekige ruimte die vroeger een feestelijke eetzaal moest zijn geweest. Hij liep erdoorheen en kwam aan het einde bij een salon met grote ramen in Arabische stijl vanwaar hij heel Barcelona kon zien, dat verder weg leek dan ooit. Langzaam verkende hij het huis, en hij had het gevoel zich in de romp van een gezonken schip te bevinden. De meubels waren als door een lijkwade van witachtige donkerheid bedekt, de wanden zwart geworden, de gordijnen gerafeld of op de vloer gelegen. Midden in het huis was een atrium, dat zich uitstrekte tot aan het kapotte dak. Hij hoorde geklapwiek en ruisen in de hoogte. Aan één kant was een prachtige marmeren trap te zien, die meer had gepast bij een operagebouw dan bij een woonhuis. Daarnaast was een oude kapel. Het gezicht van een aan het kruis genagelde Christus was vaag zichtbaar in het schemerdonker, door bloedige tranen overstroomd en met een beschuldigende blik. Verderop, voorbij de deuren van meerdere afgesloten ruimtes, leek een grote open deur weg te zinken in de ingewanden van het huis. Daniel trad dichterbij en bleef staan. Een zachte luchtstroom streek over zijn gezicht en bracht een geur met zich mee: was.

Hij liep een gang in tot hij bij een wat normalere trap kwam, vermoedelijk die voor het personeel. Een paar meter verder was een grote ruimte, in het midden waarvan een houten tafel stond tussen wat omgevallen stoelen. De voormalige keuken. Hier kwam de wasgeur vandaan. Een licht flakkeren gleed over de wanden. Daniel zag op de tafel een zwartige vlek. Het bloed dat de vlek vormde, was over de tafelrand gestroomd en had op de vloer een plas vloeibare schaduw gevormd.

'Wie daar?' vroeg een stem die bijna nog banger klonk dan Daniel zich voelde.

Die bleef stokstijf staan en zocht toen zijn heil in de schaduw achter een deur. Hij hoorde langzaam voetstappen dichterbij komen.

'Wie daar?'

Daniel pakte de steen stevig vast en hield zijn adem in. Een gestalte met een kaars in de ene hand en een glinsterend object in de andere kwam dichterbij. Plotseling bleef hij staan, alsof hij zijn nabijheid voelde. De gestalte had een wapen in de bibberende hand. Hij deed weer een paar passen en op zeker moment zag Daniel de hand met het wapen voorbij de deur glijden waarachter hij zich had verborgen.

Zijn angst werd woede en voor hij zelf in de gaten had wat hij deed, wierp hij zich op de figuur en sloeg uit alle macht met de steen op diens hand. Hij hoorde botten breken en een gekerm steeg op. Het wapen viel op de grond en Daniel liet alle woede op hem los die hij in zich had. Met zijn vuisten sloeg hij hem op gezicht en borst. De man probeerde zijn gezicht met zijn armen te beschermen en krijste panisch als een gevangen dier. De gevallen kaars had een plasje was gevormd, dat begon te branden. Het was het amberkleurige licht dat het doodsbange gezicht onthulde van een breekbaar uitziende man. Verward hield Daniel op met slaan. De man, die hijgend ademhaalde en een bebloed gezicht had, keek hem nietbegrijpend aan. Daniel pakte de revolver en drukte de loop op een van diens ogen. De man liet een kreun ontsnappen.

'Dood me alstublieft niet,' jammerde hij.

'Waar is Valls?'

Weer keek de man hem bevreemd aan. Hij begreep het nog steeds niet.

‘Waar is Valls?’ herhaalde Daniel, en hij hoorde in zijn stem een stalen toon vol haat die hem vreemd was.

‘Wie is Valls?’ stamelde de man.

Daniel maakte aanstalten om hem met het wapen in zijn gezicht te beuken, terwijl de ander bevend zijn ogen sloot, toen hij plotsklaps besefte dat hij een oude man in elkaar aan het slaan was. Hij krabbelde naar achteren en ging met zijn rug tegen de muur zitten. Hij haalde diep adem en probeerde de controle over zichzelf terug te krijgen. De oude man was in elkaar gekropen en jammerde zachtjes.

‘Wie bent u?’ wist Daniel uit te brengen na een diepe zucht. ‘Ik ga u niet doden. Ik wil alleen maar weten wie u bent en waar Valls is.’

‘De bewaker,’ kermde de man. ‘Ik ben de bewaker.’

‘Wat doet u hier?’

‘Ze zeiden dat ze terug zouden komen. Dat ik hem te eten moest geven en moest wachten.’

‘Dat u wie te eten moest geven?’

De oude man haalde zijn schouders op.

‘Valls?’

‘Ik weet niet hoe hij heet. Ze hebben me die revolver gegeven, met de opdracht hem te doden en in de put te gooien als ze over drie dagen niet terug waren. Maar ik ben geen moordenaar.’

‘Hoe lang geleden is dat?’

‘Ik weet het niet. Dagen al wel.’

‘Wie zei dat hij zou terugkomen?’

‘Een kapitein van de politie. Hij gaf me niet zijn naam, wel geld. Het is van u als u wilt.’

Daniel schudde zijn hoofd.

‘Waar is die man? Valls.’

‘Beneden,’ zei de oude man, en hij wees op een metalen deur achter in de keuken.

‘Geef me de sleutels.’

‘Bent u dan gekomen om hem te doden?’

‘De sleutels.’

De oude man zocht in zijn zakken en gaf hem een sleutelbos.

‘Hoort u bij hen? Bij de politie? Ik heb alles gedaan wat me is opgedragen, maar doden kon ik hem niet.’

'Hoe heet u?'

'Manuel. Manuel Requejo.'

'Gaat u naar huis, Manuel.'

'Ik heb geen huis... Ik woon in een schuur, daar achter, in het bos.'

'Gaat u hier weg.'

De oude man knikte. Hij stond moeizaam op en greep zich aan de tafelrand vast om op de been te blijven.

'Ik wilde u geen pijn doen,' zei Daniel beschaamd. 'Ik dacht dat u iemand anders was.'

De man ontweek zijn blik en sleepte zich naar de deur.

'U zult hem er een gunst mee bewijzen,' zei hij nog.

5

Achter de metalen deur was een ruimte met meerdere planken met conserven. In de muur was een in de steen uitgehakte tunnel te zien, die steil naar beneden liep. Zodra Daniel zijn hoofd naar binnen stak, sloeg de intense stank vanuit de ondergrondse ruimte hem volop in het gezicht, een dierlijke stank van uitwerpselen, bloed en angst. Met een hand zijn neus en mond bedekkend beluisterde hij het donker. Aan de muur hing een zaklantaarn, zag hij. Hij knipte hem aan en richtte de lichtcirkel in de tunnel. Een trap verdween in een zwarte schacht.

Langzaam daalde hij af. Van de muren droop vocht en de treden waren glibberig. Na ongeveer tien meter kwam het einde van de trap in zicht. Daar werd de tunnel wijder en kwam uit in een kamergrote holte. De stank was zo intens dat die zijn zintuigen benevelde. Door de lichtbundel door de ruimte te laten glijden, zag hij tralies die de ruimte in tweeën deelden. Niet-begrijpend liet hij het licht door de cel dwalen. Die was leeg. Dacht hij. Pas toen hij een moeizame ademhaling hoorde en in een hoek iets skeletachtigs zich uit de schaduw losmaakte wat naar het licht kroop, begreep hij dat hij zich had vergist. Er zat daar iets gevangen, iets waarin hij slechts met de grootste moeite een mens kon herkennen.

Ogen aangetast door de duisternis, ogen die niet leken te zien en waarover een wittige laag lag. Die ogen zochten hem. De gestalte, een bundel lompen die een zak botten verhulde, te midden van opgedroogd bloed, vuil en urine, greep zich vast aan een van de tralies en probeerde overeind te komen. Eén hand slechts, zag Daniel. Op de plek waar de andere had moeten zitten, zat niets meer dan een etterende stomp. Het wezen drukte zich tegen de tralies aan alsof het aan hem wilde ruiken. Plotseling glimlachte het, en Daniel begreep dat het het pistool in zijn hand had gezien.

Daniel probeerde de sleutels aan de bos tot hij de passende had gevonden en opende de celdeur. Het wezen keek hem verwachtingsvol aan. Daniel zag in hem een uiterst fletse weerspiegeling van de man die hij de afgelopen jaren had geleerd te haten. Niets was er over van zijn koninklijke gezicht, zijn hoogmoedige, laatdunkende houding. Iemand of iets had alles van hem weggerukt wat je maar van een menselijk wezen kunt wegrukken, tot er slechts een verlangen naar duisternis en vergetelheid was overgebleven. Daniel tilde het wapen op en richtte het op zijn gezicht. Valls lachte blij.

'Jij hebt mijn moeder vermoord.'

Valls knikte herhaaldelijk en klemde zich om zijn knieën. Hij zocht met die ene hand het wapen en bracht het naar zijn voorhoofd.

'Alstublieft, alstublieft,' smeekte hij terwijl de tranen over zijn gezicht stroomden.

Daniel spande de haan. Valls sloot zijn ogen en drukte met kracht zijn gezicht tegen de loop.

'Kijk me aan, klootzak.'

Valls opende zijn ogen.

'Zeg me waarom.'

Valls glimlachte zonder het te begrijpen. Hij was een aantal tanden kwijtgeraakt en zijn tandvlees bloedde. Daniel keek weg en voelde hoe de misselijkheid in zijn keel omhoogkroop. Hij sloot zijn ogen en riep het beeld op van Juliáns gezicht, slapend in zijn kamertje. Hij liet het wapen zakken, opende de trommel en liet de patronen op de grond in de plassen vallen. Vervolgens stootte hij Valls opzij.

Valls keek naar hem, eerst ontredderd, toen met paniek, en hij begon de patronen te verzamelen, om ze hem met trillende hand weer aan te reiken. Daniel wierp het wapen achter in de cel en vatte Valls bij de kraag. Een glimmertje hoop gloeide op in diens ogen. Daniel pakte hem krachtig vast en sleepte hem de cel uit, de trap op. In de keuken trapte hij de deur open en liep naar buiten zonder Valls, die achter hem aan strompelde, een seconde los te laten. Hij keek hem niet aan, richtte niet het woord tot hem, maar sleurde hem over de paden door de tuin naar de poort. Daar zocht hij de juiste sleutel uit de bos van de bewaker en deed hem open.

Valls begon doodsbang te jammeren. Daniel duwde hem de straat op, waar Valls struikelde en viel. Daniel pakte hem weer bij de arm en dwong hem op te staan. Valls deed een paar stappen en bleef staan. Daniel gaf hem een schop, zodat hij wel door moest lopen. Hij dreef hem voor zich uit tot ze bij het pleintje waren, waar de eerste blauwe tram van de dag wachtte. Het begon langzaam licht te worden en de hemel zag eruit als een rossig spinnenweb, dat zich over Barcelona spande en de zee in de verte deed gloeien. Valls wierp zich smekend voor Daniel op zijn knieën.

'Je bent vrij,' zei Daniel. 'Verdwijn hier.'

Don Mauricio Valls, licht van zijn tijd, wankelde de Avenida del Tibidabo af. Daniel bleef staan wachten tot hij versmolt met het grijs van de dageraad. Toen ging hij in de tramwagon zitten, die daar nog steeds leegstond. Hij ging op een van de achterste banken zitten, leunde met zijn voorhoofd tegen de ruit en sloot zijn ogen. Meteen sliep hij in, en toen de conducteur hem wekte, verjoeg helder zonlicht de wolken en rook Barcelona schoon.

'Waar moet u naartoe, chef?'

'Naar huis. Ik ga naar huis.'

Na een poosje begon de tram aan zijn afdaling, en Daniel richtte zijn blik op de horizon aan de voet van de brede laan en voelde dat hij geen wrok meer in zijn ziel had en dat hij voor het eerst in vele jaren met de herinnering wakker was geworden die hem de rest van zijn leven zou vergezellen: het gezicht van zijn moeder, een meisje dat hij al overtrof in leeftijd.

'Isabella,' mompelde hij voor zich uit. 'Ik wilde dat ik je langer had gekend.'

6

Ze zeggen dat ze hem naar de ingang van de metro zagen strompelen en dat hij de trappen afdaalde naar de tunnels, alsof hij wilde terugkeren naar de hel. Ze zeggen dat toen ze zijn lompen zagen en de stank roken, de mensen hem uit de weg gingen en deden alsof ze hem niet zagen. Ze zeggen dat hij in een van de treinen is gestapt en zijn toevlucht heeft gezocht in een hoek van een van de wagons. Niemand ging naar hem toe, niemand keek hem aan en niemand wilde later toegeven hem gezien te hebben.

Ze zeggen dat de onzichtbare man in de metro huilde en schreeuwde en smeekte dat iemand medelijden met hem kreeg en hem doodde, maar niemand wilde zelfs maar een blik wisselen met zo'n stuk drek. Ze zeggen dat hij de hele dag doelloos door de tunnels dwaalde, wachtend op het perron tot de volgende metro hem meenam, dwars door die wirwar van verborgen tunnels onder het labyrint van Barcelona, van de ene naar de andere, en weer een andere, nergens naartoe.

Ze zeggen dat aan het eind van die dag een van die ellendige treinen bij het eindstation van de lijn bleef staan, en dat toen de bedelaar weigerde uit te stappen en de bevelen van de conducteur en stationschef niet wilde opvolgen, die laatste de politie heeft gebeld. En dat toen de agenten arriveerden en de wagon in gingen, naar de bedelaar toe, die ook op hun aanwijzingen niet reageerde. Pas op dat moment ging een van de politieagenten vlak voor hem staan, een hand voor mond en neus. Zachtjes tikte hij hem met zijn wapenstok aan. Ze zeggen dat het lichaam daarop levenloos in elkaar zakte en dat de vodden die hij droeg opengingen en iets onthulden wat eruitzag als een reeds in ontbinding verkerend lijk.

Als enige identificatie hield hij in zijn hand een foto van een onbekende jonge vrouw. Een van de agenten stak Alicia Gris' foto bij zich en liet die jaren in zijn kluisje van de kazerne liggen, denkend dat die van niemand anders dan de dood kon zijn, die zijn visitekaartje in de hand van die arme duivel had gedrukt alvorens hem naar de eeuwige verdoemenis te sturen.

De begrafenisdienst haalde het lichaam op en bracht het naar het lijkenhuis waar alle armen, niet-geïdentificeerde doden en verloren zielen eindigden die de stad elke nacht uitspuugde. Bij de ochtendschemering stopten twee knechten hem in een zak van zeildoek die stonk naar de honderden lichamen die daarin hun laatste reis hadden gemaakt en tilden die op een vrachtwagen. Ze reden over de oude weg langs het kasteel van Montjuïc, dat zich aftekende tegen een fonkelende zee en de duizend silhouetten van engelen en geesten in de dodenstad, die zich daar verzameld leken te hebben om hem op de weg naar het massagraf een laatste belediging in het gezicht te spugen, naar hetzelfde graf als dat waar de bedelaar, de onzichtbare man, in een ander leven zelf zovelen naartoe had gestuurd, wier namen hij zich zelden voor de geest had gehaald.

Bij de rand van het graf aangekomen, een oneindige put van met ongebluste kalk bedekte lichamen, openden de twee knechten de zak en don Mauricio Valls roetsjte over de lijkenheuvel helemaal naar beneden. Ze zeggen op de rug en met de ogen open, en dat het laatste wat de knechten zagen voor ze zich van die plaats verwijderden, was hoe een zwarte vogel neerstreek op het lichaam en erin begon te pikken terwijl in de verte alle klokken van Barcelona luidden.

BARCELONA

23 april 1960

1

De dag was gekomen.

Kort voor de dageraad was Fermín bronstig wakker geworden. In de onstuimigheid van een van zijn ochtendlijke verliefdheidsvlagen had hij Bernarda, ondanks haar vergevorderde zwangerschap, voor een week uitgeput achtergelaten, het meubilair in de slaapkamer van zijn plek gestoten en het protest van de buren aan de andere kant van de muur aangewakkerd.

'Het komt door de vollemaan,' verontschuldigde Fermín zich later bij de buurvrouw toen hij haar door het raam van de waskeuken groette. 'Ik weet niet wat me dan overkomt, ik word een ander.'

'Ja, maar in plaats van een wolf wordt u een varken. U mag zich best een beetje inhouden, er wonen hier namelijk kinderen die de eerste communie nog moeten doen.'

Zoals altijd wanneer Fermín gehoorzaamde aan de roep van de primitieve dekhengst die in hem stak, had hij daarna honger als een beer. Hij maakte een tortilla van vier eieren met ham en kaas, die hij naar binnen werkte met anderhalf stokbrood en een kleintje cava. Tevreden bekroonde hij het geheel met een glaasje *orujo* en stak zich vervolgens in de voorgeschreven kledij om zich te wapenen tegen een werkdag die ingewikkeld beloofde te worden.

'Mag ik weten waarom je je hebt verkleed als duiker?' vroeg Bernarda bij de keukendeur.

'Uit voorzorg. Eigenlijk is het een oude regenjas gevoerd met exemplaren van de ABC – die krantenpagina's laten niet eens wijwater door. Er zal wel iets in de inkt zitten die ze gebruiken. Er schijnt een erge storm op komst te zijn.'

'Vandaag, voor Sant Jordi?'

''s Heeren wegen mogen ondoorgrondelijk zijn, maar wanneer mogelijk, dwarsbomen ze je,' zei Fermín.

'Fermín, in dit huis wens ik geen godslastering.'

'Excuus, mijn schat. Ik neem nú mijn antiagnosticismepilletje en dan is het weer over.'

Fermín had niet gelogen. Al dagen werd er een dag van Bijbelse rampen zonder weerga voorspeld, die Barcelona zouden geselen, uitgerekend de stad van boeken en rozen en uitgerekend op de dag van zijn mooiste feest. De prognose van alle experts was eenduidig: van de Nationale Weersdienst, van Radio Barcelona, van *La Vanguardia* en van de Guardia Civil. Het laatste druppeltje op de i voor de spreekwoordelijke zondvloed was van de beroemde waarzegster Madame Carmanyola gekomen. Om twee dingen was ze beroemd. Een was haar hoedanigheid van nimfje van gezette statuur, dat maskeerde dat ze in werkelijkheid een goedgevulde heer uit Cornellá was die Cucufate Brotolí heette, die na een lange carrière als notaris was herboren in een wat onbehouwen vrouwelijkheid en had ontdekt dat het hem eigenlijk veel beter afging zich als prostituee te verkleden en het kruis te bewegen op het sensuele ritme van het flamencogeklap. Het tweede ding was haar onfeilbare weersvoorspelling. Kwaliteiten en technisch jargon daargelaten, waren ze het allen met elkaar eens. Deze Sant Jordi beloofde een miserabele dag te worden.

'In dat geval is het misschien beter om de kraam helemaal niet op te bouwen,' raadde Bernarda hem aan.

'Geen sprake van. Don Miguel de Cervantes en zijn collega don William Shakespeare stierven technisch gezien niet voor niets allebei op dezelfde dag: een 23 april. Als beiden met zo'n precisie het loodje legden op dezelfde dag, kunnen wij boekhandelaren niet achterblijven en het hoofd in de schoot leggen. Vandaag gaan we boeken en lezers bij elkaar brengen, ook al bombardeert generaal Espartero vanaf het kasteel van Montjuïc de stad.'

'Breng je in elk geval een roos voor me mee?'

'Ik breng je een hele kar met de grootste en de geurigste, mijn duifje.'

'En denk eraan mevrouw Bea er eentje te geven, want Danielito is hopeloos en vergeet het weer tot het te laat is.'

'Ik heb de jongen te veel jaren de luiers gewisseld om vandaag strategische details van een dergelijke draagwijdte over het hoofd te zien.'

'Beloof me dat je niet kletsnat zult worden.'

'Als ik nat word, kom ik des te vruchtbaarder en productiever terug.'

‘Ach, Lieve-Heer, we eindigen nog in de hel.’

‘Reden te meer om fatsoenlijk bevredigd daar aan te komen.’

Na een lading kussen, kontkneepjes en geknuffel met zijn geliefde Bernarda ging Fermín de straat op, er vast van overtuigd dat er een wonder zou gebeuren en er een zon als van een Sorolla-schilderij zou verschijnen.

Onderweg ontvreemdde hij de krant van de conciërge, omdat ze een nieuwsgierig aagje en falangiste was, en hij zag de laatste prognoses bevestigd: donder, bliksem, storm met kastanjegrote hagelstenen en orkaanwinden die minstens een miljoen boeken en rozen zouden laten verwaaien, die uiteindelijk allemaal in het water terecht zouden komen en daar, waar de horizon zijn lieflijke naam verliest, wondereiland Barataria zouden vormen.

‘We zullen nog weleens zien,’ was Fermín van mening, en hij legde de krant bij een arme drommel die zijn roes uitsliep in een stoel bij de kiosk van Canaletas.

Hij was niet de enige die dat gevoel had. De Barcelonees is een wezen dat geen gelegenheid voorbij laat gaan om klassiekers als de isobarische kaart of de aristotelische logica te tarten. Die ochtend – het was licht geworden met een hemel in de kleur van doodstrompetten – stonden alle boekhandelaren van de stad in alle vroegte op om hun boekenstalletjes op straat op te bouwen en indien nodig orkanen en wervelstormen te trotseren. Bij het zien van zoveel vertoon van esprit de corps voelde Fermín dat de optimisten die dag zouden triomferen.

‘Zo zie ik het graag. Met volle kracht vooruit. Al komt het met bakken uit de hemel, ons krijgen ze niet weg.’

De bloemenverkoopsters te midden van een oceaan van rode rozen deden niet voor ze onder. Om negen uur precies waren de straten in het centrum van Barcelona getooid voor de grote dag van het boek in de hoop dat de duistere profetieën de verliefden, lezers en argeloze vreemdelingen die sinds 1930 punctueel op 23 april samenkwamen om het beste feest in het gehele universum te vieren, volgens Fermín, niet zouden afschrikken. Om negen uur en vierentwintig minuten voltrok het wonder zich, volledig onverwacht.

2

Een Saharaanse zon boorde zich dwars door gordijnen en jaloezieen heen de slaapkamer in en oorvijgde Daniel. Hij deed zijn ogen open en aanschouwde ongelovig het wonder. Naast hem zag hij Bea's naakte rug, die hij van boven tot onder likte, tot ze schaterend wakker werd en zich als een duveltje-uit-een-doosje omdraaide. Daniel omhelsde haar en kuste loom haar lippen, alsof hij haar wilde drinken. Vervolgens schoof hij het laken opzij en keek genietend naar haar, haar buik strelend met zijn vingertoppen tot ze zijn hand tussen haar dijen ving en vurig zijn lippen kuste.

'Het is Sant Jordi. We komen te laat.'

'Fermín heeft vast al geopend.'

'Vijftien minuten,' gaf Bea toe.

'Dertig,' onderhandelde Daniel.

Het saldo was ongeveer vijfenveertig minuten.

Om tien uur begonnen de straten levendig te worden. Een fluwelen zon en een diepblauwe hemel stoffeerden de stad, terwijl duizenden Barcelonezen de zon opzochten om tussen de honderden boekenkraampjes te slenteren op de trottoirs en promenades. De heer Sempere had bepaald dat ze hun kraam midden in de Calle Santa Ana zouden zetten, tegenover de boekhandel. Meerdere, door de vracht boeken doorbuigende tafels prijkten in de zon. Erachter, lezers assisterend, inpakkend of simpelweg kijkend naar de mensenmassa, stond de complete Sempere-ploeg. Aan het front Fermín, al zonder regenjas en in hemdsmouwen. Naast hem Daniel en Bea, de laatste beheerde rekeningen en kas.

'En de beloofde zondvloed?' vroeg Daniel.

'Op weg naar Tunesië, waar men het water veel beter kan gebruiken. Zeg, Daniel, wat een ondeugend hoofd hebt u deze ochtend. Blijkbaar brengt de lente het bloed aan het koken…'

De heer Sempere en don Anacleto, die zich altijd bij hen voegde als hulpkracht, ook al had hij bepaald geen slag van boeken inpakken, zaten op hun stoelen en bevalen besluiteloze lezers titels aan. Sofía bracht de jonge mannen in vervoering, die eigenlijk alleen naar de kraam kwamen om naar haar te kijken, maar uiteindelijk toch iets kochten. Naast haar brandde Fernandito van jaloezie, en ook een beetje van trots. Zelfs de horlogemaker van de buurt, don Federico, en zijn wispelturige paramour, Merceditas, hadden hun hulp aangeboden.

Wie zich echter het meest vermaakte was de kleine Julián, die het spektakel van mensen met boeken en rozen verrukt gadesloeg. Zittend op een kist naast zijn moeder hielp hij haar bij het muntgeld tellen en werkte zonder enige rem de voorraad Sugus-snoepjes weg die hij had gevonden in de jaszakken van Fermín. Ergens rond het middaguur bleef Daniel naar hem staan kijken en lachte. Het was lang geleden dat Julián zijn vader in zo'n goed humeur had gezien. Misschien zou die schaduw van treurnis die hem zo lang had vergezeld eindelijk verdwijnen, net als de stormwolken waar iedereen het over had en die niemand had gezien. Soms, wanneer de goden niet kijken en het lot onderweg verdwaalt, hebben zelfs goede mensen een beetje geluk in het leven.

3

Ze was van top tot teen in het zwart gekleed en verborg haar ogen achter een zonnebril waarin de tjokvolle Calle Santa Ana werd gereflecteerd. Alicia liep nog een stukje verder en verborg zich onder de boog van een portiek. Vanaf die plek keek ze heimelijk toe hoe de familie Sempere boeken verkocht, met voorbijgangers praatte en van de dag genoot op een manier die haar nooit vergund zou zijn.

Ze glimlachte wanneer Fermín argeloze lezers boeken uit de handen rukte en door andere verving, wanneer Daniel en Bea elkaar aanraakten en liefdevolle blikken wisselden, die haar vervulden met jaloezie, maar die ze zelf immers niet verdiend had, wanneer Fernandito betoverd zijn Sofía aanstaarde en grootvader Sempere tevreden naar zijn familie en vrienden keek. Ze was graag naar hen toe gegaan om ze te begroeten en te zeggen dat ze niets meer te vrezen hadden, en om ze te bedanken dat ze, zij het voor korte tijd, hun weg had mogen kruisen. En liever dan al het andere op de wereld had ze bij hen willen horen, maar het moest voldoende voor haar zijn deze herinnering met zich mee te nemen om zich fortuinlijk te weten. Ze wilde juist weer vertrekken, toen ze een blik opving die de tijd deed stilstaan.

De kleine Julián staarde haar met een treurige glimlach aan, alsof hij haar gedachten kon lezen. Hij stak zijn hand op en groette haar ten afscheid. Alicia deed hetzelfde. Een ogenblik later was ze verdwenen.

'Wie groet je, lieverd?' vroeg Bea toen ze haar zoon als gehypnotiseerd in de menigte zag staren.

Hij draaide zich om, keek zijn moeder aan en pakte woordloos haar hand. Fermín, die naar hen toe was gekomen om zijn voorraad Sugus aan te vullen, waarvan hij in zijn naïviteit dacht dat die nog in zijn jas zat, greep in de lege zakken. Hij draaide zich naar Julián, op het punt om hem een veeg uit de pan te geven, toen ook hij het gebaar zag en zijn gebiologeerde blik volgde.

Alicia.

In haar afwezigheid had hij haar gevoeld zonder haar te hoeven zien, en nu zegende hij de hemel of wie of wat het ook was die de wolken elders liet uitrazen, dat die haar nog eenmaal had teruggebracht. Misschien had Bernarda uiteindelijk dan toch gelijk dat in deze klotewereld sommige dingen af en toe afliepen zoals ze moesten aflopen.

Hij greep zijn jas en boog zich naar Bea, die net een collectie boeken van sir Arthur Conan Doyle stond af te rekenen voor een jongen met een bril als een telescoop.

'Cheffin, dit vreetzakje hier heeft al mijn ammunitie naar binnen gewerkt en mijn suikerspiegel begint langzaamaan dieper te zinken dan wanneer ik een redevoering van La Pasionaria hoor. Ervan uitgaand dat iedereen hier, op dat suffie van een Merceditas na, overgekwalificeerd is voor zijn of haar taak, ga ik kijken of ik ergens een goeie snoepwinkel kan vinden om de foeragering op peil te brengen en en passant een roos voor Bernarda te kopen.'

'Ik heb rozen gereserveerd bij de bloemist van de kerk,' antwoordde Bea.

'U denkt ook aan alles.'

Ze zag hem haastig vertrekken en fronste haar voorhoofd.

'Waar gaat Fermín heen?' vroeg Daniel.

'Joost mag het weten.'

4

Hij vond haar aan het einde van de pier, zittend op een koffer. Ze rookte in de zon en keek toe hoe de bemanning hutkoffers en kisten op het cruiseschip laadde, dat de wateren van de haven wit verfde. Fermín ging naast haar zitten. Een tijdje bleven ze zwijgend zo zitten en genoten van elkaars gezelschap zonder de noodzaak van een gesprek.

'Grote koffer,' zei Fermín ten slotte. 'En ik maar denken dat van alle vrouwen u de enige bent die de kunst verstaat slechts met handbagage te reizen.'

'Het is gemakkelijker slechte herinneringen achter te laten dan goede schoenen.'

'Omdat ik maar één paar heb.'

'U bent een asceet.'

'Wie heeft ze voor u opgehaald? Fernandito? De boef, zo snel als hij leert zijn kaken op elkaar te houden.'

'Ik heb hem laten zweren niets te zeggen.'

'Hoe hebt u hem omgekocht? Een tongzoen?'

'Fernandito heeft slechts zoenen voor Sofía, zoals het hoort. Ik heb hem de sleutels van de woning gegeven, zodat hij daar kan wonen.'

'Dat stukje informatie houden we ver buiten het bereik van de heer Sempere, hij is per slot van rekening de wettelijke voogd van de jongedame.'

'Goed idee.'

Alicia keek hem aan. Fermín verdween in die diepe, ondoorgrondelijke kattenogen, een poel van duisternis. Ze nam zijn hand en kuste die.

'Waar hebt u zich verstopt?' vroeg hij.

'Hier en daar. Om wat losse eindjes af te hechten.'

'En om wiens nek hebt u die eindjes gebonden?'

Alicia schonk hem een ijzig glimlachje.

'Er waren nog wat zaken op te lossen. Kwesties die verband met elkaar hielden. Ik heb mijn werk gedaan.'

'Ik dacht dat u zichzelf met pensioen had gestuurd.'

'Ik wilde slechts mijn bureau schoon en netjes achterlaten. Ik laat niet graag half opgeloste zaken achter.'

'En u dacht er niet over afscheid te nemen?'

'U weet toch dat afscheid nemen niets voor mij is, Fermín.'

'Het zou aangenaam zijn geweest te weten dat u nog in leven bent en in één stuk.'

'Twijfelde u daar dan aan?'

'Ik had mijn zwakke momenten, ja. Het is de leeftijd. Een mens knijpt 'm meer naarmate hij meer de ernst van de situatie herkent. Dat noemen ze gematigdheid.'

'Ik zou u zeker een ansichtkaart hebben gestuurd.'

'Waarvandaan?'

'Dat heb ik nog niet besloten.'

'Ik heb zo de indruk dat die boot niet naar de Costa del Sol vaart.'

Ze schudde haar hoofd.

'Nee. Hij gaat een stukje verder.'

'Dat dacht ik al, bij al die meters kiel. Kan ik u een vraag stellen?'

'Zolang die geen betrekking heeft op de bestemming.'

'Is de familie Sempere in veiligheid? Daniel, Bea, de grootvader, Julián?'

'Nu wel.'

'En naar welke hel hebt u moeten afdalen om u ervan te verzekeren dat de onschuldigen in vrede kunnen leven, of ten minste in vreedzame onschuld?'

'Naar geen enkele waar ik niet toch voorbij zou zijn gekomen.'

'Die sigaretten ruiken goed. Zien er duur uit. Echte. U hebt immers altijd al van mooie, fijne dingen gehouden. Ik ben meer van het alledaagse en zuinig zijn met de middelen.'

'Wilt u er eentje?'

'Waarom niet? Bij gebrek aan Sugus-snoepjes moet men het roofdier toch iets voor de kaken werpen. Het is een feit dat ik niet meer heb gerookt sinds de oorlog, toen ze nog gemaakt werden van restjes peuken en ondergepist onkruid. Ze zijn ondertussen beslist verbeterd.'

Ze stak een sigaret op en gaf hem die. Hij bewonderde de rode lippenstiftafdruk op het filter voor hij een trekje nam.

'Wilt u mij vertellen wat er werkelijk is gebeurd?'

'Wilt u het werkelijk weten, Fermín?'

'Ik heb de manie altijd de waarheid te willen weten. U weet niet hoeveel ontgoochelingen een mens dan beleeft, waar hij toch als domkop zo goed door het leven zou kunnen gaan.'

'Het is een lang verhaal en ik heb een boot te halen.'

'Een beetje tijd zult u nog wel hebben om klaarheid te brengen in de onwetendheid van een arme drommel, voor het anker wordt gelicht.'

Bijna een halfuur lang vertelde Alicia hem alles wat ze zich kon herinneren, van haar dagen in het weeshuis en op straat tot de opdrachten van Leandro Montalvo. Ze vertelde over haar jaren in dienst, hoe ze uiteindelijk meende onderweg haar ziel te hebben verloren, waarvan ze nooit had vermoed dat ze die bij zich droeg in een hoekje van haar wezen, en over haar weigering haar werk voor Leandro voort te zetten.

'De zaak-Valls zou mijn paspoort naar de vrijheid zijn, mijn laatste opdracht. Zo was het afgesproken.'

'Maar zoiets bestaat niet, is het wel?'

'Nee, natuurlijk niet. Een mens is vrij zolang hij onbekend is met de waarheid.'

Ze vertelde hem over de ontmoeting in het Palace met Gil de Partera en de opdracht die zij en de haar opgedrongen collega bij de dienst, kapitein Vargas, hadden ontvangen, namelijk de ontbrekende stukken van een onderzoek vinden dat was vastgelopen.

'Mijn vergissing was dat ik niet begreep dat de opdracht een afleidingsmanoeuvre was. Vanaf het begin. In werkelijkheid wilde niemand Valls redden. Hij had te veel vijanden gemaakt. Te veel gestunteld. Hij had de regels van het spel gebroken door misbruik te maken van zijn privileges en de veiligheid van zijn handlangers in gevaar gebracht. Toen het spoor van zijn misdaden naar hem terugvoerde, lieten ze hem vallen. Valls dacht dat er een samenzwering bestond om hem te vermoorden, en dat was niet geheel bezijden de waarheid. Maar hij had onderweg zoveel bloed achtergelaten dat hij niet meer wist hoe de hazen precies liepen. Jarenlang dacht hij dat de spoken uit zijn verleden waren teruggekomen om rekeningen met hem te vereffenen: Salgado, zijn oude celgenoot of gevangene van de hemel David Martín en zovele anderen. Waar hij ook geen rekening mee had gehouden, was dat degenen die werkelijk met hem wilden afrekenen, degenen waren die hij voor vrienden en beschermers hield. Wie aan de macht is, krijgt de dolksteek nooit van voren, maar altijd in de rug en met een omhelzing. Niemand in de top wilde hem redden of zelfs vinden. Ze wilden er zeker van zijn dat hij was verdwenen en dat het spoor van alles wat hij had gedaan voor altijd was weggevaagd. Er waren te veel mensen bij betrokken. Vargas en ik waren simpele werktuigen. Daarom moesten wij uiteindelijk ook verdwijnen.'

'Maar mijn Alicia heeft meer levens dan een kat en wist Magere Hein nog een keer om de tuin te leiden.'

'Maar nét. Ik geloof dat ik alle levens die ik nog overhad wel heb verbruikt, Fermín. Het is tijd dat ook ik van het toneel verdwijn.'

'Mag ik zeggen dat ik u zal missen?'

'Als u nu sentimenteel gaat doen, gooi ik u in het water.'

Het schip liet zijn hoorn klinken en het geluid weerkaatste over de hele haven. Alicia stond op.

'Kan ik u helpen met die koffer? Ik beloof u aan land te blijven. Het varen brengt slechte herinneringen bij me boven.'

Hij vergezelde haar naar de loopplank, waar de laatste passagiers al aan boord gingen. Alicia liet de bootsman haar reisbiljet zien en dankzij een genereuze fooi wees deze een van de loopjongens aan om de bagage van mevrouw naar haar hut te brengen.

'Zult u op een dag terugkeren naar Barcelona? Die stad is een heks, weet u dat. Ze gaat onder je huid zitten en laat je nooit meer gaan.'

'U zult in mijn plaats voor haar moeten zorgen, Fermín. En voor Bea, Daniel en meneer Sempere, en Bernarda en Fernandito en Sofía, en voor uzelf en de kleine Julián, die ons op een dag onsterfelijk zal maken.'

'Dat lijkt me wel wat. Onsterfelijk te zijn, vooral nu alles bij me begint te kraken.'

Ze omhelsde hem stevig en kuste hem op beide wangen. Fermín wist dat ze huilde en wilde haar niet aankijken. Geen van beiden wilde zijn of haar waardigheid verliezen, uitgerekend op het moment dat het allemaal maar een haartje scheelde.

'Haalt u het niet in uw hoofd hier te blijven om me uit te zwaaien,' dreigde Alicia.

'Maakt u zich geen zorgen.'

Hij sloeg zijn ogen neer en hoorde hoe haar voetstappen wegstierven op de loopplank. Zonder op te kijken draaide hij zich om en liep weg met de handen in zijn zakken.

Vooraan op de pier trof hij Daniel, die op de rand zat en zijn benen liet bungelen. Ze wisselden een blik en Fermín zuchtte. Hij ging naast hem zitten.

'Ik dacht dat ik u had afgeschud,' zei Fermín.

'Het is het nieuwe parfum dat ze gebruikt, dat is zelfs te ruiken dwars door de visafslag heen. Wat heeft ze u verteld?'

'Alicia? Verhalen die je van je slaap beroven.'

'Misschien wilt u ze wel delen.'

'Een andere keer. Ik heb al voldoende ervaring met slapeloosheid, en die beveel ik u niet aan.'

Daniel haalde zijn schouders op.

'Het lijkt me dat de waarschuwing wat laat komt,' zei hij.

De echo van de scheepshoorn klonk luid over de haven. Daniel gebaarde met zijn hoofd naar het schip, dat de trossen losgooide en zich van de pier begon te verwijderen.

'Dat zijn die schepen die naar Amerika gaan.'

Fermín knikte.

'Fermín, herinnert u zich nog hoe we jaren geleden hier kwamen en op de pier gingen zitten om de wereld wel even recht te zetten?'

'Dat was toen we nog geloofden dat er iets rechtgezet kon worden.'

'En ik geloof dat nog steeds.'

'Omdat u in de grond van de zaak nog steeds een onnozele hals bent, ook al scheert u zich inmiddels.'

Ze bleven zitten en keken toe hoe het schip door de weerspiegeling van heel Barcelona op het havenwater voer en de grootste fata morgana van de wereld met een wit zog verstoorde. Fermín wendde zijn blik niet af tot de achtersteven van het schip verdween in een meeuwenzwerm en de nevel van de havenmonding. Daniel keek nadenkend naar hem.

'Is alles goed met u, Fermín?'

'Als een wilde stier.'

'Ik geloof dat ik u anders nog nooit zo treurig heb gezien.'

'Dan moet u wellicht werkelijk maar eens aan een bril.'

Daniel drong niet aan.

'Wat vindt u? Zullen we maar eens gaan? Als ik u nu eens uitnodig voor een paar mousserende wijntjes in El Xampanyet?'

'Dank, Daniel, maar vandaag zou ik bijna zeggen van niet.'

'Herinnert u het zich dan niet? Het leven wacht op ons!'

Fermín glimlachte naar hem en voor het eerst besefte Daniel dat zijn oude vriend geen haar meer op zijn hoofd had die niet grijs was.

'Op u, Daniel. Op mij wacht slechts de herinnering.'

Daniel kneep vol genegenheid in zijn arm en liet hem alleen met zijn herinneringen en zijn geweten.

'Komt u niet te laat,' zei hij.

1964

Elke keer dat zijn zoon Nicolás hem vroeg hoe iemand een goede journalist kon worden, kwam Sergio Vilajuana met dezelfde regel: 'Een goede journalist is als een olifant: hij heeft een goede neus en goede oren, en bovenal vergeet hij nooit iets.'

'En de slagtanden?'

'Daar moet hij voorzichtig mee zijn, want er is altijd iemand gewapend met zin om ze van hem weg te nemen.'

Die ochtend had Vilajuana zoals elke dag zijn jongste zoon naar school gebracht en was daarna naar de redactie van *La Vanguardia* geslenterd. De wandeling diende om zijn gedachten te ordenen voor hij zich onderdompelde in de jungle van de redactie en de kwesties van de dag het hoofd moest bieden. Toen hij op het hoofdkwartier van de krant in de Calle Pelayo aankwam, kwam Jenaro hem tegemoet, een tweederangsbode, die al vijftien jaar bezig was de hoofdredacteur ervan te overtuigen hem op proef op de sportafdeling te plaatsen, zodat hij eindelijk voet kon zetten in de presidentiële loge van voetbalclub Barça, dé grote aspiratie in zijn leven.

'Dat zal zijn op de dag dat u leert lezen en schrijven, Jenaro, want wonderen gebeuren zelfs niet meer in Fátima; waaruit volgt dat men u, tenzij om de mop erlangs te halen, de loge nog niet laat betreden bij de voorrondes van de kinderclubs,' zei Mariano Carolo, de hoofdredacteur, altijd tegen hem.

Zodra Jenaro hem door de deur zag komen, kwam hij met een plechtig hoofd op hem af.

'Meneer Vilajuana, de censor van het ministerie wacht op u,' fluisterde hij.

'Alweer? Hebben die mensen niks ergers te doen?'

Hij wierp een blik op de redactieruimte en zag meteen de onmiskenbare gestalte van zijn favoriete censor naast zijn bureau op wacht staan, een type met pommade in het haar en het uiterlijk van een zure peer.

'O, en overigens, er is een pakketje voor u aangekomen,' zei Jenaro. 'Ik geloof niet dat het een bom is, want ik heb het laten vallen en we zijn nog heel.'

Vilajuana haalde het pakketje op en besloot rechtsomkeert te maken en zich het bezoek van de censor te besparen, een domkop die hem al maanden probeerde persoonlijk te spreken te krijgen om hem de les te lezen over een artikel dat hij had gepubliceerd over de gebroeders Marx, waarvan de censor dacht dat het een lans brak voor de internationale vrijmetselarij.

Hij liep naar een cafetaria in de diepste schaduwen van de Calle Tallers, door journalisten, animeerdames en andere fauna uit het noordelijke deel van de wijk El Raval gefrequenteerd, genaamd Het Stinkdier. Hij bestelde koffie en zocht zijn heil aan een tafeltje achterin, waar nog nooit een straal zon was doorgedrongen. Daar onderzocht hij het pakketje. Het was een dikke envelop, extra verstevigd met plakband, waar zijn naam op stond en het adres van *La Vanguardia*. Het poststempel, half opgelost na de lange reis, stamde uit de Verenigde Staten van Amerika. Als afzender was alleen A.G. te lezen. Naast de naam was een tekeningetje van een wenteltrap te zien, identiek aan die op de titelpagina's van alle romans uit de serie *Het labyrint der geesten* van Víctor Mataix. Hij ritste de envelop open en trok er een bundel bij elkaar gebonden documenten uit. Onder de knoop stak een kaart met het briefhoofd van Hotel Algonquin in New York, met de volgende woorden:

Een goede journalist weet het verhaal te vinden dat verteld moet worden.

Vilajuana fronste zijn voorhoofd en peuterde de knoop los. Hij spreidde de bundel papieren uit op de tafel en probeerde uit de wirwar van lijsten, krantenknipsels, foto's en handgeschreven notities wijs te worden. Het duurde even voor hij begreep waar hij naar zat te kijken.

'Mijn god,' mompelde hij.

Diezelfde middag gaf Vilajuana aan de krant door dat hij een hoogst besmettelijk virus had opgelopen dat zijn spijsverteringsstelsel tot een mijnenveld maakte en dat hij de hele week niet naar de redactie kon komen om niet iedereen te veroordelen tot een constante gang naar het kleinste kamertje. Omdat hij lont begon te ruiken, kwam hoofdredacteur Mariano Carolo op donderdag bij hem langs met een rol toiletpapier.

'Een gewaarschuwd mens telt voor twee,' zei hij.

Vilajuana zuchtte en liet hem binnen. De hoofdredacteur ging de woonkamer binnen, zag een complete wand behangen met papieren en verschafte zich een overzicht.

'Is dit wat het lijkt?' vroeg hij na een tijdje.

'Het is slechts het begin, zou ik willen zeggen.'

'En wat is je bron?'

'Ik zou niet weten waar ik moest beginnen.'

'Hmm. Maar is ze ten minste betrouwbaar?'

'Ik geloof het wel.'

'Ik neem aan dat je je ervan bewust bent dat als we zoiets publiceren, we de winkel wel kunnen sluiten. Dan zullen wij beiden in de Cerro Muriano fonetiekonderwijs doceren, en onze geliefde uitgever moet emigreren naar een of ander moeilijk toegankelijk bergland.'

'Ik ben me ervan bewust.'

Carolo wierp een nerveuze blik op hem en wreef over zijn maag. Sinds hij hoofdredacteur was van de krant groeiden de maagzweren zelfs in zijn dromen.

'Wat was mijn leven als Catalaanse Noël Coward toch goed,' bromde hij in zijn baard.

'Ik weet eigenlijk niet wat ik moet doen,' zei Vilajuana.

'Weet je waar en hoe je verder moet?'

'Ik heb een spoor, ja.'

'Ik zal zeggen dat je een reportageserie aan het voorbereiden bent over de geheime, maar sublieme werken van de Generalísimo in zijn nog weinig onderzochte hoedanigheid als scenarioschrijver.'

'Wat Hollywood is misgelopen!'

'Prachtige kop. Hou me op de hoogte. Je krijgt twee weken.'

De rest van de week was Vilajuana bezig met het analyseren van de documenten, die hij in een soort boomdiagram ordende. Wanneer hij ernaar keek, had hij het gevoel dat de boom slechts een van de vele was en dat een compleet woud met zulke bomen hem buiten de vier muren van zijn woonkamer opwachtte. Nadat hij de papieren en hun uitvloeisels had verwerkt, stelde hij zichzelf de vraag of hij het spoor moest volgen of niet.

Alicia had hem bijna alle puzzelstukjes geleverd. Nu hing het van hem af. Een paar doorwaakte nachten leverden hem de beslissing. Zijn eerste bezoek was aan de burgerlijke stand, een grotachtig gebouw tegenover de haven, die uit een mengelmoes van archieven en bureaucraten bestond, die in perfecte symbiose met elkaar waren versmolten. Ettelijke dagen dook hij hier onder in een afgrond van dossiers zonder iets te vinden. Hij begon al te denken dat het spoor van Alicia vals was, toen hij op de vijfde dag toevallig, kort voor diens pensionering, een oude conciërge tegen het lijf liep die de hele dag een transistorradiootje tegen zijn oor geplakt hield en gretig naar voetbalwedstrijden en problemenrubrieken luisterde in een hokje voor schoonmaakspullen. De nieuwe lichting ambtenaren sprak over hem als over Methusalem, omdat hij de enige was die de laatste overheidszuivering had overleefd. De nieuwe centurions, gepolijster en beter opgeleid dan hun voorgangers, waren dubbel gesloten, en ondanks zijn aanhouden verwaardigde geen van hen zich om hem uit te leggen waarom hij geen sterf- of geboorteregister van de stad Barcelona vond van vóór 1944.

'Dat is nog van voor het systeem veranderde,' was al wat ze hem als antwoord boden.

Methusalem, die het altijd klaarspeelde de bezem onder zijn voeten door te moeten halen terwijl hij probeerde zijn weg te vinden tussen dossiers en dozen met documenten, kreeg uiteindelijk medelijden met hem.

'Wat zoekt u eigenlijk, goede man?'

'Ik begin zo langzamerhand te denken: de Heilige Lijkwade.'

Dankzij fooien en de medeplichtigheid die isolement voortbrengt, vertelde Methusalem hem uiteindelijk dat hij eigenlijk niet naar papieren zocht, maar naar een persoon.

'Doña María Luisa. Dat waren nog eens tijden, toen zij het was die hier in huis de zaken regelde, dat kan ik u wel vertellen.'

De pogingen om de María Luisa in kwestie te vinden stuitten op dezelfde muur.

'Die persoon is met pensioen,' werd hem medegedeeld door de nieuwe directeur van het huis, op een toon die te verstaan gaf dat een wijs mens het daarbij zou laten en een fijne wandeling zou gaan maken in de Barceloneta.

Het kostte hem een paar weken om haar te vinden. María Luisa Alcaine bewoonde een nietig verdiepinkje onder het dak van een huis zonder lift noch hoop dicht bij het Plaza Real, omringd door duiventillen, half afgemaakte dakterrassen en van vloer tot plafond opgestapelde dozen met papieren. De pensioenjaren hadden haar niet vriendelijk behandeld. De vrouw die de deur opendeed kwam hem stokoud voor.

'Doña María Luisa Alcaine?'

'Wie bent u?'

Vilajuana had de vraag verwacht en een antwoord voorbereid dat de deur hopelijk open zou houden, ook al was het maar een paar seconden.

'Mijn naam is Sergio Vilajuana en ik ben journalist bij *La Vanguardia*. Ik ben gestuurd door een vriendin van een oude bekende van u, een zekere kapitein Vargas. Herinnert u zich hem?'

Doña María Luisa liet een diepe zucht ontsnappen en draaide zich om, de deur achter zich openlatend. De vrouw woonde alleen in dat hol en was aan het sterven, aan kanker, of vergetelheid. Ze was een kettingrookster, alsof haar sigaretten Bengaals vuurwerk waren bij de San Juan-feesten, en haar gehoest klonk alsof ze elk ogenblik haar ziel in stukjes zou kunnen uitspugen.

'Het doet er nu toch niks meer toe,' rechtvaardigde ze zich. 'Gaat u zitten, als u plek kunt vinden.'

Die middag vertelde María Luisa hem hoe jaren geleden, toen ze nog directiesecretaresse was, een politiekapitein met de naam Vargas de burgerlijke stand had bezocht.

'Een imposante man, zoals ze niet meer gemaakt worden.'

Vargas had haar een lijst laten zien met nummers van overlijdens- en geboorteaktes die met elkaar in verband leken te staan. Dezelfde lijst die Vilajuana jaren later netjes getypt had ontvangen.

'U herinnert het zich dus?'

'Natuurlijk herinner ik me dat.'

'Weet u waar ik die registerboeken met de aktes van voor 1944 kan vinden?'

Ze stak nog een sigaret op, nam een hijs waarvan Vilajuana dacht dat ze erin zou blijven, en toen ze opdook uit een rookwolk die deed vrezen dat er in haar binnenste iets was geëxplodeerd, beduidde ze hem haar te volgen.

'Helpt u mij,' zei ze, wijzend op een stapel dozen in de voorraadkast. 'Het zijn de twee daaronder. Ik heb ze mee naar huis genomen om te voorkomen dat ze vernietigd werden. Ik dacht dat Vargas die dozen op een goeie dag zou komen ophalen en met een beetje geluk mij erbij. Na al die jaren stel ik me zo voor dat de goede kapitein van me heeft gewonnen in de wedloop naar het paradijs.'

María Luisa vertelde hoe ze meteen na Vargas' vertrek was begonnen een en een bij elkaar op te tellen. Toen ze in de papieren begon te wroeten, vond ze steeds meer corresponderende getallen en gevallen waarbij duidelijk met de procedure was gerommeld.

'Honderden kindjes. Gestolen van ouders die vermoedelijk waren vermoord of opgesloten tot ze levend wegrotten. En dat is nog maar wat ik in een paar dagen heb kunnen vinden. Ik heb zoveel als ik kon hier mee naartoe genomen, want zodra ze begonnen te vragen naar de kapitein en zijn bezoekje, kon ik wel uitrekenen wat er was gebeurd. Dit is wat ik heb kunnen redden. Een week na Vargas' bezoek aan het register werd er een brand in het archief gemeld. Alles van voor 1944 ging verloren. Twee dagen later werd ik ontslagen, met het argument dat ik verantwoordelijk was voor de catastrofe. Als ze hadden geweten dat ik al deze dossiers mee naar huis had genomen, dan was het maar de vraag geweest wat ze met mij hadden gedaan. Maar ze verkeerden in de veronderstelling dat het hele archief in de brand was vernietigd. Het verleden verdwijnt niet, hoezeer die narren ook moeite doen om het te vergeten en de bedriegers om het te vervalsen en weer als nieuw te verkopen.'

'Wat hebt u al deze jaren gedaan?'

'Op sterven gelegen. In dit land worden fatsoenlijke mensen stukje bij beetje gedood. De snelle dood wordt gereserveerd voor de schoften. Mensen zoals ik doden ze door ze te negeren, deuren te sluiten en te doen alsof we niet bestaan. Ik verkocht een paar jaar stiekem loten in de metrotunnels, tot ze dat doorkregen en ook dat van me afnamen. Ik kon geen werk meer vinden. Sindsdien leef ik van de liefdadigheid van de buren.'

'Hebt u geen familie?'

'Ik had een zoon, maar ze zeiden dat zijn moeder een rottige rooie was en ik heb hem al jaren niet meer gezien.'

María Luisa keek hem met een raadselachtige glimlach aan.

'Kan ik iets voor u doen, doña María Luisa?'

'De waarheid vertellen.'

Vilajuana zuchtte.

'Om eerlijk te zijn, ik weet niet of ik dat kan doen.'

'Hebt u kinderen?'

'Vier.'

Vilajuana verdween in de blik van deze stervende vrouw. Hij kon zich nergens verbergen.

'Doet u het voor uw kinderen. Wanneer en hoe u kunt. Maar laat ons niet sterven, we zijn al met zovelen. Iemand moet ons een stem geven.'

Hij knikte. Ze gaf hem een hand, die hij warm drukte.

'Ik zal doen wat ik kan,' zei hij.

Die avond, toen hij Nicolás instopte, keek zijn zoon hem strak in de ogen en raadde dat de gedachten van zijn vader ergens op een ver punt in de hemelse geografie rondzweefden.

'Pap?'

'Zeg op.'

'Een olifantenvraag.'

'Laat horen.'

'Waarom ben je journalist geworden? Mama zegt dat grootvader eigenlijk wilde dat je iets anders werd.'

'Je grootvader wilde dat ik advocaat werd.'

'En je hebt niet naar hem geluisterd?'

'In sommige situaties, die niet jou nu en in de nabije toekomst betreffen, laat ik dat vooropstellen, moet je ongehoorzaam zijn aan je vader.'

'En waarom?'

'Omdat sommige vaders, niet de jouwe, zich vergissen in hun oordeel over wat het beste is voor hun kind.'

'Ik bedoelde waarom je journalist wilde worden.'

Vilajuana haalde zijn schouders op.

'Vanwege het enorme salaris en de vaste werktijden.'

Nicolás lachte.

'Nee, echt. Waarom?'

'Ik weet het niet, Nico. Dat is al jaren geleden. Soms, wanneer je ouder wordt, is veel van wat aanvankelijk heel duidelijk leek te zijn dat opeens niet meer.'

'Maar de olifant vergeet niet. Zelfs niet als ze zijn slagtanden willen afzagen.'

'Vermoedelijk niet.'

'Dus?'

Vilajuana lachte en gaf het op.

'Om de waarheid te vertellen. Daarom ben ik journalist geworden.'

Nicolás overwoog peinzend het plechtige antwoord.

'En wat is de waarheid?'

Vilajuana deed het nachtlampje uit en kuste zijn zoon op het voorhoofd.

'Dat zul je je moeder moeten vragen.'

Een verhaal heeft begin noch einde, slechts toegangsdeuren.

Een verhaal is een oneindig labyrint van woorden, beelden en geesten, die samenspannen om ons de onzichtbare waarheid over onszelf te onthullen. Uiteindelijk is een verhaal een gesprek tussen degene die het vertelt en degene die luistert, en een verteller kan slechts zover vertellen als zijn ambacht toestaat en een lezer kan slechts zover lezen als in zijn ziel staat geschreven.

Dat is de hoofdregel waar elk product van papier en inkt op rust, want wanneer de lichten uitgaan, de muziek zwijgt en het parket leegloopt, is het enige wat belangrijk is de luchtspiegeling die is achtergebleven, gegrift in het theater van de verbeelding dat iedere lezer in zijn geest herbergt. Dat en de hoop die iedere verhalenmaker in zich draagt: dat de lezer zijn hart heeft geopend voor sommige papieren schepsels en hun iets van zichzelf heeft gegeven om ze onsterfelijk te maken, ook al is het maar voor een paar minuten.

En dit gezegd hebbende, met grotere plechtigheid dan de gelegenheid waarschijnlijk verdient, is het beter op de boekpagina te landen en de welwillende lezer te verzoeken ons naar het einde van deze geschiedenis te volgen en ons bij het moeilijkste te helpen voor een arme, in zijn eigen labyrint gevangen verteller: de deur naar de uitgang.

Inleiding bij
Het labyrint der geesten
(*Het Kerkhof der Vergeten Boeken*, deel IV)
van Julián Carax.
Éditions de la Lumière, Parijs, 1992.
Uitgegeven door Émile de Rosiers Castellaine

HET BOEK
VAN JULIÁN

1

Ik heb altijd geweten dat ik op een dag dit verhaal zou schrijven. De geschiedenis van mijn familie en die van het behekste Barcelona van boeken, herinneringen en mysteries waarin ik ben opgegroeid en dat me mijn hele leven heeft achtervolgd, ook al was ik me er ten volle van bewust dat het waarschijnlijk nooit meer was dan een papieren droom.

Mijn vader, Daniel Sempere, heeft het vóór mij geprobeerd, en de onderneming kostte hem bijna zijn jeugd. Jarenlang sloop hij in de vroege vroegte, wanneer hij meende dat mijn moeder in Morpheus' armen lag, op zijn tenen naar beneden naar de boekhandel, om zich in de achterkamer op te sluiten bij het licht van een olielamp. Daar leverde hij tot aan de dageraad, gewapend met een goedkope vulpen van de rommelmarkt, het nooit eindigende duel met honderden vellen papier.

Mijn moeder verweet het hem nooit en deed alsof ze het niet doorhad, zoals in een huwelijk zo vaak wordt gedaan om het in kalme wateren te houden. Die obsessie van hem baarde haar bijna net zoveel zorgen als mij. Ik begon te vrezen dat mijn vader zijn verstand aan het verliezen was, zoals Don Quichot, maar dan andersom, niet vanwege het overmatige lezen maar vanwege het overmatige schrijven. Zij wist dat mijn vader die weg in eenzaamheid moest afleggen, niet omdat hij literaire ambities gekoesterd zou hebben, maar omdat de confrontatie aangaan met de woorden zijn manier was om te ontdekken wie hij werkelijk was en zo de herinnering en de geest van zijn moeder te herwinnen die hij als vijfjarige had verloren.

Ik herinner me een dag dat ik plotseling wakker werd kort voor de dageraad. Mijn hart bonkte als een waanzinnige in mijn keel en ik kon amper ademhalen. Ik had gedroomd dat mijn vader in de mist was opgelost en dat ik hem voor altijd was kwijtgeraakt. Het was niet de eerste keer. Ik sprong uit bed en rende naar beneden naar de winkel. Ik vond hem in de achterkamer, nog altijd in solide staat, te midden van een oceaan van verfrommelde velletjes. Zijn vingers waren met inkt bevlekt en hij had rode ogen. Op het bureau had hij het oude portret van de negentienjarige Isabella gelegd, dat hij, zoals we allen wisten, altijd bij zich had omdat hij doodsbang was haar gezicht te vergeten.

'Ik kan het niet,' prevelde hij. 'Ik kan haar het leven niet teruggeven.'

Ik bedwong mijn tranen en keek hem aan.

'Ik zal het doen, voor jou,' zei ik, 'ik beloof het je.'

Mijn vader, bij wie mijn vlagen van plechtigheid altijd een glimlach ontlokten, omhelsde me. Toen hij me weer losliet en zag dat ik er nog was en het serieus meende, bood hij me zijn vulpen aan.

'Deze zul je nodig hebben. Ik weet niet eens meer of ik links of rechts schrijf.'

Ik staarde naar dat armzalige pennetje en schudde mijn hoofd.

'Ik zal op een machine schrijven,' verklaarde ik. 'Op een Underwood, de keuze van de beroeps.'

Dat van 'de keuze van de beroeps' had ik in een advertentie in de krant gezien en het had indruk op me gemaakt. Wie had dat gedacht, dat het voldoende zou zijn om zo'n geval met de afmetingen en het gewicht van een stoomlocomotief te hebben om zich van gelegenheidsschrijvertje te transformeren tot professioneel schrijver? Mijn intentieverklaring leek mijn vader te verrassen.

'Nu wil je professioneel schrijver worden? Met een Underwood en alles?'

En nu we het er toch over hebben, met een kantoor boven in een gotische wolkenkrabber, importsigaretten, een dry martini in de hand en een muze met bloedrode lippen en gehuld in dure lingerie op schoot, stelde mijn linkerhersenkwab voor. Zo had ik destijds de beroepsschrijver voor ogen, of tenminste de auteurs van politieromans die aan mijn uren slaap, mijn ziel en nog wat anders lurkten. Maar grote verwachtingen terzijde, de licht ironische toon onder de verder vriendelijke woorden van mijn vader ontging me niet. Als hij mijn roeping in twijfel ging trekken, zouden we geen rustige minuut meer hebben.

'Ja,' antwoordde ik kortaf. 'Zoals Julián Carax.'

Onthoud die maar goed, dacht ik.

Mijn vader trok zijn wenkbrauwen op. Deze slag had hem uit zijn evenwicht gebracht.

'En hoe weet jij waarmee Julián Carax schrijft, om niet te zeggen, wie hij is?'

Ik zette het mysterieuze gezicht op dat ik had gepatenteerd, om hem te verstaan te geven dat ik meer wist dan men doorgaans vermoedde.

'Ik weet heel veel,' insinueerde ik.

In huis werd de naam van Julián Carax altijd slechts achter gesloten deuren, buiten mijn gehoorsafstand en ook dan nog gefluisterd alsof het om een medicament ging met een etiket met doodshoofd en twee gekruiste botten erop. Mijn ouders hadden geen idee dat ik al op mijn achtste achter de bovenste deur van de eetkamerkast, waar ik bij kon met behulp van een stoel en een houten kist, achter twee dozen Camprodón-koekjes (die ik allemaal had weggekaand) en een fles muskaatwijn (die me op de tere leeftijd van negen jaar bijna in een alcoholisch coma had gebracht), de verzameling romans van Julián Carax had ontdekt, die door een vriend van de familie, don Gustavo Barceló, was heruitgegeven.

Tegen de tijd dat ik tien werd, had ik ze allemaal al twee keer gelezen, en hoewel ik ze vast en zeker niet begreep, was ik toch in de ban geraakt van dat lichtgesmede proza, dat mijn fantasie had ontvlamd en bevolkt met beelden, werelden en figuren die ik mijn hele leven niet meer zou vergeten. Op dat punt van zintuiglijke bedwelming aangekomen, was het voor mij geen vraag meer of ik per se wilde leren wat Carax had gedaan, om zijn begaafdste opvolger in de kunst van het verhalen vertellen te worden. Maar ik vermoedde dat ik, om zover te komen, eerst moest uitvinden wie ik was en waarom mijn ouders altijd liever hadden gehad dat ik niets van hem wist.

Gelukkig deelde mijn peetoom, Fermín Romero de Torres, de informatiepolitiek van mijn ouders niet. In die tijd werkte Fermín al niet meer in de winkel. Hij bezocht ons vaak, maar er lag een geheimzinnige sluier over zijn nieuwe bezigheid, en hijzelf noch enig ander familielid wenste er een tipje van op te lichten. Waar geen twijfel over bestond, wat zijn nieuwe bezigheid ook mocht zijn, was dat hij heel veel tijd had om te lezen. Onder zijn nieuwe lectuur bevonden zich talloze antropologiehandboeken, die hem, typisch voor hem, tot het formuleren van speculatieve theorieën hadden gebracht, een gewoonte die hem naar eigen zeggen hielp nierkolieken te vermijden en het uitscheiden van mispelpitgrote nierstenen langs urinale weg verlichtte.

Een van deze eigenaardige theorieën luidde dat de mensheid na duizenden jaren geveinsde evolutie niet zoveel meer had bereikt dan het gedeeltelijk elimineren van de lichaamsbeharing, het perfectioneren van de lendendoek en het verfijnen van de slag met de vuursteen. Uit deze premisse volgde op onverklaarbare wijze een tweede deel van de theorie, die ongeveer als volgt luidde: deze goedkope evolutie registreerde nog niet bij benadering de omstandigheid dat een kind, hoe meer je iets voor hem probeert te verbergen, het des te ijveriger zoekt, hetzij iets zoets, hetzij een ansichtkaart met kittige revuemeisjes.

'En gelukkig maar, want op de dag dat de vonk van de weetgierigheid uitdooft en de jonkies genoegen nemen met de met klatergoud omhulde pulp die de kooplui van dienst hun aansmeren, of het nou om een miniscuul huishoudelijk apparaat gaat of een po op batterijen, en ze niet in staat zijn meer te begrijpen dan hun eigen achterste, keren we terug naar het tijdperk van de naaktslak.'

'Extravagant,' zei ik dan lachend, goeie sier makend met een woord dat ik van Fermín had geleerd en dat elke keer dat ik het noemde een Sugus-snoepje opleverde.

'Zo hoor ik het graag,' zei Fermín in zo'n geval. 'Zolang er knullen zijn in korte broek die meerlettergrepige woorden juist weten te beklemtonen, is er hoop.'

Misschien was het zijn slechte invloed of waren het de geleerde spitsvondigheden uit alle detectives die ik als suikeramandelen verslond, maar spoedig werd het raadsel opgelost wie Julián Carax was en waarom mijn ouders me met zijn naam hadden gedoopt, dankzij mijn neiging om verbanden te leggen, vluchtige gespreksflarden op te vangen, in verboden laden te woelen en, vooral, al die pagina's te lezen die mijn vader meende voorgoed naar de prullenmand te hebben verwezen. En daar waar mijn gaven voor detectie en deductie niet toereikend waren, kwam Fermín in beeld met zijn informatieve brochures, dankzij welke ik het geheim ongemerkt kon ontsleutelen en de aparte verhaallijnen met elkaar kon verbinden.

Die ochtend ontving mijn vader, alsof hij nog niet voldoende aan zijn hoofd had, het dubbele nieuwtje dat zijn zoon van tien jaar een professioneel schrijver wilde worden en dat hij bovendien op de hoogte was van die hele kluwen geheimen die hij sinds jaren voor me probeerde te verbergen, mogelijk meer uit schaamte dan iets anders. Te zijner ere zij gezegd dat hij dat allemaal tamelijk gelaten opnam en me, in plaats van te gaan schreeuwen en te dreigen met opsluiting in een internaat of me als dagloner naar een steengroeve te sturen, aankeek zonder te weten wat hij moest zeggen.

'Ik dacht dat je boekhandelaar wilde worden, net als ik, net als je grootvader en net als mijn grootvader vóór hem, net als bijna alle Semperes sinds mensenheugenis.'

Omdat ik zag dat ik hem had overrompeld, besloot ik mijn positie verder te schragen.

'Ik word schrijver. Romanschrijver, tot overmaat van ramp, geloof ik dat je zult zeggen.'

Dat laatste liet ik vallen bij wijze van humoristisch aanhangsel, maar mijn vader zag er duidelijk de grap niet van in. Hij sloeg zijn benen over elkaar, leunde achterover in zijn stoel en bestudeerde me behoedzaam. De spruit toonde een balorig trekje dat hem niet beviel. Welkom in het vaderschap. En daarvoor zet je kinderen op de wereld. Dacht ik.

'Dat heeft je moeder altijd gezegd, maar ik dacht dat ze het zei om me te plagen.'

Die slag was voor mij. De dag dat mijn moeder zich ergens in vergiste, zou de dag zijn dat het laatste oordeel viel op 1 april. Sinds zijn geboorte allergisch voor berusting, hield mijn vader vast aan zijn vermanende houding, en ik vreesde dat er een betoog ophanden was om me van mijn idee af te brengen.

'Ik dacht op jouw leeftijd ook dat ik uit het goede hout gesneden was om schrijver te zijn,' begon hij.

Ik zag hem komen als een meteoriet, gehuld in vlammen. Als ik hem nu niet ontwapende, kon dat veranderen in een preek over de gevaren van een leven gewijd aan de literatuur, want zoals ik meer dan eens een van de hongerige auteurs die de winkel bezochten en voortdurend op de pof kochten, als je ze al niet moest uitnodigen voor de lunch, had horen verzekeren, beantwoordde de literatuur de trouw van haar volgelingen zo ongeveer met dezelfde genegenheid als een bidsprinkhaan haar partner. Voordat mijn vader al te zeer op stoom kwam, wierp ik een melodramatische blik op de verfrommelde blaadjes op de grond en keek hem daarna woordloos aan.

'Zoals Fermín zegt, vergissen is menselijk,' gaf hij toe.

Toen besefte ik dat mijn tegenargument als bruggetje kon fungeren naar zijn aanvankelijke aanname dat wij Semperes geen schrijversbloed hadden en dat men de literatuur ook als boekhandelaar diende, zonder zich bloot te stellen aan de totale ondergang en de duisterste afgrond. Aangezien ik eigenlijk wist dat de goede man meer gelijk had dan een heilige, ging ik tot de aanval over. In een retorisch duel moet men nooit de ander het initiatief laten, en al helemaal niet wanneer de tegenstander lijkt te gaan winnen.

'Wat Fermín zegt is dat wijze mannen toegeven dat ze zich af en toe vergissen, maar dat sukkels zich de hele tijd vergissen maar het nooit toegeven en altijd gelijk menen te hebben. Hij noemt dat zijn "archimedisch principe van communicerende dwaasheden".'

'Ach, ja?'

'Ja. Volgens hem is een dwaas een dier dat niets weet of niet kan veranderen van idee,' ging ik door.

'Ik zie dat je al doorkneed bent in Fermíns filosofie en wetenschap.'

'Heeft hij soms geen gelijk?'

'Wat hij heeft is een bovenmatige liefde om *extra cathedram* te doceren.'

'En wat betekent dat?'

'Er maar wat op los kletsen.'

'Hij zei ook een keer, toen hij er weer eens op los kletstse, dat er iets is wat je me al tijden moet laten zien.'

Daniel was even uit het veld geslagen. Alle sporen van een preek waren al vervlogen, en nu was hij onzeker geworden en wist niet meer waar de volgende klap vandaan zou komen.

'Heeft hij ook gezegd wát?'

'Iets met boeken. En doden.'

'Doden?'

'Iets met een kerkhof. Dat van de doden heb ik er zelf bij bedacht.'

In feite had ik uitgedokterd dat het hele verhaal met Carax te maken moest hebben, die in mijn persoonlijke canon perfect de notie van boek en dode verenigde. Mijn vader dacht over de vraag na. Een glinstering kwam in zijn ogen, zoals altijd wanneer hij een idee had.

'Ik veronderstel dat hij op dat punt zelfs gelijk heeft,' gaf hij toe.

Ik rook ergens vandaan de zoete geur van overwinning.

'Vooruit, loop naar boven en kleed je aan,' zei mijn vader. 'Maar maak je moeder niet wakker.'

'Gaan we ergens heen?'

'Het is een geheim. Ik wil je iets laten zien wat mijn leven heeft veranderd en wat het jouwe misschien ook verandert.'

Ik realiseerde me dat ik het initiatief kwijt was en de kaarten nu anders geschud lagen.

'Op dit uur?'

Mijn vader glimlachte weer en knipoogde.

'Er zijn dingen die je alleen in het donker kunt zien.'

2

Die vroege ochtend nam mijn vader me voor het eerst mee naar het Kerkhof der Vergeten Boeken. Het was herfst 1966 en een motregen had de Ramblas met plasjes besprenkeld die bij het passeren glinsterden als koperen tranen. De nevel waarover ik zo vaak had gedroomd, vergezelde ons, maar trok zich terug toen we de Calle del Arco del Teatro insloegen. Voor ons lag een gapend gat van schaduwen, waartussen al spoedig een groot, met de jaren zwart geworden paleis opdoemde. Om ons aan te kondigen liet mijn vader de deurklopper, in de vorm van een duivelsgezicht, op de grote deur neerkomen. Tot mijn verrassing was het Fermín Romero de Torres zelf die de deur opendeed en boosaardig glimlachte toen hij me zag.

'Het werd tijd,' zei hij. 'Zoveel geheimzinnigdoenerij en verstoppertje spelen heeft me een maagzweer bezorgd.'

'Hier werkt u dus nu, Fermín?' vroeg ik nieuwsgierig. 'Is dit een boekhandel?'

'Zoiets, hoewel zwakjes in de afdeling stripverhalen. Vooruit, kom binnen.'

Fermín ging ons voor door een kronkelige galerij, waarvan de muren beschilderd waren met fresco's van engelen en legendewezens. Onnodig te zeggen dat ik op dat punt aangekomen al in trance was geraakt. Ik wist niet dat het wonder nog maar net begonnen was.

De galerij leidde naar de ingang van een gewelf dat in een cascade van nevelig licht tot in de oneindigheid steeg. Ik keek omhoog en voor mijn ogen nam een labyrintisch bouwsel gestalte aan, dat aan een fata morgana leek te ontspruiten. De toren verhief zich in een voortdurende spiraal en leek een klif waarop alle bibliotheken ter wereld waren gestrand. Met open mond liep ik naar dat uit alle boeken van de wereld opgebouwde kasteel toe. Ik had het gevoel in de pagina's van een van Julián Carax' verhalen binnengedrongen te zijn en was bang dat wanneer ik nog één stap zou zetten, dat ogenblik in stof zou oplossen en ik in mijn slaapkamer wakker zou worden. Mijn vader kwam bij me staan. Ik keek hem aan en pakte zijn hand, maar slechts om me ervan te overtuigen dat ik wakker was en deze plek echt bestond. Hij glimlachte.

'Julián, welkom in het Kerkhof der Vergeten Boeken.'

Het duurde een flinke poos voor mijn hartslag weer normaal was en ik me weer onderwierp aan de wet van de zwaartekracht. Toen ik wat rustiger was, fluisterde mijn vader in de duisternis: 'Deze plek is een mysterie, Julián, een heiligdom. Elk boek, elke band die je ziet, bevat zielen. De ziel van degene die het geschreven heeft, en de ziel van hen die het gelezen hebben en erover gedroomd hebben. Elke keer wanneer een boek in andere handen komt, elke keer wanneer iemand zijn blik over de pagina's laat glijden, groeit zijn geest en wint die aan kracht. Vele jaren geleden, toen mijn vader me voor het eerst hier mee naartoe nam, was dit al een oude plek. Misschien zo oud als de stad zelf. Niemand weet met absolute zekerheid hoe lang het al bestaat, of wie het geschapen heeft. Ik zal je zeggen wat mijn vader tegen mij zei: wanneer een bibliotheek verdwijnt, wanneer een boekhandel zijn deuren sluit, wanneer boeken in vergetelheid raken, zorgen wij wachters, die deze plek kennen, ervoor dat ze hier terechtkomen. Hier leven voor altijd de boeken die niemand zich meer herinnert, de boeken die in vergetelheid zijn geraakt en zich in de tijd hebben vergist en wachten op de dag dat ze overgaan naar de handen van een nieuwe lezer, een nieuwe geest. Elk boek dat je hier ziet, is ooit de beste vriend geweest van iemand. Nu hebben ze alleen ons nog, Julián. Denk je dat je dit geheim zult kunnen bewaren?'

Mijn blik ging op in de immensiteit van de plek en haar betoverende licht. Ik knikte en mijn vader glimlachte. Fermín gaf me een glas water en keek me aan.

'Kent de knul de regels?' vroeg hij.

'Daar wilde ik het juist over gaan hebben,' zei mijn vader.

Vervolgens verklaarde hij me in detail de wetten en verantwoordelijkheden die iedere nieuweling in de geheime broederschap van het Kerkhof der Vergeten Boeken moest accepteren, inclusief het privilege een boek levenslang te adopteren en er de beschermer van te worden.

Bij het luisteren begon ik te vermoeden dat er nog een achterliggend motief was om uitgerekend vandaag met dit visioen mijn netvlies en brein op te blazen. Misschien rekende hij erop dat de aanblik van die stad bevolkt door honderdduizenden achtergelaten boeken, door zovele levens, ideeën en universums vergeten, een metafoor zou zijn van de toekomst die me te wachten stond als ik volhardde in mijn koppigheid dat ik op een dag mijn brood zou kunnen verdienen met de literatuur. Als dat zijn intentie was, dan had wat ik zag het tegengestelde effect op me. Mijn roeping, tot dat moment niet meer dan een kinderlijke droom, prentte zich die dag in mijn hart. En niets van wat mijn vader of wie dan ook kon zeggen, zou erin slagen me van dat idee af te brengen.

Vermoedelijk had het lot voor mij gekozen.

Op mijn lange reis door de tunnels van het labyrint koos ik een boek met de titel *De karmozijnrode tuniek*, een roman uit de serie *De stad der verdoemden* van een zekere David Martín, van wie ik nog nooit had gehoord. Of misschien zou ik moeten zeggen dat het boek míj koos, want toen ik eens goed naar het omslag keek, had ik het merkwaardige gevoel dat dat boek daar al lang op mij wachtte, alsof het wist dat ik er die ochtend tegenaan zou lopen.

Toen ik eindelijk het boekenkerkhof verliet en mijn vader het boek in mijn handen zag, werd hij bleek. Heel even dacht ik dat hij bewusteloos op de grond zou zakken.

‘Waar heb je dat boek gevonden?’ stamelde hij.

‘Op een tafel in een van de zalen. Het stond rechtop, alsof iemand het daar zo had neergezet voor mij om het te vinden.’

Fermín en hij wisselden een ondoorgrondelijke blik.

‘Is er iets?’ vroeg ik. ‘Moet ik een ander uitzoeken?’

Mijn vader schudde zijn hoofd.

‘Het is het lot,’ prevelde Fermín.

Ik glimlachte opgewonden. Dat was exact wat ik dacht, hoewel ik niet goed wist waarom.

De rest van de week las ik als in trance de door David Martín vertelde avonturen en genoot van elke scène alsof ik voor een groot doek stond waarop ik, hoe langer ik het bestudeerde, steeds meer details en betekenissen ontdekte. Mijn vader verzonk op zijn beurt in zijn eigen mijmeringen, hoewel zijn zorgen allesbehalve literair leken.

Zoals ook anderen gebeurde, besloop hem in die tijd de gedachte dat hij niet langer een jonge man was, en vaak bezocht hij het schouwtoneel uit zijn vroege jeugd om antwoorden op vragen te vinden die hij nog steeds niet goed begreep.

‘Wat is er eigenlijk met papa aan de hand?’ vroeg ik mijn moeder.

‘Niets. Hij groeit.’

‘Is hij die leeftijd niet een beetje voorbij?’

Mijn moeder zuchtte geduldig.

‘Jullie mannen zijn zo.’

‘Ik zal opschieten met ouder worden, dan hoef je je er geen zorgen over te maken.’

Mijn moeder glimlachte.

‘We hebben geen haast, Julián. Laat het leven zich daar maar over ontfermen.’

Na een van zijn geheimzinnige reizen naar zijn navel keerde mijn vader terug van het postkantoor met een pakketje uit Parijs, waarin een boek zat met de titel *De engel der nevelen*. Alles wat met engelen of neveligheid te maken had, kon met zekerheid rekenen op mijn interesse, dus ik besloot op onderzoek uit te gaan, ook al was het maar vanwege het gezicht dat mijn vader had getrokken bij het openmaken van het pakket en het zien van het omslag. Mijn speurwerk had als resultaat dat het een roman bleek te betreffen van een zekere Boris Laurent, wat, zoals ik later ontdekte, niets anders was dan een pseudoniem van Julián Carax in hoogsteigen persoon. Het boek bevatte een opdracht die mijn moeder deed huilen, en bij haar kwamen de tranen niet zo snel, en die mijn vader er eindelijk van overtuigde dat het lot ons allemaal bij een niet nader te noemen plek had gepakt, maar die delicaat handelen vereiste, dat voelde ik wel aan.

Ik moet bekennen dat ík het meest verrast was. Om de een of andere reden had ik altijd gedacht dat Carax al sinds mensenheugenis dood was (een historische periode die alles omvatte van vóór mijn geboorte). Ik had altijd gedacht dat Carax een van de vele schimmen uit het verleden was die op de loer lagen in dat betoverde paleis dat het officiële familiegeheugen was. Zodra tot me doordrong dat ik me had vergist en dat Carax zeer zeker nog leefde en wel schrijvend in Parijs, had ik een goddelijke openbaring.

Toen ik over de bladzijden van *De engel der nevelen* streek wist ik plotseling wat me te doen stond. Zo ontstond het plan dat me in staat zou stellen mijn deel aan het lot te kunnen bijdragen, dat voor één keer had besloten een huisbezoek af te leggen, en dat vele jaren later dit boek zou voortbrengen.

3

Het leven ging ondertussen in zijn eigen tempo voorbij, tussen openbaringen en hersenschimmen, zoals te doen gebruikelijk, zonder al te zeer op ons, die allemaal op de treeplank meereizen, te letten. Ik genoot van een dubbele kindertijd: eentje die tamelijk conventioneel was, als zoiets bestaat, en die door de buitenwereld werd waargenomen; en de andere imaginair, de kindertijd die alleen ík beleefde. Ik had een paar goeie vrienden, de meeste van hen waren boeken. Op school verveelde ik me stierlijk en al snel begon ik de uren in de schoolbanken van de jezuïeten door te brengen met mijn hoofd in de wolken, een gewoonte die ik nog steeds heb. Gelukkig had ik een paar goeie leraren, die geduld met me hadden en erin berustten dat mijn voortdurende anders-zijn niet per se een kwaad was dat bestreden moest worden. De Heer heeft rare kostgangers, dus ook af en toe een Julián Sempere.

Waarschijnlijk leerde ik meer over de wereld door te lezen tussen de vier muren van de boekhandel, op eigen houtje bibliotheken te bezoeken of naar Fermín te luisteren, die altijd wel een theorie, raad of een praktische vermaning te bieden had, dan in al mijn schooljaren bij elkaar.

'Op school zeggen ze dat ik een beetje vreemd ben,' biechtte ik op een dag op aan Fermín.

'Dat is dan een gelukje. Begin je maar zorgen te maken op de dag dat ze tegen je zeggen dat je normaal bent.'

Positief of niet, daar heeft niemand me ooit van beschuldigd.

Vermoedelijk is mijn jeugd niet geheel zonder biografisch belang, omdat ik ten minste een groot deel ervan buiten mijn hoofd leefde. Mijn papierdromen en ambities een strijder van de pen te worden en daarbij niet te versagen werden sterker. Gedempt evenwel, om de waarheid eer aan te doen met een zekere dosis realisme, dat ik met de jaren opdeed naarmate ik beter zag hoe de wereld in elkaar stak. Halverwege de rit had ik al begrepen dat mijn dromen gesmeed waren uit onmogelijkheden, maar dat ik nooit de oorlog zou winnen als ik ze al opgaf vóór ik het slagveld betrad.

Ik bleef er vertrouwen in houden dat de goden van de Parnassus op een dag medelijden met me zouden krijgen en me zouden bijbrengen hoe ik verhalen moest vertellen. Ondertussen verzamelde ik munitie, in afwachting van de dag dat ik mijn eigen droom- en nachtmerriefabriek kon openen. Stukje bij beetje voegde ik, zo goed en zo kwaad als het ging, maar met opmerkelijke vasthoudendheid, alles wat met mijn familie van doen had bij elkaar, haar vele geheimen en de duizend-en-een verhaallijnen waaruit het kleine Sempere-universum bestond, het complete karakteristieke repertoire dat ik *Het Kerkhof der Vergeten Boeken* had gedoopt.

Naast alles uitzoeken wat er uit te zoeken en niet uit te zoeken viel over mijn familie, had ik in die tijd twee grote passies: één magisch en subliem: het lezen; de andere aards en voorspelbaar: jeugdige verliefdheden.

Waar het mijn literaire ambities betrof, waren mijn successen magertjes tot niet-bestaand. In die jaren begon ik talloze verfoeilijke romans te schrijven, die onderweg allemaal een stille dood stierven, honderden verhalen, theaterstukken, radiofeuilletons en zelfs gedichten, die ik aan niemand liet lezen, voor ieders bestwil. Ik hoefde ze zelf maar te lezen om vast te stellen wat ik nog allemaal moest leren en hoe weinig vooruitgang ik boekte ondanks alle zin en enthousiasme die ik erin stopte. Onvermoeibaar herlas ik Carax' romans en die van duizend-en-een andere auteurs, die ik leende uit de boekhandel van mijn ouders. Ik probeerde ze uit elkaar te halen alsof het transistorradio's waren of een Rolls-Royce-motor, in de hoop er zo achter te komen hoe ze geconstrueerd waren en hoe en waarom ze gelukt waren.

Ik had in een krant een reportage gelezen over Japanse ingenieurs die iets beoefenden wat 'reverse engineering' werd genoemd. Naar het schijnt haalden deze ijverige Japanners een machine tot op het laatste onderdeel uit elkaar en analyseerden de functie van elk onderdeel, de dynamiek van het geheel en het inwendige ontwerp van de constructie, om er zo de wetmatigheden uit af te leiden die het functioneren mogelijk maakten. Mijn moeder had een broer die als ingenieur werkte in Duitsland, dus ik zei tegen mezelf dat er in mijn genen iets moest zitten wat me in staat stelde hetzelfde te doen met een boek of een verhaal.

Elke dag zag ik duidelijker dat goede literatuur weinig of niets te maken heeft met triviale drogbeelden als 'inspiratie' of 'iets te vertellen hebben', maar meer met de techniek van de taal, met de architectuur van de vertelling, met de beschrijving van de texturen, timbres en kleuren van de constructie, met de fotografie van de beelden en met de muziek die een orkest van woorden kon voortbrengen.

Mijn tweede grote bezigheid, of misschien moet ik zeggen mijn eerste, reikte veel aan voor de komedie en raakte soms aan de klucht. Er was een tijd dat ik elke week verliefd werd, iets wat ik met het perspectief van nu niemand kan aanbevelen. Een blik, een stem was voldoende om verliefd te worden, en vooral alles wat ik nauw aansluitend en strak onder die fijne wollen jurkjes zag die de meisjes in mijn tijd droegen.

'Wat jou overkomt is geen liefde, maar geilheid,' preciseerde Fermín. 'Op jouw leeftijd is het chemisch onmogelijk het onderscheid te maken. Moeder Natuur bedient zich van zulke listen om de planeet steeds verder te bevolken, daarom injecteert ze met gulle hand jonge mensen hormonen en zotheid in de aderen, zodat er kanonnenvlees klaarstaat dat bereid is zich voort te planten als konijnen, terwijl ze zich opofferen in naam van wat bankiers, geestelijken en dweepzieke revolutionaire fantasten zeggen, die idealisten en andere plagen nodig hebben om te verhinderen dat de wereld zich verder ontwikkelt, maar die er juist voor zorgen dat alles altijd hetzelfde blijft.'

'Maar Fermín, wat heeft dat te maken met de onrust van het hart?'

'Kom nu niet aan met flauwekulletjes, we kennen elkaar toch. Het hart is een orgaan dat bloed rondpompt, geen sonnetten. Met een beetje geluk bereikt iets van die stroom het hoofd, maar grotendeels komt het in de buik terecht, en in jouw geval bij de schaamdelen, die, als je niet oppast, de functie van de hersenschors overnemen tot je de eerste vijfentwintig lentes achter je hebt. Hou de testiculaire massa weg van het roer, dan zul je de haven bereiken. Gedraag je je als een nar, dan zal het leven aan je voorbijtrekken zonder dat je iets nuttigs hebt gedaan.'

'Amen.'

Mijn vrije uren bracht ik door met romances in de schaduw van portieken, meer of minder fortuinlijke exploraties onder blousejes en rokken op de achterste rij van een wijkbioscoop, dansavonden in La Paloma en wandelingen over de pier aan de hand van weekendliefdes. Ik noem geen details, omdat er geen enkele opmerkelijke gebeurtenis te melden valt, tot ik zeventien werd en tegen een wezen op botste dat Valentina heette. Ieder zichzelf respecterende zeevaarder heeft een ijsberg in zijn lotsbestemming zitten; de mijne heette Valentina. Ze was drie jaar ouder dan ik (wat in de praktijk neerkwam op tien) en ze bracht me gedurende enkele maanden in een catatonische staat.

Ik leerde haar kennen op een herfstmiddag, toen ik terechtkwam in de oude Franse boekhandel aan de Paseo de Gracia om te schuilen voor de regen. Ik zag haar van achteren en iets dwong me dichterbij te komen om een steelse blik op haar te kunnen werpen. Ze bladerde in een roman van Julián Carax, *De schaduw van de wind*, en dat ik haar durfde te benaderen en aan te spreken kwam omdat ik me in die tijd onoverwinnelijk voelde.

'Dat boek heb ik ook gelezen,' zei ik, een intelligentie tentoonspreidend die het verpletterende gelijk van Fermíns bloedsomlooptheorieën bewees.

Ze keek me aan met haar smaragdgroene ogen, die sneden als messen en zo langzaam knipperden dat ik dacht dat de tijd tot stilstand was gekomen.

'Fijn voor je,' antwoordde ze.

Ze zette het boek terug op de plank, draaide zich om en liep naar de uitgang. Een paar seconden bleef ik als vastgenageld daar staan, lijkbleek. Toen ik weer in staat was te bewegen trok ik het boek van de plank, ging ermee naar de kassa, rekende af en rende de straat op in de hoop dat mijn ijsberg niet voor altijd was gezonken.

De hemel was staalgrijs gekleurd en er vielen druppels als parels. Ik haalde haar in toen ze, zonder zich te bekommeren om de regen, bij het stoplicht wachtte om de Calle del Rosellón over te steken.

'Moet ik de politie waarschuwen?' vroeg ze zonder opzij te kijken.

'Ik hoop het niet. Ik heet Julián.'

Valentina zuchtte. Ze draaide zich naar me toe en doorboorde me opnieuw met die messcherpe ogen. Ik glimlachte als een dwaas en gaf haar het boek. Ze trok een wenkbrauw op en pakte het na een korte aarzeling aan.

'Nog een Julián? Hebben jullie een broederschap of zoiets?'

'Mijn ouders gaven me die naam ter ere van de auteur van dit boek, hij was een vriend van ze. Het is het beste wat ik ooit heb gelezen.'

Mijn geluk werd bepaald door de mise-en-scène, zoals te doen gebruikelijk bij dit soort voorvallen. Een bliksemschicht kleurde de gevels van de Paseo de Gracia zilver en het kabaal van de storm kwam dreigend dichterbij. Het stoplicht sprong op groen. Voordat Valentina kon zeggen dat ik naar de pomp kon lopen of een politieman kon waarschuwen, verschoot ik mijn laatste kruit.

'Tien minuten. Een koffie. Als ik je in tien minuten niet voor me heb gewonnen, zal ik in rook opgaan en zul je me nooit meer zien. Ik beloof het.'

Valentina keek me weifelend aan en onderdrukte een glimlach. De regen droeg de schuld van alles.

'Oké,' zei ze.

En ik maar denken dat mijn leven was veranderd op de dag dat ik besloot schrijver te worden.

Valentina woonde alleen in een dakappartement in de Calle de Provenza. Vanaf daar kon je heel Barcelona zien, iets wat ik maar weinig deed, omdat ik veel liever naar haar keek in de diverse stadia van naaktheid waarin ik haar onveranderlijk probeerde te krijgen. Haar moeder was Nederlandse en haar vader was een gerenommeerde Barcelonese advocaat geweest, wiens achternaam zelfs ik weleens had gehoord. Nadat hij was gestorven, had haar moeder besloten terug te keren naar haar vaderland, maar de inmiddels meerderjarige Valentina had er de voorkeur aan gegeven in Barcelona te blijven. Ze sprak vijf talen en werkte in het door haar vader opgerichte advocatenkantoor als vertaalster van aanklachtprocedures en rechtsgeschillen tussen grote bedrijven en families van het soort dat al gedurende vier generaties een loge in het Liceo-theater had, waarmee miljoenen gemoeid waren. Toen ik haar vroeg wat ze met haar leven wilde doen, wierp ze me die blik toe die me altijd ontwapende en zei: 'Reizen.'

Valentina was de eerste mens die ik mijn bescheiden schrijfpogingen liet lezen. Ze had een zekere tendens om haar tederheid en liefdevolle woorden te reserveren voor het meest prozaïsche gedeelte van onze relatie. Wanneer het erom ging me haar mening over mijn literaire stapjes te vertellen, zei ze altijd dat ik van Carax alleen de voornaam had. Omdat ik het er in de grond van de zaak mee eens was, nam ik het haar niet kwalijk. Misschien vertelde ik haar daarom – en omdat ik dacht dat niemand in de wereld het plan dat al jaren in mij nestelde beter zou kunnen begrijpen – op een dag dat ik me extra had voorbereid op het incasseren van klappen, van mijn voornemen dat ik in daden wilde omzetten zodra ik achttien zou worden.

'Ik hoop niet dat je gaat vragen of ik met je wil trouwen,' zei Valentina.

Vermoedelijk had ik de hint die het lot insinueerde moeten weten te interpreteren, omdat alle grote scènes met Valentina altijd begonnen met regen, die me op de hielen zat of al tegen de ramen sloeg. Dat was deze keer niet anders.

'Wat is het plan?' vroeg ze ten slotte.
'De geschiedenis van mijn familie opschrijven.'
We waren nu bijna een jaar bij elkaar, als je die stoet van middagen tussen de lakens van haar wolkenstudio 'bij elkaar zijn' kon noemen, maar hoewel ik haar huid uit mijn hoofd kende, wist ik haar stiltes nog steeds niet te lezen.
'En?' vroeg ze.
'Vind je het te pover?'
'Iedereen heeft een familie. En alle families hebben een geschiedenis.'
Met Valentina moest je altijd alles zonder hulp verdienen. Wat er ook maar verdiend moest worden. Ze draaide zich van me weg en zo formuleerde ik voor die schitterend naakte rug voor het eerst hardop het idee dat ik al jaren in mijn hoofd had. Het was geen briljant exposé, maar ik moest het uit mijn eigen mond horen om erin te kunnen geloven.
Een begin had ik al: de titel. *Het Kerkhof der Vergeten Boeken*. Jarenlang had ik een leeg schrift bij me gehad waarop ik in drukletters en met veel kalligrafisch vertoon had geschreven:

Het Kerkhof der Vergeten Boeken
Een roman in vier delen
door
Julián Sempere

Op een dag had Fermín me betrapt met een vulpen in de hand, betoverd kijkend naar de eerste blanco pagina van het schrift. Hij inspecteerde de voorkant en na een geluid te hebben voortgebracht als een kruising tussen een bromtoon en een wind, zei hij: 'Ongelukkig zijn zij wier dromen zijn gesmeed van papier en inkt, want hun behoort het vagevuur van ijdelheid en ontgoocheling.'
'Met uw welnemen, zou Uwe Excellentie de goedheid willen hebben een dergelijk plechtig aforisme in goed Spaans uit te leggen?' vroeg ik.
'Blijkbaar word ik Bijbels van domheid,' antwoordde Fermín. 'U bent hier degene die de dichter uithangt. U mag raden wat dat betekent.'

Ik had uitgerekend dat dit magnum opus, ontsproten aan mijn jeugdige, koortsige verbeeldingskracht, diabolische dimensies zou krijgen en een gewicht van vijftien kilo schoon aan de haak. Zoals ik het me voorstelde, zou de vertelling verdeeld zijn in vier aan elkaar gerelateerde delen die als een soort toegangspoort zouden functioneren tot een verhalenlabyrint. Naarmate de lezer dieper in de pagina's zou doordringen, zou hij duidelijker voelen dat de vertelling als een stel matroesjka's in elkaar paste, zodat elke verhaallijn en ieder personage naar een ander voerde en dat weer naar een ander en nog één en zo successievelijk.

'Het klinkt als de handleiding voor meccano of een elektrische trein.'

Mijn lieve Valentina, altijd zo prozaïsch.

'Iets van meccano heeft het wel,' gaf ik toe.

Die hoogdravende intentieverklaring had ik haar zonder enig gevoel van schaamte proberen te verkopen, want ze gaf woord voor woord weer wat ik op mijn zestiende had opgeschreven in de overtuiging dat daarmee het halve werk gedaan was. Dat ik onbeschaamd dat idee had gekopieerd van de roman die ik haar cadeau had gedaan op de dag dat ik haar leerde kennen, *De schaduw van de wind*, was nog het minste.

'Heeft Carax dat niet ook al gedaan?' vroeg Valentina.

'Alles in het leven is al eens eerder gedaan, tenminste dat wat de moeite waard is om te doen,' zei ik. 'De truc bestaat eruit het een beetje beter te doen.'

'En daar kom jij in beeld, met alle bescheidenheid van de jeugd.'

Allang gewend aan de plenzen ijswater van mijn aanbiddelijke ijsberg, zette ik mijn exposé voort met de vastberadenheid van een soldaat die uit de loopgraven springt en luidkeels op de mitrailleurs afrent.

Volgens mijn onfeilbare plan zou het eerste deel zich concentreren op de geschiedenis van een lezer, in dit geval mijn vader, en hoe hij in zijn jonge jaren de wereld van de boeken ontdekt en in het verlengde daarvan het leven, middels een raadselachtige roman van een onbekende auteur, die een enorm geheim verbergt waar de lezer versteld van staat. Dat alles zou de mogelijkheid bieden om met een pennenstreek een roman te construeren die alle bekende en nog te ontdekken genres met elkaar combineerde.

'En eenmaal bezig zou die roman ook de griep en de verkoudheid kunnen genezen,' merkte Valentina op.

Het tweede deel, met een morbide, sinistere bijsmaak om de welvoeglijke lezers te provoceren, moest de lotgevallen van een verdoemde auteur vertellen – met de complimenten van David Martín – die in de eerste persoon schetst hoe hij zijn verstand verliest en ons meesleurt in de afdaling naar de hel van zijn eigen gekte, om een minder betrouwbare verteller te worden dan de hellevorst, die ook op de bladzijden rondspookt. Of misschien ook wel niet, want alles is een spel, waarin het de lezer is die de puzzel moet afmaken en moet beslissen wélk boek hij leest.

'En als ze je voor het altaar laten staan en niemand zin heeft om aan dat spel mee te doen?'

'Dan nog zal het de moeite waard zijn geweest. Er is altijd iemand die meedoet.'

'Schrijven is een zaak van optimisten,' meende Valentina.

Het derde deel moet ons, ervan uitgaand dat de lezer de eerste twee heeft overleefd en niet op een andere tram is gesprongen, op weg naar een gelukkig einde, tijdelijk redden van de onderwereld en ons het verhaal bieden van hét personage par excellence en de stem van het officiële geweten van het verhaal, dat wil zeggen, mijn geadopteerde oom Fermín Romero de Torres. Zijn relaas toont ons met schelms vernuft hoe hij de persoon is geworden die hij is, en zijn veelvoudige pech in de troebelste jaren van de eeuw onthult de lijnen die alle delen van het labyrint met elkaar verbinden.

'Daar zal in elk geval iets te lachen zijn.'

'Fermín de Verlosser,' stemde ik in.

'En hoe eindigt dit gedrocht?'

'Met vuurwerk, een groot orkest en alle mogelijke kunst- en vliegwerk.'

Het vierde deel, op vinnige wijze spectaculair en gekruid met de aroma's van de drie voorgaande delen, leidt ons ten slotte naar het centrum van het mysterie en lost voor ons alle raadsels op aan de hand van mijn lievelingsengel van de duisternis, Alicia Gris. De sage zou schurken en helden bevatten, en duizend tunnels, door welke de lezer een caleidoscopische intrige zou kunnen ontdekken die lijkt op de perspectivische zinsbegoocheling die ik met mijn vader had ontdekt in het hart van het Kerkhof der Vergeten Boeken.

'En kom jij er zelf niet in voor?' vroeg Valentina.

'Alleen aan het einde en maar heel even.'

'Hoe bescheiden.'

Door de toon kon ik al raden wat er ging gebeuren.

'Wat ik niet begrijp is waarom je dit verhaal niet eindelijk schrijft in plaats van er zoveel over te praten.'

Die vraag had ik mezelf de laatste jaren al ongeveer drieduizend keer gesteld.

'Omdat erover praten me helpt het me beter voor te stellen. En vooral omdat ik niet weet hoe ik het moet doen. Vandaar mijn plan.'

Valentina draaide zich weer naar me om en keek me niet-begrijpend aan.

'Ik dacht dat dat het plan was.'

'Dat is de ambitie. Het plan is anders.'

'Namelijk?'

'Dat Julián Carax het voor me schrijft,' onthulde ik haar.

Ze bleef naar me kijken met die blik die koeltjes door mijn ziel waaide.

'En waarom zou hij dat doen?'

'Omdat het in wezen ook zijn verhaal is, en dat van zijn familie.'

'Ik dacht dat Carax in Parijs was.'

Ik knikte. Ze kneep haar ogen tot spleetjes. IJskoud en intelligent, mijn aanbeden Valentina.

'Dus je plan is naar Parijs te gaan, Julián Carax te vinden, ervan uitgaand dat hij leeft, en hem ervan te overtuigen in jouw naam een roman te schrijven van drieduizend pagina's met dat verhaal dat zogenaamd zo belangrijk voor je is.'

'Min of meer,' gaf ik toe.

Ik glimlachte lief naar haar, klaar om de klap op te vangen. Nu zou ze me zeggen dat ik een fantast was, lichtzinnig of naïef. Ik was bereid elke slag te incasseren behalve die welke ze me gaf en die natuurlijk precies dat was wat ik verdiende.

'Je bent een lafaard.'

Ze stond op, plukte haar kleren van de grond en kleedde zich aan bij het raam. Daarna stak ze een sigaret op en keek in gedachten verzonken op de dakenwirwar van de Ensanche in de regen.

'Ik zou graag alleen willen zijn,' zei ze.

Vijf dagen later liep ik opnieuw de trap op naar de zolderkamer van Valentina. De deur was niet afgesloten, de ruimte leeg en voor het raam stond een kale stoel met een envelop met mijn naam erop. Er zat twintigduizend Franse franc in en een kaartje waarop stond:

Bon voyage et bonne chance.
V.

Toen ik de straat op liep, begon het te regenen.

Drie weken later, toen we op een avond stamgasten van de boekhandel en andere lezers hadden uitgenodigd om de publicatie te vieren van de eerste roman van een goede vriend van Sempere & Zoons, professor Alburquerque, deed zich voor wat velen al een tijd hadden verwacht en wat de geschiedenis van het land zou veranderen, of het in elk geval aan het heden zou teruggeven.

Het was bijna sluitingstijd toen don Federico, de horlogemaker van de buurt, opgewonden de winkel binnenkwam met een apparaat dat een draagbare televisie bleek te zijn, gekocht in Andorra. Hij zette het geval op de toonbank en keek ons allen plechtig aan.

'Snel, ik heb een verbinding naar een stopcontact nodig.'

'U en iedereen in dit land, anders komen we nooit ergens,' grapte Fermín.

Iets in het gezicht van don Federico maakte duidelijk dat de horlogemaker niet in was voor geintjes. Professor Alburquerque, die al vermoedde waar het over ging, hielp hem de televisie aan te sluiten en de horlogemaker klikte vervolgens het apparaat aan. Een beeldscherm met grijs lawaai wierp een flakkerend licht door de winkel.

Mijn grootvader, gealarmeerd door de consternatie, verscheen in de deuropening van de achterkamer en keek ons allemaal vragend aan. Fermín haalde zijn schouders op.

'Waarschuw iedereen,' beval don Federico.

Terwijl hij de antennes richtte en de zender probeerde te vinden, verzamelden we ons voor het apparaat alsof het een liturgie betrof. Fermín en professor Alburquerque begonnen stoelen neer te zetten.

Al snel vulden we met z'n allen dit geïmproviseerde parket in afwachting van God weet wat: mijn ouders, mijn grootvader, Fermín, don Anacleto (die terugkwam van zijn avondwandeling en bij het zien van het lichtschijnsel dacht dat we ons hadden aangepast aan de jaren zestig en binnenkwam om er het zijne van te weten te komen), Fernandito en Sofía, Merceditas, en de klanten die naar de borrel waren gekomen ter ere van professor Alburquerque.

'Heb ik tijd om te plassen en popcorn te kopen?' informeerde Fermín.

'Als ik u was zou ik het ophouden,' waarschuwde professor Alburquerque. 'Ik heb zo het idee dat dit iets heel groots is.'

Tot slot gaf don Federico nog een draai aan de antennes, zodat het statische venster tot een duistere uitsnede werd van het glorieuze, fluwelige zwart-wit waarin Televisión Española in die dagen uitzond. Het behuilde gezicht van een man die eruitzag als een kruising tussen een dorpsadvocaat en Supermuis verscheen. Don Federico zette het volume harder.

'Franco is gestorven,' kondigde de toenmalige minister-president, Arias Navarro, tussen snikken door aan.

Uit de hemel, of ergens anders vandaan, daalde een loodzware stilte neer. Als de klok aan de muur nog steeds zou hebben gefunctioneerd, zou de slinger midden in de beweging zijn verstard. Wat daarna kwam, gebeurde min of meer allemaal tegelijk.

Merceditas begon te huilen. Mijn grootvader werd bleek als een vaatdoek, omdat hij waarschijnlijk bang was dat het volgende moment het geronk van tanks te horen zou zijn die de Diagonal insloegen om een nieuwe oorlog aan te kondigen. Don Anacleto, zo geneigd tot rapsodie en vers, verstomde en begon het verbranden van kloosters en andere festijnen te visualiseren. Mijn ouders keken elkaar verward aan. Professor Alburquerque, die niet rookte, leende een sigaret van de horlogemaker en stak hem op. Fernandito en Sofía, zich amper bewust van de commotie, glimlachten naar elkaar vanuit hun sprookjesland en bleven elkaars hand vasthouden. Een enkele lezer van de in de winkel verzamelde groep sloeg een kruis en vertrok geïntimideerd.

Ik zocht naar een volwassene die nog in het bezit was van zijn geestelijke vermogens en stuitte op Fermín, die de redevoering van de minister-president met nuchtere interesse en totale gelatenheid volgde. Ik ging naast hem zitten.

'Kijk hem nou, het kleintje, jankend alsof hij nog nooit in zijn leven een bordje heeft gebroken, terwijl hij zoals je 'm daar ziet, meer doodvonnissen getekend heeft dan Attila de Hun,' zei hij smalend.

'Fermín, wat gaat er nu gebeuren?' vroeg ik ongerust.

Hij glimlachte doodgemoedereerd en klopte me op de schouder. Hij bood me een Sugus-snoepje aan, peuterde er zelf eentje – citroensmaak – uit het papiertje en stak het genietend in zijn mond.

'Geen paniek, hier gaat niets gebeuren. Schermutselingen, gedoetjes en farizeeërsgedrag bij de vleet gedurende een poosje, dat wel, maar niks ernstigs. Met een beetje pech schiet bij een enkele malloot zijn hand uit, maar wie aan de touwtjes trekt, zal niet laten gebeuren dat de boel uit de hand loopt. Dat is niet voordelig. Er zal veel geraas en getier zijn en er zullen wat maatregelen worden getroffen, de meeste onzinnig. Er zullen records verbroken worden in de olympische specialiteit jasje wisselen en we zullen zien welke helden onder de bank vandaan kruipen. Wat zich in zulke gevallen altijd voordoet. Dit zal zijn als een lange verstopping. Het zal moeilijk zijn, maar de darm zal zich legen, op wat al omgezet is na. En uiteindelijk zal het zo'n vaart niet lopen, dat zult u zien. Om de doodeenvoudige reden dat het niemand uitkomt. Per slot van rekening is dit allemaal een soort vlooienmarkt van meer of minder goed gecamoufleerde belangen ter consumptie van de volksdomheid. Afgezien van de marionettennummertjes telt uitsluitend en alleen welke mensen de teugels in handen hebben en over de sleutel van de kas beschikken, en hoe ze het geld van de anderen onder elkaar verdelen. Op weg naar de buit wast ieder zijn gezicht, en dat is hard nodig. Er zullen nieuwe slimmeriken verschijnen, nieuwe leiders en een koor van onschuldigen zonder geheugen zal de straat op gaan, bereid om te horen wat ze willen horen of moeten horen. Ze zullen de rattenvanger van Hamelen van dienst volgen die hun het meest aanstaat en hun een voddenparadijs belooft. Dit is wat het is, Julianito, met alle grootsheid en armzaligheid, en het levert zoveel op als het oplevert, en dat is helemaal niet zo weinig. Er zijn er die het doorzien en vertrekken, zoals onze Alicia, en er zijn er die met de poten in de modder blijven staan omdat ze toch geen betere plek hebben om naartoe te gaan. Maar voor het circus hoeft u niet bang te zijn, nu komen eerst de clowns; de trapezeartiesten laten nog even op zich wachten. Misschien is het het beste wat ons kon gebeuren. Ik persoonlijk ben er blij mee.'

'En hoe weet u dat Alicia zo ver weg is gegaan?'

Fermín glimlachte schelms.

'Touché.'

'Wat hebt u me niet verteld, Fermín?'

Fermín greep me bij de arm en duwde me naar een hoek.

'Een andere keer. Vandaag zijn we in nationale rouw.'

'Maar…'

Hij liet me halverwege mijn zin staan en keerde terug naar het gezelschap, dat nog steeds in shock was over het bericht van de dood van de man die de afgelopen vier decennia het staatshoofd was geweest.

'Gaat u een toost uitbrengen?' vroeg don Anacleto.

'Ik breng op niemands dood een toost uit,' zei hij. 'Ik weet niet wat u gaat doen, maar ik ga naar huis, naar Bernarda, en als het God behaagt, proberen nog een kind te maken. Ik stel voor dat u, voor zover de logistiek dat toestaat, hetzelfde doet. En anders leest u een goed boek, zoals dat van onze goede vriend Alburquerque hier. Morgen is er weer een dag.'

En er kwam een nieuwe dag en nog een, en zo gingen meerdere maanden voorbij waarin Fermín zich met al zijn kunsten verre van mij hield en me in het ongewisse liet wat betrof zijn insinuaties over Alicia Gris. Omdat ik aanvoelde dat hij me als het moment daar was – of wanneer hij er zin in had – zou vertellen wat hij te vertellen had, haalde ik de francs tevoorschijn die Valentina voor me had achtergelaten en kocht een ticket naar Parijs. Het was het jaar 1976 en ik was negentien geworden.

Mijn ouders wisten niets van het werkelijke doel van mijn reis, die ik tegenover hen had gerechtvaardigd met de wens wat van de wereld te zien. Maar mijn moeder vermoedde mijn werkelijke bedoelingen altijd. Voor haar kon ik nooit geheimen hebben, zoals ik mijn vader al eens had gezegd. Mijn moeder wist van mijn avonturen met Valentina en van mijn ambities, die ze altijd steunde, zelfs wanneer ik op zwakke momenten bezwoer ze op te geven wegens gebrek aan talent en moed.

'Niemand triomfeert zonder eerst mislukt te zijn,' verzekerde ze me.

Ik wist dat mijn vader nijdig was, hoewel hij het niet wilde zeggen. Hij zag mijn reis naar Parijs niet zitten. Volgens hem moest ik klaarheid scheppen en nu eindelijk eens doen wat het ook was dat ik moest doen. Als ik per se schrijver wilde worden, kon ik maar beter serieus beginnen met schrijven. En als ik boekhandelaar wilde worden, of dompteur van parkietjes, of iets anders, idem dito.

Ik wist niet hoe ik hem moest uitleggen dat ik het als mijn taak zag om naar Parijs te gaan en Carax te vinden. Ik had geen argumenten om dit idee tegenover hem te bepleiten, ik voelde het simpelweg zo. Hij wilde me niet naar het station brengen en voerde aan dat hij naar Vic moest om zijn gedistingeerde collega, de heer Costa, te treffen, voorzitter van het gilde en mogelijkerwijs de wijste nog actieve op het gebied van het oude boek. Toen ik bij Estación de Francia aankwam, zag ik daar mijn moeder op een bankje op het perron zitten.

'Ik heb handschoenen voor je gekocht,' zei ze. 'Ze zeggen dat het in Parijs bitterkoud is.'

Ik omhelsde haar.

'Denk jij ook dat ik me vergis?'

Mijn moeder schudde haar hoofd.

'Iedereen moet zijn eigen vergissingen begaan, niet die van anderen. Doe wat je moet doen en kom snel terug. Of wanneer je kunt.'

In Parijs vond ik de wereld. Mijn krappe budget stelde me nog net in staat een vlierinkje te huren met de afmeting van een asbak in een hoekpand aan de rue Soufflot, dat het architectonische pendant was van een solo van Paganini. Het platte dak zweefde boven het Place du Panthéon. Van daaruit kon ik het Quartier Latin overzien, de daken van de Sorbonne en de andere Seine-oever.

Ik denk dat ik de kamer huurde omdat ze me aan Valentina deed denken. Toen ik voor het eerst over de kam van mansardes en schoorstenen uitkeek, voelde ik me de fortuinlijkste man op aarde. Mijn eerste Parijse dagen bracht ik door in een wondere wereld van cafés, boekhandels en straten vol paleizen, musea en mensen die een naar vrijheid ruikende lucht inademden; dat alles verblindde een arme nieuweling als ik, die met een hoofd vol onzin uit het stenen tijdperk kwam.

De lichtstad bezorgde me een zachte landing. Tijdens mijn gescharrel knoopte ik talloze gesprekken aan in een soort steenkolenfrans met gebarentaal met jonge mensen, oude mensen en wezens uit een andere wereld. Het ontbrak ook niet aan de ene of de andere schoonheid in minirok, die liefdevol om me lachte en zei dat ik *très adorable* was, ook al was ik een groentje van heb ik jou daar. Spoedig dacht ik dat het in dit universum, dat uit niets meer bestond dan een piepklein stukje Parijs, wemelde van de Valentina's. In mijn tweede week als aangenomen Parijzenaar haalde ik een van hen zonder al te veel moeite over met me mee te gaan om het uitzicht vanuit mijn bohemienzolder te bewonderen. Het duurde niet lang voor ik ontdekte dat Parijs Barcelona niet was en dat hier heel andere regels golden.

'Fermín, wat u niet hebt gemist omdat u geen Frans spreekt.'

'Qui est Fermín?'

Het duurde een tijdje voor ik uit de betovering van Parijs en zijn optische illusies ontwaakte. Dankzij een van mijn Valentina's, Pascale, een roodharige met de haarstijl en uitstraling van Jean Seberg, vond ik een baantje voor halve dagen als ober. Ik werkte in de ochtend en middag in een café dat Le Comptoir du Panthéon heette, tegenover de universiteit, waar ik gratis kon eten als mijn dienst erop zat. De eigenaar, een beminnelijke heer die maar niet begreep hoe het mogelijk was dat ik als Spanjaard niet aan stierenvechten deed, noch flamencodanser was, vroeg of ik naar Parijs was gekomen om te studeren, rijkdom en roem te zoeken of om mijn Frans te perfectioneren, dat meer dan om perfectioneren schreeuwde om openhartchirugie en een hersentransplantatie.

'Ik ben op zoek naar een man,' bekende ik.

'En ik maar denken dat u van dames hield. Ongelooflijk, wat Franco's dood zoal teweegbrengt. Twee dagen zonder dictator en meteen zijn de Spanjaarden al biseksueel. Goed voor u. Geleefd moet er worden, het duurt maar even! *Vive la différence!*'

Dat herinnerde me eraan dat ik met een reden naar Parijs was gekomen, niet om aan mezelf te ontkomen. En zo begon ik de volgende dag aan mijn zoektocht naar Julián Carax. Eerst bezocht ik alle boekwinkels die de trottoirs van de boulevard Saint-Germain verlichtten en vroeg naar hem. Pascale, met wie ik uiteindelijk een goede vriendschap had aangeknoopt, hoewel ze me duidelijk had gemaakt dat er voor ons tussen de lakens geen toekomst was (naar het schijnt was ik *trop doux* naar haar smaak), werkte als corrector bij een uitgeverij en kende veel mensen in de literaire sferen van Parijs. Elke vrijdag ging ze naar een bijeenkomst in een café in de literaire wijk, die werd bezocht door schrijvers, vertalers, uitgevers, boekhandelaren en alle flora en fauna die de jungle van de boeken en hun omgeving bevolkten. Er waren altijd weer andere deelnemers aanwezig; gelijk bleven slechts de regels om te veel te roken en te drinken, verhit te discussiëren over boeken en ideeën, en de opponent naar de keel te springen alsof het om dood of leven ging. Meestal luisterde ik en zonk weg in een hallucinogeen rookbad, terwijl ik mijn hand onder de rok van Pascale probeerde te laten glijden, die dat gefrummel *gauche, bourgeois* en typisch provinciaals vond.

Daar had ik het geluk een paar vertalers van Carax te leren kennen, die naar de stad waren gereisd vanwege een vertaalsymposium aan de Sorbonne. Een Londense schrijfster, Lucía Hargreaves, die op Mallorca was opgegroeid en voor de liefde naar Londen was teruggekeerd, vertelde dat ze al heel lang niets meer van Carax had gehoord. Zijn vertaler naar het Duits, een heer uit Zürich die warmere breedtegraden prefereerde en zich door Parijs bewoog op een vouwfiets, Herr Peter Schwarzenwald, legde me uit dat hij vermoedde dat Carax zich nu uitsluitend toelegde op het componeren van pianosonates en dat hij een andere naam had aangenomen. Zijn vertaler naar het Italiaans, signor Bruno Arpaiani, bekende me dat hem al jaren geruchten ter ore kwamen dat er spoedig een nieuwe roman van Carax zou verschijnen, maar dat hij er geen woord van geloofde. Kortom, niemand wist iets concreets over zijn verblijfplaats of lot.

Tijdens een van die bijeenkomsten leerde ik bij toeval een heer van scherpzinnig vernuft kennen, François Maspero geheten, die boekhandelaar en uitgever was geweest en nu met meesterlijke hand romans vertaalde. Maspero was de leraar van Pascale geweest toen ze naar Parijs was gekomen en nodigde me uit voor koffie in Les Deux Magots, waar ik de algemene lijnen van mijn idee uiteenzette.

'Een zeer ambitieus plan, jongeman, en nog veel gecompliceerder, maar...'

Enkele dagen later kwam ik monsieur Maspero toevallig tegen in de buurt. Hij zei dat hij me aan een Duitse dame met een onverzettelijk karakter en snelwerkend brein wilde voorstellen die afwisselend in Parijs en Berlijn woonde, meer talen sprak dan ik kon opnoemen en die zich toelegde op het ontdekken van literaire wonderen, die ze vervolgens bij diverse Europese uitgeverijen onderbracht. Ze heette Michi Strausmann.

'Misschien weet zij iets over Carax.'

Pascale, die bekende dat ze wilde zijn zoals zij als ze groot was, waarschuwde me dat Fräulein Strausmann geen teer bloempje was en geen tijd had voor flauwekul en onzin. Monsieur Maspero nam de honneurs waar en bracht ons samen aan een cafétafeltje in Le Marais, niet ver van het huis waar Victor Hugo had gewoond.

'Fräulein Strausmann is een expert op het gebied van Carax,' zei hij bij wijze van inleiding. 'Vertelt u haar wat u mij hebt verteld.'

Dat deed ik. Als enige antwoord kreeg ik een blik die iedereen de wind uit de zeilen had genomen. In perfect Spaans vroeg ze: 'Bent u gek?'

'In de praktijk wel,' gaf ik toe.

Na een poosje werd het hart van de walkure wat weker. Ze gaf toe dat ze te streng tegen me was geweest en bevestigde dat ze helaas lang niets meer had gehoord van Carax.

'Julián schrijft al een hele tijd niet meer. Hij beantwoordt ook geen brieven. Ik wens u sterkte met uw voorstel, maar...'

'Hebt u een adres waarop ik hem kan schrijven?'

Fräulein Strausmann schudde haar hoofd.

'Probeert u het bij Currygan en Coliccio. Daar heb ik de post voor hem naartoe gestuurd en daar is ook jaren geleden het spoor opgehouden.'

Pascale legde uit dat madame Currygan en Tommaso Coliccio meer dan vijfentwintig jaar de literair agenten van Julián Carax waren geweest en beloofde me ervoor te zorgen dat ze me ontvingen. Madame Currygan hield kantoor in de rue de Rennes. De legende binnen de beroepsgroep was dat ze in de loop van de jaren van haar kantoor een prachtige orchideeëntuin had gemaakt, en Pascale raadde me aan bij wijze van offerande een nieuw exemplaar mee te nemen voor haar verzameling. Pascale was bevriend met de zogeheten Currygan Brigade, een formidabel kwartet literaire dames van diverse nationaliteiten dat werkte onder leiding van madame, en op hun voorspraak was er een audiëntie bij Carax' agent voor me geregeld.

Met bloempot en al plantte ik me in haar kantoor. De leden van de Currygan Brigade (Hilde, Claudia, Norma en Tonya) hielden me voor de boodschappenjongen van de bloemist op de hoek. Maar zodra ik mijn mond opendeed, was mijn identiteit geen geheim meer. Nadat dat misverstand uit de weg was geruimd, leidden ze me naar madame Currygans kantoor. Bij het binnenkomen zag ik een vitrine met de complete werken van Julián Carax en een hoogkaraats botanische tuin. Madame Currygan luisterde geduldig terwijl ze een sigaret rookte die de kamer vulde met zwevende spinnenwebben.

'Inderdaad heb ik Julián een keer horen praten over Daniel en Bea,' zei ze. Maar dat is jaren geleden. Al heel lang heb ik niets meer van hem vernomen. Vroeger bezocht hij me heel geregeld, maar...'

'Is hij ziek geworden?'

'Ik veronderstel dat je dat zo zou kunnen zeggen.'

'Waar lijdt hij aan?'

'Melancholie.'

'Misschien weet signor Coliccio iets van hem?'

'Dat betwijfel ik. Ik spreek Tommaso elke week vanwege zakelijke kwesties en voor zover ik weet heeft ook hij al minstens drie jaar niets meer van Julián gehoord. Maar u kunt het proberen. Ik hoor het graag als u iets te weten komt.'

Haar collega don Tommaso woonde in een met boeken volgestouwd lichterschip aan de oevers van de Seine, een halve kilometer ten oosten van het Île de la Cité, met zijn vrouw, uitgever Elaine. Ze ontving me aan de oever met een warme glimlach.

'U moet de jongeman uit Barcelona zijn,' zei ze.

'Zo is het.'

'Kom aan boord. Tommaso is een onuitstaanbaar manuscript aan het lezen en hij zal de onderbreking op prijs stellen.'

Signor Coliccio zag eruit als een zeerob en droeg een kapiteinspet. Hij had zilvergrijs haar, maar bewaarde nog een zekere kinderlijke ondeugendheid in zijn blik. Na mijn verhaal te hebben aangehoord, dacht hij een tijdje na alvorens iets te zeggen.

'Kijk hier, jongeman. Er zijn twee dingen die in Parijs bijna onmogelijk zijn om te vinden. Een ervan is een fatsoenlijke pizza. Het andere is Julián Carax.'

'Laten we zeggen dat ik dan de pizza opgeef en me tevredenstel met Julián Carax.'

'Nooit afstand doen van een goede pizza,' raadde hij me aan. 'Wat doet u denken dat Julián, vooropgesteld dat hij nog leeft, met u zal willen praten?'

'Waarom zou hij dood zijn?'

Don Tommaso schonk me een blik vol melancholie.

'Mensen gaan dood, vooral zij die het beste nog een tijdje in leven kunnen blijven. Misschien moet God ruimte maken voor al die klootzakken – *excusez le mot* – met wie hij zo graag de wereld kruidt.'

'Ik moet eenvoudigweg geloven dat Carax nog leeft,' hield ik aan.

Hij glimlachte.

'Praat met Rosiers.'

Émile de Rosiers was jarenlang Carax' uitgever geweest. Dichter en schrijver in zijn vrije tijd, had Rosiers een lange carrière achter zich als succesvolle leidinggevende bij verschillende Parijse uitgeverijen. In de loop van zijn lange werkzame leven had hij ook zowel in het Spaans als in het Frans het werk uitgegeven van enkele Spaanse, door het regime vogelvrij verklaarde of in ballingschap levende auteurs, evenals het werk van belangrijke Latijns-Amerikaanse auteurs. Don Tommaso vertelde dat Rosiers niet zo lang geleden was benoemd tot uitgeefdirecteur van een klein maar eigenzinnig fonds, Éditions de la Lumière; het kantoor was niet ver en ik liep erheen.

Émile de Rosiers had weinig tijd in zijn agenda, maar hij was zo vriendelijk om me uit te nodigen voor de lunch in een café om de hoek in de rue du Dragon en me aan te horen.

'Het idee voor uw boek bevalt me wel,' zei hij, misschien uit beleefdheid, misschien uit oprechte interesse. '*Het Kerkhof der Vergeten Boeken* is een geweldige titel.'

'Het is het enige wat ik heb,' bekende ik. 'Voor de rest heb ik monsieur Carax nodig.'

'Voor zover ik weet is Julián met pensioen. Een tijd terug publiceerde hij een roman onder pseudoniem, weliswaar niet bij mij, maar daarna niets meer. Absolute stilte.'

'Denkt u dat hij nog in Parijs is?'

'Dat zou me verbazen. Dan zou ik iets van hem hebben gehoord of geweten. Afgelopen maand sprak ik zijn voormalig uitgever in Nederland, een vriendin van me, Nelleke, en zij zei dat iemand in Amsterdam haar had verteld dat Carax zich twee jaar eerder had ingescheept om naar Zuid-Amerika te gaan en dat hij tijdens de overtocht was gestorven. Een paar dagen later vertelde weer een ander haar dat Carax wel degelijk vaste grond onder de voeten had gekregen en nu onder pseudoniem draaiboeken voor televisieseries schreef. Kiest u maar de versie die u het beste bevalt.'

Rosiers moest de vertwijfeling van mijn gezicht hebben gelezen, nadat ik dag na dag weer in een nieuwe doodlopende steeg terecht was gekomen.

'Wilt u een advies?' informeerde hij.

'Alstublieft.'

'Het is een praktisch advies dat ik alle auteurs geef die beginnen met schrijven en mij vragen wat ze moeten doen. Als u schrijver wilt worden, schrijft u dan. Als u een verhaal te vertellen hebt, vertelt u het dan. Of probeert u het tenminste.'

'Als het voldoende was een verhaal te willen vertellen, dan was de hele wereld romancier.'

'Stelt u zich die narigheid eens voor, een wereld vol schrijvers. Het einde der tijden,' grapte Rosiers.

'Nog een is mogelijkerwijs het laatste wat de wereld nodig heeft.'

'Laat de wereld daar maar over beslissen,' raadde Rosiers opnieuw aan. 'En als het niet lukt, maakt u zich geen zorgen. Des te beter voor u, volgens alle statistieken. Maar mocht het u op een dag lukken met enig vakmanschap het idee dat u me uit de doeken hebt gedaan, op papier te vangen, komt u me dan opzoeken. Misschien ben ik dan wel geïnteresseerd.'

‘En tot dat moment?’

‘Tot dat moment vergeet u Julián Carax.’

‘De Semperes vergeten nooit. Het is een aangeboren ziekte.’

‘In dat geval heb ik medelijden met u.’

‘Vervult u dan een daad van naastenliefde.’

Rosiers aarzelde.

‘Julián had een goede vriend. Hij was zelfs zijn beste vriend, geloof ik. Hij heette Jean-Raymond Planaux en hij had niets te maken met ons absurde kleine wereldje. Een intelligente, gezonde figuur, zonder flauwekul. Als iemand iets weet over Julián, is hij het.’

‘Waar kan ik hem vinden?’

‘In de catacomben.’

Daar had ik meteen moeten beginnen. Omdat het om Carax ging, leek het onvermijdelijk dat als er nog een sprankje hoop was om een spoor van hem te vinden op deze aardkloot, dat langs het toneel zou lopen dat gestolen leek uit een van zijn boeken: de catacomben van Parijs.

Jean-Raymond de Planaux Flavieu was een krachtige kerel wiens uiterlijk op het eerste gezicht intimiderend was, maar die al spoedig een zeer aimabel mens bleek te zijn. Hij werkte in het commerciële kantoor van het bedrijf dat de catacomben van Parijs beheerde en was belast met hun onderhoud, de toeristische exploitatie en alles wat met dit bijzondere fenomeen van gene zijde samenhing.

‘Welkom in de wereld van de dood, meneertje,’ zei hij, en hij gaf me een hand die mijn botten deed kraken. ‘Wat kan ik voor u doen?’

‘Ik vroeg me af of u mij zou kunnen helpen om een vriend van u te vinden.’

‘Een levende?’ zei hij lachend. ‘De wereld van de levenden ben ik enigszins vergeten.’

‘Julián Carax.’

Zodra ik die naam uitsprak, fronste monsieur Planaux zijn voorhoofd, schrapte de vriendelijke uitdrukking van zijn gezicht en boog zich dreigend naar voren, zodat ik tegen de muur stond ingeklemd.

‘Wie voor de duivel bent u?’

‘Julián Sempere. Mijn ouders hebben me ter ere van monsieur Carax zo gedoopt.’

‘Voor mijn part hadden ze u ook ter ere van de uitvinder van het pissoir kunnen dopen.’

Ik vreesde voor mijn fysieke integriteit en probeerde een stap naar achteren te doen. De muur, die ons waarschijnlijk van de catacomben scheidde, verhinderde dat. Ik zag me daar voor eeuwig ingebouwd tussen honderdduizend doodshoofden.

‘Mijn ouders hebben monsieur Carax gekend. Daniel en Bea,’ zei ik sussend.

Planaux’ blik doorboorde me een paar seconden. Volgens mijn inschatting had ik een kans van vijftig procent dat hij me een kaakslag zou geven. De andere vijftig was uiterst ongewis.

‘U bent de zoon van Daniel en Beatriz?’

Ik knikte.

‘Van boekhandel Sempere?’

Ik knikte weer.

‘Bewijs het.’

Bijna een uur lang was ik bezig met het vertellen van hetzelfde verhaal dat ik de vroegere literair agenten en de uitgever van Carax had verteld. Planaux luisterde aandachtig en ik meende in hem een zweem van treurigheid waar te nemen, die sterker werd naarmate ik vorderde met mijn relaas. Toen ik klaar was, haalde Planaux een havanna uit zijn jasje, die hij aanstak met een rookuitstoot die heel Parijs in nevelen dreigde te hullen.

‘Weet u hoe Julián en ik elkaar kennen?’

Ik schudde mijn hoofd.

‘In mijn jongensjaren werkten we allebei bij een uitgeverij van het tweede garnituur. Dat was voor ik begreep dat dit hier met de dood veel meer toekomst heeft dan de literatuur. Ik was een van de vertegenwoordigers en ging op stap om de prullen die we hoofdzakelijk uitgaven, te verkopen. Carax werkte tegen een vaste vergoeding en schreef horrorverhalen voor ons. Hoeveel sigaren we niet gerookt hebben in het café onder de uitgeverij, om middernacht, terwijl we keken naar de meisjes van huwbare leeftijd. Wat een tijden! Weest u niet dom en word niet oud, want het brengt waardigheid noch kennis, noch een drol op een stokje! Dat laatste is geloof ik een uitdrukking van uw land, die ik een keer van Carax heb gehoord en geweldig vind.’

'Weet u waar ik hem zou kunnen vinden?'

Planaux haalde zijn schouders op.

'Julián is lang geleden uit Parijs weggegaan.'

'Weet u waarheen?'

'Dat heeft hij niet gezegd.'

'Maar u hebt wel een idee.'

'U bent een sluwe vos.'

'Waarheen?' drong ik aan.

'Waar verbergt iemand zich wanneer hij oud wordt?'

'Ik weet het niet.'

'Dan zult u Julián nooit vinden.'

'In de herinneringen?' waagde ik.

Planaux glimlachte vol melancholie.

'Wilt u zeggen dat hij is teruggegaan naar Barcelona?' vroeg ik.

'Niet naar Barcelona, maar naar waar hij het meest van hield.'

'Ik begrijp het niet.'

'Hij ook niet. Althans gedurende vele jaren niet. Het kostte hem zijn hele leven om te begrijpen wat het was waarvan hij het meest had gehouden.'

Al die jaren dat ik moest luisteren naar de verhalen over Carax, en nu voelde ik me net zo verloren als de dag dat ik in Parijs was aangekomen.

'Als u bent wie u zegt dat u bent, zou u het moeten weten,' vond Planaux. 'En als u "literatuur" zegt, dan geef ik u een dreun waar uw hoofd driehonderdzestig graden van draait, maar ik geloof niet dat u zo dom bent.'

Nadenkend keek ik hem aan.

'Ik geloof dat ik weet wat u bedoelt. Of wie.'

'Dan weet u wat u te doen staat.

Die middag nam ik afscheid van Parijs, van Pascale, van mijn flitsende carrière in de hotellerie, en van mijn wolkennest, om me naar het Gare d'Austerlitz te begeven. Ik spendeerde mijn resterende geld aan een derdeklasticket en ging aan boord van de nachttrein terug naar Barcelona. Ik kwam in de ochtend aan, na de reis te hebben overleefd dankzij de barmhartigheid van een gepensioneerd echtpaar uit Lyon dat terugkeerde van een bezoek aan hun dochter en dat met mij de heerlijke etenswaren deelde die ze die middag hadden gekocht op de markt aan de rue Mouffetard, terwijl ik ze in de vroege ochtend mijn verhaal vertelde. *'Bonne chance,'* zeiden ze bij het uitstappen. *'Cherchez la femme...'*

Na mijn terugkomst leek alles me enkele dagen klein, beperkt en grijs. Het Parijse licht stond op mijn netvlies gebrand en de wereld was plotseling groot en ver geworden.

'En, heb je *Emmanuelle* al gezien?' vroeg Fermín.

'Vlekkeloos draaiboek,' zei ik.

'Wat ik al dacht. Dat zou ook wat voor Billy Wilder en de zijnen zijn geweest. En vertel me, heb je het spook van de opera gezien?'

Fermín grijnsde als een duiveltje. Ik had immers kunnen bedenken dat hij heel precies wist waarom ik naar Parijs was gereisd.

'Niet direct,' gaf ik toe.

'Oftewel, je gaat me niets sappigs vertellen.'

'Ik meende dat u het was die mij iets sappigs te vertellen had. Weet u nog?'

'Los jij nou maar eerst jouw raadsel op, dan zien we wel weer verder.'

'Dat lijkt me onrechtvaardig.'

'Welkom op planeet Aarde,' antwoordde Fermín. 'Vooruit, maak eens indruk op mij. Zeg iets in het Frans. *Bonjour* en *oh là là* doen niet mee.'

'Cherchez la femme,' reciteerde ik.

Fermín fronste zijn voorhoofd.

'De klassieke grondregel van elke zichzelf respecterende intrige,' waagde hij.

'Voilà.'

Het graf van Nuria Monfort ligt op een heuveltje omringd door bomen en niet heel ver van Isabella's graf, in het oude deel van het kerkhof van Montjuïc, vanaf waar de zee te zien is. Daar vond ik op een middag in de zomer van 1977, na tevergeefs alle hoeken en gaten van een Barcelona dat dreigde te vervluchtigen te hebben afgezocht, Julián Carax. Hij had wat bloemen op de grafsteen gelegd en zat op een bankje bij het graf. Bijna een uur bleef hij daar zitten, hardop pratend in zijn eentje. Ik waagde het niet hem te storen.

De volgende dag vond ik hem op dezelfde plek, en de daaropvolgende ook. Julián Carax had te laat begrepen dat wie hij het meest had liefgehad op deze wereld, de vrouw die haar leven voor hem had gegeven, zijn stem nooit meer kon horen. Elke dag ging hij erheen en zat bij het graf om met haar te praten en de hem nog resterende tijd door te brengen in haar gezelschap.

Híj was het die op een dag naar mij toe kwam en me zwijgend aankeek. De brandwonden in zijn gezicht hadden hem leeftijd- en uitdrukkingsloos gemaakt, wat hij onder een volle baard en een breedgerande hoed probeerde te verbergen.

'Wie bent u?' vroeg hij zonder enige vijandigheid in zijn stem.

'Mijn naam is Julián Sempere. Ik ben de zoon van Daniel en Bea.'

Hij knikte langzaam.

'Gaat het goed met ze?'

'Ja.'

'Weten ze dat u hier bent?'

'Niemand weet dat.'

'En mag ik u vragen waarom u hier bent?'

Ik wist niet waar ik moest beginnen.

'Kan ik u uitnodigen voor een kop koffie?'

'Ik drink geen koffie,' zei hij. 'Maar u kunt me uitnodigen voor een ijsje.'

Mijn gezicht moet mijn verrassing hebben verraden.

'Toen ik jong was, was er bijna geen ijs. Ik heb het pas later ontdekt, zoals zoveel dingen...'

En zo kwam het dat ik die lange zomermiddag, nadat ik van kindsbeen af had gedroomd van dit moment en heel Parijs en Barcelona had uitgeplozen om hem te vinden, uiteindelijk aan een tafeltje zat in een *horchatería* aan het Plaza Real met Julián Carax, die ik trakteerde op een aardbeienijsje van twee bolletjes en een wafeltje, aangezien reeds die vochtige hitte dreigde die de zomers van Barcelona als een vloek teistert.

'Wat kan ik voor u doen, meneer Sempere?'

'Als ik het u vertel, zult u me een dwaas vinden.'

'Ik heb de indruk dat u me al een tijd zoekt, dus aangezien u me nu eindelijk hebt gevonden, zou ik u alleen een dwaas vinden als u het me niet vertelde.'

Ik dronk in één teug een half glas *granizado* leeg om kracht te verzamelen en schetste mijn idee. Hij luisterde aandachtig, zonder enig teken van afkeuring of voorbehoud.

'Heel ingenieus,' concludeerde hij aan het eind van mijn verhaal.

'U moet me niet uitlachen.'

'Dat zou niet in me opkomen. Ik zeg u wat ik denk.'

'Wat denkt u nog meer?'

'Dat u deze geschiedenis zelf zou moeten opschrijven. Zij behoort u toe.'

Ik schudde langzaam mijn hoofd.

'Ik weet niet hoe ik dat moet doen. Ik ben geen schrijver.'

'Koopt u een Underwood.'

'Ik had geen idee dat die advertentie ook in Frankrijk is verschenen.'

'Die is overal verschenen. Vertrouwt u niet op advertenties. Een Olivetti zou ook uitstekend dienstdoen.'

Ik glimlachte. Op zijn minst deelde ik met Carax een gevoel voor humor.

'Laat me u iets tonen,' bood Carax aan.

'Hoe ik moet schrijven?'

'Dat zult u zelf moeten leren,' antwoordde hij. 'Schrijven is een beroep dat men leert, maar niemand kan het onderwijzen. De dag dat u begrijpt wat dat betekent, zult u beginnen te leren een schrijver te zijn.'

Hij knoopte zijn zwartlinnen jasje open en haalde er een glanzend object uit, legde het op tafel en schoof het naar me toe.

'Pak het maar,' zei hij uitnodigend.

Het was de fabelachtigste vulpen die ik ooit had gezien, de koningin van de Montblancs. Aan de punt zat een goud-met-zilveren kroontje, dat, zo had ik gedacht als jongetje, alleen maar meesterwerken tot stand kon brengen.

'Ze zeggen dat hij oorspronkelijk van Victor Hugo is geweest, hoewel ik dat slechts metaforisch zou opvatten.'

'Bestond de vulpen al in de tijd van Victor Hugo?' vroeg ik.

'De eerste zuigervulpen werd in 1827 gepatenteerd door een Roemeen genaamd Petrache Poenaru, maar pas in de jaren tachtig van de negentiende eeuw werd het systeem geperfectioneerd en stilaan op grote schaal verhandeld.'

'Dus hij zou van Victor Hugo hebben kunnen zijn.'

'Als u erop staat. Laten we zeggen dat hij van de hand van monsieur Hugo overging op de niet minder illustere hand van een zekere Daniel Sempere, een goede vriend van mij. Op zeker moment kruiste hij mijn pad en ik heb hem jaren bewaard en op de dag gewacht dat iemand – iemand als u – hem zou komen halen. Het is de hoogste tijd.'

Energiek weigerde ik en duwde de vulpen weer naar hem terug.

'Geenszins. Ik kan hem niet accepteren. Hij is van u.'

'Een vulpen is van niemand. Hij is een vrije geest die bij iemand blijft zolang die hem nodig heeft.'

'Dat zegt een van uw romanpersonages.'

'Altijd word ik ervan beschuldigd mezelf te herhalen. Het is een ziekte die alle schrijvers treft.'

'Mij niet, wat maar weer eens bewijst dat ik er niet een ben.'

'Alles op zijn tijd. Neemt u hem aan.'

'Nee.'

Carax haalde zijn schouders op en borg de vulpen op.

'Dat betekent dat u er nog niet klaar voor bent. Een vulpen is als een kat, hij gaat slechts achter diegene aan die hem voedt. En zoals hij komt, gaat hij weer.'

'Wat vindt u van mijn voorstel?'

Carax nam het laatste hapje ijs.

'Laten we het zo doen. We schrijven het boek samen. U stopt er al uw jeugdige kracht in en ik de trucs van de oude rot in het vak.'

Ik zat als versteend.

'Zegt u dat in ernst?'

Hij stond op en gaf me een klapje op de schouder.

'Dank voor het ijsje. De volgende keer trakteer ik.'

Er was een volgende keer, en nog heel veel keren. Carax bestelde altijd een aardbeienijsje met twee bolletjes, of het nu zomer of winter was, maar hij at nooit het wafeltje. Ik bracht de pagina's mee die ik had geschreven en hij nam ze door, markeerde, streepte en herschreef.

'Ik ben er niet zeker van dat dit begin het juiste is,' zei ik.

'Een verhaal heeft begin noch einde, slechts toegangsdeuren.'

Bij elke ontmoeting las Carax aandachtig de verse tekst, schroefde de dop van zijn vulpen en maakte aantekeningen aan de hand waarvan hij mij vervolgens met eindeloos geduld wees op wat ik niet goed had gedaan, en dat was bijna alles. Punt voor punt gaf hij aan wat niet werkte, legde de reden daarvoor uit en zette uiteen hoe ik het kon verbeteren. Zijn analyse was buitengewoon zorgvuldig. Voor elke vergissing die ik meende te hebben gemaakt, liet hij me er vijftien zien die ik niet eens vermoedde. Elk woord, elke zin en elke alinea haalde hij uit elkaar en herschreef ze, alsof hij een goudsmid was met een loep. Hij deed dat zonder enige minzaamheid, als een ingenieur die een leerling uitlegt hoe een verbrandingsmotor of een stoommachine werkt. Af en toe plaatste hij vraagtekens bij wendingen en gedachten die ik voor het enige reddingswaardige van de dag hield, en waarvan ik de meeste van hem had afgekeken.

'Probeert u mij niet te imiteren. Een andere auteur imiteren is een kruk. Je kunt er een beetje op leunen en een eigen register vinden, maar het is een beginnersziekte.'

'En wat ben ik dan?'

Nooit kwam ik te weten waar hij de nacht doorbracht of de tijd dat hij niet met mij in het café zat. Nooit vertelde hij het me en nooit durfde ik het hem te vragen. We spraken altijd af in een café of een ander soort lokaal in de oude stad. De enige voorwaarde was dat ze aardbeienijs serveerden. Ik wist zeker dat hij elke middag naar zijn afspraak met Nuria Monfort ging. Toen hij voor de eerste keer de passage las waarin zij haar opwachting maakte als personage, glimlachte hij zo droevig dat het nog steeds in mijn geheugen gegrift staat. Bij de brand die hem had verminkt waren zijn traanbuizen beschadigd geraakt, zodat hij niet meer kon huilen, maar in mijn hele leven heb ik niemand meer leren kennen op wie zozeer een schaduw van verlies drukt.

Ik wilde graag geloven dat we goede vrienden werden. Ik heb in elk geval nooit een betere vriend gehad en ik geloof niet dat ik die ooit zal hebben. Misschien om de genegenheid die hij voor mijn ouders voelde, misschien omdat dit vreemde ritueel om het verleden te reconstrueren hem hielp zich te verzoenen met de pijn die zijn leven had verteerd, of misschien simpelweg omdat hij in mij iets zag van zichzelf, stond hij aan mijn zijde en leidde mijn stappen en pen gedurende alle jaren die ik nodig had om de vier romans te schrijven, corrigerend, strepend en herschrijvend tot het einde.

'Schrijven is herschrijven,' bracht hij me altijd in herinnering. 'Je schrijft voor jezelf en je herschrijft voor de anderen.'

Natuurlijk was er meer leven naast de fictie. In de jaren die ik besteedde aan het duizend-en-een keer herschrijven van elke pagina van de sage gebeurde er veel. Trouw aan mijn belofte om niet in de voetsporen te treden van mijn vader en de boekhandel over te nemen (per slot van rekening waren mijn ouders meer dan voldoende en hadden ze genoeg aan zichzelf) had ik een baan kunnen vinden in een reclamebedrijf dat, nog een wending van het lot, gevestigd was aan de Avenida del Tibidabo nummer 32, het oude huis van de Aldaya's, waar mijn ouders me hadden verwekt tijdens een verre onweersnacht in 1955.

Mijn werk in het eigenaardige genre van de reclames leek me nooit bijzonder memorabel, maar tot mijn verrassing werd mijn loon maand na maand verhoogd en zat mijn dagwaarde als huurling van woord en beeld in de lift. De jaren gingen voorbij en ik liet ondertussen een aanzienlijk spoor van tv- en radioreclames en persadvertenties achter, ter meerdere eer en glorie van dure auto's die veelbelovende managers deden watertanden, van banken die altijd in de weer waren om de dromen van de kleine spaarder in werkelijkheid om te zetten, van huishoudelijke apparaten die geluk op aarde voorspelden, van parfums die een leven van vleselijke wellustigheid dichterbij brachten en van talloze andere geschenken, die allemaal toegejuicht werden in het toenmalige Spanje, dat zonder het oude regime, of tenminste zonder zijn zichtbaarste toezichthouders, met de snelheid van het geld werd gemoderniseerd, waarbij beurscurven ontstonden waarbij vergeleken de Zwitserse Alpen lieflijke heuvels waren. Toen mijn vader hoorde van de hoogte van mijn salaris, vroeg hij of het wel legaal was wat ik deed.

'Legaal, ja. Ethisch is weer een ander verhaal.'

Fermín gaf geen blijk van terughoudendheid wat betreft mijn voorspoed en was verrukt.

'Zolang je het zelf niet gelooft en je de koers niet uit het oog verliest, moet je geld verdienen nu je nog jong bent en het ergens goed voor is. En een gouden vrijgezel zoals jij al helemáál. Al die fantastische meissies die je in deze handel moet tegenkomen, waar alles mooi is en glimt! Wat had ik dat graag beleefd in die verdomde naoorlogse jaren waar wíj het mee moesten doen, toen zelfs de maagden een snor hadden. Gá ervoor. Geniet nu het moment daar is, beleef avonturen zo vaak als mogelijk – je begrijpt wel wat ik bedoel – spring uit de band zo veel als mogelijk is en denk eraan op tijd uit de trein te springen, want er zijn beroepen die alleen geschikt zijn voor jonge mensen en tenzij je meerderheidsaandeelhouder bent van de tent, wat ik in jouw geval niet voor me zie, want we weten allebei dat je nog kwesties af te handelen hebt met de minder goed beloonde letteren, zou het waanzin zijn voorbij de dertig nog in een dergelijk kruitvat te blijven zitten.'

Ik schaamde me stiekem voor wat ik deed en voor de obscene hoeveelheid geld die men mij betaalde om het te doen. Of misschien wilde ik dat simpelweg zo geloven. De waarheid is dat ik mijn astronomische loon met graagte accepteerde en het moeiteloos verkwistte zodra het op mijn bankrekening stond.

'Er is niets beschamends aan,' vond Carax. 'Integendeel, het is een intelligent beroep vol mogelijkheden, die u in staat zullen stellen om, als u uw kaarten goed weet te spelen, vrijheid en wat tijd te kopen om te worden wie u werkelijk bent.'

'En wie ben ik werkelijk? De uitvinder van reclames voor frisdranken, kredietkaarten en luxeauto's?'

'U zult zijn wie u denkt dat u bent.'

In de grond van de zaak interesseerde het me minder wie ik was dan voor wie Carax mij hield, of wie ik in zijn ogen kon zijn. Ik bleef werken aan ons boek, zoals ik het graag noemde. Dat project was mijn tweede leven geworden, een wereld aan de toegangsdeur waarvan ik het masker ophing waarmee ik door het leven ging, om de vulpen ter hand te nemen of aan de Underwood te gaan zitten of wat het ook was en me in een geschiedenis onder te dompelen die voor mij oneindig veel reëler was dan mijn eigen aardse bestaan.

Die jaren hadden het leven voor ons allemaal een beetje veranderd. Enige tijd nadat Alicia Gris zijn gast was geweest, had Isaac Monfort aangekondigd dat het moment van terugtrekken was gekomen en hij had de nieuwgebakken vader Fermín voorgesteld om het vaandel als bewaker van het Kerkhof der Vergeten Boeken over te nemen.

'Hoogste tijd dat een schaamteloze vlegel het commando overneemt,' zei hij.

Fermín had Bernarda om permissie gevraagd, die uiteindelijk erin had toegestemd dat ze naar een woning op de begane grond verhuisden naast het Kerkhof der Vergeten Boeken. Fermín had daar een geheime deur geconstrueerd, die naar de tunnels van het paleis leidde waarin het kerkhof zich bevond, en hij had Isaacs voormalige kamer omgebouwd tot zijn nieuwe kantoor.

Omdat ik in die tijd de reclamecampagne maakte voor een bekend Japans elektronicaconcern, gaf ik hem een kolossale kleurentelevisie cadeau uit wat ze toen het 'hogere segment' begonnen te noemen. Fermín, die in andere tijden de televisie duivelswerk had genoemd, was ondertussen van mening veranderd, nadat hij had ontdekt dat er films van Orson Welles op werden uitgezonden – 'Die weet echt van wanten, die schaamteloze vent,' zei hij – en vooral die met Kim Novak, wier puntige boezem zijn geloof in de toekomst van de mensheid bleef voeden.

Na enkele bewogen jaren, waarin ik het idee begon te krijgen dat hun huwelijk op de klippen zou lopen, kwamen mijn ouders de obstakels te boven waarover niemand mij uitleg wenste te geven en schonken me zelfs tot ieders verrassing een laat zusje, dat ze Isabella doopten. Grootvader Sempere was net op tijd om haar in zijn armen te houden, voor hij enkele dagen later stierf aan een plotselinge hartaanval toen hij een doos optilde met de complete werken van Alexandre Dumas. We begroeven hem naast Isabella en in gezelschap van een exemplaar van *De graaf van Monte-Cristo*. Het verlies van zijn vader maakte de mijne in één klap ouder en hij werd nooit meer dezelfde. 'Ik dacht dat hij eeuwig zou leven,' zei hij op een dag dat ik hem huilend aantrof in de achterkamer van de boekhandel.

Fernandito en Sofía trouwden, zoals iedereen had voorzien, en verhuisden naar Alicia Gris' voormalige woning in de Calle Aviñón, in wier bed Fernandito stiekem al bij haar examen had gedaan en alles had toegepast wat Matilde hem destijds had onderwezen. Mettertijd besloot Sofía op eigen houtje een kleine kinderboekhandel te openen, die ze De kleine Sempere noemde. Fernandito ging werken in een groot warenhuis, waar hij na enkele jaren hoofd van de boekenafdeling zou worden.

In 1981, kort na de mislukte staatsgreep die Spanje bijna had teruggeworpen in het stenen tijdperk of erger, publiceerde Sergio Vilajuana een serie reportages in *La Vanguardia* waarin hij de zaak onthulde van honderden kinderen die waren weggehaald bij hun ouders, grotendeels politieke gevangenen, verdwenen tijdens de eerste naoorlogse jaren in de gevangenissen van Barcelona en vervolgens vermoord om hun spoor te wissen. Het daaruit voortvloeiende schandaal heropende een wond waarvan velen niets geweten hadden en die anderen het liefst voor altijd als litteken hadden gezien. De reportages, die een reeks onderzoeken zouden genereren die tot op de dag van vandaag voortduren en oceanen van documentatie hebben voortgebracht, civiele en strafrechtelijke zaken, moedigden velen aan de beslissende stap te zetten en documenten en getuigenissen van de duisterste jaren in de geschiedenis van hun land te verzamelen, die men in de vergetelheid had laten zinken.

De welwillende lezer zal zich afvragen of de niet-genoemde Julián Sempere terwijl dit alles geschiedde overdag als huurling van de publiciteitsindustrie werkte en 's nachts de onbevlekte maagd van de literatuur diende. Niet bepaald. Het schrijfproces van de vier boeken zoals ik met Carax op het oog had, werd van een ontsnapping naar het paradijs een monster dat alles begon te verslinden wat in zijn buurt kwam, en dat was ik. Het monster, dat onuitgenodigd in mijn leven was gekomen en vervolgens niet meer wilde vertrekken, moest leren samen te leven met de andere spoken van mijn dagen. Ter ere van mijn andere grootvader, David Martín, begon ook ik in de afgrond te kijken die iedere auteur in zich draagt, en uiteindelijk hield ik nog net met mijn vingertoppen de rand vast.

In het jaar 1981 kwam Valentina terug uit haar duisternis en verscheen opnieuw in een scène waar Carax met alle liefde voor had getekend. Het gebeurde op een middag dat mijn brein in vloeibare staat verkeerde en uit mijn oren begon te druppelen. Ik had mijn toevlucht gezocht in de Franse boekhandel, het toneel van de oorspronkelijke misdaad, en ik slenterde wat wazig tussen de tafels met nieuwe boeken door toen ik haar in het oog kreeg. Met open mond en als een zoutpilaar bleef ik staan, tot zij mij zag. Ze glimlachte en ik zette het op een lopen.

Bij het stoplicht op de kruising met de Calle del Rosellón haalde ze me in. Ze had een boek voor me gekocht, en toen ik het aanpakte zonder te kijken wat het was, legde ze haar hand op mijn arm.

'Tien minuten?' vroeg ze.

En werkelijk, de regen liet niet op zich wachten. Hoewel dat er niet toe deed. Na drie maanden vluchtige ontmoetingen in weer een andere dakverdieping met zicht op het noordelijk halfrond gingen we samenwonen, of beter gezegd, Valentina kwam bij mij wonen, want ik had destijds een elegante woning in Sarrià met meer dan genoeg plek, maar ook meer dan genoeg leegte. Deze keer bleef Valentina twee jaar, drie maanden en één dag. Maar in plaats van mijn hart te breken, hoewel dat ook, liet ze me het grootste geschenk na wat iemand me had kunnen geven: een dochter.

We doopten Alicia Sempere in augustus 1982. Het jaar daarop, na veel komen en gaan dat ik nooit kon ontraadselen, vertrok Valentina weer, deze keer voor altijd. Alicia en ik bleven samen, maar waren nooit alleen, omdat de kleine mijn leven redde door me te tonen dat alles wat ik deed geen enkele zin had als het niet voor haar was. In de jaren dat ik werkte aan het voltooien van die verdomde boeken, al was het maar om er eindelijk van bevrijd te zijn, was Alicia bij me en gaf me terug waarin ik niet langer meer geloofde: de inspiratie.

Er waren vluchtige vriendinnen, projecten van adoptiemoeders voor Alicia en genereuze geesten, die ik uiteindelijk altijd weer afwees. Mijn dochter zei dat ze er niet van hield dat ik alleen was en ik zei dat ik dat niet was.

'Ik heb jou.'

Ik had haar en mijn complete, tussen werkelijkheid en fictie gevangen schaduwgalerij. In het jaar 1991 gaf ik mijn lucratieve carrière als reclamemaker voor luxeartikelen op, in de overtuiging dat wanneer ik het nu niet deed en niet eindelijk eens van die trein sprong, ik het beetje waarheid dat ik nog in mijn ziel had – en dat was waarachtig niet veel – zou verliezen, en ik besteedde de rest van het jaar aan het voltooien van de boeken.

Tegen die tijd kon ik niet langer negeren dat het niet goed ging met Julián Carax. Ik had me inmiddels het idee eigen gemaakt dat hij leeftijdloos was en dat hem niets kon gebeuren. Ik was aan hem gaan denken zoals je denkt aan je vader: iemand die je nooit in de steek zal laten. Ik dacht dat hij eeuwig zou leven.

Julián Carax bestelde geen aardbeienijsjes meer tijdens onze ontmoetingen. Wanneer ik advies vroeg, bracht hij amper nog doorhalingen of correcties aan. Hij zei dat ik had geleerd alleen te vliegen, dat ik mijn Underwood had verdiend en hem niet meer nodig had. Het duurde lang voor ik het me wilde realiseren, maar uiteindelijk kon ik mezelf niet langer voor de gek houden en begreep ik dat die monsterlijke treurnis die hij altijd in zich had gedragen, was teruggekeerd om hem de genadeslag toe te brengen.

Op een nacht droomde ik dat ik hem in de nevel was kwijtgeraakt. Vroeg in de morgen verliet ik mijn huis om hem te zoeken. Onvermoeibaar ging ik langs alle plekken waar we elkaar in de loop der jaren hadden getroffen. In de ochtend van 25 september 1991 vond ik hem, liggend op Nuria Monforts graf. In zijn hand hield hij het etui met de vulpen die van mijn vader was geweest, en een briefje:

Julián,

Ik ben er trots op je vriend te zijn geweest, en trots op alles wat ik van jou heb geleerd. Het spijt me niet aan je zijde te kunnen staan om je te zien triomferen en je te zien bereiken wat mij altijd ontzegd is, maar mij blijft de geruststellende zekerheid dat je me, ook al kost het je aanvankelijk misschien moeite om het te geloven, niet langer nodig hebt en me nooit nodig hebt gehad. Ik ga me voegen bij de vrouw die ik nooit had moeten verlaten. Zorg voor je ouders en alle mensen van onze vertelling. Vertel de wereld onze geschiedenis en vergeet nooit dat wij er zijn zolang iemand zich ons herinnert.

Je vriend,
Julián Carax

Die middag kwam ik erachter dat de plek naast Nuria Monforts graf, zoals men mij vertelde, aan de gemeente Barcelona toebehoorde. De gulzigheid van de Spaanse instituties versaagt nooit en zo kwamen we na lang touwtrekken uit op een astronomisch bedrag, dat ik ter plekke betaalde, om zo ten minste één keer het vele geld, verdiend in de epiek van de sportwagen en de kerstreclames voor schuimwijn met meer danseressen dan er huisden in het onderbewuste van Busby Berkeley, zinvol te investeren.

We begroeven mijn leermeester op een zaterdag eind september. Ik werd vergezeld door mijn dochter Alicia, die bij het zien van de twee graven naast elkaar in mijn hand kneep en zei dat ik me geen zorgen moest maken, dat mijn vriend nu nooit meer alleen zou zijn.

Het valt me zwaar over Carax te spreken. Soms vraag ik me af of er in mij niet iets van mijn andere grootvader zit, de ongelukkige David Martín, en of ik hem niet verzonnen heb, zoals David zijn monsieur Corelli had verzonnen, om te kunnen vertellen wat nooit is gebeurd. Een paar weken na de begrafenis schreef ik madame Currygan en de heer Coliccio in Parijs om ze te informeren over zijn verscheiden en verzocht hen naar eigen goeddunken zijn vriend Jean-Raymond en wie ze verder opportuun achtten, deelgenoot te maken van het bericht. Madame Currygan deelde me in haar dankbrief mee dat Carax haar kort voor zijn dood had geschreven en haar over het manuscript had verteld waaraan we al die jaren hadden gewerkt. Ze vroeg me om het haar te sturen zodra ik het af had. Carax had me geleerd dat een boek nooit af is en dat met een beetje geluk het boek óns verlaat, zodat we niet de rest van de eeuwigheid doorbrengen met het te herschrijven.

Eind 1991 maakte ik een kopie van het manuscript van bijna tweeduizend volgetypte blaadjes, deze keer op een Underwood, en stuurde die naar Carax' voormalige agenten. Eigenlijk verwachtte ik geen bericht te krijgen. Ik begon aan een nieuwe roman en volgde zo nogmaals een van de adviezen van mijn leermeester. 'Soms is het beter om het brein aan het werk te zetten en het uit te putten dan het in rusttoestand te laten, zodat het je niet levend begint te verslinden zodra het zich verveelt.'

De maanden gingen voorbij met het schrijven aan deze titelloze roman en met lange wandelingen door Barcelona met Alicia, die inmiddels alles wilde weten.

'Gaat het nieuwe boek over Valentina?'

Alicia verwees nooit naar haar als moeder, maar noemde haar altijd bij de voornaam.

'Nee. Het gaat over jou.'

'Leugenaar.'

Tijdens die wandelingen leerde ik de stad opnieuw te ontdekken door de ogen van mijn dochter, en ik begreep dat het duistere Barcelona uit de tijd van mijn ouders langzaam lichter was geworden zonder dat we dat hadden gemerkt. De wereld die ik me meende te herinneren, lag nu afgebroken in een decor, geparfumeerd en met tapijt bedekt voor de toeristen en die vrienden van zon en strand die, hoezeer ze ook hun ogen uitkeken, weigerden de ondergang van een tijdperk te zien, een tijdperk dat het niet gewoon had begeven, maar dat uiteen was gevallen in een fijne laag stof, dat tot vandaag de dag wordt ingeademd.

Carax' schaduw bleef me overal achtervolgen. Mijn moeder kwam vaak op bezoek met de kleine Isabella, zodat mijn dochter haar al haar speeltjes en haar boeken kon laten zien, en dat waren er veel – waaronder geen enkele pop, want Alicia had een hekel aan poppen en schoot op het schoolplein hun hoofdjes eraf met een katapult. Ze vroeg me altijd of het goed met me ging, wetend dat het antwoord 'nee' was, en of ik iets had gehoord van Valentina, wetend dat ook dan het antwoord hetzelfde was.

Nooit wilde ik mijn moeder iets vertellen over Carax, de geheimen en het zwijgen al die jaren. Iets zei me dat ze het vermoedde, want ik had voor haar nooit geheimen, behalve de geheimen waarvan ze fingeerde dat ze ze accepteerde.

'Je vader mist je,' zei ze. 'Je zou vaker langs moeten komen in de boekwinkel. Zelfs Fermín vroeg laatst of je het klooster in was gegaan.'

'Ik was bezig, ik heb geprobeerd een boek af te ronden.'

'Vijftien jaar lang?'

'Het was moeilijker dan ik me had voorgesteld.'

'Kan ik het lezen?'

'Ik weet niet zeker of het je wel zal bevallen. Eigenlijk weet ik niet of het een goed idee is om het te publiceren.'

'Mag ik weten waar het over gaat?'

'Over ons. Over ons allemaal. Het is de geschiedenis van onze familie.'

Mijn moeder keek me zwijgend aan.

'Misschien moet ik het vernietigen,' zei ik nadenkend.

'Het is jouw verhaal. Je kunt ermee doen wat je goeddunkt. En nu grootvader er niet meer is en de dingen zijn veranderd, geloof ik niet dat onze geheimen voor iemand nog relevant zijn.'

'En papa?'

'Waarschijnlijk doet het hem nog het meest goed om het te lezen. Je gelooft toch niet dat we niet allemaal wel een idee hadden van wat je aan het doen was? Zo dom zijn we niet.'

'Heb ik dus je toestemming?'

'De mijne heb je niet nodig. En als je die van je vader wilt, zul je het hem zelf moeten vragen.'

Ik bezocht hem op een dag meteen na opening van de winkel, omdat ik wist dat hij dan alleen was. Hij verborg zijn verrassing toen hij me zag en op mijn vraag hoe de zaken zoal liepen, wilde hij me aanvankelijk niet vertellen dat de rekeningen van Sempere & Zoons zo lek waren als een mandje en dat hij al meer dan twee overnameaanbiedingen had ontvangen om van de boekhandel een souvenirwinkel te maken die beeldjes van de Sagrada Familia verkocht en T-shirts van FC Barcelona.

'Fermín heeft me gewaarschuwd dat hij zich hier buiten voor de winkel als een boeddhistische monnik in brand steekt als ik erop inga.'

'Een echt dilemma,' zei ik.

'Hij mist je,' zei hij op de manier die hij had om anderen de gevoelens toe te kennen die hij niet in staat was bij zichzelf te herkennen. 'En hoe gaan de zaken bij jou? Je moeder zegt dat je de reclame vaarwel hebt gezegd en nu alleen nog maar schrijft. Wanneer zal ik iets van je kunnen verkopen?'

'Heeft ze je verteld wat voor soort boek het is?'

'Ik ga er vanzelfsprekend van uit dat je de namen en een enkel hachelijk detail hier en daar hebt veranderd, ook al is het maar om geen aanstoot te geven aan de buren.'

'Uiteraard. De enige die in volle glorie zijn opwachting maakt is Fermín, en dat past wel bij hem. Hij zal meer fans krijgen dan El Cordobés in de arena.'

'Dus ik kan vast plaatsmaken in de vitrine?'

Ik haalde mijn schouders op.

'Vanochtend heb ik een brief ontvangen van twee literair agenten die ik het manuscript had toegestuurd. Het is een serie van vier romans. Een uitgever in Parijs, Émile de Rosiers, is geïnteresseerd in publicatie, en een Duitse uitgever, Michi Strausmann, heeft ook een bod gedaan op de vertaalrechten. De agenten zeggen dat ze denken dat er meer aanbiedingen zullen komen, hoewel ik eerst nog een miljoen details moet oppoetsen. Ik heb twee voorwaarden gesteld: ten eerste dat ik toestemming moet hebben van mijn familie om dit verhaal te vertellen en ten tweede dat de roman wordt gepubliceerd met de naam Julián Carax als auteur.'

Mijn vader sloeg zijn ogen neer.

'Hoe is het met Carax?' vroeg hij.

'Hij rust in vrede.'

Hij knikte.

'Heb ik je toestemming?'

'Herinner je je die dag, toen je klein was, dat je me beloofde dat jij het verhaal voor mij zou vertellen?'

'Ja.'

'Al deze jaren heb ik er geen seconde aan getwijfeld dat je dat zou doen. Ik ben trots op je, mijn zoon.'

Mijn vader omhelsde me zoals hij sinds mijn kindertijd niet meer had gedaan.

Ik bezocht Fermín in zijn kantoor in het Kerkhof der Vergeten Boeken in augustus 1992, op de dag dat de Olympische Spelen geopend zouden worden. Barcelona had zich in licht verkleed en in de lucht zweefde een optimistische, verwachtingsvolle stemming zoals ik nog nooit had meegemaakt en in de straten van mijn stad vermoedelijk ook nooit meer zou beleven. Fermín glimlachte en bracht een militair saluut. Hij zag er inmiddels heel oud uit, maar dat wilde ik niet zeggen.

'Ik dacht al dat je dood was,' zei hij.

'Ben ermee bezig. Maar u ziet er beresterk uit.'

'Dat zijn de Sugus-snoepjes die me karamelliseren.'

'Dat zal het zijn.'

'Een vogeltje heeft me verteld dat u ons beroemd gaat maken.'

'U vooral. Als ze u aanbiedingen doen om een hoofdrol te spelen in publiciteitscampagnes, aarzelt u dan niet om me om raad te vragen, want daar weet ik nog wel het een en ander van.'

'Ik denk erover alleen die voor mannenondergoed te accepteren.'

'Dan heb ik dus uw toestemming?'

'Je hebt mijn zegen, urbi et orbi. Maar ik geloof niet dat je alleen daarvoor komt.'

'Waarom schuift u me toch altijd verborgen motieven in de schoenen, Fermín?'

'Omdat je het in elkaar gedraaide brein hebt van een springveer. Dat is als compliment bedoeld.'

'En waarom ben ik volgens u dan gekomen?'

'Waarschijnlijk om van mijn fijnzinnige taalgebruik te genieten en misschien omdat we nog een rekening hebben openstaan.'

'Welke van alle rekeningen?'

Fermín leidde me naar een kamer die altijd op slot was om hem te beschermen tegen de kruistochten van zijn vele telgen. Hij nodigde me uit in een admiraalsfauteuil te gaan zitten die hij had gekocht op de tweedehandsmarkt van Los Encantes en ging naast me zitten op een stoel. Toen pakte hij een kartonnen doos en zette die op zijn knieën.

'Herinner je je Alicia nog? Dat is een retorische vraag.'

Ik voelde mijn hart in mijn keel kloppen.

'Leeft ze? Hebt u iets van haar gehoord?'

Fermín deed de doos open en haalde er een handvol brieven uit.

'Ik heb het je nooit gezegd, omdat ik meende dat het beter was voor iedereen, maar Alicia kwam in 1960 terug naar Barcelona voor ze voor altijd vertrok. Het was tijdens Sant Jordi op 23 april. Ze kwam afscheid nemen, op haar manier.'

'Ik herinner het me perfect. Ik was nog heel klein.'

'En dat ben je nog steeds.'

We keken elkaar zwijgend aan.

'Waar is ze heen gegaan?'

'Ik heb afscheid van haar genomen op de pier en gezien hoe ze zich heeft ingescheept naar de Verenigde Staten. Sindsdien heb ik altijd met kerst een envelop zonder afzender ontvangen.'

Fermín gaf me de bundel van meer dan dertig enveloppen, één per jaar.

'Je mag ze openen.'

Elke envelop bevatte een foto. De postzegels waren op allemaal verschillende plekken afgestempeld: New York, Washington D.C., Seattle, Denver, Santa Fe, Portland, Philadelphia, Key West, New Orleans, Santa Monica, Chicago, San Francisco...

Ik keek Fermín sprakeloos aan. Hij begon het Amerikaanse volkslied te neuriën, dat uit zijn mond klonk als een sardane. Elk van de foto's was gemaakt met de zon in de rug en toonde een schaduw, het silhouet van een vrouw, afgetekend tegen een panorama van parken, wolkenkrabbers, stranden, woestijnen of bossen.

'Verder niets? Een briefje, iets?'

Fermín schudde zijn hoofd.

'Behalve bij de laatste. Die kwam afgelopen kerst aan.'

Ik fronste mijn voorhoofd.

'Hoe weet u dat het de laatste is?'

Hij gaf me de envelop.

Het stempel van het postagentschap toonde aan dat die verstuurd was vanaf Monterey, Californië. Ik haalde de foto eruit en verdween erin. Op het beeld was voor één keer niet alleen een schaduw te zien. Daar was Alicia Gris, dertig jaar ouder, kijkend en lachend in de camera op een plek die mij de mooiste op aarde leek, een soort schiereiland met kliffen en spookachtige, uit de nevel van de Stille Oceaan oprijzende bossen. Aan één kant was op een affiche te lezen: POINT LOBOS.

Ik draaide de foto om en zag Alicia's handschrift.

Het einde van de weg. Het is de moeite waard geweest. Nogmaals dank dat u me gered hebt, Fermín, één keer en zovele keren. Red ook uzelf en zeg tegen

Julián dat hij ons allen onsterfelijk moet maken, dat we daar altijd op gerekend hebben.

Met liefde,

Alicia

Mijn ogen vulden zich met tranen. Ik wist zeker dat ze op deze droomplek zo ver van ons Barcelona vrede had gevonden, en haar bestemming.

'Mag ik hem houden?' vroeg ik met gebroken stem.

'Hij is van jou.'

Toen wist ik dat ik eindelijk het laatste stukje van mijn verhaal had gevonden en dat vanaf dat moment het leven op me wachtte en, met een beetje geluk, de literatuur.

EPILOOG

Barcelona

9 augustus 1992

Een jonge man met hier en daar al een grijze haar wandelt door de straten van een Barcelona van schimmen in het maanlicht, dat zich uitstort in een zilverkleurige band over de Rambla de Santa Mónica en zijn voetstappen begeleidt. Aan zijn hand loopt een meisje van een jaar of tien, haar blik in een roes van geheimzinnigheid bij de belofte die haar vader haar bij het vallen van de avond heeft gedaan, de belofte van het Kerkhof der Vergeten Boeken.

'Alicia, wat je vanavond zult zien, mag je aan niemand vertellen. Aan niemand.'

'Dan zal het ons geheim zijn,' zegt ze met gedempte stem.

Haar vader zucht, verschanst zich achter het trieste glimlachje dat hem als een schaduw door het leven volgt.

'Natuurlijk. Het zal voor altijd ons geheim zijn.'

Precies op dat moment vat de hemel vlam in een wilg van licht en het vuurwerk van de olympische sluitingsceremonie bevriest een moment lang de nacht van een Barcelona dat nooit meer zal terugkeren.

Kort daarop versmelten vader en dochter als nevelfiguren met de mensenmenigte die de Ramblas overspoelt, hun voetstappen voor altijd verloren in het labyrint van de geesten.

Illustratie geïnspireerd op een beeld van een van de trappen in de Sagrada Familia, zoals gefotografeerd door Francesc Català-Roca.